Von der gleichen Autorin erschienen außerdem
im Wilhelm Heyne Verlag

Tim · Heyne Taschenbuch 01/5884
Die Ladies von Missalonghi · 40/18

COLLEEN McCULLOUGH

DORNENVÖGEL

Roman

WILHELM HEYNE VERLAG
MÜNCHEN

HEYNE ALLGEMEINE REIHE
Nr. 01/5738

Titel der englischen Originalausgabe
THE THORN BIRDS
Deutsche Übersetzung von Günter Panske

34. Auflage

Genehmigte, ungekürzte Taschenbuchausgabe
Copyright © by Colleen McCullough
Erstmals erschienen bei Harper & Row, Publishers, New York
Deutsche Erstausgabe 1977
Alle deutschen Rechte by C. Bertelsmann Verlag GmbH, München 1981
Printed in Germany 1990
Umschlagfoto: Manfred Schmatz, München
Umschlaggestaltung: Atelier Ingrid Schütz, München
Gesamtherstellung: Presse-Druck Augsburg

ISBN 3-453-01184-8

INHALT

Da gibt es die Legende von einem Vogel, der in seinem Leben nur ein einziges Mal singt, doch singt er süßer als jedes andere Geschöpf auf dem Erdenrund. Von dem Augenblick an, da er sein Nest verläßt, sucht er nach einem Dornenbaum und ruht nicht, ehe er ihn nicht gefunden hat. Und wenn er im Gezweig zu singen beginnt, dann läßt er sich so darauf nieder, daß ihn der größte und schärfste Dorn durchbohrt. Doch während er stirbt, erhebt er sich über die Todesqual, und sein Gesang klingt herrlicher als das Jubeln der Lerche oder das Flöten der Nachtigall. Ein unvergleichliches Lied, bezahlt mit dem eigenen Leben. Aber die ganze Welt hält inne, um zu lauschen, und Gott im Himmel lächelt. Denn das Beste ist nur zu erreichen unter großen Opfern . . . So jedenfalls heißt es in der Legende.

1. TEIL
1915–1917

MEGGIE

1

Am 8. Dezember 1915 hatte Meggie Cleary ihren vierten Geburtstag. Nach dem Abräumen des Frühstücksgeschirrs drückte ihre Mutter ihr wortlos ein braunes Papierpäckchen in die Arme und befahl ihr, nach draußen zu gehen. So hockte Meggie sich hinter den Stechginster beim Vordertor und begann, ungeduldig und mit ungeschickten Fingern am Einwickelpapier zu zerren. Es roch schwach nach dem Wahine General Store, wo es so verwirrend viele Dinge zu kaufen gab. Der Geruch verriet ihr, daß – wunderbarerweise – wohl auch dieses Päckchen mit seinem Inhalt dort gekauft worden war. Ja, *gekauft*. Nichts von anderen Abgelegtes war es und auch nichts Hausgemachtes.

Durch eine aufgerissene Ecke im Papier schimmerte es hell, fast wie Gold. Meggie attackierte die schützende Hülle heftiger. Lange Streifen von braunem Papier riß sie fort.

„Agnes! Oh, Agnes!" sagte sie zärtlich und blickte verwirrt auf die Puppe, die da wie in einem zerrupften Nest lag.

Ein Wunder, o ja. Den Wahine General Store hatte Meggie erst ein einziges Mal von innen gesehen, vor einer halben Ewigkeit: im Mai – als Belohnung dafür, daß sie besonders brav gewesen war.

Ihre Mutter neben sich, nahm sie bei der Fülle ringsum vor lauter Aufregung kaum etwas genauer wahr. Mit einer Ausnahme allerdings, und diese Ausnahme war Agnes.

Die wunderschöne Puppe, gekleidet in eine Krinoline aus rosa Satin mit cremefarbenem Spitzenbesatz allüberall, saß auf dem Ladentisch, und Meggie taufte sie auf der Stelle Agnes. Von den Namen, die sie kannte, paßte einzig dieser für ein so makelloses Geschöpf. Während der folgenden Monate sehnte sie sich zwar

7

nach Agnes, aber ohne jede Hoffnung. Meggie besaß keine Puppe und wußte nicht, daß kleine Mädchen und Puppen zusammengehörten. Zufrieden spielte sie mit den Sachen, die ihre Brüder fortgeworfen hatten, mit den Schleudern und den Pfeifen, mit den lädierten Soldaten. Wenn sie dabei schmutzig wurde, kümmerte sie das kaum.

Daß Agnes zum Spielen da sein könnte, dieser Gedanke kam ihr überhaupt nicht. Sacht strich sie über das rosafarbene Kleid – wieviel schöner war es doch als alles, was sie bisher bei irgendeiner Frau gesehen hatte! – und hob die Gliederpuppe hoch. Nicht nur die Arme und die Beine ließen sich bewegen, wie Meggie herausfand, sondern auch der Kopf. Ja, sogar in der überaus schlanken Taille war Agnes beweglich. Ihr goldenes Haar türmte sich zu einer wunderbar hohen Frisur, die winzige Perlen zierten. Über den Spitzenbesatz des Halsausschnitts lugte ein Stückchen fahler Busen. Das wunderschöne, fein bemalte Gesicht, offenbar aus einer Art Keramikmasse bestehend, war unglasiert geblieben, so daß die zart getönte Haut eine matte, natürliche Schattierung besaß. Die blauen Augen, gleichsam umkränzt von Wimpern aus richtigem Haar, wirkten erstaunlich lebensecht. Auf einer der wie rötlich überhauchten Wangen befand sich ganz oben ein Schönheitsfleck. Die dunkelroten Lippen waren leicht geöffnet, so daß man die winzigen weißen Zähne sehen konnte. Meggie setzte sich die Puppe vorsichtig auf den Schoß, kreuzte behaglich die Füße und tat dann nichts – außer daß sie Agnes betrachtete.

Und damit war sie auch noch beschäftigt, als Jack und Hughie durch das raschelnde Gras nah am Zaun herbeikamen. Dort wucherte es dicht, weil man mit der Sense so schlecht herangelangen konnte.

Wie alle Cleary-Kinder außer Frank hatte Meggie rotes Haar, auffällig und verräterisch. Jack gab seinem Bruder einen Stoß in die Rippen und streckte triumphierend die Hand aus. Die Jungen grinsten einander an. Sofort trennten sie sich. Jetzt waren sie Soldaten, die einen Maori-Verräter in die Zange nahmen. Doch Meggie hätte sie ohnehin nicht gehört. Leise summend saß sie, völlig in die Betrachtung der schönen Agnes versunken.

„Was hast du da, Meggie?" rief Jack, auf sie zustürzend. „Zeig's uns!"

„Ja, zeig's uns!" Kichernd war Hughie auf der anderen Seite aufgetaucht.

Meggie preßte die Puppe an sich und schüttelte den Kopf. „Nein, sie ist meine! Ich habe sie zum Geburtstag bekommen!"

„Zeig sie uns, los schon! Wir wollen sie uns nur mal ansehen."

Stolz und Freude gewannen die Oberhand. Sie hielt die Puppe so, daß ihre Brüder sie sehen konnten. „Da, ist sie nicht schön? Sie heißt Agnes."

„Agnes? *Agnes?*" Jack tat, als müsse er sich erbrechen. „So ein blöder Name, da kommt's einem ja hoch! Warum nennst du sie nicht Margaret oder Betty?"

„Weil sie Agnes ist!"

Hughie sah, daß es eine Gliederpuppe war. Er stieß einen Pfiff aus. „He, Jack, sieh mal! Die kann den Arm bewegen, sogar die Hand!"

„Wo? Laß mal sehen."

„Nein!" Wieder preßte Meggie die Puppe an sich. In ihren Augen zeigten sich Tränen. „Nein, ihr macht sie kaputt! Oh, Jack, laß sie mir doch – sie zerbricht!"

„Pah!" Seine schmutzigen, braunen Finger schlossen sich fest um ihr Handgelenk. „Soll ich dir tausend Stecknadeln verpassen? Und sei bloß nicht so eine Heulsuse, sonst erzähle ich's Bob." Weißlich spannte sich ihre Haut unter seinen hart quetschenden Fingern. Hughie packte die Puppe beim Kleid und zog.

„Gib schon her, sonst mach' ich mal Ernst!" sagte Jack.

„Nein, nicht! Bitte, Jack, nicht! Du machst sie bestimmt kaputt! Laß sie mir doch! Nimm sie mir nicht weg, bitte!" Trotz seines harten, schmerzenden Griffs hielt sie die Puppe noch immer umklammert, versuchte, sich zu wehren, schluchzend, strampelnd.

„Hab' sie!" schrie Hughie triumphierend, als es ihm gelang, Meggie die Puppe zu entwinden.

Die beiden Jungen fanden Agnes nicht weniger faszinierend, als Meggie sie gefunden hatte. Im Handumdrehen hatten sie die Puppe ausgezogen. Nackt lag sie vor ihnen, und die Jungen zogen und zerrten an ihr herum – ließen sie gliederverrenkende akrobatische Kunststücke vorführen: ein Bein mit dem Fuß hinter dem Kopf; dann der Kopf brutal ins Genick gedreht; anderes mehr.

Meggie stand weinend, doch ihre Brüder beachteten sie nicht weiter. Und Meggie selbst dachte nicht daran, zu irgend jemandem um Hilfe zu laufen. Wer sich in der Cleary-Familie nicht aus eigener Kraft behaupten konnte, durfte kaum mit Hilfe oder Mitgefühl rechnen. Das galt auch für Mädchen.

Das hochgetürmte Goldhaar der Puppe fiel über ihre Schultern herab. Die winzigen Perlen versprühten gleichsam im hohen Gras, waren nicht mehr zu sehen. Ein schmutziger Schuh trat absichtslos auf das herumliegende Kleidchen. Dreck aus der Schmiede haftete jetzt auf dem Satin. Meggie ließ sich auf die Knie fallen und kroch verzweifelt umher, um die Puppenkleidung vor schlimmerem

Schaden zu bewahren. Dann tastete sie unter den hohen Grashalmen nach den winzigen Perlen.

Vor Tränen konnte sie nichts sehen, und was sie empfand, was ihr fast buchstäblich das Herz zerriß, war für sie ein völlig neues Gefühl: Bis jetzt hatte sie noch nie etwas besessen, dessen Verlust es wert gewesen wäre, daß man darum trauerte.

Frank steckte das Hufeisen in kaltes Wasser. Es zischte, und er richtete sich auf, straffte den Rücken. Tat gar nicht mehr weh nach all dem Krummstehen. Es schien also, daß er sich jetzt doch an die Arbeit in der Schmiede gewöhnt hatte. Würde auch allmählich Zeit, hätte sein Vater bestimmt gesagt: nach rund einem halben Jahr.

Aber Frank brauchte keinen, der ihm ins Gedächtnis rief, wie lange es her war, daß er ins Joch von Esse und Amboß geriet. Er hatte die Zeit gemessen, sehr genau, wenn auch weniger in Tagen und Wochen als in Haß und Zorn.

Er warf den Hammer in seinen Kasten, schob sich mit zitternder Hand das glatte, schwarze Haar aus der Stirn und band sich den alten Lederschurz ab. Sein Hemd lag in der Ecke auf einem Haufen Stroh. Mit schweren Schritten ging er darauf zu, stand dann sekundenlang und starrte auf die stellenweise zerborstene Schuppenwand, als ob sie gar nicht vorhanden wäre.

Er war klein, nur knapp über einssechzig, und so dünn, wie junge Burschen es häufig sind. Doch auf den Schultern und an den Armen zeigten sich bereits deutlich erkennbare Muskelpartien. Zweifellos hatte die harte Arbeit mit dem Hammer dafür gesorgt. Auf seiner hellen, sehr reinen Haut glänzte Schweiß. Dunkel wie seine Haare waren auch seine Augen, und das gab ihm irgendwie einen fremdländischen Einschlag. Weder seine vollen Lippen noch die recht breite Nase gehörten zu den üblichen Familienmerkmalen. Von der Seite seiner Mutter her floß in seinen Adern Maori-Blut, und das schlug durch. Er war fast sechzehn Jahre alt, während Bob kaum elf war, Jack zehn, Hughie neun, Stuart fünf und die kleine Meggie drei. Aber halt, das stimmte nicht mehr. Ihm fiel ein, daß Meggie heute, am 8. Dezember, vier geworden war.

Er schlüpfte in sein Hemd und verließ den Schuppen.

Das Haus, auf einem kleinen Hügel gelegen, befand sich etwa dreißig Meter oberhalb der Stallungen, den Schuppen mit eingeschlossen. Es war so wie fast alle Häuser auf Neuseeland: an vielen Stellen gleichsam auswuchernd, aus Holz, hatte nur ein Erdgeschoß – nicht ohne Grund: Zumindest theoretisch bestand so eine größere Chance, daß bei einem Erdbeben *vielleicht* noch etwas von ihm stehenblieb. Überall rundum wuchs Stechginster, gerade jetzt von gelben Blüten wie übersät. Das Gras war grün und üppig, und anders kannte man das auf Neuseeland eigentlich auch nicht. Selbst wenn mitten im Winter manchmal den ganzen Tag über im Schatten der Frost nicht wich, wurde das Gras keineswegs braun, und der lange, milde Sommer färbte es nur in noch satterem Grün. Der Regen fiel sacht. Er peitschte nicht herab auf die zarte Zerbrechlichkeit dessen, das da wuchs; er zerstörte nicht. Es gab keinen Schnee, und die Sonne hatte gerade genügend Kraft, um zu liebkosen, nicht um zu versengen.

Doch Geißeln kannte auch Neuseeland. Nur waren es nicht die Geißeln des Himmels, sondern eher der Erde: jene ungeheuren Kräfte der Zerstörung, die unaufhörlich in ihrem Bauch brodelten und deren heimtückisches Lauern sich mitteilte durch ein Zittern, das man buchstäblich in den Beinen spüren konnte. So vernichtend war jene urgewaltige Kraft, daß dreißig Jahre zuvor ein ganzer hochaufragender Berg verschwunden war. Dampf entwich wild zischend aus Rissen und Spalten in Hügelhängen, Vulkane spien Rauch zum Himmel empor, und das Wasser der Gebirgsbäche sprudelte warm. Riesige Seen aus Schlamm brodelten ölig, und das Meer brandete gegen Klippen, die bei der nächsten Flut vielleicht schon nicht mehr stehen würden. Stellenweise war die Erdkruste nur dreihundert Meter dick.

Und doch war es ein sanftes, anmutiges Land. Hinter dem Hügel mit dem Haus dehnte sich eine Ebene, die so grün war wie der Smaragd an Fiona Clearys Verlobungsring. Tausende gelblicher Punkte schienen hineingetupft in diese Fläche – und entpuppten sich, wenn man näher kam, als Schafe. Unter dem hellblauen Himmel bildeten dann die Hügel gleichsam einen muschelartigen Kranz für jenen wunderschönen Berg, der über 2500 m hoch war. Von Schnee gekrönt, besaß er eine kegelförmige Gestalt von so unglaublicher Symmetrie, daß selbst jene, die ihn – wie Frank – Tag für Tag sahen, nie aufhörten, ihn wie ein Wunder zu bestaunen.

Es war ein recht steiler Anstieg, den Hügel hinauf zum Haus; dennoch ging Frank ziemlich rasch. Und bald schon sah er die kleine Gruppe dort beim Ginster.

Frank war es gewesen, der seine Mutter nach Wahine gefahren hatte, weil sie für Meggie diese Puppe kaufen wollte – einen Vers konnte er sich darauf allerdings immer noch nicht machen. Zum Geburtstag so unpraktische Dinge zu schenken entsprach keineswegs ihrer Gewohnheit. Dafür fehlte es ganz einfach an Geld, und keines der Kinder hatte je ein Spielzeug geschenkt bekommen. Man bekam immer nur etwas zum Anziehen: Geburtstage und Weihnachtsfeste dienten nicht zuletzt dazu, den recht kümmerlichen Bestand an Bekleidung zu ergänzen. Was nun Meggie betraf, so hatte sie offenbar bei ihrem bislang einzigen Besuch in der Stadt diese Puppe gesehen, und Fiona hatte das nicht vergessen. Als Frank sie deshalb befragte, murmelte sie nur, daß ein Mädchen eine Puppe brauche, und wechselte hastig das Thema.

Jack und Hughie zogen und bogen so an der Puppe herum, als wollten sie ihr die Glieder aus den Gelenken reißen. Von Meggie konnte Frank nur den Rücken sehen. Hilflos stand sie, während ihre Brüder mit Agnes ihr gewalttätiges Spiel trieben. Ihre weißen Strümpfe waren verrutscht und hingen beutelig herab. Unter dem Saum ihres braunen Samtkleides sah man mehrere Zentimeter rosiger Haut. Über ihren Rücken fiel in erstaunlicher Fülle das sorgfältig gelockte Haar herab, nicht rot eigentlich und auch nicht golden, sondern irgendeine Schattierung dazwischen. Die Taftschleife, welche die vorderen Locken hielt, hing jetzt sehr schlaff und unordentlich. Meggie hatte irgend etwas in der Hand, das Kleidchen der nackten Puppe offenbar. Mit der anderen Hand stieß sie gegen Hughie – versuchte vergeblich, ihn beiseite zu schieben.

„Ihr verdammten kleinen Schweinehunde!"

Jack und Hughie sprangen auf und gaben Fersengeld. Vergessen war die Puppe. Wenn man Franks fluchende Stimme hörte, machte man sich besser umgehend aus dem Staub.

„Wehe, ich erwische euch noch mal, wenn ihr die Puppe anfaßt!" schrie Frank hinter ihnen her. „Dann kriegt ihr von mir was auf eure vollgeschissenen Ärsche!"

Er beugte sich zu Meggie und nahm ihre Schultern zwischen seine Hände. Sacht schüttelte er sie.

„Nun weine nicht mehr! Komm schon – jetzt sind sie ja weg, und deine Puppe werden sie nie wieder anfassen, das verspreche ich dir. Und nun lächle mich mal an. Ist heute doch dein Geburtstag, nicht?"

Die Tränen strömten ihr über die Wangen, und sie blickte Frank aus grauen Augen an, die so groß und so voller Tragik waren, daß er fühlte, wie es ihm die Kehle zuschnürte. Er zog einen schmutzigen Lappen aus seiner Hosentasche, wischte ihr damit ungeschickt übers Gesicht, hielt dann ihre kleine Nase zwischen dem Stoff.

„Schnauben!"

Sie tat es und bekam dann, während ihre Tränen trockneten,

einen Schluckauf. „Oh, Fra-Fra-Frank, die ha-ha-hatten mir Agnes weggeno-no-nommen!" Heftig sog sie die Luft durch die Nase. „Ihr Haa-Haa-Haar fiel herab, und sie verlo-lo-lor all die hübschen, tleinen Per-Per-Perlen, die da drin wa-wa-waren. Sie sind alle ins Gra-Gra-Gras gefallen, und ich kann sie nicht finden!"

Wieder stürzten Tränen aus ihren Augen, fielen Frank auf die Hand. Ein oder zwei Sekunden blickte er auf seine feuchte Haut, dann leckte er die Tropfen ab.

„Na, dann müssen wir sie ja finden, nicht? Aber du kannst nichts finden, wenn du weinst, weißt du, und was soll eigentlich diese Babysprache? Seit einem halben Jahr habe ich nicht mehr gehört, daß du ‚tlein‘ statt ‚klein‘ sagst! Hier, schnaub dir nochmal die Nase, und dann heb sie auf, die arme . . . Agnes? Wenn du ihr nicht ihre Sachen anziehst, bekommt sie ja einen Sonnenbrand."

Auf seine Aufforderung setzte sie sich an den Wegrand. Er schob ihr sacht die Puppe in die Arme und begann dann, im Gras umherzukriechen. Schließlich hielt er etwas hoch und rief triumphierend:

„Da! Eine Perle! Die erste! Die anderen finden wir auch noch alle, wart nur ab."

Bewundernd sah Meggie zu, wie er Perle auf Perle fand und jedesmal hochhielt. Aber dann dachte sie daran, wie leicht Agnes bei ihrer gewiß sehr empfindlichen Haut einen Sonnenbrand bekommen konnte, und sie begann, die Puppe anzuziehen. Wirklich beschädigt schien sie nicht zu sein. Die Arme und Beine waren schmutzig, das Haar sehr zerzaust . . .

Meggie zerrte an einem der beiden Schildpattkämme, die in ihrem eigenen Haar steckten, jeweils über den Ohren. Sie zog ihn heraus und begann, damit Agnes zu kämmen. Die Puppe hatte echtes Haar – Menschenhaar. Es war blond gefärbt, und die einzelnen Haare, kunstvoll verknotet und mit Leim befestigt, hafteten an einem Stück Leinwand.

Meggie kämmte. Die Zinken ihres Kamms verfingen sich im zottligen Haar der Puppe, und das Mädchen zerrte ungeschickt. Plötzlich passierte es, das Furchtbare. Das ganze Haar löste sich und hing jetzt als wirres Knäuel an den Zinken des Kamms. Über Agnes’ glatter Stirn war nichts, kein Kopf, kein kahler Schädel. Nur ein grauenvolles, klaffendes Loch. Zitternd beugte Meggie sich vor und spähte hinein. Die zarten Konturen des Puppengesichts, hier fanden sie sich gleichsam in umgestülpter Form wieder . . . die Wangen, das Kinn . . . zwischen den leicht geöffneten Lippen schimmerten die Zähne, nur daß sie auf dieser Seite schwärzlich wirkten, sehr häßlich ... und ein Stück darüber befanden sich die beweglichen Puppenaugen ... zwei entsetzliche Kugeln mit Draht daran, der Agnes' Kopf durchbohrte ...

Meggie stieß einen schrillen Schrei aus – gar nicht wie ein Kind. Sie schleuderte Agnes fort und schrie und schrie, am ganzen Körper zitternd, das Gesicht in den Händen verborgen. Dann spürte sie, wie Frank sie tröstend in die Arme nahm, und sie drängte sich schutzsuchend an ihn und legte ihren Kopf auf seine Schulter und fühlte sich mehr und mehr beschwichtigt; nahm sogar wahr, wie gut er doch roch, ganz nach Pferden und Schweiß und Eisen.

Als sie wieder ruhig war, ließ Frank sich von ihr erzählen, was sie so entsetzt hatte. Und dann nahm er die Puppe, blickte in ihren hohlen Kopf und fragte sich unwillkürlich, ob seine Kinderwelt früher auch so voll sonderbarer Schrecken gewesen war. Doch die bedrängenden Erinnerungen, die in ihm aufstiegen, hatten mit Menschen zu tun und ihrem Getuschel und ihren kalten Blicken; und mit dem kummervollen, wie verkniffenen Gesicht seiner Mutter; und mit dem Zittern ihrer Hand, die seine umschloß; und mit der eigentümlich gekrümmten Haltung ihrer Schultern.

Was hatte Meggie bloß gesehen, daß sie fast so etwas wie einen Schreikrampf bekam? Was *war* da in dem Kopf? Hätte Agnes, als sich ihr Haar löste, geblutet, Meggie wäre längst nicht so entsetzt gewesen. Bei den Clearys kam es mindestens einmal pro Woche vor, daß jemand heftig blutete.

„Ihre Augen, ihre Augen!" flüsterte Meggie und weigerte sich, die Puppe anzusehen.

„Sie ist wunderschön, Meggie", versicherte er. Er hielt sie noch in den Armen, unmittelbar vor sich ihr Haar, prachtvolles Haar, eine solche Fülle, eine solche Farbe.

Erst nach einer kleinen Ewigkeit brachte er sie dazu, wieder einen Blick auf Agnes zu werfen. Und eine weitere kleine Ewigkeit verging, bis er sie dazu überreden konnte, in das aufklaffende Loch des Puppenkopfs zu schauen. Er zeigte ihr, wie der Mechanismus der Augen funktionierte, wie sorgfältig alles gearbeitet war, damit sie sich, je nachdem, öffneten oder schlossen.

„Komm", sagte er schließlich, „es wird Zeit, daß du hineingehst." Mit Schwung hob er sie hoch, nahm auch die Puppe. „Wir werden Mum bitten, das bei ihr wieder in Ordnung zu bringen, nicht? Wir werden ihre Kleider waschen und bügeln und das Haar wieder befestigen. Und die Perlen ... na, damit mach' ich richtige Nadeln, damit sie nicht so einfach aus dem Haar rausfallen können und du Agnes prima frisieren kannst."

Fiona Cleary schälte in der Küche Kartoffeln. Sie war eine sehr hübsche Frau, zart, ein wenig unter Mittelgröße, doch ihr Gesicht wirkte ziemlich hart und streng. Sie besaß eine ausgezeichnete Figur mit immer noch zierlicher Taille, trotz der sechs Kinder, die sie zur Welt gebracht hatte. Sie trug ein graues Baumwollkleid, das so lang war, daß sein Saum den makellos sauberen Boden berührte. Zum Schutz hatte sie sich eine enorm große, weiße und gestärkte Schürze vorgebunden. Das Trägerband schlang sich hinten um ihren Hals, auf dem Rücken in Höhe der Taille sah man eine perfekt gebundene, ein wenig steif abgespreizte Schleife. Von morgens bis abends war dies hier ihr Reich, die Küche und außerdem der Garten hinter dem Haus; und ihr Arbeitsleben glich einem kreisförmigen Pfad, der in sich selbst mündete und den sie unentwegt mit ihren derben, schwarzen Stiefeln abschritt: vom Herd zur Wäsche, von dort zum Gemüsegarten, dann zur Wäscheleine, und wieder zurück zum Herd.

Sie legte ihr Messer auf den Tisch und starrte Frank und Meggie an. Ihr schöngeformter Mund krümmte sich an den Winkeln abwärts.

„Meggie, heute morgen habe ich dich dein Sonntagskleid anziehen lassen unter der Bedingung, daß du's nicht schmutzig machst. Nun sieh sich das bloß mal einer an! Was für ein kleines Dreckferkel bist du doch!"

„Mum, es war nicht ihre Schuld", erklärte Frank. „Jack und Hughie haben ihr die Puppe weggenommen, um zu sehen, wie sich die Arme und die Beine bewegen lassen. Aber das kann man alles wieder in Ordnung bringen, meinst du nicht? Ich hab's Meggie versprochen."

„Laßt mal sehen." Fee streckte die Hand nach der Puppe aus.

Sie war eine eher wortkarge Frau. Niemand kannte ihre Gedanken, nicht einmal ihr Mann. Ohne Klage, ohne Widerrede tat sie, was immer er ihr befahl, es sei denn, sie hatte sehr gewichtige Gegengründe. Den Jungen war schon der Verdacht gekommen, sie habe vor Daddy einen genauso großen Heidenrespekt wie sie selbst. Aber falls das zutraf, so verbarg sie es wie unter einer schützenden Hülle: hinter einer Außenfront von Ruhe, Beherrschtheit und Strenge. Nie lachte sie, nie verlor sie die Fassung.

Nachdem sie die Puppe eingehend betrachtet hatte, legte sie sie auf die Küchenanrichte beim Herd und blickte zu Meggie.

„Morgen früh werde ich ihre Kleider waschen und sie frisieren. Frank könnte ihr vielleicht heute abend nach dem Tee das Haar wieder ankleben und sie baden."

Ihre Stimme klang eher sachlich als trostvoll. Meggie nickte und lächelte unsicher. Manchmal wünschte sie sich so sehr, ihre Mutter lachen zu hören, doch stets hoffte sie vergeblich darauf. Sie spürte, daß da etwas Besonderes war, das sie beide miteinander verband – etwas, das Daddy und die Jungen nicht mit ihnen teilten. Und doch: es schien keinen Weg zu geben, der vorbeiführte an diesem abweisenden Rücken, den nie ruhenden Füßen. Ein gleichsam abwesendes Nicken war oft ihre einzige Antwort, während sie in rastlosem Hin und Her vom Tisch zum Herd, vom Herd zum Tisch wechselte und arbeitete, arbeitete, arbeitete.

Außer Frank konnte keines der Kinder ahnen, daß Fee immer und ewig müde war, oft knochentief müde. Es gab soviel zu tun, doch an Geld fehlte es und an Zeit. Und nur ein Paar Hände war da, um alles zu erledigen. Sie sehnte den Tag herbei, an dem Meggie alt genug sein würde, ihr zu helfen. Bereits jetzt übernahm das Kind einfache Aufgaben, aber mit seinen vier Jahren konnte es die Last natürlich noch nicht wirklich erleichtern. Sechs Kinder insgesamt, doch nur eines – und dazu noch das jüngste – ein Mädchen. All ihre Bekannten empfanden gleichzeitig Mitleid und Neid, aber dadurch wurde die Arbeit auch nicht getan. In ihrem Nähkorb befand sich ein wahrer Berg ungestopfter Socken, und ihre Stricknadeln steckten in einem angefangenen Strumpf. Hughie wuchs aus seinen Pullovern heraus, und bei Jack war's noch nicht soweit, daß der die seinen an Hughie hätte weitervererben können.

Ein reiner Zufall wollte es, daß Padraic Cleary in dieser Woche, der Woche von Meggies Geburtstag, nach Hause kam. Mit der Saison für die Schafschur war es noch nicht soweit, und er hatte gerade in der Nähe einen vorübergehenden Job: pflügen und pflanzen. Von Beruf war er Schafscherer, doch das war Saisonarbeit und dauerte von der Mitte des Sommers bis zum Ende des Winters; danach kam dann das Lammen. Meist fand er reichlich Arbeit, um den Frühling und den ersten Sommermonat zu überbrücken. Er half beim Lammen und beim Pflügen und sprang auch beim Melken ein, wenn irgendwer in einer Molkerei diese ewige Zweimal-pro-Tag-Routine mal satt hatte. Wo es Arbeit gab, dorthin machte er sich auf. Seine Familie ließ er in dem großen, alten Haus zurück, und sie mußte sehen, daß sie allein zurechtkam. Das war keineswegs grob oder gefühllos von ihm: Wenn man nicht das Glück hatte, Land zu besitzen, blieb einem gar nichts anderes übrig.

Als er kurz nach Sonnenuntergang kam, brannten die Lampen,

und Schatten huschten unruhig über die Wände und die hohe Decke. Auf der Hinterveranda spielten die Jungen mit einem Frosch. Nur Frank war nicht dabei. Doch Padraic wußte, wo er sich befand. Vom Holzhaufen her klangen die regelmäßigen Schläge einer Axt. Rasch gab er Jack einen Tritt ins Hinterteil, zog Bob am Ohr.

„Los, ihr kleinen Faulpelze! Helft Frank drüben beim Holz! Und seht zu, daß ihr damit fertig seid, bevor Mum den Tee auf dem Tisch hat. Sonst setzt es was!"

Gleich darauf war er in der Küche und nickte Fiona zu, die am Herd stand. Er gab ihr keinen Kuß, umarmte sie auch nicht. Ein solcher Austausch von Zärtlichkeiten zwischen Mann und Frau gehörte nach seiner Überzeugung ins Schlafzimmer. Seine Stiefel waren von Schlamm überkrustet, und als er sie jetzt auszog, benutzte er dazu den Stiefelknecht. Meggie kam hereingehüpft. Sie brachte ihm seine Hausschuhe, und er lächelte ihr zu: Wie stets, wenn er sie sah, überkam ihn ein eigentümliches Gefühl, ein Erstaunen, Sich-Verwundern. Wie hübsch war sie doch, und wie schön war ihr Haar! Er griff nach einer Locke, zog sie lang, ließ sie wieder los – nur um zu sehen, wie sie für Augenblicke hin und her tanzte. Dann hob er Meggie hoch und setzte sich auf den einzigen bequemen Stuhl, den es in der Küche gab, einen sogenannten Windsor-Stuhl. Er stand nicht weit vom Feuer, auf seiner Sitzfläche lag ein Kissen. Padraic seufzte behaglich, zog seine Pfeife hervor, klopfte sie am Stuhlbein aus. Aschen- und Tabakreste fielen auf den Fußboden, er achtete nicht weiter darauf. Meggie machte es sich auf seinem Schoß bequem und schlang ihre Arme um seinen Hals. Und dann wandte sie ihr Gesicht zu ihm empor und tat, was sie fast immer tat, wenn er abends zu Hause war. Sie spielte eine Art Spiel: beobachtete, wie das Licht gleichsam durch die kurzen, goldenen Stoppeln seines Bartes filterte.

„Wie geht's dir, Fee?" fragte Padraic Cleary.

„Gut, Paddy", erwiderte seine Frau. „Hast du heute die untere Koppel geschafft?"

„Ja, ich bin fertig damit. Gleich morgen früh kann ich mit der oberen anfangen. Aber, Herrgott, was bin ich müde!"

„Hat MacPherson dir wieder diese alte Stute gegeben?"

„Aber ja. Könnte das Tier doch mal selber nehmen und mir den Rotschimmel überlassen, nicht? Fällt ihm nicht ein. Meine Arme fühlen sich wie aus den Gelenken gerissen. Ich schwöre dir, diese Stute hat das härteste Maul in En Zed."

„Na, laß nur. Old Robertson hat nur gute Pferde, und du wirst schon bald dort sein."

„Kann gar nicht bald genug sein." Er stopfte groben Tabak in seine Pfeife und nahm aus dem großen Kasten beim Herd einen Span, den er kurz ins Feuerloch hielt. Das Holz flammte auf, und er lehnte sich zurück und sog die Luft durch den Pfeifenstiel so tief ein, daß aus dem Pfeifenkopf eigentümliche Blubbergeräusche klangen. „Wie fühlt man sich denn mit vier, Meggie?" fragte er.

„Ziemlich gut, Daddy."

„Hat Mum dir dein Geschenk gegeben?"

„Oh, Daddy, wie habt ihr das nur erraten, daß ich Agnes so gern haben wollte?"

„Agnes?" Er warf Fee einen raschen Blick zu, lächelte. Seine Augenbrauen hoben sich fragend. „Ist das ihr Name: Agnes?"

„Ja. Sie ist wunderschön, Daddy. Ich möchte sie den ganzen Tag ansehen."

„Sie kann von Glück sagen, daß sie noch was zum Ansehen hat", erklärte Fee grimmig. „Jack und Hughie bekamen die Puppe nämlich zwischen die Finger, bevor Meggie überhaupt Gelegenheit hatte, einen richtigen Blick darauf zu werfen."

„Nun ja, Jungs sind Jungs. Ist der Schaden schlimm?"

„Nichts, was sich nicht wieder in Ordnung bringen läßt. Bevor sie die Sache auf die Spitze treiben konnten, ist Frank ihnen dazwischengefahren."

„Frank? Was hatte denn der hier zu suchen? Der sollte doch den ganzen Tag in der Schmiede arbeiten. Hunter will seine Tore haben."

„Er war den ganzen Tag in der Schmiede. Er kam nur her, um irgendein Werkzeug zu holen", sagte Fee hastig. Was seinen ältesten Sohn betraf, so war Padraic doch wirklich zu streng.

„Oh, Daddy, Frank ist der beste Bruder! Er hat meine Agnes gerettet, und nach dem Tee wird er für mich ihr Haar wieder ankleben."

„Das ist gut", sagte ihr Vater schläfrig. Er lehnte den Kopf zurück und schloß die Augen.

Es war heiß, so dicht am Herd, doch das schien ihn nicht zu stören. Glänzende Schweißperlen traten auf seine Stirn. Er schob die Arme hinter den Kopf und nickte ein.

Das dichte, lockige rote Haar, das sich in den verschiedensten Schattierungen bei den Cleary-Kindern fand, hatten sie von ihrem Vater, doch gar so grellrot wie bei ihm sah man es bei ihnen nicht. Er war ein kleiner Mann, der ganz aus Stahl und aus stählernen Federn zu bestehen schien. Die krummen Beine zeugten von einem Leben mit Pferden, und die Arme wirkten eigentümlich verlängert, was vom jahrelangen Schafscheren kam. Seine Brust und seine Arme waren golden behaart; bei dunklen Haaren hätte dieses Geflecht wohl häßlich ausgesehen. Die hellblauen Augen schienen stets ein wenig zusammengekniffen zu sein, wie bei einem Seemann, der in endlos weite Fernen späht. Sein Gesicht wirkte sympathisch, und stets lag der Hauch eines eigentümlichen Lächelns auf seinen Zügen, weshalb andere Männer ihn auf den ersten Blick mochten. Seine Nase war eine wahrhaft klassisch-römische Nase, was seine irischen Mitbrüder verwundert haben mußte – allerdings ist an irischen Gestaden so manches Schiff gelandet oder auch gestrandet. Noch immer sprach er in der schnellen, weichen und verwischten Art der Galway-Iren, doch nach fast zwanzig Jahren auf der anderen Seite des Globus klang alles ein wenig gedeckter und auch langsamer als früher – etwa wie bei einer alten Uhr, die mal wieder richtig aufgezogen werden müßte. Er war ein zufriedener Mensch, und mit dem harten und schweren Leben, das er führen mußte, kam er besser zurecht, als das den meisten gelang. Zwar konnte er sehr streng sein, und er schrieb eine „Handschrift", die keiner so leicht vergaß. Dennoch beteten ihn, mit einer Ausnahme, alle seine Kinder an. War nicht genügend Brot für die ganze Familie da, so verzichtete er für seinen Teil darauf. Und hieß es, entweder ein neues Kleidungs-stück für ihn oder aber für einen seiner Sprößlinge, so kam ganz selbstverständlich das Kind an die Reihe. Das war gewiß ein größerer Beweis für seine Liebe, als es eine Million flüchtiger Küsse gewesen wäre. Allerdings brauste er leicht auf, und es konnte geschehen, daß es völlig mit ihm durchging: Er hatte einmal einen Mann getötet. Doch das Glück hatte ihm zur Seite gestanden. Der Mann war ein Engländer gewesen, und im Hafen von Dun Laoghaire lag ein Schiff, das im Begriff stand, nach Neuseeland auszulaufen.

Fiona ging zur Hintertür und rief: „Tee!"

Einer nach dem anderen marschierten die Jungen herein. Die Nachhut bildete Frank mit einem Armvoll Holz, das er in den großen Kasten beim Herd fallen ließ. Padraic hob Meggie von seinen Knien und stellte sie auf die Füße. Dann ging er zum Kopfende des Eßtischs auf der anderen Seite der Küche. Die Jungen nahmen an den Längsseiten Platz, und Meggie krabbelte auf die Holzkiste, die ihr Vater auf den ihm zunächst stehenden Stuhl gestellt hatte.

Schnell und geschickt füllte Fee das Essen auf ihrem Arbeitstisch direkt in die Teller. Dann trug sie jeweils zwei zum Eßtisch hinüber, zuerst für Paddy, dann für Frank und so weiter bis zu Meggie – für sich selbst zuletzt.

„Ooooch! Stew!" sagte Stuart und zog ein Gesicht. „Warum heiße ich bloß nach sowas – *Stew*-art!"

„Iß!" befahl sein Vater grollend.

Die Teller waren groß, und Fee hatte sie buchstäblich mit Essen vollgehäuft: gekochte Kartoffeln, Lamm-Stew und Bohnen, frisch aus dem Garten. Trotz der allgemeinen Seufzer und sonstigen Bekundungen von Überdruß aß jeder, Stu nicht ausgenommen, seinen Teller leer und putzte ihn dann mit einer Brotscheibe blank. Anschließend wurden weitere Schnitten verdrückt, diesmal dick mit Butter und Stachelbeermarmelade bestrichen.

Fee setzte sich, schlang ihr Essen in sich hinein, war bereits wieder auf den Füßen und eilte zu ihrem Arbeitstisch zurück, wo sie mit einer Kelle große Mengen Biskuit, mit viel Zucker und Marmelade angerichtet, in Suppenteller schöpfte. Darüber goß sie dampfend heiße Custard-Sauce. Und wieder trug sie, jeweils zwei Teller nehmend, alles zum Eßtisch. Und nahm dann mit einem Seufzer Platz – diesmal konnte sie mit Muße essen.

„Oh!" rief Meggie glücklich und ließ ihren Löffel in die Custard-Sauce klatschen. „Jam-Roly-Poly!"

„Na, Meggie-Mädchen, ist ja dein Geburtstag. Da hat Mum dir deinen Lieblingspudding gemacht", sagte ihr Vater lächelnd.

Diesmal meckerte niemand. Was immer der Pudding enthalten mochte, er wurde mit Genuß verspeist: Für Süßes waren die Clearys allemal zu haben.

Trotz der Riesenmengen kalorienreicher Nahrung hatte keiner von ihnen überflüssiges Fett auf den Rippen. Was immer sie in sich hineinstopften, wurde praktisch im Handumdrehen in Energie umgesetzt, sei es beim Spiel, sei es bei der Arbeit.

Jetzt schenkte Fee aus ihrer Riesenkanne für jeden Tee ein. Man trank, man unterhielt sich oder man las, eine Stunde lang oder auch länger. Paddy, den Kopf in einem Bibliotheksbuch, schmauchte seine Pfeife. Immer wieder mußte Fee nachgießen. Auch Bob beschäftigte sich mit einem Buch aus der Bibliothek, während die jüngeren Kinder Pläne für den nächsten Tag schmiedeten. In die Schule mußten sie jetzt nicht, denn die langen Sommerferien waren da, und die Jungen hatten allerlei Arbeiten im Haus und im Garten zugeteilt bekommen: Sie schienen recht begierig, diese in Angriff zu nehmen.

Überall, wo es draußen nötig war, sollte Bob den Anstrich erneuern. Für Jack und Hughie gab es gleich mehrere „Bereiche": den Holzhaufen, die Außengebäude und die Melkerei. Für Stuart blieb der Gemüsegarten. Nun: samt und sonders Kinderspiel – jedenfalls im Vergleich zu den Schrecken der Schule.

Ab und zu hob Paddy die Nase aus seinem Buch und fügte der Liste einen weiteren Job hinzu. Fee schwieg, und Frank saß nur müde und schlaff da und trank eine Tasse Tee nach der anderen.

Schließlich winkte Fee Meggie herbei. Wie stets, bevor sie sie zusammen mit Stu und Hughie zu Bett brachte, band sie ihr das Haar mit Stoffetzen hoch. Jack und Bob entschuldigten sich und gingen nach draußen, um die Hunde zu füttern. Frank trug Meggies Puppe zum Arbeitstisch und machte sich daran, ihr wieder das Haar anzukleben.

Padraic klappte sein Buch zu und legte seine Pfeife in die große, schillernde Paua-Muschel, die ihm als Aschenbecher diente.

„Nun, Mutter, ich geh' jetzt zu Bett."

„Gute Nacht, Paddy."

Fee räumte das Geschirr vom Eßtisch fort und holte dann von einem Haken an der Wand eine große galvanisierte Wanne herunter, die sie auf ihren Arbeitstisch stellte, ein Stück von der Stelle entfernt, wo Frank mit der Puppe beschäftigt war. Dann nahm sie den schweren, gußeisernen Kessel vom Herd, in dem sich heißes Wasser befand. Das goß sie in die Wanne. Aus einer alten Blechdose schüttete sie kaltes Wasser hinzu. Hinter einer Art Drahtgeflecht war Seife. Sie begann, das Geschirr abzuwaschen.

Frank arbeitete an der Puppe, ohne auch nur einmal den Kopf zu heben. Aber als dann der Tellerstapel anwuchs, stand er wortlos auf, holte ein Geschirrtuch und begann abzutrocknen. Die behende Art, mit der er sich zwischen Arbeitstisch und Küchenanrichte hin und her bewegte, zeugte von langer Vertrautheit. Es war ein heimliches, keineswegs ungefährliches Spiel, das er und seine Mutter spielten; denn die strengste Regel in Paddys Reich betraf die angemessene Verteilung der Pflichten. Hausarbeit war Frauensache, und damit hatte sich's. Kein männliches Mitglied der Familie durfte bei „weiblichen" Aufgaben auch nur helfen. Doch Abend für Abend tat Frank eben dies, wenn Paddy zu Bett gegangen war: Er half seiner Mutter, und sie ermunterte und ermutigte ihn dazu, indem sie mit dem Geschirrspülen wartete, bis sie beide den dumpfen Aufprall von Paddys Latschen auf den Fußboden gehört hatten. Noch nie war Paddy danach in die Küche zurückgekommen.

Fee blickte Frank liebevoll an. „Ich weiß nicht, was ich ohne dich tun würde, Frank. Dabei ist das gar nicht gut für dich. Du wirst morgen früh sehr müde sein."

„Ist schon in Ordnung, Mum. So ein bißchen Geschirrabtrocknen bringt mich nicht um. Ist wenig genug, um dir das Leben etwas leichter zu machen."

21

„Das gehört nun mal mit zu meiner Arbeit, Frank. Macht mir auch nichts weiter aus."

„Ich wünschte nur, wir würden irgendwann mal reich werden, damit du ein Dienstmädchen haben könntest."

„Das *ist* Wunschdenken!" Sie wischte ihre seifigen, roten Hände am Geschirrtuch ab und stemmte sie dann in die Hüften, seufzend. Aufmerksam betrachtete sie ihren Sohn, und in ihren Augen zeigten sich, undeutlich noch, Sorge und Unruhe: Sie spürte seine bittere Unzufriedenheit, die stärker und verzehrender zu sein schien als das übliche Aufbegehren eines Arbeiters gegen sein Los. „Frank, hab bloß keine großen Rosinen im Kopf. Denn das führt zu nichts Gutem. Wir gehören nun einmal zur arbeitenden Klasse. Und das bedeutet, daß wir nicht reich werden und uns auch keine Dienstmädchen leisten können. Sei zufrieden mit dem, was du bist und was du hast. Wenn du so etwas sagst, dann beleidigst du Daddy, und das hat er nicht verdient. Das weißt du. Er trinkt nicht, er spielt nicht, und er arbeitet furchtbar hart für uns. Kein Penny, den er verdient, wandert in seine Tasche. Alles kommt uns zugute."

Die muskulösen Schultern spannten sich ungeduldig, das dunkle Gesicht wirkte hart und grimmig. „Aber was ist denn so Schlechtes daran, wenn man sich vom Leben mehr wünscht als nur Plackerei? Und was ist so verkehrt, wenn ich meine, es wäre gut, wenn du ein Dienstmädchen hättest?"

„Es ist nicht richtig, weil es nicht sein kann! Du weißt, daß kein Geld da ist, um dich auf der Schule zu lassen, und wenn du nicht auf der Schule bleiben kannst, wie soll dann je mehr aus dir werden als ein Mann, der sich mit seiner Hände Arbeit sein Brot verdienen muß? Dein Akzent, deine Kleidung und deine Hände beweisen, daß du dich durch körperliche Arbeit ernähren mußt. Aber es ist ja keine Schande, Schwielen an den Händen zu haben. Genau wie Daddy sagt – wenn ein Mann schwielige Hände hat, weißt du, daß er ein ehrlicher Kerl ist."

Frank zuckte die Schultern und schwieg. Das Geschirr wurde fortgeräumt. Fee holte ihren Nähkorb hervor und setzte sich auf Paddys Stuhl beim Feuer. Frank arbeitete an der Puppe weiter.

„Arme kleine Meggie!" sagte er plötzlich.

„Warum?"

„Als diese kleinen Schlingel heute an ihrem Püppchen herumzerrten, stand sie weinend da, und – und ihre ganze Welt schien in Scherben zu liegen." Er blickte auf die Puppe, deren Haar wieder an Ort und Stelle saß. „Agnes! Wo, um Himmels willen, hat sie solch einen Namen her?"

„Sie muß gehört haben, wie ich von Agnes Fortescue-Smythe sprach – nehme ich jedenfalls an."

„Als ich ihr die Puppe zurückgab, sah sie ihr in den Kopf und starb fast vor Angst. Irgendwas an den Augen erschreckte sie, aber was, weiß ich auch nicht."

„Meggie sieht immer Dinge, die es gar nicht gibt."

„Es ist ein Jammer, daß nicht genug Geld da ist, um die Kleinen auf der Schule zu lassen. Sie sind so gescheit."

„Oh, Frank! Wenn Wünsche Pferde wären, könnten Bettler vielleicht reiten", sagte seine Mutter müde. Sie fuhr sich mit der Hand über die Augen. Ihre Finger zitterten leicht. Sie stach die Stopfnadel tief in ein Knäuel grauer Wolle. „Ich kann nicht mehr. Ich bin zu müde, um noch richtig zu sehen."

„Geh zu Bett, Mum. Ich werde die Lampen ausblasen."

„Sobald ich das Feuer geschürt habe."

„Das mach' ich schon." Er stand auf und setzte die zierliche Puppe auf die Küchenanrichte hinter ein Kuchenblech – dieses gleichsam als Schutzschild benützend. Doch im Grunde war er nicht im mindesten darüber besorgt, daß sich die Jungen ein zweites Mal an Agnes vergreifen würden. Sie fürchteten seine Vergeltung mehr als eine Bestrafung durch ihren Vater. Irgendwie haftete ihm etwas Gewalttätiges an. War er mit seiner Mutter oder seiner Schwester zusammen, so merkte man nichts davon. Doch die Jungen hatten alle darunter zu leiden.

Fee beobachtete ihn, und das Herz tat ihr weh. Etwas Wildes und Verzweifeltes sprach aus ihm, ein manchmal geradezu unbändiger Trotz. Wenn er und Paddy sich nur besser miteinander vertragen wollten. Aber sie waren kaum jemals derselben Meinung. Fortwährend stritten sie sich. Vielleicht zeigte Frank sich um sie, Fee, allzu besorgt. Vielleicht hatte er tatsächlich ein bißchen was von einem Muttersöhnchen an sich. Falls das zutraf, war es ihre Schuld. Immerhin bewies es, daß er ein gutes, liebevolles Herz besaß. Er wollte ihr das Leben nur ein wenig leichter machen. Und wieder sehnte sie den Tag herbei, an dem Meggie alt genug war, um ihr zu helfen: Dann brauchte er sich mit der Extraarbeit für seine Mutter nicht mehr so zu plagen.

Sie nahm eine kleine Lampe vom Tisch, stellte sie jedoch wieder zurück. Dann ging sie zu Frank, der jetzt vor dem Herd hockte und Brennholz ins Feuerloch nachschob. Auf seinen weißen Armen traten die Adern hervor, in die Haut seiner feingeformten Hände war der Arbeitsschmutz so tief eingegraben, daß er sie nie richtig sauberbekam.

Wie zaudernd streckte Fee ihre Hand aus, und ganz sacht strich

sie Frank das glatte, schwarze Haar aus den Augen. Es war das
Äußerste an zärtlicher Geste, wozu sie sich je bringen konnte.

„Gute Nacht, Frank, und danke schön."

Als Fee lautlos durch die Tür zum vorderen Teil des Hauses trat,
huschten und zuckten die Schatten vor ihr her.

Frank und Bob teilten sich das erste Schlafzimmer. Leise öffnete
sie die Tür und hielt die Lampe in den Raum. Das Licht fiel über
das Doppelbett in der Ecke. Bob lag auf dem Rücken, den
Mund geöffnet, mit unruhig zitternden und zuckenden Gliedern.
Sie trat zu ihm und drehte ihn auf die Seite, ehe er, in der
Rückenlage, einem immer schlimmer werdenden Alptraum zum
Opfer fallen konnte. Dann stand sie einen Augenblick und
betrachtete ihn. Wie sehr er doch Paddy glich!

Im nächsten Zimmer lagen Jack und Hughie: fast schon
ineinander verschlungen. Furchtbare Lausejungs. Heckten dauernd etwas aus, waren aber nicht bösartig. Vergeblich versuchte
Fee, die beiden jetzt voneinander zu lösen und das Bettzeug wieder
in Ordnung zu bringen. Die Rotschöpfe mit den krausen Locken
ließen sich einfach nicht voneinander trennen. Mit einem leisen
Seufzer gab Fee den Versuch auf. Wie brachten es die beiden nur
fertig, sich trotzdem im Schlaf zu erholen? Es schien ihnen sogar
ausgezeichnet zu bekommen.

Das Zimmer, in dem Meggie und Stuart schliefen, hätte sie sich
heller und fröhlicher gewünscht, waren diese beiden da doch die
Kleinsten, die Nestlinge sozusagen. Doch der Raum mit den
braunen Wänden, an denen kein einziges Bild hing, und dem
braunen Linoleum auf dem Fußboden wirkte eher trist und trüb
und unterschied sich in dieser Hinsicht in nichts von den anderen
Schlafzimmern.

Stuart schien gleichsam umgestülpt. Dort, wo sein Kopf hätte
sein sollen, fand sich ein Stück Nachthemd, das sich über sein
Hinterteil spannte. Fee tastete nach dem Kopf, der dicht bei den
Knien lag. Wieder einmal wunderte sie sich, daß der Junge unter
der Bettdecke nicht erstickte. Mit den Fingerkuppen strich sie über
das Laken und erstarrte für einen Augenblick. Wieder naß! Nun,
das würde bis morgen früh warten müssen, und dann war mit
Sicherheit auch das Kissen naß. Das ging immer so bei ihm: Er
drehte sich mit dem Kopf zum Fußende und näßte dann zum
zweiten Mal ein. Nun, ein Bettnässer unter fünf Jungen, das ging
noch.

Meggie lag zu einem kleinen Bündel zusammengerollt, Daumen

im Mund, Kopf wie umkränzt von lauter mit Stoffstreifen umwickelten Locken. Das einzige Mädchen. Fee betrachtete sie nur mit einem flüchtigen Blick, bevor sie hinausging. An Meggie war nichts Geheimnisvolles. Sie war ein Mädchen, und Fee wußte, welches Los sie erwartete. Das löste bei ihr weder Neid noch Mitleid aus.

Die Jungen hingegen waren etwas ganz anderes. Sie waren Wunder: männliche Wesen, die wie durch geheimnisvolle Alchimie aus ihrem, Fionas, weiblichen Körper gekommen waren. Es fiel gewiß nicht leicht, im Haus ohne Hilfe auskommen zu müssen, andererseits war es jedoch die Sache wert. Unter den Männern seines Standes genoß Paddy, seiner Söhne wegen, besonderes Ansehen. Ein Mann, der Söhne gezeugt hatte, war auf jeden Fall ein richtiger Mann.

Sie betrat das Schlafzimmer, in dem sie und Paddy schliefen. Leise zog sie die Tür hinter sich zu, stellte die Lampe auf eine Kommode. Mit flinken Fingern öffnete sie die fast zahllosen winzigen Knöpfe ihres Kleides, die vom hohen Kragen bis zum Mittelteil reichten. Sodann zog sie die Arme heraus. Auch aus dem Kamisol befreite sie sich, hielt es jedoch sofort vor ihre Brust. Jetzt schlüpfte sie, ohne das Kamisol loszulassen, mit einiger Mühe in ein langes Nachthemd. Und erst nachdem sie züchtig bedeckt war, legte sie die übrigen Kleidungsstücke ab, Kamisol und Unterhosen und locker geschnürtes Korsett.

Nun zog sie die Nadeln aus dem sorgfältig hochgesteckten Haar. In goldener Flut fiel es herab. Wunderschönes Haar war es, kräftig und voll Glanz und sehr glatt. Doch so aufgelöst, so buchstäblich ungebunden und frei blieb es nur wenige Sekunden. Schon hob Fee die Ellbogen über den Kopf und die Hände in den Nacken. Rasch und geschickt begann sie, das Haar zu flechten.

Dann wandte sie sich zum Bett herum und hielt unbewußt für den Bruchteil einer Sekunde den Atem an. Doch Paddy schlief, und sie seufzte erleichtert auf. Nicht, daß es nicht nett gewesen wäre, wenn Paddy dafür in Stimmung war, denn er war ein scheuer, zärtlicher, rücksichtsvoller Liebhaber.

Doch . . . nun, es war ratsam, mit dem nächsten Kind zu warten, bis Meggie zwei oder drei Jahre älter war.

2

Wenn die Clearys sonntags zur Kirche fuhren, mußte Meggie mit einem der älteren Jungen zu Hause bleiben, und sie sehnte den Tag herbei, an dem auch sie würde mitfahren dürfen. Padraic Cleary war der Meinung, daß kleine Kinder außer im eigenen Haus in keinem Haus sonst etwas zu suchen hatten, und das schloß Gotteshäuser mit ein. Ging Meggie erst einmal zur Schule, und konnte man darauf vertrauen, daß sie still saß, so durfte sie auch zur Kirche mit. Vorher nicht. Und so stand sie jeden Sonntagmorgen beim Ginsterbusch am Vordertor, traurig, tief bedrückt, während die Familie in den alten Klapperkasten stieg und der als Meggies Hüter abbeorderte ältere Bruder ganz so tat, als wäre er heilfroh, auf diese Weise dem Gottesdienst zu entkommen. Dabei klebten alle Clearys gleichsam mit Elementarkraft aneinander. Der einzige, der da eine Ausnahme machte, war Frank. Er genoß es durchaus, von den anderen getrennt zu sein.

Religion war für Paddy ein unerschütterlich fester Bestandteil seines Lebens. Als er Fee geheiratet hatte, wurde das von katholischer Seite recht unwillig akzeptiert, denn Fee war ein Mitglied der Kirche von England – war es zumindest bis dahin gewesen. Paddy zuliebe gab sie ihren Glauben auf, weigerte sich jedoch, statt dessen seinen anzunehmen. Weshalb, ließ sich schwer sagen. Allerdings gehörten die Armstrongs zu den alten Pioniergeschlechtern mit dem sozusagen makellosen Wappen des anglikanischen Glaubens, während Paddy ein armer Einwanderer war, dazu noch einer außerhalb des Schoßes *ihrer* Kirche. Lange bevor dort die ersten „offiziellen" Siedler eintrafen, hatte es in Neuseeland bereits Armstrongs gegeben, und das war so etwas wie ein kolonialer Adelsbrief. Aus der Armstrong-Perspektive ließ sich nur feststellen, daß Fee eine schockierende Mesalliance eingegangen war.

Roderick Armstrong hatte den Neuseeland-Clan auf höchst sonderbare Weise begründet.

Das Ganze begann mit einem Ereignis, das auf das England des 18. Jahrhunderts viele unvorhergesehene Auswirkungen haben sollte: mit dem amerikanischen Unabhängigkeitskrieg. Bis 1776 waren alljährlich über eintausend verurteilte Verbrecher von England nach Virginia sowie Nord- und Süd-Carolina deportiert worden. Dort hatten sie Zwangsarbeit zu leisten unter Bedingungen, die nicht besser waren als jene für Sklaven. Die britische

Rechtsprechung zu dieser Zeit konnte nicht anders als grausam und gnadenlos genannt werden. Auf Mord, Brandstiftung, das geheimnisvolle Verbrechen der „Verkörperung von Ägyptern" und Diebstahl (sofern das Gestohlene einen Wert von mehr als einem Shilling hatte) stand der Tod am Galgen. Bei minderen Delikten mußte der Täter mit Deportation nach Amerika rechnen, und zwar auf Lebenszeit.

Als dann 1776 die Amerikaner sozusagen die Tore dicht machten, wußte England bald nicht mehr, wohin mit seinen Verurteilten. Die Gefängnisse waren zum Bersten gefüllt. Was sich dort nicht mehr unterbringen ließ, stopfte man in die Rümpfe abgetakelter Schiffe, die in den Flußmündungen festgemacht lagen. Irgend etwas mußte geschehen, und es geschah auch etwas.

Mit großem Widerstreben – weil die Kosten für das Unternehmen mehrere tausend Pfund betrugen – gab man Captain Arthur Philip den Befehl, nach dem Great South Land, dem Großen Südland, in See zu stechen. Das war im Jahr 1787. Seine Flotte von elf Schiffen hatte über eintausend Verurteilte an Bord, außerdem Matrosen, Seeoffiziere und ein Kontingent Marinesoldaten. Eine ruhmreiche Odyssee auf der Suche nach Freiheit war dies wirklich nicht. Ende Januar 1788, acht Monate nach dem Aufbruch von England, erreichte die Flotte die Botany Bay. Seine Verrücktheit George III. hatte für seine Sträflinge einen neuen Abladeplatz gefunden: die Kolonie Neusüdwales.

1801 wurde Roderick Armstrong im Alter von zwanzig Jahren zur Deportation auf Lebenszeit verurteilt. Spätere Armstrong-Generationen behaupteten, er sei vornehmer Abstammung gewesen. Seine Familie, in Somerset ansässig, habe nach der Amerikanischen Revolution ihr Vermögen verloren. Und von einem Verbrechen könne bei ihm überhaupt nicht die Rede sein. Allerdings hatte kein Armstrong je ernsthafte Anstrengungen unternommen, die Vergangenheit des berühmten Vorfahren zu erforschen. Man sonnte sich im Abglanz seiner angeblichen Gloriole und improvisierte im übrigen ein wenig.

Wie es um seine Herkunft auch bestellt sein mochte, der junge Roderick Armstrong war jedenfalls ein Heißsporn. Während der unglaublich harten achtmonatigen Überfahrt nach Neusüdwales erwies er sich als ganz besonders schwieriger Fall, aber er starb nicht – verweigerte sozusagen auch hierin den Gehorsam. Als er 1803 in Sidney eintraf, wurde es mit ihm noch schlimmer, und so wurde er zur Norfolkinsel gebracht und in das Gefängnis für Widerspenstige gesteckt. Doch nichts konnte ihn gefügig machen. Man ließ ihn hungern. Man pferchte ihn in eine Zelle, die so klein war, daß er dort nicht sitzen, nicht liegen, ja nicht einmal richtig stehen konnte. Man prügelte ihn, bis er einer einzigen blutigen Masse glich. Man kettete ihn an einen Felsen im Meer und ließ ihn halb ertrinken. Und er lachte seinen Peinigern ins Gesicht: ein Haufen Knochen in dreckigen Lumpen, mit Narben am ganzen Körper und ohne einen Zahn im Mund. Doch in ihm brannte eine Flamme aus Erbitterung und Trotz, die unverlöschbar zu sein schien. Am Anfang eines jeden Tages schwor er sich, nicht zu sterben, und am Ende eines jeden Tages lachte er triumphierend, weil er noch am Leben war.

1810 schaffte man ihn nach Van-Diemens-Land und steckte ihn in einen Trupp von Kettensträflingen, der durch das eisenharte Sandsteingelände hinter Hobart mit Pickhacken eine Straße zu bahnen hatte. Roderick benutzte bei der nächsten sich bietenden Gelegenheit seine Picke, um damit dem Oberaufseher ein Loch in den Brustkorb zu hacken. Sodann massakrierten er und zehn weitere Sträflinge weitere fünf Aufseher, indem sie ihnen Zentimeter für Zentimeter das Fleisch von den Knochen schabten, bis die Männer unter gellendem Geschrei verendeten. Denn Sträflinge wie Aufseher waren Bestien – Urwesen gleichsam, die keine menschlichen Gefühle mehr kannten.

Mit dem Schnaps und dem Proviant ihrer Opfer kämpften sich die elf Männer voran durch endlose, kalte Regenwälder. In der Walfangstation Hobart stahlen sie ein Langboot und machten sich auf über die Tasman-See. Proviant hatten sie nicht mehr, und sie hatten auch kein Trinkwasser und keine Segel. Als das Langboot an die wilde Westküste von Neuseelands Südinsel gespült wurde, waren nur noch Roderick Armstrong und zwei andere Männer am Leben. Nie ließ er über diese unglaubliche Fahrt ein Wort fallen, aber man flüsterte sich zu, die drei hätten nur überlebt, indem sie ihre schwächeren Gefährten töteten und aßen.

Neun Jahre waren seit seiner Deportation aus England vergangen. Noch immer war er ein junger Mann, doch er sah aus wie sechzig. Als 1840 die ersten „amtlich genehmigten" Siedler eintrafen, hatte er im reichen Canterbury-Distrikt der Südinsel für sich längst Land gerodet und außerdem eine Maori-Frau geheiratet – ohne irgendeine Trauungsurkunde allerdings – und mit ihr dreizehn hübsche halbpolynesische Kinder gezeugt. Gegen 1860 waren die Armstrongs Kolonial-Aristokraten. Ihre männlichen Sprößlinge schickten sie nach England auf exklusive Schulen, und ihre Abstammung von einem wahrhaft bemerkenswerten Mann bewiesen sie durch ein wahrhaft bemerkenswertes Besitzstreben, das sich mit einem erstaunlichen Quantum List und Verschlagenheit paarte. Rodericks Enkelsohn James hatte Fiona gezeugt, die 1880 zur Welt gekommen war: das einzige Mädchen unter insgesamt fünfzehn Kindern.

Vielleicht entbehrte Fee die protestantischen Rituale ihrer Jugend, die einfacher und nüchterner gewesen waren. Anmerken ließ sie sich davon jedoch nichts. Sie respektierte Paddys religiöse Überzeugungen und besuchte mit ihm die Messe. Auch sorgte sie dafür, daß ihre Kinder ausschließlich an einen katholischen Gott glaubten. Aber da sie nie konvertiert war, fehlte es denn doch an gewissen Dingen, zum Beispiel an den Tisch- oder den Gute-Nacht-Gebeten – eben an ausgeübter Alltagsfrömmigkeit.

Außer der einen Fahrt vor nunmehr anderthalb Jahren hatte Meggie noch keine weitere gemacht. Damals war es nach Wahine gegangen, wo sie im General Store dann Agnes gesehen hatte. Aber das war auch alles gewesen. Sonst war sie noch nie von zu Hause fortgekommen.

Am Morgen ihres ersten Schultages war sie so aufgeregt, daß sie ihr Frühstück erbrach. Also mußte sie gesäubert werden. Also blieb gar nichts anderes übrig, als ihr das schöne neue marineblaue Kleid mit dem großen weißen Matrosenkragen auszuziehen und sie wieder in diesen scheußlichen braunen wollenen Fetzen zu stecken, der sie am Hals immer zu würgen schien, weil er zu eng schloß.

„Und, Herrgott noch mal, Meggie, wenn dir das nächste Mal übel wird, dann *sag* mir das! Sitz nicht einfach da, bis es zu spät ist! Und jetzt mußt du dich beeilen, denn wenn du zu spät kommst, gibt Schwester Agatha dir bestimmt was mit dem Stock. Benimm dich und halte dich an deine Brüder."

Als Fee Meggie schließlich zur Tür hinausschob, hüpften Bob, Jack, Hughie und Stu am Vordertor bereits ungeduldig von einem Fuß auf den anderen.

„Los, Meggie, sonst kommen wir zu spät!" rief Bob und setzte sich in Bewegung.

Seine Brüder folgten ihm, und Meggie ihrerseits folgte den Jungen. Um einigermaßen mitzuhalten, mußte sie in eine Art Laufschritt fallen.

Es war kurz nach sieben. Die sanfte Sonne schien schon seit mehreren Stunden, und nur an schattigen Stellen fand sich auf dem Gras noch Tau. Die Straße nach Wahine war eigentlich nur ein Feldweg mit zwei tiefen Furchen, den Spuren rollender Wagenräder. Im hohen Gras zu beiden Seiten blühten mit üppiger Pracht rötliche Kapuzinerkresse und weiße Calla. Dahinter befanden sich Holzzäune, die fremden Besitz begrenzten oder, präziser: vor dem Eindringen Unbefugter schützten oder doch schützen sollten.

Auf dem Weg zur Schule marschierte Bob immer oben auf den Zäunen zur rechten Hand entlang, wobei er seine Schultasche gern auf dem Kopf balancierte. Die Zäune zur linken Hand waren gleichsam Jacks Revier, so daß für die drei jüngeren Clearys die „Straße" blieb. Es ging einen ziemlich steilen Anstieg hinauf, und oben, wo die Robertson-Straße in die Wahine-Straße mündete, blieben sie einen Augenblick keuchend stehen, fünf leuchtend rote Schöpfe vor dem weißblauen Himmel. Jetzt ging es hügelabwärts, und das ließ man sich schon eher gefallen: Die Kinder faßten sich bei den Händen und liefen den grasbewachsenen Wegrand hinab, bis er unter einem wahren Blumengewirr gleichsam verschwand. Hätten sie nur Zeit dafür gehabt, so wären sie unter Mr. Chapmans Zaun hindurchgekrochen, um wie Steinbrocken den Hang hinunterzukugeln.

Vom Cleary-Haus bis Wahine waren es etwa acht Kilometer, und als Meggie in der Ferne endlich die Telegraphenpfähle sah, zitterten ihr die Beine. Bob warf ihr ungeduldige Blicke zu. Seine Ohren waren gleichsam schon für das Läuten der Schulglocke gespitzt. Das Gesicht seiner kleinen Schwester war ziemlich rot und wirkte dennoch irgendwie blaß. Seufzend gab Bob seine Schultasche Jack.

„Komm, Meggie", sagte er brummig. „Das letzte Ende trage ich dich huckepack." Scharf musterte er seine Brüder: Daß die ja nicht glaubten, er sei im Gemüt jetzt plötzlich pflaumenweich!

Meggie kletterte auf seinen Rücken und machte sich's dort bequem. Jetzt konnte sie sich in aller Behaglichkeit Wahine ansehen.

Viel zu sehen gab es da allerdings nicht. Wahine war kaum mehr als ein großes Dorf, zu beiden Seiten einer in der Mitte geteerten Straße gelegen. Das größte Gebäude war das zweistöckige Hotel. Dort überspannte ein von Pfeilern gestützter Baldachin den Gehsteig, hauptsächlich zum Schutz gegen die Sonne. Das zweitgrößte Gebäude war der General Store, der sich gleichfalls einer solchen schützenden Plane rühmen durfte. Außerdem standen vor seinen vollgepfropften Fenstern Sitzbänke, auf denen sich Passanten ausruhen konnten. Vor der Freimaurerhalle stand ein Fahnenmast, an dem in der steifen Brise ein ziemlich zerlappter Union Jack flatterte. So etwas wie eine Automobilwerkstatt gab es in der Stadt noch nicht, denn der Besitz von „pferdelosen Kutschen" war auf einige wenige beschränkt. Doch nicht weit von der Freimaurerhalle stand eine Schmiede mit einem Stall dahinter, und fast unmittelbar neben dem Pferdetrog sah man die Benzinpumpe. Das einzige Gebäude in der gesamten Siedlung, das wirklich den Blick auf sich zog, war ein sonderbar hellblauer Laden – sehr unbritisch: alle anderen Gebäude trugen einen Anstrich von nüchternem Braun. Die öffentliche Schule und die anglikanische Kirche standen Seite an Seite, direkt gegenüber der Heiligen-Herz-Kirche und der katholischen Schule.

Während die Cleary-Kinder am General Store vorübereilten, erklang die Glocke der katholischen Schule, fast unmittelbar gefolgt vom lauteren Schall der größeren Glocke vor der öffentlichen Schule. Bob fiel in eine Art Trab, und sie liefen auf einen kiesbestreuten Hof, wo sich gerade rund fünfzig Kinder vor einer kleinen Nonne formierten, die einen biegsamen Stock schwang, der länger zu sein schien als sie. Ohne daß es ihm gesagt werden mußte, stellte Bob sich mit seinem Trupp abseits der anderen Kinder auf, den Blick auf den Stock der Nonne gerichtet.

Das Herz-Jesu-Kloster hatte zwei Stockwerke, was man jedoch nicht sofort bemerkte, da es hinter einer Umfriedung ein Stück von der Straße entfernt stand. Im oberen Stockwerk wohnten die drei Barmherzigen Schwestern mit einer vierten Nonne, die als Haushälterin fungierte und die man nie zu Gesicht bekam. Im Erdgeschoß gab es drei große Räume, wo unterrichtet wurde. Rings um das rechteckige Gebäude lief eine breite, schattige Veranda. Dort durften sich die Kinder, hauptsächlich während der Pausen, an Regentagen aufhalten. An Sonnentagen war das verboten. Es gab mehrere große Feigenbäume auf dem Grundstück, und hinter der Schule fiel das Gelände ab und bildete unten eine kreisförmige Grasfläche, die man euphemistisch „Kricketplatz" getauft hatte. Tatsächlich wurde dort am häufigsten Kricket gespielt.

Bob und seine Brüder standen stocksteif und ignorierten die spöttischen und verstohlenen Laute aus der Gruppe der Kinder. Jetzt marschierten die angetretenen Schüler in das Gebäude, und zwar zu den Klängen des geistlichen Liedes, das Schwester Catherine drinnen auf dem klirrenden Schulklavier spielte.

Erst als das letzte Kind verschwunden war, löste Schwester Agatha sich aus ihrer steifen Haltung. Sie schwang herum und kam auf die Clearys zu.

Meggie starrte die Nonne an. Sie hatte noch nie eine gesehen, und der Anblick schien in der Tat außergewöhnlich. Von Schwester Agatha selbst waren nur ein Stück Gesicht und die beiden Hände zu sehen. Bei der Nonnentracht herrschte, wenn man von dem weißen gestärkten Brustkragen einmal absah, fast ausschließlich das schwärzeste Schwarz vor. Um Schwester Agathas stattliche Leibesmitte schlang sich ein breiter Ledergürtel, dessen Enden durch einen Metallring miteinander verbunden waren. Von diesem Ring baumelte ein Rosenkranz herab. Die Haut der Nonne wirkte ewig gerötet, teilweise eine Folge übermäßiger Reinlichkeit, teilweise bedingt durch den permanenten Druck, den die Haube – der sogenannte Schleier – auf ihr Gesicht ausübte, auf ein gleichsam entkörperlichtes Gesicht. Überall auf ihrem Kinn sprossen winzige Haarbüschel, und Lippen schien sie nicht zu besitzen. Ihr Mund war zu einem schmalen Strich zusammengepreßt, ganz als müsse sie sich unentwegt auf die schwere Aufgabe konzentrieren, hier in dieser hinterwäldlerischen Einöde eine Braut des Himmels zu sein – nachdem sie fünfzig Jahre zuvor in einem so sanft und traut wirkenden Kloster in Killarney den Schleier genommen hatte. Oben an ihrer Nase sah man zwei rötliche Flecken, Spuren des stählernen Brillengestells. Die fahlblauen Augen hinter den Gläsern blickten mißtrauisch und erbittert.

„Nun, Robert Cleary, warum kommst du zu spät?" fauchte Schwester Agatha.

„Es tut mir leid, Schwester", sagte Bob, den Blick nach wie vor auf ihrem jetzt hin und her schwingenden Stock.

„Warum kommst du zu spät?" wiederholte sie.

„Es tut mir leid, Schwester."

„Dies ist der erste Morgen des neuen Schuljahrs, Robert Cleary, und ich hätte eigentlich gedacht, daß du wenigstens an diesem Tag versuchen würdest, pünktlich zu sein."

Meggie zitterte, nahm jedoch ihren ganzen Mut zusammen. „Oh, bitte, Schwester, es war meine Schuld!" piepste sie.

Die fahlblauen Augen schwenkten von Bob zu Meggie und schienen in sie einzudringen: buchstäblich in ihre Seele. Unschuldig und arglos stand sie da und wußte nicht, daß sie gegen das oberste Gebot verstieß im ewigwährenden, tödlichen Kampf zwischen Lehrern und Schülern: Nie freiwillig über etwas Auskunft geben. Rasch gab Bob ihr einen Tritt gegen das Bein, und sie musterte ihn verwirrt von der Seite.

„Warum war es deine Schuld?" fragte die Nonne in einem so kalten Ton, wie Meggie ihn noch nie gehört hatte.

„Ich mußte brechen, und das ging auf den Tisch und auf mein Kleid, bis durch auf die Unterhose, und Mum mußte mich waschen und mir etwas anderes zum Anziehen geben, und darum sind wir alle zu spät gekommen", erklärte Meggie.

Das Gesicht der Nonne blieb ausdruckslos. Nur ihr Mund

schien plötzlich einer zum Zerspringen gespannten Stahlfeder zu gleichen. Die Spitze ihres Stocks senkte sich um zwei oder drei Zentimeter. „Wer ist *dies?*" fauchte sie Bob an, und ihre Frage schien sich auf ein neues und ganz besonders widerliches Insekt zu beziehen.

„Bitte, Schwester, sie ist meine Schwester Meghann."

„Dann wirst du ihr in Zukunft klarmachen, Robert, daß es gewisse Dinge gibt, die wir niemals erwähnen, wenn wir wirkliche Ladies und Gentlemen sind. Unter gar keinen Umständen gebrauchen wir je den Namen irgendeines Teils unserer Unterbekleidung, wie Kinder aus einem anständigen Elternhaus automatisch wissen würden. Streckt eure Hände vor, ihr alle."

„Aber, Schwester, es war *meine* Schuld!" rief Meggie, während sie ihre Hände vorstreckte, die Innenflächen nach oben gekehrt. Sie kannte das Ritual. Tausendmal und mehr hatten ihre Brüder es zu Hause als Pantomime vorgeführt.

„Still!" zischte Schwester Agatha sie an. „Es ist mir völlig gleichgültig, wer von euch die Schuld hat. Ihr seid alle zu spät gekommen, also müßt ihr auch alle bestraft werden. Sechs Hiebe!" Sie sprach das Urteil mit monotoner Stimme.

Voll Schrecken beobachtete Meggie, wie der lange Stock blitzschnell auf Bobs Handfläche herabsauste, und zwar genau in die Mitte. Sofort erschien eine rote Strieme. Der nächste Schlag saß präzise an der untersten Furche der Finger und der dritte auf den Fingerkuppen, einem besonders schmerzempfindlichen Teil. Schwester Agatha war eine zielsichere Expertin. Drei Schläge trafen Bobs andere Hand. Dann wandte die Nonne ihre Aufmerksamkeit Jack zu. Bobs Gesicht war blutleer, aber er hatte nicht gezuckt und auch keinen Laut von sich gegeben. Genauso verhielten sich jetzt seine Brüder, selbst der zarte Stu.

Als die Reihe an Meggie war, schloß sie unwillkürlich die Augen, und so sah sie nicht, wie der Stock auf ihre Hand herabsauste. Doch plötzlich gab es eine ungeheure Explosion von Schmerz. Siedeglut schien sich durch das Fleisch hindurch zum Knochen zu fressen, und während sie weiter vordrang, die Unterarme herauf, peitschte der nächste Hieb auf die Handfläche, und als sie die Schultern erreichte, landete auf den Fingerkuppen der dritte Schlag. Mit der Schärfe einer Klinge schien der Schmerz jetzt mitten durch Meggie hindurchzugehen. Tief gruben sich ihre Zähne in die Unterlippe. Sie schrie nicht. Genau wie ihre Brüder blieb sie stumm. Sie hätte sich geschämt, es ihnen nicht nachzutun. Auch sie hatte ihren Stolz. Was sie empfand, waren Zorn und Empörung über die Ungerechtigkeit. Noch immer hielt sie die

Augen geschlossen. Sie zog es vor, Schwester Agatha jetzt nicht anzusehen. Die Lektion, welche die Nonne ihr erteilte, haftete fest – allerdings kaum in dem von Schwester Agatha beabsichtigten Sinn.

Erst in der Mittagspause spürte Meggie in den Händen keine Schmerzen mehr. Den Vormittag hatte sie in einem Zustand von Furcht und Verwirrung hinter sich gebracht. Im Klassenraum für die Jüngsten mußte sie sich mit einem anderen Kind Pult und Bank teilen, doch wer da neben ihr saß, nahm sie überhaupt nicht wahr. Und von dem, was gesagt und getan wurde, begriff sie nichts. Die Pause verbrachte sie dann mit Bob und Jack an einer abseits gelegenen Stelle des Spielplatzes. Sie glich einem Häufchen Elend. Erst auf Bobs strengen Befehl aß sie die Brote mit der Stachelbeermarmelade, die Fee ihr mitgegeben hatte.

Während des Nachmittagsunterrichts ging es dann besser. Meggie begann wahrzunehmen, was um sie herum geschah. Noch immer brannten die Hiebe tief, wenn auch nicht körperlich. Meggie ignorierte das Getuschel der Mädchen in ihrer Nähe und saß sehr straff, mit hocherhobenem Kopf.

Vorne stand Schwester Agatha mit ihrem Stock; Schwester Declan patrouillierte sozusagen hinter den Linien auf und ab; Schwester Catherine setzte sich an das Klavier unmittelbar beim Eingang des Klassenraums für die Jüngsten und begann, „Vorwärts, christliche Soldaten" zu spielen. Eigentlich handelte es sich hierbei um ein protestantisches Lied, doch durch den Krieg war es gleichsam interkonfessionell geworden. Wie kleine Soldaten, befand Schwester Catherine voll Stolz, marschierten die lieben Kinder nach dieser Weise.

Schwester Declan war eine recht getreue Kopie von Schwester Agatha, in einer um fünfzehn Jahre jüngeren Ausgabe. Schwester Catherine dagegen hatte noch etwas entfernt Menschliches an sich. Sie war erst in den Dreißigern, irischer Herkunft natürlich, und das Feuer ihrer inbrünstigen Hingabe war noch nicht völlig erloschen. Es machte ihr Freude, die Kinder zu unterrichten, in deren kleinen, ihr bewundernd zugewandten Gesichtern sie noch immer Ebenbilder des Herrn Jesu Christi zu sehen vermochte. Doch sie unterrichtete nur die älteren Schüler, bei denen Schwester Agatha annahm, sie seien genügend gedrillt, um auch bei einer jungen und nachgiebigen Lehrerin nicht zu mucksen. Was Schwester Agatha betraf, so nahm sie sich der Jüngsten an, um die noch gestaltlose Tonmasse kindlicher Hirne und Herzen nach ihrer Fasson zu formen. Die mittleren Gruppen überließ sie Schwester Declan.

In der hintersten Reihe sitzend – und somit vor gewissen Argusaugen leidlich sicher –, wagte Meggie jetzt einen Blick auf ihre Nachbarin. Ein breites Lächeln war die Antwort, Zahnlücken wurden sichtbar, und aus einem dunklen, leicht glänzenden Gesicht musterten Meggie dunkle, überaus große Augen.

Für Meggie hatte dieses Wesen an ihrer Seite etwas Faszinierendes. Blonde oder rötliche Haare und Sommersprossen waren für sie alltäglich, und selbst Frank mit seinen dunklen Augen und seinem dunklen Haar hatte eine vergleichsweise helle Haut. Kein Wunder also, daß Meggie in ihrer Nachbarin das schönste Geschöpf sah, das ihr je zu Augen gekommen war.

„Wie heißt du?" fragte die dunkle Schönheit leise aus dem Mundwinkel. Am Ende ihres Bleistifts kauend, spuckte sie die abgebissenen winzigen Stückchen in die Vertiefung für das Tintenfaß.

„Meggie Cleary", flüsterte Meggie zurück.

„Ihr dort!" klang eine trocken raspelnde Stimme von vorn. „Ja, *du!!*"

Meggie fuhr zusammen und blickte sich verstört um. Ein eigentümlich hohl klingendes Klappern ertönte: Zwanzig Kinder legten fast genau gleichzeitig ihre Bleistifte auf ihre Pulte. Voll Entsetzen sah Meggie, daß alle sie anstarrten. Und ihr Schrecken wuchs noch, als jetzt Schwester Agatha den Gang entlang auf sie zukam. Am liebsten wäre sie geflüchtet, hätte sie nur gewußt, wohin. Doch hinter ihr versperrte die Trennwand zum Klassenraum für die mittleren Jahrgänge den Fluchtweg, zu beiden Seiten befanden sich Pulte, und vor ihr war Schwester Agatha. In ihrem verängstigten kleinen Gesicht schien es, als sie jetzt zur Nonne emporstarrte, nichts zu geben als ein riesiges Augenpaar.

„Du hast geredet, Meghann Cleary?"

„Ja, Schwester."

„Und was hast du gesagt?"

„Meinen Namen, Schwester."

„Deinen *Namen!*" Höhnisch blickte Schwester Agatha sich zu den anderen Kindern um: Hier, so sagte ihr Blick, war von allen wohl einzig Verachtung am Platz. „Nun, Kinder, fühlen wir uns nicht geehrt? Noch jemand von den Clearys in unserer Schule, und sie kann nicht damit warten, ihren Namen hinauszuposaunen!" Sie wandte sich wieder Meggie zu. „*Steh auf, wenn ich mit dir rede*, du unwissende kleine Wilde! Und strecke bitte deine Hand vor."

Meggie raffte sich hoch. Unsicher stand sie, und die langen Locken schienen ihr Gesicht zu umtanzen. Sie verschränkte die Hände ineinander, in verzweifelter, wie flehender Geste, doch

Schwester Agatha rührte sich nicht um den Bruchteil eines Zentimeters, sie wartete nur, wartete, wartete... Irgendwie brachte Meggie die Kraft auf, die Hände vorzustrecken; doch als der Stock herabsauste, zuckte sie entsetzt zurück. Schwester Agatha krallte die Finger ihrer freien Hand in Meggies oben gebauschtes Haar. Sie zog den Kopf des Mädchens so dicht zu sich heran, daß das kleine Gesicht nur noch wenige Zentimeter von jenen furchtbaren Brillengläsern entfernt war.

„Strecke deine Hände vor, Meghann Cleary." Die Stimme klang keineswegs zornig, sie klang fast höflich, doch kalt und unversöhnlich.

Meggie öffnete den Mund und erbrach sich: Sie erbrach sich auf Schwester Agathas makelloses Habit. Voll Entsetzen hielten alle Kinder für Sekundenbruchteile die Luft an, während das Erbrochene vom Stoff auf den Fußboden tropfte. Schwester Agatha stand starr, das Gesicht dunkelrot vor Verblüffung und Wut. Und dann sauste der Stock, sauste und sauste, wohin immer er gerade traf, während Meggie, um ihr Gesicht zu schützen, die Arme über den Kopf hob und, sich zusammenkrümmend, in die Ecke zurückwich. Noch immer erbrach sie sich.

Als der Arm von Schwester Agatha so müde war, daß er den Stock nicht mehr hochheben wollte, deutete sie zur Tür. „Geh nach Hause, du widerliche kleine Philisterin", sagte sie und machte auf dem Hacken kehrt und ging in Schwester Declans Klassenraum.

Meggies hin und her zuckender Blick suchte und fand Stu. Er nickte. Ja, sollte das offenbar heißen, du mußt tun, was sie dir befohlen hat. Seine sanften grünblauen Augen waren voll Mitleid und Verständnis. Sie wischte sich den Mund mit dem Taschentuch und stolperte dann durch die Tür und hinaus aus dem Gebäude. Bis zum Unterrichtsschluß waren es noch zwei Stunden: viel zu lange, um irgendwo auf ihre Brüder zu warten – dafür war sie einfach zu verängstigt. Und so blieb ihr nichts anderes übrig, als allein nach Hause zu gehen und allein Mum zu beichten, was geschehen war.

Als Fee mit einem Korb voll nasser Wäsche rückwärts aus der Hintertür kam, stolperte sie ums Haar über Meggie, die auf der obersten Stufe der hinteren Veranda saß, den Kopf tief gebeugt, den Vorderteil ihres Kleides über und über befleckt. Fee setzte den schweren Korb ab und strich sich seufzend eine Strähne aus der Stirn.

„Was ist passiert?" fragte sie müde.

„Ich habe gebrochen – auf Schwester Agatha drauf."

„Herr im Himmel!" sagte Fee, die Hände auf den Hüften.

„Und mit dem Stock hab' ich's gekriegt", erklärte Meggie kaum hörbar. In ihren Augen quollen Tränen.

„Eine schöne Bescherung, muß ich sagen." Fee hob wieder ihren Korb hoch, und einen Augenblick stand sie schwankend. „Nun, Meggie, ich weiß nicht, was ich mit dir tun soll. Wir müssen abwarten, was Daddy dazu sagt." Über den Hinterhof ging sie zur aufgespannten Wäscheleine, wo bereits viele Stücke zum Trocknen hingen.

Erschöpft fuhr sich Meggie mit den Händen über das Gesicht und sah ihrer Mutter einen Augenblick nach. Dann stand sie auf und ging den Weg zur Schmiede hinab.

Frank hatte gerade Mr. Robertsons braune Stute frisch beschlagen und führte sie in eine Box, als Meggie im Eingang erschien. Als er sie sah, tauchten sofort Erinnerungen an seine eigene elende Schulzeit auf. Sie war so klein, noch so rundlich-plump und so unschuldig und so süß, doch der Glanz in ihren Augen war brutal zum Verlöschen gebracht worden, und der Ausdruck, der sich dort jetzt fand, ließ einen Wunsch in ihm wach werden: den Wunsch, Schwester Agatha zu ermorden, sie wirklich zu ermorden ... Er ließ ein Werkzeug fallen, das er in der Hand hielt, band sich den Lederschurz ab, trat rasch auf Meggie zu.

„Was ist passiert, Liebes?" fragte er und beugte sich vor, bis sein Gesicht mit ihrem auf gleicher Höhe war. Der Gestank des Erbrochenen stieg wie Pesthauch auf, doch er unterdrückte den Impuls, sich abzuwenden.

„Oh, Fra-Fra-Frank!" schluchzte sie und ließ ihren Tränen jetzt freien Lauf. Sie schlang ihre Arme um seinen Hals und klammerte sich verzweifelt an ihn und weinte auf jene eigentümlich lautlose, schmerzliche Weise, wie alle Cleary-Kinder das taten, sobald sie aus dem frühen Kindesalter heraus waren. Es war schrecklich, das mit anzusehen, und mit sanften Worten oder auch durch Küsse ließ es sich nicht heilen.

Schließlich wurde sie ruhiger, und er hob sie hoch und trug sie zu einem Heuhaufen nahe der braunen Stute. Ganz herrlich roch es, und während das Pferd seine Lippen nach der Streu streckte, auf der sie saßen, waren sie wie verloren für die Welt ringsumher. Meggie hatte ihren Kopf an Franks glatte, nackte Brust geschmiegt, und die Stute schnob stoßweise und voll Behagen, so daß Meggies rötliche Locken aufgestört flogen.

„Warum hat sie uns alle mit dem Stock geschlagen, Frank?" fragte Meggie. „Ich habe ihr doch gesagt, daß es meine Schuld war."

Frank hatte sich an den Geruch gewöhnt, es machte ihm nichts mehr aus. Er strich der Stute über die Nüstern, schob dann, als sie zu zudringlich wurde, ihren Kopf zurück.

„Wir sind arm, das ist der Hauptgrund. Die Nonnen hassen immer arme Schüler. Wenn du erst einmal ein paar Tage in Schwester Ags muffiger alter Schule gewesen bist, merkst du schon, daß sie's nicht nur an den Clearys ausläßt, sondern auch an den Marshalls und an den MacDonalds. Wir sind alle arm. Wären wir aber reich und würden wir wie die O'Briens in einer großen Kutsche zur Schule fahren, so wüßten sie sich gar nicht mehr zu lassen. Aber wir können keine Orgel für die Kirche stiften oder goldene Gewänder für die Sakristei oder ein neues Buggy samt neuem Pferd für die Nonnen. Also zählen wir nicht. Sie können mit uns machen, was sie wollen.

Ich erinnere mich noch, wie Schwester Ag einmal so wütend auf mich war, daß sie kreischte: ‚Um alles im Himmel, so weine doch endlich! Schrei, Francis Cleary, gib irgendeinen Laut von dir! Wenn ich die Genugtuung hätte, dich heulen zu hören, so würde ich dich nicht so oft und so hart schlagen!'

Das ist ein weiterer Grund, aus dem sie uns haßt; hierin sind wir besser als die Marshalls und die MacDonalds. Die Clearys kann sie nicht zum Weinen bringen. Wir sollen ihr die Stiefel lecken. Na, ich habe den Jungens gesagt, was ich mit einem Cleary mache, der auch nur wimmert, wenn er was mit dem Stock kriegt, und das gilt auch für dich, Meggie. Egal, wie hart sie zuschlägt – kein Mucks. Hast du heute geweint?"

„Nein, Frank." Sie gähnte, während ihre Augenlider immer tiefer sanken. Suchend fuhr ihr Daumen über das Gesicht, fand den Mund, glitt hinein. Frank sorgte dafür, daß sie richtig auf dem Heu lag, und kehrte dann, lächelnd und vor sich hin summend, zu seiner Arbeit zurück.

Während Meggie noch schlief, kam Paddy herein. Vom Ausmisten von Mr. Jarmans Molkerei waren seine Arme noch verdreckt, den breitkrämpigen Hut hatte er tief in die Stirn gezogen. Er sah, daß Frank am Amboß stand, wo er eine Achse schmiedete, während Funken seinen Kopf umwirbelten. Dann blickte er zum Heuhaufen, wo seine Tochter lag, während die braune Stute ihren Kopf tief über das Gesicht der Schlafenden gesenkt hielt.

„Hab' mir doch gedacht, daß sie hier sein würde", sagte Paddy, ließ seine Reitpeitsche fallen und führte seinen Rotschimmel von draußen in jenes Ende des Schuppens, das als Stall diente.

Frank nickte kurz und warf seinem Vater einen eigentümlichen Blick zu: einen dunklen Blick, aus dem ein tiefer Zweifel zu sprechen schien. Paddy fühlte sich dadurch stets aufs neue irritiert. Der Junge wandte sich wieder dem Amboß zu. Auf seinem nackten Rücken glänzte Schweiß.

Paddy nahm seinem Schimmel den Sattel ab, führte das Tier in eine Box und füllte Wasser in den Trog. Dann mischte er das Futter zurecht, Kleie und Hafer mit ein bißchen Wasser. Als er das Futter in die Krippe schüttete, gab ihm das Pferd einen freundschaftlichen Stoß und folgte ihm dann mit den Augen, während er durch die Schmiede hinausging zum großen Trog und sich das Hemd auszog. Er wusch sich Gesicht und Oberkörper, bespritzte sich dabei das Haar und die Reithose. Mit einem Sack trocknete er sich, blickte fragend seinen Sohn an.

„Mum hat mir gesagt, daß Meggie in Schande nach Hause geschickt wurde. Weißt du, was genau passiert ist?"

Frank legte die Achse beiseite. Das Metall war bereits stark abgekühlt. „Sie hat gebrochen – direkt auf Schwester Agatha drauf."

Ein Grinsen huschte über Paddys Gesicht. Rasch blickte er zur anderen Seite. Als er sich dann unter Kontrolle hatte, suchten seine Augen die schlafende Meggie. „Ganz aufgeregt wegen ihrem ersten Schultag, wie?"

„Ich weiß nicht. Sie mußte schon heute früh brechen, und so kamen dann alle zu spät und kriegten ihre sechs Hiebe. Meggie fand das fürchterlich ungerecht und meinte, sie hätte allein bestraft werden müssen. Nach der Mittagspause nahm Schwester Ag sie dann wieder aufs Korn, und Meggie erbrach sich, und alles landete auf Schwester Ags sauberem schwarzen Habit."

„Und was passierte dann?"

„Schwester Ag drosch mit ihrem Stock auf sie ein und schickte sie in Schande nach Hause."

„Da ist sie wirklich hart genug bestraft worden, will ich meinen. Bei allem Respekt vor den Schwestern, mit dem Stock sind sie mir doch ein bißchen zu schnell zur Hand. Ich weiß zwar, daß sie Lesen, Schreiben und Rechnen praktisch in unsere dicken irischen Schädel reinprügeln müssen, aber schließlich war es doch Klein-Meggies erster Schultag."

Frank musterte seinen Vater überrascht, fast verblüfft. Es war das erste Mal, daß Paddy mit seinem ältesten Sohn sozusagen von Mann zu Mann sprach. Plötzlich empfand der Junge nichts von dem Groll, den er sonst gegen seinen Vater hegte. Er begriff, daß Paddy bei allem geradezu prahlerischen Stolz auf seine Söhne seine kleine Tochter dennoch am meisten liebte.

Als Frank jetzt lächelte, fand sich in seinem Lächeln nichts vom sonstigen Mißtrauen gegen seinen Vater. Er fühlte für ihn fast so etwas wie Zuneigung. „Sie ist doch ein prächtiges kleines Ding, nicht?" sagte er.

Paddy nickte abwesend, während er die schlafende Meggie betrachtete. Die braune Stute stülpte die Lippen vor, der Atem des Pferdes traf auf Meggies Gesicht. Sie begann, sich zu bewegen, öffnete dann die Augen. Als sie neben Frank ihren Vater sah, setzte sie sich steil auf und starrte ihn beklommen an.

„Nun, Meggie-Mädchen, du hast einen schlimmen Tag hinter dir, nicht?" Paddy ging zu ihr und hob sie vom Heuhaufen hoch. Als ihm der Geruch ihres beschmutzten Kleides in die Nase drang, hielt er unwillkürlich den Atem an. Doch dann zuckte er nur mit den Achseln.

„Ich habe Prügel bekommen, Daddy", beichtete sie.

„Na, wie ich Schwester Agatha kenne, war das bestimmt nicht das letzte Mal", lachte er und setzte sie sich auf die Schulter. „Jetzt wollen wir erst mal sehen, ob Mum für dich zum Baden vielleicht heißes Wasser hat. Du riechst ja schlimmer als Mr. Jarmans Stall."

Frank folgte beiden zum Ausgang und sah ihnen nach: zwei Rotschöpfe, die den Weg zum Haus hinaufwippten. Als er sich umwandte, sah er, daß ihn die braune Stute beäugte.

„Also los, du alte Mähre", sagte er und griff nach einem Halfter, „ich werde dich nach Hause reiten."

Daß Meggie sich auf Schwester Agathas so makelloses Habit erbrochen hatte, erwies sich als Glück im Unglück. Zwar prügelte die alte Nonne Meggie regelmäßig, doch hielt sie dabei sicherheitshalber auf einen gewissen Abstand, was sowohl ihre Zielsicherheit als auch die Kraft ihrer Schläge wesentlich beeinträchtigte.

Meggies Banknachbarin, die dunkle Schönheit, war die jüngste Tochter des Italieners, dem in Wahine das hellblaue Restaurant gehörte. Sie hieß Teresa Annunzio, und bald wurden sie und Meggie sehr enge Freundinnen. Als Teresas Zähne wuchsen und die Zahnlücken sich verloren, zeigte sich, daß sie in der Tat ein bildhübsches kleines Ding war. Meggie jedenfalls bewunderte sie sehr. In den Pausen spazierten beide engumschlungen auf dem Schulhof umher, ein Zeichen für die anderen, daß diese hier „beste Freundinnen" waren und für niemanden sonst verfügbar.

Einmal nahm Teresa in einer Mittagspause Meggie mit zum Restaurant. Dort lernte sie dann die anderen Annunzios kennen, Teresas Eltern und ihre erwachsenen Geschwister. Wie sich zeigte, war man wechselseitig voneinander entzückt. Fand Meggie die

Annunzios überaus anziehend wegen ihrer dunklen Haare und der dunkelgetönten Haut, so erschien diesen Meggies goldener Schopf unwiderstehlich, und das wunderschön gefleckte Grau der Augen kam ihnen geradezu engelsgleich vor. Herzlich hießen sie Meggie bei sich willkommen und setzten ihr zu essen vor: Pommes frites und entgräteten Fisch – eine Köstlichkeit, so jedenfalls schien es Meggie, wie sie sie noch nie gegessen hatte. Und sie wünschte sich, öfter im Restaurant essen zu dürfen. Aber nun ja, so leicht war das nicht. Wenn sie hierherkommen wollte, mußte sie ihre Mutter und auch die Nonnen jeweils um Erlaubnis bitten.

Ihre Berichte zu Hause spickte sie unablässig mit Sätzen wie: „Teresa hat gesagt", oder: „Wißt ihr, was Teresa gemacht hat?", bis Paddy lautstark erklärte, jetzt habe er über Teresa aber wirklich genug gehört.

„Weiß nicht, ob es eine so gute Idee ist, mit Ithakern so dick Freund zu sein", sagte er dann. Wie alle, die sozusagen zur britischen Gemeinde gehörten, empfand er gegen Romanen – und überhaupt gegen alle dunkelhäutigen Menschen – ein instinktives Mißtrauen. „Ithaker sind schmutzig, Meggie-Mädchen, sie waschen sich nicht oft", erklärte er lahm und verstummte dann unter Meggies verletztem und vorwurfsvollem Blick.

Immerhin hatte er einen Bundesgenossen in Frank, der ganz einfach eifersüchtig war, sehr eifersüchtig. So sprach Meggie zu Hause denn nicht mehr so häufig von Teresa, doch an der engen Freundschaft zwischen den beiden Mädchen änderte sich nichts. Worüber Bob und die anderen kleinen Clearys in der Schule nur zu froh waren: so konnten sie während der Pausen herumtollen, wie es ihnen paßte, und brauchten sich nicht um ihre Schwester zu kümmern.

Nach und nach begann Meggie zu begreifen, was die rätselhaften Dinge zu bedeuten hatten, die Schwester Agatha immer und immer wieder an die Wandtafel schrieb. Stand dort ein „+", so sollte man alle Zahlen zusammenzählen, und fand sich statt dessen ein „−", so mußte man die untere Zahl von der oberen abziehen. Meggie war ein aufgewecktes Kind und wäre eine gute, wenn nicht sogar sehr gute Schülerin gewesen, hätte sie nur ihre Angst vor Schwester Agatha überwinden können. Doch wenn sich der scharfe, wie durchbohrende Blick auf sie richtete und die alte Nonne ihr mit schnarrender Stimme eine Frage stellte, so begann sie zu stammeln und zu stottern und konnte einfach nicht denken. Rechnen fand sie leicht, doch wenn sie aufgerufen wurde und sich mündlich auszudrücken hatte, so wußte sie nicht mehr, wieviel zwei und zwei waren. Vom Lesen konnte sie einfach nicht genug bekommen, weil es der Schlüssel zu einer neuen, faszinierenden Welt zu sein schien, aber wenn sie auf Schwester Agathas Befehl aufstehen und einige Sätze laut vorlesen mußte, so brachte sie kaum ein Wort wie „Katze" klar und deutlich heraus, vom „miau" ganz zu schweigen. Stets und ständig zitterte sie vor Schwester Agathas ätzenden Bemerkungen: wenn die alte Nonne *ihre* Schiefertafel hochhob, um sie vor versammelter Klasse zu verhöhnen; wenn sie *ihr* Schreibheft herumzeigen ließ, um zu demonstrieren, was eine schlampige Arbeit sei – was gar nicht stimmte: Meggie gab sich unendlich viel Mühe damit; wenn die Kinder ihre Mitschülerin dann auslachten, immer und ewig nur – oder doch hauptsächlich – sie, die Meggy Cleary.

Andere Kinder, jedenfalls die reicheren, besaßen Radiergummis. Meggies einziger Radiergummi war ihre Fingerspitze, die sie mit der Zunge anfeuchtete. So versuchte sie dann, dumme Fehler auszuradieren, doch war es weniger ein Radieren als ein Schmieren, und nicht selten schabte und kratzte sie so verzweifelt, daß es im Papier Löcher gab. Natürlich war es streng verboten, doch Meggie hätte fast alles getan, um nur Schwester Agathas scharfzüngigen Bemerkungen zu entgehen.

Bevor Meggie in die Schule gekommen war, hatte Stuart als Hauptzielscheibe herhalten müssen: für Schwester Agathas Stock ebenso wie für das von ihr verspritzte Gift. Wie sich zeigte, war Meggie ein weitaus „dankbareres" Opfer als der sehr in sich gekehrte und mitunter geradezu entrückt wirkende Stuart. So tapfer sie auch versuchte, es ihren Brüdern an eingefuchster Mannhaftigkeit und Ungerührtheit gleichzutun, es wollte einfach nicht so recht gelingen. Sie wurde leicht rot, knallrot sogar, und dieses gräßliche Zittern konnte sie auch nicht unterdrücken. Sie tat Stuart sehr leid, und wenn sie wieder einmal von Schwester Agatha aufs Korn genommen wurde, so versuchte er mit irgendeinem Trick den Blitzableiter für seine Schwester zu spielen. Die alte Nonne durchschaute das sofort, und ihre Wut steigerte sich noch: die Wut über die Clan-Verschworenheit der Clearys, die jetzt, wo das Mädchen da war, genauso bestand wie zuvor nur zwischen den Jungen. Hätte man Schwester Agatha gefragt, weshalb sie gegen die Clearys einen solchen Groll hegte, so wäre sie um eine Antwort verlegen gewesen. Aber es war wohl so, daß der alten, durch ihr Leben verbitterten Nonne eine solche Familie mit ihrem Stolz ganz einfach gegen den „Strich" ging.

Meggies schlimmste Sünde bestand darin, daß sie Linkshänderin war. Als sie zum erstenmal ihren Griffel in die Hand nahm, ging Schwester Agatha auf sie los wie Cäsar auf die Gallier.

„Meghann Cleary, lege den Griffel wieder hin!" donnerte sie.
Und so begann ein erbitterter Kampf. Meggie war nun einmal
von Natur aus Linkshänderin, was also tun? Schwester Agatha
drückte ihr den Griffel in die rechte Hand. Sie preßte ihr die Finger
so zusammen, daß sie den Griffel hielten. Und nun? Meggies
Bewußtsein war ein schwimmendes Etwas, ohne jeden Halt, ohne
richtiges Orientierungsvermögen. Wie sie mit den Fingern der
rechten Hand irgend etwas schreiben sollte, schreiben konnte,
begriff sie einfach nicht. Ebensogut hätte man von ihr verlangen
können, das mit den Zehen zu tun.

Als Schwester Agatha sich wieder entfernte, wechselte Meggie
den Griffel rasch wieder in die linke Hand über, und während sie
den rechten Arm wie zum Schutz um drei Seiten der Schiefertafel
legte, begann sie, eine Reihe geradezu gestochener As zu
schreiben.

Natürlich kam Schwester Agatha ihr auf die Schliche, und sie
war es auch, die den Kampf gewann. Eines Morgens band sie
Meggie den linken Arm mit einem Strick auf den Rücken und
dachte nicht daran, ihn wieder loszubinden, ehe am Nachmittag
um drei die Glocke den Schulschluß anzeigte. Selbst in der
Mittagspause auf dem Hof mußte Meggie mit gefesseltem Arm
herumlaufen. Die Prozedur dauerte insgesamt drei Monate, und
am Ende konnte sie dann, wie zumindest Schwester Agatha
befand, „korrekt" schreiben, wennschon es mit Meggies Schön-
schrift nie weit her war. Damit sie nicht in ihre alte Sünde
zurückfiel, mußte sie den festgebundenen Arm noch weitere zwei
Monate ertragen. Dann betete Schwester Agatha vor der versammelten Schule einen Rosenkranz als Dank an den Allmächtigen,
dessen Weisheit Meggie von ihrem Irrweg auf den rechten Pfad
geführt habe, sehr buchstäblich wohl auf den *rechten;* denn die
Kinder Gottes waren alle rechtshändig, während es sich bei
Linkshändern um Teufelsbrut handelte, zumal bei *rothaarigen*
Linkshändern.

In diesem ersten Schuljahr verlor Meggie ihren Babyspeck,
wurde sehr dünn, wuchs jedoch ein wenig. Sie begann, ihre
Fingernägel bis zum Fleisch abzukauen – und mußte dann, auf
Schwester Agathas Befehl, in der Schule von Pult zu Pult gehen,
damit die Kinder sehen konnten, wie häßlich abgekaute Nägel
waren. Dabei kaute nahezu die Hälfte der Kinder zwischen fünf
und fünfzehn Jahren genauso übel an den Fingernägeln wie
Meggie.

Fee holte die Flasche mit Bitter-Aloe hervor und strich dem
Mädchen von dem furchtbaren Zeug auf die Fingerspitzen. Alle

mußten sorgfältig aufpassen, daß sie keine Gelegenheit fand, die Tinktur abzuspülen; und als ihre kleinen Mitschülerinnen in der Klasse die verräterischen braunen Spuren an ihren Fingerspitzen entdeckten, war das für sie eine tiefe Demütigung.

Steckte sie, was natürlich geschah, ihre Finger auch jetzt noch in den Mund, so spürte sie einen geradezu unglaublich widerlichen Geschmack und nahm ihr Taschentuch und spie und spuckte hinein, um ihn wieder loszuwerden. Zu Hause nahm Paddy die Rute, die sich im Vergleich zu Schwester Agathas Stock geradezu sanft ausnahm, und dann ließ er Meggie durch die Küche tanzen: Er war strikt dagegen, Kinder ins Gesicht oder auf die Hände zu schlagen, und schlug nur gegen die Beine. Wenn es denn schon sein müsse, meinte er, nun gut – an den Beinen täte es genauso weh, könne jedoch keinen Schaden anrichten. Doch es schien alles nichts zu nutzen. Trotz Bitter-Aloe, trotz Hohn und Spott, trotz Schwester Agathas Stock und Paddys Rute kaute Meggie nach wie vor ihre Nägel.

Das Schönste in ihrem Leben war für sie die Freundschaft mit Teresa Annunzio, es war das einzige, was ihr die Schule erträglich machte. Während des Unterrichts wartete sie ungeduldig auf die Pause, in der sie dann mit Teresa engumschlungen unter dem großen Feigenbaum sitzen konnte und mit ihr reden, reden, reden, wie sie es immer taten, wenn sich die Gelegenheit dazu fand: sprechen, über so vieles – über Teresas so eigentümlich fremdländische Familie, über ihre vielen Puppen, über ihr Tee-Service aus echt chinesischem Porzellan.

Als Meggie das Tee-Service sah, war sie überwältigt. Es bestand aus 108 Einzelteilen – winzige Tassen und Untertassen und Teller, eine Teekanne, ein Zuckernapf, Kännchen für Milch und für Sahne, winzige Messer und Löffel und Gabeln; winzig war ja alles, sehr winzig sogar, denn es war ein Tee-Service für Puppen.

Teresa hatte so viele Spielsachen, daß man sie kaum noch zählen konnte. Sie war das Nesthäkchen, viel jünger als ihre nächstältere Schwester, und da es sich um eine italienische Familie handelte, wurde sie von allen innig und offen und ohne falsche Zurückhaltung geliebt – und mit Beweisen dieser Liebe mehr oder minder überschüttet. Sosehr sich die beiden Mädchen in praktisch allem auch wechselseitig bewunderten und beneideten, in diesem Punkt empfand Teresa für Meggie eher Mitleid: nicht zu seiner Mutter laufen dürfen und sie umarmen und küssen, wie es einem ums Herz war? Arme Meggie.

Wie hätte eine kleine Italienerin auch begreifen sollen, was es mit einer kalvinistischen Erziehung auf sich hatte?

Meggie hinwiederum war es unmöglich, Teresas füllige, breit lächelnde Mutter mit ihrer eigenen schlanken und nie lächelnden Mutter gleichsam auf denselben Nenner zu bringen. Und so dachte sie denn auch nicht: Wenn Mum mich doch umarmen und küssen wollte. Sie dachte vielmehr: Ich wünschte, Teresas Mum würde mich mal umarmen und küssen. Aber viel faszinierender als alle etwaigen Umarmungen und Küsse war für sie der Gedanke an das wunderbare Porzellan-Service. Wie zierlich, wie zerbrechlich, wie unvergleichlich schön! Wenn sie nur auch so ein Service hätte, um Agnes in einer tiefblau-weißen Tasse auf einer tiefblau-weißen Untertasse den Nachmittagstee zu servieren!

Beim Danksagungsgottesdienst am Freitag in der alten Kirche – es gab dort gleichermaßen reizende wie groteske Maori-Schnitzereien und eine von Maoris bemalte Decke – kniete Meggie nieder und betete um ein eigenes Tee-Service. Als Pater Hayes die Monstranz hochhob und hinter der strahlenumwobenen Glasscheibe in der Mitte wie schimmernd die heilige Hostie erschien, waren bei der Segenserteilung die Häupter der Gläubigen gebührend gebeugt – bis auf das Haupt Meggies, welche die Hostie nicht einmal wahrnahm, denn sie war vollauf damit beschäftigt, aus der Erinnerung nachzuzählen, wie viele Teller eigentlich zu Teresas Service gehörten. Und als die Maoris oben auf der Orgelempore jubelnde Gesänge anstimmten, schwebte Meggies Kopf wie in einem Gespinst aus Ultramarin – und aller Katholizismus war ihr genauso fern wie alles rätselhaft Polynesische.

Das Schuljahr neigte sich dem Ende zu, im Dezember stand Meggies Geburtstag bevor – man näherte sich dem Hochsommer –, als Meggie die bittere Erfahrung machen mußte, wie unendlich teuer man oft die Erfüllung seiner Herzenswünsche bezahlt.

Sie saß auf einem hohen Stuhl beim Herd, und wie stets vor der Schule frisierte ihre Mutter sie, was Zeit und Konzentration erforderte. Meggie besaß Naturlocken, was Fee für einen beträchtlichen Vorteil hielt. Mädchen mit glattem Haar hatten doch ziemlich große Schwierigkeiten, genügend „Fasson" hineinzubekommen, was recht ärgerlich war, zumal wenn sie älter wurden.

Die Prozedur am Morgen war stets diese: Zunächst wurden die Stoffetzen gelöst, die Meggie die Nacht über als Lockenwickler getragen hatte, sodann begann Fee Meggies Haar zu kämmen. Oder nein: zu bürsten, sehr sorgfältig und fast schon rituell.

Eine alte Mason-Pearson-Haarbürste benutzend, nahm sie eine

von Meggies noch „kringeligen" Locken in die linke Hand und bürstete das Haar dann überaus geschickt und gekonnt um ihren Zeigefinger, bis es eine glänzende dicke Rolle bildete. Dann zog sie ihren Zeigefinger hervor und schwenkte oder schüttelte die Haarrolle zur langen, beneidenswert dicken Locke: zur Stocklocke. Dieses Manöver wiederholte sie etwa ein dutzendmal. Sodann wurden die vorderen Locken mit einer Taftschleife auf Meggies Kopf hochgebunden, und sie war für den Tag frisiert. Alle anderen kleinen Mädchen trugen in der Schule ihr Haar in Flechten, eine Lockenfrisur blieb besonderen Gelegenheiten vorbehalten. Doch in diesem Punkt war Fee eisern: Meggies Haar sollte immer in Locken liegen, auch wenn es noch so schwerfiel, morgens die Zeit dafür zu erübrigen. Fee wußte nicht, daß ihre Anstrengungen im Grunde überflüssig waren, denn das Haar ihrer Tochter wäre so oder so das schönste in der ganzen Schule gewesen – und die alltäglich erneut vorgeführte Pracht erzeugte bei vielen nur Neid.

Im übrigen war das morgendliche Frisieren eine schmerzhafte Prozedur, was Meggie jedoch kaum noch bewußt wurde, so lange war sie schon daran gewöhnt. Fee bürstete das Haar mit überaus kräftigen Strichen. Natürlich hatten sich in der Nacht überall „verwuschelte" Strähnen gebildet, und dort mußte die Bürste hindurch, koste es, was es wolle. Fee zögerte denn auch keinen Augenblick. Sie riß die Bürste buchstäblich durch das widerspenstige Haar, und das geschah mit so viel Kraft, daß Meggie sich mit beiden Händen an ihrem Sitz festhalten mußte, um nicht herunterzufallen, während ihr der fast nur noch unterbewußt registrierte Schmerz das Wasser in die Augen trieb.

Es war am Montag der letzten Schulwoche. Während Fee die Bürste schwang, träumte Meggie, an ihren Stuhl geklammert, den Traum ihrer Träume: den Traum vom Tee-Service. Doch sie wußte, daß es nur ein Traum war. Im Wahine General Store gab es zwar so ein Service zu kaufen, doch was nützte das? Und was nützte es, daß sie in zwei Tagen Geburtstag hatte? Woher hätte ihr Vater, hätten ihre Eltern das Geld nehmen sollen, um den verlangten Preis zu bezahlen?

Plötzlich gab Fee ein Geräusch von sich, so sonderbar, daß Meggie aus ihren Gedanken geschreckt wurde. Sogar Paddy und die Jungen, am Frühstückstisch, blickten neugierig herüber.

„Allmächtiger Gott!" sagte Fee.

Paddy sprang auf, wie vor den Kopf geschlagen. Daß Fee den Namen des Herrn *eitel* im Munde führte, ihn zu einem Ausruf mißbrauchend, hatte er noch nie erlebt. Eine von Meggies Locken in der einen und die Bürste in der anderen Hand, schien sie sich, mit entsetztem, angewidertem Gesicht, vor Ekel fast zu schütteln. Paddy und die Jungen drängten näher. Meggie drehte den Kopf. Sie wollte gleichfalls sehen, was los war – und erhielt einen Schlag mit der Borstenseite der Bürste.

„Sieh doch!" sagte Fee zu Paddy und hielt Meggies Locke so, daß helles Licht darauffiel.

Im Schein der Sonne schien Meggies Haar eine Masse von glänzendem, gleißenden Gold zu sein, und zunächst sah Paddy weiter nichts. Dann entdeckte er, daß da irgend etwas *kroch*, auf Fees Handrücken jetzt. Er nahm selbst eine von Meggies Locken in die Hand, und nun sah er im hellen, grellen, tanzenden Schein, daß es im Haar von *so etwas* nur so wimmelte. Weißliche Pünktchen schienen verklumpt an jeder Strähne zu haften, geschäftiges Geschmeiß. Meggies Haar war ein wahrer Bienenkorb an Betriebsamkeit.

„Läuse hat sie!" sagte Paddy.

Bob, Jack, Hughie und Stu warfen einen Blick darauf und zogen sich dann, wie ihr Vater, in eine sichere Entfernung zurück. Nur Frank und Fee blieben bei Meggie stehen und starrten noch immer gebannt, während Meggie selbst bedrückt auf ihrem Sitz hockte.

Paddy ließ sich schwerfällig auf seinem Windsor-Stuhl nieder, blickte starr ins Herdfeuer, zwinkerte dann heftig.

„Es ist dieses verdammte Ithaker-Mädchen!" sagte er schließlich. „Verdammte Schweine, verdreckte und verlauste Schweine!"

„Paddy!" rief Fee entsetzt.

„Tut mir ja leid, daß ich so fluche, Mum", sagte er, „aber wenn ich daran denke, daß dieses verdammte Ithaker-Gör Meggie seine Läuse verpaßt hat, dann möchte ich am liebsten sofort los nach Wahine, um dieses dreckige, schmierige Restaurant niederzureißen!" Zornig hieb er sich mit den geballten Fäusten auf die Knie.

„Mum, was ist denn?" brachte Meggie endlich hervor.

„Da, du kleiner Lausekopf, sieh doch!" erwiderte Fee und hielt ihre Hand Meggie vor das Gesicht. „Dein ganzes Haar ist voll von diesen Dingern, und die hast du von deiner besten Freundin, diesem italienischen Mädchen! Was mach' ich nun bloß mit dir?"

Ohne daß es ihm jemand hätte sagen müssen, setzte Frank den großen Kessel für heißes Wasser auf. Währenddessen marschierte Paddy fluchend in der Küche hin und her, und jedes Mal, wenn sein Blick auf Meggie traf, wuchs seine Wut noch. Schließlich nahm er seinen Hut von einem der Haken an der Tür und stülpte ihn sich auf den Schädel. Dann griff er nach der langen Pferdepeitsche, die an einem Nagel hing.

Die weinende Meggie nahm ihren Vater nur noch undeutlich wahr. Sie hatte das kriechende Etwas auf Fees Hand gesehen. Doch worum es ging, was eigentlich los war, begriff sie noch immer nicht so recht. Sie empfand nur den Schrecken.

„Ich reite jetzt nach Wahine, Fee!" erklärte Paddy. „Erst mal knöpfe ich mir diesen verfluchten Ithaker vor, und dann – dann sage ich Schwester Agatha die Meinung ... was ich davon halte, daß sie in ihre Schule verlauste Kinder aufnimmt!"

„Paddy, sei vorsichtig!" bat Fee. „Vielleicht ist es ja gar nicht dieses italienische Mädchen – was dann? Und selbst wenn sie Läuse haben sollte ... sie könnte sie doch von anderen haben ... wie vielleicht auch Meggie."

„Unsinn!" sagte Paddy nur. Mit stampfenden Schritten ging er hinaus. Einige Minuten später hörte man den sich entfernenden Hufschlag seines Pferdes.

Mit einem Seufzer blickte Fee zu Frank. „Wir werden wohl von Glück sagen können, wenn er nicht im Kittchen landet." Sie holte tief Luft. „Übrigens geht heute keiner zur Schule. Die fällt für dieses Mal aus."

Sorgfältig suchte sie die Köpfe ihrer Söhne nach verdächtigen Symptomen ab. Zum Schluß kam auch Frank an die Reihe. Anschließend mußte er bei ihr nachsehen. Nirgends fand sich auch nur die geringste Spur, daß es außer der armen Meggie noch jemanden erwischt hatte. Und Fee dachte auch nicht daran, in diesem Punkt irgendein Risiko einzugehen. Inzwischen kochte das Wasser in dem großen Kupferkessel, den Frank aufgesetzt hatte. Jetzt nahm der Junge die Wanne vom Wandhaken herab, die sonst immer beim Geschirrspülen gebraucht wurde. Er goß Wasser hinein, zur Hälfte heißes, zur Hälfte kaltes. Hernach ging er zum Schuppen und holte von dort einen noch ungeöffneten Kanister voll Petroleum. Dann nahm er von der Schmierseife, die sonst zum Wäschewaschen gebraucht wurde, und machte sich an die Arbeit. Als erster kam Bob an die Reihe. Einer nach dem anderen mußten die Jungen die Radikalprozedur über sich ergehen lassen. Zunächst wurde der Kopf kurz ins Wasser getaucht, sodann goß Frank mehrere Tassen voll Petroleum darüber, und zum Schluß gab's noch ein gehöriges Quantum Schmierseife. Jetzt ging es natürlich erst richtig los, bis die Häupter nur so schäumten, und da das Petroleum und die Schmierseife ganz verteufelt brannten, schrie das jeweilige Opfer wie am Spieß und rieb sich die Augen und kratzte sich die Kopfhaut, und im Chor schworen die Geschundenen allen Ithakern furchtbare Rache.

Fee ging zu ihrem Nähkorb und nahm die große Schere heraus.

Dann trat sie zu Meggie, die sich nicht von ihrem Stuhl gewagt hatte, obwohl inzwischen über eine Stunde vergangen war. Die Schere in der Hand, starrte Fee einen Augenblick bewegungslos auf das wunderschöne Haar. Dann begann sie zu schneiden. Eine Locke nach der anderen fiel, in glänzenden Büscheln häufte sich das Haar auf dem Fußboden, und durch die stehengebliebenen, unregelmäßigen Stoppeln auf Meggies Kopf schimmerte jetzt hier und dort weißlich die Haut.

Fee stand unschlüssig, blickte dann zu Frank.

„Sollte ich den Rest nicht besser wegrasieren?" fragte sie, und ihre Lippen wirkten eigentümlich schmal.

Frank streckte wie protestierend die Hand aus. „Oh, nein, Mum! Wirklich nicht! Ordentlich Petroleum drauf, das müßte genügen. Bitte, nicht kahlrasieren!"

Und so war am Ende die Reihe an Meggie. Auch ihr Kopf wurde ins Wasser getaucht, und dann kamen Petroleum und Schmierseife drauf, und das Waschen und Schrubben ging los. Als die Prozedur schließlich beendet war, fühlte Meggie sich wie blind, weil sie wegen der ätzenden Lauge kaum noch die Augen aufbekam. Auf ihrer Kopfhaut und auf ihrem Gesicht hatten sich zahllose kleine Bläschen gebildet.

Frank fegte die abgeschnittenen Locken auf ein Stück Papier und warf alles ins Herdfeuer. Anschließend tunkte er den Besen mit den Borsten sorgfältig in Petroleum. Jetzt wuschen er und Fee sich die Haare und atmeten unwillkürlich hastiger, als auch bei ihnen das Zeug ätzte und brannte und biß. Dann nahm Frank einen Eimer und begann, den Küchenfußboden zu schrubben – nicht einfach mit Wasser: ein Desinfektionsmittel für Schafe erwies sich jetzt als recht nützlich.

Aber damit war die Sache immer noch nicht erledigt. Als die Küche es in puncto Sterilität mit fast jedem Krankenhaus aufnehmen konnte, ging es in die Schlafzimmer. Dort wurden die Betten abgezogen, und dann sammelte man die Bettwäsche zusammen. Sie wurde gekocht, sie wurde gewaschen, sie wurde ausgewrungen; hing schließlich draußen auf der Leine. Die Matratzen und Kissen legte man über den hinteren Zaun, um sie mit Petroleum zu besprühen ... und so weiter und so fort.

Alle Jungen halfen mit. Die einzige, die nicht mithalf, die nicht mithelfen durfte, war Meggie ... denn sie war gleichsam in Schanden. Und so verkroch sie sich. Verkroch sich ganz buchstäblich hinter dem Schuppen und heulte und heulte. Sie weinte, weil es auf dem Kopf und auf dem Gesicht überall so weh tat, und sie weinte, weil sie sich schämte. Als Frank, der schon eine Weile nach ihr gesucht hatte, sie schließlich fand, weigerte sie sich vor lauter Scham, ihn anzusehen, und am Ende mußte er sie gegen all ihr Sträuben mit Gewalt ins Haus schleppen.

Am späten Nachmittag kehrte Paddy zurück. Er warf nur einen Blick auf das gestutzte Haar seiner Tochter und brach in Tränen aus. Und dann saß er auf seinem Windsor-Stuhl und wippte vor und zurück und vor und zurück, das Gesicht in den Händen verborgen, während die Familie rings um ihn versammelt war und die meisten unruhig mit den Füßen scharrten und sich weit weg wünschten. Fee machte eine Kanne Tee, und als Paddy allmählich zu sich kam, schenkte sie ihm eine Tasse voll.

„Was ist in Wahine passiert?" fragte sie. „Du warst ja so furchtbar lange fort."

„Na, ich bin mit der Reitpeitsche zu dem verdammten Ithaker und habe ihn in den Pferdetrog geschmissen, das war das erste. Dann sah ich MacLeod auf der Straße stehen und erzählte ihm, was passiert war. Er mobilisierte ein paar Burschen in der Kneipe, und zusammen warfen wir dann alle Ithaker in den großen Pferdetrog, die Weiber auch, und kippten so Zeug zum Schafe-Desinfizieren auf sie drauf. Und dann ging ich zu Schwester Agatha in die Schule, und als die hörte, was ich ihr zu erzählen hatte, kriegte sie beinahe einen Schlaganfall, weil sie von der Schweinerei noch gar nichts gemerkt hatte. Na, sie zog das Ithaker-Gör von seinem Platz hoch, um mal einen Blick auf das Haar zu werfen, und da hatten wir die Bescherung, Läuse noch und noch. Sie schickte das Mädchen nach Hause und sagte ihr, sie solle sich erst wieder blicken lassen, wenn ihr Kopf wieder richtig sauber wäre. Als ich dann ging, waren Schwester Agatha und Schwester Declan und Schwester Catherine dabei, sich die Köpfe von allen Schülern anzusehen, und es waren eine ganze Menge verlauste darunter. Und weißt du, was? Die drei Nonnen fingen an, sich wie verrückt zu kratzen, wenn sie meinten, daß keiner weiter guckte." Er grinste bei der Erinnerung. Dann fiel sein Blick wieder auf Meggies geschorenen Kopf, und er wurde sofort ernst. Grimmig starrte er sie an. „Was dich betrifft, junge Lady, so ist Schluß mit den Ithakern. Du brauchst überhaupt niemand sonst, du hast ja deine Brüder. Wenn die dir nicht genügen, ist das dein Pech. Du, Bob, achtest mir darauf, daß Meggie in der Schule außer mit euch mit keinem was zu tun hat, verstanden?"

Bob nickte. „Ja, Daddy."

Am nächsten Morgen erfuhr Meggie voll Schrecken, was man von ihr erwartete: daß sie zur Schule ging, genau wie sonst.

„Nein, ich kann nicht, ich kann nicht!" jammerte sie und preßte die Hände wie schützend gegen den Schädel. „Mum, Mum, so kann ich doch nicht zur Schule gehen – zu Schwester Agatha!"

„Oh, doch, du kannst", erwiderte ihre Mutter und ignorierte Franks bittenden Blick. „Das wird dir ein Denkzettel sein."

Also blieb Meggie keine Wahl, und sie ging, mit schleppenden Füßen, ein braunes Tuch um den Kopf. Zum Glück beachtete Schwester Agatha sie überhaupt nicht, aber in der Pause rissen ihr dann einige Mädchen das Tuch vom Kopf, um zu sehen, was für ein Geheimnis sich darunter versteckte. Meggies Gesicht wirkte trotz der Bläschen kaum entstellt, doch der Kopf bot einen recht häßlichen Anblick.

Aus einiger Entfernung sah Bob, was vor sich ging, und er war im Handumdrehen zur Stelle und führte seine Schwester zum sogenannten Kricketplatz, wo er eine leidlich ruhige Ecke für sie fand.

„Kümmere dich nicht weiter um die", sagte er rauh. Unbeholfen band er ihr wieder das Tuch um den Kopf, gab ihr dann einen Klaps auf die Schultern. „Gemeines Volk! Ich hätte ein paar von den Dingern in deinem Haar fangen und aufheben sollen – da würde ich jetzt, wenn's keiner merkte, ein paar von diesen Hohlköpfen mit besiedeln."

Auch die anderen Clearys kamen und hielten bei ihrer Schwester Wache, bis es wieder zum Unterricht läutete.

Teresa Annunzio ließ sich nur kurz während der Mittagspause auf dem Schulhof sehen. Ihr Kopf war rasiert. Sie versuchte, sich auf Meggie zu stürzen, doch die Jungen hielten sie mühelos zurück. Teresa gab es auf, aber nicht ohne eine Geste, die so mysteriös und so faszinierend war, daß jeder der Jungen sie sich sorgfältig für künftige Gelegenheiten vormerkte: Mit geballter Faust krümmte Teresa den rechten Arm empor und klatschte dann mit der linken Hand bedeutungsvoll auf jene Stelle, wo zumindest theoretisch ihr Bizeps war.

„Ich hasse dich!" schrie Teresa. „Mein Dad muß aus dem Distrikt wegziehen wegen dem, was dein Dad ihm getan hat!" Sie drehte sich um und lief heulend vom Hof.

Meggie hielt sehr bewußt ihren Kopf hoch, und niemand sah in ihren Augen auch nur eine einzige Träne. Sie war dabei, Erfahrungen zu sammeln, und eine dieser Erfahrungen schien zu besagen: Es kommt nicht darauf an, wie andere über dich denken, nein, ganz und gar nicht! Die übrigen Mädchen mieden sie, teils weil sie vor Bob und Jack Angst hatten, teils weil ihre Eltern es ihnen befohlen hatten. Inzwischen wußte man nämlich Bescheid: fand bestätigt, was ohnehin feststand – daß es nur von Übel sein konnte, sich näher mit den Clearys einzulassen. Und so verbrachte Meggie die letzten Schultage „in Coventry", wie man es nannte, wenn jemand praktisch in Acht und Bann getan war. Selbst Schwester Agatha schloß sich der neuen Kollektivhaltung an und ließ ihre Wut jetzt, statt an Meggie, an Stuart aus.

Fiel der Geburtstag eines der kleinen Clearys auf einen Schultag, so wurde er immer erst am Wochenende gefeiert, am Samstag: so jetzt auch bei Meggie. Und zu ihrer grenzenlosen Überraschung erhielt sie als Geschenk das so heißersehnte Tee-Service.

Doch da war noch mehr. Das Service fand sich auf einem wundervollen Puppentisch, den Frank in seiner – eigentlich nicht existenten – Freizeit gebastelt hatte und der ultramarinblau war, genau wie die beiden winzigen Stühle, die dazu gehörten. Auf einem saß Agnes und trug ein neues blaues Kleid, das Fee in ihrer – eigentlich nicht existenten – Freizeit genäht hatte.

Doch bedrückt starrte Meggie auf das Blau und Weiß, das man überall auf dem Tee-Service sah, und traurig betrachtete sie die Ornamente auf dem Porzellan. Da war auch eine kleine Pagode, da war dieses sonderbar stumme Vogelpaar, da waren die winzigen Gestalten, die gleichsam auf immerdar über eine gewölbte Brücke huschten. Aber für Meggie besaß das alles keinen Zauber mehr.

Undeutlich begriff sie jedoch, weshalb die Familie alles daran gesetzt hatte, ihr zu erfüllen, was man für ihren Herzenswunsch hielt. Und so stand sie tapfer das Ritual durch, das zu einer angemessenen Freudenbekundung gehörte. In dem winzigen Tee-kännchen servierte sie für ihre Agnes den Tee und zeigte sich überhaupt und in allem zutiefst beglückt. Und jahrelang benutzte sie es, dieses Service, zerbrach nicht ein einziges Stück und hielt mit eisernem Willen durch.

Niemand ließ sich je träumen, daß sie in Wirklichkeit alles verabscheute: das Service, den blauen Tisch mit den blauen Stühlen und Agnes' blaues Kleid.

Zwei Tage vor dem Weihnachtsfest in diesem Jahr – 1917 – brachte Paddy seine allwöchentliche Zeitung und einen neuen Stapel Bibliotheksbücher mit nach Hause. Ausnahmsweise kam diesmal die Zeitung vor den Büchern an die Reihe, nicht ohne Grund. Die Redakteure hatten, amerikanischen Vorbildern nacheifernd – mitunter fand eine amerikanische Luxusillustrierte den Weg nach Neuseeland –, den gesamten inneren Teil des Blattes einem einzigen Thema gewidmet: dem Krieg. Verwischte Fotos zeigten die sogenannten Anzacs – australische und neuseeländische Soldaten – in den gnadenlosen Kämpfen bei Gallipoli, und ausführliche Artikel befaßten sich mit dem Mut und dem Heldentum eben dieser Soldaten. Sämtliche Australier und Neuseeländer wurden aufgezählt, denen je das Viktoriakreuz verliehen worden war, und ein prachtvoller, ganzseitiger Stahlstich stellte einen australischen Kavalleristen dar: aufgesessen auf sein edles Roß, in der rechten Hand den blanken Säbel und am Slouch-Hat – der schlapphutartigen Kopfbedeckung – die langen, seidigen Federn.

Bei der ersten Gelegenheit, die sich ihm bot, nahm Frank das Blatt, las – nein: fraß – die Artikel und saugte jedes Wort der chauvinistischen Prosa in sich ein. Seine Augen glänzten irrlichterhaft.

„Daddy, ich möchte Soldat werden!" sagte er, als er das Blatt wieder pflichtgemäß auf den Tisch legte.

Fee, am Herd stehend, ruckte ihren Kopf so hastig herum, daß sie einen Teil vom Essen auf der heißen Platte verkleckerte. Paddy auf seinem Windsor-Stuhl schien plötzlich erstarrt zu sein. Das Buch, in dem er gerade gelesen hatte, war jedenfalls vergessen.

„Du bist noch zu jung, Frank", sagte er.

„Nein, bin ich nicht! Ich bin siebzehn, Daddy, ich bin ein Mann! Soll ich hier, weitab vom Schuß, in Sicherheit sitzen, während die Hunnen und die Türken unsere Leute abschlachten wie Schweine? Es ist allerhöchste Zeit, daß ein Cleary seine Pflicht tut."

„Du bist noch nicht alt genug, Frank. Man würde dich gar nicht nehmen."

„Die nehmen mich schon, wenn du nichts dagegen hast", erklärte Frank prompt, die dunklen Augen starr auf Paddys Gesicht.

„Aber ich habe etwas dagegen. Im Augenblick bist du der einzige, der arbeitet, und wir brauchen das Geld, das du verdienst, das weißt du."

„In der Army werde ich doch auch bezahlt!"

Paddy lachte. „Mit dem Sold reicht keiner weit, das weiß man doch. Ein Schmied in Wahine verdient einen ganzen Haufen mehr als ein Anzac in Europa."

„Aber wenn ich dort bin, bekomme ich vielleicht die Chance, etwas Besseres zu werden als nur ein Schmied! Es ist für mich die einzige Hoffnung, Daddy."

„Unsinn! Guter Gott, Junge, du weißt nicht, was du da sagst. Krieg ist furchtbar. Ich stamme aus einem Land, in dem seit tausend Jahren Krieg herrscht, ich weiß also, wovon ich rede. Hast du die Männer noch nie vom Burenkrieg erzählen hören? Du bist doch oft genug in Wahine, höre also nächstes Mal hin. Will mir sowieso scheinen, daß die verfluchten Engländer die Anzacs als Kanonenfutter verheizen. Überall, wo es ihnen zu gefährlich ist, ihre eigenen kostbaren Truppen einzusetzen, müssen die Neuseeländer und die Australier ran. Man braucht sich ja nur klarzumachen, wie dieser Säbelraßler, dieser Churchill, unsere Leute in ein so sinnloses Unternehmen wie das bei Gallipoli geschickt hat! Von fünfzigtausend nicht weniger als zehntausend gefallen! Viel schlimmer kann so etwas wohl nicht sein. Warum solltest du wohl für die alte Mutter England in den Krieg ziehen? Was hat sie je für dich, für uns getan? Ihre Kolonien hat sie ausgeblutet. Das allerdings, ja, darauf versteht sie sich. Angenommen, du gehst nach England, was meinst du wohl, was dich dort erwartet? Daß man dich ganz von oben herab ansieht, weil du ja ein ‚Kolonialer' bist. En Zed – unser Neuseeland – ist nicht in Gefahr und Australien auch nicht. Und der alten Mutter England könnte es ganz gewaltig guttun, wenn sie eine Schlappe hinnehmen müßte – es wird höchste Zeit, daß ihr jemand heimzahlt, was sie an Irland verbrochen hat. Ich jedenfalls würde bestimmt keine Tränen vergießen, wenn am Ende der deutsche Kaiser in London einmarschiert."

„Aber Daddy, ich *will* mich melden!"

„Du kannst alles wollen, was du willst, Frank. Bloß tun wirst du's nicht, also vergiß das Ganze lieber. Du bist noch nicht groß genug, um Soldat zu sein."

Frank wurde glutrot, seine Lippen preßten sich zum schmalen Strich. Seine kleine Statur war für ihn ein wunder, ein sehr wunder Punkt. In der Schule hatte er immer zu den Kleinsten in seiner Klasse gehört, was nichts anderes bedeutete, als daß er sich – eben deshalb – zweimal so oft prügeln mußte wie andere. Seit einiger Zeit quälten ihn furchtbare Zweifel – ob er denn überhaupt noch wachsen werde. Denn er war jetzt, mit siebzehn, praktisch noch genauso groß, wie er mit vierzehn gewesen war: so um die einssechzig. Und nur er wußte und konnte wissen, welche Folter dies für seinen Körper und für seine Seele bedeutete – sich strecken und recken, ohne Erfolg; die unablässigen Leibesübungen, ein offenbar hoffnungsloses Unternehmen.

Im Verhältnis zu seiner Größe besaß er wahrhaft außergewöhnliche körperliche Kräfte, was er seiner Arbeit als Schmied verdankte. Paddy hatte diesen Beruf sehr bewußt für ihn gewählt, denn er schien genau zu Franks Temperament zu passen. In der Tat hätte Paddy keine bessere Wahl treffen können. Frank war ein Bündel geballter Kraft. Noch nie hatte er bei einer Schlägerei den kürzeren ziehen müssen, und bereits jetzt genoß er auf der ganzen Taranaki-Halbinsel einen beträchtlichen Ruhm. Beim Kampf brach alles Aufgestaute, Zurückgedämmte aus ihm heraus: Zorn, Enttäuschung, Minderwertigkeitskomplexe. Und dies im Verein mit seiner ungeheuren Körperkraft, seiner Schnelligkeit und Wendigkeit, seiner erbarmungslosen Härte und seinem unbeugbaren Willen machte ihn selbst für die größten und stärksten Burschen in der ganzen Gegend unbesiegbar.

Je größer und stärker sie waren, desto mehr verlangte es ihn danach, sie vor sich im Staub zu sehen. Seine Altersgenossen gingen ihm nach Möglichkeit aus dem Weg, denn sie kannten seine Aggressivität. Aber mit ihnen gab er sich auch kaum noch ab. Er suchte Gegner, die aus anderem Holz geschnitzt waren, die eine wirkliche Herausforderung für ihn bedeuteten.

Noch immer sprachen die Männer in Wahine und Umgebung von dem Tag, an dem er Jim Collins zusammengeschlagen, wirklich übel zugerichtet hatte. Und Jim Collins, 22 Jahre alt, maß immerhin um die einsneunzig und konnte ein Pferd hochheben. Mit gebrochenem linken Arm und angeknackten Rippen kämpfte Frank, bis Jim Collins als schluchzende Masse aus blutigem Fleisch zu seinen Füßen lag, und dann mußte er noch mit Gewalt davon abgehalten werden, das zerschlagene Gesicht seines Gegners mit Tritten in Brei zu verwandeln. Kaum waren der gebrochene Arm und die angeknackten Rippen wieder geheilt, tauchte Frank in Wahine auf – und hob ein Pferd hoch: nur um zu beweisen, daß Jim nicht der einzige war, der das konnte, und daß es dabei keineswegs auf die Körpergröße ankam.

Paddy wußte sehr genau, welchen Ruf sein Sohn genoß, und er begriff auch, weshalb Frank einen so erbitterten Kampf führte, um sich überall Respekt zu verschaffen. Das hielt ihn jedoch nicht davon ab, in Rage zu geraten, wenn die Arbeit in der Schmiede darunter litt. Da er selbst von kleiner Statur war, hatte er häufig genug Schlägereien durchstehen müssen, um seinen Mut zu beweisen. Allerdings: in jenem Teil Irlands, wo er aufgewachsen war, hatte er durchaus Durchschnittsgröße besessen, und als er nach Neuseeland kam, wo es größere Männer gab, war er bereits erwachsen gewesen. Daher enthielt der Gedanke an seine kleine Statur für ihn nichts von jener Besessenheit, die Frank erfüllte.

Jetzt, in der Küche, betrachtete Paddy seinen Sohn sehr aufmerksam. Er versuchte ihn zu verstehen, doch es gelang ihm nicht. Sosehr er sich auch immer bemüht hatte, in seinen Gefühlen für seine Kinder keine Unterschiede zu machen: Frank war seinem Herzen zweifellos am weitesten entrückt. Paddy wußte, wie tief die unausgesprochene Feindseligkeit zwischen ihm und seinem Ältesten Fee bekümmerte, doch trotz aller Liebe zu seiner Frau konnte er den Groll gegen seinen Sohn nicht überwinden.

Frank stand noch am Tisch, die feingeformten Hände auf die Zeitung gestützt und die Augen auf Paddy gerichtet. Ein sonderbarer Ausdruck zeigte sich in ihnen: ein Flehen und gleichzeitig ein wilder Trotz, der eben dieses Flehen zunichte machte. Wie fremdartig sein Gesicht doch wirkte! Weder von den Clearys noch von den Armstrongs war etwas darin, außer – vielleicht – um die Augen. Dort *hätte* man eine gewisse Ähnlichkeit mit Fee feststellen können, wären ihre Augen dunkel gewesen und voll sprühendem Zorn bei der geringfügigsten Provokation. An einem fehlte es Frank gewiß nicht, und dieses eine war Mut.

Paddys Bemerkung über Franks geringe Größe hatte das Gespräch abrupt beendet. Als die Familie dann am Tisch saß und Kaninchenbraten aß, herrschte eine ungewöhnliche Stille. Sogar Hughie und Jack, die sich zuerst unter viel Gekicher eine hochwichtige Geschichte erzählten, verstummten sehr bald. Meggie aß keinen Bissen. Unverwandt war ihr Blick auf Frank gerichtet: als fürchte sie, er könne jede Sekunde aus ihrem Gesichtsfeld verschwinden. Frank stocherte eine Weile in seinem Essen herum. Schließlich bat er höflich, man möge ihn entschuldigen. Eine Minute später erklangen vom Holzhaufen her dumpfe Axtschläge. Frank attackierte die Hartholzstämme, die Paddy als Vorrat für die langsam brennenden Feuer im Winter herangeschafft hatte.

Als die ganze Familie Meggie im Bett glaubte, kletterte sie durch das Fenster in ihrem Schlafzimmer nach draußen und schlich zum Holzhaufen, wie man das immer nannte, obwohl es sich eigentlich um einen Holz*platz* handelte, der immerhin rund hundert Quadratmeter umfaßte, entsprechend seiner Bedeutung für die Familie: Hätte es nicht genügend Brennmaterial gegeben, so wäre das Leben im Haus so gut wie völlig zum Erliegen gekommen. Er war mit einer dicken Schicht bedeckt, die aus Holzsplittern und Borkenstückchen bestand. Auf der einen Seite des Platzes türmten sich die noch unzerhackten Kloben hoch, auf der anderen Seite waren die für den Herd genau maßgerechten Scheite säuberlich zu Stößen aufgeschichtet. In der Mitte, auf dem freien Platz zwischen den Kloben und den Scheiten, befanden sich drei Baumstümpfe, die noch im Boden wurzelten. Sie wurden als Hackklötze benutzt, und zwar je nach Länge der Kloben.

Frank stand jetzt an keinem der Stümpfe. Er war dabei, einen massigen Eukalyptusstamm so zurechtzuhauen, daß er auf den niedrigsten und breitesten Hackklotz paßte. Der Durchmesser des Stamms betrug über einen halben Meter. Damit er fest auf dem Boden auflag, war er zwischen zwei Eisendorne gespannt. Frank stand oben und ließ, um den Stamm in zwei Hälften zu teilen, die Axt in die Mitte zwischen seinen auseinandergespreizten Füßen sausen. Sie bewegte sich so schnell, daß sie buchstäblich durch die Luft pfiff, während gleichzeitig ein zweites Geräusch hörbar wurde: eine Art rhythmisches Glitschen, weil der Holm in Franks schweißfeuchten Händen immer ein kurzes Stück hin und her rutschte.

Blitzend schwang die Axt über seinem Kopf hoch, und schon zuckte sie wieder herab, wie in verwischter silbriger Kurve; und hackte ein weiteres Stück heraus aus dem keilförmigen Einschnitt: hackte das Stück so mühelos heraus, als wäre dies eine Kiefer oder ein Laubbaum und nicht etwa eisenhartes Holz. Winzige Splitter sprühten nach allen Seiten, über Franks nackten Oberkörper liefen Ströme von Schweiß, und er hatte sich sein Taschentuch wie ein Stirnband um den Kopf gebunden, um von herabrinnenden Schweißtropfen nicht unversehens geblendet zu werden. Dieses sogenannte Zurechthauen eines Stammes war eine gefährliche Arbeit. Eine nur minimale Fehleinschätzung, ein falscher Schlag, und er würde sich in den Fuß hacken. Lederne Kraftriemen an beiden Handgelenken verhinderten, daß der Schweiß von den Armen zu den Händen rann: Hände, die fast zierlich wirkten und die doch so kraftvoll und so überaus geschickt waren.

Meggie kauerte unmittelbar neben der Stelle nieder, wo er Hemd und Unterhemd abgelegt hatte. Sie beobachtete ihn, starrte voll Bewunderung. Ganz in der Nähe lagen drei Reserveäxte, denn Eukalyptusholz ließ selbst die schärfste Schneide im Handumdrehen stumpf werden. Sie packte den Holm einer Axt und zog sie näher, zog sie auf ihre Knie. Die Axt war so schwer, daß Meggie sie kaum heben konnte. Um so mehr wünschte sie sich, damit so mühelos umgehen zu können wie Frank.

Sogenannte Doppeläxte wären für Eukalyptusholz nicht zu gebrauchen gewesen: zu leicht, zu wenig Wucht dahinter. Die Äxte hier waren von anderem Kaliber. Das keilförmige Eisen, der Körper, hatte am hinteren Teil, dem Nacken, eine Breite von fast drei Zentimetern, und die Schneide war rasiermesserscharf geschliffen. Der Holm saß fest im Öhr, war zur Sicherheit mit kleinen, spanartigen Holzstückchen verkeilt: Hätte sich mitten im Schlag das Eisen vom Holm gelöst, so wäre es womöglich zum tödlichen Geschoß geworden.

Es dunkelte rasch, und so mußte Frank beim Hacken mehr

seinem Instinkt vertrauen als seinen Augen. Meggie wartete geduldig, bis er sie erspähen würde.

Der Baumstamm war auf der einen Seite durchgehauen. Frank drehte sich herum, leise keuchend. Dann schwang er wieder die Axt hoch und ging der anderen Seite des Baumstamms zu Leibe. Die in den Eukalyptus geschlagene Kerbe war tief und schmal: keine unnötige Vergeudung von Kraft und Arbeitszeit und auch nicht von Holz. Splitter lösten sich, größere als zuvor, und schwirrten wild umher. Frank achtete nicht darauf. Er schien schneller zu hacken, immer schneller. Tief fraß sich das Eisen der Axt in den Spalt. Und dann, urplötzlich, teilte sich der Stamm in zwei Teile, und Frank sprang leichtfüßig hoch, schon vor dem letzten Axthieb ahnend, daß es jetzt soweit war. Während die beiden Teile des Stamms nach innen kippten, landete Frank ein kurzes Stück entfernt sicher auf dem Boden, und er lächelte: doch es war kein glückliches Lächeln.

Als er kam, um eine neue Axt zu holen, sah er dort seine Schwester kauern, sehr geduldig, in ihrem sauberen Nachthemdchen, das buchstäblich von oben bis unten zugeknöpft war. Noch immer kam es ihm merkwürdig vor, daß sie jetzt, statt der üppigen Lockenpracht, nur noch kurze, krause Büschel hatte. Doch irgendwie, so schien es ihm, stand ihr dieser jungenhaft wirkende Haarschnitt sogar; und plötzlich wünschte er, das würde auch so bleiben.

Er kauerte sich zu ihr, die Axt quer über den Knien.

„Wie bist du aus dem Haus rausgekommen, du kleine Krabbe?"

„Ich habe gewartet, bis Stu eingeschlafen war, und dann bin ich durchs Fenster geklettert."

„Wenn du nicht aufpaßt, wird aus dir noch ein richtiger Wildfang."

„Na, wenn schon. Mit den Jungens zu spielen ist immer noch schöner, als ganz für mich allein zu spielen."

„Kann's mir denken." Er setzte sich auf den Boden, lehnte sich mit dem Rücken gegen einen Baumstamm. Dann blickte er müde zu seiner Schwester. „Was ist denn, Meggie?"

„Frank, du gehst doch nicht wirklich fort, nicht?" Sie legte die Hände mit den abgekauten Fingernägeln auf seine Schenkel und starrte ihn von unten herauf eindringlich an, den Mund ein Stück geöffnet: Da sie gegen die Tränen ankämpfte, bekam sie durch die Nase kaum Luft.

„Vielleicht doch, Meggie", sagte er leise.

„Oh, Frank, das geht doch nicht! Mum und ich *brauchen* dich! Wirklich, ich weiß nicht, was wir ohne dich tun sollten!"

Ein flüchtiges Lächeln glitt über sein Gesicht, ein Grinsen fast: Wenn sie so sprach, klang das wie ein Echo von Fees Redeweise.

„Meggie", sagte er, „manchmal geht es nicht so, wie man's gerne hätte. Das solltest du eigentlich wissen. Uns Clearys hat man beigebracht, daß Gemeinnutz vor Eigennutz kommt, daß man nie zuerst an sich selbst denken soll. Aber da bin ich anderer Meinung. Ich finde, man sollte zuerst an sich selbst denken. Ich möchte fort, weil ich siebzehn bin und es Zeit wird, daß ich mir ein eigenes Leben aufbaue. Aber Daddy sagt nein, ich würde hier zu Hause gebraucht, zum Nutzen für die ganze Familie. Und weil ich noch nicht einundzwanzig bin, müßte ich eigentlich tun, was er sagt."

Meggie nickte ernst und versuchte angestrengt, die für sie recht verschlungenen Fäden von Franks Erklärung zu entwirren.

„Nun, Meggie, ich habe lange und eingehend über alles nachgedacht. Ich gehe fort, und daran ist nichts zu ändern. Ich weiß, daß ich dir und Mum fehlen werde, aber Bob ist ja schon ziemlich groß, und Daddy und die Jungens werden mich überhaupt nicht vermissen. Das einzige, was Daddy interessiert, ist das Geld, das ich nach Hause bringe."

„Kannst du uns denn nicht mehr leiden, Frank?"

Plötzlich streckten sich seine Hände nach ihr. Er nahm sie in die Arme, riß sie fast an sich. „Oh, Meggie! Ich liebe dich und Mum mehr als all die anderen zusammen! Mein Gott, wenn du nur älter wärst, damit ich richtig mit dir reden könnte! Aber vielleicht ist es besser, daß du noch klein bist, ja, vielleicht ist es besser so . . ."

Abrupt ließ er sie los und versuchte, seine Selbstbeherrschung wiederzugewinnen. Schließlich blickte er zu Meggie. „Wenn du älter bist, wirst du's besser verstehen."

„Bitte, Frank, geh nicht fort!" flehte sie.

Er lachte. Es klang wie ein Schluchzen. „Oh, Meggie! Hast du denn *gar* nichts verstanden? Na, ist auch nicht so wichtig. Hauptsache, du erzählst keinem, daß wir heute abend miteinander gesprochen haben, hörst du? Ich möchte nicht, daß irgendwer denkt, du hättest sozusagen mit drin gesteckt."

„Aber ich *habe* dir doch zugehört, Frank", versicherte sie. „Ich habe alles gehört. Und ich werde keinem was sagen, das verspreche ich dir. Aber ich wünschte, du – du müßtest nicht fortgehen!"

Sie war zu jung, um ihm erklären zu können, was sie ohnehin mehr fühlte, als daß sie es etwa *gewußt* hätte: Wen hatte sie denn noch, wenn Frank fortging? Er war der einzige, der ihr offen seine Zuneigung zeigte; der einzige, der sie umarmte und an sich drückte. Als sie noch kleiner gewesen war, hatte Daddy sie oft zu sich hochgehoben, doch seit sie zur Schule ging, durfte sie nicht mehr auf seinen Knien sitzen und nicht mehr die Arme um seinen Hals schlingen. „Du bist jetzt ein großes Mädchen, Meggie", sagte er. Und Mum war immer so müde und so beschäftigt zugleich, so völlig durch die Jungen und das Haus in Anspruch genommen. Frank stand Meggies Herzen am nächsten: an ihrem begrenzten Firmament strahlte er als *der* Stern. Er war der einzige, dem es Freude zu machen schien, mit ihr zusammen zu sitzen und mit ihr zu sprechen. Und er verstand es, Dinge auf eine Weise zu erklären, die für sie verständlich blieb. Seit dem Tag, an dem Agnes ihr Haar verloren hatte, war er immer für sie dagewesen, und nichts, kein einziger Kummer, hatte sie seither bis ins tiefste treffen können, nicht Schwester Agatha mit ihrem Stock, nicht die Geschichte mit den Läusen – weil ja immer Frank da war, um sie zu trösten.

Jetzt stand sie auf, und sie brachte sogar ein Lächeln zustande. „Wenn du fortgehen mußt, Frank, dann ist das in Ordnung."

„Meggie, du solltest im Bett liegen. Sieh zu, daß du wieder dort bist, bevor Mum nachsehen kommt. Mach schnell!"

Die Mahnung ließ sie alles andere vergessen. Sie bückte sich und langte nach dem nachschleppenden hinteren Saum ihres Nachthemds. Dieses Ende zog sie zwischen den Beinen durch und hielt es dann vorn wie einen verkehrt aufgesetzten Schwanz. Und jetzt rannte sie los: Ihre bloßen Füße flitzten nur so über die Holzspäne und Holzsplitter.

Am nächsten Morgen war Frank verschwunden. Als Fee kam, um Meggie zu wecken, wirkte sie todernst und wie verkrampft. Meggie sprang sofort aus dem Bett, und als sie sich anzog, bat sie ihre Mutter nicht einmal, ihr bei den vielen Knöpfen zu helfen.

In der Küche saßen die Jungen bedrückt am Tisch, und Paddys Stuhl war leer. Der von Frank auch. Meggie ließ sich auf ihren Sitz gleiten, und dann hockte sie dort, vor Angst fast hörbar mit den Zähnen klappernd. Nach dem Frühstück scheuchte Fee mit verdrossenem Gesicht alle hinaus, und hinter dem Schuppen flüsterte Bob seiner Schwester dann das Geheimnis zu.

„Frank ist fort!"

„Vielleicht ist er ja bloß nach Wahine", versuchte Meggie abzuschwächen.

„Ach, Quatsch! Der ist zur Army. Wäre ich doch nur groß genug, um mitzugehen! Hat der ein Schwein!"

„Ich wünschte, er wäre noch zu Hause."

Bob hob die Schultern. „Du bist ja bloß ein Mädchen, und Mädchen reden halt so Zeug."

Normalerweise hätte eine solche Bemerkung Meggie in Harnisch gebracht. Diesmal ließ sie's durchgehen. Sie ging in die

Küche zurück, um zu sehen, ob sie ihrer Mutter irgendwie helfen konnte.

„Wo ist Daddy?" fragte sie, nachdem sie ihre Arbeit – Taschentücher plätten – zugeteilt bekommen hatte.

„Nach Wahine."

„Bringt er Frank mit zurück?"

Fee schnaubte ärgerlich. „In dieser Familie ist kein Geheimnis sicher. Nein, er wird Frank nicht in Wahine finden, das weiß er. Er wird der Polizei ein Telegramm schicken und auch der Army in Wanganui eines. Die bringen ihn zurück."

„Oh, Mum, hoffentlich finden sie ihn! Ich möchte nicht, daß Frank fortgeht!"

Fee klatschte den Inhalt des Butterfasses auf den Tisch und attackierte die wäßrig-gelbe Masse mit zwei Holzkellen. „Keiner von uns will, daß Frank fortgeht. Deshalb wird Daddy auch dafür sorgen, daß man ihn zurückbringt." Für einen Augenblick konnte man sehen, daß ihre Lippen zitterten. Sie attackierte die Butter noch heftiger. „Armer Frank! Armer, armer Frank!" seufzte sie, wie für sich. „Ich begreife nicht, warum die Kinder für unsere Sünden bezahlen müssen. Mein armer Frank, so ... so abseits ..." Sie sah, daß Meggie aufgehört hatte zu plätten. Sofort preßte sie die Lippen aufeinander und schwieg.

Drei Tage später brachte die Polizei Frank zurück. Wie der begleitende Sergeant aus Wanganui Paddy berichtete, hatte Frank erbitterten Widerstand geleistet.

„Da haben Sie aber wirklich einen Kämpfer! Als er kapierte, daß die Burschen bei der Army seinetwegen alarmiert waren, schoß er davon wie der Blitz – die Treppe runter und dann die Straße entlang, mit zwei Soldaten hart auf seinen Fersen. Aber hätte er nicht das Pech gehabt, einem patrouillierenden Konstabler in die Arme zu laufen, er wäre ihnen wohl entkommen. Na, und dann hat er zugedroschen, daß die Fetzen flogen. Fünf Mann brauchte es, um ihm Handschellen anzulegen."

Mit diesen Worten nahm der Sergeant Frank die schweren Ketten ab und stieß ihn rauh durch das Vordertor. Der Junge stolperte gegen Paddy – und zuckte zurück, als habe er sich bei der Berührung verbrannt.

Die Kinder standen etwa zehn Meter entfernt, näher zum Haus, und starrten angespannt. Bob, Jack und Hughie hofften inbrünstig, Frank werde wieder gewaltig zuschlagen. Stuart, friedvolle und mitfühlende kleine Seele, die er war, wirkte noch am gelassensten; und Meggie preßte die Hände gegen ihr Gesicht in ihrer Angst, irgend jemand könne Frank womöglich weh tun.

Er drehte den Kopf, und sein erster Blick galt seiner Mutter. Schwarze Augen tauchten in graue und graue in schwarze – ein dunkles und gleichsam bitteres Ineinanderversenken, für das nie jemand Worte gefunden hatte und nie jemand Worte finden würde. Dann prallte, wie ganz von oben herab, Paddys wilder blauer Blick auf Frank, voll Verachtung, voll Hohn: Eben dies, so schien der Blick zu sagen, habe man ja wohl erwarten müssen. Frank blickte zwar zu Boden. Dennoch – und vielleicht gerade deshalb – sprach aus dieser Haltung Trotz. Es war, als wolle er so sein Recht bekunden, zornig zu sein. Von diesem Tage an wechselte Paddy mit seinem ältesten Sohn nur noch Worte, welche Notwendigkeit und Höflichkeit geboten. Doch als schwerste Probe erwies sich für Frank jetzt die Wiederbegegnung mit seinen Geschwistern. Scham und Verlegenheit erfüllten ihn, den hellglänzenden Vogel, der unversehens vom unumgrenzten Himmel herabgestürzt war: nach Hause geschafft mit gestutzten Flügeln, das unbekümmerte Lied in der Kehle erstickt.

Meggie wartete, bis Fee mit ihrer abendlichen Runde fertig war. Dann kletterte sie durchs Fenster hinaus. Sie wußte, wo sie Frank finden konnte: oben im Heu, in Sicherheit vor zudringlichen Blicken und vor seinem Vater.

„Frank, Frank, wo bist du?" flüsterte sie, als sie in den dunklen Schuppen trat. Vorsichtig die Zehen vorstreckend, bewegte sie sich Zoll um Zoll voran.

„Hier an der Seite bin ich", erklang seine müde Stimme, die gar nicht Franks Stimme zu sein schien, so ohne Leben, ohne Leidenschaft war sie.

Sie fand die Stelle, wo er ausgestreckt im Heu lag, und kuschelte sich an ihn. Ihre Arme schlangen sich um seinen Brustkorb, soweit es irgend ging. „Oh, Frank, ich bin ja so froh, daß du wieder da bist", sagte sie.

Mit einem Stöhnen ließ er sich tiefergleiten, so daß er seinen Kopf auf ihren Leib legen konnte. Meggies Finger fuhren durch sein dichtes, glattes Haar. Sie summte leise. Und eben dies war es, was ihn anrührte: ihr gleichsam mit Händen greifbares Mitgefühl. Er begann zu weinen. Stöße schienen auf seinen Körper zu treffen, wie im Krampf schüttelte es ihn. Tränen fielen auf Meggies Nachthemd.

Meggie weinte nicht. Irgend etwas in ihr war alt genug, war Frau genug, um jene unwiderstehliche, wie prickelnde Freude zu empfinden: die Freude darüber, gebraucht zu werden. Und sacht schaukelte sie seinen Kopf hin und her und hin und her, bis all sein Kummer sich entleerte ins Nichts.

2. TEIL
1921–1928

RALPH

3

Nein, dachte Pater Ralph de Bricassart, Erinnerungen an meine Jugend bringt diese Straße nach Drogheda mir nicht zurück. Die Augen gegen das grelle Sonnenlicht halb geschlossen, saß der Priester am Steuer seines neuen Daimler, der sich rumpelnd voranbewegte auf dem, was hier als Straße gelten mußte: Zwei tiefe Furchen, die Spuren von Wagenrädern, zogen sich dahin durchs hohe Silbergras. Nein, Irland war dies hier nicht – nicht die liebliche, oft nebelverhangene grüne Insel.

Und Drogheda, was war Drogheda? Nun, jedenfalls kein Schlachtfeld und auch keine Zentrale der Macht. Aber traf das, genaugenommen, auch *wirklich* zu? Sein stets wacher Sinn für Humor (nur gut, daß er ihn besser unter Kontrolle hatte als in früheren Jahren) beschwor in seiner Phantasie das Bild einer Mary Carson, die etwas von einem Cromwell an sich hatte: Gewaltherrscherin alten Stils, fast schon Inbegriff bösartiger Macht. Übertrieben? Nun, zumindest übte Mary Carson Macht aus über viele Menschen – über eine ganze Heerschar, wenn man es so nennen wollte: ähnlich den Kriegsherren früherer Tage.

Zwischen einer Gruppe von Buchs- und Eukalyptusbäumen tauchte das Gatter mit dem letzten Tor auf. Der Pater hielt, stülpte sich zum Schutz gegen die Sonne einen unansehnlichen grauen Hut mit breiter Krempe auf den Kopf. Dann stieg er aus, stapfte zum Holzpfosten, zog den Eisenbolzen aus der Querstrebe und schleuderte voll Ungeduld und Überdruß das Tor auf. Zwischen seinem Pfarrhaus in Gillanbone und dem Herrenhaus auf Drogheda gab es nicht weniger als siebenundzwanzig solcher Tore, und das bedeutete siebenundzwanzigmal die gleiche Prozedur:

Kilometer
0   200   400   600

○ DAR

○
(„Ti

No
Ter
(„The

23,5°   WENDEKREIS DES STEINBOCKS

Westaustralien

Sü

——— Wasserführende Flüsse
----- Regenflüsse

Auf dieser Karte finden sich
einige der frei erfundenen Ortsnamen des Romans.

halten, aussteigen, Tor öffnen; einsteigen, hindurchfahren, halten; aussteigen, Tor schließen; wieder einsteigen und weiterfahren – bis zum nächsten Tor.

Wie oft hatte er nicht schon daran gedacht, dieses Ritual wenigstens um die Hälfte zu kürzen: Tore einfach offen lassen und dann auf dem Rückweg flott hindurch. Aber nicht einmal sein respekteinflößender Status als Priester hätte ihn in *diesem* Fall davor bewahrt, von den ergrimmten Besitzern der Tore geteert und gefedert zu werden. Wäre man nur zu Pferde so schnell vorangekommen wie mit dem Auto: Die Gattertore ließen sich vom Sattel aus öffnen, und man hätte sich viel Hin und Her erspart.

„Nun ja, es hat halt alles auch seine Schattenseiten", sagte er laut und klopfte mit der flachen Hand gegen das Armaturenbrett des Daimler. Er fuhr weiter, legte auf der grasbewachsenen, baumlosen Home Paddock, der Hauskoppel, die letzten ein oder zwei Kilometer zurück. Das Tor hatte er wieder ordnungsgemäß verriegelt.

Selbst für einen Iren, dem der Anblick von Schlössern und mächtigen Herrensitzen vertraut war, besaß dieses australische Herrenhaus etwas Imposantes. Drogheda war der älteste und größte Grundbesitz im ganzen Distrikt, und das Haus, vom stolzen (inzwischen verstorbenen) Besitzer erbaut, wurde dieser Tatsache in seiner Art und in seinen Proportionen gerecht. Es bestand aus buttergelben Sandsteinblöcken, die aus über siebenhundert Kilometer entfernten Steinbrüchen herangeschafft worden waren. Zwei Stockwerke umfaßte es, und in seinem Stil wurde es von eher strenger und nüchterner georgianischer Tradition geprägt. Es gab große Fenster mit vielen Glasscheiben und eine breite Veranda mit eisernen Säulen, die das gesamte Erdgeschoß umgab. Zu jedem Fenster gehörten schwarze, hölzerne Fensterläden, die keineswegs nur ornamentalen Zwecken dienten: Bei brütender Sommerhitze wurden sie geschlossen, damit es im Inneren des Hauses kühl blieb.

Jetzt, im Herbst, waren die Kletterpflanzen grün, doch im Frühjahr bildete die Wistaria – vor fünfzig Jahren, unmittelbar nach Fertigstellung des Hauses, gepflanzt – eine überquellende Fülle von lilafarbenen Blütentrauben, die überall, an den Außenmauern und auf dem Verandadach, zu finden waren. Rings um das Haus dehnten sich weite, sorgfältig gepflegte Rasenflächen, einige Hektar groß. Und in dieses Gelände waren, gleichsam mit lockerer Hand, Gartenanlagen eingestreut, Beete voller Blumen, die auch jetzt im Herbst eine üppige Farbenpracht boten: Da waren Rosen und Dahlien, da waren Samtblumen, und da war auch Goldlack. Eine Gruppe majestätisch wirkender Eukalyptusbäume – sogenannter Geistereukalyptus mit weißen, wie blutleeren Stämmen und ledrigen, immergrünen Blättern – spendete dem Haus Schatten, schützte es vor der gnadenlosen Sonne. Die unteren Zweige der großen Bäume waren sonderbarerweise mit magentaroten Blüten betüpfelt. Sie stammten von der Bougainvillaea, einem üppig wuchernden Kletterstrauch, der sich emporwand ins Baumgeäst. Und Klettersträucher, Rankengewächse gab es hier allenthalben. Selbst die monströsen Wassertanks beim Haus, ebenso scheußlich wie unentbehrlich, waren dicht umwuchert von Rosen und von Wistaria, und so wirkten auch sie auf ihre Weise durchaus dekorativ. Da der verstorbene Michael Carson seinen Besitz leidenschaftlich geliebt hatte, war auf Drogheda reichlich für Wassertanks gesorgt: Gerüchte wollten wissen, daß man es sich auf Drogheda leisten konnte, den Rasen grün und die Blumenbeete üppig zu halten, auch wenn zehn Jahre lang kein Regen fiel.

Näherte man sich von der Seite der Home Paddock, so gewahrte man zunächst das Haus und die Eukalyptusbäume. Aber dann entdeckte man zu beiden Seiten und dahinter noch viele andere Häuser aus gelbem Sandstein, einstöckige Häuser, die durch überdachte Rampen mit dem Hauptgebäude verbunden waren.

Die tiefen Radspuren, an die Pater Ralph sich bis jetzt hatte halten müssen, wurden nun abgelöst durch einen breiten, kiesbestreuten Fahrweg, der im Bogen zum kreisförmigen Parkplatz auf der einen Seite des Hauses führte und von dort weiter bis zu jenen Gebäuden des Besitzes, die man von hier aus nicht mehr sehen konnte, wo jedoch, wenn man so wollte, Droghedas eigentliche Bedeutung lag: den Viehhöfen, den Scherschuppen, den Scheunen. Die gigantischen Pfefferbäume, die dort ihre mächtigen Schatten warfen, zog Pater Ralph insgeheim den so blutleer wirkenden Eukalyptusbäumen beim Herrenhaus entschieden vor. Dort schwirrten und summten zwischen einer Überfülle fahlgrauer Wedel emsig und eifrig Bienen herum: gerade die richtige Art Baum für eine Buschstation, eine sogenannte Outback Station.

Pater Ralph parkte seinen Daimler, stieg aus und ging dann über den Rasen. Auf der Vorderveranda wartete bereits das Dienstmädchen auf ihn, ihr sommersprossiges Gesicht ein einziges Lächeln.

„Guten Morgen, Minnie", sagte er.

„Oh, Pater, es ist schön, Sie an einem so prachtvollen Morgen zu sehen", erwiderte sie in ihrer breiten Mundart. Mit der einen Hand hielt sie die Tür weit auf, die andere streckte sie nach seiner verbeulten und ganz und gar nicht klerikalen Kopfbedeckung.

In der Eingangsdiele blieb der Pater einen Augenblick stehen. Hier wirkte das Licht gedämpft, fast trüb. Überall sah man Marmor. Eine breite Treppe mit Messinggeländer führte hinauf ins obere Stockwerk.

Pater Ralph nickte Minnie kurz zu, betrat dann den Salon.

Mary Carson saß in ihrem Ohrensessel bei einem offenem Fenster, das vom Fußboden bis zur Zimmerdecke reichte und somit sicher über vier Meter hoch war. Die hereinströmende kalte Luft schien der Hausherrin nichts auszumachen. Ihr rotes Haar leuchtete fast noch genauso intensiv wie in ihrer Jugend. Zu ihren Sommersprossen hatten sich inzwischen zwar Altersflecken gesellt, doch für eine Frau von fünfundsechzig fanden sich in ihrem Gesicht nur wenige Falten. Eher schon konnte man von einem Netz winzig-feiner Linien sprechen. Das einzige, was ihr halsstarriges Wesen ahnen ließ, waren die Furchen zu beiden Seiten ihrer Römernase und der wie steinerne Blick ihrer fahlblauen Augen.

Lautlos schritt Pater Ralph über den Aubusson-Teppich auf sie zu und küßte ihr die Hand – eine Geste, die bei einem Mann seiner Größe und seiner Grazie bestechend wirkte, zumal er eine einfache schwarze Soutane anhatte, die ihm einen gleichsam höfischen Anstrich verlieh.

Plötzlich trat in Mary Carsons Augen ein eigentümlicher Ausdruck, eine Mischung aus Scheu und verhaltener Freude, und auf ihrem Gesicht zeigte sich der Anflug eines befriedigten Lächelns.

„Wollen Sie Tee nehmen, Pater?" fragte sie.

„Das kommt ganz darauf an, ob Sie die Messe zu hören wünschen", erwiderte er und nahm ihr gegenüber auf einem Stuhl Platz. Er schlug die Beine übereinander, und unter dem Saum seiner Soutane zeigte sich, daß er Reithosen und Reitstiefel trug, ein Zugeständnis an die geographische Lage seiner Gemeinde. „Ich habe Ihnen die Kommunion mitgebracht, aber falls Sie die Messe hören möchten, kann ich schon in wenigen Minuten damit beginnen. Es macht mir wirklich nichts aus, ein wenig länger zu fasten."

„Wie gut Sie doch zu mir sind", sagte sie mit einer Mischung aus Ironie und Selbstzufriedenheit. Sie wußte sehr wohl, daß – wie bei allen anderen auch – seine besondere Ehrerbietung weniger ihr als ihrem Gelde galt. „Bitte, nehmen Sie Tee", fuhr sie fort. „Ich bin mit der Kommunion völlig zufrieden."

Er ließ sich von dem Anflug von Ärger nichts anmerken. Zumindest seiner Selbstbeherrschung war die Tätigkeit in diesem

Sprengel ausgezeichnet bekommen. Nun, falls er die Chance erhielt, aus dieser Obskurität hier aufzutauchen, in die ihn sein Temperament sozusagen hineingeritten hatte – er würde den gleichen Fehler nicht zweimal machen. Und wenn er seine Trümpfe richtig ausspielte, so mochte sehr wohl diese alte Frau die Antwort auf seine Gebete sein.

„Ich muß gestehen, daß das vergangene Jahr überaus angenehm gewesen ist", sagte sie. „Sie sind als Seelenhirt doch bei weitem erfreulicher, als es der alte Pater Kelly war, möge Gott seine Seele verderben." Plötzlich klang ihre Stimme hart, voll Rachsucht.

Sein Blick haftete auf ihrem Gesicht. „Meine teure Mrs. Carson! Christliches Gefühl spricht nicht gerade aus Ihren Worten."

„Dafür die Wahrheit. Er war ein alter Säufer, und ich bin ganz sicher, daß Gott seine Seele genauso verderben wird, wie der Suff seinen Körper verdorben hat." Sie beugte sich ein Stück vor. „Ich kenne Sie inzwischen ziemlich gut, und so habe ich wohl das Recht auf ein paar Fragen an Sie, meinen Sie nicht auch? Schließlich genießen *Sie* ja das Recht, Drogheda als eine Art privaten Spielplatz zu benutzen – lernen allerlei übers Viehzüchten, polieren Ihre Reitkünste auf, flüchten vor den Ärgernissen des Lebens in Gilly. Alles auf meine Einladung hin natürlich, aber ich glaube doch, daß ich das Recht auf ein paar Fragen habe – nicht wahr?"

Daß sie ihm unter die Nase rieb, wieviel Dank er ihr schuldete, behagte ihm wenig. Andererseits hatte er eben hiermit gerechnet: daß sie eines Tages glauben würde, sie habe ihn sich genug verpflichtet, um ihm Fragen oder auch Forderungen zu stellen. „Gewiß haben Sie dieses Recht, Mrs. Carson. Ich kann Ihnen gar nicht genug dafür danken, daß ich mich auf Drogheda völlig nach Belieben bewegen darf – und dann Ihre Geschenke für mich ... meine Pferde, mein Auto ..."

„Wie alt sind Sie?" fragte sie ohne weitere Umschweife.

„Achtundzwanzig", erwiderte er.

„Jünger, als ich dachte. Dennoch – Geistliche wie Sie schickt man nicht an Orte wie Gilly. Was haben Sie sich zuschulden kommen lassen, daß man Sie nach hier beordert hat, ans Ende der Welt?"

„Ich habe den Bischof beleidigt", erklärte er ruhig und mit einem leisen Lächeln.

„Das muß es mindestens gewesen sein! Aber ich kann mir einfach nicht vorstellen, daß sich ein Priester mit Ihren besonderen Talenten in einem Nest wie Gillanbone glücklich fühlt."

„Es ist Gottes Wille."

„Unsinn! Sie sind hier wegen menschlichem Versagen – Ihrem

eigenen und dem des Bischofs. Nur der Papst ist unfehlbar. In Gilly sind Sie jedenfalls ganz und gar nicht in Ihrem normalen – in Ihrem natürlichen – Element. Das ist uns allen klar. Gewiß freuen wir uns, zur Abwechslung einmal jemanden wie Sie zu haben an Stelle der geweihten Gehaltsempfänger, die man uns für gewöhnlich schickt. Ihr Element sollte sich eigentlich eher in den Bereichen des höheren Klerus finden und nicht hier zwischen Pferden und Schafen. Das Kardinalsrot würde Ihnen großartig stehen."

„Mit einer solchen Chance werde ich nie rechnen können, fürchte ich. Gillanbone gehört kaum zu jenen Gefilden, aus denen der Erzbischof Kandidaten für eine etwaige apostolische Legatschaft rekrutiert. Doch es könnte schlimmer sein. Ich habe Sie, und ich habe Drogheda."

Sie akzeptierte seine bewußt dick aufgetragene Schmeichelei in dem Sinn, in dem sie gemeint war; und sie genoß seine Schönheit, seine Aufmerksamkeit und seinen ebenso subtilen wie widerborstigen Geist: Gar kein Zweifel, er würde einen großartigen Kardinal abgeben. Sie konnte sich nicht erinnern, je einen besser aussehenden Mann zu Gesicht bekommen zu haben, und gewiß war ihr noch nie jemand begegnet, der von seiner Schönheit – ja, was? – einen solchen *Gebrauch* machte. Nein, noch nie – nicht auf *diese* Weise.

Er *mußte* sich einfach der Tatsache bewußt sein, wie er aussah: seine Größe und seine perfekten Körperproportionen, seine feingeformten aristokratischen Züge – zweifellos *wußte* er darum. Jedes noch so winzige Element seiner physischen Erscheinung schien vom Schöpfer mit jenem Höchstmaß an Sorgfalt zum Ganzen komponiert worden zu sein, das der Herr nur wenigen seiner Geschöpfe angedeihen ließ. Von den wie ungebändigten schwarzen Locken auf seinem Haupt und den geradezu bestürzend blauen Augen bis zu den kleinen, schlanken Händen und Füßen war dieser Priester, dieser Mann, einfach vollkommen. Ja, es konnte gar nicht anders sein – er wußte, wie er aussah, wie er wirkte. Doch in seinem Wesen, in seinem Verhalten offenbarte sich eine eigentümliche Reserviertheit, eine Art Auf-Distanz-Gehen zu sich selbst. Zumindest verstand er es, ihr – Mary Carson – recht nachdrücklich klarzumachen, daß er nie zum Sklaven seiner eigenen Schönheit geworden war, noch es je werden würde.

Andererseits: Ohne irgendwelche Skrupel würde er eben diese seine Schönheit einsetzen, falls sie von Nutzen war, um ans Ziel zu gelangen; doch keineswegs von ihr berauscht – eher schon, als verachte er zutiefst jene Menschen, die sich dadurch beeinflussen ließen. Mary Carson hätte viel darum gegeben zu erfahren, was in seiner Vergangenheit ihn zu dem gemacht hatte, der er jetzt war.

Merkwürdig, daß es so viele Priester gab, die es an Schönheit mit Adonis aufnehmen konnten, denen der sexuelle Magnetismus eines Don Juan eignete. Flüchteten sie sich in den Zölibat, um den unausweichlichen Konsequenzen zu entgehen?

„Weshalb finden Sie sich mit Gillanbone ab?" fragte sie. „Warum bleiben Sie unter solchen Umständen Priester? Bei Ihren Talenten könnten Sie es auf so manchem Gebiet zu Reichtum und zu Macht bringen – und versuchen Sie nicht, mir weiszumachen, daß der Gedanke an Macht nicht zumindest etwas Anziehendes für Sie hat."

Seine linke Augenbraue zuckte hoch. „Meine teure Mrs. Carson, Sie sind Katholikin. Sie wissen, daß meine Gelübde heilig sind. Bis zu meinem Tode werde ich Priester bleiben. Ich kann es nicht leugnen."

Sie ließ ein Lachen hören: ein eigentümliches, schnaubendes Geräusch. „Pater, ich bitte Sie! Sie glauben doch nicht im Ernst, daß man mit Blitzen, Bluthunden und Flinten auf Sie losgehen würde, wenn Sie sich nicht mehr an Ihre Gelübde gebunden fühlten!"

„Natürlich nicht. Und ich halte Sie auch keineswegs für töricht genug, um zu glauben, daß es etwa Furcht vor Vergeltung ist, die mich zu meinen Gelübden stehen läßt."

„Oho! So leicht gereizt, Pater de Bricassart? Nun, was *bindet* Sie dann noch an Ihre Gelübde? Was zwingt Sie, die Hitze und den Staub und die Fliegen von Gilly zu ertragen? Schließlich könnte es für Sie so etwas wie ‚lebenslänglich‘ werden."

Flüchtig schien ein Schatten über das Blau seiner Augen hinwegzugleiten. Doch er lächelte, voller Mitleid für sie. „Sie sind wirklich ein großer Trost für mich." Mit sacht geöffneten Lippen hob er den Kopf, blickte zur Zimmerdecke, seufzte dann. „Von der Wiege an bin ich auf ein Ziel hin erzogen worden – Priester zu sein. Doch es ist weit mehr als nur das. Wie kann ich das einer Frau erklären? Ich bin ein Gefäß, Mrs. Carson, und mitunter bin ich von Gott erfüllt. Und dieses Erfülltsein, dieses Einssein mit Gott ist etwas, das völlig unabhängig von irgendeinem Ort geschieht. Ob ich mich in Gillanbone befinde oder in einem Bischofssitz, bleibt dabei gleichgültig. Dieses Geschehen genauer zu beschreiben, ist überaus schwierig, weil es auch für Priester ein großes Geheimnis bleibt. Eine göttliche Besessenheit, die andere Menschen nie an sich erfahren können. Ja, das ist es vielleicht. Meine Gelübde brechen? Das könnte ich nicht."

„Es ist also eine Macht, nicht wahr? Warum sollte sie dann Geistlichen übertragen werden? Was bringt Sie zu dem Glauben, man könne diese Macht kraft irgendwelcher ermüdend langen Zeremonien auf irgendeinen Menschen übertragen – in Form einer Salbung vielleicht?"

Er schüttelte den Kopf. „Bedenken Sie, bevor es zur Ordination kommt, hat sich jeder von uns viele Jahre seines Lebens hindurch eben darauf vorbereitet. Mit aller Sorgfalt wird die Seele gleichsam dazu entwickelt, ein Gefäß zu sein, das sich zu Gott hin öffnet. Es ist verdient, fast möchte ich sagen: erdient. Jeder einzelne Tag. Und das ist Sinn und Zweck der Gelübde, verstehen Sie? Daß sich nichts Irdisches zwischen den Priester und den Zustand seiner Seele schieben kann – nicht die Liebe einer Frau, nicht die Liebe zum Geld, nicht der Widerwille, den Befehlen anderer Menschen zu gehorchen. Armut ist für mich nichts Neues, ich stamme aus keiner reichen Familie. Das Gebot der Keuschheit akzeptiere ich, ohne daß es für mich schwer ist, danach zu leben. Und Gehorsam? Das ist für mich von den drei Forderungen die härteste. Doch ich gehorche. Denn wenn ich mich selbst für wichtiger halte als meine Funktion als Gottes Gefäß, so bin ich verloren. Ich gehorche. Und falls notwendig, bin ich bereit, Gillanbone als ‚lebenslänglich' hinzunehmen."

„Dann sind Sie ein Narr", sagte sie. „Auch ich bin der Meinung, daß es wichtigere Dinge gibt als körperliche Liebe, allerdings – die Funktion als Gefäß Gottes gehört nicht dazu. Sonderbar. Mir war nie bewußt, daß Sie so inbrünstig an Gott glauben. Ich habe Sie eher für einen Zweifler gehalten."

„Ich zweifle auch, durchaus. Welcher denkende Mensch tut das nicht? Deshalb bin ich zu Zeiten leer." Er blickte an ihr vorbei: zu irgendeinem Punkt, der für sie unsichtbar bleiben mußte. „Wissen Sie, ich würde allen Ehrgeiz und jeden Wunsch hingeben für die Chance, ein vollkommener Priester zu sein."

„Vollkommenheit, worin auch immer", sagte sie, „ist unerträglich langweilig. Was mich betrifft, so ziehe ich einen Hauch Unvollkommenheit vor."

Er lachte und betrachtete sie mit einer Bewunderung, in die sich Neid mischte. Sie war wirklich eine bemerkenswerte Frau.

Vor über drei Jahrzehnten hatte sie ihren Mann verloren, und ihr einziges Kind, ein Sohn, war schon sehr früh gestorben. Daß sie dem Gedanken an eine Wiederverheiratung über einen so langen Zeitraum hinweg aus dem Wege ging und sich den Versuchen gewisser ehrgeiziger Bewerber entzog, hatte einen recht einfachen Grund: Als Michael Carsons Witwe war sie eine

Königin, heiratete sie jedoch wieder, mußte sie praktisch auf all ihre Macht verzichten – mußte sie abgeben an ihren neuen Ehemann. Doch Mary Carson war nicht die Frau, die sich damit begnügte, die zweite Geige zu spielen. Das entsprach ganz und gar nicht ihrem Charakter. Im übrigen hatte sie auch darauf verzichtet, sich einen Liebhaber zu nehmen, und dieser Entschluß paßte genau zu ihrem Wesen: Eine Liebschaft hätte sich mit Sicherheit nicht verheimlichen lassen und wäre für Gillanbone und die weitere Umgebung zum gierig aufgegriffenen Standardthema geworden – es war jedoch nicht Marys Art, sich menschliche Schwächen anmerken zu lassen.

Bei ihrem jetzigen Alter erschien Mary jedoch – offiziell, wenn man so will – immun gegen die Versuchungen leiblicher Lüste. Wenn sich der neue, junge Priester in der Erfüllung seiner Pflichten ihr gegenüber recht eifrig zeigte, und wenn sie ihn für diesen Eifer mit kleinen Geschenken wie etwa einem Auto belohnte, so erschien das keineswegs unangemessen. Ihr Leben lang war sie eine getreue Stütze der Kirche gewesen. Selbst zu den Zeiten, da Pater Kelly eine Messe nur mit Mühe und nicht ohne einiges Lallen zu Ende bringen konnte, hatte sie sich in adäquater Form als Rückhalt für die Gemeinde und deren nicht immer ganz standfesten Hirten bewährt.

Was Pater Ralph de Bricassart betraf, so war sie keineswegs die einzige, die ihm gegenüber Sympathien hegte. Verdientermaßen genoß er bei allen Gemeindemitgliedern, ob reich, ob arm, einen hohen Grad von Beliebtheit. Konnte eines seiner weiter entfernt lebenden Pfarrkinder nicht zu ihm nach Gilly kommen, so zögerte er nicht, sich seinerseits auf den Weg zu dem (oder den) Verhinderten zu machen, und bevor Mary Carson ihm das Auto geschenkt hatte, war er notgedrungen geritten. Seine Geduld und seine Freundlichkeit trugen ihm die Zuneigung aller und die Liebe einiger ein: Martin King (von Bugela) hatte das Pfarrhaus für eine recht stattliche Summe renovieren lassen, und Dominic O'Rourke (von Dibban-Dibban) kam für den Lohn für eine gute Haushälterin auf.

So fühlte sich Mary Carson auf jenem Piedestal, das sie auf Grund ihres Alters und ihrer Position einnahm, durchaus sicher genug, um an Pater Ralph ihr Vergnügen zu haben. Sie liebte es, ihre Intelligenz mit der seinen zu messen. Es war ihr ein Genuß, sich einem ebenbürtigen Verstand gegenüber zu wissen, und wenn es ihr besondere Freude machte, ihn zu überlisten, so deshalb, weil sie nie sicher sein konnte, daß ihr das auch wirklich gelungen war.

„Um auf das zurückzukommen, was Sie da über Gilly äußerten", sagte sie und lehnte sich zurück, „daß es nämlich nicht zu jenen Gefilden gehöre, aus denen der Erzbischof Kandidaten für ein höheres Priesteramt rekrutiere – was, meinen Sie, könnte diesen ehrwürdigen Gentleman dazu bekehren, Gilly sozusagen zum Nabel seiner Welt zu machen?"

Der Priester lächelte ein wenig gequält. „Ja, was wohl? Womöglich irgendein aufsehenerregendes Ereignis . . . die unvermutete Errettung von tausend verloren geglaubten Seelen . . . die plötzliche Gabe, die Lahmen und die Blinden zu heilen . . . Doch das Zeitalter der Wunder ist vorbei."

„Aber, aber . . . das möchte ich denn doch bezweifeln! Der Schöpfer, so scheint mir, hat nur seine Methode geändert. Heutzutage bedient er sich des Geldes."

„Wie zynisch Sie doch sind! Vielleicht mag ich Sie gerade deshalb so sehr, Mrs. Carson."

„Mein Vorname ist Mary. Bitte, nennen Sie mich Mary."

Minnie rollte gerade den Teewagen herein, als Pater de Bricassart sagte: „Danke, Mary."

Während sie frische Bannocks und Anchovis auf Toast genossen, erklärte Mary Carson mit einem Seufzer: „Lieber Pater, ich möchte, daß Sie heute morgen besonders intensiv für mich beten."

„Nennen Sie mich Ralph", sagte er und fuhr dann mit einem scherzhaften Unterton fort: „Ich glaube kaum, daß ich für Sie noch intensiver beten kann, als ich das für gewöhnlich tue – aber ich will es gern versuchen."

„Oh, siehe da, der Charmeur! Oder war die Bemerkung eher anzüglich gemeint? Im allgemeinen mag ich's nicht, wenn dick aufgetragen wird, aber bei Ihnen bin ich nie sicher, ob das nicht Tarnung für etwas Tieferes ist. Ein Köder – wie die Möhre, die man dem Esel vors Maul hält. Was denken Sie eigentlich wirklich von mir, Pater de Bricassart? Nun, ich werde es nie erfahren, weil Sie nie die Taktlosigkeit haben werden, es mir zu sagen, nicht wahr? Faszinierend, faszinierend . . . Aber Sie *müssen* für mich beten. Ich bin alt, und ich habe viel gesündigt."

„Dem Alter entgeht keiner, und gesündigt habe auch ich."

Sie ließ ein leises, knarrendes Lachen hören. „Ich würde viel darum geben zu erfahren, auf welche Weise Sie gesündigt haben. O ja, o ja, das würde ich." Sie schwieg einen Augenblick, wechselte dann das Thema. „Übrigens bin ich zur Zeit ohne Oberviehtreiber."

„Schon wieder?"

„Fünf waren's im vergangenen Jahr. Es wird immer schwerer, einen guten Mann dafür zu finden."

„Nun, man erzählt sich, daß Sie nicht gerade eine großzügige oder rücksichtsvolle Dienstherrin sind."

„Frechheit aber auch!" sagte sie verdutzt, lachte jedoch. „Wer kaufte Ihnen denn einen nagelneuen Daimler, damit Sie nicht mehr auf ein Pferd angewiesen waren?"

„Oh, denken Sie aber auch daran, wie intensiv ich für Sie bete!"

„Wäre Michael nur halb so voll Witz und Charakter gewesen, so hätte ich ihn vielleicht geliebt", sagte sie abrupt. Ihr Gesichtsausdruck änderte sich, wirkte plötzlich boshaft. „Meinen Sie womöglich, daß ich ohne einen einzigen Verwandten auf der Welt dastehe und mein Geld der Mutter Kirche hinterlassen muß – ja!?"

„Ich habe keine Ahnung", erwiderte er ruhig und schenkte sich Tee nach.

„Nun, ich *habe* Verwandte – einen Bruder mit einer großen Familie, mit einem ganzen Haufen Söhne."

„Wie schön für Sie", sagte er ernst.

„Als ich heiratete, war ich nicht gerade mit irdischen Gütern gesegnet. Schon früh hatte ich begriffen, daß ich in Irland nie eine gute Partie machen würde. Ein Mädchen, das sich dort einen reichen Mann angeln will, muß aus guter Familie stammen und eine gute Erziehung genossen haben. Also rackerte ich mich ab, bis ich genügend Geld zusammengespart hatte – für die Schiffspassage zu einem Land, wo die reichen Männer nicht so sehr auf Konventionen hielten. Als ich hier ankam, war mein einziges Kapital mein Gesicht, meine Figur und ein besserer Verstand, als man ihn Frauen im allgemeinen zubilligt. Jedenfalls genügte das, um mir Michael Carson zu angeln, der ein reicher Dummkopf war. Bis zu dem Tag, an dem er starb, blieb er in mich vernarrt."

„Ihr Bruder", sagte er, sie wieder auf ihre ursprüngliche Fährte zurückführend, „was ist mit ihm?"

„Mein Bruder ist elf Jahre jünger als ich, jetzt also vierundfünfzig. Wir sind die einzigen, die noch am Leben sind. Ich kenne ihn kaum. Als ich Galway verließ, war er noch ein kleines Kind. Jetzt lebt er in Neuseeland, aber zu irgendwelchen Reichtümern hat er es dort nicht gebracht. Als mir der Stationsarbeiter gestern abend die Nachricht brachte, daß Arthur Teviot sich mitsamt seinen Siebensachen davongemacht hatte, fiel mir plötzlich Padraic ein. Hier sitze ich, werde wahrlich nicht jünger, bin ohne Familie. Paddy seinerseits ist das, was ich einen Mann vom Land ohne Land nennen möchte. In anderen Worten: Es ist so etwas wie sein Lebenselement, doch fehlt es ihm an Mitteln, eigenen Grundbesitz zu erwerben. Warum, habe ich mir deshalb überlegt, sollte ich ihm nicht schreiben und ihn einladen, mit seiner ganzen Familie hierher zu ziehen. Wenn ich sterbe, wird er Drogheda und Michar Limited erben, denn er ist ja mein einziger lebender Verwandter, abgesehen vielleicht von irgendwelchen fernen Vettern in Irland."

Sie lächelte. „Es wäre doch unsinnig, bis zu meinem Tode zu warten, nicht wahr? Warum soll er nicht schon jetzt kommen und sich mit der Schafhaltung hier vertraut machen? Auf unseren Schwarzerdebenen dürfte doch manches anders sein, als er das in Neuseeland gewohnt ist. Wenn ich dann eines Tages nicht mehr bin, kann er in meine Schuhe schlüpfen, ohne daß sie ihn drücken." Den Kopf ein wenig vorgebeugt, beobachtete sie aufmerksam den Priester.

„Wie kommt es, daß Ihnen das nicht schon früher eingefallen ist?" fragte er.

„Oh, ich *habe* daran gedacht. Nur – bis vor kurzem war dies das letzte, was ich mir wünschte: in meiner Nähe einen Haufen Aasgeier zu haben, die begierig auf meinen letzten Atemzug warten. Seit einiger Zeit scheint mir jedoch, daß mein Abschied längst nicht mehr so fern ist, wie ich immer glaubte, und ich habe das Gefühl, daß . . . ach, ich weiß nicht. Irgendwie wäre es vielleicht ganz schön, in meiner Nähe Menschen zu wissen, die von meinem Fleisch und meinem Blut sind."

„Ja, was ist denn?" fragte er hastig, aufrichtige Besorgnis in den Augen. „Fühlen Sie sich krank?"

Sie hob die Schultern. „Mir geht es soweit ausgezeichnet. Doch wenn man fünfundsechzig wird, so liegt allein in dieser Tatsache etwas Bedrohliches. Plötzlich ist Altwerden kein Phänomen mehr, das sich irgendwann ereignen wird – es hat sich bereits ereignet."

„Ich verstehe Sie und glaube, daß Sie recht haben. Es wird sehr angenehm für Sie sein, junge Stimmen im Haus zu hören."

„Oh, hier werden sie nicht wohnen", betonte sie. „Sie können oben am Creek wohnen, in dem Haus für den Oberviehtreiber, ein gutes Stück von mir entfernt. Daß ich auf den Umgang mit Kindern und den Klang von Kinderstimmen versessen wäre, könnte ich nicht gerade behaupten."

„Ist das nicht eine ziemlich schäbige Art, Ihren einzigen Bruder zu behandeln, Mary? Auch wenn der Altersunterschied zwischen ihm und Ihnen recht beträchtlich sein mag?"

„Er wird's erben – soll er's sich erwerben", sagte sie schroff.

Sechs Tage vor Meggies neuntem Geburtstag wurde Fiona Cleary wieder von einem Jungen entbunden, und sie fand, daß sie eigentlich von Glück sagen konnte: weil es zwischendurch nichts weiter gegeben hatte als zwei Fehlgeburten. Mit neun Jahren war Meggie alt genug, um ihrer Mutter eine wirkliche Hilfe zu sein. Fee ihrerseits war jetzt vierzig, und das bedeutete, daß eine Schwangerschaft sie jetzt doch sehr viel Kraft kostete. Der Junge wurde auf den Namen Harold getauft, und es zeigte sich, daß er ein zartes, ja kränkliches Kind war. Wohl zum ersten Mal erschien der Arzt bei den Clearys regelmäßig zu Hausbesuchen.

Ein Unglück kommt selten allein. In der Tat: die Sorgen der Clearys häuften sich. Die Nachkriegszeit brachte keineswegs einen Boom mit sich, ganz im Gegenteil – für die Landwirtschaft, vor allem auch für die Viehzucht, kamen jetzt schlechte Zeiten.

Als die Familie eines Tages beim Tee saß, erschien der alte Angus MacWhirter und lieferte ein Telegramm ab. Paddy riß den Umschlag auf, und seine Hand zitterte. Telegramme enthielten nie eine gute Nachricht. Die Jungen scharten sich um ihren Vater, ausgenommen Frank, der seine Teetasse nahm und sich vom Tisch entfernte. Fionas Augen folgten ihm. Dann jedoch blickte sie zu Paddy, der ein Ächzen hören ließ.

„Was ist denn?" fragte sie.

Paddy starrte auf das Stück Papier, als enthielte es eine Todesnachricht. „Archibald will uns nicht."

Wütend schlug Bob mit der Faust auf den Tisch. Er hatte sich so darauf gefreut, seinen Vater zu begleiten, als Schafschererlehrling. Die Arbeit in Archibalds Schurhütte wäre sein erster Job gewesen. „Wie kann er nur so gemein zu uns sein, Daddy? Morgen sollten wir dort anfangen."

„Gründe nennt er nicht, Bob. Aber ich nehme an, daß er jemand gefunden hat, der billiger arbeitet."

„Oh, Paddy!" seufzte Fee.

Das Baby begann zu schreien. Es lag in einer großen Korbwiege nicht weit vom Herd. Bevor Fee reagieren konnte, kümmerte sich bereits Meggie um den kleinen Hal. Frank stand jetzt im Türrahmen. Die Teetasse in der Hand, beobachtete er angespannt seinen Vater.

„Nun ja", sagte Paddy schließlich, „da muß ich wohl zu Archibald hin. Eine andere Schurhütte bekommen wir jetzt nicht mehr, dazu ist es zu spät. Aber ich meine doch, daß er mir eine Erklärung schuldig ist. Wir können nur hoffen, daß wir Arbeit als Melker finden, bis es im Juli mit Willoughbys Hütte losgeht."

Meggie nahm ein weißes Tuch von dem riesigen Stapel beim Herd und breitete es sorgfältig über den Arbeitstisch. Dann hob sie den weinenden Hal aus der Wiege und legte ihn auf das Tuch. Spärlich schimmerte auf dem winzigen Schädel das rötliche Haar der Clearys. Meggie wechselte die Windeln – so rasch und so geschickt, wie ihre Mutter es getan haben würde.

„Kleine Mutter Meggie", sagte Frank, um sie aufzuziehen.

„Bin ich nicht!" erwiderte sie ungehalten. „Ich helfe bloß Mum."

„Weiß ich doch", sagte er zärtlich. „Du bist ein gutes Mädchen, Klein-Meggie." Sacht zog er an der weißen Taftschleife auf ihrem Hinterkopf.

Sofort richtete sich der Blick aus den großen grauen Augen auf ihn, bewundernd, voller Vertrauen. Unwillkürlich gab es ihm einen Stich. Wenn sie einen so ansah, konnte man meinen, daß sie kein Kind mehr war, sondern . . . ja, fast schon eine Erwachsene. Dabei hätte das einzige Baby, um das sie sich in ihrem Alter zu kümmern hatte, Agnes sein sollen, die jetzt vergessen in irgendeinem Winkel des Schlafzimmers lag. Ja, dachte er, wenn es nicht Meggies wegen wäre – Meggies und Mums wegen –, mich hätten schon längst keine zehn Pferde mehr hier gehalten. Mürrisch blickte er zu seinem Vater. Der war schuld daran, daß es im Haus dieses *neue* Leben gab, das soviel Unruhe mit sich brachte. Geschah ihm ganz recht, so kurzerhand um den Job in der Schurhütte gekommen zu sein.

Früher hatte es Frank kaum sehr viel ausgemacht, seine Mutter schwanger zu sehen. Diesmal, bei Hal, war das anders gewesen: Frank befand sich in einem Alter, wo er selbst Ehemann und Vater hätte sein können. Allerdings schienen, Meggie ausgenommen, bei dieser letzten Schwangerschaft alle so etwas wie Beklommenheit empfunden zu haben, Fee selbst am allermeisten. Spürte sie die verstohlenen Blicke der Jungen auf sich, so schrumpfte sie gleichsam zusammen, und angestrengt vermied sie es, Frank in die Augen zu sehen – sie schien eine tiefe Scham zu fühlen.

Nein, dachte Frank jetzt zum hundertsten oder tausendsten Mal, keine Frau sollte je so etwas durchmachen müssen: Nur zu deutlich erinnerte er sich an das furchtbare Stöhnen und die entsetzlichen Schreie, die in der Nacht der Entbindung aus dem Schlafzimmer seiner Mutter gedrungen waren – anders als seine Geschwister hatte man ihn, den nunmehr Großjährigen, nicht in „sichere Entfernung" verbannt.

Ja, geschah Daddy wirklich recht, daß er die Schurhütte los war, daß man sie ihm weggenommen hatte. Ein anständiger Mann hätte Mum . . . hätte sie in Frieden gelassen.

Im Haus gab es inzwischen elektrisches Licht, und im Schein der Lampe sah das Haar seiner Mutter aus wie gesponnenes Gold. Schön war sie, wirklich schön, alles an ihr war schön. Wie ließ sich nur erklären, daß eine solche Frau, die außer ihrer Schönheit auch noch eine gute Erziehung mitbrachte, einen Schafscherer geheiratet hatte, der aus dem Sumpfgebiet von Galway stammte und sich jetzt hier von einem Job zum nächsten durchschlug? Verschwendet hatte sie sich an ihn, ja, so mußte man es wohl nennen: Sich selbst hatte sie verschwendet, und vergeudet schien auch das meiste, was sie sozusagen als Mitgift in die Ehe mitbrachte: das kostbare Spode-Porzellan, das Tischzeug aus Damast, die Perserteppiche im Wohnzimmer – all das, was praktisch nie ein Gast zu Gesicht bekam, denn die Frauen der Männer, mit denen Paddy Umgang hatte, die seine Kollegen und seine Kumpels waren, diese Frauen paßten ebensowenig zu Fee wie Fee zu ihnen. In Fees Gegenwart wurde ihnen offenbar allzu deutlich bewußt, wie laut und wie vulgär ihre Stimmen klangen, und wenn sie mit einem Eßbesteck richtig umgehen sollten, gerieten sie plötzlich in tausend Nöte.

Sonntags zog sich Fee manchmal ins leere Wohnzimmer zurück und setzte sich an das Spinett beim Fenster. Und dann spielte sie, wenn auch – wegen mangelnder Übung – längst nicht mehr so fingerfertig wie früher. Nur noch mit den einfachsten Stücken wurde sie fertig. Frank saß meist draußen vor dem Fenster, zwischen dem Flieder und den Lilien, und lauschte mit geschlossenen Augen. Fast regelmäßig stieg dann ein ganz bestimmtes Bild vor seinem inneren Blick auf, beinahe so etwas wie eine Vision. In einem langen Kleid mit vielen zartrosa Spitzen saß seine Mutter am Spinett in einem riesigen, wie elfenbeinernen Raum, und rings um sie, auf mächtigen Kerzenhaltern, flackerte Licht. Es war ein Bild, das eine eigentümliche Sehnsucht in ihm weckte: zu weinen – sich auszuweinen. Aber natürlich weinte er nicht mehr; nicht seit jener Nacht, nachdem die Polizei ihn nach Hause gebracht hatte.

Meggie legte Hal wieder in die Korbwiege, ging dann zu ihrer Mutter, stand bei ihr. Vielleicht war die unmittelbare Ähnlichkeit zwischen beiden gar nicht so groß. Dennoch ergab sich etwas Verblüffendes. Im Profil des kleinen Mädchens gewahrte man den gleichen Ausdruck von Stolz; und von Empfindsamkeit. Wenn sie einmal erwachsen, wenn sie *Frau* war, würde sie in ihrer ganzen Art ihrer Mutter wohl sehr ähnlich sein. Und dann? Sollte auch sie *verschwendet* werden? Vielleicht gleichfalls an einen Tölpel von einem irischen Schafscherer? Oder an so einen Hornochsen von einem Melker, der nicht bis drei zählen konnte? Sie war mehr wert, viel mehr, aber sie war nicht zu mehr *geboren*, und eben darauf kam es an, das sagten alle. Wenn Frank es richtig bedachte: nach den Erfahrungen, die er von Jahr zu Jahr gesammelt hatte, schienen die Leute recht zu haben – man war, wo man war, und einen Ausweg daraus gab es nicht.

Fast genau zur selben Sekunde wurden Fee und Meggie gewahr, daß er sie anstarrte, und sie drehten sich beide zu ihm um und lächelten ihn mit jener besonderen Zärtlichkeit an, die Frauen nur für jenen Mann haben, den sie über alles lieben. Frank stellte seine Tasse auf den Tisch und ging hinaus, um die Hunde zu füttern. Und plötzlich wünschte er sich, weinen oder aber morden zu können – wenn das nur den Schmerz vertrieb.

Drei Tage nachdem Paddy die Archibald-Schurhütte verloren hatte, traf Mary Carsons Brief ein. Paddy war gerade im Postamt in Wahine gewesen; dort hatte man ihm den Brief gegeben, dort hatte er ihn sofort geöffnet. Als er dann zu Hause ankam, hüpfte er wie ein Kind.

„Wir gehen nach Australien!" rief, nein, schrie er und schwenkte das kostbare Briefpapier.

Aller Augen richteten sich auf ihn, niemand sprach. In Fees Augen zeigte sich ein Erschrecken, in Meggies Augen auch. Die Jungen hingegen strahlten vor Freude. Nur Franks Blick glich einem heftigen, harten Zucken.

„Aber, Paddy", sagte Fee, nachdem sie den Brief gelesen hatte, „wie kommt es, daß sie nach all den Jahren auf einmal an dich denkt? Ihr Geld ist für sie doch nichts Neues und ihre Einsamkeit genausowenig. Ich kann mich wirklich nicht erinnern, daß sie uns schon irgendwann einmal ihre Hilfe angeboten hätte."

„Es scheint, daß sie Angst hat, in Einsamkeit zu sterben", sagte er, und es klang, als wollte er nicht nur Fee beschwichtigen, sondern auch sich selbst. „Du hast ja gelesen, was sie schreibt: ‚Ich bin nicht mehr jung, und Du und Deine Söhne, Ihr seid meine Erben. Ich meine, wir sollten einander sehen, bevor ich sterbe, und es wird Zeit, daß Du lernst, Dein Erbe zu verwalten. Ich habe die Absicht, Dich zu meinem Oberviehtreiber zu machen – das ist ein ausgezeichnetes Training, und wer von Deinen Jungen alt genug ist, kann gleichfalls als Viehtreiber arbeiten. Drogheda wird ein Familienunternehmen, das wirklich von der Familie betrieben wird, ohne die Hilfe von Außenstehenden.'"

„Und was ist mit dem Geld, das wir für die Reise nach Australien brauchen?" fragte Fee. „Schreibt sie *da*rüber etwas?"

„Nicht im Traum würde es mir einfallen, sie darum zu bitten", sagte Paddy schroff. „Wir kommen schon nach Australien, *ohne* daß wir sie ums Reisegeld anbetteln – dafür garantiere ich."

„Ich finde, es wäre nur recht und billig, wenn sie unsere Reise bezahlt", beharrte Fee, und alle musterten sie verwundert. Es kam überaus selten vor, daß sie eine eigene Meinung vertrat. „Warum sollten wir unser Leben hier aufgeben und nach Australien gehen, um für sie zu arbeiten, nur weil sie uns in einem Brief Versprechungen macht? Sie hat noch nie auch nur den kleinen Finger gekrümmt, um uns zu helfen, und ich traue ihr nicht. Ich erinnere mich noch gut, daß du gesagt hast, so geizig wie sie sei so schnell keine zweite. Im übrigen ist sie für dich fast so etwas wie eine Fremde, bei dem großen Altersunterschied zwischen euch, meine ich. Als sie nach Australien ging, warst du noch nicht einmal alt genug für die Schule."

„Ich verstehe nicht, weshalb das jetzt etwas ändern sollte. Und wenn sie geizig ist – na, um so besser für uns. Dann gibt's mehr zu erben. Nein, Fee, wir gehen nach Australien, und die Reise bezahlen wir aus eigener Tasche."

Fee schwieg. Ihr Gesicht verriet nicht, ob sie es ihm übelnahm, so überfahren zu werden.

„Hurra, wir gehen nach Australien!" rief Bob und packte seinen Vater bei der Schulter. Jack, Hughie und Stu führten wilde Freudentänze auf, und Frank lächelte. Sein Blick war auf niemanden gerichtet, er schien an einem sehr fernen Punkt zu haften. Auch bei ihm war die freudige Erregung jetzt unverkennbar. Nur Fee und Meggie blickten bedrückt: Für beide würde das Leben in Australien kaum leichter werden – es erwartete sie genau das gleiche wie hier, nur daß dort alles fremd für sie sein würde.

„Wo liegt denn Gillanbone?" fragte Stu.

Sofort wurde der alte Atlas hervorgeholt; trotz ihrer Armut stand bei den Clearys in der Küche, ein Stückchen hinter dem Eßtisch, ein Bücherregal. Jetzt blätterten die Jungen im vergilbten Atlas, fanden schließlich den gesuchten Teil von Australien: Neusüdwales. In ihrer Aufregung dachten sie nicht daran, einen Blick auf die untere linke Ecke zu werfen, wo der Maßstab angegeben war und man an einer Art Balken einen Anhaltspunkt für die Entfernung in Kilometern hatte. Sie nahmen ganz automatisch an, die Größenverhältnisse von Neusüdwales seien denen von der Nordinsel von Neuseeland gleichzusetzen. Und dort – dort oben links – war Gillanbone: von Sydney offenbar genausoweit entfernt wie Wanganui von Auckland – allerdings schien es, daß es dort weit weniger Städte gab als auf der Nordinsel von Neuseeland.

„Ist ein ziemlich alter Atlas", sagte Paddy. „Australien ist wie Amerika, entwickelt sich sprunghaft. Heutzutage gibt's da bestimmt eine Menge Städte."

Natürlich würden sie als Zwischendeckspassagiere reisen, aber da es nur drei Tage dauerte, ließ es sich schon aushalten. Gar kein Vergleich mit der wochenlangen Überfahrt von England nach Australien oder Neuseeland. Viel von ihrer Habe würden sie allerdings nicht mitnehmen können, eigentlich nur: Kleidung, Porzellan, Bestecke, Tischzeug und ähnliches und – nun ja, jene so kostbaren Bücher aus dem Bücherregal. Auch die Kochutensilien kamen natürlich noch hinzu, aber ansonsten – was die Möbel betraf, die würde man verkaufen müssen, schon um einen Teil der Reisekosten abzudecken; und zum Mobiliar gehörte ganz automatisch auch so manches aus Fees Besitz: dies und das und jenes im Wohnzimmer, nicht zuletzt auch ihr Spinett und ihre Teppiche und ihre Stühle.

„Kommt mir überhaupt nicht in Frage", erklärte Paddy mit fester Stimme.

„Du meinst . . ." begann Fee.

„Ja, ich meine . . . was dir lieb und teuer ist, kommt mit", sagte Paddy.

„Bist du sicher, daß wir uns das *leisten* können?"

„Ganz sicher. Was das andere Mobiliar betrifft – nun, Mary schreibt ja, daß sie das Haus des Oberviehtreibers für uns bereitmachen läßt und daß da drin praktisch alles ist, was wir wohl brauchen. Ich bin ganz froh, daß wir nicht mit Mary im selben Haus wohnen werden."

„Ich auch", versicherte Fee.

Paddy fuhr nach Wanganui und buchte eine Zwischendeckkabine mit acht Betten. Das Schiff, auf dem sie reisen würden, war die „Wahine": Ein sonderbarer Zufall wollte es, daß das Schiff denselben Namen trug wie die Stadt, in deren Nähe sie so lange gelebt hatten. Der Tag der Abreise war für Ende August festgesetzt, und zum Monatsanfang wurde dann allen klar, daß das große Abenteuer wirklich und wahrhaftig bevorstand. Die Hunde mußten fortgegeben, die Pferde und das Buggy verkauft werden. Die Möbel lud man auf die Karren des alten Angus MacWhirter, um sie zur Versteigerung nach Wanganui zu bringen, und Fees wenige Stücke, in Kisten verpackt und für den Transport auf dem Schiff bestimmt, nahm man dabei gleich mit; und auch das Porzellan und das Leinenzeug und die Bücher und die Küchensachen.

Frank entdeckte seine Mutter im Wohnzimmer. Sie stand bei dem wunderschönen alten Spinett und strich sacht über das unebene, leicht rötlich schimmernde Holz. Dann blickte sie auf ihre Fingerspitzen, an denen ein wenig Goldstaub haftete – von den alten Ornamenten.

„Hat es dir schon immer gehört, Mum?" fragte er.

„Ja. Und was wirklich mir gehörte, konnten sie mir auch nicht wegnehmen, als ich heiratete. Das Spinett, die Perser, das Louis-quinze-Sofa und die Stühle, das Regency-Escritoire. Nicht viel, doch das gehörte rechtmäßig mir." Die grauen, ernsten Augen blickten an Frank vorbei zu dem Ölgemälde, das hinter ihm an der Wand hing. Die Farben waren inzwischen ein wenig alterstrüb, doch das Bild zeigte immer noch deutlich eine Frau mit goldenen Haaren, die ein zartrosa Spitzenkleid trug, das mit einhundertund-sieben Volants besetzt war.

„Wer ist sie gewesen?" fragte er neugierig, während er den Kopf drehte. „Das habe ich schon immer wissen wollen."

„Eine große Lady."

„Eine Verwandte, nicht wahr? Ihr seht euch ein bißchen ähnlich."

„Sie? Eine Verwandte vor mir?" Fees Augen, soeben noch in Betrachtung versunken, richteten sich ironisch auf Frank. „Sehe ich etwa so aus, als ob ich je eine solche Verwandte gehabt haben könnte?"

„Ja."

„Das sind Hirngespinste. Wisch sie weg."

„Ich wünschte, du würdest es mir sagen, Mum."

Sie seufzte, schloß das Spinett, strich sich den Goldstaub von den Fingern. „Da gibt es nichts zu sagen, nichts zu erzählen, gar nichts. Komm, hilf mir, diese Sachen in die Zimmermitte zu rücken, damit Daddy sie packen kann."

Die Überfahrt war ein Alptraum. Noch bevor die „Wahine" den Hafen von Wellington richtig hinter sich gelassen hatte, wurden alle seekrank, und sie blieben es während der ganzen Reise: rund zweitausend Kilometer über die jetzt winterliche, stürmische See. Paddy ging mit den Jungen an Deck, und trotz des scharfen Windes und des ständigen Sprühregens aus Gischt blieb er mit ihnen dort. Ab und zu fand sich eine freundliche Seele, die sich um seine vier vom Brechreiz gemarterten Jungen kümmerte, und nur dann ging er zwischendurch hinunter, um nach Fee, Meggie und dem Baby zu sehen. Frank hatte beschlossen, sicherheitshalber bei seiner Mutter und seiner Schwester zu bleiben, sosehr er sich auch nach frischer Luft sehnte. In der winzigen Kabine war es stickig und stank zudem nach Öl. Sie lag unterhalb der Wasserlinie und sehr weit bugwärts, dort also, wo die Bewegungen des Schiffes am heftigsten waren.

Nach wenigen Stunden auf See ging es Fiona so elend, daß Frank und Meggie glaubten, ihre Mutter müsse sterben. Ein sehr beunruhigter Steward holte aus der 1. Klasse den Arzt herbei, und dieser schüttelte pessimistisch den Kopf.

„Gut, daß es nur eine kurze Reise ist", sagte er und wies die Krankenschwester an, für das Baby Milch aufzutreiben.

So fütterten Frank und Meggie, zwischen Anfällen von Brechreiz, den kleinen Hal mit der Flasche, was ihm gar nicht behagte; er sträubte sich sehr. Fee lag jetzt in einer Art Koma und reagierte auf nichts. Gemeinsam mit dem Steward legte Frank sie auf das obere Bett, wo die Luft nicht ganz so stickig war. Und dann hockte er sich oben dicht bei ihr auf die Kante und strich ihr das verklebte Blondhaar aus der Stirn, während er gleichzeitig ein Handtuch an seinen Mund hielt, um damit das gallenbittere, wäßrige Zeug abzufangen, das er noch immer erbrach. Trotz seiner eigenen Übelkeit blieb er Stunde um Stunde auf seinem Posten, und jedes Mal, wenn Paddy in die Kabine kam, sah er Frank oben bei seiner Mutter, der er übers Haar strich, während auf einem der unteren Betten Meggie bei Hal hockte, auch sie ein Handtuch vor dem Mund.

Als es nur noch drei Stunden bis Sydney waren, beruhigte sich die aufgewühlte See zu fast glasiger Glätte, und von der fernen Antarktis trieb Nebel herbei und hüllte das alte Schiff ein. Die „Wahine" glitt dahin wie durch endlos-ewiges Grau, und in regelmäßigen Abständen klang von oben her ein tiefes, monotones Geräusch, ein eigentümlicher Heulton, so einsam und verloren, so voller Trauer und Klage. Und dann kam dieses Heulen von überall her, klang von vielen Schiffen, als die „Wahine" durch geisterhafte Nebelschwaden in den Hafen einlief. Nie vergaß Meggie dieses Geräusch, den Klang der Nebelhörner. Es war die erste Erinnerung, die sich für sie mit Australien verband.

Paddy trug Fee in seinen Armen vom Schiff. Frank folgte mit dem Baby, und jeder der Jungen und auch Meggie schleppte irgendein Gepäckstück. An einem nebligen Wintermorgen Ende August 1921 waren sie in Pyrmont angekommen, ein bedeutungsloser Name für sie. Am Kai, bei einem Wellblechschuppen, wartete eine lange Reihe von Taxis. Meggie starrte verwundert: So viele Autos hatte sie noch nie beisammen gesehen. Irgendwie gelang es Paddy, seine ganze Familie in einem einzigen Taxi zu verstauen, dessen Fahrer sich erbot, sie zum „Volkspalast" zu bringen.

„Ist genau das Richtige für euch, Kumpel", sagte er zu Paddy. „Ein Hotel für den Arbeiter, wird von den Sallies geleitet."

Auf den Straßen schienen Massen von Autos wild in alle Richtungen zu jagen. Pferdewagen sah man kaum. Gebannt starrten die Kinder durch die Fenster des Taxis: die hohen Ziegelsteingebäude, die engen, gewundenen Straßen und die unabsehbare Menge der Menschen: sich auflösende Gebilde, die sofort wieder in anderer Form miteinander verschmolzen. Schon in Wellington waren sie tief beeindruckt gewesen, doch neben Sydney nahm Wellington sich wohl eher wie eine Kleinstadt aus.

Der „Volkspalast" entpuppte sich als das Wohnheim der Heilsarmee, der Salvation Army – das hatte der Fahrer mit „Sallies" gemeint. Während Fee sich in einem der zahllosen Zimmer ausruhte, ging Paddy zum Zentralbahnhof, um zu sehen, wann sie nach Gillanbone fahren konnten. Die Jungen begleiteten ihn. In der Unverbrauchtheit ihrer Jugend schienen sie sich im Handumdrehen erholt zu haben, was ihr Vater mit ein wenig Neid registrierte. Er selbst hatte nach den drei Tagen Seekrankheit doch noch recht weiche Knie. Frank und Meggie – die beide gern mitgegangen wären – blieben zurück, um sich um ihre Mutter zu kümmern. Zum Glück schien Fee, wieder an Land, rasch wieder zu Kräften zu kommen. Sie trank etwas Suppe und versuchte sogar eine Scheibe Toast. Beides hatte ihr einer der Engel von der Heilsarmee gebracht – ein Engel mit Häubchen.

„Wenn wir nicht heute fahren, Fee", sagte Paddy, als er zurückkam, „müssen wir eine Woche warten, bis der nächste Direktzug geht. Glaubst du, du könntest heute reisen?"

Fee setzte sich auf. Sie zitterte leicht. „Ja."

„Ich finde, wir sollten warten", sagte Frank hastig. „Mum ist doch noch nicht richtig reisefähig."

„Du scheinst unsere Lage nicht zu verstehen", erklärte Paddy. „Wenn wir nicht gleich heute fahren, müssen wir eine ganze Woche in Sydney bleiben, und dafür fehlt's mir einfach an Geld. Dies ist ein großes Land, und es fährt nun mal nicht jeden Tag ein Zug dorthin, wo wir hin wollen. Bis Dubbo könnten wir wohl auch morgen kommen, sogar mit drei verschiedenen Zügen. Aber dort säßen wir erst einmal fest, und die weitere Verbindung soll so schlecht und so umständlich sein, daß man mir nachdrücklich davon abgeraten hat. Es wäre auf jeden Fall besser, wenn wir heute fahren könnten."

„Ich schaffe das schon", versicherte Fee. „Ich habe ja Frank und Meggie. Macht euch um mich keine Sorgen." Bittend lag ihr Blick auf Frank. Er verstand und schwieg.

„Dann werde ich Mary jetzt ein Telegramm schicken, damit sie weiß, daß sie uns morgen abend erwarten kann."

Der Zentralbahnhof war ein wahrhaft gigantisches Gebäude, ein Gebilde aus Metall und Glas, wie es die Clearys noch nie zuvor gesehen hatten, nicht auf Neuseeland. Tausende von Menschen schienen sich dort zu drängen, und die riesige Wölbung, so hätte man meinen können, schluckte den ungeheuren Lärm, um ihn dann als vielfaches Echo wieder auszuspucken. Zahllose Reisende mit Koffern und anderem Gepäck standen vor der gewaltigen Anzeigetafel und starrten gebannt. Männer mit langen Stangen regulierten die diversen Schilder.

In der drängenden und schiebenden Menge gelangten die Clearys zum Bahnsteig 5. Auf einem großen, handgemalten Schild stand: GILLANBONE MAIL, doch der Zugang war noch gesperrt. Auf den Bahnsteigen 1 und 2 herrschte hektischer Betrieb. Die Abfahrt der Expreßzüge nach Brisbane und nach Melbourne stand kurz bevor. Atemlos hetzten noch Reisende herbei.

Bald wurde der Zugang zu Bahnsteig 5 geöffnet. Im Zug fand Paddy für seine Familie ein leeres Zweiter-Klasse-Abteil. Die älteren Jungen setzte er an die Fenster, und Fee, Meggie und das Baby bekamen ihren Platz bei der Schiebetür zum Gang. Die Taktik, denn genau das war es, erwies sich als wirkungsvoll. Reisende, die in der Hoffnung auf einen freien Platz erwartungsvoll hereinspähten, zuckten erschrocken zurück: So viele Kinder und dazu noch ein Kleinkind! Manchmal hatte es auch Vorteile, eine große Familie zu sein.

In der Nacht wurde es doch so kalt, daß es ratsam schien, sich in die karierten Reisedecken zu hüllen, die man bei sich hatte: An jeden Koffer waren außen welche angeschnallt. So ließ es sich einigermaßen aushalten. Das Abteil war nicht geheizt. Immerhin strömten die Metallkästen voll heißer Asche, die sich in Fußbodenhöhe befanden, eine gewisse Wärme aus. Geheizte Abteile kannte man weder in Australien noch in Neuseeland.

„Wie weit ist es denn, Daddy?" fragte Meggie, als der Zug rhythmisch über die Schienen ratterte.

„Weiter, als es auf unserem Atlas ausgesehen hat, Meggie. Viel weiter sogar. Fast tausend Kilometer. Wir werden morgen am späten Nachmittag dort sein."

Die Jungen sahen ihn ungläubig an, doch dann vergaßen sie ihre Verwunderung sozusagen vor lauter Staunen. Der Zug hatte den Bahnhof hinter sich gelassen, und draußen lag etwas, das einer Märchenwelt glich: ein flirrendes, funkelndes Lichtermeer. Alle starrten durch die Fenster. Kilometer um Kilometer flog vorbei, und noch immer schienen die Häuser kein Ende nehmen zu wollen. Der Zug erhöhte seine Geschwindigkeit. Allmählich wurden die Lichter spärlicher, schließlich verschwanden sie ganz. Jetzt sah man draußen, wie einen unaufhörlichen Strom, die flirrenden Funken, die der Fahrtwind von der Lokomotive herbeitrug.

Als Paddy die Jungen auf den Gang führte, damit Fee dem Baby die Brust geben konnte, blickte Meggie sehnsüchtig hinter ihren Brüdern her. Seit der kleine Hal auf der Welt war, blieb sie gleichsam ausgeschlossen aus dem Kreis der Jungen. Fee brauchte in allem mehr denn je Meggies Hilfe. Woher also hätte sie Zeit nehmen sollen, sich wie früher wenigstens dann und wann ihren Brüdern anzuschließen?

Andererseits fiel es auch nicht *allzu* schwer, darauf zu verzichten, denn Hal war ein so lieber kleiner Kerl, daß man viel, sehr viel Freude mit ihm hatte. Auch ließ Meggie es sich gern gefallen, wenn ihre Mum sie jetzt wie eine Erwachsene behandelte.

Während Fee dem Baby die Brust gab, hielt plötzlich der Zug. Meggie hätte gern das Fenster geöffnet, um besser sehen zu können, wo sie hier waren. Doch im Abteil wurde es trotz der heißen Asche in den Metallkästen immer kälter. Paddy kam den Korridor entlang und trat herein. Für Fee hatte er einen Becher mit dampfendem Tee mitgebracht. Sie legte das jetzt satte und schläfrige Baby auf den Sitz zurück.

„Wo sind wir hier?" fragte sie.

„Ein Schild sagt, daß der Ort Valley Heights heißt. Für den Anstieg nach Lithgow bekommen wir noch eine zweite Lok vor den Zug gespannt, hat mir die Frau im Erfrischungsraum erklärt."

„Und wie lange haben wir hier Aufenthalt?"

„Eine Viertelstunde. Frank bringt dir noch ein paar Sandwiches, und ich sorge dafür, daß auch die Jungens etwas zu essen bekommen. Der nächste Bahnhof, wo wir uns wieder etwas kaufen können, ist Blaynay, und dort sind wir erst viel später in der Nacht."

Meggie und ihre Mutter teilten sich den heißen, stark gesüßten Tee. Bald kam Frank mit den Sandwiches. Später streckten sich Fee und Meggie der Länge nach auf den Sitzen aus, und Frank hüllte beide fest in Reisedecken. Stuart und Hughie wurden zwischen den Sitzen auf den Fußboden gebettet. Mit Bob, Frank und Jack, erklärte Paddy, wolle er ein paar Abteile weiter zu einigen Schafscherern, um sich mit ihnen zu unterhalten und dort die Nacht zu verbringen.

Meggie lauschte, von eigentümlicher, pulsender Erregung erfüllt. Es war hier so viel schöner als auf dem Schiff. Rhythmisch klang das Rattern der Räder, rhythmisch drang auch das Schnaufen der beiden Loks herein, in den Telegraphendrähten sang der Wind, und ab und zu hörte man ein sonderbares Geräusch, wie ein leerdrehendes Surren – für Augenblicke schien hier oder dort ein Rad den Kontakt zur Schiene verloren zu haben.

Am Morgen starrten sie erschrocken, ja entsetzt auf eine Landschaft, von der sie sich nie hätten träumen lassen, daß es sie auf demselben Planeten gab, auf dem auch Neuseeland lag. Rollende Hügel sah man auch hier, gewiß, doch nichts sonst erinnerte an die alte Heimat. Alles war braun und grau, sogar die Bäume. Unter der glutenden Sonne hatte der Winterweizen bereits eine bräunlich-silbrige Färbung angenommen. Kilometerweit sah man das sich im Winde biegende und wiegende Getreide. Nur ganz selten gab es Gruppen dünner, dürrer Bäume mit blauen Blättern und graues, wie totes oder doch völlig erschlafftes Buschwerk. In Fees stoischem Blick ließ sich keine Reaktion ablesen, doch in Meggies Augen stand ein tiefer Schrecken: Es war so furchtbar – alles so riesig weit, nirgends ein Zaun und vor allem: nirgends eine Spur von Grün.

Aus der bitterkalten Nacht fuhren sie jetzt gleichsam immer weiter hinein in den glühenden, sengenden Tag, während die Sonne höher und höher stieg, ihrem Zenit entgegen. Und der Zug ratterte und ratterte und ratterte; und hielt ab und zu in irgendeiner winzigen Stadt, die voller Fahrräder und Pferdefuhrwerke war. Autos schien es hier nur wenige zu geben. Paddy öffnete die beiden Fenster, so weit es nur ging, obwohl nun Ruß hereinwirbelte und sich auf alles legte. Es war so heiß, daß sie keuchten. Ihre Kleidung klebte ihnen auf der juckenden Haut. Unvorstellbar, daß es irgendwo im Winter so heiß sein konnte.

Als die Sonne schon sehr tief stand, tauchte endlich Gillanbone auf: eine sonderbare Ansammlung baufällig wirkender Holz- und Wellblechgebäude zu beiden Seiten einer breiten, staubigen Straße ohne Bäume. Die scheidende Sonne schien ihr schmelzendes Gold wie eine feste Schicht über alles und jedes verströmt zu haben, was der Stadt einen eigentümlichen Anstrich von Erhabenheit verlieh. Doch war es damit nur allzuschnell vorbei. Als die Clearys ausgestiegen waren und auf dem Bahnsteig standen, hatte sich der flüchtige Zauber bereits verloren, und Gillanbone war nichts als bloß eine allzu typische Siedlung ganz am Rande der Welt, gleichsam ein letzter Vorposten im Grenzgebiet noch fallender Niederschläge. Ein Stück weiter westlich begannen die dreitausend Kilometer des Niemals-Niemals – jenes wüstenartigen Landes, wo es nicht regnen konnte.

Ganz in der Nähe des Bahnhofs sahen die Clearys ein schwarzes Prachtauto stehen, doch noch erstaunlicher wirkte in dieser Umgebung die Gestalt, die durch den zentimeterhohen Staub auf sie zuschritt: ein Priester, der in seiner Soutane wie ein Geschöpf der Vergangenheit erschien – man hätte meinen können, er bewege seine Füße nicht wie ein gewöhnlicher Sterblicher, sondern schwebe oder treibe traumgleich dahin. Staub hob sich, rötlich durchschimmert von den letzten Strahlen der untergehenden Sonne; ein watteweiches, wolkenartiges Gebilde.

„Hallo, ich bin Pater de Bricassart", sagte er und reichte Paddy die Hand. „Sie müssen Marys Bruder sein, Sie sind ihr wie aus dem Gesicht geschnitten." Er wandte sich Fee zu, hob ihre schlaffe Hand an seine Lippen und lächelte erstaunt. An Paddys Seite eine Frau wie sie zu finden! Nein, nicht eine Frau – eine Dame: für so etwas besaß Pater Ralph ein untrügliches Gespür.

„Sie sind schön, wirklich schön", sagte er, als sei eine solche Bemerkung für einen Priester die normalste Sache auf der Welt. Dann blickte er zu den Jungen, die in einer Gruppe zusammenstanden. Als er Frank sah, stutzte er kurz. Sein Blick glitt weiter, von Gesicht zu Gesicht. Meggie, die hinter ihren Brüdern ganz für sich stand, starrte den Priester aus großen Augen und mit offenem Mund an, wie einen Gott. Er ging an den Jungen vorbei, beugte sich zu ihr, hielt ihre Schultern mit festem und doch zartem Griff zwischen seinen Händen. „Nun, und wer bist du?" fragte er mit einem Lächeln.

„Meggie", erwiderte sie.

„Sie heißt Meghann", erklärte Frank mit gerunzelter Stirn. Er haßte diesen Mann, der so schön war und so hochgewachsen.

„Mein Lieblingsname – Meghann", versicherte der Priester. Er richtete sich wieder auf, hielt Meggies Hand noch in der seinen. „Es wird das beste sein, wenn die Familie heute im Pfarrhaus übernachtet", sagte er, während er Meggie zum Auto führte. „Morgen früh werde ich euch nach Drogheda hinausfahren. Nach der langen Reise von Sydney wäre das jetzt zu weit."

Steinhäuser gab es in Gillanbone kaum. Zu den wenigen gehörten unter anderem das Hotel Imperial, die katholische Schule sowie die katholische Kirche und das Pfarrhaus. Die öffentliche Schule hingegen war nur eine Art Fachwerkbau. Nach Einbruch der Dunkelheit wurde es sehr schnell unglaublich kalt, doch im Wohnzimmerkamin im Pfarrhaus prasselte ein gewaltiges Feuer, und von irgendwoher zogen verlockende Gerüche herbei, die einem das Wasser im Munde zusammenlaufen ließen. Die Haushälterin, eine runzlige alte Schottin mit erstaunlicher Energie, zeigte den Gästen geschäftig ihre Zimmer und schwatzte in breiter Mundart unentwegt drauflos.

Pater Ralphs freundliche, umgängliche Art weckte in den Clearys zunächst eher Beklemmung: Von Wahine her waren sie es gewohnt, daß Priester streng auf Distanz hielten. Einzig Paddy taute sehr bald auf, denn er erinnerte sich, wie freundlich die Geistlichen im heimatlichen Galway zu den Gläubigen gewesen waren. Doch die übrigen schwiegen beim Abendessen vorsichtshalber beharrlich vor sich hin. Sobald sie nur konnten, machten sie, daß sie auf ihre Zimmer kamen.

Nachdem sie gegangen waren, machte Pater Ralph es sich in seinem Lieblingssessel gemütlich. Eine Zigarette zwischen den Fingern, blickte er lächelnd ins flackernde Feuer, während vor seinem inneren Auge einer nach dem anderen die Clearys erschienen, so wie er sie auf dem Bahnhof gesehen hatte: der Mann, der Mary so sehr ähnelte, von schwerer Arbeit gebeugt und offensichtlich ohne die Bösartigkeit seiner Schwester. Dann die Frau, müde und schön. Zu ihr hätte es eher gepaßt, aus einem von Schimmeln gezogenen Landaulett zu steigen. Und weiter: Frank, dunkelhaarig und verdrossen, mit schwarzen Augen, mit *schwarzen;* die übrigen Söhne, ihrem Vater ziemlich ähnlich bis auf den jüngsten, Stuart, der seiner Mutter nachschlug; das Baby, über das man noch nichts weiter sagen konnte; und Meggie.

Noch nie hatte er ein so süßes, ein so bezauberndes kleines Mädchen gesehen. Ihr Haar – so schön, daß es sich kaum beschreiben ließ. Nicht rot und nicht gold, sondern eine vollkommene Verschmelzung von beidem. Und die silbergrauen Augen, von sanftstrahlender Reinheit, wie geschmolzene Juwelen. Achselzuckend warf er das Zigarettenende ins Feuer und stand auf. Manchmal schien wirklich die Phantasie mit ihm durchzugehen. Geschmolzene Juwelen, also wahrhaftig!

Am nächsten Morgen fuhr er die Familie nach Drogheda. Aufmerksam betrachteten sie das für sie so Neue und Unbekannte, und ihre Bemerkungen amüsierten ihn sehr. Er erklärte ihnen, daß der letzte Hügel dreihundert Kilometer weiter östlich liege und daß dies hier das Land der Schwarzerdebenen sei: Grasland, so flach wie ein Brett mit verstreuten Bäumen oder Baumgruppen hier und dort.

Es war genauso heiß wie am Tag zuvor, doch die Fahrt im Daimler ließ sich eher ertragen als im glutenden Abteil der Eisenbahn. Auch waren sie schon früh aufgebrochen. In einem schwarzen Koffer befanden sich Pater Ralphs Meßgewänder und, mit besonderer Sorgfalt eingepackt, das heilige Sakrament.

„Die Schafe sind schmutzig!" sagte Meggie kritisch, während sie zu den rostbraunen Wollbündeln blickte, die im Gras weideten.

„Oh, Neuseeland muß wohl Irland gleichen, wenn es dort schöne, hellfarbige Schafe gibt", meinte der Priester.

„Ja, in so manchem ist es Irland wirklich ähnlich. Es hat das gleiche herrlich grüne Gras. Allerdings ist die Landschaft viel wilder", erwiderte Paddy, dem der Priester immer besser gefiel.

Gar nicht weit entfernt sprang jetzt eine Schar Emus auf die Füße. Wie vom Wind getrieben, jagten sie davon. Erst starrten die Kinder verdutzt, dann lachten sie. Es war seltsam, solche Riesenvögel zu sehen, die nicht flogen, sondern rannten.

„Wie angenehm, daß ich wenigstens diesmal nicht die Tore selbst zu öffnen brauchte", sagte Pater Ralph, als das letzte Tor hinter ihnen lag. Bob, der es geöffnet hatte, stieg wieder ins Auto.

Nach all dem so beklemmend Fremdartigen, das ihnen in Australien bisher begegnet war, wirkte das Herrenhaus von Drogheda mit seiner georgianischen Fassade und seinen Ranken und Rosen auf die Clearys fast wie ein Stück der alten Heimat.

„Werden wir *hier* wohnen?" fragte Meggie aufgeregt.

„Nicht direkt hier", erwiderte der Priester schnell. „Das Haus, in dem ihr wohnen werdet, liegt ein bis zwei Kilometer von hier entfernt, am Creek."

Mary Carson erwartete die Familie im großen Salon. Sie erhob sich nicht, um ihren Bruder zu begrüßen, sondern blieb in ihrem großen Ohrensessel sitzen und winkte ihn gleichsam zu sich heran.

„Nun, Paddy", sagte sie. Ihre Stimme klang zwar freundlich, doch ihr Blick war bereits zu Pater Ralph geglitten, der Meggie auf den Armen trug, während sie seinen Hals umschlungen hielt. Mary Carsons Augen hatten etwas eigentümlich Starres. Jetzt stand sie auf. Ohne Fee und die Kinder zu begrüßen, sagte sie hart: „Es ist das beste, wenn Pater de Bricassart sofort die Messe liest. Er wird sich wieder auf den Weg machen wollen."

„Aber keineswegs, teure Mary." Er lachte, seine blauen Augen glänzten. „So eilig habe ich es gar nicht. Ich lese die Messe, und dann können wir wohl alle ein gutes Frühstück vertragen. Anschließend werde ich Meggie zeigen, wo sie wohnen wird. Das habe ich ihr versprochen."

„Meggie", sagte Mary Carson.

„Ja, das ist Meggie. Aber ich sollte mit dem Vorstellen wohl in der richtigen Reihenfolge beginnen, nicht wahr? Das ist Fiona."

Mary Carson nickte kurz. Doch sie hörte kaum hin, als Pater Ralph die Namen der Jungen nannte. Sie war viel zu sehr damit beschäftigt, ihn und Meggie zu beobachten.

4

Das Haus für den Oberviehtreiber stand auf Pfählen und befand sich ungefähr zehn Meter oberhalb einer engen, schluchtartigen Vertiefung, die von hohen Eukalyptusbäumen und vielen Trauerweiden gesäumt war. Mit dem Herrenhaus verglichen, wirkte dieses Quartier hier sehr nüchtern, ganz auf Zweckmäßigkeit abgestellt. Andererseits erinnerte die Einrichtung sie in manchem an ihr früheres Haus in Neuseeland. In den Zimmern fand sich eine Überfülle von stabilem viktorianischen Mobiliar, das mit feinem roten Staub bedeckt war.

„Ihr habt Glück, ein Badezimmer gibt's hier auch", sagte Pater Ralph, als er mit ihnen die Holztreppe zur Vorderveranda hinaufstieg – was fast schon einer kleinen Kletterpartie gleichkam, denn die Pfähle, auf denen das Haus stand, waren an die fünf Meter hoch. „Für den Fall, daß der Creek übertritt", erklärte der Priester. „Das Haus steht ja in unmittelbarster Nähe, und es soll vorkommen, daß das Wasser in einer einzigen Nacht um zwanzig Meter steigt."

Es gab tatsächlich eine Art Badezimmer: Am einen Ende der Hinterveranda gab es – ja, was? Eine abgeteilte Nische mußte man es wohl nennen. Jedenfalls war da ein Raum mit einer alten Blechwanne und einem verbeulten Badeofen. Was allerdings den Abort anging, so entpuppte er sich praktisch als ein schlichtes Loch im Boden – rund zweihundert Meter vom Haus entfernt und voll Gestank.

„Wer hier gewohnt hat, war nicht gerade sehr sauber", sagte Fee, als sie mit dem Finger durch den Staub auf der Anrichte fuhr.

Pater Ralph lachte. „Wenn Sie dagegen anzukämpfen versuchen, stehen Sie auf verlorenem Posten", erklärte er. „Hier befinden wir uns im sogenannten Outback, im australischen Busch, und es gibt drei Dinge, gegen die Sie nichts ausrichten können – Hitze, Staub und Fliegen. Was Sie auch immer unternehmen, die werden Sie nie los."

Fee sah den Priester an. „Sie sind so überaus gut zu uns, Pater."

„Nun, warum sollte ich nicht? Sie sind die einzigen Verwandten meiner sehr guten Freundin Mary Carson."

Sie hob die Schultern, schien unbeeindruckt. „Ich bin den freundschaftlichen Umgang mit einem Priester nicht gewohnt. In Neuseeland halten Geistliche ziemlich auf Distanz."

„Sie sind nicht katholisch, nicht wahr?"

„Nein, Paddy ist's. Natürlich sind die Kinder alle katholisch erzogen worden – falls Ihnen das Sorgen machen sollte."

„Ist mir noch gar nicht eingefallen. Aber paßt *Ihnen* das womöglich nicht?"

„Ob so oder so, mir ist das egal."

„Jedenfalls sind Sie nicht konvertiert?"

„Ich bin keine Heuchlerin, Pater de Bricassart. Meinen alten Glauben hatte ich verloren, und ein neues, gleichermaßen bedeutungsloses Credo – nein, wirklich nicht."

„Verstehe." Er beobachtete Meggie, die auf der Vorderveranda stand und den Weg zum Herrenhaus entlangspähte. „Sie ist so hübsch, Ihre Tochter. Ich habe eine Vorliebe für tizianrotes Haar, wissen Sie. Und *ihr* Haar hätte den Maler sofort nach seinen Pinseln greifen lassen. Diese Farbe, genau diese Schattierung, die habe ich noch nie gesehen. Ist sie Ihre einzige Tochter?"

„Ja. In Paddys Familie wie auch in meiner eigenen haben Jungen immer bei weitem überwogen; Mädchen waren selten."

„Armes kleines Ding", sagte er leise.

Als aus Sydney die Kisten eintrafen, nahm das Haus bald ein vertrauteres Aussehen an. Da waren die Bücher, da war das Porzellan, da war so manches andere. Im Wohnzimmer standen Fees Möbel, und alles wirkte jetzt viel wohnlicher.

Paddy und die Jungen – mit Ausnahme von Stu: er schien noch nicht alt genug dafür – waren meist mit den beiden Arbeitern unterwegs, die Mary Carson noch behalten hatte, damit sie ihnen alles beibrächten, was es über die vielen Unterschiede zwischen Schafen im nordwestlichen Neusüdwales und Schafen in Neuseeland zu wissen gab. Fee, Meggie und auch Stu kümmerten sich um das Haus, und hier zeigte sich gleichfalls, daß viel Neues zu lernen war. Es bestand eine stillschweigende Übereinkunft, sich auf gar keinen Fall mit irgendwelchen Fragen oder Bitten an Mary Carson zu wenden, doch ihre Haushälterin und ihre Dienstmädchen erwiesen sich als genauso hilfsbereit gegenüber den Clearys wie die beiden Arbeiter.

Nach und nach begriffen die Neuankömmlinge, daß Drogheda eine Welt für sich war: so sehr von aller Zivilisation getrennt, daß nach einer Weile selbst Gillanbone zum bloßen Namen wurde, mit dem sich nur noch ferne Erinnerungen verbanden.

Innerhalb des Bereichs der großen Home Paddock befanden sich Stallungen, eine Schmiede, Werkstätten, viele Lagerschuppen, Hundezwinger, ein wahres Labyrinth von Viehhöfen, eine riesige

Schurhütte mit nicht weniger als sechsundzwanzig sogenannten Ständen. Hinter dieser Hütte oder Halle kam wieder ein Gewirr von Verschlägen, von Pferchen, von Koben für Hühner und Kühe und Schweine. Auch eine Molkerei gab es; und natürlich Quartiere für die Menschen, die hier beschäftigt waren, darunter allein sechsundzwanzig Schafscherer. Katenähnliche Häuschen dienten den Hilfsarbeitern als Unterkunft, für Viehtreiber gab es kleine Häuser, die dem glichen, in dem die Clearys jetzt wohnten, und für Anlernlinge hatte man eine Baracke errichtet. Aber das war noch immer nicht alles. Es gab auch einen Schlachthof und eine ganze Anzahl von „Holzhaufen".

All dies befand sich mehr oder minder genau in der Mitte eines kreisförmigen, baumlosen Geländes mit einem Durchmesser von rund fünf Kilometern: die Home Paddock. Nur dort, wo das Haus des Oberviehtreibers stand, sah man in unmittelbarer Nähe Wald. Immerhin gab es bei den Schuppen und den anderen Gebäuden und auch bei den Verschlägen, Pferchen usw. viele Bäume als hochwillkommene Schattenspender: Pfefferbäume zumeist, hochaufragend, riesig, doch irgendwie traulich wirkend, gleichsam verschlafen. Nicht allzu weit davon entfernt weideten im hohen Gras der Home Paddock Pferde und Milchkühe.

Unten auf dem Grund des tiefen, schluchtartigen Einschnitts beim Haus der Clearys konnte man träge dahinfließendes, schlammiges Wasser sehen. Keiner glaubte Pater Ralph, daß es mitunter über Nacht um zwanzig Meter steige. Wollte man aus diesem Creek Wasser haben, so mußte es mit einer Handpumpe heraufbefördert werden, und man brauchte es: für das Bad, für die Wäsche, für den Abwasch in der Küche. Fee und Meggie brauchten lange, bis sie sich daran gewöhnt hatten, die Wäsche, das Geschirr und nicht zuletzt sich selbst in der grünlich-braunen Brühe zu säubern. Sechs stabile Tanks aus Wellblech, an turmartigen Holzstützen angebracht, fingen den vom Dach herunterfließenden Regen auf – das Trinkwasser. Doch die Familie lernte bald, daß sie damit sehr sparsam umgehen mußte. Unter gar keinen Umständen durfte man es zum Waschen gebrauchen: man konnte nicht wissen, wann wieder Regen fiel und die Tanks auffüllte.

Die Schafe und das übrige Vieh tranken Wasser, das mit Hilfe von artesischen Brunnen aus dem Erdboden heraufbefördert wurde. Artesisch nannte man Wasser, das im Untergrund unter so gewaltigem Druck stand, daß es von selbst zur Erdoberfläche drängte, manchmal aus Quellen sprudelnd oder schießend – oder aber aus einem Bohrloch. Nur: hier auf Drogheda kam es keineswegs aus einer leicht erreichbaren Schicht, es stammte aus einer Tiefe von rund tausend Metern. Über ein Rohr kochte es geradezu herauf und wurde dann mit Hilfe eines Verteilersystems aus Röhren zu jeder Koppel auf dem Besitz geleitet. Da das Wasser in starkem Maße Schwefel und noch viele Mineralien enthielt, war es für Menschen nicht trinkbar.

Die Entfernungen hier, das war etwas, woran sie sich erst gewöhnen mußten. Drogheda umfaßte nicht weniger als 100.000 Hektar. Seine längste Grenze maß 130 Kilometer. Von Gillanbone lag es rund 100 Kilometer entfernt, was immer noch so etwas wie nächste Nachbarschaft war, denn die Entfernung zu anderen Städten oder Siedlungen betrug mindestens 170 Kilometer. Die relativ kurze östliche Begrenzung wurde durch den Barwon River gebildet: so nannte man hier den nördlichen Lauf des Darling River, jenes mächtigen 2500 Kilometer langen Stroms, der schließlich in den Murray River mündete. Der Gillian Creek, an dem das Haus der Clearys lag, strebte dem drei oder vier Kilometer entfernten Barwon entgegen.

Paddy und die Jungen liebten ihr neues Leben. Manchmal verbrachten sie, weit von der Home Paddock entfernt, mehrere Tage nacheinander im Sattel. Nachts kampierten sie unter einem Himmel, der so riesig und so voller Sterne war, daß es ihnen schien, sie seien ein Teil von Gott.

Auf dem graubraunen Land wimmelte es nur so von Leben. In riesigen Herden sah man Känguruhs, die zwischen den Bäumen einherhüpften und mühelos meterhohe Zäune überspringen konnten, Tiere mit zierlichen Köpfen und großen, sanften Augen. Emus bauten ihre Nester inmitten der Grasebene, umpirschten gleichsam ihr eigenes Territorium und nahmen vor allem Reißaus, was ihnen fremdartig erschien. Schneller als Pferde jagten sie dann davon und ließen ihre dunkelgrünen, fußballgroßen Eier im Stich. Termiten bauten rostfarbene Türme, die wie Miniaturwolkenkratzer aussahen. Riesige Ameisen bewegten sich im Strom auf Löcher in kleinen Bodenhügeln zu.

Wahrhaft unerschöpflich schien die Vogelwelt. Nicht einzeln oder nur paarweise sah man sie, nein, zu Tausenden und aber Tausenden lebten sie zusammen: winzige grüne und gelbe Sittiche, von Fee Liebesvögel genannt, eigentlich jedoch nichts anderes als Wellensittiche; und kleine, rotblaue Rosella-Papageien; und große, hellgrüne Papageien, stellenweise purpurn und rosa gefleckt, Galahs genannt; und der Gelbhaubenkakadu, rein weiß, bis auf die gelbe Haube, die ihm den Namen gegeben hatte. Finken schwirrten umher und Sperlinge und Stare. Und der starke, braune Königsfischer, hier Kookaburra genannt, ließ ein eigentümliches, wie glucksendes Lachen hören, wenn er nicht gerade auf der Jagd nach Schlangen war, seiner Lieblingsbeute. Irgendwie erschienen sie einem fast menschlich, all diese Vögel hier, wenn sie so, zu Hunderten und mehr, in den Bäumen hockten, mit glänzenden, klugen Augen um sich spähten und kreischten und lachten und schwatzten und nur zu gern jedes fremde Geräusch nachahmten.

Und Eidechsen gab es, vor denen man wahrhaft erschrecken konnte: Arten, die über zwei Meter lang waren und die sich, flink und beweglich, auf den Bäumen ebenso zu Hause fühlten wie auf der Erde; Goannas wurden sie genannt. Und es gab auch kleinere Arten, doch wirkten diese kaum weniger unheimlich. Wie urweltliche Drachen sahen sie aus und konnten einen „Halskragen" aufstellen, der sie größer und bedrohlicher erscheinen ließ. Manche erhoben sich auf die Hinterbeine und glichen dann Miniatursauriern. Auch die Schlangenarten schienen unerschöpflich zu sein, und die Clearys lernten bald, daß die größten und jene die am gefährlichsten wirkten, oft die harmlosesten waren, während so ein winziges, nur dreißig Zentimeter langes Reptil womöglich eine Death Adder war; und Rautenschlangen gab es und Kupferschlangen und Baumschlangen und Schwarzschlangen und Braunschlangen und tödliche Tigerschlangen.

Und dann die Insekten! Grashüpfer, Heuschrecken, Grillen, Bienen, Fliegen aller Größen und Arten, Zecken, Moskitos, Libellen, riesige Nachtfalter und Schmetterlingsarten schier ohne Zahl! Die Spinnen waren widerlich, riesige, haarige Dinger mit zentimeterlangen Beinen – oder aber winzig kleine Kreaturen, trügerisch klein, und oft lauerten sie auf dem Abort; andere wieder hockten in riesigen, zwischen Bäumen aufgespannten Spinnweben; manche brachten ihre tödlichen Fallen zwischen Grashalmen an, und wieder andere tauchten in kleine Erdlöcher, die sie hinter sich schlossen, mit richtiggehenden kleinen Deckeln.

Und dann die großen Raubtiere: Wildschweine, die sich vor nichts fürchteten, die Fleisch fraßen, haarige Ungeheuer von der Größe einer ausgewachsenen Kuh; und Dingos, wilde Wolfshunde, die tief auf den Boden geduckt zu schleichen verstanden und in das Gras gleichsam einschmolzen. Ja, Raubtiere, ganz gefährliche Räuber waren auch sie, und Räuber waren so manche Vögel: Krähen, die zu Hunderten wie verloren im weißlichen Geäst toter, von der Sonne ausgeglühter Bäume hockten und krächzten; und Falken und Adler, die sich, bewegungslos im Flug verharrend, von Luftströmungen tragen und treiben ließen.

Vor manchen dieser Tiere mußten die Schafe und das übrige Vieh beschützt werden, vor allem wenn sie Junge bekamen. Die

Känguruhs und die Kaninchen fraßen das kostbare Gras; die Wildschweine und die Dingos fraßen Lämmer, Kälber und kranke Tiere; die Krähen hackten Augen aus. Die Clearys mußten schießen lernen und nahmen bei ihren Ritten Gewehre mit, manchmal um eine leidende Kreatur aus ihrem Elend zu erlösen, manchmal um einen Keiler oder einen Dingo zu erlegen.

Ja, fanden die Jungen: Dies war *Leben!* Keiner von ihnen sehnte sich nach Neuseeland zurück. Gegen die Fliegen – eine wahre Pest: in Schwärmen krochen sie und klumpten sie in und an Nase, Ohren und Augen – wehrten sie sich bald mit einem erprobten australischen Trick. Rings an der Hutkrempe wurden Schnüre befestigt, an denen Korken hingen, und diese Korken hüpften bei jeder Bewegung und vor allem beim Reiten wie wild. Damit nicht alles mögliche kriechende Getier durch die Beine ihrer beutligen Hosen hochkriechen konnte, banden sie sich um die Waden Streifen von Känguruhfell, Bowyangs genannt, ein Wort, das ihnen so komisch vorkam, daß sie sich vor Lachen schüttelten. Ja, dies war *Leben!* Mit Australien verglichen, wirkte Neuseeland zahm und lahm.

Fee und Meggie allerdings, beide ans Haus und seine unmittelbare Umgebung gefesselt, fanden nicht gerade, daß dies für sie ein ersehnenswertes Leben war. Die Routine, das ewige Einerlei; es fehlte an Abwechslung, an neuen Reizen, wie Paddy und die Jungen sie wahrhaftig im Überfluß genossen. Was Mutter und Tochter tun mußten, war das, was Frauen immer zu tun blieb, nur daß die Arbeit unter diesen Umständen noch schwerer war als sonst: kochen, saubermachen, waschen, bügeln, sich um Babys kümmern. Sie kämpften mit der Hitze, mit dem Staub, mit den Fliegen; und mit den vielen Stufen der Holztreppe und mit dem schlammigen Wasser. Da die Männer fast ständig abwesend waren, mußten die Frauen auch Holz hacken und schleppen, mußten Wasser pumpen, mußten Geflügel schlachten. Am schwersten ließ sich die Hitze ertragen, dabei war dies jetzt erst Frühlingsanfang. Dennoch zeigte das Thermometer auf der schattigen Veranda bereits 38 Grad, und wenn in der Küche der Herd in Betrieb war, herrschte dort die Höllentemperatur von fast genau 50 Grad.

Zum Glück war es in den meisten Räumen im Haus natürlich nicht so schlimm. Doch die Kleidung, die sie in Neuseeland getragen hatten, lag – noch dazu in vielen Schichten übereinander – viel zu eng am Körper an und schien für das Klima hier nicht sehr geeignet.

Eines Tages kam Mary Carson bei einem kleinen Spaziergang überraschend zu ihrer Schwägerin auf Besuch. Hochmütig betrachtete sie Fee, die ein hochgeschlossenes Kleid trug, das bis auf den Fußboden reichte, ein einfaches Baumwollkleid. Sie selbst trug ein Kleid nach der neuesten Mode, ein cremefarbenes Seidenkleid, das ihr bis zu den Waden reichte, mit kurzen Ärmeln, ziemlich tiefem Ausschnitt, zudem untailliert.

„Also wirklich, Fiona, du bist hoffnungslos altmodisch", sagte sie, während sie sich im Wohnzimmer umblickte. Es war frisch renoviert und wirkte recht hell. Mary betrachtete aufmerksam die Perser auf dem Fußboden und das kostbare Mobiliar.

„Ich habe keine Zeit, etwas anderes zu sein", erwiderte Fee in einem kurzangebundenen Ton, der für sie – zumal als Gastgeberin – ungewöhnlich war.

„Du wirst jetzt mehr Zeit haben, wo die Männer meist nicht zu Hause sind und du entsprechend weniger zu kochen brauchst. Kürze deine Kleider und höre auf, Unterröcke und Korsett zu tragen, oder du kommst um, wenn erst der Sommer da ist. Das Thermometer kann nämlich noch um gut zehn Grad klettern, weißt du." Ihr Blick ruhte auf dem Porträt der schönen blonden Frau in der Kaiserin-Eugénie-Krinoline. „Wer ist das?" fragte sie und streckte die Hand aus.

„Meine Großmutter."

„Oh, wirklich? Und die Möbel, die Teppiche?"

„Habe ich von meiner Großmutter."

„Oh, wirklich? Meine liebe Fiona, mit dir ist es im Leben ziemlich bergab gegangen, nicht wahr?"

Fee verlor nie die Beherrschung, und sie verlor sie auch jetzt nicht. Doch ihre schmalen Lippen wurden noch schmaler. „Das finde ich nicht, Mary. Ich habe einen guten Mann; das müßtest du eigentlich wissen."

„Aber einen armen Mann. Wie lautet dein Mädchenname?"

„Armstrong."

„Oh, wirklich? Doch nicht die Roderick-Armstrong-Armstrongs?"

„Er ist mein ältester Bruder. Sein Namensvetter war mein Urgroßvater."

Mary Carson erhob sich. Mit ihrem breitkrämpigen Hut wedelte sie gegen die Fliegen an, die auch vor einer Respektsperson keine Achtung zeigten. „Nun, dann bist du allerdings von besserer Herkunft als die Clearys. Hast du Paddy so sehr geliebt, daß du seinetwegen all das aufgegeben hast?"

„Die Gründe für das, was ich tue", sagte Fee sehr direkt, „sind meine Angelegenheit und nicht deine. Über meinen Mann spreche ich nicht, nicht einmal mit seiner Schwester."

Die Furchen, die sich von Mary Carsons Nasenflügeln herabzogen, vertieften sich, und ihre Augen schienen ein wenig hervorzutreten. „Hochnäsig!"

Sie verschwand und kam nicht wieder, doch Mrs. Smith, die Haushälterin, erschien oft, und sie gab Fee wegen der Kleidung den gleichen Rat wie Mary Carson.

„Hören Sie", sagte sie, „bei mir steht da eine Nähmaschine herum, die ich nie benutze. Ich werde sie von ein paar Hilfsarbeitern herbringen lassen. Falls ich sie mal brauchen sollte, kann ich ja herkommen." Sie blickte zu dem kleinen Hal, der vergnügt auf dem Fußboden herumrollte. „Ich höre Kinder gern, Mrs. Cleary."

Einmal alle sechs Wochen wurde von Gillanbone auf einem Pferdekarren die Post gebracht; dies war der einzige Kontakt mit der Außenwelt. Drogheda besaß einen Ford-Laster in normaler Ausführung und noch einen zweiten, der eigens so konstruiert war, daß er an Stelle des üblichen Laderaums einen Wassertank hatte. Außerdem gab es einen Ford-Personenwagen, Modell T, und eine Rolls-Royce-Limousine; doch außer Mary Carson schien niemand je damit nach Gillanbone zu fahren, und auch sie tat es nicht oft. Für die meisten bedeutete die Fahrt zur Stadt fast so etwas wie eine Reise zum Mond.

Den sogenannten Postvertrag für den Distrikt besaß Bluey Williams, und bis er mit seinem Gebiet durch war, vergingen jeweils mindestens sechs Wochen. Im übrigen konnte die Bezeichnung „Karren" nur als starke Untertreibung gelten für das gewaltige Fuhrwerk, mit dem er durch die Lande zog: Die Räder hatten einen Durchmesser von nahezu drei Metern, und der Wagen wurde von einem prachtvollen Gespann gezogen, das jeweils aus nicht weniger als zwölf Pferden bestand.

Allerdings war die Royal Mail – die Königliche Post – auch längst nicht das einzige, was er beförderte. Auf seinem imposanten Gefährt fanden sich: Lebensmittel, Benzinfässer, Benzinkanister, Heu, Säcke voll Zucker und Mehl und Kartoffeln, Holzkisten mit Tee, Ersatzteile für Maschinen, Spielzeug – bei Versandhäusern bestellt – sowie Kleidung – von Anthony Hordern's in Sydney – und überhaupt alles, was aus Gilly oder woher immer sonst herbeigeschafft werden mußte. Die Entfernung, die Bluey Williams pro Tag durchschnittlich zurücklegte, betrug etwa dreißig Kilometer, und er war überall hochwillkommen. Von ihm erfuhr man Neuigkeiten, ihn befragte man nach dem Wetter in weiter entfernten Gebieten. Und man gab ihm bekritzelte Zettel, in die man Geld eingewickelt hatte; dafür sollte er in Gilly dann das Entsprechende kaufen. Die Briefe, die er zur Beförderung erhielt, steckte er sorgfältig in einen Sack mit der Aufschrift: *Royal GVR Mail.*

Westlich von Gilly lagen auf der Route nur zwei Viehstationen, das näher gelegene Drogheda und das weiter entfernte Bugela. Hinter Bugela begann jenes Gebiet, wo die Post nur jedes halbe Jahr einmal angeliefert wurde. In einem weiten zickzackförmigen Bogen zog Bluey mit seinem „Karren" im Südwesten, Westen und Nordwesten von Station zu Station und kehrte dann nach Gilly zurück, bevor er nach dem Osten aufbrach; doch war dies eine kürzere Route, weil rund 100 Kilometer weiter östlich das Gebiet dann in die Zuständigkeit von Booroo-Town fiel. Manchmal brachte er Leute mit, die dann neben ihm auf seinem ungeschützten Ledersitz saßen: Besucher und Arbeitsuchende zumeist. Manchmal nahm er Leute mit: Besucher, unzufriedene Viehtreiber, Arbeiter, Dienstmädchen, mitunter auch eine Gouvernante. Die Squatter besaßen Autos, doch wer für die Squatter arbeitete, war in Sachen Transport genauso auf Bluey angewiesen wie die Güter oder die Post, die er beförderte.

Als die Stoffe eintrafen, die Fee bei einem Versandhaus bestellt hatte, setzte sie sich an die – von der Haushälterin stammende – Nähmaschine und machte sich daran, die ganze Familie völlig neu einzukleiden: Hosen und Overalls für die Männer, Kittelchen für Hal, Kleider für Meggie und sie selbst – alles sehr leicht und luftig, eine wahre Erlösung nach den engen Sachen und dem vielen Unterzeug, das vor allem die Frauen bisher getragen hatten. Auch Gardinen nähte Fee.

Meggie fühlte sich einsam. Von den Jungen war ja nur Stu im Haus, und in seiner Gesellschaft konnte man sich längst nicht so vergnügt unterhalten wie etwa in der von Jack und Hughie, die jetzt immer mit ihrem Vater unterwegs waren, um richtige Viehtreiber zu werden. Stuart lebte wie in einer ganz eigenen Welt: ein stiller kleiner Junge, dem es Freude machte, stundenlang Ameisenschwärme zu beobachten, die einen Baum emporkrochen, während Meggie für ihr Leben gern *selbst* auf Bäume kletterte, zumal auf diese australischen Eukalyptusbäume mit ihrer unerschöpflichen Vielfalt und ihren vielen Schwierigkeiten. Allerdings: Meggie und Stuart mußten beide hart arbeiten, und freie Zeit blieb ihnen kaum. Sie hackten und schleppten Holz, sie gruben Löcher für den Abfall, sie kümmerten sich um den Gemüsegarten und um das Geflügel und die Schweine. Außerdem lernten sie, Schlangen und Spinnen zu töten, verloren jedoch nie die Anst vor ihnen.

Mit dem Regen, so hörten die Clearys, hatte man in den vergangenen Jahren leidlich zufrieden sein können. Im Creek floß das Wasser jetzt alles andere als reichlich, doch immerhin waren die Tanks noch halb voll. Das Gras befand sich noch in gutem Zustand, auch wenn von üppig nicht die Rede sein konnte.

„Wird wahrscheinlich schlimmer werden", sagte Mary Carson grimmig.

Doch bevor sie eine der furchtbaren Dürreperioden kennenlernten, sollten sie eine Überschwemmung erleben. Mitte Januar fegten die südlichen Ausläufer des Nordwestmonsuns über das Land hinweg. Völlig unberechenbar waren sie, diese Großen Winde, wie man sie nannte: die Wirbelstürme. Manchmal gingen sie mit ihrem schier alles ersäufenden Regen nur über den ganz nördlichen Teil hinweg. Manchmal gelangten sie hinab bis in die Breitengrade des sogenannten Outback: des australischen Buschs. Dann erlebte man auch in Sydney und Umgebung einen nassen, einen sehr nassen Sommer.

In diesem Januar fegten dunkle Wolken über den Himmel hinweg, sturmzerrissene Gebilde. Und dann begann es zu regnen – kein sanftes, gleichmäßiges Strömen und auch schon kein Wolkenbruch mehr: sondern eine herabstürzende Sintflut.

Eine Warnung hatten sie bekommen: von Bluey Williams, der mit seinem hochbeladenen Fuhrwerk erschien, ein Dutzend Reservepferde im Gefolge, denn er wollte mit seinen Runden fertig werden, bevor der Regen eine weitere Belieferung der Stationen unmöglich machte.

„Der Monsun ist im Anzug", sagte er, während er sich eine Zigarette rollte und mit seiner Peitsche auf die Extrastapel von Lebensmittel wies. „Der Cooper Creek und der Barco River sind schon übergetreten und die Diamantina auch, und mit der Überschwemmung ist es da ganz schlimm. Das gesamte Queensland-Outback steht über einen halben Meter unter Wasser, und die armen Kerle dort suchen verzweifelt nach höher gelegenen, nicht überfluteten Stellen, auf die sie die Schafe treiben können."

Plötzlich entstand so etwas wie eine kontrollierte Panik. Paddy und die Jungen arbeiteten wie die Verrückten. Sie trieben die Schafe von den tiefergelegenen Koppeln fort, zudem möglichst weit fort aus dem Bereich des Creek und des Barwon. Pater Ralph tauchte auf und sattelte sein Pferd. Und dann machte er sich zusammen mit Frank und den besten Hunden zu zwei noch ungeräumten Koppeln am Barwon auf, während Paddy und die beiden Viehtreiber jeweils mit einem der Jungen ein Team bildeten und in andere Richtungen ritten.

Was Pater Ralph betraf: Zweifellos war er ein ausgezeichneter Viehtreiber. Er ritt eine braune Vollblutstute, ein Geschenk Mary Carsons, und war mit sportlicher Eleganz gekleidet: lederne Reithose, braune Reitstiefel, fleckenlos weißes Hemd. Die Ärmel waren hochgekrempelt, so daß man seine sehnigen Arme sah, und am Hals stand das Hemd weit offen und zeigte des Paters glatte, gebräunte Brust. Frank, in beutligen grauen Twillhosen, die Hosenbeine mit Bowyangs umschnürt, und im grauen Flanellunterhemd – Frank kam sich vor wie der arme Verwandte.

Was ich ja auch bin, dachte er verdrossen, während er der straffen Gestalt auf der Prachtstute den Creek entlang zwischen Bäumen folgte. Er selbst ritt eines von den Standardpferden fürs Viehtreiben, einen Schecken, der nicht nur störrisch, sondern bösartig war und andere Pferde wie die Pest haßte. Die Hunde knurrten, jelpten und winselten aufgeregt und fingen eine Beißerei an – bis Pater Ralphs Peitsche hart dazwischenfuhr: nicht die Reit-, sondern die Viehpeitsche. Es schien, daß es nichts gab, was dieser Mann nicht konnte. Die Pfiffe, mit denen man den Hunden die verschiedenen Befehle erteilte, waren ihm ebenso vertraut wie der Umgang mit der Viehpeitsche – sie richtig zu handhaben war eine exotische australische Kunst, die Frank noch immer zu erlernen versuchte.

Das Leittier der Hundemeute, ein großer Queensland Blue Brute, zeigte dem Geistlichen gegenüber eine sklavische Ergebenheit und Folgsamkeit: ein untrügliches Zeichen, daß er in ihm den wahren Herrn sah, während Frank gewissermaßen nur die zweite Geige spielte.

Der junge Mann registrierte das mit gemischten Gefühlen, denn zumindest *zum Teil* machte es ihm nicht allzuviel aus. Als einziger von Paddys Söhnen fand er dieses Leben keineswegs überwältigend, so gern er Neuseeland auch verlassen hatte. Er haßte das endlose Patrouillieren in den Paddocks, er haßte den harten Boden beim nächtlichen Kampieren, und er haßte die Hunde, die so wild waren, alles andere als brave Haus- oder Hofhunde, und die erschossen wurden, wenn sie ihre Arbeit nicht richtig taten.

An diesem Tag allerdings war es doch anders als sonst. Dem Ritt unter sich ballendem Gewölk haftete etwas Abenteuerliches an. Selbst die Bäume, vom Wind gebeutelt und gebeugt, schienen eher zu tanzen, wie in irrer, ununterdrückbarer Freude. Und Pater Ralph glich bei der Arbeit geradezu einem Besessenen. Bald schickte er die Hunde zu dieser, bald zu jener Gruppe von Schafen, und vor Furcht blökend rannten die Wollknäuel, bis die flach durchs Gras hetzenden Schatten sie zur großen, kompakten

Herde zusammengetrieben hatten. Einzig mit Hilfe von Hunden konnte eine kleine Handvoll Männer einen Besitz wie Drogheda unter Kontrolle halten, und es waren nicht irgendwelche Hunde: Diese hier hatte man eigens dafür gezüchtet und dazu abgerichtet, Schafe und anderes Vieh zu „arbeiten" – sie waren erstaunlich intelligent und brauchten nur wenige Anweisungen.

Bis zum Einbruch der Dunkelheit hatte Pater Ralph mit Hilfe der Hunde – und natürlich auch mit Franks Hilfe, nur daß es mit dieser nicht allzu weit her war – aus einer Koppel alle Schafe hinausgetrieben, normalerweise die Arbeit von mehreren Tagen. Nahe einer Baumgruppe beim Tor zur zweiten Koppel nahm er seiner Stute den Sattel ab und meinte optimistisch, sie hätten alle Chancen, auch von dieser zweiten Koppel das Vieh herunterzubekommen, bevor der Regen losbrach. Mit heraushängender Zunge lagen die Hunde im Gras, der mächtige Queensland Blue unmittelbar zu Pater Ralphs Füßen, in buchstäblicher hündischer Ergebenheit. Frank holte aus seiner Satteltasche Känguruhfleisch, nicht gerade in appetitlichem Zustand, eher schon eine widerliche Masse. Er schleuderte es den Hunden hin, und sie stürzten darauf los und balgten sich darum – jeder biß nach jedem.

„Abscheuliche Bestien", sagte er. „Kommen mir gar nicht wie Hunde vor, eher wie Schakale."

„Ich glaube, diese hier kommen der Vorstellung, die Gott sich von Hunden gemacht haben mag, viel näher, als man das sonst bei Hunden findet", meinte Pater Ralph. „Hellwach, klug, aggressiv und fast ungezähmt. Sie sind mir bei weitem lieber als die Haus- und Schoßhündchen." Er lächelte. „Bei den Katzen ist es das gleiche. Haben Sie die mal beobachtet, wenn sie so um einen Schuppen streichen? Wild wie Panther, lassen keinen Menschen in ihre Nähe. Aber sie sind großartige Jäger. Sie erkennen keinen Herrn an, und sie brauchen keinen Ernährer."

Aus seiner Satteltasche holte er kaltes Hammelfleisch sowie Brot und Butter. Vom Fleischbatzen schnitt er sich ein Stück ab, das Brot und die Butter legte er auf einen umgestürzten Baumstamm, der zwischen ihm und Frank lag. Dann senkte er mit unverkennbarem Vergnügen seine weißen Zähne in sein Stück Fleisch. Die Männer kauten, tranken aus dem Wasserbeutel, rollten sich später Zigaretten.

In der Nähe stand ein einzelner Wilgabaum. Pater Ralph wies mit der gerade gerollten Zigarette darauf.

„Das ist die richtige Stelle zum Schlafen", sagte er und nahm seinen Sattel und seine Schlafdecke.

Frank folgte ihm zu dem Baum, der zu der Art gehörte, die in diesem Teil Australiens allgemein als die schönste galt: sehr dichtes Laub, die einzelnen Blätter hellgrün und fast kreisrund. Die unteren Äste und Zweige hingen so tief, daß die Schafe bequem an sie herangelangen konnten. Folglich sah die Baumkrone in der Regel so aus, als wäre sie unten in präziser waagrechter Linie mit einer Heckenschere gestutzt worden. Falls es Regen gab, waren die beiden Männer dort zweifellos besser geschützt als unter jedem anderen Baum, denn australische Bäume waren im allgemeinen weniger dicht belaubt als solche in Ländern mit feuchterem Klima.

„Sie sind nicht glücklich, Frank, nicht wahr?" fragte Pater Ralph, während er sich mit einem Seufzer hinlegte und die nächste Zigarette zu drehen begann.

Frank, kaum einen Meter von ihm entfernt, musterte ihn mißtrauisch. „Was ist das – Glück? Wer ist schon glücklich?"

„Zur Zeit Ihr Vater und Ihre Brüder. Aber nicht Sie, nicht Ihre Mutter und auch nicht Ihre Schwester. Gefällt Ihnen Australien nicht?"

„Nicht dieser Teil hier. Ich würde gern nach Sydney gehen. Dort hätte ich vielleicht eine Chance, es zu was zu bringen."

„Nach Sydney, wie? In so eine Lasterhöhle." Pater Ralph lächelte.

„Mir egal! Denn hier, hier draußen sitze ich genauso fest wie in Neuseeland. Ich kann von ihm nicht wegkommen."

„Ihm?"

Aber das war Frank nur so rausgerutscht, und so schwieg er jetzt. Lang auf dem Rücken liegend, blickte er zum Laub empor.

„Wie alt sind Sie, Frank?"

„Zweiundzwanzig."

„Oh, wirklich? Waren Sie schon einmal von Ihrer Familie fort?"

„Nein."

„Waren Sie schon einmal zu einem Tanzvergnügen, hatten Sie schon einmal eine Freundin?"

„Nein." Mit voller Absicht ließ Frank den „Pater" fort.

„Dann wird er Sie nicht mehr viel länger halten können."

„Der wird mich halten, bis ich sterbe."

Pater Ralph gähnte und rutschte in eine bequeme Schlaflage. „Gute Nacht", sagte er.

Am Morgen hingen die Wolken tiefer, doch den ganzen Tag über regnete es nicht, und so bekamen sie auch die zweite Koppel frei. Quer von Nordosten nach Südwesten zog sich über Drogheda eine Bodenwelle hinweg, ein niedriges, gratartiges Gebilde, und in die Koppeln, die dort vor einer Überschwemmung besser geschützt lagen, trieb man das Vieh. Traten der Creek und der

Barwon über die Ufer, so konnten die Tiere schneller auf höhergelegenen Stellen Zuflucht finden.

Der Regen begann fast genau bei Einbruch der Dunkelheit, als Frank und der Priester bereits in schnellem Trab der Creek-Furt unterhalb vom Cleary-Haus zustrebten.

„Jetzt aber los!" rief Pater Ralph. „Sehen wir zu, daß wir's noch schaffen. Sonst ertrinken wir im Schlamm."

In Sekunden waren sie bis auf die Haut durchnäßt, war der von der Sonne ausgedörrte Boden völlig aufgeweicht. Er verwandelte sich in ein Meer von Schlamm, in das die Pferde tief mit den Hufen einsackten, so daß sie unsicher zu rutschen begannen. Immerhin gab ihnen das Gras vorerst noch ein wenig Halt. Aber näher zum Creek hin, wo zahllose Hufe längst schon jeden Halm zertreten hatten und der Boden völlig kahl war, ging es nicht mehr. Die Reiter mußten absitzen. Ihrer Last ledig, behielten die Pferde mühelos ihr Gleichgewicht. Frank hingegen verlor die Balance. Es war schlimmer als auf einer spiegelglatten Eisfläche. Auf Händen und Knien krochen beide Männer die Uferbank des Creeks hinauf und schossen dann raketengleich hinab. Die Furt, normalerweise nur unter träge dahinfließendem Wasser stehend, das etwa dreißig Zentimeter hoch sein mochte, war jetzt von schäumenden, wild dahinschießenden Wassermassen bedeckt, die in einer Höhe von ein bis anderthalb Meter dahinjagten.

Frank hörte, wie der Priester lachte. Von lauten Rufen angetrieben, schafften es die Pferde – sie gelangten heil ans andere Ufer. Doch Pater Ralph und Frank wollte es einfach nicht gelingen. Wieder und wieder versuchten sie es, und wieder und wieder rutschten sie zurück. Als der Priester gerade vorgeschlagen hatte, eine Weide hinaufzuklettern, tauchte plötzlich Paddy auf, der durch das Erscheinen der reiterlosen Pferde alarmiert worden war. Er hatte ein Seil mit und zog die beiden ans Ufer.

Und dann lud er den Priester zu sich ins Haus ein. Doch Pater Ralph lehnte mit einem freundlichen Lächeln ab.

„Ich werde im Herrenhaus erwartet", sagte er.

Mary Carson hörte ihn, bevor irgendwer vom Personal dazu Gelegenheit hatte. Er war zur Vorderseite des Hauses gegangen, weil er hoffte, auf diese Weise schneller in sein Zimmer zu kommen.

„So lasse ich Sie nicht herein", sagte sie.

Erst jetzt entdeckte er sie: Sie stand auf der Veranda.

Ungeniert zog er sich Hemd, Reitstiefel und Reithosen aus, und ebenso ungeniert sah sie ihm dabei zu. In der halboffenen Tür zu ihrem Salon wischte er sich den schlimmsten Schmutz ab.

„Sie sind der schönste Mann, den ich je gesehen habe, Ralph de Bricassart", sagte sie. „Wie kommt es, daß so viele Priester schöne Männer sind? Ist es das Irische? Wirklich ein ansehnlicher Menschenschlag, die Iren. Oder gibt es vielleicht einen ganz anderen Grund? Daß viele schönen Männer die Konsequenzen fürchten, die ihr Aussehen mit sich bringt? Und daß sie sich deshalb ins Priestergewand flüchten? Ich möchte wetten, daß die Frauen in Gilly sich – wie sagt man doch? – vor Liebesglut nach Ihnen verzehren."

„Ich habe schon vor langer Zeit gelernt, von liebeskranken Frauen keine Notiz zu nehmen." Er lachte. „Jeder Priester unter fünfzig erscheint einigen von ihnen begehrenswert, und einen Priester unter fünfunddreißig scheinen alle unwiderstehlich zu finden. Doch nur Protestantinnen versuchen offen, mich zu verführen."

„Eine direkte Antwort auf meine Fragen geben Sie mir doch nie, nicht wahr?" Sie straffte sich, legte ihre flache Hand auf seine gebräunte Brust, ließ sie dort. „Sie sind ein Sybarit, Ralph, Sie sonnen sich. Sind Sie am ganzen Körper so braun?"

Er lächelte, beugte dann den Kopf vor, lachte. Sein Atemstoß fuhr in ihr Haar. Er knöpfte seine Baumwollunterhosen auf, ließ sie zu Boden gleiten, schob sie mit den Füßen fort und stand wie eine Praxiteles-Statue, während Mary Carson um ihn herumschritt und ihn betrachtete und sich Zeit dabei ließ.

Die letzten beiden Tage hatten ihn irgendwie erregt, mehr noch: beschwingt. Und eine ähnliche Wirkung hatte jetzt die Erkenntnis, daß sie wohl gar nicht so unverletzlich war, wie er geglaubt hatte. Doch er kannte sie, und so fühlte er sich völlig sicher bei seiner nun folgenden Frage.

„Möchten Sie, daß wir uns lieben, Mary?"

Sie fixierte eine bestimmte Stelle seines Körpers, prustete fast vor Lachen. „Soviel Mühe würde ich Ihnen nicht zumuten wollen! Brauchen Sie überhaupt Frauen, Ralph?"

Verächtlich lehnte er den Kopf in den Nacken. „Nein!"

„Männer?"

„Die sind schlimmer als Frauen. Nein, ich brauche sie nicht."

„Und wie steht es mit Ihnen selbst?"

„Am allerwenigsten."

„Interessant." Sie schloß Tür und Fenster, schloß sie sehr dicht und stand dann in der Mitte des Salons. „Ralph, Kardinal de Bricassart!" sagte sie spöttisch. Doch an seinen Augen prallte ihre Ironie gleichsam ab; vielleicht auch schleuderte sein Blick ihren Spott wie mit Hohn zurück. Mit langsamen, schweren Schritten ging sie zu ihrem Ohrensessel, setzte sich, ballte die Fäuste, eine trotzige Geste, wie ein prometheushaftes Aufbegehren.

Splitternackt stieg Pater Ralph von der Veranda hinab zum kurzgestutzten Rasen. Und stand dann mit geschlossenen Augen, die Arme über den Kopf gehoben; und ließ den Regen in Bächen, in Strömen über sich hinwegfluten, in dahinschießenden Katarakten, warm, wunderbar warm, wie tastende Finger, forschende Hände, überall: ein wunderschönes Gefühl auf der Haut. Es war sehr dunkel, man sah nur einen wohlgeformten Schatten.

Der Creek trat über die Ufer, das Wasser stieg an den Pfählen von Paddys Haus höher und höher, und es flutete auch hinweg über die Home Paddock, auf das Herrenhaus zu.

„Wird morgen schon wieder fallen", sagte Mary Carson, als Paddy ihr das besorgt meldete.

Sie behielt recht, wie gewöhnlich. Im Verlauf der nächsten Woche fiel das Wasser mehr und mehr, bis es schließlich wieder Normalstand erreichte. Die Sonne sengte vom Himmel herab, das Thermometer kletterte, nein, schoß in die Höhe, gut über vierzig Grad im Schatten jetzt, und das Gras schien sich zum Himmel emporschwingen zu wollen, fast hüfthoch stand es jetzt und wirkte so hell und leuchtete in der gleißenden Sonne so grell, daß einem die Augen davon schmerzten. Die Bäume, wie gewaschen, dann wieder von Staub überkrustet, schienen zu schimmern, zu glitzern, und Scharen von Papageien kehrten zurück aus den unauffindbaren Verstecken, wo sie während des Regens Schutz gesucht hatten.

Pater Ralph kümmerte sich inzwischen wieder um seine vernachlässigten Pfarrkinder, sehr wohl wissend, daß er einen Verweis von höherer Seite nicht zu fürchten brauchte, konnte er doch – während seiner Rückfahrt von Drogheda hatte er das Papier gleichsam unter priesterlich-jungfräulichem Hemd, unmittelbar neben seinem Herzen geborgen – einen Scheck über die runde Summe von eintausend Pfund vorweisen. Der Bischof würde sich vor Freude kaum zu fassen wissen.

Die Schafe befanden sich jetzt wieder auf ihren normalen Weiden, und den Clearys blieb gar nichts anderes übrig, als sich nun mit der Outback-Sitte der Siesta vertraut zu machen, und das hieß: Aufstehen früh um fünf, bis Mittag möglichst alles erledigen und dann als zuckende, schwitzende, schattensuchende Leiber zusammensacken und so verharren bis nachmittags um fünf. Das war nicht nur bei den Männern auf den Koppeln so, auch im Haus hielt man sich aus guten Gründen daran. Arbeiten, die man nicht am Vormittag hatte erledigen können, versuchte man nach fünf zu Ende zu bringen, und die Abendmahlzeit aß man nach Sonnenuntergang an einem Tisch draußen auf der Veranda. Und auch alle Betten hatte man inzwischen nach draußen gestellt, denn jetzt wich die Hitze die ganze Nacht über nicht mehr. Schon seit Wochen schien die Quecksilbersäule nicht mehr unter die Markierung von vierzig Grad gefallen zu sein, nicht bei Tage und auch nicht bei Nacht. Fleisch aß man kaum noch, weil die nicht verzehrten Reste geschlachteter Tiere im Handumdrehen verdarben. Am ehesten ging noch ein kleines Schaf, gebraten, von dem bei so vielen Essern kaum etwas übrigblieb. Doch schließlich verlangte der Gaumen nach etwas anderem als immer nur Schaf, Schaf in jedweder Art und Form: als Hammelkeule, als Hammel-Stew, als Schäferpastete aus kleingehacktem Hammelfleisch, als Hammel mit Curry und als Hammel mit Pickles und als Hammelrostbraten und – schließlich und endlich – auch als Hammel-Kasserolle.

Anfang Februar änderte sich für Meggie und Stuart das Leben sehr abrupt. Sie wurden nach Gillanbone geschickt, in die Klosterschule. Eine Schule, die von Drogheda aus schneller zu erreichen gewesen wäre, gab es nicht, und natürlich lag die Stadt viel zu weit von der Viehstation entfernt, als daß man an eine tägliche Hin- und Rückfahrt denken konnte. Also mußten die beiden Kinder in Gillanbone wohnen, genauer: im Kloster vom Heiligen Kreuz. Mary Carson hatte sich mit erstaunlicher Großzügigkeit erboten, für den Unterricht sowie für Kost und Logis dort aufzukommen.

Eine andere Möglichkeit wäre noch Fernunterricht gewesen, sogenannte Korrespondenzkurse, die bei der Blackfriars School in Sydney angemeldet werden konnten, doch da hätte Fee die Hausaufgaben der Kinder sorgfältig kontrollieren müssen, und dafür fehlte es ihr – schon des kleinen Hals wegen – ganz einfach an der Zeit. Im übrigen war man längst stillschweigend übereingekommen, Jack und Hughie vom Schulunterricht in jedweder Form auszunehmen: man brauchte sie auf Drogheda, und Drogheda war zweifellos das, was sie ihrerseits wollten.

Das Leben im Kloster vom Heiligen Kreuz erschien Meggie und Stuart so eigenartig und so überaus friedvoll: nach ihren Erlebnissen auf Drogheda, aber mehr noch nach ihren Erfahrungen im Herz-Jesu-Kloster in Wahine. Pater Ralph hatte die Nonnen sehr taktvoll wissen lassen, daß diese beiden Kinder seine Schützlinge seien und es sich zudem bei ihrer Tante um die reichste Frau in ganz Neusüdwales handele. Und so geschah es, daß Meggies Scheu sich von einem Laster in eine Tugend verwandelt sah und Stuarts sonderbares Entrücktsein, seine völlige Isolierung von anderen und sein stundenlanges Starren in unauslotbare Fernen ihm das Attribut „heiligmäßig" eintrug.

Ja, ruhig und friedvoll war es im Kloster wirklich, denn außer Meggie und Stuart gab es dort nur wenige Logierschüler. Jene Leute, die sich für ihre Sprößlinge überhaupt eine Boarding School leisten konnten, zogen fast ausnahmslos Sydney vor. Im Kloster roch es nach Blumen und nach Bohnerwachs, und die dunklen, hohen Korridore schienen wie gebadet in Stille und in eine schier greifbare Heiligkeit. Stimmen erklangen nur gedämpft, alles Leben spielte sich gleichsam hinter einem dünnen schwarzen Schleier ab. Hier wurden die Kinder von niemandem geschlagen, von niemandem angeschrien. Und dann war da noch immer Pater Ralph.

Er kam sie oft besuchen, und sie waren so oft bei ihm im Pfarrhaus und blieben so regelmäßig auch über Nacht, daß er beschloß, das Zimmer, in dem Meggie schlief, in zartem Apfelgrün streichen zu lassen und für die Fenster neue Gardinen und für das Bett eine neue Steppdecke zu kaufen. Stuart hingegen schlief weiterhin in dem Raum, dessen schlichtes Braun und Cremegelb zwei Renovierungen gleichsam unbeschadet überstanden hatten. Die Frage, ob Stuart denn auch glücklich und zufrieden sei, fiel Pater Ralph ganz einfach nicht ein. Stuart war so etwas wie ein Nachgedanke – er mußte anstandshalber mit eingeladen werden.

Weshalb er Meggie so gern hatte, wußte Pater Ralph nicht, und er dachte auch nicht viel darüber nach. Angefangen hatte es zweifellos mit jenem Mitleid, das er empfand, als er sie auf dem staubigen Bahnhofsplatz hinter ihren Brüdern sah, so abgesondert, und das, wie er instinktiv ahnte, weil sie ein Mädchen war. Warum auch Frank sich sozusagen an der Peripherie der Familie bewegte, interessierte ihn kaum, auch fühlte er sich nicht bewogen, für den jungen Mann Mitleid zu empfinden. Da war irgend etwas in Frank, das feinere Emotionen abtötete: ein dunkles Herz, ein Gemüt, dem es gleichsam am inneren Licht gebrach. Meggie jedoch . . . sie hatte ihn auf eine rätselhafte, auf eine unwiderstehliche Weise gerührt, angerührt, er wußte nicht, wieso und weshalb. Da war die Farbe ihres Haars, die ihm gefiel; da waren die Farbe und die Form ihrer Augen, wie die ihrer Mutter und deshalb schön, doch um so vieles süßer und ausdrucksvoller; und nicht zuletzt war da ihr Wesen, das ihm die gültige, die vollkommene weibliche Wesensart schlechthin zu sein schien: passiv und dennoch ungeheuer stark. Eine Rebellin war sie gewiß nicht, ganz im Gegenteil. Ihr ganzes Leben lang würde sie gehorchen – würde nie versuchen, den

Rahmen dessen zu sprengen, was man ihr weibliches Schicksal nennen mochte.

Und doch: all dies konnte die Anziehungskraft, die sie für ihn besaß, keineswegs ganz erklären. Hätte er tiefer in sich hineingeblickt, so wäre ihm vielleicht klargeworden, daß seine Empfindungen für sie das Ergebnis einer ganz bestimmten Konstellation waren, jener von Zeit, Ort und Person.

Da es niemanden zu geben schien, der Meggie wirklich wichtig nahm, blieb für ihn in ihrem Leben ein Platz, konnte er ihrer Liebe sicher sein. So jedenfalls empfand er es unterbewußt. Sie war ein Kind und bildete somit für ihn, den Priester, keine Gefahr; nicht für seine Lebensweise, nicht für seinen Ruf. Sie besaß Schönheit, und er ließ sich gern von Schönheit bezaubern. Und nicht zuletzt füllte sie in seinem Leben eine Leere aus, die sein Gott nicht ausfüllen konnte. Sie füllte sie aus durch ihre Wärme, durch ihr wirkliches Vorhandensein, durch ihre Nähe.

Mit Geschenken konnte er sie nicht gut überhäufen, das hätte die Familie in Verlegenheit gesetzt. Er kompensierte das, indem er einen erstaunlichen Teil seiner Zeit und seiner Gedanken an die Frage verwendete, wie sich ihr Zimmer im Pfarrhaus am schönsten herrichten ließe. Doch er tat dies weniger, um dann ihre Freude darüber zu sehen. Weit wichtiger war es ihm, sein Juwel gleichsam im richtigen Rahmen zu wissen. Einen Diamanten entwürdigt man nicht durch eine schäbige Fassung.

Anfang Mai trafen die Schafscherer auf Drogheda ein. Mary Carson wußte über alles, was auf ihrem Besitz zu geschehen hatte, erstaunlich gut Bescheid. Einige Tage bevor die Schafscherer kamen, bestellte sie Paddy zu sich ins Herrenhaus. Ohne sich von ihrem Ohrensessel zu rühren, instruierte sie ihn bis ins letzte Detail über das, was zu tun war.

Der Vergleich zwischen der Schafschur in Neuseeland und der Schafschur, wie sie offenbar in Australien gehandhabt wurde, hatte Paddy damals bei der Ankunft geradezu fassungslos gemacht: eine riesige Schurhütte mit sechsundzwanzig Ständen, kaum zu glauben! Jetzt, nach dem Gespräch mit seiner Schwester, schwirrte ihm der Kopf, soviel verblüffend Neues hatte er erfahren, an Fakten, an Zahlen. Nicht nur die Drogheda-Schafe sollten auf Drogheda geschoren werden, sondern auch jene von Bugela, von Dibban-Dibban und von Beel-Beel. Was da an Arbeit anfiel für jeden hier, ganz gleich ob Mann oder Frau, schien kaum noch vorstellbar. Gemeinschaftsschur war Brauch, und natürlich würden jene Stationen, die Droghedas Schurhütte mit ihrer enormen Kapazität mitnutzten, Arbeitskräfte schicken. Doch durch deren Anwesenheit ergab sich automatisch für jene auf Drogheda ein Haufen Arbeit, der sozusagen ganz nebenbei anfiel.

Die Schafscherer würden ihren eigenen Koch mitbringen und sich ihre Lebensmittel im Stationsladen selbst kaufen; doch diese ungeheuren Mengen von Lebensmitteln mußten ja erst einmal aufgetrieben werden. Auch hatte man die etwas baufällig wirkenden Quartiere – inklusive Küche und primitivem Bad – vorzubereiten, und das hieß: schrubben, säubern, Matratzen und Schlafdecken heranschaffen. Nicht alle Stationen waren zu den Schafscherern so großzügig wie Drogheda, doch Drogheda war stolz auf seine Gastlichkeit und auf seinen Ruf als „verdammt gute Schurhütte". Da es sich um Aktivitäten handelte, an denen Mary Carson ausnahmsweise unmittelbar Anteil nahm, zeigte sie sich keineswegs geizig. Der Schurschuppen war nicht nur einer der größten in ganz Neusüdwales, man brauchte dafür auch die allerbesten Männer, die man bekommen konnte, Männer vom Kaliber eines Jackie Howe. Über dreihunderttausend Schafe mußten geschoren werden, bevor die Scherer ihre Siebensachen auf den alten Ford-Laster des sogenannten Contractors laden und sich zur nächsten Schurhütte aufmachen konnten.

Zwei Wochen lang war Frank nicht zu Hause gewesen, sondern unterwegs mit dem alten Beerbarrel Pete, einem der Viehtreiber. Mit ihren Reittieren, einer Hundemeute sowie einem Sulky, auf dem sich das Unentbehrlichste an Ausrüstung befand und das von einem störrischen Gaul gezogen wurde, waren sie zu den ganz westlich gelegenen Koppeln aufgebrochen und hatten dann die Schafe immer näher zur Station getrieben, wobei „gesondert und gemerzt" werden mußte, wie man es nannte: eine Auslese nach ganz bestimmten Gesichtspunkten. Es war eine harte und vor allem mühselige Arbeit, gar nicht zu vergleichen mit dem wilden Forttreiben der Herden vor der Überschwemmung.

In der Station gab es für die Tiere einer jeden Koppel jeweils einen eigenen Viehhof. Dort blieben die Schafe, bis sie mit der Schur an der Reihe waren, und konnten weiter nach Art und Qualität ihrer Wolle „sortiert und markiert" werden. Auf jenen Höfen, die unmittelbar zum Schurschuppen gehörten, war immer nur für jeweils zehntausend Schafe Platz. Folglich würde es für die Dauer der Schur ein dauerndes Hin und Her geben: ein ständiges Auswechseln von geschorenen gegen noch ungeschorene Herden.

Als Frank zu seiner Mutter in die Küche trat, stand sie neben dem Ausguß und schälte Kartoffeln.

„Mum, ich bin wieder da!" sagte er voll Freude.

Sie drehte sich zu ihm herum, und er gewahrte, was zwei

Wochen zuvor noch nicht zu sehen gewesen war – oder was ihm damals einfach noch nicht aufgefallen war: ihren gewölbten Leib.

„O Gott!" sagte er.

Aus ihren Augen verlor sich die Wiedersehensfreude. Schamröte überzog ihr Gesicht. Mit gespreizten Händen schien sie ihren Leib vor seinen Blicken verbergen zu wollen.

„Der dreckige alte Bock!" sagte Frank, vor Empörung zitternd.

„So etwas darfst du nicht denken! So etwas darfst du nicht sagen! Du bist jetzt ein Mann, und du solltest verstehen. So wie dies gewesen ist, so war es auch damals, als du gezeugt wurdest, und es verdient genausoviel Achtung. Darin ist nichts Schmutziges. Wenn du Daddy beleidigst, beleidigst du auch mich."

„Er hatte kein Recht dazu! Er hätte dich zufrieden lassen sollen!" zischte Frank und fuhr sich mit der Hand über die zitternden Lippen.

„Es ist nicht schmutzig", wiederholte sie, und plötzlich wirkten ihre Augen nicht mehr trüb, sondern sehr klar. Der Ausdruck von Scham war wie weggewischt, nicht die geringste Spur blieb zurück. „Es ist nicht *schmutzig*, Frank. Nicht meine Schwangerschaft und auch nicht der Akt, der dazu geführt hat!"

Diesmal war er es, der rot wurde. Rasch drehte er sich um und ging in das Zimmer, das er sich mit Bob, Jack und Hughie teilte. Und plötzlich wirkten die Wände hier so kahl und kalt, erschien ihm alles so lieblos, ohne jeden Hauch von Wärme. Die vier Einzelbetten, das karge Mobiliar, jeder Gegenstand hier, war nicht all das wie Hohn, wie grausamer Spott auf . . . worauf? auf wen?

Er schloß die Augen, doch jetzt sah er in seiner Vorstellung ihr Bild, sah *sie* – ihr schönes, müdes Gesicht, wie umrahmt von goldenem Gespinst, madonnengleich, doch ihr Leib . . . ihr dicker, gleichsam geblähter Leib . . . gebläht durch das, was sie und dieser haarige alte Bock in der furchtbaren Hitze des Sommers getan hatten.

Er wurde die bedrängenden Gedanken nicht los. Er konnte sie einfach nicht abschütteln. Und immer und immer wieder war da dieses Bild: ihr dicker, wie aufgeschwemmter Bauch, unübersehbarer Beweis ihrer Lust – etwas, das sie mit diesem geilen alten Vieh gewissermaßen verquickte: eine grauenvoll widerwärtige Vorstellung, Gedanken, die sich einfach nicht ertragen lassen wollten.

Es verlangte ihn so sehr danach, sie anders zu sehen, ganz anders: als so rein und so unbefleckt wie . . . ja, wie die Heilige Jungfrau . . . oder die Heilige Mutter . . . über allen anderen ihres Geschlechts stehend, die sündig waren und immer wieder wurden.

Dieses Bild von ihr, dieses makellose Bild, es war so überaus wichtig für ihn, wenn er nicht buchstäblich den Verstand verlieren wollte. Um nicht sein inneres Gleichgewicht zu verlieren, hatte er sich immer und immer wieder eingeredet, daß sie in absoluter Keuschheit bei diesem häßlichen Alten lag, weil sie nun einmal einen Platz zum Schlafen brauchte; hatte versucht, sich weiszumachen, daß sich beide im Bett nie anblickten, geschweige denn, daß sie einander berührten ...

Und jetzt ...

Ein eigentümliches Geräusch ließ ihn aufschrecken, eine Art Quietschen und Knacken. Er sah, daß seine Hände um die Messingstange am Bett gekrampft waren, sah zwischen seinen Fingern das verbogene Metall.

„Ihn hätte ich jetzt hier haben sollen", sagte er. „Ja, ihn!"

„Frank", erklang eine Stimme von der Türöffnung her.

Er hob den Kopf, sah seine Mutter. In seinen schwarzen Augen, die feucht waren — feucht wie Kohle im Regen — stand ein harter Glanz.

„Irgendwann werde ich ihn umbringen", sagte er.

„Wenn du ihn umbringst, bringst du mich um", erwiderte sie und setzte sich zu ihm aufs Bett.

„Nein, das würde ich nicht", sagte er und rief dann wie in wilder Hoffnung: „Ich würde dich dadurch frei machen!"

„Frank", erklärte sie und schien sich mit Mühe zur Geduld zu zwingen, „ich kann niemals frei sein, und ich will auch niemals frei sein. Ich wünschte, ich wüßte, woher deine Blindheit rührt. Ich begreife das einfach nicht. Deine — deine Haltung ... das kannst du weder von mir haben noch von deinem Vater. Ich weiß, daß du nicht glücklich bist, aber mußt du das an mir auslassen und an Daddy? Warum versteifst du dich nur so darauf, dir selbst und anderen das Leben so schwer zu machen? Warum?" Sie blickte auf ihre Hände und hob dann wieder den Kopf und sah ihn an. „Was ich jetzt sage, sage ich nicht gern, aber ich glaube, ich muß es sagen. Es wird Zeit, daß du dir ein Mädchen suchst, Frank. Und daß du heiratest und eine eigene Familie gründest. Auf Drogheda ist genügend Platz. Bei den anderen Jungen habe ich mir in dieser Hinsicht nie Sorgen gemacht, sie scheinen da von ganz anderer Art als du. Du, Frank, brauchst jedenfalls eine Frau. Wenn du verheiratet wärst, hättest du keine Zeit mehr, so ... so viel an mich zu denken."

Er saß mit abgewandtem Gesicht, und so blieb er auch sitzen. Sie wartete. Ruhig wartete sie darauf, daß er sprach. Doch er schwieg. Nach etwa fünf Minuten erhob sie sich und ging hinaus.

111

5

Nach beendeter Schafschur, wenn der ganze Distrikt in halbe Untätigkeit fiel angesichts des hereingebrochenen Winters, war in Gillanbone ein Ereignis fällig, das für die Leute hier alljährlich den Höhepunkt des Gemeinschaftslebens bildete. Es nannte sich: *Gillanbone Show and Picnic Races* und dauerte zwei Tage. Da sich Fee den damit verknüpften Anstrengungen nicht gewachsen fühlte, mußte Paddy seine Schwester zur Stadt chauffieren, ohne daß ihm die Anwesenheit seiner Frau geholfen hätte, Marys Zunge in Schach zu halten. Denn eben dies war ihm längst aufgefallen: Aus irgendeinem rätselhaften Grund genügte Fees Gegenwart, um seiner Schwester gleichsam das Wasser abzugraben, sie irgendwie in Verlegenheit zu setzen.

Außer Fee fuhren alle. Die Jungen schwangen sich zu Beerbarrel Pete und Jim und Tom und Mrs. Smith und den Dienstmädchen auf den Laster. Zu diesem Zeitpunkt war Frank bereits eine Weile unterwegs. Er hatte sich, allein, in aller Frühe mit dem Modell-T-Ford aufgemacht. Die Erwachsenen wollten bis zum zweiten Tag in Gilly bleiben, weil dann die eigentlichen Rennen an der Reihe waren.

Aus Gründen, die wohl nur sie selber kannte, lehnte Mary Carson Pater Ralphs Angebot ab, sich im Pfarrhaus einzuquartieren. Statt dessen drängte sie Paddy, das für sich und für Frank zu akzeptieren. Mrs. Smith sowie Minnie und Cat hatten in der Stadt Bekannte, wo sie übernachten konnten. Die beiden Viehtreiber und Tom, der Gartenarbeiter, hatten versichert, sie würden schon eine Bleibe finden – wo genau, war ihr Geheimnis.

Paddy brachte seine Schwester auf das beste Zimmer, welches das Hotel Imperial zu bieten hatte. Inzwischen war es zehn Uhr früh. Er ging hinab in die Bar. An der Theke sah er Frank stehen, einen mächtigen Humpen mit Bier in der Hand.

„Den nächsten spendiere ich dir, Alter", sagte Paddy freundschaftlich zu seinem Sohn. „Ich muß mit Tante Mary zum Picnic-Races-Luncheon, und wenn ich das ohne Mums Hilfe durchstehen soll, muß ich mir schon ein bißchen Mut antrinken."

Die Macht der Gewohnheit, bestimmte tiefverwurzelte Ängste und manches mehr – es wirkt in uns viel stärker, als wir gemeinhin glauben. Will man eine seit Jahren eingefleischte Verhaltensweise plötzlich ändern, so findet man, daß es da Sperren gibt, Barrieren – daß man einfach nicht tun *kann*, was man doch tun *will*.

Genauso erging es jetzt Frank. Er wollte seinem Vater den Inhalt des Humpen ins Gesicht schütten, aber er konnte es einfach nicht. Zumindest nicht vor den Gästen hier in der Bar. Und so leerte er seinen Krug, kippte alles in sich hinein und sagte dann mit einem schiefen Lächeln: „Tut mir leid, Dad, aber ich habe mich mit ein paar Jungs auf dem Showground verabredet."

„Na gut, dann geh. Aber hier, steck dir das ein und gib's für dich selber aus. Amüsiere dich gut, und wenn du einen über den Durst trinkst, dann sieh zu, daß deine Mutter nichts davon erfährt."

Frank starrte auf die knisternde blaue Fünfpfundnote in seiner Hand. Am liebsten hätte er sie zerfetzt und Paddy ins Gesicht geschleudert, doch wieder behielt die Macht der Gewohnheit die Oberhand. Er faltete den Geldschein zusammen, steckte ihn ein und bedankte sich bei seinem Vater. Dann verließ er so schnell wie möglich die Bar.

Paddy, noch an der Theke, blickte sich neugierig im Raum um. Er hatte einen blauen Anzug an, seinen besten. Die Weste war sorgfältig zugeknöpft. Auch die goldene Uhr samt goldener Uhrkette – sowie einem „Nugget" von den Lawrence-Goldfeldern, das als eine Art „Beschwerer" diente – fehlte nicht. Ein wenig nervös an seinem Zelluloidkragen zerrend, suchte Paddy nach einem bekannten Gesicht. In dem Dreivierteljahr seit seiner Ankunft auf Drogheda war er nur selten in Gilly gewesen, doch man hatte ihn stets freundlich und gastlich behandelt, was Wunder: schließlich wußte man, daß er Mary Carsons Bruder und möglicher Erbe war. Also erinnerte man sich an ihn, auch jetzt – mehrere Männer grinsten ihm freundschaftlich zu, und bald saß er in gemütlicher kleiner Runde. Frank war vergessen.

Anders als früher, trug Meggie ihr Haar jetzt in Flechten. Auch für die Nichte der reichen Mary Carson mochte keine der Nonnen die Mühe auf sich nehmen, sich allabendlich und allmorgendlich mit den vielen Locken zu placken. Und so hingen Meggie zwei dicke Zöpfe mit marineblauen Schleifen über die Schultern herab. Marineblau war auch die Einheitstracht der Klosterschüler, und in dieser Tracht steckte sie jetzt, als sie aus dem Kloster über die Rasenfläche zum Pfarrhaus geleitet und dort Annie, Pater Ralphs Haushälterin, zu getreuen Händen übergeben wurde.

In ihr hatte Meggie eine schier rückhaltlose Bewunderin. „Och, des sieße Kleinchen hat doch so wunnerscheenes Hoor", hatte sie einmal erwidert, als der Priester, amüsiert, von ihr wissen wollte, weshalb sie an Meggie denn einen solchen Narren gefressen habe. Sonst konnte sie kleine Mädchen nämlich nicht ausstehen, und die Nähe der Schule war ihr ein Greuel.

„Aber, Annie", tadelte er, um sie zu provozieren, „Haar und Haarfarbe, das sind doch Äußerlichkeiten. So etwas kann doch nicht der Grund dafür sein, daß man jemanden gern hat."

„Och, nu, sie is doch so'n ormes, littes Ding – skeggy, wissen Sie."

Er wußte es nicht und unterließ es auch, sie zu fragen, was „skeggy" bedeutete. Schottisch war ohnehin schon oft genug ein Buch mit sieben Siegeln, nicht nur für ihn. „Skeggy" reimte sich mit „Meggie", das war alles, was er im Augenblick wußte. Halt, nicht ganz: „Ormes, littes Ding" hatte Annie das Mädchen genannt – weshalb? Meinte sie Meggies Vergangenheit? Meinte sie ihre – Zukunft? Manchmal schien es ratsam, Annie nicht genauer nach ihrer Meinung zu befragen.

Meggie war an diesem Tag noch nicht sehr lange im Pfarrhaus, als Frank auftauchte. Sein Gesicht wirkte blaß. Er kam gerade von der Bar, wo er seinen Vater getroffen hatte.

„Komm, Meggie", sagte er und streckte die Hand aus. „Ich gehe mit dir zum Showground."

„Wie wär's, wenn ich mit euch beiden zum Showground ginge?" meinte Pater Ralph und streckte seine Hand aus.

Meggie fühlte sich wie im siebten Himmel, hier zwischen diesen Männern, die sie beide liebte und bewunderte und an deren Händen sie sich nun festklammerte.

Der sogenannte Showground befand sich am Barwon River, gleich neben der Rennbahn. Obwohl die Überschwemmung inzwischen ein halbes Jahr zurücklag, war der Boden immer noch nicht völlig trocken, und die Füße frühzeitiger Besucher hatten ihn bereits weitgehend in Morast verwandelt. Hinter den Pferchen, Verschlägen und Boxen für das Vieh – Schafe, Rinder, Schweine, Ziegen: alles, was vielleicht für einen Zuchtpreis in Frage kam – waren die Stände mit Handarbeiten, Eßwaren, anderem mehr. Neugierig betrachteten sie alles, das Vieh, das Gebäck, die gehäkelten Schals und die gestrickten Babysachen, die bestickten Tischtücher, die Katzen und die Hunde und die Kanarienvögel.

Ganz auf der anderen Seite des Geländes befand sich der Reitring, wo junge Reiter und Reiterinnen auf stutzschwänzigen Rössern ihr Können zu beweisen suchten: vor einer Jury, deren Mitglieder, wie es der leise kichernden Meggie vorkam, selbst etwas von Pferden an sich hatten. Besonders erstaunlich schien, was Ladies in wunderschönen Reitkostümen und mit zylinderartigen Hüten an reiterlichen Künsten vorführten. Seitlich saßen sie auf dem Pferd, im sogenannten Damensitz, und es schien Meggie, daß sie schon bei leichtem Trab, geschweige denn beim Galopp zu

Boden purzeln mußten, bis sie dann beobachten konnte, wie eines dieser so erhaben wirkenden Geschöpfe mit ihrem Tier mehrere schwierige Hindernisse nahm und am Ende noch genauso souverän im Sattel saß wie zu Anfang.

Sodann gab die Lady dem Pferd ungeduldig den Sporen, galoppierte in mittlerem Tempo über den morastigen Boden und brachte das Tier unmittelbar vor Meggie, Frank und Pater Ralph zum Halten. Ein Fuß in blankgeputztem schwarzem Stiefel streckte sich vor, eine behandschuhte Hand reckte sich gebieterisch herab.

„Pater! Seien Sie doch so freundlich, mir beim Absitzen zu helfen!"

Er tat es. Seine Hände faßten sie um die Taille, ihre Hände stützten sich auf seine Schultern. Mühelos hob er sie herab, ließ sie sofort wieder los, kaum daß ihre Füße den Boden berührten. Dann griff er nach den Zügeln des Pferdes und schritt neben der jungen Dame her.

„Werden Sie das Jagdspringen gewinnen, Miß Carmichael?" fragte er in einem Ton, der seine völlige Gleichgültigkeit verriet.

Sie wirkte gekränkt. Sie war jung und sehr schön, und seine so desinteressiert klingende Frage hatte für sie etwas Beleidigendes. „Ich *hoffe* zu gewinnen, bin mir meiner Sache jedoch nicht ganz sicher. Auch Miß Hopeton und Mrs. Anthony King beteiligen sich ja an der Konkurrenz. Sollte ich nicht gewinnen, werde ich mich dafür in der Dressur schadlos halten. Da komme ich bestimmt auf den ersten Platz."

Sie sprach mit wunderschön vollen Vokalen und jener recht gestelzten Ausdrucksweise, die für wohlerzogene junge Damen so charakteristisch war. Doch von individueller Eigenart oder gar von Wärme fand sich in ihrer Stimme kaum noch eine Spur.

Pater Ralph schien sich dem gleichsam automatisch anzupassen. Die sonst bei ihm gewohnte mundartliche Färbung, der liebenswürdige, leicht irische Tonfall verlor sich aus seiner Stimme. Seine Sprache wurde fast ebenso makellos – und ebenso steril – wie die der jungen Dame. Im einzelnen begriff Meggie zwar ganz und gar nicht, was da vor sich ging, sie verstand auch kaum etwas von den Wörtern und Sätzen. Doch sehr genau wußte sie, daß Pater Ralph jetzt anders sprach als sonst und daß ihr seine augenblickliche Sprech- und Redeweise wenig gefiel.

Noch immer hielt der Priester sie an der einen und Frank sie an der anderen Hand. Doch da es immer schwieriger wurde, auf gleicher Höhe zu gehen, ließ sie die Hand ihres Bruders jetzt los, während Pater Ralph ihre Hand weiter in der seinen hielt.

Als sie zu der großen Pfütze kamen, war Frank bereits ein Stück hinter die anderen zurückgefallen. Es war eine wahrhaft riesige Lache, fast schon ein kleiner, flacher Teich. Pater Ralph ließ seinen Blick über das Wasser gleiten, dann wandte er seine Augen Meggie zu. Und als er sich zu ihr hinabbeugte und zu sprechen begann, konnte es für die junge Dame im Reitkostüm, mit der er nur Floskeln gewechselt hatte, gar keinen Zweifel geben, daß aus seiner Stimme jetzt eine besondere Zärtlichkeit klang.

„Einen Mantel oder einen Umhang trage ich nicht, Meggielein, also kann ich auch nicht dein Sir Walter Raleigh sein. Sie werden gewiß entschuldigen, meine liebe Miß Carmichael" – ohne weitere Umstände drückte er der jungen Dame die Zügel in die Hand – „aber ich kann natürlich nicht zulassen, daß mein Lieblingsmädchen ihre Schuhe voll Schlamm hat, nicht wahr?"

Er hob Meggie hoch und trug sie, ihren Körper mit einer Hand haltend und gegen seine Hüfte stützend, zur anderen Seite hinüber, während er Miß Carmichael sich selbst überließ: In der einen Hand hielt sie die Zügel, mit der anderen raffte sie ihren langen Reitrock hoch – und hatte dann das fragliche Vergnügen, ohne jedwede Hilfe durch das aufspritzende Wasser hinüberzustampfen. Frank, jetzt fast unmittelbar hinter ihr, fand den Anblick so komisch, daß er laut auflachte, was ihre Stimmung nicht gerade hob. Auf der gegenüberliegenden Seite der riesigen Lache sonderte sie sich abrupt von den anderen ab.

„Die würde Sie wohl ermorden, wenn sie nur könnte", sagte Frank.

Die Szene hatte ihn fasziniert. Miß Carmichael war ein so wunderschönes und hochvornehmes weibliches Geschöpf, daß es schien, als ob jeder Mann ihr gleichsam willenlos zu Diensten sein müsse, selbst ein Priester. Doch Pater Ralph hatte sehr bewußt – und geradezu grausam – darauf abgezielt, ihr übergroßes Selbstvertrauen nachhaltig zu erschüttern, ihr brutal jene Waffe aus der Hand zu schlagen, die sie so souverän zu handhaben glaubte – Weiblichkeit und Schönheit, im Hochmut vereint.

Nur zu gern hätte Frank, dem die Worte seiner Mutter noch in den Ohren hallten, wenigstens für Sekunden Miß Carmichaels Aufmerksamkeit auf sich gelenkt. Doch sie hatte nicht einen einzigen Blick auf ihn verschwendet, sondern nur Augen für den Priester gehabt. Der im Grunde doch gar kein richtiger *Mann* war, mochte er auch noch so groß und stattlich sein. Immerhin, Pater Ralph schien diese Miß Carmichael zu verabscheuen: sie – oder das, was sie in seinen Augen vielleicht symbolisierte.

„Keine Sorge", sagte Pater Ralph, „sie wird bald wieder da sein, um sich den nächsten Denkzettel verpassen zu lassen. Sie ist reich, und nächsten Sonntag wird sie sehr ostentativ eine Zehnpfundnote in den Klingelbeutel – oder eher wohl auf den Sammelteller – tun." Seine Stimme klang zynisch. Er lachte, als er Franks Gesichtsausdruck sah. „Soviel älter als du bin ich gar nicht, mein Sohn, und trotz meines geistlichen Standes ist sehr viel Weltliches an mir. Kreide mir das nicht an. Buche es lieber als Lebenserfahrung ab."

Sie hatten den Reitring hinter sich gelassen. Jetzt kamen sie zu jenem Teil, den man Vergnügungspark nannte, und Meggie, aber auch Frank gerieten vor freudiger Erregung schier aus dem Häuschen. Meggie hatte von Pater Ralph fünf Shilling bekommen, Frank hatte von seinem Vater die fünf Pfund. Es war ganz einfach herrlich, genügend Geld zu besitzen, um praktisch zu allen diesen verlockenden Buden Zugang zu haben. Hier drängten sich die Menschen, hier liefen die Kinder aufgeregt durcheinander und starrten aus großen Augen auf jene faszinierenden, wenn auch oft eher linkisch gepinselten Schilder an ausgefransten Zelten, auf denen beispielsweise zu lesen stand: „Die dickste Frau der Welt"; „Prinzessin Houri, die Schlangentänzerin – schaut, wie sie den Zorn einer Kobra bezähmt!"; „Der Indische Gummimensch"; „Goliath, stärkster Mann der Welt"; „Thetis, die Meerjungfrau". Und überall zahlten sie die paar Pennies Eintritt. Und bemerkten es nicht, das zahnlose Lächeln der Kobra, und auch nicht Thetis' schlampig lackierte Schuppen.

Am Ende des Vergnügungsparks stand ein Zelt, das so groß war, daß es ganz enorm viel Platz beanspruchte. An der Vorderseite gab es eine Art erhöhten Laufsteg, und auf dem Zelttuch – oder Vorhang – dahinter sah man eine Reihe aufgemalter Figuren, die gegen die Zuschauermenge eine drohende Haltung eingenommen zu haben schienen. Sie wirkten in der Tat sehr gefährlich. Ein Mann mit einem Megaphon am Mund brüllte auf die immer stärker anwachsende Menge ein.

„Hier ist sie, Gents, Jimmy Sharmans berühmte Boxertruppe! Acht der größten Preisboxer, welche die Welt je gesehen hat. Und jedem, der beherzt genug ist, gegen einen von ihnen anzutreten, winkt im Siegesfall ein Lohn!"

Sehr schnell waren fast alle Frauen und Mädchen aus der Menge verschwunden. Doch noch schneller strömten immer mehr Männer und Jungen herbei. Und jetzt paradierten, wie Gladiatoren im Circus maximus, acht Männer aus dem Zeltinneren auf den hölzernen Steg und standen dann, bandagierte Hände auf die Hüften gestützt, die Beine gespreizt und die Brustkörbe blähend unter den bewundernden Ohs und Ahs der Menge. Meggie schien es, daß sie nur Unterkleidung anhatten, denn sie trugen so enganliegende Sachen, ganz lange Strümpfe, außerdem Trikots und dann noch Unterhosen, die vom Bauchnabel bis etwa zur Mitte der Oberschenkel reichten. Die Strümpfe und die Hosen waren schwarz, die Trikots grau. Auf der Brust stand jeweils in großen lateinischen Buchstaben: JIMMY SHARMANS TRUPPE. In der Größe unterschieden sie sich alle voneinander, es gab sehr große und ziemlich kleine, und die meisten irgendwo dazwischen. Doch in einem glichen sie sich ganz auffällig: in der enorm kraftvollen Statur. Sie unterhielten sich miteinander, lässig, lachend, bewiesen somit, daß dies für sie eine alltägliche Angelegenheit war, beugten den Bizeps, ließen überhaupt die Muskeln spielen und taten dennoch so, als ließe sie die eigene Gladiatorenparade völlig kalt.

„Na, los, Burschen, wird sich doch einer finden, der sich Boxhandschuhe anzieht!" brüllte der Ausrufer der Zuschauermenge zu. „Wer wagt eine Runde? Wer Mut hat, gewinnt einen Fünfer!" Seine Worte wurden von den dröhnenden Schlägen einer Pauke begleitet.

„Ich!" rief Frank. „Ich – ja, ich will!"

Pater Ralph versuchte, ihn zurückzuhalten, doch er schüttelte die Hände des Geistlichen von sich ab. Die Zuschauer in unmittelbarer Nähe begannen zu lachen. Franks geringe Körpergröße reizte zum Spott. Man schob ihn nach vorn, eher gutmütig, fast nachsichtig.

Einer der acht von der „Truppe" streckte Frank freundlich die Hand entgegen und zog ihn die Stufen hinauf zu sich und den anderen auf dem Laufsteg. Der Ausrufer gab sich sehr ernst.

„Lachen Sie nicht, Gents. Er ist zwar nicht gerade groß, doch er hatte als erster den Mut, sich zu melden! Bei einem Kampf entscheidet nicht unbedingt die Größe des Kämpfers, sondern die Größe des Kämpferherzens! Also – wo sind die nächsten Freiwilligen? Was ist mit euch großen, strammen Kerlen dort? Nehmt euch diesen kleinen Burschen als Beispiel! Nun, wie wär's – sagen wir doch: Wer mit einem von Jimmy Sharmans Truppe über die ganze Distanz geht, bekommt einen Fünfer!"

Nach und nach meldeten sich weitere Freiwillige. Recht beklommen standen sie, diese jungen Männer, die Hüte in den verkrampften Händen, den Blick zögernd auf die Professionals richtend, auf jene Elitewesen, neben denen sie sich jetzt oben auf den Brettern befanden. Was Pater Ralph betraf, so erfüllte ihn eine brennende Neugier, eine prickelnde Erwartung. Was würde sich da jetzt wohl abspielen? Doch er besann sich, rief sich zur Ordnung. Es wurde wirklich allerhöchste Zeit, Meggie aus dieser

Umgebung fortzubringen. Und so hob er sie hoch und machte rasch auf dem Absatz kehrt, um mit ihr davonzugehen. Doch Meggie begann ein Protestgeschrei, das immer lauter und schriller wurde, je weiter er sie schleppte, und natürlich erregte das Aufsehen. Die Leute drehten sich zu ihnen um und starrten. Da jeder hier ihn kannte, war die Situation peinlich – und würdelos dazu.

„Schau, Meggie, ich kann mit dir dort nicht hineingehen. Dein Vater würde mir bei lebendigem Leibe die Haut abziehen, und recht hätte er!"

„Ich will bei Frank bleiben, ich will bei Frank bleiben!" schrie, nein, schrillte sie und stieß ihn mit den Füßen und versuchte, ihn zu beißen.

„Oh, *Scheiße!"* sagte Pater Ralph.

Sich ins Unvermeidliche schickend, kehrte er mit ihr um und trat auf den jetzt offenen Zelteingang zu, das nötige Eintrittsgeld nach kurzem Suchen bereits in der Hand. Instinktiv spähte er um sich her, forschte überall, ob sich nicht irgendwo ein Cleary-Gesicht fand. Doch die Jungen versuchten ihr Glück wohl beim Hufeisenspiel oder stopften sich mit Fleischpasteten und Eiscreme voll. Jedenfalls war hier keiner von ihnen zu sehen.

„Aber mit der Kleinen können Sie doch hier nicht rein, Pater!" sagte der Einlasser schockiert.

Pater Ralph hob die Augen himmelwärts. „Wenn Sie mir nur verraten können, wie wir sie von hier fortbringen, ohne daß wir die ganze Polizei von Gilly wegen Belästigung eines Kindes auf dem Hals haben, so will ich mich gern entfernen! Aber ihr Bruder ist einer von den Freiwilligen, die sich hier gemeldet haben, und natürlich will sie sich das nicht entgehen lassen – wenn er euern Leuten einen Kampf liefert, daß die wie Amateure aussehen!"

Der Einlasser hob die Schultern. „Na ja, Pater, kann mich ja nicht mit Ihnen herumstreiten, nicht? Gehen Sie also rein, aber halten Sie sich mit ihr möglichst abseits, Himmelkreuzund . . . um Himmels willen, wollte ich sagen. Nein, nein, Pater, stecken Sie Ihr Geld nur wieder ein, Jimmy würde das nicht passen."

Das Zelt war voller Männer und Jungen, die meist so dicht wie nur möglich zum Ring in der Mitte drängten. Pater Ralph fand einen freien Platz ganz hinten an der Zeltwand, wo er mit Meggie bequem stehen konnte. In der Luft hingen Wolken von Tabakrauch, aber auch der aufgewirbelte Staub von Sägemehl, das man wegen des schlammigen Bodens ausgestreut hatte. Frank, der erste Herausforderer des Tages, trug bereits Boxhandschuhe.

Es war zwar ungewöhnlich, daß ein Mann aus der Menge mit

einem der Profis über die ganze Distanz ging, doch es kam vor. Zweifellos waren diese Gladiatoren nicht die besten Boxer der Welt, doch befanden sich unter ihnen immerhin einige, die zu den besten von Australien gehörten. Wegen seiner geringen Größe hatte man Frank zunächst mit einem Fliegengewichtler gepaart. Diesen knockte er mit dem dritten Schlag aus. Dann bat er darum, gegen einen anderen Mann gestellt zu werden. Als er seinen dritten Professional vor die Fäuste bekam, war das Zelt so zum Bersten gefüllt, daß kein weiterer Zuschauer mehr hineinpaßte. Die Neuigkeit hatte sich draußen wie ein Lauffeuer verbreitet.

Bis jetzt war Frank nur von wenigen Schlägen getroffen worden, und jeder dieser Schläge hatte den stets in ihm schwelenden Zorn erst richtig angefacht. Mit wilden Augen stürzte er sich jeweils auf seinen Gegner, denn jeder von ihnen besaß für ihn Paddys Gesicht, und die Schreie und die Anfeuerungsrufe der Menge hallten in seinen Ohren wie eine einzige ungeheure dröhnende Stimme: *Los! Los! Los!* Oh, wie sehr hatte er sich doch gesehnt nach einem Kampf zwischen Mann und Mann, und wie sehr hatte er das entbehren müssen, seit er nach Drogheda gekommen war! Denn ein solcher Kampf bildete für ihn die einzige Möglichkeit, sich von Zorn und Schmerz zu befreien, und als er jetzt den entscheidenden Schlag landete, schien es ihm, daß die mächtige, dröhnende Stimme in seinen Ohren ihren hallenden Ruf plötzlich änderte zu: *Töte! Töte! Töte!*

Danach stellte man ihn gegen einen wirklichen Champion, einen Leichtgewichtler, der die Anweisung hatte, Frank auf Distanz zu halten, um herauszufinden, ob er nicht nur über eine enorme Schlagkraft verfügte, sondern auch etwas vom Boxen verstand. Jimmy Sharmans Augen glänzten. Er hielt stets Ausschau nach Talenten, und bei diesen kleinen Country-Shows hatte er schon so manches entdeckt. Der Leichtgewichtler tat, was man ihm gesagt hatte. Trotz seiner überlegenen Reichweite fiel es ihm gar nicht leicht, sich Frank vom Leibe zu halten. Dieser stürmte wild auf ihn los, in seiner Kampfeswut immer stärker und immer mächtiger angestachelt durch den irrwischgleich vor ihm tanzenden Körper, der selbst seinen schnellsten und härtesten Schlägen auswich. Doch Frank lernte. Noch während des Kampfes gegen diesen ihm überlegenen Widersacher lernte er. Trotz seines wilden Ungestüms gehörte er zu jenem sehr selten zu findenden Kämpfertyp, der selbst im härtesten Kampfgetümmel noch denken kann. Jeder Schlag, den sein Gegner bei ihm landete, jeder Clinch, mit dem er Franks Angriffsversuche erstickte, war für diesen ganz buchstäblich Teil einer ersten Boxlektion. Und er stand die Distanz durch, stand sie durch trotz der präzisen Schläge, die er hatte hinnehmen müssen und unter denen sein Auge und seine Augenbraue angeschwollen und seine Lippe aufgeplatzt waren. Aber er hatte zwanzig Pfund gewonnen und die Achtung aller Männer hier um den Ring.

Meggie, hinten an der Zeltwand, löste sich plötzlich von der Seite des Priesters. Bevor er recht wußte, was geschah, drängte sie sich zwischen den Zuschauern hindurch und verließ das Zelt. Pater Ralph folgte ihr sofort, kam jedoch langsamer voran. Als er dann draußen war, sah er, daß sie sich erbrochen hatte. Mit einem winzigen Taschentuch wischte sie Spritzer von ihren Schuhen. Er gab ihr sein Taschentuch, strich ihr wie tröstend über den Kopf. Auch ihm war die Luft im Zelt nicht bekommen, auch sein Magen drohte jetzt zu rebellieren. Aber natürlich war, wegen der Würde seines Amtes, nicht im Traum daran zu denken, daß er sich hier auf die gleiche Weise erleichterte wie Meggie.

„Möchtest du auf Frank warten, oder wollen wir jetzt gleich gehen?"

„Ich möchte auf Frank warten", sagte sie leise und lehnte sich gegen ihn, für seine Ruhe und sein Mitgefühl zutiefst dankbar.

„Ich wüßte doch zu gern, wie es kommt, daß ich dich so sehr in mein nichtexistentes Herz geschlossen habe", sagte er grübelnd in halblautem Selbstgespräch. Wie so vielen Menschen, die allein lebten, war es ihm ein Bedürfnis, seine Gedanken hörbar zu äußern. In ihrem augenblicklichen Zustand, so glaubte er, würde Meggie auf seine Worte wohl kaum achten. „An meine Mutter erinnerst du mich nicht, und eine Schwester habe ich nie gehabt. Was ist das nur mit dir und auch mit deiner Familie . . . Hast du, habt ihr ein schweres Leben gehabt, meine kleine Meggie?"

Frank kam aus dem Zelt. Auf seiner Augenbraue klebte ein Pflaster, er tupfte gegen seine aufgesprungene Lippe. Zum ersten Mal, seit Pater Ralph ihn kannte, sah er glücklich aus: Wie man es sonst bei Männern findet, bei denen man annehmen kann, daß sie mit einer Frau eine gute Nacht im Bett verbracht haben, dachte der Priester.

„Was hat Meggie hier zu suchen?" fauchte Frank plötzlich, und in seinen Augen schien wieder – oder noch – etwas von dem Kampfgeist zu glimmen, der ihn im Ring erfüllt hatte.

„Ohne sie an Händen und Füßen zu fesseln und außerdem auch noch zu knebeln, war es mir unmöglich, sie vom Zelt fernzuhalten", erwiderte Pater Ralph scharf. Er war verärgert, sich rechtfertigen zu müssen. Doch Frank sah aus, als würde er nicht davor zurückscheuen, auch auf den Priester loszugehen. Zwar fürchtete sich der Pater nicht im mindesten vor dem jungen Mann, aber das Aufsehen, das eine etwaige Szene erregen würde, wollte er denn doch lieber vermeiden. „Sie hat um Sie gebangt, Frank. Sie wollte nahe genug sein, um mit eigenen Augen sehen zu können, daß Ihnen nichts weiter passierte. Seien Sie also nicht böse auf sie. Sie ist so schon aufgeregt genug."

„Wehe, du erzählst Daddy, daß du auch nur in der Nähe von diesem Zelt warst", sagte Frank zu Meggie.

„Haben Sie etwas dagegen, wenn wir unseren Rundgang jetzt beenden?" fragte der Priester. „Ich glaube, ein wenig Ruhe und eine Tasse Tee im Pfarrhaus würden jetzt uns allen guttun." Sacht nahm er Meggies Nasenspitze zwischen seine Finger, zwickte leicht. „Und du, junge Dame, könntest jetzt wohl so etwas wie ein Bad vertragen."

Der Tag, den Paddy an der Seite seiner Schwester verbringen mußte, war wirklich das Härteste an Nerven- und Geduldsprobe, was er seit langem durchgemacht hatte. Da galt es, für sie in einer Weise verfügbar zu sein, wie er das von seiner Frau einfach nicht kannte. In sogenannten Guipurespitzenschuhen (Importware) stöckelte sie kreuz und quer über den schlammigen Boden des Showground, eine Königin, die bald hier, bald dort huldvoll einen Gruß erwiderte, auch lächelnd ein paar Worte wechselte. Und Paddy hatte ihr zu Diensten zu sein, mußte ihr im wenig wegsamen Gelände gleichsam den Weg erst bahnen; sie stützen, ihr die Hand reichen; oder doch zumindest immer und überall an ihrer Seite sein, so zum Beispiel auch, als sie dem Sieger des Hauptrennens die Gillanbone-Trophäe überreichte, ein smaragdverziertes Damenarmband.

Weshalb *so etwas* der Siegerpreis war, begriff Paddy einfach nicht. Statt solchem Schmuckkram für Weiber hätte er sich da ganz was anderes vorstellen können, einen Pokal aus massivem Silber, vielleicht sogar vergoldet, oder auch ganz einfach ein Bündelchen Geldscheine. Er verstand nicht und konnte aus seinem Blickwinkel auch nicht verstehen, daß man nur zu gern das *Amateur*hafte dieser Wettbewerbe unterstrich, die Tatsache, daß man nicht Professional war, sondern *Liebhaber* dieses Sports, daß jeder, der sich an einem solchen Rennen beteiligte, eine vulgäre Gewinnsumme nun *wirklich* nicht nötig hatte. Eine Trophäe in Form eines Schmuckarmbands konnte man der lieben Gattin als kleine Aufmerksamkeit überreichen. Horry Hopeton, der auf King Edward, seinem Fuchswallach, den Sieg im Hauptrennen errungen hatte, war bereits in früheren Jahren zu einigen Armbändern gekommen, eines mit Rubinen, eines mit Diamanten, eines mit Saphiren. Er hatte eine Frau und fünf Töchter, weshalb er, wie er betonte, mit dem Siegen in diesem Wettbewerb erst aufhören könne, wenn er insgesamt sechs Armbänder gewonnen habe.

Paddy, im gestärkten Hemd mit scheuerndem Zelluloidkragen und im blauen Anzug, fühlte sich beengt, und außerdem war ihm scheußlich heiß. Das Essen, das es beim festlichen Luncheon gegeben hatte – sogenanntes Seafood aus Sydney: allerlei exotisches Meeresgetier –, war seinem hammelgewohnten Magen nicht bekommen. Er fühlte sich wie ein Narr und fürchtete, daß er auch genauso aussah, jedenfalls in den Augen dieser Leute. Sein feiner Anzug mochte soweit ja ganz in Ordnung sein, aber wenn man etwas genauer hinblickte, dann konnte einem kaum entgehen, wie schlecht er geschnitten war und wie miserabel er saß, verglich man's mit dem, was die anderen hier anhatten.

Allerdings, diese Leute hier, Menschen von Paddys Schlag waren das wirklich nicht. Die in braunen Tweed gekleideten Viehzüchter, die hochnäsigen Matronen, die meist ziemlich plump wirkenden jüngeren Frauen – die Creme dessen, was das „Bulletin" die „Squattokratie" nannte. Nur zu gern wollten diese Menschen vergessen, wie ihre Familien eigentlich in den Besitz so ungeheuer großer Ländereien gekommen waren. *Squatter*, so hatte man ursprünglich jene freien Siedler genannt, die ihnen geeignet erscheinendes, noch nicht in Privatbesitz befindliches Land ganz einfach besetzten, um dort dann Schaf- und Rinderherden zu unterhalten. Im Laufe der Zeit war es dann, als die Home rule, die Selbstverwaltung, kam, gleichsam stillschweigend in ihren vom Bund offiziell anerkannten Besitz übergegangen. Und niemand auf dem ganzen Kontinent wurde glühender beneidet als sie. Sie hatten ihre eigene politische Partei, sie schickten ihre Kinder auf die exklusivsten Schulen in Sydney, und wenn der britische Kronprinz zu Besuch kam, so tauschten sie mit ihm Trinksprüche aus. Nein, ein schlichter Paddy Cleary hatte mit dieser kolonialen Aristokratie, die ihn unbehaglich an die Familie seiner Frau erinnerte, nichts weiter gemein. Er war ein einfacher Arbeiter.

So konnte es kaum verwundern, daß er sich irritiert fühlte, als er später ins Pfarrhaus kam und dort Frank, Meggie und Pater Ralph in entspannter Runde beim Feuer beisammensitzen sah. Allem Anschein nach hatten die drei einen herrlich sorgenfreien Tag verlebt. Er hingegen war gezwungen gewesen, sich Stunde um Stunde mit seiner Schwester abzumühen, die er schon in Irland, als Kind, nicht hatte leiden können.

123

Und plötzlich bemerkte er das Pflaster auf Franks Augenbraue, sah sein verschwollenes Gesicht. Hier hatte ihm der Himmel einen höchst willkommenen Blitzableiter geschickt.

„Ja, willst du deiner Mutter etwa so vor die Augen treten?" schrie er. „Kaum bin ich mal ein paar Stunden nicht da, schon prügelst du dich mit jedem, der dich auch nur ein bißchen schief ansieht!"

Pater Ralph war sofort aufgesprungen, verdutzt, ein paar beschwichtigende Worte drängten sich als halbes Gemurmel über seine Lippen. Doch Frank war schneller als er.

„Damit habe ich mir ein Stück Geld verdient!" sagte er sehr ruhig und deutete auf das Pflaster. „Zwanzig Pfund für ein paar Minuten Arbeit, mehr als Tante Mary dir und mir zusammen in einem ganzen Monat zahlt! Ich habe drei gute Boxer k. o. geschlagen und bin mit einem Leichtgewicht-Champion über die ganze Distanz gegangen, heute nachmittag in Jimmy Sharmans Zelt. Und ich habe zwanzig Pfund verdient. Kann schon sein, daß du meinst, ich sollte mir mein Geld auf andere Weise verdienen, aber alle Männer, die mich kämpfen sahen, waren voll Anerkennung!"

„So ein paar Wracks mit weichgeklopfter Birne, und du bildest dir ein, ein großer Boxheld zu sein? Frank, werde erwachsen! Ich weiß zwar, daß du *körperlich* nicht mehr wachsen kannst, aber gib dir, deiner Mutter zuliebe, doch wenigstens Mühe, deinen *Grips* noch ein bißchen zu entwickeln!"

Frank war kalkweiß. Keine Beleidigung hätte ihn tiefer treffen können, und der Mann, der sie ihm ins Gesicht schleuderte, war sein eigener Vater. Ihm konnte er es nicht heimzahlen, wie er es anderen heimgezahlt hätte. Er atmete beengt. Mit Anstrengung brachte er es fertig, seine Hände unter Kontrolle zu behalten. „Keine Wracks, Daddy. Wer Jimmy Sharman ist, weißt du genausogut wie ich. Und Jimmy Sharman hat mir gesagt, daß ich als Boxer eine ganz große Zukunft hätte. Er will mich in seine Truppe aufnehmen und trainieren. *Und* er will mich bezahlen. Kann schon sein, daß ich nicht mehr wachse. Aber ich bin groß genug, um jeden schlagen zu können – auch dich, du stinkender alter Ziegenbock!"

Paddy zuckte zusammen, begriff die Anspielung. Sein Gesicht war genauso weiß wie das seines Sohnes. „Wage nicht, mich so zu nennen!"

„Was bist du denn sonst? Du bist widerlich, schlimmer als ein Rammler! Konntest du sie nicht in Ruhe lassen, konntest du deine Hände nicht von ihr weghalten?"

„Nein, nein, nein!" schrie Meggie. Pater Ralph packte sie fest bei den Schultern, hielt sie mit Gewalt zurück. Verzweifelt versuchte sie, sich von seinem Griff freizumachen. Tränen strömten über ihr Gesicht. „Nein, Daddy, nein! Oh, Frank, bitte! Bitte, bitte!" schrie sie.

Doch nur Pater Ralph hörte ihre Stimme. Frank und Paddy starrten einander an, Haß und Furcht in den Augen. Jetzt gab es keine Beschönigung mehr, keine Tarnung, keine Täuschung. An die Stelle einer scheinbar vereinigenden Liebe für Fee war jetzt offen die Rivalität um Fee getreten.

„Ich bin ihr Mann", sagte Paddy, sich mit aller Anstrengung zur Ruhe zwingend. „Unsere Kinder verdanken wir der Gnade Gottes."

„Du bist nicht besser als ein dreckiger alter Köter, der hinter jeder Hündin herläuft, in die er sein Ding reinstecken kann!"

„Und du bist nicht besser als der dreckige alte Köter, der dich gezeugt hat, wer immer er gewesen sein mag! Gott sei Dank, daß ich nichts damit zu schaffen hatte!" schrie Paddy und brach ab. „Oh, allmächtiger Himmel!" Sein Zorn entwich wie Luft aus einem aufgestochenen Schlauch. Er schien buchstäblich zu schrumpfen. Seine Hände tasteten nach seinem Mund, als wollten sie die Zunge herausfetzen, die Unsagbares gesagt hatte. „Ich habe es nicht so gemeint, ich habe es nicht so gemeint! *Ich habe es nicht so gemeint!*"

Kaum waren die Worte heraus, so ließ Pater Ralph Meggie los und packte Frank. Er drehte ihm den rechten Arm auf den Rücken, schlang seinen eigenen linken Arm dann um Franks Hals, im angesetzten Würgegriff. Und er war stark. Verzweifelt versuchte Frank, sich aus dem harten Griff zu befreien, doch sein Widerstand wurde immer schwächer, schließlich gab er es auf. Meggie war hingestürzt und kniete jetzt weinend auf dem Fußboden. Ihr Blick glitt zwischen Vater und Bruder hin und her. In ihren Augen war ein Flehen und der Ausdruck völliger Hilflosigkeit. Was eigentlich geschehen war, begriff sie nicht. Sie wußte nur instinktiv, daß sie beide nicht würde behalten können, nicht Vater *und* Bruder.

„Du hast es so gemeint", krächzte Frank. „Und ich habe es wohl schon immer gewußt! Ja, ich habe es wohl schon immer gewußt!" Er versuchte, seinen Kopf zu Pater Ralph herumzudrehen. „Lassen Sie mich los, Pater. Ich fasse ihn nicht an. So wahr mir Gott helfe, ich tu's nicht."

„So wahr dir Gott helfe? Gott verdamme euch, euch beide!" schrie, nein, brüllte der Priester. „Falls das Kind Schaden genommen hat, bringe ich euch um! Weil zu befürchten stand, daß ihr euch gegenseitig an die Gurgel springen würdet, konnte ich ja nicht einfach mit Meggie hinausgehen. Ich mußte ja hierbleiben, um bei euch dazwischenfahren zu können! Dabei wäre es wohl das beste gewesen, wenn ihr unglaublichen Kretins euch gegenseitig umgebracht hättet!"

„Ist schon gut", sagte Frank mit sonderbar fremder, leer klingender Stimme. „Ich gehe. Ich gehe zu Jimmy Sharmans Truppe und komme nicht mehr zurück."

„Aber du mußt mit mir zurückkommen!" sagte Paddy leise, fast flüsternd. „Was soll ich deiner Mutter erzählen? Du bedeutest ihr mehr als wir anderen alle zusammen. Sie wird mir nie verzeihen."

„Erzähle ihr, daß ich zu Jimmy Sharman gegangen bin, weil ich wer sein will. Es ist die Wahrheit."

„Was ich gesagt habe – das stimmt nicht. Nein, es ist überhaupt nicht wahr."

In Franks so fremdartigen schwarzen Augen blitzte es nur verächtlich auf, in jenen schwarzen Augen, die seinerzeit den Priester sofort hatten stutzen lassen. Wie kamen die grauäugige Fee und der blauäugige Paddy zu einem schwarzäugigen Sohn?

Frank nahm seinen Hut und seine Jacke. „O doch, es ist wahr! Und ich muß es schon immer gewußt haben. Diese Erinnerungen an Mum, wie sie ihr Spinett spielt – in einem Raum, der dir nie gehört haben könnte! Das Gefühl, daß du nicht schon immer da gewesen warst, daß du nach mir gekommen bist. Daß sie zuerst mein war." Er lachte lautlos. „Und wenn ich daran denke, daß ich all die Jahre *dich* dafür verantwortlich gemacht habe, daß sie so hinuntergezogen worden ist, wo es in Wirklichkeit doch meine Schuld ist, *meine!*"

„Hören Sie auf damit, Frank!" rief der Priester. „Was soll das, was soll's? Keiner ist dafür verantwortlich! Es war Gottes unerforschlicher Ratschluß – so müssen Sie das sehen!"

Frank schüttelte die Hand ab, die ihn zurückhalten wollte. Er ging zur Tür, in jener leichtfüßigen, wie schwerelosen Art, die so charakteristisch für ihn war. Der Gang eines Boxers, dachte Pater Ralph in irgendeinem Winkel seines Gehirns. Ja, er ist der geborene Boxer.

„Gottes unerforschlicher Ratschluß!" höhnte der junge Mann jetzt von der Tür her. „Wenn Sie den Priester machen, Pater de Bricassart, sind Sie nicht besser als ein Papagei! Mag Gott *Ihnen* helfen, denn Sie sind hier der einzige von uns, der keine Ahnung hat, wer er wirklich ist!"

Paddy saß jetzt mit aschfahlem Gesicht auf einem Stuhl. Sein wie betäubter Blick war auf Meggie gerichtet, die weinend vor dem Kamin kniete, mit eigentümlich vor und zurückwippendem Oberkörper. Paddy wollte sich hochraffen, wollte zu ihr, um ihr aufzuhelfen. Pater Ralph stieß ihn rauh zurück.

„Lassen Sie sie! Sie haben schon genug angerichtet. Im Sideboard ist Whisky, bedienen Sie sich. Ich bringe das Kind zu Bett. Dann komme ich zurück, um mit Ihnen zu reden. Bleiben Sie also hier. Haben Sie gehört, Mann?"

„Ja, Pater. Ich werde hier sein. Bringen Sie Meggie ins Bett."

Oben im hübschen apfelgrünen Schlafzimmer knöpfte der Priester dem Mädchen das Kleid und das Hemdchen auf. Dann ließ er sie auf dem Bettrand Platz nehmen, damit er ihr Schuhe und Strümpfe ausziehen konnte. Ihr Nachthemd lag auf dem Kopfkissen, wo Annie es hingelegt hatte. Er nahm es und zog es Meggie sacht über den Kopf und ganz hinab, bevor er ihre Schlüpfer abstreifte. Währenddessen redete er unaufhörlich, redete, plauderte, schwatzte fast, erzählte ihr alle möglichen närrischen Geschichten, um sie von ihren dumpfen, dunklen Gedanken abzubringen. Ob sie ihm zuhörte, ob sie ihn überhaupt hörte, konnte er nicht sagen. Müde, wie völlig erschöpft und gleichsam ausgehöhlt starrten ihre Augen über seine Schultern hinweg.

„Lege dich jetzt hin, mein Lieblingsmädchen, und versuche zu schlafen. Nach einer Weile werde ich wiederkommen, um nach dir zu sehen. Du brauchst dir also keine Sorgen zu machen, hörst du? Wir werden dann darüber sprechen."

„Ist mit ihr alles in Ordnung?" fragte Paddy, als der Priester wieder zu ihm ins Zimmer trat.

Pater Ralph griff nach der Whiskyflasche, die auf dem Sideboard stand, und schenkte sich ein Glas halb voll.

„Ich weiß es wirklich nicht", sagte er, „aber bei Gott, ich wünschte, ich wüßte es – was für einen Iren nämlich der größere Fluch ist, die Trunksucht oder der Jähzorn. Was war nur in Sie gefahren, das zu *sagen*? Nein, versuchen Sie gar nicht erst, mir darauf eine Antwort zu geben! Es liegt am Jähzorn. Natürlich ist es wahr. Gleich als ich ihn das erste Mal sah, wußte ich, daß Sie nicht sein Vater sein konnten."

„Entgeht Ihnen wohl nicht viel, wie?"

„Schon möglich. Allerdings braucht man gar keine besonderen Kräfte, sondern nur eine durchaus normale Beobachtungsgabe, um zu erkennen, daß eine Reihe von Mitgliedern meiner Gemeinde tief, sehr tief in Sorgen und auch in Seelenqualen steckt. Und da ich das erkannt habe, ist es meine Pflicht, ihnen nach besten Kräften zu helfen."

„Sie sind in Gilly sehr beliebt, Pater."

„Wofür ich wohl meinem Gesicht und meiner Figur danken kann", sagte der Priester, und die Bemerkung klang bitter und keineswegs so beiläufig, wie er das eigentlich beabsichtigt hatte.

„Glauben Sie das wirklich? Da bin ich aber anderer Meinung, Pater. Wir haben Sie gern, weil Sie ein guter Pfarrer sind."

„Wie dem auch sei", sagte Pater Ralph unbehaglich, „ich stecke jetzt gewissermaßen in Ihren Problemen mit drin. Wälzen Sie sich also schon den Stein von der Seele, Mann."

Paddy starrte in das Feuer, in das er, als der Priester nicht im Zimmer gewesen war, Scheit auf Scheit geschichtet hatte, nur um irgend etwas zu tun, während er wartete, nur um seine unruhigen Hände irgendwie zu beschäftigen. Jetzt hielt er sein Whiskyglas in der Hand, das inzwischen leer war. Seine Finger zuckten nervös. Pater Ralph stand auf, holte die Whiskyflasche, goß nach. Paddy tat einen langen Zug, seufzte dann und fuhr sich mit der Hand über das Gesicht, wischte vergessene Tränen fort.

„Ich weiß nicht, wer Franks Vater ist. Es ist passiert, bevor ich Fee kennenlernte. Ihre Familie – also praktisch sind sie gesellschaftlich Neuseelands erste Familie, und ihr Vater hatte einen großen Weizen-und-Schafe-Besitz bei Ashburton auf der Südinsel. Geld war kein Thema, und Fee war seine einzige Tochter. So wie ich das sehe, hatte er schon ihr ganzes Leben im voraus für sie geplant – eine Reise in die alte Heimat, Einführung bei Hofe, der richtige Ehemann. Natürlich hatte sie im Haus nie auch nur einen Finger krumm zu machen brauchen. Da waren ja Dienstmädchen und Zofen und Butler, und sie lebten wie Fürsten.

Ich war so eine Art Hilfsmelker, und manchmal sah ich Fee aus einiger Entfernung, mit einem kleinen Jungen, ungefähr anderthalb Jahre alt, und . . . Ja, also eines Tages kommt dann plötzlich der alte James Armstrong zu mir. Seine Tochter, sagt er, hat über die Familie Schande gebracht. Verheiratet ist sie nicht, aber ein Kind hat sie. Natürlich sei das vertuscht worden. Sie hätten auch versucht, sie aus dem Haus zu schaffen, bloß – na ja, also die Großmutter hatte einen solchen Lärm darüber gemacht, daß sie gezwungen gewesen waren, Fee bei sich zu behalten. Aber jetzt lag die Großmutter im Sterben, und da konnten sie nun Fee und das Kind endlich loswerden. Was nun mich beträfe, sagte James, ich sei doch ledig: wenn ich sie heiraten würde, mit der Garantie, mit ihr die Südinsel zu verlassen – also er würde die Reisekosten für uns übernehmen und noch extra fünfhundert Pfund geben.

Nun, Pater, für mich war das ein Vermögen. Und dann hatte ich auch das Alleinsein satt. Aber ich war immer so schüchtern gewesen, daß ich bei Mädchen nie viel ausrichtete. Also fand ich den Vorschlag gar nicht schlecht, und daß da ein Kind war, machte mir eigentlich nichts weiter aus. Na, irgendwie kriegte die Großmutter Wind davon, und sie ließ mich zu sich rufen, obwohl sie sehr krank war. Die hatte mal ein ganz wildes Temperament gehabt, glaube ich, aber eine wirkliche Lady war sie. Sie erzählte mir so verschiedenes über Fee, aber wer der Vater des Kindes war, sagte sie nicht, und ich wollte sie auch nicht danach fragen. Jedenfalls mußte ich ihr versprechen, zu Fee gut zu sein – es war ihr klar, daß die Familie Fee sofort verstoßen würde, kaum daß sie tot war. Übrigens hatte sie selbst vorgeschlagen, daß James für Fee einen Mann finden sollte. Mir tat die arme, alte Frau leid. Sie hatte Fee schrecklich gern.

Ist vielleicht kaum zu glauben, Pater, aber das erste Mal, daß ich Fee nahe genug war, um Guten Tag zu ihr zu sagen, das war am Tag unserer Hochzeit."

„Oh, das glaube ich schon", sagte der Priester fast unhörbar. Er starrte in sein Glas, leerte es auf einen Zug, griff nach der Flasche und goß in beide Gläser nach. „Sie haben also eine Lady geheiratet, die gesellschaftlich weit über Ihnen stand, Paddy."

„Ja. Zuerst hatte ich direkt Angst vor ihr, ganz mächtige Angst sogar. Sie war so wunderschön damals, Pater, und so . . . wie nicht von dieser Welt, falls Sie verstehen, was ich meine. Als ob sie ganz buchstäblich nicht auf der Erde wäre, als ob das alles einer ganz anderen passierte."

„Sie ist noch immer schön, Paddy", sagte Pater Ralph mit eigentümlich sanft klingender Stimme. „Ich kann an Meggie sehen, wie sie einmal gewesen sein muß, bevor sie zu altern begann."

„Es ist für sie kein leichtes Leben gewesen, Pater, aber ich weiß nicht, was ich sonst hätte tun können. Bei mir war sie doch wenigstens sicher und wurde nicht behandelt wie – wie eine Aussätzige. Es dauerte zwei Jahre, bis ich den Mut aufbrachte, ihr ein, nun ja, ein richtiger Ehemann zu sein. Ich mußte ihr das Kochen beibringen, auch das Saubermachen, das Wäschewaschen und Bügeln, praktisch alles. Sie hatte davon einfach keine Ahnung.

Und nie in all den Jahren, die wir nun schon verheiratet sind, Pater, hat sie sich auch nur ein einziges Mal beklagt; oder gelacht oder geweint. Gefühle zeigt sie eigentlich nur beim allerprivatesten Teil unseres Ehelebens, aber auch dann spricht sie nie über etwas. Ich hoffe, daß sie's irgendwann mal tut, aber wollen – nein, richtig *wollen* tu ich's nicht. Denn ich habe so eine Ahnung, wenn sie mal dabei etwas sagen sollte, dann *seinen* Namen. Oh, ich meine durchaus nicht, daß sie mich oder unsere Kinder nicht gern hat. Aber ich liebe sie so sehr, doch sie – in ihr scheint von so einem Gefühl nichts mehr übriggeblieben zu sein. Außer für Frank. Ich habe immer gewußt, daß sie ihn mehr liebte als uns andere alle zusammen. Sie muß seinen Vater geliebt haben. Aber ich weiß nichts über den Mann – wer er war, weshalb sie ihn nicht heiraten konnte."

Pater Ralph starrte auf seine Hände. Seine Augenlider zuckten. „Oh, Paddy, was für eine Hölle kann dieses Leben doch sein! Ich danke Gott, daß ich nicht den Mut habe, mehr als nur einen Zipfel davon zu packen."

Paddy raffte sich hoch, stand auf unsicheren Beinen. „Nun, Pater, jetzt habe ich's geschafft, nicht? Ich habe Frank fortgetrieben, und das wird Fee mir nie verzeihen."

„Sie können ihr das nicht sagen, Paddy. Nein, Sie dürfen es ihr nicht sagen, nie. Erzählen Sie ihr nur, Frank sei mit den Boxern auf und davon, und lassen Sie's dabei. Sie weiß, wie rastlos Frank gewesen ist, sie wird's Ihnen glauben."

„Das könnte ich nicht tun, Pater!" erklärte Paddy wie fassungslos.

„Sie müssen, Paddy. Hat sie nicht schon genug Kummer und Leid erlebt? Muten Sie ihr also nicht noch mehr zu." Und für sich dachte der Priester: Wer weiß? Vielleicht lernt sie es jetzt, die Liebe, die sie für Frank hatte, endlich Paddy zu geben – und dem armen kleinen Ding oben im Schlafzimmer.

„Meinen Sie das im Ernst, Pater?"

„Ja, das meine ich im Ernst. Was heute abend passiert ist, sollte niemand weiter erfahren."

„Aber was ist mit Meggie? Sie hat doch alles mit angehört."

„Machen Sie sich Meggies wegen keine Sorgen, darum kümmere ich mich schon. Ich glaube nicht, daß sie von der ganzen Sache mehr begriffen hat, als daß Sie und Frank Streit miteinander hatten. Ich werde ihr klarmachen, daß sie jetzt, wo Frank fort ist, ihrer Mutter nur unnötig das Herz schwermachen würde, wenn sie ihr von dem Streit erzählte. Außerdem habe ich so das Gefühl, daß Meggie bei ihrer Mutter ohnehin nicht viel plaudert." Er erhob sich. „Gehen Sie schlafen, Paddy. Vergessen Sie nicht, daß Sie morgen völlig normal wirken und Mary dauernd zu Diensten sein müssen." Meggie schlief noch nicht. Mit weit geöffneten Augen lag sie im trüben Schein der kleinen Lampe neben ihrem Bett. Der Priester setzte sich zu ihr. Er sah, daß ihr Haar noch zu Zöpfen geflochten war. Sorgfältig löste er die marineblauen Schleifen und zog und strich dann sacht, bis das Haar, breit und wellig, wie geschmolzenes Metall zu beiden Seiten ihres Kopfes auf dem Kissen lag.

„Frank ist fort, Meggie", sagte er.

„Ich weiß, Pater."

„Weißt du auch, weshalb, Liebling?"

„Er hatte Streit mit Daddy."

„Was wirst du tun?"

„Ich will zu Frank. Er braucht mich."

„Das kannst du nicht, Meggie."

„Doch, ich kann. Ich wollte ihn schon heute abend suchen, aber die Beine waren mir so schwach, und wenn's draußen dunkel ist, das mag ich nicht. Aber gleich morgen früh suche ich nach ihm."

„Nein, Meggie, das darfst du nicht. Sieh mal, Frank muß sein eigenes Leben leben, und es ist Zeit, daß er fortgeht. Ich weiß, daß du ihn nicht fortlassen möchtest, aber er hat das schon lange gewollt. Du darfst nicht selbstsüchtig sein. Du mußt ihn sein eigenes Leben leben lassen." Das dauernde Wiederholen, dachte er, das wirkt. Bleib also dabei, hämmere es ihr ein. „Wenn wir erwachsen werden, ist es nur richtig und natürlich, wenn wir uns ein Leben außerhalb des Elternhauses wünschen, wenn wir unser eigenes Leben wollen. Und Frank ist jetzt erwachsen. Er muß sein eigenes Heim und eine Frau und eine Familie haben. Verstehst du das, Meggie? Der Streit zwischen deinem Daddy und Frank war nur ein Zeichen dafür, daß Frank fort wollte. Zu dem Streit ist es nicht gekommen, weil sie einander nicht mögen. Es ist dazu gekommen, weil sich das so ergibt, wenn junge Männer von zu Hause fortwollen. Es ist so eine Art Ausrede. Auch für Frank war der Streit nur eine Ausrede, um das zu tun, was er schon so lange hatte tun wollen. Das war für ihn nur ein Vorwand, um fortzugehen. Verstehst du das, meine Meggie?"

Ihr Blick glitt zu seinem Gesicht und schien dort festzuhaften. Ihre Augen wirkten erschöpft, so voller Schmerz, so alt. „Ich weiß", sagte sie, „ich weiß. Als ich noch ein kleines Mädchen war, wollte Frank schon fort, und er ging auch. Aber Daddy ließ ihn zurückbringen, und dann hat er ihn gezwungen, bei uns zu bleiben."

„Aber diesmal wird Daddy ihn nicht zurückbringen, weil er ihn nicht mehr zum Bleiben zwingen kann. Frank ist endgültig fort. Er kommt nicht zurück."

„Werde ich ihn nie wiedersehen?"

„Das weiß ich nicht", erwiderte er aufrichtig. „Natürlich würde ich gern sagen, daß du ihn wiedersehen wirst, aber in die Zukunft kann ich nicht blicken, das können auch Priester nicht." Er holte tief Luft. „Du darfst Mum nicht erzählen, daß es einen Streit gegeben hat, Meggie, hörst du? Es würde sie sehr aufregen, und sie – sie ist nicht ganz auf dem Posten."

„Weil sie wieder ein Baby bekommt?"

„Was weißt du denn davon?"

„Mum läßt gern Babys in sich wachsen, hat sie ja schon oft getan. Und sie läßt so hübsche Babys wachsen, Pater, auch wenn sie nicht ganz richtig auf dem Posten ist. Ich werde mir selbst auch eins wachsen lassen, so eins wie Hal, dann vermisse ich Frank nicht so sehr, nicht?"

„Viel Glück, Meggie. Aber wenn's dir nun nicht gelingt, eins in dir wachsen zu lassen?"

„Dann habe ich ja immer noch Hal", erwiderte sie schläfrig und kuschelte sich tiefer ins Bett. „Pater, wirst du auch weggehen? Gehst du fort?"

„Eines Tages schon, Meggie. Aber noch nicht bald, glaube ich, mach dir also keine Sorgen. Ich habe das Gefühl, daß ich noch lange, sehr lange in Gilly festsitzen werde", sagte der Priester, einen Ausdruck der Verbitterung in den Augen.

6

Es ging nicht anders, Meggie mußte wieder nach Hause kommen, Fee brauchte ihre Hilfe. Als Stu dann allein im Kloster zurückblieb, trat er in den Hungerstreik. Also holte man auch ihn wieder nach Drogheda.

Es war August und bitter kalt. Seit einem Jahr befanden sie sich nun in Australien, und ihr zweiter Winter hier war doch viel kälter, als es der erste gewesen war. Regen fiel nicht, und die Luft hatte etwas so Rauhes, daß einem beim Atmen die Lunge weh tat. Auf den Gipfeln des Great Divide, rund 500 Kilometer weiter östlich, lag der Schnee dicker als in vielen Jahren zuvor, doch westlich von Burren Junction war seit den Monsungüssen im vergangenen Sommer kein Regen gefallen. In Gilly sprachen die Leute davon, daß eine Dürre längst schon überfällig sei. Vielleicht war dies der Anfang einer solchen Periode.

Als Meggie ihre Mutter sah, überkam sie ein eigentümliches, ein bestürzendes Gefühl, als wäre da eine furchtbare Last, von der sie, das Mädchen, niedergedrückt werde. Vielleicht war dies eine Art Abschied von ihrer Kindheit, zumindest eine Ahnung dessen, was es bedeutete, eine Frau zu sein.

Von ihrem jetzt mächtigen Leib abgesehen, wirkte Fee äußerlich zwar unverändert, doch in ihr schien eine tiefgreifende Veränderung vor sich gegangen zu sein. Sie glich einem alten Uhrwerk, das, früher einmal recht präzise arbeitend, mehr und mehr ausgeleiert war, bis es nur mit allerletzter Mühe überhaupt noch in Gang blieb. Jene behende Art, sich zu bewegen, die Meggie an ihrer Mutter als so selbstverständlich empfunden hatte, schien endgültig vergangenen Zeiten anzugehören. Mühsam hob Fee beim Gehen die Füße, und man hätte meinen können, daß die Bewegungen sie nicht nur anstrengten, sondern daß sie sich ihren Ablauf jedes Mal von neuem erst wieder bewußt machen müsse. Nichts war ihr anzumerken von Vorfreude auf das Baby. Sie wirkte gleichgültig, manchmal fast apathisch.

Mühsam durchmaß sie den ewig gleichen Kreis zwischen Herd, Arbeitstisch und Spülstein. Was sie noch an Kraft besaß, wurde hiervon so vollständig aufgesogen, daß nichts davon übrigblieb, um sich eingehender um den kleinen Hal zu kümmern. Nicht nur, daß sie nichts für seine Erziehung tat, sie ließ ihn praktisch völlig unbeaufsichtigt. Und so stolperte das rothaarige Kerlchen im ganzen Haus umher, und es fiel automatisch Meggie zu, bei ihm die Mutter zu vertreten. Ein Opfer war das für sie allerdings ganz und gar nicht. Sie liebte ihn sehr, und es zeigte sich, daß er, hilfloses Geschöpf, nur zu bereit war, all jene Liebe entgegenzunehmen, die zu geben es sie jetzt drängte.

Und so war es dann Meggie, nach der er immer rief. Ihren Namen nannte er vor allen anderen, zu ihr streckte er die Arme empor, um von ihr hochgehoben zu werden. Und sie war glücklich, von tiefer Freude erfüllt. Trotz aller Plackerei – Nähen und Stricken und Stopfen, Wäschewaschen und Bügeln, Hühner füttern und noch ein Dutzend Dinge mehr – empfand Meggie ihr Leben als sehr angenehm.

Nie sprach jemand von Frank. Doch alle sechs Wochen, wenn die Post ausgerufen wurde, hob Fee den Kopf und wirkte eine Weile wie neubelebt. Etwas später erschien dann Mrs. Smith mit dem, was für die Clearys dabeigewesen war, und wenn sich wieder kein Brief von Frank darunter befand, erlosch Fees Interesse, ihre schmerzlich gespannte Erwartung.

Als sie entbunden wurde, zeigte sich, daß es diesmal gleich zwei Babys waren, Zwillingsbrüder. Sie erhielten die Namen James und Patrick und schienen ganz ihrem Vater nachschlagen zu wollen, nicht nur im Aussehen, sondern auch im Wesen. Es gab zwei Rotschöpfe mehr im Haus, und alle schlossen sie sogleich ins Herz. Nur ihre Mutter zeigte für sie kaum Interesse. Sie nährte sie zwar, gab ihre Milch, aber das war auch alles. Sehr bald gebrauchte man nur noch die Kurzformen der Namen: Jims und Patsy. Zu ganz besonderen Lieblingen wurden die Zwillinge für die Frauen im Herrenhaus, für die beiden ledigen Dienstmädchen und die verwitwete, kinderlose Haushälterin; sie waren ausgehungert nach jenem Zierlich-Kostbaren, das sich in Babys verkörperte, und Fee wurde es auf diese eigentümliche Weise leicht gemacht, das Zwillingspärchen fast zu vergessen – es hatte ja drei eifrige Mütter. Als die Jungen ein wenig älter waren, ergab es sich daher gleichsam von selbst, daß sie tagsüber hauptsächlich im Herrenhaus blieben.

Unter den Umständen war das praktisch auch die beste, wenn nicht gar die einzige Lösung. Unmöglich hätte sich Meggie noch um die beiden kümmern können. Was von ihrer Zeit übrigblieb, gehörte Hal. Er nahm sie ohnehin in Anspruch, wo er nur konnte. In seiner Welt bildete sie den Mittelpunkt. Er wollte niemanden außer Meggie, und er hatte niemanden außer Meggie.

Bluey Williams tauschte seine prachtvollen Zugpferde und seinen mächtigen Karren gegen einen Lastwagen ein, und jetzt kam die

Post alle vier Wochen, statt alle sechs, doch von Frank war nie etwas dabei, und allmählich verblichen die Erinnerungen an ihn ein wenig, so teuer sie denen, die ihn geliebt hatten und noch liebten, auch sein mochten. Bei wohl jedem von uns scheint, in einem solchen Fall, ein unbewußter seelischer Heilungsprozeß einzusetzen, auch wenn wir uns noch so sehr anstrengen, die Erinnerung an einen Menschen ungeschmälert zu bewahren. Nach und nach verblaßten Franks vertraute Züge vor Meggies innerem Auge. Was sie beim Gedanken an ihn vor sich sah, glich dem wirklichen Frank auf ähnliche Weise wie ein zwar erhabenes, doch verschwommenes Christusbild dem wirklichen Jesus. Und was Fee betraf, so fand sie jetzt, aus der eigentümlichen Entrücktheit ihres Wesens heraus, mehr und mehr zu einem anderen Menschen, dem fortan in besonderem Maße ihre Liebe galt. Das geschah so allmählich und so unauffällig, daß es niemand merkte, ausgenommen jener, auf den sich ihre Liebe jetzt richtete. Verwundern konnte das kaum, war Fee doch noch nie eine Frau gewesen, die ihre Gefühle demonstrativ bekundete.

Daß kein anderer als Stu jetzt gleichsam an Franks Stelle trat, war wohl nur folgerichtig, wenn nicht gar unausweichlich. Von all ihren Kindern ließ sich eigentlich nur von ihm behaupten, daß er ihr nachschlug. Für seinen Vater und seine Brüder bildete er, inzwischen vierzehn, ein genauso großes Rätsel wie früher Frank, doch anders als dieser rief er keine Gereiztheit, keine Feindseligkeit hervor. Ohne sich über irgend etwas zu beklagen, tat er, was man ihm sagte, und arbeitete genauso hart wie jeder sonst. Sein Haar war zwar rot, seine Haut jedoch dunkler schattiert als die seiner Brüder, mehr zum Mahagonibraun hin. Seine Augen wirkten so klar wie helles, durchsichtiges Wasser, und sie schienen tiefer blicken zu können als andere, bis ganz auf den Grund. Auch war er der einzige von Paddys Söhnen, der ein wirklich stattlicher Mann zu werden versprach. Meggie allerdings meinte, „ihr" Hal werde ihn da sicher einmal übertreffen. Im übrigen wußte nie jemand, was Stuart eigentlich dachte. Genau wie seine Mutter sprach er nur wenig und behielt seine Gedanken für sich. Er besaß die eigentümliche Fähigkeit, sich gleichsam ganz in sich zurückzuziehen, so daß ihm schließlich niemand mehr folgen konnte, wie Meggie das für sich umschrieb.

Pater Ralph drückte das anders aus. „Das ist ja nicht mehr menschlich mit dem Burschen!" hatte er voll Nachdruck erklärt, als er Stuart nach dessen Hungerstreik nach Drogheda brachte. „Hat er etwa gesagt, daß er wieder nach Hause wollte? Oder daß ihm Meggie fehlte? Kein Gedanke! Er hörte ganz einfach auf zu essen und wartete dann, bis es uns zu dämmern begann. Kein einziges Mal hat er den Mund aufgetan, um sich zu beklagen. Und als ich ihn mir schließlich vornahm und anschrie, ob er vielleicht nach Hause wolle, da lächelte er nur und nickte!"

Irgendwie erschien es allen selbstverständlich, daß Stuart nicht mit Paddy und mit seinen Brüdern zu den Koppeln hinausreiten würde, obwohl er für eine solche Arbeit jetzt eigentlich alt genug war. Und so blieb er zu Hause, um sich dort nützlich zu machen. Bei drei Babys hatten die Frauen für viele Arbeiten, Holz hacken, melken, den Gemüsegarten in Ordnung halten, einfach nicht die Zeit, und außerdem war er dort als Beschützer von Nutzen. Es konnte nicht schaden, einen Mann zur Hand zu haben, auch wenn es nur ein heranwachsender war. Seine Anwesenheit ließ darauf schließen, daß sich in der Nähe womöglich noch weitere Männer befanden. Mitunter erschienen nämlich unangemeldete Besucher.

Derbe Schuhe polterten die Holztreppe zur Hinterveranda herauf, und eine fremde Stimme fragte:

„Hallo! Missus, hätten Sie für 'n Mann vielleicht 'n bißchen was zu futtern?"

Hier im Outback gab es erstaunlich viele von ihnen: Tramps mit ihren Wanderbündeln, von Norden her kommend, von Queensland, oder vom Süden, von Victoria; Männer, die ihren Job verloren hatten oder denen eine regelmäßige Arbeit zuwider war. Sie zogen es vor, Tausende von Kilometern zu Fuß zurückzulegen auf der Suche nach irgend etwas, von dem nur sie selbst wußten, was es sein mochte. Meist handelte es sich um anständige Kerle, die plötzlich auftauchten, sich den Bauch vollschlugen und das bißchen Tee und Zucker und Mehl in ihr Wanderbündel steckten, den geringfügigen Proviant, den sie sich erbettelt hatten. Dann verschwanden sie wieder, um weiterzuziehen von Station zu Station, vielleicht in Richtung Barcoola oder auch nach Narrengang. Ihre verbeulten Eßgeschirre klapperten, ausgemergelte Hunde liefen geduckt hinter ihnen her. Solche Wanderer zwischen den Welten sah man in Australien fast ausschließlich zu Fuß.

Natürlich gab es unter ihnen auch gemeine Kerle, nicht allzu viele allerdings. Sie hielten Ausschau nach Frauen, deren Männer fort waren – auf Raub gingen sie aus, nicht auf Vergewaltigung. Und so hielt Fee in einer Ecke der Küche, wo die Babys nicht herangelangen konnten, eine geladene Flinte bereit. Tauchte ein unvermuteter Besucher auf, so blieb sie in der Nähe der Waffe, bis sie sicher war, den Unbekannten richtig eingeschätzt zu haben. Als Stuart dann sein Wächteramt im Haus antrat, war sie froh, die Flinte ihm überlassen zu können.

Nicht bei allen Besuchern handelte es sich um Tramps. Da war zum Beispiel auch der Watkins-Mann in seinem alten Ford, Modell T, der so gut wie alles mit sich führte, was irgendwer brauchen konnte, angefangen bei Pferde-Liniment bis hin zu zartduftender Seife, die denn doch ganz anders war als das hausgemachte Zeug, das Fee selbst herstellte. Auch Lavendelwasser hatte er und Eau de Cologne und alle möglichen Puder und Cremes für von der Sonne ausgedörrte Gesichter. Es gab Dinge, die man von keinem anderen gekauft hätte als von dem Watkins-Mann. Ganz überragend war seine Heilsalbe, besser als alles, was man sonst in dieser Art bekam, selbst auf das Rezept eines Arztes. Sie heilte den blutigen Riß im Fell eines Arbeitshundes ebenso sicher wie etwa ein Geschwür am Schienbein eines Menschen. Wann immer der Watkins-Mann irgendwo in einer Küche auftauchte, scharten sich die Frauen um ihn und warteten begierig darauf, daß er seinen Warenkoffer öffnete.

Aber es gab noch andere Händler. Sie kamen zwar weniger regelmäßig in die Behausungen der Stationsarbeiter, waren jedoch genauso willkommen. Von ihnen konnte man, statt der sonst gewohnten selbstgedrehten, richtige Zigaretten kaufen und auch ganz feudale Tabakpfeifen, komplette Stoffballen und sogar furchtbar verführerische Unterwäsche sowie üppig bebänderte Korsetts. Sie waren nach allem so ausgehungert, die Frauen vom Outback. Das ganze Jahr fuhren sie vielleicht ein- oder zweimal zum Einkauf in die nächste Stadt, und auch dort gab es nichts, was sich irgendwie mit den verlockenden Geschäften in Sydney vergleichen ließ, keine Spur von der neuesten Mode, keine Musterexemplare von weiblichem „Putz".

Das Leben hier, es schien fast nur aus Staub und aus Fliegen zu bestehen. Seit langem hatte es nicht mehr geregnet, nicht einmal ein kurzer Schauer war niedergegangen, der den Staub gebändigt und die Fliegen ersäuft hätte. Denn je weniger Regen, desto mehr Fliegen, desto mehr Staub.

Von jeder Zimmerdecke hingen spiralenförmig sacht sich drehende Fliegenfänger herab, klebriges Papier, das noch am selben Tag, da man es aufhängte, schwarz war von winzigen Insektenkörpern. Nahrungsmittel jeglicher Art mußten jeden Augenblick zugedeckt sein, weil sie sonst sofort zu einem Tummelplatz für wahre Fliegenmassen wurden. Keine Rettung gab es vor dem Fliegendreck, zahllose winzige Pünktchen, die, Mehltau gleich, alles befallen zu haben schienen, die Möbel, die Wände, den Kalender aus dem Gillanbone General Store.

Und dann – o Gott, der Staub! Ihm konnte man einfach nicht

entkommen, nicht diesem feinkörnigen braunen Puder, das in alles drang, selbst in festverschlossene Behälter. Alles machte er trüb, alles machte er rauh, frisch gewaschenes Haar, frisch gesäuberte Haut. In den Falten der Vorhänge und auch der Kleider setzte er sich fest. Auf Tischplatten bildete er eine Schicht, und wischte man ihn fort, so ließ er sich praktisch im Handumdrehen wieder darauf nieder. Auf den Fußböden lag er mehr oder minder fingerdick – an Schuhen und Stiefeln haftend und achtlos hereingeschleppt, vom heißen, trockenen Wind durch offene Türen und Fenster hereingeweht. Es blieb Fee gar nichts anderes übrig: sie mußte ihre Perser wieder zusammenrollen, und Stuart nagelte statt dessen das Linoleum fest, das seine Mutter in Gilly gekauft hatte.

In der Küche, wo naturgemäß immer der größte Betrieb herrschte, war der Fußboden aus Teakbrettern geradezu knochenbleich gescheuert von Drahtbürste und Schmierseife. Fee und Meggie bestreuten ihn regelmäßig mit Sägemehl, das Stuart vom Holzplatz holte, sprenkelten dann möglichst wenige Tropfen des kostbaren Wassers darauf und fegten die feuchte, scharfriechende Masse durch die Tür hinaus und über die Veranda zum Gemüsegarten hinab, wo sie dann, sich zersetzend, mitwirken konnte, Kompost zu bilden.

Doch man wurde ihn nicht los, den Staub, nicht für lange. Schließlich trocknete der Creek so weit aus, daß er nur noch eine Reihe von Wasserlöchern bildete, und jetzt konnte man von dort kein Wasser mehr hochpumpen für die Küche oder das Bad. Stuart fuhr mit dem Tanklaster hinaus zum artesischen Brunnen und kehrte mit einer vollen Wasserladung zurück, die er in einen der leeren Regentanks füllte. Die Frauen mußten sich an diese scheußliche Flüssigkeit auf Geschirr und Wäsche und Körper erst gewöhnen; im Vergleich dazu war das schlammige Creek-Wasser geradezu eine Offenbarung. Sorgfältig mußte das nach Schwefel und sonstwas riechende Zeug aus dem artesischen Brunnen vom Geschirr wieder abgewischt werden, und wenn man sich das Haar damit wusch, wurde es stumpf und rauh wie Stroh. Das wenige Regenwasser, das sie noch hatten, wurde ausschließlich zum Trinken und Kochen verwendet.

Pater Ralph beobachtete Meggie mit liebevollen Blicken. Sie bürstete Patsy den roten Lockenkopf, während Jims brav danebenstand und wartete, bis die Reihe an ihn kam. Beider Augenpaare, helles, leuchtendes Blau, waren bewundernd auf die Schwester gerichtet, die sie umsorgte wie eine kleine Mutter. Das mußte so ein angeborener Instinkt sein, überlegte der Priester, etwas, das untrennbar zur weiblichen Natur gehörte und bereits im kleinen Mädchen wirksam wurde und nicht erst in der erwachsenen Frau. Denn sonst hätte Meggie das Bürsten und Kämmen zweifellos als leidige Pflicht, als Arbeit angesehen, doch es machte ihr offenkundig viel Vergnügen.

Eine Weile sah er ihr aufmerksam zu, doch dann schienen sich seine Gedanken auf etwas anderes zu richten. Er klatschte mit der Reitpeitsche gegen seine staubigen Stiefel und blickte über die Veranda hinweg in Richtung Herrenhaus, das praktisch hinter seinen Eukalyptusbäumen und Klettergewächsen verborgen lag. Eine Frage stellte sich ihm, wieder und wieder, bohrend: Was führte sie im Schilde, die alte Spinne dort drüben, die in der Mitte ihres Netzes lauerte.

„Pater, du guckst ja gar nicht!" sagte Meggie vorwurfsvoll.

„Tut mir leid, Meggie. Ich war gerade in Gedanken." Er wandte sich wieder ihr zu. Sie hatte jetzt auch Jims' Haare gebürstet, und alle drei standen sie nun nebeneinander und sahen ihn erwartungsvoll an. Er hob die beiden Zwillinge hoch und setzte sie sich, den einen links, den anderen rechts, auf die Hüften. „Gehen wir doch eure Tante Mary besuchen, was meint ihr?"

Meggie trug seine Reitpeitsche und führte am Zügel seine Stute hinter ihm her, während er mühelos und offenbar mit Vergnügen die beiden Zwillinge hielt, über die ganze, ein bis zwei Kilometer lange Strecke. Am Kochhaus übergab er sie dann der freudestrahlenden Mrs. Smith und ging, mit Meggie an seiner Seite, den Weg zum Herrenhaus hinauf.

Mary Carson saß in ihrem Ohrensessel, von dem sie sich jetzt kaum noch wegrührte. Paddy hatte sich als tüchtig genug erwiesen, alles zu beaufsichtigen, sie konnte sich diese Mühe also ersparen.

Als der Pater mit Meggie eintrat, ihre Hand in der seinen, starrte Mary Carson das Mädchen mit einem so scharfen und funkelnden Blick an, daß dieses die Augen zu Boden schlug. Der Priester fühlte, wie sich Meggies Pulsschlag beschleunigte, und suchte sie durch einen sachten Druck seiner Finger zu beschwichtigen.

Sie knickste kurz vor ihrer Tante, murmelte etwas Unverständliches zur Begrüßung.

„Geh in die Küche, Mädchen, und trinke mit Mrs. Smith deinen Tee", sagte Mary Carson schroff.

„Warum mögen Sie sie nicht?" fragte Pater Ralph, als Meggie verschwunden war und er sich in seinem altangestammten Sessel niederließ.

„Weil Sie sie mögen", erwiderte sie.

„Na, nun hören Sie aber auf!" Doch sie hatte es tatsächlich fertiggebracht, ihn für Sekunden um Worte verlegen zu machen. „Sie ist nur so eine Art Mündel."

„Das ist es nicht, was Sie in ihr sehen, das wissen Sie so gut wie ich."

Aus seinen schönen blauen Augen traf sie ein sardonischer Blick. Jetzt fühlte er sich wieder selbstsicher. „Glauben Sie, daß ich mich an kleinen Kindern vergreife? Ich bin schließlich ein Priester."

„Zuallererst einmal sind Sie ein Mann, Ralph de Bricassart! Daß Sie ein Priester sind, gibt Ihnen nur das Gefühl, Sie seien gegen gewisse Versuchungen gefeit, das ist alles."

Er lachte, verdutzt. Heute schien sie gegen ihn die Oberhand zu behalten, als hätte sie in seinem Panzer eine Blöße entdeckt, durch die sie eindringen könne mit ihrem Spinnengift. Außerdem: War er noch der, der er vor einem Jahr, oder auch nur einem halben, gewesen war? Hatte er sich nicht geändert? Abgefunden mit dem Schicksal, das ihn nach Gillanbone verbannte? War das Feuer in ihm nicht inzwischen erloschen? Oder brannte es jetzt für anderes?

„Ich bin kein Mann", sagte er. „Ich bin ein Priester... Vielleicht ist es die Hitze, der Staub und die Fliegen... Aber ich bin kein Mann, Mary, ich bin ein Priester."

„Oh, Ralph, wie haben Sie sich doch verändert!" spottete sie. „Das kann doch nicht Kardinal de Bricassart sein, dessen Stimme ich da höre!"

„Erstens", sagte er, „glaube ich nicht, daß es möglich wäre. Und zweitens glaube ich nicht, daß ich es noch will."

Sie begann zu lachen und beobachtete ihn aufmerksam, während sie auf ihrem Sessel mit dem Oberkörper nach vorn wippte, und wieder zurück. „Wirklich nicht, Ralph? Wirklich nicht? Nun, ich werde Sie noch ein bißchen schmoren lassen, aber keine Sorge, Ihr Tag kommt schon noch. Nicht gleich, gewiß nicht. Das kann noch zwei oder auch drei Jahre dauern. Aber kommen wird er, Ihr Tag. Ich werde wie der Teufel sein und Ihnen anbieten... Genug gesagt! Aber zweifeln Sie nicht daran, daß ich dafür sorgen werde, daß Sie sich krümmen und winden. Sie sind der faszinierendste Mann, dem ich je begegnet bin. Sie schleudern uns Ihre Schönheit ins Gesicht, und Sie verachten uns dabei wegen unserer Narrheit. Aber ich werde Sie mit Hilfe Ihrer eigenen Schwächen an die Wand nageln und dafür sorgen, daß Sie sich fühlen wie eine angemalte Hure. Zweifeln Sie daran?"

Lächelnd lehnte er sich zurück. „Ich bezweifle nicht, daß Sie es versuchen werden. Allerdings glaube ich nicht, daß Sie mich so gut kennen, wie Sie meinen."

„Nein? Nun, die Zeit wird es weisen, Ralph, und nur die Zeit. Ich bin alt, mir ist nichts geblieben als eben dies – Zeit."

„Und was glauben Sie, was ich im Überfluß habe?" fragte er. „Zeit, Mary, nichts als Zeit. Zeit und Staub und Fliegen."

Am Himmel häuften sich Wolken, und Paddy begann auf Regen zu hoffen.

„Trockene Stürme", sagte Mary Carson. „Das bringt uns keinen Regen. Wir werden noch lange, sehr lange auf Regen warten müssen."

Wenn die Clearys geglaubt hatten, das australische Klima längst von seiner härtesten Seite zu kennen, so sahen sie sich jetzt eines Besseren, nein, eines Schlimmeren belehrt. Eine Dürre, vor allem eine Dürre dieses Ausmaßes, und dazu die sogenannten trockenen Stürme, das kannten sie bisher nicht. Die weiten Ebenen und der weite Himmel, jeglicher besänftigenden Feuchtigkeit beraubt, schienen sich trocken aneinander zu reiben, die mürbe Erde und die wie ausgelaugte Luft jedenfalls, und mehr und mehr staute sich auf, was sich wohl nur noch in einer ungeheuren gewaltsamen Entladung von Energie lösen konnte. Der Himmel sackte gleichsam tiefer, und es wurde so dunkel, daß Fee im Haus die Lampen anmachen mußte. Die Pferde in ihren Einzäunungen zitterten und zuckten beim leisesten Geräusch. Die Hühner hockten sich auf ihre Stange und duckten den Kopf auf die Brust. Die Hunde knurrten, kläfften, bissen einander. Die Schweine, die auf dem Abfallplatz umherschnüffelten, wühlten sich mit ihren Schnauzen in den Staub und schienen aus verdrehten Augen zu spähen. Was dort heraufdräute, erfüllte jede lebende Kreatur mit Furcht: ungeheure Wolken verschluckten die Sonne, saugten sie völlig in sich auf, und jetzt schien dort oben alles bereit, vernichtenden Gluthauch gegen die Erde zu speien.

Donner rollte, fern noch. Am Horizont zuckte es auf. Weiße Ballen blähten sich, mit harten Rändern, scharf kontrastierend zum Mitternachtsblau dahinter. Ein brüllender Sturm schaufelte Sand auf und schleuderte ihn wieder von sich fort. Wie ätzend drangen Staubkörner in Augen und Ohren und Mund. Jetzt dachte man nicht mehr daran, dies mit dem Zorn des alttestamentarischen Gottes zu vergleichen. Dies war der Zorn Jehovas, den man durchlebte. Der Donner, immer näher nun, dröhnte mit einer so ungeheuren Gewalt, daß man glauben konnte, die Erde werde zerspalten.

Und doch, nach einer Weile gewöhnten sich die Clearys, alle im Haus versammelt, ein wenig daran, zumindest faßten sie genügend Mut, sich auf die Veranda zu wagen und, über den Creek hinweg, zu den fernen Koppeln zu spähen. Vielfach gezackt zuckten Blitze herab, standen als mannigfaltig verästeltes Aderwerk für Sekundenbruchteile am Himmel, oder eher: schienen auf eine absurde und phantastische Weise Verstecken zu spielen, vor, über, hinter und zwischen Wolken und Wolkenballen.

Ein unheimliches, unirdisches Glühen breitete sich in der Luft aus, und diese Luft war nicht länger unsichtbar. Sie brannte, brannte von innen her in einem Feuer, das ein lichtes Rot und Lila und ein schwefliges Gelb war und einen eigentümlichen Duft zu verströmen schien, eine Art flüchtiges, nicht näher zu definierendes Parfüm. Die Bäume flimmerten, das rote Haar der Clearys war umkränzt von Feuerzungen, und auf ihren Armen standen steif die Härchen hoch.

Den ganzen Nachmittag über hielt das Schauspiel an, und erst gegen Sonnenuntergang verblich alles mehr und mehr, und zwar zunächst in östlicher Richtung. Sie waren gleichsam entlassen aus dem furchtbaren Bann, doch sie blieben erregt, gereizt, unbeschwichtigt. Kein einziger Tropfen Regen war gefallen. Dennoch erfüllte sie das Gefühl, gestorben zu sein, um wiedergeboren zu werden. Sie lebten, ja, sie lebten. Sie hatten diesen sonderbaren Koller der Atmosphäre, des Klimas heil überstanden. Die ganze folgende Woche sprachen sie von nichts anderem.

„Wir werden noch viel mehr bekommen", sagte Mary Carson gelangweilt.

Sie bekamen noch viel mehr. Der zweite trockene Winter brachte eine Kälte, wie man sie, ohne Schnee, nie und nimmer erwartet hätte. Nachts fror der Boden mehrere Zentimeter tief, und die Hunde kauerten zitternd in ihren Zwingern. Sie bekamen Känguruhfleisch und Fettbatzen von geschlachtetem Vieh. Das war für sie bei dieser Kälte das beste Fressen.

Bei den Clearys gab es jetzt, statt des ewigen Hammel und nochmal Hammel, endlich Rind- und Schweinefleisch, und im Haus wurde geheizt: prasselnde Feuer in Ofen und Herd. Die Männer konnten nun nachts nicht mehr so einfach auf den Koppeln bleiben, denn dort froren sie. Und so kamen sie also, wenn irgend möglich, abends nach Hause. Zu den wenigen, die Grund hatten, sich über die niedrigeren Temperaturen zu freuen, gehörten die Schafscherer, als sie diesmal zur Schur anrückten. Sie wurden mit der Arbeit schneller fertig und schwitzten nicht so fürchterlich. Um jeden der Schurstände in der großen Halle war der Fußboden in einem bestimmten Umkreis deutlich heller als im übrigen Teil. Dort hatte der Arbeitsschweiß der Scherer über einen Zeitraum von fünfzig Jahren hinweg die Bodenbretter ausgebleicht.

Die Überschwemmung schien inzwischen eine Ewigkeit her zu sein. Dennoch war es ihr zu verdanken, daß es noch Gras gab. Allerdings: es wurde immer spärlicher, auf wahrhaft bedrohliche Weise spärlicher. Tag für Tag blieb der Himmel bewölkt, und das Licht war trüb. Traurig heulte der Wind über die Koppeln hinweg und wirbelte braune Staubschleier vor sich her, und aus einiger Entfernung sah dieses Schauspiel so aus, daß man immer und immer wieder meinte, jetzt endlich sei der langersehnte Regen da, dort regne es sich ab. Durch das zerfetzte, wie aufgefaserte Staubgewölk konnte man sich tatsächlich leicht täuschen lassen.

Die Kinder bekamen Frostbeulen an den Fingern. Ihre Lippen wirkten schorfig, platzten auf, wenn sie lachten oder auch nur lächelten. Besonders an den Füßen scheuerte sich die ausgetrocknete Haut leicht blutig, und mit äußerster Behutsamkeit mußte man sich die Strümpfe ausziehen. So scharf und kalt blies der Wind, daß man draußen zu spüren meinte, wie er einem geradezu das Gesicht zerschnitt. Aber auch im Haus war man nicht wirklich geschützt, denn nach ihrer Bauweise sollten die Häuser hier möglichst jeden Hauch hindurchlassen – bei glutender Hitze gewiß eine gute und notwendige Idee. Doch jetzt führte das dazu, daß man in eiskalten Zimmern schlafen mußte. Wenn sie sich zu waschen hatten, warteten die Kinder geduldig, ob Mum nicht ein wenig heißes Wasser aus dem großen Kessel für sie erübrigte, denn sonst froren sie dabei so sehr, daß sie mit den Zähnen klapperten.

Eines Tages begann der kleine Hal zu husten. Keuchend ging sein Atem. Sein Zustand verschlimmerte sich rasch. Fee machte um seine Brust einen heißen Breiumschlag, doch das schien ihm kaum Erleichterung zu bringen. Im Laufe des Tages ging es ihm immer schlechter, und Meggie saß bei ihm und betete stumm „Vater unser, der du bist . . ." und „Gegrüßet seist du, Maria", unaufhörlich. Als dann abends um sechs Paddy kam, konnte er den keuchenden Atem des kranken Kindes schon auf der Veranda hören. Die Lippen des kleinen Hal waren blau verfärbt.

Sofort machte Paddy sich zum Herrenhaus auf, um von dort zu telefonieren. Doch der Arzt war weit entfernt, über sechzig Kilometer, und gerade auf Krankenbesuch. So erhitzten sie Schwefel und ließen den kleinen Hal die aufsteigenden Dünste vorsichtig einatmen, damit sich der Schleim löse, der ihn fast zu ersticken drohte. Doch er hatte einfach nicht die Kraft, das ihn so sehr Störende und Quälende richtig abzuhusten.

Immer blauer wurde sein Gesicht, immer krampfartiger sein Atem. Meggie saß bei ihm, hielt seinen von unbarmherzigen Stößen gefolterten Körper, betete. War sie nicht seine Mutter? Wenn sie nur eine *erwachsene* Mutter wäre, eine richtige Frau wie Fee, dann würde sie auch irgendwie die Kraft und die Macht besitzen, ihn zu heilen. Fee konnte ihn nicht heilen, weil sie nicht seine Mutter war. Verwirrt und verängstigt hielt sie den von Stößen gequälten kleinen Körper mit ihren Armen umschlungen, versuchte, dem Kleinen auf diese Weise beim Atmen zu helfen.

Der Gedanke, daß er sterben könne, kam ihr nicht, nicht einmal als Fee und Paddy beim Bett niederknieten und zu beten begannen, weil dies das einzige war, was sie noch tun konnten. Gegen Mitternacht löste Paddy dann Meggies Arm vom Körper des kleinen Hal, der jetzt sehr still lag.

Meggie öffnete hastig die Augen. Da das Kind nicht mehr keuchend und mit stoßender, krampfender Brust um Atem rang, war sie vor Erschöpfung eingeschlafen. „Daddy", sagte sie, „es geht ihm besser!"

Doch der Vater schüttelte den Kopf. Wie eingeschrumpft wirkte er, alles an Paddy erschien auf einmal alt. Im Schein der Lampe erkannte man deutlich die weißen Strähnen in seinem Haar und im wochenalten Bart. „Nein, Meggie, es geht ihm nicht besser, nicht so, wie du meinst. Aber er hat jetzt seinen Frieden. Er ist zu Gott gegangen und spürt keine Schmerzen mehr."

„Daddy meint, daß er tot ist", sagte Fee mit tonloser Stimme.

„Oh, Daddy, nein! Er kann doch nicht *tot* sein!"

Doch er war tot. Jetzt erkannte Meggie es sofort, obwohl der kleine Hal der erste Tote war, den sie in ihrem Leben sah. Nicht wie ein Kind wirkte er auf einmal, eher wie eine Puppe. Sie erhob sich und ging in die Küche, wo die Jungen, in einer Art nächtlicher Wache, um das Herdfeuer saßen. Auch Mrs. Smith war da. Auf einem harten Stuhl sitzend, behielt sie sorgfältig die winzigen Zwillinge im Auge, deren Bettchen, der Wärme halber, in die Küche gestellt worden war.

„Hal ist tot", sagte Meggie.

Stuart hob den Kopf. Sein Blick schien zurückzukehren wie aus weiter Ferne. „Es ist besser so", sagte er. „Denke an den Frieden." Als Fee in der Diele erschien, ging er sofort zu ihr. „Mum, du mußt müde sein. Komm und lege dich hin. Ich mache in deinem Zimmer den Ofen an. Komm jetzt nur, leg dich hin."

Fee folgte ihm ohne ein Wort. Bob stand auf und trat auf die Veranda hinaus. Nach einer Weile schlossen sich ihm die anderen Jungen an. Paddy blieb unsichtbar. Wo mochte er sein? Noch bei dem toten Kind.

Mrs. Smith holte den Kinderwagen von seinem Platz auf der Veranda und legte behutsam die schlafenden Zwillinge hinein. Sie blickte zu Meggie, Tränen liefen ihr über die Wangen.

„Meggie, ich gehe zum großen Haus zurück und nehme Jims und Patsy mit. Am Morgen bin ich wieder hier, aber es ist das beste, wenn die Babys fürs erste bei Minnie und Cat und mir bleiben. Sag das deiner Mutter."

Meggie setzte sich auf einen Stuhl, faltete die Hände auf dem Schoß. Hal, den sie so geliebt und umsorgt hatte, war tot. *Ihr* Hal war tot. Noch konnte sie die Wärme und den Druck des kleinen Körpers an ihrer Brust spüren, so unmittelbar wirkte jetzt die Erinnerung. Und es war furchtbar, zu wissen, daß das nie wieder so sein würde. Vier lange Jahre hatte sie ihn umhegt, hatte ihn zahllose Male in ihren Armen gehalten, und jetzt ... Sie weinte nicht. Sie war nicht mehr das Kind, das in Tränen so ohne weiteres Befreiung und Erlösung finden konnte, das sich ausweinte bei irgendeinem Kummer, um Agnes, oder wegen einer Wunde in der so leicht verletzlichen Kinderseele. Hiermit mußte sie anders fertig werden, und wirklich loswerden würde sie es nie. Hier half ihr nur jener Wille, der bei manchen sehr stark ist und bei anderen weniger. Meggies Überlebenswille war wie eine Stahltrosse, gleichermaßen biegsam und belastbar.

Als Pater Ralph zusammen mit dem Arzt eintraf, sah er sie so sitzen: sehr still, die Hände auf dem Schoß gefaltet. Sie deutete auf die Tür des Zimmers, in dem das tote Kind lag, machte jedoch keine Anstalten, den beiden Männern zu folgen. Es dauerte lange, bis der Priester Zeit fand, das zu tun, was er am liebsten sofort getan hätte, als Mary Carsons Anruf ihn im Pfarrhaus erreichte: zu Meggie zu eilen und ganz einfach für sie da zu sein. Wieviel der kleine Hal ihr bedeutet hatte, ahnte außer ihm wohl kaum jemand.

Doch zunächst blieb ihm manches andere zu tun: das Spenden der Sterbesakramente, für den Fall, daß die Seele den Körper noch nicht verlassen hatte; die Spendung von Trost und die Erteilung praktischer Ratschläge für Fee und für Paddy. Der Arzt war inzwischen wieder verschwunden, bedrückt zwar, aber doch seit langem daran gewöhnt, daß es in dem riesigen Gebiet, wo er Menschen zu betreuen hatte, häufiger zu Tragödien kam als anderswo. Allzu groß waren die Entfernungen, allzu weit entfernt waren die Patienten oft nicht nur vom Arzt, sondern auch vom

Krankenhaus und vom geschulten Pflegepersonal. Es war ein Teil des Schicksals, das diese Menschen hier auf sich genommen hatten. Auf dem Totenschein hatte er vermerkt, das Kind sei an „Krupp" gestorben, an Kehlkopfdiphterie. Als amtlicher Befund bewies diese Krankheit öfter ihren Nutzen.

Pater Ralph war jetzt soweit mit allem fertig. Paddy hatte sich inzwischen ins Schlafzimmer zurückgezogen und lag neben Fee, ihre Hand in der seinen. Keine Lampe brannte, doch unverwandt blieb ihr Blick auf die Gestalt gerichtet, die trotz der Kälte auf dem Fußboden ausgestreckt war: Stuart, der nicht von ihrer Seite wich. Im trüben Licht des nächtlichen Himmels konnte sie das Profil ihres Sohnes erkennen, das überaus klare Profil, das so sehr ihrem eigenen glich.

Bob und die anderen Jungen waren zur Tischlerwerkstatt gegangen, wo sie damit begonnen hatten, einen kleinen Sarg zu zimmern. Fünf Uhr früh: Verschlafen räkelte sich hier und dort ein Hahn, doch bis es hell wurde, brauchte es noch eine Weile.

Der Priester trat in die Küche. Noch hing um seinen Hals die purpurne Stola, er hatte ganz einfach vergessen, sie wieder abzunehmen. Er ging zum Herd, schürte das Feuer auf, legte neue Scheite hinzu. Die Lampe auf dem Tisch verbreitete einen grellen Schein, er drehte sie ein wenig herunter. Dann setzte er sich auf eine Holzbank, Meggie unmittelbar gegenüber. Er betrachtete sie. Wie sehr sie doch gewachsen zu sein schien, nicht nur körperlich. Es war, als wäre sie in Siebenmeilenstiefel geschlüpft und drohe ihn weit hinter sich zu lassen. Stärker denn je empfand er seine eigene Unzulänglichkeit, spürte noch tiefer jenen ewig nagenden Zweifel an seinem Mut. Nur: Wovor hatte er eigentlich Angst? Welche Gefahr oder Probe fürchtete er, nicht bestehen zu können? Andere Menschen flößten ihm keinen Schrecken ein, doch in ihm selbst, da war manchmal so etwas wie ein Zusammenschaudern, eine Furcht vor dem, was unversehens in ihm emportauchen zu wollen schien, Namenloses bis jetzt, noch nicht ins Bewußtsein gehoben. Meggie hingegen, achtzehn Jahre jünger als er, wirkte weit weniger anfällig, sie erschien ihm trotz ihrer Jugend gereifter als er selbst.

Nicht daß sie eine Heilige gewesen wäre, wirklich nicht. Sie war nicht einmal anders als die meisten Menschen, außer in einem Punkt: Sie besaß eine besondere Gabe – oder war es ein Fluch? –, als unabänderlich hinzunehmen, was immer auch geschehen mochte, dadurch eher noch stärker zu werden, zumindest nicht daran zugrunde zu gehen. Wie und wodurch hatte sie das gelernt? War so etwas überhaupt erlernbar?

Doch halt! Sah er das alles nicht nur in sie hinein? War dieses Bild, das er sich von ihr machte, vielleicht ausschließlich ein Produkt seiner Phantasie?

„Oh, Meggie", sagte er hilflos.

Sie sah ihn an, und etwas Eigentümliches geschah. Sie lächelte, und dieses Lächeln wuchs gleichsam aus ihrem Schmerz heraus und war so voll überflutender, voll wirklich rückhaltloser Liebe, wie es wohl nur sein konnte, weil sie, in ihrer Welt, noch nichts wußte von den Beengungen und Beschränkungen, denen eine erwachsene Frau unterlag.

Plötzlich würgte es ihn in der Kehle. Das Bewußtsein, so geliebt zu werden, erschütterte ihn tief, mehr noch, es verzehrte ihn fast und stachelte ihn auf zu einem Wunsch an jenen Gott, dessen Existenz er mitunter anzweifelte, daß der Schöpfer ihn, Ralph de Bricassart, einen anderen sein lassen möge als eben Ralph de Bricassart. War es vielleicht dies, das Namenlose, Unbekannte? O Gott, warum liebte er sie nur so sehr? Doch wie immer gab niemand ihm Antwort, und Meggie saß sehr still und lächelte ihn an.

Im Morgengrauen stand Fee auf und machte Frühstück, wobei Stuart ihr half. Dann kam Mrs. Smith mit Minnie und Cat, und die vier Frauen standen am Herd zusammen und sprachen miteinander in monotonem Flüsterton, durch gemeinsame Trauer vereint, was weder Meggie noch der Priester begriffen.

Nach dem Frühstück machte sich Meggie daran, den kleinen Sarg, den die Jungen gezimmert hatten, mit Satin auszukleiden – weißer Satin, der von einem längst aus der Mode gekommenen Abendkleid stammte. Fee hatte ihrer Tochter den Stoff wortlos in die Hände gedrückt.

Während Pater Ralph eine Art polsterndes Unterfutter im Sarg befestigte, schnitt Meggie aus dem Satinkleid die passenden Stücke zurecht und nähte sie auf der Nähmaschine zusammen. Sodann brachten beide gemeinsam mit Hilfe von Reißzwecken den weißen Satin im Sarg an. Fee zog ihrem toten Kind seinen besten Samtanzug an, kämmte ihm das Haar und legte den Körper in das weiche, nestartige Innere des Sarges, wo es nach ihr roch und nicht nach Meggie, die doch die Mutter gewesen war. Paddy schloß den Sargdeckel, weinend. Hal war das erste seiner Kinder, das er verlor.

Seit Jahren schon diente der Empfangsraum auf Drogheda als Kapelle. Am einen Ende hatte man einen Altar errichtet. Mit goldenem Stoff war er drapiert, für die Summe von eintausend Pfund von den Nonnen von St. Maria d'Urso für Mary Carson

147

bestickt und jetzt von Mrs. Smith mit Blumen geschmückt wie überhaupt der ganze Raum: mit Winterblumen aus den Gärten von Drogheda, auch späten Rosen und Wallflowers und anderem mehr. In makellos weißer Albe und schwarzer, völlig schmuckloser Kasel hielt Pater Ralph die Totenmesse.

Wie die meisten großen Outback-Stationen begrub auch Drogheda seine Toten auf eigenem Land. Der Friedhof befand sich jenseits der Gärten an den weidengesäumten Ufern des Creek. Weißgestrichenes, gußeisernes Geländer umgab ihn und zudem ein Rasenstreifen, der selbst jetzt noch grün war, denn er wurde aus den Tanks der Homestead bewässert. Hier auf diesem Friedhof lagen auch Michael Carson und sein kleiner, früh verstorbener Sohn, lagen in einem imposanten Grabgewölbe aus Marmor, das gleichsam gekrönt war von einem lebensgroßen Engel, der mit gezücktem Schwert ihre Ruhe bewachte. Doch rings um das Mausoleum gab es etwa ein Dutzend einfacher Grabstellen. Markiert wurden sie von glatten, weißen Kreuzen mit den Namen derer, die dort bestattet waren. Manche trugen nicht einmal einen Namen: ein Schafscherer war bei einer blutigen Prügelei ums Leben gekommen, ob er Verwandte hatte, wußte man nicht; für zwei oder drei Tramps war die Viehstation zur letzten Station auf dieser Erde geworden; im Erdboden einer Koppel hatte man menschliche Gebeine gefunden und hier zur Ruhe gebettet: Mann, Frau? – niemand wußte es; aber auch Michael Carsons chinesischer Koch lag hier, und über seinen irdischen Überresten stand ein zierlicher, scharlachroter Schirm mit winzigen Glöckchen, die unaufhörlich voll Trauer seinen Namen zu bimmeln schienen, *Hee Sing, Hee Sing, Hee Sing;* und dann ruhte dort auch der Viehtreiber, auf dessen Kreuz nur stand: TANKSTAND-CHARLIE, ER WAR EIN GUTER KERL; und noch mehr lagen da.

Doch für Hal, der immerhin ein Neffe der Besitzerin gewesen war, schickte sich eine solche Einfachheit nicht so ganz; und so wurde sein Sarg im Grabgewölbe auf eine Art Seitensockel gestellt, bevor man wieder fest die schöngearbeiteten Bronzetüren schloß.

Eine Zeitlang sprachen alle viel von Hal, dann erwähnten sie seinen Namen nur noch nebenbei. Meggie verschloß ihren Schmerz in sich. Vieles daran war noch von jener Verzweiflung, wie Kinder sie erleben, rätselhaft, geheimnisvoll, ins Ungeheure vergrößert. Gleichzeitig jedoch half ihr eben ihre Jugend, den Schmerz unter Alltagsereignissen gleichsam zu verschütten, ihn zumindest in seinen grenzenlos scheinenden Dimensionen zu verringern.

Was die anderen betraf . . . Von ihren Brüdern war einzig Bob wohl alt genug, um den Tod des kleinen Hal wirklich als Verlust zu empfinden. Paddy trauerte sehr um seinen dahingegangenen Sohn, doch niemand wußte, ob Fee nun Gram empfand oder nicht. Sie schien sich innerlich immer mehr von Mann und Kindern zu entfernen, schien überhaupt kaum noch irgendwelcher Gefühle fähig zu sein. Um so dankbarer war Paddy dafür, daß Stu sich so um seine Mutter kümmerte und es mit einer so überaus ernsten, fast feierlichen Zärtlichkeit tat.

Nur Paddy wußte, wie Fee ihn angeblickt hatte an jenem Tag, an dem er ohne Frank aus Gilly zurückgekommen war. Dabei war in ihren sanften grauen Augen kein bestimmtes Gefühl abzulesen gewesen, keine Klage und keine Anklage, kein Haß und auch kein Gram. Es war, als hätte sie wie eine zum Tode Verurteilte darauf gewartet, auf das Fallen des Fallbeils, das sich ja doch nicht abwenden ließ.

„Ich wußte, daß er nicht zurückkommen würde", sagte sie.

„Vielleicht kommt er zurück, wenn du ihn ausfindig machst und darum bittest", meinte Paddy.

Sie schüttelte den Kopf, gab jedoch, wie es nun einmal ihre Art war, keine weitere Erklärung. Sie kannte ihren Sohn gut genug, um zu wissen, daß er auf ein einziges Wort von ihr sofort zurückkehren würde. Doch dieses Wort durfte sie nicht aussprechen, nie. Es war besser, wenn er sich, fern von Drogheda, ein eigenes Leben aufbaute. Und wenn ihr die Tage lang und bitter erschienen, weil sie ihr das Gefühl des Versagens brachten, so mußte sie das ertragen. Paddy war nicht der Mann ihrer Wahl gewesen, und doch hätte sie sich keinen besseren Mann wünschen oder auch nur denken können. Seit fast fünfundzwanzig Jahren hatte sie alles daran gesetzt, Emotionen aus ihrem Leben zu verbannen, und sie war davon überzeugt, daß am Ende ihre Beharrlichkeit siegen würde.

In seinem ewig-endlosen Rhythmus ging das Leben weiter, und es mündete, dem Gebot und den Gesetzen dieses Landes gehorchend, gleichsam immer wieder kreisförmig in sich selbst. Im folgenden Sommer gab es Regen, keine peitschenden Monsungüsse, sondern Ausläufer davon. Und der Creek und die Tanks füllten sich auf, die durstigen Graswurzeln saugten sich voll, und der Staub schien wie weggewischt, allerdings nur für kurze Zeit. Die Männer weinten fast vor Freude. Jetzt, das wußten sie, blieb ihnen bei ihrer ohnehin harten Arbeit wenigstens das Füttern vieler Schafe erspart, die Tiere konnten wieder für sich selbst sorgen. Insgesamt hatte das Gras gerade lange genug gereicht, aber das war längst nicht auf allen Stationen im Gillanbone-Distrikt so. Es kam immer darauf an, wieviel Vieh auf wieviel Koppelgelände weidete, und das hing naturgemäß von dem jeweiligen Viehzüchter ab. Im Verhältnis zu seiner Riesengröße gab es auf Drogheda wenig Vieh, was nichts anderes bedeutete, als daß das Gras entsprechend länger reichte.

Die hektischste Zeit im „Schafskalender" bildete das Lammen mit allem, was sich daraus ergab. Wochenlang hielt es die Leute in Atem. Jedes neugeborene Lamm mußte eingefangen werden. Sein Schwanz wurde „geringt", sein Ohr „markiert". Handelte es sich zudem um ein männliches Tier, das nicht zur Zucht gebraucht wurde, so kastrierte man es. Eine schmutzige, wirklich widerliche Arbeit war das. Bis auf die Haut durchweichte das Blut ihre Kleider, denn um in der kurzen verfügbaren Zeit mit Tausenden und aber Tausenden männlicher Lämmer fertig zu werden, mußten sie sich einer bestimmten Methode bedienen. Die Hoden wurden mit den Fingern hochgequetscht, so daß sie abgebissen und auf den Boden gespuckt werden konnten. Was die Schwänze betraf, so wurden sie bei männlichen wie weiblichen Tieren mit Blechbändern beringt, genauer: abgebunden. Da der abgebundene – untere – Teil des Schwanzes nicht mehr ausreichend mit Blut versorgt wurde, fiel er nach einer Weile ab, nachdem er zuerst anschwoll und dann gleichsam vertrocknete.

Bei den Schafen handelte es sich um die besten Wollschafe der Welt, gezüchtet in solchen Mengen, wie man das in keinem anderen Land kannte, und das bei einem Mindestaufgebot menschlicher Arbeitskraft – man hätte viel mehr Leute gebrauchen können. Alles was man tat, zielte darauf ab, die höchstmögliche, ja die perfekte Wollqualität zu gewährleisten. Die Hinterseite der Schafe beispielsweise, wo die Wolle durch Exkremente und anderes verdorben war, mußte rasiert, das heißt kurzgeschoren werden. Die Wollklunkern, wie sie genannt wurden, hatte man gründlich zu beseitigen. Es handelte sich um eine relativ einfache Schurarbeit, allerdings um eine recht wenig angenehme, um einen sehr buchstäblich stinkenden Job, mit einer Fliegenplage ohnegleichen. Deshalb wurde er auch besser bezahlt. Dann gab es das, was man „dippen" nannte: das Besprühen der Tiere mit einer desinfizierenden und insektentötenden Lösung. Tausende und aber Tausende blökender, hüpfender Schafe wurden durch Laufgänge gejagt, hindurch durch sprühendes Phenyl, das sie von Zecken, Ungeziefer, Krankheitskeimen befreite. Dann das „Drenching":

Mit einer Art Riesenspritze, die den Tieren gewaltsam in die Kehle gerammt werden mußte, applizierte man ihnen Medizin, mit deren Hilfe man ihre Eingeweideparasiten bekämpfte.

Nein, die Arbeit mit den Schafen hörte niemals, niemals auf. Sie wurden geprüft und klassifiziert, von einer Koppel zur anderen getrieben, geschoren und „rasiert", gedippt und gedrencht, geschlachtet und zum Verkauf abtransportiert. Außer seinen Schafen hatte Drogheda auch noch rund tausend erstklassige Rinder, doch Schafe waren bei weitem profitabler. Daher kam in Drogheda in guten Zeiten auf jeweils ein Hektar etwas mehr als ein Schaf, was summa summarum ungefähr 125.000 Stück machte. Da es sich um Merinos handelte, wurden sie nie ihres Fleisches wegen verkauft. Waren ihre guten „Wolljahre" zu Ende, so transportierte man sie ab, und sie verwandelten sich gleichsam zum Schluß noch in Felle, Lanolin, Talg und Leim, von Nutzen nur noch für Gerbereien und Abdeckereien.

Kein Wunder daher, daß die Klassiker der sogenannten Buschliteratur für die Menschen hier viel Bedeutung besaßen. Die Clearys jedenfalls, immer schon Leseratten sondergleichen, isolierten sich geradezu von ihrer Umwelt, um sich ganz der Magie des geschriebenen Wortes hinzugeben. Allerdings: anders als in Wahine gab es hier keine Leihbücherei in der Nähe, man konnte nicht allwöchentlich einen Abstecher zur Stadt machen, um Post und Zeitungen und einen frischen Stapel Bibliotheksbücher zu holen. Zum Glück war da Pater Ralph, der in die Bresche sprang. Er plünderte die Bibliothek von Gillanbone, seine eigene und auch die Regale im Kloster. Bevor er sich recht versah, hatte er zu seiner eigenen Verwunderung so etwas wie eine Wanderbücherei in Bewegung gesetzt, die via Bluey Williams und seinen Postlaster zirkulierte – rundum durch den Busch. Blueys Wagen war stets mit Büchern beladen, zerlesenen, wenn nicht gar zerfledderten Bänden, welche die Strecke zwischen Drogheda und Bugela, Dibban-Dibban und Braich y Pwll, Cunnamutta und Each-Uisge zurücklegten, dankbar willkommen geheißen von Gemütern, die ausgehungert waren nach Abwechslung, nach Nahrung für Geist und Phantasie. Bücher mit heißgeliebten Geschichten wurden nur mit allergrößtem Widerstreben zurückgegeben, doch Pater Ralph und die Nonnen führten sorgfältig darüber Buch, welche Bände wo am längsten blieben, und dann bestellte Pater Ralph über das Nachrichtenbüro von Gillanbone jeweils weitere Exemplare, wobei sich die Kostenfrage insofern regelte, als er die jeweiligen Summen von Mary Carson übernehmen ließ: Schenkungen für die „Heilig-Kreuz-Busch-Bücher-Gesellschaft".

151

Es waren jene Zeiten, in denen ein keuscher Kuß in einem Buch gleichsam das höchste der Gefühle war, in denen keinerlei erotische Passagen die Sinne kitzelten, so daß die Demarkationslinie zwischen jenen Büchern für Erwachsene und solchen für ältere Kinder weniger scharf gezogen war. Daher brauchte es ein Mann in Paddys Alter keineswegs für unter seiner Würde zu halten, wenn ihm eben jene Bücher am besten gefielen, die auch seine Kinder am heißesten liebten: „Dot und das Känguruh", die „Billabong"-Serie über Jim und Norah und Wally, Mrs. Aeneas Gunns unsterbliches „Wir vom Niemals-Niemals". Abends in der Küche lösten sie einander ab beim Vorlesen der Gedichte von Banjo Paterson und C. J. Dennis. Gespannt verfolgten sie den abenteuerlichen Ritt, den „Der Mann vom Snowy River" bestehen mußte; oder „Der sentimentale Bursche" und seine Doreen brachten sie zum Lachen; oder sie wischten sich eine verstohlene Träne fort, die John O'Haras „Lachender Mary" galt.

Ganz besonders liebten alle „Clancy von der Überschwemmung", und ihr Lieblingspoet war „der Banjo" – Holterdiepolter-Knittelverse vielleicht, allerdings waren sie für akademische Gemüter auch nie gedacht gewesen. Aus dem Volk kommend, gingen sie wieder zum Volk, und damals gab es mehr Australier, die diese Gedichte auswendig kannten und hersagen konnten, als solche, die jene kannten, welche zum offiziellen Unterrichtsstoff gehörten: von Tennyson etwa oder von Wordsworth. Für ihre Verse hatte England als Inspiration gedient, doch was sollten, beispielsweise, „himmlisch viele Narzissen" den Clearys bedeuten, die in einem Klima lebten, wo diese wie auch manche andere Blumen gar nicht gediehen?

Die Clearys verstanden die Busch-Poeten besser als andere Leute, denn die „Überschwemmung" ereignete sich gleichsam auf ihrem Hinterhof, und auch die „wandernden Schafe" waren für sie Wirklichkeit, und zwar auf den sogenannten TSRs, den Traveling Stock Routes. Das bezeichnete Strecken, eigens für Vieh, die über weite Entfernungen hinwegführten. Eine solche offizielle TSR schlängelte sich auch nahe dem Barwon-River entlang, über freies Kronenland, wie es genannt wurde, und der wichtige Sinn des Ganzen bestand darin, daß man, über viele miteinander verbundene Stockroutes hinweg, lebendiges Vieh etwa vom einen Ende der östlichen Hälfte des Kontinents zum anderen Ende schaffen konnte, ohne auf Transportmittel angewiesen zu sein. In früheren Zeiten waren die Viehtreiber und ihre fast buchstäblich alles kahlfressenden Herden gefürchtet und verhaßt gewesen, zumal bei jenen Squattern, durch deren bestes Weideland sie zogen. Jetzt, wo es die offiziellen Stockroutes gab, war das Verhältnis zwischen Umherziehenden und Ansässigen denn doch wesentlich friedlicher, und die alten Geschichten von Viehtreibern und ihren Herden, die wie Heuschreckenschwärme über das Land herfielen, wurden immer mehr zu Legenden – waren Legenden.

Kamen die Treiber heutzutage herbeigeritten, was nicht allzu häufig geschah, so waren sie durchaus willkommen, auf ein Bier vielleicht und einen Plausch, auch eine richtige „hausgekochte" Mahlzeit. Manchmal hatten sie Frauen bei sich, die Sulkies fuhren mit bockigen alten Gäulen zwischen den sogenannten Gabeln. Schwer ramponierte Fahrzeuge waren es, und rundum baumelten daran Töpfe und Feldkessel und Flaschen, und es klapperte und rasselte, daß es nur so eine Art hatte.

Diese Frauen waren entweder die vergnügtesten, die es im ganzen Outback gab, oder aber die verdrossensten. Von Kynuna zogen sie zum Paroo, von Goondiwindi nach Gundagai, von der Katherine zum Curry. Sonderbare Frauen waren das. Nie hatten sie ein Dach über dem Kopf gekannt oder eine Kapok-Matratze unter ihren eisenharten Wirbelsäulen, und kein Mann hatte ihnen je wirklich geholfen. Sie waren so zäh und so widerstandsfähig wie das Land, das unter ihren rastlosen Füßen davonglitt. Ihre Kinder, wild wie Vögel in verdorrten Bäumen, drückten sich scheu hinter Sulky-Rädern herum oder stoben davon, um hinter Holzhaufen Deckung zu suchen, während ihre Eltern bei einer Tasse Tee ebensogern plauschten wie Bücher tauschten und dann versprachen, Hoopiron Collins oder Brumby Waters dieses und jenes auszurichten oder auch die phantastische Geschichte von dem Einwanderer und Neuling auf Gnarlunga erzählten. Und irgendwie konnte man sicher sein, daß diese wurzellosen Wanderer irgendwo auf einer Stockroute ein Grab gegraben hatten, um einen Kumpel oder ein Kind oder den Mann oder die Frau zur letzten Ruhe zu betten, unter einem unvergessenen Coolibah, der nur für jene ununterscheidbar blieb als Baum inmitten einer Wildnis von Bäumen, die nicht wußten, wie genau Herzen das Besondere und Einmalige erkennen.

Meggie kannte nicht einmal die Bedeutung eines so abgedroschenen Ausdrucks wie „aufgeklärt werden", geschweige denn, daß sie über die damit umschriebenen Dinge auch nur im entferntesten im Bilde gewesen wäre. Die Umstände hatten sich gleichsam verschworen, ihr jeden Zugang zu den sogenannten „Tatsachen des Lebens" zu versperren. Ihr Vater zog zwischen den weiblichen und den männlichen Mitgliedern der Familie eine strikte Linie. Über Zucht oder Paarung wurde in Gegenwart der Frauen nie gesprochen, auch hatte man vor ihren Augen nur voll bekleidet zu erscheinen. Bücher, die Meggie irgendeinen Hinweis hätten geben können, kamen nie nach Drogheda. Gleichaltrige Freundinnen, von denen vielleicht etwas zu erfahren gewesen wäre, besaß sie nicht. Durch die Arbeiten, die sie zu verrichten hatte, ohnehin weitgehend ans Haus gefesselt, gelangte sie nur in einem recht begrenzten Umkreis darüber hinaus. Und das, was man mit „sexuelle Aktivitäten" zu bezeichnen hätte, fand sich – erstaunlicherweise sicherlich – hier eigentlich nirgends.

Die Tiere auf der Home Paddock waren fast buchstäblich steril. Pferde züchtete Mary Carson nicht, sie kaufte sie von Martin King von Bugela, der ein Gestüt unterhielt. Falls man Hengste nicht gerade zu Zuchtzwecken brauchte, war es eine wahre Plage mit ihnen. Also gab es auf Drogheda keine. Einen Bullen hingegen gab es zwar, doch war er ein so wildes, ungebändigtes Tier, daß sein Pferch praktisch eine Verbotszone bildete, und Meggie hätte sich vor lauter Angst ohnehin nie näher herangewagt. Die Hunde wurden in Zwingern gehalten, blieben angekettet, und wenn sie sich paarten, so wurde das zur geradezu wissenschaftlich überwachten Prozedur: Paddy oder Bob paßten haarscharf auf, und zufällige Zuschauer konnte es daher kaum geben. Was die Schweine betraf, so verabscheute Meggie diese Tiere so sehr, daß sie sie nicht einmal füttern mochte. Sie zu beobachten, hätte sie sowieso nicht die Zeit gehabt. Das einzige, was ihr, wenn man es so nennen wollte, vor Augen kam, waren ihre winzigen Zwillingsbrüder. Doch Unschuld zeugt Unschuld, und Dinge und Vorgänge, die das wache Auge ganz automatisch registriert, sind für den noch unerweckten Körper und Geist ohne jegliche Bedeutung.

Kurz vor ihrem fünfzehnten Geburtstag, die Sommerhitze stieg gerade ihrem alljährlichen Gipfelpunkt entgegen, entdeckte Meggie in ihrem Höschen bräunliche Streifen. Nach ein oder zwei Tagen hörte das zwar auf, aber sechs Wochen später waren wieder Flecken da, und diesmal verwandelte sich Meggies Scham in Schrecken. Zunächst hatte sie gemeint, es handle sich um, nun ja, um Schmutz von ihrem Hinterteil, daher ihre Beschämung. Doch jetzt, beim zweiten Mal, erwiesen sich die Flecken ganz eindeutig als Blut. Woher dieses Blut kam, wußte sie nicht, doch sie nahm an, daß es irgendwie von ihrem Hinterteil stammte. Drei Tage später hörte die leichte Blutung auf, und zwei Monate lang blieb Meggie davon verschont. Daß sie ihre Höschen wusch, fiel niemandem auf, da sie ohnehin immer den Großteil der Wäsche erledigte. Die dritte Blutung war viel stärker als die beiden ersten, und sie brachte auch Schmerzen mit sich. Heimlich nahm Meggie ein paar alte Windeln, die nicht mehr für die Zwillinge verwendet wurden, und versuchte, sie sich umzubinden, unter ihrem Höschen. Sie hatte Angst, das Blut würde sonst durchdringen.

Ganz von selbst verband sich mit dem, was sie an sich erlebte, der Gedanke an den Tod. Der Tod hatte ihr Hal genommen – wie ein gespenstischer Sturm, der vernichtend hinwegfährt über das Land. Dies jetzt war anders, und es war grauenvoll, ein allmähliches, lang hinausgezogenes Verbluten, Verenden. Wie hätte sie zu Fee oder Paddy gehen können, um ihnen zu sagen, daß sie an einer widerwärtigen, unnennbaren Krankheit litt, an einer unheilbaren Krankheit? Frank wäre der einzige gewesen, dem sie ihr gequältes Herz ausgeschüttet hätte, aber er war weit, weit fort. Beim Tee hatten sich die Frauen so manches Mal über Krebs und Tumore unterhalten, über furchtbare, langdauernde Krankheiten, die bei irgendwelchen Freunden oder Verwandten zum Tode geführt hatten, und Meggie, die sich an diese Geschichten nur zu genau erinnerte, war fest davon überzeugt, daß es ein bösartiges Geschwür sein mußte, das in ihr immer weiter wucherte und sie gleichsam von innen her auffraß – und sie wollte doch nicht sterben!

Ihre Vorstellungen vom Tod und allem, was damit zusammenhing, waren recht verschwommen. Sie wußte nicht einmal, wie man es sich eigentlich zu denken hatte, jenes Leben im Jenseits. Für Meggie war die Religion eher eine Ansammlung von Gesetzen oder Geboten als etwa eine spirituelle Erfahrung.

Also konnte ihr die Religion auch nicht helfen. In ihrem tief verängstigten Gemüt bildeten all die Worte, die sie darüber gehört hatte, einen wilden Wirrwarr: was ihre Eltern sagten und die Bekannten, was Nonnen und Priester sprachen, was aus Gebeten klang. Sie wußte nicht, wie sie ihn sich zu denken hatte, den Tod und das, was danach kommen sollte. Nachts lag sie voll Schrecken wach und versuchte sich vorzustellen, was er wohl war. Ein ewiges Dunkel, oder ein Abgrund voller Flammen, über den sie hinwegspringen mußte, um zu den goldenen Gefilden auf der anderen Seite zu gelangen, oder eine Art Gewölbe, ähnlich dem Inneren einer gigantischen Kugel, wo jubelnde Chöre ertönten und durch farbige Fenster wundersames Licht einfiel.

Sehr still war sie jetzt meist, doch war diese Stille grundverschieden von Stuarts verträumter, friedvoll-ruhiger Art. Ihre Stille war eher eine Starre: das Erstarrtsein der in die Enge gejagten Kreatur vor dem grausamen, alles durchbohrenden Basiliskenblick. Sprach jemand sie überraschend an, so fuhr sie entsetzt zusammen. Hörte sie die klagenden Stimmen der Zwillinge, so wußte sie sich vor lauter Zerknirschung kaum zu lassen, weil sie sich selbst vorwarf, die Kleinen schändlich vernachlässigt zu haben. Und wann immer ihre Zeit das zuließ, lief sie zum Friedhof, zu ihrem toten Hal.

Daß in ihr eine Veränderung vor sich gegangen war, entging keinem, aber man nahm es als das, was es zu sein schien – ein Teil ihrer Entwicklung, ihres Erwachsenwerdens. Ihre innere Not verstand sie gut zu verbergen. Sie hatte ihre Lektionen beizeiten gelernt und inzwischen auch nicht wieder vergessen. Ihre Selbstbeherrschung war phänomenal, ihr Stolz kaum zu übertreffen. Niemand durfte je wissen, was in ihr vorging. Gleichgültig, was geschah, die Fassade mußte makellos bleiben. Hatte sie nicht genügend Beispiele vor Augen gehabt und hatte sie zum Teil noch? Fee und Frank und Stuart. Und sie war vom gleichen Fleisch und Blut, also war es doch Teil ihrer ererbten Natur, oder nicht?

Bei seinen häufigen Besuchen auf Drogheda gewahrte auch Pater Ralph sehr wohl die Veränderung, die in Meggie vor sich ging, und in seinen Augen handelte es sich keineswegs um etwas, das als normale Entwicklung zu akzeptieren oder gar zu wünschen war. All ihre Vitalität schien erstickt, und seine Sorge um sie wuchs und schlug um in Angst. Sollte aus ihr etwa eine zweite Fiona werden? Würde es sich auch hier vollziehen, die sinnlose Vergeudung von Kostbarem?

Ihr kleines, jetzt fast spitzes Gesicht schien nur noch aus Augen zu bestehen, und diese Augen waren gleichsam starr fixiert auf einen wie unabwendbaren, namenlosen Schrecken. Immer durchsichtiger wirkte die helle Haut, die völlig ohne Sommersprossen und wohl auch ohne Pigmente war, denn sie nahm so gut wie keine Sonnenbräune an. Wenn das so weiterging mit den immer größer werdenden Augen, dachte der Pater, dann würde Meggie eines Tages noch, gleich einer Schlange, die ihren Schwanz verschluckt, in ihren eigenen Augen verschwinden, ein kaum noch wahrnehmbares glasgraues Glänzen, das durch das Universum trieb.

Jedenfalls, so schwor er sich, muß ich herausfinden, was sie so verändert hat, was ihr so zusetzt. Ja, ich muß es herausfinden, koste es, was es wolle.

Mary Carson war in diesen Tagen schwieriger und vor allem fordernder denn je. Auf jede Minute, ja, jede Sekunde, die er im Haus der Clearys zubrachte, schien sie eifersüchtig zu sein, und es brauchte schon die unendliche Geduld eines Mannes, der sein Ziel, und sei es über noch so viele Umwege, unbeirrbar im Auge hat, um nichts spürbar werden zu lassen von jenem Aufbegehren, das manchmal denn doch recht *nachdrücklich* Platz greifen wollte. Allerdings besaß, von seiner Sorge um Meggies Wohlergehen einmal ganz abgesehen, das eigentümliche Spiel mit Mary Carson einen ganz besonderen Reiz für ihn. Er genoß es, die unverkennbare Wirkung zu beobachten, die er auf eine so giftige und gallige alte Frau ausübte. Auch an diesem Tag war das nicht anders. Mit der kalten Grausamkeit einer Katze trieb er sein verschlagenes Spiel mit dieser eingebildeten, herrischen Frau, machte sie zum Narren, ohne daß sie es richtig merkte, behielt die Oberhand über sie. Oh, wie sehr er das liebte! Und nie, nie würde die alte Spinne über ihn triumphieren!

Endlich gelang es ihm, auf leidlich diplomatische Weise von Mary Carson loszukommen. Er hielt nach Meggie Ausschau und fand sie schließlich, zu seiner leisen Verwunderung, auf dem Friedhof. Vor jenem Grabmal stand sie, das von einem bleichen, unkriegerischen Racheengel gekrönt wurde. Sie starrte empor zu dem rührselig-friedvollen Gesicht, dessen Ausdruck in krassem Gegensatz stand zu der nackten Furcht in ihren eigenen Zügen. Der mit Händen zu greifende Kontrast zwischen fühlenden Wesen und unbelebter Materie, dachte er.

Aber was suchte er, Ralph de Bricassart, eigentlich hier? Rannte aufgeregt wie eine Glucke umher, um ein verlorenes Küken wiederzufinden. Nun ja. War das wirklich seine Sache? War das nicht zunächst einmal Aufgabe der Eltern? Und hatten nicht auch *sie* als erste die Pflicht, der Sache auf den Grund zu gehen, herauszufinden, was ihre Tochter bedrückte, und dann möglichst Abhilfe zu schaffen? Doch offenbar war ihnen an ihr nichts Besonderes aufgefallen. Wieso eigentlich nicht?

Die Antwort darauf ergab sich fast von selbst. Weil Meggie ihnen nicht in dem Maße wichtig war wie ihm. Bei weitem nicht! Er konnte es nicht ertragen, sie unglücklich zu sehen. Dennoch schrak er zurück. Er war zwar ein Priester, und so kam es ihm zu, jedem zu helfen, der seine Hilfe brauchte. Doch ihm war nur allzusehr bewußt, daß er sich ihr von Mal zu Mal enger und untrennbarer verband. Eben dies lag in ihm im Widerstreit: der ganz natürliche Drang des Priesters, einem Menschen in Not zu helfen, und die Furcht, für einen anderen Menschen ebenso unentbehrlich zu werden wie dieser andere Mensch für ihn.

Als sie seine Schritte hinter sich hörte, drehte sie sich zu ihm um. Sie wartete, wortlos, und dann saßen beide nebeneinander, noch immer schweigend. Aber, dachte er, ich muß sofort zur Sache kommen, denn wenn ich ihr dafür Zeit lasse, wird sie versuchen, mir auszuweichen.

„Was ist los, Meggie?"

„Nichts, Pater."

„Das nehme ich dir nicht ab."

„Bitte, Pater, bitte! Ich *kann* es dir nicht sagen!"

„Oh, Meggie! Hast du denn so wenig Vertrauen? Du kannst mir alles sagen. Ich bin ein Priester, vergiß das nicht. Ich bin dazu da, daß man mir alles sagen kann. Hier, an diesem Ort und an dieser Stelle, vertrete ich jetzt auf Erden unseren Herrgott. Das ist mein Amt und meine Aufgabe als Priester. In seinem Namen höre ich, was mir gesagt wird, und in seinem Namen vergebe ich auch. Und, Meggie, glaube mir, es gibt nichts in Gottes Welt, das er – und in seinem Namen ich – nicht vergeben können. Du mußt mir sagen, was los ist, mein Liebes, denn wenn es jemanden gibt, der dir helfen kann, dann bin *ich* das. Solange ich lebe, werde ich versuchen, dir zu helfen, über dich zu wachen. Als so eine Art Schutzengel, wenn du willst – jedenfalls nützlicher als der dort oben aus Marmor." Er atmete tief, beugte sich dann vor. „Meggie, wenn du mich liebhast, dann *sag's* mir! Sag, was dir so zusetzt!"

Ihre Hände verkrampften sich ineinander. „Pater, ich sterbe! Ich habe Krebs!"

Zuerst überkam ihn der wilde Drang, laut aufzulachen, vor Erleichterung, vor Erlösung. Aber dann betrachtete er ihre blasse, leicht bläuliche Haut, das überaus spitze Gesicht, die dünnen Arme, und ... Nein, aus dem Nichts heraus würde Meggie so etwas kaum behaupten. Sie *mußte* irgendeinen triftigen Grund für ihre Ängste haben.

Und plötzlich spürte er, wie ihn Furcht anfiel.

„Woher willst du das wissen, teures Herz?"

Lange blieb sie stumm, und als sie dann zu sprechen begann, klang ihre Stimme so leise, daß er sich vorbeugen mußte, dicht zu Meggies Kopf, um alles zu verstehen. In unbewußter Parodie nahm er dabei die Beichtvaterhaltung ein: mit einer Hand sein Gesicht gegen ihre Augen abschirmend, das Ohr dem bekenntnisbereiten Mund des Beichtkindes zugewandt.

„Ein halbes Jahr ist es jetzt her, Pater, seit es angefangen hat. Ich habe dann solche Schmerzen im Bauch, aber nicht wie bei einem Gallenanfall, und – oh, Pater! – da läuft auch soviel Blut raus ... aus meinem Hintern!"

Er reagierte, wie er im Beichtstuhl noch nie reagiert hatte: er zuckte unwillkürlich zurück. Dann starrte er auf ihren in Scham gesenkten Kopf, und die Empfindungen, die ihn ganz buchstäblich durchjagten, bildeten ein so wirres Gemisch, daß er seine Fassung nicht so rasch wiedergewann.

Da war eine unendliche Erleichterung, die ihn erfüllte, und ein so riesengroßer Zorn auf Fee, er hätte sie töten können, und eine tiefe Bewunderung für dieses Mädchen, das eine solche Last so tapfer getragen hatte. Und schließlich und endlich das alles durchdringende Gefühl von Peinlichkeit.

Denn er war genauso ein Kind und ein Gefangener seiner Zeit wie sie. In allen Städten, die er als Priester kennengelernt hatte – von Dublin bis Gillanbone –, waren Frauen von jenem billigen Schlag gewesen, die zur Beichte kamen, um ihm, dem Priester, ihre wilden Phantasien zuzuflüstern, die sie als tatsächliche Ereignisse ausgaben. Diesen Frauen ging es nur darum, ihn als Mann zu erregen. Und sie wußten doch, daß eben dies nicht in ihrer Macht stand. Was sie ihm erzählten, spottete oft jeder Beschreibung. Da waren Geschichten von Männern, von denen sie angeblich mißbraucht worden waren, nicht nur als Frauen schlechthin, sondern sozusagen in jedem Winkel ihres Körpers. Da gab es Schilderungen von verbotenen Spielen mit anderen Frauen, von wilder Wollust und von Ehebruch, und ein- oder zweimal auch zu höchster Raffinesse gesteigerte, sehr detaillierte Beschreibungen von sexuellen Verhältnissen mit Priestern, gleichsam der Gipfelpunkt dieser Art von erotischen Phantasien.

Ungerührt hatte er zugehört, und wenn er überhaupt etwas dabei empfand, so einen Hauch von Verachtung, gemischt mit Übelkeit. Schließlich war er im Seminar auf dergleichen vorbereitet worden, und Lektionen solcher Art brauchte man einem Mann wie ihm nicht erst lange einzubleuen. Doch keine einzige dieser Frauen und kein einziges dieser Mädchen hatte jemals jenen Vorgang in ihrem Körper erwähnt, der sie vom anderen Geschlecht so unverkennbar unterschied – und wohl auch irgendwie erniedrigte. So konnte es kaum wundernehmen, daß sein Gesicht zu glühen begonnen hatte. Er drehte den Kopf zur Seite, von Meggie fort – Pater de Bricassart durchlebte die Peinlichkeit seines ersten, und dabei sozusagen schrankenlosen Errötens, und mußte damit erst einmal fertig werden.

Meggie half er damit allerdings nicht, das war ihm nur zu klar. Und als die brennende Röte abgeklungen zu sein schien, stand er auf, hob Meggie hoch und setzte sie auf einen flachen Marmorsokkel, so daß ihr und sein Gesicht sich in gleicher Höhe befanden.

„Meggie, sieh mich an. Nein – *sieh* mich an!"

Sie hob den gehetzten Blick und sah, daß er lächelte. Sofort spürte sie eine ungeheure Erleichterung. So würde er niemals lächeln, wenn er fürchtete, daß sie sterben mußte. Wieviel sie ihm bedeutete, wußte sie ja. Er hatte es ihr oft gezeigt.

„Meggie, du stirbst nicht, und du hast keinen Krebs. Eigentlich ist es wohl nicht meine Sache, dir zu erklären, was es damit auf sich hat, aber es ist wohl besser, wenn ich es tue. Deine Mutter hätte es dir schon vor Jahren sagen und dich vorbereiten müssen. Warum sie es nicht getan hat, begreife ich einfach nicht."

Er blickte zu dem Marmorengel und lachte leise. „Lieber Heiland! Was du mir nicht so alles aufträgst!" Dann, wieder Meggie zugewandt: „Wenn du einmal älter sein wirst und mehr Lebenserfahrung besitzt, wird dir die Erinnerung an den heutigen Tag vielleicht einen Augenblick peinlich sein. Doch ein solches Gefühl – etwa gar Scham – solltest du nie damit verbinden. Es gibt nichts, überhaupt nichts, was für dich peinlich oder beschämend sein müßte. Hierbei – wie bei allem, was ich tue – bin ich nur ein Werkzeug unseres Herrgotts. Das ist meine einzige Funktion auf dieser Erde, und eine andere kann es für mich auch nicht geben. Du warst sehr verängstigt, du brauchtest Hilfe, und diese Hilfe hat dir der Herrgott in meiner Person geschickt. Einzig daran erinnere dich, Meggie. Ich bin ein Priester unseres Herrn, und ich spreche in seinem Namen.

Was bei dir geschieht, Meggie, geschieht bei allen Frauen. Einmal im Monat scheidest du für mehrere Tage Blut aus. Das beginnt meist, wenn ein Mädchen so zwölf oder dreizehn Jahre alt ist. Wie alt bist du denn – bist du überhaupt schon so alt?"

„Ich bin fünfzehn, Pater."

„Fünfzehn? Du?" Er schüttelte den Kopf, schien ihr nicht recht zu glauben. „Nun ja, wenn du's sagst, muß es ja so sein. Aber dann hat das bei dir später angefangen als bei den meisten Mädchen. Und das geht so weiter, jeden Monat, bis du ungefähr fünfzig Jahre alt bist. Bei manchen Frauen kommt es mit der gleichen Regelmäßigkeit, mit der der Mond zu- und abnimmt, bei anderen ist es ziemlich unregelmäßig. Für einige Frauen ist es überhaupt nicht mit Schmerzen verbunden, andere leiden sehr stark darunter. Wie es kommt, daß es da solche Unterschiede gibt, weiß niemand. Jedenfalls ist es ein Zeichen dafür, daß du reif bist, wenn du jeden Monat Blut ausscheidest. Weißt du, was ‚reif' bedeutet?"

„Natürlich, Pater! Es bedeutet, daß ich erwachsen bin."

„Gut, Meggie, gut. Und solange du Blutungen bekommst, kannst du auch Kinder haben. Die Blutungen gehören mit zu dem, was man den Kreis der Zeugung nennen kann. Es heißt, daß Eva in den Tagen vor dem Sündenfall nicht menstruierte. Das richtige Wort dafür ist Menstruation, das Zeitwort ist menstruieren. Aber als Adam und Eva das Paradies verlassen mußten, strafte der Herr das Weib mehr als den Mann, weil eigentlich sie die Schuld daran trug, daß beide sündig geworden waren. Sie hatte den Mann in Versuchung geführt. Erinnerst du dich noch an die Worte aus der Bibelstunde? ‚Unter Schmerzen sollst du Kinder gebären.‘ Damit meinte Gott, daß alles, was mit Kindern zu tun hat, für eine Frau mit Schmerzen verbunden ist. Große Freude, aber auch großer Schmerz. Das ist dein Los, Meggie, und du mußt es akzeptieren.“

Meggie wußte es nicht und konnte es nicht wissen: Auf genau die gleiche Weise hätte er auch anderen seiner Pfarrkinder versucht zu helfen und ihnen Trost und Zuspruch zu gewähren, wenn auch gewiß in geringerem Maße persönlich beteiligt. Stets zeigte er sich dabei überaus freundlich, doch nie identifizierte er sich mit den Problemen und Nöten, und das war wohl nur gut so, denn um so wirksamer konnten die Hilfe und der Trost sein, die er zu geben versuchte. Es handelte sich um eine Haltung, die er ganz unbewußt einnahm, und nie hatte einer der Hilfesuchenden bei ihm das Gefühl, von oben herab angesehen und wegen seiner Schwäche verurteilt zu werden. Bei vielen Priestern war das anders. Bei ihnen kamen sich die Gläubigen unwürdig und wertlos, wenn nicht gar viehisch vor. Er hingegen vermittelte den Menschen das Gefühl, daß auch ihm Probleme und innere Kämpfe nicht fremd waren. Und mochten solche Probleme und solche Kämpfe oft auch sonderbar und rätselhaft erscheinen, so empfand sie doch jeder, der sie durchlebte, als nur allzu *wirklich*.

Was Meggie betraf, so sprach er mit ihr, wie Frank früher mit ihr gesprochen hatte: wie zu seinesgleichen. Doch er war älter, erfahrener und weitaus gebildeter als Frank, als Vertrauter daher noch besser geeignet. Wie schön seine Stimme doch klang, makelloses Englisch, durch das dennoch ein Hauch irischer Mundart gleichsam hindurchschimmerte. Alle Ängste und alle Beklemmungen wischte sie fort.

Meggie war jung, und so konnte es nicht verwundern, daß sie jetzt ganz ihrer Wißbegier nachgab, daß sie jetzt viele, wenn nicht alle ungeklärten Fragen beantwortet haben wollte. Er war ihr Freund, ihr angebetetes Idol, die neue Sonne an ihrem Firmament.

„Warum, Pater, hast du gesagt, daß nicht du, sondern Mum mir das eigentlich hätte erzählen müssen?“

„Nun, es ist eine Sache, die Frauen im allgemeinen unter sich besprechen. Von Menstruation oder Periode spricht eine Frau nun einmal nicht in Gegenwart von Männern oder Jungen.“

„Warum nicht?“

Er schüttelte den Kopf und lachte. „Um aufrichtig zu sein, ich weiß es wirklich nicht. Ich wünschte sogar, es wäre anders. Aber es ist nun einmal so, glaub mir. *Nie* darfst du zu jemandem davon sprechen, außer zu deiner Mutter. Und ihr solltest du nicht sagen, daß du mit mir darüber gesprochen hast."

„Gut, Pater, ich sag' ihr nichts davon."

Verflixt schwierig, diese Rolle, die er da hatte übernehmen müssen. So vieles wollte genau bedacht sein! „Meggie, du mußt nach Hause gehen und deiner Mutter sagen, daß bei dir Blut gekommen ist, und sie bitten, dir zu zeigen, was man dann macht."

„Bei *Mum* ist es auch so?"

„Bei allen gesunden Frauen ist das so. Nur wenn sie ein Baby erwarten, hört es auf. Bis sie das Baby dann zur Welt gebracht haben. Weil es aufhört, wissen sie, wann sie ein Baby erwarten."

„Und *warum* hört es auf, wenn sie ein Baby erwarten?"

„Ich weiß es nicht, Meggie, wirklich nicht. Tut mir leid."

„Und warum kommt das Blut aus meinem Hintern, Pater?"

Er sandte einen Blick zum Marmorengel empor, den dieser jedoch recht gelassen erwiderte. Frauenprobleme fielen nicht in sein Ressort. Was Pater Ralph betraf, so schien ihm sein Kragen jetzt ein wenig eng zu werden. Wie hartnäckig Meggie sein konnte, sie, die sonst doch immer so zurückhaltend war! Allerdings begriff er durchaus, daß er für sie gleichsam den Born all jenen Wissens darstellte, für das sie sonst niemanden und kein Buch, keinen Menschen und kein Buch. Kein Gefühl der Peinlichkeit oder der Verlegenheit durfte jetzt aufkommen, sonst würde sie sich in sich selbst zurückziehen und ihn nie wieder etwas fragen.

So antwortete er geduldig: „Es kommt nicht aus deinem Hinterteil, Meggie. Es gibt da, vor deinem Hinterteil, so etwas wie einen verborgenen Korridor, der mit Kindern zu tun hat."

„Oh – wo sie rauskommen, ja? Das habe ich schon immer wissen wollen."

Er lächelte breit und hob sie vom Marmorsockel herab. „Nun weißt du's. Und weißt du auch, wie Babys zustande kommen."

„O ja", sagte sie mit Nachdruck und voll Stolz, weil auch sie endlich etwas wußte. „Sie wachsen einem."

„Und wie kommt es dazu?"

„Weil man sie sich wünscht."

„Wer hat dir das gesagt?"

„Niemand. Das habe ich mir selbst überlegt."

Pater Ralph schloß die Augen. Niemand, dachte er, würde ihn wohl einen Feigling nennen können, weil er die Sache von diesem Punkt an auf sich beruhen ließ. Er konnte mit Meggie zwar Mitleid haben, aber weiterhelfen, nein, weiterhelfen konnte er ihr nicht. Genug war genug.

7

Mary Carsons zweiundsiebzigster Geburtstag stand bevor, und sie gedachte, die größte Party zu geben, die Drogheda seit fünfzig Jahren gesehen hatte. Ihr Geburtstag fiel in die erste Novemberwoche, in der es zwar heiß war, jedoch noch erträglich heiß – zumindest für die Einheimischen von Gillanbone.

„Bedenken Sie nur, Mrs. Smith!" flüsterte Minnie. „Bedenken Sie nur! Am dritten November ist sie geboren!"

„Worauf wollen Sie denn diesmal hinaus, Min?" fragte die Haushälterin. Minnies keltische Geheimnistuerei ging ihr denn doch auf die guten und stabilen englischen Nerven.

„Nun, sie ist also eine Skorpion-Frau, oder etwa nicht? Eine Skorpion-Frau – *na!*"

„Ich habe nicht die leiseste Idee, wovon Sie reden, Min!"

„Das schlechteste, das *aller*schlechteste Tierkreiszeichen, in dem eine Frau geboren sein kann, liebe Mrs. Smith. Oh, sie sind die Kinder des Teufels, ja, das sind sie!" sagte Cat mit fast tellergroßen Augen und bekreuzigte sich hastig.

„Also wirklich, Minnie und Cat, das ist ja wohl die Höhe mit euch!" meinte die Haushälterin, von irischem Aberglauben offenbar wenig beeindruckt.

Doch die prickelnde Erregung stieg; und stieg immer höher. Die alte Spinne in ihrem Ohrenstuhl saß genau in der Mitte ihres Netzes und erteilte Befehle, einen endlosen Strom. Dies mußte getan werden, und jenes mußte getan werden; das und das war aus Lagerräumen zu holen oder in Lagerräume zu bringen. Die beiden irischen Dienstmädchen polierten das Silber auf Hochglanz und spülten das beste Haviland-Porzellan. Und sie verwandelten die Kapelle wieder in einen Empfangsraum zurück und bereiteten auch die benachbarten Speisezimmer vor.

Stuart und eine Gruppe von Hilfsarbeitern mähten den Rasen, jäteten die Blumenbeete, streuten feuchtes Sägemehl auf die Verandas (um den Staub zwischen den spanischen Fliesen zu entfernen) und Kreide auf den Fußboden des Empfangsraums, damit man dort tanzen konnte. Aus Sydney, dem fernen Sydney, sollte eigens die Band von Clarence O'Toole kommen, um bei der Party aufzuspielen. Außerdem wurden von dort angeliefert: Garnelen und Austern, Krebse und Hummern. Als Aushilfskräfte engagierte man eine Reihe von Frauen aus Gilly. Der gesamte Distrikt, von Rudna Hunish bis Inishmurray bis Bugela bis Narrengang, war wie in Gärung.

In den marmornen Gängen hallte es wider von sonst unbekannten Geräuschen und Lauten. Alle möglichen Dinge wurden umhertransportiert, und man rief einander Anweisungen zu. Währenddessen setzte sich Mary Carson von ihrem Ohrensessel an ihren Schreibtisch. Sie zog ein Blatt Pergamentpapier hervor, tauchte ihren Federhalter ins Tintenfaß und begann zu schreiben. Es gab nicht das geringste Zögern oder Innehalten, nicht einmal, wenn sie ein Komma setzen mußte. In den vergangen fünf Jahren hatte sie in ihrem Kopf jede, auch die komplizierteste, Formulierung so weit ausgearbeitet, bis sie mit ihr Wort für Wort zufrieden war. Jetzt dauerte es nicht sehr lange, bis sie alles niedergeschrieben hatte: auf insgesamt zwei Bogen Papier, davon der eine nur zu drei Vierteln voll. Als sie fertig war, blieb sie noch am Schreibtisch sitzen, der bei einem der großen Fenster stand, so daß sie nur den Kopf zu wenden brauchte, um hinauszublicken über den Rasen. Und eben das tat sie jetzt, weil sie ein Lachen hörte. Müßig drehte sie den Kopf und erstarrte dann vor Zorn. Gott *verdamme* ihn und seine Leidenschaft!

Pater Ralph hatte Meggie Reitunterricht gegeben: Bis er sie dazu aufforderte, hatte sie noch nie auf einem Pferd gesessen. Das war bei armen Landfamilien in der Regel so. Die Töchter konnten zwar mit Fuhrwerken und Pferdegespannen umgehen, auch Traktoren und manchmal sogar Autos fahren, aber daß sie ritten, kam nur selten vor. Das war ein Zeitvertreib für reiche junge Frauen, die sich dergleichen leisten konnten.

Als Pater Ralph die halbhohen Zugstiefel und die Twill-Reithose, die er aus Gilly mitgebracht hatte, bei den Clearys auf den Küchentisch legte, blickte Paddy von dem Buch hoch, in dem er (es war nach dem Abendessen) gerade las.

„Nanu, was haben Sie denn da, Pater?" fragte er mit leiser Verwunderung.

„Reitkleidung für Meggie."

„Was!?" rief Paddy mit dröhnender Stimme.

„Was!?" sagte Meggie mit einem Quiekser.

„Reitkleider für Meggie, ja. In aller Aufrichtigkeit, Paddy – Sie sind ein ausgemachter Idiot! Eines Tages werden Sie die größte und reichste Station in ganz Neusüdwales erben, aber daran, Ihre Tochter mal auf ein Pferd zu setzen, denken Sie nicht! Wie, glauben Sie, soll Meggie ihren Platz an der Seite einer Miß Carmichael, einer Miß Hopeton und einer Mrs. Anthony King einnehmen, die doch alle ausgesprochene Reiterinnen sind? Meggie muß reiten lernen, und zwar sowohl auf einem Damen- als auch auf einem ganz normalen Herrensattel, hören Sie? Da Sie sicher keine Zeit dafür haben, werde ich ihr Unterricht geben, jede Woche ein paar Stunden. Für die wenigen Augenblicke kann Fee schon mal ohne Meggies Hilfe im Haus auskommen. Keine Widerrede, es ist beschlossene Sache."

Paddy dachte gar nicht an Widerrede. Sich mit einem Priester zu streiten war ihm unmöglich. Also lernte Meggie reiten. Seit Jahren hatte sie sich nach einer solchen Gelegenheit gesehnt, hatte deshalb sogar einmal ihren Vater gefragt. Doch Paddy vergaß das sofort, und sie fragte ihn nie wieder. Seine Reaktion war für sie gleichbedeutend mit einem Nein.

Daß dann Pater Ralph ihr das Reiten beibrachte, erfüllte sie mit einer tiefen Freude, von der sie sich jedoch nichts anmerken ließ. Denn inzwischen war er für sie zu einem ganz besonderen Idol geworden, zum Objekt einer backfischhaften Schwärmerei. Sie himmelte ihn an; träumte davon, in seinen Armen zu liegen und von ihm geküßt zu werden. Doch weiter gingen ihre Träume nicht, weil sie nicht wußte, was danach kam, ja, daß überhaupt etwas danach kam.

Natürlich, soviel begriff sie wohl, war es nicht recht von ihr, so etwas von einem Priester zu träumen. Aber diese Träume, sie kamen und ließen sich nicht vertreiben. Und so konnte sie nur eines tun: sich um nichts auf der Welt etwas von ihren so ungehorsamen Gefühlen anmerken lassen.

Durch das hohe Fenster, an dem ihr Schreibtisch stand, beobachtete Mary Carson aufmerksam den Priester und das Mädchen, die jetzt in Richtung des Stalls gingen, wo die beiden Vollblüter untergebracht waren, die Mary Carson als Reitpferde hielt; nicht für sich, sondern – ursprünglich jedenfalls – ausschließlich für Pater Ralph. Nur daß er ihr dann eines Tages mit der Frage gekommen war, ob er nicht auch Meggie auf den Tieren reiten lassen könne. Abschlagen konnte sie ihm diese Bitte ja nicht gut. Das Mädchen war ihre Nichte, und außerdem hatte er recht: Leidlich reiten sollte sie schon können.

Doch die Sache war Mary Carson zuwider, tief zuwider. Nur zu gern hätte sie den Pater mit seiner Bitte abblitzen lassen; oder hätte doch wenigstens dabeisein mögen, wenn die beiden ausritten. Aber ihre alten Knochen taugten nicht mehr für einen Sattel, da war einfach nichts zu wollen.

Es erbitterte sie, die beiden so zu sehen: Dort drüben gingen sie jetzt, in Reitkleidung; er in hohen Stiefeln, Breeches und weißem Hemd – elegant und anmutig wie ein Tänzer; sie in halbhohen

Stiefeln und sogenannten Jodhpurs – schlank, von knabenhafter Schönheit. Was zwischen ihnen bestand, war – allem Anschein nach – ein völlig unbeschwertes Freundschaftsverhältnis. Wie, dachte Mary Carson zum millionsten Mal, kam es nur, daß außer ihr niemand etwas gegen die engen, fast schon intimen Beziehungen zwischen den beiden einzuwenden hatte? Paddy fand's wundervoll, Fee (Stück Holz, das sie war) schwieg, wie gewöhnlich, und die Jungen sahen in den beiden offenbar so etwas wie ein Geschwisterpaar. Niemand schien zu erkennen, was sie, Mary Carson, geradezu überdeutlich zu sehen meinte. Wie kam das nur? Lag es daran, daß sie ja selbst Ralph de Bricassart liebte? Oder bildete sie sich das Ganze vielleicht nur ein, und es gab da nichts weiter als eine schlichte Freundschaft zwischen einem Mann Mitte dreißig und einem jungen Mädchen, das erst im Begriff stand, eine Frau zu werden? Unsinn! Wohl kein Mann in diesem Alter würde blind sein für die erblühende Rose, nicht einmal Ralph de Bricassart. Nicht einmal Ralph de Bricassart? Hah! Vor allem nicht Ralph de Bricassart! Dem Mann entging doch nie etwas.

Ihre Hände zitterten. Vom Federhalter klecksten dunkelblaue Tropfen auf das beschriebene Papier. Sie zog einen frischen Bogen hervor, dann einen zweiten, schrieb das Ganze noch einmal – genauso sicher und genauso ohne Zögern wie zuvor. Dann stand sie auf und bewegte sich schwerfällig zur Tür.

„Minnie! Minnie!" rief sie.

„Allmächtiger, sie ist's!" klang die Stimme des Dienstmädchens vom Empfangsraum her. Sekunden später schob sich das alterslose, sommersprossige Gesicht um die Tür herum. „Und was kann ich wohl für Sie tun, liebe Mrs. Carson?" fragte sie, insgeheim darüber verwundert, daß die alte Frau nicht nach Mrs. Smith geläutet hatte, denn das pflegte sie sonst zu tun.

„Suchen Sie den Zaunmacher und Tom. Und schicken sie beide sofort zu mir."

„Sollte ich's nicht lieber erst Mrs. Smith melden?"

„Nein! Tu, was ich dir sage, Mädchen!"

Tom, der Gartenarbeiter, war schon ein ziemlich alter, verschrumpft wirkender Mann. Ursprünglich mit Wanderbündel und Eßgeschirr unentwegt auf Walze, hatte er vor nunmehr siebzehn Jahren auf Drogheda „schnell mal" einen Job angenommen – und sich dann nicht mehr von den Gärten trennen können. Der Zaunmacher, wie alle seines Schlages ein ruheloser Typ, war normalerweise damit beschäftigt, auf den Koppeln den Draht zwischen den Pfählen straffzuziehen, eine wahre Sisyphosarbeit. Jetzt hatte man ihn zurückbeordert, damit er, der großen Party wegen, die weißen Zäune überall um das Haus und auf der Home Paddock gründlich instand setze.

Die beiden Männer erschienen, in Arbeitshosen, Flanellunterhemden, Hosenträger darüber. Beklommen drehten sie ihre Hüte in den Händen.

„Könnt ihr beide schreiben?" fragte Mary Carson.

Sie nickten, schluckten dann.

„Gut. Ich möchte, daß ihr dabeiseid, wenn ich dieses Papier hier unterzeichne. Direkt unter meine Unterschrift müßt ihr dann eure Namen und eure Adressen schreiben. Habt ihr verstanden?"

Sie nickten.

„Schreibt eure Namen so, wie ihr das immer tut. Eure ständige Adresse bitte möglichst deutlich, am besten in Druckschrift. Mir genügt auch, wenn's irgendein Postamt mit dem Vermerk ‚postlagernd' ist. Hauptsache, man kann euch auf diese Weise erreichen."

Aufmerksam beobachteten die Männer, wie sie ihre Unterschrift auf das Papier setzte. Dann trat Tom vor und begann, mühsam zu schreiben. Ihm folgte der Zaunmacher. „Chas. Hawkins", schrieb er in großen, runden Buchstaben und nannte dann eine Adresse in Sydney. Mary Carson ließ die beiden Männer nicht aus den Augen. Als sie fertig waren, gab sie jedem eine abgegriffene rote Zehnpfundnote und entließ sie dann – nicht ohne die scharfe Ermahnung, über die Angelegenheit ja den Mund zu halten.

Meggie und der Priester waren inzwischen natürlich längst verschwunden. Mary Carson setzte sich schwerfällig wieder an den Schreibtisch, nahm einen frischen Bogen Papier und begann abermals zu schreiben. Doch diesmal flossen ihr die Worte bei weitem nicht so leicht aus der Feder wie zuvor. Immer wieder hielt sie inne und überlegte, die Lippen gespreizt wie in einem lautlosen Lachen. Offenbar hatte sie viel mitzuteilen, sehr viel, denn sie schrieb engzeilig, und die Worte drängten dicht nacheinander. Als sie fertig war, las sie sich das zuletzt Geschriebene noch einmal durch, schob alle Blätter zusammen, faltete sie und steckte sie in einen Umschlag, den sie mit rotem Wachs siegelte.

Nur Paddy, Fee, Bob, Jack und Meggie gingen zur Party. Hughie und Stuart sollten zu Hause bleiben, um auf die beiden Kleinen aufzupassen (und waren darüber recht erleichtert, wovon sie sich jedoch nichts anmerken ließen). Da Mary Carson aus Anlaß der Party ausnahmsweise ihre Geldbörse ein wenig geöffnet hatte, war auch für die Familie etwas abgefallen. Alle trugen neue Kleider – das Beste, was Gilly zu bieten hatte.

Paddy, Bob und Jack fühlten sich wie eingezwängt in eine Rüstung. Sie trugen Hemden mit gestärkter Brust und gestärkten Kragen, dazu eine Frackschleife und außerdem – natürlich – einen Frack mit solch langen Frackschößen, eine entsprechende Hose, beides schwarz, und zudem eine weiße Weste.

Meggie und ihre Mutter trugen lange Abendkleider.

Fees Kleid, aus Krepp, war von auffallend tiefem, sattem Blaugrau. Es stand ihr ausgezeichnet. Wie in sanften Wellen fiel es bis zum Boden hinab. Der Ausschnitt war großzügig. Die Ärmel, sehr eng anliegend, reichten bis zu den Handgelenken und waren üppig mit Perlchen besetzt, ähnlich dem Stil, wie man ihn von Queen Mary her kannte. Auch ihr Haar trug Fee ähnlich wie die Königin, hohe Frisur mit zurückgekämmten weichen Haarrollen. Im Geschäft in Gilly hatte man auch eine enge Perlenkette und entsprechende Ohrringe aufgetrieben. Daß es sich um unechten Schmuck handelte, sah man nur, wenn man ihn aus nächster Entfernung sehr genau betrachtete. Vervollständigt wurde die Ausstattung durch einen Fächer aus prachtvollen Straußenfedern, die genauso gefärbt waren wie das Kleid.

Als Fee und Paddy aus ihrem Zimmer kamen, starrten die Jungen fassungslos. Noch nie hatten sie ihre Eltern so stattlich gesehen, aber auch noch nie so fremdartig. Paddy wirkte zwar keineswegs jünger, als er war, nämlich einundsechzig, doch bot er eine ausgezeichnete, überaus würdevolle Erscheinung, etwa wie ein Diplomat. Fee hingegen sah man ihre achtundvierzig Jahre auf gar keinen Fall an, sie wirkte mindestens zehn Jahre jünger: schön, voller Leben, mit einem bezaubernden Lächeln. Jims und Patsy heulten vor lauter Verzweiflung los. Das sollten Mum und Daddy sein? Aber die waren ja so ganz anders als sonst, zum Fürchten! Also gab es erst einmal eine gehörige Verwirrung, und alle fremdartige Würde schwand dahin. Mum und Daddy benahmen sich wie immer, und bald strahlten die Zwillinge vor Bewunderung.

Doch das größte Aufsehen rief Meggie hervor. Sie wurde von allen am längsten angestarrt. Die Schneiderin in Gilly schien in ihr Kleid gewissermaßen ihre ganze Seele gelegt zu haben, aus welchem Grund auch immer. Vielleicht hatte sie sich an ihre eigene Jugend erinnert, vielleicht auch war sie darüber erzürnt, daß die anderen zur Party eingeladenen jungen Damen sich ihre Kleider aus Sydney kommen ließen. Jedenfalls hatte die Schneiderin so etwas wie ihr Meisterwerk geschaffen.

Es war ein ärmelloses Kleid mit einem ganz erstaunlich tiefen Ausschnitt, vor allem, wenn man bedachte, daß man sich hier ja nicht in Sydney befand. Was bei Fee, innerhalb strikter Grenzen, großzügig wirkte als Dekolleté, bei Meggie *war* es großzügig, und so hatte Fee da denn zunächst auch ihre Zweifel gehabt. Doch sie, wie auch Meggie, waren von der Schneiderin beschwichtigt worden: Ja, auch die anderen jungen Damen trugen dergleichen, und Fee wollte doch sicher nicht, daß ihre Tochter grauenvoll provinziell wirkte?

Fee hatte nur kurz gezögert und dann eingewilligt. Und das Kleid schien alle Bemühungen wirklich wert zu sein. Aus Georgette war es, in der Taille nur sacht gerafft und um die Hüften gleichsam gebauscht. Den Farbton konnte man als fahles rötliches Grau beschreiben: das, was damals Asche der Rose genannt wurde. Überdies war das Kleid (Meggie hatte der Schneiderin dabei geholfen) üppig bestickt, lauter winzige, zartrosa Rosenknospen.

Ein Letztes kam hinzu: die Frisur. Der allgemeinen Mode entsprechend, trugen inzwischen auch in Gilly die jungen Damen meist Herrenschnitt, und Meggie hatte sich dem angepaßt. Zwar war ihr Haar zu lockig, um ganz den Forderungen der Mode zu entsprechen, doch kurz wirkte es jetzt jedenfalls besser als lang.

Paddy öffnete den Mund zum lauten Protest. Das war doch nicht mehr sein kleines Mädchen. Doch er schloß ihn wieder, ohne auch nur ein einziges Wort gesagt zu haben. Allzu deutlich stand ihm noch jene Szene im Pfarrhaus in Erinnerung, der Streit zwischen Frank und ihm selbst. Lange war das inzwischen her, doch er hatte daraus gelernt. Nein, Meggie konnte nicht für immer sein kleines Mädchen bleiben. Sie war jetzt eine junge Frau und sicherlich selbst verwundert – und womöglich gar ein bißchen verschreckt – über ihre Verwandlung, die ihr der Spiegel ja gezeigt hatte.

Warum es ihr also noch schwerer machen, dachte er.

Er streckte ihr seine Hand hin und lächelte zärtlich. „Oh, Meggie, du siehst ja so reizend aus! Komm, ich werde selbst dein Begleiter sein, und Bob und Jack werden sich um deine Mutter kümmern.‟

Sie war jetzt fast siebzehn, nur ein knapper Monat fehlte ihr noch daran, und zum ersten Mal fühlte Paddy sich wirklich alt. Doch sie war sein Herzblatt, sein Augapfel, und nichts sollte ihr Vergnügen an ihrer ersten Erwachsenen-Party trüben.

Sehr langsam schritten sie in Richtung Herrenhaus, bei weitem zu früh für die ersten Gäste. Doch sie sollten zunächst mit Mary speisen, um sodann an ihrer Seite die Eintreffenden zu empfangen. So vorsichtig sie die Füße auch setzten, fast zwei Kilometer durch den Staub von Drogheda waren ein weiter Weg, und so machten sie im Kochhaus Zwischenstation, um sich die Schuhe abzubürsten und auch Kleidersäume und Hosenaufschläge zu säubern.

Pater Ralph trug seine Soutane, wie gewöhnlich; kein Abendanzug hätte ihm auch nur halb so gut stehen können wie dieses streng geschnittene, sich nach unten zu leicht weitende Gewand, mit der langen Leiste winziger Knöpfe, die vom Kragen hinabreichte bis zum tiefen Saum; hinzu kam noch der um die Taille geschlungene Gürtel, das Zingulum.

Mary Carson hatte ein weißes Satinkleid mit weißen Spitzen und weißen Straußenfedern an, und Fee schrak geradezu auf aus ihrer gewohnten Gleichgültigkeit und betrachtete Mary fassungslos: Warum, um alles auf der Welt, hatte sie sich so *bräutlich* gekleidet, so ganz und gar unpassend – aufgetakelt wie eine alte Jungfer, die alles daran setzte, vor anderen – und vielleicht auch vor sich selbst – so etwas wie eine verheiratete Frau zu spielen. Im übrigen schien sie in letzter Zeit ziemlich zugenommen zu haben, wodurch ihre Erscheinung nicht gerade gewann.

Paddy jedoch fand offenbar alles in bester Ordnung. Strahlend und mit vorgestreckten Händen trat er auf seine Schwester zu. „Mary, wie reizend du aussiehst! Wie ein junges Mädchen!"

In Wirklichkeit ähnelte sie sehr stark der längst verstorbenen Queen Victoria: so wie diese ausgesehen hatte auf jenem berühmten Foto, das kurz vor ihrem Tode gemacht worden war. Die gleichsam herrische Nase, die Furchen an den Nasenflügeln, der eigensinnige Mund, die leicht vorstehenden, so kalt wirkenden Augen – alles fand sich auch hier. Und Mary Carsons eisiger Blick lag jetzt starr auf Meggie.

Der Priester beobachtete es sehr aufmerksam. Seine Augen glitten zwischen Tante und Nichte hin und her.

Mary Carson lächelte ihrem Bruder zu, legte ihre Hand auf seinen Arm. „Du darfst mich zum Dinner führen, Padraic. Pater de Bricassart wird Fiona geleiten, und die Jungen werden sich sozusagen Meggie teilen." Über die Schulter blickte sie zu dem Mädchen zurück. „Wirst du heute abend tanzen, Meghann?"

„Sie ist noch zu jung, Mary, noch nicht einmal siebzehn", erklärte Paddy hastig. Brennend heiß fiel ihm plötzlich auf die Seele, daß es auch in diesem Punkt mit der Erziehung sehr im argen lag – von seinen Kindern konnte kein einziges tanzen.

„Wie schade", sagte Mary Carson.

Es war eine prachtvolle, eine glänzende, eine gloriose Party – zumindest waren dies die Adjektive, die man am häufigsten vernahm. Und schien es übertrieben? Allein schon die Gäste . . .

Royal O'Mara vom über dreihundert Kilometer entfernten Inishmurray war da. Er hatte mit seiner Frau, seinen Söhnen und seiner einzigen Tochter den weitesten Weg gehabt, wenn auch nicht einen um sehr viel weiteren als andere. Die Menschen hier fanden nichts weiter dabei, dreihundert Kilometer weit zu einem Kricket-Match zu reisen, geschweige denn zu einer Party. Auch Duncan Gordon von Each-Uisge war da (nichts hatte ihn je dazu bewegen können, ein Geheimnis preiszugeben: weshalb er nämlich seine so weit vom Meer entfernte Station mit jenem Wort benannt hatte, das im Schottisch-Gälischen Seepferd bedeutete). Und Martin King mit seiner Frau, seinem Sohn Anthony und Mrs. Anthony; er war Gillys Senior-Squatter, denn Mary Carson, als Frau, konnte ja nicht so genannt werden. Und Evan Pugh von Braich y Pwll (was man überall im Distrikt wie Brakeypull aussprach); und Dominic O'Rourke von Dibban-Dibban; und Horry Hopeton von Beel-Beel; und Dutzende mehr.

Fast ausnahmslos waren es katholische Familien, und nur verhältnismäßig wenige trugen angelsächsische Namen; es gab etwa gleichviel Iren, Schotten und Waliser. Nein, in der alten Heimat hatten sie auf die Home Rule, die Selbstregierung, nicht hoffen können, und – sofern sie als Katholiken in Schottland oder Wales lebten – ebensowenig auf Sympathie von seiten der protestantischen Mehrheit. Doch hier auf den Tausenden von Quadratkilometern waren sie die Herren, die ihre britischen Herren getrost belächeln konnten: Drogheda, der größte Besitz, umfaßte ein Gebiet von einer solchen Ausdehnung, daß mehrere europäische Fürstentümer hineingepaßt hätten.

Zu den Klängen der Band aus Sydney drehten sie sich im Walzertakt, und dann räumten sie das Feld und schauten nachsichtig zu, wie ihre Kinder den Charleston tanzten. Sie aßen Hummerpastetchen und gekühlte rohe Austern, sie tranken fünfzehn Jahre alten französischen Champagner und zwölf Jahre alten Single-Malt-Scotch. Insgeheim allerdings hätten sie anderem den Vorzug gegeben: gerösteter Lammkeule beispielsweise oder auch Corned Beef und, soweit es Getränke betraf, dem billigen, doch hochwirksamen Bundaberg-Rum oder dem Grafton-Bitter direkt vom Faß. Immerhin war es recht angenehm zu wissen, daß sie sich die besseren Dinge des Lebens jetzt leisten konnten.

Ja, es gab auch magere Jahre, sehr viele sogar. Also galt es, die ansehnlichen „Woll-Schecks", die man in den guten, in den fetten Jahren hatte vereinnahmen können, sorgsam zu horten als notwendiges Polster für die unausbleiblichen schlechten Jahre: Nie konnte man voraussagen, wann es wieder Regen geben würde.

Doch befand man sich augenblicklich in einer guten Phase, seit einer ganzen Weile schon, und schließlich gab es in Gilly wenig Möglichkeiten, das Geld auszugeben. Oh, wenn einem die Schwarzerdebenen des Großen Nordwesten erst einmal Heimat waren, so gab es auf der ganzen Welt nichts, was sich damit vergleichen ließ. Sie machten nostalgische Pilgerreisen in die *alte* Heimat, doch die hatte ihnen nichts anderes eingetragen als Diskriminierungen ihres religiösen Glaubens wegen. Australien andererseits war ein viel zu katholisches Land, als daß Diskriminierungen zu befürchten gewesen wären. Und der Große Nordwesten war die Heimat, die *wirkliche* Heimat.

Was im übrigen das Geld betraf: An diesem Tag kam ja Mary Carson für alles auf. Und sie konnte es sich wirklich leisten. Manche behaupteten sogar, in puncto Reichtum könne sie den König von England ausstechen. Sie hatte, wie man es nannte, Geld in Stahl, Geld in Silber und Blei und Zink, Geld in Kupfer und Gold, Geld in noch hundert anderen Sachen, meist in solchen, wo – buchstäblich wie metaphorisch – Geld Geld machte. Drogheda hatte schon vor langem aufgehört, die Hauptquelle ihres Einkommens zu sein; es war nicht mehr als ein profitables Hobby.

Weder während des Dinners noch danach sprach Pater Ralph direkt zu Meggie. Den ganzen Abend über ignorierte er sie betont. Sie fühlte sich verletzt, suchte ihn immer wieder mit den Augen. Er spürte ihre Blicke, und am liebsten hätte er sich bei der allernächsten Gelegenheit zu ihrem Stuhl gebeugt und ihr erklärt, daß es weder ihrem noch seinem Ruf nützen könne, wenn er ihr mehr Aufmerksamkeit widmete als, beispielsweise, Miß Carmichael, Miß Gordon oder Miß O'Mara. Genau wie Meggie tanzte er nicht, und genau wie auf Meggie ruhten auch auf ihm viele Blicke; denn beide waren zweifellos die schönsten Menschen hier.

Im übrigen glich er in einem Punkt an diesem Abend fast einer gespaltenen Persönlichkeit. Die eine Seite seines Wesens verabscheute nämlich die Erscheinung, die Meggie jetzt bot: das kurze Haar, das reizende Kleid, die zierlichen seidenen Schuhe im Asche-der-Rosen-Farbton mit den fünf Zentimeter hohen Absätzen – aber Meggie wirkte nicht nur größer als früher, sie war es auch und entwickelte zudem eine sehr weibliche Figur. Doch die andere Seite seines Wesens empfand einen ungeheuren Stolz darüber, daß sie all die anderen jungen Damen hier eindeutig überstrahlte. Miß Carmichael besaß zwar gleichfalls ein feingemeißeltes, aristokratisch wirkendes Gesicht, doch fehlte es ihr an jenem Besonderen, das durch das rotgoldene Haar gleichsam gekrönt wurde; Miß King hatte zwar wunderschöne blonde

Locken, doch ihr Körper, nein, grazil konnte man ihn kaum nennen; Miß Mackail hinwiederum besaß zwar einen prachtvollen Körper, doch ihr Gesicht ähnelte sehr dem Gesicht eines Pferdes, das durch einen Drahtzaun hindurch an einen verlockenden Apfelbaum heranzugelangen versucht.

Dennoch blieb der Grundtenor seiner Reaktion Enttäuschung: die Enttäuschung eines Mannes, der nur zu gern den Kalender zurückblättern, die Uhr zurückdrehen würde. Er wollte nicht, daß Meggie erwachsen wurde. Sie sollte das kleine Mädchen bleiben, das er weiterhin als seinen Herzensliebling, als sein Gold*kind* behandeln konnte. Auf Paddys Gesicht entdeckte er einen Ausdruck, der seine eigenen Gedanken widerzuspiegeln schien, und er lächelte schwach. Was für eine Wohltat wäre es doch, wenn er auch nur einmal im Leben seine Gefühle zeigen könnte! Doch Gewohnheit, Erziehung und wohl auch angeborene Reserviertheit ließen das nicht zu.

Je später es wurde, desto weniger förmlich benahmen sich die Gäste. Schwungvoller und vergnügter tanzte man jetzt, und man trank auch nicht mehr Champagner und Whisky, sondern hielt sich an Rum und Bier. Das Ganze glich nun eher einem der sogenannten Schurhüttenbälle: Im allgemeinen waren, im Gilly-Distrikt, Vergnügungen dieser Art gewissermaßen demokratisch geprägt, und vom Stationsarbeiter bis zum Dienstmädchen nahm alles daran teil.

Pünktlich um Mitternacht verließen Bob und Jack mit Meggie die Party. Fee und Paddy blieben noch. Sie vergnügten sich so prachtvoll, daß sie auf ihre Kinder gar nicht mehr weiter geachtet hatten. Mochten diese auch nicht tanzen können, sie selbst konnten es, und sie taten es, meist miteinander.

Pater Ralph beobachtete das Ehepaar. Noch nie, so schien ihm, hatte er Paddy und Fee in so augenfälliger Harmonie erlebt, so vollkommen aufeinander abgestimmt. Verwundern konnte das allerdings kaum. Sonst sah man sie ja nie, ohne daß nicht wenigstens eines ihrer Kinder irgendwo in der Nähe gewesen wäre – charakteristisch für das Zusammenleben in großen Familien, aber für die Eltern gewiß nicht immer ganz leicht. Die einzigen Augenblicke wirklicher Gemeinsamkeit blieben ihnen im Schlafzimmer, und dabei war ihnen zweifellos weniger nach traulichen Gesprächen zumute. Um so mehr genossen jetzt Fee und Paddy ganz unverkennbar diese Stunden hier. Er war ja eigentlich immer fröhlich und vergnügt, doch sie – nun, man konnte nur staunen, in welchem Maße sie geradezu buchstäblich zu strahlen schien. Als Paddy die Frau irgendeines Squatters zu einem Pflichttanz aufforderte, fehlte es Fee wahrlich nicht an eifrigen Partnern, während so manche wesentlich jüngere Frau einsames Mauerblümchen blieb.

Doch diese Beobachtungen machte Pater Ralph gleichsam nur zwischendurch. Kaum hatte Meggie die Party verlassen, so fühlte er sich auf einmal zehn Jahre jünger – und erfüllt von dem kaum bezähmbaren Wunsch, selbst das Tanzbein zu schwingen. Und das tat er denn auch. Zur Verblüffung von Miß Hopeton, Miß Mackail, Miß Gordon und Miß O'Mara tanzte er mit Miß Carmichael einen Black Bottom, und er tanzte ihn ausgezeichnet. Anschließend kamen dann alle ledigen jungen Damen an die Reihe, selbst die so unansehnliche Miß Pugh; und da die Stimmung inzwischen jenen Höhepunkt erklommen hatte, wo allgemeines Wohlwollen sich verströmt und Seelen zur Verschwisterung neigen, fand niemand etwas dabei, daß der Priester so emsig das Tanzbein schwang, im Gegenteil. Man bewunderte seine Liebenswürdigkeit und Freundlichkeit ebenso wie seinen Eifer und sprach untereinander auch angeregt darüber. Schließlich tanzte er ja mit allen jungen Damen, vernachlässigte keine (so daß sich auch kein Elternpaar zurückgesetzt zu fühlen brauchte), und es machte Freude, mit ansehen zu können, daß ein so prachtvoller Mensch wie der Pater sich einmal so richtig vergnügte. Allerdings: wäre dies keine private Party gewesen, so hätte er natürlich keinen einzigen Schritt in Richtung Tanzboden machen können.

Es wurde eins, es wurde zwei. Um drei Uhr erhob sich Mary Carson und gähnte. „Nein, nein, macht nur weiter! Wenn ich müde bin – und ich bin's –, so kann ich doch zu Bett gehen, und genau das werde ich jetzt tun. Doch es ist noch reichlich zu essen und zu trinken da, und die Band ist dazu engagiert, so lange zu spielen, wie noch jemand tanzen möchte. Mich stört die Musik nicht, im Gegenteil. Sie wird mithelfen, mich in Träume zu wiegen. Pater, würden Sie mir bitte die Treppe hinaufhelfen?"

Doch als sie mit ihm dann den Empfangsraum verlassen hatte, strebte sie nicht der majestätisch ausschwingenden, breiten Treppe entgegen, sondern wandte sich, schwer auf den Arm des Priesters gestützt, in Richtung Salon. Die Tür war abgeschlossen. Mary Carson gab dem Pater den Schlüssel, wartete, bis er geöffnet hatte, trat dann vor ihm ein.

„Es war eine gute Party, Mary", sagte er.

„Meine letzte."

„Sagen Sie das nicht, meine Teure."

„Warum nicht? Ich bin es leid zu leben, und so werde ich damit aufhören." Sie musterte ihn spöttisch. „Sie glauben mir nicht? Nun, seit über siebzig Jahren habe ich immer genau das getan, was ich tun wollte, wann ich es tun wollte. Falls der Tod also meint, daß er es ist, der den Zeitpunkt für meinen Abgang bestimmt, so irrt er sich ganz gewaltig. Ich werde sterben, wann es mir paßt, und an Selbstmord denke ich dabei nicht, weshalb auch. Denn einzig unser Wille ist es ja, der uns am Leben hält. Wenn dieser Lebenswille schwindet, ist es gar nicht schwer, schließlich aufzuhören, wenn man's nur wirklich will. Und ich bin es leid. Ich bin müde und möchte aufhören. Sehr einfach."

Auch er war es leid. Nicht das Leben als solches, aber doch – nun ja – so manchen seiner Aspekte. Das endlose Spiel der Masken zum Beispiel; und das Klima; und die Tatsache, daß er keine Freunde besaß, mit denen er seine Interessen teilen konnte; und – ja, auch sich selbst war er leid.

Der Raum wurde nur von einer Petroleumlampe erhellt. Durch kostbares rubinrotes Glas fiel ein schwacher rötlicher Schein, der fast wie ein Schatten war, auf Mary Carsons Gesicht und verwandelte es gleichsam in eine diabolische Maske. Der Pater spürte die Müdigkeit in seinem Körper. Seine Füße und sein Rücken schmerzten. Es war lange her, seit er so ausgiebig getanzt hatte, auch wenn er seinen Stolz darein setzte, über den jeweils letzten Modetanz „auf dem laufenden" zu sein. Nun ja: fünfunddreißig Jahre alt, ein Landpriester, ohne jedwede Zukunftsaussichten . . . ein Mann, dessen hoffnungsvolle Zukunft im Schoß der Kirche zu Ende gewesen war, noch bevor sie beginnen konnte. Oh, die Träume der Jugend! Und die nicht im Zaum gehaltene Zunge in jenen Jahren! Der Mangel an Selbstkontrolle, die überschießende Hitzköpfigkeit. Nein, er war nicht stark genug gewesen, die Prüfung zu bestehen. Aber nie wieder würde er den Fehler machen. Nein, nie, niemals . . .

Er bewegte sich unruhig, seufzte; was half's? Die Gelegenheit würde nicht wiederkommen. Es war an der Zeit, es war *wirklich* an der Zeit, daß er ein für allemal aufhörte, zu hoffen und zu träumen.

„Erinnern Sie sich, Ralph, daß ich zu Ihnen gesagt habe, ich würde Sie mit Hilfe Ihrer eigenen Schwächen an die Wand nageln?"

Die mürbe, raspelnde alte Stimme riß ihn aus der Grübelei, in die er in seiner Müdigkeit versunken war. Er blickte zu Mary Carson und lächelte.

„Teure Mary, ich vergesse nie etwas, das Sie sagen. Was ich in den vergangenen sieben Jahren ohne Sie hätte anfangen sollen, weiß ich einfach nicht. Ihr Witz, Ihre Boshaftigkeit, Ihre Einfühlungsgabe . . ."

„Wäre ich jünger gewesen, so hätte ich Sie auf andere Art an mich gezogen. Sie werden nie wissen, wie sehr ich mir gewünscht habe, dreißig Jahre meines Lebens aus dem Fenster werfen zu können. Wäre der Teufel gekommen und hätte mir für meine Seele die Chance geboten, wieder jung zu sein, ich hätte keine Sekunde gezögert . . . und den Handel auch nie wieder bereut wie dieser alte Idiot namens Faust. Es hat sich aber kein Teufel blicken lassen. Ich kann mich nicht dazu bringen, an die Existenz von Gott oder Teufel zu glauben. Bisher habe ich auch nicht den Fetzen eines Beweises dafür gesehen. Sie etwa?"

„Nein. Aber der Glaube beruht auch nicht auf irgendwelchen Existenzbeweisen. Der Glaube beruht auf der inneren Gewißheit, auf dem Fürwahrhalten dessen, was in der Heiligen Kirche als Inhalt der göttlichen Offenbarung festgestellt ist. Und dieser Glaube ist das Grundfundament, auf dem die Kirche steht. Ohne den Glauben gibt es nichts."

„Ein sehr ephemeres Dogma."

„Vielleicht. Mir scheint, daß der Glaube im Menschen geboren wird. Für mich ist er ein ständiger Kampf, eine immer wieder neue Auseinandersetzung, ich gestehe es. Doch ich werde den Kampf nie aufgeben."

„Ich würde Sie gern vernichten."

Aus seinen blauen Augen schien ein Lachen zu blitzen. „Oh, meine teure Mary, *das* weiß ich."

„Aber wissen Sie auch, warum?"

Etwas Grauenvolles schien da wach zu werden, eine Art schreckenerregender Zärtlichkeit. Er kämpfte hart dagegen an. „Ich weiß, Mary, ja, ich weiß. Und glauben Sie mir, es tut mir leid."

„Von wie vielen Frauen sind Sie geliebt worden, außer von ihrer Mutter?"

„Hat meine Mutter mich überhaupt geliebt, frage ich mich? Zum Schluß hat sie mich jedenfalls gehaßt. Wie die meisten Frauen. Man hätte mir den Namen Hippolytos geben sollen."

„Ohhhhhh! Das verrät mir viel!"

„Was andere Frauen betrifft, so glaube ich, daß nur Meggie . . . Doch sie ist ein kleines Mädchen. Wahrscheinlich läßt sich ohne Übertreibung sagen, daß mich Hunderte von Frauen begehrt haben – aber mich geliebt? Das bezweifle ich sehr."

„Ich habe Sie geliebt", sagte sie leidenschaftlich.

„Nein, das haben Sie nicht. Ich bin nur so etwas wie ein provozierender Reiz für Sie in Ihrem Alter. Wenn Sie mich ansehen, wird Ihnen bewußt, was Sie nicht tun können – wegen Ihres Alters."

„Sie irren sich. Ich habe Sie geliebt. Gott, wie sehr! Glauben Sie, daß meine Jahre *das* automatisch ausschließen? Nun, Pater de Bricassart, dann möchte ich Ihnen etwas sagen. In diesem lächerlichen Körper bin ich noch jung – ich fühle, ich träume, ich habe meine Sehnsüchte und Wünsche, und ich bin voll Trotz und Zorn über die Beschränkungen, die mir auferlegt sind *durch* meinen Körper. Das Alter ist die bitterste Rache, die unser Gott an uns übt, unser rachsüchtiger Gott. Warum läßt er Geist und Gemüt nicht genauso altern wie den Körper?" Sie lehnte sich in ihrem Sessel zurück und schloß die Augen. „Ich werde natürlich in die Hölle kommen. Aber bevor es soweit ist, hoffe ich, die Chance zu bekommen, Gott zu sagen, was für ein gemeines, tückisches und jämmerliches Surrogat für einen Gott er doch ist!"

„Sie sind vor langen Jahren Witwe geworden, Mary. Gott hat Ihnen die Freiheit der Entscheidung gegeben. Sie hätten sich wiederverheiraten können. Wenn Sie das nicht getan haben und deshalb unerträglich unter Einsamkeit litten, so liegt der Fehler bei Ihnen und nicht bei Gott."

Sekundenlang blieb sie stumm. Mit hartem Griff spannten sich ihre Hände um die Lehnen des Sessels. Dann schien die eigentümliche Verkrampfung sich zu lösen. Der Priester sah, wie sie die Augen wieder öffnete, sah das Glitzern im rötlichen Lampenschein; doch es waren keine Tränen, es war etwas anderes, etwas, das viel härter war, schärfer, greller. Unwillkürlich hielt er den Atem an, spürte die aufsteigende Furcht. Sie sah aus wie eine Spinne.

„Ralph, auf meinem Schreibtisch liegt ein Umschlag. Würden Sie ihn mir bitte bringen?"

Beklommen erhob er sich, ging zum Schreibtisch, nahm das Kuvert, betrachtete es neugierig. Die Vorderseite war leer, kein Name, keine Adresse, nichts. Doch die Rückseite war mit rotem Wachs versiegelt, und der Siegelabdruck zeigte das große *D* für Drogheda und den Kopf eines Schafbocks.

Er trat zu ihr, hielt ihr den Umschlag hin. Aber sie nahm ihn nicht.

„Er gehört dir, Ralph", sagte sie mit einem Kichern. „Er ist das Werkzeug deines Schicksals. Ja, Ralph, das ist er. Mein letzter und wirksamster Hieb in unserem langen Kampf. Was für ein Jammer, daß ich nicht mehr da sein werde, um zu erleben, was geschieht. Aber ich *weiß* ja, was geschehen wird, denn ich kenne *dich*. Ich kenne dich viel besser, als du glaubst. Unerträglicher Hochmut! In diesem Umschlag befindet sich das, was die Weichen für dein Schicksal stellt – für das, was aus deinem Leben und deiner Seele werden wird. Ich muß dich an Meggie verlieren. Aber ich habe dafür gesorgt, daß auch sie dich nicht bekommt."

„Warum hassen Sie Meggie so?"

„Das habe ich dir schon einmal gesagt. Weil du sie so liebst."

„Aber doch nicht auf *diese* Weise! Sie ist das Kind, das ich nie haben kann, die Rose meines Lebens. Meggie ist für mich so etwas wie eine Idee, Mary, eine *Idee!*"

Sie maß ihn mit einem höhnischen Blick. „Über deine unvergleichliche Meggie möchte ich jetzt wirklich nicht mit dir sprechen! Ich werde dich nie wiedersehen, laß uns also nicht unsere Zeit verschwenden. Der Brief. Ich möchte, daß du es auf deine Gelübde als Priester nimmst, den Brief nicht zu öffnen, bevor du meine Leiche nicht mit eigenen Augen gesehen hast. Dann allerdings öffne ihn, ehe ich begraben werde. Schwöre mir das!"

„Schwören? Aber das ist doch überflüssig, Mary. Ich tu's auch so."

„Schwöre. Oder ich verlange den Brief zurück."

Er hob die Schultern. „Nun gut. Ich schwöre es bei meinen Gelübden als Priester. Ich werde den Brief nicht öffnen, bevor ich nicht Ihre Leiche gesehen habe. Und dann werde ich ihn öffnen, ehe Sie bestattet werden."

„Gut, gut!"

„Mary, beunruhigen Sie sich nicht. Dies ist nur so eine Einbildung von Ihnen. Morgen früh werden Sie darüber lachen – heute morgen, meine ich."

„Ich werde den Morgen nicht erleben. Ich sterbe heute nacht. Ich bin nicht schwach genug, um auf das Vergnügen zu warten, dich wiederzusehen. Was für ein Umschwung! Ich gehe jetzt zu Bett. Würdest du mich bitte die Treppe hinaufbringen?"

Er glaubte es ihr nicht, natürlich nicht. Doch er schwieg. Es wäre sinnlos gewesen, ihr diese Hirngespinste jetzt ausreden zu wollen. Einzig Gott entschied darüber, wann jemand starb, es sei denn, ein Mensch nahm sich selbst das Leben, was er nur konnte, weil er von seinem Schöpfer den freien Willen erhalten hatte, selbst *das* zu tun. Aber sie hatte ja gesagt, daß Selbstmord für sie nicht in Frage kam. Also half er ihr die Treppe hinauf, hörte ihr angestrengtes Keuchen, nahm dann oben ihre Hände und beugte sich darüber, zum Kuß.

Sie entzog sie ihm. „Nein, nicht heute nacht. Auf meinen Mund, Ralph! Küß mich auf den Mund, als ob wir ein Liebespaar wären!"

Im strahlenden Schein des riesigen Kerzenhalters, in dem – jetzt zur Party – nicht weniger als vierhundert Wachskerzen brannten, sah sie den Widerwillen auf seinem Gesicht, den tiefen Abscheu:

Und in diesem Augenblick empfand sie den Wunsch zu sterben, spürte ihn so stark, daß sie nicht mehr warten konnte.

„Mary, ich bin ein Priester! *Ich kann nicht!*"

Sie lachte schrill, gespenstisch. „Oh, Ralph, was für *Talmi* bist du doch! Talmi-Mann, Talmi-Priester! Und du hattest einmal die Tollkühnheit, mir deine Liebe anzubieten? Mit mir ins Bett gehen zu wollen!? Warst du denn so sicher, daß ich ablehnen würde? Wie sehr wünsche ich jetzt, ich hätte es nicht getan! Meine Seele würde ich dafür geben, wenn sich dieser Abend zurückrufen ließe – nur um zu sehen, wie du es anstellen würdest, dich aus dieser Sache herauszuwinden! *Talmi, Talmi, Talmi!* Das ist alles, was du bist, Ralph! Eine Imitation, ein Schwindel, glatter Betrug! Nutzlos und impotent! Ja, impotent! Als Mann genauso impotent wie als Priester! *Talmi!*"

Draußen war es noch nicht hell. Tiefe Dunkelheit herrschte, wie eine watteweiche, klebrig-dicke und sehr heiße Schicht schien sie auf Drogheda zu liegen. Die Feiernden wurden immer lauter, hier und dort klang es wie ein Krakeelen. Auf der Veranda erbrach sich jemand, langgezogene, widerwärtige Geräusche. Unter einem sogenannten Lampenputzerbaum konnte man undeutlich zwei Gestalten erkennen, wie ineinander verschränkt.

Vorsichtig wich Pater Ralph ihnen aus und ging mit lautlosen Schritten über den kurzen, federnden Rasen. In welche Richtung er ging, wußte er nicht, und er achtete auch nicht darauf. Es trieb ihn ganz einfach fort. Wie in unerträglichem Schmerz flüchtete er davon, flüchtete vor jener furchtbaren alten Spinne, die so fest davon überzeugt schien, daß sie in dieser Nacht ihren Todeskokon spann.

Diese Nacht, eine wunderschöne Nacht eigentlich! Heiß war es zwar auch um diese Stunde, aber langst nicht so heiß wie sonst zumeist. Ein leiser, träger Lufthauch regte sich, schwacher Duft von Rosen und von Boronia wurde spürbar, und jene eigentümliche himmlische Ruhe herrschte ringsum in der Natur, wie man sie wohl nur in tropischen und subtropischen Breitengraden kennt. O Gott, leben, wirklich zu leben! Die Nacht umarmen und leben und frei sein!

Am anderen Ende der Rasenfläche blieb er stehen und blickte empor zum Himmel. Wie ein instinktives Suchen nach Gott war es, ein buchstäbliches Ausspähen nach ihm dort im Raum. Ja, irgendwo dort oben zwischen den funkelnden Lichtpunkten, die so rein und so unirdisch wirkten. Was war eigentlich Besonderes mit dem nächtlichen Himmel? Daß, wie von einer sonst verschlossenen Truhe, der blaue Deckel des Tages hochgeklappt worden war und der Mensch nun gleichsam einen Blick werfen konnte in die Ewigkeit? Nichts jedenfalls schien Menschen stärker von der Existenz der Zeitlosigkeit und der Existenz Gottes überzeugen zu können als der Anblick eines funkelnden Sternenhimmels.

Sie hat recht, dachte er abrupt. Natürlich hat sie recht. Talmi bin ich, Lug und Betrug. Kein Priester, kein Mann. Nur jemand, der gern wüßte, wie er beides sein könnte. Nein! Nicht *beides!* Priester und Mann, sie können nicht *miteinander* existieren – Mann sein heißt: nicht Priester sein. Wie konnte ich mich nur in ihrem Netz verfangen? Welch ein Leichtsinn von mir! Ihr Gift ist stark, vielleicht stärker, als ich glaube. Was steht in dem Brief? Wie sehr sieht es Mary doch ähnlich, mir einen solchen Köder vorzuwerfen! Wieviel weiß sie, wieviel vermutet sie nur? Was gibt es zu wissen oder zu vermuten? Nichts als Einsamkeit; fruchtloses Sich-Mühen; und Zweifel und Schmerz. Immer und immer wieder Schmerz. Doch du irrst dich, Mary. Ich *kann* mich als Mann beweisen. Aber ich *will* es nicht. Über viele Jahre hinweg habe ich mir bewiesen, daß es kontrolliert, beherrscht, unterdrückt werden kann.

Vom Friedhof her, jetzt hörte er es, kam ein Weinen. Wer konnte das sein? Nur Meggie natürlich. Er raffte seine Soutane hoch, schwang erst den einen, dann den anderen Fuß über das Eisengeländer hinweg. Irgendwie erschien es ihm nur natürlich, ja, unausweichlich, daß er Meggie in dieser Nacht noch einmal traf. Da es eine Konfrontation mit Mary, dem einen weiblichen Pol in seinem Dasein, gegeben hatte, mußte es unvermeidlich wohl auch zu einer Begegnung mit Meggie kommen, dem anderen weiblichen Pol. Ja, er schien seine Selbstironie zurückzugewinnen, die amüsierte Distanziertheit zum eigenen Ich; *das* konnte sie nicht lange zerstören, die alte Spinne, *das* nicht. Die heimtückische alte Spinne. Gott verdamme sie, *Gott verdamme sie!*

„Meggie, Liebling, weine doch nicht", sagte er und setzte sich neben sie auf das taufeuchte Gras. „Gewiß hast du nicht einmal ein ordentliches Taschentuch bei dir, das ist bei Frauen ja meistens so. Hier, nimm meines und trockne dir die Augen; sei ein braves Mädchen."

Sie tat es.

„Du hast ja immer noch dasselbe Kleid an wie auf der Party. Sitzt du denn schon seit Mitternacht hier?"

„Ja."

„Wissen Bob und Jack, wo du bist?"

„Ich habe ihnen gesagt, daß ich schlafen gehe."

„Was ist denn mit dir, Meggie? Was hast du?"

„Pater", sagte sie, ganz nach ihrer alten Gewohnheit, „Pater, du hast auf der Party überhaupt nicht mit mir gesprochen!"

„Ah! Dachte ich's mir doch fast! Komm, Meggie, sieh mich an!"

Weit im Osten schimmerte jetzt perlgraue Helle; die tiefe, die totale Dunkelheit zerfaserte gleichsam, und die Hähne von Drogheda schrillten der Morgendämmerung einen frühen Willkommensgruß entgegen.

Ralph de Bricassart dachte: Ihre Augen sind schön, wirklich schön. Obwohl sie doch lange geweint haben muß, nimmt das den Augen nichts von ihrer Schönheit. Sie wirken gar nicht... verheult.

„Meggie, du warst auf der Party das bei weitem hübscheste Mädchen, und es ist auch bekannt, daß ich viel häufiger nach Drogheda komme, als ich eigentlich müßte. Ich bin ein Priester und sollte daher über jeden Verdacht erhaben sein – ähnlich wie Cäsars Weib, wie man so sagt. Allerdings fürchte ich, daß die Leute dazu neigen, nicht ganz reine Gedanken zu haben. Für einen Priester bin ich noch jung, und ich sehe ja auch nicht schlecht aus." Er hielt einen Augenblick inne und dachte daran, wie wohl Mary Carson eine solche Untertreibung aufgenommen hätte; er lachte lautlos. „Nun, was würde wohl geschehen, wenn ich auch nur ein *bißchen* aufmerksam zu dir gewesen wäre? Im Nu würde sich das in ganz Gilly herumsprechen. Überall im Distrikt würde das über die Telefondrähte schwirren. Verstehst du, was ich meine?"

Sie schüttelte den Kopf; im anwachsenden Licht schimmerten ihre kurzgeschnittenen Locken jetzt heller.

„Nun, du bist so jung, daß es dir noch an eigener Lebenserfahrung fehlt. Aber du mußt ja lernen, und es scheint irgendwie immer mir zuzufallen, dein Lehrer zu sein, nicht wahr? Ich meine, die Leute würden sagen, ich sei an dir als Mann interessiert, nicht als Priester."

„*Pater!*"

„Schrecklich, nicht?" Er lächelte. „Aber das würden die Leute sagen, das versichere ich dir. Siehst du, Meggie, du bist kein kleines Mädchen mehr, du bist eine junge Dame. Allerdings hast du es noch nicht gelernt, deine Zuneigung zu mir zu verbergen, und deshalb durfte ich auf der Party nicht mit dir sprechen – denn du würdest mich auf eine Weise angesehen haben, die man womöglich mißverstanden hätte."

Sie betrachtete ihn mit einem eigentümlichen Blick. Plötzlich wirkten ihre Augen undurchdringlich. Sie drehte ihren Kopf zur

Seite. „Ja, ich verstehe. Dumm von mir, daß ich das nicht schon früher begriffen habe."

„Nun, Meggie", sagte er, „es wird wohl das beste sein, wenn du jetzt nach Hause gehst. Wahrscheinlich schlafen ja noch alle. Aber falls einer wach ist, sitzt du in der Tinte. Daß du mit mir zusammen warst, Meggie, kannst du nicht sagen, nicht einmal zu deiner eigenen Familie."

Sie stand auf, sah ihn dann an. „Ich gehe, Pater. Aber ich wünschte, man würde Sie besser kennen. Dann würde man von Ihnen so etwas nie denken. Denn das . . . das ist doch nicht in Ihnen, nicht wahr?"

Aus irgendeinem Grunde tat das sehr weh: schmerzte viel tiefer, als Mary Carsons grausame Sticheleien das vermocht hatten. „Nein, Meggie, du hast recht. Das ist nicht in mir." Er sprang auf, lächelte ein wenig verzerrt. „Würde es dir sonderbar vorkommen, wenn ich sagte, ich *wünschte*, daß das in mir wäre?" Er preßte eine Hand gegen seinen Kopf. „Nein, ich wünsche überhaupt nicht, daß das in mir wäre! Geh nach Hause, Meggie, geh nach Hause!"

Ihr Gesicht wirkte wie überschattet. „Gute Nacht, Pater."

Er nahm ihre Hände, beugte sich darüber, küßte die eine, die andere. „Gute Nacht, liebste Meggie."

Sie ging davon, und er sah ihr nach: wie sie den Rasen überquerte, wie sie erst den einen, dann den anderen Fuß hinweghob über das niedrige Geländer, wie sie davonschritt. So anmutig wirkte sie in ihrem von Rosenknospen übersäten Kleid und schon so sehr weiblich; irgendwie auch ein wenig unwirklich. Asche der Rosen. „Wie passend", sagte er zu dem Marmorengel.

Während er zurückging über die große Rasenfläche, konnte er hören, wie beim Herrenhaus Autos davondröhnten. Im Empfangsraum packten die Mitglieder der Band ihre Instrumente ein, Männer, die leicht taumelten, vom Alkohol und vor Erschöpfung. Müde Dienstmädchen versuchten, Ordnung zu schaffen.

Pater Ralph blickte zu Mrs. Smith, schüttelte den Kopf. „Schicken Sie alle zu Bett, meine Liebe. Diese Arbeit erledigt sich viel leichter, wenn man frisch ist. Ich werde dafür sorgen, daß Mrs. Carson nichts dagegen hat."

„Möchten Sie vielleicht etwas zu essen haben, Pater?"

„Guter Gott, nein! Ich gehe zu Bett."

Am späten Nachmittag berührte eine Hand seine Schulter. Er griff danach, blind, noch ohne die Kraft, die Augen zu öffnen; wollte seine Wange dagegen schmiegen.

„Meggie", murmelte er.

„Pater, Pater! Oh, bitte, wachen Sie doch auf!"

Es war Mrs. Smith. Beim Klang ihrer Stimme wurde er sofort hellwach, riß die Augen auf. Es entging ihm nicht, daß sie tief verstört war. „Was ist, Mrs. Smith?"

„Es handelt sich um Mrs. Carson, Pater. Sie ist tot."

Ein Blick auf seine Armbanduhr sagte ihm, daß es schon sehr später Nachmittag war, praktisch Abend: sechs Uhr. Noch benommen von der Trägheit, ja, Stumpfheit, in die ihn die Hitze des Tages versetzt hatte, schlüpfte er mit Mühe aus seinem Pyjama und dann in seine Priesterkleidung. Er legte sich eine schmale Purpurstola um den Hals, nahm das Öl für die Letzte Ölung, das Weihwasser, sein großes Silberkreuz und den Rosenkranz aus Ebenholzperlen. Keinen Augenblick kam ihm der Gedanke, daß Mrs. Smith etwa nicht recht haben könnte; er wußte, daß die Spinne tot war. Hatte sie vielleicht doch Selbstmord begangen – Tabletten geschluckt? Nun, dann mochte Gott geben, daß man das nicht entdeckte; daß weder von den Tabletten noch welche übrig waren, noch daß ein Arzt sonstwie Verdacht schöpfen konnte. Welchen Sinn das Spenden der Letzten Ölung haben sollte, wußte er nicht. Aber es mußte getan werden. Wenn er es unterließ, konnte es womöglich zu einer Obduktion oder dergleichen kommen, jedenfalls Komplikationen geben. Und doch hatte das nichts mit seinem plötzlichen Selbstmordverdacht zu tun: Die Vorstellung, Mary Carsons Körper mit dem heiligen Öl zu salben, war ihm zutiefst zuwider.

Ja, sie war tot, gar kein Zweifel: Innerhalb weniger Minuten nach dem Zubettgehen mußte sie gestorben sein, vor nunmehr gut fünfzehn Stunden. Bei festverschlossenen Fenstern wirkte die Luft im Zimmer ungemein feucht, was Wunder – Mary Carson hatte stets darauf bestanden, daß in alle möglichen Winkel ihres Schlafzimmers große, flache Schalen mit Wasser gestellt wurden, weil die verdunstende Flüssigkeit ihre Haut angeblich jung erhielt. Ein eigenartiges Geräusch war in der Luft, und nach einigen Sekunden begriffslosen Sich-Wunderns wurde ihm bewußt, daß da Fliegen summten. Schwärme von Fliegen, lärmendes Volk, das sich auf der Leiche tummelte.

„Um Himmels willen, Mrs. Smith, machen Sie die Fenster auf!" keuchte er und trat mit bleichem Gesicht näher zum Bett.

Die Totenstarre war längst vorbei. Sie lag wieder schlaff, widerlich schlaff. Die blicklosen Augen wirkten gesprenkelt, die dünnen Lippen fast schwarz; und überall auf dem toten Körper waren Fliegen, Massen von Fliegen. Wieder und wieder mußte

Mrs. Smith sie fortscheuchen, während der Priester, lateinische Worte murmelnd, die Letzte Ölung spendete. Was für eine Farce! War sie nicht verdammt? Und dieser Geruch! Sie roch schlimmer als ein Pferdekadaver draußen in der frischen Luft auf einer Koppel. Auch jetzt, da sie tot war, schrak er vor einer Berührung mit ihr genauso zurück wie zuvor, als sie noch gelebt hatte. Vor allem ihre Lippen, von Fliegenstichen übersät, widerlich – innerhalb weniger Stunden würde ihr Mund, ihr ganzer Körper eine Masse wimmelnder Maden sein.

Endlich war er fertig. Er richtete sich auf. „Gehen Sie sofort zu Mr. Cleary, Mrs. Smith. Er soll die Jungen umgehend einen Sarg zimmern lassen. Es ist einfach nicht genug Zeit, um von Gilly einen herzuschicken – sie verfault uns ja vor den Augen. Allmächtiger Gott! Mir ist übel. Ich werde ein Bad nehmen und meine Kleider draußen vor meiner Tür lassen. Verbrennen Sie sie. Ich würde diesen – diesen Geruch nie wieder aus ihnen herausbekommen."

Wieder in seinem Zimmer, in Reithose und Hemd (denn eine zweite Soutane hatte er nicht nach Drogheda mitgebracht), erinnerte er sich an den Brief und an sein Versprechen. Inzwischen hatte es sieben Uhr geschlagen, und er hörte ein wilden, wenn auch gedämpften Wirrwarr vom Empfangsraum her: Die Dienstmädchen und die Aushilfskräfte waren dabei, diesen Raum in aller Hast wieder in eine Kapelle zu verwandeln. Nun, es half alles nichts: Noch heute abend mußte er nach Gilly zurück, um eine andere Soutane zu holen sowie Gewänder für die Totenmesse. Bestimmte Dinge hatte er stets bei sich, wenn er das Pfarrhaus verließ, um zu einer entlegenen Station zu fahren. In einem kleinen schwarzen Koffer war mit großer Sorgfalt untergebracht, was er für das Spenden verschiedener Sakramente brauchte: für Taufe und Eucharistie, für Buße und Krankensalbung. Auch die Meßgewänder hatte er bei sich, die jeweils, nach den Erfordernissen im Kirchenjahr, nötig wurden. Doch er war Ire, und so widerstrebte es ihm, die dunkle Gewandung für die Totenmesse bei sich zu haben: das hieß das Schicksal herausfordern.

In einiger Entfernung erklang plötzlich Paddys Stimme. Nein, dachte der Priester, jetzt möchte ich ihn nicht sehen, nicht mit ihm sprechen. Mrs. Smith wird sich schon um alles kümmern.

Durch das Fenster in seinem Zimmer sah er Drogheda im dahinschwindenden Licht der Abendsonne. Golden schimmerten die Eukalyptusbäume, die Unmassen von Rosen im Garten – weiß und rosa und rot – waren wie von Purpur überhaucht. Er holte Mary Carsons Brief hervor, hielt ihn zwischen den Händen. Sie hatte gesagt, er solle ihn lesen, bevor sie bestattet würde, und eine leise Stimme in ihm schien ihm zuzuflüstern, er müsse das jetzt tun, ja, *jetzt*. Nicht erst in einigen Stunden, nachdem er mit Paddy und Meggie gesprochen hatte, sondern *jetzt*, wo die Erinnerung an Mary Carson noch ganz nah war.

Der Umschlag enthielt vier Bogen Papier. Er faltete sie auseinander. Die beiden unteren enthielten das Testament, das ließ sich auf den ersten Blick erkennen. Die beiden anderen bildeten einen Brief, ein persönliches Schreiben, an ihn gerichtet.

„Mein teuerster Ralph,

Sie werden inzwischen gesehen haben, daß dieser Umschlag außer meinem Brief noch mein Testament enthält. In Harry Goughs Büro in Gilly befindet sich bereits ein von mir ordnungsgemäß unterschriebenes Testament; doch das hier beigefügte ist wesentlich jüngeren Datums, was jenes bei Harry natürlich ungültig werden läßt.

Ich habe es erst ganz vor kurzem aufgesetzt. Tom und der Zaunmacher waren die Zeugen, von denen ich es unterschreiben ließ. Soweit ich weiß, wäre es rechtlich unzulässig, jemanden als Zeugen zu nehmen, der im Testament bedacht ist. Sie können sicher sein, daß kein Gericht im Land es für ungültig erklären würde.

Aber warum habe ich dieses Testament nicht von Harry aufsetzen lassen, wenn mir daran lag, über meine Hinterlassenschaften anders zu verfügen als zuvor? Aus einem sehr einfachen Grund, mein teurer Ralph. Außer Ihnen und mir soll niemand etwas von der Existenz des Testaments erfahren. Das beigefügte Exemplar ist das einzige, das es gibt, und Sie behalten es. Niemand weiß, daß Sie es haben. Ein sehr wichtiger Teil meines Plans.

Sie kennen doch jenes Kapitel des Evangeliums, in dem erzählt wird, daß der Satan unseren Herrn Jesus Christus auf einen Berg führte, um ihn damit zu versuchen, daß er ihm die ganze Welt versprach. Wie angenehm ist es zu wissen, daß ich ein wenig von Satans Macht besitze und so in der Lage bin, jenen mit der ganzen Welt zu versuchen, den ich liebe (bezweifeln Sie, daß der Satan Christus geliebt hat? ich nicht). Die Betrachtung Ihres Dilemmas hat meine Gedanken in den letzten Jahren beträchtlich belebt, und je näher ich dem Sterben bin, desto verlockender werden meine Visionen.

Was ich meine, werden Sie verstehen, wenn Sie das Testament gelesen haben. Während ich in der jenseitigen Hölle brenne, werden Sie in einer diesseitigen Hölle brennen, und die Flammen *dieser* Hölle werden entsetzlicher sein als irgendein Höllenfeuer, das Gott geschaffen haben kann. Oh, mein Ralph, ich habe Sie ja so wunderbar in der Folter! Mag ich nichts sonst gekonnt haben, auf eines habe ich mich seit jeher ausgezeichnet verstanden – jene, die ich liebe, leiden zu lassen. Und Sie sind ein bei weitem lohnenswerteres Opfer, als es mein teurer, dahingeschiedener Michael je gewesen ist.

Als Sie hierherkamen, waren Sie schon sehr bald auf Drogheda und mein Geld aus, Ralph, nicht wahr? In meinem Reichtum sahen Sie ein sehr brauchbares Mittel für Ihren Zweck – um sich damit gleichsam in Ihr natürliches Metier zurückkaufen zu können. Aber dann kam Meggie, und Sie gaben Ihre ursprüngliche Absicht auf, meine Freundschaft so recht zu hegen und zu pflegen. Ich war nur noch ein Vorwand für Ihre Besuche auf Drogheda, damit Sie mit Meggie zusammen sein konnten. Da Ihnen dieser Frontwechsel so leichtgefallen zu sein scheint, frage ich mich unwillkürlich, ob Sie wohl wußten und wissen, wie groß mein Vermögen tatsächlich ist. *Wissen* Sie es, Ralph? Ich glaube, Sie haben nicht die geringste Vorstellung davon. Es dürfte zwar kaum sehr ladylike sein, die genaue Summe zu nennen, auf die sich die im Testament angeführten Werte belaufen, doch um sicherzugehen, daß sie von vornherein über Wesentliches im Bilde sind, wenn Sie dann eine Entscheidung treffen müssen, will ich schon an dieser Stelle sagen, daß mein Vermögen einen Wert von *dreizehn Millionen Pfund* darstellt.

Wie ich sehe, ist auf dem zweiten Bogen nicht mehr allzuviel Platz, und – nun, eine Abhandlung will ich ohnehin nicht schreiben. Lesen Sie also mein Testament, Ralph, und entscheiden Sie dann, was Sie damit tun. Werden Sie es zu Harry Gough bringen, damit es als gültig anerkannt werden kann, oder werden Sie es verbrennen und nie einer Menschenseele sagen, daß es überhaupt existiert hat? Das ist die Entscheidung, die Sie zu treffen haben. Ich sollte noch hinzufügen, daß es sich bei dem Testament in Harrys Büro um jenes handelt, das ich ein Jahr nach Paddys Ankunft machte. In ihm habe ich meinen Bruder als Gesamterben eingesetzt. Das macht schon recht deutlich, was auf dem Spiel steht, nicht wahr?

Ralph, ich liebe Sie, und ich hätte Sie ermorden können, weil Sie mich nicht gewollt haben; aber diese Form der Vergeltung ist bei weitem besser. Ich gehöre nicht zu den Edelmütigen. Ich liebe Sie, doch ich will, daß Sie vor Qualen schreien. Denn ich *weiß*, wie Sie sich entscheiden werden, verstehen Sie! Ich weiß es so genau, als ob ich hier sein könnte, um alles zu beobachten. Sie werden schreien, Ralph, Sie werden wissen, was wirkliche Qualen sind. Lesen Sie also weiter, mein schöner, ehrgeiziger Priester! Lesen Sie mein Testament und entscheiden Sie über Ihr Schicksal."

Es fand sich keine Unterschrift, nicht einmal die Initialen. Er spürte den Schweiß auf seiner Stirn, fühlte die rinnenden Tropfen im Nacken. Und er wollte aufstehen, noch in derselben Sekunde, um den Brief zu verbrennen und auch das Testament: bevor er es lesen konnte. Aber sie hatte es nur zu gut verstanden, das Opfer in ihr Netz zu ziehen, die alte Spinne. Natürlich würde er weiterlesen. Die Neugier brannte viel zu sehr, als daß er hätte widerstehen können. Gott! Was hatte er denn nur jemals verbrochen, um in ihr eine solche Rachsucht zu schüren? Weshalb ließen Frauen ihn so leiden? Warum war er nicht als häßlicher Mensch auf die Welt gekommen, fratzenhaft, mißgestaltet? Dann würde er jetzt vielleicht glücklich sein.

Das Testament war in derselben präzisen, ja pedantischen Handschrift niedergeschrieben wie der Brief. Die harten Buchstaben verrieten viel über die Schreiberin. Aus ihnen sprach Erbarmungslosigkeit und Grausamkeit.

„Ich, Mary Elizabeth Carson, körperlich und geistig gesund, erkläre hiermit, daß dies mein Letzter Wille und mein Testament ist, wodurch alle zuvor von mir gemachten Testamente ungültig werden.

Mit Ausnahme der unten gesondert aufgeführten Legate hinterlasse ich mein gesamtes Vermögen der römisch-katholischen Kirche unter der Voraussetzung, daß folgende Bedingungen erfüllt werden:

1. Daß besagte römisch-katholische Kirche – im weiteren nur noch Kirche genannt – wisse, in welch hohem Maße ich ihren Priester, Pater Ralph de Bricassart, achte und schätze. Die Gründe für die von mir getroffene Entscheidung über meine Hinterlassenschaften liegen *ausschließlich* in der von ihm bewiesenen Güte sowie seinem geistlichen Rat und unermüdlichen Beistand.

2. Daß der Kirche das von mir hinterlassene Vermögen nur so lange verfügbar bleibe, wie sie besagten Pater Ralph de Bricassart als würdigen und fähigen Priester schätzt.

3. Daß besagter Pater Ralph de Bricassart verantwortlich sei für die Verwaltung meines gesamten Vermögens und ihm die letzte

Entscheidungsgewalt vorbehalten bleibe über meinen Grundbesitz.

4. Daß nach dem Ableben von besagtem Pater Ralph de Bricassart durch seine eigene testamentarische Verfügung rechtsverbindlich die weitere Verwaltung meines Vermögens geregelt wird, d. h., der Kirche bleibt zwar der alleinige Besitz, doch steht es ausschließlich in der Verantwortung von Pater Ralph de Bricassart, seinen Nachfolger als Vermögensverwalter zu benennen, wobei er nicht gehalten ist, seine Wahl unter den geistlichen oder den Laienmitgliedern der Kirche zu treffen.

5. Daß die Station Drogheda nie verkauft oder aufgeteilt wird.

6. Daß mein Bruder, Padraic Cleary, Verwalter der Station Drogheda bleibt, mit dem Recht, in meinem Hause zu wohnen; und daß ihm ein Gehalt gezahlt wird, über dessen Höhe Pater Ralph de Bricassart entscheidet und niemand sonst.

7. Daß im Fall des Ablebens meines Bruders, des besagten Padraic Cleary, seine Witwe und seine Kinder weiterhin das Recht haben, auf der Station Drogheda zu bleiben; und daß die Stellung des Verwalters, in Abfolge, seinen Söhnen Robert, John, Hugh, Stuart, James und Patrick zufällt unter alleinigem Ausschluß von Francis.

8. Daß nach dem Ableben des letzten der Söhne, unter Nichteinbeziehung von Francis, die gleichen Rechte den Enkelkindern des besagten Padraic Cleary gewährt werden.

Legate:

Für Padraic Cleary: alles, was meine Häuser auf der Station Drogheda enthalten.

Für Eunice Smith, meine Haushälterin: daß sie, bei entsprechendem Lohn, ihre Stellung behält, solange sie das wünscht; daß ihr einmalig die Summe von fünftausend Pfund ausgezahlt wird; daß sie später im Ruhestand angemessene Bezüge erhält.

Für Minerva O'Brien und Catherine Donnelly: daß sie, bei entsprechendem Lohn, in ihren Stellungen bleiben, solange sie das wünschen; daß jeder von ihnen einmalig die Summe von eintausend Pfund ausgezahlt wird; daß beide später im Ruhestand angemessene Bezüge erhalten.

Für Pater Ralph de Bricassart: daß ihm auf Lebenszeit jährlich die Summe von zehntausend Pfund ausgezahlt wird, welche er für private Zwecke und völlig nach Belieben verwenden mag."

Das Testament war ordnungsgemäß unterzeichnet, datiert und durch Zeugenunterschriften bestätigt.

Sein Zimmer ging nach Westen hinaus. Wie stets im Sommer hing ein Staubschleier in der stillen Luft, und die untergehende Sonne sandte ihre Strahlen zwischen den winzigen Partikeln hindurch, so daß die ganze Welt in Gold und Purpur verwandelt schien. Vor dem großen, blutroten Sonnenball, der unmittelbar über den Bäumen der fernen Koppeln stand, schwebten streifenförmige Silberwolken, die wie umsäumt waren von strahlenden Feuerbündeln.

„Bravo!" sagte er. „Ich muß mich geschlagen bekennen, Mary. Ein Meisterstreich. Ich war der Narr, nicht du."

Er spürte die Tränen in seinen Augen, konnte das beschriebene Papier in seiner Hand nicht mehr erkennen. Rasch hielt er es so, daß keine Tropfen daraufallen und die Schrift verschmieren konnten. Dreizehn Millionen Pfund. *Dreizehn Millionen Pfund!* Ja, Mary hatte recht gehabt: Er war anfangs an ihrem Geld interessiert gewesen. Ehe dann Meggie kam. Da konnte er den Versuch nicht mehr fortsetzen: konnte nicht kalten Blutes eine Kampagne weiterführen, die sie um ihr Erbe bringen würde. Aber wie wäre das wohl gewesen, wenn er gewußt hätte, wie reich die alte Spinne in Wirklichkeit war? *Dreizehn Millionen!* Er hätte sich nicht träumen lassen, daß sie auch nur ein Zehntel davon besaß.

Seit sieben Jahren lebten Paddy und seine Familie jetzt hier. Sieben Jahre lang hatten sie sich für Mary Carson abgerackert. Wofür? Für die miserablen Löhne, die sie zahlte? Nie hatte Pater Ralph gehört, daß Paddy sich über die schäbige Behandlung beklagte. Zweifellos war er stets überzeugt gewesen, nach dem Tod seiner Schwester für alles reichlich entschädigt zu werden: dafür, daß er, der Verwalter, den Lohn eines einfachen Viehtreibers erhielt, während seine Söhne, die als Viehtreiber arbeiteten, so entlohnt wurden wie Hilfsarbeiter. Nun, Paddy hatte sich durchgebissen. Drogheda war ihm ans Herz gewachsen, als wäre es sein Eigentum – was es, wie er zu Recht annahm, eines Tages ja auch sein sollte.

„Bravo, Mary!" sagte Pater Ralph wieder, und diese ersten Tränen seit seiner Knabenzeit fielen auf seine Handgelenke und die Rücken seiner Hände, aber nicht auf das Papier.

Dreizehn Millionen Pfund; und also doch noch die Chance, einmal Kardinal de Bricassart zu werden. Gegen Paddy Cleary, seine Frau, seine Söhne – und gegen Meggie. Mit welch diabolischer Schärfe hatte sie ihn durchschaut, die alte Spinne! Und mit welch diabolischer Präzision hatte sie alles kalkuliert! Hätte sie Paddy alles genommen, so wäre der Weg für Ralph de Bricassart klar vorgezeichnet gewesen: zum nächsten Herd, und hinein mit dem verfluchten Papier ins brennende Feuer, ohne das geringste Zögern, ohne irgendein Bedauern. Aber nein, dazu war sie viel zu raffiniert gewesen. Sie hatte dafür gesorgt, daß Paddy nie Not leiden würde; daß es ihm hier jetzt besser gehen mußte, als es ihm je zu ihren Lebzeiten gegangen war; daß er Drogheda nie ganz verlieren konnte. Gewiß, der Besitztitel würde nicht auf ihn übergehen, auch Gewinne würde er nicht einstreichen, doch das Land als solches blieb praktisch sein. Der Verwalter von Drogheda: ein geachteter, angesehener Mann, dem es an nichts mangelte, der insgesamt mit seinem Leben recht zufrieden sein konnte. Und Meggie? Was für ihren Vater und die Familie galt, galt auch für sie: Wie alle Clearys würde sie soweit wohlversorgt sein, würde nie Not leiden müssen, würde jedoch – hier im Gilly-Distrikt – auch nie *Miß* Cleary sein können, nämlich einer Miß Carmichael und ihresgleichen gesellschaftlich ebenbürtig. Recht geachtet, gewiß, gesellschaftlich auch leidlich *akzeptabel*, jedoch nie vom gleichen *obersten* Rang.

Dreizehn Millionen Pfund. Die Chance, herauszukommen aus Gillanbone, das Kümmerdasein hier abzustreifen, einen Platz zu erlangen in der Hierarchie der Kirchenadministration, sich das Wohlwollen Gleich- und Höherrangiger zu sichern. Und all das, solange er noch jung genug war, verlorenen Boden wieder aufzuholen. Wie hatte er damals zu Mary Carson gesagt? „Gillanbone gehört kaum zu jenen Gefilden, aus denen der Erzbischof Kandidaten für eine etwaige apostolische Legatschaft rekrutiert." Nun, das war jetzt mit einem Schlag anders: mit jenem Meister*streich*, den Mary Carson geführt hatte, um Vergeltung zu üben. Jetzt konnte – und würde – Gillanbone sehr wohl in den Mittelpunkt gewisser erzbischöflicher Überlegungen und Erwägungen rücken, und die Ausläufer dieser Flutwelle mochten sogar den Vatikan erreichen – würden es sogar mit Sicherheit tun. Denn auch wenn die Kirche reich war: dreizehn Millionen Pfund blieben dreizehn Millionen Pfund. So etwas wischte man nicht einfach vom Tisch, auch die Kirche nicht. Und nur durch ihn und über ihn, Ralph de Bricassart, konnte sie in den Besitz dieses Vermögens gelangen, das hatte Mary Carson sozusagen schwarz auf weiß festgehalten, ein für allemal. Er wußte, daß Paddy das Testament nie anfechten würde, und das hatte auch Mary Carson gewußt, Gott verdamme sie. Gewiß, Paddy würde vor Zorn außer sich sein, würde nichts mehr mit ihm zu tun haben wollen. Aber dabei würde es auch bleiben. Nie würde er sich dazu hinreißen lassen, mit einer Klage vor Gericht zu ziehen.

Welche Entscheidungen galt es zu treffen? Aber wußte er es

nicht? Hatte er, als er das Testament las, nicht sofort gewußt, was er tun würde? Die Tränen waren getrocknet. Der Priester erhob sich, stand einen Augenblick; vergewisserte sich, daß sein Hemd ordentlich saß; ging dann zur Tür. Ja, er mußte nach Gilly, um eine Soutane und die anderen unerläßlichen Gewänder zu holen. Aber zuvor wollte er noch einmal Mary Carson sehen.

Trotz der geöffneten Fenster war der üble, der widerliche Geruch inzwischen zum durchdringenden Gestank geworden. Mit festen Schritten trat der Pater auf das Bett zu und stand und blickte hinab auf die Tote. Ihre ohnehin fetten Arme und Hände wirkten geschwollen, ja, ganz buchstäblich gebläht, grünliche Flecken schimmerten, die Haut ging offenbar zum Teil in Verwesung über. O Gott. Du widerliche alte Spinne. Du hast gesiegt, aber was für ein Sieg ist das. Der Triumph einer zerfallenden menschlichen Karikatur über eine andere. Doch über meine Meggie kannst du nicht triumphieren, und du kannst ihr auch nicht fortnehmen, was dir ja nie gehört hat. Mag sein, daß ich in der Hölle an deiner Seite brennen werde, doch ich weiß, welche *innere Hölle* dir zugedacht ist: meine Gleichgültigkeit dir gegenüber ertragen zu müssen, während wir beide im ewigen Feuer brennen . . .

Paddy wartete unten in der Diele auf ihn. Er wirkte tief verstört.

„Oh, Pater!" sagte er, näherkommend. „Ist das nicht furchtbar? Was für ein Schock! Ich hätte nie gedacht, daß sie so plötzlich sterben würde. Gestern nacht ging es ihr doch noch so gut! Allmächtiger, was soll ich tun?"

„Haben Sie sie schon gesehen?"

„Himmel hilf – ja!"

„Dann wissen Sie ja, was zu tun ist. Noch nie habe ich eine Leiche gesehen, bei der so schnell die Verwesung eingesetzt hat. Wenn Sie sie nicht innerhalb der nächsten Stunden richtig in irgendeiner Art Behälter unterbringen, werden Sie sie mehr oder minder buchstäblich zusammenkratzen müssen. Sie muß gleich morgen früh begraben werden. Verschwenden Sie keine Zeit darauf ihren Sarg zu verschönern; bedecken Sie ihn mit Gartenrosen oder dergleichen. Und machen Sie schnell, Mann! Ich muß nach Gilly, um Gewänder zu holen."

„Kommen Sie zurück, so schnell Sie können, Pater!" bat Paddy.

Doch Pater Ralph brauchte für seine Fahrt mehr Zeit, als durch ein kurzes Aufsuchen des Pfarrhauses zu erklären gewesen wäre. In der Tat: bevor er überhaupt zum Pfarrhaus fuhr, lenkte er sein Auto in eine der etwas vornehmer wirkenden Seitenstraßen von Gillanbone, und das Gebäude, vor dem er hielt, nahm sich mit seinem sehr gepflegten Garten recht imposant aus.

Harry Gough hatte sich gerade zum Dinner niedergelassen, doch als ihm das Dienstmädchen den Besucher meldete, kam er sofort in den Salon.

„Pater, möchten Sie vielleicht mit uns speisen? Corned Beef und Kohl, und dazu gekochte Kartoffeln und Petersiliensoße. Das Fleisch ist ausnahmsweise einmal nicht zu salzig."

„Nein, Harry, ich kann nicht bleiben. Ich bin nur gekommen, um Ihnen zu sagen, daß heute morgen Mary Carson gestorben ist."

„Guter Gott! Ich war doch gestern nacht dort! Und sie wirkte so wohlauf, Pater!"

„Ich weiß. Als ich sie so gegen drei Uhr die Treppe hinaufbegleitete, fehlte ihr auch nichts. Doch sie muß fast im gleichen Augenblick verschieden sein, als sie sich ins Bett legte. Mrs. Smith entdeckte sie heute abend um sechs. Doch inzwischen war Mary Carson schon so lange tot, daß sie grauenvoll aussah. Wegen der geschlossenen Fenster hatte ihr Zimmer, bei der Tageshitze, wie ein Brutkasten gewirkt. Allmächtiger Gott, ich kann nur darum beten, daß die Erinnerung an ihren Anblick wieder aus meinem Gedächtnis getilgt wird! Unbeschreiblich, Harry, entsetzlich!"

„Sie wird morgen bestattet werden?"

„Das läßt sich kaum umgehen."

„Wie spät ist es? Zehn? Bei dieser Hitze müssen wir so spät zu Abend essen wie die Spanier, aber jedenfalls brauchen wir uns nicht zu sorgen, daß es zu spät sein könnte, um noch Leute anzurufen. Möchten Sie, daß ich das für Sie übernehme, Pater?"

„Danke, Harry, das wäre sehr freundlich. Ich bin nur nach Gilly gekommen, um Meßgewänder zu holen. Als ich zu der Party fuhr, habe ich wirklich nicht geglaubt, daß ich eine Totenmesse würde lesen müssen. Ich muß so schnell wie möglich nach Drogheda zurück, man braucht mich dort. Die Totenmesse wird morgen früh um neun gehalten werden."

„Sagen Sie Paddy, daß ich das Testament gleich mitbringen werde, so daß ich mich unmittelbar nach der Bestattung damit befassen kann. Auch Sie sind darin bedacht, Pater, und es wäre mir lieb, wenn Sie bei der Testamentseröffnung anwesend wären."

„Ich fürchte, da gibt es ein gewisses Problem, Harry. Sehen Sie, Mary hat noch ein Testament gemacht. In der Nacht, nachdem sie die Party verlassen hatte, gab sie mir einen versiegelten Umschlag, und ich mußte ihr versprechen, das Kuvert zu öffnen, sobald ich mich mit eigenen Augen davon überzeugen konnte, daß sie tot war. Als ich es dann öffnete, entdeckte ich, daß es ein neu aufgesetztes Testament enthielt."

„Mary hat ein anders Testament gemacht? Ohne *mich?*"

„Es scheint so. Ich glaube, das war eine Sache, die sie sich sehr lange hatte durch den Kopf gehen lassen. Weshalb sie allerdings ein solches Geheimnis daraus machte, weiß ich nicht."

„Haben Sie es jetzt bei sich, Pater?"

„Ja." Der Priester holte die zusammengefalteten Papierblätter hervor.

Der Anwalt zögerte keinen Augenblick, das Testament zu lesen. Als er damit fertig war, hob er den Kopf, und in seinen Augen zeigte sich vieles, was Pater Ralph dort lieber nicht gesehen hätte. Bewunderung zwar, doch auch Zorn und eine gewisse, unverkennbare Verachtung.

„Nun, Pater, meine Gratulation! Da haben Sie den Batzen also doch bekommen." Er konnte es sich erlauben, so etwas zu sagen: Er war kein Katholik.

„Glauben Sie mir, Harry, für mich war die Überraschung größer, als sie für Sie ist."

„Ist dies das einzige Exemplar?"

„Soweit ich weiß, ja."

„Und sie hat es Ihnen erst in der vergangenen Nacht gegeben?"

„Ja."

„Und weshalb haben Sie es dann nicht vernichtet, um sicherzugehen, daß der alte Paddy bekommt, was ihm von Rechts wegen zusteht? Die Kirche jedenfalls hat nicht das geringste Recht auf Mary Carsons Besitztümer."

Der Blick aus den schönen Augen des Priesters wirkte sehr mild. „Oh, das wäre doch wirklich nicht zu vertreten gewesen, Harry, nicht wahr? Schließlich handelte es sich um Marys Besitz, und sie konnte in jeder ihr richtig erscheinenden Weise darüber verfügen."

„Ich werde Paddy raten, das Testament anzufechten."

„Das sollten Sie auch, meine ich."

Und damit trennten sie sich. Als dann am Morgen die Trauergäste zu Mary Carsons Begräbnis eintrafen, wußte man überall in Gillanbone, ja, praktisch überall auf dem Erdball, an wen das riesige Vermögen fallen würde. Und gefallen waren somit auch die Würfel, ein Zurück gab es nicht mehr.

Als Pater Ralph, das letzte Tor hinter sich lassend, wieder auf die Home Paddock gelangte, war es bereits vier Uhr früh. Er hatte sich bei der Rückfahrt Zeit gelassen, sehr viel Zeit, hatte sein Gehirn zu fast völliger Gedankenleere geradezu gezwungen.

Nicht an Paddy dachte er und nicht an Fee und nicht an Meggie;

und schon gar nicht an jenen widerlich stinkenden und inzwischen wohl breiig zerflossenen Kadaver, der, wic cr aus tiefster Seele hoffte, jetzt schon im Sarg lag. Nein, daran verschwendete er so gut wie keinen Gedanken. Statt dessen öffnete er seine Augen und sein Gemüt der Nacht: den gespenstigen Silberkonturen toter Bäume, die einsam im schimmernden Gras standen, hier und da und dort, den Schatten bei dieser und bei jener Baumgruppe, deutlich nach Kern- und nach Halbschatten zu unterscheiden, der vollgerundeten Mondscheibe, die, einer Seifenblase gleich, in fernen Himmelsregionen schwebte.

Einmal stieg er aus, um – während er an einen Zaun gelehnt stand – tief den Duft der Eukalyptusbäume und der Wildblumen einzuatmen. Dieses Land war so wunderschön und so rein, und die Schicksale derer, die es zu beherrschen glaubten, kümmerte es wenig. Was immer die Menschen auch taten, um ihre vermeintliche Herrschaft über das Land zu festigen, am Ende blieb das Land Herrscher über sie.

Er parkte sein Auto in einiger Entfernung hinter dem Haus und ging dann langsam darauf zu. Alle Fenster waren erleuchtet. Vom Quartier der Haushälterin her hörte er Stimmen. Mrs. Smith und die beiden irischen Dienstmädchen beteten gemeinsam den Rosenkranz. Dann sah er, unmittelbar bei den Wisterienranken, ein sich bewegendes Etwas, einen undefinierbaren Schatten, und er spürte, wie sich ihm die Nackenhaare sträubten. Die Erinnerung an diese alte Spinne konnte einen wahrhaftig Gespenster sehen lassen.

Doch es war Meggie, die offenbar geduldig auf ihn gewartet hatte. Sie trug ihre Jodhpurs und die Halbstiefel – nein, wirklich kein Gespenst, ein sehr lebendiger Mensch.

„Du hast mich erschreckt", sagte er abrupt.

„Tut mir leid, Pater, das wollte ich wirklich nicht. Aber ich wollte auch nicht drin bei Daddy und den Jungen bleiben. Mum ist mit den Kleinen noch in unserem Haus. Eigentlich sollte ich wohl mit Mrs. Smith und Minnie und Cat beten, aber mir ist nicht danach zumute, für *sie* zu beten. Das ist eine Sünde, nicht wahr?"

Es war ihm zuwider, die Erinnerung an Mary Carson auch nur durch ein zufälliges Wort zu beschwören. „Nein, Meggie", sagte er, „ich glaube nicht, daß das eine Sünde ist. Heuchelei hingegen wäre eine. Auch mir ist nicht danach zumute, für sie zu beten. Sie war keine . . . kein sehr guter Mensch." Er lächelte. „Solltest du also gesündigt haben, indem du deine Gefühle offen bekannt hast, um wieviel mehr dann ich, der ich doch alle Menschen lieben soll, eine Last, die dir nicht auferlegt ist."

„Pater", fragte sie, „Pater, was ist mit Ihnen?"

„Nichts, gar nichts. Was sollte mit mir sein?" Er blickte zum Haus und seufzte. „Ich möchte nicht dort drinnen sein, das ist alles. Ich möchte nicht dort sein, wo sie ist, bis es hell wird und die Dämonen der Finsternis vertrieben sind. Wenn ich die Pferde sattle, würdest du bis zum Morgengrauen mit mir reiten?"

Ihre Hand berührte seinen schwarzen Ärmel. „Ich möchte auch nicht ins Haus gehen."

„Dann warte einige Sekunden, während ich meine Soutane ins Auto lege."

„Ich gehe schon zu den Stallungen voraus."

Zum ersten Mal versuchte sie, ihm gewissermaßen auf gleicher Ebene zu begegnen: nicht mehr das Kind oder die Heranwachsende, sondern die *Er*wachsene. Der Kontrast zu ihrem früheren Verhalten war für ihn genauso deutlich spürbar wie – ja, wie der Geruch der Rosen in Mary Carsons wunderschönen Gärten. Rosen. Asche der Rosen. Rosen, Rosen, überall. Blütenblätter im Gras. Sommerrosen, rot und weiß und gelb. Rosenduft, so süß und von betäubender Schwere in der Nacht. Rosarote Rosen, vom Mond zu Asche gebleicht. Asche der Rosen, Asche der Rosen. Meine Meggie, ich habe dich im Stich gelassen. Aber kannst du nicht verstehen, daß du zu einer Bedrohung geworden bist? Deshalb habe ich dich opfern müssen, meinem Ehrgeiz opfern. Unter meinem Absatz habe ich dich zertreten, und jetzt besitzt du für mich nicht mehr Bedeutung – mehr *Wesen*haftigkeit – als eine zerquetschte Rose unten im Gras. Der Geruch der Rosen. Der Geruch von Mary Carson. Rosen und Asche. Asche der Rosen.

„Asche der Rosen", sagte er, während er sich in den Sattel schwang. „Sehen wir zu, daß wir so weit wie möglich von ihrem Geruch fortkommen. Morgen wird das Haus von ihnen voll sein."

Er gab der braunen Stute die Sporen und galoppierte los, Meggie ein Stück voraus. In seiner Kehle würgte es. Erst jetzt wurde ihm so richtig bewußt, was Mary Carsons Testament ganz konkret für ihn bedeuten würde, schon sehr bald bedeuten würde: daß er Gillanbone und diese Ecke Australiens verließ. Denn eines stand mit Sicherheit fest: Sobald man *amtlicherseits* von den kaum glaublichen Bedingungen in Mary Carsons Testament erfuhr, würde man ihn nach Sydney rufen, ganz buchstäblich *auf der Stelle*.

Nein, in Gilly würde man ihn keinen Tag länger lassen, als unbedingt nötig. Und plötzlich spürte er einen tiefen Schmerz, der völlig unerträglich schien und den er dennoch ertrug – wohl weil er ihn ertragen mußte. Dies war nichts in einem vagen, vielleicht nur gedachten Irgendwo, Nirgendwo. Dies war tatsächliche, erbarmungslose Wirklichkeit. Und fast schien es ihm, als könnte er jetzt Paddys Gesicht vor sich sehen, den Zug von Ekel und Widerwillen darin, das Sich-Abwenden. Zweifellos würde er auf Drogheda nicht mehr willkommen sein. Und er würde Meggie nie wiedersehen.

Jetzt, auf dem Rücken der braunen Stute, irgéndwie half das, dieses flotte Galoppieren, das Gefühl des Schwebens, ja des Fliegens. So ließ es sich leichter ertragen, viel leichter. Bald schon würde er in irgendeinem Raum, in irgendeiner Zelle des Bischofspalastes sein Zuhause haben, würde in Sicherheit sein vor anklagenden Blicken. Ja, immer mehr ließ der Schmerz nach, verschwand schließlich ganz. So war es besser, viel besser war es so, besser jedenfalls, als in Gilly zu bleiben, nur um mit ansehen zu müssen, wie sie sich in ein Wesen verwandelte, das er gar nicht mehr wollte und das er irgendwann mit irgend so einem unbekannten Kerl trauen würde.

Wie hieß es doch? Aus den Augen, aus dem Sinn. Gar kein Zweifel, das würde das beste sein.

Aber was suchte er dann hier? Hier auf seiner Stute am Ufer des Creek, Meggie auf ihrem Pferd fast unmittelbar hinter sich? Es schien, als könnte er nicht mehr klar denken, als wäre er außerstande, eine Antwort zu finden auf das Warum. Das einzige, was er fühlte, war Schmerz. Aber nicht der Schmerz über seinen Verrat. Nur der Schmerz darüber, sie zu verlassen.

„Pater, Pater! Ich kann mit Ihnen nicht mithalten! Bitte, reiten Sie doch langsamer, Pater!"

Er verlangsamte das Tempo, zügelte die Stute. Wie in Zeitlupe wendete er das Pferd, wartete auf Meggie. Sie waren jetzt ganz in der Nähe des artesischen Brunnens. Brodelnd kochte es hervor aus dem Rohr, ringsum hatte sich ein Teich gebildet, eher schon ein kleiner See, von dem es schweflig herbeidampfte. Ähnlich wie bei einem Rad die Speichen von der Nabe nahmen hier die Verteilerröhren beim Hauptrohr ihren Anfang, und sie führten das Wasser über beträchtliche Strecken. Doch der Teich rundum schien sich immer weiter auszubreiten, unaufhörlich rieselte und plätscherte es. Die Ränder bildete grauer Schlamm, sehr schlüpfrig, sehr schleimig. In diesem Schlamm lebten jene Süßwasserkrebse, die man Yabbies nannte.

Pater Ralph begann zu lachen. „Riecht wie die Hölle, Meggie, nicht wahr? Riecht wirklich nach Schwefel! Und dieser Gestank müßte *ihr* doch eigentlich in die Nase stechen, wenn sie so liegt in ihrem Sarg, umkränzt von Rosen, meinst du nicht? Oh, Meggie . . ."

Sie saßen beide ab. Auf der anderen Seite des Teiches, ein Stück vom Hauptrohr entfernt, war das Wasser kühler, und dort befand sich am Rand ein Baumstamm, wo vor allem im Winter die Leute zu sitzen pflegten, wenn sie sich die Füße und die Beine wieder trocknen wollten.

Der Priester setzte sich, und auch Meggie nahm Platz, ein Stück von Pater Ralph entfernt. Sie wandte ihm ihr Gesicht zu, sah ihn an.

„Was ist, Pater?"

Irgendwie klang die Frage in seinen Ohren sonderbar. Eigentlich war es die Art, wie er zu fragen pflegte. Er lächelte unwillkürlich. „Ich habe dich verkauft, Meggie. Ich habe dich für dreizehn Millionen Silberlinge verkauft."

„Mich *verkauft?*"

„Eine Redewendung. Nicht so wichtig. Komm, setz dich näher zu mir. Vielleicht werden wir keine Gelegenheit mehr haben, miteinander zu sprechen."

„Während der Trauerzeit für Tante Mary, meinen Sie?" Auf dem Baumstamm rutschte sie näher, saß dann unmittelbar neben ihm. „Aber wieso sollte das dadurch eigentlich anders sein?"

„Das meine ich nicht, Meggie."

„Ach, Sie meinen, weil ich jetzt doch schon ziemlich erwachsen bin, könnten die Leute über uns reden?"

„Nein, nicht ganz. Ich meine, daß ich fortgehe."

Und da war es, bei ihr, ja, da war es wieder: Sie begehrte nicht dagegen auf, sie nahm es hin, eine weitere Last. Keine Tränenflut, kein Ausbruch der Gefühle, nicht der geringste Protest. Nicht einmal ein Seufzen, nur ein kurzes Anhalten des Atems.

„Wann?" fragte sie.

„In wenigen Tagen."

„Oh, Pater! Das wird schwerer sein als damals bei Frank."

„Und für mich wird es schwerer sein als irgend etwas sonst in meinem Leben. Mir bleibt kein Trost. Du hast wenigstens deine Familie."

„Sie haben Ihren Gott."

„Gut gesagt, Meggie! Ja, du *wirst* erwachsen!"

Doch in ihr bohrte eine Frage, eine Frage, die unbedingt heraus mußte. Fünf Kilometer waren sie nun schon geritten, ohne daß Meggie diese Frage hatte stellen können.

„Pater, im Stall haben Sie etwas von ,Asche der Rosen' gesagt. Haben Sie damit die Farbe meines Kleides gemeint?"

„In gewisser Weise, vielleicht. Doch im Grunde habe ich wohl etwas anderes gemeint."

197

„Was?"

„Nichts, das du verstehen könntest, meine Meggie. Das Absterben einer Idee, die kein Recht hatte, geboren zu werden, geschweige denn, genährt."

„Aber es gibt nichts, das kein Recht hätte, geboren zu werden – also auch keine Idee oder Vorstellung."

Er sah sie an. „Du weißt, wovon ich spreche?"

„Ich glaube, ja."

„Nicht alles, was geboren wird, ist gut, Meggie."

„Nein. Aber alles, was geboren worden ist, sollte ursprünglich gut sein."

„Du argumentierst wie ein Jesuit. Wie alt bist du?"

„Kommenden Monat werde ich siebzehn, Pater."

„Siebzehn Jahre, in denen du dich hart placken mußtest. Nun, harte Arbeit läßt uns frühzeitig reifen – oder altern. Worüber denkst du nach, Meggie, wenn du Zeit zum Nachdenken hast?"

„Oh, über Jims und Patsy und die anderen Jungen, über Daddy und Mum, über Hal und Tante Mary. Manchmal auch darüber, mir ein Baby wachsen zu lassen. Das würde mir sehr gefallen. Und über Reiten und Schafe. Über all das, worüber Männer reden, das Wetter, den Regen, auch über den Gemüsegarten und die Hühner und über das, was ich am nächsten Tag tun werde."

„Träumst du manchmal auch von einem – Ehemann."

„Nein. Außer daß ich wohl einen haben muß, wenn ich ein Baby wachsen lassen will, denn es braucht ja einen Vater, nicht?"

Er lächelte, allem Schmerz gleichsam zum Trotz. Was aus ihr sprach, war schon eine eigentümliche Mischung aus Naivität und Moralität. Er wandte sich zu ihr herum, nahm ihr Kinn in seine Hand, blickte sie an. Wie tun, was nun einmal getan werden mußte?

„Meggie", sagte er, „als du mir eben erzählt hast, woran du so alles denkst, warst du da *ganz* aufrichtig?"

„Ich . . ." begann sie und verstummte sofort wieder.

„Meinen Namen hast du nicht genannt. Weshalb nicht? Wenn du nichts weiter dabei finden würdest, hättest du mich doch wenigstens *erwähnt*, neben deinem Vater und deinen Brüdern und den anderen. Es ist vielleicht ganz gut, daß ich fortgehe, meinst du nicht? Mit deinen fast Siebzehn bist du ein wenig zu alt, um noch – nun, ja, um noch so einer ganz simplen Schulmädchenschwärmerei nachzuhängen. Ich finde dich zwar ganz reizend in deiner Naivität, in deinem Mangel an Lebenserfahrung, aber ich weiß auch, wie schmerzlich solche Schwärmereien sein können, nicht zuletzt deshalb, weil ich selbst zur Genüge darunter habe leiden müssen."

Sie schien sprechen zu wollen, doch dann senkte sie die Lider. In ihren Augen schimmerten Tränen. Sie schüttelte den Kopf, wie um sich davon zu befreien.

„Schau, Meggie", fuhr er fort, „das ist nur so eine Phase, ein – wenn man so will – Markstein auf deinem Weg, eine Frau zu werden. Und wenn du diese Frau geworden bist, wirst du dem Mann begegnen, der dazu bestimmt ist, dein Ehemann zu werden. Und dein Leben wird dich so sehr in Anspruch nehmen, daß du keine Zeit mehr haben wirst, an mich zu denken, außer daß ich dir vielleicht ein guter Freund war, der dir beim Erwachsenwerden über einige scheußliche Klippen hinweggeholfen hat. Auf gar keinen Fall darfst du es bei dir zur Gewohnheit werden lassen, mich sozusagen in den Mittelpunkt gewisser romantischer Träume zu stellen. Ich kann in dir nie das sehen, was ein Ehemann in dir sehen würde. In dieser Weise denke ich nie an dich, Meggie, verstehst du? Wenn ich sage, daß ich dich liebe, so meine ich nicht, daß ich dich als Mann liebe. Ich bin ein Priester, nicht ein Mann. Wovon du auch immer träumen magst, träume nicht von mir. Ich gehe fort, und ich bezweifle sehr, daß ich die Zeit haben werde, irgendwann zurückzukommen, und sei es auch nur auf einen Besuch."

Ihre Schultern waren gebeugt, wie unter einer sehr schweren Last. Doch sie hob den Kopf und sah ihm direkt in die Augen. „Ich werde nicht von Ihnen träumen, keine Sorge. Ich weiß ja, daß Sie ein Priester sind."

„Ja, das bin ich. Und ich glaube nicht, daß ich eine falsche Wahl getroffen habe. Denn dieses Priester-Sein befriedigt ein Bedürfnis in mir, das kein Mensch je befriedigen könnte, auch du nicht."

„Ich weiß. Ich kann es sehen, wenn Sie eine Messe halten. Von Ihnen geht so etwas aus, so eine Kraft. Ich glaube fast, daß Sie sich fühlen müssen wie unser Herrgott."

„Ich will dir sagen, was ich fühle, Meggie. In der Kirche fühle ich jeden angehaltenen Atemzug, und im Laufe des Tages vergehe ich, um am nächsten Morgen bei der Messe wiedergeboren zu werden. Doch weshalb das so ist, weiß ich nicht. Wenn ich es doch nur wüßte! Ist es, weil ich des Herrn erwählter Priester bin, oder weil ich sie höre, diese angehaltenen Atemzüge, dieses wie erschrockene Stocken des Atems, so daß ich also weiß, daß ich Macht besitze über die Seelen all jener, die anwesend sind?"

„Kommt es darauf an? Es ist eben so."

„Nun, vielleicht erscheint es dir nicht weiter wichtig. Aber für mich ist es wichtig, sehr. Denn ich zweifle, ich zweifle."

Sie wechselte das Thema, lenkte das Gespräch auf das, was für sie im Mittelpunkt stand. „Ich weiß nicht, wie ich ohne Sie auskommen soll, Pater. Zuerst Frank und nun Sie. Mit Hal ist das irgendwie anders. Ich weiß, daß er tot ist und nie zurückkommen kann. Aber Sie und Frank – ihr beide lebt doch! Ich werde mich immer fragen, wie es Ihnen geht und ob es Ihnen gut geht, was Sie gerade tun und ob ich Ihnen nicht irgendwie helfen könnte oder sollte. Ich werde mich sogar fragen, und wohl auch fragen müssen, ob Sie überhaupt noch am Leben sind.“

„Mir wird es nicht anders gehen, Meggie. Und ich bin sicher, auch bei Frank ist das so.“

„Nein. Frank hat uns vergessen ... wie Sie uns vergessen werden.“

„Ich könnte dich nie vergessen, Meggie, solange ich auch lebe. Und ich werde wohl sehr lange leben, schon zur Strafe.“ Er stand auf und reichte ihr die Hand, um sie vom Baumstamm hochzuziehen. Dann nahm er, freundlich und liebevoll, mit lockerem Griff ihre Schultern zwischen seine Hände. „Ich glaube, dies ist unser Adieu, Meggie. Wir können nie wieder miteinander allein sein.“

„Wenn Sie kein Priester wären, Pater, hätten Sie mich dann geheiratet?“

Plötzlich störte ihn die Anrede. „Nenn mich nicht immer Pater! Ich heiße Ralph.“ Eine Antwort auf ihre Frage war das allerdings kaum.

Wenn er sie auch in einer Art Umarmung hielt, die Absicht, sie zu küssen, hatte er keineswegs. Ihr Gesicht, zu ihm emporgehoben, lag jetzt im Dunkeln, fast völlig unkenntlich. Der Mond schien nicht mehr. Irgendwie standen sie auf einmal näher beieinander, und der Priester spürte an seinem Brustkorb einen eigentümlichen Druck, den Druck von Meggies kleinen, spitzen Brüsten, ein fremdartiges, ein verstörendes Gefühl. Noch tiefer jedoch beunruhigte ihn etwas anderes. Meggie hatte ihre Arme um seinen Hals geschlungen, und diese Geste wirkte so selbstverständlich, fast schon, als wäre Meggie männliche Umarmungen gewohnt.

Noch nie hatte er eine Frau als Liebhaber geküßt, und er dachte auch jetzt nicht daran, das zu tun. Erwartete Meggie einen solchen Kuß von ihm? Nein. Nein, wohl nicht. Schon weil es sie tief verletzt haben mußte, als er ihr gesagt hatte, sie solle ihn aus *dieser* Art von romantischen Träumen ein für allemal streichen. Also was? Nun, ein flüchtiger Hauch auf ihre Wange – so wie zweifellos ihr Vater es bei einem Abschied von ihr halten würde.

Er beugte den Kopf tiefer. Im selben Augenblick reckte sie sich zu ihm empor. Und so fügte es eher der Zufall, daß beider Lippen einander berührten. Für eine Sekunde zuckte er zurück, als habe er vom Gift der Spinne gekostet. Doch sofort beugte er sich wieder zu Meggie, flüsterte etwas dicht an ihrem süßen, geschlossenen Mund, und um zu antworten, öffnete sie die Lippen. Plötzlich wirkte ihr Körper wie knochenlos. Er schien zu zerfließen: etwas, das gleichsam dahinschmolz, warm und dunkel.

Der eine Arm des Priesters war jetzt um ihre Taille geschlungen. Der andere schob sich über ihren Rücken, zwischen die Schulterblätter, und die gewölbte Hand schmiegte sich um Meggies Hinterkopf, die Finger tief im weichen Haar. So hielt er sie, hielt sie, als fürchte er, sie zu verlieren, noch bevor er ihre Nähe richtig in sich aufgenommen hatte, diese so unmittelbare Gegenwart, die Meggie war. Meggie, ja – und doch: Meggie nicht. Zu fremdartig, völlig unvertraut. Denn *seine* Meggie war keine Frau, *seine* Meggie besaß für ihn nicht den Körper eines Weibes, *seine* Meggie konnte ihm ebensowenig je ein Weib sein wie er für sie ein Mann.

Dieser Gedanke ließ ihn wieder zu sich kommen. Rasch löste er sich aus Meggies Umarmung, schob sie ein Stück zurück, versuchte in der Dunkelheit ihr Gesicht zu erkennen. Doch sie hielt ihren Kopf jetzt gesenkt, sah ihn nicht an.

„Es wird Zeit, daß wir zurückreiten, Meggie", sagte er.

Ohne ein Wort ging sie zu ihrem Pferd, saß auf und wartete dann auf ihn. Sonst war immer er es gewesen, der auf sie wartete.

Pater Ralph hatte recht gehabt. Das ganze Haus war von Rosen wie überschwemmt. Um diese Jahreszeit blühten sie auf Drogheda besonders üppig, und man hatte die Gärten geradezu geplündert. Soweit war alles für den Empfang der Trauergäste vorbereitet, die – etwa um acht Uhr – denn auch einzutreffen begannen. Im kleinen Speisezimmer konnte jeder ein leichtes Frühstück einnehmen, Kaffee und frische Brötchen mit Butter. Nach der Bestattung würde es etwas Herzhafteres als Wegzehrung geben, und einen weiten, zum Teil sehr weiten Weg hatten sie ja alle.

Gar kein Zweifel: inzwischen war man „im Bilde", inzwischen wußte man „Bescheid", inzwischen hatte man sich „einweihen" lassen. Während von geübten Lippen konventionelle Floskeln tropften, spähten zudringliche Augen, spekulierten wache, wie lauernde Gehirne. Was mochte es wohl auf sich haben mit dieser sonderbaren Geschichte von dem Testament, die einem da zu Ohren gekommen war?

„Wie ich höre, werden wir Sie verlieren, Pater", sagte Miß Carmichael spitz.

Wohl noch nie hatte er so distanziert gewirkt, so über allen menschlichen – allzu menschlichen – Gefühlen stehend, wie an diesem Morgen. Er trug die spitzenlose Albe und die stumpfschwarze Kasel mit Silberkreuz. Nur körperlich schien er anwesend zu sein, während sein Geist in völlig anderen Regionen weilte. Und so war es dann geradezu wortwörtlich zu nehmen: daß der Priester Miß Carmichael *abwesend* anblickte.

Doch die Heiterkeit, mit der er die junge Dame musterte, war echt, war zweifellos tatsächlich empfunden.

„Gott geht seltsame Wege, Miß Carmichael", sagte er und ließ sie stehen, um zu anderen Trauergästen zu treten.

Woran er dachte, was ihn jetzt innerlich beschäftigte, konnte niemand ahnen. Es war die bevorstehende Konfrontation mit Paddy, wegen des Testaments. Mit eigentümlich widersprüchlichen Gefühlen sah er ihr entgegen. Einerseits fürchtete er sich davor, Paddys Gefühlsausbruch miterleben zu müssen, andererseits brauchte er eben dies: Paddys Zorn und Verachtung.

Bevor er die Totenmesse begann, wandte er sich der Trauergemeinde zu. Die Anwesenden füllten den Raum bis auf den letzten Platz, und es roch so stark nach Rosen, daß ihr schwerer Duft trotz der geöffneten Fenster kaum noch frische Atemluft übrigzulassen schien.

„Ich möchte mich auf wenige Worte beschränken", sagte er mit klarer Stimme und in fast reinem Oxford-Englisch, mit dem schwachen Anklang irischer Dialektfärbung. „Sie alle haben Mary Carson gekannt. Eine Stütze der Gesellschaft und eine Stütze der Kirche, die sie mehr liebte als irgendeinen Menschen."

An dieser Stelle, so behaupteten einige der Anwesenden später, habe sich in seinen Augen unverhohlener Hohn gezeigt. Andere hingegen versicherten mit dem gleichen Nachdruck, aus seinen Blicken habe nichts gesprochen als aufrichtige Trauer.

„Eine Stütze der Kirche, die sie mehr liebte als irgendeinen Menschen", wiederholte er, und seine Stimme klang womöglich noch deutlicher, noch klarer. „In ihrer letzten Stunde war sie allein und war dennoch nicht allein. Denn in der Stunde unseres Todes ist unser Herr Jesus Christus bei uns, ist in uns, trägt die Last unserer Schmerzen. Kein Wesen, ob hoch oder niedrig, stirbt allein, und der Tod ist süß. Wir sind hier versammelt, um für ihre unsterbliche Seele zu beten, damit ihr, die wir im Leben liebten, der gerechte und ewige Lohn zuteil werde. Lasset uns beten."

Der rasch zusammengezimmerte Sarg war so mit Rosen bedeckt, daß man das rauhe Holz nicht sehen konnte. Er stand auf einem niedrigen Untersatz, einer Art Karren, den die Cleary-

Söhne gleichfalls in aller Eile aus den verschiedensten Einzelteilen zusammengebaut hatten. Trotz der weitgeöffneten Fenster und trotz des Rosendufts roch man es, roch es ganz deutlich und unverkennbar, roch man *sie*.

Auch der Arzt hatte den Mund nicht halten können, nicht halten wollen. „Als ich auf Drogheda eintraf", hatte er am Telefon zu Martin King gesagt, „war sie schon so stark verwest, daß mir buchstäblich übel wurde. Noch nie im Leben hat mir jemand so leid getan wie Paddy Cleary. Nicht nur, weil er um seine Erbschaft – um Drogheda – gekommen ist, sondern weil er zu allem auch noch diesen stinkenden Brei in den Sarg tun mußte."

„Dann denke ich nicht daran, mich als Sargträger zu Verfügung zu stellen", war Martin Kings Antwort gewesen.

Daher der Karren, auf dem der Sarg stand. Niemand zeigte sich bereit, das Behältnis mit Mary Carsons sterblichen Überresten zu schultern, um es über die Rasenfläche hinweg zum Friedhof zu tragen. Und als sich die Tür des Grabgewölbes endlich schloß, waren alle froh, wieder frische, gleichsam unbesudelte Luft atmen zu können.

Während die übrigen Trauergäste sich im großen Speisezimmer mit ein paar Bissen stärkten, oder zumindest so taten, ging Harry Gough mit Paddy und dessen Familie, mit Pater Ralph, Mrs. Smith und den beiden Dienstmädchen in den Salon. Und eben deshalb dachten die anderen Trauergäste keineswegs daran, schon jetzt aufzubrechen. Sie wollten Paddys Gesicht sehen, wenn er, nach der Testamentseröffnung, wieder aus dem Salon kam. Noch wußte er ganz unverkennbar nichts, und alle waren darauf bedacht gewesen, sich nicht das mindeste anmerken zu lassen. Seiner gutherzigen Art entsprechend, hatte er um seine Schwester geweint, während Fee so war, wie man sie kannte: ungerührt, als ginge sie das alles nichts an.

„Paddy, ich möchte, daß Sie's anfechten", sagte Harry Gough, nachdem er das Testament mit harter, empörter Stimme verlesen hatte.

„Diese gemeine alte Hexe!" murmelte Mrs. Smith. Sie mochte den Priester zwar, doch waren ihr die Clearys ganz entschieden lieber. Ihnen verdankte sie, daß es in ihrem Leben gab, wonach sie sich so gesehnt hatte – Kinder.

Paddy schüttelte den Kopf. „Nein, Harry! Das könnte ich nicht. Es war doch ihr Besitz, ihr Vermögen, nicht wahr? Also hatte sie auch das Recht, damit zu tun, was sie wollte. Wenn es ihr Wille war, daß es an die Kirche fällt, so gibt es daran nichts zu deuteln. Natürlich fühle ich mich ein bißchen enttäuscht, das gebe ich zu.

Aber ich bin nur ein ganz einfacher Mensch, und vielleicht ist es deshalb so das beste. Wäre mir gar nicht so recht, für einen Besitz von der Größe von Drogheda die Verantwortung tragen zu müssen."

„Sie verstehen nicht ganz, Paddy!" sagte der Rechtsanwalt so langsam und so deutlich, als spräche er zu einem Kind. „Es geht doch nicht nur um Drogheda. Die Station bildet im Gesamtvermögen, das Ihre Schwester hinterlassen hat, nur einen Teil, und zwar einen relativ *kleinen* Teil, glauben Sie mir. Sie ist Hauptaktionärin bei hundert überaus profitablen Unternehmen, ihr gehören Stahlwerke und Goldminen, sie ist die Inhaberin von Michar Limited, mit einem zehnstöckigen Bürogebäude in Sydney. Ich meine natürlich, sie war's. Sie war reicher als irgendwer sonst in ganz Australien. Sonderbar, daß sie mir erst vor vier Wochen den Auftrag gab, mich mit den Direktoren von Michar Limited in Sydney in Verbindung zu setzen, weil sie präzise über ihren Vermögensstand informiert werden wollte. Nun, ihr Gesamtvermögen belief sich bei ihrem Tode auf etwas mehr als dreizehn Millionen Pfund."

„Dreizehn Millionen Pfund!" sagte Paddy in jenem Ton, in dem man astronomische Zahlen zu nennen pflegt, Entfernungen in Millionen Lichtjahren etwa; sie bleiben einem ohnehin unvorstellbar. „Damit ist die Sache endgültig entschieden, Harry. Die Verantwortung über soviel Geld will ich nicht."

„Das ist doch keine Verantwortung, Paddy! Verstehen Sie denn immer noch nicht? Geld in dieser Größenordnung sorgt gewissermaßen für sich selbst! Mit der Arbeit, die es machen könnte, haben Sie gar nichts weiter zu tun. Da sind Hunderte von Leuten, die man eigens dafür angestellt hat, daß sie sich um alles kümmern. Fechten Sie das Testament an, Paddy, *bitte!* Ich werde dafür sorgen, daß Sie die besten Anwälte im ganzen Land bekommen, und falls nötig, wird die Sache bis zur letzten Instanz, bis zum Privy Council, durchgepeitscht."

Plötzlich schien Paddy zu begreifen, daß die Angelegenheit ja nicht nur ihn betraf, sondern seine ganze Familie. Er blickte zu Bob und Jack, die verwirrt nebeneinander auf einer florentinischen Marmorbank saßen. „Jungs, was meint ihr dazu? Sollen wir versuchen, Tante Marys dreizehn Millionen Pfund für uns zu bekommen? Wenn ihr ja sagt, bin ich bereit, das Testament anzufechten, sonst nicht."

„Aber wir können doch so und so auf Drogheda leben, nicht?" fragte Bob. „So steht's doch wohl im Testament."

Die Antwort gab Harry. „Weder eurem Vater noch euch, noch

euren Kindern kann irgend jemand das Recht nehmen, auf Drogheda zu leben."

„Und wir werden hier im großen Haus wohnen, und Mrs. Smith und die Dienstmädchen werden sich für einen anständigen Lohn um uns kümmern", sagte Paddy, der über dieses Glück, das die Clearys erwartete, fassungsloser zu sein schien als darüber, daß ihnen dreizehn Millionen Pfund entgingen.

„Was wollen wir mehr, Jack?" fragte Bob seinen Bruder. „Findest du nicht auch?"

„Mir recht", erwiderte Jack.

Pater Ralph bewegte sich unruhig. Er hatte sich nicht die Zeit genommen, die Meßgewänder abzulegen, trug also noch Albe und Kasel. Ein wenig abseits der anderen stand er in einer schattigen Ecke des Salons, irgendwie einem Zauberer ähnlich, einem verführerisch schönen, gleichsam umflorten Hexenmeister. Sein Gesicht wirkte völlig ausdruckslos, oder eher: vollkommen beherrscht. Doch in der Tiefe seiner blauen Augen zeigte sich ein eigentümliches Entsetzen, auch eine Art Benommenheit, und fast so etwas wie Groll. Nein, Paddy dachte offenbar nicht daran, ihm die so ersehnte Sühne in Form wilder Wut und abgrundtiefer Verachtung zuteil werden zu lassen. Paddy reichte ihm alles auf dem goldenen Teller seiner Freundlichkeit und Gutwilligkeit und *dankte* ihm sogar noch dafür, daß er die Clearys von einer Bürde erlöste.

„Was ist mit Fee und Meggie?" fragte der Priester schroff. Er fixierte Paddy scharf. „Meinen Sie nicht, daß auch die Frauen mitzuentscheiden haben?"

„Fee?" fragte Paddy eifrig zurück.

„Wie immer Sie sich auch entscheiden, Paddy", sagte der Priester, „mir ist es recht."

„Meggie?"

„Ich will ihre dreizehn Millionen Silberlinge nicht", sagte Meggie, die Augen starr auf Pater Ralph gerichtet.

Paddy wandte sich dem Anwalt zu. „Dann ist es entschieden, Harry. Wir wollen das Testament nicht anfechten. Soll die Kirche Marys Geld haben, uns ist es recht."

Harry hieb seine Hände gegeneinander. „Gottverdammt, es ist mir zuwider, mit ansehen zu müssen, wie ihr um euer Erbe gebracht werdet."

Paddys Stimme klang eigentümlich leise. „Was mich betrifft, ich danke meinen Sternen für Mary. Wenn sie nicht gewesen wäre, würde ich noch immer in Neuseeland sitzen und mich abplacken, um mit meiner Familie irgendwie durchzukommen."

Als sie den Salon verließen, blieb Paddy plötzlich stehen und streckte dem Priester die Hand hin, eine sehr bewußte und demonstrative Geste. Beim Eingang zum Speisezimmer drängten sich die Neugierigen, die faszinierten Trauergäste, die sich das Schauspiel nicht entgehen lassen wollten.

„Pater", sagte Paddy, „denken Sie bitte nicht, daß von uns irgendeiner irgendwem was nachträgt. Mary hat sich ihr Leben lang nie nach einem anderen Menschen gerichtet, ob das nun ein Priester, ein Bruder oder ein Ehemann war. Sie hat immer nur getan, was sie tun wollte, was sie sich in den Kopf gesetzt hatte. Sie sind zu ihr mächtig gut gewesen, und Sie sind zu uns mächtig gut gewesen. Das werden wir nie vergessen."

Die Schuld. *Die Bürde.* Es fiel Pater Ralph schwer, seine Hand zu heben und die andere, die schwielige, knorrige, zu schütteln. Doch das Kardinalsgehirn siegte. Er ergriff Paddys Hand, schüttelte sie heftig, fast fieberhaft, lächelte eigentümlich verzerrt.

„Danke, Paddy. Sie können sicher sein, daß ich dafür sorgen werde, daß es Ihnen nie an etwas fehlt."

Im Laufe der Woche reiste er ab, ohne noch einmal nach Drogheda zurückzukehren. Mehrere Tage verbrachte er damit, seine geringe Habe zu packen und all jene Stationen im Distrikt zu besuchen, wo es katholische Familien gab, alle Stationen mit Ausnahme von Drogheda.

Sein Nachfolger in Gillanbone war Pater Watkin Thomas aus Wales. Während dieser sein Amt hier im Distrikt antrat, wurde Ralph de Bricassart Privatsekretär bei Erzbischof Cluny Dark. Doch seine Arbeit war leicht, er hatte zwei Untersekretäre. In der Hauptsache beschäftigte er sich damit, einen genauen Überblick über das von Mary Carson hinterlassene Vermögen zu gewinnen – und die Zügel in die Hand zu bekommen, um es verwalten zu können zum Nutzen der Kirche.

3. TEIL
1929–1932

PADDY

8

Das neue Jahr kam, und eingeleitet wurde es mit Angus Mac Queens alljährlicher Silvester-Party auf Rudna Hunish. Doch auf Drogheda waren die Clearys noch immer nicht in das große Haus umgezogen. Im Handumdrehen ließ sich so etwas denn doch nicht bewerkstelligen. Über sieben lange Jahre hinweg hatten sich im Haus am Creek doch erstaunlich viele Dinge angesammelt – häuslicher Kram sozusagen –, die erst einmal sorgfältig gesichtet und gepackt sein wollten. Außerdem meinte Fee, vor dem Umzug sollte wenigstens der große Salon fertig sein. Besonders eilig hatte es eigentlich keiner, obwohl sich doch alle darauf freuten.

In mancher Hinsicht würde es im großen Haus nicht anders sein als im Haus am Creek. Elektrizität gab es auch dort nicht, und die Fliegenplage war genauso schlimm. Doch im Sommer betrug die Innentemperatur rund zehn Grad weniger, wofür die dicken Mauern sorgten und auch die riesigen Eukalyptusbäume, die ihre Schatten über das Haus warfen.

Ein echter Luxus war das Badehaus. Den ganzen Winter über hatte man dort heißes Wasser, das vom benachbarten Kochhaus herbeigeleitet wurde. Hinter dem riesigen Herd liefen Rohre entlang, und das Wasser darin – eine ans Wunderbare grenzende Vorstellung – war reines Regenwasser. Zehn verschiedene Räume, zum Teil kabinenartig, gab es, wo man baden oder duschen konnte. Aber damit hatte der Luxus noch kein Ende. Das große Haus wie auch sämtliche kleinen Häuser in unmittelbarer Nähe waren geradezu verschwenderisch mit Innentoiletten ausgestattet, richtigen *Wasser*klosetts, was einige Neider im Gillanbone-Distrikt zu der Bemerkung veranlaßt hatte, hier schieße die

Verschwendungssucht denn doch allzusehr ins Kraut. Verwundern konnte eine solche Reaktion kaum. Außer im Hotel Imperial sowie in zwei Wirtshäusern, im katholischen Pfarrhaus und im Kloster gab es überall nur Außentoiletten. Den Luxus von Innentoiletten mit Wasserspülung konnte sich ansonsten lediglich Drogheda leisten: dank seiner großen Anzahl von Tanks und Dächern, die eine enorme Kapazität besaßen, Regenwasser aufzufangen. Doch galten strenge Vorschriften. Die Spülung auf den Toiletten durfte nur sparsam betätigt werden, auch tat man Desinfektionsmittel ins Wasser. Aber im Vergleich zu Aborten, die nichts weiter waren als ein Loch im Boden, erschien das geradezu himmlisch.

In der ersten Hälfte des vergangenen Dezember hatte Pater Ralph einen Scheck über fünftausend Pfund an Paddy geschickt, damit dieser sein Auskommen habe, wie es im Brief des Priesters hieß.

Paddy reichte Fee den Scheck. Auf seinem Gesicht malte sich Verblüffung. „So viel habe ich in meinem ganzen Arbeitsleben noch nicht verdient", sagte er. „All die Jahre zusammengenommen."

„Was soll ich damit?" fragte Fee und blickte dann genauer hin. Sie hob den Kopf, ihre Augen leuchteten. „Geld, Paddy! Guter Gott, endlich Geld! Oh, Tante Marys dreizehn Millionen sind mir gleichgültig – eine so ungeheure Summe ist irgendwie gar nicht wirklich. Aber *dies* ist wirklich! Was soll ich damit tun?"

„Ausgeben", sagte Paddy prompt. „Etwas zum Anziehen für die Kinder und für dich? Und vielleicht gibt's auch Sachen, die du für das große Haus kaufen möchtest? Ich wüßte nicht, was wir sonst noch brauchen."

„Mir fällt auch nichts weiter ein, eigentlich komisch", meinte Fee und stand auf. „Komm, Meggie, gehen wir einmal hinüber zum großen Haus und sehen uns dort um."

In den rund drei Wochen seit Mary Carsons Tod und der Hektik danach war keiner der Clearys in der Nähe des Herrenhauses gewesen. Jetzt holte Fee das Versäumte gleichsam in einem Aufwaschen nach. Zusammen mit Meggie sowie Mrs. Smith und Minnie und Cat als einer Art Gefolge ging sie von Raum zu Raum und wirkte in einem solchen Maße belebt, daß die verwirrte Meggie ihre Mutter kaum noch wiederzuerkennen glaubte. Unaufhörlich führte sie leise Selbstgespräche: Dies hier sei scheußlich, jenes dort schrecklich, Mary müsse ja farbenblind gewesen sein, habe sie denn überhaupt keinen Geschmack gehabt?

Im Salon hielt Fee sich am längsten auf. Mit besonderer

Aufmerksamkeit betrachtete sie alles. In seiner Größe wurde der Salon wohl nur vom Empfangsraum übertroffen. Grob geschätzt, maß er etwa zehn mal zehn Meter, war allerdings eher rechteckig als quadratisch, und er hatte eine sehr hohe Zimmerdecke. Die Ausstattung bildete ein sonderbares Gemisch aus Schönem und Häßlichem. Die Wände waren einheitlich cremefarben, allerdings längst schon mit einem nur zu deutlichen Stich ins Vergilbte, so daß weder die prachtvoll verzierte Decke noch die schön geschnitzte Täfelung richtig zur Geltung kamen. Auf der Verandaseite gab es eine nicht unterbrochene Reihe von Fenstern, die vom Fußboden bis zur Decke reichten. Doch die schweren, braunen Samtvorhänge sorgten dafür, daß das Licht im großen Raum nur düster war. Es fiel auf Stühle von eigentümlich trübem Braun, auf zwei prachtvolle Sitzbänke aus Malachit, auf zwei weitere – ebenso schöne – Sitzbänke aus florentinischem Marmor und auf einen Kamin, der dadurch hervorstach, daß die cremefarbenen Marmorplatten rosarot geädert waren. Auf dem sorgfältig gewachsten Teakfußboden lagen, mit mathematischer Präzision ausgerichtet, drei Aubussonteppiche, und gleichsam gekrönt wurde der Raum von einem Waterford-Kronleuchter von enormen Ausmaßen.

„Meine Anerkennung für Sie, Mrs. Smith", sagte Fee. „In seinem jetzigen Zustand ist der Raum zwar scheußlich, aber doch makellos sauber. Ich werde dafür sorgen, daß Sie hier etwas haben, das all die Pflege lohnt. Diese wunderschönen, so überaus kostbaren Sitzbänke, dafür fehlt doch einfach der richtige Rahmen – es ist wirklich ein Jammer! Seit ich diesen Raum zum ersten Mal gesehen habe, habe ich den Wunsch, ihn so auszugestalten, daß er von jedem bewundert wird *und* daß sich auch jeder darin wohl fühlt."

Mary Carsons Schreibtisch war eine viktorianische Scheußlichkeit. Fee trat darauf zu und schnippte mit den Fingern verächtlich gegen die Platte, auf der das Telefon stand. „Das ist gerade der richtige Platz für meinen Escritoire", sagte sie. „Mit diesem Raum werde ich anfangen, und erst wenn er fertig ist, ziehe ich vom Creek fort, eher nicht. Dann haben wir hier doch wenigstens *einen* Ort, wo wir uns aufhalten können, ohne Depressionen zu bekommen." Sie setzte sich und nahm den Hörer vom Haken.

Während Meggie, die Haushälterin und die beiden Dienstmädchen mit wachsender Verwunderung zuhörten, sprach Fee mit Harry Gough. Sie setzte ihn gewissermaßen in Marsch. Er würde dafür sorgen, daß aus Sydney sofort alles an Mustern geschickt wurde, was sie brauchte: Stoffmuster von Mark Foys, Farbmuster von Nock & Kirbys, Tapetenmuster von Grace Brothers; außerdem speziell zusammengestellte Kataloge von anderen Geschäften in Sydney, mit deren Hilfe Fee sich über Mobiliar und sonstige Einrichtungsgegenstände informieren konnte. Mit einem Lachen, das verdächtig einem Glucksen glich, versicherte Harry, er werde auch einen Polsterer und ein paar Maler besorgen, die *natürlich* so sorgfältig und zuverlässig arbeiten müßten, wie Fee das erwarte. Mrs. Cleary, daran konnte es kaum einen Zweifel geben, würde gleichsam die letzten Reste von Mary Carson aus dem Haus fegen!

Kaum war sie mit dem Telefonieren fertig, setzte Fee sozusagen auf *dieser* Seite der Leitung ihre Hilfstruppen in Marsch. Im Nu waren die scheußlichen braunen Samtvorhänge von den Fenstern verschwunden und lagen draußen auf dem Abfallhaufen. Fee ließ es sich nicht nehmen, sie mit einem Holzspan in Brand zu stecken.

„Wir brauchen sie nicht", sagte sie, „und den Armen von Gillanbone will ich so etwas wirklich nicht zumuten."

„Ja, Mum", murmelte Meggie, die aus dem Staunen nicht herauskam.

„Wir werden überhaupt keine Vorhänge mehr anbringen", fuhr Fee fort. Daß sie damit gegen ungeschriebene Gesetze verstoßen würde, ließ sie offenbar kalt. „Die Veranda ist so tief, da kann direktes Sonnenlicht kaum hereinfallen, wozu also Vorhänge? Ich möchte, daß man diesen Raum sieht."

Die Muster trafen ein, dann das Material, und schon waren auch die Maler und der Polsterer zur Stelle. Die Fenster wurden geputzt, wobei sich Meggie und Cat auf Leitern an die oberen Scheiben machen mußten, während für Mrs. Smith und Minnie die unteren blieben. Fee ihrerseits überwachte alles mit Adlerblicken.

In der zweiten Januarwoche war man schließlich fertig, und inzwischen hatte es sich, ganz natürlich und völlig unvermeidlich, in Gillanbone und weiterer Umgebung herumgesprochen: Mrs. Cleary hat aus dem alten Salon auf Drogheda einen Saal gemacht. Da war es ja wohl nur ein Gebot der Höflichkeit, wenn Mrs. Hopeton beim Einstandsbesuch ebenso mit von der Partie war wie etwa Mrs. King und Mrs. O'Rourke, nicht wahr?

Und alle fanden den Saal geradezu einmalig schön. Die creme-farbenen Aubussonteppiche mit ihren leicht verblichenen Mustern hell- und dunkelroter Rosen und grüner Blätter lagen nicht mehr mit mathematischer Präszision, sondern wie nachlässig „hinge-streut" auf dem spiegelblanken Fußboden. Die Wände waren in einem hellen, warmen Farbton gehalten, in zartem Gold hoben sich die Verzierungen hervor, und in die großen, ovalen Ausspa-rungen in der Täfelung war mattschwarze Seide gespannt, auf welcher man fast genau die gleichen Rosenmuster sah wie auf den drei Aubussonteppichen. Der Waterford-Kronleuchter schwebte längst nicht mehr in so ferner und gleichsam fremdartiger Höhe wie früher. Viel tiefer hing er jetzt, befand sich höchstens noch zwei bis zweieinhalb Meter über dem Boden, und so kamen seine zahllosen lichthellen Kristalle viel besser zur Geltung. Auf Tischen mit dünnen, geschwungenen Beinen standen Waterford-Lampen, und man sah auch Waterford-Aschenbecher und Waterford-Vasen: Vasen, in denen eine Fülle – doch keinesfalls eine Überfülle – von gelben und rosaroten Rosen prunkte und prangte. Große, bequeme Sessel, mit cremefarbener Seide frisch überzogen, standen in legerer Gruppierung beieinander, und zu jeder Gruppe gehörte auch eine Ottomane. In einer besonders hell wirkenden Ecke des Raums stand das kostbare alte Spinett. Über dem Kamin hing das Porträt von Fees Großmutter, und an der gegenüberliegenden Wand sah man ein noch größeres Gemälde. Es zeigte eine rothaarige Mary Carson, die der Königin Victoria – und zwar der jüngeren und nicht etwa der alten – wie aus dem Gesicht geschnitten war und nach früherer Mode hochelegantes schwarzes und steifes Kleid mit sogenannten Tournüren trug.

„Gut", sagte Fee, „jetzt können wir hier einziehen. Die anderen Räume nehme ich mir in aller Ruhe vor. Ach, ist es nicht herrlich, Geld zu haben und ein schönes Haus, für das man es ausgeben kann?"

Drei oder vier Tage vor dem Umzug waren sie schon in aller Herrgottsfrühe auf den Beinen, noch vor Sonnenaufgang. Vom Hühnerhof klang triumphierend das Kikeriki der Hähne herüber.

„Elende Viecher", sagte Fee, während sie ihr Porzellan in alte Zeitungen einwickelte. „Ich möchte nur mal wissen, was es zu krähen gibt. Kein einziges Ei haben wir zum Frühstück im Haus, und bis zum Umzug sind ja die Männer hier. Meggie, du mußt für mich zum Hühnerhof gehen, ich bin zu beschäftigt." Sie betrachtete eine vergilbte Seite des „Sydney Morning Herald" und schüttelte kaum merklich den Kopf über eine Annonce für Wespentaillenkorsetts. „Ich weiß wirklich nicht, weshalb Paddy sich all diese Zeitungen schicken läßt. Es kommt ja doch nie jemand dazu, sie zu lesen. Sie sammeln sich so rasch an, daß man sie gar nicht alle im Herd verbrennen kann. Sieh mal diese hier zum Beispiel – uralt. Fürs Packen kommen sie uns allerdings gerade recht."

Es war schön, Mum so vergnügt zu sehen, dachte Meggie, während sie eilig die hintere Treppe hinunterstieg. Natürlich freuten sich alle auf den Umzug ins große Haus, doch Mutter schien es jetzt kaum mehr erwarten zu können, ganz als wüßte sie, wie es war, in einem solchen Herrenhaus zu wohnen. Geschmack besaß sie jedenfalls, geradezu unglaublich viel Geschmack, das hatte sie im Salon bewiesen. Doch wer hätte das früher auch nur ahnen können?

Während Meggie in Richtung Hühnerhof ging, spürte sie eine prickelnde Erregung. Daddy hatte – mit einem Teil der fünftausend Pfund natürlich – beim Juwelier in Gilly für Mum eine *echte* Perlenkette und *echte* Perlenohrringe, mit kleinen Diamanten darin, gekauft. Das sollte, beim ersten Dinner im großen Haus, sein Geschenk für sie sein, und alle Cleary-Kinder, von Bob bis zu den Zwillingen, warteten voll Spannung darauf, Mums überraschtes Gesicht zu sehen.

Der Hühnerhof war groß. Es gab dort vier Hähne und rund vierzig Hennen. Nachts fanden sie Unterschlupf in einem recht baufälligen Stall mit strohgefüllten Kisten – zum Eierlegen – und Hockstangen in unterschiedlicher Höhe. Tagsüber hatten sie Auslauf im drahtumzäunten Hof.

Als Meggie die Pforte öffnete und rasch hineinschlüpfte, scharte sich das Hühnervolk sofort um sie. Offensichtlich hofften die Tiere auf Futter. Aber da Meggie sie immer abends fütterte, lachte sie nur und ging zum Stall. Diese dummen Viecher lernten es wohl nie.

„Also wirklich", schimpfte sie mit ihnen, während sie in den Legenestern nachsah, „das ist ja einfach hoffnungslos mit euch! Vierzig Hennen und nur fünfzehn Eier! Das reicht ja nicht einmal fürs Frühstück, von einem Kuchen ganz zu schweigen. Aber ich warne euch. Wenn sich das nicht sehr bald ändert, werdet ihr vorzeitig mit dem Kochtopf Bekanntschaft machen, und das gilt nicht nur für die Damen, sondern auch für die Herren vom Hühnerhof!"

Die Eier sorgfältig in der hochgerafften Schürze, lief Meggie singend zur Küche zurück.

Fee saß in Paddys Lehnstuhl und starrte auf eine Seite einer alten Ausgabe von „Smith's Weekly". Ihr Gesicht war leichenblaß, lautlos bewegten sich ihre Lippen. Aus den anderen Räumen kamen Geräusche. Die Männer gingen hin und her, machten sich fertig. Kichern erklang: Jims und Patsy, inzwischen sechs, lagen noch in ihrem Bett, waren jedoch schon wach. Sie durften immer erst etwas später aufstehen.

„Was ist, Mum?" fragte Meggie.

Fee gab keine Antwort. Sie starrte vor sich hin, auf ihrer Oberlippe standen winzige Tröpfchen Schweiß, und die Verzweiflung, die abgrundtiefe Verzweiflung in ihren Augen war von eigentümlicher Art, Fee schien sich mit letzter Kraft in sich selbst festzukrallen, um nicht laut zu schreien.

„Daddy, Daddy!" rief Meggie erschrocken.

Ihre Stimme klang so alarmierend, daß ihr Vater sofort in die Küche gestürzt kam. Er war in Hose und Flanellunterhemd. Hinter ihm drängten sich Bob, Jack, Hughie und Stu. Meggie deutete stumm auf Fee.

Sofort beugte Paddy sich zu seiner Frau, nahm ihre schlaffe Hand. Einen Augenblick schien er nicht sprechen zu können. Er schluckte, fragte dann: „Was ist, Liebes?" Seine Stimme klang so zärtlich, wie die Kinder sie noch nie gehört hatten. Doch instinktiv wußten sie, daß dieser Ton ihrer Mutter gewiß nicht unvertraut war.

In der Tat schien es eben das so Besondere dieses Tons zu sein, das Fee aus ihrem schockartigen Zustand löste. Sie hob den Kopf, und der Blick aus ihren großen grauen Augen richtete sich auf sein freundliches, zerfurchtes Gesicht.

„Hier", sagte sie und deutete auf die Zeitung, auf eine kleingedruckte Meldung ganz unten auf der Seite.

Stuart stand jetzt hinter seiner Mutter. Leicht ruhte seine Hand auf ihrer Schulter. Paddy blickte zu seinem Sohn, und er nickte kurz. Mochte er auf Frank auch eifersüchtig gewesen sein, Stuart gegenüber war ein solches Gefühl unmöglich, die Liebe zu Fee trennte sie nicht, sondern verband sie nur enger.

Paddy begann laut zu lesen. Er las langsam. Von Satz zu Satz klang seine Stimme bedrückter. Die Überschrift lautete: BOXER ZU LEBENSLANGEM KERKER VERURTEILT. Und dies war der Text, der folgte:

„Francis Armstrong Cleary, 26, Berufsboxer, wurde heute im Goulburner Bezirksgericht des Mordes für schuldig befunden, begangen an dem 32jährigen Arbeiter Ronald Albert Cumming im letzten Juli. Die Geschworenen fällten ihren Schuldspruch nach nur zehnminutiger Beratung und legten dem Gericht nahe, die gesetzliche Höchststrafe auszusprechen. Wie Richter FitzHugh-Cunneally sagte, handelte es sich um einen völlig eindeutigen Fall. Cumming und Cleary hatten sich am 23. Juli in der öffentlichen Bar des Harbor Hotel heftig gestritten. Noch in derselben Nacht rief Mr. James Ogilvie, der Hotelbesitzer, Sergeant Tom Beardsmore von der Goulburner Polizei. Dieser kam mit zwei Konstablern. Auf der Straße hinter dem Hotel fanden die Beamten Cleary, der dem bewußtlos auf dem Boden liegenden Cumming mit den Füßen gegen den Kopf trat. Seine Fäuste waren mit Blut befleckt

213

und hielten noch Büschel von Cummings Haar. Bei seiner Festnahme war Cleary zwar angetrunken, jedoch vernehmungsfähig. Cumming starb am nächsten Tag im Goulburner Bezirkskrankenhaus an den erlittenen Gehirnverletzungen, und Cleary wurde wegen Mordes angeklagt.

Beim Prozeß machte Mr. Arthur Whyte, der Verteidiger, zunächst geltend, auf Grund von Unzurechnungsfähigkeit könne der Angeklagte für seine Tat nicht verantwortlich gemacht werden. Doch vier medizinische Sachverständige, von der Krone in den Zeugenstand gerufen, stellten übereinstimmend fest, nach der Definition der sogenannten McNaughton-Gesetze könne Cleary nicht als unzurechnungsfähig oder geistesgestört gelten. Richter FitzHugh-Cunneally wandte sich sodann an die Geschworenen und erklärte, einen Zweifel an der Schuld des Angeklagten könne es nicht geben, doch solle die Jury sorgfältig darüber befinden, ob sie Milde oder Strenge für angezeigt halte, da er sich bei der Strafzumessung davon leiten lassen werde. Bei der Urteilsverkündung nannte Richter FitzHugh-Cunneally die Tat des Angeklagten einen Akt ‚entmenschter Bestialität‘. Er bedauerte, daß die Umstände – der angetrunkene Zustand des Angeklagten zur Tatzeit, die fehlende Vorsätzlichkeit – die Todesstrafe ausschlössen. Nach seinem Dafürhalten seien Clearys Hände als Waffe ebenso tödlich wie eine Pistole oder ein Messer.

Cleary wurde zu lebenslangem Kerker bei Schwerarbeit verurteilt und wird die Strafe im Goulburner Gefängnis verbüßen, da diese Anstalt eigens für zu Gewalttätigkeit neigende Häftlinge eingerichtet ist. Gefragt, ob er noch etwas sagen wolle, erwiderte Cleary: ‚Daß nur meine Mutter nichts davon erfährt.‘ "

Paddys Blick glitt zum Datum. 6. Dezember 1925 stand dort. „Es ist über drei Jahre her", sagte er hilflos.

Niemand sprach. Sekundenlang war alles sehr still. Dann klang vom andern Raum das fröhliche Lachen der Zwillinge herein.

„Daß nur – meine Mutter – nichts erfährt", sagte Fee wie betäubt. „Und bis jetzt habe ich auch nichts erfahren. Von niemandem. O Gott! Mein armer, armer Frank!"

Mit dem Rücken seiner freien Hand wischte Paddy sich die Tränen vom Gesicht. Dann hockte er sich vor Fee nieder und klopfte mit der flachen Hand sacht auf ihre Knie.

„Liebes, laß uns packen. Wir fahren zu ihm."

Sie erhob sich, halb nur, setzte sich wieder. Die Augen in dem kleinen, weißen Gesicht wirkten bewegungslos, geweitete Pupillen, eigentümlich starres Glänzen, wie tot.

„Ich kann nicht zu ihm fahren", sagte sie, und obwohl aus ihrer Stimme nicht die leiseste Qual zu klingen schien, war diese Qual dennoch deutlich spürbar. „Es würde ihn töten, mich zu sehen. Oh, Paddy, es würde ihn töten! Ich kenne ihn so gut – seinen Stolz, seinen Ehrgeiz, seine Entschlossenheit, etwas Besonderes zu werden. Laß ihn mit seiner Scham allein fertig werden. Es ist das, was er will. Du hast es ja vorgelesen. ,Daß nur meine Mutter nichts davon erfährt.' Wir müssen mithelfen, daß er sein Geheimnis bewahren kann. Was würde es ihm oder uns nützen, wenn wir ihn besuchten?"

Paddy weinte noch immer, doch er weinte nicht um Frank. Er weinte, weil in Fees Gesicht kein Leben mehr war und in ihren Augen ein Sterben. Der Junge hatte noch nie etwas anderes gebracht als Unglück. Stets hatte er zwischen Fee und ihm gestanden, hatte von Anfang an dafür gesorgt, daß ihre Liebe nicht ihm, Paddy, und *seinen* Kindern gehörte. Und immer wenn es so aussah, als könnte Fee in diesem Leben doch noch glücklich werden, machte Frank ihr Glück zunichte. Doch Paddys Liebe für sie war so tief und so unauslöschlich wie ihre Liebe für Frank.

Plötzlich tauchte die Erinnerung an jenen weit zurückliegenden Abend im Pfarrhaus in Gillanbone in ihm auf, an den heftigen Streit mit Frank. Nein, nie wieder würde er es fertigbringen, den Jungen zum Sündenbock zu stempeln.

Er sagte: „Wenn du meinst, es ist besser, daß wir keine Verbindung zu ihm aufnehmen, Fee, dann tun wir das natürlich auch nicht. Aber es wäre doch gut zu wissen, wie es ihm geht und ob man vielleicht irgend etwas für ihn tun kann. Ich könnte doch Pater de Bricassart einen Brief schreiben und ihn bitten, sich um Frank zu kümmern, meinst du nicht auch?"

Ihre Augen blieben ausdruckslos, doch auf ihren Wangen zeigte sich ein Hauch von Röte. „Ja, Paddy, tue das. Vergiß nur nicht, Pater de Bricassart zu schreiben, daß Frank nicht einmal ahnen darf, daß wir etwas wissen."

Innerhalb weniger Tage gewann Fee ihre Energie zum größten Teil zurück, und die Neueinrichtung des Hauses nahm sie weiterhin in Anspruch. Doch ihre stille Art gewann wieder die Oberhand, und wenn sie auch nicht so verdrossen oder verbissen wirkte wie früher einmal, so war sie doch gleichsam eingesponnen in einen Kokon aus Stille, durch innere Trennwände von den anderen geschieden. In der Tat schien ihr Interesse für die Einrichtung des Herrenhauses größer zu sein als ihre Sorge um das Wohlergehen der Familie.

Dabei war es gerade jetzt so, daß die Familie an Fees Gefühlen und an ihrem Kummer in einer Weise Anteil nahm, wie das früher kaum denkbar gewesen wäre. Die Zeitungsmeldung über Franks Schicksal hatte alle tief getroffen, doch was vor allem den älteren Söhnen schreckensvoll im Gedächtnis haftenblieb, war die Erinnerung an das Gesicht ihrer Mutter, an die schroffe Veränderung darin. Gerade in den zurückliegenden Wochen hatten sie Fee als einen gänzlich umgewandelten, nämlich glücklichen Menschen kennengelernt. Die Jungen liebten ihre Mutter, und sie wünschten, wünschten geradezu leidenschaftlich, daß in Fees Augen jener zufriedene, von innen her belebte Ausdruck zurückkehren möge.

Früher war für die Cleary-Jungen Paddy der Mittelpunkt gewesen, um den sich ihr Leben herumbewegte. Jetzt rückte Fee gleichsam unmittelbar daneben. Sie behandelten ihre Mutter mit einer Zartheit und Rücksichtnahme, die sich auch durch Fees Gleichgültigkeit nicht beirren ließ. Und diese Einstellung, diese sozusagen bedingungslose ständige Bereitschaft für Fee erwarteten die Cleary-Söhne – ausgenommen nur Patsy und Jims, die ganz einfach noch zu jung waren – auch von jedem anderen.

Als Paddy ihr den Perlenschmuck gab, bedankte sie sich kurz dafür. Flüchtig streifte ihr Blick über die Halskette und die Ohrringe, in ihren Augen zeigte sich nicht die leiseste Freude, und alle dachten, wie anders sie zweifellos reagiert hätte, wäre nicht die Geschichte mit Frank gewesen.

Für Meggie erwies sich der Umzug ins große Haus als wahres Glück. Die männlichen Clearys setzten jetzt nämlich als völlig selbstverständlich voraus, daß Meggie ihrer Mutter jede Arbeit abnahm, die dieser zuwider war. Im Haus am Creek hätte sich das keinesfalls auch nur annähernd bewerkstelligen lassen, im großen Haus gab es zum Glück die Haushälterin und die beiden Dienstmädchen. Im übrigen nahm Mrs. Smith die Zwillinge jetzt völlig in ihre Obhut. Fee schienen ihre beiden jüngsten Söhne ganz buchstäblich „zuviel" zu sein. Mrs. Smith ihrerseits ging so bereitwillig in ihrer Rolle als Ersatzmutter auf, daß man sie wegen ihrer zusätzlichen Pflichten gewiß nicht zu bedauern brauchte.

Auch Meggie sorgte sich um ihre Mutter, doch gewiß nicht im gleichen Maße wie die Männer. Der Grund dafür war einfach: Anders als bei ihrem Vater und bei ihren Brüdern wurde bei ihr die gutwillige Ergebenheit ständig auf eine sehr harte Probe gestellt. Noch etwas kam hinzu. Daß Fee den Zwillingen gegenüber eine so unglaubliche Gleichgültigkeit zeigte, verletzte zutiefst Meggies mütterlichen Instinkt. Wenn ich einmal Kinder habe, dachte sie oft, werde ich niemals eines von ihnen mehr lieben als die übrigen.

Das Leben in einem so großen Haus war doch in vielem ganz

anders. Zunächst einmal schien es sonderbar, ein Schlafzimmer für sich zu haben. Und irgendwie kam es einem auch merkwürdig vor, daß die schier zahllosen Alltagspflichten jetzt von Minnie und Cat und Mrs. Smith übernommen wurden, die sich geradezu entsetzt zeigten, wenn man ihnen seine Hilfe anbot beim Saubermachen oder Kochen, Wäschewaschen oder Bügeln. Für das Füttern der Hühner und der Schweine und ähnliches mehr hatte man immer irgendwelche Hilfsarbeiter, die daneben dem alten Tom auch halfen, die wunderschönen Gärten zu pflegen.

Paddy stand inzwischen mit Pater Ralph in brieflicher Verbindung.

„Der Gesamtgewinn aus dem, was Mary hinterlassen hat, beträgt jährlich rund vier Millionen Pfund", schrieb der Priester, „und das dank der Tatsache, daß es sich bei Michar Limited um eine Privatgesellschaft handelt, deren Beteiligungen sich hauptsächlich auf die Gebiete Bergbau, Stahlproduktion und auf Reedereien erstrecken. Die Summe, die ich Ihnen habe zukommen lassen, ist wirklich nicht mehr als ein Tropfen und beläuft sich nicht einmal auf ein Zehntel dessen, was Drogheda in einem einzigen Jahr abwirft. Machen Sie sich auch keine Sorgen wegen etwaiger schlechter Jahre. Auf Drogheda sind so ausgezeichnete Gewinne erwirtschaftet worden, daß sie allein von den *Zinsen* auf unabsehbare Zeit bezahlen kann. Das Geld, das Sie bekommen, ist also nicht etwa aus dem großen Topf von Michar Limited abgezweigt. Es stammt von der Station, und Sie haben es im doppelten Sinn verdient. Ich möchte Sie lediglich bitten, die Bücher in Ordnung zu halten, schon wegen einer möglichen Bücherrevision."

Nachdem er diesen Brief erhalten hatte, versammelte Paddy eines Abends im Salon seine Familie um sich. Die Brille auf der leicht gebogenen Nase, lehnte er sich in seinem Sessel behaglich zurück, legte die Füße auf eine Ottomane und sah sich zufrieden im großen Raum um.

„Wie hübsch ist es hier doch", sagte er lächelnd. „Ich meine, wir sollten Mum noch einmal ausdrücklich dafür danken, findet ihr nicht auch, Jungens?"

Die Jungens murmelten zustimmend, was von Fee mit einem kurzen Nicken quittiert wurde. Sie saß in dem jetzt mit cremefarbener Seide überzogenen Ohrensessel, der früher Mary Carsons Stammplatz gewesen war. Meggie hatte sich eine Ottomane ausgesucht, auf der sie – sockenstopfend – in einer Art Schneidersitz thronte.

„Also", fuhr Paddy fort, „Pater de Bricassart hat alles geregelt und ist sehr großzügig gewesen. Er hat auf meinen Namen bei der Bank siebentausend Pfund eingezahlt und für jeden ein Sparkonto in Höhe von zweitausend Pfund eingerichtet. Ich bekomme als Manager von Drogheda jährlich viertausend Pfund und Bob, als mein Assistent, dreitausend. Für Jack, Hughie und Stu sind's pro Jahr zweitausend, und sogar die beiden Kleinen sollen was bekommen – je eintausend Pfund im Jahr, bis sie groß genug sind, um selbst zu entscheiden, was sie eigentlich anfangen wollen.

Später werden sie gleichfalls wenigstens zweitausend Pfund erhalten, ganz gleich, ob sie sich entschließen, auf Drogheda zu arbeiten oder nicht. Auch für ihre Schulbildung wird gesorgt. Wenn sie zwölf sind, kommen sie nach Sydney aufs Riverview College, und alle Kosten werden aus den Gewinnen von Drogheda bezahlt.

Mum und Meggie erhalten pro Jahr je zweitausend Pfund, für ihren eigenen Bedarf. Dazu kommen dann noch fünftausend Pfund für den Haushalt. Ich verstehe zwar nicht ganz, wieso der Pater meint, wir könnten allein für den Haushalt soviel Geld verbrauchen, aber er schreibt, vielleicht sei es unsere Absicht, größere Veränderungen vorzunehmen. Er hat auch genau festgelegt, wieviel Lohn Mrs. Smith und Minnie und Cat und Tom erhalten sollen, und ich muß sagen, daß er wirklich großzügig ist. Bei den Löhnen für andere kann und soll ich selbst entscheiden. Aber meine erste Aufgabe als Manager wird es sein, wenigstens noch sechs Viehtreiber einzustellen. Für eine solche Handvoll Leute wie bisher ist das ganz einfach zuviel." Es war die erste andeutungsweise geübte Kritik von Paddy am Management seiner toten Schwester.

Alle saßen sehr stumm. Daß sie auf einmal soviel Geld für sich haben sollten, schien ihnen unfaßbar.

„Nicht einmal die Hälfte davon können wir ausgeben, Paddy", sagte Fee schließlich. „Wofür auch?"

Paddy betrachtete sie mit einem zärtlichen Blick. „Ich weiß, Mum. Aber ist es nicht ein schönes Gefühl, daß wir keine Geldsorgen mehr haben?" Er räusperte sich. „Nun, ich fürchte, für Mum und Meggie kommt das dicke Ende sozusagen erst noch. Ich habe mit Zahlen ja nie sehr gut umgehen können, während Mum sich darauf versteht wie keine zweite – addieren und subtrahieren und multiplizieren und dividieren. Da ist es sicher das beste, wenn sie hier auf Drogheda die Buchführung macht. Bisher hat das ja Harry Goughs Büro besorgt. Ich wußte gar nicht, daß da ein Mann saß, der sich ausschließlich mit Drogheda zu beschäftigen hatte. Jedenfalls fehlt's Harry jetzt an Leuten, und er ist froh, wenn wir die Sache selbst übernehmen. Er war's sogar, der vorgeschlagen hat, daß Mum das macht, und er will auch jemanden aus Gilly schicken, der dir alles Nötige zeigt und erklärt, Mum. Ist ziemlich kompliziert, wie's scheint, und wird dich ganz schön in Atem halten, aber jedenfalls ist es keine Knochenarbeit, nicht so was wie das Saubermachen und Wäschewaschen und all das – nicht wahr?"

Und ich? wollte Meggie schon rufen. Habe ich mich mit dieser Knochenarbeit nicht genauso schinden müssen wie Mum? Doch sie besann sich rechtzeitig.

Zum ersten Mal, seit sie die Meldung über Frank gelesen hatte, lächelte Fee. „Oh, das wird mir Spaß machen, Paddy, ganz bestimmt wird es das. Es gibt mir das Gefühl, zu Drogheda zu gehören."

„Von Bob wirst du lernen, mit dem neuen Rolls umzugehen, denn natürlich bist du es, die nach Gilly zur Bank oder auch zu Harry fahren muß. Es ist überhaupt gut, wenn du Autofahren kannst. Dann bist du auf keinen von uns angewiesen, und wir leben hier draußen sowieso viel zu isoliert. Ich wollt's dir und Meggie schon immer beibringen, aber es hat ja an der Zeit dafür gefehlt. – Einverstanden, Fee?"

„Einverstanden, Paddy", sagte sie glücklich.

„Und jetzt, Meggie, komme ich zu dir."

Meggie legte Socke und Stopfnadel aus der Hand und musterte Vater verdrossen. Als ob sich nicht denken ließ, was sie erwartete. Da ihre Mutter jetzt vollauf mit Buchführung und solchen Sachen beschäftigt sein würde, blieb für sie selbst – na, was schon? Natürlich die Aufsicht über das Haus.

„Es wäre mir gar nicht lieb, mit ansehen zu müssen, wie aus dir ein ebenso versnobtes Wesen wird wie aus manchen dieser Viehzüchtertöchter", sagte er mit einem Lächeln, das seiner Bemerkung jeden Stachel nahm. „Und so habe ich auch für dich einen Job, einen *richtigen* Job. Du wirst dich um die Innenkoppeln zu kümmern haben – Borehead, Creek, Carson, Winnemurra und North Tank. Und auch um die Home Paddock. Du bist für die Treiberpferde verantwortlich und mußt dir merken, welche arbeiten und welche pausieren. Beim Lammen und solchen Sachen helfen wir dir natürlich alle, doch im übrigen wirst du schon allein zurechtkommen, nicht? Jack kann dir zeigen, wie man mit Hunden arbeitet und eine Viehpeitsche gebraucht. Du bist ja immer noch ein ziemlicher Wildfang, und da habe ich mir gedacht, daß es dir mehr Spaß machen wird, auf den Koppeln zu arbeiten, als im Haus herumzuglucken." Er lächelte breit.

Während er sprach, waren Groll und Verdrossenheit von Meggie abgefallen wie welke Blätter. Er war wieder der Daddy, der sie liebte und an sie dachte. Wie hatte sie nur je daran zweifeln können?

Sie strahlte. „Oh, Daddy, das macht mir bestimmt einen *Riesen*spaß."

„Und was ist mit mir, Daddy?" fragte Stuart.

„Im Haus wirst du ja nicht mehr gebraucht, also geht's wieder hinaus auf die Koppeln, Stu."

„Gut, Daddy", sagte Stuart. Er warf Fee einen sehnsüchtigen Blick zu, schwieg jedoch.

Fee und Meggie lernten, den neuen Rolls-Royce zu fahren, den Mary Carson gar nicht lange vor ihrem Tode noch bestellt hatte. Dann beschäftigte Fee sich mit Buchführung und Meggie mit Viehpeitsche und Hunden.

Eben dies war immer ihr Traum gewesen: hinauszureiten auf die Koppeln und die Arbeit eines Viehtreibers zu tun. Und sie hätte sich glücklich fühlen können, ganz und gar glücklich, wäre da nicht die Sehnsucht gewesen, dieses schmerzliche Gefühl, das sie nie ganz loswurde – diese Erinnerung an ihn, an seinen Kuß. Immer wieder träumte sie davon, immer wieder versuchte sie, seine Gegenwart als unmittelbar herbeizubeschwören. Doch es wollte nicht gelingen, und natürlich konnte es auch nicht gelingen. Erinnerung war nicht Wirklichkeit. Aber sie dachte viel an Pater Ralph. Er fehlte ihr, und immer wieder versuchte sie, sich damit zu trösten, daß sie ihn ganz bestimmt wiedersehen würde.

Als er der Familie wegen Frank schrieb, ging für Meggie die Hoffnung in Scherben, daß Pater Ralph die Angelegenheit als Vorwand nehmen würde, um Drogheda einen Besuch abzustatten. In sorgfältigen Formulierungen beschrieb er, wie er zum Goulburner Gefängnis gefahren war, um Frank zu sehen. Bei seiner Schilderung vermied er es, des näheren auf Franks sich ständig verschlechternden psychischen Zustand einzugehen. Vergeblich hatte er versucht, den Verantwortlichen klarzumachen, daß Frank nicht ins Gefängnis gehöre, sondern in eine Heilanstalt. In seinem Brief zeichnete er das Bild eines jungen Menschen, der bereit war, seine Schuld abzubüßen, und ganz besonders betonte der Pater, daß Frank nicht wisse, daß seine Familie über alles im Bilde sei. Was den Pater selbst betraf, so hatte er Frank für seinen überraschenden Besuch einen plausiblen Grund genannt: In verschiedenen Zeitungen in Sydney habe er zufällig von dem Fall gelesen, und er werde die Sache für sich behalten und der Familie auf gar keinen Fall etwas sagen.

Sie lasen den Brief, mehrmals natürlich, und der Gedanke an Pater Ralph brachte Paddy darauf, daß da ja noch die braune Stute war, die der Priester immer geritten hatte. Ob er sie nicht verkaufen solle?

Nein, auf gar keinen Fall, meinte Meggie. Sie könne ja die Stute reiten, *außer* dem Treiberpferd, das sie früher schon zum Ausreiten benutzt hätte. Es handelte sich um einen Wallach, einen Rappen.

„Bitte, Daddy", sagte sie, „behalten wir die Stute doch. Stell dir nur vor, er kommt zu Besuch und muß feststellen, daß sein Pferd nicht mehr für ihn bereitsteht. Das wäre doch sehr peinlich, nachdem er sich uns gegenüber so freundlich gezeigt hat."

Paddy betrachtete seine Tochter nachdenklich. „Meggie, ich glaube nicht, daß der Pater noch einmal nach Drogheda kommen wird."

„Aber man kann nie wissen, Daddy. Es *könnte* doch sein."

Er schwieg. Armes kleines Ding! Er brachte es nicht über sich, ihr weh zu tun.

„Also gut, Meggie", sagte er schließlich. „Aber sieh zu, daß du auch wirklich beide reitest, die Stute und den Wallach. Ein verfettetes Pferd kann ich auf Drogheda nicht brauchen, hörst du?"

Bis dahin hatte sie sich irgendwie gescheut, auf Pater Ralphs Stute zu reiten. Jetzt ritt sie die beiden Tiere abwechselnd, damit sie den nötigen Auslauf hatten.

Es war ein trockener Winter gewesen, und der Sommerregen wollte und wollte nicht kommen. Das Gras, zuvor kniehoch und üppig, welkte unter der glutenden Sonne immer mehr dahin, bis jeder Halm bis ins Innerste brüchig zu sein schien. Blickte man über eine Koppel hinweg, so verengte man, unter der tief in die Stirn gezogenen Hutkrempe, die Augen zu schmalen Schlitzen. Wie Glimmersilber war das Gras, und kleine, strudlige Winde hasteten emsig durch das gaukelnde Blau und schleppten bald hier und dort Haufen aus totem Laub und abgerissenen Halmen zusammen.

Herrgott, war das trocken! Selbst die Bäume waren trocken. Wie in borkigen Schwarten schälte sich die Rinde von den Stämmen. Was die Schafe betraf, die hatten noch genug zu fressen. Mindestens ein Jahr würde das Gras noch reichen, wahrscheinlich sogar länger – aber keiner konnte es leiden, wenn alles so fürchterlich trocken war. Und außerdem: es mochte durchaus sein, daß es weder im nächsten noch im übernächsten Jahr regnete. In einem guten Jahr betrug die Niederschlagsmenge 25 bis 45 cm, in einem schlechten Jahr waren es höchstens so um 10 cm, manchmal auch so gut wie gar nichts.

Trotz der Hitze und der Fliegen liebte Meggie das Leben draußen auf den Koppeln. An diesem Tag war sie eine Zeitlang hinter der Herde einhergeritten, in ganz gemächlichem Schritttempo, während die Schafe fraßen und blökten, und oft mehr blökten als fraßen. Doch jetzt ritt sie – heute hatte sie die braune Stute – vor der Herde, um das Koppeltor zu öffnen, und war recht froh, endlich einmal aus dem hochgewirbelten Staub herauszukommen.

Die Schafe drängten durch das geöffnete Tor, und die Hunde zeigten sich begierig, ihre Fähigkeiten zu beweisen. Sie hielten die Herde so in Schach, daß die Tiere gleichsam in geballter Ordnung durch die Öffnung preschten. Ihr wahres Können bewiesen die Hunde jedoch am besten, wenn es sich um einen sogenannten „Trieb" handelte: Herden von enormer Größe, die über weite Strecken getrieben werden mußten. Es war eine Arbeit, die die Hunde liebten, obwohl – oder vielleicht weil – sie alles andere als ungefährlich war. Eine durchgehende Herde rannte einen unvorsichtigen Hund glatt über den Haufen und trampelte ihn tot. Allerdings: solche Aufgaben überließ Paddy nicht seiner Tochter, die übernahm er selbst.

Die Hunde faszinierten Meggie immer aufs neue. Ihre Intelligenz schien phänomenal. Die meisten waren Kelpies, bräunliches Fell, an Pfoten, Brust und über den Augen heller getönt. Aber es gab auch Queensland-Blues, größer als die Kelpies, mit blaugrauer Färbung, schwärzlich gesprenkelt, und außerdem sah man, in allen möglichen Varianten, Kreuzungen zwischen den Kelpies und den Blues. Waren die Hündinnen läufig, so ließ man sie jeweils von jenen Rüden bespringen, die für die Zucht am besten geeignet schienen. Später probierte man die Welpen recht früh auf den Koppeln aus. Die guten verkaufte man, falls man sie nicht für den Eigenbedarf behielt. Jene, die nichts taugten, wurden erschossen.

Jetzt pfiff Meggie ihren Hunden, schloß dann hinter der Herde das Tor und lenkte die braune Stute in Richtung Homestead. In der Nähe erhob sich eine große Gruppe von Bäumen, Eukalyptusbäume zumeist, darunter Ironbark und Stringybark.

Dankbar ritt Meggie eine Weile im Schatten der Baumriesen und ließ in Muße ihren Blick durch das Geäst schweifen. Überall sah sie Wellensittiche, die Singvögel nachahmten oder, wenn man so wollte, parodierten. Finken huschten von Zweig zu Zweig. Zwei Gelbhaubenkakadus beobachteten das Treiben sehr aufmerksam mit zur Seite geneigten Köpfen. Zwei Willy-Wagtails-Wippsterze durchstöberten den Sand nach Ameisen und machten dabei ihrem Namen alle Ehre. Ihre Sterze wippten unaufhörlich, ein lustiger Anblick. Und dann waren da natürlich auch die Krähen, und ihr Krächzen, ihr unablässiges, ihr gleichsam ewiges Krächzen schien das schlimmste Geräusch zu sein, das es im ganzen Busch gab, so ohne jede Freude, so buchstäblich trostlos, daß es einen bis in die Seele frösteln konnte und man unwillkürlich an verwesendes Fleisch dachte, an Aas und an Schmeißfliegen.

Die Fliegen, sie waren überall. Meggie trug einen Schleier über ihrem Hut, doch ihre bloßen Arme bildeten ein Angriffsziel. Unaufhörlich wippte und wischte und peitschte die Stute mit dem Schwanz, und das braune Fell zitterte und zuckte ebenso unablässig, um die lästigen Fliegen zu verscheuchen. Meggie wunderte sich immer wieder, daß die Pferde durch ihr Fell, also durch dicke Haut und dichtes Haar, etwas so Winziges und Leichtes wie Fliegen überhaupt spüren konnten. Diese Insekten waren auf den Schweiß aus, den sie begierig aufsaugten, und deshalb plagten sie Pferde und Menschen. Und bei Schafen legten sie besonders gern ihre Eier ab, und zwar überall, wo die Wolle feucht und schmutzig war, vor allem natürlich am Steiß.

Bienen summten, Libellen zuckten hin und her, und wunderbar bunte Schmetterlinge flatterten. Meggies Stute stieß mit dem Huf ein faulendes Stück Holz beiseite. Darunter waren Käfer und Gewürm, riesige Tausendfüßler, auch Spinnen, ein Anblick, daß man die Gänsehaut bekommen konnte. Kaninchen tauchten auf, von irgendwoher, und jagten los und flitzten davon und verschwanden in ihren Löchern, winzige Staubwölkchen hinter sich lassend, und schoben neugierig sofort wieder die Köpfe hoch und äugten, mit zuckenden Nasenlöchern. Ein Stück entfernt gab ein Ameisenigel in aller Hast seine Jagd auf Ameisen auf und grub sich, über das Auftauchen der braunen Stute erschrocken, mit erstaunlicher Geschwindigkeit ein. Fast im Handumdrehen war er unter einem großen Baumstamm verschwunden, ein erheiternder Anblick, während er noch grub. Die leicht schaufelartig geformten Pfoten ließen den Sand gleichsam in Häufchen zur Seite fliegen, und die sonst so widerborstig gereckten Stacheln legten sich jetzt stromlinienförmig an den Leib an.

Aus dem Schatten der Bäume gelangte Meggie auf den Hauptweg zur Homestead. In einiger Entfernung hockte eine Schar grauer, gefleckter Vögel auf dem Boden. Sogenannte Galahs pickten nach Würmern oder Käfern. Als sie die Hufschläge des Pferdes hörten, hoben sie in Masse ab, und Meggie hatte fast das Gefühl, von einer rosaroten Woge überspült zu werden. Wie durch Magie schienen die soeben noch grauen Vögel ihre Färbung gewechselt zu haben, ihre Brüste und die Unterseiten der Schwingen schimmerten nun rötlich. Wenn ich Drogheda jetzt verlassen müßte und nie zurückkehren könnte, dachte Meggie, so wäre dies in meinen Erinnerungsträumen vielleicht das Bild, das am tiefsten haftenbliebe: das Rosarot der Galahs.

Die Vögel scheuchten eine riesige Herde von Känguruhs auf, die gerade friedlich geäst hatte. Etwa zweitausend Tiere mochten es sein, die jetzt mit weiten, anmutigen Sprüngen davonjagten und, mit Ausnahme des Emu, schneller waren als jedes andere Landtier. Pferde konnten mit ihnen nicht mithalten.

Weiter draußen, überlegte Meggie, scheint es sehr trocken zu werden, sonst würde es kaum so viele Känguruhs in die Nähe der Homestead und der inneren Koppeln ziehen.

Sie liebte es, die Natur zu beobachten, doch wie stets, so wandten sich ihre Gedanken auch jetzt immer wieder Ralph zu. Noch nie war es ihr auch nur von fern eingefallen, ihre Gefühle für ihn als Schulmädchenschwärmerei zu betrachten. Sie nannte ihre Empfindungen ganz einfach: Liebe. So stand es in den Büchern, und nach den Schilderungen, wie man sie etwa in den Romanen einer Ethel M. Dell finden konnte, unterschied sie, Meggie, sich in ihren Gefühlen wie auch sonstigen Symptomen überhaupt nicht von den Heldinnen, die dort vorkamen.

Allerdings schien es alles andere als fair, daß zwischen ihr und dem, was sie sich von Ralph ersehnte, eine so künstliche Barriere wie sein Priestertum stand. Sie wollte mit ihm leben, wie Daddy mit Mum lebte: in Harmonie *mit* ihm und in Bewunderung und Verehrung *durch* ihn. Im übrigen schien es Meggie, daß Mum nie sehr viel dafür getan hatte, daß Daddy sie liebte und verehrte. Dennoch tat er es.

Nun, Ralph würde jedenfalls sehr bald erkennen, daß es für ihn viel schöner war, mit ihr zusammenzuleben, als weiterhin so ganz für sich. Daß sein Priestertum nichts war, was er so einfach ablegen konnte wie ein x-beliebiges Amt, eine x-beliebige Würde, daß es sich um etwas handelte, das ihn zutiefst band, begriff sie nicht, konnte sie wohl auch nicht begreifen. Gewiß, sie wußte, daß ein Priester weder Ehemann noch Liebhaber sein durfte. Doch diese Klippe umging sie, indem sie Ralph in ihren Gedanken seines geistlichen Amtes entkleidete. Über den Sinn und das Wesen priesterlicher Gelübde hatte sie nie etwas Genaueres erfahren, und da für sie persönlich die Religion kein Bedürfnis war, sann sie nicht weiter darüber nach. Gebeten konnte sie nichts abgewinnen, und wenn sie den Geboten der Kirche gehorchte, so einfach deshalb, weil die Nichtbefolgung ewiges Höllenfeuer bedeutete.

In dem Tagtraum, den sie gerade träumte, genoß sie tief das Zusammenleben mit Ralph, und sie schlief auch mit ihm, so wie Mum und Dad beieinander schliefen. Der Gedanke an seine Nähe ließ sie unruhig auf ihrem Sattel rutschen, und das Gefühl der Zärtlichkeit fand seinen Ausdruck in einer wahren Flut von Küssen, von erträumten, in der Phantasie sehr intensiv durchlebten Küssen, denn Küsse waren für sie der einzig vorstellbare Ausdruck für dieses so eigentümlich starke Bedürfnis nach Zärtlichkeit.

Was die sogenannte „geschlechtliche Aufklärung" betraf, hatte auch die Arbeit auf den Koppeln sie keinen Schritt vorangebracht. Der Geruch der Hunde genügte völlig, um bei den Schafen diesen Trieb praktisch völlig lahmzulegen, solange sie ihre gefürchteten Bewacher auch nur von fern witterten. Zur Paarungszeit wurden die Schafböcke mit den weiblichen Schafen sehr methodisch auf einer ganz bestimmten Koppel zusammengebracht, und Paddy sorgte stets dafür, daß seine Tochter dann „anderweitig" beschäftigt war. Und wenn ein Hund einen anderen besprang, so war das für Meggie eben ein Springen und Herumtollen, das bei ihr als Reaktion sofort ein Knallen mit der Peitsche auslöste, damit die Hunde wachsam bei ihrer Arbeit blieben, statt sich durch „Spielereien" ablenken zu lassen.

Schwer zu sagen, was einem Menschen schlimmer zusetzen kann: ein unerklärliches und ungeklärtes Verlangen mit all jener Rastlosigkeit und Gereiztheit, von der es begleitet wird; oder eine bewußte Begierde, die zielstrebig auf Befriedigung und Erfüllung drängt. Das Verlangen in Meggie war vorhanden, zweifellos, doch wußte sie nicht, wonach genau. Sie spürte nur, daß die Sehnsucht sie unausweichlich in die Richtung von Ralph de Bricassart zog. Und so träumte sie von ihm, hungerte und dürstete gleichsam nach ihm und empfand tiefe Niedergeschlagenheit, weil sie – obwohl er ihr doch versichert hatte, daß er sie liebe – ihm so wenig bedeutete, daß er sie nie besuchen kam.

Während sie noch grübelte, tauchte hinter ihr Paddy auf, der auf seinem alten Rotschimmel gleichfalls der Homestead entgegenstrebte. Meggie zügelte ihre Stute und wartete auf ihren Vater.

„Was für eine nette Überraschung", sagte er. „Schön, daß wir uns treffen."

„Ja, Dad. Weiter draußen ist es wohl sehr trocken, nicht?"

„Jedenfalls noch etwas mehr als hier. Guter Gott, noch nie habe ich so viele Känguruhs gesehen! Draußen nach Milparinka zu muß es ja knochentrocken sein. Martin King hat zwar davon gesprochen, daß eine große Anzahl Tiere abgeschossen werden sollen, aber bei diesen Riesenmassen würde es wohl kaum einen Unterschied machen, wenn man mit einer ganzen Batterie von Maschinengewehren dazwischenhält."

Es geschah sehr selten, daß Meggie mit ihrem Vater ganz allein war, denn für gewöhnlich hatte er wenigstens einen der Jungen bei sich. Stets zeigte er sich liebe- und rücksichtsvoll. Bevor sie sich recht besann, stellte sie jene Frage, die sie so bedrückte und quälte:

„Daddy, warum kommt Pater de Bricassart uns nie besuchen?"

„Er ist sehr beschäftigt, Meggie", erwiderte Paddy, und der leicht angespannte Klang seiner Stimme verriet, daß er die Frage keinesfalls als zufällig nahm.

„Aber auch Priester haben doch irgendwann einmal Urlaub, nicht wahr? Er hat Drogheda so sehr geliebt, daß ich sicher bin, er würde seinen Urlaub hier verbringen wollen."

„In gewisser Weise haben auch Priester Urlaub, Meggie. Andererseits bleiben sie sozusagen immer in ihrem Amt. So müssen sie zum Beispiel jeden Tag die Messe lesen, auch wenn sie ganz allein sind. Ich glaube, Pater de Bricassart ist ein sehr kluger Mann. Er weiß, daß sein früheres Leben ein für allemal vorbei ist. Für ihn, Meggielein, bildet Drogheda ein Stück Vergangenheit. Wenn er zu Besuch käme, würde er längst nicht mehr die Freude empfinden wie früher."

„Du meinst, er hat uns vergessen", sagte sie bedrückt.

„Nein, nicht eigentlich vergessen. Wenn das der Fall wäre, würde er uns nicht so oft schreiben und sich erkundigen, wie es jedem von uns geht." Er musterte sie mitleidig. „Ich glaube, es ist das beste, wenn er nie wieder herkommt. Deshalb habe ich ihn auch nicht durch eine Einladung dazu ermuntert."

„Daddy!"

Er ließ sich nicht beirren. Sehr direkt ging er jetzt auf sein Ziel zu. „Schau, Meggie, es ist nicht recht von dir, daß du von einem Priester träumst, und es wird Zeit, daß du das begreifst. Du hast dein Geheimnis bisher ziemlich gut gehütet, und ich glaube nicht, daß außer mir irgend jemand etwas von deinen Gefühlen ahnt. Aber du hast Fragen – Fragen, die du an mich richtest, nicht? Sind vielleicht nicht viele, aber doch ein paar, auf die du unbedingt eine Antwort haben möchtest. Na, gut. Dann will ich dir auch sagen, daß das aufhören muß, hörst du? Pater de Bricassart hat heilige Gelübde abgelegt, und ich weiß genau, daß er überhaupt nicht

226

daran denkt, sie zu brechen. Er hat dich sicher sehr gern, aber auf ganz andere Art, als du glaubst. Als er dich kennenlernte, war er ein erwachsener Mann, und du warst ein kleines Mädchen. Und so wie damals sieht er dich noch immer, bis auf den heutigen Tag."

Sie schwieg, ihr Gesicht blieb ausdruckslos. Ja, dachte er, sie ist Fees Tochter.

Nach einer Weile sagte sie schroff: „Er müßte ja nicht Priester bleiben. Ich habe nur noch nie eine Gelegenheit gehabt, mit ihm darüber zu sprechen."

Der Schock, das Entsetzen, das sich auf seinem Gesicht widerspiegelte, war so unverkennbar echt, daß dies auf Meggie tiefer und nachhaltiger wirkte als seine heftig hervorgestoßenen Worte.

„Meggie! Allmächtiger Gott, das kommt doch alles nur von diesem Leben hier draußen im Busch! Eigentlich gehörst du noch auf die Schule, und wäre Tante Mary eher gestorben, so hätte ich dich nach Sydney geschickt, wenigstens noch für zwei Jahre. Aber inzwischen bist du zu alt, um noch die Schulbank zu drücken, nicht wahr? Das wäre mir nicht das Richtige, wenn deine Mitschüler dich wegen deines Alters auslachten, meine arme, kleine Meggie." Er sprach jetzt langsamer und setzte seine Worte sehr sorgfältig und mit besonderer Betonung, um allergrößte Klarheit und Eindringlichkeit bemüht. „Pater de Bricassart ist *Priester*, Meggie. Er kann niemals aufhören, ein Priester zu sein, begreife das. Die Gelübde, die er abgelegt hat, sind heilig. Wenn ein Mann einmal Priester geworden ist, gibt es für ihn keine Umkehr, und seine Oberen im Seminar sorgen dafür, daß er ganz genau weiß, was die Gelübde bedeuten. Erst dann, wenn er sich über alles im klaren ist, darf er sie leisten. Und jeder, der diese Gelübde abgelegt hat, weiß ohne auch nur einen Schatten von Zweifel, daß sie niemals gebrochen werden dürfen. Nun – Pater de Bricassart hat sie abgelegt, und er wird sie niemals brechen." Er schwieg einen Augenblick, seufzte. „Jetzt weißt du's also, Meggie, nicht wahr? Von nun an hast du keine Ausrede mehr vor dir selbst, wenn du von Pater de Bricassart träumst."

Sie befanden sich jetzt unmittelbar bei der Homestead, und zwar auf jener Seite, wo die Stallungen lagen. Wortlos lenkte Meggie ihre Stute in Richtung Stalltür, während Paddy weiterritt, um seinen Rotschimmel, der ja ein reines Treiberpferd war, zu einem eingezäunten Platz unter offenem Himmel zu bringen.

Zwei- oder dreimal drehte Paddy sich zu seiner Tochter um. Doch dann war sie verschwunden, und er gab seinem Tier die Sporen. Verdammt, dachte er, verdammt. Und er haßte sich, weil er gesagt hatte, was er doch hatte sagen müssen.

Ja, diese urewige Geschichte zwischen Mann und Frau, verdammt, *wirklich* verdammt! Für alles sonst gab's Regeln, wonach man sich einigermaßen richten konnte, bloß *dafür* offenbar nicht.

Ralph de Bricassart sprach, und seine Stimme klang sehr kalt. Dennoch war sie wärmer als der Blick, mit dem er den jungen Priester maß, der mit blutleerem Gesicht vor seinem Schreibtisch stand.

Bricassarts Worte klangen steif und präzise bemessen.

„Ihr Verhalten war nicht von jener Art, wie unser Herr Jesus Christus es von seinen Priestern verlangt. Ich glaube, Sie selbst wissen das besser als wir, die wir Sie tadeln, es jemals wissen können. Dennoch bleibt mir die Aufgabe, im Namen Ihres Erzbischofs den Verweis auszusprechen. Sie schulden ihm absoluten Gehorsam, und es steht Ihnen nicht zu, seine Entscheidungen in Frage zu stellen.

Begreifen Sie eigentlich, wieviel Schande Sie über sich selbst, über Ihre Gemeinde und über die Kirche gebracht haben – vor allem über die Kirche, die Sie angeblich doch mehr lieben als irgendeinen Menschen? Ihr Keuschheitsgelübde war genauso bindend wie Ihre anderen Gelübde, und daß Sie es gebrochen haben, ist eine ganz besonders schwere Sünde. Natürlich werden Sie jene Frau nie wiedersehen, doch bleibt uns die Pflicht, Ihnen Beistand zu leisten bei Ihrem Kampf, der Versuchung zu widerstehen. Deshalb haben wir es so geregelt, daß Sie sofort aufbrechen, um Ihr neues Amt in der Gemeinde Darwin im Northern Territory anzutreten. Noch heute abend werden Sie mit dem Nachtexpreß nach Brisbane fahren. Von dort geht es mit einem anderen Zug weiter nach Longreach, wo Sie in eine QANTAS-Maschine steigen werden, um nach Darwin zu fliegen. Was Ihre Habseligkeiten betrifft, so werden diese im Augenblick gepackt. Man wird sie rechtzeitig zum Expreß bringen. Also haben Sie keinen Grund, noch einmal zu Ihrer alten Gemeinde zurückzukehren.

Gehen Sie jetzt mit Pater John in die Kapelle und beten Sie. In der Kapelle werden Sie bleiben, bis man Ihnen sagt, daß es Zeit ist, zum Bahnhof zu fahren. Pater John wird Sie bis Darwin begleiten, um Ihnen Trost und Beistand zu gewähren."

Sie waren klug und umsichtig, die Priester in der Administration; sie gaben dem Sünder keine Gelegenheit, noch einmal Kontakt aufzunehmen zu dem jungen Mädchen, das seine Geliebte gewesen war. Die Sache hatte sich in seiner Gemeinde doch zu einem recht peinlichen Skandal ausgeweitet.

Jetzt würde ihn der zuverlässige Pater John bis nach Darwin begleiten und natürlich sorgfältig im Auge behalten, er hatte da seine genauen Anweisungen. Auch für später war vorgesorgt. Man würde jeden Brief öffnen, den er aus Darwin schickte, und Ferngespräche durfte er nicht führen. Das junge Mädchen ihrerseits würde nie erfahren, wo er sich jetzt befand. Auch alles andere war sorgfältig überlegt: rigoros schien jede Möglichkeit für eine neue Versuchung beschnitten. Das Northern Territory nannte man das „tote Herz" Australiens, und Darwins war eine „Pionierstadt". Frauen gab es dort so gut wie gar nicht. Die Gelübde des jungen Priesters waren absolut, er konnte von ihnen niemals befreit werden; und wenn er zu schwach war, um von sich aus Disziplin zu halten, so mußte die Kirche das für ihn tun.

Ralph de Bricassart wartete, bis der junge Priester und sein Bewacher den Raum verlassen hatten. Dann erhob er sich und gelangte durch einen Korridor zu einem anderen Zimmer, in dem zwei Männer saßen. Der eine, von mächtiger Gestalt, mit prachtvollem weißem Haar und Augen von sehr intensivem Blau, war Erzbischof Cluny Dark. Von sehr vitaler Art, besaß er einen ausgeprägten Sinn für Humor und hatte eine große Schwäche für Tafelfreuden. Der andere Mann bildete zu ihm einen sehr starken Kontrast. Er war klein und dünn, und das eher spärliche Haar rund um das Käppchen schimmerte dunkel, ja schwarz. Das Gesicht wirkte eckig, mit bleicher Haut und auffallend starkem Bartschatten, und die Augen waren groß und dunkel. Sein Alter ließ sich schwer schätzen – nicht jünger als dreißig, nicht älter als fünfzig, mehr konnte man mit Sicherheit kaum sagen. In Wirklichkeit war er neununddreißig, drei Jahre älter als Ralph de Bricassart.

„Aber so setzen Sie sich doch, setzen Sie sich doch", sagte Erzbischof Cluny Dark herzlich. „Eine Tasse Tee haben wir bestimmt noch für Sie. Kann allerdings sein, daß wir erst eine frische Kanne kommen lassen müssen. Nun, haben Sie den jungen Mann mit den rechten Ermahnungen auf den Weg geschickt?"

„Ja, Euer Exzellenz", erwiderte Ralph de Bricassart und setzte sich auf den dritten Stuhl am Teetisch, der mit allerlei Leckerbissen beladen war: waffeldünne Gurken-Sandwiches, sogenannte Fairy-Cakes, rötlich und weiß gemustert, zudem geeist, gebutterte Teekuchen, Schälchen mit Marmelade und Schlagsahne. Das Teeservice war aus kostbarem Aynsley-Porzellan, ganz zart von Blattgold überhaucht.

„Solche Vorkommnisse sind bedauerlich, mein lieber Erzbischof", sagte der Besucher, „aber auch wir geweihten Priester unseres Lieben Herrn sind schwache, nur allzu menschliche

Wesen. Ich finde in meinem Herzen tiefes Mitgefühl für ihn, und ich werde heute abend darum beten, daß er in Zukunft mehr Kraft besitzen möge."

Aus seiner sehr weich artikulierenden Stimme klang deutlich der ausländische Akzent. Er war Italiener: Erzbischof Vittorio Scarbanza di Contini-Verchese, Apostolischer Legat bei der katholischen Kirche Australiens. Er bildete das Bindeglied zwischen der klerikalen Hierarchie in Australien und dem Nervenzentrum im Vatikan, war somit also der wichtigste katholische Würdenträger in diesem Teil der Welt.

Ursprünglich hatte er gehofft, in die Vereinigten Staaten von Amerika entsandt zu werden. Doch bei eingehender Überlegung kam er zu dem Schluß, daß Australien für ihn recht geeignet war. Wenn auch ein weit kleineres Land als die USA – zwar nicht an Ausdehnung, aber doch an Bevölkerungszahl –, so konnte es doch in viel stärkerem Maße als katholisch gelten. Anders als überall sonst in der englischsprechenden Welt, war es in Australien keineswegs ein Handikap, Katholik zu sein, nicht für den Geschäftsmann oder den Juristen, auch nicht für einen aufstrebenden Politiker. Und Australien war ein reiches Land, schon rein materiell für die Kirche von beträchtlichem Nutzen. Solange er sich hier befand, brauchte er wirklich nicht zu fürchten, von Rom vergessen zu werden.

Jetzt betrachtete er, über den Rand seiner Tasse hinweg, unauffällig Ralph de Bricassart, der schon bald sein Sekretär werden sollte. Daß Erzbischof Cluny auf diesen Priester große, ja sehr große Stücke hielt, wußte man allgemein. Blieb die Frage: Würde er auch ihm, dem Apostolischen Legaten, wirklich gut gefallen? Sie waren alle so groß, diese Iren, viele überragten ihn um Haupteslänge, wenn nicht mehr, und als angenehm empfand er es wahrlich nicht, zu ihnen emporstarren zu müssen.

Was Bricassart betraf: sein persönliches Verhältnis zu Erzbischof Cluny war zweifellos ganz ausgezeichnet, das sah man auf den ersten Blick. Der jüngere Mann verhielt sich respektvoll, blieb dennoch unverkrampft, bewies eine heiter-humorvolle Art. Wie aber würde er sich unter einem anderen, so gänzlich verschiedenen Herrn bewähren?

Normalerweise wäre ein Italiener Sekretär des Apostolischen Legaten geworden. In diesem Fall lag die Sache anders. Ralph de Bricassart war für den Vatikan von großem Interesse. Immerhin mußte es als sein Verdienst gelten, daß der Kirche ein riesiges Vermögen zugefallen war. Und auch er persönlich durfte durchaus wohlhabend genannt werden; seine Oberen besaßen nicht das

Recht, ihm sein Privatvermögen abzufordern, und er seinerseits dachte offenbar nicht daran, es der Kirche zu überschreiben. Deshalb hatte der Vatikan beschlossen, daß der Apostolische Legat diesen Ralph de Bricassart als Sekretär in seinen Dienst nehmen sollte, um sich ein möglichst genaues Bild von ihm machen zu können – um ihm, wie man so sagte, ein wenig auf den Zahn zu fühlen.

Eines Tages, wenn gewiß auch noch nicht in ganz naher Zukunft, würde der Heilige Vater die katholische Kirche Australiens belohnen, indem er einem der Ihren die Kardinalswürde verlieh. Die Altersgruppe, die dafür am ehesten in Frage kam, war jene, zu der auch Ralph de Bricassart gehörte, und gar kein Zweifel: Bricassart selbst war der führende Kandidat.

Nun, mochte er also getrost die Chance bekommen, sich erst einmal auf seinem neuen Sekretärsposten zu beweisen, dachte Erzbischof di Contini-Verchese. Die Sache konnte womöglich sogar recht interessant werden. Nur: mußte er unbedingt so entsetzlich langwüchsig sein?

Jetzt, am Teetisch, verhielt Ralph de Bricassart sich sehr still. Er aß nur ein kleines, dreieckiges Sandwich, verschmähte die anderen Leckerbissen, trank jedoch durstig vier Tassen Tee, ohne allerdings Zucker oder Milch hinzuzufügen. Nun, das entsprach genau dem, was im Bericht über ihn stand: in seinen persönlichen Lebensgewohnheiten bemerkenswert genügsam, mit nur einer Schwäche, der für ein gutes – und sehr schnelles – Auto.

„Ihr Name ist französischen Ursprungs", sagte der italienische Erzbischof. „Soweit ich weiß, sind Sie jedoch Ire. Wie paßt das zusammen? War Ihre Familie französischer Herkunft?"

Ralph de Bricassart schüttelte lächelnd den Kopf. „Es ist ein normannischer Name, Euer Exzellenz, sehr alt und sehr ehrenwert. Ich bin ein direkter Nachfahre eines gewissen Ranulf de Bricassart, der zu den Edelleuten am Hofe Wilhelms des Eroberers gehörte. Im Jahr 1066 kam er mit Wilhelm nach England, und einer seiner Söhne nahm englisches Land. Unter den normannischen Königen von England erlebte die Familie eine Blütezeit, doch später, während der Regierung von Heinrich IV., überquerten einige Bricassarts die Irische See und ließen sich in jenem Teil nieder, der Pale genannt wurde. Als Heinrich VIII. sich vom Papst lossagte und die anglikanische Kirche entstand, behielten wir den Glauben Wilhelms, was nichts anderes bedeutete, als daß wir meinten, unser Treueverhältnis zu Rom habe Vorrang vor dem zu London. Als dann jedoch Cromwell das Commonwealth begründete, verloren wir unsere Ländereien und unsere Titel, die wir auch nie wieder zurückerhielten. Karl II. hatte englische Günstlinge, die er mit irischem Land belohnte. So ganz ohne Grund ist er nicht, der Haß der Iren gegen die Engländer, wissen Sie.

Jedenfalls bewegte sich das Leben der Familie von da an, wenn man so will, in relativer Mittelmäßigkeit. Der Kirche und Rom hielten die Bricassarts nach wie vor die Treue. Mein älterer Bruder besitzt ein Gestüt in County Meath und ist damit recht erfolgreich. Er hofft, daß aus seiner Zucht einmal der Sieger beim Derby oder beim Grand National hervorgehen wird. Ich bin der zweitälteste Sohn, und es war seit altersher in der Familie Tradition, den Zweitältesten Priester werden zu lassen, falls er selbst den Wunsch hegte. Ich bin sehr stolz auf meinen Namen und meine lange Ahnenreihe, wissen Sie. Bicassarts gibt es immerhin seit fünfzehnhundert Jahren."

Ah, wie gut, das zu hören! Ein alter, adeliger Name und eine Familiengeschichte, die gleichsam ihren Kern darin hatte, daß man durch alle Verfolgungen hindurch fest zum alten Glauben hielt.

„Und wie erklärt sich der Ralph?"

„Eine Kurzform von Ranulf, Euer Exzellenz."

„Ah, verstehe."

Erzbischof Cluny warf Ralph de Bricassart einen Blick zu. „Sie werden mir sehr fehlen", sagte er, häufte Marmelade und Schlagsahne auf ein Stück Teekuchen und schob sich dann alles auf einmal in den Mund.

Ralph de Bricassart lachte. „Euer Exzellenz bringen mich in ein Dilemma! Hier sitze ich, zwischen meinem alten Herrn und meinem neuen, und wenn ich dem einen eine Antwort gebe, die ihm gefällt, so wird sie dem anderen mißfallen. Aber darf ich vielleicht sagen, daß Euer Exzellenz auch mir persönlich sehr fehlen werden, während ich mich darauf freue, Euer Exzellenz dienen zu können?"

Ausgezeichnet formuliert, die Antwort eines Diplomaten. Es wollte Erzbischof Contini-Verchese scheinen, daß es wahrlich nicht schaden könne, einen solchen Sekretär zu haben. Allerdings: er sah bei weitem zu gut aus – die feingeprägten Züge, die hohe Gestalt, die ganze Erscheinung.

Ralph de Bricassart versank wieder in Schweigen. Er starrte auf den Teetisch, ohne ihn jedoch zu sehen. Was er sah, war etwas ganz anderes. Es war das Gesicht des jungen Priesters, den er gerade gemaßregelt hatte: der bestürzte, verzweifelte Ausdruck in den Augen des jungen Mannes, als er begriff, daß man ihm keine Gelegenheit geben würde, mit seinem Mädchen noch ein letztes Mal zusammenzukommen.

Lieber Gott, dachte er, wenn ich das nun gewesen wäre, wenn es mich und Meggie betreffen würde!?

War man sehr umsichtig und verschwiegen, so konnte man gewisse Dinge vor den Oberen eine Zeitlang verheimlichen. Unter bestimmten Umständen erfuhren sie mit ziemlicher Sicherheit sogar nie etwas davon: Frauen nur während des alljährlichen Urlaubs fern von der Gemeinde. Entstand jedoch eine ernstere, tiefere Bindung, so mußten das die Oberen ganz unvermeidlich entdecken.

Manchmal, manchmal flüchtete er sich geradezu in die Kapelle des Bischofspalais und kniete dann auf dem harten Marmorfußboden, bis seine Kniegelenke, seine Beine vor Schmerzen so steif waren, daß er sich kaum noch erheben konnte. Nur dies hielt ihn dann gleichsam davon ab, zum nächsten Zug zu eilen, der nach Gilly und Drogheda fuhr. Immer und immer wieder hatte er sich gesagt, er sei nichts weiter als ein Opfer der Einsamkeit, ihm fehle nur die warme, herzliche Zuneigung, die ihm auf Drogheda entgegengebracht worden war. Er versuchte sich weiszumachen, daß sich nichts geändert hatte, als er einer augenblicklichen Schwäche erlag und Meggies Kuß erwiderte. Er glaubte, sich selbst versichern zu können, daß seine Liebe zu Meggie sich nach wie vor auf das Reich einer Phantasie beschränkte, die zwar voller Entzücken war, gleichzeitig jedoch auch wie purifiziert und abstrahiert, und daß seine Gefühle für Meggie keinesfalls übergeglitten waren in eine andere Welt, die nicht mehr einen bewußt beschränkten Ausschnitt darstellte, sondern ein beunruhigendes und verstörendes Ganzes, das in seinen früheren Träumen einfach nicht da gewesen war. Doch er *konnte* sich nicht eingestehen, daß sich etwas geändert hatte, und so behielt er Meggie in seiner Vorstellung als kleines Mädchen und schirmte dieses Bild – diese Vision, wenn man so wollte – sorgsam ab gegen alles, was das Gegenteil bezeugen mochte.

Der Schmerz aber, der Schmerz ließ nicht nach. Vielmehr schien es damit schlimmer zu werden. Zuvor war seine Einsamkeit gewissermaßen eine unpersönliche Angelegenheit gewesen. Nie hatte er sagen können, daß da Abhilfe geschaffen werden konnte, weil es in seinem Leben diesen oder jenen Menschen gab oder geben mochte. Jetzt jedoch hatte seine Einsamkeit einen Namen: Meggie, Meggie, Meggie, Meggie . . .

Er schrak auf aus seinen Grübeleien und entdeckte, daß der Blick des Erzbischofs di Contini-Verchese sehr direkt und zweifellos scharf beobachtend auf ihm lag. Ohne Frage besaßen diese großen, dunklen Augen in weit gefährlicherem Maße die Fähigkeit, in das Objekt ihrer Beobachtung einzudringen, es gleichsam auszuforschen, als die so munteren und lebhaften Augen des Erzbischofs Cluny Dark.

Ralph de Bricassart erwiderte den Blick seines zukünftigen Herrn mit einem Blick von gleicher Klarheit und Direktheit und ließ dann ein flüchtiges Lächeln über sein Gesicht gleiten. Viel zu intelligent, um abzuleugnen, daß er gerade dunklen Gedanken nachgehangen hatte, zuckte er mit den Achseln, als wollte er sagen: In jedem Menschen steckt ein Stück Traurigkeit, und es ist ja keine Sünde, sich an einen Kummer zu erinnern.

„Sagen Sie doch", fragte der italienische Erzbischof, „inwieweit hat sich eigentlich der vor kurzem eingetretene wirtschaftliche Rückgang auf das von Ihnen verwaltete Vermögen ausgewirkt?" Die Frage klang so natürlich, als habe ihn in den letzten Minuten ausschließlich *dies* beschäftigt.

„Bislang brauchen wir uns keine Sorgen zu machen, Euer Exzellenz", lautete die Antwort. „Michar Limited ist den Fluktuationen des Marktes in relativ geringem Maße ausgesetzt. Das verdanken wir der Tatsache, daß Mrs. Carson mit ganz besonderer Umsicht investiert hat. Die Station Drogheda allerdings wird nicht ganz so glimpflich davonkommen; der Wollpreis fällt. Mrs. Carson war jedoch zu klug, um ihr Geld im landwirtschaftlichen Bereich anzulegen. Sie gab der Metallgewinnung entschieden den Vorzug. Allerdings glaube ich, daß dies eine ganz ausgezeichnete Zeit ist, Land zu kaufen, nicht nur Viehstationen irgendwo weit draußen, sondern auch Grundstücke mit Häusern und Gebäuden in den wichtigsten Städten. Die Preise sind lächerlich niedrig, werden jedoch nicht ewig auf ihrem jetzigen Stand bleiben. Immobilien bieten sich als Anlage im Augenblick gleichsam von selbst an. Ich wüßte wirklich nicht, wie wir, wenn wir jetzt kaufen, in den kommenden Jahren daran verlieren sollten. Eines Tages ist die Depression mit Sicherheit vorüber."

„Richtig", sagte Erzbischof di Contini-Verchese.

Ralph de Bricassart, so schien es, hatte offenbar nicht nur das Zeug zu einem Diplomaten, sondern auch eine beachtliche kaufmännische Begabung! Und so war es in der Tat überaus ratsam, daß Rom ihn sorgsam im Auge behielt.

9

Aber es war 1930, und auf Drogheda wußte man, was es mit der Depression auf sich hatte. In ganz Australien herrschte Arbeitslosigkeit. Es schien so sinnlos, irgendwo nach einem Job zu suchen, daß viele es gar nicht mehr versuchten. Und da das Geld für die Miete in irgendwelchen Wohnhäusern kaum noch aufzubringen war, wohnten die Frauen und Kinder in primitiven Hütten auf Kommunalgelände und reihten sich ein in die langen Schlangen der Unterstützungsempfänger, denn durchschlagen mußten sie sich allein: Väter und Ehemänner waren unterwegs auf Tramptour.

Die wenigen Dinge, die ein Mann unbedingt zum Leben brauchte, wickelte er in eine Schlafdecke, um die er ein paar Riemen schlang. Dieses Bündel warf er sich über den Rücken und ging dann auf Walze. Wenn er – das war seine Hoffnung – auf den Viehstationen, die er bei seiner Route berührte, schon keinen Job bekam, so doch wenigstens ein paar Fressalien.

Die Lebensmittelpreise waren niedrig, und Paddy sorgte dafür, daß in den Vorratslagern kein Mangel herrschte. Jeder Mann, der nach Drogheda kam, konnte sicher sein, daß sein Freßbeutel gut gefüllt werden würde. Sonderbar war, daß nur selten einer dieser Tramps das Bedürfnis zu haben schien, wenigstens für einige Zeit am selben Ort zu bleiben. Kaum hatten sie eine warme Mahlzeit im Bauch und genügend Proviant für die Walze im Beutel, so brachen sie meist auch schon wieder auf. Was immer sie suchen mochten, konnten einzig sie selbst wissen. Auf vielen anderen Stationen zeigte man sich bei weitem nicht so gastfreundlich und großzügig wie auf Drogheda, was das Rätsel nur noch rätselhafter machte, weshalb es die Männer, die auf Walze waren, meist auch von Drogheda gleich wieder weitertrieb. Woran mochte es liegen? An ihrer Heimatlosigkeit, an ihrer Ziellosigkeit, an der Sinnlosigkeit ihres Lebens? Irgendwie schafften es die meisten, sich am Leben zu halten, aber manche kamen auch um. Und wenn man sie fand, so wurden sie begraben, bevor die Krähen und die Schweine sie bis auf die Knochen abfressen konnten. Das Outback war riesengroß, und es war einsam.

Stuart blieb jetzt für alle Fälle wieder zu Hause, und nahe bei der Tür zum Kochhaus war die Flinte stets griffbereit. In diesen Zeiten bekam man mühelos ausgezeichnete Viehtreiber, und Paddy hatte inzwischen neun Mann eingestellt, die in der alten Baracke hausten, also brauchte er Stuart nicht unbedingt auf den Koppeln.

Fee ließ jetzt kein Geld mehr offen herumliegen, und Stuart mußte hinter dem Kapellenaltar eine Art getarntes Schränkchen einbauen. Doch unter den Tramps befanden sich nur wenige gemeine Kerle. Solche Typen blieben lieber in den Großstädten oder den größeren Landstädten, wo für sie eher was zu holen war als bei den langen, einsamen Wanderungen fern im Outback. Dennoch fand es jeder nur zu verständlich, wenn Paddy, schon Fees und Meggies wegen, von vornherein jedes Risiko ausschalten wollte. Drogheda war ein sehr berühmter Name, und es konnte durchaus sein, daß er die wenigen, aber halt doch existenten Kriminellen unter den Tramps anlockte.

Der Winter brachte böse Stürme, einige trockene, einige nasse, und im darauffolgenden Frühjahr und Sommer fiel so reichlich, ja überreichlich Regen, daß auf Drogheda das Gras höher und üppiger wuchs als je zuvor.

Jims und Patsy lernten an Mrs. Smiths Küchentisch fleißig die Lektionen, die sie per Fernunterricht zu erledigen hatten, und sie schwatzten davon, wie es wohl auf dem Riverview College werden würde, jenem Internat, auf das sie kommen sollten. Aber Mrs. Smith wurde dann immer so mürrisch und verdrossen, wenn sie das hörte, daß die Zwillinge in ihrer Gegenwart bald nicht mehr davon sprachen, auch nicht davon, daß sie überhaupt je Drogheda verlassen würden.

Und wieder kam trockenes Wetter. Das schenkelhohe Gras wurde so dürr wie stets während eines regenlosen Sommers. Brüchig und morsch wirkten die silbrig schimmernden Halme. Doch über die vielen Jahre hinweg waren die Männer so abgestumpft gegen das ewige Auf und Ab und Auf und Ab von knallharter Dürre und schwappenden Überschwemmungen, daß sie nur mit den Achseln zuckten und ihrer Alltagsarbeit nachgingen, als gebe es ansonsten nichts von Wichtigkeit. Und sie hatten recht, denn eben hierauf kam es an: alles zu tun, um vom einen guten Jahr bis zum nächsten zu überleben, wann immer dieses nächste gute Jahr auch kommen mochte. Niemand konnte den Regen voraussagen. In Brisbane gab es zwar einen Mann namens Inigo Jones, der sich bei längerfristigen Wettervorhersagen bewährt haben sollte und dessen Methode auf einer neuartigen Bewertung der Sonnenfleckenaktivität basierte, doch draußen auf den Schwarzerdebenen maß dem, was er zu sagen wußte, niemand viel Glaubwürdigkeit bei. Mochten ihm in Sydney und Melbourne die Leute seine Prognosen auch abkaufen, die Männer der Schwarzerdebenen verließen sich lieber auf jenes alte Gespür in ihren Knochen.

Im Winter 1932 kamen dann wieder die trockenen Stürme, zusammen mit bitterer Kälte, aber durch das üppige Gras wurde es mit dem Staub längst nicht so schlimm wie sonst, und es gab auch nicht so viele Fliegen. Für die frisch geschorenen Schafe war das allerdings ein geringer Trost, die zitterten erbärmlich in der Kälte.

Eine gewisse Mrs. Dominic O'Rourke, die in einem Holzhaus wohnte, genoß es unendlich, Besucher aus Sydney zu empfangen, und zu der üblichen „Sightseeing-Tour" gehörte dann auch eine Stippvisite auf Drogheda. Mrs. O'Rourke ging es darum, ihren Gästen zu beweisen, daß auch auf den Schwarzerdebenen manche Menschen durchaus stilvoll zu leben verstanden. Bei der Besichtigung der Homestead kam die Rede stets unvermeidlich auf jene frisch geschorenen Schafe. Erbärmlich dünn wirkten sie, ähnelten irgendwie abgesoffenen Ratten, und jetzt waren sie dem Winter also ohne den Schutz ihrer zwölf bis fünfzehn Zentimeter dicken Wollhülle ausgesetzt. Doch – wie Paddy ernst zu einem dieser Besucher sagte – ergab das bessere Wolle. Auf die Wolle kam es an, nicht auf die Schafe. Bald darauf druckte der „*Sydney Morning Herald*" einen Brief ab, in dem vom Parlament einschneidende Gesetze gefordert wurden, um ein für allemal „der Grausamkeit der Viehzüchter" einen Riegel vorzuschieben. Die arme Mrs. O'Rourke war entsetzt, doch Paddy lachte, bis ihm der Bauch weh tat.

„Nur gut, daß dieser Dummkopf nie gesehen hat, wie so ein Scherer einem Schaf den Bauch aufschlitzt und dann mit einer Ballennadel wieder zunäht", sagte er beschwichtigend zu Mrs. O'Rourke. „Lohnt nicht, sich darüber aufzuregen, Mrs. Dominic. In der Stadt weiß doch keiner, wie man auf dem Land lebt, und die Leute dort können sich den Luxus leisten, ihre Tiere so zu verhätscheln, als ob's Kinder wären. Hier draußen ist das anders. Hier werden Sie nie erleben, daß ein Mann, eine Frau oder ein Kind, die in Not sind, ohne Hilfe bleiben. Aber in den Städten sind's dieselben Leute, die sich wegen ihrer Tiere reinweg umbringen, denen das Schicksal ihrer Mitmenschen völlig gleichgültig ist. Die hören auf keinen Hilferuf, und wenn jemand noch so laut schreit."

Fee hob den Kopf. „Er hat recht, Mrs. Dominic", sagte sie. „Wir verachten immer das, wovon es zuviel gibt. Hier draußen sind das die Schafe, aber in der Stadt sind es Menschen."

An jenem Tag im August, als der große Sturm losbrach, war nur Paddy weit von der Homestead entfernt. Er saß ab, band sein

Pferd sorgfältig an einen Baum und setzte sich unter eine Wilga, um hier alles abzuwarten. Ganz in seiner Nähe kauerten, vor Furcht zitternd, seine fünf Hunde dicht beisammen. Die Schafe, die er in eine andere Koppel hatte treiben wollen, zerstreuten sich mehr und mehr in verängstigte kleine Gruppen, die in allen Richtungen auseinanderstrebten, ziellos. Und es war ein furchtbarer, ein wirklich grauenvoller Sturm. Noch spielte er seine volle Kraft, seine wirklich vernichtende Wucht nicht aus. Aber auch so war es schon schlimm genug, und Paddy steckte die Finger in die Ohren, machte die Augen zu und betete.

Nicht weit von seinem Platz unter der Wilga mit den ruhelos hin und her peitschenden Ästen und Zweigen ragte ein etwa fünfzehn Meter hoher toter Eukalyptusbaum empor und schien mit seiner scharfen, wie zerrissenen Spitze einzutauchen in die tiefhängenden, nachtschwarzen Wolken. Unten um den Stamm wirbelte der Sturm abgestorbene Stümpfe und Stämme, rings umgeben von hohem Gras.

Ein blaues Feuer, so grell und so scharf, daß es Paddy durch die geschlossenen Lider in den Augen schmerzte, ließ ihn aufspringen aus seiner kauernden Stellung. Doch sofort wurde er, einem Spielzeug gleich, wie von einem ungeheuren Explosionsdruck zu Boden geschleudert. Er hob den Kopf, ein kleines Stück nur, und sah noch, wie der Blitz in vernichtender Wunderpracht gleißende blaue und purpurrote Feuer am toten Stamm des Eukalyptusbaums hinauf- und herunterlaufen ließ. Und dann, noch ehe Paddy recht begreifen konnte, was überhaupt geschah, begann alles zu brennen. Längst war aus dem toten Eukalyptusbaum und dem toten Holz drumherum der letzte Tropfen Feuchtigkeit verdunstet, und das hohe Gras glich knochentrockenem Zunder. Wie eine trotzige Antwort der Erde an den Himmel schoß von dem gigantischen Baum eine Feuersäule hoch, die weit emporstieg über die scharfe, gezackte Spitze. Im selben Augenblick ging auch der Haufen aus toten Stämmen und Stümpfen in Flammen auf, und der Wind wirbelte das Feuer wie ein kreiselndes Rad in unablässig sich weitendem Bogen herum und herum und herum. Paddy blieb nicht einmal Zeit, um bis zu seinem Pferd zu kommen.

Sofort geriet der ausgedorrte Wilga-Baum in Brand. Die Gummiresina im Holz, das Harz also, explodierte, schleuderte auswärts, und wohin Paddy jetzt auch blickte, überall sah er undurchdringliche Flammenwände. Die Bäume brannten wie besessen, und das Gras zu seinen Füßen verwandelte sich in fauchendes Feuer. Er hörte die schrillen Entsetzenslaute seines Pferdes, und es gab ihm einen tiefen Stich. Wie konnte er die hilflose Kreatur, dort angebunden, sich selbst überlassen? Ein Hund heulte, und das Heulen verwandelte sich in einen fast menschlichen Schmerzens-, ja Todesschrei. Für Sekunden sprang und tanzte das Tier, eine lebende Fackel, dann brach es im lodernden Gras zusammen. Genauso war es auch mit den anderen Hunden, obwohl sie den Flammen noch zu entkommen suchten. Doch der Sturm, der das Feuer voranpeitschte, war schneller als alles, das sich auf Beinen oder mit Flügeln voranbewegte.

Ein sausender Meteor schien Paddy das Haar zu versengen, während er für den Bruchteil einer Sekunde stillstand und überlegte, wie er am besten zu seinem Pferd kommen könnte. Doch dann sah er unmittelbar zu seinen Füßen einen großen Kakadu, der buchstäblich geröstet wurde.

Plötzlich wußte Paddy, daß dies das Ende war. Weder für ihn selbst noch für sein Pferd gab es aus diesem Inferno einen Ausweg. Und noch während er dies begriff, schoß hinter ihm ein Baum, ein Stringybark, nach allen Seiten Flammen. Die Gummiresina war explodiert. Die Haut auf Paddys Arm schien zu schrumpfen, sie wurde schwarz, während sein noch immer rötlicher Schopf plötzlich trüber wirkte, überglutet von der übermächtigen Kraft der Flammen.

Ein solcher Tod ist etwas, das sich nicht beschreiben läßt. Denn das Feuer frißt sich von außen nach innen, und das Letzte, das von den Flammen so geschmort wird, daß es zu funktionieren aufhört, sind das Hirn und das Herz. Mit brennenden Kleidern rannte Paddy schreiend durch diese Hölle, und jeder Schrei, den er ausstieß, war der Name seiner Frau.

Alle anderen Männer schafften es noch, vor Ausbruch des Sturms zur Homestead zurückzukehren. Sie ließen ihre Gäule auf dem umzäunten Platz frei und machten, daß sie in das große Haus oder aber in die Baracke kamen. In dem hellerleuchteten Salon, wo im creme- und rosafarbenen Kamin ein Holzfeuer prasselte, saßen die Cleary-Söhne und lauschten dem Sturm. Hinauszugehen, um ihn zu beobachten, fühlten sie sich jetzt kaum noch versucht. Allzu anheimelnd und verlockend war der würzige Geruch der brennenden Eukalyptusscheiter und der zarte Duft des Gebäcks und der Sandwiches auf dem Teewagen. Damit, daß Paddy es noch schaffen konnte, rechnete niemand.

Gegen vier Uhr trieb das dunkle Gewölk in östlicher Richtung davon, und unwillkürlich atmeten alle erleichtert auf. Für die Dauer des Sturms blieb man immer irgendwie verkrampft, obwohl auf Drogheda doch jedes Gebäude einen Blitzableiter hatte. Jack und Bob standen auf, um, wie sie sagten, draußen ein wenig frische Luft zu schöpfen, in Wirklichkeit jedoch, um draußen die in ihren Lungen aufgestaute Luft unauffällig abzulassen.

„Sieh doch!" sagte Bob und deutete nach Westen.

Über den Bäumen, welche die Home Paddock umgrenzten, wuchs es hoch wie ein bronzefarbener Pilz aus Rauch, dessen Ränder zu Fetzen zerrissen wurden vom peitschenden Wind.

„Allmächtiger Gott!" rief Jack und lief ins Haus, zum Telefon.

„Feuer, Feuer!" rief er in den Hörer, während jene im Salon ihre Köpfe zu ihm herumruckten und ihn anstarrten, dann aufsprangen und hinausrannten, um selbst zu sehen. „Feuer auf Drogheda, und ein großes!" Er legte auf. Mehr brauchte er nach Gilly nicht durchzugeben. Erstens wußte man in der Vermittlung dort sogleich Bescheid, was zu tun war. Außerdem hingen an der Leitung noch andere, die es gewohnt waren, beim ersten Klingeln abzuheben. Zwar hatte es, seit die Clearys nach Drogheda gekommen waren, im Gilly-Distrikt kein großes Feuer gegeben, doch alle kannten sich mit der Prozedur der Feuerbekämpfung aus.

Die Cleary-Jungen stoben davon, um Pferde zu holen, und die Viehtreiber kamen aus der Baracke gestürzt, während Mrs. Smith ein Lagerhaus aufschloß und zu Dutzenden sogenannte hessische Säcke ausgab. Da der Rauch im Osten war und der Wind aus dieser Richtung blies, hieß das nichts anderes, als daß das Feuer sich immer näher an die Homestead heranfressen würde. Rasch zog Fee sich um, schlüpfte aus ihrem Kleid und in eine von Paddys Hosen, rannte dann zusammen mit Meggie zu den Ställen. Jetzt wurde jede Hand gebraucht, die irgend helfen konnte.

Im Kochhaus schürte Mrs. Smith das Feuer im Herd, während die Dienstmädchen riesige Töpfe von ihren Haken an der Decke nahmen.

„Nur gut, daß gestern ein Stier geschlachtet worden ist", sagte die Haushälterin. „Minnie, hier ist der Schlüssel für das Lagerhaus, wo Bier und Rum sind. Holen Sie zusammen mit Cat alles, was wir davon haben, und fangen Sie dann an, Damper-Brote zu machen, während ich mich weiter um das Stew kümmere. Und beeilt euch, *beeilt euch!*"

Die Pferde, schon durch den Sturm unruhig, hatten jetzt auch den Rauch gewittert und ließen sich nur mit Mühe satteln. Fee und Meggie führten die beiden widerspenstigen Vollblüter aus dem Stall ins Freie, um ihnen dort besser beizukommen. Während Meggie sich mit der braunen Stute mühte, kamen mit stampfenden

Schritten zwei Tramps von jenem Weg herbei, der nach Gillanbone führte.

„Feuer, Missus, Feuer! Haben Sie Pferde für uns? Geben Sie uns ein paar Säcke und Beutel!"

„Da drüben bekommt ihr's!" rief Meggie. „Guter Gott, ich hoffe nur, daß es keinen von euch dort draußen erwischt." Wo sich ihr Vater befand, wußte sie nicht, ahnte sie nicht einmal.

Die beiden Männer ließen sich von Mrs. Smith Säcke und Wasserbeutel geben. Bob und die anderen Männer waren bereits seit fünf Minuten verschwunden. Die beiden Tramps folgten, und als letzte ritten dann im Galopp Fee und Meggie den Creek entlang, durchquerten ihn und strebten in Richtung Rauchgewölk.

Tom, der alte Gartenarbeiter, bildete sozusagen die Nachhut. Am großen Rohr mit der Pumpe füllte er den Tanklaster und ließ dann den Motor an. Als Löschwasser war die schwappende Masse allerdings nicht gedacht. Bei einem Feuer von diesem Ausmaß tat es höchstens ein Wolkenbruch. Das Wasser sollte dazu dienen, die Säcke feucht zu halten und auch die Menschen, die sie schwangen.

Während er den Creek an der Furtstelle durchquerte und den Laster dann an der anderen Uferseite emporkriechen ließ, wandte er noch einmal den Kopf und blickte zurück. Was er sah, war sozusagen die verletzliche Bauchseite der Homestead: das Haus des Oberviehtreibers – das ehemalige Cleary-Haus – und die beiden leerstehenden Häuser dahinter. Nur an dieser Stelle befand sich etwas, das in Brand geraten konnte, den Bäumen am Creek nahe genug, um eventuell Feuer zu fangen.

Der alte Tom blickte nach Westen, schüttelte mit plötzlichem Entschluß den Kopf und schaffte es, den Tankwagen im Rückwärtsgang wieder an das Ufer auf der Homestead-Seite zu manövrieren. Dort draußen auf den Koppeln würden sie das Feuer nie zum Stoppen bringen können, sie würden umkehren müssen. Und so hielt er nacheinander bei den drei Häusern, richtete den Schlauch auf sie und bespritzte sie kräftig mit Wasser. Auf diese Weise konnte er am meisten von Nutzen sein: indem er die drei Häuser so feucht hielt, daß sie, auch wenn der Brand näher kam, kein Feuer fangen konnten.

Während Meggie und Fee nebeneinander her ritten, wurde die unheildrohende Wolke im Westen immer größer, und von Minute zu Minute führte der Wind stärkeren Brandgeruch herbei. Dunkel begann es zu werden. Von Westen her flüchteten mehr und mehr Tiere über das Koppelgelände. Känguruhs waren es und Wildschweine, verängstigte Schafe und Rinder, und Emus und Goannas und Kaninchen zu Tausenden.

Bob hatte dafür gesorgt, daß die Tore offen blieben, wie Meggie sah, als sie jetzt mit ihrer Mutter von der Borehead in die Billa-Billa ritt. Jede Koppel hatte ihren Namen. Aber Schafe waren so dumm, daß sie wie blind gegen einen Zaun rannten, oft nur ein bis zwei Meter von einem offenen Tor entfernt, das sie einfach nicht sahen.

Je näher sie zum Feuer kamen, desto hoffnungsloser sah die Sache aus, und schließlich zügelten sie ihre Pferde. Von seinem ursprünglichen Ausgangspunkt war das Feuer inzwischen eine Strecke von nicht weniger als fünfzehn Kilometer vorgedrungen, und natürlich dehnte es sich auch seitlich aus, wenn auch nicht ganz im gleichen Maße. Immerhin erstreckte es sich jetzt über eine Front von rund acht Kilometern.

Nein, hier draußen war das Feuer nicht zu stoppen, nicht durch eine ganze Armee. Sie mußten zurück, um die Homestead zu verteidigen. Und sie mußten sofort zurück, bevor ihre ermüdeten Pferde vom Feuer eingeholt werden konnten. Die Schafe waren nicht zu retten, aber das half nun mal nichts.

Als sie durch die Furt ritten, besprengte der alte Tom noch immer die Häuser.

„Guter Kerl, Tom!" rief Bob. „Mach so weiter, bis die Hitze zu groß wird, aber warte nicht zu lange, hörst du? Sieh zu, daß du dich rechtzeitig in Sicherheit bringst. Bloß kein falsches Heldentum. Du bist wichtiger als so ein bißchen Holz und Glas."

Überall auf dem Gelände der Homestead sah man Autos, und aus Richtung Gilly näherten sich in der Dunkelheit weitere Scheinwerfer, gleißend und hüpfend. Als Bob absaß, sah er, daß schon eine große Gruppe von Männern auf ihn und die anderen wartete.

„Wie groß ist es, Bob?" fragte Martin King.

„Zu groß, um es bekämpfen zu können, glaube ich", sagte Bob verzweifelt. „Ich schätze, daß die Front etwa acht Kilometer breit ist, und bei diesem Wind frißt es sich ungefähr genauso schnell vorwärts, wie ein Pferd galoppieren kann. Ich weiß nicht, ob wir die Homestead retten können, aber ich meine, Horry sollte sich bereitmachen, seinen Besitz zu verteidigen. Er wird als nächster an die Reihe kommen, denn ich wüßte nicht, wie wir's je stoppen sollten."

„Nun, ein großes Feuer war bei uns seit langem überfällig. Das letzte große hatten wir 1919. Ich werde dafür sorgen, daß sich eine Gruppe von uns nach Beel-Beel aufmacht. Aber wir sind hier schon ein ganzer Haufen, und es kommen noch mehr. Gilly kann zur Feuerbekämpfung fast fünfhundert Mann aufbieten. Einige von uns werden hierbleiben, um zu helfen. Gott sei gedankt, daß ich westlich von Drogheda liege, kann ich nur sagen."

Bob grinste. „Sie sind ja ein mächtiger Seelentrost, Martin."

Martin blickte sich um. „Wo ist Ihr Vater, Bob?"

„Westlich vom Feuer, genau wie Bugela. Er war draußen in Wilga, um sich ein paar Mutterschafe wegen des Lammens anzusehen, und Wilga liegt wenigstens acht Kilometer westlich von der Stelle, wo das Feuer ausgebrochen ist, schätze ich."

„Sonst keine Männer, um die Sie sich Sorgen machen?"

„Nein, heute nicht, dem Himmel sei Dank."

In gewisser Weise, dachte Meggie, als sie das Haus betrat, war dies wie ein Krieg. Nichts durfte überhastet werden, jede Aktion sollte unter Kontrolle bleiben und mit Umsicht durchgeführt werden, und dazu gehörte auch, daß in der richtigen Weise für Essen und Trinken gesorgt wurde, damit Kraft und auch Mut erhalten blieben. Es bedeutete aber auch die Gefahr einer unmittelbar eintretenden Katastrophe.

Neuankömmlinge stießen zu jenen Männern, die jetzt die wenigen direkt am Creek-Ufer stehenden Bäume fällten. Auch das überlange Gras an der Peripherie wurde beseitigt. Meggie erinnerte sich, wie sehr sie es seinerzeit bei der Ankunft auf Drogheda bedauert hatte, daß die Home Paddock im Vergleich zum ringsum liegenden bewaldeten Gelände geradezu kahl war. Jetzt begriff sie, weshalb das so sein mußte. Die Home Paddock war im Grunde nichts anderes als eine gewaltige kreisförmige Feuerschneise.

Alle sprachen von den Feuern, die Gilly im Verlauf seiner rund siebzigjährigen Geschichte erlebt hatte. Seltsamerweise bildeten solche während einer ausgedehnten Dürreperiode nie die Hauptgefahr, weil es einfach nicht genügend Gras gab, von dem sich die Flammen lange nähren konnten. In Zeiten wie dieser – ein oder zwei Jahre nach besonders schweren Regenfällen, wenn das Gras lang und üppig wuchs und dann zundertrocken wurde – geschah es, daß Gilly seine großen Feuer erlebte, von denen sich manche, die nicht unter Kontrolle gebracht werden konnten, über Hunderte von Kilometern hinwegfraßen.

Martin King hatte den Befehl über die dreihundert Männer übernommen, die Drogheda verteidigen sollten. Er war der Senior unter den Viehzüchtern im Distrikt und hatte seit fünfzig Jahren Feuer bekämpft.

„Bugela umfaßt 60.000 Hektar", sagte er, „und 1905 habe ich dort jedes Schaf und jeden Baum verloren. Fünfzehn Jahre brauchte ich, um wieder auf die Beine zu kommen, und eine Zeitlang glaubte ich schon, ich würde es nicht schaffen."

Der Sturm heulte noch immer, und Brandgeruch verpestete die Luft. Die Dunkelheit, die über dem Land lag, wurde am westlichen Himmel aufgerissen durch eine wie giftige Helle, und der Rauch, jetzt in Bodennähe herbeitreibend, löste bei so manchem Hustenanfälle aus. Bald darauf sahen sie die ersten Flammen, riesige Feuerzungen, die dreißig Meter und mehr in den Rauch emporloderten. Und jetzt konnte man das Fauchen hören, oder eher ein Brüllen, wie von einer hochgepeitschten Zuschauermasse in einem Fußballstadion. Die Bäume am westlichen Rand des bewaldeten Ringes rund um die Home Paddock fingen Feuer, und undurchdringliche Flammenwälle schossen in die Höhe. Von der Veranda aus beobachtete Meggie wie erstarrt die winzigen Silhouetten der Männer vor der grellen Lohe. Unablässig schienen sie hin und her zu springen, ja zu zucken, wie gefolterte Seelen in der Höllenglut.

„Meggie, komm endlich herein und stell diese Teller dort auf das Sideboard, Mädchen! Wir sind hier nicht beim Picknick, hörst du!" erklang die Stimme ihrer Mutter, und widerstrebend verließ sie die Veranda.

Zwei Stunden später kam die erste Gruppe erschöpfter Männer hereingeschwankt, um sich zu stärken und frische Kräfte zu schöpfen, bevor sie den Kampf draußen fortsetzten. Und hierfür hatten die Stationsfrauen sich abgeplackt: hatten Stew und Damper-Brot – eine ungesäuerte Brotart – gemacht, hatten Tee und Bier und auch harten Alkohol bereitgestellt, und zwar in solchen Mengen, daß es selbst für dreihundert Männer reichte. Bei einem Feuer tat jeder, was er oder sie am besten konnte, und das hieß, daß es Aufgabe der Frauen war, für die Verpflegung zu sorgen, damit die überlegenen Kräfte der Männer möglichst erhalten blieben. Rasch leerten sich die Kisten voller Bier- oder Schnapsflaschen und wurden sofort durch neue ersetzt. Rußgeschwärzt und vor Erschöpfung schwankend, standen die Männer, kippten Getränke in sich hinein, stopften gewaltige Stücke Damper-Brot hinterher und löffelten auch einen Teller voll Stew, sobald es nur abgekühlt war. Jetzt noch ein letztes Glas Schnaps, und schon liefen sie wieder hinaus zum Feuer.

Wenn Meggie zwischendurch aus dem Kochhaus Nachschub holte, starrte sie immer wieder zu den Flammen, und was sie empfand, war eine eigentümliche Mischung aus Entsetzen und Erschauern. Auf seine Weise besaß das Feuer eine Schönheit jenseits alles Irdischen, denn es war etwas, das von den Himmeln kam, von unendlich weit entfernten Sonnen, deren Licht kalt zur Erde kam, von Gott und vom Teufel.

Die Front des Feuers hatte sich inzwischen längst weitergeschoben. Sie war gleichsam in Richtung Osten vorübergaloppiert, so daß das Feuer die Homestead nun von allen Seiten umschloß. Vieles ließ sich jetzt deutlicher erkennen, während zuvor, als die Front mit rasender Geschwindigkeit näherrückte, alles nur eine einzige Lohe gewesen war. Rot und gelb und weiß flackerte und flammte es, in vielen Abstufungen, in vielerlei verschiedenfarbigen Tönen. Ein hoher Baum, die schwarze Silhouette wie umrandet von einer Orangenschale, glühend, glosend. Hoch oben in der Luft schwebende Glutasche, wie irre Phantome durcheinanderwirbelnd. Pirouetten tanzende Fabelwesen. Gelbes Pulsieren aus den erschöpften Herzen ausgebrannter Bäume. Ein sprühender Schauer blutroter Funken, als jetzt die Gummiresina eines Baumes explodierte. Urplötzlich emporleckende Flammenzungen an einer Stelle, wo das Feuer, nach erbarmungslosem Kampf, nun doch noch Fuß faßte.

O ja, in irgendeiner Weise war es eine wunderschöne, eine einzigartige Nacht, und Meggie sollte die Erinnerung daran ihr ganzes Leben behalten.

Plötzlich nahm die Wucht des Windes so zu, daß es die Glutasche bis zum Haus herübertrieb, und da sich alle Männer draußen auf der Home Padock befanden, kletterten die Frauen in aller Hast hinauf aufs Dach, mit feuchten Beuteln bewaffnet, während sie selbst in schützendem Sacktuch steckten, das sie sich über die Kleider gezogen hatten. Wie wild schlugen sie mit ihren Beuteln auf die herabfallende Glutasche ein, um sie zu ersticken, dabei fürchtend, das Metalldach könnte einbrechen. Denn nicht nur feine Flugasche senkte sich aufs Haus, es schleuderte auch glühende und brennende Kloben herbei, die krachend aufs Dach schlugen und die man sofort mit von nassem Tuch geschützten Händen hinunterwerfen mußte, in der Hoffnung, daß sie auch wirklich auf der Erde landeten und nicht irgendwo in hölzernen Verstrebungen.

Doch am schlimmsten hauste das Feuer jetzt rund fünfzehn Kilometer weiter östlich auf Beel-Beel.

Die Drogheda-Homestead lag nur fünf Kilometer von der östlichen Begrenzung des Besitzes. Dann kam Beel-Beel, und dahinter, noch weiter östlich, befand sich Narrengang. Als sich die Windgeschwindigkeit von rund sechzig auf nahezu hundert Stundenkilometer erhöhte, wußte man überall im Distrikt, daß das Feuer noch wochenlang brennen und Hunderte von Quadratkilometern verwüsten würde — es sei denn, es fiel Regen.

Die ganze Zeit hindurch, während der schlimmsten Feuersbrunst, hatte der alte Tom unentwegt um die drei Häuser am Creek gekämpft. Einem Besessenen ähnlich, besprengte er die Häuser, füllte den Tankwagen an der Pumpe, besprengte und füllte und besprengte und füllte. Doch im selben Augenblick, da die Windgeschwindigkeit zunahm, gingen die Häuser in Flammen auf, und Tom zog sich in den Laster zurück und weinte.

„Wir haben allen Grund, Gott auf den Knien zu danken, daß der Wind nicht zugenommen hat, als sich die Feuerfront westlich von uns befand", sagte Martin King. „Wäre das passiert, dann wäre nicht nur die Homestead hingewesen, sondern auch wir. Allmächtiger, ich hoffe nur, daß die auf Beel-Beel nicht wirklich in Gefahr sind!"

Fee gab ihm ein großes Glas voll Schnaps. Er war kein junger Mann mehr, aber er hatte gekämpft, solange sein Einsatz nötig war, hatte die Aktionen mit großer Umsicht und wahrer Meisterschaft geleitet.

„Es ist wirklich albern", sagte sie zu ihm, „aber als es so aussah, als ob alles verloren wäre, dachte ich an die sonderbarsten Sachen. Ans Sterben dachte ich nicht, auch nicht an die Kinder oder daran, daß dieses schöne Haus wohl bald in Schutt und Asche liegen würde. Das einzige, woran ich denken konnte, waren mein Nähkorb, meine halbfertige Strickarbeit, die Schachtel mit den seit vielen Jahren gesammelten Knöpfen und die herzförmigen Kuchenformen, die Frank vor langer Zeit für mich gemacht hat. Wie könnte ich ohne sie weiterleben? All die kleinen Dinge, die sich nicht ersetzen, nicht im Laden kaufen lassen."

„So scheint es den meisten Frauen zu gehen. Sonderbar, diese instinktive Reaktion, nicht wahr? Ich erinnere mich, wie meine Frau 1905 ins Haus zurückrannte, während ich wie ein Verrückter hinter ihr herbrüllte. Und was wollte sie? Eine Sticktrommel mit einer angefangenen Arbeit holen." Er grinste. „Wir kamen beide heil davon, aber das Haus war nicht mehr zu retten. Als ich dann ein neues gebaut hatte, führte sie als erstes die angefangene Stickerei zu Ende. War so einer von diesen alten Sprüchen, wissen Sie: ‚Eigener Herd ist Goldes wert'." Er stellte das leere Glas zurück, schüttelte den Kopf. War manchmal wirklich kurios mit den Frauen. „Ich muß los", sagte er dann. „Gareth Davies wird uns auf Narrengang brauchen und, wenn ich mich nicht sehr irre, auch Angus auf Rudna Hunish."

Fee war blaß. „Oh, Martin! So weit entfernt?"

„Man weiß überall Bescheid, Fee. Auch Booroo und Bourke haben Alarm."

Noch drei Tage raste das Feuer weiter in östlicher Richtung mit einer sich unablässig verbreiternden Front. Dann kamen plötzlich schwere Regenfälle, die vier Tage lang anhielten und auch den letzten Feuerfunken verlöschen ließen. Über eine Strecke von mehr als hundertfünfzig Kilometer hatte sich der Brand hinweggefressen, in einer Breite von gut dreißig Kilometer: Wie eine Todesschneise zog sich dieses Stück verbrannter Erde von der Mitte des Drogheda-Gebietes dahin und strebte, verkohlt, bis zum letzten Besitz auf der Ostseite des Gillanbone-Distrikts, Rudna Hunish.

Bis der Regen zu fallen begann, hatte niemand erwartet, von Paddy zu hören. Man glaubte ihn auf der anderen Seite der verbrannten Zone in Sicherheit. Zweifellos würde er auf Bugela Unterschlupf suchen, und wenn Martin King Paddys Ankunft nicht telefonisch nach Drogheda meldete, so aus einem einfachen Grund: Wie so vieles andere war auch die Telefonleitung ein Opfer des Feuers geworden.

Als es dann jedoch etwa sechs Stunden geregnet hatte und von Paddy immer noch nichts zu sehen war, begann man, sich um ihn Sorgen zu machen. Fast vier Tage lang hatten die Clearys alle aufsteigende Unruhe mit Beschwichtigungen verdrängt: Paddy sei eben abgeschnitten und versuche womöglich gar nicht, nach Bugela zu gelangen, sondern warte ab, um sogleich nach Drogheda zu reiten.

„Inzwischen müßte er hier sein", sagte Bob, im Salon auf und ab gehend, während die anderen ihn anstarrten. Die Ironie wollte es, daß, nach der Höllenhitze des Brandes, der Regen eine fröstlige Kühle mit sich gebracht hatte, so daß jetzt im Kamin ein Feuer prasselte.

„Und wie denkst du über die Sache, Bob?" fragte Jack.

„Ich denke, es wird allerhöchste Zeit, daß wir nach ihm suchen. Er könnte verletzt sein. Oder vielleicht ist er zu Fuß und hat einen langen Marsch nach Drogheda vor sich. Weil sein Pferd womöglich in Panik geraten ist und ihn abgeworfen hat. Kann auch sein, daß er irgendwo liegt, weil er nicht mehr richtig gehen kann. Was er an Proviant bei sich hatte, war nur bis zum nächsten Tag gedacht. Für vier Tage war es auf keinen Fall genug, wenn er sicher inzwischen auch noch nicht verhungert ist. Im Augenblick halte ich's fürs beste, wenn wir noch keinen großen Alarm schlagen, also werde ich die Männer auch noch nicht von Narrengang zurückrufen. Aber wenn wir ihn bis zum Einbruch der Dunkelheit nicht gefunden haben, reite ich zu Dominic, und wir mobilisieren morgen den ganzen Distrikt. Herrgott, wenn diese Kerle von der

Post doch bloß mit den Telefonleitungen schneller vorankommen wollten!"

Fee zitterte. In ihren Augen war ein fiebriges, fast wildes Glänzen. „Ich ziehe mir rasch Hosen an und komme mit", sagte sie. „Hier warten? Nein, das könnte ich nicht aushalten."

„Mum, bleib bitte hier!" bat Bob.

„Wenn er verletzt ist, wird es noch schwerer, ihn zu finden, Bob. Wer weiß, wo er liegt und in welchem Zustand. Da du die Viehtreiber nach Narrengang geschickt hast, bleiben hier ohnehin nur sehr wenige für einen Suchtrupp. Wenn ich mich mit Meggie zusammentue, werden wir beide schon mit jeder denkbaren Situation draußen fertig. Bleibe ich zu Hause und nur Meggie geht mit, so muß sie sich an einen von euch anschließen, und das heißt nichts anderes, als daß ihre Möglichkeiten ebensowenig genutzt werden wie meine."

Bob gab nach. „Also gut. Du kannst Meggies Wallach haben. Bist mit ihm ja auch schon zum Feuer geritten. Und daß jeder ein Gewehr mitnimmt. Und genügend Patronen."

Sie durchquerten die Creek-Furt und ritten hinein ins Herz der verwüsteten Landschaft. Nirgendwo war etwas zu sehen, das grün oder wenigstens braun gewesen wäre. Nichts gab es als eine riesige Fläche voll verkohlter und jetzt auch durchnäßter Überreste, aus denen es, unglaublicherweise, nach stundenlangem Regen noch immer schwelte. Blatt für Blatt war das Laub der Bäume in schlaffe, verschrumpfte und strähnige Gebilde verwandelt, und wo einmal Gras gewesen war, konnte man hier und dort kleine, schwarze Haufen sehen. Es waren Schafe, vom Feuer gefällt, oder auch, wenn der Haufen etwas größer war, ein Ochse oder ein Schwein, an dieser Stelle verendet, verbrannt.

Einer Trauerprozession glich der kleine Reiterzug, und manchmal wußten sie nicht, ob es Regentropfen oder Tränen waren, die ihnen über die Wangen liefen. Vorn ritten Bob und Meggie, dann kamen Jack und Hughie, und den Beschluß bildeten Fee und Stuart.

Inzwischen hatte sich der Boden in Schlamm verwandelt, und man kam nur langsam und mühevoll voran. Zum Glück bildeten die Reste des verkohlten Grases mit ihrem Gewirr eine Unterlage, die einem Kokosfaserteppich glich. Dort fanden die Hufe der Pferde leidlich Halt.

Alle Augenblicke hofften sie aufs neue, am fernen Horizont Paddys Gestalt erscheinen zu sehen, doch sie hofften vergeblich.

Mit sinkendem Mut begriffen sie, daß das Feuer viel weiter draußen begonnen hatte, als bisher angenommen worden war: auf der Wilga-Koppel. Wie ließ sich eine solche Täuschung, eine solche Fehleinschätzung nur erklären? Offenbar hatten die Sturmwolken den Rauch gleichsam getarnt, so daß man ihn erst erkannte, als das Feuer schon eine weite Strecke vorangeschritten war. Wirklich unglaublich erschien der Kontrast zwischen verwüstetem und unverwüstetem Land. Auf der einen Seite der Grenzlinie zwischen beiden Bereichen bedeckte eine schwarze, glänzende, teerartige Masse den Boden, während auf der anderen Seite das Land so war, wie sie es schon immer gekannt hatten: bräunlich und blau und, jetzt im Regen, ziemlich trostlos, aber doch *lebendig*.

Bob zügelte sein Pferd und drehte sich zu den anderen herum, die hinter ihm hielten.

„Also, hier fangen wir an. Ich reite direkt westlich. Das ist die Richtung, die am meisten verspricht, und ich bin der Stärkste. Hat jeder genügend Munition? Gut. Wenn ihr irgend etwas findet, feuert ihr drei Schüsse in die Luft, und wer das hört, reagiert darauf mit jeweils einem Schuß. Dann wartet. Wer die drei Schüsse abgefeuert hat, feuert nach fünf Minuten noch dreimal, und immer so weiter . . . alle fünf Minuten drei Schüsse. Wer das hört, schießt einmal als Antwort.

Jack, du reitest südlich an der Brandgrenze entlang. Du, Hughie, reitest südwestlich. Ich, wie schon gesagt, halte mich direkt in westlicher Richtung. Mum und Meggie, ihr reitet nach Nordwesten. Und du, Stu, folgst der Brandgrenze in nördlicher Richtung. Vergeßt nicht, ihr alle – immer wieder rufen, laut nach ihm rufen. Vielleicht kann er euch nicht sehen, wohl aber hören. Allerdings: feuern dürft ihr nur, wenn ihr irgend etwas findet. Er hat ja kein Gewehr mitgenommen, und wenn er einen Schuß hören würde, selbst jedoch außer Rufweite wäre, so wäre das für ihn einfach furchtbar."

„Viel Glück, und möge Gott uns helfen."

Wie Pilger, die sich am letzten Kreuzweg voneinander trennen, strebten sie im grauen Regen in alle Richtungen fort, von Sekunde zu Sekunde gleichsam weiterschrumpfend, bis sie einander nicht mehr sahen.

Stuart hatte etwa anderthalb Kilometer zurückgelegt, als ihm, dicht an der Baumgrenze, eine Gruppe verkohlter Bäume auffiel. Da war eine kleine Wilga, ein schwärzlich verkrümmtes Gebilde, und die Überreste eines mächtigen Baumstumpfes ganz in der Nähe. Und das, worauf Stuart jetzt starrte, war nichts anderes als der verkohlte Kadaver von Paddys Pferd, wie festgeschweißt an den Stamm des mächtigen Eukalyptus. Auch zwei von Paddys

Hunden lagen da: schwarze, auf den Rücken gekippte Formen, die vier Läufe wie Stöcke in die Höhe gestreckt.

Nein, er brauchte nicht darauf zu hoffen, daß es *nicht* Paddy war, den das Feuer hier erwischt haben mußte. Tramps hatten kein Pferd und bestenfalls einen Hund. Er schwang sich aus dem Sattel und trat durch den Schlamm langsam näher. Aber konnte es nicht vielleicht ein Viehtreiber von Bugela sein, der hier dem Feuer zum Opfer gefallen war? Nein, diese Stelle befand sich zu weit innerhalb des Gebietes von Drogheda, und außerdem . . . da waren die Überreste von weiteren drei Hunden, fünf also zusammen, und er war sicher, daß er keinen sechsten finden würde. Er fand ihn auch nicht.

Und nicht weit von dem Pferd, erst jetzt zu erkennen, weil ein Baumstamm davor lag, war das, was einmal ein Mensch gewesen war. Da konnte es keinen Irrtum geben. Von Regen überspült, lag das Ding da. Es glänzte, schien vor Nässe fast zu glitzern, auf dem Rücken liegend, und der Rücken war bogenförmig hochgekrümmt, nur auf den Knochen von Schultern und Hintern ruhte der verkohlte Körper, und die gebreiteten Arme knickten in den Ellbogen himmelwärts, wie in einer verzweifelten Gebärde des Flehens. Die Finger, verkohlt, nur noch Knochen, kein Fleisch, krümmten sich hoch, krallten sich ins Nichts. Die Beine waren auseinandergespreizt, mit halb angezogenen Knien, und die verkohlte, kaum unterscheidbare Masse des Schädels blickte blicklos, augenlos zum Himmel.

Zwei oder drei Sekunden lang betrachtete Stuart das schwarze, verkrümmte Etwas, und er betrachtete es mit jenem eigentümlich durchdringenden Blick, der so vieles, wenn nicht alles umfassen konnte: Was er sah, waren nicht die kläglichen Überreste eines Menschen, sondern der Mensch selbst, ganz wie er gewesen war.

Dann hob er sein Gewehr, den Lauf nach oben gerichtet, und feuerte. Und lud durch und feuerte wieder. Und lud noch einmal durch und feuerte zum dritten Mal. Aus der Ferne kam schwach das Geräusch eines einzigen Schusses als Antwort, und ein wenig später klang, noch leiser, ein zweiter Schuß. Er überlegte, daß der erste Schuß, der nähere, von seiner Mutter und seiner Schwester gekommen sein mußte. Sie waren im Nordwesten, er befand sich im Norden. Ohne die vereinbarten fünf Minuten abzuwarten, schob er neue Patronen in sein Gewehr und feuerte wieder, diesmal eher in südliche Richtung zielend, und er feuerte auch ein zweites und ein drittes Mal. Dann stand er lauschend. Jetzt kam die erste Antwort vom Westen her, der Schuß von Bob, der zweite mußte von Jack oder Hughie stammen, und der dritte schließlich von seiner Mutter. Er atmete erleichtert auf. Nach Möglichkeit sollte es nicht geschehen, daß die Frauen zuerst hier waren.

Und während er noch so stand, den Blick nach Süden gerichtet, sah er nicht, wie zwischen den Bäumen im Norden ein mächtiger Keiler auftauchte. Stuart sah ihn nicht, er roch ihn. Groß wie eine Kuh war das Tier. Auf stämmigen Beinen bewegte es den massigen Körper voran und hielt den Schädel tief gesenkt, wühlte den verbrannten und nassen Boden auf. Die Schüsse hatten es hochgeschreckt, und es wurde von Schmerzen gequält. Das borstige schwarze Haar war auf der einen Körperseite abgesengt, und die schwartige Haut wirkte rötlich-roh. Was Stuart roch, während er noch in Richtung Süden blickte, war jener verlockende Geruch, den frisch geröstetes Schweinefleisch haben kann, vor allem wenn die Schwarte gleichsam ganz zart angebrutzelt worden ist.

Aufgestört aus jener eigentümlichen Gemütslage, die sonst für ihn kennzeichnend war, drehte Stuart den Kopf, und ihm wollte scheinen, daß er diesen Flecken hier längst kannte, schon seit seiner Geburt: daß dieses Stückchen verkohlter Landschaft in sein Gehirn seit jeher wie eingemeißelt war.

Als er das Gewehr heben wollte, fiel ihm ein, daß er es nicht wieder geladen hatte. Er verharrte sehr still. Und still stand auch der Keiler, die kleinen, geröteten Augen vor Schmerzen wie tollwütig, die mächtigen gelben und scharfen Hauer halbkreisförmig nach oben gebogen. Stuarts Pferd wieherte ängstlich, und der Keiler schob den massigen Schädel ein Stück herum und duckte ihn dann zum Angriff.

Und jetzt, während die Aufmerksamkeit des Wildschweins auf das Pferd gerichtet war, sah Stuart seine einzige Chance. Er öffnete mit einem Ruck das Schloß seines Gewehrs, zog dann in aller Hast eine Patrone aus seiner Jackentasche. Doch der Keiler hatte das metallene Geräusch beim Aufreißen des Schlosses gehört, und er wechselte im letzten Augenblick seine Angriffsrichtung: vom Pferd zu Stuart.

Das Wildschwein war nur noch ein ganz kurzes Stück von Stuart entfernt, als es ihm gelang, das neu geladene Gewehr noch abzufeuern und der Bestie einen Schuß direkt in die Brust zu jagen. Doch die Angriffswucht des Keilers verminderte sich dadurch nicht im geringsten. Und so stießen die scharfen, krummen Hauer hoch, und sie schwenkten auch seitwärts. Sie trafen Stuart in die Lenden. Er stürzte, Blut quoll, sprühte dann wie aus einem voll aufgedrehten Wasserhahn, durchnäßte die Kleidung, spritzte durch zerfetztes Tuch über den Boden.

Der Keiler begann die Wirkung der Kugel zu spüren. Er

schwankte leicht. Doch noch einmal wuchtete er auf sein Opfer los, durchbohrte es. Das Schwanken verstärkte sich, wurde zum Taumeln. Das Tier verlor alle Kraft, und der massige Körper mit seinem Gewicht von rund achthundert Kilo brach über Stuart zusammen und stauchte sein Gesicht in den teerähnlichen Schlamm. In einem wilden, vergeblichen Versuch, sich zu befreien, krallte er für einen Augenblick seine Hände zu beiden Seiten in den Boden. Dies also war es, was er schon immer gewußt hatte, weshalb er nie hoffte, nie träumte, nie plante, sondern nur saß und die lebende Welt so tief in sich einsaugte, daß keine Zeit dafür geblieben war, Trauer zu empfinden über das Schicksal, das ihn erwartete. Er dachte: Mum, Mum! Ich kann nicht bei dir bleiben, Mum! – und im selben Augenblick hörte sein Herz auf zu schlagen.

„Ich möchte nur wissen, weshalb Stu nicht wieder geschossen hat", sagte Meggie, während sie mit ihrer Mutter mühselig durch den Schlamm ritt in jene Richtung, aus der zweimal drei Schüsse gefallen waren.

Sie wollten schneller vorankommen, konnten es nicht und waren beide in großer Unruhe.

„Er wird sich sagen, daß wir die Schüsse bestimmt gehört haben", erwiderte Fee, doch in ihrer Erinnerung zuckte ein Bild auf. Stuarts Lächeln, als sie sich vorhin getrennt hatten, um in verschiedene Richtungen zu reiten, seine plötzlich vorgestreckte Hand, die gleichsam nach seiner Mutter tastete. „Wir können nicht mehr weit von der Stelle entfernt sein", sagte sie und versuchte, ihr Pferd zu einer schnelleren Gangart zu treiben.

Doch Bob und auch Jack waren vor ihnen angekommen, und als sie die beiden Frauen sahen, kamen sie ihnen hastig ein Stück entgegen.

„Geh nicht hin, Mum", sagte Bob, als Fee absaß.

Jack half Meggie aus dem Sattel.

„Geh nicht hin, Meggie", sagte auch er.

Die grauen Augenpaare der beiden Frauen richteten sich auf die Männer, und weniger Verwirrung oder Bestürzung zeichnete sich darin ab als vielmehr Gewißheit.

„Paddy?" fragte Fee mit einer Stimme, die nicht die ihre zu sein schien.

„Ja. Und Stu."

Keiner der beiden Söhne vermochte es, Fee in die Augen zu sehen.

„Stu? *Stu! Was soll das heißen – Stu?* Oh, mein Gott, was ist passiert? Doch nicht beide – nein!"

„Daddy geriet in das Feuer, er ist tot. Stu muß ein Wildschwein aufgeschreckt haben, und es griff ihn an. Er feuerte einen Schuß auf das Tier ab, doch es stürzte schließlich mit seinem ganzen Gewicht auf ihn und begrub ihn unter sich, so daß er erstickte. Ja, auch er ist tot, Mum."

Meggie schrie auf und versuchte, sich aus Jacks festem Griff zu befreien. Doch Fee stand wie zu Stein erstarrt, und ihre Augen glichen Glaskugeln.

„Es ist zuviel", sagte sie schließlich und hob den Kopf, um Bob anzublicken. Der Regen lief ihr über das Gesicht, das Haar hing in wilden Strähnen um ihren Hals. „Laß mich zu ihnen, Bob. Der eine ist mein Mann, der andere ist mein Sohn. Du kannst mich nicht von ihnen fernhalten, du hast kein Recht dazu. Laß mich zu ihnen."

Meggie war ruhiger geworden. Sie stand sehr still, den Kopf gegen Jacks Schulter gelehnt. Als Fee, von Bob mit einem Arm halb gestützt, durch das verkohlte und verschlammte Gelände zu stapfen begann, blickte Meggie ihrer Mutter nach, doch sie folgte ihr nicht. Hughie tauchte plötzlich auf aus dem trüben, grauen Regen, und Jack deutete mit dem Kopf zu seiner Mutter und zu Bob.

„Folge ihnen, Hughie, und bleibe bei ihnen. Meggie und ich reiten nach Drogheda, um den Wagen zu holen." Er half Meggie auf die braune Stute. „Komm", sagte er zu ihr, „es ist fast schon dunkel. Wir müssen uns beeilen, denn wir können die anderen nicht die ganze Nacht hier draußen lassen – sie gehen ja nicht, ehe wir nicht wieder hier sind."

Wie sich zeigte, gab es bei dem tiefen Schlamm nichts auf Rädern, mit dem man sehr weit vorankam, keinen Wagen, keinen Karren, nichts. Schließlich spannten Jack und Tom zwei Zugpferde vor ein mehrere Quadratmeter großes Stück Wellblech, das die Tiere über den Schlamm zogen. Tom, auf einem Treiberpferd sitzend, führte das Gespann, während Jack schon vorausritt, und zwar mit der größten Laterne, die es auf ganz Drogheda gab.

Meggie blieb im großen Haus. Sie saß im Salon vor dem Kamin, unbeweglich, ohne irgendeine Reaktion, während Mrs. Smith mit tränenüberströmtem Gesicht auf sie einsprach und sie fast flehentlich bat, doch einen Bissen zu essen.

Irgendwann hörte die Haushälterin die harten, rhythmischen Geräusche des Türklopfers, und sie ging zur Eingangstür, um nachzusehen, wer das wohl sein könne. Wer hatte es geschafft, durch den Schlamm nach Drogheda zu gelangen, und wie um alles auf der Welt verbreiteten sich Nachrichten immer so schnell zwischen den weit auseinanderliegenden Stationen?

Auf der Veranda stand Ralph de Bricassart, naß und schmutzig, in Reitkleidung und Ölhaut.

„Oh, Pater, Pater!" rief sie und schleuderte sich geradezu in seine Arme. Er ließ ihren unerwarteten Gefühlsausbruch mit Fassung über sich ergehen. „Woher haben Sie nur gewußt?" fragte sie erstaunt.

„Mrs. Cleary hat mir ein Telegramm geschickt, der Stationsverwalter an den Gesamtverwalter sozusagen, was ich sehr liebenswürdig von ihr finde. Erzbischof di Contini-Verchese gab mir Urlaub. Ich nahm ein Flugzeug, das dann bei der Landung im Schlamm steckenblieb und einen Kopfstand machte. Wie der Boden hier aussah, wußte ich also schon, bevor ich ausgestiegen war. Geliebtes, einzigartiges Gilly! Ich ließ meinen Koffer im Pfarrhaus bei Pater Watty und beschwatzte den Wirt vom Imperial, mir ein Pferd zu geben. Der hielt mich natürlich für verrückt, und er wettete eine Flasche Johnnie Walker Black Label darauf, daß ich es durch den Schlamm nie schaffen würde. Aber, Mrs. Smith, weinen Sie doch nicht so! Meine Liebe, auch wenn es ein ganz fürchterlich großes Feuer war, so schnell geht die Welt denn doch nicht unter!" Er lächelte und strich ihr tröstend über die zuckenden Schultern. „Hier stehe ich und versuche mein Bestes, Ihnen das Herz ein wenig leichter zu machen, aber Sie reagieren gar nicht darauf. Weinen Sie doch bitte nicht mehr!"

„Dann wissen Sie's also nicht", schluchzte sie.

„Wissen? Was denn wissen? Was ist geschehen?"

„Mr. Cleary und Stuart sind tot."

Sein Gesicht war plötzlich blutleer. Er schob die Haushälterin zurück. „Wo ist Meggie?" fragte er, brüllend fast.

„Im Salon. Mrs. Cleary ist noch draußen auf der Koppel bei den Leichen. Jack und Tom werden die Toten zur Homestead bringen. Oh, Pater, manchmal denke ich, all meinem Glauben zum Trotz, daß Gott zu grausam ist! Warum mußte er sie beide nehmen?"

Doch Ralph de Bricassart hörte die Worte kaum. Eine Spur aus schlammigem Wasser hinter sich zurücklassend, trat er in den Salon.

„Meggie!" sagte er und kniete neben ihrem Sessel nieder. Mit festem Griff nahm er ihre Hände in seine, die vom Regen noch feucht waren.

Sie glitt vom Sessel herab und schmiegte sich in seine Arme, lehnte ihren Kopf gegen seine nasse Kleidung und schloß die

Augen, war trotz aller Trauer und allem Schmerz so glücklich, daß sie wünschte, der Augenblick möge nie enden. Er, ja, er war gekommen. Also konnte sie ihm nicht gleichgültig sein, also besaß sie so etwas wie Macht über ihn, also hatte sie nicht versagt.

„Ich bin ganz naß, Meggie, Liebling", flüsterte er, eine Wange sacht gegen ihr Haar gelehnt. „Du wirst auch ganz naß werden."

„Das macht nichts. Du bist gekommen."

„Ja, ich bin gekommen. Ich wollte mich vergewissern, daß du in Sicherheit bist. Ich hatte das Gefühl, daß ich gebraucht würde. Oh, Meggie, dein Vater und Stu! Wie ist es geschehen?"

„Daddy konnte dem Feuer nicht entkommen. Später fand ihn Stu und wurde von einem Keiler getötet. Jack und Tom sind mit einem Gespann hinaus, um sie zur Homestead zu holen."

Er stellte keine weiteren Fragen, sondern schwieg. Wie ein kleines Kind wiegte er Meggie hin und her, bis die wohlige Wärme des Kaminfeuers sein Haar und seine Kleidung ein wenig getrocknet hatte und etwas von der Erstarrung aus Meggies Körper gewichen war. Dann schob er seine Hand unter ihr Kinn, hob ihren Kopf zu sich hoch, bis sie ihn anblickte, und küßte sie ohne einen weiteren Gedanken.

Es war ein verworrener Impuls, dem nichts von Begehrlichkeit anhaftete, eine instinktive Reaktion, als er den Ausdruck in der Tiefe der grauen Augen sah.

Ihre Arme glitten unter seinen Armen empor, schlangen sich fest um ihn. Er zuckte unwillkürlich zusammen und stöhnte leise.

Sie bog Kopf und Oberkörper ein Stück zurück. „Was ist?"

„Ich muß mir bei der Landung die Rippen geprellt haben. Wir versackten im guten alten Gilly-Schlamm und standen schließlich kopf. Ich hing am Ende auf der Rückenlehne des Sitzes vor mir."

„Laß mich mal sehen."

Mit ruhigen Fingern knöpfte sie ihm das noch immer recht feuchte Hemd auf, ließ es über seine Schultern und Arme herabgleiten, zog und zupfte es aus seiner Reithose. Unter der glatten, braunen Haut zog sich, tief am Brustkorb, ein rötlicher Streifen von der einen Seite zur anderen.

„Oh, Ralph!" sagte Meggie erschrocken. „Und trotzdem bist du von Gilly hierhergeritten? Du mußt ja fürchterliche Schmerzen gehabt haben! Hast sie natürlich noch! Ist dir davon nicht übel, schwindlig? Da muß irgend etwas gebrochen oder gerissen sein, und . . ."

„Nein, nein, es ist sicher nichts weiter. Ich fühle mich soweit gut. Beim Reiten habe ich nichts gespürt, habe nicht weiter darauf geachtet, es wohl einfach aus meinem Bewußtsein verdrängt. Aber wenn es etwas Ernstes wäre, eine innere Blutung etwa, dann wäre mir das bestimmt ... Gott, Meggie, nein, *nicht!*"

Sie hatte ihren Kopf vorgebeugt, sacht berührten ihre Lippen die verletzte Stelle, ihre Hände schoben sich höher, über seine Brust zu seinen Schultern, eine Berührung so voller Zärtlichkeit und Sinnlichkeit, daß der Priester für Augenblicke völlig zu erstarren schien, im gleichen Maße entsetzt und gebannt. Dann jedoch, im verzweifelten Versuch, sich von ihr zu befreien, schob und zog er heftig ihren Kopf von sich fort, wollte es tun, tat es wohl auch, wenn auch längst nicht so heftig, so hart, wie er meinte. Und irgendwie kam es, daß er sie wieder in den Armen hielt, nur daß sie jetzt enger und fester an ihn geschmiegt war, eine Schlange, die alle Willenskraft von ihm zu nehmen schien.

Vergessen waren seine Schmerzen, vergessen war die Kirche, vergessen war Gott. Er fand ihren Mund, zwang ihn hungrig auf, wollte mehr von ihr, immer mehr, schien ihn einfach nicht beschwichtigen, nicht absättigen zu können, jenen so grauenvollen Trieb in sich. Sie bot ihm ihren Hals, entblößte ihre Schultern. Kühl und glatt war ihre Haut und samtweich. Er hatte das Gefühl, tiefer und tiefer zu sinken, einem Ertrinkenden gleich. Der dunkle, bittere Wein seiner Sinne berauschte und beengte ihn, lieferte ihn hilflos aus. Und vielleicht war es dies, das Gefühl völligen Verlorenseins, das ihn im letzten Augenblick zu sich kommen und sich selbst wiederfinden ließ.

Mit einem Ruck löste er sich von ihr, verharrte dann in seiner knienden Stellung, den Kopf gebeugt, wie tief in sich versunken, und seine Augen starrten auf seine Hände, die zitternd auf seinen Schenkeln lagen. Meggie. Meggie, was hast du nur mit mir gemacht? Was wäre noch geschehen, wenn ... wenn nicht ...

„Meggie, ich liebe dich, und ich werde dich immer lieben. Aber ich bin ein Priester. Ich kann nicht ... ich kann einfach nicht!"

Sie erhob sich rasch, zog ihre Bluse glatt und blickte ihn dann mit einem eigentümlichen, wie schmerzverzerrten Lächeln an.

„Es ist schon gut, Ralph. Ich werde jetzt zu Mrs. Smith gehen und ihr sagen, daß sie dir etwas zu essen machen soll. Und dann bringe ich dir das Pferdeliniment. Das ist ein ausgezeichnetes Mittel gegen Prellungen und ähnliches. Auf jeden Fall wirkt es viel besser, als Küsse das je könnten."

Er schwieg einen Augenblick. „Funktioniert das Telefon?" fragte er dann stockend.

„Ja. Man hat eine Behelfsleitung gelegt, über die Bäume. Seit einigen Stunden sind wir wieder angeschlossen."

Sie verließ den Salon. Er brauchte noch mehrere Minuten, bis er sich genügend gesammelt hatte, um an Fees Escritoire zu treten und den Telefonhörer abzuheben.

„Hallo, Vermittlung . . . Bricassart . . . ich spreche von Drogheda aus . . . Oh, Sie sind's, Doreen . . . arbeiten also noch immer als Fräulein vom Amt? Schön, Ihre Stimme zu hören. In Sydney ist das immer so anonym, da weiß man nie, mit wem man spricht. Ich möchte ein dringendes Ferngespräch mit Seiner Exzellenz, dem Erzbischof di Contini-Verchese in Sydney anmelden. Seine Nummer ist XX-2324. Und während ich auf Sydney warte, verbinden Sie mich doch bitte mit Bugela, Doreen."

Ihm blieb kaum Zeit, Martin King in aller Kürze zu umreißen, was geschehen war. Doch hier genügten wenige Worte. King würde alle verständigen, die dafür in Frage kamen. Zudem hatten, wie stets, mit Sicherheit einige Leute über die Gemeinschaftsleitung bereits mitgehört. Wer, dem tiefen Schlamm zum Trotz, zum Begräbnis kommen wollte, würde es tun oder zumindest versuchen.

Die Verbindung mit Sydney war da.

„Euer Exzellenz? Ich bin's, Bricassart . . . Ja, danke. Bei mir persönlich ist soweit alles in Ordnung. Bei der Landung sackte das Flugzeug allerdings tief in den Schlamm ein, und ich werde per Bahn zurückkommen müssen . . . Schlamm, Euer Exzellenz, ja, ich sagte *Schlamm!* Nein, Euer Exzellenz, wenn es hier richtig regnet, werden Straßen und Wege praktisch für alles, was Räder hat, unpassierbar. Daher bin ich zu Pferd von Gillanbone nach Drogheda, unter diesen Umständen die einzige Möglichkeit . . . Nur gut, daß ich es geschafft habe. Ich hatte wohl so etwas wie eine Vorahnung. Leider hat sich dieses Gefühl nur allzusehr bestätigt. Deshalb rufe ich Sie auch an, Exzellenz. Ja, etwas Furchtbares ist geschehen, etwas ganz Furchtbares. Padraic Cleary und sein Sohn Stuart sind tot. Der eine ist im Feuer umgekommen, den anderen hat ein Keiler getötet. Ja, ganz recht, Euer Exzellenz, ich sagte *Keiler, K-e-i-l-e-r* – ein Wildschwein . . . Ja, es stimmt schon, hier draußen hat man bisweilen eine etwas sonderbare Ausdrucksweise."

Deutlich vernahm er, wie die heimlichen Mithörer an der Gemeinschaftsleitung voll Empörung tief Luft holten, und er mußte unwillkürlich lächeln. Ihnen zu sagen, sie sollten doch, um Himmels willen, endlich rausgehen aus der Leitung, wäre geradezu herzlos gewesen. Dies war die einzige Art Massenunterhaltung, die Gilly seinen kontakthungrigen Bürgern zu bieten hatte.

„Mit Ihrer Erlaubnis, Exzellenz, möchte ich gern noch bleiben, schon der Begräbnisfeierlichkeiten, der Totenmesse wegen, und natürlich auch, um mich der Witwe und der anderen Hinterbliebenen anzunehmen . . . Ja, Euer Exzellenz, vielen Dank. Ich werde so bald wie möglich nach Sydney zurückkehren."

Wenig später sagte er zu der Telefonistin: „Doreen, verbinden Sie mich bitte noch einmal mit Bugela."

Mehrere Minuten lang sprach er mit Martin King. Da es August war und winterlich kalt, beschloß er, das Doppelbegräbnis um einen Tag zu verschieben. Trotz des Schlamms würden viele dem Begräbnis beiwohnen wollen, würden bereit sein, hierher nach Drogheda zu reiten. Doch es war ein überaus mühsamer und beschwerlicher Weg und brauchte seine Zeit.

Meggie kam mit dem Pferdeliniment. Schweigend reichte sie ihm die Flasche, erbot sich jedoch nicht, ihm das Mittel einzureiben. Dann sagte sie abrupt, in einer Stunde werde Mrs. Smith im kleinen Speisezimmer für ihn eine warme Mahlzeit bereithalten. So bleibe ihm noch Zeit, in Ruhe ein Bad zu nehmen.

Voller Unbehagen war er sich bewußt, daß Meggie dachte, er habe an ihr versagt, oder eher wohl: er habe sich ihr versagt. Er begriff ihre Enttäuschung nicht, und noch weniger verstand er ihren Unmut, ihren Zorn. Sie wußte doch, wer und was er war. Was hatte sie erwartet? Wie *konnte* sie etwas anderes erwarten?

Im frühen Morgengrauen erreichten die Reiter mit den beiden Leichen den Creek. Noch war das Wasser nicht über die Ufer getreten, doch der Gillan glich jetzt eher einem breiten Fluß mit rasch dahinjagender Strömung bei einer Tiefe von nicht weniger als zehn Metern.

Ralph de Bricassart trieb seine braune Stute in das Wasser und ließ sich zum anderen Ufer tragen, um den Hals eine Stola und in der Satteltasche all jene Dinge, die er in seiner Eigenschaft als Priester jetzt brauchte. Während Fee, Bob, Jack, Hughie und Tom sich um ihn versammelten, zog er die schützende Leinwand von den beiden Toten und bereitete alles zu ihrer Salbung vor. Nach der Letzten Ölung bei Mary Carson, davon war er überzeugt, konnte es nichts, gar nichts mehr geben, was bei ihm Übelkeit hervorrief. Und irgendwie fand er nichts Abstoßendes an den Leichen von Paddy und von Stu, obschon beide furchtbar entstellt wirkten, die verkohlten Überreste des Vaters, die schwarz verfärbte Haut des Sohnes. Der Priester küßte beide in Liebe und Achtung.

Über eine Strecke von zwanzig, fast fünfundzwanzig Kilometern hatte das Pferdegespann die holpernde Wellblechplatte durch den Schlamm gezogen. Die breite Furche, die sie hinterlassen hatte, war so tief, daß man die Spur dann noch viel später sehen sollte, in kommenden Jahren, als frisches Gras auf den Koppeln wuchs.

Jetzt aber, so schien es, konnten sie nicht mehr weiter vorankommen. Das dahinjagende, strudelnde Wasser des Creek bildete eine wohl unüberwindliche Barriere. Nur knapp zwei Kilometer waren es noch bis zur Homestead, und doch . . . Grübelnd standen sie, starrten zu den riesigen Eukalypten beim großen Haus. Selbst jetzt im Regen konnte man die mächtigen Bäume erkennen.

„Ich habe eine Idee", sagte Bob. Er blickte den Priester an. „Pater, Sie sind der einzige von uns, der ein frisches Pferd hat, und so werden Sie es wohl tun müssen. Nach dem langen Weg durch den Schlamm reicht bei unseren Tieren die Kraft höchstens noch, um einmal durch den Creek zu schwimmen. Suchen Sie bitte drüben in den Schuppen leere Tonnen zusammen. Solche mit einem Fassungsvermögen von rund hundertfünfzig Litern. Achten Sie darauf, daß die Deckel richtig festsitzen. Falls nötig, müssen sie angeschweißt werden. Wir brauchen zwölf von diesen Tonnen – keinesfalls weniger als zehn. Binden Sie sie aneinander, und bringen Sie sie über den Creek zu uns. Wir werden die Tonnen dann unter der Wellblechplatte befestigen und das ganze wie eine Art Floß hinübermanövrieren."

Ohne auch nur ein überflüssiges Wort zu verlieren, tat Ralph de Bricassart, was Bob ihm gesagt hatte. Eine bessere Idee hatte er auch nicht. Inzwischen war, von Dibban-Dibban her, Dominic O'Rourke mit zwei seiner Söhne eingetroffen, ein geradezu naher Nachbar bei den Entfernungsverhältnissen, wie sie hier gegeben waren. Kaum, daß die O'Rourkes hörten, worum es ging, machten sie sich an die Arbeit, suchten in den Schuppen Tonnen zusammen, vergewisserten sich, daß sie wirklich leer waren, schweißten, wo irgend möglich, die Deckel fest, überzeugten sich abschließend noch einmal, daß die Tonnen für die Anforderungen auch wirklich geeignet schienen.

Noch immer fiel Regen. Er sollte noch zwei Tage lang fallen.

„Dominic", sagte Ralph de Bricassart, „ich bitte Sie nicht gerne darum, aber – die Toten müssen morgen bestattet werden, und bis dahin können die Särge, selbst wenn sie rechtzeitig fertig werden sollten, nicht von Gillanbone nach Drogheda gebracht werden – nicht bei diesem Regen und diesem Schlamm. Könnten Sie oder Ihre Söhne vielleicht versuchen, zwei Behelfssärge zu machen? Ich brauche nur einen Mann, der mich zur anderen Seite des Creek begleitet."

Dominik O'Rourke warf seinen Söhnen einen fragenden Blick zu. Sie nickten. Offenbar waren sie ganz froh, daß ihnen der Anblick der entstellten Leichen erspart blieb.

„In Ordnung, Dad", sagte Liam, „wir machen das schon."

Die leeren Tonnen hinter ihren Pferden herschleppend, ritten der Priester und der Viehzüchter zum Creek.

„Also eins muß ich schon sagen!" rief Dominic O'Rourke. „Wenigstens bleibt es uns erspart, in diesem Schlamm Gräber ausheben zu müssen, und das verdanken wir der alten Mary. Ich fand's zwar immer ziemlich verrückt, daß sie für Michael ein Marmormausoleum hatte bauen lassen, aber jetzt könnte ich sie für diese Idee küssen."

„Ja, da können wir von Glück sagen", lautete die Antwort.

Ohne allzu große Schwierigkeiten gelangten sie zur anderen Seite des Creek. Und jetzt wurde alles genau so gehandhabt, wie Bob es sich gedacht hatte. Man befestigte die Tonnen unter der Wellblechplatte, je sechs auf einer Seite. Die Plane wurde auf allen Seiten festgezurrt, so daß die Toten nicht vom Metall herabgleiten konnten. Auf den mächtigen, doch schon sehr erschöpften Zugpferden schwammen Dominic und Tom zur Homestead-Seite des Creek hinüber, hinter sich das Seil, an dem das Behelfsfloß nachgeschleppt werden sollte. Als die Hufe der Zugpferde am Homestead-Ufer Grund faßten, schob man auf der anderen Seite das Ponton-Floß ins Wasser. Es schwankte, hüpfte, tanzte wild auf den Wellen, doch es kippte nicht. Mit schrillen Rufen trieben Dominic und Tom die Zugpferde an. Mächtig stemmten sich die Tiere ein, zogen das Floß sicher ans Homestead-Ufer, und die beiden Männer ließen die Pferde die Last gleich weiterschleppen, über den Schlamm – was mit den Tonnen besser ging als ohne – in Richtung des Gebäudekomplexes.

An jenem Ende des großen Schurschuppens, wo man die Wollballen zu verladen pflegte, gab es eine Rampe. Dort ließen sie das Floß mit seiner Fracht von den Pferden hinauf- und in die weite Halle hineinschleppen. Und hier lag nun die Wellblechplatte mit den Tonnen, inmitten einer Vielzahl deutlich wahrnehmbarer Gerüche – Teer, Schweiß, Wollfett, Schafmist. Doch schon waren, in Ölhaut eingehüllt, Minnie und Cat herbeigeeilt und übernahmen als erste die Totenwache. Rosenkränze in der Hand, knieten sie zu beiden Seiten der aufgebahrten Leichen nieder, und unablässig bewegten sich ihre Lippen im Gebet, klickten leise die Rosenkranzperlen.

Im großen Haus trafen immer mehr Gäste ein. Duncan Gordon kam von Each-Uisge, Gareth Davies von Narrengang, Horry

Hopeton von Beel-Beel, Eden Camichael von Barcoola. Der alte Angus MacQueen hatte auf freier Strecke einen der lokalen Güterzüge angehalten und war mit dem Lokführer bis Gilly gefahren, wo er sich dann von Harry Gough ein Pferd lieh, um zusammen mit ihm nach Drogheda zu reiten. Insgesamt hatte er, auf welche Weise auch immer, über dreihundert Kilometer Schlammstrecke überwunden.

„Mich hat es hart erwischt", sagte Horry später zu dem Priester, als sie mit den anderen fünf Männern im kleinen Speisezimmer bei einer Steak-und-Nieren-Pastete saßen. „Das Feuer ist direkt durch Beel-Beel gerast, vom einen Ende zum anderen, und es hat kaum ein lebendes Schaf oder einen grünen Baum übriggelassen. Was für ein Glück, daß die letzten Jahre gute Jahre waren, kann ich nur sagen. So kann ich's mir wenigstens leisten, neue Tiere anzuschaffen, und wenn der Regen so anhält, ist auch bald wieder gutes Gras da. Aber der Himmel möge uns während der nächsten zehn Jahre vor einer Katastrophe schützen, denn so lange kann ich bestimmt nichts als Notreserve auf die hohe Kante legen."

„Nun, Horry", sagte Gareth Davies, während er sich mit unverkennbarem Behagen die Pastete schmecken ließ. Einen Mann der Schwarzerdebenen konnte keine Katastrophe allzu lange um seinen Appetit bringen, im Gegenteil, er brauchte gute, kräftige Nahrung, um solche Schläge auszuhalten. „Nun, Horry – dein Beel-Beel ist zwar kleiner als mein Narrengang, aber ich schätze, daß ich durch das Feuer etwa die Hälfte meiner Weideflächen und rund zwei Drittel meiner Schafe verloren habe." Er blickte zu dem Priester. „Sollte es noch schlimmer kommen, so werden wir Ihre Gebete brauchen."

„Oh, ja, ja", sagte der alte Angus, „so hart wie Horry und Garry hat's mich zwar nicht erwischt, aber ich habe doch fünfundzwanzigtausend Hektar verloren und so ungefähr die Hälfte meiner Schafe. Muß schon ehrlich sagen, in solchen Zeiten wünsche ich, ich wär' als junger Bursche daheim in Skye geblieben."

Ralph de Bricassart lächelte. „Das geht vorüber, Angus, und das wissen Sie ja auch. Sie sind aus Skye aus demselben Grunde fort wie ich aus Clunamara – es war Ihnen dort zu eng."

„Ja, ja, mag schon sein. Und dann, so schön die Heide auch blüht, Eukalyptus blüht noch schöner, nicht?"

Der Priester nickte, doch er war mit den Gedanken nicht mehr bei der Sache. Er mußte an Fee denken. Mrs. Smith hatte sich um sie gekümmert, hatte sie entkleidet, gesäubert und ins Bett gesteckt. Dann war er gekommen, mit einer Dosis Laudanum.

261

Doch Fee weigerte sich, das Beruhigungsmittel einzunehmen. Sie schluchzte, weinte hysterisch. Mit schierer Gewalt brachte er sie dazu, das Zeug zu schlucken. Komisch, irgendwie hatte er es nicht für möglich gehalten, daß Fee je zusammenbrechen werde. Das Mittel wirkte rasch, sie hatte seit vierundzwanzig Stunden nichts gegessen. Bald schlief sie tief und fest.

Was Meggie betraf, so konnte er damit rechnen, auf dem laufenden zu bleiben. Sie war im Kochhaus bei Mrs. Smith und half dort mit. Die Cleary-Söhne lagen alle im Bett. Sie waren so erschöpft gewesen, daß sie sich kaum selbst aus ihren nassen Sachen schälen konnten. Minnie und Cat würden in ihrer Totenwache – die der Sitte nach erforderlich war, weil die Leichen in einem öden, ungesegneten Raum lagen – von Gareth Davies und seinem Sohn Enoch abgelöst werden. Später folgten dann andere. Das war inzwischen alles abgesprochen.

Von den jüngeren Männern fand sich keiner im Speisezimmer. Unwiderstehlich zog es sie alle zum Kochhaus – angeblich, um Mrs. Smith zu helfen, in Wirklichkeit, um Meggie zu beäugen. Als Ralph de Bricassart das begriff, fühlte er sich ebenso befremdet wie erleichtert, ja erlöst.

So ist es richtig, dachte er, *natürlich* ist es so richtig. Unter ihnen wird Meggie sich ihren zukünftigen Ehemann aussuchen, das kann und soll gar nicht anders sein.

Da war Enoch Davies, neunundzwanzig, ein sogenannter „schwarzer Waliser", was nichts anderes hieß, als daß er sehr dunkles Haar und sehr dunkle Augen hatte, ein gutaussehender Mann. Da war Liam O'Rourke, sechsundzwanzig, und genauso strohblond und blauäugig wie sein fünfundzwanzigjähriger Bruder Rory. Da war Connor Carmichael, bereits zweiunddreißig und seiner Schwester wie aus dem Gesicht geschnitten, von geradezu blendendem Aussehen, allerdings ziemlich arrogant. Doch für den geeignetsten Kandidaten hielt Ralph de Bricassart des alten Angus Enkelsohn Alastair. Mit seinen vierundzwanzig Jahren stand er Meggie dem Alter nach am nächsten, und er war ein ganz reizender junger Mensch, besaß die schönen blauen schottischen Augen seines Großvaters und hatte bereits graues Haar, ein Familienerbe.

Mochte sie sich doch in einen dieser jungen Männer verlieben und ihn heiraten und mit ihm die Kinder haben, die sie sich so wünschte. O Gott, mein Gott, wenn Du das für mich tun willst, dann will ich mit Freuden den Schmerz meiner Liebe zu ihr tragen, mit Freuden . . .

Die Särge hier waren nicht unter Blumen begraben wie damals der Sarg von Mary Carson. Im Gegenteil, in der Kapelle waren sämtliche Vasen leer. Was die furchtbare Hitze des Feuers zwei Nächte zuvor noch übriggelassen haben mochte, war anschließend dem Regen zum Opfer gefallen. Keine einzige frühe Rose sah man, nicht einmal einen Stiel vom Lampenputzerbaum.

Alle waren so müde, so entsetzlich müde. Jene, die endlose Kilometer durch den Schlamm geritten waren, um Paddy und Stu die letzte Ehre zu erweisen – nur Männer, denn für Frauen wäre die Strapaze einfach zu groß gewesen –, fühlten sich erschöpft. Nicht anders erging es jenen, welche die Toten nach Hause gebracht hatten. Und erschöpft waren auch alle, die sich so lange abplacken mußten mit Kochen und Saubermachen und anderem mehr.

Ralph de Bricassart war so todmüde, daß er das Gefühl hatte, im Traum umherzuwandeln. Sein Blick glitt über die Gesichter der Clearys. Da war Fee, Trauer und Trostlosigkeit in den Zügen. Da war Meggie, gleichfalls Trauer, aber auch ein Ausdruck von – Zorn? Da waren ihre Brüder, tief niedergeschlagen, sie alle . . .

Er überließ es mit voller Absicht Martin King, eine Gedenkrede zu halten. King faßte sich sehr kurz, fand jedoch bewegende Worte. Danach begann der Geistliche sofort mit der Totenmesse. Er hatte, ganz selbstverständlich, all das bei sich gehabt, ohne das ein Priester nie reiste, darunter auch Kelch und Stola, doch wäre er ohne die entsprechenden Meßgewänder gewesen, hätte der alte Angus nicht daran gedacht, sie aus dem Pfarrhaus in Gilly mitzubringen. Und so stand er also, richtig gewandet, während der Regen gegen die Fenster peitschte.

Und dann ging es hinaus, hinaus in den Regen, der mitzutrauern schien, und über den Rasen, den die Hitze braungesengt hatte. Die Sargträger drohten im Schlamm auszugleiten und hinzuschlagen; bei dem prasselnden Regen sahen sie kaum, wohin sie traten. Doch dann war man auf dem Friedhof, wo die Glöckchen auf dem Grab des chinesischen Kochs traurig bimmelten: Hee Sing, Hee Sing, Hee Sing.

Es endete. Es war vorbei. Die Trauergäste schwangen sich auf ihre Pferde, den Rücken tief unter die schützenden Ölhäute geduckt, sie ritten davon, durch den Schlamm, über das verwüstete Land.

Ralph de Bricassart packte seine wenigen Sachen, und er wußte, was er zu tun hatte, bevor er aufbrach.

Er ging in den Salon, wo Fee an ihrem Escritoire saß und stumm auf ihre Hände starrte.

„Fee", fragte er und setzte sich, nur ein kurzes Stück von ihr entfernt. „Fee – wird es gehen?"

Sie wandte ihm ihr Gesicht zu. Was sich in ihren Zügen widerspiegelte, die Stille, die keine Stille war, sondern eine lautlose Qual, prallte so unvermittelt auf ihn, daß er erschrak und unwillkürlich die Augen schloß.

„Ja, Pater", sagte sie, „es wird gehen. Da ist die Buchführung, die ich erledigen muß, und fünf Söhne habe ich noch – sechs, wenn Sie Frank mitrechnen. Er ist zwar nicht hier, aber – aber ich bin Ihnen so dankbar, daß Sie sich um ihn kümmern und ihm das Leben ein wenig leichter machen, das ist doch ein großer Trost. Ach, wenn ich ihn doch sehen könnte, wenigstens ein einziges Mal!"

„Fee, ich möchte, daß Sie über etwas nachdenken."

„Worüber?" Sie wirkte abwesend.

„Fee – hören Sie mir überhaupt zu?" Wieder fühlte er das Erschrecken, eine tiefe Besorgnis.

Sie schien sich ganz in sich zurückgezogen zu haben, wie in eine Kruste, in die seine Stimme nicht dringen konnte. Doch dann klang, wie aus einer Dunkelheit, abermals der Schmerz schrill aus ihr hervor. „Mein armer Paddy! Mein armer Stuart! Mein armer Frank!" Aber sofort hatte sie sich wieder unter Kontrolle, zeigte jene eiserne Selbstbeherrschung, die für sie so kennzeichnend war. Nur daß es diesmal schien, als versuche sie, sich selbst mit einer Faust zu umklammern, die so lange würgte, bis kein Schrei mehr nach draußen dringen konnte.

Ihre Augen glitten durch den Raum, ohne irgend etwas zu sehen. „Ja", sagte sie ruhig, „ich höre."

„Fee, was ist mit Ihrer Tochter? Denken Sie je daran, daß Sie auch eine Tochter haben?"

Der Blick aus ihren grauen Augen hob sich zu seinem Gesicht, ruhte fast mitleidig darauf. „Tut das irgendeine Mutter? Was ist eine Tochter? Sie erinnert einen nur an die Schmerzen, ist ein jüngeres Abbild. Und man weiß, sie wird all das tun, was man selbst getan hat, wird die gleichen Tränen weinen. Nein, Pater. Ich versuche zu vergessen, daß ich eine Tochter habe, und wenn ich an sie denke, dann denke ich an sie als einen meiner Söhne. Es sind die Söhne, an die sich eine Mutter erinnert."

„Sie weinen Tränen, Fee? Ich habe es nur ein einziges Mal gesehen."

„Und Sie werden es nie wieder sehen, denn Tränen . . . Tränen gibt es bei mir nicht mehr." Sie zitterte am ganzen Körper. „Wissen Sie, was, Pater? Vor zwei Tagen habe ich entdeckt, wie sehr ich Paddy liebe. Doch es war wie alles in meinem Leben – zu spät. Zu spät für ihn, zu spät für mich. Wie gern würde ich ihn jetzt in den Armen halten und ihm sagen, daß ich ihn liebe! O Gott, ich hoffe, daß kein anderer Mensch je meinen Schmerz fühlen muß!"

Er wandte den Blick von ihr ab, um ihr Zeit zu geben, sich wieder zu fassen, um sich selbst Zeit zu geben, jenes Rätsel, das Fee war, etwas besser zu verstehen.

Er sagte: „Niemand sonst kann Ihren Schmerz fühlen."

Sie hob einen Mundwinkel zu einem gleichsam verkrümmten und harten Lächeln. „Ja. Das ist ein Trost, nicht wahr? Ich mag darum nicht zu beneiden sein, doch der Schmerz gehört mir."

„Werden Sie mir etwas versprechen, Fee?"

„Wenn Sie wollen."

„Kümmern Sie sich um Meggie, vergessen Sie sie nicht. Sorgen Sie dafür, daß sie zu den hiesigen Tanzveranstaltungen geht und daß sie Gelegenheit hat, ein paar junge Männer kennenzulernen. Ermutigen Sie Meggie, an Heirat zu denken und an ein eigenes Heim. Ich konnte heute beobachten, wie alle jungen Männer sie aufmerksam beäugten. Sorgen Sie dafür, daß sie sie wiedertreffen kann, unter glücklicheren Umständen."

„Ganz wie Sie wollen, Pater."

Seufzend ließ er sie allein, sah, wie sie auf ihre mageren, weißen Hände starrte.

Meggie begleitete ihn zum Stall, wo der Wallach vom Besitzer des „Imperial" die vergangenen zwei Tage genutzt hatte, um sich an allen verfügbaren Pferdeleckerbissen gütlich zu tun. Er warf dem Tier den Sattel auf den Rücken und begann dann den Gurt festzuschnallen. Meggie stand gegen einen Strohballen gelehnt und beobachtete ihn.

„Pater", sagte sie, „sehen Sie, was ich hier habe." Sie streckte eine Hand vor, hielt darin eine rötlich-graue Rose. „Es ist die einzige, die zu finden war. Ich entdeckte sie in einem Busch unter einem Wassertankgestell, und zwar auf der Rückseite. Dort war sie offenbar vor der Hitze einigermaßen geschützt, genauso wie später vor dem Regen. Ich habe sie für Sie gepflückt. Als Erinnerung an mich."

Mit leicht unsicherer Hand nahm er die halbgeöffnete Blüte entgegen, blickte darauf. „Meggie, es ist nicht so, daß ich etwas brauche, um mich an dich zu erinnern. Jetzt nicht und auch später nicht. Ich trage dich in mir, das weißt du. Ich habe es vor dir ja nicht verbergen können, nicht wahr?"

„So ein Andenken", beharrte sie, „ist manchmal ein ganz

besonderes Stück Wirklichkeit. Man kann es in der Hand halten, man kann es ansehen. Und wenn man es ansieht, erinnert man sich an all die Dinge, die man sonst vielleicht vergißt. Bitte, nehmen Sie es, Pater."

„Mein Name ist Ralph", murmelte er unwillkürlich. Und dann nahm er aus dem kofferartigen Behältnis das große Meßbuch, sein Eigentum, kostbar eingebunden und mit Perlmutt verziert. Es handelte sich um ein Geschenk seines inzwischen verstorbenen Vaters zur Priesterweihe, vor nunmehr dreizehn Jahren. Die Seiten öffneten sich an einer Stelle, wo zur Kennzeichnung ein dickes weißes Band lag. Er blätterte einige Seiten weiter, legte die Rose hinein, klappte das Buch zu. „Du möchtest auch ein Andenken von mir, Meggie, nicht wahr?"

„Ja."

„Nun, ich werde dir keines geben. Ich will, daß du mich vergißt. Ich will, daß du dich in deiner Welt umsiehst und einen guten Mann findest und ihn heiratest und so viele Kinder hast, wie du nur möchtest. Du bist die geborene Mutter. Du darfst dich nicht an mich klammern, das wäre nicht recht. Ich kann die Kirche nie verlassen, und ich werde – um deinetwillen – rückhaltlos aufrichtig zu dir sein. Ich will die Kirche nicht verlassen, weil ich dich nicht so liebe, wie dich ein Ehemann lieben wird, verstehst du? Vergiß mich, Meggie."

„Bekomme ich – bekomme ich keinen Abschiedskuß?"

Er gab keine Antwort. Rasch schwang er sich in den Sattel, ließ den Wallach im Schritt zum Ausgang gehen und verharrte dort kurz, um sich den Filzhut aufzustülpen, den er sich gleichfalls im „Imperial" geliehen hatte. Für den Bruchteil einer Sekunde schien es in seinen blauen Augen aufzuleuchten. Dann trieb er sein Pferd hinaus in den Regen und strebte dem Weg zu, der nach Gilly führte.

Sie folgte ihm nicht. Im trüben Licht des feuchten Stalls blieb sie stehen und roch das Heu und den Pferdemist. Es erinnerte sie an den Schuppen in Neuseeland und an Frank.

Dreißig Stunden später betrat Ralph de Bricassart das Zimmer des Apostolischen Legaten. Zum Kuß beugte er sich über den Ring des Erzbischofs, ließ sich dann müde in einen Sessel fallen. Und erst jetzt, als er den Blick aus den dunklen, wie allwissenden Augen des Italieners auf sich fühlte, begriff er, wie sonderbar er wohl aussah und weshalb ihn im Zentralbahnhof so viele Leute angestarrt hatten.

Nun, verwundern konnte das kaum. Ohne an sein Gepäck zu denken, das im Pfarrhaus von Gilly doch auf ihn wartete, war er in aller Hast in den Nachtpostzug gestiegen, nur zwei Minuten vor der Abfahrt. Und dann hatte er in dem kalten Zug rund tausend Kilometer zurückgelegt, lediglich mit Hemd, Reithose und Reitstiefeln bekleidet, vom Regen während des Ritts nach Gillanbone noch durchgeweicht. Doch die Kälte, die Nässe, er hatte nichts davon gespürt.

Mit einem wie bedauernden Lächeln blickte er an sich hinab, sah dann zum Erzbischof.

„Ich bitte um Entschuldigung, Euer Exzellenz. Aber es ist so vieles geschehen, daß ich einfach nicht daran dachte, wie eigenartig ich wirken mußte."

„Entschuldigen Sie sich nicht, Ralph." Anders als Erzbischof Cluny Dark, zog er es vor, seinen Sekretär mit dem Vornamen anzureden. „Ich finde, Sie sehen sehr romantisch aus und zudem – wie soll ich sagen? – sportlich-flott. Allerdings wohl auch recht weltlich."

„Sehr weltlich, Euer Exzellenz, fürchte ich. Was das Romantische und Sportlich-Flotte betrifft, so kommt Ihnen das wohl nur so vor, weil Sie nie gesehen haben, daß eine solche Kleidung in Gilly durchaus das Übliche ist."

„Mein lieber Ralph, selbst wenn Sie es sich in den Kopf setzten, in Sack und Asche zu gehen – Sie würden es auch dann noch fertigbringen, romantisch und elegant auszusehen! Dieser Reitdreß kleidet Sie ausnehmend gut, gar kein Zweifel. Fast so gut wie eine Soutane. Und ersparen Sie sich die Mühe, mir erklären zu wollen, Sie seien sich dessen nicht bewußt. Könnte sogar durchaus sein, daß Ihnen die flotte Reitkluft besser stünde als das schwarze Gewand eines Priesters. Sie haben eine unverwechselbare und sehr attraktive Art, sich zu bewegen, und Sie besitzen eine ausgezeichnete Figur, die Sie sich zu bewahren gewußt haben und wahrscheinlich immer bewahren werden. Wenn man mich nach Rom zurückruft, dann, so glaube ich, werde ich Sie mitnehmen. Es wird mich in höchstem Maße amüsieren, Ihre Wirkung auf unsere kleinen, dicken italienischen Prälaten zu beobachten. Die schöne geschmeidige Katze zwischen den plumpen und verdutzten Tauben."

Rom! Ralph de Bricassart richtete sich mit einem Ruck in seinem Sessel auf, saß sehr gerade.

„War es sehr schlimm, mein Ralph?" fuhr der Erzbischof fort und strich mit seiner beringten, milchweißen Hand rhythmisch über den seidigen Rücken der schnurrenden Abessinier-Katze.

„Furchtbar, Euer Exzellenz."

„Diese Leute – Sie haben sie sehr gern?"

„Ja."

„Und lieben Sie alle in gleichem Maße, oder lieben Sie einige von ihnen mehr als andere?"

Aber Ralph de Bricassart war keinesfalls weniger listig als sein Herr und Meister, und er kannte den Erzbischof inzwischen lange genug, um gewisse Eigenarten recht präzise einzukalkulieren. Und so griff er jetzt auf jenen Trick zurück, von dem er aus Erfahrung wußte, daß er ein etwaiges Mißtrauen des Legaten sofort einzuschläfern pflegte. Er demonstrierte eine – scheinbar rückhaltlose – Aufrichtigkeit. Dem so klugen, durchdringenden und listigen Verstand des Italieners kam offenbar nie der Verdacht, daß eine solche recht ostentative Offenheit trügerischer sein könne als ein behendes Ausweichen.

„Ich liebe sie alle, aber, ganz wie Sie sagen, einige mehr als andere. Am meisten liebe ich das Mädchen Meggie. Für sie habe ich immer eine besondere Verantwortung gefühlt. In der Familie konzentriert sich alles so ausschließlich auf die Söhne, daß man die Tochter darüber völlig vergißt."

„Wie alt ist diese Meggie?"

„Genau weiß ich es nicht. So um die Zwanzig, glaube ich. Jedenfalls habe ich mir von ihrer Mutter ausdrücklich versprechen lassen, daß sie sich in Zukunft ein wenig mehr um das Mädchen kümmert. Sie soll dafür sorgen, daß Meggie ab und zu zum Tanz geht und ein paar junge Männer kennenlernt. Es wäre ein wahrer Jammer, wenn sie, auf Drogheda von allem isoliert, in dieser Weise ihr ganzes Leben vergeuden würde."

Ralph sprach die Wahrheit und nichts als die Wahrheit, das spürte der Erzbischof mit seinem ausgeprägten Instinkt sofort. Obwohl nur drei Jahre älter als sein Sekretär, hatte er schon glanzvoll Karriere gemacht, unbeeinträchtigt durch Hindernisse, wie Bricassart sie auf seinem Weg gefunden hatte. In so mancher Hinsicht fühlte Vittorio di Contini-Verchese sich um unermeßlich vieles älter als sein Sekretär.

Aufmerksam fuhr der Erzbischof fort, seinen Sekretär zu beobachten, auch wenn sich die angespannte Schärfe seines Blicks jetzt wohl ein wenig minderte. Wieder spielte er jenes so unterhaltsame Spiel, das er häufig durchexerzierte: das Spekulieren darüber, welche Triebfeder Ralph de Bricassart im Innersten bewegte.

Zunächst hatte er geglaubt, es könnten fleischliche Gelüste sein – wenn nicht in der einen Richtung, so in der anderen. Ein Mann von solchem Aussehen und mit einem solchen Körper mußte ganz unvermeidlich bei vielen zum Objekt der Begehrlichkeit geworden sein, und zwar in einem solchen Maße, daß er sich seine Unschuld oder seine Arglosigkeit kaum würde haben bewahren können. Im Laufe der Zeit hatte Vittorio di Contini-Verchese dann festgestellt, inwieweit seine Vermutung zutraf – zur Hälfte nämlich. Präzise gesagt: *Arglos* war Ralph de Bricassart gewiß nicht, er wußte durchaus, welche Wirkung er auf viele Menschen ausübte. Andererseits glaubte der Erzbischof, immer sicherer sein zu können, daß die *Unschuld* absolut echt war. Was immer bei Ralph die Triebfeder sein mochte, um fleischliche Begierden handelte es sich offenbar nicht.

Der Erzbischof hatte da verschiedentlich recht eingehend die Probe aufs Exempel gemacht. Er hatte Ralph mit erfahrenen Homosexuellen zusammengebracht, die, wäre er selbst homosexuell gewesen, auf ihn zweifellos unwiderstehlich gewirkt hätten. Er war ein überaus aufmerksamer Beobachter gewesen, um festzustellen, wie Ralph auf schöne Frauen reagierte. Die Gelegenheit zu gesellschaftlicher Begegnung ergab sich zwanglos-zwangsläufig. Nun, er reagierte, wenn man so wollte, überhaupt nicht auf die Schönsten des Landes; nicht der leiseste Hauch von Begehrlichkeit oder auch nur von Interesse, selbst wenn er nicht im entferntesten ahnen konnte, daß er unter Beobachtung stand. Natürlich gab es für den Erzbischof Mittel und Wege, diese Aufgabe anderen zu übertragen, ohne daß Ralph davon erfuhr.

Nach und nach war der Legat zu der Überzeugung gelangt, daß die Triebfeder, die seinen Sekretär im Innersten bewegte, Stolz sein müsse, der Stolz darauf, Priester zu sein, und zudem Ehrgeiz. Beides verstand er sehr gut, denn beides erfüllte ihn selbst. Wie alle großen und gefestigten Institutionen ihrer Art wußte die Kirche guten Gebrauch zu machen von ehrgeizigen Männern. Im übrigen erzählte man sich, Ralph de Bricassart habe diese Clearys, die er angeblich doch so sehr liebte, um ihr rechtmäßiges Erbe gebracht. Traf das wirklich zu, so lohnte es sich gewiß, mit ihm enge Fühlung zu halten. Wie die blauen Augen doch geleuchtet hatten, als er Rom erwähnte! Vielleicht war es an der Zeit, daß er ein neues Manöver versuchte – ein Gambit, um es in der Sprache der Schachspieler auszudrücken.

Und so rückte er, beiläufig scheinbar und sozusagen nur gesprächshalber, einen Bauern ein Stück vor; doch der Blick unter seinen halbgesenkten Lidern war voll schärfster Aufmerksamkeit.

„Während Ihrer Abwesenheit habe ich aus dem Vatikan Neues erfahren, Ralph", sagte er und schob die Abessinier-Katze Sheba auf seinem Schoß ein winziges Stück zur Seite.

„Oh?" Ralph sank in seinem Sessel zurück. Offenbar fiel es ihm schwer, die Augen aufzubehalten.

„Ja, Sie können zu Bett gehen. Aber erst, nachdem Sie meine Neuigkeiten gehört haben. Vor kurzem setzte ich mich ganz persönlich und privat mit dem Heiligen Vater in Verbindung, und heute erhielt ich eine Antwort von meinem Freund Kardinal Monteverdi – ob er wohl ein Nachfahre des großen Renaissance-Komponisten ist? Warum denke ich nur nie daran, ihn zu fragen, wenn ich mit ihm zusammen bin? Oh, Sheba, mußt du dich denn mit den Pfoten immer so festhalten, wenn du zufrieden bist?"

„Ich höre zu, Euer Exzellenz, ich bin nicht eingeschlafen", sagte Ralph de Bricassart mit einem Lächeln. „Kein Wunder, daß Sie Katzen so sehr mögen. Sie sind ja selbst eine, spielen zu Ihrem Vergnügen mit Ihrem Opfer." Er schnippte mit den Fingern. „Sheba, laß ihn und komm zu mir! Er ist unfreundlich."

Sofort sprang die Katze vom purpurfarbenen Schoß, lief über den Teppich auf Ralph zu und war dann mit einem kraftvollen Satz auf seinen Knien. Und dort stand sie, wie verzaubert, schwenkte den Schwanz hin und her und nahm all die sonderbaren Gerüche in sich auf, von Pferden, von Schlamm, von manchem mehr.

Ralph de Bricassarts blaue Augen lächelten in die braunen des Erzbischofs. Beide Männer hielten ihre Augen halb geschlossen, beide waren voll angespannter Wachsamkeit.

„Wie, um alles in der Welt, bringen Sie das nur fertig?" wollte Vittorio di Contini-Verchese wissen. „Eine Katze kommt doch nie auf Befehl zu einem Menschen. Sheba jedoch tut es. Sie kommt zu Ihnen, als hätten Sie ihr Baldrian gegeben. Undankbares Tier."

„Ich warte, Euer Exzellenz."

„Und dafür, daß ich Sie warten lasse, bestrafen Sie mich, indem Sie mir meine Katze wegnehmen. Nun gut, Sie haben gewonnen, ich gebe mich geschlagen. Verlieren Sie eigentlich nie? Eine interessante Frage, finde ich. Jedenfalls, mein lieber Ralph, kann man Ihnen nur gratulieren. In Zukunft können und werden Sie nämlich Mitra, Tunicella, Dalmatika und Pontifikalring tragen, und die Anrede für Sie wird lauten: ‚Hochwürdigste Exzellenz, Bischof de Bricassart.' "

Der Apostolische Legat stellte mit Genugtuung und Vergnügen fest, daß *dies* denn doch gehörig Wirkung zeitigte. Weit riß Ralph de Bricassart die blauen Augen auf. Nichts blieb mehr von einem vorsichtig herabgelassenen Visier. Diesmal versuchte er nicht, seine Gefühle zu tarnen, über wahre Empfindungen hinwegzutäuschen.

Er strahlte ganz einfach.

4. TEIL
1933–1938

LUKE

10

Es schien kaum glaublich, wie schnell sich das Land wieder erholte. Schon nach einer Woche sproß das erste Grün des Grases aus dem klebrigen Morast, und innerhalb von zwei Monaten begannen sich die Bäume zu belauben, die vom Feuer gerösteten Bäume, in denen dennoch nach wie vor Leben war. Allerdings längst nicht in allen.

Wenn die Menschen hier immer wieder Zähigkeit und Widerstandsfähigkeit bewiesen, so lag das zweifellos daran, daß ihnen das Land gar keine Chance gab, anders zu sein. Denn wer diese Eigenschaften nicht besaß, blieb nicht lange im Großen Nordwesten.

Allerdings würde es Jahre brauchen, bis die Narben einigermaßen schwanden. Viele Male würden die Eukalypten neue Rinde ansetzen und wieder abwerfen müssen, ehe die Stämme die gleiche Färbung zeigten wie früher, weiß oder rot oder grau, und ein bestimmter Prozentsatz der Bäume würde sich nie wieder erholen, sondern tot bleiben, tot und dunkel. Sperrig aufragende Skelette, würden sie noch viele Jahre lang aufrecht stehen, erst ganz allmählich zerfallend und sich vermischend mit dem Staub der Zeit.

Quer durch das westliche Gebiet von Drogheda zog sich jene Furche, welche die scharfen Kanten der Wellblechplatte, der Behelfstotenbahre, hinterlassen hatten, und wer auf die Spur stieß und wußte, wie sie entstanden war, erzählte die Geschichte anderen, die sie noch nicht kannten, und mit der Zeit wurde sie zum festen Teil der legendenartigen Überlieferung der Schwarzerdebenen.

Drogheda hatte durch das Feuer vielleicht ein Fünftel seiner Weidefläche verloren und zudem 25.000 Schafe: kaum mehr als eine Bagatelle für eine Station, deren Gesamtbestand an Schafen in den vergangenen guten Jahren ungefähr 125.000 betragen hatte. Es gab absolut keinen Grund, über die Bösartigkeit des Schicksals oder den Zorn Gottes zu jammern – oder wie immer jene, die von einer Naturkatastrophe getroffen werden, dies benennen mögen. Die einzige Devise konnte sein: Verluste abschreiben und versuchen, sie wettzumachen. Es war ja nicht das erste Mal, daß so etwas geschehen war, und niemand nahm an, daß es das letzte Mal bleiben würde.

Dennoch tat es weh, im Frühjahr die Gärten der Drogheda-Homestead zu sehen: braun und kahl. Gegen die Dürre konnten sie dank Michael Carsons Wassertanks bestehen. Während des Feuers hatte es nichts gegeben, um den Blumen und anderen Gartenpflanzen beim Überleben zu helfen. Nicht einmal die Wistarien wollten jetzt blühen. Unter der grausamen Hitze waren die vielen zarten Knospen, die sich damals gerade bildeten, sofort verwelkt. Ähnlich verhielt es sich mit allem anderen. Entweder es blühte überhaupt nicht, oder es zeigte nur karge Ansätze dazu, ganz gleich ob Rosen, ob Fuchsien, ob Stiefmütterchen oder was immer sonst. Aber natürlich wollte jeder, daß die Gärten wieder so würden wie früher, und so gingen alle, wenn ihre Zeit das irgend zuließ, dem alten Tom zur Hand.

Was die Arbeitskräfte betraf, so beschloß Bob, es so zu halten, wie sein Vater es – ganz im Gegensatz zu Mary Carson – gehalten hatte: immer ein paar Leute extra bereit zu haben, sie nicht erst einzustellen, wenn Not am Mann war, beim Lammen etwa oder zur Schurzeit. Auf diese Weise geriet man nie in die Klemme, und die Leute arbeiteten besser, wenn sie wußten, daß sie einen festen Job hatten. Zudem kam das auf weite Sicht ziemlich aufs selbe hinaus: Die meisten Viehtreiber hatten sozusagen Juckpulver unter den Fußsohlen, es hielt sie nie lange an einem Ort.

Die neuen Häuser, die weiter vom Creek entfernt standen als die alten, wurden von verheirateten Männern bewohnt. Für Tom, den Gärtner, gab es hinter dem Pferdehof unter einem Pfefferbaum eine nagelneue Hütte mit drei Räumen, und jedesmal, wenn er sein Heim betrat, strahlte er vor Besitzerstolz. Meggie kümmerte sich weiter um die Innenkoppeln, ihre Mutter weiter um die Bücher.

Fee fiel es auch zu, mit Bischof de Bricassart zu korrespondieren, doch ihrer Art entsprechend, beschränkte sie sich dabei – anders als Paddy früher – sozusagen auf die geschäftlichen Dinge:

auf das, was den Betrieb auf der Station betraf. Meggie brannte darauf, seine Briefe zu lesen. Gierig hätte sie jeden Satz, jedes Wort in sich eingesaugt. Aber Fee gab ihr keine Gelegenheit dazu. Sie ließ die Briefe nicht aus der Hand, verschloß sie fest in einem Stahlkasten.

Jetzt, wo Paddy und Stu tot waren, schien es überhaupt keine Möglichkeit mehr zu geben, an Fee heranzugelangen. Was das Versprechen anging, das sie im Hinblick auf ihre Tochter Ralph de Bricassart gegeben hatte, so vergaß sie es sofort wieder. Und so kam es, daß Meggie alle Einladungen zu Tanzveranstaltungen und Parties höflich ablehnte, ohne daß ihre Mutter, die durchaus darum wußte, einen Einwand erhoben oder Meggie gar gedrängt hätte anzunehmen. Liam O'Rourke nahm jede Gelegenheit wahr, um nach Drogheda zu fahren. Enoch Davies rief sehr häufig an. Und nicht anders war es mit Connor Carmichael und Alastair MacQueen. Doch Meggie verhielt sich allen gegenüber so reserviert, daß schließlich keiner mehr hoffte, ihr Interesse für sich erwecken zu können.

Der Sommer war sehr naß, wenn auch nicht in einem solchen Maße, daß es zu einer Überschwemmung gekommen wäre. Doch der Boden blieb ewig verschlammt, und die rund zweitausend Kilometer Barwon–Darling strömten tief, breit und stark. Als der Winter kam, fiel weiterhin sporadisch Regen, und die stiebenden bräunlichen Schleier waren jetzt aus Wasser und nicht aus Staub. So kam es, daß die große Zahl von Männern, welche die Depression im Outback auf Tramptour getrieben hatte, immer mehr zusammenschmolz. Es war schon teuflisch, in einer nassen Saison in den Schwarzerdebenen auf Walze zu gehen. Jetzt, wo zur Feuchtigkeit auch noch die Kälte hinzukam, wurde so mancher von denen, die kein warmes Obdach hatten, von einer Lungenentzündung heimgesucht.

Bob machte sich Sorgen wegen der Schafe, sprach von der Möglichkeit der Fußfäule. Starke Bodennässe vertrugen Merinos nicht lange, sie reagierten darauf mit kranken Hufen. Die Schur war so gut wie unmöglich gewesen, denn die Scherer rührten nasse Wolle nicht an, und falls der Boden nicht einigermaßen abtrocknete, bevor die Zeit zum Lammen kam, würden viele neugeborene Schafe an der Nässe und der Kälte eingehen.

Das Telefon klingelte, zweimal lang, einmal kurz, das Zeichen für Drogheda. Fee hob ab, drehte dann den Kopf.

„Bob, für dich – die Stellenvermittlung."

„Hallo, Jimmy. Bob am Apparat . . . Jaah, klar doch . . . Oh, guut! Zeugnisse alle in Ordnung? . . . Naa, dann schicken Sie ihn doch zu mir raus . . . Natüürlich, wenn er so gut ist, wie Sie sagen, wird er den Job schon kriegen . . . aaber ich möcht' ihm doch erst mal selber auf den Zahn fühlen . . . Die Katze im Sack kauf' ich nicht, und Zeugnissen trau' ich nicht . . . In Ordnung, danke. Bis zum nächsten Mal."

Bob nahm wieder Platz. „Da kommt ein neuer Viehtreiber. Brauchbarer Kerl, sagt Jimmy. Hat draußen in den westlichen Queenslandebenen gearbeitet, in der Nähe von Longreach und Charleville. Soll auch Erfahrung mit weiten Viehtrieben haben. Gute Zeugnisse, alles in bester Ordnung. Hat früher Pferde zugeritten. War davor Scherer, sogar Gun-Scherer, sagt Jimmy, mit über zwofünfzig pro Tag. Und das macht mich ein bißchen mißtrauisch. Weshalb sollte ein Gun-Scherer für den Lohn eines Viehtreibers arbeiten wollen? Kommt nicht oft vor, daß ein Gun-Scherer seine einträgliche Arbeit für einen Satteljob aufgibt. Könnte aber ganz praktisch sein, so einen Mann zur Hand zu haben, nicht?"

Im Laufe der Jahre hatte Bob sich eine immer breitere, gedehntere Sprechweise angewöhnt, und natürlich sprach er jetzt überhaupt mit stark australischem Einschlag. Er ging inzwischen auf die Dreißig zu, schien sich jedoch – zu Meggies großer Enttäuschung – für keines der Mädchen im heiratsfähigen Alter zu interessieren, mit denen er zusammenkam, wenn sich das aus den üblichen gesellschaftlichen Anlässen ergab. Zum einen zeigte er sich immer wieder entsetzlich schüchtern, zum anderen war seine Liebe zum Land so groß, daß er sie – so mußte man es wohl nennen – ungeteilt lassen wollte. Und irgendwie wurden Jack und Hughie ihm immer ähnlicher. Ja, man hätte sie für Drillinge halten können, wenn man sie jetzt so sah, nebeneinander auf einer der harten Marmorbänke sitzend – übrigens so ziemlich das äußerste, was sie sich im Haus an „Luxus" leisteten. Sie schienen tatsächlich lieber draußen auf den Koppeln zu kampieren, und wenn sie schon daheim schliefen, so streckten sie sich in ihren Schlafzimmern auf dem Fußboden aus, weil sie Angst hatten, in ihren Betten zu verweichlichen. Sonne, Wind und Trockenheit hatten ihre helle, sommersprossige Haut zu fleckigem Mahagoni gegerbt, aus dem sehr ruhig und fast fahl ihre blauen Augen hervorblickten, rundum von einem Netz tiefer Fältchen umgeben, den unverkennbaren Spuren ständigen Spähens in weite Fernen, bei Sonnenglast und dem Silberglanz bräunlicher Gräser.

Ihr Alter ließ sich kaum annähernd genau schätzen. Auch hätte man nicht sagen können, wer von ihnen der älteste und wer der jüngste war. Alle hatten sie Paddys Römernase und sein freundliches, biederes Gesicht. Allerdings zeigte keiner von ihnen körperlich jene Spuren, die sich bei Paddy schon recht frühzeitig bemerkbar gemacht hatten, als Folge seiner vieljährigen Schurarbeit: krummer Rücken und gleichsam verlängerte Arme. Statt dessen sah man bei ihnen die knappen und präzisen, doch sehr lockeren Bewegungen, wie man sie bei Männern findet, die im Sattel zu Hause sind.

„Ist der neue Mann verheiratet?" fragte Fee, während sie mit Lineal und Federhalter säuberlich rote Linien zog.

„Keine Ahnung, hab' nicht gefragt. Werden's morgen wissen, wenn er kommt."

„Und wie kommt er her?"

„Jimmy fährt ihn zu uns raus. Will sowieso nach diesen alten Schöpsen in Tankstand sehen."

„Dann wollen wir nur hoffen, daß er eine Weile bleibt. Wenn er ledig ist, zieht er bestimmt schon in ein paar Wochen wieder weiter", sagte Fee. „Ruhelose, wurzellose Leute, diese Viehtreiber."

Jims und Patsy waren inzwischen auf ihrer Boarding-School, dem Riverview College, unendlich weit von Drogheda also, und sie schworen Stein und Bein, daß sie keinen Tag länger auf der Schule bleiben würden, als es ihnen sozusagen von Gesetzes wegen aufgezwungen war, nämlich bis sie vierzehn wurden. Sie fieberten dem Tag entgegen, an dem sie mit Bob, Jack und Hughie auf die Koppeln hinausreiten konnten. Dann endlich würde Drogheda wieder so etwas werden können wie ein Familienbetrieb.

Was übrigens die Familienleidenschaft fürs Lesen anging, so wurde ihnen Riverview auch der Bücher wegen um nicht einen Deut lieber. Ein Buch, das war etwas, das sich bequem in einer Sattel- oder Jackentasche mitnehmen und dann im mittäglichen Schatten eines Wilga-Baums mit weit größerem Vergnügen lesen ließ als in einem Klassenraum der Jesuiten. Es war schon eine gewaltige Umstellung für sie gewesen, dieses Übersiedeln in ein Internat. Was kümmerte es sie da, daß die Klassenzimmer geräumig waren und große Fenster besaßen, durch die man hinausblicken konnte auf herrliches Grün; daß weite Spiel- und Sportplätze ebenso verfügbar waren wie üppige Gärten und anderes mehr; daß es hier in Sydney wunderbare Museen und Konzertsäle und Kunstgalerien gab? Sie schlossen sich mit den Söhnen anderer Viehzüchter zusammen und verbrachten ihre Freizeit dann in gemeinschaftlichem Heimweh, wobei sie natürlich nicht vergaßen, den Glanz und die Größe Droghedas gebührend herauszustellen. Ihre Worte wurden ebenso achtungsvoll wie gläubig aufgenommen, denn westlich von Burren Junction hatte jeder vom mächtigen Drogheda gehört.

Meggie bekam den neuen Viehtreiber erst nach mehreren Wochen zu Gesicht. Luke O'Neill hieß er, und im großen Haus sprach man bereits viel häufiger von ihm, als man das sonst bei Viehtreibern zu halten pflegte. Zum einen hatte er sich geweigert, in der Baracke Quartier zu nehmen, und war statt dessen in das letzte leere Haus beim Creek gezogen, und zum anderen überraschte er Mrs. Smith damit, daß er sich ihr vorstellte, wodurch er bei dieser Lady, die Viehtreiber sonst durchaus nicht mochte, einen Stein im Brett hatte, und zwar einen von nicht geringem Kaliber. Und so war Meggie bereits lange, bevor sie seine Bekanntschaft machte, sehr neugierig auf ihn.

Da sie die braune Stute und den schwarzen Wallach im Stall unterbrachte, statt sie, wie die übrigen Treiberpferde, im Freien zu lassen, ergab es sich ganz automatisch, daß sie morgens immer etwas später aufbrach als die Männer. Daher kam es vor, daß sie außer ihren Brüdern manchmal längere Zeit keinen von ihnen sah.

Nach Wochen begegnete sie Luke O'Neill dann doch. An einem späten Nachmittag war es, als die Sonne schon tief über den Bäumen flammte, deren Schatten immer weiter fortkrochen und eintauchen wollten ins sanfte Vergessen der Nacht. Meggie kam von Borehead und strebte der Furtstelle im Creek zu, und Luke O'Neill kam von Südosten und ritt gleichfalls in Richtung Furt.

Da die tiefstehende Sonne gegen ihn stand, sah sie ihn, bevor er sie sehen konnte. Er ritt einen großen, bösartigen, schwarzgefleckten Braunen mit schwarzer Mähne und schwarzem Schwanz. Da es zu ihren Aufgaben gehörte, sich auch um die pausierenden Arbeitspferde zu kümmern, kannte sie das Tier gut, und sie hatte sich bereits gewundert, wie es kam, daß es in letzter Zeit längst nicht so häufig auf den Rastplätzen zu finden war wie früher. Keiner der Männer hatte sich je um dieses Pferd gerissen, wenn irgend möglich, vermieden sie es, darauf zu reiten.

Dem neuen Viehtreiber machte die Bösartigkeit des Braunen offenbar wenig aus, was mit Sicherheit besagte, daß er wirklich reiten konnte. Der Braune war unter anderem dafür bekannt, daß er besonders gern frühmorgens bockte, und im übrigen gehörte es zu seinen ganz persönlichen Eigenarten, nach dem Kopf des Reiters zu schnappen, kaum daß dieser absaß.

Solange ein Mann zu Pferde war, ließ sich seine Körpergröße schwer schätzen. Australische Viehtreiber benutzten kleine englische Sättel, ohne den hohen Hinterzwiesel und das sogenannte Horn, wie man sie bei amerikanischen Sätteln fand, und sie saßen sehr aufrecht mit stark hochgezogenen Knien. Der neue Mann wirkte zwar recht groß, aber der Typ des Sitzriesen, bei dem alle Länge im Rumpf lag, war gar nicht so überaus selten, und dieser erste Eindruck mochte also trügen.

In manchem unterschied er sich allerdings auf den ersten Blick von den meisten Viehtreibern. Er trug ein weißes Hemd und weiße Moleskins, Hosen aus sogenanntem Englischleder, das in Wirklichkeit ein sehr festes Baumwollgewebe war. Das übrige schien aus grauem Flanell und grauem Twill zu sein. Aha, ein Dandy, dachte Meggie amüsiert. Nun, dann alles Gute, solange ihm das viele Waschen und Bügeln nicht über wird.

„N'Tag, Missus!" rief er, als sie nicht mehr weit voneinander entfernt waren. Er zog seinen zerbeulten grauen alten Filzhut und setzte ihn sich dann so auf, daß er verwegen auf seinem Hinterkopf balancierte.

Lachende blaue Augen musterten Meggie mit unverhohlener Bewunderung.

„Nun, Sie sind mit Sicherheit nicht die Missus, also müssen Sie die Tochter sein", sagte er. „Ich bin Luke O'Neill."

Meggie murmelte irgend etwas und vermied es, ihn anzusehen. So verwirrt und so ärgerlich war sie, daß es ihr unmöglich schien, mit diesem Mann dort ein paar Alltagsfloskeln zu tauschen. Aber es war auch nicht fair, nein, ganz und gar nicht! Wie konnte sich jemand unterstehen, solche Augen und ein solches Gesicht zu haben wie Pater Ralph! Aber die Ähnlichkeit lag nur im Was, nicht im Wie. Denn wie er blickte, wie er sie ansah, das war ganz seine eigene Art und hatte mit Pater Ralph nichts zu tun. Es fehlte jener Ausdruck von Liebe, mit dem Ralph de Bricassart sie immer ansah – auch damals schon angesehen hatte, als er sich, im Staub des Bahnhofsplatzes von Gillanbone, zu dem kleinen, wie verloren dastehenden Mädchen gebeugt hatte.

In seine Augen blicken und nicht ihn sehen, das war ein grausamer Scherz, eine grausame Strafe.

Ohne Meggies Gedanken auch nur im entferntesten zu ahnen oder auch nur ahnen zu können, ritt Luke O'Neill auf seinem bösartigen Braunen neben ihrer handfrommen Stute durch die Furt des Creek, dessen Wasser nach so viel Regen noch immer ziemlich hoch stand.

O ja, sie war bildhübsch, vielleicht sogar schön! Dieses Haar! Was bei den männlichen Clearys nichts war als ein Karottenrot, das war bei ihr – na, jedenfalls etwas ganz anderes. Wenn sie ihm nur eine Chance geben wollte, ihr Gesicht besser zu sehen – und im selben Moment tat sie's. Sah ihn auf eine solche Weise an, daß er, verwirrt, unwillkürlich seine Augenbrauen zusammenzog, sah ihn an . . . nein, nicht so, als ob sie ihn haßte, aber als ob sie versuchte, etwas zu sehen, was sie nicht sehen konnte, oder als ob sie etwas gesehen hatte, was sie nicht hatte sehen wollen, oder irgend so was. Machte ihr jedenfalls zu schaffen, soviel war klar.

Nun ließ sich allerdings nicht gerade behaupten, daß Luke O'Neill es gewohnt war, von weiblichen Augen gleichsam gewogen und für zu leicht befunden zu werden. Sie jedoch, tat sie nicht eben dies? Dennoch wandte sie, allem vermutlichen Mißvergnügen und aller Enttäuschung zum Trotz, den Blick nicht von ihm ab. Sie betrachtete, mehr noch, sie beobachtete ihn. Ihr Mund, ein zartes Rot, war leicht geöffnet, auf der Oberlippe und auf der Stirn stand wie in winzigen Tautropfen Schweiß, absolut normal bei dieser Hitze, und ihre rötlich-goldenen Augenbrauen waren gleichsam hochgehoben zu Bögen verkörperter Verwunderung.

Lächelnd entblößte er Pater Ralphs große weiße Zähne. Doch das Lächeln, nein, das war nicht das von Pater Ralph. „Sie sehen genauso aus wie ein Baby", sagte er. „Lauter Ohs und Ahs."

Sie blickte zur Seite. „Tut mir leid, ich wollte Sie nicht anstarren. Sie haben mich an jemanden erinnert, das ist alles."

„Starren Sie nur, soviel Sie wollen. Dann sehe ich Ihren Kopf wenigstens nicht nur von oben oder von hinten, so hübsch er gewiß auch aus dieser Sicht ist. An wen erinnere ich Sie?"

„An niemanden, der wichtig wäre. Es ist nur seltsam, jemanden zu sehen, der einem so vertraut vorkommt und dennoch so schrecklich unvertraut ist."

„Wie heißen Sie mit Vornamen, kleine Miß Cleary?"

„Meggie."

„Meggie . . . klingt mir, wie soll ich sagen, nicht angemessen genug, paßt gar nicht zu Ihnen. Sie sollten eher Belinda heißen oder Madeline, aber wenn Meggie das Beste ist, was Sie zu bieten haben, dann soll's mir recht sein. Wofür steht Meggie – Margaret?"

„Nein, Meghann."

„Aber das paßt doch viel besser! Ich werde Sie Meghann nennen."

„Nein, das werden Sie nicht!" fauchte sie. „Ich verabscheue den Namen!"

Aber er lachte nur. „Sie setzen wohl meist Ihren Kopf durch, kleine Miß Meghann, wie? Wenn ich Sie Eustacia Sophronia Augusta nennen will, dann tu' ich das auch, wissen Sie."

Sie hatten die Viehhöfe erreicht. Er glitt von seinem Braunen herunter, brachte das bissige Biest, das sofort nach ihm schnappte, mit einem kurzen Fausthieb zur Räson und stand dann, wartend. Offenbar nahm er an, sie werde ihm ihre Hände entgegenstrecken, so daß er ihr von der Stute herunterhelfen konnte. Doch sie trieb das Pferd mit einem Schenkeldruck weiter den Weg entlang.

„Stellen Sie Ihre feine Pferdedame nicht zu den gewöhnlichen alten Treibergäulen?" rief er hinter ihr her.

„Allerdings nicht!" antwortete sie, ohne sich umzublicken.

Oh, es war nicht fair, wirklich nicht! Denn wenn man ihn so stehen sah, diesen Luke O'Neill, so glich er Pater Ralph *noch* mehr als zuvor: war so hochgewachsen, war gleichfalls in den Schultern sehr breit und in den Hüften sehr schmal, bewegte sich mit unverkennbarer Geschmeidigkeit, mit dem einzigen Unterschied, daß es bei Pater Ralph die Geschmeidigkeit des Tänzers war, bei Luke O'Neill hingegen die eines Athleten. Und sonst? Das gleiche dichte und wellige schwarze Haar, die gleichen blauen Augen, die Nase genauso feingeformt und gerade, der Mund genauso gut geschnitten. Und dennoch, ja, *dennoch* war er Pater Ralph im Grunde nicht ähnlicher als einer der sogenannten Geisterbäume, so hoch und fahl und prachtvoll, einem Blauen Gummibaum, gleichfalls hoch und fahl und prachtvoll.

Nach dieser zufälligen Begegnung hielt Meggie die Ohren offen, um sich nichts von dem entgehen zu lassen, was über Luke O'Neill gesprochen wurde. Bob, Jack und Hughie waren mit seiner Arbeit zufrieden und schienen gut mit ihm auszukommen. Von einem Faulpelz, so Bob, habe er nun wirklich nichts an sich. Sogar Fee kam eines Abends auf ihn zu sprechen. Er sei ein sehr stattlicher Mann, meinte sie.

„Erinnert er dich an jemanden?" fragte Meggie. Lang auf dem Bauch ausgestreckt, lag sie auf dem Teppich und las in einem Buch.

Fee überlegte einen Augenblick. „Nun, vielleicht ein bißchen an Bischof de Bricassart – der gleiche Körperbau, die gleiche Haar- und auch Augenfarbe. Aber besonders auffällig ist die Ähnlichkeit nicht, dazu sind sie als Männer zu verschieden." Sie schwieg einen Augenblick. „Meggie", sagte sie dann, „ich wünschte wirklich, du würdest dich zum Lesen in einen Sessel setzen, wie sich das für eine Lady gehört! Nur weil du Jodhpurs anhast, brauchst du noch lange nicht allen Anstand zu vergessen."

„Pah!" sagte Meggie. „Als ob das jemandem auffällt!"

So war es also: Es bestand zwar eine Ähnlichkeit, doch die Männer hinter den Gesichtern glichen einander wenig, eine für Meggie quälende, wenn nicht verstörende Gewißheit. Denn sie liebte den einen und verübelte es dem anderen, daß sie ihn attraktiv fand.

Im übrigen stellte sich heraus, in welchem Maße er in der Küche erkorener Liebling war und wieso er es sich leisten konnte, weiße Hemden und weiße Breeches zu tragen. Keine andere als Mrs. Smith wusch und bügelte sie für ihn, war also ein Opfer seines offenbar unwiderstehlichen Charmes, und keinesfalls das einzige.

„Aach, was für ein prachtvoller Ire ist er doch!!" seufzte Minnie verzückt.

„Er ist ein Australier", sagte Meggie provozierend.

„Vielleicht hier geboren, Miß Meggie, Liebling, aber mit einem Namen wie O'Neill ist er genauso Ire, wie Ihr Daddy Ire war, Miß Meggie – was nicht disrespektierlich gemeint ist, wirklich nicht. Möge der gute Paddy Cleary oben im Himmel mit den Engeln singen, Friede seiner Seele. Aber Luke O'Neill kein Ire, mit seinem schwarzen Haar und seinen blauen Augen? Ich sage Ihnen, Miß Meggie, Liebling, in alten, längst vergangenen Zeiten waren die O'Neills die Könige von Irland."

„Ich dachte, das seien die O'Connors gewesen", sagte Meggie belustigt.

Minnies kleine, runde Augen zwinkerten heftig. „Na ja, nun, Miß Meggie, war doch ein großes Land und alles."

„Aber, Minnie! Es ist ungefähr so groß wie Drogheda! Und was dieses O'Neill angeht, da können Sie mir nichts vormachen. Das ist ein Oranier-Name."

„Das ist es. Aber es ist ein großer irischer Name, und es gab ihn schon lange, bevor man je etwas von Orangisten hörte. Es ist ein Name aus den Ulster-Provinzen, und da konnte es wohl gar nicht anders sein, daß es später auch ein paar Orangisten mit diesem Namen gab, nicht? Aber da war früher der O'Neill von Clandeboy und der O'Neill Mor, Miß Meggie, Liebling."

Meggie gab den Kampf auf. Was hinter diesem etwas verschlungenen Wortgefecht stand, war dies: Orangisten hatte man die Anhänger des politischen Protestantismus in Nordirland genannt, jene also, die mit den Engländern sympathisierten und deshalb den übrigen Iren verhaßt waren. Auf der Gegenseite bildeten sich nicht selten Geheimbünde, welche sich den Sturz der englischen Herrschaft zum Ziel setzten, etwa jener der „Fenier", in der zweiten Hälfte des 19. Jahrhunderts. Aber wie immer dem auch sein mochte, in Minnie pulsierte offenbar längst kein Fenier-Blut mehr, kein kämpferisches zumindest, sie konnte das Wort „Orangisten" aussprechen, ohne gleich auf die Barrikaden zu gehen.

Etwa eine Woche später begegnete Meggie unten am Creek

abermals Luke O'Neill. Sie nahm an, daß er es eigens so eingerichtet hatte. Doch was half's? Sie konnte es ja nicht verhindern.

„Guten Tag, Meghann."

„Guten Tag", erwiderte sie, den Blick krampfhaft auf eine Stelle zwischen den Ohren ihrer Stute gerichtet.

„Nächsten Samstagabend gibt's auf Braich y Pwll einen Schurhüttenball. Kommen Sie mit mir mit?"

„Danke, aber ich kann nicht tanzen, es hätte also keinen Sinn."

„Na, wie man das Tanzbein schwingt, das bringe ich Ihnen im Handumdrehen bei, das ist kein Hindernis. Was meinen Sie, wo ich nun mit der Schwester vom Squatter hinfahre, wird Bob mir da den alten Rolls leihen, vielleicht sogar den neuen?"

„Ich habe doch gesagt, daß ich nicht mitkomme!" erklärte sie aufgebracht.

„Sie haben gesagt, daß Sie nicht tanzen können, und ich habe gesagt, daß ich's Ihnen beibringen werde. Davon, daß Sie nicht mit mir mitkommen würden, wenn Sie tanzen könnten, haben Sie nichts gesagt. Daher nahm ich an, Sie hätten nur was gegen das Nicht-Tanzen-Können, nicht aber gegen mich. Wollen Sie jetzt kneifen?"

Sie funkelte ihn böse an, doch er lachte nur.

„Sie sind verhätschelt, völlig verzogen, kleine Meghann. Es wird Zeit, daß Sie nicht immer Ihren Kopf durchsetzen können."

„Ich bin nicht verhätschelt!"

„Wem wollen Sie das erzählen!? Das einzige Mädchen, lauter Brüder, die Schwesterchen sicher nichts abschlagen können, all dieses Land und Geld, ein tolles Haus, Personal – nicht? Ich weiß, es gehört der Katholischen Kirche, aber den Clearys fehlt's ja auch nicht grade an Kleingeld, oder?"

Das war der große Unterschied, dachte sie plötzlich triumphierend, der Unterschied zwischen den beiden Männern, den sie bisher nicht hatte genauer umreißen können. Ralph de Bricassart hätte sich nie mit dem äußeren Anschein zufriedengegeben, dieser Luke O'Neill hingegen begnügte sich mit der Fassade, konnte sich offenbar einfach nicht vorstellen, daß es dahinter ganz anders aussehen mochte. Ja, es fehlte ihm nun einmal an Vorstellungskraft und Einfühlungsvermögen. Er ritt durchs Leben, ohne sich auch nur im mindesten Gedanken zu machen über eben dieses Leben, über Verwicklungen, Verkettungen, über Schmerzen.

Als Luke O'Neill wegen des Rolls fragte, gab Bob ihm wortlos und offenkundig verwirrt die Schlüssel für den neuen. Einen Augenblick musterte er Luke sehr aufmerksam, dann grinste er.

„Hab' nie daran gedacht, daß Meggie mal zum Tanzen gehen könnte. Aber führ sie nur aus, Luke, bin sehr dafür. Wird ihr gefallen, dem armen kleinen Spatz. Sie kommt ja so selten mal raus. Wir hätten uns schon selber drum kümmern sollen, aber irgendwie denken wir nie dran."

„Warum kommt ihr andern nicht auch mit, ihr Cleary-Brüder, meine ich?" fragte Luke, der gegen ihre Gesellschaft offenbar nichts einzuwenden hatte.

Bob schüttelte den Kopf. Der bloße Gedanke schien ihn zu entsetzen. „Nein, danke, wir sind aufs Tanzen nicht wild."

Meggie zog ihr Asche-der-Rosen-Kleid an. Weil sie nichts anderes besaß. Obwohl es an Geld dafür wirklich nicht fehlte, hatte sie ganz einfach nicht daran gedacht, sich für die Partys und Bälle Kleider machen zu lassen. Und ausgeführt worden war sie bisher ja noch nie, denn Männer wie Enoch Davies und Alastair MacQueen ließen sich durch ein entschiedenes Nein schnell entmutigen. Ihnen fehlte die Unverfrorenheit eines Luke O'Neill.

Als sie sich im Spiegel betrachtete, dachte sie: Vielleicht fahre ich nächste Woche mit, wenn Mum ihren üblichen Abstecher nach Gilly macht. Muß dort mal mit der alten Gert reden, ob die mir nicht bald ein paar neue Sachen schneidern kann.

Denn es widerstrebte ihr, dieses Kleid zu einer solchen Gelegenheit zu tragen. Hätte sie noch eines besessen, das auch nur annähernd brauchbar war, so wäre sie mit Sicherheit nie in dieses hier geschlüpft. Es gehörte zu einer anderen Zeit und zu einem anderen schwarzhaarigen Mann. Und all das, was sich mit diesem Kleid verband, Liebe und Träume, Einsamkeit und Tränen, ließ es wie eine Entweihung erscheinen, das Kleid für so einen wie Luke O'Neill zu tragen.

Sie war es inzwischen gewohnt, ihre Gefühle zu verbergen und äußerlich stets ruhig und zufrieden zu erscheinen. Selbstkontrolle, ja, ohne die ging es sicher nicht. Doch dieses eiserne Sichselbstbezwingen glich einer Hülle, die immer dichter und dicker um sie herumwuchs wie die Rinde an einem Baum, und manchmal dachte sie, spätabends in ihrem Bett, an ihre Mutter und schauderte unwillkürlich zusammen.

Würde es bei ihr irgendwann auch so sein wie bei Mum: abgeschnitten von allen Gefühlen? Hatte es bei Mum damit begonnen, als, vor langer Zeit, noch Franks Vater in ihrem Leben gewesen war?

Ja, Meggie wußte. Im Grunde wußte sie es seit jenem furchtbaren Streit zwischen Daddy und Frank im Pfarrhaus von Gillanbone. Sie hatte die Szene nie vergessen. Inzwischen war sie alt genug geworden, um zu begreifen, daß es sich mit dem Wachsen-lassen von Babys nicht ganz so verhielt, wie sie lange geglaubt hatte. Es gab da irgendeinen körperlichen Kontakt zwischen Mann und Frau, der aber nur bei Ehepaaren erlaubt war. Was hatte die arme Mum, Franks wegen, wohl nicht alles an Demütigungen und Erniedrigungen ertragen müssen!? Kein Wunder, daß sie so war, wie sie war. Wenn ihr, Meggie, je so etwas zustieße, würde sie lieber sterben wollen.

In den Büchern bekamen immer nur die niedrigsten, billigsten Mädchen uneheliche Kinder. Aber an Mum war nichts Niedriges, Billiges, konnte auch nie gewesen sein.

Noch vor dem Spiegel stehend, dachte Meggie mit einem Seufzen: Wenn man doch nur irgendwie an sie herankönnte, vielleicht könnte ich ihr ja irgendwie helfen. Aber man kommt nicht an sie heran, und sie von sich aus versucht's schon gar nicht.

Hoffentlich passiert mir das nur nie, was ihr passiert ist. Das wäre furchtbar.

Wieder betrachtete sie sich in ihrem Asche-der-Rosen-Kleid, und sie sah es, sie spürte es, daß sie jung war, so herrlich jung. Und was sie jetzt erfüllte, das waren keine irgendwie formulierten Gedanken, das war ein Drängen, ein Sehnen, ein Verlangen, fast unwiderstehlich, der Wunsch, von Gefühlen mitgerissen, ja umge-rissen zu werden wie von einem starken heißen Wind.

Nein, sie wollte kein Automat sein, der das Leben absolvierte wie ein Pflichtprogramm. Nur nicht dieses grauenvolle ewige Einerlei. Vitalität wollte sie spüren. Und Liebe. Ja, Liebe. Einen Ehemann haben und Kinder. Was für einen Sinn hatte es, sich nach jemandem zu sehnen, den man nie, nein, niemals haben konnte? Er wollte sie nicht und würde sie niemals wollen. Zwar hatte er gesagt, daß er sie liebte, aber nicht so, wie ein Ehemann sie lieben würde. Weil er mit der Kirche verheiratet war. Hielten andere Männer das auch so? Liebten ein unbelebtes Etwas mehr, als sie eine Frau lieben konnten? Nun, bestimmt nicht alle Männer. Hauptsächlich wohl die schwierigen, die komplexen und kompli-zierten, jene, die von Fragen und Zweifeln gequält wurden, die darin umhertrieben wie in einem uferlosen Meer. Aber es mußte auch andere Männer geben, Männer, die eine Frau liebten vor allem anderen. Männer wie Luke O'Neill zum Beispiel.

„Ich glaube, Sie sind das schönste Mädchen, das ich je gesehen habe", sagte Luke, als er den Rolls anließ.

Komplimente waren nicht eben das, was zu Meggies Alltagskost gehörte. Sie warf ihm einen verblüfften Blick zu und schwieg.

Luke schien über ihre ausbleibende Reaktion nicht im mindesten beunruhigt. „Ist das nicht großartig?" fragte er. „Man braucht nur einen Schlüssel zu drehen und auf dem Armaturenbrett auf einen Knopf zu drücken, und schon läuft der Motor. Nicht mehr dieses verdammte Hantieren mit der Kurbel, wobei man immer hofft, daß die Kiste anspringt, bevor man total ausgepumpt ist. Also, Meghann, dies ist das *echte* Leben, alles, was recht ist."

„In Ruhe lassen können Sie mich wohl nicht, wie?" fragte sie.

„Guter Gott, warum denn auch? Sie kommen doch mit mir mit, oder? Das heißt, daß Sie den ganzen Abend für mich da sind, und ich habe nicht die leiseste Absicht, einem andern auch nur die Spur einer Chance zu geben."

„Wie alt sind Sie, Luke?"

„Dreißig. Wie alt sind Sie?"

„Fast dreiundzwanzig."

„So alt schon? Sie sehen aus wie ein Baby."

„Ich bin kein Baby."

„Oho! Waren Sie denn schon mal verliebt?"

„Einmal."

„Ist das alles? Mit dreiundzwanzig? Allmächtiger! In Ihrem Alter hatte ich mich mindestens schon ein dutzendmal ver- und auch wieder entliebt."

„Das hätte bei mir sicher auch so sein können. Nur gibt es hier auf Drogheda wenig Gelegenheit dazu. Sie sind der erste Viehtreiber, der zu mir mehr gesagt hat als nur mal schüchtern: ‚Hallo!' "

„Nun ja, wenn Sie nicht tanzen können, dann kommen Sie sich bei Tanzvergnügungen auch total verloren vor, nicht? Aber lassen Sie nur, das werden wir bald haben. Bis zum Ende des Abends können Sie garantiert tanzen, und in ein paar Wochen haben wir eine neue Meisterin." Er warf ihr einen kurzen, prüfenden Blick zu. „Sie werden mir doch nicht erzählen wollen, daß von den Squatters von den anderen Stationen Sie keiner jemals zum Tanzen eingeladen hätte. Bei Viehtreibern, das kapier' ich schon. Für einen gewöhnlichen Viehtreiber sind Sie ein paar Nummern zu groß. Aber was ist mit den Herren der Schafe? Da werden doch so manche ganz kräftig nach Ihnen geschielt haben."

„Wenn ich, wie Sie meinen, für Viehtreiber ein paar Nummern zu groß bin, wie kommt's dann, daß Sie mich eingeladen haben?" parierte sie seine Frage.

Er grinste. „Ach, ich bin ganz einfach rotzfrech." Sein Grinsen vertiefte sich. „Aber bleiben wir beim Thema. Muß in Gilly doch welche gegeben haben, die Sie einladen wollten."

„Ein paar", gab sie zu. „Aber ich hatte nie Lust dazu. Sie haben mich ja sozusagen hineingeschubst."

„Na, dann waren das wohl alles ziemliche Blödmänner", sagte er. „Wenn mir was so Gutes über den Weg läuft, dann weiß ich's und laß nicht so einfach locker!"

Sie wußte nicht recht, ob ihr der Ton gefiel, in dem er von ihr sprach. Doch diesem Luke nahm nichts so leicht den Wind aus den Segeln.

Zu einem Schurhüttentanz kamen alle, die Söhne und die Töchter der Squatters, die Viehtreiber, mit ihren Frauen, falls sie welche hatten, die Dienstmädchen, die Gouvernanten, auch Städter und Städterinnen jeglichen Alters. Dies war, um nur ein oder zwei Beispiele zu nennen, für Lehrerinnen etwa die Gelegenheit, Bankangestellte kennenzulernen oder auch diesen oder jenen Vieh-und-Stations-Agenten – so nannten sie sich wirklich –, und überhaupt Kontakte herzustellen zwischen Menschen, die zwar im selben Distrikt, aber doch unendlich weit auseinander lebten. Es war *die* Chance für die sogenannten Bushies, die Leute aus dem Busch, einmal aus ihrer Abgeschiedenheit herauszukommen.

Anders als bei anderen, mehr offiziellen Anlässen, wurde hierbei ganz und gar nicht auf Förmlichkeit gehalten. Aus Gilly kam der alte Mickey O'Brien, um auf seiner Fiedel zu spielen, und es fand sich immer jemand, der ihn dabei auf dem Klavier oder der Ziehharmonika begleitete, oder eigentlich waren es stets mehrere, die einander als Begleiter des alten Mickey ablösten, während er selbst, der alte Fiedler, auf einem Faß oder auf einem Wollballen saß, Stunde um Stunde, ohne auch nur eine einzige Ruhepause einzulegen. An seiner herabhängenden Unterlippe sammelte sich regelmäßig Speichel, richtiggehender Sabber, wenn man so wollte, und der Grund dafür war, daß der alte Mickey sich nicht die Zeit zum Schlucken nahm, weil ihn das aus dem Takt brachte.

Aber das Tanzen hier war ganz anders, als Meggie es damals bei Mary Carsons Geburtstagsparty gesehen hatte. Ein kraftvolles, vitales Sichaustanzen, sogenannte Round-Dances: Jigs, Polkas, Mazurkas, Reels und ähnliches mehr, wobei die Partner einander höchstens flüchtig bei den Händen berührten oder der Mann das Mädchen wild und rauh herumschwenkte. Eine verträumte oder gar intime Atmosphäre entstand dabei nicht. Solche Dinge reservierte man besser für irgendein stilles Plätzchen draußen, weit abseits von Lärm und Gedränge. Das Tanzen war dazu da, sich auszutoben, aufgestaute Emotionen loszuwerden.

Schon bald entdeckte Meggie, wie sehr sie um ihren großen, gutaussehenden Begleiter beneidet wurde. Viele schmachtende und verführerische Blicke trafen ihn, fast genauso viele wie seinerzeit Pater Ralph. Seinerzeit. Seinerzeit. O Gott, wie furchtbar klang das doch. Wie entsetzlich schmeckte das nach ferner, nach fernster Vergangenheit.

Luke hielt Wort. Er ließ irgendwelchen Konkurrenten nicht die leiseste Chance. Mußte er mal „für kleine Jungs", so paßte er dafür einen günstigen Zeitpunkt ab. Enoch Davies war da, auch Liam O'Rourke, und beide zeigten sich durchaus darauf erpicht, bei Meggie endlich einmal einen Tanz zu ergattern. Doch Luke legte gleichsam einen Sperrgürtel um sie, und Meggie schien zu verwirrt zu sein, um zu begreifen, daß sie sich auch mal von einem anderen auffordern lassen konnte und nicht nur mit ihrem Begleiter tanzen mußte.

Sie waren wütend, die anderen. Sie fanden es unglaublich, daß ein einfacher Viehtreiber die Frechheit besaß, ihnen Meggie unter der Nase wegzuschnappen. Ihm war ihr Zorn gleichgültig. Sie hatten ihre Chance gehabt, sie jedoch nicht wahrzunehmen verstanden. Ihr Pech, bestimmt nicht seins.

Der letzte Tanz war ein Walzer. Luke nahm Meggies Hand, schlang seinen Arm um ihre Taille, zog sie an sich. Er war ein ausgezeichneter Tänzer. Zu ihrer Überraschung entdeckte Meggie, daß sie nichts weiter zu tun brauchte, als sich von ihm führen zu lassen, gleichsam der Sprache seines Körpers zu folgen.

Ein eigentümliches Gefühl, so dicht an einen Mann geschmiegt, so eng von ihm herangezogen. Seine Brustmuskeln konnte sie spüren und die Muskeln seiner Schenkel. Seine Wärme schien buchstäblich auf sie überzuströmen. Ihre Kontakte mit Pater Ralph waren so voller Anspannung gewesen, daß sie etwas Genaueres, gar Intimeres überhaupt nicht hatte wahrnehmen können. Wie fest war sie doch davon überzeugt gewesen, in den Armen eines anderen nie etwas von dem fühlen zu können, was sie bei ihm empfunden hatte. Nun, das hier war auch anders, doch es war erregend. Ihr Pulsschlag hatte sich beschleunigt, und Luke spürte das offenbar. Er zog sie noch enger an sich, wirbelte sie noch schneller herum, und dann lehnte er eine Wange gegen ihr Haar.

Als sie später nach Hause fuhren, sprachen sie nur wenig miteinander. Es war ein weiter Weg von Braich y Pwll nach Drogheda, rund hundertzwanzig Kilometer, und die ganze Zeit über ging es von einer Koppel zur anderen, oft kaum eine richtige Fahrstrecke, sondern unwegsames Gelände mit vielen Löchern und Hulpern, nur gut, daß der Rolls eine so ausgezeichnete Federung besaß. Nirgends gab es ein Haus oder ein Licht oder irgend etwas, das von der Anwesenheit von Menschen zeugte. Nur Stille, Leere, nichts sonst.

Sie kamen zu jener Bodenwelle, die sich quer durch das Gebiet von Drogheda zog. Ihr höchster Punkt mochte sich vielleicht zwanzig oder dreißig Meter oberhalb des übrigen Geländes befinden. Von einer Anhöhe im eigentlichen Sinn konnte man da kaum sprechen, doch hier auf den Schwarzerdebenen kam eine solche Bodenerhebung fast den Schweizer Alpen gleich.

Luke hielt mit dem Rolls mitten im Irgendwo. Er stieg aus, ging um das Auto herum öffnete für Meggie die Tür. Wenige Sekunden später stand sie neben ihm, kaum merklich zitternd. Würde er den Abend verderben, indem er versuchte, sie zu küssen?

Er griff nach ihrem Ellbogen, doch nur um sie zu stützen, wie es schien. In ihren hochhackigen Tanzschuhen konnte sie hier tatsächlich sehr leicht fallen. Luke führte sie vorsichtig über den unebenen Boden hinweg, paßte sehr sorgsam auf, daß sie nicht in Kaninchenlöcher trat. Auf der rechten Seite stand ein alter, halbverfallener Holzzaun. An dem hielt sie sich mit ihrer freien Hand fest. Und während ihre Angst wich, Luke werde die Gelegenheit nutzen, sich ihr zu „nähern" – es hatte nicht den Anschein: Gott sei Dank! –, stieg etwas anderes in ihr auf, ein Gefühl der Verzückung.

Ganz oben auf der Bodenwelle standen sie jetzt, und das stille, fahle Licht des Mondes ließ alles fast genauso deutlich vor das Auge treten wie heller Sonnenschein. Endlos weit dehnte sich das Land, silbrig und weiß und grau schimmerte das Gras, sacht wogend unter leisem Windhauch, wie ein ruheloser Seufzer. Hier und da und dort funkelten an den Blättern der Bäume plötzlich flammenartig Lichtreflexe auf, wenn nämlich der Wind ihre glänzenden Oberseiten aufwärts drehte. Unter Baumgruppen schienen wie gähnende Schlünde Schatten aufzuklaffen, geheimnisvolle Eingänge zur Unterwelt.

Meggie hob den Kopf, sie versuchte die Sterne zu zählen und konnte es nicht. Wie winzige Tautropfen auf einem Spinnennetz erschienen sie, nur stecknadelkopfgroß, und sie flammten auf, flackernd, irrlichternd, erloschen wieder, und flammten auf und erloschen, an und aus, an und aus, in einem Rhythmus, der so zeitlos war wie Gott. So schön und so überaus still und stumm schwebten sie hoch über ihr, wirklich ein Sternenzelt.

Die einzigen Geräusche waren der Wind im Gras und in den Bäumen, sachtes Rascheln und Rauschen, ab und zu eine Art metallenes Klicken, vom Rolls, dessen Motor abkühlte, und das Klagen und Zanken schläfriger Vögel, die sie in ihrer Ruhe aufgestört hatten. Und Gerüche? Sie ließen sich nicht genauer definieren, es war der leise, oft wie verhauchende Geruch des Buschs.

Luke holte Tabakbeutel und Zigarettenpapier hervor und begann, sich eine Zigarette zu drehen.

„Sind Sie hier im Outback geboren, Meghann?" fragte er, während er mit nachlässigen, altgewohnten Bewegungen Zigarettenpapier und Tabak in der Hand hin und her rollte.

„Nein, ich bin in Neuseeland geboren. Wir sind vor dreizehn Jahren nach Drogheda gekommen."

Er war mit dem Drehen fertig, feuchtete das Papier sacht mit der Zunge an, stopfte noch ein paar Tabakfäden mit einem Streichholz fest, riß das Streichholz dann an und sog den Zigarettenrauch ein.

„Hat Ihnen Spaß gemacht heute abend, nicht?"

„O ja!"

„Ich würde Sie gern zu all den Tänzen ausführen."

„Danke."

Er verstummte wieder, rauchte seine Selbstgedrehte und blickte zum Rolls und zu der Baumgruppe, wo die Vögel noch immer fragten und klagten, schimpften und zankten. Als er die Zigarette zu Ende geraucht hatte, ließ er sie aus seinen tabakfleckigen Fingern zu Boden fallen und drehte seinen Stiefelabsatz darauf hin und her und hin und her, scheinbar fast wütend, bis er sicher war, daß da nicht das winzigste Stückchen Glut mehr sein konnte. Niemand drückt oder tritt eine Zigarette sorgfältiger aus als ein australischer Buschmann.

Mit einem Seufzer löste Meggie sich von der mondüberhauchten Landschaft, und zusammen gingen sie zum Rolls zurück. Luke war viel zu gescheit, als daß er versucht hätte, sie zu küssen. Schließlich hatte er ja die feste Absicht, sie zu heiraten, und da – nun, auf jeden Fall war es besser, mit dem Küssen noch zu warten, bis sie von sich aus eben das herbeiwünschte.

Es gab andere Tänze, zu denen er wieder mit ihr fuhr, während der Sommer voranschritt und dann ausklang in blutiger, staubiger Pracht. Auf der Homestead gewöhnte man sich nach und nach daran, daß Meggie jetzt einen Freund hatte und einen sehr gutaussehenden dazu. Ihre Brüder verkniffen sich sogar gutmütige Witze, weil sie Meggie zu sehr liebten, und außerdem mochten sie alle Luke O'Neill. Er war der fleißigste und härteste Arbeiter, den sie je eingestellt hatten, und eine bessere Empfehlung konnte es nicht geben. Was seinen Mangel an Besitz betraf, so fiel das bei ihnen nicht weiter ins Gewicht. Sie waren von Haus aus viel eher Arbeiter- als Squattersöhne. Fee hätte in manchem vielleicht kritischere Maßstäbe angelegt, doch sie stand all dem viel zu gleichgültig gegenüber, um das auch zu tun. Lukes unerschütterliche Meinung von sich selbst, auf jeden Fall mehr zu sein als ein gewöhnlicher Viehtreiber, trug sozusagen Früchte; die Clearys behandelten ihn praktisch als ihresgleichen.

Es wurde zur Gewohnheit, daß er, wenn er nicht gerade draußen auf den Koppeln war, abends ins große Haus kam. Nach einer Weile erklärte Bob, es sei doch wirklich albern, daß Luke für sich allein esse, wo bei den Clearys auf dem Tisch es wahrlich übergenug gebe. Schließlich erschien es unsinnig, daß Luke, wenn er sich mit Meggie noch bis spät so nett unterhalten hatte, zum Schlafen fast zwei Kilometer bis zu seinem Quartier marschieren mußte. Also stellte man ihm frei, in eines der kleinen Gästehäuser hinter dem großen Haus zu ziehen.

Meggie dachte jetzt viel über ihn nach, und ihr Urteil war, wie nicht anders zu erwarten, längst nicht mehr so geringschätzig oder doch abwertend wie zu Anfang. Und sie verglich ihn auch nicht unentwegt mit Pater Ralph. Die alte Wunde begann zu heilen. Nach einer Weile vergaß sie, daß Pater Ralph mit dem gleichen Mund so gelächelt hatte, während Luke soo lächelte; daß in Pater Ralphs intensiv blauen Augen eine ferne Stille war, während in Lukes Augen rastlose Leidenschaftlichkeit glitzerte.

Sie war jung und hatte die Liebe noch nie richtig geschmeckt, wenn sie denn überhaupt schon, für ein oder zwei kurze Augenblicke, davon gekostet hatte. Aber sie wollte mehr. Sie wollte den vollen Geschmack, wollte das Labsal, den Genuß, oder wie immer man es nennen mochte. Sie sehnte sich nach der Fülle, der Überfülle, wollte eintauchen darin, ganz tief, bis ihr schwindlig wurde, bis ihr buchstäblich die Sinne schwanden. Pater Ralph war jetzt Bischof Ralph – nein, Bischof de Bricassart. Und nie würde er zu ihr zurückkommen. Für dreizehn Millionen Silberlinge hatte er sie verkauft, und das brannte, das schmerzte tief. Hätte nicht in jener Nacht beim artesischen Brunnen er selbst diesen Ausdruck gebraucht, es wäre ihr nie eingefallen, Fragen zu stellen, in Frage zu stellen. Aber er hatte ihn gebraucht, und fast zahllos waren die Nächte inzwischen, in denen dieser Gedanke sie verfolgte, in denen sie grübelte und grübelte.

Tanzte sie mit Luke und spürte sie, bei einem Walzer etwa, unter ihrer Hand seinen Rücken, so fühlte sie sich durch diese Berührung und seine eigentümliche, wie knisternde Vitalität unleugbar erregt. Nicht, daß sie je in ihrem Körper jenes dunkle, gleichsam flüssige Feuer gespürt hätte, das nach ihm verlangte, nur nach ihm. Auch dachte sie nie, sie werde vor Schmerz und Sehnsucht umkommen, falls sie ihn vielleicht nicht wiedersah. Und sein Blick löste bei ihr durchaus nicht unwiderstehlich ein Kribbeln, Zittern und Zucken aus.

Immerhin hatte sie inzwischen auch eine ganze Reihe anderer Männer etwas besser kennengelernt, und zwar bei den Tanzveranstaltungen und ähnlichem, wohin Luke mit ihr fuhr. Es waren Männer wie Enoch Davies, Liam O'Rourke, Alastair MacQueen. Und keiner von ihnen, so stellte sie fest, wirkte auf sie so wie Luke O'Neill. Besaßen sie seine Größe, so fehlten ihnen seine Augen. Hatten sie die gleichen Augen, so bestimmt nicht sein Haar.

Da war etwas, das ihnen fehlte, immer war das so, bei allen. Luke jedoch besaß es, ohne daß Meggie hätte sagen können, was es denn eigentlich war, außer seiner Ähnlichkeit mit Ralph de Bricassart, und das war nicht das einzige, konnte einfach nicht das einzige sein.

Sie unterhielten sich viel miteinander, doch stets über sehr allgemeine Dinge: über das Land, die Schafe, die Schur; über das, was er sich vom Leben erhoffte; vielleicht auch über Städte und Landschaften, die er gesehen hatte, oder über irgendein politisches Ereignis. Ab und zu las er auch ein Buch, doch daß er leidenschaftlich gern las, wie Meggie, ließ sich nicht behaupten, und es gelang ihr eigentlich nie, ihn zum Lesen dieses oder jenen Buches zu überreden, das sie gerade besonders interessant gefunden hatte. Auch irgendwelche intellektuellen Höhenflüge gab es bei Gesprächen mit ihm nicht.

Was sie jedoch wirklich störte, war dies: Nie zeigte er Interesse an ihrem Leben oder fragte, was sie sich vom Leben erhoffte. Manchmal verlangte es sie sehr danach, über Dinge zu sprechen, die ihrem Herzen weit näher waren als Schafe oder Regen. Doch wenn sie dazu auch nur ansetzte, so bog er das regelmäßig geschickt ab.

Luke O'Neill war ebenso gescheit wie eingebildet. Außerdem war er ein Mann, der ungewöhnlich hart arbeitete und danach hungerte, reich zu werden.

Er stammte aus Western Queensland, wo seine Familie bei Longreach in einer Art Lehmhütte gewohnt hatte, die genau auf dem Wendekreis des Steinbocks lag. Sein Vater, aus einer wohlhabenden irischen Familie, galt dort als das schwarze Schaf, und was immer er im einzelnen auf dem Kerbholz haben mochte, seine Angehörigen verziehen es ihm jedenfalls nicht. Seine Mutter war die Tochter des deutschen Metzgers in Winton, und als sie es sich nicht ausreden ließ, Luke senior zu heiraten, wollte ihre Familie dann genausowenig von ihr wissen, wie seine Familie von ihm.

Zehn Kinder wuchsen in der Lehmhütte auf, und keines von

ihnen besaß ein Paar Schuhe, was bei dem Klima dort allerdings kaum ins Gewicht fiel. Luke senior verdiente als Schafscherer sein Geld, sofern er sich dazu aufgelegt fühlte. Viel lieber allerdings beschränkte er seine Aktivitäten auf das Konsumieren von hochprozentigem Schnaps. Er kam bei einem Brand in der Blackall Pub um, als Luke junior gerade zwölf Jahre alt war. Sobald er nur konnte, schloß sich der Junge einer jener „wandernden" Schurkolonnen an, die von Station zu Station zogen. Er begann als Tar-Boy. Rutschte einer der Scherer mit seinem Schurgerät ab und riß einem Schaf eine häßliche Wunde, so klatschte der Junge flüssigen Teer darauf.

Vor harter Arbeit fürchtete Luke sich nicht, und sie bekam ihm augenscheinlich genausogut wie so manchem anderen Menschen ihr präzises Gegenteil, die absolute Faulenzerei. Ob dies seine Ursache darin hatte, daß sein Vater ein berüchtigter Kneipenhokker gewesen war, oder ob es sich um ein Erbteil seiner Mutter handelte, die ihrem Sohn gleichsam ihren deutschen Fleiß auf den Weg mitgab – wer hätte es sagen können?

Er avancierte vom Tar-Boy zum Shed-Hand, zum Schurhüttenhelfer. Als solcher mußte er die frisch abgeschorenen Schaffelle, die sogenannten Vliese, bei den Schurständen einsammeln und zum Wollrolltisch zum Skirten bringen. Dieses Skirten war ein Teil des Arbeitsprozesses, den er dann bald selbst verrichtete. Es kam darauf an, die schmutzverkrusteten Ränder von den Vliesen zu entfernen, bevor diese in Behälter kamen, wo sie für den Classer, den Klassifizierer, bereitlagen. Dieser war sozusagen der Schurhütten-Aristokrat, ein Mann, der gleich einem Wein- oder einem Parfümprüfer die für seinen Beruf unerläßliche Begabung mitbringen muß. Ohne den schier untrüglichen Instinkt wäre er für seine Arbeit ungeeignet gewesen.

Luke besaß diesen besonderen Instinkt nicht, und wenn er mehr verdienen wollte – und das wollte er ganz unbedingt –, dann blieben für ihn noch zwei Jobs: Scheren oder Pressen. Nun besaß er zwar die Kraft, um eine Presse zu bedienen – die klassifizierten Vliese wurden zu mächtigen Ballen zusammengedrückt –, doch der Job eines Gun-Scherers erschien ihm verlockender, denn er brachte mehr Geld.

Da er inzwischen in Western Queensland als guter Arbeiter bekannt war, gab man ihm bereitwillig die Chance, mit dem Prozeß der eigentlichen Schur vertraut zu werden. Ein Gun-Scherer mußte schon einiges an Voraussetzungen mitbringen, Kraft, Ausdauer, manuelle Geschicklichkeit, Bewegungskoordination. Über all dies verfügte Luke zum Glück. Bald schor er pro Tag seine rund zweihundert Schafe, und das an jeweils sechs Tagen in der Woche. Sein Lohn betrug pro Hundert ein Pfund Sterling. Daß sich solche Stückzahlen überhaupt erreichen ließen, war schon erstaunlich, denn Luke wie auch die anderen arbeitete mit einem ziemlich kleinen Handgerät. Die großen Handgeräte, wie man sie auf Neuseeland kannte, mit ihren breiten und groben Zähnen und Schneiden, waren hier in Australien verboten, obschon ein Scherer seine Leistung mit ihrer Hilfe verdoppeln konnte.

Es war harte Arbeit, echte Schwerstarbeit. Ein Schaf zwischen die Knie geklemmt, mußte Luke seinen langen Körper vorbeugen, um sodann sein Schurgerät – Boggie genannt, weil es irgendwie dem Boggi-Lizard ähnlich sah – in möglichst geraden und langen „Strichen" über den Körper des Tieres hinwegzuführen, so daß das sich ablösende Vlies, dicht über der Haut geschoren, ein zusammenhängendes Ganzes blieb, denn wenn man keine hochwertige Arbeit leistete, hatte man im Nu den Shed-Boß, den Schurhüttenchef, auf dem Hals.

Die Hitze war schlimm, sehr schlimm sogar. Man schwitzte fürchterlich und wurde so sehr von Durst gequält, daß man Wasser in wahren Unmengen in sich hineinschüttete; bei Luke wurden es pro Tag meist so um die fünfzehn Liter. Doch das machte ihm wenig aus, und ebensowenig verdrossen ihn die Fliegen. Mit ihnen war er sozusagen groß geworden. Nicht einmal die Schafe, für viele Scherer ein wahrer Alptraum, waren ihm ein Greuel. Erstens handelte es sich ausnahmslos um Merinos, bei denen die Wolle bis zu den Hufen und bis zur Nase wuchs, was die Schur besonders schwierig machte. Zweitens bewegte sich ihre knubblige Haut wie schlüpfriges Papier, was das Scheren zusätzlich erschwerte. Und drittens, viertens, fünftens und sechstens, ja fast *ad infinitum* gab es weitere Komplikationen durch die gefürchteten Klunkern, durch Verfitzungen und Verfilzungen, durch feuchte oder nasse Stellen, durch Geschwüre, die von Fliegenstichen stammten, und so weiter und so fort.

Nein, die Arbeit als solche machte Luke nichts aus, denn je härter er arbeitete, desto besser fühlte er sich. Was ihn störte, waren der Lärm, der Gestank, das Eingepferchtsein. Nichts sonst auf Erden kam wohl so sehr der Hölle gleich wie ein Schurschuppen. Wenn schon, dann wollte er hier zumindest der Boß sein, der Mann, der an diesen krummen Hunden von Schafscherern lässig vorbeipatrouillierte und ihnen auf die emsigen Finger sah, daß die Vliese auch ja ordentlich geschoren wurden.

Am Ende der Hütte, auf seinem fetten Arsch,
sitzt der Boß und bläst den anderen den Marsch.

So hieß es in einem alten Schafscherer-Lied, und ein Boß, ja, ein Boß wollte Luke O'Neill unbedingt sein. Sich ein Leben lang bei der Schur abplacken, den Rücken so krumm, daß er fast wie ein Buckel aussah, die Arme so lang, daß die Hände dicht bei den Knien pendelten? Nein, das kam für ihn nicht in Frage, es sei denn, er hätte die Chance gehabt, ein Dreadnought-Scherer zu werden, was entschieden noch über dem Gun-Scherer stand. Dreadnought-Scherer nannte man jene wenigen, gleichsam Auserwählten, die es schafften, pro Tag über dreihundert Schafe zu scheren, eine kaum glaubliche Zahl. Leider war Luke da seine Körpergröße im Wege. Er besaß, wie manche das wohl nennen würden, ungünstige Hebelverhältnisse. Anders gesagt: Er brauchte für viele Bewegungen etwas mehr Zeit, Bruchteile von Sekunden in der Regel nur, was sich jedoch, auf die Dauer gesehen, entsprechend summierte und dann eben den Unterschied ausmachte zwischen ihm und einem Dreadnought-Scherer.

So sann er auf eine andere Methode, um an sein Ziel zu gelangen. Es fügte sich, daß er um diese Zeit gerade entdeckte, wie anziehend er auf Frauen wirkte. Er tauschte seinen Job als Schafscherer gegen den eines Viehtreibers ein und unternahm dann in der angedeuteten Richtung seinen ersten Versuch: auf der Station Gnarlunga, denn dort gab es eine Erbin, die zudem auch noch ziemlich jung und ziemlich hübsch war. Am Ende hatte es allerdings sein Pech gewollt, daß sie einem anderen den Vorzug gab, einem Einwanderer, dessen ausgefallene Abenteuer ihn schon bald zur Busch-Legende hatten werden lassen.

Von Gnarlunga zog Luke O'Neill zur Station Bingelly, wo er einen Job als Zureiter bekam. Aus den Augenwinkeln sozusagen beobachtete er stets und ständig die Homestead, wo die alternde und absolut unattraktive Erbtochter mit ihrem verwitweten Vater lebte. Arme Dot, ums Haar hätte er sie für sich gewonnen. Aber am Ende entsprach sie dann doch dem Wunsch ihres Vaters und heiratete den rüstigen Sechziger, dem der benachbarte Besitz gehörte.

Immerhin hatte er für diese zwei Versuche drei Jahre seines Lebens drangegeben, und er fand, daß zwanzig Monate pro Erbin ganz einfach zu lang und zu langweilig waren. Um richtig auf seine Kosten zu kommen, beschloß er, sich im Land umzutun. Dabei konnte er seiner Wanderlust frönen und womöglich gleichzeitig nach „lohnenswerten Projekten" Ausschau halten. So wurde er denn ein Drover, jener Typ von Viehtreiber, dessen Aufgabe es ist, sogenannte Ferntriebe zu leiten und zu überwachen, die ausgedehnten Viehwanderungen entlang der Stockroutes, altgewohnte

Methode des Vieh-„Transports". Im westlichen Queensland war ihm bald jede Stockroute bestens vertraut, den Cooper und die Diamantina entlang, den Barcoo und den Bulloo Overflow hinab, bis zur nordwestlichen Ecke von Neusüdwales.

Inzwischen jedoch war er dreißig geworden, und es wurde allmählich Zeit, daß er die Gans fand, die ihm wenigstens einen Teil der erträumten goldenen Eier legte.

Von Drogheda hatte jeder schon gehört, doch Luke begann die Ohren zu spitzen, als es hieß, dort gebe es nur eine einzige Tochter. Erben würde sie zwar nicht, soviel stand offenbar fest, aber vielleicht gab man ihr, als Mitgift sozusagen, bei Kynuna oder Winton wenigstens bescheidene 50.000 Hektar. War zwar gar nicht so übel, das Land dort um Gilly, aber doch nicht so ganz nach Lukes Geschmack, zu viele Waldungen, viel zuviel Bäume. Luke liebte die Endlosigkeit von Western Queensland, wo das Gras sich bis zum Horizont erstreckte und Bäume in der Hauptsache etwas waren, wovon man gehört hatte, daß es sie irgendwo weiter östlich gab. Ja, das Gras, nur das Gras, gleichsam ohne Anfang und ohne Ende. Hatte man Glück, so konnte man auf je vier Hektar Land, die man besaß, ein Schaf rechnen, mehr nicht. Oft war der Boden nämlich ohne Gras, völlig kahl, nur harte, rissige Schwarzerde, Wüstenebene. Das Gras, die Sonne, die Hitze und die Fliegen! Jedem Menschen sein eigenes Himmelreich, und dies also war der Himmel für Luke O'Neill.

Was es sonst noch über Drogheda zu wissen gab, hatte er aus Jimmy Strong herausgeholt, dem Vieh-und-Stations-Agenten von der AML & F, der ihn an jenem Tag hinausfuhr. Ein harter Schlag für Luke, als er erfuhr, daß Drogheda der Katholischen Kirche gehörte. Doch wußte er inzwischen ja aus bitterer Erfahrung, wie spärlich die Erbinnen größerer oder selbst kleinerer Besitze gesät waren, und als Jimmy Strong ihm noch erzählte, die bewußte einzige Tochter verfüge zweifellos über ein stattliches Sümmchen und habe zudem eine ganze Reihe ihr liebevoll ergebener Brüder, da beschloß er, das Unternehmen wie geplant durchzuführen.

Nun ließ sich zwar sagen, daß Luke von den 50.000 Hektar bei Kynuna oder Winton geträumt hatte und noch träumte, in noch stärkerem Maße jedoch behagte ihm die Vorstellung, in einem Kontobuch, das *auf seinen Namen* ausgestellt war, in knallharten Ziffern Summen angegeben zu finden, die wirklich ein Stück Vermögen darstellten: nicht der Dinge wegen, die er sich für das Geld hätte kaufen können, sondern weil – nun, in den Zahlen verkörperte sich etwas, das sich kaum näher beschreiben ließ. Schon auf Gnarlunga und auf Bingelly war Luke weniger hinter dem Besitz selbst her gewesen als vielmehr hinter dem, was er als Geldwert ausmachte.

Ein Mann, dem es darum ging, auf eigenem Land den großen Boß zu spielen, hätte sich mit einer landlosen Meggie Cleary kaum zufriedengegeben. Und noch etwas: Ein solcher Mann wäre auch kaum darauf versessen gewesen, harte körperliche Arbeit zu verrichten. Was Luke O'Neill tat. Und mit Genuß.

Der Tanz im Heilig-Kreuz-Saal war der dreizehnte Tanz, zu dem Luke Meggie in einem runden Vierteljahr ausführte. Woher er erfuhr, wo und wann ein Tanz stattfand, und wie es ihm gelang, Einladungen zu ergattern, wußte Meggie nicht. Doch regelmäßig am Samstag bat er Bob um die Schlüssel für den Rolls und kutschierte Meggie dann in einem Umkreis von zweihundertfünfzig Kilometern umher.

Auf der Rückfahrt hielt er wieder einmal bei dem alten Zaun in der Nähe der Bodenwelle, und sie stiegen aus und blickten über eine Landschaft, auf der diesmal kein helles Mondlicht lag. Unter ihren Füßen hörte Meggie ein Knirschen und Knistern. Frost. Der Winter kündigte sich recht nachdrücklich an. Luke legte den Arm um sie, hielt sie seitlich von sich, schützend.

„Dir ist kalt", sagte er. „Ich bringe dich besser nach Hause."

„Nein, nein, ist schon gut", erwiderte sie ein wenig atemlos, „mir wird schon wärmer."

Sie spürte, daß in ihm eine Veränderung vorging, als Reaktion auf ihre Bemerkung vielleicht. Sein Arm, soeben noch locker und gleichsam unpersönlich um ihre Schultern liegend, straffte sich deutlich. Aber es war angenehm, so an Luke gelehnt zu stehen und die Wärme zu spüren, die von seinem Körper ausstrahlte. Durch ihre Wolljacke hindurch spürte sie das Kreisen seiner Hand, ein zärtliches Streicheln, ein wie fragendes Sich-Vortasten.

Was sollte sie tun? Sagte sie, ihr sei nun doch ziemlich kalt, so würde er sicher aufhören. Sagte sie nichts, so nahm er das zweifellos als ihr stillschweigendes Einverständnis. Nun, sie war jung, sie wollte endlich etwas von der Liebe schmecken. Und dieser Mann hier, war er nicht der einzige, der sie außer Ralph je interessiert hatte? Warum also sollte sie sich nicht von ihm küssen lassen, sehen, wie seine Küsse waren? Nur eines wünschte sie sich dabei: daß seine Küsse anders waren, daß sie nicht so waren wie die Küsse von Ralph!

Luke nahm ihr Schweigen als das, was es in der Tat war. Und er nahm sie in beide Arme, drehte sie sacht herum, beugte sich zu ihr.

So also, dachte sie, fühlt sich ein Mund wirklich an? Und ein Kuß ist nicht mehr als eine Art Druck, Lippe auf Lippe? Aber wie, wie sollte sie ihre Zuneigung ausdrücken? Sie bewegte ihre Lippen unter seinen Lippen, und wünschte sofort, sie hätte es nicht getan. Denn er öffnete den Mund, öffnete ihn weit, zwang mit seinen Zähnen und seiner Zunge ihre Lippen auseinander, und dann, dann fühlte sie, wie seine Zunge in ihrem Mund herumglitt. Widerlich. Warum war es so anders gewesen, als Ralph sie geküßt hatte? Nie, nein, nie wäre ihr eingefallen, daß dies so feucht und ekelhaft sein könne. Aber warum, wenn es ihr doch zutiefst widerstrebte, drängte ihr Körper dennoch zu ihm? Warum tat das Fleisch, was der Verstand so nachdrücklich verwarf?

Luke war sich ihrer zwiespältigen Reaktion durchaus bewußt. Was immer es bei ihr auch sein mochte, es schien ratsam, die Taktik ein wenig abzuändern. Und so ließ er seinen Mund von ihren Lippen zu ihrem Hals gleiten, was bei ihr besser zu wirken schien, denn sie atmete beengter, und ihre Hand schob sich zu seinem Nacken. Aber als seine Finger dann oben an ihrem Kleid zu nesteln begannen, stieß sie ihn zurück und löste sich hastig von ihm.

„Das ist genug, Luke!"

Die Episode hatte sie enttäuscht, teilweise sogar abgestoßen. Dessen war Luke sich deutlich bewußt, als er ihr ins Auto half und sich dann eine – dringend benötigte – Zigarette drehte. Bis zu diesem Zeitpunkt hatte er sich eigentlich als ausgezeichneter Liebhaber eingeschätzt, keines der Mädchen hatte sich je beklagt. Allerdings waren sie auch keine Ladys gewesen wie Meggie. Selbst Dot MacPherson, die Erbin von Bingelly, weit reicher als Meggie, war eher ein rauhes Reibeisen gewesen denn eine Dame, glatt wie Seide und hochgebildet und all so Zeug dazu.

Luke mochte auf seine Weise zwar blendend aussehen, aber in puncto sexuelle Erfahrungen unterschieden sich seine Erlebnisse nicht von denen anderer Arbeiter auf dem Lande. Von keinerlei Theorie belastet, übte er die Praxis in einer Weise, von der er meinte, daß sie jeweils auch dem Mädchen behagen müsse, da sie ja ihm behagte. In der Tat hatten die zahllosen Mädchen, die er geliebt hatte, nicht gezögert, ihm nachdrücklich zu versichern, wie gut es ihnen doch gefiele, und nicht zuletzt davon nährte sich sein Selbstgefühl.

Allerdings bleibt ergänzend festzustellen, daß die Komplimente, die ihm wie auch anderen Männern, gemacht wurden, nicht immer ganz selbstlosen Motiven entsprangen. Die Mädchen, die sich auf eine Liebschaft einließen, hofften ganz einfach, geheiratet zu werden, sofern der Mann einigermaßen „nach was" aussah und ein harter Arbeiter war. Und so logen sie gegebenenfalls das Blaue vom Himmel herunter, um ihn für sich zu gewinnen. Was hätte einem Mann schon besser gefallen als die Beteuerung des Mädchens, er sei der Beste, der je . . . Luke ließ sich nie träumen, wie viele Männer außer ihm dadurch genarrt worden waren.

Jetzt, am Steuer des Wagens, die qualmende Selbstgedrehte in der Hand, dachte er kurz an die alte Dot, die sich dem Wunsch ihres Vaters hatte beugen müssen, ganz buchstäblich. Eine Woche lang hatte der Alte sie zusammen mit einem fliegenverseuchten Kadaver in der Scherer-Baracke eingesperrt, dann war ihr Widerstand gebrochen gewesen. Nun ja, lange vorbei. Hatte keinen Sinn, noch darüber nachzudenken. Aber was dieses Mädchen hier anging, das würde wohl eine ganz harte Nuß werden. Er konnte sich's ganz einfach nicht leisten, sie zu verschrecken oder abzustoßen. Spaß und Spielchen, nun, das mußte halt noch warten. Sie wünschte sich offenbar erst einen Haufen Gewese und Getue, mit Blumen und allerlei Artigkeiten und so was. Nun gut.

Eine Weile herrschte zwischen beiden ein unbehagliches Schweigen. Schließlich lehnte Meggie sich mit einem Seufzen zurück.

„Tut mir leid, Luke."

„Tut mir auch leid. Wollte dich nicht – kränken oder so."

„O nein, hast du doch auch nicht, wirklich nicht! Nur, ich bin das sicher nicht so gewöhnt . . . ich war verschreckt, aber nicht gekränkt."

„Oh, Meghann!" Er nahm eine Hand vom Steuerrad und schob sie über Meggies wie ineinander verkrampfte Hände. „Hör mal, das hat nichts zu sagen. Du bist eben noch . . . na ja, ich hab's eben überhastet. Vergessen wir's."

„Ja, gut", sagte sie.

„Hat *er* dich nicht geküßt?" fragte Luke neugierig.

„Wer?"

Klang da Angst aus ihrer Stimme? Aber Angst, warum Angst? „Du hast mir doch erzählt, du wärst mal verliebt gewesen, und da dachte ich, du hättest da schon deine Erfahrungen. Tut mir leid, Meghann. Ich habe mir das nicht richtig überlegt. Ich meine, wo du hier mit deiner Familie so weit von allem weg bist, da konnte es wohl kaum mehr sein als so eine Schulmädchenschwärmerei für irgendsoeinen Dummkopf, der das überhaupt nicht bemerkt hat."

Ja, ja, ja! Soll er das doch nur glauben! „Du hast ganz recht, Luke. Es war nur eine Schulmädchenschwärmerei."

Als sie dann auf der Homestead vor dem Haus hielten, zog er sie wieder an sich und gab ihr einen sehr zarten und behutsamen Kuß – mit geschlossenem Mund und nicht etwa mit geöffneten Lippen und tastender Zunge. Auch wenn sie keine besondere Reaktion darauf zeigte, so gefiel es ihr doch ganz unverkennbar. Als Luke zu seinem Gästehaus ging, war er jedenfalls froh, sich nicht die Chance verpfuscht zu haben.

Zwanzig oder dreißig Minuten später lag Meggie im Bett und blickte grübelnd zur Zimmerdecke empor. Nun, eines stand jedenfalls fest: An Lukes Küssen war nichts, das sie an Ralphs Küsse erinnerte. Als Luke sie auf den Hals geküßt und dann so an ihr herumgefingert hatte, da war eine Art widerstrebender – und entsetzter – Erregung in ihr gewesen. Aber Luke mit Ralph gleichzusetzen, das hatte wirklich keinen Sinn, und das beste war's, sie dachte nicht mehr an Ralph. Er konnte nicht ihr Mann werden, Luke konnte es.

Als er sie das nächste Mal küßte, reagierte sie ganz anders.

Sie waren auf einer wundervollen Party auf Rudna Hunish gewesen, so ziemlich das äußerste an Entfernung, was Bob den beiden zugestand, und Luke hatte schon während der Hinfahrt so vor guter Laune und lustigen Einfällen gesprüht, daß Meggie aus dem Lachen kaum herauskam. Auf der Party war er ihr gegenüber dann voll zärtlicher Herzlichkeit und Aufmerksamkeit. Und Miß Carmichael zeigte sich so fest entschlossen, ihn Meggie auszuspannen! Ganz ungeniert flirtete sie mit ihm, und wenn er keinen gesellschaftlichen Mißklang aufkommen lassen wollte, so blieb ihm gar nichts anderes übrig, als sie, der Form halber, zum Tanz aufzufordern. Nun, er tat es, tanzte mit ihr einen Langsamen Walzer. Anschließend kam er sofort zu Meggie zurück, sagte weiter kein Wort, rollte jedoch die Augen himmelwärts. Zu Tode hatte sie ihn gelangweilt, diese Miß Carmichael, sollte das unverkennbar heißen. Und Meggie liebte ihn dafür, denn sie konnte diese Lady nun einmal nicht ausstehen, seit jenem Tage nicht, an dem Miß Carmichael auf dem Showground in Gilly Pater Ralph und der kleinen Meggie so unversehens in die Quere gekommen war. Und nie hatte sie vergessen, wie Pater Ralph die Lady schlicht ignorierte, um ein kleines Mädchen über eine Pfütze hinwegzutragen.

An diesem Abend nun bewies Luke, daß er offenbar aus dem gleichen, oder doch einem ganz ähnlichen Holz geschnitzt war. Oh, bravo! Luke, du bist großartig!

Es war ein sehr langer Rückweg, und es war kalt. Dem alten Angus MacQueen hatte Luke noch Proviant abgeschwatzt: ein Paket Sandwiches und eine Flasche Champagner. Sie mochten etwa zwei Drittel der Strecke zurückgelegt haben, als Luke den Rolls zum Stehen brachte. Damals wie heute gehörten Autos mit Heizung zu den Ausnahmen, und der Rolls war zum Glück eine solche Ausnahme, besonders willkommen in dieser Nacht, wo der Boden fünf Zentimeter tief gefroren war.

„Oh, ist es nicht schön, in einer solchen Nacht ohne Mantel sitzen zu können?" fragte Meggie mit einem Lächeln, während sie den kleinen Becher voll Champagner entgegennahm. Sie biß in ein Schinkensandwich.

„Ja, das ist es. Du siehst heute nacht so hübsch aus, Meghann."

Was war das nur mit ihrer Augenfarbe? Grau gefiel ihm sonst nicht besonders, irgendwie zu ausgebleicht, zu blutleer, hätte man fast sagen können. Aber diesmal wirkte das bei ihr ganz anders als sonst. Da schien ein Blau zu sein, in verschiedenen Abstufungen, auch ein tiefes Grün, selbst ein bräunliches Gelb. Wie sanfte, halbopake Edelsteine schimmerten ihre Augen, und die langen, gebogenen Wimpern glitzerten wie goldüberkrustet.

Er streckte die Hand aus, fuhr mit der Kuppe eines Fingers sacht über die Wimperhärchen, betrachtete seine Fingerspitze sodann aufmerksam.

„Aber Luke! Was ist denn?"

„Ich wollte nur mal sehen, ob das etwa Goldpuder ist oder so was, das du dir da auf die Wimpern gemacht hast. Aber du bist das einzige Mädchen von allen, die ich je gekannt habe, das echtes Gold auf den Wimpern hat, weißt du?"

„Oh!" Unwillkürlich tastete sie selbst nach ihren Wimpern, blickte dann auf ihren Finger, lachte. „Tatsächlich! Geht auch nicht ab." Der Champagner prickelte ihr in der Nase, machte ihren Kopf wunderbar leicht. Sie fühlte sich herrlich.

„Und echt goldene Augenbrauen, die so gewölbt sind wie Kirchendächer, und das schönste echt goldene Haar. Ich habe immer gemeint, es würde sich so hart anfühlen wie Metall, aber es ist so sanft und so fein wie bei einem Baby. Und sogar deine Haut schimmert so, als ob du Goldpulver drauftun würdest. Und den schönsten Mund hast du, direkt zum Küssen gemacht . . ."

Sie starrte ihn nur an, die zart-roten oder eher zart-rötlichen Lippen leicht geöffnet. Er nahm ihr den leeren Becher aus der Hand.

„Ich glaube, du brauchst noch ein bißchen Champagner", sagte er und füllte nach.

„So eine kleine Pause unterwegs, das ist wirklich hübsch, Luke. Und wie gut, daß du dir von Mr. MacQueen die Sandwiches und den Wein hast geben lassen."

Vom großen Motor des Rolls klangen leise, tickende Geräusche, fast lautlos strömte die Warmluft ins Wageninnere. So friedlich, so einlullend wirkte alles. Luke band seine Krawatte ab, öffnete seinen Hemdkragen. Sein Jackett hatte er schon zuvor ausgezogen, ebenso Meggie ihre Jacke.

„Ist das ein herrliches Gefühl", sagte er. „Möcht' nur mal wissen, wer die Krawatten erfunden und dann uns Männern aufgezwungen hat, den würde ich mit seiner eigenen Erfindung erdrosseln."

Abrupt wandte er sich ganz zu ihr herum, beugte seinen Kopf vor, und diesmal geschah etwas Eigenartiges. Seine und ihre Lippen schmiegten sich wunderbar aneinander, nein, mehr noch, sie schmiegten sich vollkommen ineinander, die einen die perfekte Ergänzung für die anderen. Er berührte Meggie nicht, außer mit seinen Lippen. Dennoch folgte sie ihm ganz selbstverständlich, als er sich jetzt zurücklehnte, so daß sie gegen oder eher noch auf seinen Brustkorb gestützt war. Seine Hände wölbten sich mit sacht gefächerten Fingern um ihren Kopf, und er hielt ihn so, daß die süßen, sanften Babylippen, dieser so kindlich geformte Mund, nach dem er von Anfang an verrückt gewesen war, sich ganz ihm überließ und er sich ihm ganz überlassen konnte, nichts fühlend als das Zarte, Weiche, so unendlich Samtartig-Seidige.

Doch sie blieb nicht passiv, o nein, ganz und gar nicht. Diesmal erwiderte sie seine Küsse, und ihr rechter Arm schlang sich um seinen Hals, die Fingerkuppen tauchten wie zitternd in sein Haar, und die linke Hand schmiegte sich ein kleines Stück unter seinem Kehlkopf auf die glatte, braune Haut.

Diesmal überhastete er nichts, obwohl er längst steif war, schon vor dem ersten Kuß, als er ihr Champagner in den Becher nachgefüllt hatte, es war vom bloßen Ansehen gekommen, nur davon, daß er sie mit plötzlich erwachter Aufmerksamkeit *richtig* ansah.

Von ihrem Mund glitten seine Lippen zu ihrem Hals, zur kleinen Mulde unten an ihrer Kehle, zum Ansatz ihrer Schultern, wunderbar zarte, kühle, trockene, samtartige Haut überall . . . *überall!* Außerstande, sich noch länger zurückzuhalten, und voll Besorgnis, sie werde ihn vielleicht doch wieder schroff zurückweisen, tastete er mit einer Hand nach der langen Knopfreihe auf dem Rücken ihres Kleides und knöpfte mit leicht zitternden Fingern. Und geduldig hielt sie still, ließ sich das Kleid und auch die Träger ihres Unterrocks von den Schultern streifen und dann die Arme herab. Noch war sein Gesicht gegen ihren Hals geschmiegt, seine Fingerkuppen strichen über ihren bloßen Rücken. Er spürte das leise Erschauern, das wie in Wellen über sie hinwegzugleiten schien, und fühlte, wie ihre Brustwarzen steif wurden.

Wie blind, nur seinem Tastsinn folgend, beugte er den Kopf tiefer. Sein Mund glitt über zarte Haut, strich über straffes, vorgewölbtes Fleisch. Seine halbgeöffneten Lippen suchten und fanden, schlossen sich um eine der steifen Warzen. Sekundenlang verhielt er ganz still, dann begann seine Zunge, die Brustwarze kosend zu umspielen. Er küßte sie, er saugte daran, sacht preßte er sie mit den Lippen zusammen, küßte und saugte wieder. Der alte, ewige Impuls, seine besondere Vorliebe. Und nie, nie versagte es. Es war so gut, gut, gut, guuuuut! Tief in seiner Kehle saß ein eigentümliches Schluchzen, doch er ließ es nicht heraus, er zwang es zurück, und schluckte hart, während er kurz zusammenschauderte.

Jetzt gaben seine Lippen ihre Brustwarze frei, mit schier grenzenloser Liebe und Dankbarkeit küßte er die Brust noch einmal seitlich, und dann lag er sehr still, zufrieden, wie gesättigt, einem Säugling ähnlich. Er spürte ihr Gesicht, ihren Mund auf seinem Haar, und er fühlte ihre Hand, die sich unter seinem Hemd auf seine Haut geschoben hatte. Plötzlich schien er sich seiner selbst wieder ganz bewußt zu werden. Er öffnete die Augen, richtete sich auf und half ihr, Unterrock und Kleid wieder in Ordnung zu bringen. Mit geschickten Fingern schloß er die Knöpfe.

„Du heiratest mich besser, Meghann", sagte er, in den Augen ein leises Lachen. „Ich glaube nicht, daß es deinen Brüdern recht wäre, wenn sie wüßten, was wir gerade getan haben."

„Ja, ich glaube, wir sollten wirklich heiraten", stimmte sie zu, die Augenlider gesenkt, eine leichte Röte auf den Wangen.

„Sagen wir's ihnen doch morgen früh."

„Warum nicht? Je eher, desto besser."

„Und am nächsten Samstag fahre ich mit dir nach Gilly. Wir gehen zu Pater Thomas – du willst doch sicher eine kirchliche Trauung – und bestellen das Aufgebot. Und an Verlobungsringe müssen wir denken."

„Danke, Luke."

Nun, das war's also. Sie hatte ihm ihr Jawort gegeben, und ein Zurück schien jetzt undenkbar. In einigen Wochen – sie wußte nicht, wie lange das mit dem Aufgebot dauerte: insgesamt waren es ja drei Aufgebote – würde sie Luke O'Neill heiraten und also Mrs. Luke O'Neill sein!!

Wie sonderbar! Weshalb hatte sie ihm eigentlich ihr Jawort gegeben? Weil er, der andere, gesagt hat, ich müßte das tun. Weil er, der andere, gesagt hat, es sei richtig, wenn ich einen Mann finde, der mich wie ein Ehemann lieben kann. Aber warum hat er mich dazu gedrängt? Damit er selbst außer aller Gefahr ist? Ralph de Bricassart, manchmal glaube ich, ich hasse dich . . .

Das Erlebnis im Auto war schön und verstörend zugleich. Und ganz, ganz anders als beim ersten Mal. So viele wunderbare, doch verschreckende Gefühle. Oh, die Berührung seiner Hände! Und jenes Liebkosen ihrer Brustwarze, das sanfte und dann immer intensivere Drücken und Pressen und Saugen, das wahre Stromstöße durch ihren Körper zu schicken schien, immer stärker, immer weiter. Und genau im richtigen Augenblick hatte er es getan, als ihr bewußt zu werden begann, was eigentlich geschah, daß sie so . . . so halb entblößt dasaß, daß sie ja eigentlich schreien müsse, sich gegen ihn wehren, davonlaufen.

Nicht mehr eingelullt von der Wärme, von den sanften Geräuschen, vom Champagner, entdeckte sie plötzlich, wie wunderbar es war, geküßt zu werden, wenn es auf die richtige Weise geschah. Als er ihre Brustwarze zwischen seine Lippen genommen und dann daran gesaugt hatte, war sie für Augenblicke wie erstarrt gewesen. Noch lag der Verstand gleichsam auf der Lauer, spielte den Wachhund, die Gouvernante. Das sei doch nicht recht, oh, nein, ganz und gar nicht, das könne und dürfe sie nicht geschehen lassen.

Doch sie ließ es geschehen. War sie gerade noch im Begriff gewesen, sich von ihm zu lösen, ihn energisch zurückzuschieben, so erschlaffte sie jetzt gleichsam, und irgendwie schien jener unnennbare Bereich zwischen ihren Schenkeln ganz von selbst gegen ihn zu drängen, gegen seinen stützenden Arm oder die Hand oder was immer.

So wunderbar spürte sie ihn an ihrer Brust, fühlte seinen ganzen Körper. Und am liebsten hätte sie sich nie wieder gelöst aus diesem Zustand des . . . ja, was? Des Sehnens, des Verlangens, des Erlöstwerdenwollens? Aber Verlangen wonach? Sie wußte es nicht. Nur: als er sich seinerseits so unvermittelt von ihr löste, als er sie plötzlich gleichsam allein ließ, da hätte sie ihm in ihrer Enttäuschung fast an die Kehle gehen können.

Und doch war es nicht zuletzt eben dies, was bei ihr den Ausschlag gab, seinen Heiratsantrag anzunehmen. Ganz zu schweigen allerdings von der Tatsache, daß sie meinte, er habe bei ihr das gemacht, wodurch in einer Frau Babys zu wachsen begannen.

Die Neuigkeit überraschte niemanden, zumindest nicht sehr, und es dachte auch niemand daran, irgendwelche Einwände zu erheben. Verblüffend schien vielmehr etwas ganz anderes. Meggie erklärte mit allem Nachdruck, sie werde Bischof de Bricassart über ihre bevorstehende Hochzeit nicht eine Zeile schreiben, und als Bob vorschlug, den Bischof zur Trauung und der anschließenden Feier nach Drogheda einzuladen, wurde sie geradzu hysterisch und begann zu schreien – Meggie, von der man sonst doch nie ein lautes Wort hörte! Nun, offensichtlich war sie sehr verärgert, daß er die Familie nicht schon einmal zwischendurch besucht hatte, und praktisch drückte sie das auch selbst so aus: Wenn er nicht soviel Anstand besäße, ohne besonderen Grund nach Drogheda zu kommen, dann könne es ihr nicht einfallen, ihn durch eine Einladung zu ihrer Hochzeit gewissermaßen dazu zu zwingen.

Fee versprach, das bevorstehende Ereignis in ihren Briefen nicht zu erwähnen. Ob der Bischof eingeladen wurde oder nicht, schien ihr ebenso gleichgültig zu sein wie die Wahl, die Meggie hinsichtlich ihres künftigen Ehemannes getroffen hatte. Allerdings – und das mochte zumindest zum Teil der Grund dafür sein – war die Verwaltung einer Station von der Größe Droghedas etwas, das einen kaum zu Atem und zur Besinnung kommen ließ, und Fees Aufgaben beschränkten sich keineswegs auf die Buchführung. Es gab kaum etwas, das von ihr nicht schriftlich festgehalten wurde, und wenn man wollte, konnte man durchaus von den Annalen von Drogheda sprechen. Sorgfältig vermerkte Fee, wann die verschiedenen Herden wohin getrieben wurden, welcher Wechsel sich von Jahreszeit zu Jahreszeit ergab, was für Wetter man an jedem einzelnen Tag gehabt hatte, ja sogar die Gerichte, die Mrs. Smith auf den Tisch brachte.

Am Sonntag, dem 22. Juli 1934, lautete ihre Eintragung:

Klarer Himmel, keine Wolke, Temperatur frühmorgens 2 Grad über Null. Heute keine Messe. Bob zu Hause, Jack draußen bei Murrimbah mit 2 Viehtreibern, Hughie draußen bei West Dam mit 1 Viehtreiber, Beerbarrel bei Trieb von Schöpsen von Budgin nach Winnemurra. Temperatur um 3 Uhr nachmittags 29 Grad. Barometer unverändert, 78 cm. Wind genau westlich. Zum Dinner: Corned Beef, Salzkartoffeln, Möhren und Kohl; als Nachtisch Pflaumenpudding. Am Samstag, dem 25. August, wird Meghann Cleary in der Heilig-Kreuz-Kirche mit Mr. Luke O'Neill, Viehtreiber, getraut werden. – Eingetragen um 9 Uhr abends, Temperatur 8 Grad, Mond im letzten Viertel.

11

Luke kaufte Meggie einen diamantenen Verlobungsring, Zwillingssteine zu je einem Viertelkarat, in einer Fassung von zwei Platinherzen, recht bescheiden sicherlich, aber doch sehr hübsch. Die kirchliche Trauung wurde für den 25. August in der Heilig-Kreuz-Kirche in Gillanbone festgesetzt. Anschließend sollte es im Hotel Imperial ein Familiendinner geben, zu dem natürlich auch Mrs. Smith, Minnie und Cat eingeladen wurden. Jims und Patsy allerdings ließ man in Sydney: Meggie hatte mit allem Nachdruck befunden, sie halte es für absolut sinnlos, die beiden Jungen eine Reise von rund tausend Kilometer machen zu lassen, nur damit sie einer Zeremonie beiwohnten, deren Sinn ihnen ja doch nicht ganz klar war. Die Zwillinge schrieben ihr und wünschten ihr Glück. Jims' Brief war recht lang und umständlich, noch sehr kindlich, Patsys Gratulation bestand aus zwei Wörtern: „Alles Gute." Natürlich kannten die beiden Jungen Luke. Während der Ferien waren sie mit ihm über die Koppeln von Drogheda geritten.

Mrs. Smith schien untröstlich, weil Meggie darauf bestand, die Hochzeit in möglichst kleinem Rahmen zu feiern. Die Haushälterin hatte so sehr darauf gehofft, daß Meggie, als einzige Tochter des Hauses, auf Drogheda heiraten würde, und zwar mit flatternden Fahnen und Zimbelklängen. Doch Meggie war so sehr gegen alles „Brimborium", daß sie nicht einmal Brautkleidung tragen wollte. Ihr würden ein normales Kleid und ein gewöhnlicher Hut genügen, schließlich konnte ihr das dann wenig später gleich als Reisekleidung dienen.

„Liebling, ich weiß jetzt, wohin ich mit dir in die Flitterwochen fahre", sagte Luke, als er sich Meggie gegenüber auf einen Stuhl gleiten ließ. Es war am Sonntag, nachdem sie ihre Heiratspläne gemacht hatten.

„Wohin denn?"

„North Queensland. Während du bei der Schneiderin warst, bin ich in der Bar vom Imperial mit ein paar Männern ins Gespräch gekommen, und die haben mir erzählt, daß da oben im Zuckerrohrland gutes Geld zu verdienen ist – wenn man Kraft und Ausdauer hat und harte Arbeit nicht scheut."

„Aber Luke, du hast hier doch bereits einen guten Job!"

„Sicher. Aber das ist für einen Mann nun mal nicht das Richtige – ich meine, in eine Familie einheiraten und dann von ihr abhängen und irgendwie angebunden sein. Ich möchte genügend Geld zusammenbekommen, um uns in Western Queensland einen Besitz zu kaufen, und ich möchte ihn haben, bevor ich zu alt bin, um die Sache in Schwung zu bringen. Für einen Mann meiner Art, ohne höhere Schulbildung und so, ist es bei dieser Depression nicht leicht, einen wirklich gutbezahlten Job zu bekommen, und in North Queensland fehlt's an Arbeitskräften, und ich kann dort wenigstens zehnmal soviel verdienen wie als Viehtreiber auf Drogheda."

„Mit was für einer Arbeit?"

„Zuckerrohr schneiden."

„Zuckerrohr schneiden? Das ist doch Kuli-Arbeit!"

„Da irrst du dich. Kulis sind nicht groß genug, um das so gut zu machen wie weiße Schnitter, und außerdem weißt du ja so gut wie ich, daß die australischen Gesetze es verbieten, dort Farbige zu beschäftigen, damit der weiße Arbeiter nicht um sein täglich Brot gebracht wird. Tatsache ist nun, daß die gar nicht genügend Leute finden können und daß ganz enorme Löhne gezahlt werden. Es sind nicht sehr viele Männer stark oder groß genug, um Zuckerrohr zu schneiden. Aber *ich* bin's. Mich bringt das nicht um."

„Dann – dann willst du wohl, daß wir nach North Queensland übersiedeln, Luke, ja?"

„Ja."

Sie blickte an ihm vorbei. Durch die Fenster sah sie einen Ausschnitt der Home Paddock von Drogheda, die Geisterbäume, die Wassertanks, die Baumgruppen weiter dahinter. Nicht auf Drogheda leben!? Sondern weit von hier entfernt, wo Bischof de Bricassart sie nie finden würde, ohne Hoffnung, ihn je wiederzusehen, unwiderruflich festgekettet an diesen Fremden, der ihr hier gegenübersaß . . .

Luke spürte ihr Unbehagen, ihre Beklemmung. Sie ließ sich zwar kaum etwas anmerken, und ihr Gesicht blieb völlig unbewegt, doch in ihren Augen war ein Ausdruck von Trauer. Luke spürte, witterte es eher, als daß er es sah. Aber es ließ ihn auch gleichgültig. Auf gar keinen Fall durfte es dazu kommen, daß Meggies Sorgen und Nöte ihn wirklich berührten, ihn beeinflußten. Gegenüber einer Dot MacPherson von Bingelly erschien Meggy mit ihren körperlichen Reizen und ihrem eher sanften Wesen wie ein Hauptgewinn in der Lotterie, doch gerade deshalb war Luke um so mehr auf der Hut. Keine Frau, und sei sie auch so schön und so süß wie Meggie Cleary, sollte je genügend Macht über ihn gewinnen, um ihn nach ihrer Pfeife tanzen zu lassen.

Ohne Umschweife steuerte er den nächsten Punkt an. Manchmal mußte man zu einer List greifen, Umwege machen. Dann wieder, wie in diesem Fall, empfahl es sich, sehr direkt auf das Ziel loszugehen.

„Meghann", sagte er, „ich bin ein altmodischer Mann."

„So?" fragte sie, als wollte sie sagen: Was für eine Rolle spielt das schon?

„Ja", betonte er. „Ich finde, wenn ein Mann und eine Frau heiraten, so sollte alles, was die Frau besitzt, von da an dem Mann gehören. Ganz so, wie es in alten Zeiten mit der Mitgift war. Ich weiß, daß du etwas Geld hast, und ich sage dir gleich jetzt, daß du es mir überschreiben mußt, wenn wir heiraten. Finde es nur fair, dir das vor unserer Hochzeit zu sagen, damit du völlig frei entscheiden kannst."

Meggie war stets im Glauben gewesen, daß nach ihrer Hochzeit all ihr Eigentum ihrem Mann zufallen werde. Dies hatte eine entsprechende Erziehung allen australischen Mädchen von Jugend auf eingebleut – daß sie sozusagen Leibeigene ihres künftigen Gatten sein würden. Ausnahmen hiervon bildeten nur die Frauen der allergebildetsten Schichten.

Anders hatte Meggie es auch nie gekannt. Solange ihr Vater am Leben gewesen war, hatte er in der Familie dominiert, und diese Macht des Familienoberhaupts war dann auf Bob übergegangen, ohne daß Fee das je in Frage gestellt hätte. Ebensowenig fiel es Meggie ein, das anzuzweifeln. Dem Mann gehörten das Geld, das Haus, die Frau und die Kinder.

„Oh!" rief sie unwillkürlich. „Ich wußte gar nicht, daß man da irgendein Papier zu unterschreiben hat, Luke. Ich dachte, durch die Heirat gehöre das, was mir gehört hat, dann ganz automatisch dir."

„So war das früher auch. Aber dann haben diese blöden Kerle in Canberra den Frauen das Wahlrecht gegeben, und damit hat's dann aufgehört. Ich möchte, daß zwischen uns ganz klare Verhältnisse bestehen, Meghann, und deshalb sage ich dir jetzt, wie's sein wird."

Sie lachte. „Schon gut, Luke, soll mir recht sein."

Er schwieg einen Augenblick. Ausgezeichnet, sie nahm's wie die Ehefrauen vom guten alten Schlag. Dot MacPherson hätte sich bestimmt nicht so einfach gefügt. „Wieviel hast du denn?" fragte er.

„Im Augenblick sind's vierzehntausend Pfund. Jedes Jahr bekomme ich weitere zweitausend."

Er stieß einen Pfiff aus. „Vierzehntausend Pfund! Donnerwetter! Das ist ein Haufen Geld, Meghann. Gut, daß ich da bin, um mich an deiner Stelle drum zu kümmern. Wir können nächste

Woche zum Bankmanager fahren, und erinnere mich daran, daß wir da alles klarmachen, damit in Zukunft alles auf meinen Namen geht. Nicht einen Penny davon werde ich anrühren, das weißt du. Das Geld bleibt für später, wenn wir uns unsere Station kaufen. In den nächsten Jahren müssen wir erst einmal beide hart arbeiten und alles auf die hohe Kante legen. Einverstanden?"

Sie nickte. „Ja, Luke."

Ums Haar wäre, als sie noch mitten in der Vorbereitung war, die ganze Hochzeit geplatzt. Luke hatte ganz schlicht versäumt, den Geistlichen darüber zu informieren, daß er nicht katholisch war. Als Pater Watty das erfuhr, schüttelte er entsetzt den Kopf.

„Lieber Gott, Luke, warum haben Sie mir das nicht eher gesagt!? Da müssen wir ja zusehen, daß wir Sie in dieser kurzen Zeit noch konvertiert kriegen, samt Taufe und allem!"

Luke musterte den Priester überrascht. „Wer hat was von konvertieren gesagt, Pater? Ich bin ganz zufrieden damit, daß ich nichts bin. Aber wenn Ihnen die Sache solchen Kummer macht, dann können Sie mich ja als Calathumpianer oder als Holy Roller oder als sonst was eintragen. Soll mir alles recht sein – nur als Katholik, das kommt mir nicht in Frage."

Vergeblich bedrängten sie ihn. Luke weigerte sich, den Gedanken auch nur in Betracht zu ziehen. „Ich habe nichts gegen den Katholizismus oder gegen Irland, und ich glaube, die Katholiken in Ulster sind ziemlich böse dran. Aber ich bin nun mal Orangist dem Herkommen nach, und das heißt, daß ich nicht daran denke, abtrünnig zu werden. Wenn ich Katholik wäre, würden Sie ja nicht wollen, daß ich zum Methodismus konvertiere. Oder doch!? Ich würde mich jedenfalls genauso sträuben wie jetzt. Nein, gegen die Katholiken habe ich wirklich nichts, um so mehr jedoch gegen Überläufer. Sie werden in Ihrer Herde also auf mich verzichten müssen, Pater, und damit hat sich's."

„Dann können Sie nicht heiraten!"

„Ja, warum denn nicht, zum Donnerwetter!? Wenn Sie uns nicht trauen wollen, dann wird das eben der Reverend von der Anglikanischen Kirche tun oder aber Harry Gough als Friedensrichter."

Fee lächelte bitter. Sie erinnerte sich an ihre Auseinandersetzungen mit Paddy und einem Priester. Immerhin hatte sie damals das Gefecht gewonnen.

„Aber, Luke, ich muß kirchlich getraut werden!" protestierte Meggie ängstlich. „Denn sonst lebe ich in Sünde!"

„Na, soweit es mich betrifft, ist es immer noch besser, in Sünde zu leben, als den Mantel nach dem Wind zu hängen", erwiderte Luke, der mitunter der verkörperte Widerspruch sein konnte. So scharf er auch auf Meggies Geld war, in diesem Punkt über seinen eigenen Schatten zu springen war ihm völlig unmöglich.

„Ach, Schluß mit diesem Unsinn!" sagte Fee, doch sie blickte dabei nicht zu Luke, sondern zum Priester. „Macht's doch so wie Paddy und ich, und laßt den Streit. Pater Thomas kann euch ja im Pfarrhaus trauen, wenn er seine Kirche nicht entweihen will!"

Alle starrten sie verwundert an, doch ihr Vorschlag erwies sich in der Tat als *die* Lösung. Pater Thomas gab nach und versprach, das Paar im Pfarrhaus zu trauen, allerdings ohne den Ring zu segnen.

Meggie hatte sehr das Gefühl, daß diese teilweise Sanktionierung durch die Kirche sie im Zustand der Sünde beließ, doch immerhin nicht so sehr, daß sie dafür in die Hölle kommen würde, und – nun, die alte, inzwischen fast schon uralte Annie, die schon Pater Ralphs Haushälterin gewesen war, tat alles, um Pater Thomas' Studierzimmer einen möglichst kirchlichen Anstrich zu geben. Überall standen große Vasen voller Blumen und mächtige Messinghalter mit Kerzen. Dennoch hatte die Zeremonie dann etwas Unbehagliches, ja Beklemmendes. Der höchst unzufriedene Priester ließ alle deutlich spüren, daß er das Ritual nur absolvierte, um sich die Peinlichkeit zu ersparen, daß sich das Paar etwa andernorts gar nur vom Friedensrichter trauen ließ.

Endlich war es vorüber. Meggie war jetzt Mrs. Luke O'Neill und bereits auf dem Weg nach North Queensland, wodurch die Flitterwochen denn zunächst einmal ein wenig hinausgeschoben wurden. Luke hatte sich gesträubt, die Nacht, wie ursprünglich geplant, im Imperial zu verbringen, und der Grund dafür erschien plausibel. Der Zug nach Goondiwindi, von wo es weiter nach Brisbane gehen sollte, fuhr nur einmal pro Woche – Samstagabend. Wenn es mit der Verbindung plangemäß klappte, würden sie am Montag rechtzeitig in Brisbane sein, um in den Cairns-Expreß zu steigen.

Der Goondiwindi-Zug war überfüllt. Da es keine Schlafwagen gab, hockten sie die ganze Zeit mit anderen Passagieren dicht an dicht auf Bänken, und natürlich blieben sie keine Minute für sich. Die Lokomotive stampfte Stunde nach Stunde ihren Weg in nordöstlicher Richtung, eigenbrötlerisch, wenn man so wollte. Zwischendurch wurde immer wieder mal gehalten, wenn's dem Lokführer einfiel, sich eine Kanne Tee zu kochen, oder wenn eine Schafherde über die Geleise hinwegzog, oder wenn der Mann vorn auf der Maschine Lust zu einem kleinen Plausch mit dem Viehtreiber hatte.

„Ich möchte nur mal wissen, weshalb man *Goon*diwindi wie *Gan*diwindi ausspricht?" fragte Meggie, als sie dann am Sonntag in Goondiwindi waren, im Wartesaal des Bahnhofs, der in einem schrecklichen „amtlichen" Grün gestrichen war und mit dem sie vorlieb nehmen mußten, weil an diesem Tag sonst nichts weiter geöffnet blieb. Arme Meggie! Sie war nervös und fühlte sich beklommen.

„Woher soll ich das wissen?" sagte Luke mit einem Seufzen. Seine Einsilbigkeit hatte in diesem Fall einen besonderen Grund. Ihn plagte ganz einfach Hunger. Da es Sonntag war, konnten sie nicht einmal eine Tasse Tee bekommen, geschweige denn irgendeinen Bissen. Erst am Montagmorgen, im Zug nach Brisbane, würden sie wieder Gelegenheit haben, etwas zu essen und zu trinken.

Dann die Ankunft in Brisbane, im Südbahnhof. Quer durch die Stadt ging es zum Roma-Street-Bahnhof. Und als sie dann in den Cairns-Expreß stiegen, entdeckte Meggie zu ihrem Schrecken, daß Luke nicht etwa ein Schlafwagenabteil gebucht hatte, sondern zwei einfache Sitzplätze in der 2. Klasse.

„Luke, wir sind doch nicht knapp an Geld!" sagte sie müde und verdrossen. „Falls du vergessen haben solltest, zur Bank zu gehen, ich habe hier in meinem Portemonnaie hundert Pfund, die Bob mir gegeben hat. Warum hast du uns denn kein Schlafwagenabteil erster Klasse besorgt?"

Er war verblüfft. „Aber bis Dungloe sind's doch nur drei Tage und drei Nächte! Warum Geld für ein Schlafwagenabteil ausgeben, wo wir doch beide jung, gesund und stark sind? Das Sitzen hier im Zug bringt dich schon nicht um, Meghann! Wird wohl langsam Zeit, daß du dir was klarmachst – du hast einen einfachen Arbeiter geheiratet und nicht so einen verdammten Squatter!"

Meggie ließ sich auf den Fensterplatz sacken, den Luke für sie ergattert hatte, und drehte dann, das zitternde Kinn auf die Hand gestützt, den Kopf zum Fenster. Luke sollte ihre Tränen nicht sehen. Wie zu einem unmündigen Kind hatte er eben zu ihr gesprochen. War sie das etwa in seinen Augen? Ein Funke Aufsässigkeit begann sich in ihr zu regen, aber mehr wurde es auch nicht, denn ihr Stolz, ihr geradezu unbeugbarer Stolz ließ es nicht zu, daß sie sich mit ihm zankte. Das wäre entwürdigend gewesen. Statt dessen versuchte sie, sich in Gedanken vor Augen zu führen, daß sie jetzt die Frau dieses Mannes war, er sich jedoch daran erst gewöhnen mußte. Und das brauchte seine Zeit. Nach und nach würde sich alles finden. Sie würde ihm das Essen kochen, seine Sachen flicken, seine Babys zur Welt bringen, ihm eine gute Frau sein. Wieviel Hochachtung hatte Daddy doch für Mum gehabt, wie sehr hatte er sie bewundert und geliebt. Man mußte Luke Zeit lassen.

Ihr Ziel war eine Stadt namens Dungloe, nur etwa achtzig Kilometer von Cairns entfernt. Und Cairns selbst war der Endpunkt dieser Strecke, die an der Queensland-Küste entlanglief. Nahezu zweitausend Kilometer galt es zurückzulegen, und das in einem Abteil, wo kein Platz unbesetzt blieb, wo man sich nie hinlegen oder auch nur ein wenig ausstrecken konnte, wo man immerzu durchgeschüttelt und durchgerüttelt wurde. Das Land hier war zwar weit stärker besiedelt als jenes um Gilly, auch wirkte die Landschaft abwechslungsreicher, doch Meggie konnte kein Interesse dafür aufbringen.

Ihr Kopf schmerzte, ihr Magen rebellierte, und die Hitze war viel, viel schlimmer, als sie das je in Gilly erlebt hatte. Ihr schönes rosafarbenes Seidenkleid, erst Hochzeitsstaat, nun Reisedreß – wie sah es jetzt aus? Schmutzig von dem Ruß, der durch die Fenster hereingeweht wurde. Außerdem klebte sie nur so vor Schweiß, und es schien, daß davon auch nicht ein einziger Tropfen verdunsten wollte. Doch schlimmer als dieses körperliche Unbehagen war etwas anderes. Es fehlte nicht viel daran, daß sie Luke zu hassen begann. Ihm schien das alles nichts auszumachen. Er wirkte nicht im mindesten ermüdet von der Reise. Entspannt und mit unverkennbarem Vergnügen unterhielt er sich mit zwei Männern, die nach Cardwell wollten. Nur ein- oder zweimal stand er zwischendurch auf, offenbar als Reaktion auf Rufe, die durch die Wagenfenster hereinschallten: „Zeitung! Zeitung!"

Er nahm eines von den Blättern, die sie noch von Brisbane her hatten, und rollte es zusammen. Dann schleuderte er es durchs Fenster, einer Gruppe von Männern zu, abgerissenen Gestalten mit Eisenhämmern.

„Streckenarbeiter", erklärte er Meggie beim ersten Mal. „Sind ausgehungert nach Neuigkeiten."

Sonst kümmerte er sich überhaupt nicht um sie, warf ihr kaum einmal einen Blick zu. Er schien als selbstverständlich anzunehmen, daß sie sich genauso behaglich und zufrieden fühlte wie er und fasziniert war von der Küstenebene. Doch Meggie saß nur, starrte aus dem Fenster und sah nichts. Und sie haßte dieses Land, bevor sie auch nur einen Fuß darauf gesetzt hatte.

In Cardwell stiegen die beiden Männer aus. Luke ging zu einer Art Kiosk auf der anderen Seite der Straße, einem Fish-and-Chips

Shop, und kam mit einem in Zeitungspapier gewickelten Päckchen zurück.

„Es heißt, Cardwell-Fisch muß man selber kosten, sonst glaubt man's nicht, Meghann, Liebes", sagte er. „Der beste Fisch, den's auf der Welt gibt. Hier, versuch mal was davon. Alle zehn Finger wirst du dir danach lecken. Ich sag' dir, es gibt nichts auf der Welt, das es mit Queensland aufnehmen kann."

Meggie warf einen einzigen Blick auf den Fisch, schmierig wirkende Stücke mit Klümpchen, als habe man das Ganze paniert – und sie stürzte davon in Richtung Toilette. Als sie dann, noch mit bleichem Gesicht und zitternden Fingern, wieder heraustrat auf den Gang, wartete Luke dort auf sie.

„Was ist denn? Fühlst du dich nicht wohl?"

„Ich habe mich seit Goondiwindi nicht wohl gefühlt."

„Guter Gott! Warum hast du mir das nicht gesagt?"

„Warum hast du das nicht bemerkt?"

„Da war nichts zu bemerken. Du hast doch nicht schlecht ausgesehen."

Sie gab es auf. „Wie weit ist es jetzt noch?"

„So etwa drei bis sechs Stunden. Nach dem Fahrplan richten sie sich hier draußen nicht groß. Wo die beiden Burschen jetzt weg sind, ist im Abteil genug Platz. Komm, mach dich lang, leg deine kleinen Füßchen auf meinen Schoß und mach ein Heierchen."

Das brachte sie nun doch in Rage. „Hör auf, in der Babysprache mit mir zu reden!" fuhr sie ihn an. „Ich wünschte, die beiden wären schon vor zwei Tagen in Bundaberg ausgestiegen!"

„Nun komm, Meghann, sei ein guter Kerl! Sind doch fast schon da. Nur noch Tully und Innisfail, dann Dungloe."

Es war später Nachmittag, als sie aus dem Zug stiegen. Verzweifelt hielt Meggie sich an Lukes Arm fest, viel zu stolz, um zuzugeben, daß sie nicht mehr richtig gehen konnte. Er fragte den Bahnhofsvorsteher nach dem Hotel für die Arbeiter. Dann nahm er die Koffer und trat hinaus auf die Straße. Meggie schwankte wie betrunken hinter ihm her.

„Ist nicht weit", sagte er tröstend. „Nur bis zum Ende des Blocks auf der anderen Straßenseite. Das weiße, zweistöckige Haus."

Das Zimmer, das sie erhielten, war zwar klein und zu allem Überfluß auch noch mit großformatigen viktorianischen Möbelstücken vollgestopft, doch Meggie erschien es jetzt als der Himmel. Sie ließ sich auf die eine Seite des Doppelbetts sacken.

„Ja, leg dich nur vor dem Essen eine Weile hin, Liebes", sagte er. „Ich seh' mich inzwischen draußen mal ein bißchen um." Und als er das Zimmer verließ, wirkte er genauso frisch und ausgeruht wie am Hochzeitsmorgen – und das nach fünf Tagen und Nächten in überfüllten Zügen, in Abteilen voller Zigarettenrauch und Ruß.

Das Bett schien im gleichen Rhythmus über knackende Geleise hinwegzurollen wie der Zug, klicketi-klick, klicketi-klick, doch Meggie drehte nur den Kopf zur Seite, dankbar ins Kissen geschmiegt, und schlief und schlief.

Irgend jemand hatte ihr Schuhe und Strümpfe ausgezogen und sie mit einem Laken zugedeckt. Meggie bewegte sich unruhig, öffnete die Augen. Luke saß auf dem Fensterbrett, ein Bein dicht an den Leib gezogen, im Mundwinkel eine Zigarette. Er drehte den Kopf, blickte zu ihr.

„Du bist mir ja die Richtige!" sagte er mit einem Lächeln. „Da freue ich mich auf meine Flitterwochen, und was tut mein holdes Weib? Schläft erst mal zwei Tage lang einen weg, aber wie! Als ich dich nicht wachbekommen konnte, fing ich schon an, mir Sorgen zu machen, aber dann hat mir der Wirt erklärt, Frauen macht das so total fertig, die Fahrt im Zug und auch die Feuchtigkeit. Er meinte, ich sollte dich richtig ausschlafen lassen. Wie fühlst du dich jetzt?"

Sie setzte sich steif auf, streckte die Arme und gähnte. „Ich fühle mich viel besser, danke. Oh, Luke! Ich weiß, ich bin jung und stark, aber ich bin eine Frau! Solche körperlichen Strapazen wie du kann ich nicht ertragen."

Er kam zum Bett, setzte sich auf die Kante. Mit einem eigentümlich zerknirschten Gesichtsausdruck, der keinesfalls ohne Charme war, streckte er seine Hand aus und strich ihr über den Arm. „Tut mir leid, Meghann, tut mir wirklich leid. Ich habe mir nicht richtig klargemacht, daß du eine Frau bist. Ich bin einfach nicht daran gewöhnt, eine Frau zu haben, meine ich. Das ist der ganze Grund. Hast du Hunger, Liebling?"

„Hunger!? Na, das ist gar kein Ausdruck! Weißt du, daß es fast eine Woche her ist, seit ich das letzte Mal gegessen habe?"

„Dann mache ich dir einen Vorschlag. Nimm ein Bad, zieh dir ein frisches Kleid an, und dann wollen wir doch mal sehen, ob Dungloe dir gefällt."

Gleich neben dem Hotel war ein chinesisches Restaurant, und dort machte Meggie zum ersten Mal in ihrem Leben Bekanntschaft mit der asiatischen Küche. Ausgehungert, wie sie war, hätte sie wohl alles in sich hineingeschlungen, was auch nur einen leidlichen Geschmack besaß, aber dies hier, dies war einfach großartig. Es war so wunderbar, daß sie es auch gegessen hätte, wenn's Rattenschwänze und Haifischflossen und Hühnereingeweide gewesen wären – wenigstens hatte man sich's so immer in Gilly erzählt. Aber in Gilly gab's an Besonderheiten dieser Art nur ein griechisches Restaurant, an dem gar nichts so Besonderes war, denn dort bekam man Steak und Chips. Luke hatte aus dem Hotel zwei Flaschen Bier mitgebracht, und er bestand darauf, daß sie ein Glas davon trank, obwohl sie Bier nicht mochte.

„Sei ja vorsichtig mit Wassertrinken", sagte er eindringlich. „Vom Bier kriegst du keinen Durchfall."

Nach dem Essen nahm er ihren Arm und führte sie stolz durch Dungloe, ganz als ob es ihm gehöre. Aber nun ja, er stammte ja aus Queensland, da schien das verständlich.

Was für ein Ort war dieses Dungloe doch! Seinem ganzen Charakter nach schien es den Städten im Westen weitgehend unähnlich zu sein. In der Größe Gilly vergleichbar, folgten die Häuser jedoch nicht endlos einer Hauptstraße, sondern waren gleichsam zu Blöcken von quadratischer Form geordnet, sämtlich weiß und nicht braun, nicht nur die Wohnhäuser, sondern auch die Geschäfte und Läden. Die Fenster schienen eigentlich nur Fensterblenden zu sein, luftdurchlässige Holzgebilde also, und offenbar aus eben diesem Grund bevorzugt. So hatte jedes noch so leichte Lüftchen Zutritt ins Hausinnere. Zum Teil, beim Kino zum Beispiel, sahen sogar die Dächer und die Wände so ähnlich aus, eher wie Gitter- oder Lattenwerk.

Rundum war die Stadt von Dschungel umschlossen, echtem Dschungel. So konnte es auch wenig verwundern, daß man überall Ranken und Kletterpflanzen sah, an Pfosten wanden sie sich hinauf, über Dächer schlängelten sie sich hinweg, an Mauern hafteten sie fest. Bäume wuchsen mitten auf der Straße. Manchmal hatte man um sie herum ein Haus gebaut, vielleicht auch waren sie durch das Haus hindurchgewachsen. Es schien unmöglich, zu sagen, was zuerst dagewesen war, die Bäume oder die menschlichen Behausungen. Denn wenn es einen überwältigenden Eindruck gab, dann diesen: daß nichts diese ungeheure und wie hektische Vegetation in Schach halten konnte. Kokospalmen wuchsen hier höher als die mächtigen Geister-Eukalypten auf Drogheda, und die Palmwedel schwankten vor einem tiefblauen Himmel. Wohin Meggie auch blickte, überall schien es vor Farben geradezu zu explodieren. Nein, dies hier war kein Land in Braun und Grau. Jede Baumart schien in Blüte zu stehen, purpur-, orange- und scharlachfarben, rosa, blau und weiß.

Es gab viele Chinesen in schwarzen Seidenhosen, winzigen

schwarz-weißen Schuhen und weißen Strümpfen, weißen Hemden mit sogenannten Mandarin-Kragen, und mit Zöpfen, die ihnen ein kleines Stück auf den Rücken hingen. Männer und Frauen sahen einander so ähnlich, daß Meggie sie kaum unterscheiden konnte. Fast der gesamte Handel des Ortes schien in den Händen von Chinesen zu liegen. Ein Kaufhaus, wie es das in dieser Art in Gilly überhaupt nicht gab, trug einen chinesischen Namen. AH WONG'S stand auf dem Schild.

Alle Häuser standen auf hohen Pfählen, ähnlich wie das alte Haus für den Oberviehtreiber auf Drogheda. Luke erklärte, weshalb das so war. Erstens sorgte man auf diese Weise für eine bessere Luftzirkulation, und zweitens konnte man dadurch die Termiten abwehren, denen ein neuerrichtetes Haus sonst bereits nach einem Jahr zum Opfer gefallen wäre. Oben an jedem Pfahl war rundherum Blech befestigt, und zwar mit herabgebogenen Rändern: eine sichere Sperre gegen Termiten, da sie ihren Körper in der Mitte nicht krümmen und also auch nicht weiterkriechen konnten zum eigentlichen Haus. Natürlich zerfraßen sie die Pfähle, doch die ließen sich dann jeweils ersetzen, und das war wesentlich bequemer und vor allem auch billiger, als wenn man ein neues Haus bauen mußte. Die meisten Gärten sahen gar nicht wie Gärten aus, sondern wie ein Stück Dschungel, hauptsächlich Bambus und Palmen, als hätten es die Besitzer aufgegeben, dort so etwas wie eine gärtnerische Ordnung zu schaffen.

Was Meggie wirklich schockierte, war der Anblick, den Männer und Frauen hier boten. Für das Essen im Restaurant und den anschließenden Spaziergang hatte Meggie sich so gekleidet, wie das Sitte und Anstand nun einmal verlangten: hochhackige Schuhe, Seidenstrümpfe, Satinunterrock und Seidenkleid mit halblangen Ärmeln und Gürtel. Was sie am meisten irritierte, war die Tatsache, daß die Leute sie anstarrten, als wäre *sie* nicht schicklich gekleidet.

Die meisten Männer waren, bis auf ihre verschmuddelten khakifarbenen Shorts, ganz einfach nackt. Sie trugen auch keine Schuhe, und wer ausnahmweise nicht mit bloßem Oberkörper herumlief, hatte nicht etwa ein Hemd an, sondern nur ein Unterhemd. Noch schlimmer war's allerdings mit den Frauen. Manche trugen dürftige Baumwollfähnchen, wobei sich deutlich erkennen ließ, daß sie auf jegliche Unterwäsche ganz schlicht verzichteten. Strümpfe? Natürlich keine Spur. Höchstens abgetretene Sandalen. Doch die meisten gingen barfuß und trugen im übrigen Shorts wie die Männer, nur daß es ausnehmend kurze Shorts waren. Als Oberteil genügten ihnen winzige ärmellose

Fetzen, die mehr unbedeckt ließen, als sie bedeckten. Hier in Dungloe befand man sich in einer zivilisierten Stadt und nicht am Strand. Dennoch ließen sich die weißen Einwohner praktisch unbekleidet sehen. Selbst die Chinesen waren besser angezogen.

Überall sah man Fahrräder, zu Hunderten, wenige Autos, überhaupt keine Pferde. Alles war doch sehr viel anders als in Gilly. Und dann diese Hitze, diese unglaubliche, diese fürchterliche Hitze. Sie kamen an einem Thermometer vorüber, und Meggie warf rasch einen Blick darauf. Nur zweiunddreißig Grad, einfach unfaßbar. Da kam es einem in Gilly ja bei fünfundvierzig Grad kühler vor! Meggie hatte das Gefühl, sich nicht durch Luft hindurch zu bewegen, sondern durch eine glitschige Masse, ähnlich feuchter, dampfender Butter, und beim Atmen schien Wasserdampf in ihre Lungen zu dringen.

„Luke, das ist ja unerträglich!" keuchte sie schon nach kurzer Zeit. „Bitte, können wir zurückgehen?"

„Wenn du willst. Was dir so zusetzt, ist die Luftfeuchtigkeit. Die beträgt selten weniger als neunzig Prozent, ob es nun Winter ist oder Sommer, und die Temperaturen bewegen sich im allgemeinen so zwischen dreißig und fünfunddreißig Grad. Einen großen Unterschied zwischen den Jahreszeiten gibt es nicht. Allerdings steigt die Luftfeuchtigkeit im Sommer durch den Monsun bis auf hundert Prozent."

„Sommer- und nicht Winterregen?"

„Das ganze Jahr über. Hier hört der Monsun eigentlich nie auf, und falls doch, nun, dann sind da die Südostwinde, die gleichfalls sehr viel Regen mitbringen. Die jährliche Niederschlagsmenge schwankt zwischen drei und sieben Metern."

Sieben Meter Regen pro Jahr! Das arme Gilly war außer sich vor Freude, wenn es dort vierzig Zentimeter wurden!

„Kühlt es wenigstens nachts ab?" fragte Meggie, als sie das Hotel erreichten. Im Vergleich zu dieser Dampfbad-Atmosphäre schienen selbst die heißesten Nächte in Gilly recht erträglich.

„Nicht sehr. Aber du wirst dich daran gewöhnen." Er öffnete die Tür zum Zimmer. Während Meggie eintrat, blieb er selbst draußen stehen. „Ich gehe auf ein Bier nach unten in die Bar und werde so in einer halben Stunde wieder hier sein. Die Zeit sollte dir eigentlich genügen, nicht?"

Verdutzt suchte ihr Blick sein Gesicht. „Ja, Luke."

Dungloe lag siebzehn Breitengrade südlich vom Äquator, und so fiel die Nacht herab wie ein schwarzer Block. Kaum war die Sonne untergegangen, so herrschte auch schon tiefe Dunkelheit. Als Luke zurückkam, hatte Meggie bereits das Licht ausgeschaltet

315

und lag im Bett, unter einem Laken. Lachend griff er danach und warf es auf den Fußboden.

„Liebes, es ist heiß genug! Wir brauchen nichts zum Zudecken." Nur sehr undeutlich sah sie seine Gestalt. Mit raschen Bewegungen zog er sich aus. „Ich habe deinen Pyjama auf den Toilettentisch gelegt", sagte sie fast unhörbar.

„Pyjama? Bei diesem Wetter? Ich weiß, in Gilly wäre es unvorstellbar, ohne Pyjama zu schlafen. Die würden schon beim bloßen Gedanken einen Schlaganfall bekommen. Aber wir sind hier in Dungloe! Hast du wirklich ein Nachthemd an?"

„Ja."

„Dann zieh's aus. Ist doch sowieso nur lästig, so ein Ding." Rasch schlüpfte Meggie aus ihrem Nachthemd. Aus Batist war es, und Mrs. Smith hatte es überaus liebevoll bestickt – für die Hochzeitsnacht. Nur gut, daß Luke es bei dieser Dunkelheit nicht sehen konnte. Im übrigen hatte er recht. Es war doch viel angenehmer, nackt dazuliegen und die Luft, die durch das Fenster einströmte, sacht über sich hinwegstreichen zu lassen. Allerdings wirkte der Gedanke an einen zweiten heißen Körper im Bett wenig verlockend.

Die Sprungfedern quietschten. Meggie spürte, wie feuchte Haut ihren Arm berührte, und fuhr unwillkürlich zusammen. Luke streckte sich so aus, daß er auf der Seite lag. Er zog Meggie an sich und küßte sie. Zuerst verhielt sie sich völlig passiv und versuchte, nicht an seinen weitgeöffneten Mund und seine tastende Zunge zu denken. Dann begann sie, sich zu bewegen, unruhig, in halber Gegenwehr. Nein, nein, sie wollte das nicht, wollte nicht umarmt und geküßt werden, nicht bei dieser Hitze – und nicht von ihm. Es war überhaupt nicht so wie in jener Nacht im Rolls, als sie sich auf dem Rückweg von Rudna Hunish nach Drogheda befanden. Diesmal ließ sich bei ihm nichts spüren von irgendwelcher Rücksichtnahme auf sie, von Zartheit und Einfühlungsvermögen. Irgend etwas von ihm stieß beharrlich gegen ihre Schenkel, und mit einer Hand packte er sie so hart, daß sich seine Fingernägel in ihr Fleisch gruben. Ihre Beklemmung wurde zum Schrecken. Er schien entschlossen, rücksichtslos zu tun, was ihm gerade paßte.

Plötzlich ließ er sie los und setzte sich auf. Er tat da irgend etwas an sich selbst, was sie nicht begriff. Man hätte meinen können, er ziehe und zerre, streife irgend etwas über.

„Wir gehen besser auf Nummer sicher", sagte er, viel hastiger und heftiger atmend als sonst. „Leg dich auf den Rücken, es wird Zeit. Nein, doch nicht so! Mach die Beine auseinander, Herrgott nochmal! Hast du denn von nichts eine Ahnung?"

Nein, nein, Luke, ich will das nicht! dachte sie. Dies ist so widerlich, so grauenvoll widerlich, und was du da tust und vielleicht noch alles tun willst, das kann doch gar nicht erlaubt sein, von der Kirche nicht und überhaupt nicht!

Halb lag er auf ihr, halb schien er zwischen ihren auseinandergespreizten Schenkeln zu knien. Und dort tastete er mit einer Hand, aber auch etwas Fremdartiges war da, das immer näher und näher zu kommen schien. Die ungewohnte Position, auseinandergebreitete, halb an den Leib gezogene Schenkel, die zudem noch durch Lukes Gewicht zurückgepreßt wurden, ließ ihre Muskeln mehr und mehr verkrampfen. Doch trotz ihrer Angst und ihrer Erschöpfung spürte sie, gleichsam durch Nebelschwaden hindurch, wie sich eine große Kraft zu ballen schien, und als er in sie eindrang, stieß sie einen schrillen, langgezogenen Schrei aus.

„Sei *still!*" keuchte er und preßte eine Hand auf ihren Mund. „Willst du, daß die hier glauben, ich bringe dich um? Sei still und *lieg* still, dann tu ich dir auch nicht unnötig weh. Lieg still, lieg *still!!*"

Jetzt wehrte sie sich gegen ihn, mit aller Kraft, oder versuchte es doch, um dieses grauenvolle, schmerzende Ding loszuwerden. Aber allein durch sein Gewicht hielt er sie wie in einem Schraubstock fest, und seine Hand erstickte ihre Schreie. Da er sie zuvor nicht erregt hatte, war sie noch völlig trocken und blieb es auch. Rauh schabte das Präservativ in ihrer Scheide, während er sein Glied hin und her bewegte, schneller und immer schneller. Sein Atem ging jetzt so hart, daß es fast wie ein Zischen klang oder ein Fauchen. Doch dann geschah irgend etwas, das ihn wie im Krampf zusammenschaudern ließ, mehrere Male kurz nacheinander. Und nun endlich war sie es los, jenes schmerzende Ding. Er löste sich von ihr, rollte zur Seite, lag keuchend auf dem Rücken.

„Nächstes Mal wird's für dich besser sein", brachte er mit Anstrengung hervor. „Beim ersten Mal tut's der Frau immer weh."

Und warum konntest du mir das nicht *vorher* sagen!? hätte sie ihn am liebsten angeschrien. Doch da waren die Schmerzen, da war die Erschöpfung, und da war das Gefühl, tief erniedrigt worden zu sein, weil sie eben für ihn offenbar nicht ein Mensch mit einer eigenen Persönlichkeit gewesen war, sondern nur ein Gegenstand.

Beim zweiten Mal tat es genauso weh wie beim ersten Mal, und auch beim dritten Mal war es nicht anders. Luke schien der Meinung zu sein, so etwas könne und dürfe es gar nicht geben, und mit ihrem ständigen Gejammere – wie er es für sich nannte – stelle sie sich nur an. Schließlich drehte er ihr wütend den Rücken zu und schlief ein.

Aber Meggie lag noch lange wach. Während ihr die Tränen über die Wangen liefen und dann in ihrem Haar versickerten, dachte sie an Drogheda. Wenn sie doch nur dort wäre – oder aber tot! War es dies gewesen, was Pater Ralph gemeint hatte, als er ihr sagte, bei Frauen gebe es so etwas wie einen verborgenen Korridor, der etwas mit Kinderkriegen zu tun habe? Wie reizend, auf diese Weise herauszufinden, was damit gemeint war. Kein Wunder allerdings, daß er sich gescheut hatte, das genauer auszudrücken. Was Luke anging, so schien ihm das allerdings so gut zu gefallen, daß er es dreimal kurz hintereinander machte. Ihm tat das offenbar überhaupt nicht weh. Und plötzlich entdeckte sie, daß sie ihn deswegen haßte. Und natürlich haßte sie *es!*

Schlaflos lag sie, während er völlig ungestört und ungerührt schlief. Und als sie endlich einzudämmern glaubte – vielleicht war sie auch ein wenig eingenickt –, war schon die Morgendämmerung da. Nein, keine Morgendämmerung. Alles ging genauso schnell und freudlos vor sich wie am vergangenen Abend, als es fast übergangslos dunkel geworden war. Jetzt handelte es sich nur um die umgekehrte Prozedur. Wie ganz anders erlebte man das doch auf Drogheda, das Krähen der Hähne und all die anderen Laute und Geräusche der Schafe und Pferde und Schweine und Hunde, die vom Erwachen sprachen.

Luke wachte auf, wälzte sich herum, und Meggie spürte seinen Kuß auf ihrer Schulter. Doch sie war so müde und so heimwehkrank, daß sie liegenblieb, ohne jegliches Schamgefühl, sie bedeckte sich nicht.

„Komm, Meghann, ich muß mir jetzt erst einmal alles richtig ansehen", sagte er, die Hand auf ihrer Hüfte. „Dreh dich ganz zu mir herum, sei ein braves Mädchen."

An diesem Morgen schien alles gleichgültig zu sein. Wie willenlos kam sie seiner Aufforderung nach. „Meghann gefällt mir nicht", sagte sie, und dies war der einzige Protest, zu dem sie sich aufraffen konnte. „Ich wünschte, du würdest mich Meggie nennen."

„Na, mir gefällt Meggie nicht. Aber wenn du Meghann so scheußlich findest, dann werde ich dich Meg nennen." Wie verträumt glitt sein Blick über ihren Körper. „Was für schöne, schöne Formen du hast." Er berührte eine ihrer Brüste. Die rosafarbene Warze blieb flach, unerregt. „Ganz besonders diese Formen." Er legte sich lang auf das Kissen zurück. „Komm, Meg, küß mich. Jetzt bist du an der Reihe, zu mir zärtlich zu sein, und vielleicht gefällt dir das besser, wie?"

Solange ich auch lebe, dachte sie, ich möchte dich nie wieder küssen! Ihr Blick glitt über seinen muskulösen Körper, über die schwarzbehaarte Brust und weiter über seinen Bauch zu jener buschigen Stelle, in deren Mitte sich etwas befand, das – nun, es wirkte so täuschend klein und harmlos, daß man nie und nimmer geglaubt hätte, es könne solche Schmerzen verursachen.

Seine Beine, wie haarig seine Beine waren! So etwas hatte sie noch nie gesehen, aber wann auch hätte sie es sehen sollen? Die Cleary-Männer liefen nicht mit nackten Beinen herum. Höchstens, daß man, bei sehr heißem Wetter, im aufklaffenden Hemdspalt einmal ein Stück behaarter Männerbrust sah. Zudem waren sie alle hellhaarig, so daß es nicht diesen abstoßenden Kontrast zur Haut gab. Und was Ralph betraf, der ja gleichfalls dunkelhaarig war, nun, sie erinnerte sich noch sehr genau an seine glatte, braune, unbehaarte Brust.

„Tu, was ich dir sage, Meg! Küß mich!"

Sie beugte sich über ihn, küßte ihn. Er wölbte seine Hände um ihre Brüste, lag so, ließ sich küssen. Dann nahm er eine ihrer Hände und schob sie zu jener Stelle zwischen seinen Schenkeln. Unwillkürlich hob sie ihren Kopf; blickte zu dem, was dort unter ihrer Hand zu wachsen schien.

„Oh, bitte, Luke, nicht wieder!" rief sie, schrie es fast. „Bitte, nicht wieder! Bitte, bitte!"

Seine blauen Augen musterten sie aufmerksam. „Tut so weh, wie? Na, dann machen wir's diesmal anders, aber, Herrgott nochmal, versuch endlich, ein bißchen Spaß dran zu haben!"

Er zog sie über sich, schob ihre Beine auseinander und hielt sie dann so bei den Schultern, daß er, genau wie im Rolls, an ihren Brüsten saugen konnte. Meggie ließ es über sich ergehen, und nicht sie war eigentlich hier, sondern nur ihr Körper. Zum Glück versuchte er diesmal nicht, in sie einzudringen, so daß es wenigstens nicht weiter weh tat.

Was für seltsame Wesen waren Männer doch! So etwas also bereitete ihnen den höchsten Genuß, und war dabei doch widerlich und nur ein Hohn auf die Liebe! Wäre da nicht die Hoffnung gewesen, daß dies alles irgendwie zu einem Baby führte, Meggie hätte sich ganz einfach geweigert, noch etwas damit zu tun zu haben.

„Ich habe dir einen Job besorgt, Meg", sagte Luke, als sie im Speiseraum des Hotels beim Frühstück saßen.

„Was!? Bevor ich Gelegenheit habe, uns eine Wohnung einzurichten? Wir müßten uns ja überhaupt erst eine suchen!"

„Hat gar keinen Sinn, daß wir ein Haus mieten, Meg. Ich werde Zuckerrohr schneiden, das ist alles schon geregelt. Die beste Gruppe von Schnittern in Queensland ist eine Gruppe von Schweden, Polen und Iren. Geführt wird sie von einem gewissen Arne Swenson, und bei dem war ich, als du dich nach der Reise ausgeschlafen hast. Es fehlt ihm gerade ein Mann, und er ist bereit, mich zu nehmen, erst mal so auf Probe. Jedenfalls werde ich bei denen in der Baracke schlafen. Wir schneiden sechs Tage pro Woche, von Sonnenaufgang bis Sonnenuntergang. Außerdem bleiben wir natürlich nicht immer am selben Ort, sondern ziehen die Küste hinauf und herunter, wo immer uns der nächste Job gerade hinführt. Wieviel ich verdiene, hängt ganz von mir ab, davon nämlich, wieviel Zuckerrohr ich schneide. Wenn ich mit Arnes Leuten mithalten kann, dann verdiene ich pro Woche über zwanzig Pfund. Über zwanzig Pfund pro Woche! Kannst du dir das vorstellen?"

„Soll das heißen, daß wir gar nicht zusammen leben werden, Luke?"

„Ist leider ausgeschlossen, Meg! Die Männer wollen keine Frau in der Baracke haben, und was für einen Sinn hätte es, wenn du allein in einem Haus wohnen würdest? Da kannst du doch gleichfalls arbeiten. Das Geld, das wir beide verdienen, ist alles für die Station, die wir uns kaufen werden."

„Ja, aber wo soll ich denn wohnen? Und was für eine Arbeit kann ich denn tun? Hier gibt's doch keine Schaf- oder Rinderherden, um die ich mich kümmern könnte."

„Ja, das ist natürlich sehr schade. Deshalb habe ich dir auch eine Stellung besorgt, wo du gleich freies Logis hast. Und natürlich auch freie Kost. Das Geld dafür kann ich dann auch sparen. Du wirst als Dienstmädchen auf ‚Himmelhoch' arbeiten. So heißt der Besitz. Er gehört Ludwig Müller, und das ist der größte Zuckerrohrmann im ganzen Distrikt. Seine Frau ist invalid und kann den Haushalt nicht selbst führen. Morgen früh bringe ich dich hin."

„Aber wann sehen wir uns denn, Luke?"

„Sonntags. Luddie weiß, daß du verheiratet bist, und er hat nichts dagegen, wenn du sonntags verschwindest."

„Ach, wirklich! Nun, du hast wohl alles zu deiner völligen Zufriedenheit arrangiert, wie?"

„Glaub' schon. Oh, Meggie, wir werden reich sein! Wir werden hart arbeiten und jeden Penny sparen. Und du wirst sehen – es dauert gar nicht so sehr lange, und wir können uns die beste Station in Western Queensland kaufen. Da sind die vierzehntausend, die ich auf der Bank in Gilly habe, und jedes Jahr kommen da weitere zweitausend hinzu. Und hier, hier können wir beide zusammen noch einmal dreizehnhundert pro Jahr verdienen. Es wird gar nicht lange dauern, Liebes, das verspreche ich dir. Also Kopf hoch, ja? Nimm's nicht schwer. Denn sieh mal, was sollen wir mit einem gemieteten Haus, wenn wir uns, je härter wir arbeiten, bald in unserer eigenen Küche umsehen können?"

„Wenn du es so willst." Sie blickte auf das Portemonnaie in ihrer Hand. „Luke, hast du meine hundert Pfund genommen?"

„Ich hab' sie auf die Bank gebracht. Soviel Geld kannst du doch nicht so einfach mit dir herumschleppen."

„Aber du hast mir gar nichts gelassen! Nicht einen Penny habe ich mehr! Wenigstens etwas Taschengeld hätte ich doch gern!"

„Wozu, Himmelherrgott, brauchst du Taschengeld? Gleich morgen früh bist du auf ,Himmelhoch', und da kannst du nichts ausgeben. Die Hotelrechnung bezahle ich. Es wird langsam Zeit, daß du dir klarmachst, daß du einen Arbeiter geheiratet hast. Meg, du bist nicht mehr die verhätschelte Squattertochter, die mit Geld nur so um sich wirft. Was du von Müller als Lohn erhältst, zahlt der direkt auf mein Bankkonto ein, und da bleibt dann dein Verdienst zusammen mit meinem Verdienst. Ich geb' das Geld nicht für mich selbst aus, Meg, das weißt du. Keiner von uns beiden wird's anrühren, denn es ist für unsere Zukunft, für unsere Station."

„Ja, ich verstehe. Du bist sehr vernünftig, Luke. Aber was wird, wenn ich ein Baby bekomme?"

Einen Augenblick fühlte er sich versucht, ihr die Wahrheit zu sagen: daß da kein Baby sein würde, bevor die Station nicht Wirklichkeit geworden war. Aber irgend etwas in ihrem Gesicht bewog ihn, das nicht zu tun.

„Na, das warten wir mal in aller Ruhe ab, Meg, nicht? Wär' wohl das beste, wenn wir keins kriegen, bevor wir nicht unsre Station haben."

Kein eigenes Heim, kein Geld, kein Baby. Genaugenommen nicht einmal einen Ehemann. Meggie begann zu lachen, und Luke stimmte in ihr Lachen ein, seine Teetasse wie für einen Trinkspruch erhoben. „Auf die Pariser", sagte er und schien sich über Meggies erstaunten Blick sehr zu amüsieren. Natürlich konnte sie die Anspielung nicht verstehen.

Am nächsten Morgen fuhren sie mit dem normalen Verkehrsbus nach „Himmelhoch". Es war ein alter Ford, in dem zwölf Personen Platz hatten. Fensterscheiben gab es nicht, wohl schon lange nicht mehr. Meggie fühlte sich an diesem Tag besser, weil Luke sich mit der Brust begnügt hatte, die sie ihm bot, so daß ihr diese andere furchtbare Sache erspart blieb. Sosehr sie sich auch ein Baby wünschte, so wollte sie doch erst einmal abwarten, bis sie da unten nicht mehr wund war, dann konnten sie es ja, nächsten oder übernächsten Sonntag, wieder versuchen. Sollte jedoch bereits ein Baby unterwegs sein, so brauchten sie das ja erst wieder zu tun, wenn sie sich das nächste wünschte.

Und so sah die Welt an diesem Tag für sie doch schon freundlicher aus. Voll Interesse blickte sie durch die unverglasten Fenster, während der Bus über das rote Band der ungepflasterten Landstraße schnaufte.

Ganz anders als um Gilly sah hier alles aus. Ganz, ganz anders sogar. Aber die Landschaft war wirklich wunderschön, gar kein Zweifel. Schon auf den ersten Blick ließ sich erkennen, daß hier nie Mangel an Wasser herrschte. Der Erdboden hatte die Farbe frischen Blutes, ein leuchtendes Scharlachrot, und das Zuckerrohr auf den Feldern bildete dazu einen starken Kontrast. Auf den Stengeln, die bis zu sieben Meter hoch wuchsen, stark und dick wie ein Männerarm und von rötlicher Färbung, befanden sich grüne, maisähnliche Blätter.

Nirgendwo sonst auf der Welt, behauptete Luke stolz, wachse das Zuckerrohr so hoch und werfe einen solchen Ertrag ab. Und was den roten Erdboden betreffe, so handle es sich da nicht etwa nur um eine dünne Schicht, o nein, sie sei rund dreißig Meter dick und enthalte an Nährstoffen einfach alles, was das Zuckerrohr brauche. Es müsse hier also ganz einfach hundertprozentig gedeihen, zumal bei dem Regen. Und nirgends sonst auf der Welt werde Zuckerrohr von weißen Männern geschnitten: in dem fiebrigen, geldhungrigen Tempo des weißen Mannes.

„Du bist ja eine richtige Rednernatur, Luke", sagte Meggie ironisch.

Er musterte sie mißtrauisch, schwieg jedoch, denn der Bus hielt, und sie waren am Ziel.

„Himmelhoch" lag auf einem Hügel, ein großes, weißes Haus, rings umgeben von Kokospalmen, Bananenpalmen und wunderschönen kleineren Palmen, deren Wedel sich nach außern fächerten wie Pfauenschwänze. Ein über zehn Meter hoher Bambushain bot dem Haus leidlich Schutz vor den Nordwestwinden. Im übrigen stand es trotz seiner Hügellage auf vier bis fünf Meter hohen Pfählen.

Luke trug den Koffer, Meggie ging an seiner Seite, nach wie vor „korrekt" gekleidet, also mit hochhackigen Schuhen, Seidenstrümpfen und mit einem Hut, der gleich einer welken Blume schlaff um ihr Gesicht zu hängen schien.

Wie sich zeigte, war der Zuckerrohrbaron zwar nicht zu Hause, aber seine Frau kam auf die Veranda, als Luke und Meggie die Treppe emporstiegen. Sie bewegte sich mit Hilfe von zwei Stöcken voran und lächelte. Als Meggie das freundliche Gesicht sah, fühlte sie sich sofort wohler.

„Kommen Sie herein, kommen Sie herein!" sagte sie mit starkem australischem Akzent.

Meggie hatte natürlich eine deutsche Stimme erwartet, und durch den vertrauten australischen Akzent fühlte sie sich in noch stärkerem Maße erleichtert. Luke stellte Meggies Koffer auf den Boden, wechselte mit der Hausherrin nur einen kurzen Händedruck und eilte schon wieder die Treppe hinunter. Er wollte unbedingt wieder mit dem Bus zurück, weil Arne Swenson ihn um zehn Uhr vom Hotel abholen sollte.

„Wie heißen Sie mit Vornamen, Mrs. O'Neill?"

„Meggie."

„Oh, wie hübsch. Ich heiße Anne, und es wäre mir auch lieber, wenn Sie mich Anne nennen wollten. Mein letztes Mädchen ist vor einem Monat fort, und seitdem war's hier so einsam. Aber eine gute Haushilfe zu bekommen, ist nicht leicht, und so habe ich mich allein beholfen. Zu kümmern brauchen Sie sich hier nur um Luddie und mich, Kinder haben wir nicht. Ich hoffe, es wird Ihnen bei uns gefallen, Meggie."

„Ganz bestimmt, Mrs. Müller . . . Anne."

„Ich möchte Ihnen Ihr Zimmer zeigen. Werden Sie mit dem Koffer fertig? Beim Tragen, fürchte ich, kann ich nicht viel helfen."

Das Zimmer war keineswegs luxuriös möbliert, was übrigens für das ganze Haus zu gelten schien, doch es ging auf dieselbe Veranda hinaus wie das Wohnzimmer, und die Aussicht wurde durch keinerlei „Windbrecher" behindert.

Anne erklärte, was es mit dem eher kärglich wirkenden Mobiliar auf sich habe. „Für Samt- oder Seidenbezüge oder sonst etwas in der Art ist es hier oben ganz einfach zu heiß", sagte sie. „Und so leben wir also gewissermaßen mit Korbmöbeln und ziehen uns so wenig an, wie es der Anstand gerade noch erlaubt. Ich fürchte, da werden Sie sehr schnell einiges lernen müssen, denn in Ihrer Kleidung – also, nein, darin kommen Sie ja glatt um."

Sie trug ein tiefausgeschnittenes, ärmelloses Oberteil und ein Paar Shorts, aus dem gleichsam hilflos ihre verdrehten Beine hervorstaken. Jedenfalls dauerte es nicht lange, und Meggie hatte selbst solche Shorts und ein solches Oberteil an – von Anne geliehen natürlich, sanft, doch nachdrücklich von ihr dazu gedrängt. Meggie genierte sich zuerst sehr, doch noch größer war ihre Beschämung darüber, Anne erklären zu müssen, daß Luke ihr nicht genügend lasse, daß sie sich selbst etwas kaufen könne . . . ja, eigentlich lasse er ihr überhaupt kein Geld.

„Nun, Sie sehen in meinen Shorts jedenfalls viel hübscher aus als ich", versicherte Anne und fuhr dann in der Aufzählung wichtiger Punkte fort: „Das Brennholz bringt Luddie. Sie brauchen es weder zu hacken noch die Treppe heraufzuschleppen. Ich wünschte, wir hätten schon elektrischen Strom wie die Häuser, die näher zu Dunny hin liegen, aber bei der Verwaltung geht ja alles so grauenvoll langsam. Vielleicht verlegen sie die Leitung im nächsten Jahr bis nach ,Himmelhoch', doch bis dahin müssen wir uns noch mit dem scheußlichen alten Holzherd begnügen, fürchte ich. Aber warten Sie nur, Meggie! In dem Augenblick, in dem wir elektrischen Strom bekommen, haben wir elektrisches Licht, einen Elektroherd und einen Kühlschrank."

„Ich bin es gewohnt, ohne all das zurechtzukommen."

„Das mag schon sein, nur, bei Ihnen unten im Süden ist die Hitze trocken. Das hier ist viel, viel schlimmer. Ich habe Angst, daß Ihre Gesundheit vielleicht darunter leiden könnte. Das geschieht oft bei Frauen, die nicht hier geboren und aufgewachsen sind. Hat irgendwas mit dem Blut zu tun. Wir liegen genauso weit südlich vom Äquator wie Bombay und Rangun nördlich vom Äquator, wissen Sie, und das sind Breiten, die weder für Mensch noch Tier taugen, es sei denn, man ist da geboren." Sie lächelte. „Oh, ich freue mich schon jetzt so sehr, daß Sie hier sind! Wir beide werden zusammen bestimmt eine wunderbare Zeit verleben! Lesen Sie gern? Bei Luddie und mir ist das eine wahre Leidenschaft."

Meggies Augen glänzten. „O ja!"

„Großartig! Ich glaube, Sie werden Ihren großen, stattlichen Mann gar nicht so sehr vermissen."

Meggie schwieg. Luke vermissen? Nun, sie hatte sehr stark das Gefühl, daß sie am glücklichsten wäre, wenn sie ihn nie mehr wiedersah. Aber natürlich, er war nun einmal ihr Mann, und Gesetz und Gebot wollten, daß sie ihr Leben mit ihm teilte. Schließlich hatte ihr niemand diese Entscheidung aufgezwungen, sie selbst hatte sie getroffen, aus völlig freien Stücken und mit offenen Augen. Vielleicht brauchte auch wirklich alles nur Geduld und Zeit, viel Geduld und viel Zeit: bis sie das Geld für die Station in Western Queensland zusammenhatten, bis diese Station und ein gemeinsames Leben für sie beide Wirklichkeit wurden.

Er war ja kein schlechter oder widerwärtiger Kerl, nein, das konnte man wohl nicht sagen. Nur verstand er nicht recht, sein Leben mit einem anderen Menschen zu teilen. Dafür war er offenbar zu lange allein gewesen. Außerdem ging er in der Art einfacher Menschen, die keine andere Methode kennen, sehr direkt und sehr energisch auf sein Ziel los, ein sehr konkretes Ziel, wie denn selbst die Träume solcher Männer immer etwas sehr Handfestes hatten. Und mußte man ihn dafür nicht achten? Keinen Augenblick kam ihr der Gedanke, er könne das Geld zum eigenen Vergnügen verwenden. Er hatte es genauso gemeint, wie er es gesagt hatte: Das Geld würde auf der Bank bleiben.

Was ihm fehlte, war die Fähigkeit – und zudem wohl auch die Geduld –, sich klarzuwerden, daß eine Frau nun einmal anders war als ein Mann, daß sie andere Bedürfnisse hatte als er, so wie er andere Bedürfnisse hatte als sie. Nun ja, es hätte schlimmer sein können, denn zumindest mit dem Job, den er ihr besorgt hatte, schien sie Glück zu haben. Anne Müller schien eine wirklich freundliche und warmherzige Person zu sein. Ja, auf „Himmelhoch" würde sie sich soweit sicher wohl fühlen, nur – wie entsetzlich weit war es doch von Drogheda entfernt.

Dieser letzte Gedanke stellte sich wieder ein, nachdem Anne sie durch das ganze Haus geführt hatte. Die beiden Frauen standen auf der Wohnzimmerveranda und blickten hinaus über das Anwesen von „Himmelhoch". Über große Felder voll Zuckerrohr strich der Wind, das frische Grün der Pflanzen schien zu glänzen und zu glitzern, und über einen allmählich abschrägenden Hang glitt das Auge zu einem breiten Fluß, weitaus breiter als der Barwon, mit undurchdringlichem Dschungel an den Ufern. Jenseits des Flusses dehnten sich wieder Zuckerrohrfelder, giftgrüne Rechtecke, durchbrochen von Brachfeldern mit ihrem blutigen Rot, bis hin zum Fuß eines mächtigen Berges, und dort nahm wieder der Dschungel überhand. Hinter der Bergspitze erhoben sich noch weitere Gipfel und verblichen dann purpurfarben in der Ferne. Das Blau des Himmels war hier tiefer und intensiver als über Gilly, und alle Farben waren unglaublich satt und kontrastreich.

„Das dort ist Mount Bartle Frere", sagte Anne und deutete auf den vordersten Gipfel. „Fast zweitausend Meter über dem Meeresspiegel. Soll voller Erz sein, aber wegen des Dschungels, heißt es, läßt es sich nicht abbauen."

Der schwere, träge Wind führte einen Geruch herbei, den Meggie sofort bemerkt hatte, als sie in Dungloe aus dem Zug gestiegen war. Wie von Verwesung und doch nicht von Verwesung, jedenfalls süß, unerträglich süß – etwas, das alles durchdrang und nie weichen wollte, so stark der Wind auch wehte.

„Was Sie riechen, ist Molasse", sagte Anne, als sie Meggies geblähte Nasenflügel sah. Sie steckte sich eine Ardath-Zigarette an.

„Ist ja widerlich."

„Ich weiß. Deshalb rauche ich auch. Aber bis zu einem gewissen Grad gewöhnt man sich daran, obwohl dieser Geruch, anders als andere Gerüche, nie ganz verschwindet. Tagaus, tagein ist er da, der Molassengeruch."

„Dort am Fluß, diese Gebäude mit den schwarzen Schornsteinen, was ist das?"

„Das ist die sogenannte Mühle. Dort wird aus Zuckerrohr Rohzucker gewonnen. Was dabei übrigbleibt, ich meine das Zuckerrohr ohne Zucker, nennt man Bagasse. Beides, Rohzucker wie Bagasse, wird zur Weiterverarbeitung nach Sydney transportiert. Aus dem Rohzucker gewinnt man dann Molassen, sogenannten goldenen Sirup, braunen Zucker, weißen Zucker und flüssige Glukose. Die Bagasse dient als Material für eine Art Holzfaserplatte, wie man sie beim Bauen verwendet. Nichts wird vergeudet, absolut nichts. Und deshalb ist selbst in dieser Depression der Anbau von Zuckerrohr noch immer sehr profitabel."

Arne Swenson war einsachtundachtzig groß, genauso groß wie Luke und genauso stattlich. Unter der dauernden Sonneneinwirkung hatte sich die Farbe seiner Haut in ein dunkles Goldbraun verwandelt, und sein strohblondes Kopfhaar glich einer ungebärdigen Mähne. Seine fein ausgeprägten Gesichtszüge glichen im Typ so sehr denen von Luke, daß sich leicht begreifen ließ, was man gar nicht so überaus selten fand: In den Adern so mancher Schotten und Iren floß auch skandinavisches Blut.

Luke hatte sich dem Klima inzwischen angepaßt. Wie die meisten Männer hier trug auch er jetzt Shorts. Er stieg zu Arne in dessen uralten Ford, eine Art Kleinlaster, und sie fuhren los. Arne hatte erklärt, daß seine Gruppe jetzt draußen bei Goondi arbeite, und Luke war voll gespannter Erwartung. Hinten auf der Ladefläche befanden sich sein Koffer und ein gebrauchtes Fahrrad, das er inzwischen gekauft hatte.

Die anderen Männer arbeiteten schon seit Sonnenaufgang, und als Arne mit Luke von der Baracke her kam, hoben sie nicht einmal den Kopf. Alle trugen Shorts und hatten dicke Wollsocken und hohe Schuhe an. Hüte aus Zelttuch schützten ihre Köpfe.

Die Augen unwillkürlich verengend, starrte Luke die Männer wortlos an. Sie boten in der Tat einen sonderbaren Anblick. Von Kopf bis Fuß deckte sie ein Belag aus kohlschwarzem Schmutz, in den der Schweiß, vor allem auf Brust, Rücken und Armen, rosafarbene Bahnen gezeichnet hatte.

„Das ist der Ruß und der Dreck vom Zuckerrohr", erklärte Arne. „Bevor wir's schneiden können, müssen wir's abbrennen."

Er bückte sich, hob zwei gleichartige Gegenstände auf, reichte den einen Luke O'Neill. „Dies ist das Schnitt- oder auch Haumesser", sagte er, während er seines in der Hand wog. „Hiermit schneidet man das Zuckerrohr – kinderleicht, wenn man weiß, wie." Er grinste, demonstrierte sodann den Arbeitsvorgang, wobei er die Sache vermutlich weit leichter aussehen ließ, als sie es in Wirklichkeit war.

Luke blickte auf das tödliche Gerät in seiner Hand, das sich von den Macheten, wie sie im tropischen Amerika zum Zuckerrohrschneiden verwendet wurden, deutlich unterschied. Die Klinge verbreitete sich dreieckförmig, an einem Ende der Schneide befand sich eine Art Sporn oder Dorn.

„Eine Machete", erklärte Arne, „wäre für das Zuckerrohr hier in North Queensland zu klein. Dies ist gerade das richtige Arbeitsgerät, wie Sie sehen werden. Schön scharf halten – na, und denn: viel Glück."

Er drehte sich um und verschwand. Für ihn wurde es Zeit, seinen eigenen Arbeitsabschnitt in Angriff zu nehmen. Einen Augenblick lang stand Luke noch unentschlossen. Dann zuckte er mit den Achseln und begann zu arbeiten. Nach wenigen Minuten wußte er, weshalb man das Zuckerrohrschneiden früher Sklaven überlassen hatte, weshalb man es anderswo auch heutzutage noch Rassen überließ, die offenbar nicht wußten, daß man sich sein Geld auf leichtere Weise verdienen konnte – mit Schafscheren zum Beispiel, dachte er in einer Art Galgenhumor. Sich bücken, dann hacken, sich wieder aufrichten. Nun ließ man den sogenannten Stengel – den Schaft oder Stamm des Zuckerrohrs – durch beide Hände gleiten, bis man zu den Blättern gelangte. Diese wurden abgehackt und auf einen Haufen geworfen. Und weiter ging's zur nächsten Pflanze, unaufhörlich im gleichen Rhythmus: bücken, hacken, sich aufrichten; Schaft durch die Hände gleiten lassen, wieder hacken, Blätter auf den Haufen werfen ...

Im Zuckerrohr wimmelte es von Ungeziefer: Ratten, Kröten, Spinnen, Schlangen, Wespen, Fliegen, Bienen. Was auch immer gemein beißen oder stechen konnte, hier schien es sich zu finden. Das war auch der Grund, weswegen die Schnitter das Zuckerrohr, bevor sie an ihre eigentliche Arbeit gingen, erst einmal „abbrannten". Das Feuer erfaßte jedoch nur die untersten Hülsenblätter am Fuß des Stammes. Es hieß sogar, daß der Zuckergehalt dadurch noch erhöht werde. Jedenfalls sollte durch das Abbrennen das Ungeziefer vertrieben werden, und den Ruß und Dreck bei der Arbeit nahmen die Schnitter dafür gern in Kauf. Allerdings blieb trotz des Feuers noch immer genügend Getier übrig, so daß die Männer dennoch eine Menge Bisse und Stiche abbekamen. Hätte Luke nicht die schützenden Schuhe und Socken getragen, er wäre an den Füßen noch übler zugerichtet worden als an den Händen. Übrigens fiel es keinem Schnitter ein, sich etwa Handschuhe überzustreifen. Das hätte sie bei der Arbeit behindert, und gerade in diesem Job war Zeit Geld. Außerdem waren Handschuhe etwas für Weichlinge.

Gegen Sonnenuntergang kam Arne, um zu sehen, wie Luke sich geschlagen hatte.

„Donnerwetter, Kumpel, nicht übel!" rief er und gab Luke einen anerkennenden Schlag auf die Schulter. „Fünf Tonnen! Wirklich nicht übel für den ersten Tag!"

Der Weg zur Baracke war nicht weit. Doch die tropische Nacht kam so schnell, so fast übergangslos, daß bereits Dunkelheit herrschte, als Arne mit seiner Gruppe die Unterkunft erreichte. Zunächst spülten sich alle in der Gemeinschaftsdusche den Dreck herunter, und erst jetzt gingen sie, ein Handtuch um die Hüfte geschlungen, in die Baracke, wo der Schnitter, der gerade Kochdienst hatte, wahre Berge von Essen für sie bereithielt. An diesem Tag gab es Steaks und Kartoffeln, Damper-Brot und Obstpudding. Die Männer stürzten sich mit einem ungeheuren Wolfshunger darauf und ließen auch nicht einen einzigen Bissen übrig.

Es war eine Wellblechbaracke. Im Schlafraum standen zwei Reihen metallener Bettgestelle mit Matratzen. Nackt ließen sich die Männer auf die ungebleichten Laken fallen, fluchten auf dieses ganz und gar gottverdammte Zuckerrohr, zogen währenddessen von den Ringen oben die Moskitonetze herab und waren wenige Augenblicke später auch schon eingeschlafen – undeutlich wahrnehmbare Gestalten unter gazeartigen Zelten.

Arne hielt Luke zurück. „Zeig mal deine Hände." Er betrachtete das blutende Fleisch: Schnittwunden, Stiche, Blasen. „Hör zu", sagte er, „säubere sie vorsichtig und tu dann diese Salbe hier drauf. Wenn ich dir einen Rat geben darf: Reibe sie jeden Abend mit Kokosöl ein. Du hast große Hände. Wenn dein Rücken die Arbeit aushält, wirst du einen guten Schnitter abgeben. In einer Woche bist du abgehärtet, da wird dann nichts mehr so leicht wund."

Jeder Muskel in Lukes prachtvollem Körper tat weh, doch das spürte er nicht. Was er fühlte, waren Schmerzen, die ihn wie glühende Eisenfesseln umspannten. Nachdem er seine Hände gesäubert, gesalbt und mit Tuchfetzen umwickelt hatte, streckte er sich auf seinem Bett aus, zog das Moskitonetz herab und schloß die Augen. Was ihn hier erwartete, hatte er sich nicht einmal träumen lassen – nun, nicht einmal ein Quentchen seiner Substanz würde er dann verschwendet haben, verschwendet an Meggie. Unversehens war sie zu einer lästigen und höchst unwillkommenen Erinnerung geworden, zu etwas, das man nach Möglichkeit besser aus dem Gedächtnis verdrängte. Eines wußte er mit Sicherheit: Solange er Zuckerrohr schnitt, blieb für sie an Energie bestimmt nichts übrig.

Genau wie Arne es vorausgesagt hatte, brauchte Luke eine Woche, um sich an die Härte dieser Arbeit zu gewöhnen und um das tägliche Acht-Tonnen-Minimum zu schaffen, das Arne von jedem Mitglied seiner Gruppe verlangte. Dann setzte Luke sich ein neues Ziel, und dieses Ziel hieß: Arne übertreffen. Luke wollte den größten Anteil am Geld und, falls möglich, eine Partnerschaft. Noch wichtiger jedoch erschien ihm etwas anderes. Er wollte, daß man ihn mit genau solchen Blicken ansah wie Arne. Arne war so etwas wie ein Gott. Er war der beste Zuckerrohrschnitter in Queensland und damit wahrscheinlich auf der ganzen Welt. Wenn sie am Samstagabend in irgendeine Stadt fuhren, dann überschlugen sich die Männer dort fast, um Arne Schnaps und Bier zu spendieren, und die Weiber umschwirrten ihn. Sie glichen sich in vielem, Arne und Luke. Beide waren eitel, beide sonnten sich gern in weiblicher Bewunderung. Doch diese Bewunderung, die sie sich so gern gefallen ließen, war für beide auch die Grenze. Weiter ging es nicht, denn sie hatten den Frauen nichts zu geben; sie gaben all ihre Kraft dem Zuckerrohr.

Für Luke besaß diese Arbeit eine Schönheit, auf die er sein ganzes Leben gewartet zu haben schien: auf die Schönheit im Verein mit der gnadenlosen Härte. Bücken, aufrichten; bücken, aufrichten; bücken, aufrichten; das war ein gleichsam ritueller Rhythmus, der ihn teilhaben ließ an einem Mysterium, von dem gewöhnliche Männer kaum etwas ahnten. Arne Swenson hatte es mit seinen Worten umschrieben: Wer sich hierbei überragend bewährte, gehörte zur Spitze in der besten Arbeitsgruppe, die es auf der ganzen Welt gab. Und voll Stolz konnte er den Kopf hochtragen, ganz gleich, wo er sich befand – in dem sicheren Wissen, daß von allen Männern, denen er begegnete, kaum einer auch nur einen Tag auf einem Zuckerrohrfeld durchhalten würde. Der König von England war keinen Deut besser als er, und wahrscheinlich hatte der englische König für Männer wie ihn nur

Bewunderung übrig. Ärzte, Anwälte, Bürohengste und was nicht sonst noch – auf solche Leute konnte man nur voll Mitleid und Verachtung hinabblicken. Zuckerrohrschneiden in der Art des weißen Mannes, sich bis aufs letzte schindend, getrieben vom Hunger nach Geld: eine größere Leistung gab es nicht und konnte es auch nicht geben.

Wenn er auf dem Rand seines Bettes saß und auf seine schwieligen Hände blickte, wenn er die noch immer wachsende Kraft seiner Armmuskeln spürte und seine langen braunen Beine sah, dann lächelte er. Ein Mann, der bei einer solchen Arbeit nicht nur nicht schlappmachte, sondern sie sogar liebte, der erst war ein Mann. Und unwillkürlich fragte er sich, ob wohl der König von England das von sich behaupten konnte.

Erst nach vier Wochen sah Meggie Luke wieder. Sonntag für Sonntag hatte sie sich die schweißglänzende Nase gepudert und sich ein hübsches Seidenkleid angezogen – auf Unterrock und Strümpfe verzichtete sie inzwischen wohlweislich, das war bei diesem Höllenklima denn doch zuviel.

Und dann wartete sie auf ihren Mann; vergeblich. Anne und Luddie Müller ließen kein Wort darüber fallen, sie beobachteten sie nur. Wie auf einer hellerleuchteten, doch völlig leeren Bühne saß sie, und am Ende fiel dann immer der Vorhang, ohne daß sich auch nur das Geringste ereignet hatte.

Dabei ließ sich keineswegs behaupten, daß sie sich so sehr nach ihm gesehnt hätte. Sie fand nur, Eheleute gehörten, wenn es denn schon die Umstände nicht anders gestatteten, zumindest am Sonntag zusammen. Weshalb kam er nur nicht? Dachte er überhaupt nicht mehr an sie? Aber sie konnte sich den Grund schon denken. Er war es ganz einfach leid. War es leid, daß sie schrie, wenn er zu ihr kam – so wie Männer, im Bett, nun einmal zu einer Frau kamen. So weh es auch getan hatte vor Wochen im Hotel, jetzt wünschte sie plötzlich, sie hätte sich lieber die Zunge abgebissen, statt auch nur einen Mucks von sich zu geben.

Genau in dieser Weise entwickelte sich das bei ihr: Zuerst war sie wütend auf ihn, wegen seiner Gleichgültigkeit ihr gegenüber; dann begann sie, manches zu bereuen; und schließlich gab sich sich selbst die ganze Schuld.

Am vierten Sonntag hatte sie keine Hoffnung mehr. Statt sich wieder ihr feinstes Seidenes anzuziehen, schlüpfte sie wie inzwischen gewohnt in Shorts und Oberteil und ging barfuß in der Küche umher, eifrig damit beschäftigt, für Luddie und Anne ein warmes Frühstück zu machen. Als sie auf der Hintertreppe Schritte hörte, wandte sie der Pfanne mit dem brutzelnden Speck den Rücken zu – und starrte dann diesen großen und so stark behaarten Menschen dort im Türrahmen wie fassungslos an. Luke? War das Luke? Er wirkte wie aus Stein gemeißelt, gar nicht mehr menschlich. Doch das Standbild durchquerte die Küche, gab ihr einen schmatzenden Kuß und setzte sich an den Tisch. Sie schlug ein paar Eier in die Pfanne und tat noch mehr Speck dazu.

Anne Müller kam in die Küche und lächelte höflich. Innerlich kochte sie jedoch: So ein Kerl – seine junge Frau so lange zu vernachlässigen.

„Das ist aber schön", sagte sie. „Ich meine, daß Sie Ihre Frau doch nicht ganz vergessen haben. Kommt mit auf die Veranda, ihr beiden, und frühstückt zusammen mit Luddie und mir. Luke, helfen Sie Meggie den Speck und die Eier tragen. Mit dem Toaster komme ich schon selber zurecht."

Ludwig Müller war zwar in Australien zur Welt gekommen, konnte seine deutsche Herkunft jedoch nicht gut verleugnen. Er hatte hellblaue Augen, einen ziemlich kantigen grauhaarigen Kopf, und seine rötliche Hautfarbe verriet, daß ihm die Kombination von Bier und Sonne denn doch nicht so ganz bekam. Beide Müllers hatte Meggie inzwischen ins Herz geschlossen, und voll Dank registrierte Luddie, daß Anne immer mehr auflebte, seit dieser kleine Goldschopf im Haus war.

„Wie geht's denn so mit dem Zuckerrohrschneiden, Luke?" fragte er, während er sich Ei und Speck auf den Teller tat.

„Wenn ich Ihnen sage, daß es mir gefällt, glauben Sie's mir dann auch?" fragte Luke lachend zurück.

Luddie musterte ihn aufmerksam. Aus seinem Blick sprach viel Lebenserfahrung. „Durchaus", erwiderte er. „Ihrem Temperament und Ihrem Körperbau nach ist das für Sie genau das Richtige, glaube ich. Sie fühlen sich anderen Männern überlegen." Er war ein Menschenkenner und verstand es, seine eigenen Beobachtungen mit den Erkenntnissen anderer zu vergleichen und dadurch auf ein festeres Fundament zu stellen. Was bei ihm wohl niemand so ohne weiteres vermutet hätte: Eifrig las er die Werke von Freud und Jung, von Huxley und Russell.

„Ich dachte schon, Sie wollten Meggie überhaupt nie besuchen", sagte Anne und strich sich halbflüssige Butter auf ihre Toastscheibe. Anders als in diesem Zustand ließ sich Butter hier oben nicht aufbewahren – immer noch besser, als gar keine Butter.

„Nun, Arne und ich wurden uns einig, eine Zeitlang auch sonntags zu arbeiten. Morgen fahren wir nach Ingham."

„Was natürlich heißt, daß die arme Meggie Sie nicht oft sehen wird."

„Meg versteht schon. Wird ja nur so für zwei Jahre sein, und uns bleibt ja die Sommerpause. Arne sagt, für die Zeit kann er mir Arbeit bei der CSR in Sydney besorgen, und vielleicht nehme ich Meg dann mit."

„Warum müssen Sie so hart arbeiten, Luke?" fragte Anne.

„Muß das Geld zusammenbekommen für meinen Besitz draußen im Westen, bei Kynuna. Hat Meg nichts davon erzählt?"

„Ich fürchte, unsere Meggie erzählt nicht viel über private Dinge. Aber erzählen Sie doch, Luke."

Es brauchte nur einen kleinen Anstoß, um Lukes Beredsamkeit gleichsam ins Rollen zu bringen, denn zumindest in diesem Punkt war er beredsam. Er sprach von dem wunderbaren Land, das er sich kaufen würde und das für ihn ganz ohne Zweifel so etwas wie das Gelobte Land darstellte. Er sprach von dem Gras, von den großen, grauen Brolga-Vögeln, die im Staub der einzigen Straße von Kynuna herumpickten, von den Tausenden und aber Tausenden hüpfender Känguruhs und von der heißen, trockenen Sonne. Er sprach und sprach.

„Ja, und eines Tages, ziemlich bald schon, wird ein großes Stück Erde davon mir gehören. Ein Teil Geld dafür kommt von Meggie, und wenn wir so weiterarbeiten wie jetzt, dann dürfte es nicht mehr als höchstens vier oder fünf Jahre dauern. Ja, eigentlich könnten wir schon eher dran denken. Wenn ich mich mit einem kleineren Stück Land zufriedengeben würde. Aber wo ich jetzt weiß, was ich mit Zuckerrohrschneiden verdienen kann, möchte ich lieber ein bißchen länger warten und dann ein wirklich anständiges Stück Land kaufen." Die Teetasse in seiner großen, schwieligen Hand, beugte er sich vor. „Wissen Sie, neulich hätte ich Arne ums Haar ausgestochen! Elf Tonnen habe ich geschnitten, *an einem einzigen Tag!*"

Luddie pfiff leise durch die Zähne, ein Ausdruck ehrlicher Bewunderung. Die beiden Männer begannen, über durchschnittliche und außergewöhnliche Arbeitsleistungen zu sprechen.

Meggie schlürfte ihren starken, dunklen Tee. Oh, Luke, dachte sie. Zuerst hatte er von zwei Jahren gesprochen, jetzt waren es schon vier bis fünf. Wie viele würden es wohl am Ende sein? Würde er überhaupt diese Arbeit je wieder aufgeben wollen? Denn eines stand fest: Das Zuckerrohrschneiden war etwas, das er offenbar geradezu liebte.

Und sie? Sollte sie sich gedulden und immer wieder gedulden? Sollte sie ergeben abwarten, wie am Ende alles wurde? Die Müllers waren sehr freundlich zu ihr, und über ein Übermaß an Arbeit brauchte sie sich wirklich nicht zu beklagen. Nur: Wenn sie schon ohne ihren Mann leben mußte, so wäre wohl Drogheda dafür der geeignete Ort gewesen. Seit einem Monat war sie nun auf „Himmelhoch", aber keinen einzigen Tag hatte sie sich hier wirklich wohl gefühlt. Sie litt an Appetitlosigkeit und an Durchfall und schien die Lethargie, die sie erfüllte, einfach nicht abschütteln zu können. Da sie es gewohnt war, sich blendend zu fühlen, beunruhigte dieser eigentümliche Zustand sie sehr.

Nach dem Frühstück half Luke ihr beim Geschirrspülen. Dann machte er mit ihr einen Spaziergang. Wohin? Zum nächsten Zuckerrohrfeld, wohin eigentlich auch sonst? Und ununterbrochen erzählte er ihr, wie das alles war – das Zuckerrohrschneiden und das prachtvolle Leben draußen in der freien Luft und diese prachtvolle Bande von Jungs aus Arnes Gruppe, und wieviel anders das alles war als das Schafescheren und wieviel besser!

Sie kehrten um, stiegen wieder den Hügel hinauf. Doch sie gingen nicht ins Haus. Statt dessen führte Luke Meggie zwischen die Pfähle darunter, in eine Art Höhle oder doch Höhlung, in der es verhältnismäßig kühl war. Hier gab es Behältnisse aus Terrakotta in den verschiedensten Formen, vollgefüllt mit Erde, die Orchideen und manchen anderen Pflanzen als Nährboden diente. An langen Drähten hingen, vom Gebälk oben, Körbe herab, und man sah Farne und Tuberosen und Begonien und anderes, was das Auge wahrhaft entzücken konnte. Hierhin zog Meggie sich gern zurück, und dies war auch das einzige auf „Himmelhoch", das ihr besser gefiel als irgend etwas auf Drogheda; denn auf Drogheda hätten auf einem so beschränkten Raum niemals so viele Pflanzen wachsen können, dazu fehlte es dort ganz einfach an genügend Luftfeuchtigkeit.

„Ist dies nicht reizend, Luke? Meinst du, daß wir so nach zwei Jahren vielleicht ein Haus für mich mieten können? So etwas wie dies würde ich nämlich selbst gern versuchen . . ."

„Wozu, Himmelherrgott, brauchst du für dich ein Wohnhaus? Wir sind hier nicht in Gilly, Meg. Eine alleinwohnende Frau wäre hier nicht sicher. Bei den Müllers bist du viel besser dran, glaub mir. Oder fühlst du dich bei ihnen nicht glücklich?"

„Ich fühle mich so glücklich, wie man sich im Haus anderer Leute fühlen kann."

„Hör zu, Meg, mit dem, was du jetzt hast, mußt du nun mal zufrieden sein, bis wir nach Westen ziehen. Wir können es uns einfach nicht leisten, Häuser zu mieten und ein Luxusleben zu führen. Wir müssen sparen, verstehst du!?"

„Ja, Luke."

Er war so erregt, daß er es unterließ, sie zu küssen, dabei hatte er sie eigens deshalb hierhergeführt. Statt dessen gab er ihr einen Klaps auf den Hintern, der um einige Grade zu hart ausfiel, als daß er etwa liebevoll gewirkt hätte. Und dann marschierte er auch schon los, zu jenem Baum an der Straße, wo er sein Fahrrad gelassen hatte. Das Geld für Triebwagen und Bus sparend, war er über dreißig Kilometer zu Meggie gestrampelt, und nun hieß es dreißig Kilometer zurück.

„Arme kleine Seele!" sagte Anne zu Luddie. „Ich könnte ihn umbringen!"

Der Januar kam und ging vorbei, der ruhigste Monat für Zuckerrohrschnitter, doch Luke ließ sich nicht blicken. Er hatte zwar davon gesprochen, Meggie vielleicht nach Sydney mitnehmen zu wollen, aber bei diesem Vielleicht blieb es auch. Statt mit Meggie fuhr er mit Arne nach Sydney. Arne war Junggeselle und hatte eine Tante, die in Rozelle ein Haus besaß, eine sehr praktische Sache, denn von dort konnte man zu Fuß zu den CSR, den Colonial Sugar Refineries, sparte also das Geld für den Bus oder was immer. Die Betonmauern der Raffinerien schienen zu einem gigantischen Festungswerk zu gehören, und dort konnte ein Schnitter Arbeit bekommen, sofern er über gute Verbindungen verfügte. Luke und Arne verdienten sich ihr Geld mit dem Stapeln von Zuckersäcken, und in ihrer freien Zeit vergnügten sie sich mit Schwimmen oder Surfing.

Meggie lebte natürlich weiter bei den Müllers. Schwitzend durchstand sie die feuchte Jahreszeit, in aller Kürze nur „die Feuchte" genannt, und damit meinte man nichts anderes als die Monsun-Saison. Außer der „Feuchten" gab es auch noch „die Trockene", die von März bis November dauerte und in diesem Teil des Kontinents keinesfalls wirklich trocken war, dafür jedoch, im Vergleich zur „Feuchten", geradezu himmlisch. Während der „Feuchten" öffnete der Himmel seine Schleusen und spie Wasser aus, nicht ununterbrochen, sondern gleichsam in Anfällen, in Aufwallungen. Und zwischen den unglaublichen Wolkenbrüchen dampfte das Land, große Wolken aus weißem Dunst stiegen empor von den brachliegenden Feldern, vom Zuckerrohr, vom Dschungel, von den Bergen.

Je mehr Zeit verging, desto größer wurde Meggies Heimweh. Inzwischen wußte sie, daß North Queensland für sie nie zur neuen Heimat werden konnte. Zum einen war das Klima nichts für sie, und der Grund dafür lag vielleicht darin, daß sie den größten Teil ihres Lebens in einer ausgesprochen trockenen Region verbracht hatte. Und zum anderen – o Gott, da gab es so vieles. Die Einsamkeit setzte ihr zu, das Gefühl einer geradezu erdrückenden Lethargie. Und dann die vielen Insekten und Reptilien, vor denen man nirgends sicher zu sein schien, auch nicht im Haus. Riesenkröten, Tarantln, Ratten, Schaben aller Art, vieles mehr, es war so ungeheuerlich, und sie fürchtete sich davor. Am meisten aber haßte sie das Dunny.

Nun hatte es damit zunächst allerdings eine eher lustige Bewandtnis. Genauso wie die Einheimischen Gillanbone meist nur Gilly nannten, begnügte man sich hier in der Regel mit Dunny für Dungloe. Daneben hatte Dunny aber noch eine Bedeutung: Man bezeichnete damit auch die Toilette, den Lokus. Und bei einem Dunny in Dunny, einem Dunny-Dunny, verging einem aller Spaß, und zwar gründlich.

Wegen des Klimas hier konnte man sich nicht einfach mit einem Loch im Boden begnügen, schon allein wegen der Typhusgefahr. Ein Dunny-Dunny war daher eine Art geteerter Blechkasten, aus dem es so grauenvoll stank, daß es einem den Magen umstülpte. Außerdem erwachten, wenn man ihn benutzte, wimmelnde Würmerscharen zum Leben. Jeweils nach einer Woche wurde er entfernt und durch einen leeren ersetzt, und das war bei weitem nicht bald genug.

Alles in Meggie rebellierte dagegen, solche Dinge als normal hinzunehmen und dagegen so gleichgültig zu werden wie fast alle hier. Nicht einmal ein ganzes Leben würde ihr genügen, um sich damit auszusöhnen. Allerdings, so grübelte sie bedrückt, konnte es durchaus sein, daß sie ihr ganzes Leben hier in North Queensland zubringen mußte, es sei denn, Luke würde irgendwann einmal zu alt, um noch Zuckerrohr zu schneiden.

Sosehr sie sich nach Drogheda sehnte und immer wieder davon träumte, sie war viel zu stolz, um ihrer Familie zu gestehen, daß ihr Mann sie vernachlässigte. Ehe sie das zugab, so versicherte sie sich selbst nachdrücklich, nahm sie lieber dieses Lebenslänglich auf sich.

Monat nach Monat verging, dann ein ganzes Jahr, und schließlich näherte sich sogar schon das zweite seinem Ende. Wenn Meggie es überhaupt auf „Himmelhoch" aushielt, so lag das einzig an der gleichbleibenden Freundlichkeit der Müllers. Hätte Meggie ihren Bruder Bob in einem Brief um das Fahrgeld nach Drogheda gebeten, so wäre die Summe zweifellos postwendend zu ihrer Verfügung gewesen, telegrafisch überwiesen. Doch Meggie konnte ihrer Familie unmöglich mitteilen, daß ihr Mann sie ohne einen einzigen Penny ließ. An dem Tag, an dem sie das tat, würde sie sich auch unwiderruflich von Luke trennen, und alles in ihrer Erziehung war gleichsam darauf angelegt, sie von einem solchen Schritt zurückzuhalten. Da war die Heiligkeit ihres Trauungsgelöbnisses, da war ihre Hoffnung auf ein Baby – nicht so bald, gewiß nicht, aber eines Tages eben doch –, da war die anerzogene Achtung vor dem Ehemann als dem, wenn man so wollte, Herrn ihres Schicksals. Anderes kam hinzu, und dieses andere entsprang ihrem Charakter. Zum einen ein unbeugbarer, geradezu starrköpfiger Stolz, zum anderen ein bohrender Zweifel, eine Art Schuldgefühl. War sie für die ganze Situation nicht genauso verantwortlich wie Luke? Hätte er sich nicht vielleicht anders verhalten, wenn sie sich *richtig* verhalten hätte?

In anderthalb Jahren hatte sie ihn ganze sechs Mal zu Gesicht bekommen. Und manchmal, ohne auch nur zu ahnen, daß es so etwas wie Homosexualität gab, dachte sie, daß Luke von Rechts wegen eigentlich hätte Arne heiraten sollen, denn er lebte ja mit Arne zusammen und zog seine Gesellschaft der ihren ganz entschieden vor.

Inzwischen bestand zwischen den beiden Männern eine volle geschäftliche Partnerschaft. Unablässig zogen sie die rund anderthalbtausend Kilometer Küste herauf und hinunter, wobei sie den jeweiligen Zuckerernten folgten, und sie schienen nichts zu kennen als Arbeit, Arbeit, Arbeit. Wenn Luke zu Meggie zu Besuch kam, so blieb er ihr eigentümlich fremd. Irgendwelche Intimitäten versuchte er erst gar nicht. Ein oder zwei Stunden saß man mit Luddie und Anne zusammen, dann machte Luke mit seiner Frau einen Spaziergang, gab ihr einen freundlichen Kuß – und war schon wieder davon.

Die beiden Müllers und Meggie frönten auf „Himmelhoch" ihrer Lieblingsbeschäftigung, dem Lesen. Die Bibliothek hier erwies sich als wesentlich reichhaltiger als die auf Drogheda. Auch gab es viele Bücher, die ein umfangreiches und gutfundiertes Wissen vermittelten. Meggie lernte beim Lesen ganz automatisch, und es war durchaus nicht wenig, was sie lernte.

An einem Sonntag im Juni 1936 erschienen Luke und Arne gemeinsam und wirkten recht selbstzufrieden. Sie seien gekommen, so sagten sie, um Meggie abzuholen. Sie solle mal etwas wirklich Interessantes erleben, und deshalb wollten sie sie zu einem Ceilidh mitnehmen.

Im allgemeinen zeigten die verschiedenen ethnischen Gruppen auf dem Kontinent eine starke Tendenz, sich rasch zu assimilieren, also durch und durch Australier zu werden. Hier oben auf der Halbinsel, die North Queensland bildete, war das allerdings anders. Die einzelnen Volksgruppen hielten zäh an ihren Traditionen fest: die Chinesen, die Italiener, die Deutschen, die Iroschotten. Um diese vier Gruppen handelte es sich in der Hauptsache. Und wenn die Schotten einen Ceilidh hielten, dann strömte alles, was Schottenblut hatte, aus dem näheren und weiteren Umkreis herbei.

Zu Meggies Verwunderung trugen Luke und Arne Kilts, und als sie sich von ihrer Überraschung ein wenig erholt hatte, fand sie, daß die beiden darin großartig aussahen. Es gibt nichts maskulineres als einen maskulinen Mann in einem Kilt, denn bei kraftvollzügigem Schritt schwingt der Schottenrock hinten wie in vielen kleinen Wellen, während der Stoff vorn völlig unbewegt bleibt und das Sporran – die beschlagene Felltasche, die zur Schottentracht gehört – als eine Art Lendenschutz fungiert. Unter dem Saum des knielangen Kilts sieht man die kräftigen Männerbeine, ganz und gar nicht so häßlich, wie einen manche glauben machen wollen.

Natürlich war das Wetter viel zu heiß für Jacke und Plaid, die an sich zur vollen Ausstattung gehörten. Luke und Arne begnügten sich mit weißen Hemden, deren Ärmel sie bis zu den Ellbogen hochgekrempelt und deren Kragen sie weit offen gelassen hatten.

„Was ist eigentlich ein Ceilidh?" fragte Meggie, als man gemeinsam aufbrach.

„Das ist das gälische Wort für ein Shinding – so ein Vergnügen mit Tanz und allem."

„Und warum, um alles auf der Welt, tragt ihr Kilts?"

„Ohne Kilts läßt man uns nicht rein, und wir sind bei allen Ceilidhs zwischen Bris und Cairns gut bekannt."

„Wirklich? Nun, es läßt sich eigentlich denken, daß ihr oft zu so etwas geht, denn sonst würde Luke kaum das Geld für einen Kilt ausgeben. Stimmt das nicht, Arne?"

„Ein Mann muß sich auch mal entspannen", sagte Luke, in die Defensive gedrängt.

Der Ceilidh fand in einer halbverfallen wirkenden Scheune statt, die inmitten der Mangroven-Sümpfe an der Mündung des Dungloe Rivers stand. O Gott! dachte Meggie entsetzt, an Gerüchen aller Art ist dieses Land wohl wirklich nicht leicht zu übertreffen. Molassen, Moder, dann die Dunnys, und jetzt auch noch Mangroven: die ganzen fauligen Ausdünstungen der Meeresküste gleichsam zu einem Geruchspaket vereinigt.

Sie traten ein, und Meggie sah sich um. Tatsächlich trugen hier alle Männer einen Kilt, und Meggie begriff plötzlich, wie kläglich sich eine Pfauenhenne vorkommen mußte, wenn sie ihre Hülle mit dem Prachtgefieder eines Pfaus verglich. Die wenigen Frauen hier wurden von männlicher Pracht so überstrahlt, das sie fast nichtexistent zu sein schienen, ein Eindruck, der sich im Laufe des Abends noch verstärkte.

Am Ende des Raums spielten zwei Dudelsackpfeifer lustige Weisen, und einige Paare tanzten dazu. Doch die Hauptaktivität, und eine recht geräuschvolle dazu, konzentrierte sich auf eine Gruppe von Männern, die gefüllte Gläser weiterreichten – mit schottischem Whisky, gar kein Zweifel. Unversehens fand Meggie sich zusammen mit mehreren Frauen in einer Ecke, und eigentlich war sie ganz zufrieden, von dort die Beobachterin zu spielen. Natürlich trug keine Frau einen Clan-Tartan, also den Schotten-rock mit dem sogenannten Schottenmuster, das keinesfalls irgend-ein beliebiges kariertes Muster ist. Denn keine Schottin trägt den Kilt, sondern nur das Plaid, und es war viel zu heiß, um sich solch schweren Stoff über die Schultern zu legen. Und so hatten die Frauen ihre eher unansehnlichen Baumwollkleider an, wie sie nun einmal in North Queensland getragen wurden, und gegen ihre so prachtvoll ausstaffierten Männer waren sie nicht mehr als graue Mäuse. Da fand sich das leuchtende Rot und Weiß von Clan Menzies, das heitere Schwarz und Gelb von Clan MacLeod von Lewis, das Butzenscheiben-Blau und die roten Karos von Clan Skene, die lebendige Vielfalt von Clan Ogilvy, das reizvolle Rot, Grau und Schwarz von Clan MacPherson. Luke in Clan MacNeil, Arne in dem Sassenach's Jacobean Tartan. Wunderschön!

Offenbar waren Luke und Arne hier wohlbekannt und recht beliebt. Wie oft mochten sie wohl herkommen? Was mochte sie diesmal veranlaßt haben, Meggie mitzunehmen? Sie seufzte, lehnte sich gegen die Wand. Die anderen Frauen betrachteten sie neugierig, schienen vor allem den Trauring an ihrer Hand auf-merksam zu registrieren. Luke und Arne zogen unverkennbar sehr viel weibliche Bewunderung auf sich, Meggie ihrerseits sehr viel weiblichen Neid. Was würden sie wohl sagen, dachte sie, wenn sie wüßten, daß der große Dunkelhaarige, der mein Mann ist, mich in den vergangenen acht Monaten genau zweimal besucht hat, und daß er offenbar nie auch nur den leisesten Wunsch verspürte, mit mir ins Bett zu gehen. Da, seht sie euch nur an, die beiden eingebildeten Hochland-Gecken! Dabei ist der eine so wenig ein Schotte wie der andere, und in diese Tracht schlüpfen sie doch nur deshalb so gern, weil sie wissen, daß sie darin phantastisch aussehen, und weil sie im Mittelpunkt der Aufmerksamkeit stehen wollen. Ja, einen prachtvollen Anblick bietet ihr wohl, ihr beiden Gaukler, aber ihr seid so sehr in euch selbst verliebt, daß ihr die Liebe eines anderen Menschen weder wollt noch braucht.

Um Mitternacht wurden die Frauen aufgefordert, entlang den Wänden Aufstellung zu nehmen. Die Dudelsackpfeifer begannen „Caber Feidh" zu spielen. Jetzt erst waren jene Tänze an der Reihe, die als die *eigentlichen* galten. Und immer, wenn Meggie später die Klänge eines Dudelsacks hörte, fühlte sie sich in diesen Schuppen zurückversetzt. Selbst das Wirbeln eines Kilts hatte bereits diese Wirkung. Wie in einer Art Traum verschmelzen Klang und Bild miteinander, ein Gefühl pulsierenden Lebens und schier unbändiger Vitalität nimmt überhand, macht die Erinnerung so intensiv, daß sie nie mehr verlorengehen kann.

Zum Fußboden hinab senkten sich die Schwerter. Zwei Männer in Kilts des Clan MacDonald von Sleat hoben die Arme über die Köpfe, und in dieser Haltung glichen sie Ballettänzern. Sehr ernst und so konzentriert, als müßten sie befürchten, bei der geringsten Unaufmerksamkeit von einem Schwert durchbohrt zu werden, begannen sie, sich mit großem Geschick zwischen den Klingen hindurchzubewegen.

Ein schriller Schrei übertönte plötzlich die hellen Dudelsackklänge, die jeden Winkel des Raums erfüllten und die Luft vibrieren ließen. Die Musikanten leiteten jetzt über zu einer anderen Weise, „All the Blue Bonnets over the Border". Die Schwerter wurden vom Fußboden hochgehoben, und nun beteiligten sich alle anwesenden Männer am Tanz, wobei sie einander unterhakten, ein Bild wild wirbelnder Kilts, das sich in seiner bunten Bewegtheit vor den Blick der Zuschauerinnen zu verwischen schien, so rasch glitten die verschiedenen Phasen ineinander über. Reels, Strathspeys, Flings, all diese Tänze tanzten sie, und ihre behenden Füße trommelten gleichsam auf die Bodenbretter den Takt, dessen Echo dann vom Dachgebälk widerhallte. Die Schnallen an ihren Schuhen blitzten, und jedes Mal, wenn beim Tanz eine neue Phase einsetzte, warf einer der Männer den Kopf in den Nacken und stieß jenen schrillen, ja gellenden Schrei aus, der sofort mit einer Vielzahl ebenso gellender ekstatischer Schreie beantwortet wurde. Die Frauen schienen völlig vergessen. Sie waren jetzt nichts als eine stumme Zuschauerschar.

Früh um vier brach man schließlich auf, der Ceilidh war zu Ende. Doch was die Gäste draußen erwartete, war nicht die Frische eines Morgens in Schottland. Weit entfernt befand man sich hier von Blair Atholl oder Skye – inmitten der Schwüle einer tropischen Nacht. Träge schien sich der große, schwere Mond über die unendlichen, sternenfunkelnden Weiten des Himmels zu schleppen, und alles war gleichsam verseucht vom stinkenden Miasma der Mangroven.

Doch das letzte, was Meggie hörte, als sie zu dritt in Arnes schnaufendem alten Ford losfuhren, war die wie klagende Weise „Flowers o' the Forest", Abschiedsgruß an die Gäste auf deren Heimweg. Heimweg? Wo war denn das eigene Heim? Und wo war die Heimat?

„Nun, hat's dir gefallen?" fragte Luke.

„Es hätte mir mehr gefallen, wenn ich mehr getanzt hätte", erwiderte sie.

„Was? Bei einem Ceilidh? Nun hör aber auf, Meg! Eigentlich sollen da nur die Männer tanzen. Wir sind also wirklich sehr nett zu euch Frauen, daß wir euch bei so etwas überhaupt tanzen lassen."

„Es scheint mir, daß es viele Dinge gibt, die nur Männer tun, vor allem, wenn es sich um solche Dinge handelt, die Spaß machen."

„Na, das tut mir aber leid!" sagte Luke steif. „Da habe ich gedacht, ein bißchen Abwechslung wäre dir sicher ganz lieb. Und deshalb habe ich dich mitgenommen, was ich ja nicht zu tun brauchte, weißt du! Wenn du nicht dankbar bist, werde ich dich eben nicht wieder mitnehmen."

„Das dürfte ohnehin nicht deine Absicht sein", sagte Meggie. „Denn inzwischen ist dir wohl klargeworden, daß es gar nicht so klug von dir war, mir auch nur ein Stück deines gewohnten Lebens zu zeigen. Ich habe in den vergangenen Stunden eine Menge gelernt, allerdings weniger das, was du mir wohl gern zeigen wolltest. Es wird allmählich schwerer, mich zum Narren zu halten, und wenn du's genau wissen willst, ich hab's ganz einfach satt – dich, mein Leben hier, alles!"

„Pssst!" zischte er, schockiert und empört zugleich. „Wir sind nicht allein!"

„Dann komm doch allein!" fauchte sie ihn an. „Wann habe ich schon mal die Gelegenheit, mit dir länger als ein paar Minuten allein zu sein?"

Am Fuß des Hügels, auf dem „Himmelhoch" lag, brachte Arne seinen alten Ford zum Stehen. Er musterte Luke mit einem teilnahmsvollen Blick. „Geh nur, Kumpel", sagte er. „Begleite sie hinauf. Ich werde hier auf dich warten. Laß dir ruhig Zeit."

Sobald sie sich außer Arnes Hörweite befanden, nahm Meggie den Faden wieder auf. „Ich meine es ernst, Luke! Der Wurm beginnt sich zu winden, verstehst du? Ich weiß, daß ich dir

Gehorsam gelobt habe, aber du hast ja auch gelobt, mich zu lieben und zu achten – also sind wir beide Lügner! Ich will heim nach Drogheda!"

Er dachte an die zweitausend Pfund, die sie weiterhin jedes Jahr bekommen würde, nur daß die Summe nicht mehr auf sein Konto gelangte.

„Oh, Meg!" sagte er wie hilflos. „Schau, Liebes, es wird ja nicht für immer sein, das verspreche ich dir! Und in diesem Sommer nehme ich dich nach Sydney mit, darauf gibt dir ein O'Neill sein Wort! Im Haus von Arnes Tante wird eine Wohnung frei, und dort können wir für drei Monate bleiben und eine herrliche Zeit verleben! Und was das Zuckerrohrschneiden angeht – finde dich noch ein Jahr oder so damit ab. Dann kaufen wir uns die Station und führen unser eigenes Leben, ja?"

Mondschein lag auf seinem Gesicht. Ernst blickte er sie an, und er wirkte tief beunruhigt, zerknirscht. Es war wirklich frappierend, wie ähnlich er Ralph de Bricassart doch sah.

Meggie wurde schwankend. Ihre Stimmung wechselte. Ja, noch immer wünschte sie sich von ihm ein Baby. „Also gut", sagte sie. „Ein Jahr noch. Und was die Reise nach Sydney betrifft, so nehme ich dich beim Wort, Luke. Vergiß das also nicht!"

12

Allmonatlich schrieb Meggie ihrer Mutter und ihren Brüdern einen Brief. Ausführlich schilderte sie ihnen das Leben in North Queensland und war sehr darauf bedacht, einen leichten, humorvollen Ton anzuschlagen. Darüber, daß es zwischen Luke und ihr nicht gerade zum besten stand, machte sie nicht einmal die leiseste Andeutung. Das ließ ihr Stolz einfach nicht zu.

Soweit man auf Drogheda wußte, handelte es sich bei den Müllers um Freunde von Luke, bei denen Meggie wohnte, weil Luke viel unterwegs war. Daß sie das Ehepaar wirklich mochte, drückte sich in jeder Zeile aus, die sie über Luddie und Anne schrieb, und so machte sich auf Drogheda niemand um Meggie Sorgen. Traurig war man allerdings, weil sie nie zu Besuch kam. Aber wie hätte Meggie erklären können, daß es ihr für die Reise ganz einfach an Geld fehlte? Sie wäre dann ja gezwungen gewesen, gleichzeitig davon zu sprechen, wie elend die Ehe mit Luke O'Neill war.

Nur gelegentlich wagte es Meggie, in ihren Briefen eine beiläufige Frage nach Bischof de Bricassart zu stellen. Noch seltener antwortete Bob darauf und teilte ihr das Wenige mit, das er von Fee über den Bischof erfahren hatte. Aber eines Tages kam dann ein Brief, der fast nur von *ihm* zu handeln schien.

„Ganz überraschend kam er hier an, Meggie", schrieb Bob. „Er wirkte zugleich aufgeregt und bedrückt. Daß Du nicht mehr auf Drogheda bist, warf ihn um. Doch dann kochte er vor Wut und wollte wissen, weshalb wir ihm nichts über Dich und Luke berichtet hätten. Mum sagte, das sei nun mal so eine verrückte Idee von Dir, Du hättest partout nicht gewollt, daß er irgendwas davon erfuhr. Daraufhin sagte er kein Sterbenswörtchen mehr darüber, aber ich bin sicher, daß er Dich sehr vermißt hat und daß Du ihm mehr bedeutest als wir anderen alle zusammen. Ist ja auch nur natürlich, denn Du bist mit ihm ja viel mehr zusammen gewesen als irgendeiner von uns, und ich glaube, er hat in Dir immer so etwas wie eine kleine Schwester gesehen. Er ging umher, als ob er überzeugt wäre, Du müßtest doch noch jeden Augenblick irgendwo auftauchen, der arme Kerl. Wir konnten ihm auch gar keine Bilder von Dir zeigen, was mir erst auffiel, als er fragte, ob er nicht welche sehen könnte. Da wurde mir auf einmal klar, wie komisch es doch ist, daß es nicht mal Hochzeitsbilder von Dir gibt. Er fragte, ob Du Kinder hättest, und ich sagte, soweit ich wüßte, hättest Du keine. Stimmt doch auch, Meggie, nicht? Jetzt bist Du an die zwei Jahre verheiratet. Wie die Zeit vergeht, was? Wär' doch schön, wenn Du bald ein paar Kinder hättest, ich meine, es würde den Bischof sicher freuen. Ich wollte ihm Deine Adresse geben, aber er meinte, das hätte doch keinen Zweck, weil er nämlich mit dem Erzbischof, für den er arbeitet, für einige Zeit nach Athen reist. Der hat irgend so einen Ithaker-Namen, riesig lang, konnte ihn mir einfach nicht merken. Die fliegen also nach Europa. Ist schon phantastisch! Jedenfalls, nachdem er festgestellt hatte, daß Du nicht da warst, um mit ihm auf Drogheda die Runden zu machen, schwang er sich nur ein- oder zweimal in den Sattel, und viel mehr unternahm er auch sonst nicht. Er las uns zwar jeden Tag die Messe, aber schon nach sechs Tagen reiste er wieder ab."

Meggie legte den Brief aus der Hand. Er wußte, er wußte! Endlich wußte er! Was hatte er gedacht, wie sehr hatte es ihn bekümmert? Und warum hatte er sie in diese Sache gehetzt? Besser geworden war dadurch nichts. Sie liebte Luke nicht, und sie würde ihn niemals lieben. Er war nichts als ein Ersatz, ein Mann, von dem sie Kinder bekommen konnte, die dem Typ nach jenen ähnelten, die sie von Ralph de Bricassart hätte haben können.

Erzbischof di Contini-Verchese zog es vor, in einem Hotel zu wohnen statt in einem Palast der griechisch-orthodoxen Kirche, wie man es ihm angeboten hatte. Seine Mission war äußerst delikater Natur und zweifellos von einigem Gewicht. Es gab Dinge, die längst reif schienen für eine Erörterung zwischen den beiden Kirchen. Immerhin brachte der Vatikan sowohl der russischen als auch der griechischen Orthodoxie ein Maß von Zuneigung entgegen, wie er es für den Protestantismus wohl nie würde aufbringen können. Allerdings gab es da auch einen entscheidenden Unterschied: Die Orthodoxen waren Schismatiker und nicht schlechthin Ketzer; die Linie ihrer Bischöfe ließ sich, genauso wie die Roms, direkt und ununterbrochen bis zum heiligen Petrus zurückführen.

Der Erzbischof wußte, daß ihm diese Mission übertragen worden war, um ihn auf seine diplomatischen Fähigkeiten hin zu prüfen: ein mögliches Sprungbrett für größere Aufgaben in Rom selbst. Wieder einmal war ihm seine Sprachbegabung entscheidend zu Hilfe gekommen, denn letztlich hatte wohl die Tatsache den Ausschlag gegeben, daß er das Griechische so ausgezeichnet beherrschte.

Für diese Mission war er eigens vom fernen Australien nach Griechenland geschickt worden, und natürlich hatte es von Anfang an keinen Zweifel daran geben können, daß er Bischof de Bricassart auf die Reise mitnehmen werde. Im Laufe der Jahre war dieser wirklich erstaunliche Mann für ihn zur unentbehrlichen Stütze geworden. Ein Mazarin, wahrhaft ein Mazarin! Da Seine Exzellenz den Kardinal Mazarin weit mehr bewunderte als den Kardinal Richelieu, bedeutete der Vergleich in der Tat hohes Lob.

Ralph war genau so, wie die Kirche das bei ihren höheren Würdenträgern liebte. In theologischer wie ethischer Hinsicht konservativ, verfügte er über einen wendigen und fein differenzierenden Verstand und besaß genügend Selbstbeherrschung, um sich von seinen persönlichen Gefühlen nichts anmerken zu lassen. Er wußte genau, wie er sich zu verhalten hatte, um bei anderen Anklang zu finden, gleichgültig, ob er seine Gesprächspartner mochte oder nicht, mit ihnen übereinstimmte oder ihre Meinung nicht teilte. Ein Kriecher oder Speichellecker war er dennoch nicht. Er war ein Diplomat. Ließ man es sich angelegen sein, ihn immer wieder der Aufmerksamkeit jener in der höheren Vatikan-Hierarchie zu empfehlen, so konnte es an seinem weiteren Aufstieg gar keinen Zweifel geben – was Seiner Exzellenz, dem Erzbischof di Contini-Verchese nur Genugtuung bereiten konnte, denn er wollte den Kontakt zu Ralph de Bricassart auf keinen Fall verlieren.

Es war sehr heiß, doch nach der feuchten Luft in Sydney empfand Bischof de Bricassart die trockene Luft von Athen als recht angenehm. Mit raschen Schritten – wie gewöhnlich trug er unter der Soutane Reithosen und Stiefel – stieg er die hohen Stufen zur Akropolis hinauf. In erstaunlich kurzer Zeit war er oben. Am Erechtheion vorbei gelangte er über den mit Geröll besäten Boden zum Parthenon und stand dann an der Brüstungsmauer dahinter.

Während der Wind in seinen schwarzen Haaren spielte, die an den Schläfen nun etwas angegraut waren, blickte er zum Hafen von Piräus und zum Ägäischen Meer mit seinem betäubenden Blau hinunter. Fast direkt unter ihm lag Plaka, der malerischste Bezirk der Stadt, und auf der einen Seite des steil abfallenden Hanges befand sich eine Art Amphitheater, ähnlich dem so berühmten von Epidauros. In einiger Entfernung sah er römische Säulen, venezianische Burgen, Kreuzfahrerfestungen – doch nirgendwo auch nur die geringste Spur aus der Türkenzeit.

Was für ein erstaunliches Volk, diese Griechen. Nach der Befreiung von einem fast siebenhundert Jahre dauernden Joch hatten sie keine einzige Moschee, kein Minarett ihrer Unterdrükker stehen lassen. Ein so uraltes Volk mit so reichem kulturellen Erbe! Als Perikles für den Wiederaufbau der Akropolis sorgte, waren die Römer kaum mehr als Dörfler gewesen und Bricassarts normannische Vorfahren in Felle gekleidete Barbaren.

Erst hier, viele tausend Kilometer von Australien entfernt, war es ihm möglich, ohne tiefe Verstörung und unerträgliche Beklemmung an Meggie zu denken. Dennoch fiel es ihm auch jetzt schwer, seine Gefühle unter Kontrolle zu bringen. Wie konnte er ihr wegen ihres Verhaltens Vorwürfe machen? Er verstand sehr gut, weshalb sie nicht gewünscht hatte, daß er von ihrer Hochzeit erfuhr. Weder sollte er ihren Mann kennenlernen noch Teil ihres neuen Lebens sein.

Aber irgendwie hatte er doch immer angenommen, daß sie auch nach einer Heirat auf Drogheda oder zumindest in der Nähe von Gillanbone bleiben würde – dort jedenfalls, wo es immer jemanden gab, der sich im Notfall um sie kümmern konnte. Doch wenn er es recht bedachte, so hatte sie wohl fortgehen müssen, und solange sie mit diesem Luke O'Neill zusammen war, würde sie wohl auch nicht zurückkommen. Bob hatte davon gesprochen, daß sie Geld sparten, um sich später in Western Queensland eine Station zu kaufen. Das war eine Neuigkeit gewesen, die ihn wie ein Blitzschlag traf. Meggie wollte nicht mehr zurückkehren. Sie wollte – für ihn jedenfalls – so gut wie tot sein.

Bist du wenigstens glücklich, Meggie? Ist er gut zu dir? Liebst du ihn, diesen Luke O'Neill? Was für ein Mann ist das, dem du dich – nach mir – zugewandt hast? Was hat dir an ihm, einem gewöhnlichen Viehtreiber, besser gefallen als an Enoch Davies oder Liam O'Rourke oder Alastair MacQueen? Ist es vielleicht das, daß ich ihn nicht kannte und also keine Vergleiche anstellen konnte? Warum quälst du mich so, Meggie? Um es mir heimzuzahlen? Aber weshalb sind da keine Kinder? Was ist mit dem Mann los, daß er wie ein Vagabund durch die Lande zieht, während du bei Freunden wohnen mußt? Kein Wunder, daß ihr keine Kinder habt. Meggie, warum? Warum hast du diesen Luke O'Neill geheiratet?

Er ging zurück, stieg die Stufen der Akropolis wieder hinab. Sein Weg führte ihn durch die geschäftigen Straßen der Stadt. Bei der Evripidou-Straße verhielt er kurz. Hier war emsiges Volk, Händler wie Käufer, am Werk. Er sah riesige Körbe voll Kalamari und anderem Fischzeug, die in der Sonne durchdringende Gerüche verströmten. Gemüse und zierliche Pantöffelchen lagen Seite an Seite. Die Frauen amüsierten ihn. Völlig ungeniert klang ihr Gegurre, das ihm galt. Für sie war es durchaus nicht undenkbar, ihrer Bewunderung für einen Mann – in diesem Fall für ihn – offen Ausdruck zu geben. Hätte das einen sinnlichen Anstrich gehabt – ein besserer Ausdruck wollte ihm dafür nicht einfallen –, so wäre er zweifellos höchst peinlich berührt gewesen. Doch er nahm die bewundernden Ausrufe als das, was sie waren: unumwundene Lobpreisung körperlicher Schönheit.

Das Hotel befand sich am Omonia-Platz: sehr luxuriös und sehr teuer. Erzbischof di Contini-Verchese saß in der Nähe seiner Balkonfenster, schien in stille Betrachtung versunken. Als Bischof de Bricassart eintrat, wandte er ihm lächelnd sein Gesicht zu.

„Zur rechten Zeit, Ralph. Ich möchte gern beten."

„Ich nahm an, es sei soweit alles geregelt. Sind unversehens Komplikationen aufgetaucht, Euer Exzellenz?"

„Nichts dergleichen. Ich habe heute einen Brief von Kardinal Monteverdi erhalten, in dem er mir die guten Wünsche des Heiligen Vaters übermittelt."

Bischof de Bricassart spürte, wie sich seine Schultermuskeln unwillkürlich spannten. In der Schläfengegend fühlte er ein eigentümliches Prickeln. „Erzählen Sie."

„Sobald die Gespräche abgeschlossen sind – und sie sind abgeschlossen –, soll ich nach Rom reisen, wo man mich zum Kardinal machen wird. Und dort werde ich auch bleiben, um – direkt unter Seiner Heiligkeit – meine Arbeit fortzuführen."

„Und – ich?"

„Sie werden Erzbischof de Bricassart werden und nach Australien zurückkehren, um dort meine Nachfolge als Apostolischer Legat anzutreten."

Das Prickeln in der Schläfengegend wurde zum glutheißen Stechen. In seinem Kopf wirbelte es wild. Ihm, dem Nicht-Italiener, wurde die Ehre zuteil, Apostolischer Legat zu werden! Das hatte es ja, zumindest in Australien, wohl noch nicht gegeben. Was für eine Ausgangsposition, um eines Tages vielleicht Kardinal de Bricassart zu sein!

„Natürlich werden Sie erst Einweisung in Ihr neues Amt erhalten, und zwar in Rom, für etwa ein halbes Jahr. In dieser Zeit werde auch ich für Sie da sein, um Sie mit jenen bekannt zu machen, die meine Freunde sind. Solche Verbindungen dürften sich als vorteilhaft erweisen, denn eines Tages, Ralph, werde ich Sie nach Rom holen, damit Sie mir bei meiner Arbeit im Vatikan helfen."

„Euer Exzellenz – ich kann Ihnen gar nicht genug danken! Daß ich diese große Chance erhalte, dafür haben doch Sie gesorgt, nicht wahr?"

„Nun, Ralph, möge es der Herr geben, daß ich intelligent genug bin und bleibe, um zu erkennen, wann man einen Mann nicht länger im Verborgenen lassen darf. Und jetzt wollen wir niederknien und beten. Gott ist sehr gut!"

Ralphs Rosenkranz und sein Meßbuch lagen in der Nähe auf einem Tisch, dicht nebeneinander. Seine zitternde Hand griff nach dem Rosenkranz, stieß dabei das Meßbuch von der Tischplatte. Es fiel auf den Fußboden, öffnete sich in der Mitte. Der Erzbischof, der unmittelbar neben dieser Stelle saß, beugte sich vor, um es aufzuheben. Neugierig betrachtete er das braune, hauchdünne Gebilde, das einmal eine Rose gewesen war.

„Wie ungewöhnlich! Warum bewahren Sie dies hier auf? Ist es eine Erinnerung an Ihr Zuhause, an Ihre Mutter?" Die Augen, die so tief zu forschen und so nachdrücklich zu ergründen verstanden, blickten Ralph de Bricassart aufmerksam an, und ihm blieb keine Zeit, seine Gefühle zu tarnen, seine innere Anspannung zu bemänteln.

„Nein." Für ein oder zwei Sekunden glich sein Gesicht einer Grimasse. „Ich möchte keine Erinnerungen an meine Mutter."

„Aber es muß doch große Bedeutung für Sie haben, sonst würden Sie es wohl kaum so liebevoll in diesem Buch aufbewahren, das Ihnen so teuer ist. Wovon spricht es zu Ihnen?"

„Von einer Liebe, die so rein ist wie meine Liebe zu Gott, Vittorio. Es tut dem Buch nichts als Ehre."

„Das habe ich mir bereits gedacht, Ralph. Schließlich kenne ich Sie ja. Aber gefährdet diese Liebe nicht Ihre Liebe zur Kirche?"

„Nein. Der Kirche wegen habe ich sie verlassen, habe auf sie verzichtet, für immer."

„Jetzt endlich verstehe ich die Traurigkeit! Aber, mein lieber Ralph, es ist nicht so schlimm, wie Sie glauben, wirklich nicht. Sie werden in Ihrem Leben noch für viele Menschen Gutes wirken, und Sie werden von vielen Menschen geliebt werden. Und auch ihr, von der dieses zarte, zerbrechliche Andenken stammt, wird es nie fehlen an der Liebe. Weil Sie, Ralph, zusammen mit der Rose auch die Liebe bewahrt haben und bewahren werden."

„Ich glaube nicht, daß sie das auch nur im mindesten versteht."

„O doch. Wenn Sie sie so sehr geliebt haben, dann ist sie gewiß auch Frau genug, um zu verstehen. Sonst hätten Sie sie schon längst vergessen, und dieses so brüchige Gebilde – es wäre seit langem nicht mehr."

„Es hat Zeiten gegeben, wo mich nur stundenlanges Knien auf hartem Boden davor bewahrte, alles im Stich zu lassen, um zu ihr zu gehen."

Der Erzbischof löste sich aus seinem Sessel und kniete nieder neben dem Mann, der sein Freund war: neben diesem schönen Mann, den er liebte wie nur wenige außer seinem Gott und seiner Kirche, beides für ihn untrennbar, unteilbar.

„Sie werden hier nichts im Stich lassen, Ralph, und das wissen Sie auch. Sie gehören zur Kirche. Sie haben immer zu ihr gehört und werden immer zu ihr gehören. Denn Sie sind wirklich berufen. Jetzt werden wir beten, und ich will die Rose für den Rest meines Lebens in meine Gebete einbeziehen. Gott der Herr schickt uns viel Kummer und viele Schmerzen auf unserem Weg zum ewigen Leben. Wir müssen lernen, das zu ertragen, Sie wie auch ich."

Ende August erhielt Meggie von Luke einen Brief, in dem er ihr mitteilte, daß er im Townsville Hospital liege. Er habe die Weilsche Krankheit. Allerdings betonte er, er befinde sich außer aller Gefahr und man werde ihn schon bald entlassen.

„Sieht also ganz so aus, als ob wir nicht bis zum Jahresende warten müssen, um zusammen Ferien zu machen, Meg. Zum Zuckerrohr kann ich erst zurück, wenn ich wieder hundertprozentig fit bin. Und die beste Art, wieder richtig fit zu werden, ist ein schöner Urlaub. Ich werde also in ungefähr einer Woche kommen, um dich abzuholen. Und dann fahren wir zum Eacham-See auf dem Atherton-Tafelland. So ungefähr für zwei Wochen. Bis ich wieder gesund genug bin, um zu arbeiten."

Meggie konnte es zuerst kaum glauben. Und dann fragte sie sich, ob sie jetzt, wo sich die Gelegenheit bot, überhaupt mit ihm zusammen sein wollte. Eigentlich hatte alles dazu beigetragen, ihr Luke zu entfremden, am meisten zweifellos er selbst. Und dann war da auch noch die so unangenehme Erinnerung an das Hotelzimmer in Dungloe – an das, was wohl eine Art Hochzeitsnacht hätte sein sollen. Den einstigen Schrecken besaß diese Erinnerung allerdings längst nicht mehr. Meggie hatte in verschiedenen Büchern nachlesen können, daß ihre so bestürzenden Erfahrungen damals hauptsächlich aus Unwissenheit resultierten – ihrer eigenen wie auch der Lukes.

O Gott, lieber Gott, mach, daß dieser Urlaub ein Kind bedeutet! Wenn ich nur ein Baby hätte, etwas, das ich lieben kann, so wäre doch alles viel leichter.

Anne hatte nichts dagegen, ein Kind im Haus zu haben, ganz im Gegenteil. Genauso war es mit Luddie. Beide hatten es ihr Hunderte von Malen versichert: hatten mit ihr gehofft, daß Luke irgendwann kommen und lange genug bleiben werde, um dem so leeren Leben seiner Frau einen Sinn zu geben.

Als sie ihnen erzählte, was im Brief stand, zeigten sie sich entzückt; insgeheim blieben sie jedoch skeptisch.

„Ich möchte fast wetten, daß dieser Schubiak noch eine Ausrede findet, um ohne sie zu reisen", sagte Anne zu Luddie.

Luke hatte sich von irgendwem ein Auto geliehen, und er kam am frühen Morgen, um Meggie abzuholen. Dünn sah er aus und gelblich, wie verschrumpft. Meggie musterte ihn erschrocken. Sie reichte ihm ihren Koffer und kletterte auf den Beifahrersitz.

„Was ist das, diese Weilsche Krankheit, Luke? Du hast geschrieben, daß du außer Gefahr bist, aber du scheinst doch sehr krank gewesen zu sein."

„Die Weilsche Krankheit? Ach, das ist nur so eine Art Gelbsucht, und früher oder später erwischt sie jeden Schnitter. Übertragen wird sie durch die Ratten im Zuckerrohr, wenn in der Regel auch nur indirekt. Wenn du irgendwo eine Wunde hast, wenn auch nur eine ganz kleine, so kannst du dir so etwas leicht holen. Ich bin noch in ziemlich guter Verfassung und war längst nicht so böse daran, wie so mancher andere, den es erwischt hat. Die Ärzte meinen, ich wär' bestimmt bald wieder topfit."

Die Straße, der sie folgten, führte durch eine große, dschungelüberwucherte Schlucht immer weiter landeinwärts. Auf der einen Seite schoß das tosende, tobende Wasser eines breiten Flusses dahin. Sie kamen zu einer Stelle, wo es vom Felsen auf der anderen Seite wie ein ausfächerndes Band herabstürzte: ein Wasserfall, der über der Straße gleichsam einen mächtigen Torbogen bildete, bevor er sich mit dem schäumenden Fluß vereinigte. Unter diesem Bogen fuhren sie durch und erlebten ein phantastisches Spiel von Licht und Schatten.

Weiter ging es, und je höher sie kamen, desto kühler und erfrischender wurde die Luft. Meggie hatte gar nicht mehr gewußt, wie unglaublich belebend solch herrliche Luft wirken konnte. Der Dschungel schob sich immer dichter heran, er erschien undurchdringlich. Unter den allbeherrschenden Lianen, die sich wie endlose Girlanden in dichter Fülle von Baum zu Baum zogen, ließen sich nicht allzu viele Einzelheiten erkennen. Wie eine riesige Decke aus grünem Samt breitete es sich über den Urwald. Da und dort sah Meggie wunderschöne Blumen und Schmetterlinge. Spinnen hatten große Netze gespannt und lauerten in deren Mitte reglos auf Beute. An moosüberzogenen Stämmen wuchsen phantastische Pilze. Vögel mit langen, am Boden schleifenden roten oder gelben Schwänzen stolzierten umher.

Lake Eacham lag ganz oben auf dem Tafelland, idyllisch in idyllischer Umgebung. Bevor es Nacht wurde, traten beide hinaus auf die Veranda ihres Boarding-Hauses und blickten über das stille Wasser. Meggie wollte jene fledermausartigen Tiere beobachten, die man fliegende Füchse oder auch fliegende Hunde nannte. Wie Unheilsboten strebten sie oft zu Tausenden jenen Orten zu, wo sie Futter fanden. Widerlich und abstoßend wirkten sie und waren dabei überaus scheu und völlig harmlos. Wenn man sah, wie sie in gleichsam pulsierenden Scharen über den dunkelnden Himmel hinwegzogen, so empfand man eine eigentümliche Beklemmung. Meggie hatte sie oft und oft von der Veranda auf „Himmelhoch" beobachtet.

Es war herrlich, sich aufs weiche, kühle Bett sinken lassen zu können, ohne daß man nach einiger Zeit fortrücken mußte von der Stelle, wo man gerade lag, weil sie völlig von Schweiß durchnäßt war.

Luke holte ein flaches braunes Päckchen aus seinem Koffer, nahm eine Handvoll runder Gegenstände heraus und legte sie in einer Reihe auf den Nachttisch.

Meggie streckte die Hand nach einem dieser Objekte aus, betrachtete es neugierig. „Was, um Himmels willen, ist das?"

„Ein Pariser." Daß er sich zwei Jahre zuvor vorgenommen hatte, ihr nichts von der von ihm praktizierten Empfängnisverhütung zu sagen, war ihm längst entfallen. „Das streife ich mir über, bevor ich in dich reinkomme. Sonst würde ich dir vielleicht ein Kind machen, und das können wir nicht brauchen, ehe wir nicht unsere Station haben." Nackt saß er auf dem Bettrand und wirkte in der Tat sehr dünn. Die Hüftknochen staken vor, man konnte jede Rippe sehen. Doch seine Augen glänzten. Er streckte die Hand aus und umschloß mit seinen langen Fingern Meggies Hand, die das Präservativ hielt. „Fast haben wir's geschafft, Meggie, fast haben wir's geschafft! Noch etwa fünftausend Pfund, schätze ich, und wir können uns den besten Besitz kaufen, der westlich von Charters Towers zu haben ist."

„Wenn es das ist, was du noch brauchst", sagte sie, „so hast du's schon. Ich kann Bischof de Bricassart schreiben und ihn um ein Darlehen bitten. Er würde von uns keine Zinsen verlangen."

„Kommt gar nicht in Frage!" fuhr er sie an. „Verdammt, Meg, wo ist denn dein Stolz? Was wir brauchen, werden wir uns erarbeiten und nicht pumpen! Noch nie in meinem Leben habe ich irgendwem einen Penny geschuldet, und damit fange ich auch jetzt nicht an."

Sie hörte kaum, was er sagte. Wie durch einen roten Dunstschleier starrte sie ihn an. Noch nie war sie so zornig gewesen. Schwindler, Lügner, Egoist! Wie konnte er es wagen, sie um ihr Baby bringen zu wollen! Und woher nahm er die Frechheit, steif und fest zu behaupten, es sei wirklich seine Absicht, Viehzüchter zu werden? Er hatte seinen Platz im Leben längst gefunden – bei Arne Swenson und dem Zuckerrohr.

Es gelang ihr so gut, ihren Zorn zu beherrschen und zu verbergen, daß sie sich selbst wunderte. Sie blickte wieder auf das kleine, runde Gummigebilde in ihrer Hand. „Erzähl mir etwas über diese – wie nennst du sie?"

„Nun, man sagt meistens Pariser."

„So. Und wie kann so ein Ding verhindern, daß ich ein Baby bekomme?"

„Hast du denn von nichts eine Ahnung?"

„Nein", log sie. Allerdings: soweit es diese Gummidinger betraf, stimmte es sogar. Sie konnte sich nicht erinnern, in den Büchern je etwas darüber gefunden zu haben.

Seine Hände spielten mit ihren Brüsten. „Sieh mal, wenn ich komme, dann ist da so – ich weiß nicht – na, so Zeug. Und wenn ich in dir drin bin, ohne daß ich bei mir so etwas draufgemacht habe, dann bleibt das – das Zeug in dir drin. Und wenn es lange genug oder oft genug in dir drinbleibt, dann gibt's ein Baby."

Das war's also! Er *trug* das Ding wie eine Haut auf einer Wurst. Schwindler!

Er löschte das Licht aus, zog Meggie zu sich aufs Bett, und es dauerte gar nicht lange, bis er zu diesem Verhütungsmittel griff: Sie hörte das gleiche Geräusch wie damals in dem Hotelzimmer in Dunny. Jetzt wußte sie, was das bedeutete. Er streifte sich das Ding über. Dieser Betrüger! Was konnte sie nur tun, um dieses – dieses Hindernis zu umgehen?

Sie versuchte sich nicht anmerken zu lassen, wie weh er ihr tat. Sie ertrug ihn. Aber warum schmerzte es nur so, wenn es eine ganz natürliche Sache war?

„Ist nicht gut, Meggie, nicht?" fragte er hinterher. „Du bist dafür offenbar schrecklich eng, wenn es nach dem ersten Mal damals immer noch so weh tut. Nun, ich mach's nicht wieder. Du hast doch nichts dagegen, wenn ich statt dessen deine Brust nehme, nicht?"

„Von mir aus", sagte sie müde. „Wenn das heißt, daß du mir nicht weh tust, soll's mir recht sein."

„Ein bißchen mehr freuen könntest du dich aber schon, Meg!"

„*Worauf!?*"

Doch er begann schon wieder steif zu werden. Zwei Jahre war es her, seit er hierfür Zeit oder Energie gehabt hatte. Und wirklich, so mit einer Frau, das gab einem schon was Besonderes – pulsierende Erregung, als ob man von verbotenen Früchten kostete. Daß er mit Meggie verheiratet war, machte da gar keinen Unterschied. Er hatte überhaupt nicht das Gefühl, mit ihr verheiratet zu sein. Die Sache besaß den gleichen Reiz wie früher, wenn er's mit einer auf der Koppel hinter der Kneipe in Kynuna gemacht hatte, oder mit der hochnäsigen Miß Carmichael an der Mauer einer Schurhütte.

Wirklich hübsche Brüste hatte sie, richtig fest, genau wie er's mochte. Das steife Glied ohne die hinderliche Gummihülle, die einem soviel Gefühl wegnahm, zwischen den straffen und doch so sanften und weichen Halbkugeln hin und her gleiten zu lassen, das war schon eine herrliche Sache. In manchem besser, als wenn er unten in sie reinkam. Denn da ging es ohne diesen gefühlshemmenden Gummi nun mal nicht, weil's ganz einfach zu gefährlich war.

Er zog Meggie zu sich, so daß sie jetzt auf ihm lag und er eine ihrer Brustwarzen zwischen seine Lippen nehmen konnte. Hingebungsvoll begann er zu saugen. Wieder ließ Meggie es geschehen, doch ihre Verachtung für ihn wurde immer größer. Was für lächerliche Wesen waren Männer doch, auf welch merkwürdige Weise verschafften sie sich ihren Genuß. Zufrieden saugte er, lag dort wie ein übergroßes Kätzchen, das sich in aller Heimlichkeit wieder zur Katzenmutter geschlichen hatte. Seine Arme schlangen sich unterhalb ihrer Taille um ihren Körper, und seine großen Hände krümmten sich um die Wölbungen ihres Hinterteils. Jetzt begannen sich seine Hüften rhythmisch auf und ab zu bewegen, immer heftiger, und während Meggie passiv auf ihm lag, fühlte sie plötzlich, wie die Spitze seines steifen, ungeschützten Gliedes zwischen ihre Schenkel glitt.

Da sie innerlich völlig unbeteiligt geblieben war, konnte sie sehr klar und sehr nüchtern denken. Und plötzlich wußte sie, was sie zu tun hatte. Sacht und unauffällig bewegte sie sich hin und her, bis die Spitze seines steifen Gliedes genau dort war, wo es ihr beim Eindringen immer so weh tat. Und dann atmete sie tief ein, biß die Zähne aufeinander und ließ sein Glied wie mit einem Ruck in sich hineingleiten. Auch diesmal tat es weh, aber längst nicht so sehr wie sonst. Die rauhe, hemmende Gummihülle fehlte ja.

Luke öffnete die Augen. Er wollte Meggie fortschieben, doch – o Gott, wie herrlich, wie unvergleichlich! Noch nie war er so in einer Frau dringewesen, so ohne irgend etwas. Erst jetzt begriff er, was für einen unglaublichen Unterschied das machte. Und er war so erregt, befand sich so unmittelbar vor dem Gipfelpunkt, daß es ihm einfach unmöglich schien, sich rechtzeitig von ihr zu lösen – nicht jetzt, nein, jetzt nicht mehr. Er stöhnte laut auf, was zwar unmännlich war, sich jedoch einfach nicht verhindern ließ, und hinterher hielt er sie noch eine Weile in den Armen und küßte sie zärtlich.

„Luke?"

„Was?"

„Können wir's nicht immer so machen? Dann brauchst du diese Gummidinger doch gar nicht."

„Ausgeschlossen, Meg. Wir hätten es auch diesmal nicht tun dürfen. Als ich kam, war ich direkt in dir."

Sie beugte sich über ihn, streichelte seine Brust. „Aber verstehst du denn nicht? Ich sitze doch auf dir. Und da bleibt es überhaupt nicht in mir drin, sondern läuft gleich wieder raus! Oh, Luke, bitte! So ist es doch viel schöner, tut längst nicht so weh. Ich bin sicher, daß es so in Ordnung ist, denn ich kann ja fühlen, daß es nicht in mir drinbleibt. Bitte!"

Welcher Mensch hat wohl je eine so plausibel klingende Erklärung von sich gewiesen, wenn sie ihm die gefahrlose Wiederholung des vollkommensten Genusses zusichert? In Luke war der alte Adam am Werk, der sich eine solche Gelegenheit möglichst nicht entgehen läßt. Hinzu kam noch, daß er – wenn man von dem Gebrauch der „Gummidinger" einmal absah – jetzt weit weniger gut informiert war als Meggie.

„Daran könnte schon was Wahres sein", sagte er. „Und es ist auch viel netter für mich, wenn du dich nicht dagegen sträubst. Also gut, Meg, von jetzt an machen wir's so, wie du sagst."

Ihr zufriedenes Lächeln konnte er nicht sehen, dafür war es viel zu dunkel. Gut, dachte sie, gut. Gelogen hatte sie nicht. Denn es *war* nicht in ihr geblieben, nicht *alles* jedenfalls. Aber *etwas* davon bestimmt. Sie hatte nämlich, kaum daß er nicht mehr in ihr war, die Muskeln angespannt, ja, jene Muskeln dort innen. Und gleich danach lag sie dann, von seinem Körper herabgleitend und sich sacht drehend, auf dem Rücken, zog die Beine dichter an den Leib und schlug sie übereinander, so daß die Oberschenkel fest gegeneinandergepreßt waren.

Oho, mein feiner Gentleman, dir werde ich's zeigen! Warte nur ab, Luke O'Neill! Ich komme zu meinem Baby, ob dir das nun recht ist oder nicht!

Hier oben, fern von der schwülen Hitze der Küstenebene, erholte Luke sich rasch. Er aß gut, seine Magerkeit verlor sich, und die gelbliche Tönung der Haut wandelte sich wieder zum gewohnten Braun. Da die Frau in seinem Bett jetzt ganz und gar nicht mehr passiv war, sondern vielmehr überaus willig, ließ er sich dazu verleiten, an die ursprünglich geplanten vierzehn Tage noch eine dritte Woche anzuhängen und dann sogar eine vierte. Doch nach einem Monat rebellierte er.

„Noch länger, Meg? Nein, das können wir uns einfach nicht leisten. Ich bin wieder völlig auf dem Damm, und wir leben hier oben wie die Fürsten und werfen das Geld zum Fenster raus. Arne braucht mich."

„Überleg's dir doch nochmal, Luke. Ich meine, das mit der Station. Wenn du wolltest, könntest du sie dir schon jetzt kaufen."

„Ach was, Meg, ein bißchen halten wir beide schon noch durch, nicht?"

Er wollte und konnte es nicht zugeben. Das Schneiden des Zuckerrohrs besaß für ihn eine unwiderstehliche Faszination: jene so sonderbare Faszination, wie manche Männer sie empfinden, wenn alleräußerste Anforderungen an sie gestellt werden. Solange er jung genug war, um die Kraft aufzubringen, würde Luke dem Zucker treu bleiben.

Wenn ihn überhaupt etwas davon abbringen konnte, so wohl nur das Baby, das Meggie ihm schenken wollte: der Erbe für den Besitz bei Kynuna, den sie erst noch würden kaufen müssen.

Und so kehrte sie also nach „Himmelhoch" zurück und wartete und hoffte. Bitte, bitte, gib doch, daß ein Baby kommt! Das wäre eine Lösung für so vieles, vielleicht für alles. Ja, ja, ich möchte doch so gern ein Baby haben!

Ihre Hoffnung war nicht vergeblich. Als sie es Anne und Luddie sagte, zeigten sich beide kaum weniger glücklich, als sie selbst es war. Luddie konnte jetzt sogar beweisen, daß er sich – für einen Mann recht ungewöhnlich – auf weibliche Handarbeiten verstand, unter anderem aufs Sticken. Und während er schon dieses und jenes Stück der Babyausstattung in Angriff nahm, machten Meggie, die sich in puncto Handarbeiten keiner großen Fähigkeiten rühmen konnte, und Anne bis in alle Einzelheiten Pläne für ein Kinderzimmer.

Das Baby – irgendwie schien es nicht so in ihrem Leib zu liegen, wie es eigentlich hätte liegen sollen. Die Morgenübelkeit legte sich auch am späten Vormittag noch nicht, oft genug hielt sie den ganzen Tag über an. So schlank und leichtgewichtig Meggie immer gewesen war, jetzt schienen sich alle ihre Gewebe mit Flüssigkeit vollzusaugen, sie quoll auf und litt sehr darunter. Ihr Blutdruck erklomm Höhen, die Doc Smith nicht wenig beunruhigten. Zuerst wollte er sie auf der Stelle bis zu ihrer Entbindung in das Hospital in Cairns einweisen. Doch dann überlegte er sich die Sache noch einmal. In Anbetracht ihrer Situation, so fand er, war es doch wohl besser, wenn sie bei guten Freunden wie Luddie und Anne Müller blieb, die sie liebten und sie umsorgten. Allerdings: spätestens drei Wochen vor ihrer Niederkunft mußte sie nach Cairns, da half nun alles nichts.

„Und sorgen Sie dafür, daß ihr Mann sie besuchen kommt", knurrte er Luddie an.

Meggie hatte Luke sofort von ihrer Schwangerschaft geschrieben, und die Erwartungen, die sie damit verknüpfte, durften wohl als typisch weiblich gelten. Mochte er ursprünglich auch kein Kind gewollt haben, die einfache Kraft der Tatsachen würde ihn gewiß grundlegend umstimmen, meinte sie. Doch sein Antwortbrief zerstörte ihre Illusionen. Luke war vor Wut außer sich. Die Sache liefe doch nur darauf hinaus, daß er jetzt zwei hungrige Mäuler zu füttern haben würde. Für Meggie war das eine bittere Pille. Doch sie schluckte sie, ihr blieb gar keine Wahl. War es zuvor hauptsächlich ihr Stolz gewesen, der sie an Luke fesselte, so bildete nun das Kind, das sie erwartete, ein weiteres Band zwischen ihm und ihr.

Sie fühlte sich krank, hilflos und ungeliebt. Nicht einmal das Baby liebte sie. Es hatte nicht empfangen werden wollen und wollte jetzt nicht geboren werden. In ihrem Leib spürte sie deutlich, wie es sich gegen das Leben wehrte. Gern wäre sie nach Gillanbone gereist und hätte dort unten im Süden entbunden, in der Nähe ihrer Familie. Aber Doc Smith legte ganz entschieden sein Veto ein. Eine Reise über dreitausend Kilometer, die mindestens eine Woche dauerte? Das bedeutete mit an Sicherheit grenzender Wahrscheinlichkeit, daß sie das Baby verlieren würde, selbst wenn sie zwischen den einzelnen Etappen der Reise mehr oder minder lange Pausen einlegte.

Meggie war tief enttäuscht, doch sie fügte sich. Natürlich fügte sie sich. Sie würde nie etwas tun wollen, was das Kind gefährdete. Doch je mehr Zeit verging, desto mehr welkte in ihr der Wunsch, endlich jemanden zu haben, den sie lieben konnte und der sie liebte. Immer drückender wurde für sie die Last des Inkubus-Kindes.

Doc Smith begann davon zu sprechen, sie früher als ursprünglich geplant nach Cairns zu bringen. Ihr Blutdruck war „widerspenstig", wie er es nannte, er murmelte etwas von Toxämie, Eklampsie und anderem mehr, Wörter, die so beängstigend und unheildrohend klangen, daß Anne und Luddie Müller meinten, es wäre vielleicht wirklich besser, wenn man Meggie ins Krankenhaus brachte, obwohl sie beide sich doch so sehr wünschten, daß das Kind auf „Himmelhoch" zur Welt käme.

Ende Mai waren es bis zur Entbindung noch etwa vier Wochen, vier Wochen, bis sie diese Last, dieses undankbare Kind loswerden würde. Sie fing an, es zu hassen, jenes Wesen, das sie sich so sehr gewünscht hatte, ehe sie entdecken mußte, welch eine Pein und Plage es doch für sie bedeutete. Wie hatte sie nur annehmen können, Luke werde sich auf das Kind freuen, sobald er wisse, daß es unterwegs sei? Nichts in seinem bisherigen Verhalten hatte je eine solche Einstellung erwarten oder auch nur erhoffen lassen.

Allmählich wurde es wohl Zeit für eine – wie nannte man das doch? – Bestandsaufnahme. Und schien es nicht auch angebracht, daß sie ihren dummen Stolz endlich über Bord gehen ließ. Luke und sie – sie hatten beide aus den falschen Gründen geheiratet: er, weil er ihr Geld wollte, und sie, weil sie sich von Ralph de Bricassart lösen wollte, ohne Ralph de Bricassart jedoch ganz zu verlieren, und sei es auch nur äußerlich. Liebe war da nie gewesen, nicht einmal vorgetäuschte Liebe, und gerade Liebe hätten Luke und sie gebraucht, um die ungeheuren Unterschiede in ihrer Wesensart und in ihren Wünschen zu überbrücken.

Sonderbarerweise schien es ihr unmöglich, Luke wirklich zu hassen, während ihre Empfindungen gegenüber Ralph de Bricassart immer häufiger diese Bezeichnung verdienten. Dabei war Ralph doch nur fair zu ihr gewesen. Nie hatte er sie ermutigt, ihn anders zu sehen denn als Priester und als Freund. Und selbst die beiden Male, als er sie geküßt hatte – war da der Anstoß nicht eigentlich von ihr ausgegangen?

Warum war sie also auf ihn böse? Warum haßte sie Ralph und nicht Luke? Nun, offenbar kreidete sie ihm all ihre Ängste und Schwächen an, ihre verletzten Gefühle, weil er sie und ihre Liebe wiederholt abgewiesen hatte – gab sogar ihm die Schuld für den dummen Impuls, der sie Lukes Heiratsantrag annehmen ließ.

Aber war nicht eben dies, daß sie Lukes Antrag annahm, ein Verrat gewesen, den sie an sich selbst und an Ralph übte? Denn sie wollte ja nur ihn, auch wenn er sie nicht wollte. Nie hätte sie sich mit einem anderen Mann, also mit weniger, zufriedengeben dürfen.

Doch was half das alles? Die Erkenntnis begangener Irrtümer und Fehler nützte jetzt wenig. Sie hatte nun einmal Luke O'Neill geheiratet, und es war sein Kind, das sie erwartete. Und wenn es erst einmal auf der Welt war, dann konnte man – und erst recht sie, seine Mutter – es um seiner selbst willen lieben, weil es dann sozusagen ein Menschenwesen aus eigenem Recht war. Was hätte sie nicht alles darum gegeben, an Stelle dieses Kindes von Luke ein Kind von Ralph zu bekommen! Ein unmöglicher Wunsch, eine nie zu verwirklichende Hoffnung, sie wußte es. Er diente einer Institution, die darauf bestand, ihn ganz für sich zu haben, einschließlich dessen, wofür sie gar keine Verwendung hatte, sein Mannestum. Mutter Kirche verlangte dieses Opfer nun einmal von ihm. Aber weshalb eigentlich? Als Tribut an ihre Macht doch wohl. Das, was er darstellte, wurde ganz einfach verschwendet, vergeudet. Und eines Tages gab es dann keinen Ralph de Bricassart mehr, und auch nichts und niemanden, der ihm nachfolgen konnte. Was für ein sinnloses Opfer, das die Kirche da verlangte . . .

Plötzlich stand sie auf und ging mit schwerfälligen Schritten ins Wohnzimmer, wo Anne mit einem Buch saß.

„Anne, ich glaube, Ihr Wunsch wird erfüllt werden."

Anne hob den Kopf. „Was ist, Meggie?" fragte sie abwesend.

„Rufen Sie bitte Doc Smith an. Ich werde das verflixte Baby hier bekommen – jetzt gleich."

„Oh, mein Gott! Gehen Sie ins Schlafzimmer und legen Sie sich hin – nein, nicht in Ihr Schlafzimmer, in unseres!"

Fluchend kam Doc Smith in seinem zerbeulten Auto von Dungloe nach „Himmelhoch" gerattert. Auf dem hinteren Sitz saß die Ortshebamme. Außerdem hatte er aus dem kleinen Krankenhaus, das er in Dunny betrieb – eigentlich war es gar kein Haus, sondern nur eine Hütte –, alles mitgenommen, was er bei der Entbindung brauchen mochte. Sie jetzt dort hinzubringen hätte keinen Sinn gehabt. Ins Hospital in Cairns – dorthin gehörte sie eigentlich.

„Weiß der Ehemann inzwischen Bescheid?" fragte er, als er, die Hebamme unmittelbar hinter sich, die Treppe zum Haus hinaufkeuchte.

„Ich habe ein Telegramm geschickt", erwiderte Anne. „Sie ist in unserem Schlafzimmer. Ich dachte mir, dort hätten Sie mehr Platz."

Meggie lag auf dem Bett. Ihre Augen wirkten sehr groß, doch nichts in ihrem Gesicht verriet, daß sie Schmerzen empfand. Allerdings ging es manchmal wie ein Krampf durch ihren Körper, auch ihre Arme und Hände spannten sich eigentümlich. Sie blickte zu Anne, und Anne sah, daß in ihren Augen die nackte Angst stand.

„Ich bin froh, daß ich nicht nach Cairns gekommen bin", sagte Meggie. „Meine Mutter ist nie in ein Krankenhaus oder eine Klinik gegangen, wenn sie ein Kind bekam, und einmal, hat Daddy erzählt, ging es ihr sehr schlecht. Das war, als sie Hal erwartete. Doch sie hat es überstanden, und ich werde dies auch überstehen. So leicht sind wir nicht umzubringen, wir Cleary-Frauen."

Erst Stunden später trat der Arzt auf die Veranda zu Anne.

„Beim ersten Kind ist es für so eine kleine Frau immer besonders schwer. Und besonders dieses Baby – es hat eine sehr ungünstige Lage, und die Kleine quält sich hin, ohne wirklich weiterzukommen. Wenn sie in Cairns wäre, könnte man den Kaiserschnitt machen. Aber das ist hier völlig ausgeschlossen. Sie muß praktisch ganz allein damit fertig werden."

„Ist sie bei Bewußtsein?"

„O ja. Tapfere kleine Seele. Schreit nicht und beklagt sich nicht. Also, wenn Sie mich fragen – die Besten haben's meist am schwersten. Fragt mich dauernd, ob Ralph denn noch nicht hier ist, und ich muß mir immerzu was aus den Fingern saugen, von wegen Überschwemmung oder was weiß ich. Ich dachte, ihr Mann heißt Luke."

„Heißt er auch."

„Hmmmm! Vielleicht ist gerade das der Grund dafür, daß sie nach diesem Ralph fragt, wer immer er sein mag. Ich meine, der Luke ist wohl nicht der wahre Augentrost, wie?"

„Luke ist ein Schweinehund."

Anne beugte sich über die Verandabrüstung. Auf der Straße, von Dungloe her, war ein Taxi aufgetaucht, das jetzt in die Abzweigung nach „Himmelhoch" einbog. Im Fond erkannten ihre scharfen Augen einen schwarzhaarigen Mann.

„Ich kann gar nicht glauben, was ich da sehe", sagte sie freudig erregt. „Doch es scheint, daß Luke sich endlich daran erinnert hat, daß hier seine Frau ist, die ihn braucht."

„Gut. Dann werde ich wieder zu ihr gehen. Allerdings werde ich ihr sicherheitshalber nichts sagen. Könnte ja sein, daß das gar nicht ihr Mann ist. Kümmern Sie sich inzwischen um ihn, Anne. Geben Sie ihm eine Tasse Tee und heben Sie die harten Sachen für später auf. Er wird sie brauchen."

Das Taxi hielt unten. Zu Annes Überraschung stieg der Fahrer aus, um die hintere Tür zu öffnen. Das war bei einem Mann wie Joe Castiglione, der das einzige Taxi in ganz Dungloe fuhr, eine absolut nie gekannte Demonstration von Höflichkeit.

„Dies hier ist ‚Himmelhoch', Euer Exzellenz", sagte er und verbeugte sich tief.

Der Mann, der aus dem Taxi stieg, trug eine lange, wallende Soutane. Der Gürtel sah purpurfarben aus und schien aus geripptem Seidentuch zu bestehen, genau ließ sich das jedoch nicht erkennen. Für einen Augenblick glaubte Anne, Luke O'Neill habe sich irgendeinen dummen Streich ausgedacht, als sie den Mann in der Soutane jetzt von vorn sah. Aber dann erkannte sie, wie groß der Unterschied zwischen den beiden Männern war. Erstens war dieser hier gut zehn Jahre älter als Luke, und dann – Herrgott, wie harmonisch wirkten seine Bewegungen, als er jetzt, jeweils zwei Stufen auf einmal nehmend, die Treppe heraufkam. Das war Grazie, das war wahrhaft Anmut! Gar kein Zweifel, er ist der attraktivste Mann, den ich je gesehen habe. Und ein Erzbischof, wenn mich nicht alles täuscht. Was, um Himmels willen, sucht ein katholischer Erzbischof hier bei uns? Was will er von ein paar alten Lutheranern wie Luddie und mir?

„Mrs. Müller?" fragte er und lächelte sie aus seinen blauen Augen an. Ein eigentümlich ferner Ausdruck fand sich dort. Es war, als hätten diese Augen vieles gesehen, was seine Gefühle nicht erwidern wollten.

„Ja, ich bin Anne Müller."

„Ich bin Erzbischof Ralph de Bricassart, Apostolischer Legat in Australien. Es wohnt eine Mrs. Luke O'Neill bei Ihnen?"

„Ja, Sir." Ralph? *Ralph?* War *dies* Ralph?

„Ich bin ein sehr alter Freund von ihr. Dürfte ich sie vielleicht sehen?"

„Ich bin sicher, sie wird entzückt sein, Herr Erzbischof" – nein, das war nicht die richtige Anrede, man sagte nicht einfach Herr Erzbischof, sondern Euer Exzellenz – „unter normalen Umständen wäre sie es jedenfalls, nur . . . sie liegt jetzt in den Wehen, und es geht ihr gar nicht gut . . ."

Sie sah, daß sie sich getäuscht hatte. Er war menschlichen Gefühlen keineswegs entrückt, er verstand es nur, sie zu beherrschen, ja, falls nötig, zu unterjochen. Doch jetzt schienen ihn seine Emotionen plötzlich zu überwältigen, und unwillkürlich fragte sich Anne, was Meggie ihm und was er Meggie bedeuten mochte.

„Ich wußte doch, daß irgend etwas nicht stimmte! Gefühlt habe ich das schon lange, aber in der letzten Zeit hat meine Besorgnis sich wirklich zur Besessenheit gesteigert. Ich mußte ganz einfach kommen, um mich selbst zu überzeugen. Bitte, lassen Sie mich zu ihr! Für den Fall, daß Sie einen Grund dafür brauchen – nun, ich bin Priester."

Anne lächelte flüchtig. „Nun, das braucht es wohl kaum, Euer Exzellenz. Wenn Sie mir bitte folgen wollen." Während sie sich mühsam an ihren Krücken voranbewegte, dachte sie: Ist das Haus auch sauber und ordentlich? Habe ich Staub gewischt? Haben wir diese alte Hammelkeule weggeworfen, die schon so scheußlich roch? So ein bedeutender Mann, daß der gerade jetzt kommt! Und wo bleibt nur Luddie? Der Junge, den ich zu ihm schickte, muß ihn doch schon vor Stunden gefunden haben!

Der große, schwarzhaarige Mann in der Soutane schien weder den Arzt noch die Hebamme zu sehen. Er kniete vor dem Bett nieder.

„Meggie!"

Er griff nach ihrer Hand, und sie erwachte, wie aus einem bösen, einem gespenstischen Traum, und sah nun so unvermittelt das geliebte Gesicht in allernächster Nähe. Die dichten schwarzen Haare, an den Schläfen inzwischen stark ergraut, die feinen Züge, tiefer gefurcht, als sie das in Erinnerung hatte, und seine blauen Augen, deren Blick so liebevoll und so sehnsüchtig in ihren Blick getaucht war. Wie hatte sie je auch nur für eine Sekunde Luke als Ersatz für ihn gelten lassen können. Es gab niemanden, der so war wie er, und es würde auch nie jemanden geben – nicht für sie. Und sie hatte Verrat daran geübt. Luke war die dunkle Seite des Spiegels, Ralph hingegen war so voll Glanz wie die Sonne – und genauso fern. Oh, wie schön, wie wunderschön, ihn jetzt zu sehen!

„Ralph, hilf mir!" sagte sie.

Leidenschaftlich küßte er ihre Hand, preßte sie dann gegen seine Wange. „Immer, meine Meggie, das weißt du."

„Bete für mich und für das Baby. Wenn uns jemand retten kann, dann du. Du bist Gott viel näher als wir. Niemand will uns, niemand hat uns jemals gewollt, nicht einmal du."

„Wo ist Luke?"

„Ich weiß es nicht, und es ist mir auch egal." Sie schloß die Augen, drehte ihren Kopf auf dem Kissen hin und her. Doch mit erstaunlicher Kraft hielt sie weiter seine Hand umklammert.

Doc Smith klopfte ihm leicht auf die Schulter. „Euer Exzellenz, es ist vielleicht besser, wenn Sie das Zimmer jetzt verlassen."

„Wenn ihr Leben in Gefahr ist, rufen Sie mich?"

„Ja, auf der Stelle."

Luddie war inzwischen von den Zuckerrohrfeldern nach Hause gekommen. Er hatte im ganzen Haus niemanden gefunden, wagte das Schlafzimmer nicht zu betreten und fieberte vor Aufregung.

„Anne", fragte er, als seine Frau zusammen mit dem Erzbischof herauskam, „wie geht es ihr? Ist alles in Ordnung?"

„Soweit wohl ja. Doc Smith will sich nicht festlegen, aber ich glaube, er hat Hoffnung. Und was uns betrifft, wir haben einen Gast. Dies ist Erzbischof Ralph de Bricassart, ein alter Freund von Meggie."

Luddie zeigte sich erfahrener als seine Frau. Er ließ sich auf ein Knie sinken und küßte den Ring an der Hand des Erzbischofs. „Nehmen Sie doch bitte Platz, Exzellenz. Während Sie sich mit Anne unterhalten, werde ich einen Kessel Wasser für den Tee aufsetzen."

„Sie sind also Ralph", sagte Anne. Sie lehnte ihre Krücken gegen einen Bambustisch. Ihr gegenüber saß der Priester, und da er die Beine übereinandergeschlagen hatte, waren unter dem Saum seiner Soutane jetzt deutlich die Reitstiefel sichtbar.

Er schien jünger zu sein, als sie zuerst angenommen hatte – höchstens Anfang vierzig. Und solch ein Bild von einem Mann!

„Ja, ich bin Ralph."

„Seit bei Meggie die Wehen einsetzten, hat sie immer und immer wieder nach einem Ralph gefragt. Ich muß gestehen, daß ich verwirrt war. Ich kann mich nicht erinnern, aus ihrem Mund je zuvor den Namen Ralph gehört zu haben."

„Mit Sicherheit nicht. Sie würde ihn nie erwähnen."

„Woher kennen Sie Meggie, Exzellenz? Und wie lange schon?"

Auf dem Gesicht des Priesters erschien ein eigentümliches Lächeln. Er legte seine schlanken, schönen Hände so gegeneinander, daß sie eine Art gotischen Spitzbogen zu bilden schienen. „Ich kenne sie, seit sie zehn Jahre alt war. Sie kam mit ihrer ganzen Familie von Neuseeland, und wenige Tage nach der Ankunft in Australien sah ich sie zum ersten Mal. Es läßt sich durchaus wahrheitsgetreu sagen, daß ich Meggie in guten wie in schlechten Zeiten gekannt habe, in Hochwasser, Feuer und Dürre, die wohl auch eine Dürre der Gefühle war – was immer wir Menschen ertragen müssen. Meggie ist der Spiegel, in dem ich meine eigene Sterblichkeit sehe, sehen muß."

„Sie lieben sie?" fragte Anne überrascht.

„Seit jeher."

„Das ist eine Tragödie für Sie beide."

„Ich hatte gehofft, nur für mich. Erzählen Sie mir über sie. Was ist seit ihrer Hochzeit mit ihr geschehen? Es ist eine ganze Reihe von Jahren her, daß ich sie nicht mehr gesehen habe, und beim Gedanken an sie hatte ich oft ein ungutes Gefühl."

„Ich will Ihnen gern sagen, was ich weiß. Aber zuerst müssen Sie mir von Meggie erzählen. Oh, ich meine nichts wirklich Privates. Nur, was für ein Leben sie geführt hat, bevor sie nach Dunny kam. Wir wissen absolut nichts über sie, Luddie und ich, außer daß sie irgendwo in der Nähe von Gillanbone gelebt hat. Wir würden gern mehr wissen, weil wir sie sehr mögen. Aber sie wollte uns nie etwas erzählen – Stolz, glaube ich."

Luddie brachte ein Tablett mit Tee und einem kleinen Imbiß. Er setzte sich, und wenig später umriß der Priester mit wenigen Worten, wie Meggies Leben vor ihrer Heirat mit Luke ausgesehen hatte.

„Darauf wäre ich in tausend Jahren nicht gekommen!" rief Anne. „Sich vorzustellen, daß Luke O'Neill die ungeheure Frechheit hatte, sie aus all dem herauszureißen und dann als Dienstmädchen arbeiten zu lassen! Und zu allem mußte ihr Lohn immer direkt auf sein Konto überwiesen werden! Wissen Sie, daß das arme Ding hier nie auch nur einen Penny für sich in ihrem Portemonnaie gehabt hat? Ich habe ihr vergangene Weihnachten zwar Weihnachtsgeld gegeben, aber sie brauchte dringend so viele Sachen, daß es an einem Tag aufgebraucht war, und mehr wollte sie von uns nie annehmen und hat sie nie angenommen."

„Sie brauchen Meggie nicht zu bemitleiden", sagte der Erzbischof, und seine Stimme klang plötzlich ein wenig schroff. „Ich glaube auch nicht, daß sie sich selbst bemitleidet, schon gar nicht, weil es ihr an Geld fehlt. Schließlich hat es ihr wenig Freude gebracht, nicht wahr? Sie weiß, wohin sie sich wenden kann, wenn sie welches braucht. Ich würde meinen, daß Lukes offenkundige Gleichgültigkeit sie weit tiefer geschmerzt hat als der Mangel an Geld!"

Jetzt erzählten Anne und Luddie, was sie über Meggies Leben hier wußten. Währenddessen saß Erzbischof de Bricassart völlig reglos, die Hände wieder zum gotischen Spitzbogen gewölbt, den Blick auf einer Palme draußen vor der Veranda. Nicht ein einziges Mal bewegte sich in seinem Gesicht auch nur ein Muskel, und auch in seinen schönen blauen Augen zeigte sich kein Ausdruck außer jenem der Entrücktheit. Er hatte viel gelernt, seit er in die Dienste von Kardinal di Contini-Verchese getreten war.

Schließlich seufzte er, holte seinen Blick gleichsam aus der Ferne zurück und richtete seine Augen auf das Ehepaar. „Nun, es scheint, daß wir ihr helfen müssen, da Luke ja offenbar nicht dazu bereit ist. Wenn er sie wirklich nicht haben will, so ist sie auf Drogheda besser aufgehoben. Ich weiß, daß Sie sie nicht verlieren möchten, aber bitte – um ihretwillen sollten Sie sie dazu überreden, nach Hause zurückzukehren. Ich werde Ihnen von Sydney einen Scheck für sie schicken, so daß es ihr erspart bleibt, ihren Bruder um Geld bitten zu müssen. Wenn sie dann zu Hause ist, kann sie dort ja erzählen, was sie für richtig hält." Er blickte zur Schlafzimmertür, bewegte sich unruhig. „Lieber Gott, laß das Kind zur Welt kommen."

Aber das Kind kam erst nahezu vierundzwanzig Stunden später

zur Welt, und da war Meggie vor Erschöpfung und Schmerzen fast tot. Doc Smith hatte ihr reichliche Dosen Laudanum verabfolgt, was er, seiner altmodischen Denkweise entsprechend, noch immer für das beste Beruhigungsmittel hielt. Sie schien haltlos dahinzutreiben durch wirbelnde, strudelnde, torkelnde Alpträume, in denen viele verschreckende, tief verstörende Gesichte vor ihr aufstiegen, Krallen, Klauen, Pranken sich nach ihr streckten und reißen wollten und zerfetzen. Manchmal konnte sie für einen kurzen Augenblick auch Ralph erkennen, sehr nah und deutlich, doch dann verschwamm sein Gesicht wieder, wie fortgespült von einer Woge aus Schmerz. Doch die Erinnerung an ihn blieb, und manchmal wurde ihr auch bewußt, daß er da war und an ihrem Bett Wache hielt. Und dann hatte sie den festen Glauben, daß weder sie noch das Baby sterben würden.

Ab und zu blieb nur die Hebamme im Schlafzimmer. Dann schöpfte der Arzt zwischendurch einmal Atem – nachdem er sich durch einen Anruf in seiner Praxis davon überzeugt hatte, daß ihn im Augenblick zum Glück kein Patient dringend brauchte. Irgendeinen Bissen in der einen und ein Gläschen Alkohol in der anderen Hand, hörte er sich während einer solchen Pause an, was Anne und Luddie ihm über Meggies früheres Leben erzählten.

„Sie haben recht, Anne", sagte er. „Das viele Reiten ist sicher mit ein Grund dafür, daß sie jetzt solche Schwierigkeiten hat. Als der Damensattel aus der Mode kam, war das sehr schlecht für die Frauen, die viel reiten mußten. Der Herrensitz entwickelt die falschen Muskeln."

„Ich habe gehört, das sei nichts als ein Ammenmärchen", sagte der Erzbischof nachsichtig.

Doc Smith warf ihm einen scharfen Blick zu. Katholische Priester mochte er nicht. In seinen Augen waren sie ein frömmelndes Pack faselnder Narren.

„Glauben Sie, was immer Sie glauben wollen", sagte er. „Aber, Euer Exzellenz – was würde Ihnen Ihr Gewissen raten, wenn es am Ende darum ginge, entweder das Leben der Mutter oder aber das des Kindes zu erhalten?"

„Die Haltung der Kirche ist da eindeutig und unverrückbar, Doktor. Es darf nie ein Entweder-Oder geben. Weder darf das Kind getötet werden, um die Mutter zu retten, noch die Mutter, damit das Kind gerettet wird." Er erwiderte den harten Blick des Arztes mit einem Blick von nicht weniger ätzender Schärfe. „Aber falls es soweit kommen sollte, Doktor, würde ich nicht zögern, Ihnen zu sagen: ‚Retten Sie Meggie, und zum Teufel mit dem Kind.' "

Der Arzt starrte verdutzt, lachte dann laut auf und gab dem Priester einen anerkennenden Schlag auf den Rücken. „Donnerwetter, das hätte ich nicht erwartet", sagte er. „Na, seien Sie nur beruhigt, ich werde nicht ausposaunen, was Sie mir da eben anvertraut haben. Im übrigen sieht's bis jetzt noch nicht danach aus, als ob wir eine solche schwerwiegende Entscheidung werden treffen müssen."

Anne dachte für sich: Würde seine Antwort wohl genauso ausfallen, wenn das Kind von ihm wäre?

Etwa drei Stunden später, als die Nachmittagssonne immer mehr den dunstigen Umrissen des Mount Bartle Frere entgegensank, kam Doc Smith aus dem Schlafzimmer.

„Es ist überstanden", sagte er zufrieden. „Meggie wird eine ganze Weile brauchen, um wieder richtig auf die Beine zu kommen, aber so Gott will, *wird* sie sich auch wieder völlig erholen. Das Kind ist ein Mädchen, kaum fünf Pfund schwer, aber mit einem enorm großen Kopf, auf dem geradezu giftrotes Haar zu sehen ist, und entsprechend steht's mit ihrem Temperament – ich möchte wetten, dieses kleine Ding ist überhaupt nicht umzubringen." Er lächelte. „Nur gut, daß ich nicht wirklich in die Verlegenheit gekommen bin, das zu versuchen – könnte nämlich sein, daß sie mich Mores gelehrt hätte!"

Luddie holte die Flasche Champagner, die er eigens für diesen Zweck aufgehoben hatte, und ließ den Korken knallen. Und dann standen sie alle fünf im Kreis – der Priester, der Arzt, die Hebamme, der Farmer und seine Frau – und tranken auf das Wohl der Mutter und des mageren, doch aus Leibeskräften schreienden Babys. Es war der 1. Juni: Winteranfang in Australien.

Der Arzt fuhr mit der Hebamme davon. Inzwischen war eine Krankenschwester eingetroffen, die sich um Meggie kümmern sollte, bis sie endgültig außer Gefahr war. Anne, Luddie und der Erzbischof betraten das Schlafzimmer.

Das große Doppelbett ließ Meggie besonders schmal, fast winzig erscheinen. Tief im Innern, am Rande von Ralphs Bewußtsein, saß ein Schmerz. Meggie, dachte er, meine arme, geschundene Meggie ... Ich werde dich immer lieben, aber ich kann dir nicht geben, was Luke O'Neill dir gegeben hat, und mag er es auch noch so widerstrebend getan haben.

Das kleine Menschenbündel, das soviel Aufregung und Unruhe verursacht hatte, lag jetzt in einer Korbwiege und schrie weiter seine durchdringenden Proteste in die Welt hinaus. Um das neugierig rundherum versammelte Publikum kümmerte es sich herzlich wenig. Schließlich nahm die Schwester die Wiege samt dem Baby und trug sie in den Raum, der als Kinderzimmer vorgesehen war.

„Eine gesunde Lunge hat sie jedenfalls", sagte der Erzbischof lächelnd, während er sich auf die Bettkante setzte und Meggies Hand ergriff.

„Ja, aber sehr scheint sie das Leben nicht zu lieben", erwiderte Meggie und lächelte zurück. Wieviel älter er doch aussah! Zwar genauso energievoll, ja sportlich wie früher, aber doch wesentlich älter. Sie blickte zu Anne und Luddie und streckte ihnen die freie Hand entgegen. „Meine Freunde, was wäre ohne euch nur geworden? Hat Luke schon von sich hören lassen?"

„Er hat ein Telegramm geschickt. Er hat zuviel zu tun und kann deshalb nicht kommen. Aber er wünscht alles Gute."

„Wie großmütig von ihm", sagte Meggie.

Anne beugte sich rasch zu ihr und küßte sie auf die Wange. „Wir werden Sie jetzt mit dem Erzbischof allein lassen, Liebes. Sie beide haben einander gewiß viel zu erzählen." Sich auf Luddie stützend, blickte sie zur Krankenschwester. „Kommen Sie, Nettie, trinken Sie eine Tasse Tee mit uns. Falls Meggie Sie braucht, wird der Herr Erzbischof Sie schon rufen."

„Hast du für deine so lungenkräftige Tochter schon einen Namen?" fragte er, als sich die Tür schloß und sie allein waren.

„Justine."

„Das ist ein sehr schöner Name. Wie bist du darauf gekommen?"

„Ich bin irgendwo beim Lesen darauf gestoßen, und er hat mir gefallen."

„Willst du das Kind eigentlich, Meggie?" fragte er.

Ihr Gesicht wirkte sehr klein, schien nur aus Augen zu bestehen. Eine eigentümliche, verschleierte Helle war in ihnen, nicht Haß, aber auch nicht Liebe. „Ich glaube, ich will sie. Ja, ich will sie. Schließlich habe ich alles darangesetzt, sie zu bekommen. Aber als ich dann mit ihr schwanger war, konnte ich überhaupt nichts für sie empfinden, außer daß ich das Gefühl hatte, daß sie mich nicht wollte. Ich glaube, Justine wird niemals mir gehören oder Luke oder sonst irgend jemandem, sondern immer nur sich selbst."

„Ich muß gehen, Meggie", sagte er leise.

Jetzt trat in ihre Augen ein harter Glanz, ihr Mund verzerrte sich. „*Das* konnte ich mir denken! Sonderbar, daß die Männer in meinem Leben immer und unaufhörlich dringend zu tun haben."

Er zuckte leicht zusammen. „Sei nicht so verbittert, Meggie. Ich möchte dich nicht mit dem Gefühl verlassen, daß du die Welt so völlig trostlos siehst. Früher hast du dir, allen Umständen zum

Trotz, immer das bewahrt, was dich mir so besonders teuer gemacht hat – deine Lieblichkeit. Ändere dich nicht. Laß nicht plötzlich Schroffheit und Härte in dein Wesen treten, so verständlich das unter den jetzigen Umständen auch immer wäre. Es muß ein furchtbares Gefühl für dich sein, daß Luke nicht einmal jetzt gekommen ist, aber bitte – bleibe wie du bist – oder warst. Sonst würdest du nicht mehr meine Meggie sein."

Der Glanz in ihren Augen verlor nichts von seiner Härte. Was bedeutete er, dieser Ausdruck – Haß? Fast schien es so. „Hör schon auf, Ralph!" sagte sie. „Ich bin nicht deine Meggie, bin's nie gewesen! Du hast mich nicht gewollt, hast mich zu ihm getrieben, zu Luke. Wofür hältst du mich eigentlich – für eine Heilige oder eine Nonne? Ich bin weder das eine noch das andere. Ich bin ein ganz normaler Mensch, und du hast mein Leben verpfuscht! All die Jahre habe ich dich geliebt, und ich wollte niemanden außer dir und habe auf dich gewartet ... Ich habe so sehr versucht, dich zu vergessen, aber dann habe ich einen Mann geheiratet, der dir ein bißchen ähnlich sah, doch er will und braucht mich genausowenig wie du. Ist es von einem Mann zuviel verlangt, wenn man sich wünscht, daß er einen will und braucht?"

Sie begann zu schluchzen, beherrschte sich jedoch sofort. Aber die feinen, kaum merklichen Linien, die er in ihrem Gesicht entdeckte, waren früher nicht da gewesen.

„Luke ist kein schlechter Mann", fuhr sie fort. „Er ist nur ganz einfach – ein Mann. Ihr seid ja alle gleich: Wie große Nachtfalter seid ihr, strebt irgendeiner Flamme, irgendeinem Licht entgegen und seht nicht, daß es sich hinter einer Glasscheibe befindet. Und rennt dagegen an, rennt euch die Köpfe ein. Und wenn es euch doch irgendwie gelingt, hinter die Scheibe zu schlüpfen, so fallt ihr verbrannt zu Boden. Dabei war in der Kälte der Nacht für euch Liebe da und Nahrung. Nein! Ihr seid blind für alles außer für diese züngelnde Flamme, und zu ihr wollt ihr immer und immer wieder, auch wenn ihr dabei umkommt – und ihr kommt um!"

Er wußte nicht, was er ihr erwidern sollte. Dies war eine Seite an ihr, die er bisher nicht gekannt hatte. Hatte er das früher einfach übersehen? Hatte es sich erst jetzt entwickelt, gleichsam als bittere Frucht der letzten Jahre und Monate? Meggie sagte so etwas!? Tief verstört darüber, daß sie es sagte, erkannte er nicht, daß die Worte ihrer Einsamkeit entsprangen und ihrem Schuldgefühl.

„Erinnerst du dich noch an die Rose, die du mir gegeben hast, als ich damals von Drogheda fortritt?" fragte er zärtlich.

„Ja." Ihre Stimme klang wie leblos, ihre Augen waren jetzt ohne allen Glanz. Sie blickten ihn genauso ausdruckslos, so jenseits jeder Hoffnung an wie ... Ja, nun fiel es ihm ein: Es war die gleiche grauenvolle Leere wie bei ihrer Mutter, dieses Sich-abseits-Halten, dieses Wie-abgetötet-Sein.

„Ich habe sie noch, in meinem Meßbuch. Und jedes Mal, wenn ich eine Rose von dieser Farbe sehe, Meggie, dann denke ich an dich. Ich liebe dich, Meggie. Du bist meine Rose. Das schönste Menschenbild, der schönste menschliche Gedanke, den es in meiner Vorstellung geben kann."

Plötzlich wirkte ihr Mund wieder schroff, war in ihren Augen wieder der harte Glanz. „Ein Bild, ein Gedanke! Ein menschliches Bild und ein menschlicher Gedanke, nur in deiner Vorstellung existierend! Ja, das ist alles, was ich für dich bin! Und du, Ralph de Bricassart, bist nichts als ein romantischer Narr, der vor sich hinträumt! Du weißt genausowenig, was das Leben eigentlich ist, wie dieser Nachtfalter, diese Motte, von der ich gesprochen habe, die immer zum Licht will und gegen alles andere blind ist! Kein Wunder, daß du Priester geworden bist. Du kämst als normaler Mann in einem normalen Leben genausowenig zurecht wie dieser normale Mann namens Luke!

Du sagst, du liebst mich. Dabei weißt du gar nicht, was Liebe ist. Du sprichst solche Wörter nur aus, weil du meinst, daß sie gut klingen! Im Grunde wundert mich allerdings nur eines – wie kommt es, daß ihr Männer es noch nicht geschafft habt, ganz auf uns Frauen zu verzichten, was ihr doch am liebsten tun würdet, nicht wahr? Ihr solltet es so einrichten, daß ihr einander heiraten könnt. Dann würdet ihr euch allesamt fühlen wie im Paradies!"

„Meggie, sprich nicht weiter! Ich bitte dich – sprich nicht weiter!"

„Geh doch, geh doch fort! Ich will dich gar nicht sehen! Und eines hast du bei deinen kostbaren Rosen vergessen, Ralph – sie haben häßliche spitze Dornen!"

Er verließ das Zimmer, ohne zurückzublicken.

Ein Telegramm informierte Luke, daß er Vater eines fünf Pfund schweren Mädchens namens Justine geworden war. Er machte sich nicht die Mühe, darauf zu antworten. Meggie begann allmählich sich zu erholen, und das Baby schien zu gedeihen. Wäre sie imstande gewesen, das Kind zu stillen, hätte sich zwischen ihr und dem mageren, offenbar ewig mißgelaunten Baby vielleicht eine innere Bindung entwickelt. Doch in den Brüsten, an denen Luke so gern gesaugt hatte, war keine Milch – welch eine Ironie, dachte sie.

Sie tat, was zu den sogenannten Mutterpflichten gehörte, gab dem rothaarigen, rotgesichtigen Bündelchen die Flasche, wechselte die Windeln, wartete darauf, daß in ihr ein wunderbares, ein allüberwältigendes Gefühl sich entwickeln werde. Doch es stellte sich nicht ein. Nie empfand sie das Verlangen, das winzige Gesicht mit Küssen zu bedecken oder zärtlich die kleinen Finger in den Mund zu nehmen oder sonst irgend etwas zu tun, wodurch Mütter ihre Liebe auszudrücken suchen. Sie hatte nicht das Gefühl, daß es ihr Baby war, und es schien, daß das Kind sie genausowenig wollte und brauchte, wie sie es. *Es, es!* Es kam ihr nicht einmal in den Sinn, an das Kind mit „sie" zu denken.

Luddie und Anne wären nie auf die Idee verfallen, Meggie könnte ihr Töchterchen nicht lieben. Stets war sie zur Stelle, wenn Justine weinte oder schrie, sie wiegte sie in ihren Armen, legte sie trocken oder tat, was immer sonst notwendig schien. Sonderbar war nur, daß Justine offenbar gar nicht hochgehoben und getröstet werden wollte. Überließ man sie sich selbst, beruhigte sie sich viel schneller.

Die rötliche Tönung verlor sich ziemlich rasch. Justines Haut bekam jenes durchsichtige Aussehen, wie man es bei Rothaarigen so häufig findet. Nach einiger Zeit wirkte ihr kleiner Körper keineswegs mehr mager, sondern wurde rundlich. Das Haar, inzwischen kräftiger und krauser, zeigte jenen flammenden Farbton, wie man ihn früher einmal bei ihrem Großvater Paddy gesehen hatte.

Und die Farbe ihrer Augen? Noch schien sie nicht eindeutig festgelegt. Luddie meinte, eines Tages würden sie wohl genauso blau leuchten wie die ihres Vaters. Anne schwor auf das Grau der mütterlichen Augen, Meggie selbst blieb ohne Meinung. Wie sich dann zeigte, waren Justines Augen ganz und gar ihre eigenen Augen – und es waren Augen, die den Betrachter – um das mindeste zu sagen – eigentümlich betroffen machten.

In der sechsten Woche begannen sie, sich zu verändern, in der neunten Woche hatten sie ihre endgültige Form und Farbe gewonnen. Noch nie hatte jemand so etwas gesehen. Um den äußeren Rand der Iris zog sich ein sehr dunkler, grauer Ring, doch die Iris selbst war so fahl, daß man sie weder blau noch grau nennen konnte. Die genaueste, wenn auch paradox wirkende Bezeichnung schien zu sein: ein dunkles Weiß. Es waren sehr auffallende Augen, gar kein Zweifel. Irgendwie hatten sie etwas Beklemmendes, etwas Nichtmenschliches. Man hätte meinen können, es seien die Augen einer Blinden. Allerdings zeigte sich, daß Justine durch sie ganz ausgezeichnet sehen konnte.

Doc Smith war wegen ihres, wie ihm schien, abnorm großen Kopfes besorgt gewesen. Er sprach zwar zu niemandem davon, doch die eigenartigen Augen verstärkten seine Befürchtungen noch. War sie vielleicht hydrozephal, wie das die hochgelehrten Mediziner heutzutage nannten, oder – in seiner eigenen Ausdrucksweise – hatte sie vielleicht einen Wasserkopf? Ein halbes Jahr lang hielt er sie sehr aufmerksam unter Beobachtung, doch es schien, daß es Justine keineswegs an Gehirnsubstanz fehlte. Sie besaß ganz einfach einen besonders großen Kopf, und als sie heranwuchs, renkte sich das in den Proportionen mehr oder minder ein.

Luke ließ sich nicht blicken. Meggie hatte ihm wiederholt geschrieben, doch er beantwortete ihre Briefe nicht, geschweige denn, daß er kam, um sich sein Kind anzusehen. In gewisser Weise war sie froh darüber. Was sollte sie zu ihm sagen? Wie würde er sich wohl verhalten? Denn es war ja eine Tochter, die sie ihm geschenkt hatte, und kein Sohn, dessen Existenz ihn hätte versöhnlich stimmen können. Doch gerade das bereitete Meggie eine tiefe Befriedigung. Justine erschien ihr als der lebende Beweis dafür, daß auch der große Luke O'Neill nicht vollkommen war.

Das Baby gedieh, jedenfalls war sein Gesundheitszustand entschieden besser als der seiner Mutter. Mit vier Monaten hörte Justine auf, soviel zu schreien, und es schien ihr Vergnügen zu bereiten, sich mit den bunten Perlen zu beschäftigen, die sie in ihrer Wiege in Reichweite hatte. Doch nie lächelte sie jemanden an.

Die *Feuchte* kam frühzeitig, schon im Oktober, und es war eine sehr feuchte Feuchte. Tag für Tag peitschte der Regen auf „Himmelhoch" herab, weichte den roten Erdboden auf, durchnäßte das Zuckerrohr, füllte den breiten, tiefen Dungloe River immer mehr. Dennoch trat der Fluß nicht über die Ufer: sein Weg bis zur Küste, bis zum Ozean war kurz.

Irgendwann tauchte die Sonne wieder auf, die Erde dampfte, das feuchte Zuckerrohr glänzte und funkelte, und der Fluß ähnelte einer großen, goldenen Schlange. Dann erschien vor der Himmelswölbung ein Regenbogen, ein Doppelregenbogen sogar, dessen Farben von einer solchen Leuchtkraft waren, daß sie wohl jede Landschaft recht buchstäblich in den Schatten gestellt hätten, nur die Landschaft von North Queensland nicht. Die Farbtöne dieses Landes hier waren sozusagen von Grund auf so satt und so üppig, daß sie sich kaum durch irgend etwas übertreffen ließen.

An einem Tag Anfang Dezember kam Anne auf die Veranda und setzte sich neben Meggie. Sie sah sie insgeheim aufmerksam an. O Gott, wie dünn war sie nur, wie leblos wirkte sie! Selbst das wunderschöne goldene Haar schien viel von seinem Glanz verloren zu haben.

„Meggie, ich weiß nicht, ob ich etwas Falsches getan habe, aber ich habe es jedenfalls getan, und bitte hören Sie mich erst an, bevor Sie vielleicht nein sagen."

Lächelnd wandte Meggie den Kopf. Sie hatte den Doppelregenbogen betrachtet. „Das klingt so ernst, Anne. Was soll ich mir anhören, bevor ich vielleicht nein sage?"

„Luddie und ich, wir machen uns beide Sorgen um Sie. Nach der Entbindung haben Sie sich nicht so erholt, wie Sie sich hätten erholen müssen, und jetzt bei der Feuchte geht es Ihnen offenbar noch schlechter. Sie essen nicht richtig, Sie verlieren Gewicht. Gewiß ist Ihnen das Klima hier nie besonders gut bekommen. Aber solange alles seinen normalen Gang ging, sind Sie damit doch einigermaßen fertig geworden. Jetzt allerdings meinen wir, daß Sie ganz und gar nicht auf dem Posten sind, und wenn man nichts unternimmt, dann werden Sie noch wirklich krank werden."

Sie schwieg einen Augenblick. „Und so habe ich an einen Bekannten im Reisebüro geschrieben und einen Urlaub für Sie gebucht. Bitte protestieren Sie nicht wegen der Kosten. Wir brauchen dafür nicht aufzukommen und Luke auch nicht. Der Erzbischof hat uns einen Scheck für Sie geschickt, über eine beträchtliche Summe, und ein zweiter ist von Ihrem Bruder gekommen und von allen auf Drogheda, für Sie und das Baby. Ich glaube, man möchte nur zu gern, daß Sie nach Hause kommen, zumindest für eine Weile. Aber Luddie und ich sind nach reiflicher Überlegung zu dem Schluß gekommen, daß Drogheda unter den Umständen durchaus nicht der beste Erholungsort für Sie wäre. Was Sie brauchen, so glauben wir, ist Zeit und Gelegenheit, um mit allem ins reine zu kommen. Und dabei können Sie Justine nicht gebrauchen und auch nicht uns und auch nicht Luke und auch nicht Drogheda. Sind Sie jemals ganz für sich gewesen, Meggie? Nun, ich glaube, es wird Zeit dafür. Und deshalb haben wir für Sie auf der Matlock-Insel für zwei Monate eine Cottage gemietet, und zwar von Anfang Januar bis Anfang März. Luddie und ich werden uns um Justine kümmern. Sie wissen, daß sie bei uns gut aufgehoben ist. Sollte es aber den geringsten Anlaß zur Besorgnis geben, werden wir Sie sofort verständigen. Auf der Insel können wir Sie telefonisch erreichen. Es würde also nicht lange dauern, Sie zurückzuholen."

Der Doppelregenbogen war verschwunden und die Sonne auch, es schien wieder regnen zu wollen.

„Anne, wenn nicht Sie und Luddie gewesen wären in diesen

letzten drei Jahren, so wäre ich verrückt geworden, das wissen Sie. Manchmal wache ich nachts auf und frage mich, was wohl hätte werden sollen, wenn Luke mich zu anderen, weniger freundlichen Menschen gegeben hätte. Sie haben sich ja mehr, viel mehr um mich gekümmert als Luke."

„Ach, Unsinn, was hätte schon werden sollen? Im Falle des Falles wären Sie wahrscheinlich nach Drogheda zurückgefahren, und wer weiß – vielleicht hätte sich so alles am schnellsten wieder eingerenkt."

„Nein. Sie ist wirklich nicht angenehm gewesen, diese Sache mit Luke, aber es war besser, daß ich hiergeblieben bin und sie durchgestanden habe."

Es regnete wieder, noch nicht unmittelbar über dem Haus, aber doch über den Feldern in der Nähe. Wie ein Trennungsstrich, ja fast wie ein spaltendes Beil war die Regenwand.

„Sie haben recht", sagte Meggie. „Ich bin nicht richtig auf dem Posten. Und eigentlich – eigentlich fühle ich mich nicht recht gut, seit ich Justine empfangen habe. Ich habe versucht, mich zusammenzunehmen, aber irgendwo kommt man wohl an den Punkt, wo die Energie dafür dann nicht mehr reicht. Ach, Anne, ich bin ja so müde und so entmutigt! Ich bin Justine nicht einmal eine gute Mutter, und das wäre ich ihr nun doch wirklich schuldig. Denn ich war es ja, die sie haben wollte. Sie hat mich wahrhaftig nicht darum gebeten, in die Welt gesetzt zu werden. Aber in der Hauptsache bin ich so entmutigt, weil Luke mir überhaupt keine Chance gibt, ihn glücklich zu machen. Er lebt nicht mit mir zusammen, ich kann ihm kein Heim bereiten, er will unser Kind nicht. Nun, es stimmt schon, ich liebe ihn nicht. Ich habe ihn nie so geliebt, wie eine Frau den Mann lieben sollte, den sie heiratet, und vielleicht hat er das von Anfang an gespürt. Hätte ich ihn geliebt, hätte er sich vielleicht auch anders verhalten. Wie kann ich ihm also irgend etwas vorwerfen? Nur mir selbst kann ich Vorwürfe machen, glaube ich."

„Sie lieben den Erzbischof, nicht wahr?"

„Ralph de Bricassart – ja, ich habe ihn geliebt, seit ich ein kleines Mädchen war. Armer Ralph! Ich hatte kein Recht, zu ihm zu sagen, was ich gesagt habe. Denn er hat mich nie ermutigt, wissen Sie. Ich hoffe, daß er Zeit hat, über alles nachzudenken. Dann wird er sicherlich verstehen, wie es dazu kommen konnte, daß ich so redete. Nur an eines konnte ich denken, immer nur an dieses eine, daß es eigentlich sein Kind sein müßte – und sein Kind konnte es nie sein, würde es nie sein können. Und es ist doch einfach nicht recht! Ein protestantischer Geistlicher kann heiraten, weshalb also nicht auch ein katholischer? Und sagen Sie mir nicht, daß ein Pastor sich weniger um seine Herde kümmert als ein Pfarrer. Es gibt herzlose Pfarrer und wunderbare Pastoren. Aber wegen des Gebots der Ehelosigkeit für katholische Priester konnte es für mich bei Ralph nie eine Zukunft geben, und deshalb habe ich einen anderen geheiratet und von einem anderen ein Kind empfangen. Und soll ich Ihnen etwas sagen, Anne? Das ist eine genauso zu verabscheuende Sünde, als ob Ralph seine Gelübde brechen würde – wahrscheinlich ist si sogar schlimmer. Es paßt mir einfach nicht, daß die Kirche unterstellt, meine Liebe zu Ralph oder seine Liebe zu mir sei falsch!"

„Meggie", sagte Anne, „ein Tapetenwechsel ist für Sie zweifellos wirklich das beste. Genießen Sie die Ruhe, gewinnen Sie von allem Abstand. Und wenn Sie dann ausgeruht und erholt zurückzukommen, können Sie vielleicht Luke dazu bewegen, die Station zu kaufen, statt nur darüber zu reden. Ich weiß, daß Sie ihn nicht lieben, und doch – wenn er Ihnen nur die Chance dazu gäbe, könnten Sie mit ihm vielleicht glücklich sein."

Die grauen Augen hatten die gleiche Farbe wie der Regen, der jetzt auch auf das Haus fiel. Die Stimmen der beiden Frauen hoben sich unwillkürlich, um durch das laute Prasseln auf dem Dach vernehmlich zu bleiben.

„Aber gerade daran hapert's doch, Anne! Als Luke und ich nach Atherton fuhren, wurde mir klar, daß er nie sein Zuckerrohr im Stich lassen würde, solange er nur die Kraft dazu hätte, es zu schneiden. Er liebt das Leben, das er führt, er liebt es wirklich. Er liebt es, mit Männern zusammen zu sein, die so stark und so unabhängig sind wie er selbst. Er liebt es, von einem Ort zum anderen zu ziehen. Und dieser Wandertrieb ist schon immer an ihm gewesen, wenn ich's recht bedenke. Was sein Bedürfnis nach einer Frau betrifft – zu seinem Vergnügen, wenn schon zu nichts sonst –, da fordert das Zuckerrohr seine ganze Energie. Und es macht ihm auch nichts aus, auf dem Fußboden zu schlafen oder aus dem Kochgeschirr zu essen, ganz im Gegenteil. Verstehen Sie, worauf ich hinaus will? Mit hübschen, angenehmen Dingen kann man ihn nicht locken, sondern höchstens verschrecken. In seinen Augen sind das nämlich Dinge, die ihn verweichlichen. Und so bleibt mir nichts, aber auch gar nichts, das ihn dazu verführen könnte, seinem jetzigen Leben abzuschwören."

Sie hob den Kopf und blickte ärgerlich zum Verandadach, als wäre sie es leid, fortwährend ihre Stimme heben zu müssen. „Ich weiß nicht, Anne, ob ich stark genug bin, für die nächsten zehn oder fünfzehn Jahre die Einsamkeit zu ertragen, kein eigenes Heim zu haben – ja, zehn oder fünfzehn Jahre – bis Luke im Zuckerrohr seine Kräfte erschöpft. Hier auf ‚Himmelhoch' ist es wirklich schön. Ich möchte nicht, daß Sie mich für undankbar halten. Aber ich möchte ein Heim, ein *eigenes* Heim! Ich möchte, daß Justine Geschwister hat, ich möchte auf meinen eigenen Möbeln Staub wischen, ich möchte Vorhänge für meine eigenen Fenster machen, ich möchte auf meinem eigenen Herd für meinen eigenen Mann kochen. Oh, Anne! Ich bin eine ganz gewöhnliche Frau. Ich bin nicht ehrgeizig, ich bin nicht intelligent, ich bin nicht besonders gebildet. Alles, was ich mir wünsche, das ist ein Mann, das sind Kinder, ein eigenes Heim. Und ein bißchen Liebe von *irgend jemandem!*"

Anne holte ihr Taschentuch hervor, fuhr sich damit über die Augen und versuchte zu lachen. „Na, wir beide sind vielleicht ein Paar – sentimental ist schon gar kein Ausdruck! Aber ich verstehe, Meggie, ich verstehe wirklich. Seit zehn Jahren bin ich jetzt mit Luddie verheiratet, und diese zehn Jahre sind in meinem Leben die einzigen glücklichen gewesen. Mit fünf Jahren bekam ich Kinderlähmung, und die Folgen sieht man ja noch. Ich war fest davon überzeugt, daß mich nie jemand auch nur ansehen werde. Und es sah mich ja auch nie jemand an, weiß Gott. Als ich Luddie begegnete, war ich dreißig Jahre alt und verdiente mir meinen Lebensunterhalt als Lehrerin. Er war zehn Jahre jünger als ich, und so nahm ich ihn einfach nicht ernst, als er sagte, daß er mich liebe und mich heiraten wolle. Wie furchtbar, Meggie, das Leben eines so jungen Menschen zu ruinieren! Fünf Jahre lang habe ich ihn auf eine Weise behandelt, wie sich das normalerweise niemand gefallen lassen würde, doch er – er ließ sich dadurch nicht beirren, nicht abhalten. Und so habe ich ihn schließlich geheiratet und bin seitdem glücklich. Luddie sagt, er sei es auch, aber ich bin da nicht so sicher. Er hat sehr viel für mich aufgeben müssen, nicht zuletzt auch die Hoffnung auf eigene Kinder, und er sieht jetzt älter aus als ich, der arme Kerl."

„Das macht das Leben, Anne, und das Klima."

Der Regen hörte plötzlich auf, wie er eingesetzt hatte. Die Sonne kam wieder hervor, in voller Pracht standen am dampfenden Himmel die Regenbogen, und Mount Bartle Frere trat in eigentümlicher lilafarbener Tönung aus den ziehenden Wolken.

Meggie sprach wieder. „Ich werde reisen. Ich bin Ihnen sehr dankbar, daß Sie sich darüber Gedanken gemacht haben und auf die Idee gekommen sind. Es ist wahrscheinlich genau das, was mir nottut. Aber sind Sie auch sicher, daß Ihnen Justine nicht zuviel Mühe machen wird?"

„Aber nein, nur keine Sorge! Luddie hat sich alles genau überlegt. Vor Ihnen hat Anna Maria für mich gearbeitet, und ihre jüngere Schwester Annunziata möchte nach Townsville, als Kinderschwester. Doch sie wird erst im März sechzehn und schließt schon in wenigen Tagen ihre Schule ab. Solange Sie nicht hier sind, wird sie zu uns kommen. Sie ist eine ganz ausgezeichnete Pflegemutter, denn im Tesoriero-Clan gibt es einen Haufen Babys zu versorgen."

„Matlock-Insel. Wo ist das?"

„Ganz in der Nähe der Whitsunday Passage auf dem Großen Barriereriff. Es ist dort sehr ruhig und sehr abgeschieden, hauptsächlich so ein Flitterwochen-Paradies, nehme ich an. Sie wissen schon – lauter Cottages an Stelle eines zentralen Hotels. Und so bleibt es Ihnen auch erspart, zum Dinner in einen überfüllten Speisesaal gehen oder zu einem Haufen von Leuten höflich sein zu müssen, mit denen Sie lieber kein Wort wechseln möchten. Um diese Jahreszeit ist dort ohnehin kaum jemand, wegen der Gefahr der Sommerzyklone. Die Feuchte ist kein Problem, aber niemand scheint im Sommer je zum Riff zu wollen. Wahrscheinlich liegt das daran, daß die meisten Leute, die sich das Riff als Ziel wählen, aus Sydney oder aus Melbourne kommen, und dort unten ist es im Sommer so schön, daß man gar nicht verreisen muß. Aber im Juni, Juli und August, da geht es dann los, für die Zeit haben die Südländer für drei Jahre im voraus gebucht."

13

Am letzten Tag des Jahres 1937 fuhr Meggie mit dem Zug nach Townsville. Obwohl ihr Urlaub eben erst begonnen hatte, fühlte sie sich bereits viel besser. Endlich lag Dunny mit seinem ewigen Geruch von widerlich süßer Molasse hinter ihr.

Townsville, der größte Ort in North Queensland, war eine blühende Stadt von mehreren tausend Einwohnern, die in „Pfahlhäusern" wohnten. Allerdings blieb Meggie zwischen der Ankunft des Zuges und der Abfahrt des Schiffes so wenig Zeit, daß sie sich dort nichts in Ruhe ansehen konnte. Sie bedauerte das jedoch nicht. Es war wohl das beste, wenn sie Hals über Kopf zum Hafen mußte, um ihr Schiff zu erreichen. So hatte sie kaum Gelegenheit, sich mit der Erinnerung an jene so furchtbare Seereise vor nunmehr sechzehn Jahren zu beschäftigen, als die Clearys von Neuseeland nach Australien gekommen waren. Nein, verlockend erschienen sie ihr nicht, die bevorstehenden sechsunddreißig Stunden auf einem Schiff, das zu allem auch noch kleiner war als die „Wahine" von damals.

Doch ihre Befürchtungen erwiesen sich als grundlos. Schwerelos glitt das Schiff durch die ruhige See, und Meggie, durch die Bahnreise doch etwas ermüdet, legte sich schon frühzeitig in ihre Koje und schlief traumlos bis zum nächsten Morgen um sechs. Auf ihre Bitte brachte ihr der Steward eine Tasse Tee und einfaches süßes Biskuit.

Später dann ging sie an Deck und erlebte ein anderes, neues Australien. Eigentümlich farblos wirkte der hohe, klare Himmel, während sich am östlichen Horizont eine zarte, beinahe perlenhafte Röte abzuzeichnen begann. Langsam schob sich der Sonnenball empor, und das zuerst schimmernde, dann glutende Rot wurde zur Tageshelle. Lautlos glitt das Schiff durch Wasser, das so durchsichtig war, daß man metertief hinabblicken konnte: auf purpurfarbene Grotten, auf blitzschnell dahinzuckende Fische. In der Ferne war das Meer ein flächiges Grünblau mit hineingetupften Flecken wie von dunklem Rotwein. Dort befanden sich, unterhalb der Wasseroberfläche, ausgedehnte Korallengebilde. Und überall rundum schienen, gleichsam aus dem Nichts heraus, Inseln mit palmenbewachsenen Stränden zu entstehen. Manche waren so flach, daß sie sich nur knapp aus dem Wasser hoben, auf anderen hingegen sah man Berge und eine dschungelartige Vegetation.

„Die flachen sind die echten Koralleninseln", erklärte ein Matrose. „Wenn sie ringförmig sind und eine Lagune umschließen, nennt man sie Atolle. Sonst spricht man ganz einfach von Korallenriff oder auch Cay. Die hügligen Inseln sind eigentlich nur die Spitzen von Gebirgen, aber rundherum gibt's auch Korallenriffe, und sie haben Lagunen."

„Wo liegt Matlock Island?" fragte Meggie.

Er musterte sie neugierig. Daß eine Frau allein zu einer Flitterwochen-Insel wie Matlock wollte, reimte sich für ihn einfach nicht zusammen. „Also wir dampfen jetzt die Whitsunday Passage entlang, und dann geht's hinaus auf die pazifische Seite des Großen Barriereriffs. Was Matlock betrifft – also die Insel liegt mit der einen Seite offen zum Ozean hin, und da rollt vom Pazifik her Brecher auf Brecher herbei und kracht Matlock wie ein Expreßzug in die Flanke. Das ist ein Lärm, daß man nicht mal sein eigenes Wort hören kann. Über hundert Meilen kommt so ein Riesending von Welle herangerollt, können Sie sich das vorstellen? Darauf müßte man mal mitreiten können." Er seufzte sehnsüchtig. „Wir erreichen Matlock noch vor Sonnenuntergang, Madam."

Genauso war es dann auch. Etwa eine Stunde vor Sonnenuntergang kämpfte sich das kleine Schiff durch die Brandung an der Ostseite der Insel voran, die wie eine himmelhoch stiebende Wand gegen die Küste peitschte, und die Schiffsmaschine arbeitete sich nur mit Mühe durch den entstehenden Rückstau vorwärts. Endlich konnte man an der Anlegestelle beidrehen. Es handelte sich um eine Art Außenpier, einen etwa achthundert Meter langen Steg auf eher schmächtigen Pfählen, der weit über ein wegen der herrschenden Ebbe frei liegendes Riff hinwegreichte. Meggie blickte zur Küstenlinie, deren hoher, zerklüfteter Verlauf sich mit Meggies Vorstellung von tropischer Pracht gar nicht vereinbaren wollte.

An der Anlegestelle wartete ein älterer Mann auf sie. Er half ihr vom Schiff und ließ sich von einem Matrosen ihre Koffer geben.

„Guten Tag, Mrs. O'Neill", begrüßte er sie. „Ich bin Rob Walter. Hoffentlich kann Ihr Gatte später noch nachkommen. Um diese Jahreszeit findet man auf Matlock nicht allzuviel Gesellschaft. Das ist hier eher was für einen Urlaub im Winter."

Seite an Seite gingen sie den Steg entlang, der unter ihren Schritten zu schwanken schien. Wie geschmolzenes Metall lag die freiliegende Korallenbank im Schein der untergehenden Sonne, und über dem Meer, furchterregend und faszinierend zugleich, wirbelte und schäumte der scharlachrote, der blutrote Gischt.

„Sie haben Glück, daß Ebbe ist", sagte Rob Walter, „sonst hätten Sie eine etwas rauhere Reise gehabt. Sehen Sie den Dunst dort im Osten? Das ist der Rand des Großen Barriereriffs. Wir hier auf Matlock krallen uns sozusagen mit Klauen und Nägeln ein – Sie werden noch spüren, wie die Insel ununterbrochen unter dem Anprall der Brecher zittert." Er half ihr in ein Auto. „Dies hier ist die Luvseite von Matlock – sieht ziemlich wild und abschreckend aus, wie? Aber warten Sie mal, bis Sie die Leeseite sehen, ah! Das ist wirklich etwas, das sich lohnt."

In zügigem Tempo fuhren sie die schmale Straße entlang, die eine Art Schotterbelag aus Korallenstücken hatte. Zwischen Palmen und dichtem Unterholz fuhren sie etwa sechs bis sieben Kilometer. Auf der einen Seite erhob sich ein hoher Hügel, und dann . . .

„Oh, wie schön, wie wunderschön!" sagte Meggie.

Sie waren in eine andere Straße eingebogen, die zu den Sandstränden auf der Lagunenseite führte. Auch von hier aus konnte man weit draußen, wo sich der Ozean an den Rändern des Lagunenriffs wie an einem Gitterwerk brach, hochstiebenden weißen Gischt sehen. Doch innerhalb des Atolls, in der Lagune also, war das Wasser unglaublich still und ruhig – ein polierter Silberspiegel, hier und dort bronzefarben überhaucht.

„Die Insel ist gut zwölf Kilometer lang und sechs bis sieben Kilometer breit", sagte Rob Walter. Sie kamen an einem weißen Gebäude mit tiefer Veranda und großen, ladenähnlichen Fenstern vorbei. „Der General Store", erklärte er in einer Art Besitzerstolz. „Hier wohne ich mit meiner Frau, und ich kann Ihnen nur sagen, sie ist nicht gerade glücklich darüber, daß eine einzelne Dame herkommt. Sie hat Angst, ich könnte verführt werden. Genau so hat sie's genannt. Nur gut, daß die vom Reisebüro sagten, daß Sie Ihre absolute Ruhe wollen. Es hat meine Frau ein bißchen beruhigt, als sie hörte, welche Cottage ich Ihnen gebe – die am weitesten entfernte natürlich. Denn da sind Sie völlig ungestört. Die anderen Gäste, ein Pärchen, wohnen ganz auf der entgegengesetzten Seite. Sie können also praktisch ohne einen Faden am Leibe herumhüpfen, niemand wird Sie sehen. Solange Sie hier sind, läßt mich meine Frau doch keine zwei Minuten aus den Augen. Falls Sie irgendwas brauchen – Telefonanruf genügt, schon bringe ich das Verlangte. Und einmal pro Tag, jeweils bei Sonnenuntergang, lasse ich mich sowieso bei Ihnen sehen. Um mich persönlich davon zu überzeugen, daß bei Ihnen alles in Ordnung ist – mag meine Frau auch noch so sehr zetern. Aber es wird das beste sein, wenn Sie dann in der Cottage sind – und gebührlich bekleidet, wenn ich mal so sagen darf. Könnte ja sein, daß mich meine Frau begleitet."

Die sogenannte Cottage bestand aus drei Zimmern und hatte

einen eigenen Strandabschnitt: weißer Sand zwischen zwei zangenartigen Ausläufern des Hügels, die ein Stück ins Meer hineinragten. Hier endete auch die Straße. Das Innere der Cottage war einfach, doch komfortabel ausgestattet. Es gab elektrischen Strom und mithin auch elektrisches Licht sowie ein Telefon und sogar ein Radio. Die Toilettenspülung funktionierte, in die Badewanne strömte frisches Wasser, und soviel Luxus kannte man weder auf Drogheda noch auf „Himmelhoch", wie Meggie nicht ohne Belustigung überlegte. Ja, gar kein Zweifel: Die Gäste aus Sydney oder Melbourne, die hier ihren Urlaub verbrachten, waren die zivilisatorischen Errungenschaften so gewohnt, daß sie auf sie einfach nicht verzichten konnten.

Während Rob Walter zu seiner mißtrauischen Frau zurückfuhr, packte Meggie ihre Koffer aus und sah sich in der Cottage um. Eines stand fest: Das große Doppelbett war wesentlich bequemer als jene eher sonderbare Liege, auf der Luke und sie die Hochzeitsnacht nachgeholt hatten. Nun ja – die Gäste in dem sogenannten Hotel in Dunny waren meist viel zu betrunken, um sich etwa über miserable Matratzen zu beklagen, während die Gäste hier ein echtes Flitterwochen-Paradies verlangten. Im Kühl- wie auch im Küchenschrank fand sich ein ausreichender Lebensmittelvorrat, und auf einem Tisch stand ein großer Korb mit Bananen, Ananas, Mango und der sogenannten Eßbaren Passionsblume. Nein, es gab wohl keinen Grund, warum sie hier nicht gut essen und gut schlafen sollte.

Und nur dies schien sie in der ersten Woche auch zu tun: essen und schlafen. Daß sie so erschöpft war, hatte sie wirklich nicht geahnt, und ebensowenig war ihr bewußt gewesen, daß ihre ständige Appetitlosigkeit das Klima in Dungloe zur Ursache hatte. Kaum daß sie sich in dem wunderbaren Bett ausstreckte, schlief sie auch schon ein und wachte erst nach zehn oder zwölf Stunden wieder auf. Was ihren Appetit anging: Seit Drogheda hatte sie nicht mehr so gern und so viel gegessen. Die Mangopflaumen nahm sie sogar ins Wasser mit, das – von der Badewanne einmal abgesehen – auch der geeignetste Platz dafür war, denn die Früchte schienen aus nichts zu bestehen als aus Saft. Da ihr winziger Strandabschnitt unmittelbar an der Lagune lag, war das Wasser hier sehr flach und sehr ruhig, was ihr nur recht war, denn sie konnte nicht schwimmen. Doch sie versuchte es, probeweise. Das stark salzhaltige Wasser trug sehr gut, und als sie es schaffte, zehn Sekunden oben zu bleiben, fühlte sie sich sehr glücklich. Das Empfinden, aller Erdenschwere enthoben zu sein, war einfach herrlich, und sie wünschte sich, es den Fischen nachtun zu können.

Und das Alleinsein war dann sogar eine herrliche Sache. Wie sehr hatte Anne doch recht gehabt! Nie in ihrem Leben war Meggie allein gewesen, immer hatte es in ihrer Nähe – unter demselben Dach, wenn man so wollte – irgend jemanden gegeben. Und jetzt? Es war alles so überaus friedvoll. Einsam, nein, einsam fühlte sie sich überhaupt nicht. Sie vermißte weder Anne noch Luddie, und auch Justine und Luke fehlten ihr nicht. Und zum ersten Mal seit drei Jahren empfand sie keine Sehnsucht nach Drogheda. Was Rob Walter anging, so störte er sie wirklich nicht in ihrer Ruhe. Jeweils bei Sonnenuntergang kam er mit seinem Auto gerade nahe genug, um das Winksignal, das sie ihm von der Veranda aus gab, als Nicht-Notzeichen zu erkennen. Dann wendete er sofort, während seine – erstaunlich hübsche – Frau die Flinte sozusagen in Bereitschaft hielt. Einmal telefonierte er Meggie an: Er fahre in seinem Glasbodenboot mit dem Pärchen, das hier noch eingemietet sei, aufs Meer hinaus – ob sie nicht Lust habe mitzukommen?

Sie hatte Lust – und entdeckte bei der Fahrt dann einen völlig neuen Planeten. Durch das Glas spähte sie hinab in eine Welt, in der es vor Leben nur so zu wimmeln schien. Lebendige Korallen, so entdeckte sie, besaßen ganz und gar nicht jene üppigen Farbtöne, wie sie in Souvenirläden die Regel waren. Sie hatten ein zartes Rosa oder Beige oder Blaugrau, und um jede Ausbuchtung, um jede Verästelung schien es regenbogenfarben zu schillern. Mächtige Anemonen mit einem Durchmesser von nicht weniger als dreißig Zentimetern waren rötlich oder bläulich getönt, und Muscheln von den Ausmaßen größerer Steine hatten geriffelte Ränder, und wenn man wie durch fedrig zerfaserte Lippen tiefer in sie hineinblickte, so wurde man Augenzeuge eines eigentümlich ruhelosen und bunten Geschehens. Keiner der vier im Boot wäre auch nur im mindesten überrascht gewesen, hier plötzlich eine Meerjungfrau zu sehen: mit prallen, glänzenden Brüsten, glitzerndem Schuppenleib, üppig wallendem Haar und jenem verführerischen Lächeln, das Seeleute so unwiderstehlich in seinen Bann zu ziehen vermochte.

Und die Fische, die unendlich vielen Fische! Wie lebende Juwelen huschten sie zu Tausenden und aber Tausenden hin und her, in mannigfachen Formen und Farben – diese hier rund wie chinesische Lampions, jene dort schlank wie Pfeile, golden und scharlachrot die einen, von silbrig-kühlem Blau die anderen, Krötenfische und Nadelfische und Barracudas und sogenannte

Gropers, die riesenmäulig in Grotten zu lauern schienen, und schlanke graue Nurse-Haie, die tief unter dem Boot unaufhörlich hin und her jagten.

„Aber keine Sorge", sagte Rob. „Für Seewespen sind wir hier zu weit südlich, und wenn es hier auf dem Riff irgend etwas gibt, das Sie umbringen könnte, so am ehesten noch der Steinfisch, und daher meine Warnung – gehen Sie nie ohne Schuhe hinaus auf die Korallen."

Meggie war froh, die Fahrt mitgemacht zu haben. Andererseits verlangte es sie nicht danach, die Fahrt ein zweites Mal zu machen oder sich mit dem Pärchen anzufreunden. Sie badete in der Lagune, sie ging spazieren, sie lag in der Sonne. Merkwürdigerweise vermißte sie nicht einmal Bücher zum Lesen, denn stets schien da etwas Interessantes zum Beobachten zu sein.

Sie befolgte Rob Walters Ratschlag und „hüpfte ohne einen Faden auf dem Leib herum". Zunächst verhielt sie sich dabei wie ein Kaninchen, das beim leisesten Knacken eines Zweiges in Deckung springt. Aber nach einigen Tagen gewann sie dann doch die Überzeugung, daß weit und breit wirklich niemand war. Und so hörte sie endlich auf, sich zu genieren, denn es gab ganz einfach niemanden, vor dem sie sich hätte schämen müssen. Sie fühlte sich wie ein Tier, das nach langer Gefangenschaft endlich freigelassen worden war und sich nun auf sich selbst gestellt fand in einer Welt, die voller Sanftmut und Sonne, voller Weiträumigkeit und Willkommen war.

Was ihre Sinne jetzt entdeckten, da sie fern von ihrer Mutter und ihren Brüdern, fern von Luke und auch von Ralph war, das schien etwas zu sein, das sich nur mit dem Begriff reine Muße umschreiben ließ. Zum ersten Mal in ihrem Leben unterlag sie nicht dem Zwang, sich irgendeiner Form von Arbeitsordnung unterwerfen zu müssen. Zu ihrer Überraschung entdeckte sie, daß ausgiebige körperliche Aktivität offenbar so etwas wie die wirksamste Sperre für geistige Aktivität war.

Vor Jahren hatte Pater Ralph sie einmal gefragt, woran sie denn so denke, und sie hatte erwidert: an Daddy und Mum, an Bob, Jack, Hughie, Stu, an die kleinen Zwillinge, an Frank, Drogheda, das Haus, die Arbeit, die Dürre. Sie hatte nicht gesagt: an ihn, aber er stand auf ihrer Liste immer ganz oben. Später waren dann noch hinzugekommen: Luke und Anne und Luddie und Justine, das Zuckerrohr und das Heimweh und der Regen. Und natürlich gab es immer irgendwelche Bücher, die ihr die so lebensnotwendige Atempause verschafften. Doch all ihre Gedanken waren stets mehr oder minder zufällig ausgelöst worden und hatten sich dann ebenso zufällig aneinandergereiht zu wirren Zufallsgebilden, zu bunt durcheinandergemengten, ordnungslosen Gedankenhaufen oder wohl eher: Knoten und Klumpen.

Es fehlte ihr ganz einfach an der Übung, sich hinzusetzen und in aller Ruhe und einigermaßen systematisch über eine wichtige Frage nachzudenken. Über diese zum Beispiel: Wer war Meggie Cleary, Meggie O'Neill? Wer war sie eigentlich? Was wollte sie, was wünschte sie sich vom Leben? Was war für sie der Sinn des Lebens?

Ja, es fehlte ihr an Übung, Ordnung in ihre Gedanken zu bringen, doch sie mußte es wenigstens versuchen. Hier bot sich ihr endlich einmal die Zeit und die Gelegenheit dazu. Lang im Sand ausgestreckt, konnte sie sich voll darauf konzentrieren. Doch wo beginnen?

Nun, da war Ralph. Bitterkeit stieg in ihr auf. Nein, verlockend schien es wirklich nicht, mit den Überlegungen an diesem Punkt anzusetzen, doch in gewisser Weise war Ralph wie Gott: Bei ihm nahm alles seinen Anfang und sein Ende. Seit jenem Tag, da er sich im Staub des Bahnhofsplatzes in Gilly zu ihr gebeugt und ihre Hände in seine Hände genommen hatte, war Ralph dagewesen in ihrem Leben, und selbst wenn sie ihn bis zu ihrem Tod nicht wiedersehen sollte, würde gewiß noch ihr letzter Gedanke ihm gelten. Erschreckend eigentlich, daß ein einzelner Mensch eine solche allumfassende Bedeutung annehmen konnte.

Was hatte sie doch zu Anne gesagt? Daß ihre Wünsche und Bedürfnisse absolut nicht außergewöhnlich waren – Ehemann, Kinder, ein eigenes Heim, jemand, der sie liebte. Das schien doch nicht zuviel verlangt, schließlich konnten die meisten Frauen von sich behaupten, zumindest dies zu haben. Andererseits: Wie viele der Frauen, die einen Mann und Kinder und ein eigenes Heim hatten, waren wohl wirklich zufrieden? Nun, sie würde ganz bestimmt zufrieden sein, schon weil es für sie so schwer war, sich wenigstens diese Wünsche zu verwirklichen.

Nimm es hin, Meggie Cleary, Meggie O'Neill! Eigentlich willst du Ralph de Bricassart, doch ihn kannst du nicht haben. Und für dich scheint dadurch die Möglichkeit zu einer inneren Bindung an einen anderen Mann ein für allemal zunichte gemacht. Nun gut. Dann akzeptiere den Gedanken, daß es nie einen anderen Mann geben wird, den du liebst. Also wird deine Liebe ganz deinen Kindern gelten müssen, also werden es ganz und gar deine Kinder sein, von denen du Liebe empfängst: deine Kinder, und das heißt natürlich, die Kinder, die du von Luke haben wirst.

Oh, lieber Gott, lieber Gott! Nein, nicht lieber Gott! Was hat

Gott je für mich getan, außer daß er mir Ralph weggenommen hat? Wir sind nicht sehr gut aufeinander zu sprechen, Gott und ich. Und weißt du was, Gott? Ich habe nicht mehr soviel Angst vor dir wie früher. Wie sehr habe ich doch dich und deine Strafen gefürchtet! Mein Leben lang bin ich den schmalen und geraden Tugendpfad entlanggetrottet, aus Angst vor dir. Und was hat es mir eingebracht? Nicht mehr, als wenn ich wieder und wieder gegen sämtliche Gebote verstoßen hätte. Du bist ein Betrüger, Gott, ein Dämon der Furcht. Du behandelst uns wie Kinder, die man sich mit der Androhung von Strafen gefügig macht. Aber ich habe keine Angst mehr vor dir, und nicht Ralph sollte ich hassen, sondern dich. Denn es ist deine Schuld, ganz und gar deine: Er lebt so in Furcht vor dir, wie ich immer in Furcht vor dir gelebt habe. Daß er dich zu lieben vermag, ist etwas, das ich nicht begreifen kann. Denn was an dir wäre schon liebenswert!?

Wie kann ich nur aufhören, diesen Mann zu lieben, der Gott liebt? Sosehr ich es auch versuche, es scheint mir unmöglich zu sein. Er ist der Mond, und ich verzehre mich nach ihm und heule mir die Augen aus dem Kopf. Aber weißt du was, Meggie O'Neill? Hör auf, dir die Augen aus dem Kopf zu heulen, weiter ist gar nichts dabei. Du wirst dich mit Luke und Lukes Kindern bescheiden müssen. Jedes Mittel muß dir recht sein, um ihn von seinem verfluchten Zuckerrohr loszubekommen, damit du mit ihm zusammenleben kannst im eigenen Heim, und sei es auch bei Kynuna, wo es weit und breit kaum einen Baum geben soll.

Gut, Meggie O'Neill, und wie weiter? Nun, du wirst dem Bankmanager in Gilly mitteilen, daß die Summe, die alljährlich überwiesen wird, in Zukunft wieder auf dein Konto kommt. Und mit diesem Geld wirst du es dir richtig schön einrichten, das eigene Heim, das Luke dir so lange vorenthalten hat. Und dieses Geld wird dir auch helfen, deinen Kindern eine gute Erziehung zu geben und sie vor Not zu schützen.

Und mehr ist darüber gar nicht zu sagen, Meggie O'Neill. Ich bin Meggie O'Neill, nicht Meggie de Bricassart. Klingt sogar irgendwie albern: Meggie de Bricassart. Ich müßte mich Meghann de Bricassart nennen, und Meghann habe ich seit jeher gehaßt. Oh, werde ich wohl je aufhören zu bedauern, daß es nicht Ralphs Kinder sind? Das ist die Frage, nicht wahr? Sage es dir vor, wieder und wieder: Es ist dein eigenes Leben, Meggie O'Neill, und du wirst es nicht verschleudern, indem du von einem Mann und von Kindern träumst, die du niemals haben kannst.

Ja! So ist es recht! Es hat keinen Sinn, an Vergangenes zu denken, an das, was begraben werden muß. Auf die Zukunft kommt es an, und die Zukunft gehört Luke und Lukes Kindern. Ralph de Bricassart gehört sie nicht. Er ist Vergangenheit.

Meggie wälzte sich herum. Ein- oder zweimal drehte sie sich im Sand um die Längsachse ihres Körpers, und dann lag sie ganz still und weinte, wie sie nicht mehr geweint hatte, seit sie drei Jahre alt gewesen war: laut und schrill. Und nur die Vögel und die Krabben hörten es, niemand sonst.

Anne Müller hatte Matlock Island sehr bewußt als Urlaubsziel für Meggie gewählt. Ihre Absicht war es, auch Luke hinzuschicken, sobald es irgend ging. Nach Meggies Abreise sandte sie ihm sofort ein Telegramm: Seine Frau brauche ihn ganz, ganz dringend, bitte umgehend zu kommen. An sich entsprach es keineswegs ihrer Art, in das Leben anderer Menschen einzugreifen, doch sie liebte und bemitleidete Meggie, und außerdem hing sie sehr an jenem kleinen Wesen, das unter so schwierigen Umständen zur Welt gekommen war. Justine mußte unbedingt ein richtiges Elternhaus haben, im doppelten Sinn des Wortes – sie brauchte ihre Eltern, also Meggie *und* Luke, und sie brauchte ein eigenes Zuhause.

Zwei Tage später traf Luke ein. Er wollte ohnehin nach Sydney, zu den CSR, und da er also keinen großen Umweg in Kauf nehmen mußte, konnte er ja mal bei den Müllers vorbeischauen und nach Frau und Kind sehen. Wurde auch langsam Zeit, daß er mal einen Blick auf das Baby warf. Hätte es sich um einen Jungen gehandelt, wäre er längst schon mal gekommen, aber die Nachricht, daß es ein Mädchen war, hatte ihn doch enttäuscht. Wenn Meggie schon unbedingt Kinder haben wollte, dann sollte sie wenigstens welche zur Welt bringen, die eines Tages die Station bei Kynuna betreiben konnten. Mädchen waren ohne irgendeinen Nutzen. Es kostete nur einen Haufen Geld, sie großzuziehen, und wenn sie dann erwachsen waren, verließen sie das Vaterhaus, um für einen anderen zu arbeiten, während Jungen blieben und ihrem Vater im Alter zur Seite standen.

„Wie geht's Meg?" fragte er, als er die Treppe zur Vorderveranda heraufkam. „Nicht krank geworden, hoffe ich."

Anne maß ihn mit einem scharfen Blick. „Nein, sie ist nicht krank. Ich erzähle Ihnen gleich. Aber jetzt kommen Sie erst einmal und sehen Sie sich Ihr bildhübsches Töchterchen an."

Er betrachtete das Baby interessiert, zeigte jedoch nicht die geringste persönliche Regung, wie Anne fand.

„Sie hat die merkwürdigsten Augen, die ich je gesehen habe", sagte er. „Möchte nur mal wissen, von wem sie die hat."

„Meggie hat mir erzählt, daß es, soweit sie weiß, in ihrer Familie solche Augen noch nicht gegeben hat."

„Na, in meiner auch nicht. Scheint eher so etwas wie ein spätes Erbe zu sein, dieses komische kleine Ding. Sehr glücklich sieht sie jedenfalls nicht aus, oder?"

„Wie kann sie denn glücklich aussehen?" fauchte Anne ihn an. „Ihr Vater kümmert sich nicht um sie, und sie hat kein richtiges Elternhaus und wird auch keines haben, bis sie erwachsen ist – falls Sie so weitermachen wie bisher!"

„Ich muß noch Geld sparen, Anne!" protestierte er.

„Unfug! Ich weiß, wieviel Geld Sie haben. Im übrigen schicken mir Freunde aus Charters Towers hin und wieder die dortige Lokalzeitung, und aus den Anzeigen darin habe ich mich über die Angebote an Grundbesitz informieren können, der weit günstiger als das Gebiet bei Kynuna liegt und zudem wesentlich fruchtbarere Böden hat. Wem, Luke, wollen Sie da also etwas weismachen? Wir haben eine Depression, und Sie könnten sich eine wahre Perle von Besitz aussuchen und ihn für weit weniger bekommen, als Sie auf der Bank haben. Und das wissen Sie auch!"

„Aber das ist es ja gerade! Wir haben eine Depression, und von Junee bis zur Isa herrscht eine furchtbare Dürre, jetzt schon im zweiten Jahr. Nirgends auch nur ein Tropfen Regen. Ich möchte wetten, daß das inzwischen auch auf Drogheda böse zu spüren ist. Wie sieht's dann erst um Winton und Blackall aus. Nein, ich glaube, es ist das beste, wenn ich noch warte."

„Worauf denn warten!? Daß der Preis für Land in einem Regenjahr wieder in die Höhe schnellt? Nun hören Sie aber auf, Luke! Jetzt müssen Sie kaufen! Mit den zweitausend Pfund, die Meggie pro Jahr sicher sind, können Sie zur Not eine zehnjährige Dürreperiode überstehen! Das Entscheidende dabei ist, daß Sie sich erst dann Vieh kaufen, wenn Regen kommt, und nicht etwa schon vorher – das ist der ganze Witz."

Er starrte seiner Tochter in die so fremdartigen hellen Augen. „Ich bin noch nicht bereit, das Zuckerrohr im Stich zu lassen", sagte er fast trotzig.

„Na, endlich sind wir der Wahrheit auf der Spur, Luke. Sie möchten nicht verheiratet sein, *das* ist es doch. Sie möchten lieber so leben, wie Sie jetzt leben, unter Männern, in spartanischer Einfachheit, sich halb zu Tode rackernd. Es ist schon sonderbar: Genauso wie Sie verhält sich jeder zweite australische Mann, dem ich in meinem Leben begegnet bin. Was ist das nur an diesem verruchten Land, das Männer dazu bringt, lieber mit anderen Männern zusammen sein zu wollen statt in ihrem eigenen Heim mit ihrer Frau und ihren Kindern? Wenn ein Junggesellenleben das ist, wonach sie sich wirklich sehnen, weshalb versuchen sie dann überhaupt eine Ehe? Wissen Sie, wie viele verlassene Ehefrauen es allein in Dunny gibt? Frauen, die sich krummarbeiten müssen, damit sie ihre Kinder auch ohne Vater durchbringen und großziehen? Und wissen Sie, wie es wieder und wieder heißt? Oh, er ist ja nur im Zuckerrohr, ist ja nur für eine kleine Weile, er kommt wieder zurück. Ha! Und bei jeder Postzustellung warten sie am Vordertor auf den Briefträger und hoffen, daß ihnen der Dreckskerl von einem Mann ein bißchen Geld geschickt hat. Meistens warten sie vergeblich, aber manchmal kommt doch was – nicht genug, nur gerade soviel, daß die Sache sozusagen in Gang bleibt!"

Sie zitterte jetzt vor Zorn, und ihre sanften braunen Augen funkelten. „In der ‚Brisbane Mail‘ habe ich gelesen, daß es nirgendwo sonst auf der Welt so viele Frauen gibt, die von ihren Männern im Stich gelassen werden. Da hält Australien einen einsamen Rekord vor allen anderen Ländern – darauf können wir doch stolz sein, nicht wahr?"

„Nun aber mal langsam, Anne! Ich habe Meggie nicht verlassen! Sie ist hier bei Ihnen gut aufgehoben, und Hunger muß sie auch nicht leiden. Was haben Sie nur?"

„Was ich habe? Ich hab's satt, wie Sie Ihre Frau behandeln! Das habe ich, wenn Sie's genau wissen wollen! Himmelherrgott nochmal, Luke, werden Sie endlich erwachsen und tragen Sie auch die Verantwortung, die Sie übernommen haben! Sie haben eine Frau und ein Baby – ihnen sollten Sie ein Zuhause geben, sollten ihnen Mann und Vater sein und nicht ein x-beliebiger Fremder!"

„Das werde ich ja, das werde ich! Aber noch geht es nicht! Für ein oder zwei Jahre muß ich noch beim Zuckerrohr bleiben. Bis ich genügend Geld beisammen habe. Soll keiner sagen können, daß ich von Meggie lebe – und genau das wäre ja im Augenblick noch der Fall."

Anne zog verächtlich die Mundwinkel herab. „Hören Sie doch auf zu flunkern, verdammt noch mal! Sie haben sie doch ihres Geldes wegen geheiratet – oder etwa nicht!?"

Dunkle Röte überzog sein tiefbraunes Gesicht. Er mied Annes Blick. „Ich gebe zu, das Geld ist nicht übel, könnte ganz zupaß kommen. Aber geheiratet habe ich sie, weil sie mir besser gefiel als irgendeine andere."

„Weil sie Ihnen besser *gefiel*? Und wie steht's mit dem Wörtchen Liebe!?"

„Liebe! Was ist Liebe? Nichts als so ein weibliches Hirngespinst." Fast abrupt kehrte er der Wiege den Rücken zu, der Wiege und jenem Wesen mit den merkwürdigen Augen. Irgendwie fühlte er sich keineswegs sicher, ob dieses sonderbare Geschöpf das Gespräch nicht vielleicht doch verstand. „Falls Sie jetzt mit Ihrer Standpauke fertig sind – wo ist Meg?"

„Sie schien mir nicht so richtig auf dem Posten, und da habe ich sie für ein Weilchen in Urlaub geschickt – nicht auf Ihre Kosten, nur keine Panik! Allerdings hatte ich gehofft, Sie dazu bringen zu können, sich ihr anzuschließen. Aber wie ich sehe, ist das unmöglich."

„O ja, völlig ausgeschlossen. Arne und ich fahren heute abend weiter nach Sydney."

„Was soll ich Meggie sagen, wenn sie zurückkommt?"

Er zuckte mit den Achseln und hatte insgeheim nur einen Wunsch: Endlich fort von hier. „Mir egal. Oder – ja, sagen Sie ihr doch, sie soll noch ein bißchen durchhalten. Und wo sie jetzt schon mit der Familiengründung angefangen hat, hätte ich auch gar nichts gegen einen Sohn."

Anne stützte sich gegen die Wand und beugte sich dann über die Korbwiege. Vorsichtig hob sie das Baby heraus, schaffte es dann irgendwie, mit schlurfenden Schritten zum Bett zu gelangen, wo sie sich setzte. Luke machte keine Anstalten, ihr zu helfen oder das Baby zu nehmen. Eher erschrocken blickte er auf seine Tochter.

„Gehen Sie, Luke! Sie verdienen gar nicht, was Sie haben. Ich kann Sie einfach nicht mehr sehen! Gehen Sie zurück zu Ihrem verdammten Arne und dem verdammten Zuckerrohr, und arbeiten Sie sich doch zuschanden!"

An der Tür blieb er kurz stehen. „Wie hat sie es genannt? Ich habe seinen Namen vergessen."

„Justine, Justine, *Justine!*"

„Saublöder Name", sagte er und verließ das Zimmer.

Anne legte Justine aufs Bett und brach in Tränen aus. Gott verdamme alle Männer außer Luddie, Gott verdamme sie! War es der weiche, sentimentale, fast weibliche Zug in Luddie, der ihn der Liebe fähig sein ließ? Hatte Luke etwa recht? War Liebe vielleicht wirklich nichts als ein weibliches Hirngespinst? Oder handelte es sich um etwas, das nur Frauen empfinden konnten und solche Männer, in denen auch etwas Weibliches war – ja, Weibliches und nicht etwa Weibisches? Keiner Frau würde es wohl je gelingen, Luke an sich zu binden, keiner Frau war es je gelungen. Was er wollte, konnte keine Frau ihm jemals geben.

Doch am nächsten Tag fühlte sie sich ruhiger und meinte nicht länger, all ihre Versuche seien völlig sinnlos gewesen. Von Meggie war eine Postkarte gekommen. Enthusiastisch pries sie Matlock

Island und schrieb, es gehe ihr ganz ausgezeichnet. Etwas Gutes, dachte Anne, hatte das Ganze jedenfalls gehabt. Meggie fühlte sich besser. Wenn sie aus dem Urlaub zurückkam, würde sie ihr Leben besser meistern können. Anne beschloß, ihr nichts über Luke und seine Reaktion zu sagen.

Auf ihre Anweisung trug Nancy – wie Annunziata kurz gerufen wurde – Justine auf die Vorderveranda hinaus, während Anne, den Henkel eines kleinen Korbes zwischen den Zähnen, dem jungen Mädchen folgte. In dem Korb befand sich, was das Baby brauchte: Windeln, Spielzeug, Puder. Anne setzte sich auf einen Stuhl, nahm das Baby und gab ihm die Flasche mit Lactogen, die Nancy warmgemacht hatte. Der Tag war angenehm, das ganze Leben war angenehmer. Sie hatte alles getan, um Luke zur Besinnung zu bringen, und wenn ihr das trotzdem nicht gelungen war, so bedeutete das zumindest, daß Meggie und Justine noch eine Weile länger auf „Himmelhoch" bleiben würden. Irgendwann mußte natürlich der Tag kommen, an dem Meggie es aufgab, ihre Ehe kitten zu wollen – oder wie immer man es nennen wollte –, und nach Drogheda zurückkehrte. Vor diesem Tag fürchtete sich Anne.

Von Dungloe her kam ein roter Sportwagen herbeigejagt, ein englisches Modell offenbar. Er bog in die Abzweigung nach „Himmelhoch" ein und nahm den steilen, langen Anstieg. Ein nagelneues Auto war es, wie Anne jetzt deutlich sehen konnte, ja, nagelneu und mit Sicherheit sehr teuer. Doch den Mann, der am Steuer saß und der jetzt, als der Wagen vor dem Haus hielt, mit einem Sprung über die niedrige Autotür hinwegsetzte, diesen Mann kannte sie nicht. Sie sah nur, daß er die North-Queensland-Einheitsuniform trug – Shorts und nichts sonst – und daß er offenbar ein Bild von einem Mann war. Jeweils zwei Stufen auf einmal nehmend, kam er jetzt die Treppe herauf, und seine grauen Schläfen verrieten, daß er keineswegs mehr der jüngste war. Alle Achtung, dachte sie, in einer besseren körperlichen Verfassung habe ich noch keinen Zuckerrohrschnitter gesehen.

Als dann der Blick aus den ruhigen, eigentümlich distanziert wirkenden Augen auf sie traf, erkannte sie den Mann in Shorts.

„Mein Gott!" sagte sie und ließ die Flasche des Babys fallen.

Er hob sie auf, gab sie Anne, lehnte sich dann mit dem Rücken gegen die Verandabrüstung. „Alles in Ordnung. Der Nuckel ist mit dem Boden nicht in Berührung gekommen. Sie können der Kleinen die Flasche wieder geben."

Sie steckte dem Baby den Nuckel gerade rechtzeitig in den Mund, bevor es zum großen, vielleicht zum ganz großen Protest kommen konnte. Dann hob sie den Kopf. „Nun, Euer Exzellenz, das ist aber wirklich eine Überraschung!" Amüsiert ließ sie ihren Blick über ihn hinweggleiten. „Ich muß schon sagen, wie ein Erzbischof sehen Sie nicht gerade aus. Aber eigentlich haben Sie ja nie so ausgesehen. Ich jedenfalls habe mir Erzbischöfe, ganz gleich, welcher Konfession, immer als dicke und selbstzufriedene Herren vorgestellt."

„Im Augenblick bin ich kein Erzbischof, sondern nur ein Priester im wohlverdienten Urlaub. Sie können mich also Ralph nennen. Ist dies das kleine Ding, das Meggie soviel Schwierigkeiten machte, als ich das letzte Mal hier war? Darf ich sie mal haben? Ich glaube, ich bring's sogar fertig, die Flasche im richtigen Winkel zu halten."

Er setzte sich auf einen Stuhl neben Anne, nahm Baby und Flasche, schlug die Beine übereinander, steckte Justine vorsichtig den Gummisauger zwischen die Lippen.

Und dann fragte er: „Meggie – Meggie hat ihr den Namen Justine gegeben, nicht wahr?"

„Ja."

„Gefällt mir. Guter Gott, wenn man sich ihr Haar ansieht, genau der gleiche Farbton wie bei ihrem Großvater."

„Das hat Meggie auch gesagt. Hoffentlich kriegt das arme Dingelchen später nicht auch noch eine Million Sommersprossen, aber sie wird wohl kaum drum herumkommen, fürchte ich."

„Wer weiß. Meggie ist ja auch so eine Art Rotschopf, und sie hat überhaupt keine Sommersprossen. Allerdings ist ihre Haut auch anders, der Teint, meine ich, die Tönung – mehr milchig." Er legte die inzwischen leere Flasche aus der Hand, setzte das Baby aufrecht auf sein Knie, so daß es ihm das Gesicht zuwandte, und ließ es dann, während er ihm gleichzeitig mit festen rhythmischen Bewegungen den Rücken rieb, einige Verbeugungen vollführen. „Zu meinen Pflichten gehört es auch, katholische Waisenhäuser zu besuchen, daher bin ich gar nicht so unbewandert im Umgang mit Babys. Mutter Gonzaga in meinem Lieblingskinderheim hat mir oft genug erklärt, daß dies die beste Art und Weise ist, ein Baby sein Bäuerchen machen zu lassen: Die Luft kann raus, und die Milch bleibt drin." Wie eigens zum Beweis machte Justine mehrmals ihr Bäuerchen, ohne daß etwa wieder ein Schwall Milch hervorkam. Er lachte, rieb ihr mit der Hand wieder über den Rücken und legte sie sich, als nichts weiter geschah, vorsichtig in die Ellbogenbeuge. „Was für fabulöse exotische Augen! Phantastisch, nicht wahr? Nun, bei Meggie muß man wohl immer mit etwas Besonderem rechnen."

„Sie hätten einen großartigen Vater abgegeben, Exzellenz, gar kein Zweifel."

„Ich mag Kinder nun mal, hab' sie immer schon gemocht. Ist ja auch leichter für mich, meine Freude an ihnen zu haben, da die weniger angenehmen Vaterpflichten für mich entfallen."

„Ich glaube eher, das kommt daher, daß Sie wie Luddie sind. Es ist etwas Weibliches in Ihnen."

Justine, sonst gegen alle Welt abgekapselt und in sich selbst zurückgezogen, schien seine Sympathie zu erwidern. Sie war in seinem Arm eingeschlafen. Ralph kuschelte sie noch enger an sich und zog dann ein Päckchen Capstan-Zigaretten aus seiner Hosentasche.

„Geben Sie nur her", sagte Anne. „Ich zünde eine für Sie an."

„Wo ist Meggie?" fragte er und nahm die Zigarette entgegen. „Danke. Bedienen Sie sich doch auch."

„Meggie? Meggie ist nicht hier. Sie hat sich von der Entbindung damals nie so richtig erholt, und die Feuchte schien ihr dann sozusagen den Rest zu geben. Deshalb haben Luddie und ich sie für zwei Monate in Urlaub geschickt. So um den 1. März müßte sie wieder hier sein, in rund sieben Wochen also."

Sie spürte sofort, daß eine Wandlung in ihm vorging: das Platzgreifen einer tiefen Enttäuschung, das schroffe Zunichtewerden von Vorfreude und Freude.

Er atmete tief. „Es ist das zweite Mal, daß ich komme, um ihr Adieu zu sagen, und sie nicht antreffe . . . Damals Athen . . . und jetzt wieder . . . Über ein Jahr war ich seinerzeit fort, und es hätte viel länger dauern können, das wußte ich damals nicht. Seit Paddys und Stuarts Tod hatte ich Drogheda nie wieder besucht, aber als es dann soweit war, entdeckte ich, daß ich Australien nicht verlassen konnte, ohne Meggie noch einmal zu sehen. Sie hatte inzwischen geheiratet und war von Drogheda fortgegangen. Zuerst dachte ich daran, sie dort aufzusuchen, wo sie sich nun befand. Doch ich wußte, daß das nicht fair gewesen wäre, weder ihr noch Luke gegenüber. Diesmal kam ich, weil ich sicher war, dort keinen Schaden anrichten zu können, wo – wo offenbar nichts ist."

„Wo gehen Sie diesmal hin?"

„Nach Rom, zum Vatikan. Kardinal di Contini-Verchese hat die Pflichten des Kardinals Monteverdi übernommen, der vor kurzem verstorben ist. Und er ruft mich jetzt zu sich, ganz wie ich es erwarten durfte. Das ist eine hohe Auszeichnung, aber noch mehr als nur das. Ich kann mich nicht weigern, dem Ruf zu folgen."

„Wie lange werden Sie fort sein?"

„Oh, sehr, sehr lange, fürchte ich. In Europa sieht es doch sehr nach Krieg aus, und deshalb braucht die Kirche in Rom jeden verfügbaren Diplomaten. Dank Kardinal di Contini-Verchese werde ich als solcher eingestuft. Mussolini ist eng mit Hitler verbündet, gleiche Brüder, gleiche Kappen, und irgendwie muß es dem Vatikan gelingen, zwischen Faschismus und Katholizismus, so gegensätzlich sie auch immer sind, einen Zustand der Koexistenz zu schaffen. Leicht wird das gewiß nicht sein. Ich spreche sehr gut deutsch, griechisch habe ich gelernt, als ich in Athen, und italienisch, als ich in Rom war. Außerdem spreche ich fließend französisch und spanisch." Er seufzte. „Für Sprachen habe ich seit jeher eine Begabung besessen, und dieses Talent habe ich auch sehr nachdrücklich gepflegt. Es war unausweichlich, daß man mich eines Tages berufen würde."

„Nun, Euer Exzellenz – falls Sie nicht schon morgen nach Rom abreisen, könnten Sie Meggie noch sehen."

Die Worte waren heraus, bevor Anne sie zurückhalten konnte. Doch welchen Sinn sollte das eigentlich haben, wenn er doch offenbar für lange, ja, sehr lange Zeit wegging? Aber die Antwort darauf war einfach. Eben *darin* hatte ein letztes Zusammentreffen seinen Sinn.

Er wandte Anne sein Gesicht zu, musterte sie aufmerksam. Diese so schönen blauen Augen, die so eigentümlich entrückt und so klug wirkten, sie ließen sich gewiß nicht so leicht täuschen. O ja, er war ein geborener Diplomat! Er wußte sehr genau, was sie soeben gesagt hatte, und zweifellos begriff er auch jedes ihrer Motive. Atemlos wartete sie auf seine Antwort, doch er schwieg lange, sehr lange.

Das Baby halbvergessen in der Ellbogenbeuge, blickte er über die Verandabrüstung zum Zuckerrohr und zum Fluß. Fasziniert betrachtete sie sein Profil – das gewölbte Augenlid, die gerade Nase, den eigentümlich verschlossen wirkenden Mund, das energische Kinn. Was überlegte, was grübelte er? Welche Kräfte in ihm strebten da widereinander? Liebe und Sehnsucht, Pflichtgefühl und Willenskraft, so manches mehr? Er hob die Hand, welche die Zigarette hielt, an die Lippen, und Anne sah, daß seine Finger zitterten. Unhörbar blies sie die in ihrer Lunge aufgestaute Luft ab: Nein, er war nicht gleichgültig, ganz und gar nicht.

Er schwieg eine halbe Ewigkeit, Minuten. Anne rauchte eine zweite Capstan für ihn an, gab sie ihm, als er mit der ersten fertig war, wortlos. Er machte einen Zug nach dem anderen, löste seinen Blick keine Sekunde von den fernen Bergen und den Monsunwolken, die tief und schwer am Himmel hingen.

„Wo ist sie?" fragte er schließlich mit ruhiger und völlig normal klingender Stimme, während er das Ende der zweiten Zigarette über die Verandabrüstung warf.

Anne wußte, von ihrer Antwort hing seine Entscheidung ab, und so war es jetzt also an ihr, sich alles sehr sorgfältig zu überlegen. War es richtig, andere Menschen auf einen Weg zu leiten, von dem man nicht wußte, wohin er überhaupt führte? Verpflichtungen empfand sie nur Meggie gegenüber. Was mit diesem Mann wurde, konnte ihr gleichgültig sein. In gewisser Weise ließen er und Luke sich auf einen Nenner bringen. Beide stellten das, worauf sie im Leben aus waren und was ihnen so etwas wie eine männliche Daseinserfüllung bedeutete, über die wirkliche Existenz, das tatsächliche Vorhandensein einer Frau. Wirre Träume vernebelten beiden die Köpfe, doch sie würden wohl weiter und immer weiter ihren Phantasien nachjagen, der eine dem Zuckerrohr und der andere – *seinem* Zuckerrohr.

Dabei war Anne inzwischen davon überzeugt, daß er Meggie mehr liebte als alles andere auf der Welt – außer seinem so fremdartigen Ideal. Nein, nicht einmal Meggie zuliebe würde er die Hoffnung auf die spätere Erfüllung seiner tiefsten Sehnsüchte und Wünsche aufgeben. Hätte sie, Anne, ihm jetzt geantwortet, Meggie befinde sich in einem überfüllten Urlaubshotel, so wäre er gewiß nicht bereit gewesen zu reisen. Man hätte ihn dort ja erkennen können. Schließlich war er sich sehr wohl bewußt, daß er nicht zu jenem Typ gehörte, der unauffällig in der Menge untertauchen konnte.

Sacht fuhr sie sich mit der Zunge über die Lippen, räusperte sich kurz. „Meggie befindet sich in einer Cottage auf Matlock Island."

„Wie heißt die Insel?"

„Matlock Island. Das ist so eine Urlaubsinsel gleich bei der Whitsunday Passage, und sie ist eigens für solche Leute gedacht, die ganz für sich und völlig ungestört bleiben wollen. Um diese Jahreszeit ist ohnehin kaum eine Seele dort." Sie konnte der Versuchung nicht widerstehen. „Keine Sorge, dort sieht Sie niemand."

„Wie beruhigend." Sehr behutsam löste er das schlafende Baby aus seiner Ellbogenbeuge und reichte es Anne. „Ich danke Ihnen", sagte er, während er zur Treppe ging. Dort drehte er sich noch einmal um, und in seinen Augen war ein eigentümlicher, wie um Verständnis bittender Ausdruck. „Sie irren sich", sagte er. „Ich möchte sie nur sehen, mehr nicht. Nie würde ich etwas tun, das ihre unsterbliche Seele in Gefahr bringen könnte."

„Und Ihre eigene auch nicht, wie? Dann dürfte es das beste sein, wenn Sie sich als Luke O'Neill ausgeben – er wird nämlich erwartet. Auf diese Weise können Sie sicher sein, daß jeder Skandal vermieden wird, und zwar sowohl für Meggie als auch für Sie."

„Und was ist, wenn Luke auftaucht?"

„Die Möglichkeit können wir ausscheiden. Er ist nach Sydney gefahren und wird erst im März zurückkommen. Daß sich Meggie auf Matlock befindet, konnte er nur durch mich erfahren, und ich habe es ihm nicht gesagt, Euer Exzellenz."

„Erwartet Meggie ihn – Luke, meine ich."

Anne verzog die Lippen zu einem wie verzerrten Lächeln. „Allmächtiger Gott – nein."

„Ich werde ihr nichts antun, ich werde ihr nicht schaden", beharrte er in ebenso sonderbarem Ton wie eigentümlicher Formulierung. „Ich möchte sie nur für eine Weile besuchen, das ist alles."

„Dessen bin ich mir wohl bewußt, Euer Exzellenz", erwiderte Anne. „Tatsache bleibt allerdings, daß Sie ihr viel weniger schaden würden, wenn Sie ihr viel mehr antun wollten."

Als Rob Walters Auto die Straße heraufgeschnauft kam, stand Meggie wie gewöhnlich auf der Cottage-Veranda und bedeutete ihm durch Winksignale, daß alles in bester Ordnung sei und sie nichts brauche. Er hielt, um an derselben Stelle zu wenden wie immer. Doch bevor er das tat, sprang ein Mann in Shorts, Hemd und Sandalen aus dem Auto, in der Hand einen Koffer.

„Alles Guuuute, Mr. O'Neill!" rief Rob Walter, als er davonbrauste.

O'Neill – *Luke* O'Neill? Nein! Obwohl die Gestalt dort bei der Entfernung und im einsetzenden Abenddunkel nicht in allem deutlich zu erkennen war, ließ Meggie sich keinen Augenblick täuschen. Wie erstarrt stand sie, während er, Ralph de Bricassart, über die Straße auf sie zuschritt. Also war er zu dem Entschluß gekommen, daß er sie *doch* wollte! Denn einen anderen Grund konnte es nicht dafür geben, daß er sie hier aufsuchte und sich zu allem auch Luke O'Neill nannte.

Nichts in ihr schien richtig zu reagieren, nicht das Herz, nicht der Verstand, auch nicht die Beine. Weshalb empfand sie nichts, wo er jetzt doch endlich zu ihr kam? Warum lief sie ihm nicht entgegen, um sich in seine Arme zu werfen? Dies war doch Ralph, und er war alles, was sie sich je im Leben und vom Leben wirklich gewünscht hatte. War nicht gerade eine ganze Woche darüber vergangen, daß sie versuchte, in gerade *diesem* Punkt mit sich ins reine zu kommen – endlich einen Schlußstrich zu ziehen!?

Oh, Gott verdamme ihn, verdamme ihn, verdamme ihn! Warum zum Teufel mußte er wieder auftauchen, wo es ihr doch endlich zu gelingen schien, ihn aus ihren Gedanken zu verdrängen, wenn schon nicht aus ihrem Herzen? Oh, jetzt fing doch alles wieder von vorne an! Erstarrt stand sie, wie ein Stück Holz, und sie spürte die brodelnde Wut in sich.

„Hallo, Ralph", sagte sie, als er unmittelbar vor der Cottage war.

„Hallo, Meggie."

„Bring deinen Koffer nur herein. Möchtest du eine Tasse warmen Tee?" Während sie sprach, führte sie ihn ins Wohnzimmer. Die ganze Zeit über vermied sie es, ihn anzusehen.

„Das wäre sehr nett", erwiderte er, und seine Stimme klang genauso steif wie ihre.

Er folgte ihr in die Küche und stand dann und sah zu, während sie einen elektrischen Stecker einstöpselte und aus einem kleinen Warmwasserzubereiter über dem Spülstein Wasser in eine Teekanne füllte. Aus einem Schrank nahm sie Tassen und Untertassen, dann reichte sie ihm eine große Fünfpfunddose mit Arnotts-Biskuits. Er nahm eine Handvoll heraus, tat sie auf einen Teller. Das Wasser kochte, sie hatte inzwischen lose Teeblätter eingefüllt, jetzt mußte der Tee noch einen Augenblick ziehen. Dann trugen beide alles in das Wohnzimmer, Meggie die Teekanne und den Teller mit den Biskuits, Ralph die Tassen und die Untertassen.

Die Cottage hatte zwei Verandas, die unmittelbar ans Wohnzimmer anschlossen. Die eine ging auf die Straße hinaus, die andere auf den Strand: auf zwei entgegengesetzte Seiten also. Und das hieß, daß Meggie und Ralph auf „plausible" Weise in zwei verschiedene Richtungen blicken konnten und einander nicht ansehen mußten. Sehr rasch kam allerdings, wie stets in den Tropen, die völlige Dunkelheit. Durch die weitgeöffneten Schiebetüren drang die Luft, und sie brachte allerlei Geräusche mit sich: das leise klatschende und schmatzende Hin und Her des Wassers in der Lagune, das ferne Brausen der Brandung draußen am Riff, das sanfte Kommen und Gehen des warmen Windes.

Schweigend tranken beide ihren Tee, keiner griff zu einem Biskuit, und es dauerte an, dieses Schweigen, bis sie mit dem Tee fertig waren und er ihr seinen Blick zuwandte, während sie ihre Augen starr auf eine kleine Palme gerichtet hielt, die in der Nähe jener Verandatür zu erkennen war, welche auf die Straße hinausging.

„Was ist denn, Meggie?" fragte er so sanft und so zart, daß ihr Herz sofort wild zu klopfen begann – und zu sterben schien vor

Schmerz, denn offenbar war es so, wie es stets gewesen war: daß er, der erwachsene Mann, kam, um nach ihr, dem kleinen Mädchen, zu sehen. Er war nicht nach Matlock gekommen, um die Frau zu besuchen, sondern das Kind. Die Frau hatte er wohl von jenem Moment an gehaßt, da er zu begreifen begann, daß es sie gab.

Voll wandte sie ihm jetzt ihr Gesicht zu, und aus ihrem Blick sprachen Verwunderung und Empörung und Zorn. Etwas Sonderbares geschah. Wie ein rückwärts laufender Filmstreifen jagte die Zeit zurück zu jenem Punkt, da sich, auf dem staubigen Bahnhofsplatz von Gilly, der Priester zu dem kleinen Mädchen gebeugt hatte. Was er sah, waren genau dieselben Augen wie damals, Meggies Augen, die ihn in ihren Bann zogen, schier unwiderstehlich, es waren die Augen der kleinen Meggie. Doch dann begriff er plötzlich, daß es nicht nur diese Augen waren, die Augen des Kindes, oder vielmehr: daß ihn aus diesen Augen, die für ihn die gleiche Faszination besaßen wie eh und je, jetzt die Frau anblickte.

Was er zu Anne Müller gesagt hatte, war genauso gemeint gewesen, wie er es sagte. Er wollte Meggie besuchen, weiter nichts. Er liebte sie, doch als ihr Liebhaber kam er nicht. Er wollte sie wiedersehen, mit ihr sprechen, ihr ein guter Freund sein, auf der Wohnzimmer-Couch schlafen. Gleichzeitig war es seine Absicht, endlich einer Frage, *dieser* Frage auf den Grund zu kommen: worin Meggies scheinbar unabänderliche Faszination für ihn bestand. Fand er die volle Antwort auf diese Frage, so konnte es ihm vielleicht gelingen, eben diese Faszination zum Erlöschen zu bringen.

Es war ihm früher wirklich nicht leichtgefallen, sich mit dem Gedanken auszusöhnen, daß Meggie nun den Körper einer Frau mit völlig unübersehbaren weiblichen Attributen besaß. In einem jedoch schien sie sich unwandelbar gleichzubleiben. Stets zeigte sich in ihren Augen jenes Licht, das er schon beim allerer.sten Mal dort entdeckt hatte und das dem schimmernden Glanz eines Lämpchens in einem Heiligtum glich. Ja, dies war seine Meggie, war unverändert das Kind, das er seit jeher so liebte, und solange das so blieb, konnte er den veränderten Körper sozusagen in Kauf nehmen, konnte die Anziehungskraft, die dieser zweifellos besaß, ohne allzu große Mühe unter Kontrolle halten. Und irgendwie hatte er stets als selbstverständlich vorausgesetzt, daß es Meggie ihm gegenüber nicht anders erging. Gewiß konnte sie die Wirkung, die er rein physisch auf sie ausüben mochte, ohne besondere Schwierigkeiten ausschalten. So hatte er geglaubt oder doch glauben wollen, bis dann ... Eine wilde, bis zum äußersten gereizte Katze schien ihn anzufauchen, als er damals, kurz nach Justines Geburt, im Schlafzimmer bei Meggie saß. Aufgestautes schien sich zu entladen wie bei einem Gewitter, und manches, was sie sagte, nein, schrie, traf ihn tief, verletzte ihn. Später jedoch, nachdem seine Verärgerung und seine Verstörung abgeklungen waren, schob er Meggies Ausbruch darauf, daß sie wie von Sinnen gewesen war vor Schmerz, und zwar weniger vor körperlichem als vor seelischem.

Ja, so hatte er geglaubt oder doch glauben wollen bis zu dieser Minute, da er in den Kindaugen plötzlich den Blick der Frau entdeckte: da ihm dies zum ersten Mal voll bewußt wurde. Und jetzt erinnerte er sich auch wieder an jene Szene auf dem Friedhof auf Drogheda, wo er nach Mary Carsons Geburtstagsparty mit Meggie gesprochen hatte. Deutlich trat es in sein Gedächtnis, hob sich ganz scharf hervor. Wie er damals zu ihr sagte, er könne sie nicht mehr mit besonderer Aufmerksamkeit bedenken, da man sonst glauben werde, er interessiere sich für sie nicht als Priester, sondern als Mann; wie sie ihn ansah mit einem so eigentümlichen Blick, der ihm unverständlich blieb, wie sie den Kopf abwandte und wie dann, als sie ihn wieder ansah, dieser sonderbare Ausdruck aus ihren Augen verschwunden war.

Erst jetzt wurde ihm klar, daß sie ihn von jenem Zeitpunkt an in einem anderen Licht gesehen hatte. Und der Kuß, den sie ihm damals gab, war ganz und gar nicht jenes flüchtige Zwischenspiel gewesen, das eine Bedeutung, eine wirkliche Bedeutung, nie und nimmer annehmen konnte. Für sie hatte es diese Bedeutung angenommen, während für ihn die Episode Episode blieb. Offenbar nährte sie seitdem bestimmte Träume und Wünsche ...

Nun, er mußte es sich wohl eingestehen, daß er sie seit jenem ersten Kuß körperlich begehrte, und doch war dieses Verlangen nach ihr nie von ähnlich verzehrender Wirkung auf ihn gewesen wie seine Liebe für sie. Denn bis jetzt hatte er beides, Verlangen und Liebe, als voneinander völlig getrennte, ja als gegensätzliche Dinge gesehen und nicht als Facetten des einen und selben ... bis jetzt ...

Hätte es für ihn in diesem Augenblick eine Möglichkeit gegeben, Matlock Island zu verlassen, so wäre er geflohen wie Orest vor den Eumeniden. Doch diese Möglichkeit gab es nicht. Und statt einfach wie blind davonzulaufen in die Nacht, hatte er den Mut, hier in der Cottage bei Meggie zu bleiben und sich der Wirklichkeit zu stellen.

Denn ich liebe Meggie. Und wenn ich sie liebe, dann deshalb, weil sie so ist, wie sie jetzt ist, und nicht, wie ich sie in Erinnerung habe als das kleine, hilflose Mädchen auf dem Bahnhofsplatz. Es war jenes so überaus Weibliche an ihr, das er liebte. Schon in dem kleinen Mädchen war das nicht nur zu ahnen, sondern zu spüren gewesen, und schon damals hatte er diesen so ausgeprägten Zug ihres Wesens geliebt.

Wirf endlich die Scheuklappen ab, Ralph de Bricassart! Sieh sie ganz so, wie sie jetzt ist. Sechzehn Jahre sind vergangen seit jenem Tag auf dem staubigen Bahnhofsplatz, sechzehn unglaublich lange Jahre, ich bin vierundvierzig, sie ist sechsundzwanzig. Nein, Kinder sind wir beide nicht, doch sie, sie ist bei weitem reifer als ich.

Meggie, dachte er, als ich aus Rob Walters Auto stieg, hast du geglaubt zu wissen, aus welchem Grund ich gekommen war. Und ich? Ich hatte nichts Eiligeres zu tun, als dir zu beweisen, wie sehr du dich doch irrtest. Ich mußte dir demonstrieren, wie sehr zwischen uns doch noch alles genau wie früher war. Oder mußte ich es nicht vielmehr mir selbst demonstrieren? Gott, wie grauenvoll egoistisch bin ich doch. Das einzig Wichtige scheint mir zu sein, daß ich mich selbst bestätige. Meggie, Meggie, deine Liebe und meine Liebe – all diese Jahre sind sie aneinander vorbeigegangen.

Noch immer hielt sie ihren Blick voll auf ihn gerichtet. In rascher Folge, so hatte sie genau beobachten können, wechselte auf seinem Gesicht der Ausdruck: eine weitgespannte Skala, die wohl beim Mitleid für sie begann und schließlich einmündete in die Erkenntnis dessen, was sie bei seiner Ankunft als selbstverständlichen Grund angenommen hatte: daß er zu ihr kam, der Frau, und nicht mehr zu Meggie, dem kleinen Mädchen.

Und dies war auf einmal das Schlimmste für sie, das Gefühl, daß er wußte, was sie gedacht hatte, und die Beschämung darüber.

Und plötzlich dachte sie, dachte es in ihr: *Nur fort, fort!* Solange in dir noch ein Funken Stolz, ein Funken Selbstachtung ist.

Sie war aufgesprungen, doch bevor sie die Veranda erreichen konnte, hatte er sie eingeholt. Seine Hand streckte sich nach ihr, hielt sie am Arm fest. Vom eigenen Schwung herumgerissen, prallte sie so hart gegen ihn, daß er einen Augenblick schwankte, taumelte. Doch in ihm, da war kein Schwanken, kein Taumeln. Was so viele Jahre wie im Schlummer gelegen hatte, was niedergehalten worden war durch Willensstärke, unterjocht durch eiserne Selbstdisziplin – jetzt genügte sozusagen der Funken eines Funkens, um eine Detonation auszulösen und alles hinwegzufegen.

Im selben Augenblick, da er sie umarmte, schlangen sich ihre Arme um seinen Hals. In derselben Sekunde, da sein Mund ihren Mund suchte, forschten ihre Lippen nach seinen Lippen. Und diesmal war es kein flüchtiger Kuß, kein halb zufälliges Gegeneinanderstreifen. Diesmal war es Hunger, ja Gier, war es ersehntes Verlangen und erschreckendes Begehren zugleich. Diesmal wollte und konnte er sich nicht mehr versagen, was er sich so lange versagt hatte – nicht nur sie als Frau, sondern den bloßen Gedanken daran, daß sie eine Frau war.

Hatte er sie hochgehoben und zum Bett getragen? Er wußte es nicht mehr, jede Erinnerung daran fehlte. Er wußte nur, daß sie jetzt beide dort lagen, ihre Haut unter seinen Händen, seine Haut unter ihren. O Gott! Meine Meggie, meine Meggie! Wie hat man nur versuchen können, mir weismachen zu wollen, daß du nichts bist als eine Profanierung?

Die Zeit verlor ihr tickendes Gleichmaß, wurde zum Strom, der über ihn hinwegflutete, bis sie keine Bedeutung mehr besaß, dafür jedoch eine Tiefe der Dimension, die wirklicher war als die wirkliche Zeit. Er wollte Meggie zu einem Teil von sich machen, zu einem tatsächlichen Bestandteil, der mehr war, viel mehr, als das in irgendeiner Form der Symbiose je der Fall sein konnte. Und war sie nicht, ihm bislang eher unbewußt, ein Teil der Schöpfung, an dem er in einem gewissen Sinn mitgewirkt hatte? Sie schien einem Traum zu gleichen, aus dem er nie wieder aufwachen würde, jedenfalls nicht, solange er ein Mann war mit dem Körper eines Mannes. O Gott! Lieber Gott! Ich weiß es, ja, jetzt weiß ich es! Ich weiß, weshalb ich so starr daran festhielt, in ihr nichts als ein Kind, als eine Idee zu sehen, als sie schon längst den Körper einer Frau besaß.

Denn nun begriff er deutlicher denn je zuvor, daß es nicht sein Ziel war, sich als Mann zu beweisen, ein Mann zu sein. Nein, kein Mann, niemals ein Mann. Um Größeres ging es: um etwas, das weit emporragte über das Schicksal eines gewöhnlichen Mannes, eines durchschnittlichen Menschen.

Und doch, eben dies war er jetzt: war Mann, nichts als Mann, war *ihr* Mann. Gott, mein Gott, konntest du mir dies nicht ersparen? Ich bin ein Mann, ein Mensch. Ein Gott kann ich nie sein. Dieses Leben mit seinem Suchen nach Göttlichkeit, nach eigener Göttlichkeit, war Illusion. Sind wir uns alle gleich, wir Priester? Sehnen wir uns alle danach, Gott zu sein? Und ist das der Grund dafür, daß wir jenem Akt abschwören, der uns unwiderruflich zu Männern stempelt?

Er hielt sie in seinen Armen, betrachtete sie mit einem Blick, der nur noch undeutlich wahrzunehmen schien. Er sah ihren Mund, rosenrote Lippen, die wie hilflos gerundet waren in einem Ausdruck tiefen Behagens, ja tiefer Lust. Ihre Arme und ihre Beine umschlangen ihn, fesselten ihn an ihren Körper wie glatte, seidige Bänder, und in ihm war es wie ein eigentümliches Flackern, tiefe, pechschwarze Dunkelheit in dieser Sekunde, grelles Aufblitzen in der nächsten. Sonne und Finsternis lagen gleichsam im Widerstreit miteinander, und dies war es wohl, was gemeint war mit dem: Ich bin ein Mann. Mehr konnte er nicht sein, nein, mehr nicht. Doch dies war nicht die eigentliche Ursache für den Schmerz. Der Schmerz kam in jenem abschließenden, in jenem allerletzten Augenblick, da die leere, verzweifelte Erkenntnis Oberhand gewann: Die Ekstase schwindet.

Der Gedanke, sich von Meggie zu lösen, jetzt, da es sozusagen zu Ende war, er konnte ihn nicht ertragen, und so klammerte er sich an ihr fest wie der Ertrinkende an dem sprichwörtlichen Balken, der ihn über Wasser hält – und war so jenem Schicksal unterworfen, das Menschenschicksal ist.

Ob er wohl schlief? fragte sich Meggie. Auch sie war müde, doch sie gönnte sich den Schlaf nicht, aus Angst, er könnte verschwunden sein, wenn sie erwachte. Und wenn er dann wach wurde, welche Worte würde sein schöner, so verschwiegen wirkender Mund wohl sprechen? Worte des Bedauerns, der Reue? So viele Jahre hatte er dagegen angekämpft, und jetzt, würde er sagen, würde er *denken,* daß es dann am Ende nichts als Vergeudung gewesen war – oder vielleicht doch Erfüllung, wenn auch auf andere Art, als er sie sich je erträumt hatte? Noch immer vermochte sie nicht ganz zu glauben, daß dies hier Wahrheit war, daß der Mann, den sie liebte, mit ihr in diesem Bett lag.

Sie war glücklich, glücklicher, als sie es je in ihrem Leben gewesen war. Von dem Augenblick an, da er sie zurückriß, bevor sie die Verandatür erreichte, hatte sie es gewußt – hatte gewußt, daß zutraf, was sie schon immer ahnte: Sie war für ihn gemacht, eigens für ihn . . . deshalb habe ich bei Luke auch nie wirklich etwas empfunden, deshalb konnte es zwischen uns auch wohl nichts werden . . . Sie hatte versucht, alles zu tun, was eine Frau nur tun konnte, um Ralph glücklich zu machen. Nie sollte er es bereuen, nie. Allerdings hatte es Augenblicke gegeben, in denen sie seinen Schmerz so deutlich spürte, als ob es ihr eigener wäre. Und dennoch schien diese Empfindung etwas zu sein, das beitrug zu ihrem Glück.

Er war wach. Sie blickte ihm in die Augen und fand dort in jenem unverwechselbaren Blau dieselbe Liebe, die sie gleichsam von Kind auf begleitet und ihr Wärme gegeben hatte. Und sie entdeckte auch eine große, wie überschattete Müdigkeit, nicht des Körpers, sondern der Seele.

Er dachte daran, daß er in seinem ganzen Leben noch nie mit einem anderen Menschen im selben Bett aufgewacht war. Irgendwie, so schien ihm, hatte dies einen intimeren Charakter als der Geschlechtsakt zuvor – es war, wenn man so wollte, eine uneigennützige Bekundung von Gefühlsbindungen. Wie entleert lag er und so leicht wie die Luft, die den Geruch von Tang und sonnengesättigten Pflanzen herbeitrug. Und endlich fühlte er sich befreit von dem Zwang, gegen sie ankämpfen zu müssen, die hier neben ihm lag – das Ende einer langen, sehr langen Schlacht. Er der Verlierer, sie die Siegerin?

Du bist mir geschickt worden, Meggie, ja, so ist es wohl: Man hat dich mir gesandt. Um mir zu zeigen, wie falsch, wie unglaublich hochmütig der Stolz eines Priesters meiner Art ist. Gleich Luzifer habe ich jenem nachgestrebt, das einzig Gott zugehört; und genau wie Luzifer bin ich gestürzt. Vor Mary Carson, ja, da hatte ich alles oder doch fast alles, die Keuschheit, den Gehorsam und selbst die Armut. Doch eines habe ich bis zu diesem Tag nicht gekannt: die Demut.

Herr, mein Gott, wenn sie, das Mädchen, nein, die Frau, mir nichts bedeuten würde, so wäre es ja leichter zu ertragen, aber manchmal glaube ich, daß ich sie weit mehr liebe als dich, und auch das ist Teil deiner Strafe für mich. An ihr zweifle ich nicht. Du hingegen, wer bist du? Ein Schemen, ein Phantom, eine Phantasmagorie! Wie also kann man dich lieben? Und doch: ich liebe dich.

„Wenn ich mich aufraffen könnte, würde ich ja schwimmen gehen und dann das Frühstück machen", sagte er, um nur irgend etwas zu sagen.

Sie lächelte. „Wie wär's mit Arbeitsteilung? Du gehst schwimmen, und ich mache das Frühstück. Übrigens – eine Badehose wäre überflüssig. Hier ist niemand weit und breit."

„Das wahre Paradies!" Er schwenkte die Beine herum, saß auf dem Rand des Bettes, streckte sich. „Ein wunderschöner Morgen – ob das wohl ein gutes Omen ist?"

Er stand auf und ging zu der Schiebetür, die zum Strand hinausführte. Dort blieb er stehen und streckte die Hand aus – streckte sie zurück. „Willst du nicht mitkommen? Mit dem Frühstück hat's doch noch Zeit."

Sie folgte seiner Aufforderung sofort, griff nach seiner ausgestreckten Hand, stand dann neben ihm. Er blickte hinaus. Jetzt war Flut, und die frühe Sonne brannte schon heiß. Doch immer wieder strich der Wind kühl über die Haut.

„Mir ist, als hätte ich die Welt noch nie zuvor gesehen", sagte er, hinaus aufs Meer blickend.

Meggie betrachtete ihn, und irgendwie erschien ihr dieses Nachspiel in der Morgensonne unwirklicher als die Realität des nächtlichen Traums.

„Natürlich nicht", sagte sie. „Nicht diese Welt. Denn dies ist unsere Welt. Solange sie besteht."

Später, beim Frühstück, fragte er: „Wie ist Luke eigentlich?"

Sie überlegte eine Weile, kippte dabei den Kopf leicht seitlich auf die Schulter: „Dir körperlich längst nicht so ähnlich, wie ich einmal glaubte, aber damals hast du mir auch ganz besonders gefehlt. Geheiratet habe ich ihn wohl, weil er mich an dich erinnerte – er überragte die anderen. Nicht an wirklichem, an innerem Wert oder was auch immer. Nein, da war eigentlich nichts an Eigenschaften, die eine Frau bei ihrem zukünftigen Ehemann für besonders erstrebenswert halten soll. Er war ganz einfach größer und stattlicher, und insofern war er dir ähnlich. Übrigens braucht er Frauen genausowenig wie du."

In seinem Gesicht zuckte es. „In dem Licht siehst du mich also, Meggie?"

„Willst du die Wahrheit hören? Dann gut. Die Antwort lautet: ja. In dir wie in Luke ist etwas, das glaubt, es sei eine Schwäche, wenn man eine Frau braucht. Ich meine nicht, zum Schlafen. Ich meine: brauchen, wirklich brauchen."

„Und obwohl du das weißt, willst du uns?"

Sie hob die Schultern, in ihrem Lächeln war eine Spur von Mitleid. „Oh, Ralph! Ich sage nicht, daß es nicht wichtig ist, und mit Sicherheit hat es mir viel Unglück gebracht. Doch so ist es nun einmal. Ich wäre doch eine Närrin, wenn ich versuchen wollte, zu ignorieren, was nicht zu ignorieren ist. Denn auch ich habe – wie sagt man doch – meine Bedürfnisse. Offenbar brauche ich einen Mann wie dich und vielleicht auch wie Luke, denn sonst wärt ihr mir ja kaum weiter wichtig gewesen. Nun ja – vielleicht hätte ich einen guten, freundlichen, einfachen Mann von der Art meines Vaters geheiratet, jemanden, der mich will und der mich braucht. Aber in jedem Mann steckt wohl ein Stück Samson. In Männern wie dir und Luke ist das nur stärker ausgeprägt."

Er schien nicht im mindesten beleidigt. Er lächelte sogar. „Meine kluge Meggie!"

„Das ist nichts weiter als ganz nüchterner, gesunder Menschenverstand, Ralph. Denn besonders klug bin ich überhaupt nicht, das weißt du. Aber sieh dir nur mal meine Brüder an. Ich bezweifle, daß die älteren jemals heiraten oder auch nur Freundinnen haben werden. Sie sind fürchterlich schüchtern, sie haben Angst vor der Macht, die eine Frau vielleicht über sie gewinnen könnte, und sie stehen – in einem gewissen Sinn jedenfalls – ganz und gar unter Mums Fuchtel.''

Tag folgte Tag, und Nacht folgte Nacht. Selbst die schweren Sommerregen waren schön. Nackt liefen sie umher, ließen sich von ihnen streicheln wie von der Sonne und lauschten ihrem Trommeltakt auf dem Wellblechdach. Und wenn dann wieder strahlender Sonnenschein über allem lag, konnten sie am Strand faulenzen oder auch schwimmen. Er unternahm es, ihr das Schwimmen beizubringen.

Manchmal beobachtete sie ihn heimlich, versuchte geradezu verzweifelt, sich sein Bild mit alleräußerster Präzision ins Gedächtnis einzuprägen. Denn nur zu gut wußte sie aus Erfahrung, daß die Erinnerung an Frank, trotz aller Liebe, die sie für ihn empfunden hatte, mehr und mehr verblichen war, jedenfalls soweit es Franks Aussehen betraf.

Da waren die Augen, die Nase, der Mund, die so frappierend wirkenden Silberschläfen gleichsam inmitten des schwarzen Haars. Seinen langen, schlanken Körper hatte er sich fest und biegsam erhalten, mit unleugbarer Jugendlichkeit, dennoch um ein weniges fülliger nun, weniger elastisch.

Mitunter drehte er den Kopf, und es entging ihm dann nicht, daß sie ihn beobachtete. Ein eigentümlicher Ausdruck trat in seine Augen, etwas eigentümlich Gehetztes, fast so, als fühlte er sich verdammt. Sie begriff oder glaubte doch zu begreifen: Er mußte wieder fort, mußte zurück zur Kirche und zu seinen Pflichten. Vielleicht würde er nie wieder in dem gleichen Geist dienen können wie zuvor, dafür jedoch mit einer *tiefer* begründeten Fähigkeit zu dienen. Denn nur jene, die selbst ausgeglitten und gestürzt sind, können sie kennen, die Wechselfälle des Lebens.

Als sie eines Abends bei Sonnenuntergang noch am Strand lagen – wie blutübergossen war das Meer, und in dunstigem Gelb schimmerte der Sand –, sagte er zu ihr: ,,Meggie, ich bin noch nie so glücklich oder so unglücklich gewesen.''

,,Ich weiß, Ralph.''

,,Ja, das glaube ich. Ist das der Grund, weshalb ich dich liebe? Es ist sonderbar mit dir. Einerseits bist du ganz und gar nicht außergewöhnlich, Meggie, andererseits bist du es doch. Habe ich das schon damals gespürt, vor so vielen Jahren? Wahrscheinlich. Meine Leidenschaft für tizianrotes Haar! Nicht im Traum habe ich geahnt, wohin mich das führen würde. Ich liebe dich, Meggie."

„Reist du ab?"

„Morgen. Ich muß. In weniger als einer Woche geht mein Schiff, nach Genua."

„Genua?"

„Mein eigentliches Ziel ist natürlich Rom. Und dort werde ich lange, sehr lange bleiben. Vielleicht für den Rest meines Lebens. Ich weiß es nicht."

„Keine Sorge, Ralph, ich werde dir den Abschied nicht unnötig schwermachen. Auch meine Zeit hier ist fast vorüber. Ich verlasse Luke, ich kehre nach Drogheda zurück."

„Um Himmels willen! Doch nicht etwa meinetwegen. Ich meine, weil wir hier so . . ."

„Nein, natürlich nicht", log sie. „Ich hatte den Entschluß schon gefaßt, bevor du nach Matlock kamst. Luke will mich nicht und braucht mich nicht, er wird mich nicht im mindesten vermissen. Ich jedoch brauche ein Zuhause, einen Platz, wo ich mich wirklich daheim fühle, und ich bin jetzt davon überzeugt, daß Drogheda für immer dieser Platz sein wird. Es wäre nicht richtig, die arme Justine in einem Haus aufwachsen zu lassen, wo ich Dienstmädchen bin, auch wenn Anne und Luddie in mir keine Bedienstete sehen. Aber ich selbst sehe mich so, und auch Justine würde mich so sehen, wenn sie alt genug ist, um zu begreifen, daß wir auf ‚Himmelhoch' nicht unser Zuhause haben. In gewisser Weise werde ich ihr das wohl nie bieten können, aber ich muß für sie tun, was ich irgend kann. Und deshalb kehre ich nach Drogheda zurück."

„Ich werde dir schreiben, Meggie."

„Nein, tu das nicht. Ich möchte nicht, daß es irgend etwas gibt, das dich vielleicht in Gefahr bringt, und Briefe könnten in die Hände skrupelloser Menschen fallen. Schreibe mir also nicht. Falls du je wieder in Australien bist, kannst du zu Besuch nach Drogheda kommen; das würde völlig normal und natürlich wirken. Allerdings muß ich dich warnen, Ralph. Überlege es dir genau, bevor du kommst. Auf der Welt gibt es nur zwei Orte, wo du mir vor Gott gehörst – hier auf Matlock und auf Drogheda."

Er nahm sie in die Arme, strich ihr über das glänzende Haar. „Meggie, ich wünsche von ganzem Herzen, ich könnte dich heiraten und müßte nie von dir getrennt sein. Ich möchte dich nicht verlassen . . . Und in gewisser Weise werde ich nie wieder frei von dir sein. Ich wünschte, ich wäre nicht nach Matlock gekommen. Aber wir können das, was wir sind, nun einmal nicht ändern, und vielleicht ist es gut so. Ich weiß über mich jetzt so manches, wofür ich sonst blind gewesen wäre – oder wogegen ich mich blind gestellt hätte. Man wird leichter fertig mit dem, was man weiß, was einem bekannt ist. Das Ungekannte, Ungewußte hingegen bietet einem ja nirgends einen Punkt, wo man ansetzen könnte." Er sah sie an. „Meggie, ich liebe dich. Ich habe dich immer geliebt und werde dich immer lieben. Vergiß das nicht."

Am nächsten Tag kam Rob Walter zum ersten Mal, seit er Ralph gebracht hatte, wieder mit seinem Auto die Straße entlang. Geduldig wartete er, während das Paar voneinander Abschied nahm. Neuvermählte waren das mit Sicherheit nicht. Er war ja später gekommen und reiste nun vor ihr wieder ab. Vielleicht nur so ein Liebespaar? Nein, dazu wirkten sie viel zu verheiratet. Ihr Verhalten schien von langer Vertrautheit zu zeugen. Doch sie hatten einander wirklich gern, sehr gern sogar, das konnte man sehen. War genauso wie bei ihm und seiner Frau, ein großer Altersunterschied, was einer Ehe jedoch meistens sehr gut bekam.

„Adieu, Meggie."

„Adieu, Ralph. Paß gut auf dich auf."

„Das werde ich. Und du auf dich auch."

Er beugte sich zu ihr, küßte sie. Für einen Augenblick vergaß sie ihren festen Vorsatz, jegliche Abschiedsszene zu meiden. Sie schlang die Arme um seinen Hals, klammerte sich geradezu an ihn an. Aber als er dann ihre Hände von seinem Nacken löste, verschränkte Meggie sie auf dem Rücken, eine krampfhafte Geste der Selbstbeherrschung.

Rob Walter hatte inzwischen gewendet. Ralph stieg ein, und als sie dann losfuhren, drehte er kein einziges Mal den Kopf, um zurückzublicken. So etwas können wohl nur wenige Männer, dachte Rob, der nie in seinem Leben von Orpheus gehört hatte. Schweigend fuhren sie durch den Regenwald und kamen dann zu jener Küstenseite, wo sich der weit hinausstrebende Landungssteg befand. Als sie sich die Hände schüttelten, musterte Rob den anderen sehr aufmerksam. Noch nie hatte er Augen gesehen, die so menschlich wirkten und so traurig. Jene Distanziertheit, ohne welche der Blick des Priesters Ralph de Bricassart gleichsam undenkbar schien, sie war jetzt verschwunden. Für immer.

Als Meggie nach „Himmelhoch" zurückkehrte, wußte Anne sofort: Sie würde sie verlieren, gar kein Zweifel. Ja, es war noch dieselbe Meggie, aber irgendwie war sie es sozusagen mehr als früher. Was immer auch Erzbischof de Bricassart gedacht haben mochte, bevor er nach Matlock fuhr, dort waren die Dinge dann zweifellos nicht seinen, sondern Meggies Weg gegangen. War aber auch wirklich Zeit gewesen.

Meggie hob Justine aus der Wiege und hielt sie dann so, als begreife sie erst jetzt, was es bedeutete, dieses Kind zu haben. Das Kleine sacht in ihren Armen wiegend, blickte sie zu Anne, und ihre Augen waren so erfüllt von Leben und von Gefühl, daß Anne spürte, wie es in ihrer Kehle aufstieg. Sie schluckte hastig.

„Ich kann Ihnen gar nicht genug danken, Anne."

„Ach was, wofür denn?"

„Dafür, daß Sie Ralph zu mir nach Matlock schickten. Sicher war Ihnen von vornherein klar, was es bedeuten würde – daß ich Luke und damit auch Dungloe und ‚Himmelhoch' verlasse. Um so größer ist mein Dank, liebe Anne. Oh, Sie können sich einfach nicht vorstellen, wie wichtig das für mich gewesen ist! Ich hatte mich schon entschlossen, bei Luke zu bleiben, wissen Sie. Aber jetzt kehre ich nach Drogheda zurück, endgültig."

„Es wird mir sehr schwerfallen, auf Sie und vor allem auch auf Justine zu verzichten. Doch ich freue mich für euch beide, Meggie. Von Luke haben Sie nie etwas anderes zu erwarten, als daß er Sie unglücklich macht."

„Wissen Sie, wo er ist?"

„Von den CSR zurück. Er schneidet jetzt in der Nähe von Ingham."

„Ich muß zu ihm, um alles zu regeln, Und sosehr es mir auch zuwider ist, ich muß mit ihm schlafen."

„*Was?*"

Ihre Augen glänzten. „Es ist schon seit zwei Wochen überfällig, und sonst kommt es bei mir keinen einzigen Tag zu spät. Das heißt, *einmal* ist es natürlich schon ausgeblieben – als Justine unterwegs war. Ja, ich bin schwanger, Anne, ich weiß es."

„Mein Gott!" Anne starrte Meggie fassungslos an. Sie fuhr sich mit der Zunge über die Lippen, stammelte dann: „Aber wenn es nun doch ein falscher Alarm ist . . ."

Meggie schüttelte nachdrücklich den Kopf. „O nein. Ich bin schwanger. Es gibt gewisse Dinge, die man ganz einfach weiß."

„Eine schöne Bescherung", murmelte Anne undeutlich.

„Aber, Anne, seien Sie doch nicht blind! Begreifen Sie denn nicht? Verstehen Sie denn nicht, was dies für mich bedeutet? Ich kann Ralph nie haben. Ich habe immer gewußt, daß ich ihn nie würde haben können. Und doch habe ich, ja, ich *habe!*" Sie lachte, und ihre Arme schlangen sich so fest um das Baby, daß Anne fürchtete, es werde anfangen zu schreien. Überraschenderweise blieb es jedoch still. „Ich habe das von Ralph, was die Kirche nie haben kann – was von Generation zu Generation weitergeht. Durch mich wird Ralph weiterleben, denn ich weiß, daß es ein Sohn sein wird. Und dieser Sohn wird Söhne haben, und sie werden wieder Söhne haben – ich werde Gott doch noch das Nachsehen geben. Ich liebe Ralph, seit ich zehn war, und wenn ich auch hundert Jahre alt werden sollte, ich würde ihn wohl noch immer lieben. Aber er gehört nicht mir, während dieses Kind mir gehören wird. Mir, Anne, *mir!*"

Doch die leidenschaftliche Erregtheit, der fast ekstatische Zustand klang ab, Meggie war wieder die Meggie, wie Anne sie sonst immer gekannt hatte, voller Freundlichkeit, voller Liebreiz – war all das und war doch nicht die alte Meggie. In ihr wurde eine Kraft spürbar, wie man sie zuvor kaum hatte ahnen können: die fast unerschöpfliche Kraft zum Ertragen. Wie ein Geflecht aus biegsamem, sehr elastischem Stahl schien es ihr Wesen zu durchziehen.

Was, dachte Anne, habe ich nur getan? War es vielleicht doch völlig verkehrt, Ralph de Bricassart zu ihr nach Matlock zu schicken? Hat sie das womöglich von Grund auf verwandelt? Und ist es vielleicht nicht nur ein Geflecht aus Stahl in ihrem Wesen? *Ist ihr Wesen wie aus Stahl?*

„Meggie, wenn Sie mich ein bißchen lieb haben, wollen Sie bitte eines nie vergessen?"

Die grauen Augen sahen sie sehr direkt an. „Ich will's versuchen."

„Genau wie ich haben Sie doch so manches von Luddies Büchern gelesen?"

„Ja, natürlich."

„Einige handeln von den alten Griechen, und sie haben mich immer besonders fasziniert. Es heißt, die Griechen hätten für alles ein Wort gehabt und es habe keine menschliche Situation gegeben, die von ihnen nicht beschrieben worden sei."

„Ich weiß. Von diesen Büchern habe ich auch einige gelesen."

„Dann erinnern Sie sich sicher auch daran, daß die Griechen sagen, es sei eine Sünde wider die Götter, etwas über alle Maßen zu lieben. Wenn jemand so sehr geliebt werde, so sagen sie auch, dann errege das den Neid der Götter, die nicht zögerten, das Objekt einer solchen Liebe in der Blüte seines Lebens zu vernichten." Sie schwieg einen Augenblick. „Meggie, es ist profan, zu sehr zu lieben."

„Profan, Anne? Das gibt mir das Stichwort! Ich werde Ralphs Baby nicht profan lieben, sondern mit der Reinheit der Heiligen Jungfrau."

Annes braune Augen wirkten sehr traurig. „Hat sie ihn mit solcher Reinheit geliebt? Schließlich traf es das Objekt ihrer Liebe in der Blüte seiner Jahre, nicht wahr?"

Meggie legte Justine in die Wiege zurück. „Es ist nun einmal, wie es ist. Ralph kann ich nicht haben, wohl aber sein Baby. Endlich spüre ich . . . ja, ich spüre, daß mein Leben einen Sinn haben könnte, daß es ihn haben wird! Das war wohl das Schlimmste an den vergangenen dreieinhalb Jahren. Ich fing an zu glauben, daß mein Leben gar keinen Sinn und gar keinen Zweck habe." Sie lächelte kurz, und selbst aus diesem flüchtigen Lächeln sprachen ihr neuer Lebenswille, ihre unvermutete Energie. „Ich werde dieses Kind auf jede mir mögliche Weise schützen, was immer mir das auch abverlangen mag. Und niemand, auch Luke nicht, wird mich daran hindern, ihm den einzigen Namen zu geben, den ich ihm geben kann. Schon bei dem Gedanken, mit Luke zu schlafen, wird mir übel, aber ich werde es tun. Ich würde sogar mit dem Teufel schlafen, wenn das dem Kind später nützen würde. Dann kehre ich heim nach Drogheda und hoffe, Luke nie mehr wiederzusehen." Noch stand sie halb über die Wiege gebeugt. Dann drehte sie sich ganz herum. „Werden Sie und Luddie uns besuchen? Auf Drogheda ist immer Platz für Freunde."

„Ja", erwiderte Anne. „Einmal jedes Jahr, Meggie, solange wir nur irgend können. Wir wollen Justine aufwachsen sehen."

Während der Zug in Richtung Ingham schnaufte, drohte Meggie immer wieder den Mut zu verlieren. Und immer wieder war es dieses eine, das sie aufrechthielt und gleichsam vorwärts trieb: der Gedanke an Ralphs Baby. Ihm zuliebe hätte sie tatsächlich mit dem Teufel paktiert, und wenn es also notwendig war, mit Luke zu schlafen, so nahm sie das wohl oder übel in Kauf.

Dabei würde es nicht einmal leicht sein, das entsprechend zu arrangieren. Allerdings hatte sie ihre Pläne, die sonderbarerweise nicht zuletzt mit Luddies Hilfe zustande gekommen waren. Ohne direkt eingeweiht zu werden, schien er, klug und lebenserfahren wie er war, das meiste wenigstens im Kern erahnt zu haben.

„Wenn Luke nach der Arbeit im Zuckerrohr völlig ausgepumpt ist, werden Sie ihm sicher nicht sagen wollen, daß Sie ihn verlassen", erklärte er behutsam. „Da ist es doch viel besser, wenn

Sie ihn in guter Stimmung antreffen, nicht wahr? Am besten suchen Sie ihn am Samstagabend oder am Sonntag auf, und zwar am Ende der Woche, in der er gerade der Koch vom Dienst gewesen ist. Es spricht sich ja so manches rum, und man erzählt sich, daß er der beste Koch in der ganzen Schnittergruppe sein soll – hat's gelernt, als er bei den Schafscherern von der Pike auf anfing; na, und was das Essen angeht, sind die Scherer viel anspruchsvoller als die Schnitter. In anderen Worten, Meggie, so eine Woche Kochdienst ist für ihn wahrscheinlich ein Kinderspiel, die reine Erholung. Und danach, das dürfte dann der günstige Augenblick sein für alles, was Sie ihm sagen wollen."

„Könnten Sie", sagte sie – und dachte: Herrgott, daß ich mich nicht einmal geniere, ihn das zu fragen! –, „könnten Sie vielleicht herausfinden, in welcher Woche er Kochdienst hat, Luddie?"

„Nun, wenn's weiter nichts ist", sagte er vergnügt. „Da hab' ich schon meine Horchposten."

Als sich Meggie im besten Gasthaus, das es in Ingham zu geben schien, ein Zimmer nahm, war es Samstagnachmittag. Rasch stellte sie ihren kleinen Koffer in den Raum und ging dann wieder zum schmucklosen Vestibül, um dort nach einem Telefon zu suchen. Im Gasthaus wohnte auch eine Rugby-Mannschaft, die – man befand sich noch in der Vorsaison – zu einem Freundschaftsspiel nach Ingham gekommen war, und so wimmelte es auf den Korridoren von halbnackten und volltrunkenen Spielern, die Meggies Erscheinen mit lauten Hallo-Rufen und vertraulichen Klapsen auf ihre Schultern und ihr Hinterteil begrüßten. Als sie das Telefon endlich erreichte, zitterte sie vor Angst: Alles an diesem Unternehmen schien zur harten Nervenprobe zu werden. Immerhin klappte bis jetzt alles ausgezeichnet. Bald war eine Verbindung zu Brauns hergestellt, jener Farm, wo Lukes Gruppe im Augenblick Zuckerrohr schnitt. Sie bat, ihm mitzuteilen, daß seine Frau in Ingham sei und ihn gern sehen würde. Auf dem Rückweg zu ihrem Zimmer hatte sie einen Beschützer. Der Wirt hatte gesehen, wie sehr sie sich fürchtete, und begleitete sie buchstäblich bis zur Türschwelle.

Erlöst und erschöpft zugleich, lehnte sie sich gegen die Wand. Wenn das *so* dort draußen war, würde sie wohl darauf verzichten müssen, zum Speiseraum zu gehen, selbst auf die Gefahr hin, daß sie erst wieder in Dungloe etwas zu essen bekam. Nur gut, wenigstens in einem Punkt gesichert zu sein. Das Zimmer, das ihr der Wirt gegeben hatte, lag unmittelbar neben der Damentoilette.

Wie diese unausweichliche Geschichte hinter sich bringen? Alles in ihr schrie: Schnell, nur schnell! Nur auf eines kam es jetzt an.

Daß sie ihr Ziel erreichte. Und deshalb mußte sie die richtige, die einzig richtige Einstellung dazu besitzen. Sie mußte bereit sein, die Verführerin zu spielen. Nur: Was wußte sie schon von Verführung, von der Kunst der Verführung? In einigen Büchern in Luddies Bibliothek hatte sie andeutungsweise Beschreibungen darüber gelesen, aber das war auch alles.

Langsam ging sie zu ihrem Bett, entkleidete sich in der schwülen, wie zuckersüßen Luft, streckte sich dann lang aus, versuchte, an nichts zu denken als an Ralphs Baby und die Sicherheit, die sie für dieses Kind erstrebte.

Abends um neun betrat Luke das Gasthaus. Die Rugby-Spieler störten ihn nicht. Sofern sie sich überhaupt noch auf den Beinen halten konnten, sahen sie nichts weiter als ihre Biergläser, und auch die nur äußerst verschwommen.

Luddie hatte recht gehabt: Am Ende seiner Woche als Koch im Schnitterlager war Luke bester Stimmung. Er fühlte sich ausgeruht und unternehmungslustig. Normalerweise wäre er nach dem Geschirrspülen und dem Ordnungschaffen in der Küche mit seinem Fahrrad in die Stadt gefahren, um sich Arne und der ganzen Bande bei der üblichen Samstagnacht-Sauftour anzuschließen. Aber dann war der junge Sohn von Farmer Braun zur Baracke gekommen und hatte ihm Meggies Botschaft ausgerichtet. Meggie...

Er fühlte sich unwiderstehlich angezogen von dem Gedanken, sie jetzt wiederzusehen. Seit dem gemeinsamen Urlaub oben auf Atherton hatte er oft an sie gedacht, und wenn er einem Zusammentreffen mit ihr aus dem Wege ging, selbst – oder gerade – wenn er in der Nähe von Dungloe war, dann wegen der Fragerei, wann werden wir es denn endlich haben, unser eigenes Heim, unser eigenes Zuhause. Aber jetzt, da sie von sich aus gekommen war, hatte er gar nichts gegen eine gemeinsame Nacht im Bett, vor allem, wo er sich nach der Woche Kochdienst recht ausgeruht fühlte und nicht so ausgepumpt wie sonst.

Also nahm er nach dem Geschirrspülen und Aufräumen in der Küche sein Fahrrad und hatte zu allem auch noch das Glück, von einem Laster aufgelesen zu werden, kaum daß er einen Kilometer gestrampelt war. Aber als ihn der Lastwagen etwa drei Häuserblocks von Meggies Gasthaus entfernt absetzte, schwand ein Teil seiner Vorfreude, denn um diese Zeit hatten all jene Geschäfte längst geschlossen, in denen er hätte bekommen können, was er unbedingt zu brauchen meinte: Kondome. Er grübelte eine Weile, zuckte schließlich die Achseln. Nun ja, er würde das Risiko halt eingehen müssen – und falls es ein Baby gab, dann hoffentlich diesmal einen Jungen.

Als Meggie das Klopfen hörte, zuckte sie nervös zusammen. Dann stand sie rasch auf und ging leise zur Tür.

„Wer ist da?" fragte sie.

„Luke", kam die Antwort.

Sie drehte den Schlüssel im Schloß, öffnete die Tür, einen kleinen Spalt nur. Er schob sie auf, und kaum daß er im Zimmer war, drückte Meggie die Tür wieder zu. Und dann stand sie und sah ihn an. Und er sah sie an, blickte auf die Brüste, die größer und runder und verlockender waren denn je, mit Warzen, welche – nach dem Baby – nicht mehr hellrot schimmerten, sondern dunkelrot. Hätte er noch irgendwelcher Stimuli bedurft, hier hatte er sie in reichem, in überreichem Maße. Er nahm Meggie, hob sie hoch, trug sie zum Bett.

Als es draußen hell wurde, hatte sie noch immer kein Wort gesprochen, doch ihre Liebkosungen waren für ihn ein Stachel zu höchster, bislang ungeahnter Erfüllung gewesen. Jetzt lag sie ein kleines, doch deutliches Stück von ihm entfernt.

Er räkelte sich behaglich, gähnte dann, räusperte sich. „Warum bist du eigentlich nach Ingham gekommen, Meg?" fragte er.

Sie drehte den Kopf. Der Blick, der ihn traf, war sehr offen, sehr direkt – und voller Verachtung.

„Nun sag schon, warum bist du hergekommen?" fragte er zum zweiten Mal, leicht gereizt.

Doch noch immer antwortete sie nicht. Es war, als wäre er ihr der Mühe einer Antwort nicht wert. Was einfach lächerlich schien nach der vergangenen Nacht.

Endlich öffneten sich ihre Lippen, sie lächelte. „Ich bin gekommen, um dir zu sagen, daß ich nach Drogheda zurückkehre."

Einen Augenblick glaubte er, nicht richtig gehört zu haben. Doch als er ihr Gesicht dann genauer betrachtete, wußte er, daß sie es ernst meinte. „Warum?" fragte er.

„Ich habe dir doch gesagt, was geschehen würde, wenn du mich nicht nach Sydney mitnähmest."

Seine Verblüffung wirkte nicht nur echt, sie war es. „Aber, Meg! Das ist ja inzwischen anderthalb Jahre her! Und außerdem *habe* ich mit dir doch Urlaub gemacht! Und zwar für vier ganz verdammt teure Wochen oben auf Atherton! Ja, ich konnt's mir doch gar nicht leisten, dich noch nach Sydney mitzunehmen!"

„Du bist inzwischen zweimal in Sydney gewesen, beide Male ohne mich!" beharrte sie fest. „Für das erste Mal kann ich das verstehen, weil ich damals ja Justine erwartete. Aber, weiß der Himmel, im letzten Januar, als wir die Feuchte hatten, wäre für mich ein Urlaub weit von Dungloe gerade das Richtige gewesen."

„Oh, Allmächtiger!"

„Was für ein Geizkragen du doch bist, Luke", fuhr sie leise fort. „Zwanzigtausend Pfund hast du von mir bekommen, und das Geld gehört von Rechts wegen mir. Trotzdem jammerst du über die lumpigen paar Pfund, die es dich gekostet hätte, mich nach Sydney mitzunehmen. Du und dein Geld! Mir wird ganz schlecht, wenn ich an dich nur denke!"

„Ich hab's nicht angerührt", sagte er lahm. „Es ist noch alles da, jeder Penny. Und mehr als früher."

„Ja, das wird wohl stimmen. Da liegt's auf der Bank, und dort wird's sicher auch bleiben, wie? Denn du hast doch gar nicht die *Absicht*, es auszugeben, oder irre ich mich? Du möchtest es bewundern – anbeten wie das Goldene Kalb. Gib's zu, Luke, du bist ein Geizhals. Allerdings – bei diesem Geschäft ist niemand der Narr außer dir! Du behandelst deine Frau und deine Tochter, wie du nicht einmal in einem schlechten Traum ein Hundegespann behandeln würdest! Sie sind für dich ein Dreck, ein Nichts! Und du!? Du bist ein selbstzufriedener, eingebildeter, egoistischer Schweine*hund!*"

Er war kalkweiß und suchte vergeblich nach Worten. Daß Meg sich nach dieser Nacht so unversehens gegen ihn kehrte, erschien ihm unfaßbar: ganz als habe sich ein sanfter Schmetterling plötzlich in eine Viper mit tödlichem Biß verwandelt. Er begriff es einfach nicht. Sie urteilte doch so ungerecht, so unglaublich ungerecht. Konnte sie denn die Lauterkeit seiner Motive nicht verstehen? Nein, offenbar nicht. Sie sah nur das Vordergründige. Für die große Idee, die hinter allem stand, blieb sie blind.

„Oh, Meg!" sagte er schließlich, und seine Stimme klang verwirrt, verzweifelt, resigniert. „Ich habe dich doch nie schlecht behandelt. Nein, wirklich nicht! Es kann mir keiner nachsagen, daß ich je gemein oder grausam zu dir gewesen wäre! Keiner! Du hast genug zu essen gehabt, du hattest ein Dach über dem Kopf, du warst warm –"

„O ja", unterbrach sie ihn. „Daran war nun wirklich kein Mangel. Wärmer ist mir in meinem ganzen Leben noch nicht gewesen." Sie schüttelte den Kopf, lachte. „Was soll's. Es ist, als ob man zu einer Wand spricht."

„Dasselbe könnte auch ich sagen!"

„Dann tu's doch", sagte Meggie eisig. Sie glitt vom Bett und begann sich anzuziehen. „Ich werde mich nicht von dir scheiden lassen", fuhr sie fort. „Ich will nicht wieder heiraten. Falls du eine Scheidung möchtest, so weißt du ja, wo du mich finden kannst. Formal gesehen, bin ich doch diejenige, die im Unrecht ist, nicht wahr? Ich verlasse dich – so jedenfalls würden es die Gerichte in diesem Lande sehen. Nun, du und der Richter, ihr könnt euch ja gegenseitig etwas vorweinen über die Undankbarkeit der Frauen."

„Ich habe dich nie verlassen", beharrte er.

„Du kannst meine zwanzigtausend Pfund behalten, Luke. Aber darüber hinaus bekommst du keinen Penny von mir. Alles Geld, das ich in Zukunft erhalte, brauche ich für Justine – und vielleicht noch für ein zweites Kind, falls ich Glück habe."

„Das ist es also!" sagte er. „Du wolltest unbedingt noch so einen Balg haben, nicht wahr? Deshalb bist du hergekommen – ein Schwanengesang, ein kleines Geschenk von mir, das du nach Drogheda mitnehmen kannst! Ja, noch so ein verdammtes Baby, aber nicht *ich!* Um mich ist es ja nie gegangen, nicht? Für dich bin ich ja nichts weiter als der Erzeuger! Herrgott, was für ein Schwindel!"

„Das ist genau das, was die meisten Männer für die meisten Frauen sind", sagte sie böse. „Du provozierst wirklich das Schlimmste in mir, Luke, viel mehr, als du das je begreifen wirst. Was dich betrifft, so hast du allen Grund, hochzufrieden zu sein. Durch mich bist du in den letzten dreieinhalb Jahren zu mehr Geld gekommen, als dir die Arbeit im Zuckerrohr eingebracht hat. Sollte ich wieder ein Kind bekommen, so braucht dich das nicht weiter zu kümmern. Im übrigen möchte ich dich nie wiedersehen."

Sie war jetzt vollständig angekleidet. Als sie ihre Handtasche nahm und dann den kleinen Koffer, der gepackt bei der Tür stand, drehte sie sich noch einmal um.

„Laß dir von mir einen kleinen Rat geben, Luke. Falls du dir wieder einmal eine Frau suchst, wenn du nämlich zu alt bist und zu müde fürs Zuckerrohr, dann merk dir eines – deine Küsse sind keine Offenbarung. Dabei reißt du den Rachen so weit auf wie eine Python, die ein Kalb verschlingt. Doch dein Speichel ist nicht das richtige Badewasser, verstehst du." Mit dem Handrücken wischte sie sich hart über den Mund. „Mir wird wirklich übel, wenn ich dich sehe! Luke O'Neill, der Größte! Ein Nichts bist du!"

Nachdem sie verschwunden war, saß er noch lange auf dem Bettrand und starrte auf die geschlossene Tür. Schließlich zuckte er die Achseln und zog sich an. Keine zeitraubende Prozedur in North Queensland. Nur ein Paar Shorts, die übergestreift zu werden brauchten.

Wenn er sich beeilte, konnte er's schaffen, zusammen mit Arne und der ganzen Bande zur Baracke zurückzufahren. Guter alter Arne. Alter Kumpel. Männer waren oft Narren. Sex war eine Sache, doch die Kumpels, die man hatte, waren eine ganz andere.

5. TEIL
1938–1953

FEE

14

Da Meggie ohne jedes Aufsehen nach Drogheda zurückkehren wollte, fuhr sie mit dem alten Bluey Williams im Postwagen mit. Justine hatte sie in einem Körbchen neben sich auf dem Sitz. Bluey war über das Wiedersehen hocherfreut und schien begierig, zu erfahren – was sie in den vergangenen vier Jahren denn so alles getan und erlebt hatte. Doch je näher sie der Homestead kamen, desto schweigsamer wurde er. Ein Mann wie er wußte es zu respektieren, wenn jemand möglichst ungestört mit der alten Heimat Wiedersehen feiern wollte.

Die alte Heimat, hier war sie: voller Braun- und Silbertöne, voller Staub, aber auch voll jener wunderbaren Reinheit und Schlichtheit, die North Queensland so fehlte. Hier gab es keinen wuchernden Wuchs, keine zuchtlose Überfülle, kein schleuniges Verwesen, um Platz zu machen für mehr. Was hier gedieh, war in gewisser Weise so unausweichlich wie die Sternbilder am Himmel. Känguruhs mehr denn je. Wunderschöne kleine, sehr symmetrisch wirkende Wilgas, die etwas Rundliches und eigentümlich Matronenhaftes an sich hatten. Über den Lastwagen schwebten Galahs dahin: Galahs, die so grau wirkten, wenn sie auf dem Boden hockten, die im Flug jedoch rosarote Unterseiten zeigten. Emus jagten in vollem Lauf voran. Kaninchen hüpften, nein, zuckten über die Straße hinweg. Im Gras erhoben sich die ausgebleichten Skelette toter Bäume.

Als sie die Dibban-Dibban-Ebene überquerten, tauchte am fernen, gekrümmten Horizont die Fata Morgana von Baumgruppen auf, und nur die wabernden Linien unten verrieten, daß es sich um Luftspiegelung handelte und nicht um Wirklichkeit. Jene

Laute, die sie so vermißt hatte und von denen sie nie geglaubt hätte, daß sie sie je vermissen würde, jetzt hörte sie sie wieder: das einsame Krächzen der Krähen. Der trockene Herbstwind peitschte braune Staubschleier hoch, und man hätte meinen können, es sei wirbelnder Regen. Und dann das Gras, das silberne, bräunliche Gras des Großen Nordwesten, das sich bis zum Himmel zu erstrecken schien wie ein Segen, wie eine Gnade.

Drogheda, Drogheda! Geister-Eukalyptus und verschlafene riesige Pfefferbäume, in denen es vor Bienen nur so summte. Viehhöfe und buttergelbe Sandsteingebäude, fast fremdartig wirkender grüner Rasen um das große Haus, Herbstblumen im Garten, Astern und Dahlien, Zinnien und Ringelblumen, Chrysanthemen und Samtblumen. Und Rosen, Rosen, Rosen. Auf dem Hof beim Kochhaus stand Mrs. Smith und starrte, und lachte dann, und weinte im nächsten Augenblick. Und Minnie und Cat kamen gelaufen. Wie sehnige Bänder hielten die alten Arme sie umschlungen. Denn Drogheda war die Heimat, war das Zuhause, war der Ort, wo ihr Herz hingehörte, für immer.

Fee kam heraus, um zu sehen, was der Grund für all den Trubel war.

„Hallo, Mum. Ich bin heimgekommen."

Der Ausdruck der grauen Augen änderte sich nicht. Doch jetzt, da sich in ihr selbst so vieles geändert hatte und änderte, begriff Meggie. Mum freute sich. Sie wußte nur nicht, wie sie's zeigen sollte.

„Hast du Luke verlassen?" fragte Fee, und offenbar erschien es ihr selbstverständlich, daß Mrs. Smith und Minnie und Cat das gleiche Recht hatten, die Wahrheit zu erfahren, wie sie selbst.

„Ja. Ich werde nicht zu ihm zurückkehren, nie mehr. Er wollte kein eigenes Heim, er wollte seine Kinder nicht, und er wollte auch mich nicht."

„Kinder?"

„Ja. Ich werde noch ein Baby bekommen."

Während die Haushälterin und die beiden Dienstmädchen sich vor Freude kaum zu fassen wußten, sagte Fee in jenem genau bemessenen Ton, in dem Emotionen nur ganz verhalten, doch keinesfalls weniger echt schwangen:

„Wenn er dich nicht will, so warst du im Recht heimzukommen. Wir können uns hier um dich kümmern."

Bald war Meggie in ihrem alten Zimmer, von wo sie Ausblick hatte über die Home Paddock und über die Gärten. In einem Zimmer nebenan würde Justine schlafen und auch das neue Baby, wenn es da war. Oh, es tat ja so gut, wieder daheim zu sein!

Natürlich freute sich auch Bob, sie wiederzusehen. Mehr und mehr glich er Paddy, die sehnige Gestalt, ein klein wenig gekrümmt schon, mit einer Haut, die von der Sonne so stark gegerbt war, daß sie buchstäblich Leder ähnelte. Auch in seiner Art war er wie Paddy, ruhig und freundlich, doch voll innerer Kraft. Allerdings fehlte ihm jener ausgeprägt väterliche Zug. Was kaum überraschen kann, dachte Meggie, er hat ja noch keine eigene Familie. Und plötzlich stutzte sie: Mitte Dreißig mußte er inzwischen sein – und war noch immer ledig? – und würde es auch bleiben?

Sie hatte schon häufiger darüber nachgedacht, weshalb ihre Brüder bisher ledig geblieben waren. Eine wirklich überzeugende Antwort hatte sich jedoch nie finden lassen. Als dann Jack und Hughie kamen, beide gleichsam Duplikate von Bob, nur daß ihnen seine Autorität fehlte, und sie mit scheuem Lächeln willkommen hießen, da glaubte sie, besser zu begreifen denn je: Es war das Land, das diese Männer so prägte. Das Land verlangte keine Beredsamkeit, keine gesellschaftlichen Umgangsformen. Ihm genügten die wortlose Liebe, die nie artikulierte Treue. Und so flüchteten sich diese Männer, statt Gefühle äußerlich zu bekunden, in ihr scheues Lächeln. Das Land, so wollte es Meggie scheinen, verlangte von ihnen gleichzeitig weniger und mehr, als eine Frau je von ihnen verlangen würde.

An diesem Abend waren die Cleary-Männer alle zu Hause, um einen Lastwagen voll Getreide abzuladen, den Jims und Patsy von der AML&F in Gilly geholt hatten.

„So trocken hab' ich's noch nie erlebt, Meggie", sagte Bob. „Seit zwei Jahren kein Regen, nicht ein Tropfen. Und die Kaninchen sind eine größere Plage als die Känguruhs. Sie fressen mehr Gras als Schafe und Känguruhs zusammen. Wir werden's mit Füttern versuchen, aber du weißt ja, wie Schafe sind."

Ja, Meggie wußte sehr gut, wie Schafe waren: so furchtbar dumm, daß sie nicht einmal die primitivsten Grundregeln des Überlebens kapierten. Ob die Urahnen dieser Tiere wenigstens ein bißchen Gehirn besessen hatten? Nun, wie immer dem sein mochte: aus diesen Woll-Aristokraten war es jedenfalls total herausgezüchtet worden. Schafe fraßen nichts außer Gras und Scrub, also Buschwerk. Dieses Futter nahmen sie auch an, wenn es gemäht oder abgeschnitten worden war. Aber, Himmelherrgott, woher sollten all die Arbeitskräfte kommen, die das für über einhunderttausend Schafe besorgten?

„Dann könnt ihr mich sicher gebrauchen, wie?" fragte sie.

„Und ob wir dich gebrauchen können! Wenn du so wie früher

wieder auf den Innenkoppeln reitest, wird ein Mann fürs Scrub-Schneiden frei."

Was Jims und Patsy betraf, so waren sie, ihrem Wort getreu, keinen Tag länger auf dem Riverview-College geblieben, als sie unbedingt mußten, und hatten sich mit vierzehn Jahren, so schnell es irgend ging, auf die Rückreise nach Drogheda gemacht. Inzwischen waren sie so etwas wie die jüngeren Ausgaben von Bob, Jack und Hughie.

Sie trugen jene Tracht – wenn man es denn so nennen wollte –, die in immer stärkerem Maße im Großen Nordwesten das altmodische Grau von Twill und Flanell abzulösen begann: weiße Moleskin-Reithosen, weißes Hemd, Hut aus grauem Filz, Kopfteil flach geformt, Krempe ziemlich breit, und knöchelhohe Zugstiefel. Nur eine Handvoll Halbblut-Aborigines in Gilly trugen sich wie die Cowboys des amerikanischen Westens: Phantasiestiefel mit hohen Absätzen und gewaltig ausladende Hüte. Für die Männer der Schwarzerdebenen war dergleichen völlig sinnlose und absolut zweckwidrige Angeberei, Teil einer anderen Kultur. Mit solchen hochhackigen Stiefeln konnte man nicht durch den Scrub gehen, und das mußte man oft genug. Und was die Riesenhüte, die sogenannten Stetsons, betraf: viel zu schwer und viel zu heiß.

Die braune Stute und der schwarze Wallach waren inzwischen tot, und der Stall stand leer. Meggie versicherte zwar, sie würde mit einem normalen Treiberpferd zufrieden sein, doch Bob fuhr hinüber zu Martin King und kaufte für sie zwei von dessen Reitpferden, Halbblüter: eine cremefarbene Stute mit schwarzer Mähne und schwarzem Schwanz und einen sehr hochbeinigen, braunen Wallach.

Bei Meggie zeigte sich eine sonderbare Reaktion. Die Tatsache, daß die braune Stute, Ralphs einstiges Reitpferd, nicht mehr da war, schien sie härter zu treffen als der eigentliche Abschied von Ralph auf Matlock: eine gleichsam verzögerte Reaktion – es war, als wäre die Trennung von ihm erst jetzt ganz vollzogen.

Doch es tat gut, wieder auf den Paddocks zu sein, zu reiten, die Hundemeute in der Nähe, den hochwirbelnden Staub der ziehenden Schafherde über sich hinwegstreichen zu lassen, die Vögel und den Himmel und das Land zu beobachten.

Die Dürre war grauenvoll. Meggie erinnerte sich gut, daß das Gras auf Drogheda noch stets über die Trockenperioden gereicht hatte. Doch diesmal war das anders. Es schien zu immer kleineren Flächen zu schrumpfen, und zwischen den Büscheln sah man den dunklen Boden, durchzogen von einem Netz feiner Risse, aufgesprungenen Lippen ähnlich. Die Kaninchenplage war wirklich fürchterlich. In den vier Jahren von Meggies Abwesenheit hatten sie sich über alles Maß hinaus vermehrt, es gab praktisch keinen Flecken, wo man sie nicht sah: Massen, Unmassen, die das kostbare Gras wegfraßen.

Meggie lernte es, Kaninchenfallen aufzustellen, obwohl es ihr zuwider war, erleben zu müssen, wie die reizenden kleinen Tiere von den Stahlzähnen zu Tode gewürgt wurden. Doch sie war zu sehr Landmensch, als daß sie sich vor dem gedrückt hätte, was nun einmal getan werden mußte. Töten, um das Überleben zu sichern, war keine Grausamkeit.

„Gott verdamme den heimwehkranken Einwanderer, der als erster aus England Kaninchen mitbrachte", sagte Bob erbittert.

Ursprünglich hatte es in Australien nämlich keine gegeben. Aber als sie dann – über Tasmanien, wie es hieß – auf den jüngsten Kontinent gekommen waren, dauerte es nicht allzu lange, bis sie das ökologische Gleichgewicht völlig in Unordnung brachten, was weder Rinder noch Schafe getan hatten. Hier sorgte die Zucht mit ihrer strikten Kontrolle für die richtige Balance.

Es gab praktisch nichts, das ihre Vermehrung hinderte oder hemmte. Sie hatten in Australien keine natürlichen Feinde, und die importierten Füchse gediehen hier nicht. Also mußte der Mensch die Rolle der fehlenden natürlichen Feinde übernehmen. Doch es gab zuwenig Menschen und zuviel Kaninchen.

Als es einfach nicht länger anging, daß Meggie bei ihrem Zustand noch auf einem Pferd saß, verbrachte sie ihre Zeit in der Homestead bei Mrs. Smith, Minnie und Cat. Sie nähte und strickte Babysachen für ihn, den sie in sich fühlte. Anders dachte sie nie an dieses Kind, das sie mit Freuden erwartete – es war für sie niemals *es*, sondern stets *er*.

Bei dieser Schwangerschaft wurde sie weder von Übelkeit noch von Depressionen heimgesucht, und zweifellos war es die kleine Justine, die zu ihrer Erwartungsfreude in keineswegs unbeträchtlichem Maße beitrug. Die Entwicklung des Mädchens faszinierte Meggie. Das so sonderbare winzige Wesen mit den fahlen Augen hatte begonnen, sich in ein hochintelligentes Kind zu verwandeln, und Meggie war ihrem Töchterchen gegenüber schon längst nicht mehr gleichgültig. Es verlangte sie danach, Justine mit Liebe zu überschütten, sie zu umarmen, zu küssen, mit ihr zu lachen. Es war ein Schock für sie, als sie entdecken mußte, daß sie von dem Kind jedesmal zurückgewiesen wurde, höflich, doch nachdrücklich.

Als Jims und Patsy aus Sydney zurückgekehrt waren, hatte Mrs. Smith die Zwillinge wieder unter ihre Fittiche nehmen wollen, doch zu ihrem Leidwesen hielten sich die beiden meist irgendwo auf den Koppeln auf. So wandte sie sich dann der kleinen Justine zu – und fand sich genauso abgewiesen wie Meggie. Das Mädchen, so schien es, wollte nicht umarmt und geküßt und nicht zum Lachen gebracht werden.

Mit neun Monaten konnte sie bereits gehen und sprechen. Und sobald sie ihrer Beine und ihrer Zunge einigermaßen mächtig war, benutzte sie beides, um – im doppelten Sinne – ihre eigenen Wege zu gehen und ihren Willen durchzusetzen. Nicht, daß sie es, wie so manche Kinder, mit lautem Geschrei oder einem gewaltigen „Böckchen" versucht hätte. Sie war ganz einfach im Kern stahlhart. Meggie wußte nichts über Gene. Hätte sie etwas darüber gewußt, so wäre ihr wohl klargewesen, daß geradezu mit Naturnotwendigkeit eine solche Kombination entstehen mußte, wenn man Cleary-, Armstrong- und O'Neill-Gene in einen Topf warf: eine Kraftbrühe sondergleichen.

Wirklich verstörend war allerdings, daß sie sich so beharrlich, so starrsinnig weigerte, ein Lachen hören zu lassen oder wenigstens ein Lächeln zu zeigen. Jeder auf Drogheda überbot sich geradezu darin, ihr durch irgendwelche Albernheiten zumindest einen Hauch von Heiterkeit zu entlocken – vergeblich. In puncto undurchdringlicher Miene stach sie schon jetzt ihre Großmutter jederzeit aus.

Am 1. Oktober, als Justine genau sechzehn Monate alt war, brachte Meggie auf Drogheda ihren Sohn zur Welt. Er kam nahezu vier Wochen zu früh, völlig überraschend. Ganz kurz nur spürte Meggie heftige Preßwehen, dann sprang die Fruchtblase, und wenige Minuten nachdem sie den Arzt angerufen hatten, mußten Fee und Mrs. Smith auch schon Hebammendienst leisten. Da Meggie keine Zeit blieb, für ihren ungeduldigen Sohn unten weit genug aufzumachen, kam es bei ihr zum Dammriß. Doch die Schmerzen waren nicht sehr schlimm, und das Ganze ging so schnell vorüber, daß es überhaupt nicht geschehen zu sein schien. Meggie mußte genäht werden, doch das änderte überhaupt nichts daran, daß sie sich einfach wunderbar fühlte. Für Justine hatte sie damals keine Milch gehabt, jetzt strömten ihre Brüste davon geradezu über.

Und wie schön er doch war! Lang und schlank, mit hellem Haar auf dem perfekt geformten kleinen Schädel, mit lebhaften blauen Augen, bei denen nichts darauf hindeutete, daß sie später zu einer anderen Farbe überwechseln würden. Wie hätten sie auch wechseln können!? Es waren ja Ralphs Augen, Ralphs Hände, Ralphs Nase und Ralphs Mund und sogar Ralphs Füße. Welch ein Glück, dachte Meggie, daß für andere Augen, die nur die Äußerlichkeiten wahrnahmen, alles recht plausibel erscheinen mußte: Luke, von gleichem oder doch ähnlichem Typ, war der Vater – natürlich, natürlich. Aber so manches war doch ganz und gar Ralph und so ganz und gar nicht Luke. Die Hände zum Beispiel und die Art, wie die Augenbrauen wuchsen, der flaumige Haaransatz in der Mitte der Stirn und die Form der Finger und der Zehen. Aber gut – *sehr* gut sogar, wenn keinem auffiel, was an welchen Mann erinnerte.

„Hast du schon einen Namen für ihn?" fragte Fee, die von ihm fasziniert zu sein schien.

Meggie betrachtete ihre Mutter, die das Baby in den Armen hielt. Ja, dachte sie, Mum wird wieder lieben, endlich. Oh, vielleicht wird sie ihn nicht so lieben, wie sie Frank geliebt hat, aber sie wird doch wenigstens etwas empfinden.

„Ich werde ihn Dane nennen."

„Das ist aber ein sonderbarer Name. Warum willst du ihn so nennen? Ist es ein Name, der bei der O'Neill-Familie häufig vorkommt? Ich dachte, du willst von den O'Neills gar nichts mehr wissen."

„Mit Luke hat das überhaupt nichts zu tun. Dane, das ist sein Name, er gehört niemandem sonst. Ich hasse diese Namen, die sich vom Vater oder Großvater auf den Sohn vererben. Jeder sollte seinen eigenen Namen haben. Justine habe ich so genannt, weil mir der Name ganz einfach gefiel, und bei Dane ist das nicht anders."

„Nun, er klingt auch wirklich hübsch", räumte Fee ein.

„Gib ihn mir bitte, Mum. Hoffentlich hat er Hunger! Und hoffentlich denkt der alte Blue daran, die Milchpumpe mitzubringen. Sonst bleibt mir gar nichts anderes übrig, als mit dem Auto nach Gilly zu fahren."

Er hatte Hunger. Seine kleinen Lippen schlossen sich so fest um ihre Brustwarze, daß sie es recht deutlich spürte. Als sie ihn so an ihrer Brust sah, die geschlossenen Augen, die dunklen, wie mit Goldstaub betupften Wimpern, die flaumigen Brauen, die winzigen, sich emsig bewegenden Wangen – da empfand sie eine Liebe für ihn, die so tief und so voll eigentümlichem Schmerz war, daß sie die schmerzenden Brüste darüber vergaß.

Er ist genug, er muß genug sein. Noch ein Kind werde ich nicht bekommen. Aber bei Gott, Ralph de Bricassart, bei dem Gott, den du mehr liebst als mich, du sollst nie erfahren, was ich dir – und ihm – gestohlen habe. Nichts sollst du wissen über Dane. Oh, mein Baby!

Sie schüttelte die Kissen auf, um ihn weicher zu legen, um sein wunderschönes kleines Gesicht eingehender betrachten zu können. Mein Baby! Mir gehörst du, und nie werde ich dich einem anderen überlassen. Am allerwenigsten deinem Vater, der ein Priester ist und dich nicht anerkennen kann. Ist das nicht wunderbar?

Anfang April lief das Schiff in den Hafen von Genua ein. Das Italien, das Erzbischof de Bricassart betrat, war ein Italien, das jetzt geradezu ausbrach in Blütenpracht; Mittelmeerfrühling in seinem vollen Glanz.

Er fuhr mit dem Zug nach Rom. Auf seinen Wunsch würde man ihn in einem Auto des Vatikans hinchauffiert haben, doch er scheute das Gefühl, sofort wieder umschlossen zu werden vom Schoß der Kirche, er wollte diesen Augenblick so lange hinausschieben, wie irgend möglich. Die Ewige Stadt. Ja, das war sie wirklich, dachte er, als er in einem Taxi durch Rom fuhr und hinausblickte durch die Fenster: die Kuppeln und die Campanilen, die von Tauben übersäten Plätze, die so auffälligen Springbrunnen, die uralten römischen Säulen, deren Fundamente tief im Staub der Jahrhunderte ruhten. Nun, für ihn war dies alles entbehrliches Beiwerk. Das einzige, was in seinen Augen zählte, war der Vatikan, seine prachtvoll ausgestatteten öffentlichen Räume, seine schlicht eingerichteten privaten Gemächer.

Ein schwarz und weiß gekleideter Dominikaner führte ihn durch hohe Marmorkorridore, wo man Bronze- und Steinstatuen sah und großartige Gemälde im Stil von Giotto und Raphael und Botticelli und Fra Angelico. Hier befand er sich in den öffentlichen Räumen eines großen Kardinals, und zweifellos hatte die reiche Familie Contini-Verchese so manches dazu beigetragen, um dem erhabenen Sproß dieses Geschlechts eine würdige Umgebung zu gewährleisten.

In einem Raum, der in Elfenbein und Gold gehalten und zudem geschmückt war mit den Farben der Wandteppiche und Gemälde, des französischen Mobiliars und anderem mehr – irgendwie schien alles hinüberzuspielen ins Scharlachrote –, saß Vittorio Scarbanza Kardinal di Contini-Verchese. Er streckte seine kleine, glatte Hand zum Willkommen aus, und Erzbischof Ralph de Bricassart trat auf ihn zu und kniete nieder und nahm die Hand, um den Ring zu küssen. Und dann schmiegte er plötzlich seine Wange gegen die Finger. Er wußte, daß er nicht lügen konnte, obwohl eben dies seine Absicht gewesen war bis zu dem Augenblick, da seine

Lippen das Symbol berührten, das geistliche Macht bedeutet, auf Zeit übertragen.

Kardinal di Contini-Verchese legte seine andere Hand auf die vorgebeugte Schulter des Erzbischofs. Mit einem Nicken entließ er den Mönch, und als sich die Tür leise hinter dem Dominikaner schloß, hob sich die Hand des Kardinals von der Schulter des Erzbischofs zu dessen schwarzem Haupthaar, verweilte einen Augenblick in der noch dichten, dunklen Fülle, strich es sacht aus der halb abgewandten Stirn zurück. Schon hatte eine Wandlung eingesetzt, noch nicht allzu stark bemerkbar; doch in absehbarer Zeit würde das Haar nicht mehr schwarz sein, sondern eisgrau.

Der gebeugte Rücken richtete sich auf, die gekrümmten Schultern strafften sich, Erzbischof de Bricassart hob den Kopf und blickte dem Kardinal direkt ins Gesicht.

O ja, da war eine Wandlung vor sich gegangen – und nichts, was nur die Haarfarbe betraf. Der Ausdruck des Mundes wirkte verändert, verletzlicher als zuvor, Schmerz schien sich darin auszusprechen. Die Augen, in Form wie Farbe von auffallender Schönheit, waren dieselben Augen wie früher, doch keineswegs die gleichen. Auch sie hatten sozusagen eine Wegstrecke hinter sich, während der sie gewandelt worden waren.

Stets hatte Kardinal di Contini-Verchese sich die Augen Jesu blau vorgestellt, blau wie die Augen Ralphs, die ihnen – in seiner Vorstellung – auch sonst ähnlich waren: ruhig und still, allem enthoben und gerade deshalb fähig, alles zu umfassen, alles zu verstehen. Aber vielleicht war das eine sehr irrige Vorstellung gewesen. Wie konnte man für die Menschheit empfinden und selbst leiden, ohne daß sich das in den Augen zeigte?

„Kommen Sie, Ralph, nehmen Sie Platz."

„Euer Eminenz, ich möchte beichten."

„Später, später! Zunächst werden wir uns unterhalten, und zwar auf Englisch. Heutzutage gibt es überall Ohren, doch dank unserem lieben Herrn Jesus sind es nicht unbedingt Ohren, die Englisch verstehen. Setzen Sie sich doch, Ralph, bitte! Oh, es tut ja so gut, Sie wiederzusehen! Ich habe Ihren weisen Rat vermißt, Ihre Umsicht und Klugheit, die Art Ihrer Gesellschaft. Wen immer man mir an Ihrer Stelle gab, ich habe ihn nicht halb so sehr geschätzt wie Sie."

Während Ralph de Bricassart noch kniete, konnte er förmlich fühlen, wie es sich nicht nur um ihn, sondern auch in ihm veränderte: wie das Formelle in ihm selbst Platz griff. Mehr als den meisten Menschen war ihm bewußt, daß je nach Umgebung jeder Mensch graduell ein anderer wird. Für diese Ohren hier schien ein zwangloses Umgangsenglisch kaum geeignet, und so ergab sich ganz automatisch die Notwendigkeit einer stilisierten, einer – behutsam ausgedrückt – akademischen Sprache.

In kurzer Entfernung setzte er sich ihr gegenüber, der kleinen, rotgekleideten Gestalt, die weniger hervorzustechen schien aus dem Interieur, als vielmehr einzuschmelzen ins Gold und Rot des Dekors.

Zum ersten Mal seit Wochen hatte er das Gefühl, daß sich die furchtbare Müdigkeit minderte, die unablässig auf seinen Schultern gelastet hatte. Plötzlich begriff er nicht mehr, weshalb er sich vor diesem Augenblick so sehr gefürchtet hatte. Er konnte doch sicher sein – und war stets sicher gewesen –, daß er Verständnis finden würde und Vergebung.

Doch eben damit hatte es für ihn nun nicht sein Bewenden. Er hatte gefehlt, hatte gegenüber seinen eigenen Ansprüchen an sich selbst versagt, hatte auch versagt gegenüber den Erwartungen, die dieser Mann hier, ein wahrer Freund, an ihn stellen durfte, an ihn stellen mußte. Sein eigenes Schuldgefühl war es, das auf ihm lastete, das Bewußtsein, in der Gesellschaft eines Reinen selbst unrein zu sein.

„Ralph, wir sind Priester, doch davor sind wir etwas anderes, etwas, das wir bereits waren, ehe wir Priester wurden, und dem wir nie entkommen, unserer Sonderstellung zum Trotz. Wir sind Männer, Menschen, mit all den Mängeln und Schwächen, die Menschen nun einmal anhaften. Was immer Sie mir auch sagen mögen, nichts davon kann die Meinung ändern, die ich mir über Sie während unserer gemeinsamen Jahre gebildet habe. Nichts, was Sie mir sagen, kann bewirken, daß ich geringer von Ihnen denke oder Sie weniger mag. Mir war seit Jahren bewußt, daß sich unsere Menschlichkeit, die uns immanente Schwäche, gleichsam aus Ihrem Gesichtskreis verloren hatte. Und so stand zu erwarten, daß Sie eines Tages wohl wieder daraufstoßen würden. Keinem von uns ergeht es anders, nicht einmal dem Heiligen Vater, welcher der Demütigste und Menschlichste von uns allen ist.“

„Ich habe meine Gelübde gebrochen, Euer Eminenz. Das ist nicht leicht zu vergeben. Denn es ist eine Todsünde.“

„Nun, das Gelübde der Armut haben Sie schon vor Jahren gebrochen, als Sie das Legat von Mrs. Mary Carson akzeptierten. Bleiben also noch die Gelübde der Keuschheit und des Gehorsams, nicht wahr?“

„Dann habe ich alle drei gebrochen, Euer Eminenz.“

„Ich wünschte, Sie würden mich Vittorio nennen, genau wie früher! Ich bin nicht schockiert, Ralph, oder auch nur enttäuscht.

Was auch geschieht, es entspricht dem Willen unseres Herrn Jesus Christus, und vielleicht konnte das, was Sie lernen mußten, nur auf so schmerzhafte Weise gelernt werden. Gott ist und bleibt für uns rätselhaft. Die Gründe für sein Tun entziehen sich unserem armseligen Erkenntnisvermögen. Doch was immer Sie auch getan haben mögen, leichtfertig haben Sie Ihre Gelübde gewiß nicht gebrochen. Schließlich kenne ich Sie sehr gut. Ich weiß, daß Sie stolz sind – ganz besonders stolz auch darauf, Priester zu sein, und sich dieser Sonderstellung vollauf bewußt. Vielleicht haben Sie gerade eine solche Lektion gebraucht, damit der Stolz nicht vollends überhand nahm: damit Sie begriffen, daß Sie zuallererst einmal Mensch sind und deshalb keineswegs eine solche Sonderstellung einnehmen, wie Sie glaubten. Stimmt das nicht?"

„Doch, es stimmt. Es mangelte mir an Demut, und ich glaube, daß ich in gewisser Weise danach strebte, Gott selbst zu sein. Ich habe gesündigt, schwer gesündigt. Ich kann mir selbst nicht vergeben. Wie also könnte ich göttliche Vergebung erhoffen?"

„Der Stolz, Ralph, der Hochmut! Begreifen Sie noch immer nicht, daß es Ihnen gar nicht zukommt, zu vergeben? Vergeben kann einzig Gott. Einzig Gott! Und er wird vergeben, wenn er aufrichtige Reue findet. Er hat weit größere Sünden vergeben bei weit größeren Heiligen ebenso wie bei weit größeren Schurken. Glauben Sie denn, Luzifer ist nicht vergeben worden? Ihm ward vergeben im Augenblick seiner Auflehnung. Sein Schicksal als Herrscher der Hölle verdankt er niemandem als sich selbst. Er sagt es doch! ‚Lieber in der Hölle herrschen, als im Himmel dienen!' Denn er konnte seinen Stolz, seinen Hochmut nicht bezwingen. Er konnte es nicht ertragen, seinen Willen dem Willen eines anderen unterzuordnen, obwohl dieser andere doch Gott der Herr war. Ich möchte nicht, daß Sie den gleichen Fehler begehen, liebster Freund. Demut, das war in der Tat jene Eigenschaft, an der es Ihnen mangelte. Und es handelt sich gerade um die Eigenschaft, die einen großen Heiligen ausmacht – oder einen großen Mann. Ehe Sie nicht imstande sind, die Sache der Vergebung ganz Gott dem Herrn zu überlassen, können Sie auch die wahre Demut nicht erreichen."

In dem starken Gesicht zuckte es. „Ja, ich weiß, daß Sie recht haben. Ohne Frage muß ich akzeptieren, was ich bin. Muß danach streben, mich zu bessern, ohne je Stolz zu empfinden. Ich bereue, und deshalb werde ich beichten und der Vergebung harren. Ja, ich bereue, bereue zutiefst." Er seufzte. In seinen Augen spiegelte sich der innere Konflikt in einer Weise wider, wie seine Worte das nicht auszudrücken vermochten, nicht in diesem Raum.

„Und doch, Vittorio", fuhr er fort, „schien es in gewisser Weise gar keine andere Wahl für mich zu geben. Entweder hätte ich sie ruiniert oder aber mich selbst. Ja, ich glaubte ganz fest, daß es gar keine andere Wahl geben konnte. Denn ich liebe sie. An ihr lag es gewiß nicht, daß ich stets zurückscheute vor dem körperlichen Ausdruck der Liebe. Nun jedoch wurde ihr Schicksal wichtiger als mein eigenes, verstehen Sie. Bis zu jenem Augenblick hatte ich mir selbst immer den Vorrang gegeben, hatte mich für wichtiger gehalten als sie, da ich doch ein Priester war und sie ein geringeres Wesen. Aber ich begriff, daß ich verantwortlich war für das, was sie ist. Ich hätte mich ganz und gar von ihr lösen müssen, als sie noch ein Kind war, doch das tat ich nicht. Ich behielt sie in meinem Herzen, und sie wußte es. Hätte ich mich innerlich von ihr gelöst, so hätte sie auch das gewußt – und wäre jemand geworden, den ich nicht beeinflussen konnte." Er lächelte. „Wie Sie sehen, habe ich viel zu bereuen. Ich wollte ein wenig den Schöpfergott spielen."

„Es war die Rose?"

Der Erzbischof legte den Kopf in den Nacken zurück. Er blickte zur reichverzierten Decke und zum barocken Murano-Kronleuchter. „Wer sonst hätte es sein können? Sie ist mein einziger Versuch, was die Schöpfung betrifft."

„Und was wird werden mit ihr, der Rose? Haben Sie ihr hierdurch mehr Schaden zugefügt, als es der Fall gewesen wäre, wenn Sie sich ihr verweigert hätten?"

„Ich weiß es nicht, Vittorio. Ich wünschte, ich wüßte es! Es schien das einzig Richtige zu sein. Aber ich verfüge nun einmal nicht über die Gabe der Vorsehung, und wenn man mit seinen Gefühlen so unmittelbar beteiligt ist, kann man das nur schwer beurteilen. Außerdem ist . . . ja, es ist ganz einfach geschehen! Aber am meisten, glaube ich, brauchte sie vielleicht, was ich ihr gab, die Anerkennung ihrer Identität als Frau. Damit meine ich nicht, daß sie nicht wußte, daß sie eine Frau war. Ich meine damit, daß ich es nicht wußte. Hätte ich sie als erwachsene Frau kennengelernt, so wäre das alles vielleicht ganz anders gewesen. Aber ich kannte sie ja viele Jahre als Kind."

„Wissen Sie, Ralph, daß das aus Ihrem Mund noch alles recht dünkelhaft klingt? Mir scheint, für eine Vergebung sind Sie noch nicht bereit. Es schmerzt, nicht wahr? Tut sehr weh. Daß Sie Mensch genug waren, um einer menschlichen Schwäche anheimzufallen. Ist es denn wirklich in einem solchen Geist edler Selbstaufopferung geschehen?"

Verblüfft blickte Ralph in die glänzenden braunen Augen und sah sich in ihnen gespiegelt: links und rechts, eine Doppelgestalt gleichsam, doch von winzigen, völlig unbedeutenden Ausmaßen. „Nein", sagte er. „Ich bin ein Mann, und als Mann fand ich eine Freude, ja eine Lust an ihr, von der ich mir nichts hätte träumen lassen. Ich habe nicht gewußt, daß man eine Frau so . . . so fühlt. Oder daß sie der Quell einer solch tiefen Freude sein kann. Ich wollte sie nie mehr verlassen, nicht nur ihres Körpers wegen, sondern weil ich es ganz einfach liebte, mit ihr zusammen zu sein, mit ihr zu sprechen, mit ihr zu schweigen, die Mahlzeiten zu essen, die sie kochte, sie anzulächeln, ihre Gedanken zu teilen. Ich werde sie vermissen, solang ich lebe."

Plötzlich entdeckte er in dem schmalen, asketischen Gesicht seines Gegenübers etwas, das ihn an Meggie erinnerte: den Ausdruck auf ihrem Gesicht im Augenblick des Abschieds auf Matlock. Aber was war es nur, das die Ähnlichkeit ausmachte? Offenbar dies: das Aufheben einer Last und das entschlossene Voranschreiten auf dem Weg, der Bürde und allen Schmerzen und aller Pein zum Trotz. Was mochte er wohl erfahren und erlebt haben, der rotgewandete Kardinal, dessen einzige menschliche Schwäche, wenn man so wollte, die Hinwendung zu einer trägen Abessinier-Katze zu sein schien?

„Ich kann nicht bereuen, was ich in dieser Weise mit ihr hatte", fuhr Ralph de Bricassart fort, als der Kardinal weiterhin schwieg. „Ich bereue den Bruch feierlich abgelegter Gelübde, die mir so teuer waren wie mein eigenes Leben. Nie wieder werde ich meinen priesterlichen Pflichten im selben Licht oder mit dem gleichen Eifer nachkommen können. Das bereue ich zutiefst. Aber wie ist es mit Meggie?" Der Ausdruck auf seinem Gesicht, als er den Namen aussprach, ließ den Kardinal unwillkürlich den Blick abwenden. Vittorio di Contini-Verchese schien in Grübeln zu versinken, in sehr widerstreitende Gefühle über sich selbst.

„Aber Meggie?" wiederholte Ralph de Bricassart. „Wenn ich sozusagen sie bereuen wollte, dann wäre das wie ein Mord an ihr." Müde fuhr er sich mit der Hand über die Augen. „Ich weiß nicht, ob ich mich klar genug ausdrücke. Ich weiß nicht einmal, ob ich mich überhaupt verständlich ausdrücke. Es scheint fast, daß ich völlig außerstande bin, das in Worte zu kleiden, was ich für Meggie empfinde." Er beugte sich auf seinem Stuhl vor, und im selben Augenblick wandte ihm der Kardinal auch wieder voll sein Gesicht zu. Wieder sah Ralph de Bricassart sich in den braunen Augen als Doppelgestalt, doch diesmal, so schien ihm, wirkte er ein wenig größer als zuvor.

Vittorios Augen waren wie Spiegel. Sie warfen zurück, was sie empfingen, ließen jedoch keinen Blick zu auf das, was hinter ihnen vorging. Meggies Augen waren das genaue Gegenteil. Bei ihr drang der Blick tiefer und tiefer und tiefer, bis auf den Grund der Seele. „Meggie ist eine Gnade", sagte er. „Für mich ist sie etwas Heiliges, eine andere Art Sakrament."

„Ja, ich verstehe", seufzte der Kardinal. „Es ist gut, daß Sie so empfinden. In den Augen unseres Herrn, glaube ich, wird das die große Sünde mildern. Übrigens möchte ich Ihnen empfehlen, zur Beichte zu Pater Giorgio zu gehen und nicht zu Pater Guillermo. Pater Giorgio wird weder Ihre Gefühle noch Ihre Gedanken mißdeuten. Er wird die Wahrheit sehen. Pater Guillermo hingegen scheint mir in geringerem Maße einer solchen Perzeption fähig, und es könnte sein, daß er Zweifel hätte, ob Sie auch wahre Reue empfinden." Wie ein flüchtiger Schatten huschte ein Lächeln über seinen schmallippigen Mund. „Auch sie, die den Großen die Beichte abnehmen, sind Menschen, mein Ralph. Vergessen Sie das nicht, solange Sie leben. Nur in ihrer unmittelbaren Eigenschaft als Priester sind sie Gefäße, in denen Gott ist. In allem übrigen sind sie Menschen. Und die Vergebung, die sie gewähren, kommt von Gott, doch die Ohren, mit denen sie hören, und der Verstand, mit dem sie urteilen, das sind nur allzu menschliche Instrumente."

Es klopfte leise an die Tür. Kardinal di Contini-Verchese wartete schweigend, während das Teetablett zu einem Intarsientisch getragen wurde.

Schließlich sprach er weiter. „Sehen Sie, Ralph? Seit meiner Zeit in Australien ist mir der Nachmittagstee zu einer geradezu unentbehrlichen Gewohnheit geworden. Man bereitet ihn auch recht gut zu in meiner Küche, was zu Anfang allerdings keineswegs der Fall war." Er sah, daß Erzbischof de Bricassart die Teekanne nehmen wollte, und hob rasch die Hand. „Ah, nein! Ich werde selbst einschenken. Es bereitet mir Vergnügen, ‚Mutter' zu sein."

„Sowohl in Genua als auch in Rom habe ich auf den Straßen sehr viele Schwarzhemden gesehen", sagte der Erzbischof, während er zusah, wie der Kardinal den Tee einschenkte.

„Die Sonderkohorten des Duce. Vor uns liegt eine sehr schwierige Zeit, mein Ralph. Der Heilige Vater ist fest entschlossen, es zwischen der Kirche und der weltlichen Regierung Italiens nicht zum Bruch kommen zu lassen, und er hat in diesem Punkt wie auch in allen anderen recht. Was immer auch geschieht, wir müssen uns die Freiheit bewahren, all unseren Kindern geistlichen Beistand zu leisten, selbst wenn ein Krieg bedeuten sollte, daß unsere Kinder in feindliche Lager geteilt sind und einander im Namen eines katholischen Gottes bekämpfen. Welcher Seite unsere Herzen und Gefühle auch gehören mögen, wir müssen stets versuchen, die Kirche von politischen Ideologien und internationalen Auseinandersetzungen fernzuhalten. Ich wollte, daß Sie zu mir kommen, weil ich mich darauf verlassen kann, daß Ihr Gesicht nicht verrät, was Ihr Gehirn denkt, womöglich über das, was Ihre Augen gerade sehen. Zudem besitzen Sie mehr diplomatisches Geschick, als ich es jemals bei einem anderen Menschen angetroffen habe."

Im Lächeln von Erzbischof de Bricassart spiegelte sich flüchtig ein eigentümlicher Ausdruck – wie ein Hauch von Wehmut. „Sie fördern meine Karriere sozusagen meiner selbst zum Trotz, nicht wahr? Wie hätte wohl meine Zukunft ausgesehen, wenn ich Ihnen nicht begegnet wäre?"

„Oh, Sie wären Erzbischof von Sydney geworden, ein schönes Amt und auch ein wichtiges", sagte Seine Eminenz mit einem goldenen Lächeln. „Doch wie und in welchen Bahnen unser Leben verläuft, das liegt nun einmal nicht in unseren Händen. Wir sind einander begegnet, weil es uns so und nicht anders vorgezeichnet war. Genauso wie es uns jetzt vorgezeichnet ist, gemeinsam für den Heiligen Vater zu arbeiten."

Der Erzbischof grübelte einen Augenblick. „Mir scheint", sagte er dann, „daß wir keinen Erfolg zu erwarten haben am Ende dieses Weges. Das Ergebnis wird das gleiche sein wie stets, wenn man unparteiisch zu sein versucht, um es mit keiner Seite zu verderben. Niemand wird uns Sympathien entgegenbringen. Vielmehr werden uns alle verdammen."

„Das weiß ich, und das weiß auch Seine Heiligkeit. Doch wir können uns nun einmal nicht anders verhalten. Allerdings hindert uns nichts daran, insgeheim für den möglichst baldigen Sturz des Duce und des Führers zu beten, nicht wahr?"

„Sie glauben also wirklich, daß es zum Kriege kommen wird, Vittorio?"

„Ich sehe keine Möglichkeit, wie er vermieden werden könnte."

Die Katze Seiner Eminenz, die in der Sonnenecke des Raums geschlummert hatte, raffte sich jetzt hoch und sprang dann auf den roten Schoß des Kardinals. Der Sprung wirkte ein wenig mühselig, was kaum verwundern konnte, denn die Katze war alt.

„Ah, Sheba! Begrüße deinen alten Freund Ralph, dem du mir gegenüber ja den Vorzug zu geben pflegtest."

Die satanischen gelben Augen betrachteten Erzbischof de Bricassart hochmütig und schlossen sich dann. Beide Männer lachten.

15

Auf Drogheda gab es jetzt ein Radio. Inzwischen war nämlich der Fortschritt bis nach Gillanbone vorgedrungen, und zwar in Gestalt einer Sendestation der Australian Broadcasting Commission. Das Rundfunkgerät, ein recht häßlich aussehendes Gebilde in einem Nußholzgehäuse, stand im Salon auf einer kostbaren kleinen Vitrine und wurde von geschickt versteckten Autobatterien gespeist.

Jeden Morgen hörten Fee, Meggie und Mrs. Smith die Lokalnachrichten vom Gillanbone-Distrikt und den Wetterbericht, und allabendlich schalteten Fee und Meggie den Apparat dann noch einmal für die allgemeinen Nachrichten ein, die ABC brachte. Es war schon ein sonderbares Gefühl, auf diese Weise mit der Außenwelt in ständiger Verbindung zu stehen: von Überschwemmungen und Bränden in anderen Teilen Australiens zu hören, von dem Unruheherd Europa und von so manchem mehr. Früher hatte man ja immer auf Bluey Williams' Postwagen warten müssen, auf die Zeitungen mit den längst überholten Meldungen, die er jeweils mitbrachte.

Am Freitag, dem 1. September, waren abends nur Fee und Meggie zu Hause, und nur sie hörten über ABC-News die Nachricht, daß Hitler Polen angegriffen hatte. Beide achteten nicht weiter darauf. Schon seit Monaten sprach man von der Möglichkeit eines Krieges, und außerdem lag Europa eine halbe Welt von Australien entfernt. Mit Drogheda hatte das jedenfalls nichts zu tun, und Drogheda war das Zentrum des Universums. Doch am Sonntag, dem 3. September, waren die Männer alle von den Koppeln zurück, um Pater Watty Thomas die Messe lesen zu hören, und die Männer interessierten sich für Europa. Allerdings dachten die Frauen nicht daran, ihnen etwas von den Freitagnachrichten zu sagen, und Pater Watty, von dem sie etwas hätten erfahren können, war sehr in Eile, denn er mußte nach Narrengang.

Am Abend wurde, genau wie sonst auch, der Radioapparat zu den allgemeinen Nachrichten eingeschaltet. Doch nicht ein Nachrichtensprecher mit Oxford-Akzent war zu hören, sondern unverkennbar australisch klingendes Idiom. Es war Premierminister Robert Gordon Menzies.

„Meine australischen Landsleute. Es ist mir eine gewiß nicht leichte Pflicht, Sie davon in Kenntnis zu setzen, daß – als

Konsequenz des deutschen Überfalls auf Polen – Großbritannien dem Deutschen Reich den Krieg erklärt hat und sich mithin auch Australien im Kriegszustand befindet...

Wir können uns der Erkenntnis nicht verschließen, daß Hitlers Ehrgeiz keineswegs damit befriedigt ist, alle Deutschen in einem Reich zu vereinigen. Er will möglichst viele Länder unter die Herrschaft eben dieses Reiches bringen. Wird dem nicht Einhalt geboten, so kann es keine Sicherheit in Europa und keinen Frieden für die Welt geben... Wo Großbritannien steht, dort stehen natürlich auch die Menschen der gesamten britischen Welt...

Unserer eigenen Widerstandskraft wie auch der des Mutterlandes erweisen wir den besten Dienst, indem wir die Produktion in Gang halten und unserer Arbeit und unseren Geschäften in gewohnter Weise nachgehen und uns so unsere Kraft bewahren. Ich bin fest davon überzeugt, daß Australien sich allen Anforderungen gewachsen zeigen wird, trotz der Bestürzung, die wohl die meisten von uns in diesem Augenblick empfinden.

Möge Gott in seiner Großmut und Güte gewähren, daß die Welt bald aus dieser Krise erlöst werde."

Alle im Salon schwiegen. Dann erklang im Radio – in schwankendem Ton, da von ABC über Kurzwelle empfangen und weitergeleitet – die Stimme von Neville Chamberlain, der zum britischen Volk sprach. Fee und Meggie blickten zu den Männern.

„Wenn wir Frank mitzählen, sind wir sechs", sagte Bob in das Schweigen. „Und da wir, Frank ausgenommen, alle auf dem Land arbeiten, wird man uns nicht dienen lassen wollen. Was die Viehtreiber angeht, die wir im Augenblick haben, also da schätze ich, sechs werden gehen wollen und zwei werden bleiben."

„Ich will gehen!" sagte Jack mit glänzenden Augen.

„Ich auch", erklärte Hughie eifrig.

„Und wir", versicherte Jims für sich und seinen Zwillingsbruder.

Aber alle blickten zu Bob. Er war der Boß.

„Wir müssen vernünftig sein", sagte er. „Wolle ist ein kriegswichtiges Produkt, nicht nur für Textilien. Sie wird auch als Packmaterial für Munition und Sprengstoffe verwendet – und bestimmt auch noch für manch andere Zwecke, von denen wir wohl nichts erfahren. Aber das ist nicht das einzige, wobei wir hier auf Drogheda mithelfen. Da sind auch die Rinder, die Fleisch geben, und die alten Schöpse und die Böcke für Felle, für Leim, für Talg, für Lanolin – alles kriegswichtiges Material.

Also können wir Drogheda nicht einfach sich selbst überlassen, so gern wir vielleicht auch auf andere Weise helfen würden. Wo wir jetzt einen Krieg haben, wird's mächtig schwer sein, Ersatz für die Viehtreiber zu finden, die wir bestimmt verlieren. Die Dürre dauert jetzt schon das dritte Jahr, wir müssen Scrub schneiden, und die Kaninchen machen uns reinweg verrückt. Im Augenblick haben wir hier auf Drogheda unsere Aufgaben, was sicher nicht so interessant ist wie so manches andere jetzt. Aber es ist genauso notwendig. Das Beste können wir hier leisten."

Die Männer blickten betrübt vor sich hin. Die Gesichter der Frauen hellten sich auf.

„Und was ist, wenn die Sache länger dauert, als der alte Pig Iron Bob glaubt?" fragte Hughie. Pig Iron Bob war der allgemein bekannte Spitzname des Premierministers Menzies.

Bob legte sein wettergegerbtes Gesicht in tiefe Falten und dachte angestrengt nach. „Wenn's schlimmer werden und lange dauern sollte, dann können wir – falls wir wenigstens zwei Viehtreiber behalten – auch zwei Clearys entbehren. Allerdings nur, wenn Meggie bereit wäre, wieder richtig ins Geschirr zu steigen und die Innenkoppeln zu übernehmen. Es wird ganz mächtig schwer werden, und in guten Zeiten hätten wir gar keine Chance. Aber jetzt bei dieser Dürre, schätze ich, könnten fünf Männer und Meggie den Betrieb auf Drogheda schaffen, wenn sie sieben Tage pro Woche arbeiten. Doch das ist von Meggie mit ihren beiden Kindern wirklich eine Menge verlangt."

„Wenn's sein muß, Bob, muß es sein", sagte Meggie. „Mrs. Smith hat bestimmt nichts dagegen, sich um Justine und Dane zu kümmern. Ein Wort von dir genügt, und ich bin bereit, wieder auf den Innenkoppeln zu arbeiten."

„Nun", erklärte Jims mit einem Lächeln, „dann sind die beiden, die ihr am ehesten entbehren könnt, ich und Patsy."

„Nein, es sind Hughie und ich", fiel Jack ihm rasch ins Wort.

„Von Rechts wegen sollten es Jims und Patsy sein", sagte Bob langsam. „Ihr seid die Jüngsten und als Viehtreiber am wenigsten erfahren. Als Soldaten dagegen sind wir alle gleich unerfahren. Aber ihr seid erst sechzehn, Jungs."

„Bis die Sache schlimmer wird, sind wir bestimmt schon siebzehn", behauptete Jims. „Außerdem sehen wir älter aus, da gibt's keine Schwierigkeiten, wenn wir uns zur Armee melden. Vorausgesetzt allerdings, wir haben einen Brief von dir bei uns, den Harry Gough beglaubigt hat."

„Nun, im Augenblick geht noch keiner. Wollen erst mal sehen, ob wir die Produktion auf Drogheda nicht steigern können, trotz Dürre und Kaninchen."

Leise verließ Meggie den Raum und ging nach oben zum

Kinderzimmer. Dane und Justine, jeder in seinem weißgestriche-
nen Bettchen, lagen tief im Schlaf.

An ihrer Tochter vorbei, trat Meggie zu ihrem Sohn und beugte
sich über ihn und betrachtete ihn lange.

„Gott sei gedankt, daß du nur ein Baby bist", sagte sie.

Es dauerte fast ein Jahr, bis der Krieg das kleine Universum von
Drogheda erreichte. Im Laufe dieses Jahres verschwand ein
Viehtreiber nach dem anderen, vermehrten sich die Kaninchen
noch stärker, versuchte Bob, die Produktion allem zum Trotz zu
steigern. Doch Anfang Juni 1940 kam die Nachricht, daß die
britische Expeditionsstreitmacht bei Dünkirchen vom europäischen Festland evakuiert worden sei. Zu Tausenden strömten
Freiwillige für die Second Australian Imperial Force in die
Rekrutierungszentren, darunter auch Jims und Patsy.

Vier Jahre Reiten auf den Koppeln bei jedem Wetter hatte die
Zwillinge körperlich in einem solchen Maße zu Männern werden
lassen, daß es kaum jemanden gab, der ihr wirkliches Alter auch
nur annähernd ahnte. Sie zeigten ihre Briefe vor und wurden ohne
jede weitere Frage angenommen. Buschmänner nahm man besonders gern. Die meisten waren gute Schützen, konnten sich
unterordnen und bewiesen große Zähigkeit.

Jims und Patsy hatten sich in Dubbo freiwillig gemeldet,
mußten zur Ausbildung jedoch nach Ingleburn bei Sydney.
Natürlich ließ es sich niemand nehmen, sie zum Abendzug zu
begleiten, mit dem im übrigen auch Cormac Carmichael, Edens
jüngster Sohn, fuhr: zum selben Ausbildungslager, wie sich
herausstellte.

Also steckten die beiden Familien ihre Söhne in ein komforta-
bles Erster-Klasse-Abteil und standen dann verlegen herum. Wie
gern hätten sie sich in ihrer Beklemmung ein wenig Erleichterung
verschafft, durch Umarmungen, durch Küsse, auch durch Tränen;
sie hätten dann etwas gehabt, woran sie Erinnerungen von
wärmster Emotionalität knüpfen konnten. Doch eben dies war es.
Ihre eigentümliche britische Scheu vor Gefühlsbekundungen ließ
das nicht zu. Die große C 36-Dampflokomotive stieß einen
klagenden Heulton aus, der Bahnhofsvorsteher zückte seine
Trillerpfeife und pfiff.

Meggie beugte sich vor, um ihren Brüdern in die Wangen zu
kneifen, eine recht befangene Geste. Das gleiche tat sie auch bei
Cormac, der genauso aussah wie Connor, sein ältester Bruder.
Bob, Jack und Hughie schüttelten drei verschiedene junge Hände-

paare. Mrs. Smith weinte und war denn auch die einzige, die eben das tat, was alle so gern getan hätten: Sie küßte und herzte die beiden Jungen.

Und dann gab es kein Drumherum mehr. Wer nicht mitfuhr, mußte aussteigen. Gemeinsam standen die beiden Familien auf dem Bahnsteig, der Zug ruckte an.

„Auf Wiedersehen, auf Wiedersehen!" riefen alle und schwenkten große weiße Taschentücher, bis der Zug nur noch ein dampfender Strich im fernen, leuchtenden Sonnenuntergang war.

Ihrem Wunsch gemäß, kamen Jims und Patsy zur – nur halb ausgebildeten – Neunten Australischen Division und wurden Anfang 1941 nach Ägypten transportiert. Sie trafen gerade noch rechtzeitig ein, um an den Kampfhandlungen um Benghasi teilzunehmen. Auf dem afrikanischen Kriegsschauplatz hatte General Erwin Rommel jetzt sein beträchtliches Gewicht zugunsten der Achsenmächte in die Waagschale geworfen, und das Große Hin und Her in Nordafrika kam nun gleichsam richtig in Schwung. Vor dem neuen Afrikakorps wichen die britischen Streitkräfte schmählich nach Ägypten zurück, und die Neunte Australische Division erhielt den Befehl, Tobruk zu besetzen und zu halten, den Vorposten in dem von den Achsenmächten beherrschten Gebiet. Wenn es überhaupt etwas gab, was diesen Plan durchführbar erscheinen ließ, so die Tatsache, daß Tobruk von der Seeseite her versorgt werden konnte, jedenfalls solange britische Schiffe auf dem Mittelmeer noch Bewegungsfreiheit hatten. Die „Wüstenratten" von Tobruk hielten acht Monate durch und konnten sich über einen Mangel an Kampfhandlungen nicht beklagen, denn Rommel führte gegen sie alles ins Feld, was er zu seiner Verfügung hatte. Aber es gelang ihm nicht, Tobruk zu nehmen.

„Habt ihr 'ne Ahnung, weshalb ihr hier seid?" fragte der Soldat Col Stuart, während er sich eine Zigarette drehte und das Papier dann mit der Zunge anfeuchtete.

Sergeant Bob Malloy schob sich mit dem Zeigefinger seinen sogenannten Digger-Hut ein kleines Stück in den Nacken. „Scheiße, nein", sagte er grinsend. Es war eine oft gestellte Frage.

„Na, jedenfalls ist es besser, als in der Kaserne seine Stiefel auf Hochglanz wienern", meinte der Soldat Jims Cleary und zog die Shorts seines Zwillingsbruders etwas tiefer, damit er seinen Kopf bequem auf den weichen, warmen Bauch legen konnte.

„Stimmt schon, Kumpel", sagte Bob und zog seinen Digger-Hut wieder tiefer in die Stirn. „Bloß – in der Kaserne wird nicht auf einen geschossen. Allerdings kann man dort vor Langeweile krepieren."

Sie befanden sich in einem Unterstand, und zwar an der Südwestecke des Geländes. Draußen gab es Stacheldrahtverhaue und Minen, und direkt gegenüber lagen Rommels Einheiten. Bei sich im Unterstand hatten sie ein großkalibriges Browning-Maschinengewehr und sorgfältig daneben aufgestapelte Kisten voll Munition. Die Möglichkeit eines Angriffs schien keiner von ihnen in Betracht zu ziehen. Ihre Gewehre lehnten an der Wand, die Bajonette funkelten in der hellen afrikanischen Sonne. Überall summten Fliegen, doch die vier Männer waren australische Buschleute, und so konnte ihnen, soweit es die Hitze, den Staub und die Fliegen betraf, Nordafrika nichts weiter anhaben.

„Nur gut, daß ihr Zwillinge seid, Jims", sagte Col und schleuderte kleine Steinchen gegen eine Eidechse, die jedoch, in der Sonne badend, nicht daran dachte, sich von der Stelle zu rühren. „Wenn man euch so sieht, könnte man denken, ihr seid ein verquer zusammengeklapptes Sandwich."

„Du bist ja nur neidisch." Jims grinste und strich mit der Hand über Patsys Bauch. „Patsy ist das beste Kissen in ganz Tobruk."

„Sicher, für dich ist das okay, aber was ist mit dem armen Patsy?" stichelte Bob. „Los doch, Harpo, sag mal was dazu!"

Patsy lächelte breit und zeigte dabei seine weißen Zähne. Ansonsten tat er, was er immer tat: er schwieg. Alle hatten schon versucht, ihm zum Reden zu bekommen, und alle waren gescheitert. Bis auf ein unvermeidliches Nein oder Ja gab er praktisch kein Wort von sich. Daher der Spitzname „Harpo" nach Harpo Marx, dem „stummen" der Marx Brothers.

„Habt ihr schon das Neueste gehört?" fragte Col plötzlich.

„Was denn?"

„Die Matildas der Siebten sind bei Halfaya von den Achtkommaacht bepflastert worden. Das einzige Geschütz in der Wüste, dessen Kaliber ausreicht, um mit einer Matilda fertig zu werden. Die Granaten haben die Panzer durchschlagen wie Ölsardinenbüchsen."

„Na, nun komm", sagte Bob skeptisch. „Ich bin Sergeant, und mit hat keiner was geflüstert. Du bist nur Soldat, und dir haben sie's gleich von ganz oben gemeldet, wie? Nein, Kumpel, die Deutschen haben ganz einfach nichts, um eine Kolonne von Brocken wie die Matildas abzuknallen."

„Ich war gerade mit einem Auftrag vom Kommandeur im Funkerzelt, als die Nachricht über Sprechfunk kam – ist wirklich so", beharrte Col.

Eine Weile schwiegen alle. Für die Eingeschlossenen in Tobruk – wie für jeden Soldaten in ähnlicher Lage – war es sehr wichtig, fest zu glauben, daß die eigene Seite über ein ausreichendes militärisches Potential verfügte, um sie aus ihrer Lage zu befreien. Cols Neuigkeit war um so unwillkommener, als niemand in Tobruk daran dachte, Rommel zu unterschätzen. Was ihnen die Kraft gegeben hatte, bislang allen Angriffen zu widerstehen, war nicht zuletzt die Überzeugung, daß der australische Soldat als Kämpfer höchstens in einem indischen Gurkha seinesgleichen fand. Und wenn der Glaube neun Zehntel der Kraft ausmacht, so hatten sie in der Tat Kraft bewiesen.

„Blöde Engländer", sagte Jims. „Was wir hier in Nordafrika brauchen, sind mehr Australier."

Der Zustimmungschor wurde jäh unterbrochen. Unmittelbar am Rand des Unterstands gab es eine Detonation, welche die Eidechse in ein Nichts verwandelte und die vier Soldaten nach ihrem Maschinengewehr und ihren Karabinern tauchen ließ.

„Scheiß-Azurri-Granate", sagte Bob voll Erleichterung. „Lauter Splitter und keine Wucht. Wär' das ein spezieller Hitlergruß gewesen, dann würden wir uns die Radieschen jetzt von unten begucken, und das wär' sicher nicht nach deinem Geschmack, Patsy, wie?"

Zu Beginn des Unternehmens Crusader wurde die Neunte Australische Division über See nach Kairo evakuiert, und durch den langen, blutigen Abwehrkampf schien nichts erreicht worden zu sein. Doch während sich die Neunte in Tobruk eingegraben hatte, waren die britischen Einheiten in Nordafrika verstärkt worden zur Achten Britischen Armee unter ihrem neuen Oberbefehlshaber General Bernard Law Montgomery.

Fee trug eine kleine Silberspange in der Form der aufgehenden Sonne. Dies war das Emblem der AIF, der Australian Imperial Forces. Darunter hing, an zwei Kettchen, ein längliches Silberstück mit zwei Goldsternen, jeweils einer für einen Sohn unter Waffen. Auf diese Weise konnte jeder sehen, daß Fee für das Vaterland „das Ihre tat".

Meggie hatte nicht das Recht, eine solche Spange zu tragen. Einen Sohn, der Waffendienste hätte leisten können, besaß sie nicht, und ihr Mann war nicht Soldat geworden. Das wußte sie, weil Luke ihr einen Brief geschrieben hatte: Er wolle ihr nur kurz mitteilen, daß sie sich keine Sorgen zu machen brauche; es sei nicht seine Absicht, die Uniform anzuziehen, er bleibe im Zuckerrohr.

Was sie an jenem letzten Morgen im Gasthaus in Ingham zu ihm gesagt hatte, schien er völlig vergessen zu haben. Kopfschüttelnd warf sie den Brief in Fees Papierkorb und fragte sich dabei unwillkürlich, ob ihre Mutter sich wohl wegen Jims und Patsy Sorgen machte. Wie dachte sie überhaupt über den Krieg? Fee sagte nie ein Wort, trug die Spange jedoch ausnahmslos jeden Tag.

Ab und zu kam ein Brief aus Ägypten. Entfaltete man ihn, so drohte er, völlig in Fetzen zu zerfallen. Die Schere des Zensors hatte nämlich so manches rechteckige Loch hineingeschnitten: überall dort, wo die Namen von Orten, Einheiten und ähnliches mehr gestanden hatte. Das Lesen dieser Briefe glich somit einem Puzzlespiel, das notgedrungen unvollständig blieb. Dennoch erfüllten sie ihren eigentlichen Zweck. Sie waren Lebenszeichen.

Regen hatte es nicht gegeben. Der Himmel schien sich wirklich gegen das Land und die Menschen verschworen zu haben: Jetzt, 1941, befand man sich bereits im fünften Jahr der furchtbaren Dürreperiode, und Meggie, Bob, Jack, Hughie und Fee waren verzweifelt. Zwar besaß Drogheda genügend Geldreserven, um für alle Schafe ausreichend Futter zu kaufen, nur weigerten sich die meisten, dieses Futter auch zu fressen. Jede Herde hatte ein Leittier, den sogenannten Judas, und nur wenn es gelang, diesen zur Annahme des Futters zu bringen, bestand auch Hoffnung, daß der Rest der Herde davon fraß. Eine sichere Garantie war das allerdings keineswegs. Manchmal weigerten sich die übrigen Tiere, dem Beispiel des Leithammels zu folgen.

Gras gab es praktisch kaum noch, die Schwarzerde der Koppeln war eine rissige Fläche mit Gruppen grauer und graubrauner Bäume. Außer ihren Gewehren nahmen die Clearys jetzt auch Messer mit. Sahen sie, daß ein Tier zusammengebrochen war, schnitten sie ihm die Kehle durch, um ihm ein langes, qualvolles Sterben zu ersparen. Denn die Krähen pflegten den hilflosen, verendenden Tieren die Augen auszuhacken.

Bob vermehrte den Rinderbestand. Im Gegensatz zu den Schafen verweigerten die Rinder die Annahme des Futters nicht. Aber ein Gewinn ließ sich dabei nicht erzielen, denn jene Agrarregionen, aus denen man das Futter bezog, waren durch die Dürre genauso hart getroffen wie die Weidewirtschaft hier unten. Die landwirtschaftlichen Erträge schrumpften entsetzlich zusammen, was die Preise natürlich enorm in die Höhe trieb. Doch aus Rom hatten die Clearys ausdrücklich die Anweisung erhalten, keine Kosten zu scheuen. Bob fühlte sich dadurch in seiner Entscheidung bestätigt. Es war nun einmal kriegswichtig, die Produktion allen Umständen zum Trotz möglichst noch zu steigern.

Von den Viehtreibern hatte nur einer Drogheda nicht verlassen, und auf Ersatz konnte man jetzt kaum hoffen. In Australien herrschte schon in normalen Zeiten ein Mangel an Arbeitskräften. Also ritt Meggie an sieben Tagen in der Woche hinaus auf die Koppeln, es sei denn, Bob fand, sie sei zu abgespannt und zu müde, und gab ihr den Sonntag frei. Das aber hieß, daß er noch mehr arbeiten mußte als sonst schon, und so versuchte sie, sich nach Möglichkeit nichts anmerken zu lassen. Ihre kleinen Kinder als Grund dafür zu nehmen, die Arbeit als Viehtreiber überhaupt abzulehnen, kam ihr nicht in den Sinn. Dane und Justine wurden ja gut versorgt, und Bob brauchte so überaus dringend jede Arbeitskraft. Daß auch ihre Kinder sie brauchten, begriff sie nicht ganz. Da sich beide in so liebevollen und treusorgenden Händen befanden, hatte sie das Gefühl, unter den gegebenen Umständen sei das ununterdrückbare Verlangen, bei Dane und Justine zu sein, reiner Egoismus. Und so kam es, daß sie ihre Kinder manchmal wochenlang erst nach der Arbeit auf den Koppeln sah – wenn beide schon in ihren Bettchen lagen.

Dane war ein wunderschönes Kind, fand Meggie. Um mütterliche Überschätzung handelte es sich da keineswegs. Denn wenn Fee ihn mitunter nach Gilly mitnahm, ließen dort Wildfremde bewundernde Ausrufe hören. Normalerweise zeigte er ein Lächeln, und in diesem Lächeln schien sich seine ruhige und ausgeglichene Wesensart widerzuspiegeln: ein glückliches, tief in sich selbst wurzelndes Naturell. Ihm schien gleichsam mitgegeben, was sich Kinder für gewöhnlich nur unter vielen Schmerzen und Enttäuschungen erwerben – das Sichzurechtfinden in der Welt, das Gefühl für die eigene Persönlichkeit.

Seiner Mutter erschien seine Ähnlichkeit mit Ralph manchmal geradezu erschreckend. Doch außer ihr bemerkte offenbar niemand etwas. Allerdings war Ralph schon lange von Gillanbone fort, und bei aller frappierenden Ähnlichkeit gab es doch einen Unterschied, der über diese starke Ähnlichkeit hinwegtäuschen konnte und dies augenscheinlich auch tat. Anders als Ralph, hatte Dane nicht schwarzes Haar, sondern helles. Aber man konnte es weder weizen- noch flachsblond nennen. Der Farbton glich dem des Grases auf Drogheda, Gold mit Silber und Beige darin.

Justine war in ihr Brüderchen vom ersten Augenblick an vernarrt. Für Dane konnte gar nichts gut genug sein, für ihn machte ihr nichts zuviel Mühe. Sobald er zu laufen begann, wich sie nicht mehr von seiner Seite. Meggie war darüber sehr froh. Mrs. Smith und die Dienstmädchen, so schien ihr, wurden allmählich zu alt, um einen kleinen Jungen mit genügender Aufmerksamkeit im Auge zu behalten.

An einem ihrer wenigen freien Sonntage setzte sie sich ihre Tochter auf den Schoß und begann sehr ernst darüber zu sprechen, wie wichtig es sei, sorgfältig auf Dane aufzupassen.

„Ich kann nicht hier in der Homestead sein, um das selbst zu tun", sagte sie, „also kommt es ganz und gar auf dich an, Justine. Du mußt auf ihn aufpassen, damit ihm nichts passiert."

Die hellen Augen blickten so klug und aufmerksam, wie das bei einem erst vierjährigen Kind gewiß nicht typisch war. „Mach dir keine Sorgen, Mum", sagte Justine, und ihre Stimme klang sehr selbstsicher. „Ich werde immer auf ihn aufpassen."

„Ich wünschte, ich könnte das selber tun", seufzte Meggie.

„Ich nicht", erklärte Justine in aller Offenheit. „Ich möchte Dane ganz für mich haben. Mach dir also keine Sorgen. Ich pass' schon auf, daß ihm nichts passiert."

Meggie fühlte sich beschwichtigt und beunruhigt zugleich. Beschwichtigt, weil sie sicher war, daß Justine wirklich mit aller Sorgfalt ihr Brüderchen bewachen würde, beunruhigt, weil sie wußte, daß dieses frühreife kleine Ding im Begriff war, ihr den eigenen Sohn wegzunehmen, und weil sie keine Möglichkeit sah, das zu verhindern. Sie mußte wieder hinaus auf die Koppeln, während Justine ihres Bruders Hüterin spielte. Von ihrer eigenen Tochter wurde sie bei Dane ausgestochen, von ihrer Tochter, die ein Ungeheuer war. Wem, um alles in der Welt, geriet sie nur nach? Luke nicht, ihr selbst nicht und auch Fee nicht.

Immerhin war etwas Erstaunliches geschehen. Justine hatte bewiesen, daß sie lächeln und sogar lachen konnte – jetzt, mit vier Jahren. Woher das auf einmal kam, ließ sich nicht mit Sicherheit sagen, doch wahrscheinlich war Dane der Grund dafür. Er hatte vom ersten Lebenstag an gelacht. Sein Lachen schien auf Justine unwiderstehlich zu wirken. Überhaupt lernten die beiden Kinder in vielem, in sehr vielem, voneinander. Meggie brachte diese Tatsache die bedrückende Erkenntnis, daß Dane und Justine offenbar sehr gut ohne ihre Mutter auszukommen vermochten.

Bis dieser verfluchte Krieg vorüber ist, dachte Meggie, ist Dane zu alt, um zu empfinden, was er für mich empfinden sollte. Er wird Justine immer näherstehen als mir. Jedesmal, wenn ich endlich glaube, mein Leben unter Kontrolle zu haben, kommt irgend etwas dazwischen. Weshalb nur? Ich habe weder den Krieg herbeigewünscht noch die Dürre. Aber da sind sie nun einmal.

In einer Beziehung war es vielleicht ganz gut, daß man auf Drogheda eine solch schwere Zeit durchmachte. Wäre die Lage leichter gewesen, so hätten zweifellos auch Jack und Hughie die Uniform angezogen. So jedoch blieb ihnen keine Wahl. Sie mußten auf Drogheda bleiben, um irgendwie zu retten, was noch zu retten war in dieser Dürre, die man später die Große Dürre nannte. Über zwei Millionen Quadratkilometer Agrar- und Weidefläche waren betroffen, ein Gebiet, das von Victoria im Süden bis zum Mitchell-Grasland des Northern Territory reichte.

Doch trotz der Dürre galt die allgemeine Aufmerksamkeit in fast gleichem Maße dem Verlauf, den der Krieg nahm. Da sich die Zwillinge in Nordafrika befanden, verfolgte man auf Drogheda die Ereignisse dort – das unablässige Hin und Her in Libyen – mit geradezu skrupulöser Aufmerksamkeit.

Im August 1941 trat Premierminister Robert Gordon Menzies zurück, und zwar mit dem Eingeständnis, es sei ihm unmöglich, die Lage zu meistern. Auf Drogheda jubelte man. Wie kaum anders zu erwarten, fühlte man sich gleichsam von Haus aus der Labor-Party, der Arbeiterpartei, viel stärker verbunden als jener Partei, deren Hauptrepräsentant Robert Gordon Menzies war und die sich zwar liberal nannte, doch als konservativ gelten mußte. Als am 3. Oktober der Labor-Führer John Curtin mit der Regierungsbildung beauftragt wurde, war das die beste Nachricht, die man auf Drogheda seit Jahren gehört hatte.

Schon 1940 war man Japans wegen besorgt gewesen. 1941 stieg die Unruhe noch. Roosevelt und Churchill hatten dafür gesorgt, daß Erdöllieferungen nach Japan unterbunden wurden, für Australien nicht unbedingt ein tröstlicher Gedanke. Hitler und seine Truppen waren weit entfernt, sie brauchte man hier nicht zu fürchten. Japan hingegen war Asien, also ein Teil der Gelben Gefahr, die ständig wie ein Damoklesschwert über den Australiern und ihrem unterbevölkerten Kontinent zu schweben schien, und in Australien war denn auch niemand überrascht, als die Japaner am 7. Dezember 1941 Pearl Harbor angriffen: Mit einem solchen Überfall hatte man rechnen müssen. Plötzlich war der Krieg gar nicht mehr so unendlich weit entfernt. Es schien sogar, als könne er sich nach und nach gleichsam bis zum australischen Hinterhof ausdehnen. Zwischen Japan und Australien lagen keine gewaltigen Ozeane, sondern nur große Inseln und kleine Meere.

Weihnachten 1941 fiel Hongkong. Nun gut, versuchte man sich zu trösten, den Japanern würde es sicher nie gelingen, Singapur einzunehmen. Aber dann kamen die Nachrichten, daß die Japaner auf Malaya und auf den Philippinen gelandet waren; im großen Marinestützpunkt ganz unten auf der Malaiischen Halbinsel hielt man die Rohre der gewaltigen Geschütze aufs Meer gerichtet, die

Schiffe lagen zum Auslaufen bereit. Doch die Japaner dampften am 8. Februar 1942 in die wenige hundert Meter breite Straße von Johore und landeten auf der Nordseite der Insel Singapur. Dagegen waren die Geschütze auf der Seeseite machtlos. So fiel Singapur praktisch ohne Kampf.

Und dann die große Neuigkeit! Alle in Nordafrika stationierten australischen Truppen sollten heimkehren. Ungerührt nahm Premierminister Curtin das Zornesgrollen von Winston Churchill in Kauf. In erster Linie, so beharrte er, habe Australien ein Recht auf australische Soldaten. Die Sechste und die Siebte Australische Division wurden sehr schnell in Alexandrien eingeschifft. Die Neunte, die sich in Kairo noch von den harten Kämpfen bei Tobruk erholte, sollte folgen, sobald man genügend Transporter zur Verfügung hatte. Fee lächelte, Meggie war vor Freude außer sich. Jims und Patsy würden nach Hause kommen.

Doch sie kamen nicht. Während die Neunte auf ihre Truppentransporter wartete, kippte die Wippschaukel wieder zur anderen Seite: Die Achte Armee befand sich im vollen Rückzug von Benghasi. Premierminister Churchill schloß mit Premierminister Curtin einen Handel. Die Neunte Australische Division sollte in Nordafrika bleiben, während eine amerikanische Division zur Verteidigung Australiens abgestellt wurde. Arme Soldaten: mit ihnen, so hätte man meinen können, trieben Krämer eine Art Schachergeschäft, bei dem hier ein bißchen abgezwackt, dort ein bißchen hinzugetan wurde.

Für Australien war es ein harter Schlag: die Entdeckung nämlich, daß das Mutterland England all seine fernöstlichen Hühnchen wie überflüssigen Ballast aus dem Nest stieß, selbst ein so fettes und vielversprechendes wie Australien.

In der Nacht des 23. Oktober 1942 war es in der Wüste sehr ruhig. Patsy rückte ein kleines Stück und lehnte dann in der Dunkelheit seinen Kopf gegen die Schulter seines Bruders. Jims legte seinen Arm um Patsy, und so saßen beide, schweigend, eng verbunden.

Sergeant Bob Malloy gab Private Col Stuart einen kleinen Stoß. Er grinste. „Sieh dir mal unser verqueres Sandwich an."

„Scheiß auf dich", sagte Jims.

„Komm, Harpo, sag du doch auch mal was", murmelte Col.

Patsy bedachte ihn mit einem engelhaften Lächeln, von dem in der Dunkelheit nicht allzuviel zu sehen war, und tat dann das, womit er Harpo Marx am besten imitieren konnte: Er gab ein Blasgeräusch von sich. Ringsum zischten alle, er solle gefälligst still sein. Es bestand Alarmbereitschaft, und absolute Ruhe war befohlen.

„Himmel, dieses Warten bringt mich um", seufzte Bob.

Plötzlich rief Patsy laut: „Und mich bringt die Stille um!"

„Ja, verdammt noch mal, Ruhe!" fluchte der Hauptmann flüsternd. „Welcher Idiot schreit denn da so?"

„Patsy", erwiderte ein halbes Dutzend Stimmen.

Gelächter brandete auf, flutete über die Minenfelder dahin und erstarb unter den gezischten Flüchen des Hauptmanns. Sergeant Malloy warf einen Blick auf seine Armbanduhr. In eben diesem Augenblick zeigte sie 21.40.

Mit einem Schlag setzte jetzt die Artillerievorbereitung für den Angriff von Panzern und Infanterie ein. Auf einer Frontbreite von sechzig Kilometern feuerten rund anderthalbtausend britische Geschütze und Werfer, darunter über ein Drittel von großem Kaliber. Himmel und Erde schienen zu schwanken, aufzuklaffen – und kamen nicht mehr zur Ruhe, denn ununterbrochen hielt der Beschuß an. Der Lärm war so ungeheuer, daß er nicht nur das Trommelfell, sondern sogar das Gehirn zu zerfetzen schien. Sich die Finger in die Ohren zu stecken, hatte kaum Sinn, weil sich das gewaltige Dröhnen auch durch den Erdboden fortpflanzte und dann weiter durch den Körper der Männer – durch die Knochen direkt ins Gehirn, wie es schien. Welche Wirkung der geballte Feuerüberfall auf Rommels Leute hatte, konnten die Männer der Neunten in ihren Gräben nur ahnen. Normalerweise ließen sich die Geschütztypen nach dem Hall beim Abschuß recht deutlich voneinander unterscheiden. Diesmal jedoch klang es aus ihren eisernen Kehlen wie ein einziges gigantisches Gebrüll.

Die Wüste schien taghell zu sein und mehr als das: unmittelbar eingetaucht in den Glutball der Sonne selbst. Sand wirbelte Hunderte von Metern in die Höhe, riesige graue Wolken, grell zuckten explodierende Geschosse und Minen auf, die hervorschießenden Flammen der einschlagenden und detonierenden Granaten entzündeten die Sprengladungen in den Minen.

Sämtliche Geschütze und Werfer, über die Montgomery verfügte, waren auf den deutschen Minengürtel gerichtet, und die schwitzenden Bedienungsmannschaften luden und schossen und luden und schossen und luden und schossen in einem Rhythmus, der von Minute zu Minute schneller zu werden schien. Die Männer an den Kanonen schienen einen rituellen Tanz aufzuführen, immer wilder, immer besessener, und dennoch von alleräußerster Präzision.

Es war wunderbar, es war unvergleichlich – jener Höhepunkt im

Leben eines Artilleristen, den er später in der Erinnerung wie auch im Traum auskostete und nach dem er sich zurücksehnte: jene fünfzehn Minuten mit Montgomerys Geschützen.

Stille, absolute Stille. Wie in dumpfen Brandungswogen schien sie auf wunde Trommelfelle zu treffen, Stille, die wirklich kaum zu ertragen war. Die Zeit: genau fünf Minuten vor zehn. Die Männer von der Neunten stiegen aus ihren Gräben und bewegten sich voran ins Niemandsland. Bajonette wurden aufgepflanzt, und noch einmal überprüfte man alles, was einem wichtig schien: die Feldflasche, die eisernen Rationen, die Armbanduhren, die Stahlhelme, ob man die Stiefel ordentlich geschnürt, ob man die Gewehre gesichert hatte. Bei der Feuersglut an vielen Stellen konnte man alles recht deutlich erkennen. Dennoch waren die Männer im Augenblick für den Gegner unsichtbar. Zwischen der britischen und der deutschen Seite hing ein riesiger Staubvorhang. Unmittelbar am Rand des Minengürtels blieben die Männer stehen, warteten.

Zehn Uhr, auf den Punkt. Sergeant Malloy steckte seine Trillerpfeife zwischen die Lippen. Schrill erklang das Signal. Der Hauptmann gab den Befehl zum Vorrücken. Auf einer Frontbreite von drei Kilometern drangen die Männer der Neunten in die Minenfelder vor. Gleichzeitig begannen hinter ihnen wieder die Geschütze zu feuern, Gebrüll, das gleichsam über sie hinwegjagte. Sie konnten das vor ihnen liegende Gelände so deutlich sehen wie am hellen Tag. Die Haubitzen, die auf die kürzeste Entfernung eingestellt waren, ließen ihre Geschosse im knappsten denkbaren Abstand vor den vorrückenden Soldaten einschlagen, und alle drei Minuten wurde dieser Riegel weitere hundert Meter nach vorn verlegt – die Methode der Feuerwalze, wie man sie bereits im Ersten Weltkrieg angewandt hatte.

Die Männer rückten vor, alle drei Minuten hundert Meter, und hofften inbrünstig, daß die Geschosse aus Montgomerys Geschützen im vor ihnen liegenden Geländestreifen höchstens noch Panzerminen übriggelassen hatten, jedoch keine Schützenminen, die einen Mann zerrissen, wenn er darauf trat. In den Minenfeldern befanden sich auch noch Deutsche und Italiener: versteckte, vorgeschobene Maschinengewehrnester. Mitunter trat ein Mann auf eine Schützenmine und sah noch, wie sie gleichsam aus dem Sand hochsprang, bevor sie ihn in Stücke riß.

Für Gedanken blieb keine Zeit. Für nichts blieb Zeit außer für dieses fast schneckenartige Vorrücken im Rhythmus der Geschütze, hundert Meter alle drei Minuten, fürs Vorrücken und fürs Beten. Lärm, Licht, Staub, Rauch, und das Entsetzen, das einem in den Därmen wühlte. Minenfelder, die kein Ende zu haben schienen. Wie weit war es noch bis zur anderen Seite? Drei oder vier oder fünf Kilometer? Jedenfalls: ein Zurück gab es nicht. Manchmal klang zwischen den Salven der Geschütze wie irrlichternd eine Dudelsackweise durch. Links von der Neunten Australischen rückten die schottischen Hochländer von der Einundfünfzigsten voran, und jeder Kompanieführer hatte einen Dudelsackpfeifer bei sich. Für einen Schotten war der Klang eines Dudelsacks, der ihn in die Schlacht führte, der verlockendste Laut, der sich denken ließ, und in australischen Ohren tönten die Dudelsackweisen überaus freundlich und tröstlich. Für Deutsche und Italiener mußten sie unheimlich klingen.

Zwölf Tage dauerte die Schlacht, und zwölf Tage sind für eine Schlacht eine sehr lange Zeit. Zu Anfang hatte die Neunte Glück. Die Verluste in den Minenfeldern waren relativ gering, und man rückte dann immer weiter in Rommels Territorium vor.

„Wißt ihr", sagte Col Stuart und sützte sich auf seinen Spaten, „da bin ich doch lieber Infanterist und lass' mir im Fall des Falles eins verplätten, als daß ich mich abschwitze wie einer von den Pionieren."

„Na, ich weiß nicht, Kumpel", knurrte sein Sergeant. „Ich glaube, die haben das bessere Ende erwischt. Sie warten hinter den Linien, bis wir die Drecksarbeit gemacht haben, und dann kommen sie mit ihren blöden Minenräumgeräten und schaffen für die Scheißpanzer hübsche kleine Bahnen."

„Das ist aber nicht Schuld der Panzer, Bob, sondern der Oberen, die sie einsetzen", meinte Jims und klopfte mit dem Spatenblatt den höhergelegenen Teil des Grabens fest, an dem sie arbeiteten. „Aber, Himmel, ich wünschte wirklich, die würden uns mal einige Zeit an ein und derselben Stelle lassen! Ich habe in den letzten fünf Tagen mehr gebuddelt als so ein verdammter Ameisenbär in seinem ganzen Leben."

„Und buddle nur weiter, Kumpel", sagte Bob ohne das geringste Mitgefühl.

„He, seht mal!" rief Bob und deutete zum Himmel.

In perfektem Formationsflug kamen achtzehn leichte Bomber der RAF das Tal herab und warfen mit tödlicher Genauigkeit über den Deutschen und den Italienern ihre Bomben ab.

„Einfach großartig", sagte Sergeant Bob Malloy, den langen Hals zum Himmel emporgereckt.

Drei Tage später war er tot. Als man wieder einmal vorrückte, riß ihm ein großer Granatsplitter einen Arm ab und zerfleischte eine Seite seines Körpers. Doch niemand hatte Zeit, bei ihm zu bleiben. Nur seine Trillerpfeife zog man aus dem, was von seinem Mund noch übrig war. Überall sackten Männer weg wie die Fliegen. Die ununterbrochenen Tage des Kampfes hatten jeden ausgehöhlt, man bewegte sich nur noch mühsam voran. Doch was immer sie an kahlem öden Gelände gewannen, gaben sie nicht mehr preis, trotz der erbitterten Abwehrschlacht, die ihnen die Elite einer großartigen gegnerischen Armee lieferte. Im Grunde war es bei allen jetzt nur noch die zähe, halsstarrige Weigerung, besiegt zu werden statt zu siegen.

Die Neunte Australische band jene gegnerischen Einheiten, die von Graf von Sponeck befehligt wurden, während die Panzer nach Süden durchbrachen, und schließlich war Rommel geschlagen. Am 8. November versuchte er, seine Streitkräfte jenseits der ägyptischen Grenze wieder zu sammeln, und Montgomery hatte das Feld jetzt ganz für sich. Ein sehr wichtiger taktischer Sieg. Rommel war gezwungen gewesen, viele seiner Panzer, Geschütze und anderes mehr zurückzulassen. Operation „Torch" konnte ihren Vorstoß von Marokko und Algerien aus mit größerer Sicherheit unternehmen. Zwar war Rommel, der „Wüstenfuchs", längst noch nicht endgültig geschlagen, doch bei El Alamein hatten seine Truppen viel von ihrer Kampfkraft eingebüßt. Auf dem nordafrikanischen Kriegsschauplatz war die größte und wichtigste Schlacht geschlagen, und der Sieger hieß Montgomery.

Die Teilnahme an der Schlacht von El Alamein war für die Neunte Australische Division, wenn man es so nennen wollte, der Schwanengesang in Nordafrika. Sie sollte heimkehren, um auf Neuguinea gegen die Japaner eingesetzt zu werden. Seit März 1941 hatten sich die Männer fast ununterbrochen an der Front befunden, wo sie schlecht ausgebildet und schlecht ausgerüstet eingetroffen waren. Doch das Ansehen, mit dem sie zurückkehrten, wurde nur übertroffen von jenem, welches die Vierte Indische Division genoß. Und bei der Neunten befanden sich, bislang gesund und unversehrt, auch Jims und Patsy.

Natürlich erhielten sie Heimaturlaub. Bob holte sie mit dem Auto in Gillanbone ab, und zwar vom Goondiwindi-Zug, denn die Neunte war in Brisbane stationiert und sollte nach der Ausbildung für den Dschungelkampf nach Neuguinea eingeschifft werden.

Als der Rolls in den Fahrweg vor dem großen Haus einbog, erschienen die Frauen sofort im Eingang und warteten dann auf dem Rasen. Jack und Hughie hielten sich ein kleines Stück abseits, doch sie waren natürlich genauso begierig, ihre jüngeren Brüder zu sehen. Dieser Tag war ein besonderer Tag, an dem nichts weiter wichtig schien, nicht die Schafe, nicht die Rinder, überhaupt nichts.

Das Auto hielt, die Zwillinge stiegen aus, doch von den anderen rührte sich keiner von der Stelle. Sie waren einfach nicht wiederzu-erkennen, Jims und Patsy. Dschungelgrüne Uniformen trugen sie jetzt, und sie wirkten so völlig verändert, sahen aus wie Fremde. Es hatte den Anschein, daß sie mehrere Zentimeter größer waren als früher, was tatsächlich stimmte, und dann fand sich an ihnen nichts mehr von den jungen Burschen, als die man sie noch in Erinnerung hatte. Sie waren Männer, doch nicht Männer wie Bob oder Jack oder Hughie. Strapazen, Kämpfe, vielfach erlebter Tod, auch Triumphe – all dies hatte aus ihnen etwas gemacht, das sie auf Drogheda nie geworden wären. Gleichsam Schicht um Schicht schien die nordafrikanische Sonne von ihnen alle Spuren von Jungenhaftigkeit abgeschält zu haben. Ja, es war durchaus denk-bar, daß diese beiden Männer in ihren schlichten Uniformen und mit dem AIF-Abzeichen der aufgehenden Sonne am Slouch-Hut andere Menschen getötet hatten. In ihren Augen sah man es, Augen, die genauso blau waren wie einst die ihres Vaters, doch trauriger, ohne deren Sanftheit.

„Meine Jungens, meine Jungens!" rief Mrs. Smith und lief auf die Zwillinge zu, während Tränen über ihr Gesicht strömten. Was auch immer geschehen sein mochte, und wie sehr Jims und Patsy sich inzwischen auch verändert hatten, für Mrs. Smith waren sie noch immer die kleinen hilfsbedürftigen Babys von damals, winzige Wesen, die man badete, in Windeln legte und fütterte, deren kleine Wunden man mit Küssen heilte oder sonstwie pflegte. Doch die Verletzungen, die sie diesmal davongetragen hatten, saßen tiefer, sie ließen sich nicht mehr fortzaubern durch Küsse oder was auch immer.

Und plötzlich umdrängten alle die Zwillinge, nichts blieb mehr von britischer Reserviertheit, man lauschte, man weinte, man umarmte sich, und natürlich mußte geküßt werden. Nach Mrs. Smith kam Meggie, und schon wartete Minnie, schon wartete Cat. Mum drückten die Zwillinge eher scheu an sich, und Jack und Hughie schüttelten sie wortlos die Hand. Wie sehr hatten sich die Menschen von Drogheda auf diesen Augenblick gefreut, wie sehr hatten sie sich andererseits aber auch vor ihm gefürchtet!

Zum Glück brachten die Zwillinge einen Appetit mit, wie man ihn sich besser nicht wünschen konnte. Natürlich hielt man für sie die besten Leckerbissen bereit, rosa und weiße Fairy Cakes, Lamingtons in Schokoladenguß mit Kokosstreuseln, gefleckten

Dog-Pudding, Passionsfrucht mit Sahne. Besorgt beobachtete Mrs. Smith ihre ehemaligen Schützlinge, wußte sie doch noch sehr gut, was für empfindliche Mägen die beiden stets gehabt hatten. Jetzt jedoch schienen ihnen die Riesenmengen, die sie da sozusagen stehenden Fußes verdrückten, nicht das geringste auszumachen, solange nur genügend Tee da war, um die Bissen hinunterzuspülen.

„Ist doch was anderes als die Armeeverpflegung, Patsy, nicht?" sagte Jims.

„Ja."

„Auch gar kein Vergleich mit so einem arabischen Fladenbrot, wie?"

„Jaha", erwiderte Patsy, der sich damit fast schon gesprächig zeigte.

Es war sonderbar. Stundenlang sprachen die Zwillinge, oder doch zumindest Jims, über Nordafrika: über die Städte, die Menschen, das Essen, das Museum in Kairo, das Leben an Bord eines Truppentransporters oder im Ruhelager. Doch sooft man sie auch fragte, wie das mit den eigentlichen Kampfhandlungen gewesen war, bei Gasala und Benghasi und Tobruk und El Alamein, man erhielt immer nur vage, ausweichende Antworten. Nach Kriegsende machten die Frauen diese Erfahrung immer wieder. Männer, die wirklich an Schlachten teilgenommen und härteste Kämpfe miterlebt hatten, sprachen nie darüber, und es fiel ihnen auch nicht ein, sich den Clubs und Vereinen ehemaliger Soldaten anzuschließen. Sie wollten nichts mit Gruppen oder Institutionen zu tun haben, durch welche die Erinnerung an den Krieg verewigt wurde.

Drogheda gab für sie eine Party. Alastair MacQueen war gleichfalls in der Neunten und jetzt auf Heimaturlaub, also wurde natürlich auch auf Rudna Hunish eine Party gegeben. Die beiden jüngsten Söhne von Dominic O'Rourke befanden sich bei der Sechsten auf Neuguinea. Obwohl sie also nicht anwesend sein konnten, ließ man es sich auf Dibban-Dibban nicht nehmen, ebenfalls eine Party zu geben. Auf jeder Station im Distrikt, wo man selber einen Sohn in Uniform hatte, wollte man die gesunde Rückkehr der drei „Neuner"-Jungens feiern. Frauen und Mädchen umdrängten sie, doch die beiden Cleary-Helden ergriffen nach Möglichkeit schleunigst die Flucht, erfaßt von einer Panik, wie sie sie im Krieg nie empfunden hatten.

Es schien, daß sie mit Frauen überhaupt nichts weiter zu tun haben wollten. Eng schlossen sie sich an Bob, Jack und Hughie an, und mit ihnen saßen sie dann, wenn die Frauen zu Bett gegangen waren, bis spät in die Nacht zusammen. Am Tage ritten sie mit auf die versengten Koppeln von Drogheda, das nun bereits das siebte Dürrejahr erlebte, und waren froh, endlich wieder einmal „Zivilklamotten" zu tragen.

Das knochentrockene, von der Glut der Sonne und dem Mangel an Regen gequälte und gemarterte Land, für sie besaß es dennoch eine unvergleichliche Schönheit. Die späten Rosen im Garten verbreiteten einen Duft, der dem Himmel zu entströmen schien. Tief, ganz tief mußten sie alles in sich aufnehmen, in sich hineintrinken, so daß sie nichts mehr davon würden vergessen können. Als sie das erste Mal von Drogheda fortgegangen waren, hatten sie keinen Gedanken daran verschwendet, was das eigentlich bedeutete. Jetzt wußten sie es, und sie nahmen jede noch so kleine und doch so kostbare Erinnerung mit, und dazu auch gepreßte Drogheda-Rosen und ein paar Halme vom spärlichen Drogheda-Gras. Fee gegenüber verhielten sie sich freundlich und aufmerksam, doch bei Meggie, Mrs. Smith, Minnie und Cat waren sie voll Wärme und Zartgefühl. In ihnen sahen sie ihre eigentlichen Mütter.

Besonders glücklich war Meggie darüber, daß sie sich in Dane geradezu vernarrt zeigten. Stundenlang spielten sie mit ihm, nahmen ihn dann und wann auch ein Stück auf einem Ritt mit oder wälzten sich mit ihm auf dem Rasen. Vor Justine schienen sie irgendwie zurückzuscheuen, was ganz zu ihrer Reserviertheit in bezug auf alle weiblichen Wesen paßte, wenn man einmal von den altvertrauten auf Drogheda absah. Was Justine betraf, so war sie vor Eifersucht geradezu wild, weil die Zwillinge Dane so für sich beanspruchten und weil sie jetzt niemanden zum Spielen hatte.

„Ist schon ein Pfundskerlchen", sagte Jims eines Tages zu Meggie, als sie auf die Veranda kam. Er saß in einem Rohrsessel und beobachtete Patsy und Dane, die auf dem Rasen spielten.

„Ja, er ist bildhübsch, nicht?" Sie lächelte und setzte sich in den freien Sessel neben ihrem Bruder. In ihren Augen war ein sehr weicher und teilnahmsvoller Ausdruck. Die Zwillinge waren auch Meggies Babys gewesen. „Was ist es, das euch beide bedrückt?" fragte sie unvermittelt. „Kannst du mir das nicht sagen, Jims?"

Er sah sie an, und für ein oder zwei Sekunden schien es in der Tiefe seiner Augen ganz deutlich sichtbar: ein qualvoller Schmerz. „Nein, Meggie", sagte Jims und schüttelte langsam, doch mit eigentümlichem Nachdruck den Kopf. „Das ist nichts, worüber ich je zu einer Frau sprechen könnte."

„Auch nicht, wenn alles vorbei ist und du heiratest? Würdest du nicht zu deiner Frau darüber sprechen wollen?"

„Heiraten? Wir? Solche Gedanken schlägt einem der Krieg aus dem Kopf. Ja, damals konnten wir gar nicht schnell genug hinkommen. Inzwischen haben wir unsere Erfahrungen. Was wäre, wenn wir heiraten? Wir würden sicher Söhne haben. Wozu? Um sie aufwachsen zu sehen, bis sie eines Tages losziehen wie wir? Um zu tun, was wir getan haben? Um zu sehen, was wir gesehen haben."

„Nicht, Jims, nicht. Sprich nicht so!"

Unwillkürlich richteten beide den Blick zum Rasen, wo Dane jetzt vor Vergnügen gluckste, weil Patsy ihn kopfstehen ließ.

„Sorge dafür, daß er Drogheda nie verläßt, Meggie", sagte Jims. „Auf Drogheda kann er keinen Schaden nehmen."

Erzbischof de Bricassart lief, nein, rannte den wunderschönen, hohen Korridor entlang, und er achtete nicht auf die verblüfften Gesichter jener, denen er hier begegnete. Er stürzte in das Zimmer des Kardinals und blieb dann abrupt stehen. Seine Eminenz hatte einen Besucher: Monsieur Papée, den Botschafter der polnischen Exilregierung beim Heiligen Stuhl.

„Nanu, Ralph! Was ist denn?"

„Es ist geschehen, Vittorio. Mussolini ist gestürzt."

„Gütiger Jesus! Der Heilige Vater, weiß er es?"

„Ich habe selbst in Castel Gandolfo angerufen, obwohl die Meldung auch jeden Augenblick über den Rundfunk kommen müßte. Ein Freund im deutschen Hauptquartier hat mich telefonisch verständigt."

„Hoffentlich hat der Heilige Vater seine Koffer gepackt", sagte Monsieur Papée mit leisem, ganz leisem Amüsement.

„Wenn wir ihn als franziskanischen Bettelmönch verkleiden, hat er vielleicht eine Chance hinauszuschlüpfen, sonst jedoch nicht", sagte Erzbischof de Bricassart schroff. „Kesselring hat die Stadt wie mit einem engmaschigen Netz umschnürt."

„Er würde ohnehin nicht gehen", versicherte der Kardinal.

Monsieur Papée erhob sich. „Entschuldigen Sie mich bitte, Eminenz. Ich bin der Repräsentant einer Regierung, die Deutschlands Feind ist. Wenn Seine Heiligkeit nicht sicher ist, so bin ich es erst recht nicht. In meinen Zimmern befinden sich Papiere, um die ich mich kümmern muß."

Mit knapper Verbeugung wandte er sich zum Gehen, Diplomat bis in die Fingerspitzen. Er verließ den Raum.

„War er hier, um sich für seine verfolgten Landsleute zu verwenden?"

„Ja. Armer Mann, er sorgt sich so sehr um sie."

„Und wir nicht?"

„Aber natürlich, Ralph! Doch die Lage ist schwieriger, als er weiß."

„Liegt der Kern der Wahrheit nicht vielmehr darin, daß man seinen Darstellungen nicht glaubt!?"

„Ralph!"

„Ist das nicht die Wahrheit!? Der Heilige Vater hat eine ganze Reihe von Jahren in Deutschland verbracht, als Nuntius, unter anderem auch in München. Damals hat er sich in die Deutschen verliebt, und er liebt sie immer noch, allem zum Trotz. Wenn man ihm, als Beweis, die verstümmelten Leichen vor die Augen legen würde, seine Antwort wäre gewiß: Das müssen die Russen getan haben. Nie jedoch seine ihm so teuren Deutschen – ein Volk, das so kultiviert und zivilisiert ist wie sie!"

„Ralph, Sie sind kein Mitglied der Gesellschaft Jesu. Sie sind nur hier, weil Sie dem Heiligen Vater ein persönliches Treuegelübde geleistet haben. In Ihnen pulsiert das hitzige Blut Ihrer irischen und normannischen Vorfahren, aber ich bitte Sie, seien Sie vernünftig! Seit dem vergangenen September hat dieses Damoklesschwert über uns gehangen, seit dem vergangenen September haben wir darum gebetet, daß der Duce bleiben möge, damit er uns vor deutscher Vergeltung schütze. In Adolf Hitler verkörpern sich sonderbare Widersprüche. Das Britische Empire und die Heilige Römische Kirche sind seine Feinde, und dennoch versucht er nach Möglichkeit, sie zu erhalten. Doch wenn es ihm für seine Interessen vonnöten schien, wenn die Sache auf Messers Schneide stand, hat er alles darangesetzt, um gegen das Britische Empire vernichtende Schläge zu führen. Glauben Sie, er würde im Ernstfall zögern, uns zu vernichten? Wenn er sich provoziert fühlt – etwa, weil wir die Vorgänge in Polen brandmarken –, so wird er nicht zögern, uns zu zerstampfen, zu zermalmen. Und welchen Sinn, um alles auf der Welt, hätte eine solche Brandmarkung, mein Freund? Wir haben keine Armeen, keine Soldaten. Die Vergeltung würde auf dem Fuße folgen, und der Heilige Vater würde nach Berlin gebracht werden. Eben dies ist es ja, was er fürchtet. Sie kennen ja die Geschichte vom Marionettenpapst in Avignon. Wollen Sie, daß *unser* Papst eine Marionette in Berlin wird?"

„Tut mir leid, Vittorio, aber aus diesem Blickwinkel kann ich das nicht betrachten. Ich sage, wir *müssen* Hitler brandmarken, *müssen* seine Barbarei in alle Welt verkünden! Und wenn er uns an die Wand stellen läßt, so sterben wir als Märtyrer, was die Wirksamkeit unserer Aktion nur erhöhen würde."

„Ralph – Sie sind doch sonst nicht begriffsstutzig! Hitler ist sich
über die Wirkung von Märtyrertum genauso im klaren wie wir.
Den Heiligen Vater würde man nach Berlin bringen und uns, ganz
unauffällig, nach Polen. Polen, Ralph, *Polen!* Wollen Sie in Polen
sterben, von geringerem Nutzen, als Sie es jetzt hier sind?"

Erzbischof de Bricassart setzte sich. Die Hände zwischen die
Knie gepreßt, starrte er rebellisch durch das Fenster; blickte zu den
Tauben, die, in der untergehenden Sonne wie von Gold übergos-
sen, heimischen Revieren zuzustreben schienen. Jetzt, mit neun-
undvierzig Jahren, wirkte er schlanker als früher; und so wie er für
alles ein besonderes Talent, eine spezifische Fähigkeit mitbrachte,
bewies er auch beim Altern ein ungewöhnliches Geschick: er
verstand es, die Jahre immer noch und in immer stärkerem Maße
für und nicht gegen sich sprechen zu lassen.

„Ralph, wir sind, was wir sind. Männer; aber erst in zweiter
Linie. Zuerst, zu*aller*erst sind wir Priester."

„So sah die Liste unserer Prioritäten, die Sie zusammenstellten,
als ich von Australien zurückkam, aber nicht aus, Vittorio."

„Ich habe damals etwas anderes gemeint, und das wissen Sie
auch. Sie machen es mir nur unnötig schwer. Ich meine, daß wir
jetzt nicht als Männer denken können. Wir müssen als Priester
denken, weil das der wichtigste Aspekt in unserem Leben ist. Was
wir als Männer auch denken oder wünschen mögen, unsere Pflicht
und unsere Verantwortung gilt der Kirche und *keiner* zeitlichen
Macht! Unser Treuegelöbnis bindet uns *nur* gegenüber dem Heiligen Vater! Sie haben Gehorsam gelobt, Ralph. Wollen Sie das
Gelübde wieder brechen? Wollen Sie klüger sein als der Heilige
Vater, sein Ziel ist nur das Wohlergehen der Kirche Gottes!"

„Er irrt sich! Er ist voller Vorurteile! All seine Energie richtet
sich auf die Bekämpfung des Kommunismus. Er glaubt, daß
Deutschland der erbittertste Feind des Kommunismus ist, der
entscheidende Faktor, der eine Ausbreitung des Kommunismus
nach Westen verhindert. Er will, daß Hitler in Deutschland fest im
Sattel bleibt, genauso wie es ihm recht war, daß Mussolini über
Italien herrschte."

„Glauben Sie mir, Ralph, es gibt Dinge, von denen Sie nichts
wissen. Er ist der Papst, er allein hat über die Haltung der Kirche
zu bestimmen."

Die Tür wurde diskret, doch hastig geöffnet.

„Euer Eminenz, Herr Generalfeldmarschall Kesselring."

Beide erhoben sich. Nichts in ihren Gesichtern verriet, daß sie
soeben noch eine Meinungsverschiedenheit gehabt hatten. Sie
lächelten.

„Welch ein Vergnügen, Exzellenz! Wollen Sie nicht Platz nehmen? Darf ich Ihnen Tee anbieten?"

Das Gespräch wurde auf deutsch geführt, eine Sprache, die viele der höheren Würdenträger im Vatikan beherrschten. Der Heilige Vater liebte es, deutsch zu hören und zu sprechen.

„Danke, Eminenz, gern", erwiderte Kesselring. „Nirgendwo sonst in Rom bekommt man einen so hervorragenden *englischen* Tee."

Der Kardinal lächelte freundlich. „Es ist eine Gewohnheit, die ich von Australien mitgebracht habe, als ich dort Apostolischer Legat war. Obwohl ich ja eingefleischter Italiener bin, habe ich diese Gewohnheit beibehalten – und einfach nicht brechen können."

„Und Sie, Eminenz?"

„Ich bin Ire, Herr General. Auch die Iren werden mit Tee sozusagen großgezogen."

Generalfeldmarschall Albert Kesselring reagierte auf Erzbischof de Bricassart immer ganz von Mann zu Mann. Er empfand es als wahre Erlösung, nach all diesen so windigen, öligen italienischen geistlichen Würdenträgern einem Mann zu begegnen, der so offen und gerade, so völlig ohne List und Tücke war.

„Ich bin stets aufs neue darüber erstaunt, Eminenz", sagte er, „wie akzentfrei Ihr Deutsch doch klingt."

„Ich habe ein Ohr für Sprachen, Exzellenz, was nichts anderes bedeutet, als daß es damit so ist wie bei allen Talenten – nicht des Lobes wert."

„Was können wir für Euer Exzellenz tun?" erkundigte sich der Kardinal liebenswürdig.

„Ich nehme an, daß Sie inzwischen über das Schicksal des Duce informiert sind."

„Ja, Euer Exzellenz, das sind wir."

„Dann wissen Sie auch, wenigstens teilweise, was mich zu Ihnen führt. Ich möchte Ihnen versichern, daß alles in Ordnung ist. Und ich bitte Sie, eben dies jenen auszurichten, die in Castel Gandolfo ihren Sommeraufenthalt genommen haben. Würden Sie das bitte tun? Ich bin im Augenblick so sehr beschäftigt, daß es mir unmöglich ist, Castel Gandolfo persönlich aufzusuchen."

„Die Nachricht wird übermittelt werden. Sie sind so sehr beschäftigt?"

„Natürlich. Es dürfte Ihnen ja bewußt sein, daß dies für uns Deutsche jetzt Feindesland ist."

„*Dies*, Herr Generalfeldmarschall? Dies ist kein italienischer Boden, und hier ist niemand Ihr Feind außer jenen, die böse sind."

„Ich bitte um Verzeihung, Euer Eminenz. Natürlich bezog sich meine Bemerkung auf Italien, nicht auf den Vatikan. Doch soweit es Italien betrifft, muß ich tun, was mein Führer befiehlt. Italien wird besetzt werden, und meine Truppen, bis jetzt als Verbündete hier, werden Polizisten sein."

Erzbischof de Bricassart wirkte ruhig und gelassen. Nichts in seinem so beherrschten Gesicht verriet, daß ihm bestimmte innere Kämpfe – Kämpfe ideologischer Art, wenn man so wollte – keineswegs fremd waren. Doch insgeheim beobachtete er Kesselring mit angespannter Aufmerksamkeit. Wußte der Generalfeldmarschall nicht, was sein Führer in Polen tat? Wie sollte er es wissen?

Der Kardinal setzte eine besorgte Miene auf. „Exzellenz, Sie haben dabei doch nicht etwa auch Rom im Auge, nicht wahr? Ah, nein! Nicht Rom mit seiner Geschichte und seinen unersetzlichen Kunstwerken, nicht wahr? Wenn Sie Ihre Truppen nach Rom schaffen, kommt es unvermeidlich zum Kampf, zur Zerstörung. Ich bitte Sie inständig – nur nicht das!"

Kesselring wirkte eigentümlich beklommen. „Ich hoffe, daß es nicht dazu kommen wird, Euer Eminenz. Aber auch ich habe einen Eid geleistet, auch ich stehe unter Befehl. Ich muß tun, was mein Führer verlangt."

„Wollen Sie für uns Ihr Möglichstes versuchen? Bitte, Sie müssen es tun! Vor einigen Jahren war ich in Athen", sagte Erzbischof de Bricassart rasch und beugte sich ein Stück vor. Eine weißgesprenkelte Haarsträhne fiel ihm in die Stirn, der Blick aus den weitgeöffneten Augen hatte von seinem Zauber nichts verloren: Ralph de Bricassart war sich seiner Wirkung auf den Deutschen bewußt, und er nutzte sie ohne die geringste Scheu. „Waren Sie schon einmal in Athen, Exzellenz?"

„Ja", erwiderte der Generalfeldmarschall kurz.

„Nun, dann kennen Sie zweifellos die Geschichte der Bauwerke auf der Akropolis. Ich meine nicht die Geschichte ihrer Entstehung, sondern die Geschichte ihrer Zerstörung. Die *Ruinen*, die man dort jetzt sehen kann, sind ja nicht das Produkt einer weit zurückliegenden Vergangenheit. Nein, es brauchte Menschen einer relativ modernen Zeit, um dieses Werk der Zerstörung zu vollbringen. Herr Generalfeldmarschall – noch steht Rom so, wie man es seit altersher kennt, ein Denkmal, das von zweitausend Jahren Pflege, Sorgfalt, Liebe zeugt. Ich flehe Sie an, bringen Sie es nicht in Gefahr."

Aus dem Blick, mit dem Kesselring den Erzbischof betrachtete, sprach Bewunderung, gemischt mit Verblüffung. Die Uniform stand Kesselring ganz ausgezeichnet, doch nicht weniger gut kleidete den Erzbischof seine Soutane mit ihrem Hauch imperialen Purpurs, und sie tat es, wenn man so wollte, auf sehr ähnliche Weise: Irgendwie erinnerte der Mann, der sie trug, jetzt an einen Soldaten – ein ganz und gar nicht verweichlichter Körper und das Gesicht eines Engels. Ein Gesicht, wie man es sich für den Erzengel Michael denken konnte; nicht die glatte Larve eines Renaissance-Jünglings, sondern die reifen, tiefgeprägten Züge eines nicht mehr jungen Mannes, der Luzifer geliebt und dann gegen ihn gekämpft hatte, der Adam und Eva aus dem Paradies vertrieb, der die Schlange erschlug, der zur Rechten Gottes stand. Wußte Ralph de Bricassart, wie er aussah? Jedenfalls war er ein Mann, den man nicht vergaß.

„Ich verspreche Ihnen, mein Möglichstes zu tun, Euer Exzellenz", sagte Kesselring. „Bis zu einem gewissen Grade liegt die Entscheidung bei mir, das räume ich ein. Wie Sie wissen, bin ich ein zivilisierter Mensch. Aber Sie verlangen sehr viel. Wenn ich Rom zur offenen Stadt erkläre, so bedeutet das, daß ich dort keine Brücken sprengen und keine Gebäude in Verteidigungsstellungen verwandeln kann, was sich für Deutschland letzten Endes zum Nachteil auswirken könnte. Welche Garantie habe ich, daß Rom mir meine Rücksichtnahme nicht mit Verrat entgilt?"

Der Kardinal schürzte leicht die Lippen. Er schien seiner Katze (eine elegante Siamesin war es jetzt) Luftküsse zuzuschicken. Dann lächelte er mild und blickte zum Erzbischof. „Rom würde Freundlichkeit nie mit Verrat entgelten, Herr Generalfeldmarschall. Und falls Sie Zeit finden, jene zu besuchen, welche in Castel Gandolfo ihren Sommeraufenthalt genommen haben, so wird man Ihnen das auch dort versichern, davon bin ich überzeugt. Hier, Kheng-see, mein Schatz! Was für ein reizendes Mädchen du doch bist!" Er setzte die Katze auf seinen scharlachroten Schoß, streichelte sie.

„Ein außergewöhnliches Tier, Euer Eminenz."

„Eine Aristokratin. Sowohl der Erzbischof als auch ich selbst sind die Träger alter, erlauchter Namen, doch verglichen mit ihrem Stammbaum sind unsere wie nichts. Gefällt Ihnen der Name? Es ist das chinesische Wort für Seidenblume. Sehr passend, nicht wahr?"

Der Tee war gekommen, alles wurde bereitgestellt. Die drei Männer schwiegen, bis die Laienschwester den Raum wieder verlassen hatte.

„Sie würden den Entschluß, Rom zur offenen Stadt zu erklären, bestimmt nicht zu bereuen haben, Exzellenz", sagte Erzbischof de

Bricassart mit einem schmelzenden Lächeln. Doch als er dann zum Kardinal blickte, fiel es gleichsam von ihm ab: diesem geliebten Freund gegenüber bedurfte es keiner Maske. „Wollen Euer Eminenz die Mutter sein, oder habe ich die Ehre?"

„Mutter?" fragte Kesselring verblüfft.

Kardinal di Contini-Verchese lachte. „Das ist ein kleiner Scherz bei uns Männern, die wir im Zölibat leben. Wer den Tee einschenkt, wird ‚Mutter' genannt – oder eigentlich ‚Mother'. Denn es handelt sich um eine *englische* Ausdrucksweise."

In der Nacht fand Erzbischof de Bricassart keine Ruhe. Dieser Krieg mußte ein Ende haben, ein möglichst rasches Ende. Doch was trug er, Ralph de Bricassart, eigentlich dazu bei? Nichts, wie es schien. Außer daß er vielleicht mithalf, alte Kunstwerke zu erhalten. Diese entsetzliche Passivität im Vatikan, sie war ihm zutiefst zuwider. Obschon seinem Wesen nach konservativ, empfand er die schneckengleiche Vorsicht jener in den höchsten Kirchenämtern schier unerträglich. Sah man von den einfachen Nonnen und Priestern ab, die hier dienende Funktionen hatten, so war es ihm schon seit Wochen nicht mehr vergönnt gewesen, mit einem einfachen Menschen zu sprechen: mit jemandem, den keine persönlichen Interessen politischer, militärischer oder auch geistlicher Art leiteten. Irgendwie fiel es ihm auch schwerer als sonst, sich ins Gebet zu versenken. Gott schien viele, sehr viele Lichtjahre entfernt zu sein: als habe ER sich ganz zurückgezogen und überlasse es SEINEN menschlichen Geschöpfen, die von IHM erschaffene Welt zu zerstören.

Was mir jetzt fehlt, dachte er, ist eine kräftige Dosis Meggie und Fee. Oder eine kräftige Dosis von sonst jemandem, den das Schicksal des Vatikans oder der Stadt Rom nicht weiter interessiert.

Er stieg die private Treppe zur großen Basilika von St. Peter hinab: Zufällig oder auch nicht so zufällig hatten ihn seine Schritte dorthin geführt. In dieser Zeit wurden die Türen stets bei Einbruch der Dunkelheit abgeschlossen, ein deutliches Zeichen für die beklommene Ruhe, die über Rom lag, unverkennbarer noch in seiner Bedeutung als selbst die Kompanien feldgrau gekleideter deutscher Soldaten, die durch die Straßen Roms marschierten.

Ein schwaches, gespenstisches Schimmern erhellte die leere, wie gähnende Apsis. Hohl hallten vom Steinboden die Schritte des Erzbischofs wider, und dieser Klang schien einzuschmelzen in die Stille, als er vor dem Hochaltar das Knie beugte, bevor er weiterging. Und dann, zwischen dem Takt zweier Schritte, hörte er ein Atmen, sehr deutlich, fast wie ein Keuchen. Sofort knipste er die Taschenlampe an, die er in der Hand hielt, und richtete den Lichtstrahl auf die betreffende Stelle, weniger erschrocken als neugierig. Denn dies war seine Welt, hier fühlte er sich durchaus sicher.

Der Lichtkegel fiel auf jene Skulptur, die in den Augen des Erzbischofs die schönste war, welche ein Mensch je geschaffen hatte: die Pietà des Michelangelo. Doch in unmittelbarer Nähe des Kunstwerks erkannte er ein Gesicht, das keinesfalls aus Marmor war – ein Gesicht aus Fleisch und Blut, jetzt voller Schatten, totengleich.

„*Ciao*", sagte der Erzbischof mit einem Lächeln.

Er erhielt keine Antwort, doch die Kleidung verriet ihm, daß es sich um einen einfachen deutschen Infanteristen handelte: Der einfache Mann, der einfache Mensch, den er jetzt brauchte, hier stand er also! Daß es ein Deutscher war, spielte keine Rolle.

„Wie geht's?" fragte er, noch immer lächelnd, auf deutsch.

Plötzlich sah er, daß auf der breiten Stirn des Soldaten Schweiß glänzte.

„Bist du krank?" fragte er den jungen Burschen.

Nach Sekunden kam die Antwort: „Nein."

Der Erzbischof legte seine Taschenlampe auf den Boden und trat auf den Soldaten zu. Er schob eine Hand unter sein Kinn, hob seinen Kopf höher. Die Augen des Jungen, denn viel mehr war er noch nicht, wirkten dunkel: tiefdunkel jetzt in der Dunkelheit.

„Was ist los?" fragte Ralph de Bricassart und lachte dann. „Da haben wir's wieder! Du kannst es nicht wissen, aber das ist in meinem Leben sozusagen meine Hauptfunktion gewesen – Leute zu fragen, was los ist. Und, glaube mir, es ist eine Frage, die mir schon viel Verdruß eingetragen hat."

„Ich bin gekommen, um zu beten", sagte der junge Soldat mit einer Stimme, die für sein Alter zu tief klang.

„Und dann bist du hier eingeschlossen worden, ja?"

„Ja. Aber das – das ist es eigentlich gar nicht."

Der Erzbischof hob seine Taschenlampe wieder auf. „Nun, wir können nicht die ganze Nacht hier bleiben, und für die großen Türen habe ich keinen Schlüssel. Komm also mit." Sie schritten auf die private Treppe zu, die zum Päpstlichen Palais führte. „Auch ich war hierhergekommen, um zu beten", fuhr der Erzbischof mit leiser Stimme fort. „Dank eurem Oberkommando war dies ein zu wenig schöner Tag, das heißt, für uns hier im . . ." Er brach ab. „Wenn man uns jetzt so beieinander sieht, nimmt hoffentlich niemand hier an, daß ich arretiert worden bin." Er lachte. „Nein, nein, man wird schon erkennen, wer hier wen geleitet."

Danach gingen sie etwa zehn Minuten schweigend nebeneinander her: durch Korridore, hinaus in offene Höfe und Gärten, wieder in ein Gebäude, mehrere Gänge entlang, eine Treppe hinauf. Nur zu bereitwillig schien der junge Deutsche seinem Gastgeber zu folgen, denn er hielt sich ganz dicht bei ihm. Schließlich öffnete der Erzbischof eine Tür und führte den Soldaten in einen kleinen Aufenthaltsraum, der sehr einfach und recht spärlich möbliert war. Er knipste eine Lampe an und machte die Tür zu.

Sekundenlang standen sie einander gegenüber. Erst jetzt hatte jeder von ihnen Gelegenheit, den anderen ein wenig genauer zu betrachten. Der deutsche Soldat sah einen sehr hochgewachsenen Mann mit einem Gesicht von ausgesprochen feiner Prägung und blauen, klarblickenden Augen; Erzbischof de Bricassart sah ein Kind, das man in die Uniform gesteckt hatte, die in ganz Europa so gefürchtet war. Ja, ein Kind; denn älter als achtzehn konnte dieser Junge auf gar keinen Fall sein. Von Durchschnittsgröße, wirkte er jetzt zwar eher schmächtig, versprach jedoch später einmal ein recht kräftiger Mann zu werden. Sein Gesicht war südländisch-dunkel und von aristokratischem Schnitt, überaus attraktiv. Große, dunkelbraune Augen wurden von langen schwarzen Wimpern überschattet, und das Kopfhaar, gleichfalls schwarz, lag in prachtvollen Naturwellen.

Mochte er auch ein einfacher Soldat sein, ein einfacher – das heißt, gewöhnlicher – Mensch war er offenbar nicht; das jedenfalls stand für den Erzbischof fest. Dieser Junge interessierte ihn plötzlich mehr, als es wohl jener fiktive „einfache Mensch" getan haben könnte, nach dem er sich jetzt doch so sehr gesehnt hatte.

„Nimm doch Platz", sagte er zu dem Soldaten und holte aus einem Schränkchen eine Flasche Marsala-Wein. Er schenkte zwei Gläser voll, reichte eines dem Jungen und ging mit dem anderen zu einem Sessel, von wo er das ihn so faszinierende Gesicht mit Muße betrachten konnte. „Zieht man jetzt schon Kinder ein?" fragte er, während er die Beine übereinanderschlug. „Haben die niemanden mehr sonst, der für sie kämpft?"

„Ich bin achtzehn", sagte der Junge. „Ich war in einem Heim, und die kommen sowieso sofort dran."

„Wie heißt du?"

„Rainer Moerling Hartheim", erwiderte der Junge. Er sprach den Namen mit rollenden Rs.

„Ein prachtvoller Name", versicherte der Priester ernst.

„Ja, nicht wahr? Ich habe ihn mir nicht ausgesucht. Im Heim haben sie mich oft geneckt wegen des Namens."

„Du bist eine Waise?"

„Die Schwestern nannten mich ein Kind der Liebe."

Der Erzbischof unterdrückte ein Lächeln. Jetzt, da er seine Furcht abgestreift hatte, zeigte der Junge eine eindrucksvolle Haltung: Gelassenheit und Würde zugleich. Was aber mochte ihn vorhin so in Schrecken versetzt haben? Daß er in der Basilika eingeschlossen worden war? Oder daß man ihn dort fand?

„Weshalb hast du dich so gefürchtet, Rainer?"

Der Junge hob das Weinglas zum Mund, trank einen Schluck, dann einen zweiten. Auf seinem Gesicht erschien ein Ausruck des Wohlbehagens. „Gut, er ist süß." Er machte es sich auf seinem Sitz bequemer. „Ich wollte unbedingt die Peterskirche sehen, weil uns die Schwestern immer davon erzählt haben. Auch Bilder haben sie uns gezeigt. Und so war ich froh, als wir nach Rom verlegt wurden. Heute morgen kamen wir hier an. Sobald ich konnte, bin ich dann nach Sankt Peter." Er krauste die Stirn. „Aber es war ganz anders, als ich's erwartet hatte. Ich meinte, ich würde mich unserem Herrgott näher fühlen, weil dies doch so richtig *seine* Kirche ist. Aber sie war bloß riesengroß und kalt. *Ihn* konnte ich überhaupt nicht fühlen."

Der Erzbischof lächelte. „Ich weiß, was du meinst. Aber Sankt Peter ist auch nicht wirklich eine Kirche. Nicht in dem Sinn, wie das die meisten Kirchen sind. Sankt Peter ist *die* Kirche. Ich erinnere mich sehr genau, daß ich eine lange Zeit brauchte, um mich daran zu gewöhnen."

Der Junge nickte nur kurz. Offenbar drängte es ihn, dem Priester etwas anzuvertrauen. Als er fortfuhr, wurde dem Erzbischof deutlicher als zuvor bewußt, daß er mit bayerischer Dialekteinfärbung sprach.

„Ich wollte beten und den Herrgott um seine Hilfe bitten."

„Betrifft es das, wovor du dich fürchtest?"

„Ja. Und ich dachte, es ist vielleicht gut, wenn ich das in der Peterskirche tu'."

„Wovor fürchtest du dich denn?"

„Vielleicht muß unser Regiment doch noch nach Rußland."

„Ich verstehe. Kein Wunder, daß du Angst hast. Aber was Rußland betrifft, brauchst du dir doch wirklich keine Sorgen zu machen. Du bist in Rom, also ganz am anderen Ende."

„Heute morgen habe ich gehört, wie unser Kommandeur sagte, wir würden vielleicht doch noch nach Rußland kommen. An der Ostfront steht es nicht sehr gut."

„Du müßtest eigentlich noch auf der Schule sein", sagte der Erzbischof abrupt.

„Das wäre ich jetzt sowieso nicht mehr." Der Junge lächelte. „Ich bin achtzehn, würde jetzt also arbeiten." Er seufzte. „Ich würde gern weiter zur Schule gehen."

Der Erzbischof begann zu lachen. Dann erhob er sich und füllte die Gläser nach. „Achte nicht weiter auf mich, Rainer. Sollte ich dir sonderbar vorkommen – nun, mir geht gerade alles Mögliche durch den Kopf. Dies ist sozusagen meine Stunde für krause Gedanken. Ich bin kein guter Gastgeber, nicht wahr?"

„Sie sind schon in Ordnung", sagte der Junge.

„Und jetzt", sagte der Erzbischof, während er wieder Platz nahm, „umreiße einmal kurz, wie du dich selber siehst und welche Ziele du hast, Rainer Moerling Hartheim."

Auf dem jungen Gesicht erschien ein eigentümlicher Ausdruck von Stolz. „Ich bin Deutscher und ich bin Katholik. Ich möchte, daß Deutschland ein Land wird, in dem es keine Verfolgung gibt, ob nun wegen der Rasse oder der Religion. Und wenn ich am Leben bleibe, dann will ich mich später mit ganzer Kraft dafür einsetzen."

„Ich werde für dich beten – daß du am Leben bleibst und daß du Erfolg hast."

„Würden Sie das wirklich tun?" fragte der Junge scheu. „Ich meine, ganz persönlich für mich beten, mit meinem Namen?"

„Natürlich. Durch dich habe ich sogar etwas gelernt. Daß mir in meinem – soll ich sagen: Gewerbe? – nur eine Waffe zur Verfügung steht, das Gebet. Eine andere Funktion habe ich nicht."

„Wer sind Sie?" fragte Rainer, den der Wein schläfrig zu machen schien. Er blinzelte.

„Ich bin Erzbischof Ralph de Bricassart."

„Oh! Ich dachte, Sie seien ein gewöhnlicher Priester!"

„Ich *bin* ein gewöhnlicher Priester. Nichts weiter."

„Ich möchte Ihnen einen Handel vorschlagen", sagte der Junge, und seine Augen funkelten plötzlich. „Sie beten für mich, Herr Erzbischof, und wenn ich am Leben bleibe und auch mein Ziel erreiche, dann komme ich wieder nach Rom, damit Sie sehen können, was Ihre Gebete bewirkt haben."

Die blauen Augen lächelten zärtlich. „Gut, abgemacht. Und wenn du kommst, werde ich dir sagen, was nach *meiner* Überzeugung mit meinen Gebeten geschehen ist." Er stand auf. „Bleib hier, kleiner Politiker. Ich werde sehen, daß ich für dich etwas zu essen finde."

Sie sprachen miteinander, bis über den Kuppeln und Campanilen der Morgen heraufzudämmern begann. Dann führte der Erzbischof seinen Gast durch die öffentlichen Räume des Palais, beobachtete mit Vergnügen, welch tiefen Eindruck alles auf diesen Jungen in Uniform machte, und entließ ihn schließlich in die kühle, frische Morgenluft.

Noch konnte er es nicht wissen, dieser Junge mit dem so prachtvollen Namen: Daß ihn das Schicksal in der Tat nach Rußland führen würde, wobei ihn eine liebevolle Erinnerung ebenso begleiten sollte wie eine tröstliche Gewißheit: daß in Rom, und zwar in jener Kirche, die so *richtig* die Kirche Gottes war, ein Mann für ihn beten würde, täglich und namentlich.

Als die Neunte nach Neuguinea eingeschifft wurde, war die amerikanisch-australische Gegenoffensive im pazifischen Raum bereits voll im Gang. Der Seeschlacht bei den Midway-Inseln war die Landung der Alliierten auf Guadalcanal gefolgt, und das hatte die japanischen Hoffnungen auf ein weiteres Vordringen in Richtung Australien zunichte gemacht. Doch genau wie die Deutschen wichen sie nur nach zähen und erbitterten Kämpfen zurück. Dabei war die Versorgungslage der Japaner eher kläglich, ihre Armeen wurden oft entscheidend geschwächt durch den Mangel an Nachschub und an Verstärkungen. Dennoch mußten die Amerikaner und die Australier für jeden Fußbreit Boden, den sie zurückeroberten, teuer bezahlen. Schließlich gaben die Japaner bei ihrem Rückzug Buna, Gona, Salamaua auf und setzten sich in Richtung Lae und Finschafen ab.

Am 5. September 1943 ging die Neunte Division unmittelbar östlich von Lae an Land. Es war heiß, die Luftfeuchtigkeit betrug hundert Prozent, und es regnete jeden Nachmittag, obwohl die Feuchte erst in zwei Monaten fällig war. Wegen der Malariagefahr mußten alle Atebrin schlucken, und mit den kleinen gelben Tabletten im Körper fühlte sich jeder so elend, als hätte er ein Mittel nicht gegen, sondern für die Malaria geschluckt. Bei der so stark wassergesättigten Luft blieb es nicht aus, daß die Männer auch fortwährend klamme oder gar feuchte Socken und Stiefel hatten. Die Füße wurden schwammig, das Fleisch zwischen den Zehen roh und blutig.

In Port Moresby hatten sie gesehen, in welch elendem Gesundheitszustand sich viele der Eingeborenen befanden. Wie aber sollte der weiße Mann hoffen, dieses Klima heil zu überstehen, wenn schon die Menschen, die dagegen eigentlich hätten immun sein müssen, von so furchtbaren Krankheiten heimgesucht wurden? – Lungenentzündung, Malaria, Beriberi, vergrößerte Leber, vergrößerte Milz, Yaws und andere Hautkrankheiten.

Ein stärkerer Gegensatz als zwischen Nordafrika und Neuguinea ließ sich kaum denken. Die Insel wurde in ihrer Länge von einer zentralen Gebirgskette durchzogen, die in den sogenannten Carstensz-Spitzen über fünftausend Meter hoch war. Der tropische Regenwald reichte bis zu einer Höhe von zweitausend Metern. Im Süden breitete sich, zum Teil als sumpfiges Schwemmland, eine weite Ebene.

Lae war eine Küstenstadt und lag inmitten von stark bewaldetem Grasland. Der Ort bestand aus wenigen europäischen Häusern und einer Ansammlung von Eingeborenenhütten. Auch eine Art Tankstelle gab es. Was die Japaner betraf, so waren sie zwar so listig und geschickt wie stets, jedoch an Zahl und Ausrüstung unterlegen. Zudem machte ihnen das Klima genauso zu schaffen wie den Australiern, gegen die sie schon gekämpft hatten und jetzt wieder kämpften.

Für die Männer der Neunten, die in Nordafrika gewesen waren, brachte Neuguinea noch eine andere Umstellung mit sich – eine Anpassung an die hier notwendige Kampfmethode. Nie sah man ein Geschütz oder einen Granatwerfer. Die Bewaffnung bestand aus Pistolen und aus Gewehren mit ständig aufgepflanztem Bajonett. Jims und Patsy liebten den Nahkampf. Sie blieben dicht zusammen, wobei jeder für den anderen gleichsam Schutz und Schirm war. Doch nach den Kämpfen mit dem deutschen Afrikakorps erschien ihnen dies hier wie eine Art Selbstdeklassierung. Die Gegner waren zwergenwüchsige, gelbhäutige Männer mit vorstehenden Zähnen, und alle schienen sie eine Brille zu tragen. Daß ihnen viel Martialisches anhaftete, ließ sich kaum behaupten.

Zwei Wochen nach der Landung der Neunten bei Lae gab es keinen japanischen Widerstand mehr. Es war ein schöner Tag, zumal für das Frühjahr auf Neuguinea. Die Luftfeuchtigkeit betrug zwanzig Prozent weniger als sonst, die Sonne strahlte herab von einem Himmel, der auf einmal blau war, anstelle des gewohnten dampfigen Weiß. Wie nicht anders zu erwarten, hatte sich die Disziplin der Soldaten gelockert. Jeder schien sich auf seine Weise zu entspannen, ob nun beim Kricketspielen, Umherwandern oder sonst was. Ein beliebter „Sport" bestand darin, Eingeborene zum Lachen zu reizen, weil sie dann ihr blutrotes, zahnloses Zahnfleisch zeigten, eine Folge des Betel-Kauens.

Jims und Patsy schlenderten außerhalb der Stadt durch das hohe Gras, weil es sie an Drogheda erinnerte. Es besaß die gleiche Tönung, ein verblichenes Beige oder Braun, und es war so lang, wie das Drogheda-Gras nach schweren Regenfällen zu sein pflegte.

„Wird jetzt nicht mehr lange dauern, bis wir wieder daheim

sind, Patsy", sagte Jims. „Die Japse haben wir jetzt am Laufen und die Teutonen auch. Nach Hause, Patsy, zurück nach Drogheda! Ich kann's gar nicht erwarten."

„Jaa", sagte Patsy.

Sie gingen Seite an Seite, viel dichter nebeneinander, als Männer das sonst zu tun pflegen. Manchmal berührten sie einander, nicht bewußt, sondern so, wie man seinen eigenen Körper berührt, weil es irgendwo juckt, oder ganz einfach in Gedanken. Und immer wieder kehrten sie ihre Gesichter der Sonne zu, die an diesem Tag wirklich eine Sonne war und nicht nur so etwas wie eine Riesenmottenkugel in einem Türkischen Bad. Mit geblähten Nasenflügeln sogen sie die Luft in sich ein und den Duft, oder nein: das heiße Licht auf dem Drogheda-ähnlichen Gras. Und ein bißchen träumten sie davon, daß sie bereits wieder daheim waren und Seite an Seite einem Wilga-Baum zustrebten, um in seinem Schatten die höllische Mittagshitze zu überstehen, vielleicht zu lesen, vielleicht zu dösen.

Im Wilga-Schatten. Herrlich lang konnte man sich dort machen, konnte auf der Haut, durch die Haut hindurch die freundliche, schöne Erde spüren, konnte irgendwo da unten in der Tiefe einen kraftvollen Herzschlag ahnen, wie das beruhigende Pochen eines mütterlichen Herzens für ein schlafendes Baby.

„Jims! Sieh nur! Ein echter Drogheda-Wellensittich!" sagte Patsy, und seine maßlose Verblüffung verriet sich durch das, was bei ihm schon Redseligkeit war.

Die Wellensittiche mochten hier um Lae genauso heimisch sein wie auf Drogheda, aber diese Frage stellte Patsy sich nicht. Für ihn war das eine unerwartete Erinnerung an die Heimat, und sie löste überschäumende Freude in ihm aus. Lachend jagte er hinter dem Wellensittich her, und während das hohe Gras seine bloßen Beine kitzelte, riß er sich den Slouch-Hut vom Kopf und schwenkte ihn, als hoffte er im Ernst, den flüchtigen Vogel darin zu fangen. Jims war stehengeblieben. Lächelnd beobachtete er seinen Bruder.

Patsy mochte etwa zwanzig Meter gerannt sein, als plötzlich ein Feuerstoß aus einem Maschinengewehr das Gras rings um ihn in Fetzen riß. Jims sah, wie er die Arme hochschleuderte und sich dann um die eigene Körperachse drehte. Von den Hüften bis zu den Knien war er voll Blut.

„Patsy, Patsy!" schrie Jims, und er glaubte, die Kugeln im eigenen Leib zu spüren, zu fühlen, wie auch sein Blut in pulsierenden Stößen aus seinem Körper quoll, wie er starb.

In weiten Sätzen wollte er zu seinem Bruder laufen, nein, jagen, hatte schon jeden Muskel gespannt. Doch jener Instinkt, jener geschulte und immer wieder erprobte Instinkt, der ihn bis jetzt hatte überleben lassen, gewann in ihm die Oberhand. Kopf voraus, tauchte er hinab ins Gras, und im selben Augenblick ratterte wieder das Maschinengewehr los.

„Patsy, Patsy, alles in Ordnung?" rief er, eine Frage, die ebenso töricht klang, wie sie beschwörend gemeint war.

So unglaublich es schien, es kam eine schwache, doch vernehmliche Antwort: „Jaa."

Jims robbte voran, unendlich langsam, Zentimeter für Zentimeter, die Bewegung der Grashalme durfte ihn nicht verraten.

Als er seinen Bruder erreichte, legte er Patsy erst die Hand, dann den Kopf auf die nackte Schulter und weinte.

„Hör auf", sagte Patsy. „Ich bin noch nicht tot."

„Wie schlimm ist es denn?" fragte Jims und zog ihm vorsichtig die blutdurchtränkten Shorts herunter und sah das blutbedeckte Fleisch.

„Fühlt sich jedenfalls nicht so, als ob ich sterben würde."

Jetzt tauchten in der Nähe ihre Kameraden auf. Manche trugen noch die Beinschützer und die Handschuhe vom Kricketspiel. Irgend jemand verschwand wieder, um für eine Tragbahre zu sorgen. Währenddessen gingen die übrigen daran, das Maschinengewehr zum Schweigen zu bringen, und sie taten es nicht mit der sonstigen Kaltblütigkeit und Gelassenheit. Jeder mochte Harpo, und jeder wußte auch, was der Verlust seines Bruders für Jims bedeuten würde.

Ein wirklich wunderschöner Tag. Der Wellensittich war längst verschwunden, doch viele andere Vögel sangen und zwitscherten um die Wette.

„Patsy hat bei allem noch verdammt viel Glück gehabt", sagte der Militärarzt etwas später zu Jims. „Er muß so ein Dutzend Kugeln im Körper haben. Doch die meisten sitzen in den Schenkeln. Und die zwei oder drei, von denen er weiter oben erwischt worden ist, scheinen in den Beckenknochen oder in die Muskeln dort gedrungen zu sein. Soweit ich das beurteilen kann, haben seine Därme nichts abbekommen und die Blase auch nicht. Das einzige . . ."

„Was? Was denn?" drängte Jims, als der Arzt nicht gleich weitersprach. Er zitterte noch immer, und seine Lippen wirkten blau.

„Nun, in diesem Stadium ist es natürlich schwer, irgend etwas mit Sicherheit festzustellen, und so ein Chirurgengenie wie manche von den Ärzten in Port Moresby bin ich ohnehin nicht. Die werden Ihnen eine Menge mehr sagen können. Aber jedenfalls hat die Harnröhre etwas abbekommen. Ich bin ziemlich sicher, daß man ihn so zusammenflicken kann, daß er wieder wie neu ist – von den Nerven allerdings vielleicht abgesehen." Er räusperte sich. „Was ich zu sagen versuche, ist – also womöglich wird er in der Genitalgegend nie wieder viel verspüren."

Jims blickte zu Boden. Es war, als ob er durch eine Kristallwand von Tränen starrte. „Wenigstens lebt er", sagte er.

Patsy wurde nach Port Moresby geflogen, und Jims durfte seinen Bruder begleiten und bei ihm bleiben, bis er sich außer Gefahr befand. Die Art der Verletzungen kam in der Tat fast einem Wunder gleich. Einen eigentlichen Bauchschuß hatte Patsy trotz der vielen Kugeln, von denen er getroffen worden war, nicht erhalten. Im unteren Beckenbereich war das Empfindungsvermögen stark beeinträchtigt.

„Spielt keine große Rolle", erklärte Patsy, als er auf der Krankenbahre lag, auf der er zum Flugzeug nach Sydney gebracht werden sollte. „War sowieso nie wild aufs Heiraten. Und du, Jims, paß ja gut auf dich auf, hörst du?"

„Nur keine Sorge, Patsy, ich pass' schon gut auf mich auf." Jims grinste, seine Finger hielten die Hand seines Bruders krampfhaft umklammert. „Komisch, wenn ich mir vorstelle, daß ich den Rest des Krieges ohne meinen besten Kumpel hinter mich bringen muß. Na, ich werde dir schreiben und berichten, wie das ist. Grüß alle schön von mir, ja? Mrs. Smith und Meggie und Mum und die Brüder, na, und eben alle. Hast ja auch irgendwie Schwein, daß du nach Drogheda zurückkannst."

Fee und Mrs. Smith flogen nach Sydney, um zur Stelle zu sein, wenn Patsy mit dem Flugzeug kam. Fee blieb nur ein paar Tage, doch Mrs. Smith nahm sich ein Zimmer in einem Randwick-Hotel dicht beim Prince-of-Wales-Lazarett.

Dort mußte Patsy drei Monate bleiben. Für ihn war der Krieg zu Ende. Mrs. Smith hatte viele Tränen vergossen, aber es gab auch viel, wofür man dankbar sein konnte. In einer Beziehung würde er nie ein vollwertiges Leben führen können, alles andere hingegen konnte er tun: gehen, rennen, reiten. Was die Fortpflanzung betraf, so schienen die Cleary-Männer ohnehin nicht viel davon zu halten.

Als er aus dem Lazarett entlassen wurde, fuhr Meggie mit dem Rolls nach Gilly, und sie und Mrs. Smith betteten Patsy auf den Rücksitz, zwischen Wolldecken und Illustrierten. Und beide Frauen beteten insgeheim darum, daß sich der Himmel noch ein zweites Mal gnädig erweisen möge: indem er auch Jims endlich nach Drogheda kommen ließ.

16

Erst als der Beauftragte des Kaisers Hirohito die Kapitulations-urkunde unterschrieb, glaubte man in Gillanbone, daß der Krieg endlich vorüber sei. Die Nachricht kam am Sonntag, dem 2. September 1945, fast auf den Tag genau sechs Jahre nach Kriegs-ausbruch. Sechs qualvolle Jahre. Jahre, die viele unersetzliche Verluste gebracht hatten: Dominic O'Rourkes Sohn Rory, Horry Hopetons Sohn John, Eden Carmichaels Sohn Cormac. Ross MacQueens jüngster Sohn Angus würde nie wieder gehen können, Anthony Kings Sohn David würde zwar gehen können, jedoch niemals mehr sehen, wohin er ging; und Paddy Clearys Sohn Patsy würde keine Kinder haben können. Viele gab es, deren Wunden man nicht sah, doch ihre Narben waren genauso tief. Junge Männer, die vor Jahren lachend auszogen, kehrten zurück, und sie lachten auch jetzt noch, doch viel seltener, zu selten. Niemand hatte damals geahnt, daß der Krieg so lange dauern und so viele Opfer fordern würde.

Es hätte sich kaum behaupten lassen, daß die Menschen im Gillanbone-Distrikt besonders abergläubisch waren, doch selbst die abgebrühtesten Zyniker beschlich an diesem 2. September ein eigentümliches Gefühl. Denn am selben Tag, an dem der Krieg endete, endete auch die längste Dürreperiode in der Geschichte Australiens. Seit nahezu zehn Jahren war kein Regen mehr gefallen, der für das Land wirklich von Nutzen gewesen wäre. Doch an diesem Tag ballten sich am Himmel urgewaltige dunkle Wolken, rissen dann auf und schütteten dreißig Zentimeter Regen auf die durstige Erde. Zwei oder drei Zentimeter Regen, das ist bei einer Dürre oft wirklich nur ein Tropfen auf einen heißen Stein, jedenfalls wenn nichts weiter nachfolgt. Doch dreißig Zentimeter, das bedeutet *Gras*.

Meggie, Fee, Bob, Jack, Hughie und Patsy standen auf der Veranda und sahen zu, wie es herabgoß durch die Dunkelheit. Und sie genossen den unbeschreiblichen süßen Geruch des Regens auf der durstigen, zerbröckelten Erde. Pferde, Schweine, Schafe, Rinder stemmten ihre Beine in den unter ihnen gleichsam dahin-schmelzenden Boden und ließen ihre zuckenden Leiber vom Wasser überfluten. Die meisten Tiere waren zu jung, um so etwas je erlebt zu haben. Auf dem Friedhof schwemmte der Regen den Staub fort und spülte alle Verkrustungen von den gebreiteten Flügeln des Botticelli-Engels. Im Creek gab es eine richtige

Flutwelle, und das Dröhnen des dahinjagenden Wassers mischte sich mit dem harten Trommeln des unablässig fallenden Regens. Ja, Regen, Regen! Es war, als ob eine gigantische Hand jetzt jenen Segen erteilte, der den Menschen und den Tieren und nicht zuletzt dem Land aus unerforschlichen Gründen so unendlich lange vorenthalten worden war. Der Regen, der wunderbare, gesegnete Regen: Regen bedeutete Gras, und Gras bedeutete Leben.

Wie hellgrüner Flaum begann es, den Erdboden zu überziehen. Fast zaghaft lugten zuerst die winzigen Halme hervor, und wuchsen dann rasch und immer rascher, und je höher das Gras wuchs, desto dunkler wurde es, bis es sich, kniehoch inzwischen, in jenes Gras verwandelte, das typisches Drogheda-Gras war: Silber-Beige. Die Home Paddock sah aus wie ein Weizenfeld, über das mutwillig der Wind hinstrich, und in den Gärten gab es geradezu eine Explosion von Farben. Überall sah man schwellende, aufbrechende Knospen, und selbst der Geister-Eukalyptus, über viele Jahre hinweg wie völlig von Staub umhüllt, wurde nun wieder zum altvertrauten Weiß und Lindgrün. Aber mochte nicht nur der Geister-Eukalyptus, sondern praktisch alles grau und braun gewesen sein vor Staub, eines hatte sich immerhin bewahrheitet: Den vielen einst von Michael Carson angelegten Wassertanks verdanke es zumindest die Homestead von Drogheda, daß eine zehnjährige Dürreperiode überdauert worden war.

Bob, Jack, Hughie und Patsy ritten hinaus auf die Koppeln und beratschlagten, wie und wo man damit anfangen sollte, den Viehbestand zu vergrößern. Fee verbannte bei ihrer Buchführung energisch die rote Tinte: die würde sie hoffentlich nicht so rasch wieder brauchen. Was Meggie betraf, so ließ sich absehen, daß ihr Leben im Sattel nun ein Ende fand. Es konnte nicht allzulange dauern, bis Jims nach Hause kam und Männer auftauchten, die auf der Station nach einem Job suchten.

Nach den vielen Dürrejahren war der Viehbestand ganz unglaublich zusammengeschrumpft, doch man hatte alles getan, um sich die für die Zucht wertvollsten Tiere zu erhalten. Sie befanden sich in Verschlägen und wurden sorgfältig gefüttert, die Schafböcke und die Bullen, von denen man sich am meisten versprach. Bob fuhr nach Osten zum oberen Teil der Western Slopes, und dort, wo die Stationen von der Dürre nicht so hart getroffen worden waren, kaufte er Mutterschafe. Jims kehrte heim nach Drogheda. Acht Viehtreiber wurden eingestellt. Meggie konnte ihren Sattel an den Nagel hängen.

Bald darauf erhielt sie einen Brief von Luke, den zweiten, seit sie ihn verlassen hatte.

„Wird jetzt nicht mehr lange dauern, schätze ich", schrieb er. „Noch ein paar Jahre im Zuckerrohr, und ich hab's geschafft. Mein verflixter Rücken will zwar nicht mehr ganz so wie früher, aber ich halte immer noch mit den Besten mit und schneide so meine acht bis neun Tonnen pro Tag. Der Rubel rollt, und wir können kaum soviel Zucker produzieren, wie die in Europa haben wollen. Arne und ich haben jetzt noch zwei Gruppen, die für uns schneiden, alles Prachtburschen. Ich verdiene über fünftausend Pfund pro Jahr, und das meiste davon spare ich. Wird nun nicht mehr lange dauern, Meg, bis ich draußen bei Kynuna bin. Und wenn ich alles richtig in Reih und Ordnung habe, vielleicht hast Du dann Lust, wieder zu mir zu kommen. Habe ich Dir das Kind gegeben, das Du haben wolltest? Komisch, wie Frauen doch so wild auf Kinder sind. Das war es wohl auch, was zum Bruch zwischen uns geführt hat, wie? Schreib mir doch mal, wie es Dir so geht und wie Drogheda die Dürre überstanden hat. Gruß – Luke."

Fee kam auf die Veranda, wo Meggie mit dem Brief saß, den Blick abwesend auf das leuchtende Grün des Rasens gerichtet.

„Wie geht es Luke?"

„Wie immer, Mum. Ich meine, er hat sich offenbar überhaupt nicht verändert. Noch ein paar Jahre in dem verdammten Zucker, und eines Tages wird er sich dann bei Kynuna Land kaufen."

„Glaubst du, daß er das jemals wirklich tun wird?"

„Ja, schon – irgendwann."

„Und würdest du dann zu ihm gehen, Meggie?"

„Nein, nie – niemals!"

Fee setzte sich zu ihrer Tochter, und zwar so, daß sie sie genau im Auge hatte. Aus einiger Entfernung hörte man Hämmern und rufende Männerstimmen. Überall wurden sogenannte Fliegenfenster angebracht, überaus feinmaschige Drahtnetze. In der Zeit der Dürre war die Fliegenplage von Jahr zu Jahr verheerender geworden. Lange, sehr lange hatte Fee sich gesträubt, die Fassaden der Häuser „verschandeln" zu lassen – bis es mit den Fliegen dann so unerträglich wurde, daß sie schließlich dem scheinbar Unumgänglichen zustimmte. Also hatte sie einen sogenannten Contractor mit seinen Leuten engagiert, die nun überall diese Drahtnetze zum Schutz gegen die Fliegen anbrachten.

Doch von Elektrizität wollte sie nach wie vor nichts wissen, obwohl die Scherer in ihrer Schurhütte schon seit 1915 durch Generatoren mit Strom versorgt wurden. Anstelle des sanften Lampenscheins, wie man ihn bisher kannte, das grelle elektrische Licht? Nein, das kam gar nicht in Frage. Immerhin gab es auf Drogheda jetzt einen dieser neuen Propangasherde sowie ein rundes Dutzend der nicht weniger neuen Kerosin-Kühlschränke. So ganz hatte sich die australische Industrie noch nicht auf die Friedensproduktion umgestellt, aber das kam schon mit der Zeit.

„Meggie, warum läßt du dich nicht von Luke scheiden und heiratest wieder?" fragte Fee unvermittelt. „Enoch Davies könntest du sofort haben, er hat nie eine andere angesehen."

Meggies schöne Augen richteten sich voll Verwunderung auf ihre Mutter. „Guter Gott, Mum, ich glaube fast, du sprichst zu mir wirklich ganz von Frau zu Frau!"

Fee lächelte nicht. Fee lächelte selten. „Nun, wenn du inzwischen nicht eine Frau geworden bist, wirst du nie eine werden. Aber ich denke doch, daß man dich als eine ansehen könnte. Ich scheine alt zu werden, ich fühle mich geschwätzig."

Meggie lachte vergnügt. Ihre Mutter befand sich offenbar in einer Stimmung, die man bei ihr sonst kaum oder gar nicht gewohnt war. „Das macht der Regen, Mum, wirklich. Ich meine, es ist doch so wunderbar, auf Drogheda wieder das Gras wachsen zu sehen. Da, der grüne Rasen, sieh doch nur!"

„Ja, sicher. Aber du weichst meiner Frage aus. Warum willst du dich nicht von Luke scheiden lassen und wieder heiraten?"

„Das wäre gegen das Gebot der Kirche."

„Unsinn!" sagte Fee, doch sie sagte es ohne Schärfe. „Zur Hälfte stammst du von mir, und ich bin keine Katholikin. Versuche nicht, mir etwas vorzumachen, Meggie. Wenn du wirklich wieder heiraten wolltest, würdest du dich schon von Luke scheiden lassen."

„Ja, wahrscheinlich. Aber ich will eben nicht wieder heiraten. Ich bin hier auf Drogheda mit meinen Kindern sehr glücklich."

Aus einem nahen Gebüsch erscholl ein Kichern, unverkennbare Laute.

„Da, hörst du ihn, Mum?" fragte Meggie. „Das ist Dane. Natürlich, wer sonst könnte es sein? Aber weißt du auch, daß er mit seinen sieben Jahren schon genauso gut zu Pferde sitzt wie ich?" Sie beugte sich vor. „Dane, was treibst du da? Komm sofort heraus!"

Er kroch unter dem tiefsten Gezweig hervor, die Hände voll schwarzer Erde und auch den Mund auffallend schwarz verschmiert.

„Mum, hast du gewußt, daß Erde gut schmeckt? Tut sie wirklich, Mum, ehrlich!"

Er kam zu ihr, ein schlankes und anmutiges Kerlchen mit einem Gesicht wie aus Porzellan. Für sein Alter war er ziemlich groß und auch recht kräftig.

Justine tauchte auf und stellte sich neben ihn. Auch sie war groß, jedoch eher dürr als schlank. Ihr Gesicht mit den sandfarbenen Brauen und Wimpern war in einem solchen Maße von riesigen Sommersprossen übersät, daß sich ihre Züge kaum eindeutig erkennen ließen. Doch ihre Augen wirkten genauso eigentümlich farblos und so beunruhigend, wenn nicht gar verstörend, wie früher. Ein hübsches Kind hätte man sie wirklich nicht nennen können. Wenn dennoch keiner dieses Gesicht vergaß, so nur der sonderbaren Augen wegen. Auch ihr Charakter prägte sich anderen unvergeßlich ein, ihre Direktheit, ihre Willensstärke, ihre Kompromißlosigkeit. Wie man über sie dachte, war ihr, der nun Achtjährigen, nach wie vor völlig gleichgültig, und es gab nur einen Menschen, auf den es ihr wirklich ankam: Dane. Ihn betete sie an, und außerdem betrachtete sie ihn immer noch als ihr Eigentum.

Kein Wunder, daß es deshalb zwischen ihr und ihrer Mutter zu manchem harten Zusammenstoß kam. Als Meggie nicht mehr auf die Koppeln ritt und sich wieder in ein mütterliches Wesen zurückverwandelte, war das für Justine fast so etwas wie ein Schock. Was sie selbst betraf, so schien sie keine Mutter zu brauchen, sie war ohnedies davon überzeugt, in allem recht zu haben. Eine Vertraute oder jemanden, der ihr Anerkennung zollte, brauchte sie ebensowenig. In ihren Augen war Meggie in der Hauptsache jemand, der stets und ständig das Vergnügen beeinträchtigte, das sie an Dane hatte. Mit ihrer Großmutter kam sie wesentlich besser aus. Fee gehörte zu den Menschen, die Justines ausdrückliche Billigung fanden: Sie hielt auf Distanz und traute einem ein Mindestmaß an Verstand zu.

„Ich habe ihm gesagt, daß er keinen Schmutz essen soll", erklärte Justine.

„Nun, er wird davon schon nicht sterben, Justine, aber gut ist es für ihn natürlich auch nicht." Meggie blickte zu ihrem Sohn. „Warum hast du das getan, Dane?"

Er überlegte sehr ernsthaft. „Sie war da, und deshalb habe ich sie gegessen. Und sie hat gut geschmeckt. Wenn sie für mich schlecht wäre, würde sie doch nicht gut schmecken, nicht wahr?"

„Ach was, das will doch gar nichts sagen", unterbrach ihn Justine. „Aber mit dir geb' ich's langsam wirklich auf, Dane. Es gibt doch Sachen, die ganz besonders gut schmecken und ganz besonders giftig sind."

„Nenn doch mal eine!" forderte er sie heraus.

„Melasse!" rief sie triumphierend.

Bei Mrs. Smith in der Speisekammer hatte Dane einmal einen

Topf voll Melasse entdeckt und den gesamten Inhalt verschlungen, woraufhin ihm natürlich mordsübel geworden war. Jetzt nickte er kurz, versuchte jedoch, seiner Schwester in die Parade zu fahren. „Ich lebe ja noch, also kann's doch gar nicht so giftig gewesen sein."

„Das ist nur, weil du's wieder ausgebrochen hast. Hättest du das nicht getan, wärst du jetzt tot."

Dagegen fiel ihm kein Argument ein, doch das schien ihm nichts weiter auszumachen. Er hakte sich bei Justine ein, die Geschwister waren fast genau gleich groß, und gemeinsam gingen beide zu dem sogenannten Kinderhäuschen, das die Cleary-Männer – übrigens genau nach Anweisung – zwischen den tiefhängenden Ästen eines Pfefferbaums für sie hatten errichten müssen. Die Erwachsenen waren zunächst sehr dagegen gewesen wegen der dort so zahlreich umherschwirrenden Bienen. Die Kinder hatten jedoch gemeint, das sei überhaupt nicht gefährlich, und sie hatten recht behalten. Pfefferbäume, so erklärten sie, seien die nettesten aller Bäume. Ganz friedlich war es dort, und sie rochen auch so gut und hatten so hübsche rötliche Früchte.

„Sie sind so verschieden voneinander, die beiden, und kommen doch so gut miteinander aus", sagte Meggie. „Das verwundert mich immer wieder. Ich wüßte nicht, wann sie sich schon einmal gestritten hätten, wobei mir einfach rätselhaft ist, wie Dane es schafft, bei einem so halsstarrigen Mädchen wie Justine beständig einem Streit aus dem Weg zu gehen."

Doch Fees Gedanken waren auf etwas anderes gerichtet. „Gott, er ist seinem Vater wirklich wie aus dem Gesicht geschnitten", sagte sie, während Dane sich unter die tiefsten Zweige des Pfefferbaums duckte und verschwand.

Meggie spürte, wie sofort Kälte in ihr hochstieg. So oft hatte sie das schon gehört in den vergangenen Jahren, von so vielen Seiten, doch nie konnte sie sich daran gewöhnen, daß die Leute Luke meinten. Weshalb eigentlich nicht? Zwischen Luke O'Neill und Ralph de Bricassart bestand doch eine grundlegende Ähnlichkeit. Dennoch reagierte sie nie ganz natürlich, wenn jemand von Danes Ähnlichkeit mit seinem Vater sprach. Denn sie konnte in Dane selbstverständlich ganz und gar nichts von Luke finden.

„Meinst du wirklich, Mum?" fragte sie so beiläufig sie nur konnte. „Ich meinerseits sehe das einfach nicht. Aber vielleicht liegt das daran, daß er in seinem Wesen so ganz anders ist als Luke."

Fee lachte. Es klang zwar halb wie ein Schnauben, doch es war ein Lachen, und ihr Blick haftete voll grimmiger Ironie auf

Meggies verdutztem Gesicht. „Hältst du mich wirklich für eine solche Närrin, Meggie? Ich spreche nicht von Luke O'Neill. Ich spreche davon, daß Dane Ralph de Bricassart wie aus dem Gesicht geschnitten ist."

Blei. Alles an ihr und in ihr schien aus Blei zu sein, der Kopf, die Arme, die Beine, selbst das Herz.

„Aber, Mum!" Auch ihre Stimme klang bleiern. „Was sagst du da – *Pater Ralph de Bricassart!?*"

„Ganz recht. Du hast dich nicht verhört, und du weißt es auch! Luke O'Neill hat diesen Jungen nicht gezeugt. Er ist Ralph de Bricassarts Sohn. Das habe ich beim ersten Blick gewußt – als ich dich von ihm entbunden habe."

„Warum hast du dann nie etwas gesagt? Weshalb hast du bis jetzt gewartet mit deiner – deiner verrückten und unbegründeten Anschuldigung."

Fee streckte ihre Beine aus und legte bequem die Füße übereinander. „Ich werde nun doch langsam alt, Meggie. Und da tun einem die Dinge nicht mehr so weh. Ja, Alter kann ein Segen sein! Es tut gut zu sehen, wie Drogheda sozusagen wieder zu sich selber kommt. Deshalb fühle ich mich wie schon lange nicht mehr. Und zum ersten Mal seit Jahren bin ich auch zum Sprechen aufgelegt."

„Nun, Mum, wenn du dich schon mal zum Reden entschließt, dann setzt du aber gleich sonderbare Behauptungen in die Welt! Dazu hast du doch einfach kein Recht! Es ist einfach nicht wahr!" sagte Meggie verzweifelt.

Plötzlich streckte Fee die Hand aus und legte sie Meggie aufs Knie. Und sie lächelte – nicht verbittert oder verächtlich, sondern mit einem eigentümlichen Ausdruck von Anteilnahme. „Lüge *mir* bitte nichts vor, Meggie. Belüge sonst, wen immer du belügen magst, aber nicht *mich*. Es gibt nichts, das mich je davon überzeugen könnte, daß Luke O'Neill Danes Vater ist. Ich bin nicht dumm, und ich habe Augen im Kopf. In dem Jungen ist nichts, aber auch gar nichts von Luke. Woher denn auch? Dane ist das Ebenbild dieses Priesters. Seine Gesichtsform, seine Augenbrauen, sein Haaransatz, sein Mund, sogar die Form der Hände und die Art, wie er sich bewegt. Ralph de Bricassart, Meggie, Ralph de Bricassart!"

Meggie gab das Leugnen auf. Plötzlich fühlte sie sich wie erlöst. Sie saß völlig entspannt. „Und vor allem der Ausdruck in seinen Augen", sagte sie, „diese – wie soll ich sagen – Distanziertheit, das fällt mir selbst immer am meisten auf. Und *ist* es nicht auch auffällig, Mum, dies alles, meine ich? Und wissen es nicht *alle?*"

„Natürlich nicht", erklärte Fee mit aller Entschiedenheit. „Die

Leute sehen die Farbe der Augen, die Form der Nase, die ganze Gestalt – nun ja, den Typ halt. Und da besteht dann durchaus eine gewisse oberflächliche Ähnlichkeit mit Luke. Bei mir war das anders. Ich wußte es sofort, weil ich dich und Ralph de Bricassart jahrelang beobachtet hatte. Mir war klar, er brauchte nur den kleinen Finger zu krümmen, und sofort würdest du gelaufen kommen. Schamlos warst du, Meggie, ja, absolut schamlos!" In ihrer Stimme klang eine unüberhörbare Härte an. „Aber er war ein sehr standfester Mann. Er war fest entschlossen, ein vollkommener Priester zu sein. Du kamst für ihn erst in zweiter Linie. Oh, was für eine Dummheit! Denn es hat ihm nichts genützt, nicht wahr? Es war nur eine Frage der Zeit, bis etwas geschah."

Um die Hausecke ließ einer der Handwerker seinen Hammer fallen und fluchte laut. Fee fuhr unwillkürlich zusammen. „Lieber Himmel", sagte sie, „ich wünschte wirklich, die wären endlich fertig mit diesen Fliegenfenstern!" Sofort kehrte sie wieder zum Thema zurück. „Glaubst du denn, du hättest mich damals getäuscht, als du nicht wolltest, daß Ralph de Bricassart herkam, um dich mit Luke zu trauen? *Ich* wußte Bescheid. Du wolltest ihn nicht als Priester, der die Trauung vollzog, sondern als Bräutigam. Als er dann vor seiner Abreise nach Athen nach Drogheda kam und dich hier nicht mehr vorfand, war mir klar, daß er früher oder später versuchen würde, dich zu finden. Wie ein völlig verirrter und verwirrter kleiner Junge lief er hier herum. Deine Heirat mit Luke war dein klügster Schachzug, Meggie. Solange er wußte, daß du nach ihm schmachtest, wollte Ralph dich nicht. Aber kaum, daß du einem anderen gehörtest, zeigte er alle klassischen Symptome der Eifersucht, um nicht zu sagen des Futterneids. Natürlich hatte er sich selber eingeredet, seine Gefühle für dich seien so rein wie der reinste Schnee. Tatsache blieb allerdings, daß er dich brauchte. Du warst für ihn so wichtig, so notwendig, wie es wohl noch nie eine Frau für ihn gewesen war und wie es sicher nie wieder eine Frau für ihn sein wird. Sonderbar." Fee schüttelte verwundert den Kopf. „Ich habe mich immer gefragt, was, um alles in der Welt, er nur in dir sah. Aber Mütter sind, was ihre Töchter betrifft, wohl ziemlich blind – bis sie zu alt werden, um auf die Jugend noch länger eifersüchtig zu sein. Du und Justine, das ist in gewisser Weise dasselbe Verhältnis wie früher zwischen mir und dir."

Sie lehnte sich auf ihrem Sessel zurück, schaukelte mit halbgeschlossenen Augen ein wenig hin und her, behielt Meggie jedoch so sorgfältig im Blick wie ein Wissenschaftler sein Präparat.

„Was er auch immer in dir gesehen haben mag", fuhr sie fort,

„er sah es gleich beim allerersten Mal, und es hörte nie auf, ihn zu verzaubern. Besonders hart kam es ihn an, als er sich damit abfinden mußte, daß du allmählich erwachsen wurdest. Als er dann vor seiner Abreise nach Athen auf Drogheda erschien, *war* er bereit, sich damit abzufinden, doch da warst du fort, verheiratet. Armer Ralph! Er mußte ganz einfach nach dir suchen. Und er hat dich ja auch gefunden, nicht wahr? Ich wußte es, als du nach Hause kamst, bevor Dane geboren wurde. Sobald du Ralph gehabt hattest, brauchtest du nicht länger bei Luke zu bleiben."

„Ja", sagte Meggie leise, und es klang wie ein Seufzen. „Ralph hat mich gefunden. Aber gelöst worden ist dadurch für uns nichts. Ich wußte, daß er seinen Gott nie aufgeben würde. Und deshalb war ich entschlossen, von ihm das einzige zu bekommen, was ich von ihm bekommen konnte. Sein Kind. Dane."

„Es ist, als ob ich ein Echo hörte", sagte Fee und lachte ihr eigentümliches, wie rostiges Lachen. „Das könnte durchaus ich sein, die so spricht."

„Frank?"

Der Sessel scharrte. Fee stand auf, entfernte sich ein Stück, kehrte wieder um, starrte ihre Tochter an. „Sieh mal an", sagte sie. „Wie du mir, so ich dir, oder? Seit wann weißt *du* es denn?"

„Seit ich ein kleines Mädchen war. Seit Frank weggelaufen ist."

„Sein Vater war bereits verheiratet. Er war viel älter als ich, ein bedeutender Politiker. Wenn ich seinen Namen nennen würde, wüßtest du sofort Bescheid. Überall in Neuseeland sind Straßen nach ihm benannt, wohl auch ein oder zwei Städte. Nennen wir ihn jetzt Pakeha. Das bedeutet in der Maori-Sprache ‚weißer Mann‘, und es mag für diesen Zweck genügen. Er ist inzwischen natürlich tot. Ich habe eine Spur Maori-Blut in mir, doch Franks Vater war zur Hälfte Maori. Bei Frank hat sich das so stark ausgeprägt, weil er von beiden Elternteilen etwas mitbekam. Oh, wie sehr habe ich diesen Mann geliebt! Vielleicht war es der Ruf unseres Blutes, ich weiß es nicht. Er war stattlich. Ein großer Mann mit einem schwarzen Haarschopf und wunderbar glänzenden, lachenden schwarzen Augen. Er war alles, was Paddy nicht war – gebildet, kultiviert, überaus charmant. Ich liebte ihn bis zur Besessenheit. Und ich glaubte, nie wieder einen anderen lieben zu können. Mit diesem Selbstbetrug begnügte ich mich so lange, bis – bis es zu spät war, ja, zu spät!" Ihre Stimme klang plötzlich sehr brüchig. Sie drehte den Kopf, blickte zum Garten. „Da sind viele offene Fragen, die ich zu beantworten hätte, Meggie, glaub’ mir."

„Deshalb hast du Frank also mehr geliebt als uns andere", sagte Meggie.

„Ich habe geglaubt, ihn mehr zu lieben, weil er Pakehas Sohn war, die übrigen jedoch Paddys Kinder waren." Fee setzte sich wieder, gab dann einen leisen und sonderbaren Laut von sich, wie ein klagendes Ausatmen. „Alles ist schon einmal dagewesen", sagte sie dann. „Und wenn ich's dir offen gestehen soll, Meggie – als ich Dane sah, da mußte ich ganz unwillkürlich für mich lachen."

„Mum, du bist eine außergewöhnliche Frau!"

„Bin ich das?" Der Sessel ächzte, sie beugte sich vor. „Ich möchte dir ein kleines Geheimnis verraten, Meggie. Ob ich nun eine außergewöhnliche oder eine ganz gewöhnliche Frau bin, ich bin auf jeden Fall eine sehr unglückliche Frau. Aus irgendeinem Grund bin ich unglücklich gewesen seit dem Tag, an dem ich Pakeha kennenlernte, und hauptsächlich ist das meine eigene Schuld. Ich liebte ihn, doch was er mir antat, sollte keiner Frau widerfahren. Und dann war da Frank. Krampfhaft klammerte ich mich an ihn und ignorierte euch übrige. Ignorierte auch Paddy, den besten Menschen, der mir je begegnet war. Nur begriff ich das nicht. Ich hatte ja viel zuviel damit zu tun, ihn mit Pakeha zu vergleichen. Oh, ich war ihm durchaus dankbar, und es konnte mir ja auch einfach nicht verborgen bleiben, was für ein feiner Mann er war . . ." Sie zuckte die Achseln. „Nun, das ist alles Vergangenheit. Wenn ich etwas sagen wollte, Meggie, dann dies: Es ist verkehrt, es ist falsch. Das weißt du doch, nicht wahr?"

„Nein, das weiß ich nicht. So wie ich das sehe, ist die Kirche im Unrecht, wenn sie erwartet, daß ihre Priester ihr auch das geben."

„Sonderbar eigentlich, daß es *die* Kirche heißt, daß sie also weiblichen Geschlechts ist, nicht wahr? Du hast einer Frau den Mann gestohlen, Meggie, genau wie ich damals."

„Ralph hatte nie eine Verbindung oder ein Verhältnis mit einer Frau außer mit mir, Mum. Die Kirche ist keine Frau. Sie ist ein Ding, eine Institution."

„Versuche nicht, dich vor mir zu rechtfertigen. Das ist völlig überflüssig. So wie du jetzt denkst, habe ich damals auch gedacht. Doch eine Scheidung konnte für ihn nicht in Frage kommen. Er war einer der ersten Männer seiner Rasse, der politisch Bedeutung erlangte. Er mußte wählen zwischen seinem Volk und mir. Und welcher Mann könnte wohl einer solchen Gelegenheit widerstehen, sich von besonderem Wert zu erweisen? Genauso hat ja auch Ralph die Kirche gewählt, nicht wahr? Und so dachte ich: Soll's mir doch gleichgültig sein, ich nehme, was ich von ihm bekommen kann. Dann bleibt mir zum Lieben wenigstens sein Kind."

Plötzlich haßte Meggie ihre Mutter. Sie haßte sie, weil ihr der

Vorwurf, der implizite Vorwurf, sie habe so etwas wie ein heilloses Chaos angerichtet, ungerechtfertigt und unerträglich schien. Und so sagte sie: „Allerdings habe ich's weit geschickter angestellt als du, Mum. Mein Sohn hat einen Namen, den ihm niemand nehmen kann, nicht einmal Luke."

Fees Atemstoß war so heftig, daß es wie ein Zischen klang. „Gemein! O ja, man täuscht sich in dir! Du bist doch so sanftmütig, so lammfromm, nicht wahr? Fast so etwas wie die verkörperte edle Einfalt. Nun, mein Vater hat mir damals einen Mann gekauft, um Frank einen Namen zu geben und mich loszuwerden. Das hast du wohl nicht gewußt, aber woher wußtest du überhaupt?"

„Das ist meine Sache."

„Du wirst bezahlen, Meggie. Glaub' mir, du wirst bezahlen. Irgendwann kommt für dich genauso die Quittung, wie sie für mich gekommen ist. Ich habe Frank auf eine Weise verloren, die ... für eine Mutter kann es nichts Schlimmeres geben. Ich sehne mich danach, ihn wiederzusehen, und darf es doch nicht ... Warte nur! Auch du wirst deinen Sohn verlieren."

„Nicht, solange ich etwas dagegen tun kann. Du hast Frank verloren, weil er und Daddy sich nicht miteinander verstanden. Ich habe dafür gesorgt, daß bei Dane kein Daddy da ist, der ihm Fesseln anlegt. Statt dessen werde ich ihn an Drogheda fesseln. Weshalb wohl mache ich schon jetzt so etwas wie einen kleinen Viehtreiber aus ihm? Auf Drogheda wird er sicher sein."

„War Daddy hier sicher? Oder Stuart? Wirkliche Sicherheit, das gibt es nirgendwo. Und wenn Dane einmal von hier fortwill, wirst du ihn nicht zurückhalten können. Daddy hat Frank keine Fesseln angelegt, wie du das nennst. Das war es ja gerade. Frank ließ sich nicht anbinden, ließ sich an nichts fesseln. Und wenn du meinst, dir, einer Frau, könnte das bei Ralph de Bricassarts Sohn gelingen, so irrst du dich gewaltig. Das liegt doch auf der Hand, nicht wahr? Wenn keine von uns beiden den Vater halten konnte, wie können wir dann hoffen, den Sohn zu halten?"

„Ich kann Dane nur auf eine Weise verlieren: wenn du nicht für dich behältst, was du weißt, Mum. Aber ich warne dich, ich würde dich umbringen."

„Keine Sorge. Soviel Mühe bin ich gar nicht wert, und außerdem ist dein Geheimnis bei mir gut aufgehoben. Ich bin nur eine interessierte Zuschauerin. Ja, in der Tat, das ist alles, was ich bin. Eine Zuschauerin."

„Oh, Mum! Was hat dich nur so werden lassen? Warum bist du nur so – so gar nicht bereit, zu geben?"

Fee seufzte. „Da waren Ereignisse, die lange vor deiner Geburt liegen", sagte sie in einem Ton, der aus ihrem Mund überraschend pathetisch klang.

Meggie ballte unwillkürlich die Hände. „Hör schon auf damit! Komm mir nicht so, nach allem, was du mir gerade erzählt hast. Du prügelst auf einem toten Gaul herum, ich kann's einfach nicht mehr hören. Es ist Unsinn, Unsinn, Unsinn! Verstehst du, Mum? Den größten Teil deines Lebens hast du dich darin gesuhlt wie eine Fliege im Sirup!"

Fee lächelte breit. Plötzlich wirkte sie sehr zufrieden. „Ich habe immer geglaubt, es sei viel wichtiger, Söhne zu haben als eine Tochter. Doch das war offenbar ein Irrtum. Ich habe meine Freude an dir, Meggie, wie ich sie an meinen Söhnen nie haben könnte. Eine Tochter ist ebenbürtig. Söhne sind's nicht, weißt du. Sie sind nichts als hilflose Puppen, die wir aufstellen, um sie ganz nach Belieben wieder umwerfen zu können."

Meggie starrte ihre Mutter an. „Du bist so – so erbarmungslos. Dann sag mir doch, worin liegt der Irrtum, den wir begehen?"

„Darin, daß wir zur Welt kommen", erwiderte Fee.

Zu Tausenden kehrten die Männer nach Hause zurück, und sie tauschten ihre Khaki-Uniformen gegen Zivilkleidung ein. Die Labor-Regierung, noch immer im Amt, unterzog die riesigen Grundbesitze der westlichen Ebenen einem besonders harten und kritischen Blick und befand, es sei nicht richtig, wenn soviel Land jeweils einer einzigen Familie gehörte, wo doch die zurückkehrenden Männer für Australien ihre Pflicht getan hatten. Sie brauchten Grund und Boden, wo sie sich niederlassen konnten, zumal es darauf ankomme, das Land intensiver zu bearbeiten. In einem Gebiet von der Größe der USA lebten sechs Millionen Menschen, doch was die riesigen Grundbesitze anging, so befanden sie sich in den Händen einiger weniger. Deshalb sollten die größten Besitzungen geteilt werden. Die vom Kern abgetrennten Bodenflächen würden Kriegsveteranen erhalten.

So schrumpfte Bugela dann von 60.000 Hektar auf 25.000; Martin King mußte an zwei heimgekehrte Soldaten je 15.000 Hektar abtreten, Rudna Hunish hatte eine Gesamtfläche von 60.000 Hektar umfaßt, wovon Ross MacQueen die Hälfte verlor; zwei Kriegsveteranen erhielten je 15.000 Hektar. So ging es überall. Natürlich entschädigte die Regierung die Viehzüchter. Allerdings zahlte sie weniger, als das Land auf dem offenen Markt erbracht hätte. Und es schmerzte. Ja, es schmerzte. Welche

Argumente man in Canberra, der Bundeshauptstadt, auch vorbrachte, die Regierung ließ sich nicht erweichen. Besitzungen in der Größenordnung von Bugela oder Rudna Hunish würden geteilt werden. Schließlich gebe es im Gillanbone-Distrikt viele gutgehende Stationen von weniger als 20.000 Hektar, und das sei Beweis genug, daß niemand Besitzungen von so gewaltiger Ausdehnung brauche.

Was am meisten schmerzte, war das Gefühl, daß die Kriegsveteranen diesmal wohl durchhalten würden. Auch nach dem Ersten Weltkrieg hatten nahezu alle großen Stationen eine teilweise Enteignung über sich ergehen lassen müssen, doch die Sache war völlig undurchdacht in die Wege geleitet worden, mit den unvermeidlichen Folgen: Die Neu-Viehzüchter verfügten weder über eine Ausbildung noch über Erfahrungen und mußten daher scheitern. Nach und nach kauften die Squatter von den entmutigten Veteranen das enteignete Land wieder zurück, dazu noch zu Schleuderpreisen. Diesmal verhielt es sich jedoch anders. Die Regierung war entschlossen, die neuen Siedler auszubilden und diese Ausbildung auch selbst zu finanzieren.

Was die Squatter betraf, so waren sie fast alle leidenschaftliche Anhänger und Mitglieder der Country-Party und verabscheuten zutiefst die Labor-Regierung, die ihnen als die Verkörperung von Industrieproletariat, Gewerkschaften und saft- und kraftlosen marxistischen Intellektuellen erschien. Als besonders harten Schlag empfand man es, daß die Clearys, erklärte Labor-Wähler, auf Drogheda nicht auf einen einzigen Hektar würden verzichten müssen. So groß die Station auch war, da sie der Katholischen Kirche gehörte, wurde sie von jeder Teilenteignung ausgenommen. Der Protestschrei war so laut, daß er bis Canberra hinüberklang, doch was half's: man nahm ihn nicht zur Kenntnis. Für die Squatter, die stets geglaubt hatten, über die stärkste Lobby im ganzen Land zu verfügen, war dies eine bittere Erfahrung. Bei aller Bundesstaatlichkeit konnte, wer immer in Canberra an der Macht war, praktisch schalten und walten, wie er wollte.

Drogheda jedenfalls, ein Gigant in einer Liliput-Welt, behielt jeden einzelnen seiner 100.000 Hektar.

Der Regen kam und ging. Manchmal war es gerade genug, manchmal zuviel, manchmal zuwenig. Doch eine Dürrezeit wie jene endlos lange, die rund zehn Jahre gedauert hatte, gab es gottlob nicht wieder. Allmählich nahm die Zahl der Schafe wieder zu, und die Qualität der Wolle übertraf jene der Vor-Dürrejahre, eine beachtliche Leistung. Viehzüchten galt ganz einfach als „in". Die Leute sprachen viel von Haddon Rig bei Warren, und viele traten in aktiven Wettbewerb mit dessen Besitzer Max Falkiner, wozu sich Gelegenheit ergab auf der Royal Easter Show in Sydney, wo es unter anderem auch darum ging, wer den besten Schafbock und das beste Mutterschaf gezüchtet hatte. Der Preis für Wolle kletterte und kletterte, bis er dann wie eine Rakete in die Höhe schoß. Europa, die USA und Japan waren gierig auf jeden Fetzen guter Wolle, den Australien produzieren konnte. Was in anderen Ländern an Wolle erzeugt wurde, war gröber und fand auch seine Verwendung, für schwere Gewebe wie Teppiche oder Filze. Doch für hochklassige Wolltextilien gab es nichts Besseres als die langen, seidigen Fasern von den australischen Merino-Schafen. Und die absolute Spitze dieser Faser wurde draußen auf den Schwarzerdebenen des nordwestlichen Neusüdwales und des südwestlichen Queensland erzielt.

Nach den vielen unglaublich harten Dürrejahren schien es jetzt so etwas wie einen gerechten Ausgleich zu geben. Die Gewinne, die Drogheda machte, überstiegen alle Vorstellungen: Millionen Pfund pro Jahr. Fee, an ihrem Schreibtisch, strahlte Zufriedenheit aus. Bob stellte weitere zwei Viehtreiber ein. Wären die Kaninchen nicht gewesen, so hätte man die Weideverhältnisse ideal nennen müssen. Doch mit den Kaninchen war es die gleiche Plage wie eh und je.

In der Homestead war das Leben auf einmal überaus angenehm. Die engmaschigen Drahtnetze schützten das Innere der Häuser vor der urewigen Fliegenpest, und man begann sich zu fragen, wie man es denn nur so lange ohne diese Netze ausgehalten hatte. Mochten die Fassaden auch in gewisser Weise „verschandelt" sein, es gab so manches, was einen darüber hinwegtröstete: zum Beispiel, daß man jetzt bei großer Hitze auf der Veranda unter den rankenden Wistarien essen konnte, *al fresco*, wie man es nannte – nun, zumindest quasi im Freien.

Bei diesen Mahlzeiten hatte man dann regelmäßig, wenn man so wollte, die Frösche zu Gast. Klein waren sie, geradezu winzig, glitzergrüne Leiber mit einem zarten Goldschimmer. Und sie hockten da, einfach so, unendlich träge. Bis dann urplötzlich Bewegung in sie kam. Sie schnappten zu, hatten jetzt irgendein Insekt im Maul, so eine Art Nachtfalter, fast größer als sie selbst, und dann saßen sie, wieder so träge wie zuvor, während zwei Drittel ihrer Beute ihnen wie besessen zum Maul herausflappten. Es war ein Schauspiel, das Dane und Justine immer wieder fesselte. Wie lange würde es dauern, bis so ein Frosch sein Opfer ganz verschlungen hatte? Sehr ernst und sehr würdig hockten sie da, die Herren oder auch Damen Frösche, und etwa alle zehn Minuten rutschte ihnen ihre Beute ein Stückchen tiefer in den Schlund. Bis das Insekt ganz verschwunden war, verging meist sehr viel Zeit, und noch bis zum allerletzten Augenblick sah man in der Regel die zuckende Flügelspitze eines Falters.

„Iiii!" rief Dane mit einem leisen Lachen. „Also ich weiß nicht – muß schon ein komisches Gefühl sein, wenn man zur einen Hälfte noch lebt und zur anderen längst verschlungen ist."

Beide Kinder verfügten über einen für ihr Alter bemerkenswerten Wortschatz, eine Folge der nun schon traditionellen Cleary-Leidenschaft fürs Lesen. Sie waren intelligent, zeigten sich an allem interessiert und kannten das Leben eigentlich nur von seiner angenehmen Seite. Sie hatten ihre Ponys, deren Größe dem Alter der Kinder entsprechend zunahm, und an Mrs. Smiths grünem Küchentisch machten sie – wohl oder übel – brav die Aufgaben, die sie per Fernunterricht zu erledigen hatten. Im übrigen besaßen sie ihre Schoßtiere, Katzen, Hunde und anderes mehr, und den allerersten Rang dabei nahm ein rosa Schweinchen ein, das mindestens so intelligent war wie ein Hund und das die Kinder Iggle-Piggle tauften.

Krank waren die Kinder selten, eine Erkältung oder eine Grippe hatten sie nie, was sicher auch daran lag, daß sie hier, fernab von allen Städten, kaum einer Ansteckungsgefahr ausgesetzt waren. Meggie fürchtete für beide Kinderlähmung, Diphterie, vieles mehr, und so ließ sie Dane und Justine gegen alles impfen, wogegen Kinder nur geimpft werden konnten. Es war ein wunderschönes, ein geradezu ideales Leben für die beiden jungen O'Neills. Sie konnten sich nach Herzenslust austoben, ohne daß ihre geistige Entwicklung vernachlässigt worden wäre.

Als Dane zehn war und Justine elf, wurden sie nach Sydney auf die Schule geschickt. Dane, wie es die Tradition verlangte, nach Riverview, und Justine nach Kincoppal. Meggie brachte beide zum Flugzeug, sah ihre blassen kleinen Gesichter und wäre am liebsten mitgeflogen. Schließlich gingen ihre Kinder zum ersten Mal im Leben fort von Drogheda und von Gillanbone. Die Familie, von Fee über Bob bis Jims und Patsy, war einhellig der Meinung gewesen, es sei für die Kinder besser, auf sich selbst gestellt zu sein.

„Verweichliche sie nicht", hatte Fee streng gesagt.

Doch als die DC-3 in einer Wolke von Staub vom Boden abhob und emporstrebte in die flimmernde Luft, fühlte Meggie sich eigentümlich zerrissen. Der Gedanke, Dane zu verlieren, brach ihr fast das Herz. Von Justine trennte sie sich relativ leicht.

Dane gegenüber waren ihre Gefühle klar und eindeutig. Ihn mußte man einfach lieben, und er akzeptierte diese Liebe so selbstverständlich, wie er, wenn man es so nennen wollte, die Atemluft akzeptierte. Justine ihrerseits war ein ebenso liebenswertes wie abscheuliches Ungeheuer. Ja, es gab so manches an ihr, was man nicht nur lieben konnte, sondern lieben mußte: ihre Charakter- und Willensstärke, ihre erstaunliche Selbständigkeit. Doch eben das war es dann auch. Justine schien einfach zu selbständig zu sein, um sich so lieben zu lassen wie Dane, und nie gab sie Meggie das schöne Gefühl, daß sie sie brauchte. So mancher ihrer Charakterzüge erinnerte an Luke. Zumindest war sie nicht geizig, und dafür konnte man immerhin dankbar sein.

Mit dem Flugzeug konnten die Kinder in den Ferien, selbst in den kürzesten, stets rasch nach Gillanbone und dann nach Drogheda kommen. Sehr bald jedoch hatten sie sich an ihr neues Leben in den Schulen gewöhnt. Dane empfand stets Heimweh, wenn er auf Drogheda gewesen war. Bei Justine hingegen verhielt es sich umgekehrt. Sydney schien für sie genau das richtige Pflaster zu sein, und wenn sie sich auf Drogheda befand, sehnte sie sich in die Stadt zurück.

Die Jesuiten im Riverview-College zeigten sich von Dane entzückt. Er erwies sich als hervorragender Schüler, und zwar sowohl im Klassenzimmer als auch auf dem Sportplatz. Die Nonnen von Kincoppal hingegen waren weit entfernt von solcher Begeisterung. Wer scharfe Augen und eine so scharfe Zunge besaß wie Justine, konnte kaum hoffen, besonders beliebt zu sein. Ihrem Bruder um ein Schuljahr voraus, war sie in ihren Leistungen wahrscheinlich besser als dieser, allerdings nur im Klassenzimmer.

Die Ausgabe des „Sydney Morning Herald" vom 4. August 1952 war von Interesse. Selten fand sich auf der großen Vorderseite mehr als eine Fotografie und daneben die aktuelle Story vom Tage. An diesem Tag zeigte das Bild das eindrucksvolle Porträt von Ralph de Bricassart.

Der Text lautete:

„Seine Exzellenz Erzbischof Ralph de Bricassart, gegenwärtig enger Vertrauter des Staatssekretärs des Heiligen Stuhls in Rom, wurde heute von Sciner Heiligkeit, Papst Pius XII., zum Kardinal ernannt.

Ralph Raoul Kardinal de Bricassart kann auf ein langjähriges und sehr erfolgreiches Wirken für die Katholische Kirche in Australien zurückblicken. Dieses Wirken begann mit seiner

Ankunft als gerade geweihter Priester im Juli 1919, und es endete mit seiner Abreise zum Vatikan im März 1938.

Kardinal de Bricassart kam am 23. September 1893 in der Republik Irland zur Welt, als zweiter Sohn einer Familie, deren Stammvater Baron Ranulf de Bricassart war, ein Adliger aus dem Gefolge von Wilhelm dem Eroberer. Zu den Traditionen dieser Familie gehörte es, daß in der Regel jeweils der zweitälteste Sohn in den Dienst der Kirche trat. So kam Ralph de Bricassart mit siebzehn Jahren aufs Seminar. Nach seiner Priesterweihe schickte man ihn nach Australien, und die ersten Monate hier verbrachte er in der Diözese Winnemurra, im Dienst des inzwischen verstorbenen Bischofs Michael Clabby.

Im Juni 1920 wurde er als Gemeindepfarrer nach Gillanbone im nordwestlichen Neusüdwales versetzt. Dort blieb er bis zum Dezember 1928. Danach diente er zunächst bei Seiner Exzellenz Erzbischof Cluny Dark als Privatsekretär und anschließend, in gleicher Funktion, bei dem damaligen Apostolischen Legaten und Erzbischof, dem jetzigen Kardinal di Contini-Verchese. In dieser Zeit erhielt Ralph de Bricassart den Rang eines Bischofs. Als Kardinal di Contini-Verchese nach Rom ging, um im Vatikan seine bemerkenswerte Karriere fortzusetzen, wurde Ralph de Bricassart, als Erzbischof, sein Nachfolger als Apostolischer Legat in Australien. Diesen wichtigen Posten hatte er bis 1938 inne, als man ihn nach Rom berief. Dort, inmitten der zentralen Hierarchie der Katholischen Kirche, nahm er einen spektakulären Aufstieg. Jetzt, mit 58 Jahren, gilt er als einer der wenigen Männer, welche die päpstliche Politik entscheidend mitgestalten.

Gestern sprach ein Vertreter des ‚Sydney Morning Herald‘ mit einigen seiner früheren Pfarrkinder in Gillanbone. Man hat ihm ein treues und liebevolles Andenken bewahrt. Die Bewohner des reichen und für seine Schafzucht berühmten Distrikts gehören in ihrer überwiegenden Mehrheit dem römisch-katholischen Glauben an.

‚Pater de Bricassart gründete seinerzeit die Heilig-Kreuz-Busch-Bibliotheks-Gesellschaft‘, erklärte Mr. Harry Gough, Bürgermeister von Gillanbone. ‚Das war – vor allem für die damalige Zeit – ein bemerkenswerter Dienst, der zunächst großzügig von Mrs. Mary Carson und, nach ihrem Tod, besonders vom Kardinal selbst unterstützt wurde; denn uns und unsere Bedürfnisse hat Ralph de Bricassart nie vergessen.‘

‚Er war der bestaussehende Mann, den ich je zu Gesicht bekommen habe‘, sagte Mrs. Fiona Cleary von der Station Drogheda, einer der größten und gewinnbringendsten Stationen in

Neusüdwales. ‚Während seiner Zeit in Gillanbone war er für seine Pfarrkinder eine große geistliche Stütze, vor allem für uns hier auf Drogheda, das ja, wie Sie wissen, der Katholischen Kirche gehört. Aber seine Hilfe ging noch darüber hinaus. Bei Überschwemmungen half er uns, das Vieh zusammenzutreiben, und auch bei Bränden eilte er herbei, um uns beizustehen, obwohl er dann nichts weiter tun konnte, als unsere Toten zu begraben. Er war in jeder Beziehung ein außergewöhnlicher Mensch und besaß mehr Charme als irgendein anderer Mann, den ich je kannte. Daß er zu Großem berufen war, sah man ihm an. Wir erinnern uns noch gut an ihn, obwohl es inzwischen zwanzig Jahre her ist, seit er uns verlassen hat. Ja, ich glaube, es läßt sich wahrheitsgemäß behaupten, daß es um Gilly noch manche gibt, die ihn sehr vermissen.'

Während des Krieges diente der damalige Erzbischof de Bricassart treu und unbeirrbar Seiner Heiligkeit, und man schreibt ihm das Verdienst zu, Generalfeldmarschall Albert Kesselring dazu bewogen zu haben, Rom zur offenen Stadt zu erklären, nachdem Italien zum Gegner Deutschlands geworden war. In der Zeit unmittelbar nach dem Krieg half der jetzige Kardinal de Bricassart Tausenden von sogenannten Displaced persons – Menschen, die ihre Heimat verloren hatten und in anderen Ländern Asyl suchten. In besonderem Maße unterstützte er das australische Einwanderungsprogramm.

Mag Kardinal de Bricassart von Geburt auch Ire sein, Australien kann zweifellos in hohem Maße für sich das Recht beanspruchen, in ihm einen seiner bemerkenswertesten Männer zu sehen."

Meggie gab Fee die Zeitung zurück und lächelte ihre Mutter eigentümlich an.

„Man muß ihm gratulieren, wie ich zu dem Reporter vom ‚Herald' sagte. Aber das haben sie nicht gedruckt. Dafür haben sie deine kleine Lobpreisung fast wörtlich gebracht, wie ich sehe. Was für eine stachlige Zunge hast du doch! Jetzt weiß ich wenigstens, wo Justine das herhat. Ich frage mich nur, wie viele Leute wohl klug genug sind, um zwischen den Zeilen das zu lesen, was du eigentlich gesagt hast."

„Nun, jedenfalls er, wenn er es je zu Gesicht bekommt."

„Ob er sich überhaupt noch an uns erinnert?" fragte Meggie mit einem leisen Seufzen.

„Gewiß. Schließlich findet er immer noch Zeit, sich persönlich um die Angelegenheiten von Drogheda zu kümmern. Natürlich erinnert er sich an uns, Meggie. Wie könnte er auch vergessen?"

„Richtig. An Drogheda hatte ich nicht gedacht. Nun, wir bringen jetzt ja eine Menge Gewinn, nicht wahr? Das wird ihm sicher sehr gefallen. Es müssen ja nicht unbedingt Goldminen sein. Das Goldene Vlies tut's gegebenenfalls auch. Über vier Millionen Pfund, nur durch das Scheren unserer Bäh-Lämmer. Wenn das nichts ist."

„Sei nicht zynisch, Meggie, das paßt nicht zu dir", sagte Fee. Ihr Verhältnis zu ihrer Tochter schien sich mit den voranschreitenden Jahren gemildert zu haben. Sie bewies Meggie gegenüber immer wieder Achtung und auch Zuneigung. „Es geht uns ja wirklich nicht schlecht, nicht wahr? Vergiß nicht, daß wir, ganz gleich, ob die Zeiten gut sind oder schlecht, Jahr für Jahr unser Geld bekommen. Und hat er Bob nicht als Prämie hunderttausend gezahlt und uns übrigen pro Kopf fünfzigtausend? Wenn er sich's einfallen ließe, uns morgen von Drogheda zu verjagen, könnten wir's uns leisten, Bugela zu kaufen, selbst bei den jetzigen inflationären Bodenpreisen. Und wieviel hat er deinen Kindern gegeben? Tausende und aber Tausende. Sei fair in deinem Urteil über ihn."

„Nun, meine Kinder wissen nichts davon, und sie sollen auch nie etwas Genaueres erfahren. Ich will, daß sie in dem Bewußtsein aufwachsen, sich ihren Weg in der Welt selbst bahnen zu müssen, ohne die Hilfe des lieben Ralph Raoul Kardinal de Bricassart. Sonderbar, daß sein zweiter Vorname Raoul ist! Sehr normannisch, wie?"

„Und was wirst du tun, wenn er nach Drogheda kommt, Meggie?" fragte Fee unvermittelt.

„Ach was!" erwiderte Meggie. „Er kommt doch nie!"

„Wer weiß", sagte Fee.

Und sie behielt recht. Er kam. Im Dezember. In einem Aston-Martin-Sportwagen fuhr er die ganze weite Strecke von Sydney bis nach Drogheda. Die Presse hatte nicht erfahren, daß er sich in Australien befand, und so ahnte auch niemand auf der Station, daß man ihn erwarten mußte. Als das Auto in den kiesbestreuten Anfahrtsweg vor dem Haus einbog, war niemand in der Nähe. Offenbar hatte man ihn auch nicht kommen hören, denn kein Mensch erschien.

Spätestens von Gillanbone an hatte er gleichsam mit jeder Zelle seines Körpers seine Umgebung in sich aufgenommen: den Busch, die Schafe, das trockene, wie ruhelos in der Sonne flimmernde Gras und die vielen Gerüche. Känguruhs und Emus, Galahs und Goannas, Millionen Insekten, Fliegen und Bienen und Ameisen und unendlich viel mehr. Er liebte, was er sah, nicht zuletzt deshalb, weil sich darin zeigte, was er in allen Dingen liebte. Die verstreichenden Jahre schienen dies kaum zu beeinträchtigen.

Das große Haus wirkte völlig unverändert bis auf die sogenannten Fliegenfenster. Aber Fee hatte, wie Ralph de Bricassart nicht ohne eine gewisse Belustigung bemerkte, offenbar sehr strikt darauf geachtet, daß die schöne georgianische Fassade so gut wie unangetastet blieb. Nun ja, es wäre auch wirklich bedauerlich gewesen. Wie lange lebte der Geister-Eukalyptus eigentlich schon? Diese Bäume hier mußten vor etwa achtzig Jahren vom sogenannten Toten Herzen des Landesinneren hierher verpflanzt worden sein. Die Bougainvillaea in den Ästen ganz oben glich einer gleitenden Masse aus Kupfer und Purpur.

Es war bereits Sommer, zwei Wochen noch bis Weihnachten, und die Drogheda-Rosen standen in voller Blüte. Rosen allüberall, weiße Rosen und gelbe Rosen und Rosen in so unendlich vielen Schattierungen von Rot, hellem Rot, Herzblutrot, auch Kardinalsrockrot. Ja, allüberall waren sie, die Rosen: zwischen den Wistarien und auf dem Verandadach und um die Fensterläden im ersten Stock und auch um die Wassertanks und die Gestelle, auf denen sich diese befanden. So dicht wucherte es dort, daß man von Tanks und Gestellen praktisch nichts sah. Im übrigen schien, wie er jetzt bemerkte, überall ein ganz bestimmter Farbton zu dominieren, ein fahles Rötlich-Grau. Asche der Rosen? Ja, das war der Name dieser Farbe. Offenbar hatte Meggie diese Rosen angepflanzt. Ja, Meggie mußte es gewesen sein.

Er hörte ihr Lachen, Meggies Lachen, und stand völlig bewegungslos, wie vor Schrecken erstarrt. Dann zwang er seine Füße, in die Richtung zu gehen, aus der dieses Lachen kam. Inzwischen hatte es sich gewandelt, war zu einem Kichern geworden, das gleichsam aus verzückten Trillern bestand. Genauso hatte Meggie als kleines Mädchen gelacht. Von dorther kam es, dort erklang es! Da drüben hinter rötlich-grauen Rosen dicht bei einem Pfefferbaum. Er schob Blüten und Zweige mit der Hand beiseite und empfand ein leichtes Taumelgefühl, weil alles so betäubend auf ihn eindrang, der Duft – und das Lachen.

Aber Meggie war gar nicht da, nur ein Junge, der im üppigen Rasen kauerte und seine Scherze trieb mit einem rosigen kleinen Schweinchen, das auf ihn zurannte, wieder davongaloppierte und überhaupt allerlei verrückte Kapriolen zeigte. Der Junge warf seinen Kopf mit dem hellen Haarschopf in den Nacken und lachte. Meggies Lachen war es. Ja, ihr Lachen, nur aus einer anderen Kehle. Kardinal de Bricassart vergaß die Rosen. Er ließ das Gezweig, das er mit der Hand zurückgebogen hatte, ganz automatisch los, trat gleichzeitig jedoch hindurch, ohne auf irgendwelche Dornen zu achten. Der Junge, der zwischen zwölf und vierzehn Jahre alt sein mußte, blickte überrascht auf, und das Schwein quiekte, krümmte den Schwanz in die Höhe und rannte davon.

Nur ein Paar alte Khaki-Shorts hatte er an, nichts sonst. Seine Haut, von goldbrauner Tönung, wirkte seidig. Der schlanke Körper, noch völlig knabenhaft zwar, zeigte dennoch bereits Anzeichen für die spätere, die männliche Prägung. Die Schultern besaßen einen unverkennbaren Ansatz zur Breite, die Beinmuskeln waren gut durchgebildet, die Hüften schmal, der Bauch flach. Er hatte verhältnismäßig langes Haar, sehr lockig, mit einem Farbton wie sonnengebleichtes Drogheda-Gras. Die schwarzen, unglaublich dichten Wimpern umrahmten Augen von sehr intensivem Blau. Er sah aus wie ein junger Engel.

„Hallo", sagte er mit einem Lächeln.

„Hallo", erwiderte Kardinal de Bricassart und entdeckte, daß er dem Reiz dieses Lächelns nicht widerstehen konnte. „Wer bist du?"

„Ich bin Dane O'Neill", erklärte der Junge. „Und wer sind Sie?"

„Mein Name ist Ralph de Bricassart."

Dane O'Neill. Er war also Meggies Sohn. Sie hatte Luke O'Neill damals offenbar doch nicht verlassen, sondern sich wieder mit ihm ausgesöhnt. Hatte ihm dann diesen bildschönen Knaben geboren, der auch sein, Ralph de Bricassarts, Sohn hätte sein können, wäre er nicht bereits mit der Kirche verheiratet gewesen. Unsinn, Kardinal de Bricassart! unterbrach er seine eigenen Gedanken. Hättest du nämlich nicht die Kirche geheiratet, so wärst du in Irland geblieben, um dort Pferde zu züchten. In anderen Worten: Weder Drogheda noch Meggie Cleary würdest du kennengelernt haben.

„Kann ich Ihnen helfen?" fragte der Junge höflich und erhob sich. Mit einer auffallenden Anmut der Bewegungen, wie der Kardinal fand – nun, das konnte Dane wohl nur von seiner Mutter haben.

„Ist dein Vater hier, Dane?"

„Mein Vater?" Die dunklen, feingeschwungenen Augenbrauen zogen sich leicht zusammen. „Nein, er ist nicht hier. Er ist noch nie hier gewesen."

„Oh, ich verstehe. Ist deine Mutter denn hier?"

„Sie ist in Gilly, wird aber bald zurück sein. Meine Nanna ist jedoch im Haus. Möchten Sie sie sprechen? Ich bringe Sie gern zu ihr." Die Augen, blau wie Kornblumen, starrten plötzlich überrascht, weiteten sich, verengten sich dann. „Ralph de Bricassart. Ich habe von Ihnen gehört. Oh! Kardinal de Bricassart! Euer Eminenz, es tut mir leid! Ich wollte nicht unhöflich sein."

Statt geistlicher Gewänder hatte der Kardinal zwar Stiefel, Reithose und ein weißes Hemd an, doch an der Hand trug er jenen Rubin-Ring, den er niemals ablegen durfte. Dane O'Neill kniete nieder und küßte den Ring ehrfurchtsvoll.

„Ist schon recht, Dane. Ich bin nicht als Kardinal de Bricassart hier, sondern als alter Freund deiner Mutter und deiner Großmutter."

„Es tut mir leid, Euer Eminenz. Ich hätte Ihren Namen sofort erkennen müssen. Er wird hier ja oft genug genannt. Aber Sie sprechen ihn ein wenig anders aus, und dann – nun, zusammen mit dem Vornamen hat mich das irritiert. Meine Mutter wird sich sehr freuen, Sie zu sehen, das weiß ich."

„Dane, Dane, wo bist du?" rief eine ungeduldige weibliche Stimme, die überraschend tief klang und etwas von jenem reizvollen Timbre hatte, das man rauchig zu nennen pflegt.

Die tiefhängenden Wedel des Pfefferbaums teilten sich, und ein junges, etwa fünfzehnjähriges Mädchen erschien. Ihre Augen verrieten Ralph de Bricassart sofort, daß sie Meggies Tochter sein mußte. Das eigentümlich scharf geprägte Gesicht mit den pennygroßen Sommersprossen zeigte allerdings enttäuschend wenig Ähnlichkeit mit Meggie.

„Oh, hallo. Tut mir leid. Ich wußte nicht, daß wir einen Besucher haben. Ich bin Justine O'Neill."

„Jussy, das ist Kardinal de Bricassart!" sagte Dane in lautem Flüsterton. „Küß seinen Ring, rasch!"

In den wie blinden, ausdruckslosen Augen blitzte Verachtung. „Also ich weiß wirklich nicht, Dane, wie du dich immer mit der Religion hast", sagte sie und gab sich nicht die geringste Mühe, ihre Stimme zu senken. „Einen Ring küssen? Das wäre unhygienisch, das tu' ich nicht. Und woher wollen wir wissen, daß dies wirklich Kardinal de Bricassart ist? Mir sieht er eher wie einer von diesen altmodischen Viehzüchtern aus."

„Er ist's, er ist's wirklich!" beharrte Dane. „Bitte, Jussy, sei nett! Sei mir zuliebe nett!"

„Na gut, aber nur dir zuliebe. Aber seinen Ring küsse ich nicht, auf gar keinen Fall. Widerlich. Wer weiß, wer ihn vorher geküßt hat."

„Du brauchst meinen Ring nicht zu küssen, Justine. Ich befinde mich jetzt im Urlaub. Im Augenblick bin ich kein Kardinal."

„Nun, dann ist es gut. Ich will Ihnen nämlich ganz offen sagen, daß ich Atheistin bin", erklärte Justine sehr ruhig und mit großem Ernst. „Nach vier Jahren in Kincoppal finde ich, daß das alles völlig ungereimter Unfug ist."

„Das steht dir natürlich frei", erwiderte Kardinal de Bricassart und gab sich verzweifelt Mühe, möglichst nicht weniger Würde an den Tag zu legen als sie. „Dürfte ich jetzt zu eurer Großmutter gehen?"

„Natürlich. Brauchen Sie uns?" fragte Justine.

„Nein, danke. Ich kenne mich hier ja aus."

„Gut." Sie wandte sich ihrem Bruder zu, der seinen Blick noch immer nicht von dem Besucher löste. „Komm, Dane, hilf mir. Komm schon!"

Justine zerrte an seinem Arm, doch er ließ sich nicht beirren. Er sah der hohen, sehr aufrechten Gestalt nach, bis sie hinter den Rosen verschwand.

„Du bist wirklich komisch, Dane. Was ist denn so Besonderes an ihm?"

„Er ist Kardinal!" sagte Dane. „Denk doch nur! Ein richtiger Kardinal hier auf Drogheda!"

„Kardinäle", erklärte Justine, „sind Kirchenfürsten. Vielleicht hast du recht, das ist schon ziemlich ungewöhnlich. Aber er gefällt mir nicht."

Ralph de Bricassart glaubte zu wissen, wo er Fee finden würde. An ihrem Schreibtisch natürlich. Er trat durch eine der Türen ein, die von draußen direkt in den Salon führten. Es knarrte leise. Hörte Fee das nicht? Jedenfalls drehte sie sich nicht herum, sondern arbeitete weiter. Er sah, daß das einst so schöne Blondhaar jetzt silbergrau war mit gelblichen Strähnen darin. Und nicht ohne Mühe machte er es sich bewußt: Sie mußte inzwischen zweiundsiebzig sein.

„Hallo, Fee", sagte er.

Als sie ihm ihr Gesicht zuwandte, gewahrte er sofort die Veränderung in ihren Zügen, die Wandlung. Doch worin sie eigentlich bestand, vermochte er nicht genau zu sagen. Wie früher fand sich darin jener unverkennbare Ausdruck von Gleichgültigkeit und noch manches andere, das für Fee charakteristisch schien. Aber vielleicht ließ sich sagen, daß sich in der Wandlung zu gleicher Zeit etwas Unvereinbares vollzogen hatte. Die Gesichtszüge wirkten jetzt härter und weicher. Ja, das war es wohl. Einerseits erschienen sie menschlicher, andererseits erinnerte die Ausprägung dieser Menschlichkeit bestürzend an Mary Carson.

Guter Gott, diese Drogheda-Matriarchen! dachte er.

„Hallo, Ralph", sagte sie und schien über sein unvermutetes

Auftauchen gar nicht so sehr überrascht. „Schön, Sie wiederzusehen."

„Ich freue mich auch darüber, Fee."

„Ich wußte gar nicht, daß Sie in Australien sind."

„Das weiß niemand. Ich habe einige Wochen Urlaub."

„Sie werden bei uns wohnen, hoffe ich?"

„Wo sonst?" Er ließ seine Augen über die prachtvollen Wände
gleiten, betrachtete dann das Porträt von Mary Carson. „Wissen
Sie, Fee, Sie besitzen einen makellosen und unfehlbaren
Geschmack. Dieser Raum kann es mit jedem Gemach im Vatikan
aufnehmen. Diese schwarzen, eiförmigen Gebilde mit den Rosen
sind schon so etwas wie ein Genieeinfall."

„Oh, danke! Wir versuchen unser Bestes. Ich persönlich gebe
allerdings dem Speiseraum den Vorzug. Ich habe ihn seit damals
ganz neu gemacht und in Rosa und Weiß und Grün gehalten.
Klingt grauenvoll, aber warten Sie nur, bis Sie ihn sehen. Eigentlich weiß ich gar nicht, weshalb ich mir all die Mühe mache. Es ist
doch Ihr Haus, nicht wahr?"

„Nicht, solange noch ein Cleary lebt, Fee", sagte er ruhig.

„Wie tröstlich. Nun, seit Ihrer Zeit in Gilly sind Sie in der Welt
ja um so manche Sprosse hinaufgeklommen, nicht wahr? Haben
Sie den ‚Herald'-Artikel über Ihre Ernennung gelesen?"

Er zuckte kaum merklich zusammen. „Ja, das habe ich. Ihre
Zunge ist schärfer geworden, Fee."

„Ja, ich weiß. Doch vor allem: es bereitet mir Vergnügen. Wenn
ich an die vielen Jahre denke, in denen ich den Mund praktisch
überhaupt nicht aufmachte! Ich wußte damals nicht, was ich mir
entgehen ließ." Sie lächelte. „Meggie ist in Gilly. Sie wird bald
zurück sein."

Dane und Justine kamen in den Salon.

„Nanna, dürfen wir zum Artesischen Brunnen reiten?"

„Ihr kennt die Regeln. Wenn ihr reiten wollt, müßt ihr die
Erlaubnis dazu bei eurer Mutter einholen. Tut mir leid, aber das ist
ihre ausdrückliche Anweisung. Wo sind eure Manieren? Kommt
und stellt euch unserem Besucher vor."

„Wir haben uns bereits kennengelernt", sagte Ralph de Bricassart.

„Oh."

Der Kardinal blickte zu Dane. „Ich hätte eigentlich gedacht, du
seist jetzt auf der Boarding School", sagte er mit einem Lächeln.

„Nicht im Dezember, Euer Eminenz. Wir haben zwei Monate
frei – Sommerferien."

Ja, er war zu lange fort gewesen von hier. Er hatte ganz einfach vergessen, daß in der südlichen Hemisphäre die Kinder ihre Großen Ferien im Dezember und im Januar hatten.

„Werden Sie lange hierbleiben, Euer Eminenz?" fragte Dane, nach wie vor fasziniert.

„Seine Eminenz wird so lange bei uns bleiben, wie es ihm möglich ist, Dane", sagte seine Großmutter. „Allerdings fürchte ich, daß es ihm lästig werden wird, ununterbrochen mit Euer Eminenz angeredet zu werden. Also, worauf wollen wir uns einigen? Onkel Ralph?"

„Onkel!" rief Justine. „Du weißt doch, daß ,Onkel' gegen alle Familientradition wäre, Nanna! Unsere Onkel sind Bob, Jack, Hughie, Jims und Patsy und sonst niemand. Und so ist er also ganz einfach Ralph."

„Sei nicht so unhöflich, Justine! Wo, um alles auf der Welt, bleiben deine guten Manieren?" fragte Fee.

„Nein, nein, Fee, ist schon recht. Es ist mir wirklich lieber, wenn man mich ganz einfach Ralph nennt", sagte der Kardinal rasch. Was hatte sie nur gegen ihn, dieses sonderbare junge Ding?

„Das könnte ich nicht!" rief Dane fast bestürzt. „Ich könnte Sie doch nicht einfach Ralph nennen!"

Der Kardinal trat auf ihn zu, und er nahm die nackten Schultern zwischen seine beiden Hände. Freundlich lächelte er den Jungen an, und seine blauen Augen schienen im schattigen Raum zu leuchten. „Natürlich kannst du, Dane. Es ist doch keine Sünde."

„Komm, Dane, gehen wir wieder zum Pfefferbaum", sagte Justine, und es klang wie ein Befehl.

Der Kardinal und sein Sohn reagierten auf genau die gleiche Weise. Beide blickten wie hilfesuchend zu Fee.

„Allmächtiger Himmel!" sagte Fee. „Nun, Dane, es wird wohl das beste sein, du gehst nach draußen und spielst." Sie klatschte die Hände ineinander. „Lauf schon." Der Junge verschwand, und Fee, an ihrem Schreibtisch, schien nicht recht zu wissen, was sie jetzt zu Ralph de Bricassart sagen sollte. Offenbar drängte es sie wieder zu ihrer gewohnten Beschäftigung, der Buchführung.

Der Kardinal unterdrückte ein leises Lächeln. Sie möge ihn entschuldigen, erklärte er, denn er müsse jetzt ganz unbedingt zum Kochhaus.

Wie sehr hier doch alles beim alten geblieben ist, dachte er, als er hinüberging. Noch immer kein elektrisches Licht, noch immer der Geruch nach Bienenwachs, noch immer die großen Vasen voller Rosen.

Bei Mrs. Smith und Minnie und Cat blieb er ziemlich lange. Alt geworden waren sie inzwischen alle, und doch „stand" ihnen das

Alter viel besser als Fee. Woran lag es? Nun, offenbar fühlten sie sich glücklich, wirklich fast völlig glücklich. Arme Fee! Denn sie war nicht glücklich. Er konnte es nun kaum noch erwarten, Meggie wiederzusehen. Ob sie wohl glücklich war?

Als er das Kochhaus verließ, war sie immer noch nicht von Gillanbone zurückgekehrt. Und so machte er einen Spaziergang zum Creek, dann zum Friedhof. Wie still es hier doch war, so ruhe- und friedvoll. An der Wand des Mausoleums befanden sich sechs Bronzeschilder, genau wie vor Jahren. Er mußte unbedingt Vorsorge treffen, daß man auch ihn hier einmal bestattete. Wenn er wieder in Rom war, würde er entsprechende Anweisungen geben. In der Nähe des Mausoleums sah er zwei neue Gräber. In dem einen war Tom, der alte Gärtner, zur letzten Ruhe gebettet, im anderen die Frau eines der Viehtreiber, der seit 1946 auf Drogheda gearbeitet hatte, ein einsamer Rekord. Mrs. Smith glaubte, er arbeite immer noch hier, weil ja seine Frau hier begraben lag. Der Regenschirm auf dem Grab des chinesischen Kochs war nach all den Jahren unter glühender Sonne arg verblichen. Vom ursprünglichen kaiserlichen Rot hatte sich die Farbe über viele Zwischenstufen hinweg verändert bis zum jetzigen Weißlich-Rosa, nahezu die Asche der Rosen. Meggie, Meggie. Nach Matlock, nach mir, bist du wieder zu ihm zurückgekehrt und hast ihm einen Sohn geboren.

Es war sehr heiß. Ein wenig Wind strich herbei, bewegte sacht die Äste der Trauerweiden am Creek, ließ die Glöckchen am Schirm des chinesischen Kochs in ihrer kleinen klagenden Weise erklingen: Hee Sing, Hee Sing, Hee Sing. „Tankstand-Charlie, er war ein guter Kerl." Auch diese Inschrift auf dem Kreuz war verblichen, und zwar so stark, daß sie praktisch nicht mehr zu entziffern war. Doch sie sollte es ja auch sein. Friedhöfe, Gebeinstätten sollten zurücksinken in den Schoß der Mutter Erde, bis alle irdischen Überreste dahinschwanden unter den Gezeiten der Zeit und nur noch die Luft sich der einstigen Erdenbewohner erinnerte. Nein, er wollte nicht irgendwo im Vatikan begraben werden, sondern hier zwischen Menschen, die wirklich gelebt hatten.

Er drehte sich herum, sah den Marmorengel, hob unwillkürlich die Hand zum Gruß. Und dann blickte er über den Rasen hinweg in Richtung großes Haus und sah sie kommen. Sehr schlank sah sie aus, eine gleichsam goldene Gestalt. Genau wie er selbst hatte sie Stiefel sowie eine Reithose und ein weißes Männerhemd an, und auf dem Kopf, eigentlich mehr auf dem Hinterkopf, trug sie einen grauen Männerfilzhut. Wie ein Junge sah sie aus, wie ihr Sohn, der eigentlich auch sein Sohn hätte sein sollen.

Sie kam näher, trat über den niedrigen weißen Zaun hinweg und stand dann ganz dicht bei ihm, so dicht, daß er nur noch ihre Augen sehen konnte, jene grauen, lichterfüllten Augen, die nichts verloren hatten von ihrer Schönheit oder von ihrem Zauber für sein Herz. Sie hatte ihre Arme um seinen Hals geschlungen, und es war, als wäre er nicht für einen Tag getrennt gewesen von ihr. Unter seinem Mund spürte er ihre warmen, lebendigen Lippen, und es war kein Traum, so lange ersehnt, jetzt Wirklichkeit, eine andere Art Sakrament, dunkel wie der Mutterboden der Erde, fern vom Himmel.

„Meggie, Meggie", sagte er und hielt sie in den Armen. Ihr grauer Männerfilzhut lag irgendwo im Gras.

„Im Grunde scheint sich nie etwas zu ändern, nicht wahr?" sagte sie mit geschlossenen Augen.

„Nein, nie", erwiderte er; und glaubte es, in diesem Augenblick.

„Dies ist Drogheda, Ralph. Ich habe dich gewarnt. Auf Drogheda gehörst du mir und nicht Gott."

„Ich weiß, ich erinnere mich. Ich bin dennoch gekommen." Er ließ sich aufs Gras gleiten, zog sie mit sich. „Warum, Meggie?"

„Warum was?" Ihre Hand strich über sein Haar, das jetzt weißer war als das von Fee, doch immer noch sehr dicht, immer noch sehr schön.

„Warum bist du zu Luke zurückgekehrt? Und hast ihm einen Sohn geboren?" fragte er mit kaum verhohlener Eifersucht.

Sie sah ihn an, und ihre grauen Augen waren wie Fenster, offen und verhangen zugleich. „Er hat mich gezwungen", sagte sie. „Aber es war nur einmal, und es tut mir auch nicht leid. Denn ich bekam Dane, und Dane war das alles wert."

„Entschuldige, ich hatte kein Recht, dich zu fragen. Denn schließlich – schließlich bin ich es ja gewesen, der dich Luke sozusagen gegeben hat, nicht wahr?"

„Ja, das ist wahr, das hast du getan."

„Dane ist ein prachtvoller Junge. Sieht er Luke ähnlich?"

Sie lächelte. Wortlos zupfte sie zwei oder drei Grashalme, schob ihm dann, wie vor so vielen Jahren, die Hand unter das Hemd, auf die nackte Brust. „Nicht direkt. Keines meiner Kinder sieht Luke oder mir sehr ähnlich."

„Ich liebe sie, weil sie deine Kinder sind."

„Du bist genauso sentimental wie eh und je. Und die fortschreitenden Jahre, Ralph, sie kleiden dich. Ja, so kann man es sagen, und ich habe es schon immer gewußt. Seit dreißig Jahren kenne ich dich! Es scheinen nur dreißig Tage zu sein."

„Dreißig Jahre? So lange ist das schon her?"

„Ich bin einundvierzig, Liebster, also muß es schon so lange her sein." Sie erhob sich. „Ich bin ganz offiziell hergeschickt worden, um dich ins Haus zu holen. Mrs. Smith wird dir zu Ehren einen ganz besonders guten Tee kredenzen, und später, wenn's etwas kühler ist, gibt es Schweinebraten mit knuspriger Kruste."

Sie schritten Seite an Seite einher, sehr langsam. „Dein Sohn lacht genau wie du, Meggie. Sein Lachen, das waren die ersten menschlichen Laute, die ich auf Drogheda hörte. Ich war überzeugt, das könntest nur du sein. Aber statt deiner fand ich dann ihn."

„Er war also der erste, dem du auf Drogheda begegnet bist?"

„Ja, ich glaube schon."

„Wie gefällt er dir, Ralph?" fragte sie begierig.

„Er gefällt mir sehr. Nun, das versteht sich von selbst, da er dein Sohn ist. Allerdings fühle ich mich von ihm weit stärker angezogen als von deiner Tochter. Sie mag mich übrigens auch nicht besonders."

„Nun ja, Justine ist zwar meine Tochter, aber sie ist auch ein richtiges Ekel. Wenn ich in meinem Alter noch Fluchen gelernt habe, dann nicht zuletzt durch sie. Und ein bißchen deinetwegen. Und ein bißchen Lukes wegen. Und dann war da auch noch der Krieg. Nun ja, da kommt schon einiges zusammen."

„Du hast dich sehr verändert, Meggie."

„Wirklich?" Die vollen, weichen Lippen kräuselten sich zu einem Lächeln. „Nun, im Grunde glaub' ich das nicht. Es ist nur der Große Nordwesten, der mich abschleift. Es ist bei mir wie bei Salome mit ihren sieben Schleiern; einer nach dem anderen verschwindet. Oder wie bei einer Zwiebel mit ihren diversen Häuten. So jedenfalls würde Justine es ausdrücken. Hat wirklich kein poetisches Gemüt, das Kind. Ich bin dieselbe alte Meggie, Ralph, nur nackter."

„Vielleicht."

„Aber du hast dich geändert, Ralph."

„In welcher Beziehung?"

„Nun, es scheint, daß der Sockel sozusagen bei jedem Windhauch schwankt und der Blick von oben, aus der Vogel- oder Himmelsperspektive, nur Enttäuschungen bringt."

„Gut gesagt." Er lachte lautlos. „Und wenn ich daran denke, daß ich einmal gesagt habe, in gewisser Weise seist du überhaupt nicht außergewöhnlich! Ich nehme das hiermit zurück. Du bist die eine Frau, Meggie. *Die eine!*"

„Was ist geschehen?"

„Ich weiß es nicht. Habe ich vielleicht entdeckt, daß selbst

Kirchenidole tönerne Füße haben? Habe ich mich für ein Linsengericht verkauft? Greife ich ins Leere, ins Nichts?" Wie im Schmerz zog er die Augenbrauen zusammen. „Vielleicht ist es genau dies, im Kern jedenfalls. Ich bin nichts weiter als eine Masse von Klischees. Es ist eine alte und erstarrte Welt, die Welt des Vatikans."

„Nun, ich habe das wohl schon damals ziemlich realistisch gesehen, im Gegensatz zu dir."

„Mir blieb keine andere Wahl, glaub' mir. Bei dir wäre ich vielleicht ein besserer Mann gewesen, wenn auch weniger – erhaben. Aber ich konnte einfach nicht, glaub' mir. Oh, ich wünschte, ich könnte dich dazu bringen, das zu begreifen!"

Ihre Finger strichen zärtlich über seinen Arm. „Liebster Ralph, ich begreife doch. Ich weiß es, ich weiß ... In jedem von uns ist etwas, das sich nicht verleugnen läßt, auch wenn es uns dazu bringt, so laut zu schreien, daß wir sterben. Wir sind, was wir sind, das ist alles. Genau wie es in der alten keltischen Legende erzählt wird. In der Legende von dem Vogel mit dem Dorn in der Brust. Er singt sich das Herz aus dem Leib und stirbt. Weil er es tun muß, weil es ihn dazu treibt. Wissen wir es nicht schon im voraus, wenn wir etwas Verkehrtes tun? Und dennoch ändert diese Erkenntnis nichts an dem, was dann geschieht. Jeder singt sein eigenes kleines Lied, weil er davon überzeugt ist, daß es das schönste Lied ist, das die Welt je gehört hat. Verstehst du nicht? Wir selbst sind es, die unsere Dornen machen und die sich nie die Zeit nehmen, nach den Kosten dafür zu fragen. Das einzige, was wir können, ist, den Schmerz ertragen und uns selber weismachen, daß es die Sache wert war."

„Eben das verstehe ich nicht", sagte er und blickte auf die Hand, die so zart auf seinem Arm lag und doch einen so unerträglichen Schmerz hervorrief in ihm. „Nein, das verstehe ich nicht – nicht den Schmerz. Warum der Schmerz, Meggie?"

„Frage Gott, Ralph", erwiderte sie. „Er ist die Autorität für Schmerz, nicht wahr? Er hat die ganze Welt erschaffen. Also hat er auch den Schmerz erschaffen."

Da es Samstagabend war, stellten sich zum Dinner auch Bob, Jack, Hughie, Jims und Patsy ein. Normalerweise wäre am Sonntag Pater Watty gekommen, um die Messe zu lesen. Doch Bob rief ihn an und erklärte, diesmal brauche er nicht zu kommen, weil niemand da sei: eine fromme Lüge, um Kardinal de Bricassarts Anonymität zu sichern. Die fünf Cleary-Männer ähnelten Paddy mehr denn je, sie wirkten so zäh und so beständig wie das Land, auf dem sie arbeiteten und lebten. Und sie liebten Dane! Immer wieder glitten ihre Blicke zu ihm, und als er den Raum verließ, um zu Bett zu gehen, sahen sie ihm aufmerksam nach. Sie schienen kaum den Tag erwarten zu können, an dem er alt genug war, um sich gemeinsam mit ihnen um Drogheda zu kümmern.

Inzwischen hatte der Kardinal auch entdeckt, weshalb Justine sich ihm gegenüber so feindselig zeigte. Dane mochte ihn offenbar, hing an seinen Lippen, blieb immer in seiner Nähe, und seine Schwester war ganz einfach eifersüchtig.

Nachdem die Kinder verschwunden waren, blickte er die anderen an, die Brüder, Meggie, Fee.

„Ich möchte mit euch allen über etwas ganz Bestimmtes sprechen", sagte er.

Sie saßen, wie sie früher oft gesessen hatten: Fee und Meggie dem Kardinal gegenüber in tiefen, bequemen Sesseln, die Brüder ganz in der Nähe auf harten Steinbänken.

„Es handelt sich um Frank", sagte er.

Der Name war wie ein Echo, das nicht verklingen wollte.

„Frank? Was ist mit ihm?" fragte Fee sehr gefaßt.

Meggie hatte ihre Stricksachen aus der Hand gelegt. Sie blickte zu ihrer Mutter, dann zu Ralph. „Erzähl schon", sagte sie. Sie sprach hastig. Anders als ihre Mutter, konnte sie die plötzliche Anspannung kaum noch eine Sekunde länger ertragen.

„Ich weiß nicht, ob euch allen wirklich bewußt ist, daß Frank inzwischen seit fast dreißig Jahren im Gefängnis sitzt", sagte der Kardinal. „Bevor ich von Australien fortging, gab ich Anweisung, mich über alles Wichtige, das ihn betraf, auf dem laufenden zu halten, und das hat man auch getan. Euch wollte ich nicht unnötig beunruhigt sehen durch Einzelheiten, die kaum sehr tröstlich wirken konnten, seine Einsamkeit, seine Verzweiflung. Denn keiner von uns war imstande, seine Lage zu ändern. Hätte er sich nicht damals in den ersten Jahren im Goulburner Gefängnis den Ruf erworben, gewalttätig und labil zu sein, so hätte man ihn wohl schon vor geraumer Zeit freigelassen, spätestens im Krieg, denn da kam ja so mancher Häftling auf freien Fuß, um in der Armee zu dienen. Den armen Frank jedoch wies man zurück."

Fee hob den Blick von ihren Händen. „Das liegt nun mal in seinem Charakter, dieser Jähzorn", sagte sie. Ihre Stimme klang nach wie vor ruhig und ausdruckslos.

Der Kardinal schien Mühe zu haben, die richtigen Worte zu finden. Während er noch überlegte, beobachteten ihn die anderen in einer eigentümlichen Mischung aus Furcht und Hoffnung.

Allerdings war es nicht Franks Wohlergehen, um das sie sich Sorgen machten.

„Ihr werdet euch sicher gefragt haben und noch immer fragen, weshalb ich nach all diesen Jahren wieder nach Australien gekommen bin", sagte er schließlich, ohne Meggie anzublicken. „Nun, seit ich euch kenne, habe ich eigentlich immer zuerst an mich selbst gedacht und mir selbst den Vorrang gegeben. Als der Heilige Vater mich wegen meiner Mühen und vielleicht auch Verdienste um die Kirche mit der Ernennung zum Kardinal belohnte, fragte ich mich, ob es nicht irgend etwas gab, wodurch ich der Cleary-Familie beweisen konnte, wie teuer sie mir ist." Er atmete tief, heftete seinen Blick auf Fee, nicht auf Meggie. „Ich kam wieder nach Australien, um zu sehen, was ich wegen Frank tun konnte. Erinnern Sie sich, Fee, wie ich damals nach Paddys und Stuarts Tod zu Ihnen sprach? Zwanzig Jahre ist es inzwischen her, aber ich habe nie den Ausdruck in Ihren Augen vergessen können. Soviel Energie und Vitalität, einfach zermalmt."

„Ja", sagte Bob abrupt und richtete den Blick auf seine Mutter. „Ja, das ist es."

„Frank wird begnadigt", sagte der Kardinal. „Es war das einzige, was ich tun konnte, um zu zeigen, was ich empfinde."

Falls er von Fees Seite eine starke Reaktion erwartet hatte, ein Aufblitzen in den Augen, ein Zerreißen ihrer gewohnten Gleichgültigkeit, so mußte er enttäuscht sein. In den Augen zeigte sich nur ein leises Flackern, und viel mehr durfte man sich bei ihrem Alter wohl überhaupt nicht erwarten. Doch in den Augen ihrer Söhne gewahrte er etwas, das ihn eigentümlicherweise an jenen Tag kurz vor Kriegsende erinnerte, als er dem jungen deutschen Soldaten mit dem so eindrucksvollen Namen begegnet war. Eine Art Widerschein schien es zu sein, etwas, das wohl Sinn und Zweck seiner Bemühungen bestätigte.

„Danke", sagte Fee.

„Werdet ihr ihn auf Drogheda willkommen heißen", fragte er die Cleary-Männer.

„Dies ist sein Zuhause, und hier sollte er also auch leben", erwiderte Bob.

Alle außer Fee nickten zustimmend; sie schien irgendeiner inneren Vision nachzuhängen.

„Er ist nicht mehr derselbe Frank", fuhr der Kardinal behutsam fort. „Ich habe ihn im Goulburner Gefängnis besucht, bevor ich hierherkam. Und ich mußte ihm natürlich sagen, daß seine Familie über sein Schicksal im Bilde war. Nun, die Tatsache, daß er das keineswegs widerspenstig aufnahm, mag als Anzeichen dafür

dienen, wie sehr er sich verändert hat. Er war ganz einfach ....
dankbar. Und er freute sich so sehr darauf, seine Familie wiederzusehen, vor allem Sie, Fee."

„Wann wird man ihn entlassen?" fragte Bob und räusperte sich.
Deutlich waren ihm die widerstreitenden Gefühle anzumerken, die
Freude für seine Mutter und die Besorgnis, was wohl geschehen
mochte, wenn Frank nach Drogheda zurückkehrte.

„In ein oder zwei Wochen", erwiderte der Kardinal. „Er wird
mit dem Abendzug kommen. Ich sagte ihm, er solle doch fliegen,
aber er meinte, der Zug sei ihm lieber."

„Patsy und ich werden ihn abholen", sagte Jims eifrig und
machte dann ein betroffenes Gesicht. „Oh! Wir wissen ja gar
nicht, wie er aussieht!"

„Nein", sagte Fee. „Ich werde ihn selbst abholen, und zwar
allein. Ich bin wirklich noch nicht so gebrechlich, daß ich nicht mit
dem Wagen nach Gilly fahren könnte."

„Mum hat recht", erklärte Meggie, bevor ihre Brüder protestieren konnten. „Sie soll ihn allein abholen. Denn sie hat das Recht,
ihn als erste zu sehen."

Fees Reaktion war ganz und gar nicht untypisch. „Ich habe
noch zu arbeiten", sagte sie schroff und stand auf und ging zu
ihrem Schreibtisch.

Die fünf Brüder erhoben sich sofort. „Na, ich glaube, für uns
wird's Zeit, ins Bett zu gehen", meinte Bob und gähnte demonstrativ. Er blickte den Kardinal mit einem scheuen Lächeln an.
„Wenn Sie morgen früh die Messe halten, wird's wieder ganz wie
in alten Zeiten sein."

Meggie tat ihre Strickarbeit endgültig fort und stand auf. „Auch
ich sage gute Nacht, Ralph."

„Gute Nacht, Meggie." Seine Augen folgten ihr, als sie den
Raum verließ, und glitten dann zu Fee, zu dem über die
Schreibplatte gekrümmten Rücken. „Gute Nacht, Fee."

„Wie bitte? Haben Sie etwas gesagt?"

„Ich habe gute Nacht gesagt."

„Oh! Gute Nacht, Ralph."

Er wollte nicht so unmittelbar hinter Meggie nach oben gehen.
„Ich glaube, ich mache noch einen kleinen Spaziergang, bevor ich
mich schlafen lege. Und wissen Sie, was, Fee?"

„Nein." Ihre Stimme klang abwesend.

„Sie können mich keine Minute narren."

Ihr Lachen klang wie ein Schnauben, ein sonderbarer, fast
unheimlicher Laut. „Wirklich nicht? Nun, das frage ich mich."

Er ging hinaus. Recht spät war es inzwischen doch geworden,

und er stand im Freien und betrachtete den südlichen Sternenhimmel, der ihm nach all den Jahren ein für allemal entfremdet zu sein schien. Ja, da waren sie noch, die Sterne, genau wie früher – wie denn auch nicht. Viel näher bei Gott waren sie, doch er hatte Mühe, sich an sie zu erinnern. Sehr lange stand er, lauschte auf den Wind in den Bäumen, lächelte.

Als er schließlich zurückging, versuchte er aus irgendeinem Grund, jeder möglichen Begegnung mit Fee von vornherein aus dem Weg zu gehen, und so benutzte er die Treppe auf der anderen Seite des Hauses. Doch durch eine Türöffnung konnte er Fee im Salon sehen, an ihrem Schreibtisch, noch immer arbeitend. Arme Fee. Wie sehr scheute sie davor zurück, fürchtete sie sich offenbar davor, zu Bett zu gehen. Nun, vielleicht würde das besser werden, wenn Frank nach Hause kam. Vielleicht.

Auf dem Treppenpodest oben empfing ihn eine tiefe Stille. Durch ein Fenster strich Windhauch herein, die Vorhänge bauschten sich, eine Lampe flackerte leise. Er ging weiter, über den dicken, schweren Teppich, der das Geräusch seiner Schritte fast bis zur völligen Lautlosigkeit dämpfte.

Die Tür zu Meggies Zimmer war weit geöffnet. Er trat ein, glitt gleichsam hinüber vom gedämpfteren Lichtkreis auf dem Podest in den helleren Schein hier im Raum. Für einen kurzen Augenblick stand er sehr still. Dann machte er die Tür hinter sich zu, schloß ab.

Meggie, in einem Morgenrock, saß am Fenster. Sie drehte den Kopf und beobachtete, wie er zum Bett ging und sich auf den Rand setzte. Langsam erhob sie sich und trat zu ihm.

„Warte, ich helfe dir beim Ausziehen der Stiefel. Das ist auch der Grund, weshalb ich nie kniehohe trage. Ich meine, zum Ausziehen brauche ich da einen Stiefelknecht, und das ruiniert das gute Leder."

Er blickte auf ihren Morgenrock. „Du hast eine sehr starke Vorliebe für diese Farbe, nicht wahr?"

„Asche der Rosen." Sie lächelte. „Das war schon immer meine Lieblingsfarbe. Beißt sich nicht mit meiner Haarfarbe."

Während sie ihm aus den Stiefeln half, fragte er: „Warst du so sicher, daß ich zu dir kommen würde?"

„Auf Drogheda gehörst du mir. Das habe ich dir damals ja gesagt. Wärst du nicht zu mir gekommen, wäre ich zu dir gekommen, das darfst du mir glauben."

Sie beugte sich zu ihm, zog ihm sacht das Hemd über den Kopf. Zwei oder drei Sekunden lang ließ sie ihre Hand auf seinem nackten Rücken ruhen, genoß zutiefst das so intensive Gefühl des

Sinnenhaften. Dann löste sie sich von ihm, trat zum Tisch mit der Lampe, ließ sie verlöschen. Während er sich ganz entkleidete, hörte er ein leises Geräusch. Meggie schlüpfte aus ihrem Morgenrock.

Und morgen früh werde ich die Messe lesen. Aber das ist erst morgen früh, und jenes so Besondere, es ist längst dahin. Bis zum Morgen bleibt mir die Nacht, diese Nacht, bleibt mir Meggie. Ich habe sie gewollt. Auch sie ist ein Sakrament.

Dane war enttäuscht. „Ich dachte, Sie würden eine rote Soutane tragen!" sagte er.

„Das tue ich manchmal auch, Dane. Allerdings nur im Palais. Draußen trage ich eine schwarze Soutane mit einem roten Gürtel, so wie jetzt."

„Haben Sie wirklich ein Palais?"

„Ja."

„Und gibt es da überall Kronleuchter und Kerzenhalter?"

„Ja, aber so etwas gibt es auf Drogheda doch auch."

„Ach, Drogheda!" sagte Dane wegwerfend. „Unsere sind bestimmt viel kleiner. Wie gern würde ich Ihr Palais einmal sehen. Und Sie in einer roten Soutane."

Der Kardinal lächelte. „Wer weiß, Dane? Vielleicht wirst du eines Tages Gelegenheit dazu haben."

In den Augen des Jungen, ganz in der Tiefe, zeigte sich stets ein eigentümlicher Ausdruck: etwas gleichsam Fernes, Entrücktes. Als der Kardinal sich während der Messe einmal umdrehte, sah er es ganz deutlich, und es kam ihm bekannt vor, doch er wußte nicht, woher. Denn es gibt keinen Menschen, der sich in einem Spiegel so sieht, wie er wirklich ist.

Zu Weihnachten wurden, wie jedes Jahr, Luddie und Anne Müller erwartet. Das große Haus war voll fröhlicher Menschen, die sich auf das schönste Weihnachtsfest seit Jahren freuten. Minnie und Cat summten bei ihrer Arbeit leise vor sich hin, Mrs. Smiths rundes Gesicht war ein einziges Lächeln, Fee wirkte zufriedener als sonst. Was Meggie betraf, so beobachtete sie still, wie sehr sich Dane und der Kardinal offenbar zueinander hingezogen fühlten. Wie kaum anders zu erwarten, sparte die eifersüchtige Justine nicht an bissigen Bemerkungen. Die Cleary-Männer kamen jetzt nach Möglichkeit jeden Abend von den Koppeln heim, denn nach dem Dinner gab's im Salon immer so interessante Gespräche, und außerdem hielt Mrs. Smith dann zum Schluß noch „einen kleinen Imbiß" bereit: Käse auf Toast, heiße, gebutterte Crumpets und Rosinen-Scones. Der Kardinal meinte zwar, bei soviel gutem Essen werde er im Handumdrehen abscheulich fett werden. Tatsache war jedoch, daß es ihm ausgezeichnet bekam, und zweifellos nicht nur das Essen, sondern überhaupt Drogheda, die Landschaft, die Luft, die Menschen.

Am vierten Tag war es sehr heiß. Der Kardinal war mit Dane ausgeritten, um eine Herde Schafe hereinzutreiben, Justine schmollte mutterseelenallein beim Pfefferbaum, und Meggie lag auf einer Liege auf der Veranda. Sie fühlte sich sehr glücklich. Eine Frau kann zwar jahrelang, ohne wirklich etwas zu entbehren, ohne *das* leben, doch wenn es dann da ist, und es ist *der* Mann, dann ist es um so schöner.

War sie mit Ralph zusammen, so war sie ganz für ihn da, ausgenommen allerdings jener Teil ihres Wesens, der Dane gehörte. War sie mit Dane zusammen, so war sie auch für ihn ganz da, ausgenommen jedoch jener Teil ihres Wesens, der Ralph gehörte. Nun hatte sie endlich beide für sich, und erst jetzt fühlte sie sich gewissermaßen wie aus einem Stück, was nur zu begreiflich schien. Dane war ihr Sohn, und Ralph, wenn schon nicht ihr Ehemann, so doch ihr Mann.

Wenn es etwas gab, das ihr Glück trübte, dann war es die Tatsache, daß Ralph blind zu sein schien. Nein, er sah nicht, er erkannte nicht, er begriff nicht. Hätte sie es ihm sagen sollen? Nun, wenn er es von sich aus nicht sah, und wenn er meinte, sie sei damals zu Luke zurückgegangen, um dessen Sohn zur Welt zu bringen ... Das verübelte sie ihm, und das gab letztlich auch den Ausschlag, daß sie das Geheimnis für sich behielt. Wenn er so etwas dachte, verdiente er es nicht, daß er die Wahrheit erfuhr.

Manchmal fühlte sie Fees ironischen Blick auf sich, und sie erwiderte ihn, nicht im mindesten irritiert. Fee verstand, sie verstand wirklich. Sie verstand den halben Haß, die halbe Rachsucht, den Wunsch, es heimzahlen zu wollen wegen der einsamen Jahre. Was hatte er getan in all der Zeit, Ralph de Bricassart? Regenbögen war er nachgejagt. Und jetzt sollte sie ihm den schönsten aller Regenbögen, seinen eigenen Sohn, als wirkliches Wunder gleichsam in den Schoß werfen. Nein! Sollte er nur entbehren, sollte er nur leiden – auch, oder gerade, wenn er das nie begriff, noch je begreifen konnte.

Das Telefon klingelte. Es war jenes Zeichen, das für Drogheda galt. Da ihre Mutter nicht in der Nähe zu sein schien, stand sie schließlich auf, ging hinein und hob den Hörer ab.

„Mrs. Fiona Cleary bitte", sagte eine Männerstimme.

Als Meggie nach ihr rief, kam Fee sofort und nahm den Hörer.

„Fiona Cleary am Apparat", sagte sie und lauschte dann, während aus ihrem Gesicht nach und nach alle Farbe zu entweichen schien. Wie damals nach Paddys und Stuarts Tod sah sie aus, hilflos, verletzlich. „Danke", sagte sie schließlich und legte auf.

„Was gibt es, Mum?"

„Frank ist entlassen worden. Er soll heute nachmittag mit dem Zug kommen." Sie warf einen Blick auf ihre Armbanduhr. „Ich muß bald losfahren. Es ist schon nach zwei."

„Laß mich mitkommen", sagte Meggie. Sie begriff nur zu gut, daß die Wiederbegegnung mit Frank für ihre Mutter alles andere als leicht werden würde.

„Nein, Meggie", sagte Fee. „Es wird schon gehen. Kümmere du dich nur um die Angelegenheiten hier und warte mit dem Dinner, bis ich wieder da bin."

„Ist das nicht wunderbar, Mum? Frank kommt gerade zu Weihnachten nach Hause!"

„Ja", sagte Fee, „das ist wunderbar."

Heutzutage reiste kaum noch jemand mit dem Zug, wenn es sich einrichten ließ, mit dem Flugzeug zu fliegen. Und so kam es, daß nach rund tausend Kilometern von Sydney her nur noch wenige Fahrgäste übrig waren.

Nicht ohne ein gewisses Erstaunen betrachtete der Bahnhofsvorsteher von Gillanbone die ältere Dame, die auf dem Perron auf den Zug wartete. Natürlich kannte er sie vom Sehen, die Mrs. Fiona Cleary, wenn auch nur flüchtig. War ja ganz verblüffend, wie dieses alte Mädchen sich doch hielt. Erstens die Kleidung: gar nicht altmodisch, sondern sehr modern, sogar hochhackige Schuhe hatte sie an. Na, und zweitens sie selbst: eine noch ganz erstaunlich gute Figur und gar nicht so viele Falten im Gesicht, bei dem Alter. Aber das bewies nur mal wieder, was für ein leichtes Leben diese Viehzüchterfamilien doch hatten.

So konnte es kaum verwundern, daß Frank schneller das frühere Bild seiner Mutter wiederfand, als sie seines. Er war jetzt zweiundfünfzig, und eine Verbindung herzustellen zwischen diesem Mann mittleren Alters und jenem jungen Menschen von damals fiel ganz und gar nicht leicht.

Der Mann, der im Schein der untergehenden Sonne auf dem Bahnsteig stand, wirkte zu dünn, fast schon hager, und sehr blaß. Die Kleidung umschlotterte gleichsam die kurzwüchsige Gestalt, und dennoch konnte man etwas von der Kraft ahnen, die in ihr steckte. Er stand weder gebeugt, noch sah er krank aus. Doch hilflos und wie völlig verloren drehte er seinen Hut zwischen den noch immer feingeformten Händen. Er schien nicht zu glauben, daß irgend jemand gekommen sein könnte, um ihn abzuholen, und offenbar wußte er nun nicht, was er tun sollte.

Fee, beherrscht wie stets, ging mit raschen Schritten auf ihn zu.

„Hallo, Frank", sagte sie.

Er hob den Kopf, und der Blick, der früher so funkeln, so blitzen konnte, wirkte fast erloschen. Die Augen im Gesicht eines alternden Mannes, ganz und gar nicht Franks Augen.

Doch als er Fee gewahrte, wurde ein eigentümlicher Ausdruck in ihnen wach, etwas unendlich Verletzbares, Wundes – fast so etwas wie das Flehen eines Sterbenden.

„Oh, Frank!" sagte sie und nahm ihn in die Arme und wiegte seinen Kopf an ihrer Schulter. „Es ist gut, es ist gut", sagte sie, summte sie, und noch leiser und noch sanfter: „Es ist alles gut!"

Zuerst saß er schlaff und schweigend im Auto, doch nach einiger Zeit wurde dann sein Interesse wach. Er blickte durch das Fenster hinaus.

„Sieht noch genauso aus wie früher", sagte er leise.

„Ja, will's glauben. Hier draußen ändern sich die Zeiten nicht so rasch."

Sie fuhren über eine Holzbrücke. Unten lag der schmale, schlammige Fluß. Trauerweiden säumten seine Ufer, und der Wasserstand war so niedrig, daß über weite Strecken das Flußbett bloßlag und der Fluß selbst kaum mehr war als eine Reihe von Pfützen und Lachen.

„Der Barwon", sagte er. „Ich hätte nicht gedacht, daß ich ihn je wiedersehen würde."

Hinter ihnen wirbelte eine gewaltige Staubwolke hoch, vor ihnen erstreckte sich schnurgerade die Landstraße durch die baumlose Grasebene.

„Die Straße ist aber neu, Mum, nicht wahr?" Er schien verzweifelt bemüht, der Unterhaltung einen normalen Anstrich zu geben.

„Ja. Man hat sie kurz nach dem Krieg gebaut. Von Gilly nach Milparinka führt sie."

„Man hätte wenigstens ein bißchen asphaltieren sollen."

„Wozu? Wir sind's hier draußen doch gewohnt, Staub zu schlucken. Und überlege nur einmal, was für unglaubliche Kosten entstanden wären. Die neue Straße ist fast überall schnurgerade, man hält sie gut instand, und uns bleiben dreizehn von siebenundzwanzig Toren erspart. Nur noch vierzehn sind's zwischen Gilly und der Homestead. Und warte nur mal ab, was wir damit gemacht haben, Frank. Öffnen und Schließen? Nein, damit ist es jetzt nichts mehr."

Der Rolls fuhr eine Art Rampe empor. Ruhig, gleichsam bedächtig hob sich ein metallenes Tor. Kaum war das Auto hindurch, begann es, sich wieder zu senken.

„Wunder werden nicht alle!" sagte Frank.

„Wir waren hier die erste Station, die automatische Rampentore anbringen ließ – natürlich nur zwischen der Milparinka-Straße und der Homestead. Die Koppeltore müssen noch immer von Hand geöffnet und geschlossen werden."

„Na, der Mann, der das erfunden hat, mußte in seinem Leben wohl viele Tore auf- und zumachen", sagte Frank belustigt. Es war das erste Mal, das so etwas wie ein heiteres Licht in seine trübe, gedrückte Stimmung drang.

Doch er verstummte sofort, und auch seine Mutter schwieg. Sie wollte auf keinen Fall, daß er sich zu irgend etwas gedrängt fühlte. Das mußte alles von selber kommen, nach und nach.

Als sie durch das letzte Tor fuhren und auf die Home Paddock gelangten, atmete er unwillkürlich hastiger.

„Ich hatte ganz vergessen, wie schön es ist", sagte er.

„Es ist unser aller Zuhause", erklärte Fee. „Und wir haben versucht, es möglichst ordentlich instand zu halten."

Sie fuhren den Rolls in die Garage, und dann gingen sie zusammen zum großen Haus, Frank mit seinem Koffer in der Hand.

„Möchtest du lieber ein Zimmer im großen Haus haben oder ein Gästehaus ganz für dich?" fragte Fee ihren Sohn.

„Ein Gästehaus, wenn's recht ist", sagte er und musterte sie kurz aus seinen eigentümlich erschöpft wirkenden Augen. „Es wird mir guttun, einmal nicht immerzu mit anderen Menschen zusammen zu sein." Es war die einzige Bemerkung, mit der er sich auf die Verhältnisse im Gefängnis bezog.

„Ja, das wird wohl besser für dich sein", erwiderte sie, während sie ihn in ihren Salon führte. „Im großen Haus ist ohnehin alles ziemlich voll, wo wir jetzt den Kardinal hier haben und Dane und Justine. Und übermorgen kommen auch noch Luddie und Anne Müller, wie immer zu Weihnachten." Sie zog an der Klingelschnur: läutete nach dem Tee; und begann dann, überall im Raum die Petroleumlampen anzuzünden.

„Luddie und Anne Müller?" fragte er.

Sie drehte sich zu ihm herum. „Die Müllers sind Freunde von Meggie." Sie setzte sich in ihren Ohrensessel. „In einer Stunde haben wir Dinner. Doch vorher trinken wir eine Tasse Tee. Ich muß mir ganz einfach den Straßenstaub aus der Kehle spülen."

Linkisch setzte Frank sich auf den Rand einer jener seidenüberzogenen, cremefarbenen Ottomanen. „Es sieht alles so ganz anders aus als damals bei Tante Mary."

Fee lächelte. „Nun, das will ich auch hoffen."

Meggie kam herein, und wenn es Frank schon nicht leicht gefallen sein mochte, seine Mutter als alte Frau wiederzusehen, so fiel es ihm wohl noch schwerer, die Tatsache zu akzeptieren, daß Meggie schon längst kein junges Mädchen mehr war. Seine Schwester umarmte und küßte ihn, und er schien in sein beutliges Jackett noch tiefer hineinzuschrumpfen. Hilfesuchend blickte er zu seiner Mutter, und sie erwiderte seinen Blick und schien ihm stumm zuzurufen: Nur Geduld, das ist nur eine Sache der Gewohnheit, wird dir alles bald völlig normal erscheinen.

Während er noch überlegte, was er zu Meggie, dieser ihm so völlig Fremden, sagen konnte, kam ihre Tochter herein, ein dürres, noch sehr junges Ding, das sehr steif Platz nahm, die Hände unruhig spielend auf dem Schoß und die eigentümlich hellen Augen bald auf dieses, bald auf jenes Gesicht gerichtet. Wenn er sich's recht überlegte – und er war sicher, daß er sich nicht irrte –, war Meggies Tochter jetzt älter, als Meggie es gewesen war, damals.

Zusammen mit dem Kardinal trat Meggies Sohn ein, der sich neben seiner Schwester auf den Fußboden setzte, ein bildschöner, sehr ruhiger und irgendwie entrückt wirkender Junge.

„Frank, das ist großartig", sagte der Kardinal, während er ihm die Hand schüttelte. Er blickte zu Franks Mutter. „Eine Tasse Tee? Nun, dagegen habe ich wirklich nichts."

Die Cleary-Männer kamen herein, und plötzlich lag eine eigentümliche Spannung in der Atmosphäre. Frank begriff nur zu genau, daß seine Brüder ihm nicht verziehen hatten, und er wußte auch, weshalb: Weil Fee seinetwegen damals tief bedrückt gewesen war. Voll Sorge, voll Leid. Doch Frank hatte nichts vorzubringen, keine Erklärung, keine Entschuldigung, keine Rechtfertigung. Und er konnte auch nicht von seinen Schmerzen sprechen und von seiner Einsamkeit. Und schon gar nicht konnte er um Verzeihung bitten. Aber die einzige, die zählte, war seine Mutter, und ihr war noch nie der Gedanke gekommen, daß es da irgend etwas zu verzeihen gab.

Während des Abends wurde der Kardinal zum Dreh- und Angelpunkt, denn er war es, der alles Auseinanderstrebende zusammenzuhalten versuchte. Das zeigte sich im Verlauf des Dinners, und das zeigte sich auch, als man dann wieder im Salon beisammensaß. Immer und immer wieder war er bemüht, Frank in die Gespräche mit einzubeziehen.

„Bob, was ich Sie schon die ganze Zeit fragen wollte – was ist mit den Kaninchen geworden?" fragte der Kardinal. „Ich habe Tausende, wenn nicht Hunderttausende oder gar Millionen von Löchern gesehen, jedoch kaum ein Kaninchen."

„Die Kaninchen sind alle tot", erwiderte Bob.

„Tot?"

„Ganz recht, und zwar von etwas, das sich Myxomatosis nennt. Durch die Kaninchen und die Dürrejahre war Australien so gegen 1947 als Hauptproduktionsland ziemlich erledigt. Und wir, wir waren ganz einfach verzweifelt", erklärte Bob. Es schien, daß er sich immer mehr erwärmte für dieses Thema, das doch offenbar Frank als Gesprächsteilnehmer von vornherein ausschloß.

Aber zu Bobs Unwillen dachte Frank keineswegs daran, stumm zu bleiben. „Ich wußte, daß es schlimm war, doch ich wußte nicht, daß es so schlimm war", sagte er, und sein Blick, der den Kardinal suchte, schien zu fragen, ob es denn auch recht von ihm war, sich in dieser Weise am Gespräch zu beteiligen.

„Na, ich übertreibe auf gar keinen Fall, das kannst du mir glauben", erklärte Bob, und in seiner Stimme war eine unüberhörbare Schärfe. Woher sollte Frank denn auch irgend etwas darüber wissen?

„Erzählen Sie doch", sagte der Kardinal rasch.

„Nun, vorletztes Jahr hat diese Organisation – wie heißt sie doch noch? Richtig: die Commonwealth Scientific and Industrial Research Organization – in Victoria ein Versuchsprogramm gestartet. Dabei haben sie die Kaninchen mit diesem Virus infiziert, den sie erzeugen. Das ist irgendso eine Bakterie oder was. Diesen nennen sie jedenfalls den Myxomatosis-Virus. Zuerst sah das gar nicht so erfolgversprechend aus, obwohl alle Kaninchen, die sich damit infizierten, auch starben. Aber etwa ein Jahr nach den ersten Versuchen breitete sich das dann aus wie ein Steppenbrand, hauptsächlich übertragen durch Insekten, wie man annimmt. Jedenfalls sind seither Millionen und aber Millionen Kaninchen umgekommen. Ab und zu sieht man noch ein paar kranke Tiere, mit sonderbaren riesigen Beulen im Gesicht, einfach scheußlich sehen sie aus. Aber es ist eine großartige Leistung, Ralph, das ist es wirklich. Nichts sonst kann sich mit Myxomatosis infizieren, nicht einmal die allernächsten tierischen Verwandten. Und so kann man sagen, daß es dank der Burschen von der CSIRO in Australien praktisch keine Kaninchenplage mehr gibt."

Der Kardinal blickte zu Frank. „Sie begreifen doch, was das bedeutet, Frank, nicht wahr?"

Der arme Frank schüttelte verwirrt den Kopf. Im Augenblick hatte er nur einen Wunsch: daß man möglichst wenig, am besten überhaupt nicht auf ihn achtete.

„Nun, es handelt sich um biologische Kriegführung auf Massenbasis. Weiß die übrige Welt eigentlich, daß zwischen 1949 und 1952 ein Viruskrieg geführt worden ist gegen eine Bevölkerung von unzähligen Millionen? Mit dem Erfolg, daß alle diese Lebewesen weitestgehend vernichtet worden sind? Nun! Es ist jedenfalls machbar. Nicht nur so ein Hirngespinst von irgendwelchen Journalisten, sondern eine wissenschaftliche Tatsache. Atombomben? Wasserstoffbomben? Sie braucht man nicht mehr, man kann sie verscharren. Nun ja, es war mir klar, daß so etwas getan werden mußte. Es war unbedingt notwendig, und wahrscheinlich ist es die größte unbesungene wissenschaftliche Leistung, welche die Welt je gesehen hat. Aber es ist auch *grauenvoll.*"

Dane war dem Gespräch sehr aufmerksam gefolgt. „Biologische Kriegführung? Davon habe ich noch nie etwas gehört, Ralph. Was genau ist das?"

„Die Wörter sind neu, Dane. In aller Kürze ließe sich sagen, daß dieser Ausdruck nichts anderes bedeutet als Myxomatosis: die Hervorbringung eines Kleinstlebewesens von der Art eines Virus, das nur eine bestimmte Art eines größeren Lebewesens vernichtet oder doch in seiner Quantität weitestgehend reduziert."

Dane hob unwillkürlich die Hand und machte das Zeichen des Kreuzes. Dann lehnte er sich ein klein wenig zurück und blickte zum Kardinal. „Ich habe fast das Gefühl, beten könnte da nichts schaden, nicht?"

Mit einem leisen Lächeln erwiderte der Kardinal den Blick des Jungen.

Nach und nach fügte Frank sich in das Leben auf Drogheda ein, und daß es ihm gelang, verdankte er Fee. Ihren übrigen Söhnen gleichsam zum Trotz, tat sie ganz so, als wäre er nur vorübergehend und sozusagen beiläufig von Drogheda fort gewesen – und keine Rede davon, daß er seiner Familie etwa Schande, seiner Mutter Kummer bereitet hätte.

Unauffällig manövrierte sie ihn auf jenen Platz, den er offenbar einzunehmen wünschte, fernab von ihren anderen Söhnen. Sie ermutigte ihn auch in keiner Weise zur Vitalität vergangener Tage. Denn vergangen waren sie, jene Tage, wie auch seine Vitalität. Das hatte Fee auf dem Bahnsteig in Gilly auf den ersten Blick gesehen. Was ihn im einzelnen so veränderte, darüber sprach er nicht mit ihr, und sie konnte nur eines tun: ihn so akzeptieren, wie er war.

Ob er mit hinausreiten würde auf die Koppeln, diese Frage stand überhaupt nicht zur Debatte. Weder wollten seine Brüder ihn dort haben, noch sehnte er sich jetzt nach einem solchen Leben, das er ja früher stets gehaßt hatte. Dafür jedoch liebte er etwas anderes. Er liebte es, Dinge wachsen zu sehen. Und so wurde dann eben dies die ruhige, ungestörte Nische, die Fee für ihn bereitete: Er arbeitete in den Gärten der Homestead und konnte dort praktisch schalten und walten, wie er wollte.

Allmählich begannen sich die Cleary-Männer daran zu gewöhnen, daß Frank wieder zur Familie gehörte, und nach und nach begriffen sie auch, daß er – anders vielleicht als früher – für sie und ihr Wohlergehen nicht mehr die mindeste Gefahr darstellte. Was ihre Mutter für ihn empfand, war durch niemanden und nichts zu ändern. Fees Gefühle für ihn blieben offenbar dieselben, ob er sich nun im Gefängnis oder auf Drogheda befand. Aber es war gut, ihn auf Drogheda zu haben, weil das Fee glücklich machte. In die Angelegenheiten seiner Brüder mischte er sich nicht ein, und insofern änderte sich durch ihn für sie überhaupt nichts.

Dennoch war es für Fee keineswegs eine Freude, Frank wieder zu Hause zu haben. Wie hätte es das auch sein können? Daß sie ihn jetzt jeden Tag sehen konnte, erschien ihr nur wie eine Variante jenes Kummers, als er fort gewesen war. Jetzt sah sie tagtäglich, was sie wohl geahnt hatte, daß es so und nicht anders sein konnte – ein ruiniertes Leben, einen ruinierten Menschen.

Eines Tages, Frank war seit rund einem Jahr wieder auf Drogheda, kam Meggie in den Salon und sah, daß ihre Mutter durch eines der großen Fenster blickte. Draußen beim Fahrweg stutzte Frank eine Rosenhecke.

Fee drehte den Kopf, und ein eigentümlicher, kaum zu beschreibender Ausdruck in ihrem Gesicht ließ Meggie plötzlich tief erschrecken.

„Oh, Mum!" sagte sie hilflos.

Fee blickte sie an, schüttelte dann den Kopf und lächelte. „Schon gut, Meggie", sagte sie.

„Wenn es nur irgend etwas gäbe, das ich tun könnte!"

„Es gibt etwas. Bleib so, wie du jetzt bist. Ich bin sehr dankbar. Du bist zu einer Verbündeten geworden."

6. TEIL
1954–1965

DANE

17

„Also", sagte Justine zu ihrer Mutter, „ich habe entschieden, was ich tun werde."

„Ich dachte, das sei bereits entschieden. Kunststudium an der Sydney University, nicht wahr?"

„Ach, das war nur so eine Finte, um dich in falscher Sicherheit zu wiegen, während ich meine Pläne machte. Doch jetzt, wo alles geklärt ist, kann ich's dir ja sagen."

Meggie, über ein Kuchenblech mit ausgerolltem Teig gebeugt, hob rasch den Kopf. Mrs. Smith war krank, und so half sie zusammen mit Justine im Kochhaus aus. Jetzt musterte sie ihre Tochter mit einem Blick, aus dem Ungeduld, Hilflosigkeit und Resignation sprachen. Guter Gott, was sollte man nur mit einem Mädchen wie Justine machen? Falls sie sich's in den Kopf setzte, in einem Bordell in Sydney „in die Lehre" zu gehen, so würde man ihr das kaum ausreden können. Liebe Justine, schreckliche Justine, Verkörperung des Terrors für ihre Umgebung.

„Sprich nur, ich bin ganz Ohr", sagte Meggie und fuhr fort, Gebäck auszustechen. Auf dem Blech mit dem ausgerollten Teig zeichneten sich die Umrisse winziger Tannenbäume ab.

„Ich werde Schauspielerin."

„Was!?"

„Ja, du hast schon richtig verstanden – Schauspielerin."

„Lieber Himmel!" Wieder unterbrach Meggie ihre Arbeit. „Hör mal, Justine, faß das bitte nicht falsch auf, ich möchte deine Gefühle in gar keiner Weise verletzen, aber glaubst du, daß du dafür die ... die entsprechenden körperlichen Voraussetzungen mitbringst?"

„Oh, Mum!" sagte Justine wie angewidert. „Ich will kein Filmstar werden, sondern eine Schauspielerin! Wackeln mit Busen und Hintern, Schmollmündchen? Nein, wirklich nichts für mich! Ich will richtige Rollen spielen!" Sie legte entfettete Stücke Rindfleisch ins Pökelfaß. „Genügend Geld, um davon während eines Studiums oder einer Ausbildung leben zu können, habe ich doch, nicht wahr?"

„Ja, dank Kardinal de Bricassart."

„Dann gibt's weiter keine Probleme. Ich werde bei Albert Jones am Culloden-Theater Schauspielunterricht nehmen, und ich habe auch schon an die Royal Academy of Dramatic Art in London geschrieben und gebeten, mich auf die Warteliste zu setzen."

„So fest entschlossen bist du also, Jussy?"

„Ganz fest entschlossen. Schon seit langem." Justine drückte das letzte blutige Fleischstück in die Pökellösung. Dann preßte sie mit einem demonstrativen Stoß den Deckel auf das Faß. „Endlich! Hoffentlich sehe ich in meinem Leben nie wieder auch nur einen Fetzen Corned Beef."

Meggie reichte ihr ein Blech mit fertig ausgestochenem Teig. „Da schieb das in die Röhre, ja? Zweihundert Grad. Also ich muß schon sagen, das ist schon eine ziemliche Überraschung für mich. Ich habe immer gedacht, daß kleine Mädchen, die Schauspielerin werden wollen, auch unentwegt schauspielern. Aber du hast eigentlich immer nur dich selbst gespielt."

„Oh, Mum! Da haben wir's schon wieder. Du verwechselst Schauspielerinnen mit Filmstars. Es ist wirklich hoffnungslos mit dir."

„Ja, sind Filmstars denn keine Schauspieler?"

„Von sehr mäßiger Qualität. Es sei denn, sie waren zuerst Bühnenschauspieler. Ich meine, selbst Laurence Olivier filmt ja ab und zu."

Auf Justines Toilettentisch stand ein Foto von ihm mit Autogramm. Meggie hatte das seinerzeit für eine typische Jungmädchenschwärmerei gehalten. Immerhin war sie davon angetan gewesen, daß ihre Tochter soviel Geschmack bewies. Die Freundinnen, die Justine gelegentlich für ein paar Tage nach Drogheda mitbrachte, hüteten als besondere Kostbarkeiten meist Bilder von Hollywood-Stars wie Tab Hunter und Rory Calhoun.

„Ich versteh's immer noch nicht", sagte Meggie kopfschüttelnd. „Eine Schauspielerin!"

Justine zuckte mit den Achseln. „Nun, wo sonst als auf der Bühne kann ich schreien und kreischen und gellen? Hier darf ich das nicht, in der Schule darf ich das nicht, nirgends darf ich das!

Und, verdammt noch mal, ich schreie und kreische nun mal so gern!"

„Aber was ist mit der bildenden Kunst, Jussy? Warum willst du nicht Malerin werden? Du hast doch soviel Talent!"

Justine deutete auf den großen Gasherd. „Ich werde dem Küchenarbeiter sagen, daß er die Stahlflaschen auswechseln soll. Auf diesen ist nicht mehr viel Druck, aber für heute wird's sicher noch reichen." Sie drehte den Kopf, mitleidig musterten ihre hellen Augen Meggie. „Du bist so unpraktisch, Mum, wirklich. Und da sagt man immer, es sind die Kinder, die blind sind für die praktischen Aspekte, wenn sie einen Beruf wählen. Meinst du vielleicht, ich hätte Lust, in einer Dachkammer zu verhungern und erst nach meinem Tod berühmt zu werden? O nein! Ich möchte schon zu Lebzeiten ein wenig Ruhm genießen und mich finanziell möglichst gut stehen. Und deshalb wähle ich die Schauspielerei als Beruf und das Malen als Hobby. Nun, wie findest du das?"

„Von Drogheda beziehst du ein regelmäßiges und sicheres Einkommen, Jussy", sagte Meggie verzweifelt und vergaß ihren Schwur, unter gar keinen Umständen etwas davon zu verraten. „In einer Dachkammer verhungern? Nein, da brauchtest du wirklich keine Angst zu haben. Wenn du lieber malen möchtest, so steht dem nichts im Wege. Finanziell bist du dazu in der Lage."

Justine warf ihrer Mutter einen interessierten Blick zu. „Wieviel habe ich denn, Mum?"

„Genug, um nie arbeiten zu müssen, falls du dazu keine Lust hättest."

„Wie entsetzlich langweilig! Dann würde ich am Ende vielleicht auch nur noch am Telefon hängen oder Bridge spielen – so ist das jedenfalls zum größten Teil bei den Müttern meiner Schulfreundinnen. Im übrigen würde ich viel lieber in Sydney leben als auf Drogheda." Ein erwartungsvoller Ausdruck trat in ihre Augen. „Habe ich genug Geld, um mir meine Sommersprossen entfernen zu lassen – mit Hilfe dieser neuen elektrischen Methode, du weißt schon?"

„Ich glaube schon. Aber warum?"

„Weil dann endlich mal jemand mein Gesicht sehen könnte – darum."

„Ich dachte, bei einer Schauspielerin käme es aufs Aussehen nicht so sehr an."

„Zuviel ist zuviel, Mum. Mit meinen Sommersprossen ist es die reine Pest."

„Bist du auch sicher, daß du nicht lieber doch Malerin werden möchtest?"

„Ganz sicher." Sie machte einige Tanzschritte. „Ich werde die Bretter betreten, die die Welt bedeuten!"

„Wie bist du denn als Elevin ans Culloden-Theater gekommen?"

„Ich habe zur Probe vorgesprochen."

„Und man hat dich genommen?"

„Das Vertrauen, das du in deine Tochter setzt, hat wirklich etwas Umwerfendes, Mum. Natürlich hat man mich angenommen! Ich bin nämlich gut. Und eines Tages werde ich berühmt sein."

Meggie ließ grün gefärbten Zuckerguß auf bereits gebackene Tannenbaum-Plätzchen tropfen. „Ist das so wichtig für dich, Justine? Ruhm?"

„Na, das will ich meinen." Justine tunkte Zuckerklümpchen in die Butter, die fast völlig zerlaufen war. Trotz des Gasherdes an Stelle des früheren Holzofens herrschte im Kochhaus noch immer eine verheerende Hitze. „Ich bin eisern entschlossen, berühmt zu werden."

„Willst du denn nicht heiraten?"

Justine verzog verächtlich den Mund. „Kaum! Glaubst du etwa, ich hätte Lust, mein Leben zu vergeuden, indem ich Rotznasen und Schiethintern wische? Und vor einem Mann zu Kreuze kriechen, der sich einbildet, ein Halbgott zu sein, obwohl er mir nicht mal das Wasser reichen kann? Nein, danke, wirklich nicht – nicht bei mir!"

„Also weißt du, Jussy, du bist einfach unmöglich! Wo hast du bloß diese Ausdrucksweise her?"

Mit kurzen, elastischen Bewegungen aus dem Handgelenk begann Justine, am Spülstein Eier aufzuschlagen. „Wo ich das gelernt habe? Nun, auf meinem Mädchen-College natürlich. Aber laß nur, wir sind auf unsere Art schon eine ganz nette Meute."

„Nun gut, aber zurück zum Thema – was hast du eigentlich gegen die Ehe?"

Justine warf ihrer Mutter einen ironischen Blick zu, und in ihrem Lachen klang etwas von jenem wie schnaubenden Geräusch an, das man gelegentlich bei Fee hören konnte. „Also, Mum, wirklich, daß gerade du mich das fragst!"

Meggie fühlte, wie ihr das Blut ins Gesicht stieg. Rasch beugte sie sich tiefer über ihr Kuchenblech. „Werde nicht unverschämt, auch wenn du inzwischen stolze siebzehn bist."

„Ist doch sonderbar, nicht?" sagte Justine, während sie in einer Schüssel Eiweiß zu schlagen begann. „In dem Augenblick, wo man auch nur den kleinsten Schritt auf elterliches Territorium wagt, gilt man als unverschämt. Ich habe nichts weiter gesagt als: daß gerade du mich das fragst. Und das stimmt doch, verdammt noch mal, oder? Habe ich etwa auch nur angedeutet, daß ich meine, du hättest versagt oder so was? O nein. Ich bin ganz entschieden der Meinung, daß du eine Menge gesunden Menschenverstand bewiesen hast durch deinen Verzicht auf das Zusammenleben mit einem Ehemann. Wozu brauchst du denn einen? Ich meine, was das männliche Element bei unserer Erziehung betrifft, daran hat's doch wirklich nicht gefehlt bei all unseren Onkels hier, und Geld genug zum Leben hast du ja. Ich bin ganz deiner Meinung, daß die Ehe für die Katz' ist!"

„Du bist genau wie dein Vater!"

„Wieder so eins von deinen Ausweichmanövern. Immer, wenn dir von meiner Seite irgend etwas nicht paßt, bin ich auf einmal ‚genau wie dein Vater'. Nun gut, ich muß da ganz auf dein Wort vertrauen, da ich diesen Gentleman ja nie zu Gesicht bekommen habe."

„Wann mußt du wieder abreisen?" fragte Meggie verzweifelt.

Justine zeigte ein ungeniertes Grinsen. „Du kannst es gar nicht erwarten, mich wieder loszuwerden, nicht wahr? Kann ich auch gut verstehen, Mum. Nehm' ich dir gar nicht weiter übel. Ich kann einfach nicht anders, macht mir einfach einen Riesenspaß, anderen einen Schock zu versetzen, vor allem dir. Wie wär's, wenn du mich gleich morgen zum Flugplatz fährst?"

„Sagen wir: übermorgen. Morgen werde ich mit dir zur Bank fahren. Es ist besser, wenn du weißt, wieviel du auf dem Konto hast. Und, Justine . . ."

Justine hob den Kopf. Die Stimme ihrer Mutter klang plötzlich eigentümlich verändert. „Ja, Mum?"

„Wenn du je in Schwierigkeiten gerätst, komm bitte nach Hause. Hier auf Drogheda ist immer für dich Platz. Ich möchte, daß du das nie vergißt. Nichts könnte daran je etwas ändern."

In Justines Augen trat ein weicher Ausdruck. „Danke, Mum. Für dein Alter bist du eigentlich gar nicht so übel, weißt du."

„Alter!?" rief Meggie entsetzt. „Ich bin doch nicht alt! Ich bin erst dreiundvierzig!"

„Allmächtiger, schon so alt!"

Meggie schleuderte ein Plätzchen und traf damit Justines Nase. „Oh, du Hexe!" rief sie und lachte dann. „Du bist wirklich ein Ungeheuer! Jetzt komme ich mir vor wie hundert!"

Ihre Tochter grinste nur.

In diesem Augenblick trat Fee ins Kochhaus, von Meggie insgeheim mit Erleichterung begrüßt.

„Mum, weißt du, was Justine gerade zu mir gesagt hat?"

Fees Augen konnten zwar gerade noch mit Mühe die Ziffern in ihren Büchern wahrnehmen, doch ihr Verstand war so scharf wie eh und je.

„Nein, das weiß ich nicht", sagte sie. „Ich müßte erst einmal hören, worum es geht!"

„Nun", sagte Meggie, „manchmal habe ich das Gefühl, daß ihr beide – ich meine, du und Jussy – Geheimnisse vor mir habt. Und daß du gerade jetzt hier hereinkommst, wo du dich sonst im Kochhaus doch kaum je blicken läßt . . ."

Fee knabberte an einem der Plätzchen, die sie recht argwöhnisch betrachtet hatte. „Hmmmmmmm", sagte sie, „immerhin besser, als ich dachte. Und auf jeden Fall besser, als sie aussehen. Aber was deine Tochter betrifft, ermutige sie nicht, hinter deinem Rücken mit mir zu konspirieren. – Womit bist du denn diesmal ins Fettnäpfchen getreten, Justine?"

„Ich habe Mum gesagt, daß ich Schauspielerin werden will, Nanna, das ist alles."

„Das ist wirklich alles? Stimmt das, oder machst du nur deine dummen Witze mit mir?"

„Es stimmt. Ich fange im Culloden-Theater an."

„Nun, nun, nun!" sagte Fee und stützte sich auf den Tisch. Sie musterte ihre Tochter mit einem ironischen Blick. „Merkwürdig, wie Kinder doch ihren eigenen Willen haben, Meggie, nicht?"

Meggie gab keine Antwort.

„Hast du vielleicht was dagegen, Nanna?" fragte Justine, kampfbereit.

„Ich und etwas dagegen haben? Ich denke nicht im Traum daran, mich in dein Leben einzumischen. Außerdem glaube ich, du würdest eine gute Schauspielerin sein."

„Das glaubst du im Ernst?" fragte Meggie verblüfft.

„Allerdings", erklärte Fee. „Justine ist doch wirklich kein Mädchen, das einen solchen Schritt unüberlegt unternimmt – stimmt's nicht, Justine?"

„Natürlich nicht", erklärte Justine mit einem Lächeln, das fast schon ein Grinsen war, und schob sich mit der Hand eine Haarsträhne aus der Stirn. Sie betrachtete ihre Großmutter mit einem so liebevollen Blick, wie sie ihn – so fand zumindest Meggie – für ihre Mutter nie übrig hatte.

„Du bist ein gutes Mädchen, Justine", sagte Fee und schluckte den Rest des Plätzchens. „Gar nicht übel. Aber ihr hättet sie doch mit weißer Zuckerglasur überziehen sollen."

„Weiß? Das geht doch nicht bei Bäumen", widersprach Meggie.

„Natürlich geht das, wenn's Tannenbäume sind", erklärte ihre Mutter. „Könnte doch Schnee sein."

„Zu spät", lachte Justine. „Jetzt sind sie kotzgrün!"

„Justine!"

„Hoppla! Tut mir leid, Mum. Ich vergesse immer, daß du einen überempfindlichen Magen hast."

„Ich habe keinen *über*empfindlichen Magen!" sagte Meggie empört.

„Ich bin nur gekommen, um zu sehen, wie es mit einer Tasse Tee steht", betonte Fee und zog einen Stuhl herbei, auf den sie sich setzte. „Setz doch einen Kessel auf, Justine, gutes Mädchen, ja?"

Auch Meggie rückte einen Stuhl zurecht und setzte sich. „Glaubst du denn wirklich, daß das für Justine das Richtige sein könnte?" fragte sie begierig.

„Ja, weshalb denn nicht?" fragte Fee zurück.

„Nun, es könnte doch so etwas wie ... wie eine Übergangs-phase sein."

„Ist es eine Übergangsphase, Justine?" fragte Fee.

„Nein, das ist es nicht!" erwiderte Justine mit allem Nachdruck, während sie Tassen und Untertassen auf die grüne Platte des alten Küchentischs stellte.

„Nimm für die Biskuits einen Teller und stell sie nicht einfach in der Schachtel auf den Tisch", sagte Meggie ganz automatisch. „Und außerdem, Himmelherrgott, nimm für die Milch nicht die ganze Kanne, sondern das Kännchen, das zum Teeservice gehört."

„Ja, schon gut, tut mir leid, Mum", erwiderte Justine genauso mechanisch. „Weshalb so viele Umstände, werde ich ja nie begreifen – macht nur mehr Arbeit, das ist alles."

„Tu, was ich dir sage. So ist es halt viel hübscher."

„Um auf das Thema zurückzukommen", beharrte Fee, „ich glaube, da gibt es nicht viel zu diskutieren. Meiner Überzeugung nach sollte man Justine ihren Willen lassen. Sie wird sich schon bewähren."

„Ich wünschte, ich wäre da so sicher wie du", sagte Meggie bedrückt.

„Geht's dir um den möglichen Ruhm, Justine?" fragte Fee ihre Enkeltochter.

„Natürlich, das spielt schon eine Rolle", erklärte Justine. Sie stellte die alte braune Teekanne auf den Tisch und setzte sich rasch. Trotzig sah sie ihre Mutter an. „Und jetzt meckre nicht, Mum. Für die Küche nehme ich keine silberne Kanne, basta!"

„Schon gut", sagte Meggie mit einem Lächeln, „für die Küche genügt diese Kanne."

„Hmmm, tut das gut! Es geht doch nichts über eine Tasse Tee", verkündete Fee mit einem genußvollen Seufzer und nahm gleich noch einen Schluck. „Justine, warum mußt du deiner Mutter eigentlich immer alles so miserabel erklären? Du weißt doch ganz genau, daß es im Grunde nicht um den Ruhm geht. Sondern um das Selbst, nicht wahr?"

„Um das Selbst, Nanna?"

„Natürlich. Um das Selbst. Schauspielerin werden, das heißt für dich doch, das tun, wofür du dich bestimmt glaubst, nicht wahr?"

„Ja."

„Warum hast du das deiner Mutter dann auch nicht so erklärt? Weshalb beunruhigst du sie durch einen Haufen nebensächlichen Unsinn?"

Justine hob die Schultern und trank ihre Tasse auf einen Zug leer. „Weiß nicht", sagte sie.

„Das weiß ich nicht", vervollständigte Fee die Antwort. „Na, ich hoffe doch, daß du wenigstens auf der Bühne in ganzen Sätzen sprechen wirst. Jedenfalls das Selbst – der Selbstausdruck – ist der Grund, aus dem du Schauspielerin werden möchtest, nicht wahr?"

„Kann schon sein", erwiderte Justine widerstrebend.

„Guter Gott, dieser so sture, dumme Cleary-Stolz! Daran kannst du noch zugrunde gehen, Justine, wenn du's nicht lernst, ihn unter Kontrolle zu halten. Diese unsinnige Furcht, ausgelacht, irgendwie zum Gespött gemacht zu werden. Ich begreife wirklich nicht, weshalb du meinst, deine Mutter könnte so grausam zu dir sein." Sacht strich sie Justine über die Hand. „Gib ein bißchen nach, Justine. Dir fällt schon kein Zacken aus der Krone, wenn du's tust."

Doch Justine schüttelte nur den Kopf. „Nachgeben? Tut mir leid, Nanna, das kann ich nicht."

Fee seufzte. „Nun, was immer es dir auch nützen mag, Kind, meinen Segen für deine Pläne hast du jedenfalls."

„Danke, Nanna, ich weiß das zu schätzen."

„Nun, dann zeige deine Dankbarkeit mal ganz konkret, indem du deinen Onkel Frank suchst und ihm sagst, daß es in der Küche Tee gibt."

Justine verschwand, und Meggie starrte ihre Mutter wie fassungslos an.

„Mum, du bist schon erstaunlich. Wirklich!"

Fee lächelte. „Aber du wirst zugeben müssen, daß ich meinen Kindern nie irgendwelche Vorschriften gemacht habe."

„Nein, das hast du wirklich nicht", sagte Meggie zärtlich. „Und das haben wir auch zu schätzen gewußt."

Wieder in Sydney, ließ Justine sich als erstes ihre Sommersprossen entfernen, das heißt: sie begann damit, denn im Handumdrehen war das nicht getan. Sie hatte so viele, daß es ungefähr ein Jahr dauern würde, bis sie sie alle los war. Und dann würde sie sich für den Rest ihres Lebens von jeglicher Sonnenbestrahlung fernhalten müssen, oder sie hatte sie wieder.

Das war das erste. Das zweite war, daß sie sich eine Wohnung suchte, und das zu einer Zeit, wo man in Sydney die „Vielparteienwohnerei" in einem einzigen Haus als eine Art Höllenfluch betrachtete. Doch sie schaffte es, unter den Umständen eine beachtliche Leistung, fürwahr. In Neutral Bay, und zwar in einem dieser riesigen alten Herrenhäuser, das einmal „bessere" Zeiten gesehen hatte und jetzt in eine ganze Reihe von Wohnungen aufgeteilt worden war, fand sie eine Zweizimmerwohnung. Die Miete betrug fünf Pfund und zehn Schilling pro Woche, eine wahre Unverschämtheit, wenn man bedachte, daß das Bad ein sogenanntes Gemeinschaftsbad war, das heißt, alle Mietparteien „hingen" daran. Dennoch war Justine glücklich, unter den Umständen überhaupt eine Wohnung bekommen zu haben.

Das Leben in Bothwell Gardens – wie es sich nannte – war weit faszinierender als die Schauspiellehre im Culloden-Theater, denn diese „Lehre" schien aus nichts anderem zu bestehen als aus Gelegenheitsauftritten und einem Haufen Auswendiglernen, ganz gleich, ob nun Shakespeare, Shaw oder Sheridan.

Justines Wohnung eingeschlossen, gab es in Bothwell Gardens sechs Wohnungen: Hinzu kam allerdings noch die Wohnung von Mrs. Devine, der Wirtin. Mrs. Devine war eine fünfundsechzigjährige Londonerin mit vorstehenden Augen sowie einer gewaltigen Verachtung für Australien und die Australier. Dennoch schien sie keineswegs darüber erhaben, sie nach allen Regeln der Kunst auszunehmen, und ihre Hauptsorge war es offenbar, genauestens über die Preise für Gas und elektrischen Strom informiert zu sein. Ihre Hauptschwäche hingegen war ein junger Engländer, Justines Wohnungsnachbar, der sich denn auch nicht im mindesten scheute, seine Staatsangehörigkeit gehörig für sich auszubeuten.

„Warum soll ich der alten Schachtel nicht ab und zu ein bißchen Hilfestellung geben, wenn sie in Erinnerungen schwelgt", sagte er zu Justine. „Dadurch halte ich sie mir vom Hals, wissen Sie. Ihr Mädchen durftet ja nicht mal im Winter einen elektrischen Heizapparat benutzen, aber mir gab sie einen im Sommer, und natürlich zu meiner freien Verfügung!"

„Schleimer!" sagte Justine, doch sie sagte es völlig leidenschaftslos.

Er hieß Peter Wilkins und war irgend so etwas wie ein Handelsreisender. „Sie sind bei mir jederzeit zu einem Tee willkommen", sagte er, und die so eigentümlich hellen Augen schienen ihn sehr zu faszinieren.

Justine akzeptierte die Einladung, als die eifersüchtige Mrs. Devine nicht in der Nähe war, und später gewöhnte sie sich daran, ihn von sich abzuwehren, wobei ihr all die körperliche Fitneß, die sie hauptsächlich Drogheda verdankte, denn doch sehr von Nutzen war.

„Gottverdammt noch mal, Justine!" keuchte Peter und fuhr sich mit der Hand übers Gesicht – Schweiß oder Tränen, wer wollte es wissen? „Gib doch endlich nach. Mädchen! Irgendwann verlierst du's ja doch! Wir sind nicht mehr im viktorianischen England, und niemand erwartet von dir, daß du dir's für die Ehe aufhebst."

„Ich habe auch gar nicht die Absicht, mir's für die Ehe aufzuheben", erwiderte sie. „Ich weiß nur noch nicht, wer die Ehre haben wird, das ist alles."

„Du bist nicht einmal zum Herzeigen!" sagte er böse. Sie hatte ihn tief gekränkt.

„Nein, das bin ich sicher nicht. Aber wenn du glaubst, mich mit Worten verletzen zu können, so irrst du dich. Es gibt eine Menge Männer, die einen wahren Freudentanz aufführen, wenn sie eine Jungfrau bekommen können."

„Auch eine Menge Frauen. Achte nur auf die vordere Wohnung."

„Oh, das tu' ich, das tu' ich", sagte Justine.

Die beiden Frauen in der „vorderen Wohnung" waren Lesbierinnen, und die anfangs versteckten Winke, dem „Club" beizutreten, hatte Justine zuerst gar nicht so recht begriffen. Als die Aufforderungen dann völlig unzweideutig wurden, zuckte sie nur mit den Achseln. Danke, nicht interessiert. Nach einer Weile wurde sie für diese Frauen so etwas wie ein Resonanzboden, eine neutrale Vertraute, ein ruhiger Hafen inmitten des Meers der Stürme: Sie holte Billie – gegen Kaution – aus dem Gefängnis, und brachte Bobbie – nach einem besonders bösen Streit mit Billie – ins Krankenhaus, damit ihr dort der Magen ausgepumpt werden konnte. Ansonsten weigerte sie sich, für die eine oder für die andere Partei zu nehmen, ganz gleich, ob da nun eine Pat oder eine Al, eine Georgie oder eine Ronnie am Horizont auftauchte. Nein, dachte Justine, das war wirklich keine Gefühlswelt, in der sich auf die Dauer leben ließ. Es war ja schon mit Männern schlimm genug, aber die waren doch wenigstens in der ganzen Machart anders.

Über einen Mangel an Freundinnen konnte Justine nicht klagen.

Da waren die Mädchen von Bothwell Gardens, die Mädchen vom Culloden-Theater und natürlich jene, die sie von Kincoppal her kannte. Doch anzuvertrauen brauchte sie sich keiner von ihnen, dafür hatte sie gegebenenfalls Dane. Allerdings schien es, daß sie gar keine Nöte kannte, die sie anderen hätte anvertrauen müssen. Und was bei ihr ganz allgemein besonders beeindruckte, war jene ungewöhnliche Selbstdisziplin, in der sie sich von Kind auf geübt zu haben schien.

Wann, wie, wo, wer – so etwa lauteten die Fragen, die Justines nähere Bekannten sich stellten. Wer würde wohl „derjenige" sein, und wann würde es geschehen? Doch Justine ließ sich Zeit.

Die Nummer Eins als jugendlicher Liebhaber im Culloden-Theater war Arthur Lestrange, der allerdings inzwischen knapp seinen vierzigsten Geburtstag hinter sich hatte. Immerhin konnte er als zuverlässiger Schauspieler gelten, und da er noch eine recht gute Figur sowie ein männlich-markantes, von blonden Locken umrahmtes Gesicht besaß, durfte er von vornherein mit dem Beifall des Publikums – vor allem natürlich des weiblichen – rechnen.

Im ersten Jahr fiel ihm Justine überhaupt nicht auf. Sie verhielt sich sehr still und tat genau, was man ihr sagte. Sie verschmolz gleichsam mit dem Hintergrund. Doch als dann, gegen Ende des Jahres, ihre Sommersprossenbehandlung beendet war, begann sie, sich immer deutlicher von eben diesem Hintergrund abzuheben.

Ohne die Sommersprossen und mit Make-up – vor allem um die Augenbrauen und die Wimpern ein bißchen dunkler zu tönen – war sie ein recht attraktives Mädchen, auch wenn sie es an Schönheit mit ihrer Mutter nicht aufnehmen konnte. Figürlich wirkte sie passabel, ohne in irgendeiner Weise spektakulär zu sein. Sie war eher ein wenig zu mager. Was ins Auge fiel, wenn überhaupt, konnte zunächst eigentlich nur ihr Haar sein, Haar von lebhaftestem Rot. Stand sie auf der Bühne, so war jedoch alles plötzlich ganz anders. Da verstand sie es, dem Publikum zu suggerieren, sie sei so schön wie die schöne Helena – oder so häßlich wie eine Hexe.

Arthur Lestrange fiel sie zum ersten Mal auf, als sie während des Schauspielunterrichts eine Passage aus Joseph Conrads „Lord Jim" vorzutragen hatte und dabei verschiedene Akzente „bringen" mußte. Sie war außergewöhnlich gut, und plötzlich begriff er, weshalb Albert Jones sich so ausnehmend viel Mühe mit ihr gab: Gar kein Zweifel, daß sie auch über ein großes mimisches Talent verfügte. Doch darüber hinaus verstand sie es, jedem Wort, das sie sprach, Gewicht zu verleihen – nicht zuletzt ihres Timbres wegen, das so dunkel und irgendwie rauchig klang, eine wunderbare „Beigabe" für jede Schauspielerin.

Nun: als Arthur Lestrange sie bei nächster Gelegenheit abseits von den anderen sitzen sah, in der einen Hand eine Tasse Tee, in der anderen ein Buch, nahm er neben ihr Platz.

„Was lesen Sie da?"

Sie blickte auf, lächelte. „Proust."

„Finden Sie ihn nicht ziemlich langweilig?"

„Proust und langweilig? Das ist er bestimmt für niemanden, der etwas für Klatsch übrig hat. Genau das ist er nämlich. Eine schreckliche alte Klatschtante."

Er hatte das etwas unbehagliche Gefühl, daß sie sich da ein wenig als intellektuelle „Gönnerin" aufspielte. Aber er verzieh ihr. Das mußte man ihrer großen Jugend zugute halten.

„Ich habe gehört, wie Sie den Conrad gebracht haben. Ganz hervorragend."

„Danke."

„Vielleicht könnten wir irgendwann einmal miteinander Kaffee trinken und über Ihre Pläne sprechen?"

„Wenn Sie meinen", sagte sie und vertiefte sich wieder in den Proust.

Er war froh, daß er sie nur zum Kaffee eingeladen hatte und nicht auch gleich zum Dinner, denn seine Frau hielt ihn mit dem Taschengeld ziemlich knapp. Jedenfalls saß er dann einige Zeit später zusammen mit Justine in einem unauffälligen kleinen Lokal in der unteren Elizabeth Street. Dort würde ihn seine Frau gewiß nie vermuten.

Weil es ihr irgendwann zu dumm geworden war, immer nein zu sagen, wenn man ihr eine Zigarette anbot, hatte sie sich das Rauchen angewöhnt. Doch wie um ihre Unabhängigkeit zu bekunden, sorgte sie dafür, daß sie stets ihr eigenes Päckchen zur Verfügung hielt.

Auch jetzt zog sie es hervor, riß den oberen Teil der Zellophanhülle ab, nahm dann eine Zigarette aus der Kippschachtel.

Arthur beobachtete sie amüsiert. „Warum machen Sie sich nur soviel Mühe damit, Justine? Reißen Sie doch die ganze Zellophanhülle herunter."

„Wie unordentlich!"

Er griff nach der Schachtel und strich nachdenklich über den noch intakten Teil der Hülle. „Nun, wenn ich ein Anhänger dieses außergewöhnlichen Sigmund Freud wäre . . ."

„Wenn Sie Freud wären, was dann?" Sie blickte zur Kellnerin, die neben ihr aufgetaucht war. „Cappuccino, bitte."

Es gefiel ihm wenig, daß sie für sich selbst bestellte, doch er sparte sich jede Bemerkung dazu, verfolgte statt dessen den Gedanken weiter. „Wiener Kaffee", sagte er zur Kellnerin und dann: „Um wieder auf Freud zurückzukommen ... wie würde er das wohl gesehen haben? Nun, vielleicht hätte er gesagt ..."

Sie ließ ihm keine Chance, ihr Feuer zu geben. Schon hatte sie sich ihre Zigarette selbst angesteckt. Und ihm das Päckchen wieder aus der Hand genommen. „Nun?" fragte sie.

„Nun, Freud wäre sicher der Meinung, daß Ihnen sehr viel daran liegt, Hüllen oder Häutchen möglichst intakt zu lassen."

Ihr belustigtes Lachen klang wie ein halb unterdrücktes Gurgeln, und mehrere Männerköpfe drehten sich neugierig zu ihr herum. „Tatsächlich, Arthur? Oder ist das vielleicht eine Frage so ganz von hintenherum – ob ich noch Jungfrau bin?"

Er schnalzte vorwurfsvoll mit der Zunge. „Justine! Wie ich sehe, muß ich Sie unter anderem in der sehr beherzigenswerten Kunst der – nun, nennen wir es einmal: der *indirekten* Rede unterweisen."

„Unter anderem? Worin denn noch, Arthur?" Sie lehnte die Ellbogen auf den Tisch. Im trüben Licht erschien in ihren Augen ein eigentümliches Schimmern.

„Nun, was meinen Sie denn, worin Sie noch Unterweisung brauchen?"

„Um meine Allgemeinbildung ist es eigentlich gar nicht so schlecht bestellt."

„Wirklich *Allgemein*bildung?"

„Himmel, Sie verstehen's aber sehr gut, Wörter zu betonen. Sehr gut. Das muß ich mir merken, wie Sie das gesagt haben."

„Es gibt Dinge, die man nur durch Erfahrung aus erster Hand lernen kann", sagte er leise und streckte die Hand aus, um eine Locke hinter ihr Ohr zu streichen.

„Wirklich? Bisher habe ich gefunden, daß Beobachtung durchaus genügt."

„Und wie steht es damit, wenn es um Liebe geht?" Durch feinste Artikulation verstand er es, dem Wort Zartheit und Tiefe zu geben. „Wie können Sie die Julia spielen, ohne zu wissen, was Liebe ist?"

„Ein gutes Argument. Da gebe ich Ihnen recht."

„Sind Sie je verliebt gewesen?"

„Nein."

„Wissen Sie irgend etwas über die Liebe?" Diesmal legte er den Ton mehr auf „irgend etwas" als auf „Liebe".

„Nein, gar nichts."

„Ah! Dann hätte Freud wohl doch recht gehabt?"

Wieder nahm sie das Päckchen in die Hand und blickte auf den unteren Teil der Zellophanhülle, lächelnd. „In mancher Beziehung, vielleicht."

Rasch griff er nach der Zellophanhülle, streifte sie vom Päckchen ab, hielt sie einen Augenblick in der Hand, dann zerknüllte er sie mit dramatischer Geste und warf sie in den Aschenbecher, wo sie sich mit einem eigentümlichen, sehr leisen Geräusch gleichsam zu winden und zu dehnen begann. „Ich möchte dir gerne zeigen, wie es ist, eine Frau zu sein . . . ganz Frau . . . wenn ich darf."

Einen Augenblick blieb sie stumm und betrachtete die knisternde Zellophanhülle im Aschenbecher, die noch immer nicht zur Ruhe gekommen war. Dann riß sie ein Streichholz an, hielt die kleine Flamme an das Zellophan. „Warum nicht?" fragte sie, und ihre Frage schien sich an das Feuer zu richten. „Ja, warum eigentlich nicht?"

„Oh, daß bei Mondschein und Rosenduft ein leidenschaftlich' Sehnen unser Herz umgreift", deklamierte er und legte in pathetischer Geste die rechte Hand auf die linke Brustseite, „eh' dann das jähe Zucken eines Pfeils, Erfüllung bringend, uns durchsticht."

Sie lachte. „Also wirklich, Arthur! Gegen den zweiten Teil habe ich ja gar nichts und hoffe nur, daß das mit dem jähen Zucken nicht gar so *kurz* ist. Aber auf Mondenschein und Rosen kann ich gern verzichten, und für ein weitschweifiges Präludium mit ‚leidenschaftlich' Sehnen' bin ich auch nicht gebaut."

Er betrachtete sie traurig, schüttelte den Kopf. „Oh, Justine! Für Leidenschaft, für Umwerben und Umworben-Werden ist jeder gebaut, um deine Ausdrucksweise zu gebrauchen. Auch du, du kaltblütige, junge Vestalin, bist dafür gebaut. Warte nur ab. Eines Tages wirst du's erleben."

„Pah!" Sie stand auf. „Komm, Arthur, bringen wir's hinter uns, bevor ich's mir anders überlege."

„Jetzt? Heute abend?"

„Ja, grundgütiger Himmel, weshalb denn nicht? Falls du knapp bei Kasse bist, ich habe genügend Geld für ein Hotelzimmer."

Das Hotel Metropole lag nicht weit entfernt. Arm in Arm schlenderten sie durch die Straßen, die um diese Zeit eher menschenleer wirkten. Hier und dort sah man ein paar junge Mädchen, die einen Schaufensterbummel machten, dabei jedoch verstohlen nach amerikanischen Seeleuten äugten. Niemand achtete auf Arthur und Justine, worüber er sehr froh war.

Während sie draußen wartete, ging er rasch in eine Drogerie und kam dann mit zufriedenem Lächeln zurück.

„Jetzt sind wir für alles gerüstet, mein Liebling."

„Was hast du denn gekauft? Präservative?"

Er schnitt eine Grimasse. „Guter Gott, nein. Mit einem Präservativ, da bleibt einem soviel Gefühl wie – wie wenn man sich in ein paar Seiten vom ‚Reader's Digest' einwickeln würde. Nein, ich habe da so eine Creme für dich gekauft. Woher weißt du überhaupt etwas von Präservativen?"

„Nach sieben Jahren in einer katholischen Boarding School? Was glaubst du denn, was wir getan haben? Gebetet?" Sie grinste. „Nun, ich gebe zu, viel haben wir nicht getan, aber wir haben über alles gesprochen."

Sie hatten keine Schwierigkeiten, ein Zimmer zu bekommen. Das „Metropole" war ein sehr großes Hotel – zumindest für die Maßstäbe der, wenn man es so nennen wollte, Vor-Hilton-Ära. Ein Badezimmer gab es nicht, dafür jedoch eine Art Kommode mit Marmorplatte, auf der eine Waschschüssel und ein Krug mit Wasser standen, sehr passend zu dem altmodischen Rahmen des viktorianischen Mobiliars.

Justine schob die Gardine ein winziges Stück beiseite. Unten lag die Brücke, die den Hafen überspannte. „Eine schöne Aussicht, nicht wahr?" sagte Justine. „Aber was tu' ich jetzt?"

„Ja, ja, eine sehr schöne Aussicht. Und was du tun sollst? Dir deine Höschen ausziehen, natürlich."

„Sonst noch etwas?" fragte sie boshaft.

Er gestikulierte. „Alles ausziehen, Justine! Wenn man nicht Haut an Haut fühlt, ist es längst nicht so schön."

Ohne auch nur eine Spur von Scheu schlüpfte sie rasch aus ihren Sachen, legte sich dann aufs Bett und spreizte die Beine auseinander. „Ist es so richtig, Arthur?"

„Lieber Himmel!" sagte er, während er sorgfältig seine Hose zusammenlegte. Seine Frau achtete immer genau darauf, ob sie auch nicht zerknittert war.

„Was denn, Arthur?"

„Du bist ja echt rothaarig, oder?"

„Was hattest du denn erwartet? Purpurfedern?"

„Liebling, das mag ja ganz witzig sein", sagte er tadelnd. „Aber es nimmt einem die Stimmung, hör also bitte auf damit." Er zog den Bauch ein, stolzierte zum Bett, legte sich neben Justine und begann, sie zu küssen, der erfahrene Liebhaber, der eine erste Probe seines Könnens gibt: Seine Lippen streiften über ihre Wange, ihren Hals, lagen dann auf ihrer linken Brust. „Mmmmmm, ist das hübsch mit dir." Er schlang seine Arme um sie. „Da! Ist das nicht hübsch?"

„Glaub' schon. Ja, ist eigentlich ganz hübsch."

Schweigen. Fast völlige Stille. Nur das sanfte Geräusch der Küsse und ab und zu ein leises Murmeln. Nicht weit vom Fußende des Betts stand ein altmodischer Toilettentisch mit einem riesigen Spiegel, und dieser Spiegel war, vermutlich durch einen früheren Hotelgast, der sich erotisch hatte stimulieren wollen, genau so gedreht, daß man vom Bett aus eben dies – das Liebesnest – im Auge behalten konnte.

„Arthur, mach das Licht aus."

„Nein, Liebling! Lektion Nummer Eins – es gibt keinen Aspekt der Liebe, der das Licht zu scheuen hätte."

Nachdem er mit behenden Fingern die geleeartige Creme dort appliziert hatte, wo sie ihren Zweck erfüllen sollte, schob Arthur sich zwischen Justines Beine. Ein bißchen tat es zuerst ja weh, doch das ließ sich ertragen, und wenn er in ihr auch keineswegs eine Ekstase auslöste, so doch immerhin eine Art mütterliches Gefühl. Mochte es nun Neugier sein oder was immer sonst: Justine blickte über Arthurs Schulter hinweg zum Spiegel dort beim Fußende des Bettes.

Was sie sah, bot sich ihrem Blick in absonderlicher perspektivischer Verkürzung, ja Verzerrung. Das dort waren also seine Beine, dunkler wirkend, weil behaart, die zwischen ihren glatten – und inzwischen sommersprossenfreien – Beinen lagen wie zwischen zwei Sandwichscheiben. Noch amüsanter jedoch war etwas anderes, das zudem schon rein räumlich sozusagen bildbeherrschend wirkte: Arthurs Hinterteil. Nicht ohne eine gewisse Faszination beobachtete Justine, wie sich jene Doppelwölbung, die man sehr wohl auch als Backen bezeichnen mochte, in einem bestimmten Rhythmus auf und ab bewegte, wobei sich die Muskeln jeweils zusammenzogen, um sich danach wieder ein wenig zu entspannen. Doch die besondere Note dabei war eigentlich dies: Gleichfalls durch perspektivische Verkürzung bewirkt, schienen sich über Arthurs rückwärtigen Halbkugeln zwei gelbliche Haarbüschel zu erheben, und diese beiden Haarbüschel wogten beim steten Auf und Ab wie Drogheda-Gras im Sommerwind und winkten Justine gleichsam fröhlich zu.

Sie vergewisserte sich durch einen zweiten und einen dritten Blick. Und dann preßte sie rasch die Hand gegen ihren Mund, und was dennoch an Geräuschen hervordrang, glich einem Gurgeln und Stöhnen.

„Ja, ja, mein Liebling, es ist alles gut! Ich bin bereits bei dir durch, kann dir also nicht mehr sehr weh tun", flüsterte er.

In ihrem Brustkorb staute sich die Luft so sehr, daß sie fast fürchtete, zerplatzen zu müssen. Er schlang seine Arme noch fester um sie und flüsterte unverständliche Koseworte.

Und plötzlich kippte sie den Kopf zurück und öffnete den Mund, und ein grauenvoller Schrei zerriß die Luft: ein schier berstendes Gelächter. Der Lachanfall war von so ungeheurer Intensität, daß es sie am ganzen Körper schüttelte. Und je wütender – und hilflos-schlaffer – Arthur wurde, desto mehr heizte das ihre Lachlust an. Immer wieder deutete sie zum Fußende des Bettes und wand sich in Zuckungen, nur daß es nicht Zuckungen von jener Art waren, wie Arthur sich das eigentlich vorgestellt hatte.

Von klein auf waren die Geschwister einander in vielem näher gewesen als ihrer Mutter, was kaum verwundern konnte, hatte Meggie doch allzulange auf den Koppeln ihren Mann stehen müssen, statt sich um ihre Kinder kümmern zu können.

Wenn Justine und Dane sich in ihrem Wesen auch stark voneinander unterschieden, so war es doch charakterliche Verschiedenheit von jener Art, die um so mehr der Ergänzung durch den anderen bedarf. Justine neigte von Natur aus dazu, jeden noch so winzigen Splitter im Auge eines anderen sehr deutlich zu sehen, den Balken im eigenen Auge hingegen völlig zu ignorieren. Bei Dane verhielt es sich genau umgekehrt. Für menschliche Fehler bei anderen brachte er Verständnis auf, bei sich selbst hingegen kannte er keine Gnade. Justine hielt sich für unbezwinglich stark, Dane seinerseits meinte, im Grunde sei er geradezu gefährlich schwach.

Das Vertrauensverhältnis zwischen beiden war so eng, daß es sich enger kaum denken ließ. Allerdings erzählte in der Regel Justine viel mehr über sich und ihre Gefühle, was ganz einfach daran lag, daß sie die Redseligere war. Dane hatte sich daran gewöhnt – und gewöhnen müssen , daß seine Schwester anfangs immer die gesamte Unterhaltung bestritt und später dann stets den weitaus größten Teil.

Er akzeptierte seine Rolle als häufig genug passiver Zuhörer und begriff auch mehr oder minder, daß Justine in ihrer recht amoralischen Art – nichts schien ihr heilig zu sein, Tabus wollte sie nicht gelten lassen – ihn und seine Skrupel an Stelle der fehlenden eigenen sehr dringend brauchte. Wenn er ihr zuhörte, dann stets mit einem tiefen Gefühl der Zärtlichkeit und Anteilnahme, von dem er sich wohlweislich nichts anmerken ließ, denn es hätte Justine zweifellos in Rage gebracht.

„Rate mal, was ich letzte Nacht gemacht habe?" fragte sie ihn und rückte ihren großen Strohhut sehr sorgfältig so zurecht, daß Gesicht und Hals vor der Sonne geschützt waren.

„Hast deine erste Hauptrolle gespielt", sagte Dane.

„Dummkopf! Als ob ich dir da nicht vorher Bescheid gegeben hätte, damit du mich auch sehen kannst. Rate weiter."

„Na, bist du vielleicht in eine Prügelei zwischen Bobbie und Billie geraten?"

„Bäääh! Das hat ja nun allmählich soo einen Bart."

Er zuckte die Achseln. „Keinen blassen Dunst."

Sie saßen auf dem Gras bei der Saint Mary's Cathedral. Dane hatte Justine angerufen: Er wolle wegen einer besonderen Zeremonie in die Kathedrale, ob sie sich zuvor mit ihm in der Nähe treffen könne? Natürlich konnte sie. Schließlich brannte sie ja darauf, ihm das Allerneueste zu erzählen.

Dane befand sich im Abschlußjahr auf dem Riverview College, und er hatte praktisch alle Würden auf sich vereinigt, die ein Schüler dort auf sich vereinigen konnte. Er war Kapitän sämtlicher College-Mannschaften, ganz gleich, ob für Kricket, für Rugby, für Handball oder für Tennis. Außerdem war er Klassenprimus. Jetzt, mit siebzehn, maß er einsachtundachtzig, hatte den Stimmbruch hinter sich und war erstaunlicherweise von Dingen wie pubertären Pickeln oder einem hüpfenden Adamsapfel völlig verschont geblieben. Zwar rasierte er sich noch nicht – brauchte es noch nicht, weil er blond war –, doch ansonsten glich er eher einem jungen Mann als etwa einem Schuljungen. Das einzige, was ihn als solchen klassifizierte, war die „Riverview-Uniform", die ihn als Schüler des College auswies.

Es war ein warmer, sonniger Tag. Dane nahm seine „Kreissäge" vom Kopf – Teil der Schuluniform – und streckte sich im Gras aus. Justine kauerte neben ihm, die Arme um die Knie geschlungen, um auch ja sicherzugehen, daß möglichst kein Fleckchen ihrer Haut der Sonne ausgesetzt war. Faul öffnete Dane eines seiner blauen Augen und blickte zu seiner Schwester.

„Also was war letzte Nacht, Jus?"

„Ich habe meine Jungfräulichkeit verloren. Jedenfalls glaube ich's."

Er öffnete auch das andere Auge. „Du willst mich aufziehen."

„Aber nicht die Bohne! Wurde doch allerhöchste Zeit, finde ich. Wie kann ich erwarten, eine gute Schauspielerin zu werden, wenn ich nicht die geringste Ahnung habe, was zwischen Mann und Frau vorgeht?"

„Du hättest dich für den Mann, den du einmal heiratest, bewahren sollen."

Ihr Gesicht verzog sich zu einer Grimasse. „Also ehrlich, Dane, manchmal bist du so sehr tiefes Mittelalter, daß es direkt peinlich wird! Was ist, wenn ich erst mit vierzig Jahren einen kennenlerne, den ich heiraten möchte? Was erwartest du eigentlich von mir? Daß ich bis dahin Däumchen drehe, mir alles verkneife? Willst du das etwa tun – es für die Ehe aufheben?"

„Ich glaube nicht, daß ich heiraten werde."

„Na, ich bestimmt auch nicht. Und was nun? Soll ich es etwa ein für allemal in die Aussteuertruhe stecken, womöglich mit einem blauen Bändchen drumherum? Und dann abschließen und den Schlüssel wegwerfen? Also ehrlich, ich möchte mich nicht mal auf dem Sterbebett fragen müssen, *wie es denn wohl hätte sein können!*"

Er grinste. „Na, nun brauchst du dich ja nicht mehr zu fragen." Langsam wälzte er sich herum, auf den Bauch, stützte das Kinn in eine Hand, musterte seine Schwester sehr aufmerksam, Besorgnis im Blick. „War's denn in Ordnung? Oder war's schrecklich? Widerlich für dich?"

Bei der Erinnerung zuckte es eigentümlich um ihre Lippen. „Also nein. Es war nicht schrecklich, und widerlich war's eigentlich auch nicht. Andererseits muß ich gestehen, daß ich nicht begreifen kann, weshalb sich darüber alle immer so verzückt haben. Ich würde so weit gehen zu sagen, daß es angenehm ist, aber weiter auch nicht. Und ich habe mir ja nicht irgendeinen genommen. O nein! Ich habe schon darauf gehalten, daß er attraktiv war und außerdem alt genug, um von der Sache eine Ahnung zu haben."

Er seufzte. „Also du bist wirklich unmöglich, Justine. Da hätte ich aus deinem Mund schon viel lieber gehört: ‚Toll aussehen tut er nicht gerade, aber ich habe ihn nun einmal kennengelernt und konnte einfach nicht anders.' Ich meine, schön, wenn du nicht bis zur Ehe damit warten willst, dann kann ich das wohl verstehen. Dennoch sollte es etwas sein, das du nicht des Aktes, sondern des Menschen wegen haben möchtest. Niemals nur des Aktes wegen, Jus. Ich bin wirklich nicht überrascht, daß von Ekstase bei dir nicht die Rede sein konnte."

Jeder Ausdruck von Triumph war von ihrem Gesicht wie weggewischt. „Du verdammter Kerl, jetzt fühle ich mich auf einmal ganz schrecklich! Würde ich dich nicht besser kennen, so würde ich glauben, daß du mich – oder doch meine Motive – herabsetzen willst."

„Aber du kennst mich besser, nicht wahr? Ich setze dich niemals herab, nur: deine Motive sind manchmal wirklich ganz einfach gedankenlos albern." Er gab seiner Stimme einen eigentümlich monotonen Klang. „Du weißt doch, was aus mir zu dir spricht, Justine O'Neill – dein Gewissen."

„Stimmt sogar, du verflixter Kerl." Sie ließ sich neben ihm aufs Gras gleiten, so daß er ihr Gesicht nicht sehen konnte. Ihre Besorgnis wegen der Sonne hatte sie vergessen. „Hör mal, du weißt doch, weshalb, nicht wahr? Du weißt es doch!"

„Oh, Jussy", begann er traurig. Doch weiter kam er nicht, denn sie fuhr sogleich fort, und ihre Stimme klang wild, klang verzweifelt:

„Nie, nie, niemals werde ich jemanden lieben! Wenn man Menschen liebt, bringen sie einen um! Wenn man Menschen braucht, bringen sie einen um. Sie tun's, ich sag's dir!"

Es schmerzte ihn immer tief, daß sie sich ungeliebt fühlte, und es schmerzte um so tiefer, als er wußte, daß er selbst der Grund dafür war. Während er sich, was die Zuneigung anderer Menschen betraf, praktisch stets im Mittelpunkt des kreisenden Rades befand, bewegte sie sich immer nur an der Peripherie. Dennoch – und eben dies machte sie ihm so ganz besonders teuer – liebte sie ihn, ohne ihm die Bevorzugung durch andere auch nur im geringsten zum Vorwurf zu machen. Nein, sie trug ihm nichts nach, hatte sich offenbar sogar eingeredet, oder doch einzureden versucht, daß sie sich sehr wohl befand, dort an der äußersten Peripherie. Doch er begriff ihren Schmerz. Er wußte den Schmerz. Und er wußte mehr. Es gab soviel Liebenswertes an ihr, und es gab sowenig Liebenswertes an ihm selbst. Weshalb also liebten alle ihn mehr als sie? Er glaubte, dafür plausible Erklärungen zur Hand zu haben: sein Aussehen, seine Umgänglichkeit, ähnliches mehr. Und dann natürlich, und das nicht zuletzt, die Tatsache, daß sie ja „nur" ein Mädchen war.

Ich habe eigentlich immer alles gehabt, dachte er. Woran hätte es mir je gefehlt? Ich werde an ihr wiedergutmachen, was ihr entgangen ist, nicht zuletzt durch mich.

Zufällig fiel sein Blick auf seine Armbanduhr. Er stand sofort auf.

„Ich muß jetzt gehen, Jus."

„Ach, du und deine blöde Kirche! Wann verliert sich das endlich bei dir?"

„Niemals, hoffe ich."

„Wann sehen wir uns wieder?"

„Nun, heute haben wir Freitag, also morgen natürlich. Um elf Uhr, hier."

„Okay. Sei ein braver Junge."

Er hatte sich bereits zum Gehen gewendet, die „Kreissäge" saß wieder auf seinem Kopf. Jetzt drehte er sich in den Schultern zurück und lächelte Justine zu. „Bin ich denn je etwas anderes?"

Sie erwiderte sein Lächeln. „Gott bewahre, nein. Eigentlich bist du zu gut, um wahr zu sein. In der Klemme sitze ja immer nur ich. Bis morgen also."

Die beiden Türflügel, die in die Kathedrale führten, waren innen mit rotem Leder gepolstert. Dane drückte einen auf und schlüpfte hinein. Nach Möglichkeit kam er immer eine kleine Weile vor Beginn des Gottesdienstes, ehe ihn die Menge ringsum mit ihrem Husten und Rascheln, Flüstern und Murmeln allzusehr stören konnte. Allein fühlte er sich hier stets viel wohler.

Vorn am Hochaltar war jemand damit beschäftigt, die Kerzen anzuzünden. Ein Diakon, wie Dane sofort sah. Der Junge tauchte die Hand ins Weihwasserbecken, machte das Zeichen des Kreuzes. Wenig später kniete er in einer Sitzreihe, die Stirn auf die gefalteten Hände gestützt.

Er betete nicht und betete doch. Niemals dachte er in solchen Augenblicken an bestimmte Worte und Wendungen. Es war, als ob er mit seinem ganzen Wesen einschmölze in die unverwechselbare Atmosphäre hier, in jenes Besondere, das gleichzeitig von körperloser Geistigkeit wie von fast beklemmender Dichte war. Manchmal fühlte er sich geradezu in etwas verwandelt, das so ähnlich war wie das Ewige Licht, jene kleine Lampe aus rötlichem Glas, die vor dem Tabernakel brannte. Immer und immer wieder flackerte sie, als wäre sie gerade am Verlöschen. Doch nie verlosch sie tatsächlich. Wovon Dane stets durchdrungen wurde, wenn er sich in einer Kirche befand, das waren: Stille, Gestaltlosigkeit, Vergessen seiner menschlichen Identität. Nirgends sonst fühlte er sich so im Frieden mit sich selbst, fern von allem Schmerz, am richtigen Ort.

Oben bei der Orgel ertönte das Scharren vieler Füße. Der Knabenchor der Saint Mary Cathedral nahm Aufstellung, und der Organist ließ sein Instrument kurz probeweise erklingen. Offenbar sollte bis zum Beginn des Gottesdienstes noch ein wenig geübt werden. Es handelte sich nur um eine Votivmesse, aber Dane war gekommen, weil einer seiner Freunde und Lehrer von Riverview sie halten würde.

Wieder hörte man einige Orgelklänge, und dann brauste mit der ganzen Fülle, über die von allen Instrumenten nur dieses Instrument verfügt, die Weise auf und klang dann gedämpfter, jetzt nur noch Begleitung für die wie überirdischen Knabenstimmen, die schwerelos emporstiegen zum Gewölbe und den ganzen Raum füllten mit ihrer unendlichen Süße und Reinheit und Unschuld. Unwillkürlich schlossen die wenigen Menschen, die sich jetzt in dem riesigen Gotteshaus befanden, die Augen, und man hätte meinen können, daß viele von ihnen dem nachtrauerten, was für sie für immer verloren war.

> *„Panis angelicus*
> *Fit panis hominum,*
> *Dat panis coelicus*
> *Figuris terminum.*
> *O res mirabilis,*
> *Manducat Dominus,*
> *Pauper, pauper,*
> *Servus et humilis . . .“*

Brot der Engel, himmlisches Brot, o Ding der Wunder. Aus der Tiefe rufe ich zu dir, o Herr; Herr, höre meine Stimme! Neige dein Ohr meinem Flehen, o Herr, wende dich nicht ab. Denn du bist mein Herr, mein Gebieter, mein Gott, und ich bin dein demütiger Diener. In deinen Augen zählt nur, wenn man Gutes tut. Ob deine Diener schön sind oder häßlich, es kümmert dich nicht. Du schaust nur auf das Herz. In dir wird alles heil, in dir fühle ich Frieden.

Herr, es ist einsam. Ich bete darum, daß er bald zu Ende sein möge, der Schmerz des Lebens. Niemand versteht, daß ich, der ich mit so vielen Vorzügen ausgestattet zu sein scheine, im und am Leben soviel Schmerz empfinde. Du jedoch verstehst, und es ist dein Trost, der mich stützt. Was immer du von mir verlangst, o Herr, ich werde es tun, denn ich liebe dich. Und wenn ich einen Wunsch an dich richten darf, so ist es dieser: daß ich in dir für immer völliges Vergessen finden möge . . .

„Du bist so still, Mum“, sagte Dane. „Woran denkst du? An Drogheda?“

„Nein“, erwiderte Meggie schläfrig. „Ich denke daran, daß ich alt werde. Heute morgen habe ich ein halbes Dutzend graue Haare entdeckt, und meine Knochen tun mir weh.“

„Du wirst nie alt sein, Mum“, sagte er zuversichtlich.

„Ich wünschte, das wäre wahr, Liebling, doch leider ist das nicht der Fall. Ich habe allmählich unseren Artesischen Brunnen nötig, und das ist ein sicheres Anzeichen fürs Altwerden.“

Auf Tüchern, die sie über dem Drogheda-Gras ausgebreitet

hatten, lagen sie in der warmen Wintersonne, und zwar in unmittelbarer Nähe jenes Teichs, der sich seit eh und je um das sprudelnde Hauptrohr des Artesischen Brunnens gebildet hatte. Ein Stück entfernt stürzten in breitem, brodelndem Schwall unentwegt weitere Wassermassen aus dem Rohr in den Teich herab, während gleichzeitig wie in Schwaden der Geruch von Schwefel herüberzog. Hier zu schwimmen gehörte zu den ganz besonderen Vergnügungen, die man sich im Winter auf Drogheda leistete. Wie im Handumdrehen wurde man dabei alle Schmerzen und Wehwehchen des voranschreitenden Alters los.

Das jedenfalls waren Meggies Gedanken, als sie sich jetzt auf den Rücken drehte und ihren Kopf in den Schatten jenes liegenden Baumstamms schob, auf dem sie und Pater Ralph vor so langer Zeit gesessen hatten. Vor so unendlich langer Zeit. Es erschien ihr einfach unmöglich, auch nur ein schwaches Echo jener Gefühle heraufzubeschwören, von denen sie doch zweifellos erfüllt gewesen war, als Ralph sie damals küßte.

Sie hörte, daß Dane aufstand, und öffnete die Augen. Stets war er ihr Baby gewesen, ihr süßer kleiner Junge. Sein Heranwachsen hatte sie mit mütterlichem Besitzerstolz verfolgt, doch vor allem die Veränderungen in seinem Gesicht hatte sie unbewußt vor sich selbst verheimlicht, indem sie ihm, auch wenn sie ihn noch so genau betrachtete, in ihrer Vorstellung gleichsam die Maske des süßen, lachenden Babys überstülpte. Bis jetzt hatte sie noch gar nicht begriffen, daß ihr Sohn in keiner Beziehung mehr Kind genannt werden konnte.

Doch die Erkenntnis kam in diesem Augenblick. Als sie ihn in seiner knapp geschnittenen Badehose stehen sah, eine scharf gegen den blauen Himmel sich abhebende Gestalt.

Mein Gott, es ist alles vorüber! Die Kindheit, die Knabenzeit. Er ist ein Mann. Ein Wirrwarr der Gefühle erfüllte Meggie, Stolz, Bedauern, Bewunderung, Traurigkeit, Zorn – und die eigentümliche Empfindung, dies müsse so etwas wie ein bevorstehendes Unheil bedeuten. Und war es nicht, auf seine Weise, auch furchtbar? Furchtbar, einen Menschen in die Welt zu setzen; noch furchtbarer, einen solchen Menschen in die Welt zu setzen.

Ralph de Bricassart, dazu ein wenig von ihr selbst. In diesem jungen Körper den Körper jenes Mannes wiederzusehen, der sich mit ihr in Liebe vereinigt hatte, das war etwas, das in ihr an die tiefsten Tiefen rührte. Sie schloß die Augen, verlegen und voll Haß gegen den Gedanken, ihren Sohn als Mann sehen zu müssen. Und wie war das von seiner Seite? Sah er sie inzwischen als Frau, oder war sie für ihn noch immer jene wundervolle Chiffre: Mum?

Gottverdammt, gottverdammt! Wie hat er es wagen können, erwachsen zu werden?

„Weißt du eigentlich irgend etwas von Frauen, Dane?" fragte sie plötzlich.

Er lächelte. „Die Vögel und die Bienen, meinst du das?"

„Nun, das weißt du natürlich. Mit Justine als Schwester blieb dir da ja auch gar nichts anderes übrig. Als sie herausfand, was es da zwischen den Deckeln ihres Physiologie-Buches zu entdecken gab, hat sie's ja allen laut genug in die Ohren geplärrt. Nein, ich meine, hast du davon schon mal etwas in die Praxis umgesetzt?"

Er schüttelte kurz, doch nachdrücklich den Kopf, ließ sich dann neben seiner Mutter ins Gras gleiten und blickte ihr ins Gesicht. „Komisch, daß du mich das fragst, Mum. Ich meine, ich habe schon lange mit dir darüber sprechen wollen, aber ich wußte nicht, wie anfangen."

„Du bist erst achtzehn, Liebling. Da ist es wohl doch noch ein wenig früh, sich mit dem Gedanken zu beschäftigen, wie es mit dem Umsetzen der Theorie in die Praxis steht." Erst achtzehn. Erst? Er war doch ein Mann, nicht wahr?

„Genau darüber möchte ich mit dir reden: Es überhaupt nicht in die Praxis umzusetzen."

Wie kalt vom Great Divide her der Wind doch blies. Sonderbar, daß ihr das erst jetzt auffiel. Wo war ihr Bademantel? „Es überhaupt nicht in die Praxis umsetzen", sagte sie dumpf, und es war keine Frage, sondern eine Feststellung.

„Ja, ganz recht. Ich möchte es nicht tun, nie. Nicht, daß ich mir keine Gedanken darüber gemacht habe, wie es wäre, Frau und Kinder zu haben. Ich habe darüber nachgedacht. Aber ich kann es nicht. In mir ist einfach nicht genügend Platz für die Liebe zu ihnen und zugleich für die Liebe zu Gott – nicht, wenn man Gott so liebt, wie ich ihn lieben möchte. Ich weiß das schon seit langem. Ich kann mich kaum noch daran erinnern, daß es einmal eine Zeit gegeben hat, in der mir das nicht klargewesen wäre. Und je älter ich werde, desto größer wird meine Liebe zu Gott. Es ist ein großes Mysterium, Gott zu lieben."

Sie blickte in seine stillen, wie entrückten Augen, die Ralphs Augen so sehr glichen und in denen dennoch etwas war, etwas gleichsam Brennendes, das sie bei Ralph nie wahrgenommen hatte. Konnte es sein, daß sich so etwas nur bei einem so jungen Menschen wie Dane fand? Daß es sich dann später verlor? Als sie, damals ja noch ein kleines Mädchen, Ralph kennengelernt hatte, war er immerhin bereits Ende zwanzig gewesen, rund zehn Jahre älter als Dane jetzt. Aber ihr Sohn war ein Mystiker, das wußte sie seit jeher. Und Ralph? Nein, es schien kaum wahrscheinlich, daß er je in seinem Leben dazu geneigt hatte.

Sie schluckte hart, hüllte sich enger in ihren Bademantel.

„Und so habe ich mich gefragt", fuhr Dane fort, „was ich tun könnte, um Gott zu zeigen, wie sehr ich ihn liebe. Lange habe ich mich gegen die Antwort gesträubt. Ich wollte sie nicht. Denn in mir war auch sehr stark der Wunsch, als Mann zu leben. Doch ich wußte, daß es unausweichlich war, ja, ich wußte es. Es gibt nur eines, das ich ihm als Opfer anbieten kann, um ihm zu beweisen, daß in meinem Herzen nie etwas vor ihm sein wird. Und dieses Opfer muß ich ihm darbringen, das verlangt er von mir. Einzig so kann ich ihm zeigen, daß ich ihn liebe und sein Diener bin, der neben ihm keine anderen Götter oder Götzen kennt. Ich habe wählen müssen. Alles werde ich genießen, an allem werde ich meine Freude haben dürfen, nur daran nicht." Er seufzte und zupfte einen Grashalm aus. „Ich muß ihm zeigen, daß ich verstehe, warum er mir bei meiner Geburt soviel in die Wiege gelegt hat. Ich muß ihm zeigen, daß ich begreife, wie unwichtig mein Leben als Mann ist."

„Das kannst du nicht, das lasse ich nicht zu!" rief Meggie und griff nach seinem Arm. Die Haut, so glatt. Genau wie bei Ralph! Und auch die darunter spürbar werdende Kraft. Genau wie bei Ralph! Und nie sollte ein Mädchen, eine Frau diese Kraft und diese Zartheit spüren dürfen?

„Ich werde Priester werden", sagte Dane. „Ich werde in seinen Dienst treten und die Heiligen Gelübde leisten. Der Armut, der Keuschheit und des Gehorsams. Das verlangt er von seinen auserwählten Dienern. Es wird nicht leicht sein, aber ich werde es tun."

Der Ausdruck in ihren Augen! Als wäre er im Begriff, sie zu ermorden, ihr buchstäblich das Leben zu nehmen. Mit einer solchen Reaktion hatte er bei ihr nicht gerechnet, ganz im Gegenteil. Er war sicher gewesen, daß sie stolz darauf sein würde, wenn ihr Sohn ein Gottesdiener wurde.

Statt dessen starrte sie ihn jetzt an, als habe er ihr das Todesurteil verkündet.

„Aber es ist doch das einzige, was ich je habe werden wollen", sagte er verzweifelt. „Oh, Mum, kannst du das denn nicht verstehen? Ich habe nie etwas anderes sein wollen als ein Priester! Ich kann nichts anderes sein als ein Priester!"

Ihre Hand glitt von seinem Arm. Unwillkürlich blickte er auf die Stelle, wo ihre Finger ihn gehalten hatten. Halbrunde Monde waren als Spuren von ihren Fingernägeln geblieben.

Doch jetzt bog sie den Kopf zurück und lachte – lachte und lachte, ein hysterisches Gelächter, bitter, höhnisch.

„Oh, das ist zu gut, um wahr zu sein!" sagte sie keuchend, als sie endlich wieder sprechen konnte. Mit zitternder Hand wischte sie sich die Tränen aus den Augenwinkeln. „Diese unfaßbare Ironie! Asche der Rosen, sagte er in der Nacht, als wir zum Artesischen Brunnen ritten. Und ich verstand nicht, was er meinte. Von Asche kommst du, zu Asche gehst du. Der Kirche gehörst du, der Kirche wirst du gegeben. Oh, es ist schön, wunderschön! Gott verrotte, sage ich! Ja, er *verrotte!* Er ist der schlimmste Feind der Frauen, ja, das ist er! Alles, was wir unternehmen, macht er zunichte!"

„Oh, nicht, Mum! Oh, nicht, bitte, nicht!" Er weinte, und er weinte um sie, für sie. Doch im selben Augenblick, da er es tat, begann sein Opfer bereits: auf eine Weise, wie er es sich nie hatte träumen lassen. Nicht einmal seiner Mutter zuliebe konnte er es aufgeben, dieses Opfer, zu dem es ihn so drängte. Er mußte es darbringen, und je schwerer das fiel, desto wertvoller mußte das Opfer in den Augen Gottes sein.

Sie betrachtete ihn erschrocken. Hatte sie ihn je im Leben zum Weinen gebracht? Nein, gewiß nicht, gewiß nicht, noch nie! Es war ganz einfach nicht fair von ihr, ihm mit ihrem Kummer in den Ohren zu liegen. Was konnte er denn dafür. Zu dem, was er war, dazu hatten ihn seine Gene gemacht. Oder sein Gott. Oder Ralphs Gott. Er war das Licht ihres Lebens, ihr Sohn. Und ihretwegen sollte er nie leiden, nein, niemals.

„Dane, weine doch nicht", flüsterte sie und strich über die Spuren, die ihre Fingernägel auf seinem Arm hinterlassen hatten. „Es tut mir leid, so hab' ich's nicht gemeint. Du hast mir einen Schock versetzt, das ist alles. Natürlich freue ich mich für dich, wirklich! Wie könnte ich mich auch nicht freuen? Ich war nur so fassungslos. Ich hatte das einfach nicht erwartet." Sie lachte leise, ihre Stimme klang ein wenig zittrig. „Du hast mir das ja auch wie eine Bombe vorgesetzt."

Seine Augen wurden klarer, er betrachtete seine Mutter. Zweifelnd, abwägend. Wieso hatte er sich eingeredet, daß er sie ermordete? Das waren doch Mums Augen, wie er sie seit eh und je kannte, voll der Liebe und sehr lebendig.

Er legte seinen Arm um sie, zog sie an sich. „Bist du auch sicher, daß du nichts dagegen hast?"

„Etwas dagegen haben? Wie könnte eine gut katholische Mutter wohl etwas dagegen haben, daß ihr Sohn Priester wird. Unmöglich!" Sie stand rasch auf. „Brr! Wie kalt es doch ist. Machen wir, daß wir zurückkommen."

Sie waren nicht hergeritten, sondern mit einem Land-Rover hergefahren. Jetzt stiegen sie wieder ein. Dane setzte sich ans Steuer.

„Hast du dir schon überlegt, wohin du gehen willst?" fragte Meggie und schluckte rasch. In ihrem Hals schien ein Schluchzen aufsteigen zu wollen. Sie strich sich eine wirre Haarsträhne aus der Stirn.

„Aufs Saint Patrick's College wahrscheinlich. Bis ich festeren Boden unter den Füßen spüre sozusagen. Vielleicht trete ich dann einem Orden bei. Eigentlich würde ich ganz gerne Jesuit werden, aber ich bin mir da noch nicht so sicher, daß ich mich gleich der Gesellschaft Jesu zuwenden möchte."

Durch die von toten Insekten verschmierte Windschutzscheibe starrte Meggie auf das hellbraune Drogheda-Gras, das unter dem rumpelnden Land-Rover eigentümlich zu hüpfen schien.

„Ich habe eine viel bessere Idee, Dane."

„So?" Er mußte sich aufs Fahren konzentrieren. Die Strecke führte hier über sehr unebenes Gelände, und immer wieder bildeten umgestürzte morsche Baumstämme ein unvermutetes Hindernis.

„Ich werde dich nach Rom schicken, zu Kardinal de Bricassart. Du erinnerst dich doch noch an ihn, nicht wahr?"

„Ob ich mich noch an ihn erinnere? Was für eine Frage, Mum? Ich glaube, ich würde ihn in tausend Jahren nicht vergessen. Für mich ist er das Beispiel eines vollkommenen Priesters. Könnte ich ein solcher Priester werden wie er, so wäre ich sehr glücklich."

„Nun, mit der Vollkommenheit ist das so eine Sache!" erklärte Meggie mit eigentümlicher Schärfe. „Aber ich werde dich ihm anvertrauen, weil ich weiß, daß er sich um meinetwillen um dich kümmern wird. Du kannst ja in Rom in ein Seminar eintreten."

„Ist das dein Ernst, Mum? Wirklich?" Seine Freude wurde von plötzlicher Besorgnis überschattet. „Ist denn genügend Geld vorhanden? Es wäre viel billiger, wenn ich in Australien bliebe."

„Nun, eben dank Kardinal de Bricassart wird es dir nie an Geld fehlen, Liebling."

Kurz darauf hielten sie, und nachdem sie ausgestiegen waren, schob Meggie ihren Sohn in Richtung Kochhaus. „Erzähl's Mrs. Smith und den beiden anderen. Sie werden ganz aus dem Häuschen sein."

Mit Beinen wie aus Blei ging Meggie zum großen Haus, betrat dann den Salon, wo Fee saß, erstaunlicherweise nicht am Schreibtisch, sondern, zusammen mit Anne Müller, beim Nachmittagstee. Die beiden Frauen hoben den Kopf und musterten Meggie aufmerksam. Deutlich war ihr vom Gesicht abzulesen, daß irgend etwas nicht stimmte.

Achtzehn Jahre lang waren die Müllers regelmäßig nach Drogheda zu Besuch gekommen, doch im vergangenen Herbst war Luddie Müller dann gestorben, und Meggie hatte Anne sofort einen Brief geschrieben und sie eingeladen, ganz nach Drogheda zu kommen. An Raum fehle es wahrlich nicht, und falls sie aus Stolz nichts umsonst akzeptieren wolle, so könne sie ja bezahlen, obschon wirklich genügend Geld vorhanden sei, um viele Dutzend Dauergäste zu beherbergen und zu bewirten.

Für Meggie war es eine Gelegenheit, Anne ihren Dank für die Jahre in Dungloe abzustatten, und für Anne erwies es sich als eine Art Rettung. Ohne Luddie fühlte sie sich auf „Himmelhoch" grauenvoll einsam. Verkauft hatte sie den Besitz dann allerdings nicht. Ein Verwalter kümmerte sich um alles, und nach Annes Tod sollte Justine „Himmelhoch" erben.

„Was ist, Meggie?" fragte Anne.

Meggie setzte sich. „Mich – mich hat eine Art Racheblitz getroffen."

„Was!?"

„Ihr habt recht gehabt, beide. Ihr habt gesagt, ich würde ihn verlieren. Ich wollte euch nicht glauben. Ich meinte, ich könnte Gott ein Schnippchen schlagen. Aber es hat noch nie eine Frau gegeben, die imstande gewesen wäre, Gott zu besiegen. Er ist ein Mann."

Fee schenkte Meggie eine Tasse Tee ein. „Hier, trink erst einmal", sagte sie, und es klang, als biete sie Meggie einen stärkenden Schluck Brandy an. „Wie hast du ihn verloren?"

„Er wird Priester werden." Sie begann zu lachen, doch in das Lachen mischte sich Schluchzen.

Anne nahm ihre Krücken, stützte sich hoch. Dann bewegte sie sich mühsam zu Meggies Sessel, setzte sich auf die Armlehne und strich sacht über das schöne rotgoldene Haar. „Oh, mein Liebes! Aber so schlimm ist das doch nun auch wieder nicht."

Fee blickte zu Anne. „Weißt du über Dane . . . ?" begann sie.

„Ich habe es immer gewußt, von Beginn an."

Meggie unterdrückte das Schluchzen. „So schlimm ist das gar nicht, meinst du? Ja, begreifst du denn nicht, daß dies der Anfang vom Ende ist? Die Strafe, die Sühne. Ich habe Gott bestohlen, damals, als ich mit Ralph zusammen war. Und dafür muß ich jetzt mit meinem Sohn bezahlen. Du hast mir das auch gesagt, Mum, erinnerst du dich noch? Du hast gesagt, ich hätte gestohlen. Ich wollte dir nicht glauben. Aber du hattest recht, wie stets."

„Wird er aufs Saint Patrick's College gehen?" fragte Fee mit ihrem Sinn fürs Praktische.

Meggie lachte, und aus ihrem Lachen klang jetzt ein Hauch echter Belustigung. „Nein, Mum. Und das ist für mich ein wenig ausgleichende Gerechtigkeit, wenn man so will: Ich schicke ihn natürlich zu Ralph." Sie zuckte mit den Achseln. „Nun ja, solche Gedanken sind töricht – ausgleichende Gerechtigkeit. Es war mir klar, daß Dane nur zu gern nach Rom gehen würde, und so ergibt sich das praktisch von selbst."

„Hast du es Ralph eigentlich je gesagt?" fragte Anne.

„Nein, und das werde ich auch nie tun. Niemals!"

„Sie sind einander so ähnlich, daß er von selbst darauf kommen könnte."

„Wer, Ralph? Der wird nie auch nur etwas ahnen! Und jedenfalls schicke ich ihm *meinen* Sohn und nicht *seinen* Sohn."

„Hüte dich vor dem Neid der Götter, Meggie", sagte Anne leise. „Es könnte sein, daß sie mit dir noch nicht fertig sind."

„Was sonst könnten sie mir noch antun?" fragte Meggie klagend.

Als Justine von Danes Entschluß hörte, war sie wütend, obwohl sie insgeheim schon seit drei oder vier Jahren damit rechnete. Was für Meggie wie ein Blitz aus heiterem Himmel kam, war für Justine so etwas wie der erwartete eiskalte Guß.

Da zwischen den Geschwistern ein so enges Vertrauensverhältnis bestand und beide zudem zur selben Zeit in Sydney auf der Schule gewesen waren, hatte es nicht ausbleiben können, daß Justine sehr genau wußte, wieviel Dane die Religion bedeutete: nicht allein Gott, sondern auch der mystische Sinn der katholischen Rituale. Wäre er protestantisch erzogen worden, dachte sie oft, so hätte er zweifellos zum Katholizismus übergewechselt, um – um ein Irgendetwas in seiner Seele zu befriedigen. Ein strenger, kalvinistischer Gott, nein, das wäre nichts für ihn. Sein Gott war abgebildet auf Glasscheiben, umwölkt von Weihrauch, umhüllt von goldgewirkten, spitzenverzierten Gewändern; und der Lobpreisung dieses Gottes galt alle musikalische Vielfalt, galten alle Gregorianischen Gesänge.

War es nicht eine geradezu perverse Ironie, daß jemand, der mit so außergewöhnlichen körperlichen Vorzügen ausgestattet war, eben das zutiefst bedauerte, ja beklagte? Genau das tat Dane. Jede Bemerkung über sein Aussehen schien ihn tief zu verschrecken. Vermutlich, dachte Justine, wäre er viel lieber häßlich oder zumindest von völlig unauffälligem Äußeren. Da sie sich einen Beruf gewählt hatte, wo der Narzißmus zu den völlig alltäglichen und absolut unvermeidlichen Übeln gehörte, war es ihr durchaus angenehm, daß Dane von seinem Aussehen nichts weiter hermachte. Aber dabei beließ er es ja nicht. Statt sein Äußeres einfach zu ignorieren, verabscheute er es – verabscheute es zutiefst.

Was den Sex betraf, so schien er da keine übermäßigen Bedürfnisse zu empfinden. Über die Gründe dafür war sie sich nicht ganz im klaren. Hatte er – wie nannte man das doch nur – gelernt, seine Libido zu sublimieren, oder fehlte ihm, all seinen körperlichen Vorzügen zum Trotz, da irgendwas? Wahrscheinlich ersteres, denn er hielt sorgfältig darauf, jeden Tag irgendeinen strapaziösen Sport zu betreiben, so daß er abends „tot ins Bett" fiel. Daß seine Neigungen völlig normal, das heißt heterosexuell waren, wußte sie genau, und es war ihr auch nicht verborgen geblieben, welcher Mädchentyp ihm am meisten zusagte – hochgewachsen, brünett, üppig. Allerdings schien ihm selbst das kaum bewußt: jedenfalls nicht, daß solche Mädchen eine gewisse sinnliche Anziehungskraft für ihn besaßen. Aber Dinge, die mit den Sinnen zusammenhingen, nahm er ohnehin kaum wahr, nicht Formen und nicht Farben, nicht Düfte und Gerüche. Nur wenn der Reiz eines Mädchens einmal weit über das Normale hinausging, schien er zu stutzen, schien plötzlich innezuwerden, daß es auch noch eine irdische Ebene gab, auf der sich die meisten Menschen bewegten.

Nach Ende der Vorstellung im Culloden-Theater ging Dane hinter die Bühne zu Justine. Was seine Pläne für Rom betraf, so war gerade alles endgültig geregelt worden, und er konnte es kaum erwarten, seiner Schwester die Neuigkeit zu berichten. Allerdings war ihm klar, daß sie's nicht gerade begeistert aufnehmen würde. Über Religion und über seine Pläne, soweit sie damit in Zusammenhang standen, hatte er mit Justine weit seltener gesprochen, als er das gern getan hätte, und der Grund dafür war einfach: Sie wurde immer gleich ärgerlich, ja zornig.

Doch als er an diesem Abend in ihre Garderobe kam, konnte er seine Freude nicht unterdrücken.

„Dummkopf!" sagte sie angewidert.

„Aber wenn es doch mein Wunsch ist . . ."

„Idiot! Kretin!"

„Wenn du mich beschimpfst, änderst du dadurch auch nichts, Jus."

„Meinst du etwa, das ist mir nicht klar? Aber so kann ich wenigstens Dampf ablassen, und das habe ich verflixt nötig."

„Na, dazu hast du doch schon auf der Bühne Gelegenheit, wenn du Elektra spielst. Du bist wirklich gut, Jus."

„Nachdem mir diese Neuigkeit im Magen liegt, werde ich wohl noch besser sein", sagte sie grimmig. „Wirst du aufs Saint Pat's gehen?"

„Nein, ich gehe nach Rom zu Kardinal de Bricassart. Das hat Mum arrangiert."

„Dane, nein! Das ist ja so weit weg!"

„Na, komm doch mit. Ich meine, wenigstens nach Europa. Bei deiner Ausbildung und deinem Können müßtest du doch in England jederzeit Engagements bekommen."

Noch in Kostüm und Maske der Elektra saß sie vor dem Spiegel und begann sich abzuschminken. Ihre Augen wirkten noch sonderbarer als sonst. Sie nickte langsam: „Ja, das könnte ich eigentlich. Genaugenommen wird es sogar höchste Zeit. Australien ist für eine Bühnenschauspielerin auf die Dauer ein bißchen klein . . . Also gut, Kumpel, abgemacht! Auf nach England!"

„Großartig, Justine! Denk doch nur! Ich bekomme ja Ferien, weißt du. Das ist auf dem Seminar genauso wie auf der Universität. Und bestimmt ließe es sich so einrichten, daß wir beide zur selben Zeit Ferien haben. Dann könnten wir gemeinsam ein bißchen in Europa umherreisen und auch wieder nach Drogheda kommen. Oh, Jus, ich habe mir alles genau durch den Kopf gehen lassen! Zu wissen, daß du gar nicht so weit von mir entfernt bist, das würde für mich einfach alles vollkommen machen."

Sie strahlte. „Ja, nicht wahr? Das wäre doch kein richtiges Leben mehr, wenn ich nicht mehr mit dir reden könnte."

„Das habe ich ja kommen sehen, daß du so etwas sagen würdest." Er grinste. „Aber im Ernst, Jus, ich mache mir Sorgen um dich. Und es wäre mir lieber, dich an einem Ort zu wissen, wo ich dich von Zeit zu Zeit sehen kann. Wie sonst könnte ich die Stimme deines Gewissens sein?"

Er ließ sich auf den Fußboden gleiten, wo er dann in bequemer Hockstellung saß: zwischen einem Hoplit-Helm und der furchterregenden Maske der Pythia. Im Culloden gab es nur zwei Einzelsprich: Stargarderoben, und so hoch rangierte Justine noch nicht. Die Geschwister befanden sich hier in der Gemeinschaftsgarderobe, wo viel Betrieb herrschte. In seinem Eckchen auf dem Fußboden fühlte sich Dane vor den vielen hin und her trabenden Füßen einigermaßen sicher.

„Dieser verdammte alte Kardinal de Bricassart!" fauchte Justine. „Vom ersten Augenblick an habe ich ihn gehaßt!"

Dane lachte leise. „Das hast du nicht."

„Das habe ich doch! O ja!"

„Nein, Justine. Tante Anne hat mir das mal zu Weihnachten erzählt, und ich möchte wetten, du weißt gar nichts von der Geschichte."

„Von was für einer Geschichte denn?" fragte sie mißtrauisch.

„Na, als du noch ein Baby warst, hat er dir die Flasche gegeben, dich dein Bäuerchen machen lassen und dich dann in den Schlaf gewiegt. Tante Anne sagte, du seist ein furchtbar launisches Baby gewesen und hättest es nicht ausstehen können, wenn dich jemand hielt, aber bei ihm, da gefiel es dir, sehr sogar."

„Das ist eine unverschämte Lüge!"

„Nein, das ist es nicht." Er lächelte. „Aber warum haßt du ihn eigentlich so?"

„Ich hasse ihn eben. Er ist wie ein knochiger alter Geier, und mir wird schon komisch, wenn ich bloß an ihn denke!"

„Na, ich mag ihn. Ich habe ihn immer schon gemocht. Der vollkommene Priester, so hat ihn Pater Watty genannt. Und ich sehe es genauso."

„Ach, scheiß auf ihn, sage ich!"

„Justine!"

„Hah, diesmal hab' ich dir doch einen Schock versetzt, wie?"

„Also, Schwester, du bist wirklich . . ." Er unterbrach sich, hob den Kopf. „Oh, hallo, Martha", sagte er beiläufig.

„Hallo."

Martha war ein außergewöhnlich schönes Mädchen. Mochte sie auch keine große Schauspielerin sein, so bildete sie auf der Bühne stets schon rein optisch einen Gewinn. Außerdem entsprach sie genau jenem Typ, von dem Dane sich angezogen fühlte: ziemlich groß, dunkle Augen und dunkle Haare, helle Haut, prachtvolle Brüste – von einem Äußeren also, das man in den Filmillustrierten gern als „sexsationell" bezeichnete.

Sie setzte sich auf den Rand von Justines Garderobentisch und ließ, unmittelbar vor Danes Gesicht, ein Bein provozierend hin- und herschwingen. Hergott, er war wirklich ganz unvergleichlich! Wie kam ein so völlig reizlos wirkendes Mädchen wie Justine nur zu einem so gutaussehenden Bruder? Wie alt war er? Achtzehn? Fast noch Kinderschändung also, aber wen scherte das?

„Wollt ihr nicht zu mir rüberkommen, zum Kaffee und so?" fragte sie und sah Dane an. „Ihr beide, meine ich", fügte sie widerstrebend hinzu.

Justine schüttelte nachdrücklich den Kopf. Plötzlich jedoch leuchtete es in ihren Augen kurz auf. „Nein, danke, ich kann nicht. Du wirst dich mit Dane begnügen müssen."

Er schüttelte genauso nachdrücklich den Kopf. Dennoch blieb ein gewisses Bedauern unverkennbar. Er schien sich wirklich versucht zu fühlen. „Danke, Martha, aber leider kann ich nicht." Wie in höchster Not warf er einen Blick auf seine Armbanduhr. „Herrgott", sagte er, „beinahe hätte ich ja das Auto vergessen. Auf der Parkuhr bleibt mir nur noch eine Minute. Wie lange brauchst du hier noch, Jus?"

„Ungefähr zehn Minuten."

„Dann warte ich draußen auf dich, einverstanden?"

„Feigling!" spottete sie.

Marthas verführerischer Blick folgte ihm. „Er ist einfach hinreißend. Warum sieht er mich nicht an?"

Justine lächelte säuerlich, wischte sich das Gesicht ab. Ja, gar kein Zweifel, die Sommersprossen kamen wieder. Nun, in dem Punkt würde London ihr guttun. Dort gab's keine Sonne. „Oh, keine Sorge", sagte sie zu Martha. „Er guckt schon. Und er möchte auch. Aber wird er? Nicht Dane."

„Warum denn nicht? Was ist mit ihm? Sag mir bloß nicht, er ist schwul! Scheiße, jeder wirklich gutaussehende Mann, den ich kennenlerne, ist ein Schwuler. Hätt' ich bei Dane eigentlich nicht gedacht. Er sieht mir gar nicht so aus."

„Halt ja deine Zunge im Zaum, Martha! Natürlich ist er kein Homo!"

„Na, wenn er nicht andersherum ist, warum greift er dann nicht zu? Kapiert er nicht, was ich ihm dauernd morse? Oder findet er, daß ich zu alt für ihn bin?"

„Schätzchen, du wirst für den Durchschnittsmann nicht mal mit Hundert zu alt sein. Nein, Dane hat dem Sex fürs Leben abgeschworen, der Idiot. Er will Priester werden."

Martha starrte Justine mit offenem Mund an. Dann schleuderte sie ihr langes Haar mit einem Schwung in den Nacken. „Na, erzähl mir noch was!"

„Es ist wahr, wirklich wahr!"

„Das heißt also, all das soll vergeudet sein?"

„Ich fürchte, ja. Er bietet es Gott dar."

„Na, dann ist der gute liebe Gott wohl so was wie ein Oberschwulie, wie?"

„Da könntest du recht haben", sagte Justine. „Jedenfalls hat er mit Frauen nicht viel im Sinn. Hinteres Parkett oder Dritter Rang, so was bleibt zur Not für uns, aber die vorderen Reihen und die Logenplätze, die sind für die Herren der Götterwelt."

„Oh – ja?"

Justine zog sich das Elektra-Gewand aus, schlüpfte in ein

dünnes Baumwollkleid und nahm nach kurzem Überlegen noch eine Strickjacke. „Mach dir keine Sorgen deswegen, Schätzchen. Zu dir war der liebe Gott wirklich lieb. Mit Grips hat er dich verschont, und glaub mir, so läßt sich's viel bequemer leben. Dadurch bist du für die Herren da oben nie irgendwelche Konkurrenz."

„Ich weiß nicht. Wenn's um deinen Bruder ginge, würde ich mit dem lieben Gott schon konkurrieren wollen."

„Vergiß es. Du kämpfst gegen das Establishment, und da sind deine Aussichten gleich Null. Deine Chancen, unseren Theaterschwulie zu verführen, sind da wirklich weitaus größer."

Am Flugplatz wartete auf Dane ein Auto, das ihn zum Vatikan bringen sollte. Während der Fahrt durch die sonnenüberglänzten Straßen preßte er wie ein Kind seine Nase gegen die Fensterscheibe und trank alles in sich ein, was er bislang nur von Bildern her kannte – die römischen Säulen, die Rokokopaläste, die Renaissancepracht von Sankt Peter.

Und dann stand, diesmal ganz in Rot gekleidet, der Kardinal vor ihm: Ralph Raoul de Bricassart. Die Hand streckte sich ihm entgegen, der Ring daran schien zu glühen. Dane ließ sich auf beide Knie sinken, beugte den Kopf zum Kuß.

„Steh auf, Dane, und laß dich ansehen."

Er erhob sich und blickte lächelnd den Mann an, der fast genauso groß war wie er. Für Dane besaß der Kardinal eine so starke Aura geistiger und geistlicher Kraft, ja Macht, daß sie sich eher mit seiner Vorstellung von einem Papst als von einem Heiligen verband. Doch die Augen mit ihrem eigentümlich intensiven Ausdruck von Trauer waren nicht die Augen eines Papstes. Wieviel mußte er durchlitten haben, um so zu erscheinen. Aber mit welchem Adel hatte er sich über sein Leid erhoben und war zu einem so absolut vollkommenen Priester geworden.

Und der Kardinal betrachtete den Sohn, von dem er nicht wußte, daß es sein Sohn war: den er liebte, weil er glaubte, das sei nur selbstverständlich, da es sich ja um Meggies Sohn handelte.

Einen solchen Sohn jedenfalls hätte er sich als eigenen gewünscht, so hochgewachsen, von so prachtvollem Äußeren, von einer derartigen Anmut der Bewegungen. Doch weit befriedigender als irgendwelche körperliche Schönheit war die einfache Schönheit seiner Seele. Er besaß die Stärke der Engel – und irgendwie auch etwas von ihrem unirdischen Wesen. Wie war er selbst eigentlich mit achtzehn gewesen? Auch so wie Dane? Er versuchte, sich zu erinnern, stand einen Augenblick in Grübeln versunken.

Worin lag der Unterschied? Vielleicht darin, daß Dane dem Ruf wahrhaft aus eigenem gefolgt war, er selbst hingegen nicht? Obschon er dann doch die Berufung in sich spürte; davon war er jedenfalls heute noch überzeugt.

„Nimm Platz, Dane. Hast du getan, was ich dir geraten habe, und angefangen, italienisch zu lernen?"

„Ich spreche es schon fließend, allerdings ohne idiomatische Wendungen, und lesen kann ich es sehr gut. Wahrscheinlich kommt mir dabei zugute, daß es bereits meine vierte Sprache ist. Ich scheine ein Talent für Sprachen zu haben. In einigen Wochen müßte ich hier auch umgangssprachlich ganz gut zurechtkommen."

„Davon bin ich überzeugt. Auch ich besitze ein Talent für Sprachen."

„Das kann ganz nützlich sein", sagte Dane, und plötzlich hatte die rote Kardinalsgestalt etwas nahezu bedrückend Ehrfurchtgebietendes für ihn. Es fiel ihm schwer, sich klarzumachen, daß dies derselbe Mann war, mit dem er zusammen auf Drogheda ausgeritten war.

Der Kardinal beugte sich vor und beobachtete ihn aufmerksam.

„Ich übertrage Dir die Verantwortung für ihn, Ralph", hatte in Meggies Brief gestanden. „Ich lege Dir sein Wohlergehen, sein Glück ans Herz. Ich gebe zurück, was ich gestohlen habe. Das wird von mir verlangt. Versprich mir nur zwei Dinge, und ich werde mich ruhiger fühlen in dem Bewußtsein, daß Du in seinem besten Interesse handelst. Erstens, versprich mir, ihn nur dann zu akzeptieren, wenn Du Dich gründlich vergewissert hast, daß er dies auch wirklich und wahrhaftig will. Und zweitens – solltest Du dessen sicher sein, so versprich mir, Deine Augen auf ihm zu haben, damit Du stets weißt, ob es auch immer noch das ist, was er wirklich möchte. Sollte er eines Tages anderen Sinnes sein, so will ich ihn zurückhaben. Denn mir hat er zuerst gehört. Ich bin es, die ihn Dir gibt."

„Dane", fragte der Kardinal, „bist du dir sicher?"

„Absolut."

„Warum?"

Die Augen wirkten eigentümlich entrückt: Etwas unbehaglich Vertrautes hatte das, jedoch etwas Vertrautes, das der Vergangenheit angehörte.

„Weil ich Gott liebe. Ich möchte ihm mein ganzes Leben lang als Priester dienen."

„Bist du dir darüber im klaren, was es erfordert, in seinem Dienst zu sein, Dane?"

„Ja."

„Daß zwischen dir und ihm nie eine andere Liebe stehen darf? Daß du ausschließlich ihm gehörst und niemandem sonst?"

„Ja."

„Daß in allen Dingen sein Wille geschehe? Daß du in seinem Dienst verzichten mußt auf eine eigene Persönlichkeit, eine eigene Individualität, auf die Vorstellung von dir selbst, du seist von einzigartiger Wichtigkeit?"

„Ja."

„Daß du, falls nötig, in seinem Namen Hunger, Gefangenschaft und selbst den Tod erleiden mußt? Daß du nichts besitzen darfst und nichts wertschätzen, das deine Liebe zu ihm mindern könnte?"

„Ja."

„Bist du stark, Dane?"

„Ich bin ein Mann, ein Mensch, Euer Eminenz. Ich weiß, daß es sehr schwer sein wird. Aber ich bete darum, daß ich mit Gottes Hilfe die Kraft finden werde."

„Und muß es dies sein, Dane? Würde nichts anderes dich zufriedenstellen können?"

„Nichts."

„Und falls du später irgendwann anderen Sinnes würdest – was würdest du tun?"

„Nun, ich würde darum bitten, gehen zu dürfen", sagte Dane überrascht. „Und für einen solchen Entschluß könnte es immer nur einen Grund geben: daß ich zu der Erkenntnis gekommen wäre, doch nicht berufen zu sein. Ich würde Gott um nichts weniger lieben, doch wüßte ich dann, daß er nicht will, daß ich ihm auf diese Weise diene."

„Doch wenn du die endgültigen Gelübde abgelegt hast, gibt es kein Zurück mehr. Dann bist du auf immer gebunden."

„Das weiß ich", sagte Dane ruhig. „Aber wenn ich meinen Entschluß ändern sollte, so würde das vorher geschehen."

Mit einem unhörbaren Seufzen lehnte sich der Kardinal in seinen Sessel zurück. War er seiner selbst je so sicher gewesen? Hatte er je soviel Kraft bewiesen? „Warum bist du zu mir gekommen, Dane? Und warum überhaupt nach Rom? Weshalb bist du nicht in Australien geblieben?"

„Mum schlug Rom vor, aber ich hatte schon lange davon geträumt. Allerdings nahm ich immer an, dafür sei nicht genügend Geld vorhanden."

„Deine Mutter ist sehr klug. Sie hat es dir also nicht gesagt?"

„Was denn gesagt, Eminenz?"

„Daß du ein jährliches Einkommen von fünftausend Pfund hast und daß du bereits ein Bankkonto von vielen tausend Pfund besitzt."

Durch Danes Körper ging es wie ein kaum wahrnehmbarer Ruck. „Nein. Das hat sie mir nie gesagt."

„Sehr klug. Aber das Geld ist vorhanden, und wenn du Rom haben willst, so kannst du's haben. Willst du's?"

„Ja."

„Und warum willst du mich, Dane?"

„Weil Sie für mich der Inbegriff eines vollkommenen Priesters sind, Eminenz."

Das Gesicht des Kardinals wirkte für einen Augenblick eigentümlich starr. „Nein, Dane, so kannst du mich nicht sehen. Ich bin weit davon entfernt, ein vollkommener Priester zu sein. Ich habe alle meine Gelübde gebrochen, verstehst du? Ich mußte erst lernen, was du bereits zu wissen scheinst. Und ich mußte es auf die schmerzlichste Art lernen, die es für einen Priester gibt – indem ich meine Gelübde brach. Denn ich wollte nicht wahrhaben, daß ich zunächst einmal ein Mann und ein Mensch war und dann erst ein Priester."

„Euer Eminenz, das ist nicht wichtig", sagte Dane leise. „Sie bleiben für mich dennoch der Inbegriff des vollkommenen Priesters. Aber ich glaube, ich habe nicht deutlichgemacht, was ich damit meine. Ich meine keinen außermenschlichen Automaten, der über alle Schwächen des Fleisches erhaben ist. Ich meine, daß Sie gewiß manches durchlitten haben und daran gereift sind. Das klingt sicher sehr anmaßend von mir, eingebildet, ja? Bitte, verzeihen Sie, falls ich Sie gekränkt habe. Es fällt mir nur so schwer, meine Gedanken richtig in Worte zu kleiden! Was ich sagen will – um ein vollkommener Priester zu werden, braucht man Jahre, und bestimmt muß man viel Leid ertragen und darf doch sein Ziel nie aus den Augen verlieren."

Das Telefon klingelte. Der Kardinal hob ab, hielt den Hörer mit leicht unsicherer Hand. Er sprach italienisch. „Ja, danke, wir kommen sofort."

Er erhob sich. „Es wird Zeit für den Nachmittagstee, den wir gemeinsam mit einem alten, alten Freund von mir einnehmen werden. Nächst dem Heiligen Vater ist er wahrscheinlich der wichtigste Priester in der Kirche. Ich habe ihm erzählt, daß du kommst, und er hat den Wunsch geäußert, dich kennenzulernen."

„Danke, Eminenz."

Sie gingen durch Korridore, dann durch schöne Gärten mit hohen Zypressen und Pappeln und rechteckigen Rasenflächen. Säulengänge gab es, gotische Bögen, Renaissance-Brücken. Wie während der Fahrt vom Flugplatz nahm Dane hingebungsvoll alles in sich auf. So anders als in Australien war das hier, so alt, so ewig.

Obwohl sie kräftig ausschritten, brauchten sie eine Viertelstunde bis zum Palais. Sie traten ein und stiegen eine prachtvolle Marmortreppe empor. An den Wänden hingen Teppiche.

Vittorio Scarbanza Kardinal di Contini-Verchese war jetzt sechsundsechzig, und ein rheumatisches Leiden hatte seinen Körper teilweise verkrüppelt, doch sein Verstand war so wach und so scharf wie eh und je. Seine jetzige Katze, eine „Blaue Russin" namens Natascha, lag zusammengerollt auf seinem Schoß. Da er sich nicht erheben konnte, um seine Besucher zu begrüßen, beschied er sich mit einem herzlichen Lächeln und einem Winken. Sein Blick ruhte auf Ralph, glitt dann zu Danes Gesicht – und seine Augen, geweitet, verharrten völlig reglos. Für eine Sekunde hatte er das Gefühl, daß sein Herzschlag aussetzte, und unwillkürlich streckte er eine Hand nach der linken Brustseite: Noch immer starrte er wie benommen auf die jüngere Ausgabe von Ralph de Bricassart.

„Vittorio, fehlt Ihnen etwas?" fragte Ralph besorgt und fühlte am sehr zerbrechlich wirkenden Handgelenk nach dem Puls.

„Nein, nein, nichts weiter. Nur ein kleiner Schmerz, schon vorbei. Setzen Sie sich, setzen Sie sich!"

„Ich möchte Ihnen zuerst Dane O'Neill vorstellen, der, wie ich Ihnen ja bereits sagte, der Sohn einer sehr lieben Freundin von mir ist. Dane, dies ist Seine Eminenz, Kardinal di Contini-Verchese."

Dane kniete nieder, preßte die Lippen auf den Ring. Von seinem hellen Haarschopf hob sich der Blick des italienischen Kardinals und suchte Ralphs Gesicht, betrachtete es eingehender als seit vielen Jahren.

Ja, dachte er, während seine innere Anspannung ein wenig nachließ: er ist blind dafür, und sie hat ihm offenbar nie etwas gesagt. Man mußte die beiden zwar nicht unbedingt für Vater und Sohn halten, aber doch für nahe Blutsverwandte. Armer Ralph! Er hatte sich selbst nie gehen sehen, hatte den wechselnden Ausdruck seines Gesichts nie beobachtet, das eigentümliche Hochziehen seiner linken Augenbraue nie bemerkt. Wahrhaftig, Gott war gut, daß er Menschen so blind machte.

„Nehmen Sie doch Platz. Der Tee kommt. So, junger Mann! Sie möchten Priester werden und haben Kardinal de Bricassart um Beistand gebeten?"

„Ja, Euer Eminenz."

„Sie haben eine kluge Wahl getroffen. Unter seiner Hut wird Ihnen nichts geschehen. Aber Sie wirken ein wenig nervös, mein Sohn. Ist Ihnen alles noch zu fremd?"

Dane lächelte Ralphs Lächeln, vielleicht ohne den bewußten Charme darin, aber im wesentlichen doch so überaus ähnlich, daß es dem alten, müden Herzen einen eigentümlichen Stich gab.

„Ich bin einfach überwältigt, Euer Eminenz. Ich hatte mir nicht so ganz klargemacht, wie bedeutend Kardinäle doch sind. Ich hätte mir nie träumen lassen, mit dem Auto vom Flugplatz abgeholt zu werden oder mit Ihnen Tee zu trinken."

„Ja, es ist ungewöhnlich ... Könnte womöglich gar ein Stein des Anstoßes werden. Nun ja. Ah, hier ist unser Tee!" Mit zufriedenem Gesichtsausdruck beobachtete er, wie das Geschirr hingestellt wurde. Er hob die Hand, einen Finger emporgestreckt. „O nein! Ich werde ‚Mutter' sein. Wie nehmen Sie Ihren Tee, Dane?"

„Genauso wie Ralph", erwiderte Dane und wurde dann über und über rot. „Ich bitte um Verzeihung, Euer Eminenz, das wollte ich nicht sagen!"

„Ist schon recht, Dane, Kardinal di Contini-Verchese versteht. Wir waren früher füreinander Dane und Ralph und haben uns doch nicht schlecht miteinander gestanden, nicht wahr? Förmlichkeit ist in unserem Verhältnis etwas Neues. Es wäre mir lieber, wenn es privatim bei Dane und Ralph bleiben würde. Seine Eminenz wird nichts dagegen haben – nicht wahr, Vittorio?"

„Nein, ich bin durchaus für die Anrede mit Vornamen. Aber um auf das Thema zurückzukommen, das ich zuvor gerade angeschnitten habe ... es kann auch von Nachteil sein, hochgestellte Freunde zu haben, mein Sohn. In gewisser Weise jedenfalls. Ich meine, wenn Sie jetzt in irgendein Seminar eintreten und Ihre langjährige Freundschaft mit Ralph spricht sich herum, so wäre es doch äußerst mühselig, sich jeweils in langatmigen Erklärungen darüber ergehen zu müssen, wie sich dieses ... dieses Freundschaftsverhältnis ergeben hat. In solchen Fällen gestattet unser Herrgott eine kleine fromme Lüge" – er lächelte, seine Goldkronen blitzten –, „und ich würde es vorziehen, daß wir zu aller Nutzen zu einer solchen kleinen List unsere Zuflucht nehmen. Denn es kann schwierig werden, zufriedenstellend das Band der Freundschaft zu erklären, während sich für die Bande des Blutes allemal eine plausible Erklärung findet. Und deshalb, mein guter Dane, werden wir sagen, Kardinal de Bricassart sei Ihr Onkel – und es dabei belassen."

Dane sah schockiert aus, Ralph wirkte resigniert.

„Seien Sie nicht enttäuscht über die sogenannten Großen", sagte Kardinal di Contini-Verchese sacht. „Auch sie haben tönerne Füße und schaffen sich gern mit Hilfe kleiner frommer Lügen bequeme Nischen. Die Lektion, die Sie gerade gelernt haben, könnte für Sie sehr nützlich sein, aber wenn ich Sie so betrachte, bezweifle ich sehr, daß Sie sie auch nützen werden. Aber Sie müssen verstehen, daß wir scharlachroten Herren bis in die Fingerspitzen Diplomaten sind. Ich denke wahrlich nur an Sie, mein Sohn. Neid und Mißgunst sind auf Priesterseminaren ebensowenig Unbekannte wie an weltlichen Schulen. Sie werden ein wenig darunter zu leiden haben, daß man glaubt, Ralph sei Ihr Onkel, der Bruder Ihrer Mutter. Sie würden weit mehr zu leiden haben, wenn man dächte, daß zwischen Ihnen beiden keine Blutsbande bestehen. Zunächst einmal sind wir alle Menschen, und mit Menschen haben Sie es in dieser Welt zu tun."

Dane ließ den Kopf sinken, schien einen Augenblick zu grübeln. Aber dann beugte er sich vor, streckte die Hand aus, hielt jedoch mitten in der Bewegung inne. „Darf ich? Ich liebe Katzen, Euer Eminenz."

Einen direkteren Weg zu dem alten, doch beständigen Herzen hätte er nicht finden können. „Sie dürfen. Ich muß gestehen, daß sie mir ein wenig schwer wird. Du bist wirklich ein richtiger Vielfraß, Natascha, nicht wahr? Geh zu Dane; er ist die neue Generation."

Justine konnte ihrem Bruder längst nicht so schnell nach Europa folgen, wie sie es sich gewünscht hätte. Zunächst einmal mußte die Saison im Culloden-Theater zu Ende gehen. Als Justine dann soweit war, mitsamt ihren Habseligkeiten von Bothwell Gardens fortzuziehen, was sie nicht ohne ein gewisses Bedauern tat, befand Dane sich bereits zwei Monate in Rom.

„Wie, um alles auf der Welt, hab' ich's nur geschafft, soviel Plunder anzuhäufen?" fragte sie, als sie in ihrer Wohnung inmitten von Kisten und Kartons, Kleidern, Zeitungen und Büchern stand.

„Wie kommt denn das hier unter dein Bett?" sagte Meggie, die ihrer Tochter half. Eine Schachtel in der Hand, kniete sie auf dem Fußboden.

„Ach, da sind die Reserveseifenlappen!" rief Justine erleichtert. „Na, Gott sei Dank! Ich dachte schon, Mrs. D's kostbarer Pudel hätte sie gefressen. Der ist nämlich schon seit einer Woche nicht ganz in der Reihe, und ich weiß doch, daß der alles frißt, was nicht zuerst ihn frißt. Der hat vielleicht schon Sachen verkonsumiert! Also, ich werde ihn nicht gerade schmerzlich vermissen."

Meggie bog den Kopf zurück und lachte. „Oh, Jus! Weißt du, wie komisch du bist?" Sie warf die Schachtel auf den Berg, der sich bereits auf dem Bett türmte. „Also daß du uns Ehre machst, läßt sich nicht gerade behaupten. Ich meine, wo du doch zu Ordnung und Sauberkeit erzogen worden bist."

„Das stand doch von vornherein fest, daß ich ein hoffnungsloser Fall bin. Willst du das Zeug nach Drogheda mitnehmen? Mein Reisegepäck ist ja beschränkt, und in London gibt's mit Sicherheit genügend Seifenlappen – tonnenweise."

„Ich glaube, wir werden sie am besten zu den Sachen tun, die du Mrs. Devine hinterläßt. Sie wird schon Verwendung dafür haben." Meggie blickte zu dem Stapel schmutziger Teller am Ende des Tischs. Deutlich ließ sich erkennen, daß sich darauf inzwischen eine stattliche „Schimmelkultur" entwickelt hatte. „Wäscht du eigentlich nie dein Geschirr ab?"

Justine lachte, ohne sich verlegen zu zeigen. „Dane sagt, ich wasche das Geschirr nicht, ich rasiere es statt dessen."

„Nun, dann wäre bei diesen Tellern hier wohl zunächst ein Haarschnitt zu empfehlen", sagte Meggie. „Aber im Ernst, Jus, warum hast du das Geschirr nicht immer gleich nach Gebrauch gespült?"

„Das kann ich dir sagen, Mum. Dazu hätte ich noch einmal zur Küche hinuntergehen müssen, und da ich meistens erst nach Mitternacht esse, wäre niemand über das liebliche Getrappel meiner Füßchen entzückt gewesen."

„Gib mir doch mal einen von den leeren Kartons. Ich möchte das Geschirr gleich hinunterschaffen, dann sind wir's los", sagte Meggie resignierend. Was sie hier erwarten würde, hatte sie zuvor gewußt. Dennoch war sie gekommen, voll geheimer Freude, Justine helfen zu können, denn dazu fand sich sonst kaum je Gelegenheit.

Irgendwie wurden sie beide mit Packen und Aufräumen fertig, und dann fuhren sie mit dem Kombiwagen, in dem Meggie von Gilly gekommen war, zum Hotel Australia, wo Meggie eine Suite gemietet hatte.

„Ich wünschte, ihr würdet euch ein Haus bei Palm Beach oder Avalon kaufen", sagte Justine, als sie ihren Koffer ins zweite Schlafzimmer der Suite stellte. „Dies ist ja schrecklich, so direkt über dem Martins Place. Stell dir doch nur mal vor, wie das wäre – ein eigenes Haus unmittelbar am Strand. Könnte dich das nicht verlocken, öfter mal per Flugzeug von Gilly herüberzuhüpfen?"

„Was soll ich in Sydney? In den letzten sieben Jahren bin ich zweimal hergekommen: um von Dane Abschied zu nehmen, und nun von dir. Hätten wir ein Haus, würden wir es nie benutzen."

„Ach, ihr seid ja nicht zu retten!" schimpfte Justine.

„Wie meinst du das?"

„Wie ich das meine!? Es gibt doch wirklich mehr auf der Welt als nur dieses blöde Drogheda! Verdammt noch mal, was mir das Kaff stinkt!"

Meggie seufzte. „Glaube mir, Justine, es wird eine Zeit kommen, wo du dich danach sehnen wirst, nach Drogheda heimzukehren."

„Gilt das auch für Dane?"

Meggie gab keine Antwort. Ohne ihre Tochter anzusehen, nahm sie ihre Handtasche vom Tisch. „Wir werden uns verspäten. Madame Rocher hat gesagt, um zwei Uhr. Wenn du die Kleider noch vor deiner Abreise haben möchtest, beeilen wir uns besser."

„Ich werde jetzt von hintenherum zusammengestaucht, wie?" fragte Justine und grinste.

Als sie in Germaine Rochers Salon saßen und die mit maskenhaftem Lächeln umherstolzierenden Mannequins beobachteten, sagte Meggie: „Warum hast du mir eigentlich keine von deinen Bekannten vorgestellt? Außer Mrs. Devine habe ich im ganzen Haus niemanden zu Gesicht bekommen."

„Ach, die sind ziemlich scheu . . . Mir gefällt das Orangefarbene da. Wie findest du's?"

„Paßt nicht zu deinem Haar. Nimm lieber das Graue."

„Pah! Orangefarben paßt zu meinem Haar sogar ganz ausgezeichnet. In Grau sehe ich aus wie irgendwas, das die Katze ins Haus geschleppt hat. Geh mit der Zeit, Mum. Es ist längst nicht mehr so, daß Rothaarige sich nur in Weiß, Grau, Schwarz oder Smaragdgrün sehen lassen dürfen, oder in dieser entsetzlichen Farbe, für die du immer so schwärmst – wie heißt sie noch: Asche der Rosen? Viktorianisch!"

„Den Namen der Farbe hast du dir richtig gemerkt." Sie blickte zu ihrer Tochter. „Du bist ein Ungeheuer", sagte sie mit einer gewissen Schärfe, durch die jedoch ein unverkennbarer Ton von Zärtlichkeit klang.

Justine nahm weiter keine Notiz. Es war nicht das erste Mal, daß sie das Wort hörte. „Ich nehme das Orangefarbene, das Scharlachrote, das mit dem Purpurmuster, das Moosgrüne, das burgunderrote Kostüm . . ."

Meggie schüttelte nur fassungslos den Kopf. Was konnte man bei einer Tochter wie Justine schon ausrichten?

Drei Tage später lief die „Himalaya" von Darling Harbor aus. Sie war ein wunderschönes altes Schiff, mit breitem Rumpf, äußerst seetüchtig, gebaut in jenen Tagen, da noch niemand in so hektischem Taumel war und alle die Tatsache akzeptierten, daß England via Suezkanal vier Wochen und via Kap der Guten Hoffnung fünf Wochen entfernt lag. Heutzutage baute man selbst die Passagierdampfer stromlinienförmig. Ihre Rümpfe hatten so schnittig zu sein wie die von Zerstörern, damit sie die Meere schneller und immer schneller durchpflügen konnten.

„Na, das wird ein Mordsspaß werden!" lachte Justine. „In der ersten Klasse reist eine ganze Rugby-Mannschaft mit, und es sind ein paar richtige Prachtkerle darunter. Es wird also nicht so langweilig werden, wie ich dachte."

„Nun, bist du nicht froh, daß ich auf der ersten Klasse bestanden habe?"

„Glaub' schon."

„Glaub' schon!?" Plötzlich gingen Meggie die Nerven durch. Dieses undankbare Biest! Aber das Schlimmste bei allem war, daß sie nicht einmal so tat, als ob ihr der Abschied wenigstens ein bißchen schwerfiele. „Du querköpfiges, eigensinniges, egoistisches Ding! Du verstehst es wirklich, mich aufzuregen! Und du hast das seit jeher verstanden!"

Justine antwortete nicht sofort. Sie wandte ihr Gesicht ab, und ihre Aufmerksamkeit schien ausschließlich dem Gongzeichen zu gelten, das alle von Bord rief, die nicht mit der „Himalaya" fuhren. Justine biß sich auf die leicht zitternde Unterlippe, verzog den Mund dann zu einem Lächeln und blickte zu ihrer Mutter. „Ich weiß, daß ich dich aufrege", sagte sie in burschikosem Tonfall. „Aber laß nur. Jeder ist nun mal so, wie er ist. Du sagst ja immer, daß ich meinem Dad nachschlage."

Die Abschiedsumarmung zwischen beiden fiel entsprechend steif aus, und so konnte es kaum verwundern, daß Meggie eher froh war, als sie jetzt inmitten einer Menschenmenge das Schiff verließ. Justine ging hinauf zum Sonnendeck und stellte sich dort an die Reling, Rollen bunter Papierschlangen in der Hand. Bald sah sie, wie unten am Kai die Gestalt im rötlich-grauen Kleid auf die verabredete Stelle zuschritt. Komisch, daß sich auf diese Entfernung Mums Alter verriet. Sie ging so ganz allmählich auf die Fünfzig zu, das zeigte die Haltung, die Art, sich zu bewegen. Sie winkten beide im selben Augenblick, dann warf Justine die erste Papierschlange, und Meggie fing geschickt das andere Ende auf. Und der ersten Papierschlange folgten weitere, eine rote und eine blaue, eine gelbe und eine grüne, eine rosa- und eine orangefarbene. In der Brise schwangen die bunten Bänder spiralenartig herum und herum.

Für die Rugby-Mannschaft spielte eine Band zum Abschied: „Now is the Hour", oder irgend etwas, das so ähnlich klang, und an der Reling drängten sich die Menschen und hielten krampfhaft ihr Ende der jeweiligen Papierschlange fest, während am Kai Hunderte mit gereckten Hälsen standen und hinaufspähten zu den Gesichtern jener, die jetzt auf der „Himalaya" davonfuhren. Die Gesichter junger Menschen waren es zumeist, und sie reisten zur anderen Seite der Welt, um zu sehen, wie das Leben dort, im Zentrum der Zivilisation, sein mochte. Manche von ihnen würden vielleicht in ein oder zwei Jahren zurückkehren, andere nie.

Am blauen Himmel trieben silberweiße Wolken. Ein scharfer Wind blies, typisch für Sydney. Dennoch besaß die Sonne eine erstaunliche Kraft. Die „Himalaya" hatte abgelegt, und zwischen Schiff und Ufer spannte sich eine Vielzahl vibrierender bunter Bänder. Doch immer weiter klaffte die Lücke zwischen Dampfer und Kai, die unzähligen Papierschlangen zerrissen, und Schluchzen und Rufen und Schreien erfüllte die Luft. Kreuz und quer fielen die farbigen Bänder aufs Wasser, zu allem, was dort schwamm und trieb, Ölreste und Holz, Orangenschalen und Quallen.

Justine blieb an der Reling, bis der Kai, weit entfernt, nichts mehr war als ein Gebilde aus wenigen harten Strichen und kleinen rosa Punkten. Die Schleppdampfer manövrierten die „Himalaya" unter der Sydney Harbor Bridge hindurch.

Fast hätte man meinen können, auf der Fähre zu sein, mit der man sonst nach Manly fuhr. Die Route war zunächst die gleiche, vorbei an Neutral Bay und Rose Bay und Cremorne und Vaucluse. Doch diesmal ging es weiter, hinaus durch die Heads – zum Ozean. Rund zwanzigtausend Kilometer waren es bis zum Ziel auf der anderen Seite der Welt, und ob die Menschen auf diesem Schiff nun je wieder zurückkehrten oder nicht, sie würden weder hierhin noch dorthin gehören, weil sie dann auf zwei verschiedenen Kontinenten gelebt hatten – in zwei verschiedenen Welten.

London, so entdeckte Justine, konnte eine überaus verlockende Stadt sein, falls man über das nötige Kleingeld verfügte, denn sonst war man gezwungen, in Jugendherbergen zu wohnen und für ein Almosen irgendwo in einem Büro, in einer Schule oder in einem Krankenhaus zu arbeiten: typisch „australische" Schicksale. Für jemanden, der ein warmes, ja heißes Klima gewohnt war, bedeutete es wahrlich kein Vergnügen, in kalten, klammen Zimmern klappernd vor Gebilden zu sitzen, die sich Heizgeräte oder Heizkörper nannten und kaum einen Hauch Wärme hergaben.

All das blieb Justine jedoch erspart. In Kensington mietete sie sich ein sogenanntes Mews-Flat, eine, wenn man so wollte, separierte Wohnung, mit richtiger, prächtiger Zentralheizung. Außerdem gelang es ihr, bei der Theatergesellschaft von Clyde Daltinham-Roberts – der Elisabethanischen Gruppe – angenommen zu werden.

Im Sommer fuhr sie dann mit dem Zug nach Rom. Später lächelte sie oft darüber, wie wenig sie während der langen Reise durch Frankreich und Italien eigentlich wahrgenommen hatte. So angespannt war sie damit beschäftigt, immer wieder alles durchzugehen, was sie Dane erzählen wollte, erzählen mußte. Es gab ja so unendlich viel, daß sie bestimmt die Hälfte vergessen würde.

War das Dane? War jener hochgewachsene blonde Mann auf dem Bahnsteig Dane? Er sah gar nicht anders aus als früher und wirkte dennoch wie ein Fremder. Es war, als ob er einfach nicht mehr zu ihrer Welt gehörte.

Sie hatte mit einem lauten Zuruf seine Blicke auf sich lenken wollen, doch sie blieb stumm. Aufmerksam beobachtete sie ihn, während der Zug zum Stehen kam, und zwar so, daß sie den nicht sehr weit Entfernten durch ihr Abteilfenster bequem im Auge behalten konnte. Sie sah, wie sein Blick mit eigentümlicher Gelassenheit – mit einer Ruhe sondergleichen – von Zugfenster zu Zugfenster glitt, und ...

Verdammt! dachte sie. Das wird eine sehr einseitige Unterhaltung zwischen uns werden, denn er sieht mir ganz und gar nicht so aus, als ob er mir irgend etwas über sein Leben mitteilen möchte. Verdammt, verdammt! Er war nicht mehr ihr kleiner Bruder. Sein Leben war von ihrem so verschieden wie beider Leben von dem Leben auf Drogheda – eine Welt von Unterschieden.

Oh, dein Leben, Dane! Wie ist es?

Sie schlich sich so geschickt an ihn heran, daß sie ihn gleichsam von hinten überrumpelte. „Hah! Hast schon gedacht, ich würde dich versetzen, was?"

Er drehte sich zu ihr herum, nahm ihre Hände, blickte sie lächelnd an. „Frechdachs", sagte er liebevoll. Er hob den größeren ihrer Koffer hoch, zog ihren freien Arm unter seinen freien Arm. „Wie schön, dich wiederzusehen!"

„Dito!" erwiderte sie lachend.

Sie stiegen in den roten Lagonda, den er fuhr. Dane war seit jeher ein Sportwagenfan gewesen, und seit er einen Führerschein besaß – er machte ihn sofort nach Erreichen der erforderlichen Altersgrenze –, hatte ihm auch stets ein solches Auto gehört.

„Hoffentlich hast du ein hübsches Hotel oder so was für mich gefunden", sagte sie, „denn mit dem, was ich dir geschrieben habe, ist es mir ernst. Ich weigere mich strikt, in einer Vatikanzelle mit einem Haufen Leute zusammengepfercht zu werden, die allesamt das Keuschheitsgelübde abgelegt haben." Sie lachte.

„Dort würde man dich auf gar keinen Fall haben wollen. Ich habe nicht weit von mir in einer kleinen Pension etwas für dich gemietet. Da man dort englisch spricht, kannst du auch ohne meine Hilfe ganz gut zurechtkommen. Überhaupt ist es in Rom kein Problem, sich mit Englisch zu behelfen. Gewöhnlich findet sich jemand, der wenigstens ein paar Worte spricht."

„Unter solchen Umständen wünsche ich immer, ich hätte dein Talent für Fremdsprachen. Aber ich werde schon durchkommen. Wenn's auch mit anderen Sprachen hapert – in Pantomime bin ich dafür ganz große Klasse."

„Ich habe zwei Monate, Jussy, ist das nicht großartig? Wir können uns also ein bißchen in Frankreich und Spanien umsehen, und uns bleibt immer noch ein Monat auf Drogheda. Fehlt mir doch, die alte Heimat."

„Wirklich?" Sie drehte den Kopf und musterte ihn von der Seite, blickte auf die schöngeformten Hände, die das Auto lenkten. „Na, mir fehlt sie gar nicht. London ist viel zu interessant."

„Mir kannst du nichts vormachen", sagte er. „Ich weiß doch, was Drogheda und Mum für dich bedeuten."

Justines Hände, die auf ihrem Schoß lagen, krümmten sich unwillkürlich zusammen. Sie gab keine Antwort.

„Hättest du etwas dagegen, heute nachmittag mit einigen Freunden von mir Tee zu trinken?" fragte er, als sie in der Pension waren. „Ich habe bereits im voraus für dich akzeptiert. Sie sind sehr begierig darauf, dich kennenzulernen, und da ich sozusagen erst morgen ein freier Mann bin, wollte ich nicht gern nein sagen."

„Dummkopf! Weshalb sollte ich etwas dagegen haben? Wenn wir in London wären, würde ich dich mit meinen Freunden überschwemmen. Warum also sollte ich mit deinen nichts zu tun haben wollen? Ich freue mich, daß du mir die Gelegenheit gibst, mal einen Blick auf die Burschen im Seminar zu werfen, obwohl das mir gegenüber ja nicht ganz fair ist – von wegen Hände weg und so."

Sie trat ans Fenster, blickte hinab auf den schäbigen kleinen Platz mit den beiden schlaffen Platanen im umpflasterten Viereck. Zur linken Hand sah man eine Kirche, die wahrlich alles andere war als eine architektonische Offenbarung. Schicht nach Schicht schien dort abzublättern. „Dane . . .“

„Ja?“

„Ich verstehe. Ich verstehe wirklich.“

„Ja, ich weiß.“ Das Lächeln verschwand von seinem Gesicht. „Ich wünschte, auch Mum würde verstehen, Jus.“

„Bei Mum ist das anders. Sie hat das Gefühl, daß du sie verlassen hast. Sie weiß noch nicht, daß das nicht stimmt. Aber laß nur. Sie wird es schon noch erkennen.“

„Hoffentlich.“ Er lachte. „Übrigens sind es nicht die Burschen aus dem Seminar, die du heute kennenlernen wirst. Da wäre mir die Versuchung doch für sie wie für dich zu groß. Es ist Kardinal de Bricassart. Ich weiß, daß du ihn nicht magst, aber bitte versprich mir, daß du dich anständig benimmst.“

In ihren Augen leuchteten eigentümliche, wie irrlichternde Punkte auf. „Oh! Natürlich verspreche ich das! Ich werde sogar jeden Ring küssen, den man mir hinhält.“

„Oh, du erinnerst dich! Ich war damals so wütend auf dich, als du mich vor ihm blamiert hast.“

„Nun, seitdem habe ich einen Haufen Dinge geküßt, die weniger hygienisch sind als ein Ring. In der Schauspielklasse zum Beispiel war so ein pickelgesichtiger junger Kerl, der einen Mundgeruch hatte, daß einem sämtliche Plomben rausfielen. Das war nicht nur Karies, das waren auch halbverfaulte Mandeln und ein permanent übler Magen dazu. Und den Jungen *durfte* ich küssen, und zwar insgesamt neunundzwanzig Mal. Ich versichere dir, Kumpel, danach ist für mich nichts mehr unmöglich.“ Vor dem Spiegel schob sie ihr Haar zurecht, wandte sich dann um. „Habe ich noch Zeit, mir etwas anderes anzuziehen?“

„Oh, mach dir da keine Sorgen. Du siehst so prächtig aus.“

„Wer wird noch da sein?“

Die Sonne stand schon zu tief, um dem alten Platz vor der Pension noch Wärme spenden zu können, und die Platanen wirkten wie von Lepra zerfressen.

„Kardinal di Contini-Verchese wird noch da sein.“

Das war ein Name, den sie häufiger gehört hatte. Ihre Augen weiteten sich ein wenig. „Oho! Du bewegst dich ja wirklich in hochgestellten Kreisen, wie?“

„Ja. Und ich gebe mir Mühe, das auch wert zu sein.“

„Sag mal, Dane“, fragte sie listig, „heißt das vielleicht, daß dir manche Leute, die von der Vorzugsbehandlung, die du dort genießt, nicht sehr angetan sind, das Leben um so schwerer machen?“

„Nein, eigentlich nicht. Es ist nicht wichtig, wen man kennt. Ich sehe das nie so, und andere auch nicht."

Der Raum, die roten Männer! Noch nie war sich Justine so bewußt gewesen, daß es Männer gab, in deren Dasein Frauen etwas völlig Überflüssiges zu sein schienen – außer als dienende Nonnen.

Als sie eintrat, hatte sie noch das olivgrüne Leinenkostüm an, das sie während des letzten Teils der Bahnreise getragen hatte, und natürlich waren die Knitterfalten nicht zu übersehen. Verflixt! dachte sie, während sie über den weichen, karmesinroten Teppich schritt. Ich wünschte wirklich, Dane hätte dafür gesorgt, daß mir mehr Zeit blieb, ich hätte mich unbedingt umziehen sollen.

Kardinal de Bricassart erwartete sie stehend. Er lächelte. Was für ein gutaussehender Mann er doch immer noch war!

„Meine liebe Justine", sagte er und hielt ihr die Hand mit dem Ring hin. Das ein wenig boshafte Aufleuchten in seinen Augen verriet, daß er sich sehr wohl erinnerte, wie sie seinerzeit auf den Ring reagiert hatte. Doch weshalb sein Blick dann so forschend auf ihrem Gesicht lag, begriff sie nicht. „Sie sehen Ihrer Mutter gar nicht ähnlich", sagte er.

Sie kniete nieder, auf ein Knie, küßte den Ring, lächelte demütig, erhob sich, lächelte weniger demütig. „So, tu' ich das nicht? Nun, in meinem Beruf hätte mir ihre Schönheit vielleicht in gewisser Weise nützen können. Allerdings – auf der Bühne komme ich auch ohne aus. Dort kommt's nämlich nicht darauf an, wie ein Gesicht wirklich ist, wissen Sie. Sondern darauf, ob man über die Kunst verfügt, das Publikum ein Gesicht in einer ganz bestimmten Weise sehen zu machen."

Aus einem Sessel erklang ein eigentümlicher Laut, kurz, trokken, offenbar ein amüsiertes Lachen. Wieder beugte sie das Knie, um an einer alten Hand einen Ring zu küssen, doch als sie diesmal den Kopf hob, blickte sie in dunkle Augen, in denen sie sonderbarerweise Liebe sah: Liebe für sie, für jemanden, den sie noch nie gesehen hatten. Nein, sie irrte sich nicht, der Ausdruck war wirklich da.

Kardinal de Bricassart fand sie keinen Deut sympathischer als damals, als sie fünfzehn gewesen war. Aber für diesen alten Mann begann sie sich zu erwärmen.

„Nehmen Sie doch Platz, meine Liebe", sagte Kardinal di Contini-Verchese und deutete auf den Sessel neben dem seinen.

„Hallo, Mieze", sagte Justine und streichelte die blaugraue Katze auf seinem scharlachroten Schoß. „Sie ist hübsch, nicht?"

„Das ist sie in der Tat."

552

„Wie heißt sie?"

„Natascha."

Die Tür ging auf, und ein Mann trat ein. Doch kein Priester, wie Justine zu ihrer Erleichterung sah. Gott sei Dank, dachte sie. Noch eine rote Soutane, und ich bekomme allmählich Schreikrämpfe.

Ein gewöhnlicher Mann war er jedoch keinesfalls. Obwohl durchaus nicht klein, wirkte er durch seinen überaus kraftvoll gebauten Körper eher kurzwüchsig. Dafür sorgten die breiten Schultern, der mächtige Brustkorb, das große Löwenhaupt, die langen Arme. Wie bei einem Schafscherer, dachte Justine. Irgendwie war es sonderbar: Er machte den Eindruck eines Menschen, der sich so blitzschnell und mit soviel Kraft zu bewegen verstand, daß andere gar nicht dazu kamen zu reagieren, bevor er zupackte, um, vielleicht, zu zermalmen – doch waren seine Bewegungen nie ziellos, nie ohne Zweck. Gleichzeitig vermittelte er aber auch den Eindruck einer alles andere als durchschnittlichen, womöglich sogar überragenden Intelligenz.

Er war von dunklem Typus, doch besaß seine dichte Haarmähne den Farbton von Stahlwolle und lag in ebenso winzigen, regelmäßigen Wellen, wie sich Stahlwolle zu krümmen pflegte.

„Rainer, Sie kommen gerade zur rechten Zeit", sagte Kardinal di Contini-Verchese und deutete auf den Sessel zu seiner anderen Seite. Der Mann küßte den Ring, und als er sich wieder erhob, blickte der Kardinal zu Justine. Er sprach nach wie vor englisch. „Ich möchte Sie mit einem sehr guten Freund bekannt machen, mit Herrn Rainer Moerling Hartheim. Rainer, das ist Danes Schwester Justine."

Der Mann verbeugte sich, bedachte Justine mit einem Lächeln, das ohne Wärme war, und setzte sich. Plötzlich schien er weit entfernt, und unwillkürlich atmete Justine auf, vor allem, als sie sah, daß Dane sich auf dem Boden neben Kardinal de Bricassarts Sessel niedergelassen hatte. Er, den sie kannte und liebte, befand sich für sie wirklich genau im Blickpunkt, und das besaß für sie etwas angenehm Beschwichtigendes.

Und doch, und doch... So ganz konnte nicht einmal die Gegenwart ihres Bruders das wettmachen, was sie zunehmend als irritierend empfand: diesen Raum und die roten Männer und den Mann vom dunklen Typus – und vor allem die Art, in der sie ihre Gesellschaft zwar duldeten, während sie sie aus ihrer Gemeinschaft auszuschließen schienen.

Und so beugte sie sich zur Seite und streichelte wieder die Katze, wobei ihr instinktiv bewußt war, daß der italienische Kardinal den Grund für ihre Reaktion begriff und sich darüber amüsierte. „Ist sie eigentlich unfruchtbar gemacht worden?" fragte Justine.

„Natürlich."

„Natürlich! Obwohl ich nicht ganz begreife, weshalb Sie sich eigentlich die Mühe gemacht haben. Ein weibliches Wesen, das sich hier längere Zeit aufhält, muß ja ganz unvermeidlich zum Neutrum werden."

„Ganz im Gegenteil, meine Liebe", sagte der alte Kardinal, der an ihr sein riesiges Vergnügen hatte. „Wir Männer sind's, die uns psychologisch zum Neutrum gemacht haben."

„Ich bitte, anderer Ansicht sein zu dürfen, Euer Eminenz."

„Unsere kleine Welt ist Ihnen also zuwider?"

„Nun, sagen wir, daß ich mir ein wenig überflüssig vorkomme, Euer Eminenz. Ein ganz hübscher Ort, um ihn mal zu besuchen – aber nichts, wo ich leben möchte."

„Das kann ich Ihnen nicht verübeln. Und ich bezweifle auch, daß Sie wenigstens den Besuch genießen. Aber Sie werden sich an uns gewöhnen, denn Sie müssen uns oft besuchen, bitte."

Justine lächelte, nein, grinste. „Wenn von mir erwartet wird, daß ich meine besten Sonntagsmanieren zur Schau trage", sagte sie freimütig, „dann gehen sie immer sehr schnell mit mir durch – und Danes Entsetzen kann ich von hier aus spüren, ohne ihn auch nur anzusehen. Das erschlägt ihn einfach."

Ganz so „erschlagen" wirkte Dane keineswegs. „Ich habe mich schon gefragt, wie lange es wohl dauern würde", erklärte er. „Wenn man bei Justine am Lack kratzt, dann kommt darunter eine Rebellin zum Vorschein. Das ist einer der großen Vorzüge, den sie als Schwester für mich hat. Ich selbst bin zwar kein Rebell, aber ich bewundere Rebellen."

Herr Hartheim setzte sich so, daß er Justine im Auge behalten konnte, auch wenn sie sich, nach dem Streicheln der Katze, wieder aufrichtete. Und in eben diesem Augenblick schien das Tier der Hand mit dem fremdartigen weiblichen Geruch überdrüssig zu werden. Ohne sich hochzustellen auf die Beine, schlängelte sich die Katze hinüber vom roten Schoß zum grauen, und schob sich unter Hartheims kräftige Hände und begann, kaum daß sie von ihnen gestreichelt wurde, so laut zu schnurren, daß alle lachten.

Justine konnte eine Pointe genießen, auch wenn sie auf ihre Kosten ging. Hauptsache, es war eine gute Pointe. „Na, dann entschuldige mal, daß ich überhaupt lebe, Natascha", sagte sie.

„Ihr Motor ist so gut wie eh und je", erklärte Rainer Hartheim, und seine unverkennbare Belustigung veränderte sein Gesicht auf faszinierende Weise. Sein Englisch war so gut, daß man kaum einen Akzent hörte. Allerdings hatte es amerikanischen Einschlag, mit gerolltem R.

Der Tee kam, und sonderbarerweise war es Rainer Hartheim, der einschenkte. Als er Justine ihre Tasse reichte, wirkte sein Blick wesentlich freundlicher als zuvor.

„In britischer Gesellschaft ist der Nachmittagstee die wichtigste Erfrischung am ganzen Tag", sagte er. „Bei einer Tasse Tee wird oft Wichtiges – wenn nicht gar das Wichtigste – entschieden, nicht wahr? Warum das so ist, läßt sich, glaube ich, ziemlich leicht erklären. Der Tee ist sozusagen von Natur aus besonders geeignet, jederzeit zwischen zwei und halb sechs eingenommen zu werden, und Sprechen ist eine Tätigkeit, die Durst macht."

Die folgende halbe Stunde schien seiner These in vielem recht zu geben. Justine beteiligte sich an dem Gespräch nicht, um so intensiver unterhielten sich die vier Männer. Die Themen reichten vom angegriffenen Gesundheitszustand des Heiligen Vaters bis zum Kalten Krieg. Das Erstaunliche für Justine war, daß ihr Bruder nicht nur sehr aktiv am Gespräch teilnahm, sondern daß die übrigen drei Männer, die ja alle wesentlich älter waren als er, ihm mit soviel ernster Aufmerksamkeit zuhörten. Nein, nicht nur Aufmerksamkeit, das war mehr. Aber was genau war es? Eine Art Scheu und Ergebenheit, fast so etwas wie Demut sprach aus ihrer Haltung. Warum nur? In Dane schien sich für sie etwas zu verkörpern, das sie in sich selbst nicht fanden. Wie sollte man es benennen? Etwas Heiligmäßiges, ja, das war es wohl.

Sonderbar: ihr, Justine, wäre es schwergefallen, Dane so ernst zu nehmen, wie diese Männer es taten. Dabei unterschätzte sie ihn keineswegs, hatte es eigentlich nie getan. Sie wußte, wie intelligent *und* verständig er war, und auch dieser heiligmäßige Zug an ihm war ihr durchaus nicht fremd, nur . . .

Bisher hatte er zu ihrer Welt gehört. Jetzt mußte sie sich daran gewöhnen, daß er nicht mehr dazu gehörte.

„Wenn Sie direkt zu Ihren Andachtsverrichtungen zurückkehren wollen, Dane, begleite ich Ihre Schwester gern zu ihrem Hotel", sagte Rainer Hartheim, und er wartete eine Antwort gar nicht erst ab, weder von Dane noch von Justine.

Und so schritt sie denn, ehe es ihr recht bewußt wurde, in Gesellschaft dieses außergewöhnlich kraftvollen Mannes einen Korridor entlang, stieg dann die Marmortreppe hinab. Draußen im gelben Schein des römischen Sonnenuntergangs nahm er sie beim Ellbogen und führte sie zu einem schwarzen Mercedes, bei dem in achtungsvoller Haltung ein Chauffeur stand.

„Kommen Sie", sagte er. „Sie wollen Ihren ersten Abend in

Rom doch sicher nicht allein verbringen, und Dane ist anderweitig in Anspruch genommen." Er manövrierte sie gleichsam in den Wagen und stieg dann selbst ein. „Sie sind müde und durcheinander. Da ist es für Sie besser, wenn Sie Gesellschaft haben."

„Eine Wahl scheinen Sie mir ja nicht zu lassen, Herr Hartheim."

„Es wäre mir lieber, wenn Sie mich Rainer nennen."

„Sie müssen ein wichtiger Mann sein, wenn Sie einen solchen Luxuswagen und Ihren eigenen Chauffeur haben."

„Ich werde noch wichtiger sein, wenn ich deutscher Bundeskanzler bin."

Justine ließ ein spöttisches Lachen hören. „Ich wundere mich, daß Sie's nicht bereits sind."

„Unverschämtheit! Ich bin noch zu jung."

„Tatsächlich?" Sie sah ihn an und betrachtete ihn genauer. Seine brünette Haut war ohne Furchen, und unter den tiefliegenden Augen sah man noch nicht einmal die Andeutung von Tränensäcken.

„Ich bin grauhaarig und schwergewichtig. Aber grau bin ich schon mit sechzehn geworden, und schwergewichtig bin ich, seit ich genug zu essen hatte. Was mein Alter betrifft, ich bin bescheidene einunddreißig."

„Dann will ich Ihnen mal aufs Wort glauben", sagte sie, während sie sich die unbequemen Schuhe von den Füßen streifte. „Aber in meinen Augen ist das immer noch ziemlich alt. Ich bin nämlich erst süße einundzwanzig."

„Sie sind ein Ungeheuer", sagte er mit einem Lächeln.

„Na, das muß wohl stimmen. Meine Mutter behauptet nämlich genau dasselbe. Allerdings bin ich mir überhaupt nicht sicher, was ihr beide damit meint. Könnten Sie mir also Ihre Version geben?"

„Wie steht's mit der Version Ihrer Mutter?"

„Na, wenn ich die danach fragte, würde ich sie teuflisch in Verlegenheit bringen."

„Glauben Sie nicht, daß Sie auch mich teuflisch in Verlegenheit bringen?"

„Ich habe den starken Verdacht, Herr Hartheim, daß auch Sie ein Ungeheuer sind. Und daher bezweifle ich, daß irgend etwas Sie in Verlegenheit bringen kann."

„Ein Ungeheuer", wiederholte er leise. „Also gut, Miß O'Neill, ich werde Ihnen zuliebe eine Definition versuchen. Ein Ungeheuer ist jemand, der andere in Angst und Schrecken versetzt, der sie einfach überollt, der sich so stark fühlt, daß er meint, höchstens Gott könnte ihn bezwingen, einer, der keine Skrupel und kaum moralische Grundsätze kennt."

Sie lachte. „Klingt für mich ganz, als ob Sie von sich sprechen. Ich muß ja Skrupel und moralische Grundsätze haben. Schließlich bin ich Danes Schwester."

„Sie sehen ihm überhaupt nicht ähnlich."

„Um so bedauerlicher."

„Sein Gesicht würde zu Ihrer Persönlichkeit kaum passen."

„Da haben Sie sicher recht. Doch mit seinem Gesicht hätte ich vielleicht auch eine andere Persönlichkeit entwickelt."

„Was in etwa auf die Frage hinausläuft: Was war zuerst da, die Henne oder das Ei – nicht wahr? Ziehen Sie Ihre Schuhe wieder an. Wir werden ein Stück zu Fuß gehen."

Es war warm und wurde immer dunkler. Doch hell leuchteten Lampen und Laternen, unendlich viele Lichter, und überall waren Menschen. Auf den Straßen staute sich der Verkehr – Mopeds, Fiats, Goggomobile. Sie gelangten zu einem kleinen Platz, dessen Pflaster über die Jahrunderte hinweg durch unendlich viele Füße abgeschliffen worden war.

Rainer Hartheim führte Justine in ein Restaurant. „Oder wollen Sie lieber draußen sitzen?" fragte er.

„Sofern ich etwas zu essen bekomme, ist's mir egal, ob ich drinnen oder draußen oder mitten dazwischen sitze."

„Darf ich für Sie bestellen?"

Die fahlen Augen schienen müde zu zwinkern, doch gar so leicht ließ Justine sich nicht unterkriegen. „Ich könnte wirklich nicht behaupten, daß mir diese Dein-Herr-und-Meister-Manier gefällt", sagte sie. „Woher wollen Sie schließlich wissen, was mir schmeckt?"

„Die Amazonen-Zone, verstehe", murmelte er. „Also, sagen Sie mir, welche Geschmacksrichtung Ihnen behagt, und ich garantiere Ihnen, daß Sie zufrieden sein werden. Fisch? Kalb?"

„Ein Kompromiß? Einverstanden, ich komme Ihnen auf halbem Wege entgegen, warum auch nicht? Ich nehme Pastete, einige Scampi und einen Riesenteller mit Saltimbocca. Anschließend dann eine Cassata und ein Cappuccino. Und wie Sie das im einzelnen arrangieren, ist ganz und gar Ihre Sache."

„Ich sollte Sie übers Knie legen", sagte er gutgelaunt und gab ihre Wünsche, in fließendem Italienisch, genauso an den Kellner weiter, wie Justine sie geäußert hatte.

„Sie haben gesagt, daß ich Dane überhaupt nicht ähnlich sehe. Bin ich denn in gar keiner Beziehung wie er?" fragte sie später, als sie beim Kaffee waren. Während des Essens hatten sie nur wenige Worte miteinander gewechselt, Justine war ganz einfach zu hungrig gewesen.

Rainer gab ihr Feuer für ihre Zigarette, zündete sich dann seine eigene an. Wortlos lehnte er sich zurück und ließ sich noch einmal verschiedenes durch den Kopf gehen. Inzwischen war es eine Reihe von Monaten her, daß er Dane O'Neill kennengelernt hatte: Ralph de Bricassart, nur vierzig Jahre jünger. Er hatte sodann erfahren, daß sie Onkel und Neffe waren und daß die Mutter des Jungen und des Mädchens des Kardinals Schwester war.

„Eine gewisse Ähnlichkeit ist da schon", sagte er, „manchmal sogar physiognomisch, allerdings mehr im Gesichtsausdruck als in den Gesichtszügen. Das gilt für die Augen und für den Mund. Die Art, wie Sie die Augen öffnen, wie Sie Ihre Lippen geschlossen halten. Sonderbarerweise ist das aber keine Ähnlichkeit, die Sie mit Ihrem Onkel, dem Kardinal, teilen."

„Mit meinem Onkel, dem Kardinal?" wiederholte sie verdutzt.

„Kardinal de Bricassart. Ist er denn nicht Ihr Onkel? Ich bin sicher, daß man mir gesagt hat, er sei es."

„Der alte Geier? Der ist mit uns doch nicht verwandt, dem Himmel sei Dank. Vor vielen Jahren war er bei uns Gemeindepfarrer – lange, bevor ich geboren wurde."

Sie war sehr intelligent, aber jetzt war sie vor allem sehr müde. Armes, kleines Mädchen – denn genau das war sie: ein kleines Mädchen. Die zehn Jahre Altersunterschied zwischen beiden klafften auf wie ein ganzes Jahrhundert. Ein rasch geäußerter Verdacht würde ihre Welt wohl in Trümmer legen, und offenbar war es eine Welt, die sie doch sehr liebte und die sie tapfer verteidigen würde. Mehr noch: sehr wahrscheinlich würde sie sich blind stellen, würde einfach nicht sehen wollen, wenn man ihr geradezu sagte, was wohl auf der Hand lag.

Was also tun? Wie das Ganze unwichtig erscheinen lassen? Nun, keinesfalls auf dem Thema beharren. Aber es auch nicht sofort fallenlassen.

„So erklärt sich das also", sagte er beiläufig.

„So erklärt sich was?"

„Nun, daß Danes Ähnlichkeit mit dem Kardinal mehr allgemeiner Natur ist – Größe, Körperbau und dergleichen."

„Oh! Meine Großmutter hat mir erzählt, daß unser Vater dem Kardinal im Typ ziemlich glich", erklärte Justine unbeschwert.

„Haben Sie selbst Ihren Vater nie gesehen?"

„Nicht mal ein Bild von ihm. Er und Mum trennten sich endgültig, bevor Dane zur Welt kam." Sie winkte den Kellner herbei. „Noch einen Cappuccino, bitte."

„Justine, Sie sind eine Wilde! Lassen Sie mich für Sie bestellen!"

„Nein, verdammt noch mal, kommt nicht in Frage! Ich kann

durchaus für mich selbst denken und brauche keinen so blöden Mann, der mir dauernd sagt, was ich will und wann ich's will, hören Sie?"

„Kratze am Lack und du findest eine Rebellin. Dane hat's ja gesagt."

„Und er hat recht! Oh, wenn Sie wüßten, wie sehr ich's hasse, gehätschelt und bevormundet zu werden! Ich kann für mich selbst einstehen, und ich lasse mir nicht sagen, was ich zu tun habe! Ich lasse mir von keinem in die Parade fahren. Oder ich fahre ihm in die Parade."

„Das sehe ich", sagte er trocken. „Wie kommt das bei Ihnen? Ist das so etwas wie eine Familieneigenschaft?"

„Familieneigenschaft? Weiß ich nicht. Es sind nicht genügend Frauen da, um das sagen zu können. Nur eine pro Generation. Nanna, Mum und ich. Aber ein Haufen Männer."

„Außer in Ihrer Generation. Da gibt's ja keinen Haufen Männer. Nur Dane."

„Nun ja, meine Mutter hat sich schon früh von meinem Vater getrennt, und für einen anderen Mann interessierte sie sich dann offenbar nicht mehr. Schade eigentlich. Ich meine, sie ist ziemlich häuslich und hätte bestimmt gern einen Mann umsorgt."

„Ist sie wie Sie?"

„Das glaube ich kaum."

„Aber ihr habt euch gern?"

„Mum und ich?" Sie lächelte ohne jeden Anflug von Bitterkeit, so ähnlich wie ihre Mutter gelächelt haben würde, hätte man sie gefragt, ob sie ihre Tochter gern hatte. „Ich bin nicht sicher, ob wir uns mögen, aber irgend etwas ist da schon, vielleicht nur biologische Bande, ich weiß nicht." Ihre Augen leuchteten eigentümlich. „Ich habe mir immer gewünscht, daß sie mit mir so spräche wie mit Dane und daß auch unser Verhältnis zueinander so ähnlich wäre wie das Verhältnis zwischen ihr und Dane. Aber bei einer von uns beiden fehlt es da offenbar an irgend etwas. Wahrscheinlich bei mir. Sie ist ein viel feinerer Mensch als ich."

„Da ich sie nicht kenne, kann ich dazu nichts sagen. Doch falls es für Sie ein Trost sein sollte: Sie gefallen mir genauso, wie Sie sind. Nein, ich würde an Ihnen nichts ändern, nicht einmal diese etwas lächerliche Aufsässigkeit."

„Das ist aber reizend von Ihnen. Wo ich Sie doch gerade erst gekränkt habe. Ich bin wirklich nicht wie Dane, nicht?"

„Dane ist überhaupt nicht wie irgend jemand sonst auf dieser Welt."

„Sie meinen, er ist nicht von dieser Welt?"

„So ungefähr." Er beugte sich vor. Aus dem Schatten schob er sein Gesicht in den flackernden Schein der Kerze in der Chianti-Flasche. „Ich bin Katholik, und mein Glaube hat mich nie im Stich gelassen, sooft ich im Leben auch versagt habe. Über Dane möchte ich nicht sprechen, weil mir scheint, daß es gewisse Dinge gibt, die besser unausgesprochen bleiben. Mit Sicherheit sind Sie in Ihrer Einstellung zum Leben und zu Gott nicht wie er. Lassen wir es dabei, einverstanden?"

Sie betrachtete ihn stumm, voll eigentümlicher Neugier. Dann sagte sie: „Einverstanden, Rainer, wenn Sie es so wollen. Und unsere Abmachung, meine ich, sollte lauten, daß wir über zwei Dinge niemals sprechen – über Danes Besonderheit und über Religion."

Seit jener Begegnung mit Ralph de Bricassart im Juli 1943 hatte Rainer Moerling-Hartheim vieles erlebt. Eine Woche nach dem Gespräch mit dem Priester wurde sein Regiment an die Ostfront verlegt. Dort lernte er den Krieg in seiner ganzen Härte und Grausamkeit kennen: die Konsequenz der Wahnsinnspolitik eines Adolf Hitler. Es fehlte an Soldaten, an Munition. Die Winterkälte war grauenvoll. Und hilflos, vor Kälte und Angst halb von Sinnen, mußten er und seine Kameraden immer wieder mit den Angriffen russischer Partisanen rechnen. Manchmal sprangen Stalins Leute mit Fallschirmen aus ziemlich tieffliegenden Flugzeugen ab, landeten irgendwo in Schneewehen.

Daß Rainer immer häufiger Zuflucht zum Gebet nahm, geschah eher instinktiv, fast mechanisch. Seine Lippen murmelten, ohne daß er recht wußte, worum oder wofür er eigentlich betete: . . . mehr Patronen für meinen Karabiner . . . bloß den Russen nicht in die Hände fallen . . . die unsterbliche Seele . . . Deutschland . . . der Mann in der Basilika von Sankt Peter.

Dies waren die beiden tiefsten Erinnerungen, die er mitnahm aus dem Krieg: die erbitterten Kämpfe in grausamer Kälte und das Gesicht von Ralph de Bricassart, Schrecken und Schönheit, Teufel und Gott.

Um die Jahreswende 1944/45 befand er sich mit seinen Kameraden auf dem Rückzug durch Polen. Fast alle hatten nur einen Gedanken: in jenes Gebiet zu gelangen, das von den Briten oder den Amerikanern besetzt sein würde. Wer in russische Gefangenschaft geriet, mußte mit dem Schlimmsten rechnen. Rainer Hartheim vernichtete seine Papiere und vergrub seine Kriegsauszeichnungen, das Eiserne Kreuz II. und I. Klasse. Schließlich schlüpfte er in gestohlene Zivilkleidung und meldete sich an der dänischen Grenze bei den britischen Behörden. Er wurde nach Belgien gebracht, in ein Lager für Displaced Persons. Dort verbrachte er ein Jahr, mit Brot und Mehlsuppe als fast ausschließlicher Verpflegung. Es war den Briten unmöglich, die Tausende und aber Tausende in ihrer Obhut besser mit Lebensmitteln zu versorgen.

Zweimal forderten die Briten ihn auf, von Ostende mit einem Auswandererschiff nach Australien zu fahren. Er werde gültige Papiere erhalten, brauche für die Überfahrt nicht zu bezahlen, müsse dann in Australien allerdings zwei Jahre lang jede Arbeit verrichten, die man ihm behördlicherseits zuweise. Danach sei er sein eigener Herr, so etwas wie Sklavenarbeit brauche er nicht zu fürchten, und natürlich werde er einen völlig normalen Lohn erhalten.

Beide Male gelang es ihm, sich aus der für ihn prekären Situation herauszureden. Er hatte Hitler gehaßt, nicht Deutschland, und er schämte sich nicht, Deutscher zu sein. Heimat, das war für ihn nur Deutschland, und die vergangenen drei Jahre hatte er unablässig von einem Leben dort nach dem Krieg geträumt. Schon der Gedanke, in einem anderen Land leben zu müssen, dessen Sprache er nicht sprach und wo niemand seine Sprache verstand, war für ihn voller Schrecken. Schließlich entließ man ihn, und Anfang 1947 befand er sich dann völlig mittellos in Aachen, begierig, sich in Deutschland endlich ein neues Leben zu schaffen, und fest davon überzeugt, daß ihm das auch gelingen werde.

Auf keinen Fall wollte er so weiterleben wie bisher, in Armut und gleichsam im Schatten. Sein Glück wollte es, daß er nicht nur ein sehr ehrgeiziger junger Mann war, sondern gleichzeitig auch so etwas wie ein Genie, ein technisches Genie. Er begann bei Grundig zu arbeiten und sich intensiv mit einem Gebiet zu befassen, das ihn faszinierte, seit er das erste Mal etwas Genaueres über Radar erfahren hatte: Elektronik. Bald entwickelte er eine Vielzahl eigener Ideen, die viel, sehr viel Geld wert waren. Und er weigerte sich, sie für ein Millionstel ihres wirklichen Wertes an Grundig zu verkaufen. Statt dessen untersuchte er sehr genau die Marktlage und heiratete dann die Witwe eines Mannes, der in zwei kleinen Fabriken Rundfunkgeräte hergestellt hatte. Nun betrieb Rainer Hartheim das Geschäft. Daß er erst Anfang zwanzig war, spielte keine Rolle. Zum einen war er weit über sein Alter hinaus gereift, zum anderen boten sich im Nachkriegsdeutschland mit seinen nicht selten chaotischen Zuständen jungen Männern ausgezeichnete Chancen.

1951 ließ er sich von seiner Frau wieder scheiden. Da es

seinerzeit eine Ziviltrauung gewesen war, stand der Scheidung von kirchlicher Seite aus nichts entgegen. Seiner Frau Annelise zahlte er als Abfindung eine Summe, die – nach dem augenblicklichen Stand – genau dem doppelten Wert der Fabriken ihres ersten Gatten entsprach. Er blieb Junggeselle, heiratete nicht wieder.

Die furchtbaren Erlebnisse in Rußland hatten ihn zwar nicht zum seelenlosen Zerrbild seiner selbst werden lassen, doch sie hemmten, ja lähmten jenes innere Wachstum, das zumindest eine gewisse Sanftheit und Zärtlichkeit mitbedingt. Um so stärker prägten sich statt dessen bei ihm aus Intelligenz, Entschlußkraft, Rücksichtslosigkeit. Ein Mann, der nichts zu verlieren hat, hat alles zu gewinnen. Und ein Mann, der keine Gefühle besitzt, kann in seinen Gefühlen auch nicht verletzt werden. So jedenfalls versuchte er, es sich selber einzureden. In Wirklichkeit glich er auf sonderbare Weise jenem Mann, dem er 1943 in Rom begegnet war. Genau wie Ralph de Bricassart wußte er es, wenn er unrecht tat, was ihn jedoch keineswegs davon abhielt, ein Unrecht zu tun. Doch für alles, was er in materieller Hinsicht erreichte, mußte er auf andere Weise bezahlen, mit Selbstvorwürfen, innerer Zerrissenheit. Vielen an seiner Stelle wäre der Preis zweifellos zu hoch erschienen. Er sah das anders. Für ihn war das Erreichte fast jedes Opfer wert, nur Mittel zum Zweck, um eines Tages an entscheidender Stelle die grundlegende innere Umwandlung Deutschlands bewirken zu können, die ihm seit jeher vorgeschwebt hatte; jene ethische Tradition, die er für sich die lutheranisch-arische nannte, wollte er beseitigt sehen und durch eine breitere, weltoffenere ersetzen. Er war ein Mensch voller Widersprüche und gleichzeitig von fast schon absurder Konsequenz. Da es ihm unmöglich war, ehrlichen Herzens zu geloben, er werde nicht wieder sündigen, hatte er sich im Beichtstuhl mehrmals geweigert, die Absolution anzunehmen. Sein Verhältnis zur Religion in diesen Jahren ließ sich vielleicht am besten mit jenem Ausdruck charakterisieren, mit dem man damals, typischerweise, so vieles im Leben kennzeichnete: Irgendwie wurstelte er sich durch.

Als er es 1955 in geradezu spektakulärer Weise zu Macht und Reichtum gebracht hatte – und zu dieser Zeit auch als Abgeordneter im Bundestag saß –, reiste er nach Rom, um Kardinal de Bricassart aufzusuchen. Was immer er sich von der Wiederbegegnung versprochen haben mochte, während des Gesprächs mit dem Kardinal war er sich dann nur noch einer Tatsache bewußt: daß Ralph de Bricassart von ihm enttäuscht war, tief enttäuscht.

Er begriff auch, weshalb. Auf die Schlußbemerkung des Kardinals war er dennoch nicht gefaßt.

„Sie waren noch so jung damals, und ich betete darum, daß es Ihnen gegeben sein möge, besser zu handeln als ich. *Die Mittel werden niemals durch den Zweck geheiligt.* Aber ich glaube fast, der Same unserer Vernichtung wird schon vor unserer Geburt gesät."

Wieder in seinem Hotelzimmer, war Rainer Hartheim plötzlich in Tränen ausgebrochen. Als er nach einer Weile wieder ruhiger wurde, dachte er: An der Vergangenheit läßt sich nichts mehr ändern, aber in Zukunft werde ich versuchen, seinen Erwartungen zu entsprechen.

Manchmal gelang es ihm, manchmal nicht. Aber er versuchte es immer wieder. Die Freundschaft mit den Männern im Vatikan wurde zum Kostbarsten, das es für ihn im Leben gab, während Rom sich mehr und mehr zu einem Zufluchtsort entwickelte, zu einem Refugium, wo er wirklich Trost fand. Recht sonderbar waren sie auf ihre Art, diese hochgestellten Männer der Kirche. Im Handauflegen oder gütigen Worten übten sie sich, bei ihm jedenfalls, durchaus nicht. Was den Trost bewirkte, war etwas, das sich kaum näher beschreiben ließ: ein Balsam, der unmittelbar aus der Seele kam, so als wüßten sie um seinen Schmerz.

Er hatte Justine zu ihrer Pension gebracht, und als er jetzt allein durch die nächtlichen Straßen Roms ging, wußte er, daß er nie aufhören würde, ihr dankbar zu sein. Denn etwas Eigentümliches war geschehen. Als er beobachtete, mit wieviel Tapferkeit und Willensstärke sie sich am Nachmittag in Gegenwart der Kardinäle behauptete und wirklich ihre Frau stand, überkam ihn ein überraschendes Gefühl der Zärtlichkeit. Blutig, aber ungebeugt, das kleine Ungeheuer. Was er für sie empfand, so meinte er, hätte er für eine Tochter empfinden können, auf die er stolz war. Nur, daß er keine Tochter hatte.

So war er dann zu dem Entschluß gekommen, sie den Kardinälen und vor allem ihrem eigenen Bruder zu entführen. Er wollte ihre Nach Reaktion sehen; auf die Konfrontation mit einem gleichsam überwältigenden Klerikertum und, nicht zuletzt, mit einem Dane, wie sie ihn früher so doch zweifellos nicht gekannt hatte, mit einem Bruder, der nicht mehr ganz zu ihrer Welt gehörte und nie wieder ganz zu ihr gehören würde.

Er grübelte weiter. Das Schöne an seinem persönlichen Gott – und wie so viele Menschen besaß er ihn, diesen ganz persönlichen Gott – war, daß er alles verzeihen konnte. Er konnte Justine ihre Gottlosigkeit verzeihen und ihm, Rainer Hartheim, die fast völlige Abkapselung seines Gefühlslebens, eine Isolation, die manchmal schon so vollständig zu sein schien, daß er tief erschrak und meinte, der Schlüssel für die Zugangstür sei für immer verloren. Und bisweilen nahm ein solcher Schlüssel auf recht überraschende Weise Gestalt an – zum Beispiel als Rotschopf in einem roten Raum voll roter Kardinäle.

Ein flüchtiger Tag, vorüber in einer Sekunde. Doch als er einen Blick auf seine Armbanduhr warf, sah er, daß es längst noch nicht so spät war, wie er geglaubt hatte – und plötzlich dachte er an jenen Mann, der im Castel Gandolfo im Sterben lag, das schmale, bleiche, asketische Gesicht vielleicht zuckend vor Schmerz. Was immer man auch sagen mochte, er war ein großer Papst gewesen, war es noch. Und wenn er seine Deutschen liebte, wenn er es noch immer mochte, daß man in seiner Gegenwart deutsch sprach, änderte das vielleicht irgend etwas daran?

Und Rainer dachte an einen anderen Mann, an einen Mann, der die Gewohnheiten seiner Katze teilte und nachts oft lange wach lag, ein mächtiger Mann im Machtgefüge der Kirche . . . vielleicht bald der mächtigste? Rainer Hartheim hatte ihn sehr sorgsam beobachtet während der letzten drei Jahre, und er wußte, daß jene klugen, dunklen, liebenden Augen besonders gern auf etwas ruhten, das . . . womöglich nur ein Gedanke blieb?

Vittorio Scarbanza Kardinal di Contini-Verchese, vielleicht würde er der nächste Papst sein, vielleicht auch nicht.

„Also du könntest mich totschlagen, aber das hätte ich wirklich nie geglaubt, daß ich mal sagen würde, Gott sei Dank, endlich reisen wir los nach Drogheda!" erklärte Justine. Zusammen mit Rainer stand sie am Trevi-Brunnen, weigerte sich jedoch, eine Münze hineinzuwerfen, was dem üblichen Ritual entsprochen hätte. „Wir wollten uns ein bißchen Frankreich und Spanien ansehen. Statt dessen befinden wir uns immer noch in Rom, und ich bin so überflüssig wie ein Nabel. *Brüder!*"

„Hmm, du hältst Nabel also für überflüssig? Sokrates war der gleichen Meinung, wenn ich mich richtig erinnere", sagte Rainer.

„Sokrates? Na, ich erinnere mich nicht daran! Komisch eigentlich, wo ich doch fast den ganzen Plato gelesen habe." Sie drehte den Kopf und musterte ihn. Die normale Urlauberkleidung, so fand sie, paßte viel besser zu ihm als jener doch recht „würdige" Anzug, den er bei Besuchen im Vatikan trug. „Sokrates war absolut davon überzeugt, daß Nabel überflüssig seien. Um das zu beweisen, entfernte er seinen eigenen und warf ihn fort."

Um ihre Lippen zuckte es. „Und was geschah?"

„Seine Toga fiel herunter."

Sie lachte. „Aha, jetzt fehlte ihm der Haken, und das ist also auch der Haken bei deiner Geschichte, bei der ich übrigens das schreckliche Gefühl habe, daß sie eine Moral enthält. Aber mal ganz davon abgesehen, daß man seinerzeit in Athen keine Togen trug – was interessiert dich eigentlich so an mir, Rain?" Sie sprach die Kurzform seines Namens nicht wie „Rein" aus, sondern etwa wie „Rähn" – das englische Wort für Regen.

„Ich habe dir doch gesagt, wie mein Name ausgesprochen wird. Warum verhunzt du ihn so?"

„Verhunzen? Guter Gott, du verstehst nicht." Nachdenklich blickte sie ins Wasser des Brunnens, in dem viele Münzen lagen. „Bist du jemals in Australien gewesen?"

„Nun, Schätzchen, zweimal war ich drauf und dran. Aber ich hab's jedesmal gerade noch abbiegen können."

„Nun, wärst du in Australien gewesen, so würdest du auch verstehen. Für einen Australier hast du einen magischen Namen. Wenn man ihn so ausspricht, wie ich das getan habe. Reiner? Nein. Rainer. Rähner. Rähn. Regen. Leben in der Wüste."

Er war so verdutzt, daß er seine Zigarette fallen ließ. „Justine, du verliebst dich doch nicht etwa in mich, oder?"

„Ihr Männer seid doch wirklich Egoisten! So leid es mir auch tut, dich enttäuschen zu müssen – nein." Doch wie um ihre harten Worte zu mildern, griff sie nach seiner Hand und drückte sie. „Es ist etwas viel Hübscheres."

„Was könnte besser sein, als sich verlieben?"

„Fast alles, glaube ich. In der Weise möchte ich nie jemanden brauchen."

„Vielleicht hast du recht. In gewisser Weise kann das schon ein Handikap sein, jedenfalls wenn man's zu früh tut. Also – was ist viel hübscher?"

„Einen guten Freund zu finden." Ihre Hand strich gegen seine. „Du bist doch mein Freund, nicht wahr?"

„Ja." Lächelnd schleuderte er eine Münze in den Brunnen. „Über die Jahre habe ich hier wohl so an die tausend D-Mark hineingeworfen. Um das Gefühl zu haben, daß ich auch weiterhin die Wärme des Südens spüren würde. In meinen Alpträumen fühle ich manchmal immer noch die Kälte."

„Na, du solltest mal die Wärme des *wirklichen* Südens spüren. Über fünfundvierzig Grad im Schatten, falls du irgendwo Schatten finden kannst."

„Kein Wunder, daß du die Hitze hier nicht spürst." Es war seine Eigenart, lautlos zu lachen, ein Überbleibsel aus früheren Tagen, wo ihn ein lautes Lachen hätte verraten können. „Und die Hitze", fuhr er fort, „erklärt dann wohl auch, warum du so ‚hartgekocht‘ bist."

„Ich wundre mich immer wieder über dein Englisch", sagte sie. „Umgangsenglisch, allerdings amerikanisches. Dabei würde ich eigentlich annehmen, daß du an irgendeiner hochfeudalen britischen Universität studiert hast."

„Irrtum. In einem belgischen Lager habe ich angefangen, Englisch zu lernen, und zwar von Ur-Londonern, von Schotten und was weiß ich. Alle meinten dasselbe, bloß alle sprachen's völlig verschieden aus, und so wurde ich schließlich kaum noch draus schlau. Als ich dann wieder in Deutschland war, sah ich mir nach Möglichkeit alle englischen und amerikanischen Filme in der Originalfassung an. Und ich kaufte mir die einzigen Schallplatten, die es in englischer Sprache gab – Aufnahmen von amerikansichen Komikern. Und die spielte ich mir zu Hause dann so oft vor, bis ich eine Grundlage hatte, auf der ich weiter aufbauen konnte."

Sie hatte sich die Schuhe ausgezogen, wie gewöhnlich. Kopfschüttelnd beobachtete er, wie sie mit bloßen Füßen über das Pflaster ging, das so heiß war, daß man darauf Eier braten konnte.

„Göre! Zieh dir die Schuhe wieder an."

„Ich bin eine Aussie, und wir Australier haben nun einmal viel zu breite Füße, als daß wir uns in Schuhen behaglich fühlen könnten. Der Grund dafür ist, daß es bei uns kaum je wirklich kaltes Wetter gibt. Wenn irgend möglich, gehen wir barfuß. Und wenn ich auf einer Koppel bin und auf eine stachlige Klette trete, so spüre ich das kaum", erklärte sie stolz. „Wahrscheinlich könnte ich über brennende Kohlen gehen." Abrupt wechselte sie das Thema. „Hast du deine Frau geliebt, Rain?"

„Nein."

„Hat sie dich geliebt?"

„Ja. Sie hatte keinen anderen Grund, mich zu heiraten."

„Die Arme! Du hast sie gebraucht und dann weggeworfen."

„Enttäuscht dich das?"

„Nein, ich glaube nicht. Eigentlich bewundere ich dich deshalb sogar. Aber sie tut mir schon sehr leid. Um so entschlossener bin ich, nicht in der gleichen Tinte zu landen wie sie."

„Du bewunderst mich deshalb?" fragte er verdutzt.

„Ja, warum nicht? Ich suche bei dir doch nicht nach dem, was sie zweifellos bei dir gesucht hat. Ich mag dich, du bist mein Freund. Sie hat dich geliebt, du warst ihr Mann."

„Ich fürchte, Herzchen", sagte er ein wenig traurig, „daß ehrgeizige Männer zu ihren Frauen nicht gerade übermäßig lieb sind."

„Das liegt daran, daß sie sich meist Frauen nehmen, auf denen sie herumtrampeln können wie auf Fußabtretern. Und die dennoch fortwährend um sie herumscharwenzeln. ‚Ach, Liebster, was kann ich denn nur noch für dich tun. Bitte, sag's mir doch!' Einfach zum Kotzen, entschuldige schon. Wäre ich deine Frau gewesen, so hätte ich ganz schlicht zu dir gesagt: ‚Du kannst mich mal!' Aber ich möchte wetten, daß sie das nie zu dir gesagt hat, nicht wahr?"

Um seine Lippen zuckte es. „Nein, nicht die arme Annelise. Sie war der Märtyrerinnen-Typ, und ein so kraft- und saftvolles Vokabular gehörte nicht zu ihren Waffen. Gibt's eigentlich australische Filme? Jedenfalls wünschte ich, man könnte sie hier in der Originalfassung hören. Das müßte wirklich eine ganz ausgezeichnete Gelegenheit sein, Umgangsenglisch zu lernen."

„Na, ist doch aber auch wahr! Eine solche Ehe ist doch wirklich harter Käse!"

„Also, Käse, das verstehe ich ja. Aber wieso harter Käse, was heißt das nun wieder?"

„Na, so was Ähnliches wie mordsmies, für alle rundum. Das Beste, was du ihr antun konntest, war jedenfalls, dich von ihr scheiden zu lassen. Ohne dich ist sie weit besser dran, auch wenn sie das sicher nicht so recht kapiert. Und ich hab' dich für mich als patenten Freund, ohne daß du mir je unter die Haut gehen könntest."

„Um's amerikanisch zu sagen, Justine: Du bist wirklich hartgekocht. Woher weißt du das alles überhaupt über mich?"

„Ich habe Dane gefragt. Der hat mir natürlich nur ein paar nackte Tatsachen genannt, und den Rest konnte ich mir dann ja zusammenreimen."

„Wobei du auf den überreichen Schatz deiner Erfahrungen zurückgegriffen hast, wie? Du bist mir vielleicht eine Hochstaplerin! Du sollst ja eine ganz ausgezeichnete Schauspielerin sein, aber das kann ich gar nicht recht glauben. Denn wie willst du auf der Bühne Gefühle ausdrücken, die du in der Wirklichkeit ja noch nie empfunden hast? Mir scheint, daß du in deinen Emotionen unreifer bist als die meisten Fünfzehnjährigen."

Sie antwortete nicht sofort. Statt vor Wut in die Luft zu gehen, schien sie gleichsam einen inneren Hörapparat abgeschaltet zu haben, eine Reaktion, die bei besonders harter Kritik an ihr typisch für sie war.

Sie setzte sich auf einen Brunnenrand, zog sich die Schuhe wieder an. „Meine Füße sind geschwollen, verdammt noch mal!" sagte sie.

Er wartete ruhig.

„Deine Frage ist schwer zu beantworten", sagte sie schließlich. „Offenbar bin ich ja fähig, Menschen darzustellen, denn sonst würde man mich kaum eine gute Schauspielerin nennen, nicht wahr? Aber es ist wie . . . wie ein Warten. Mein Leben abseits der Bühne, meine ich. Wie soll ich das nur erklären. Auf der Bühne lege ich sozusagen alles hinein, im Privatleben nicht. Jeder von uns hat ja nur soundso viel zu geben, und da muß man sich schon sehr genau überlegen, wann, wie und wo. Außerdem: auf der Bühne bin ich nicht ich selbst, sondern gewissermaßen eine ganze Folge von Selbsts. Übrigens sind wir das wohl alle auch im Privatleben, eine Mischung aus verschiedenen Selbsts, meinst du nicht? Was die Verkörperung eines Menschen auf der Bühne betrifft, so kommt sie für mich zunächst aus dem Intellekt und dann erst aus der Emotion. Das eine befreit das andere, gibt ihm einen erweiterten Aspekt. Schauspielerei, das ist nun wirklich mehr als ein überzeugendes Lachen oder Weinen oder Schreien. Es ist einfach wunderbar, weißt du. Mich in ein anderes Selbst hineinzudenken, in jemanden, der ich unter Umständen hätte sein können. Das ist das Geheimnis. Nicht ein anderer, eine andere werden. Vielmehr die Rolle so absorbieren, als ob diese andere ich wäre. Und so wird sie dann ich." Wie in unbezwinglicher Erregung sprang sie auf. „Stell dir nur vor, Rain! In zwanzig Jahren werde ich sagen können: ‚Ich habe Morde verübt, ich habe Selbstmord begangen, ich bin wahnsinnig geworden, ich habe Männer gerettet oder auch ruiniert.' Oh! Die Möglichkeiten sind endlos!"

„Ja, all diese Rollen, all diese Frauen werden du sein." Er nahm wieder ihre Hand. „Und ich fürchte fast, du hast recht. Du kannst deine Kraft nicht abseits der Bühne verbrauchen. Bei jeder anderen würde ich allerdings meinen, sie tut's trotzdem. Bei dir bin ich da nicht so sicher."

18

Sich vorzustellen, Rom und London wären nicht weiter von Drogheda entfernt als Sydney, fiel nicht so schwer; und was Dane und Justine betraf, so konnte man in gewissem Sinn immer noch meinen, sie befänden sich auf ihren Boarding Schools. Nun gut, es war ihnen jetzt unmöglich, alle kurzen Ferien zu Hause zu verbringen, aber einmal im Jahr kamen sie doch mindestens für einen Monat nach Drogheda, gewöhnlich im August oder im September, und eigentlich sahen sie doch ziemlich unverändert aus. Was spielte es schon für eine Rolle, ob sie nun fünfzehn und sechzehn oder zweiundzwanzig und dreiundzwanzig waren? Niemand machte viel Aufhebens davon, wenn der Urlaub der „Kinder" bevorstand. Freudige Ausrufe wie: „Ach, endlich kommen sie wieder!" oder: „Nur noch ein paar Wochen, und sie sind wieder da!" hörte man kaum. Aber so etwa ab Anfang Juli kam ein merklicher Schwung in die Bewegungen, und auf den Gesichtern zeigte sich so etwas Ähnliches wie ein versonnenes Lächeln, das sich gleichsam vom Salon über das Kochhaus bis zu den Koppeln ausbreitete.

Zwischen den Urlauben gab es natürlich Briefwechsel. In den Zeilen spiegelte sich mehr oder minder die Persönlichkeit des Schreibers oder der Schreiberin wider. In einigen Punkten zeigte die Korrespondenz jedoch eigentümliche Widersprüche zwischen altgewohnten Vorstellungen und der Wirklichkeit auf. So hätte man gewiß angenommen, Dane sei ein überaus pünktlicher und fast schon penibler Briefeschreiber, Justine hingegen die Schreibfaulheit in Person. Auch hätte man glauben mögen, daß Fee überhaupt nicht schreiben würde, die Cleary-Männer vielleicht zweimal im Jahr, Meggie jedoch fast täglich, zumindest an Dane; und daß Mrs. Smith, Minnie und Cat zu Weihnachten und zu den Geburtstagen Karten schicken würden. Was Anne Müller betraf, so konnte man annehmen, sie werde an Justine oft, an Dane hingegen nie schreiben.

Dane hatte die besten Vorsätze, und er schrieb auch regelmäßig. Nur vergaß er dann, seine Briefe aufzugeben, so daß man auf Drogheda zwei oder drei Monate lang überhaupt nichts von ihm hörte, bis dann eines Tages gleich ein Dutzend Briefe auf einmal kam. Justine, überaus mitteilungsfreudig, brachte dem Umfang nach wahre Episteln zustande und schrieb ihrer Art entsprechend ganz so, wie ihr der Schnabel gewachsen war, was so manchen mittleren Schock auslöste, aber in seiner Art doch sehr faszinierte. Meggie schrieb jedem ihrer beiden Kinder alle zwei Wochen einen Brief. Fee schrieb an ihre Enkeltochter nie, an ihren Enkelsohn ziemlich oft. Außerdem erhielt Dane von all seinen Onkeln regelmäßig Post. Sie berichteten ihm über das Land, über die Schafe und über den Gesundheitszustand der Drogheda-Frauen. Offenbar sahen sie es als ihre Pflicht an, ihm zu versichern, daß daheim alles zum Besten stehe. Justine schickten sie derartige Briefe nicht. Sie wäre darüber zweifellos auch recht verblüfft gewesen. Was die übrigen, also Mrs. Smith, Minnie, Cat und Anne Müller betraf, so verhielten sie sich in Sachen Korrespondenz so, wie man es von ihnen erwarten konnte.

Briefe lesen war ein Vergnügen, Briefe schreiben eine Last. Allerdings galt das nicht für Justine, die sich immer wieder darüber ärgerte, daß niemand ihr die Art Brief schickte, die sie selber schrieb – von schier unbeschränkter Ausführlichkeit und Offenheit. Alle wirklich interessanten Informationen, die man auf Drogheda über Dane erhielt, erhielt man nicht von ihm, sondern von Justine. Während seine Briefe die wißbegierigen Empfänger nie mitten in eine Szene führten, sprangen die von Justine gleichsam sofort mit beiden Beinen hinein.

„Rain ist heute per Flugzeug nach London gekommen", schrieb sie einmal, „und er hat mir berichtet, daß er letzte Woche in Rom mit Dane zusammentraf. Nun, Dane sieht er öfter als mich, da Rom auf seiner Reiseliste ganz oben steht und London ganz unten. Ich muß ehrlich sagen, daß Rain einer der Hauptgründe dafür ist, daß ich mich jedes Jahr vor unserer Heimreise mit Dane in Rom treffe. Er kommt immer gern nach London, und es wäre ihm lieber, wenn wir beide uns hier zur Abreise treffen würden. Aber wenn Rain in Rom ist, mache ich da nicht mit. Verdammt selbstsüchtig von mir, weiß schon. Aber Ihr könnt Euch einfach nicht vorstellen, wieviel Vergnügen es mir macht, mit Rain zusammen zu sein. Er gehört zu den wenigen wirklich interessanten Menschen, die ich kenne, und ich wünschte, wir würden einander öfter sehen.

In einer Hinsicht ist Rain besser dran als ich. Er lernt Danes Mitseminaristen kennen, ich nicht. Ich glaube, Dane fürchtet, ich würde sie auf der Stelle vergewaltigen. Oder sie mich. Hah! Könnte höchstens passieren, wenn sie mich in meinem Charmian-Kostüm sehen. Aber mal ganz ehrlich – das Ding würde die Jungs bestimmt vom Schlitten hauen. Ist so eine Art Theda Bara, bloß up to date. Zwei kleine runde Bronzeschilde für die alten Titten, dazu jede Menge Ketten und außerdem so ein Ding, das ich für einen ziemlich massiven Keuschheitsgürtel halte – wer da rein will, braucht schon eine Blechschere oder eine Metallsäge. Aber jedenfalls – mit meiner langen schwarzen Perücke, der braunen Körperschminke und dem bißchen Schrott am Leib fetze ich jeden.

Wo war ich stehengeblieben??? Ach, weiß schon. Rain in Rom, wo er sich mit Dane und dessen Kumpels traf. Na, und was soll ich Euch sagen, sie sind allesamt ausgegangen und hübsch miteinander versumpft. Die Rechnung hat dann schließlich Rain beglichen, darauf hat er bestanden. Muß schon eine tolle Nacht gewesen sein. Natürlich keine Frauen, aber ansonsten hat's an nichts gefehlt. Könnt Ihr Euch Dane in irgend so einer schmuddligen Bar in Rom auf Knien vorstellen, wie er zu sagen versucht: ‚Narzisse, o wisse, ich tröste fort die Bitternisse.' Zehn Minuten lang hat er versucht, den Satz klar und deutlich herauszubekommen, aber das war einfach nicht mehr drin! Und wißt Ihr, was dann passiert ist? Aus der Blumenvase, die er also angeschwärmt hatte, zog er eine Narzisse heraus, klemmte sie sich zwischen die Zähne und legte einen Tanz hin. Na, könnt ihr euch das vorstellen, Dane und tanzen? Rain sagt, so eine Tour ist ab und zu mal nötig und außerdem harmlos. Wo bleibt für die Jungs denn auch das Vergnügen? Frauen sind es nicht, und das Nächstbeste ist dann, sich einen hinter die Binde gießen. Meint jedenfalls Rain. Aber nicht, daß Ihr denkt, das passiert oft. Ganz und gar nicht. Hauptsächlich wohl, wenn Rain da ist, um den Rädelsführer zu machen. Na ja, er ist mit von der Partie und paßt sehr auf die Jungs auf. Sind auch so fürchterlich grün und naiv. Aber ich muß schon sagen, daß ich mich richtig gekugelt habe bei der Vorstellung, wie sehr Danes Heiligenschein doch ins Rutschen gekommen sein muß bei seinem Flamenco mit Narzisse."

Bis zur Priesterweihe verbrachte Dane acht Jahre in Rom. Zu Anfang hatte niemand geglaubt, daß diese Zeit überhaupt je enden werde. Und dann waren die Jahre auf einmal herum, viel schneller, als es sich die Menschen auf Drogheda vorgestellt hatten.

Was Dane nach der Priesterweihe tun wollte, wußten sie zwar nicht, aber sie nahmen als selbstverständlich an, er werde nach Australien zurückkehren. Meggie hatte ihre Zweifel und fürchtete insgeheim, er werde vielleicht in Italien bleiben wollen. Doch er war ja alljährlich in den Ferien nach Hause gekommen, und jedesmal war es seiner Mutter gelungen, ihre Zweifel zu beschwichtigen. Er war ja Australier, er würde bestimmt nach Australien zurückkehren wollen. Bei Justine verhielt sich das anders, das stand fest. Als Schauspielerin konnte sie in Australien nicht die erstrebte Karriere machen, während Dane mit allen möglichen Zukunftsplänen auch hier an keineswegs falschem Orte war.

Jedenfalls: im achten Jahr wurden keine Pläne gemacht für den Aufenthalt der Kinder auf Drogheda. Statt dessen plante man auf Drogheda die Reise nach Rom, um bei Danes Priesterweihe dabei zu sein.

„Wir sterben aus", sagte Meggie.

„Wie bitte, Liebes?" fragte Anne.

Sie saßen in einer warmen Ecke der Veranda und lasen, doch Meggie hatte ihr Buch jetzt auf den Schoß sinken lassen und blickte zum Rasen, wo zwei Willy-Wagtails mit wippenden Sterzen einherstolzierten. Es war ein feuchtes Jahr gewesen, überall gab es Würmer in Massen, und niemand konnte sich erinnern, je so viele, so fette und so glückliche Vögel gesehen zu haben. Vom frühen Morgen bis zum späten Abend war es ein einziges Singen, Zwitschern, Jubilieren.

„Ich habe gesagt, wir sterben aus", wiederholte Meggie. „Die Familie, meine ich. Weil es doch ganz und gar an Nachkommen fehlt. Das ist ja fast wie ein toter Zweig, der keine Knospen mehr treibt. Wer hätte das 1921 gedacht, als wir nach Drogheda kamen? Wie hoffnungsvoll sah das doch damals aus!"

„Wie meinst du das?"

„Insgesamt sechs Söhne, dazu noch ich. Und ein Jahr später weitere zwei Söhne. Also sollte man doch wohl annehmen, daß da jetzt Dutzende von Kindern wären und wenigstens ein halbes Hundert Enkelkinder. Und wie sieht die Wirklichkeit aus? Hal und Stuart sind tot, und von den Lebenden scheint keiner an Heirat zu denken. Nur ich, durch die der Name Cleary ja nicht erhalten bleiben kann, habe Drogheda sozusagen seine Erben geschenkt. Aber auch darüber schienen die Götter nicht allzu glücklich zu sein. Ein Sohn und eine Tochter. Also sollte man doch auf jeden Fall mit mehreren Enkelkindern rechnen können, nicht wahr? Und was geschieht? Mein Sohn verheiratet sich mit der Kirche und meine Tochter mit ihrer Bühnenkarriere. Auch da ist also nichts zu erhoffen."

„Du findest das alles irgendwie sonderbar?" fragte Anne. „Nun, ich weniger. Daß das so ist, erscheint mir insgesamt recht plausibel. Nimm deine Brüder. Was ließ sich da schon, hier auf Drogheda, von ihnen erwarten? Sie leben abseits von allem, sind scheu wie die Känguruhs und haben nie die Mädchen kennengelernt, die sie vielleicht hätten heiraten können. Bei Jims und Patsy ist die Hauptursache der Krieg. Kannst du dir vorstellen, daß Jims heiratet, wo er weiß, daß das für Patsy nicht in Frage kommt? Dazu empfinden die Zwillinge zuviel für- und miteinander. Im übrigen fordert das Land von allen Männern praktisch die ganze Kraft, und mir scheint, daß sie's im Übermaß ohnehin nicht haben. Dieses Körperliche, wenn du verstehst, was ich meine. Ist dir der Gedanke noch nie gekommen, Meggie? Sex ist in deiner Familie nicht gerade etwas von großer Bedeutung, um es sehr direkt zu sagen. Und das gilt auch für Dane und Justine. Ich meine, es gibt Menschen, die dem Sex geradezu besessen nachjagen. Das ist bei euch nun wirklich nicht der Fall. Aber vielleicht heiratet Justine ja noch. Da ist doch Rainer, dieser Deutsche, den sie so schrecklich gern hat."

„Da hast du den Nagel auf den Kopf getroffen", sagte Meggie. „Sie scheint ihn schrecklich *gern* zu haben. Mehr aber auch nicht. Schließlich kennt sie ihn seit sieben Jahren. Wenn sie ihn hätte heiraten wollen, so wäre das schon längst geschehen."

„So? Nun, ich kenne Justine ziemlich gut. Justine ist ein Mädchen, das schon der Schrecken packt beim Gedanken an die inneren Verpflichtungen, die eine Liebesheirat mit sich bringen würde. Ich muß sagen, daß ich Rainer bewundere. Er scheint sie sehr gut zu verstehen. Wie groß seine Liebe für sie ist, weiß ich zwar nicht, aber er ist doch auf jeden Fall klug genug, zu warten, bis sie von sich aus bereit ist, den Sprung zu wagen." Anne beugte sich ein wenig vor, lauschte. „Hör doch nur, dieser Vogel! Ich bin sicher, nicht einmal eine Nachtigall kann schöner singen." Und dann sagte sie, was sie schon seit Wochen sagen wollte. „Meggie, warum willst du nicht nach Rom, um dabeizusein, wenn Dane zum Priester geweiht wird?"

„Ich fahre nicht nach Rom!" entfuhr es Meggie. Sie preßte die Zähne aufeinander. „Ich will nie wieder von Drogheda fort."

„Aber, Meggie, das geht doch nicht! Du kannst ihn doch nicht so enttäuschen! Fahr nach Rom! Wenn du's nicht tust, ist keine von uns Frauen dabei. Wir anderen sind alle zu alt, um die Strapazen der Reise auf uns zu nehmen. Du bist als einzige noch jung genug. Ich sage dir, wäre ich sicher, daß ich es körperlich durchstehen könnte, nichts würde mich zurückhalten können."

„Nach Rom reisen und Ralph de Bricassarts zufriedenes Lächeln sehen? Lieber wäre ich tot!"

„Oh, Meggie, Meggie! Warum kehrt sich dein Groll gegen ihn und gegen deinen Sohn? Hast du nicht selbst einmal gesagt, es sei deine eigene Schuld? Laß also allen falschen Stolz und reise nach Rom. Bitte!"

„Stolz? Das ist gar nicht das entscheidende. Oh, Anne, ich habe Angst, nach Rom zu reisen! Denn ich glaube es nicht, ich glaube es einfach nicht! Mich überkommt ein Frösteln, wenn ich nur daran denke."

„Und was ist, wenn er nach der Priesterweihe gar nicht nach Australien zurückkehrt? Hast du daran schon gedacht? Mit so ausgedehnten Ferien wie auf dem Seminar ist es für ihn dann vorbei. Und falls er sich entscheidet, in Rom zu bleiben, so wirst du wohl zu ihm müssen, wenn du ihn überhaupt wiedersehen willst. Fahr hin, Meggie!"

„Ich kann nicht. Wenn du nur wüßtest, wie groß meine Angst ist! Stolz oder falscher Stolz? Nein, das ist es wirklich nicht. Und wenn ich gesagt habe, ich könnte Ralphs zufriedenes Lächeln nicht sehen, so war das so hingesagt, um möglichst weitere Fragen abzuwehren. In Wahrheit sehne ich mich so sehr nach meinen beiden Männern, daß ich auf den Knien zu ihnen kriechen würde, wenn ich das Gefühl hätte, sie wollten mich. Oh, Dane würde sich schon freuen, mich wiederzusehen. Aber Ralph? Er hat vergessen, daß ich je existiert habe. Ich fürchte mich, ich sag's dir. Irgend etwas in mir weiß, daß etwas passieren wird, wenn ich nach Rom reise. Also reise ich nicht."

„Ja, um Himmels willen, was sollte denn passieren?"

„Das weiß ich nicht . . . Wenn ich's wüßte, hätte ich ja etwas, wogegen ich mich wappnen könnte. Aber es ist so ein Instinkt, eine böse Vorahnung. Als ob sich die Götter versammeln."

Anne lachte. „Allmählich wirst du wirklich eine alte Frau. Hör auf!"

„Ich kann nicht. Ich kann nicht. Und ich *bin* eine alte Frau."

„Unsinn, im mittleren Alter bist du und auf jeden Fall jung und gesund genug, um nach Rom zu fliegen."

„Ach, laß mich endlich in Ruhe!" sagte Meggie heftig und nahm wieder ihr Buch zur Hand.

Die Wege vieler führen nach Rom, Allerweltstouristen, Geschäftsleute, Künstler. Doch mitunter befindet sich darunter auch eine Gruppe, die sich vereint weiß in einem einzigartigen Gefühl des Stolzes. Diese Menschen sind gekommen, um mitzuerleben, wie in der großen Basilika der Christenheit jener zum Priester geweiht wird, der ihr Sohn oder ihr Neffe, ihr Vetter oder ihr Freund ist.

Manche von ihnen wohnen in bescheidenen Pensionen, manche in Luxushotels, andere bei Freunden und Verwandten. Doch eint sie das wunderbare Gefühl völliger Harmonie mit sich selbst und mit der Welt. Natürlich absolvieren sie die Sehenswürdigkeiten der Ewigen Stadt: die Vatikanischen Museen mit der Sixtinischen Kapelle, das Forum Romanum, das Kolosseum, die Via Appia, die Spanische Treppe, den gefräßigen Trevi-Brunnen, die *son et lumière*. Man wartet auf *den* Tag, man füllt die Zeit aus.

Anders als sonst war es diesmal nicht Dane, der Justine auf dem Bahnsteig erwartete. Er hatte jetzt seine geistlichen Übungen. Es war Rainer Moerling-Hartheim, und als Justine ihn stehen sah, fühlte sie sich wieder an ein großes Tier erinnert. Er küßte sie nicht zur Begrüßung, das tat er nie. Statt dessen legte er einen Arm um ihre Schultern und drückte sie an sich.

„Doch ein Bär", sagte Justine.

„Doch ein Bär?"

„Ja. Als ich dich zum ersten Mal sah, dachte ich, du wärst das langgesuchte *missing link*, falls du weißt, was ich meine. Aber jetzt finde ich doch, daß du mehr von einem Bären als von einem Gorilla an dir hast. Der Gorilla war kein netter Vergleich."

„Und der Vergleich mit einem Bären ist freundlicher?"

„Na ja, mag schon sein, daß sie einem genauso schnell den Garaus machen, aber irgendwie sind sie jedenfalls knuddliger."

„Na, danke", sagte er, „wenn das kein Kompliment ist."

Sie hakte sich bei ihm ein, paßte ihren Schritt dem seinen an. Sie war nicht viel kleiner als er. „Wie geht's Dane? Hast du ihn noch gesehen, bevor er sich zurückgezogen hat? Diesen Clyde könnte ich umbringen! Läßt mich erst so spät vom Theater weg!"

„Dane geht's wie immer."

„Du hast ihn doch nicht etwa auf Abwege geführt?"

„Ich? Bestimmt nicht. Du siehst ganz reizend aus, Herzchen."

„Ich habe auch meinen allerbesten Benimm angelegt, und außerdem war ich in London auf der Jagd nach allem, was die Couturiers dort an interessanten Fetzen hatten. Gefällt dir mein neuer Rock? So was nennt man einen Mini."

„Geh mal ein Stück vor mir her, dann kann ich's dir sagen."

Der Saum ihres Rocks reichte etwa bis zur Mitte der Oberschenkel. Sie ging einige Meter voraus, kehrte dann um, ihr Mini wirbelte. „Nun, wie findest du ihn, Rain? Ist er skandalös? In Paris habe ich noch keine gesehen, die so kurz trug."

„Er ist so etwas wie die Probe aufs Exempel, Herzchen. Bei so hübschen Beinen, wie du sie hast, wäre es skandalös, ihn auch nur einen Millimeter länger zu tragen. Die Römer werden mit mir bestimmt einer Ansicht sein."

„Verdammte Kerle! Die kneifen einen glatt in den Popo. Aber weißt du was, Rain?"

„Nun, was?"

„Vielleicht kann ich mit einem Mini doch einmal irgend so einen armen Prälaten provozieren."

„Kann sein, daß du mich provozierst." Er lächelte.

„Ist doch wohl nicht dein Ernst! Ich hätte gedacht, in so was Orangefarbenen würdest du mich nicht ausstehen können, wo sich das doch mit meiner Haarfarbe beißt."

„Ich würde eher sagen, es entflammt – die Sinne nämlich. Irgendwie scheint's mir eine sehr aktive Farbe zu sein."

„Ach, du ziehst mich ja nur auf", sagte sie ärgerlich, während sie in seinen Mercedes stieg. Vorn am Auto sah sie einen Stander: schwarz-rot-gold. „Seit wann hast du denn den?"

„Seit ich meinen neuen Regierungsposten habe."

„Na, kein Wunder, daß mir die Ehre widerfuhr, in ‚News of the World' erwähnt zu werden. Hast du es gelesen?"

„Du weißt doch, daß ich diese Schmierblätter nie lese."

„Ich auch nicht. Mir hat jemand die Ausgabe direkt vor die Nase gehalten." Sie gab ihrer Stimme einen schrilleren, affektierten Klang. „Welche karottenköpfige australische *Schau*spielerin vertieft *zu*nehmend ihre Beziehungen zu *welc*hem westdeutschen Kabi*nett*smitglied?"

„Woher sollten die wissen, wie lange wir einander schon kennen?" fragte er sehr gelassen.

Justine ließ ihren Blick mit unverkennbarer Befriedigung über ihn hinweggleiten. Auch er war dem Trend zu größerer Lässigkeit in der Kleidung, der sich in der europäischen Mode allgemein bemerkbar machte, offenbar keineswegs abgeneigt. Immerhin hatte er den Mut, eines dieser Netzhemden zu tragen, die es italienischen Männern ermöglichten, die Pracht ihrer behaarten Brust zu demonstrieren.

„Du solltest nie wieder einen dieser förmlichen dunklen Anzüge samt steifem Hemdkragen und Krawatte anziehen", sagte sie plötzlich.

„So? Und warum nicht?"

„Dein Stil ist unbedingt der Machismus – du weißt schon, so wie du's jetzt hast, mit Kettchen und goldenem Medaillon auf haariger Brust. Wenn du einen Anzug trägst, denkt man, du hast Bauch, was überhaupt nicht stimmt."

Einen Moment sah er sie überrascht an. Dann wurde in seinen Augen jener Ausdruck wach, den sie seinen „konzentrierten Denkblick" zu nennen pflegte. „Erstens", begann er.

„Was ist erstens?"

„In den sieben Jahren, seit wir uns kennen, hast du über mein

Äußeres noch nie eine Bemerkung gemacht, es sei denn, eine ironische."

„Oh, wirklich?" fragte sie ein wenig betroffen. „Lieber Himmel, ich habe oft über dich nachgedacht, ich meine, auch über dein Äußeres, aber bestimmt nie irgendwie – herabsetzend." Aus irgendeinem Grund fügte sie hastig hinzu: „Ich meine, etwa darüber, wie du in einem Anzug aussiehst."

Er gab keine Antwort, doch sein Lächeln verriet, daß ihm sehr angenehme Gedanken durch den Kopf gingen.

Während der gemeinsamen Fahrt im Mercedes genossen sie – auf Tage hinaus, wie sich herausstellte – die letzten ruhigen Augenblicke. Fast unmittelbar nachdem sie vom Besuch bei Kardinal de Bricassart und Kardinal di Contini-Verchese zurückgekehrt waren, brachte die Limousine, die Rainer gemietet hatte, die Ankömmlinge von Drogheda zum Hotel. Unauffällig beobachtete Justine, wie Rain auf ihre Familie reagierte. Allerdings: Familie stimmte nicht so ganz, denn nur die Onkel waren gekommen. Ihre Mutter war also bei ihrem Entschluß geblieben, nicht nach Rom zu kommen. Es erschien ihr unfaßbar und grausam. Ob es sie mehr Danes wegen oder um ihrer selbst willen schmerzte, hätte sie nicht sagen können. Aber jetzt lange darüber nachzudenken, hatte keinen Sinn. Da waren die Onkel – die *Onks* –, und um sie mußte man sich kümmern.

Herrgott, wie scheu sie waren! Und welcher war eigentlich welcher? Je älter sie wurden, desto mehr ähnelten sie einander. Sie sahen aus wie – nun, wie australische Viehzüchter, die in Rom Urlaub machen. Sie hatten sich „stadtfein" gemacht, und zwar so, wie das in der Heimat wohlhabende Squatters zu tun pflegten: braune Zugstiefel, neutrale Hosen, braune Sportjacken aus sehr schwerer, flaumiger Wolle, mit seitlichen Schlitzen und einem Haufen aufgesetzter Lederflecken, außerdem weiße Hemden, gestrickte Wollschlipse und breitkrempige, oben flache graue Hüte. In Sydney wären sie, zumal während der Zeit der Royal Easter Show, ein gewohnter Anblick gewesen. In Rom waren sie das ganz entschieden weniger.

Für Rain mußte man Gott wahrlich danken! Wie gut er doch mit ihnen umzugehen verstand. Daß jemand Patsy zum Reden bringen könnte, hätte nie einer geglaubt, aber er schaffte es tatsächlich. Da schwatzen sie alle miteinander wie uralte Freunde, und australisches Bier hatte er auch für sie beschafft, woher bloß? Er schien sie wirklich zu mögen. Gab es eigentlich irgend etwas, das er nicht erreichte, wenn er's nur wollte, dieser Deutsche? Ja, ein Rätsel bist du, Rainer Moerling-Hartheim, Freund von Päpsten und Kardinälen, Freund von Justine O'Neill. Allmächtiger Gott, wenn ich mir vorstelle, ich säße hier in Rom mit den Onks fest, und kein Rain weit und breit!

Aufmerksam hörte er zu, wie Bob ihm von der Schafschur erzählte, und da das für Justine nun wahrhaftig kein faszinierendes Thema war, vertrieb sie sich die Zeit damit, Rainer in seinem Sessel eingehend zu studieren. Und etwas Merkwürdiges geschah.

Normalerweise war es bei ihr so, daß sie die gesamte körperliche Erscheinung eines Menschen praktisch auf den ersten Blick erfaßte. Mitunter jedoch gab es Umstände, die sie dabei in ihrer vollen Aufmerksamkeit beeinträchtigten, und dann blieb in der Regel der erste rudimentäre Eindruck haften, bis sie dann vielleicht nach Jahren durch irgend etwas stutzig wurde und den Betreffenden auf einmal wieder wie einen Fremden sah. So wie es jetzt mit Rain der Fall war.

Die Erklärung lag natürlich auf der Hand. Die Umgebung, in der sie ihn seinerzeit kennengelernt hatte, das rote Gemach, die roten Kardinäle, hatten ihre Aufmerksamkeit – und ihren Selbstbehauptungswillen – in so starkem Maße beansprucht, daß sie von ihm nur wahrnahm, was ins Auge sprang: den kraftvollen Körperbau, das Haar, den dunklen Typus. Als er sie dann anschließend zum Dinner ausführte, waren die optischen Eindrücke längst nicht mehr das Primäre. Da dominierte die Gesamtpersönlichkeit, bei der das Physische nur einen, und zwar einen eher untergeordneten, Teil für sie bildete. Sie war weit mehr an dem interessiert, was der Mann sagte, als daran, wie er aussah.

Und so entdeckte sie erst jetzt, nach so vielen Jahren, daß er eigentlich gar nicht häßlich war. Eher war er eine faszinierende Mischung aus Anziehendem und Abstoßendem. Fast sah er wie einer dieser römischen Kaiser aus. Kein Wunder, daß er die Stadt so liebte. Sie schien so etwas wie seine geistige Heimat zu sein.

Sein Gesicht war breit, mit hohen, starken Jochbögen und einer Adlernase, die jedoch keineswegs groß oder gar übergroß, sondern eher klein war. Die dichten, schwarzen Augenbrauen bildeten nahezu völlig waagrechte Striche, und die dunklen, weiblich-langen Wimpern überschatteten ausgesprochen hübsche dunkle Augen, die allerdings unter den Lidern meist halbverborgen blieben, als wolle sich ihr Besitzer nichts von seinen Gedanken oder Gefühlen anmerken lassen. Das Schönste an seinem Gesicht war jedoch zweifellos sein Mund, weder schmal- noch vollippig, weder groß noch klein, doch sehr gut, sehr deutlich geformt, fast ein wenig zu deutlich, als sollte der straffe Mund Geheimnisse über ihn hüten, die er sonst vielleicht unwillkürlich preisgegeben hätte.

Es war wirklich faszinierend, ein Gesicht zu erforschen, das man so gut und dennoch überhaupt nicht kannte.

Plötzlich machte sie die bestürzende Entdeckung, daß nicht nur sie ihn, sondern auch er sie betrachtete, und kam sich auf einmal nackt vor: die beobachtete Beobachterin. Für ein oder zwei Sekunden blieben ihre Blicke ineinander verschränkt, und seine Augen waren jetzt weit geöffnet, doch spiegelte sich in ihnen weniger Verwunderung als vielmehr Gebanntheit. Dann blickte er wieder zu Bob, stellte ihm irgendeine Frage über Schurgeräte. Und Justine gab sich innerlich einen Ruck. Bildete oder redete sie sich da auch nichts ein? Nun, faszinierend war es schon, in dem Mann, der ihr über so viele Jahre hinweg ein guter Freund gewesen war, auf einmal einen möglichen Liebhaber zu sehen. Ganz und gar kein abstoßender Gedanke, wirklich nicht.

Arthur Lestrange hatte eine Reihe von Nachfolgern gehabt, und es war durchaus nicht mehr so komisch gewesen wie in jener ersten – denkwürdigen – Nacht. Andererseits, habe ich seitdem wirklich nennenswerte Fortschritte gemacht? Jedenfalls ist es ganz nett, ab und zu einen Mann zu haben, und zum Teufel mit dem, was Dane gesagt hat: daß es *der* eine Mann sein sollte oder müßte. Das kommt bei mir gar nicht in Frage, also werde ich auch nicht mit Rain schlafen. Das würde zu vieles ändern, und ich würde meinen Freund verlieren. Ich brauche meinen Freund, ich kann's mir nicht leisten, ohne meinen Freund zu sein. Und so wird er für mich bleiben, was Dane für mich ist – ein männliches Wesen ohne körperliche Bedeutung.

In der Kirche hatten zwanzigtausend Menschen Platz, also war sie nicht überfüllt. Kaum ein Gotteshaus auf der Welt, auf dessen Erbauung mehr Zeit, Geist und Genie verwendet worden waren; daneben verblaßten alle heidnischen Tempel der Antike zur Bedeutungslosigkeit. Bramantes Basilika, Michelangelos Kuppel, Berninis Säulen. Nicht nur für Gott war dies ein Monument, sondern auch für den Menschen. Tief unter dem *confessio* befand sich das Petrusgrab, hier war auch Karl der Große zum Kaiser gekrönt worden.

Mit nach unten gekehrtem Gesicht, wie tot, lag er auf den Altarstufen. Was wohl dachte er? War da ein Schmerz in ihm, der kein Recht hatte, dort zu sein: der Schmerz darüber, daß seine Mutter nicht gekommen war? Durch Tränen beobachtete ihn Kardinal de Bricassart, und er wußte, da war kein Schmerz. Vorher: ja. Hinterher: gewiß. Doch nicht jetzt; jetzt war da kein

Schmerz. Jetzt richtete sich alles in ihm auf den Augenblick, auf das Wunder. Da war kein Raum für etwas, das nicht Gott war. Dies war sein Tag der Tage, und nur eines galt es jetzt zu tun: sein Leben und seine Seele Gott weihen.

Ihm, ja, ihm würde es wahrscheinlich gelingen, über das bloße Ritual hinaus. Doch wie vielen sonst war es wirklich gelungen? Nicht dem Kardinal, obschon er sich sehr deutlich daran erinnerte, daß seine eigene Weihe voll heiliger Wunder gewesen war. Er hatte es versucht, mit aller Kraft, und hatte dennoch ein Letztes, ein Allerletztes in sich zurückgehalten.

Gar so weihevoll ging es nicht zu bei meiner Weihe, aber durch ihn erlebe ich es zum zweiten Mal. Und frage mich, wie er und wer er in Wahrheit ist, daß es ihm, all unseren Befürchtungen zum Trotz, über so viele Jahre hinweg gelingen konnte, unter uns zu leben, ohne sich auch nur einen einzigen Nicht-Freund zu schaffen, geschweige denn einen Feind. Er liebt alle und wird von allen geliebt. Nie kommt es ihm auch nur für eine Sekunde in den Sinn, daß dies ein außergewöhnlicher Zustand ist. Aber als er damals zu uns kam, war er seiner selbst noch keineswegs so sicher. Dieses Bewußtsein hat er durch uns erhalten, und es mag sein, daß unsere Existenz dadurch gerechtfertigt ist. So unendlich viele sind hier zu Priestern geweiht worden, Tausende und aber Tausende, und dennoch ist es bei ihm etwas Besonderes. Oh, Meggie! Warum bist du nicht gekommen, um zu sehen, welche Gabe du unserem Herrgott gegeben hast – eine Gabe, die ich ihm nie geben konnte, als Priester, dem ein Sohn versagt bleiben muß. Aber dadurch, glaube ich, kann er hier heute frei von Schmerz sein. Denn für diesen Tag habe ich die Macht und die Kraft, seinen Schmerz auf mich zu nehmen, damit er frei davon sei. Ich weine seine Tränen, ich trauere an seiner Statt.

Später drehte er den Kopf und blickte zu der Reihe der Drogheda-Männer in ihren fremdartigen dunklen Anzügen. Bob, Jack, Hughie, Jims, Patsy. Ein leerer Stuhl, für Meggie; dann Frank. Justines Flammenhaar schimmerte gedämpft unter einem schwarzen Spitzenschleier. Neben ihr saß Rainer. Und dann kamen noch viele Leute, die er nicht kannte, die jedoch gleichfalls intensiv Anteil zu nehmen schienen.

Dieser Tag war ein besonderer Tag, auch für ihn selbst. Fast hatte er das Gefühl, seinerseits einen Sohn herzugeben. Er lächelte und seufzte. Wie erst mußte Vittorio zumute sein? Denn er war es ja, der Dane die Priesterwürde verlieh.

Bei dem Empfang, den Kardinal di Contini-Verchese und Kardinal de Bricassart für Dane gaben, nahm dieser sehr bald Justine beiseite. In seiner schwarzen Soutane mit dem hohen weißen Kragen sah er großartig aus, fand sie; allerdings überhaupt nicht wie ein Priester. Eher wie ein Schauspieler, der einen Priester darstellte. Bis man ihm in die Augen blickte. Denn dort war es, das innere Licht.

„Hochwürden", sagte sie.

„Ich bin noch gar nicht damit vertraut, Jus."

„Das läßt sich denken. So wie vorhin in Sankt Peter habe ich noch nie empfunden. Wie also muß das erst bei dir gewesen sein? Das kann sich jemand wie ich gar nicht vorstellen."

„O doch, irgendwie schon, glaube ich. Wenn du nicht soviel Einfühlungsvermögen hättest, wärst du nicht eine so großartige Schauspielerin. Aber das kommt bei dir aus dem Unterbewußten, und zu Bewußtsein kommt es dir nur, wenn du es sozusagen intellektuell brauchst."

Sie saßen auf einer kleinen Couch in einer entlegenen Ecke des Raums, und es kam niemand, der sie störte.

Nach einer Weile sagte er: „Ich freue mich so, daß Frank gekommen ist." Er blickte zu der Stelle, wo Frank mit Rainer sprach, weit lebhafter, als seine Nichte und sein Neffe ihn je gesehen hatten. „Ich kenne da einen alten Priester, ein Flüchtling aus Rumänien", fuhr Dane fort, „der häufig, und zwar mit unendlich viel Mitgefühl, sagt: ‚Ach, der Ärmste!' Und irgendwie möchte ich das auch immer über unseren Frank sagen. Nur, Jus, weshalb eigentlich?"

Doch Justine ignorierte diese Einleitung. Sie kam sofort und sehr konsequent zur Sache. „Ich könnte Mum umbringen!" sagte sie zwischen den Zähnen. „Sie hatte kein Recht, dir dies anzutun!"

„Oh, Jus! Ich verstehe. Auch du mußt versuchen zu verstehen. Wenn es böse gemeint wäre von ihr, oder weil sie es mir heimzahlen wollte . . . aber du kennst sie so gut wie ich und weißt, daß das ausscheidet. Ich fahre bald nach Drogheda. Dann werde ich mit ihr reden."

„Mir scheint, Töchter haben mit ihren Müttern nie soviel Geduld wie Söhne." Sie zog ihre Mundwinkel herab, zuckte die Achseln. „Vielleicht ganz gut, daß ich viel zu sehr Einzelgängerin bin, um in die Verlegenheit zu kommen, mich so einem Wurm in der Mutterrolle aufzudrängen."

Die blauen Augen blickten zärtlich, Justine begann, sich innerlich auf die Hinterbeine zu stellen. Sie hatte das Gefühl, von Dane bemitleidet zu werden.

„Warum heiratest du nicht Rainer?" fragte er plötzlich.

Ihr Unterkiefer sackte ein kleines Stück herab. „Ja, aber . . ." begann sie. „Er hat mich ja noch nie gefragt."

„Nur weil er fürchtet, du würdest nein sagen. Aber das ließe sich ja arrangieren."

Unwillkürlich packte sie ihn beim Ohr, so wie sie es getan hatte, als sie noch Kinder gewesen waren. „Daß du das ja nicht wagst, du eselohriger Dummkopf! Kein Wort, hörst du! Ich liebe Rain nicht! Er ist nur ein Freund, und dabei möchte ich's auch bleiben lassen. Wenn du da auch nur den kleinsten Wink versuchst, dann, das schwöre ich dir, schiele ich dich an wie eine Flunder und belege dich mit dem gräßlichsten Fluch – und du weißt doch wohl noch, was dich das in Angst und Schrecken versetzt hat, nicht wahr!?"

Er warf den Kopf zurück und lachte. „Das würde nicht wirken, Justine! Mein Zauber ist jetzt nämlich stärker als deiner. Aber warum regst du dich so auf, du Dummchen. Ich habe mich geirrt, das ist alles. Ich nahm an, zwischen dir und Rainer sei da jetzt . . ."

„Nein. Ist nicht. Doch nicht auf einmal nach sieben Jahren! Oder glaubst du, daß alte Hüte Junge kriegen? Also hör schon auf!" Sie schwieg einen Augenblick, schien nach Worten zu suchen, sah ihn dann fast scheu an. „Dane, ich freue mich ja so für dich, und wenn Mum hier wäre, würde sie bestimmt genauso empfinden. Wenn sie dich jetzt so sähe. Warte ab. Sie kommt schon noch zur Besinnung."

Er nahm ihr kleines, stets ein wenig spitz wirkendes Gesicht zwischen seine Hände, sehr sacht, sehr zart. Und in seinem Lächeln, in seinen Augen gewahrte sie soviel Liebe, daß sie ihre Finger unwillkürlich um seine Handgelenke schlang, wie um durch die Poren seiner Haut auch das letzte Quentchen in sich aufzunehmen.

In der Tiefe seiner blauen Augen entdeckte sie auf einmal etwas, das ihr zeigte, wie verletzlich er doch geblieben war, allem äußeren Anschein zum Trotz. Wie sollte man es benennen? Beunruhigung? Ja, das war wohl das Wort, so ungefähr jedenfalls . . .

„Jus", fragte er, als er sie wieder losließ, „würdest du etwas für mich tun?"

„Was du willst", sagte sie und meinte es auch so.

„Jetzt habe ich erst einmal zwei Monate, mit denen ich tun kann, was ich will. So richtig über alles nachdenken werde ich wohl erst, wenn ich auf einem Drogheda-Pferd sitze, nachdem ich mit Mum gesprochen habe – irgendwie habe ich das Gefühl, daß ich erst nach dem Gespräch mit ihr über so manches Klarheit gewinnen kann. Vorher aber muß ich . . . nun, ich muß sehen, daß ich den Mut aufbringe, nach Hause zu fahren. Wenn du es also einrichten könntest, mit mir für ein paar Wochen auf den Peloponnes zu kommen, um mir immer und immer wieder vorzuhalten, was für ein Feigling ich doch bin, so lange, bis ich deine Stimme nicht mehr hören kann und in ein Flugzeug steige, um bloß endlich fortzukommen." Er lächelte sie an. „Außerdem, Jussy, möchte ich nicht, daß du denkst, ich schlösse dich völlig aus meinem Leben aus – genausowenig, wie ich Mum ausschließen werde. Was dich betrifft, so brauchst du mich ja wohl ab und zu als dein altes Gewissen."

„Oh, Dane, natürlich komme ich mit!"

„Gut", sagte er und lächelte dann boshaft. „Ich brauche dich wirklich, Jus. Wenn du mir dauernd in den Ohren liegst, wird's ganz so sein wie in alten Zeiten – Xanthippe!"

„Nun mal langsam, Hochwürden! Keine Beschimpfungen!"

Er verschränkte die Hände hinter dem Kopf, lehnte sich zufrieden zurück. „Hochwürden – das bin ich wirklich – und ist das nicht wunderbar! Nachdem ich Mum wiedergesehen habe, kann ich mich vielleicht ganz auf unseren Hergott konzentrieren. Ich glaube nämlich, daß es mich gerade dazu drängt, weißt du. An ihn und über ihn zu denken."

„Du hättest einem Orden beitreten sollen, Dane."

„Das kann ich immer noch und werde ich vielleicht auch. Ein ganzes Leben liegt vor mir. Da ist keine Eile."

Justine verließ den Empfang zusammen mit Rainer, und nachdem sie davon gesprochen hatte, daß sie Dane nach Griechenland begleiten würde, erklärte er, er werde in sein Bonner Büro zurückkehren.

„Scheint mir auch an der Zeit zu sein", sagte sie. „Für einen Minister arbeitest du, scheint's, herzlich wenig. Die Zeitungen nennen dich jedenfalls alle einen Playboy, der's mit karottenköpfigen Schauspielerinnen treibt."

Er drohte ihr mit seiner großen Faust. „Für die wenigen Vergnügungen, die ich habe, muß ich auf viele Weisen bezahlen, von denen du nie etwas wissen wirst."

„Ist es dir recht, wenn wir zu Fuß gehen, Rain?"

„Warum nicht? – solange du deine Schuhe anbehältst."

„Muß ich jetzt, wohl oder übel. Miniröcke haben auch ihre Nachteile. Man kann sich nicht mehr so einfach die Strümpfe ausziehen. Jetzt gibt es Strumpfhosen, und wenn man in der Öffentlichkeit aus denen schlüpfen wollte, so gäbe das den größten

Aufruhr seit den Tagen der Lady Godiva – jener Dame, die, wie vielleicht erinnerlich, nur mit ihrer Frisur bekleidet vor Zeiten durch die Straßen der Stadt Conventry ritt. Falls ich also diese verflixte Strumpfhose, die mich fünf Pfund gekostet hat, nicht total ruinieren will, bleibe ich in meine noch verflixteren Schuhe eingezwängt."

„Immerhin hilfst du mir mit meinen Kenntnissen über weibliche Bekleidung auf die Sprünge, und zwar sowohl, was das Darüber, als auch, was das Darunter betrifft."

„Na, hör mir bloß auf! Ich wette, du hast ein Dutzend Geliebte, die du sämtlich ausziehst."

„Nur eine, und die erwartet mich, wie alle guten Geliebten, im Negligé."

„Da fällt mir ein: Über dein Liebesleben haben wir noch nie gesprochen. Faszinierendes Thema! Wie ist sie denn?"

„Fett, vierzig, faul, gefräßig."

Sie blieb abrupt stehen. „Nun hör aber auf", sagte sie. „Du willst mich nur durch den Kakao ziehen. Du glaubst doch nicht, daß ich dir das abnehme."

„Warum denn nicht?"

„Ich meine, wenn sie auch nur annähernd wäre, wie du sie beschreibst – nein, dazu hast du zuviel Geschmack."

„*Chacun à son goût*, heißt es, liebe Justine. Ich selbst bin ja nicht gerade eine Schönheit – wie sollte ich also annehmen, daß es mir gelingen könnte, eine junge und schöne Frau als Geliebte zu gewinnen?"

„Na, weil du das jederzeit haben könntest!" sagte sie geradezu empört. „Das ist doch wohl klar!"

„Ich? Mein Geld meinst du natürlich."

„Nein, ich meine *nicht* dein Geld! Du ziehst mich auf, wie immer! Rainer Moerling-Hartheim, du weißt verdammt genau, wie attraktiv du bist. Sonst würdest du garantiert nicht solche Netzhemden und goldene Medaillons tragen. Weißt du, Aussehen im richtig verstandenen Sinn, das ist nicht nur einfach was Äußerliches."

„Sieh einer an", sagte er. „Jedenfalls finde ich es schön, daß du doch soviel Anteil an mir nimmst."

„Manchmal könnte ich dich umbringen." Sie atmete tief, wurde allmählich ruhiger. „Was hast du eben im Ernst gemeint und was nicht?"

„Vielleicht ist mir das selbst nicht ganz klar."

„Fängst du schon wieder an? Du weißt ganz genau, wie attraktiv du wirkst."

„Ob ich attraktiv wirke oder nicht, ist nicht weiter wichtig. Entscheidend ist, ob ich auf dich attraktiv wirke."

Bevor sie auch nur ein Wort über die Lippen bringen konnte, hielt er sie in den Armen und küßte sie. Und plötzlich stand sie taumelnd in einem Sturm, der mit unvorstellbarer Gewalt über sie hereingebrochen war: gleichsam schwankend unter Erdbebenstößen, die in ihr aufrissen, was längst schon auf alle Zeit verschüttet schien. Sein Mund, dann das unglaublich dichte Haar, in das sie ihre Finger tauchen konnte, und . . .

Er nahm ihr Gesicht zwischen seine Hände und sah sie an, lächelnd.

„Ich liebe dich", sagte er.

Sie schlang ihre Finger um seine Handgelenke, doch nicht sacht und zart wie vorhin bei Dane. Tief gruben sich die Nägel in sein Fleisch. Dann trat sie zwei Schritte zurück und starrte ihn aus großen Augen angstvoll an.

„Nein", sagte sie heftig atmend, „nein. Das würde nicht gutgehen, bestimmt nicht, Rain."

Hastig streifte sie sich die Schuhe von den Füßen, hielt sie in der Hand. Und dann lief sie wie gehetzt davon, als fürchtete sie, er werde vielleicht versuchen, sie zurückzuhalten.

Er tat es nicht. Wie grübelnd stand er, betrachtete einen Augenblick die schmerzenden Handgelenke. Schließlich steckte er sich eine Zigarette an und ging langsam weiter. Sein Gesicht wirkte beherrscht, von seinen Gedanken, seinen Gefühlen war ihm nichts anzumerken.

Wie kam es nur, daß er sich in ihrer Reaktion verschätzt hatte? Denn deutlich, sehr deutlich hatte er zu fühlen geglaubt, jetzt nach so langen Jahren sei Justine innerlich wirklich bereit. Und es konnte auch gar keinen Zweifel geben: Als er sie küßte, hatte sie empfunden, hatte tief empfunden – und dann von ihren eigenen Empfindungen nichts wissen wollen. Herrgott, wann nur würde sie endlich erwachsen werden?

Er war eine Spielernatur, doch eine von jener Art, die zäh und geduldig auf ihre Chance zu warten versteht. Immerhin hatte es sieben lange Jahre gedauert, bis er glaubte, endlich am Ziel seiner Wünsche zu sein. Und dennoch war es zu früh gewesen? Nun gut, er würde weiter beharrlich auf seine Chance warten, ob sie nun morgen kam oder übermorgen, ob nächstes oder übernächstes Jahr. Er würde Justine genau beobachten und sein Ziel eines Tages erreichen. Aufgeben? Nein, das kam gar nicht in Frage.

Fett, vierzig, faul, gefräßig – natürlich hatte er Justine mit dieser Charakterisierung seiner angeblichen Geliebten auf den Arm nehmen wollen, allerdings mit der versteckten Absicht, in scherzendem Tonfall scheinbar beiläufig Vorstellungen zu provozieren, in deren Mittelpunkt ganz eindeutig er selber stand. Nun gut, Justine O'Neill, diesmal konnte ich dich zwar halten, aber nicht festhalten. Doch warten wir ab.

Er hob den Kopf und sah das Licht hinter den Fenstern des Palais. Gut, er würde jetzt hinaufgehen, um mit Kardinal de Bricassart zu sprechen. Alt sah er aus, der Kardinal, und auch nicht gerade gesund. Vielleicht sollte man ihn dazu überreden, sich einer gründlichen ärztlichen Untersuchung zu unterziehen.

Jetzt galten seine Gedanken ausschließlich dem Kardinal. Für Justine blieb später noch Zeit. Mit eigentümlicher, schmerzlicher Intensität dachte er an den Mann, welcher der Priesterweihe seines eigenen Sohnes beigewohnt hatte, ohne es zu wissen.

Die Schuhe wieder an den Füßen, betrat Justine das Hotel und durchquerte rasch die um diese Zeit noch belebte Halle. Mit zu Boden gerichtetem Blick lief sie die Treppe hinauf. Oben kramte sie nervös in ihrer Handtasche, schien einfach den Zimmerschlüssel nicht finden zu können. Herrgott, er mußte doch da sein! Endlich hatte sie ihn und schloß auf.

Im Zimmer saß sie dann auf ihrem Bett, starrte zum Rechteck des Fensters, hinter dem fahl der nächtliche Himmel schimmerte, und versuchte, Ordnung in ihre Gedanken zu bringen.

Es war furchtbar, es war entsetzlich. Sie hätte weinen mögen, schreien, fluchen. Es war eine Tragödie. Nie wieder würde es zwischen Rainer und ihr so sein wie früher. Sie hatte einen Freund verloren. Nein, nicht einen Freund, sondern den besten, den einzigen, der wirklich zählte.

Lüge, Lüge, nichts als leere Worte. Denn plötzlich begriff sie, weshalb sie in so panischem Schrecken davongelaufen war, als wäre Rainers Kuß schlimmer als der schlimmste Mordanschlag. Es war richtig, und gegen diese Erkenntnis sträubte sie sich. Sie wollte sie nicht, die innere Bindung, die Verpflichtung, die Verantwortung. Sie wollte ihre Selbständigkeit, ihre Unabhängigkeit behalten. Dennoch wußte sie, daß ein Liebesverhältnis zwischen Rainer und ihr nicht nur eine Möglichkeit war, sondern eigentlich die einzige Möglichkeit, und dieses Eingeständnis besaß für sie etwas tief Demütigendes – denn sie war sich keineswegs sicher, daß sie überhaupt lieben konnte. Und es gab niemanden, der ihre bohrenden Selbstzweifel beseitigen helfen konnte. Liebhaber hatte sie nur ganz sporadisch gehabt, flüchtige Begegnungen, ohne jede Tiefe.

Ihr war gar nichts anderes übriggeblieben, als vor Rain davonzulaufen. Denn hätte sie es nicht getan, so mußte unweigerlich über kurz oder lang der Augenblick kommen, in dem er entdeckte, wie unzulänglich sie war, in dem er hinter die Fassade aus Burschikosität und Flapsigkeit blickte und sich enttäuscht und angewidert von ihr abwandte. Doch der Gedanke, von ihm zurückgewiesen zu werden, war einfach unerträglich. Nie sollte Rainer hinter der Außenfront die wahre Justine sehen können.

Zum Glück kannte er diese Justine bisher nicht. Nie hatte sie ihm mehr gezeigt als die Fassade, ganz patent soweit. Von dem Meer von Zweifeln in ihr wußte er nichts. Davon wußte niemand etwas. Doch, einer schon – Dane. Und das war das wunderbare an ihm: daß er seine Schwester liebte, obwohl er wußte, wie die wahre Justine aussah.

Sie beugte den Kopf vor, lehnte ihn auf die kühle Nachttischplatte und spürte die Tränen, wischte sie fort. Und dann machte sie sich an die schwierige Aufgabe, ihren Kummer zu verdrängen. Doch es gelang. Sie hatte ja Übung, sehr viel Übung darin. Der Trick war sogar ziemlich einfach. Man mußte sich nur mit etwas anderem beschäftigen, unablässig. Sie hob den Kopf, schaltete die Nachttischlampe an.

Der Brief dort auf dem Nachttisch – einer der Onkel mußte ihn heraufgebracht haben auf ihr Zimmer. Bläuliches Papier, ein Luftpostbrief. Oben in der Ecke eine Briefmarke mit dem Kopf der Königin Elizabeth.

„Liebste Justine", schrieb Clyde Daltinham-Roberts, „komm zurück zur Meute, Du wirst gebraucht! Sofort! Im Repertoire für die neue Saison haben wir ein Stück mit einer Rolle, von der mir schwant, daß sie Dich reizen könnte. Es handelt sich da um eine gewisse Desdemona. Sagt Dir das vielleicht was? Dein Othello wäre Marc Simpson. Die Proben beginnen nächste Woche, *falls* Du interessiert bist."

Ob sie interessiert war? Desdemona! Desdemona in London! Und mit Marc Simpson als Othello! Die Chance eines Lebens! Und plötzlich stieg ihre Stimmung, wurde zu einem so überwältigenden Hochgefühl, daß die Szene mit Rain an Bedeutung verlor, oder eher: daß sie eine andere Bedeutung, eine andere Relation annahm. Eine erfolgreiche, hochberühmte Schauspielerin hatte für ihr Privatleben nun einmal kaum mehr Zeit, und was sich davon erübrigen ließ, nun, vielleicht gelang es ihr, sich Rainers Freundschaft *und* Liebe zu erhalten. Sie war bereit, alles zu tun, um ihn nicht zu verlieren, nur eines nicht – je die schützende Maske abzunehmen.

Aber die Neuigkeit mußte unbedingt gefeiert werden. Doch mit wem? Richtig, da waren ja die Onkel, die würden sich mit ihr freuen. Rasch verließ sie ihr Zimmer und ging zu dem Raum, wo alle beisammen saßen.

Triumphierend breitete sie die Arme, strahlte über das ganze Gesicht. „Also jetzt mal her mit einer Lage Bier!" rief sie. „Ich werde nämlich die Desdemona spielen!"

Für einen Augenblick blieben alle stumm, dann sagte Bob sehr freundlich: „Das ist aber fein, Justine."

Ihr Hochgefühl minderte sich nicht. Es steigerte sich sogar zu unkontrollierbarer Heiterkeit. Lachend ließ sie sich in einen Sessel fallen und musterte ihre Onkel. Herrgott, was für prachtvolle Männer waren das doch! Natürlich konnte ihnen die Neuigkeit nichts bedeuten. Sie hatten nicht die leiseste Ahnung, wer diese Desdemona war.

Soweit sie auch zurückdenken konnte, die Onks, sie hatte sie innerlich stets ein wenig verächtlich beiseite geschoben wie alles, was mit Drogheda zusammenhing. Die Onks, das war ein etwas absonderliches Kollektivgebilde, das mit Justine O'Neill nichts zu tun hatte. Auf der Homestead kamen sie und gingen sie und waren von einer geradezu unglaublichen Scheu und Einsilbigkeit.

Doch jetzt, hier in diesem römischen Hotel, entdeckte Justine plötzlich, daß sie sie eigentlich gern hatte, daß die Onks zweifellos auch sie seit jeher sehr gern gehabt hatten. Es schien ihr, daß sie im Begriff war, diese sonderbaren und etwas rätselhaften Männer besser zu verstehen.

Da saßen sie und blickten sie an, und das Glänzen in ihren Augen war offenbar Ausdruck für etwas, das – ja, man konnte und mußte es wohl Liebe nennen. Ihr Blick glitt vom einen zum anderen, wettergegerbte, lächelnde Gesichter. Da war Bob, der Boß, der seine Schar jedoch völlig unauffällig leitete, ohne jemals aufzutrumpfen; Jack, dessen Lebenszweck gleichsam darin bestand, eine Art Schatten seines Bruders zu sein; Hughie, der mitunter etwas boshaft sein konnte, den anderen in ihrer Biederkeit jedoch so überaus ähnlich; Jims und Patsy, zum Ganzen gehörend und dennoch eine Einheit, ein Doppelwesen für sich; und schließlich der arme, innerlich so ausgehöhlte Frank, der von allen der einzige zu sein schien, den ständig ein Gefühl des Nichtgeborgenseins verfolgte. Außer Jims und Patsy hatten inzwischen als graue, Bob und Frank sogar weiße Haare. Dennoch sahen sie eigentlich gar nicht viel anders aus als früher.

„Na, ich weiß nicht recht, ob ich dir eine Flasche Bier geben sollte", sagte Bob und wiegte zweifelnd den Kopf.

Die Bemerkung hätte sie sonst wohl auf die Barrikaden getrieben, doch jetzt war sie viel zu glücklich, um sich daran zu stoßen.

„Allerbester Onkel Bob", sagte sie, „bisher hast du mir ja, wenn wir hier alle mit Rain zusammen waren, noch nie ein Bier angeboten. Aber glaub mir, ich bin ein großes Mädchen und kann ein Bier vertragen. Ist ja auch keine Sünde, nicht?" Sie lächelte.

„Wo ist Rainer?" fragte Jims, während er Bob ein volles Glas aus der Hand nahm, um es Justine zu reichen.

„Ich – wir – also ich hatte mit ihm so etwas Ähnliches wie eine Auseinandersetzung."

„Mit Rainer?"

„Ja. Aber es war ganz meine Schuld. Ich werde später zu ihm gehen und ihm sagen, daß es mir leid tut."

Sie saß mit ihrem Glas Bier in der Hand. Es war schon sonderbar: Obwohl sie es am liebsten auf einen Zug geleert hätte, nippte sie fast nur daran, trank in kleinen Schlückchen – ladylike. Man durfte die Onks nicht zu sehr enttäuschen.

„Rain ist schon ein Prachtkerl", sagte Hughie und nickte bekräftigend.

Justine wurde sich plötzlich bewußt, weshalb sie in der Achtung der Onks so unverkennbar gestiegen war. Einen Mann wie Rain würden sie augenscheinlich nur zu gern in der Familie sehen, rechneten offenbar ziemlich fest damit.

„Ja, gewiß", erwiderte sie kurz und wechselte dann das Thema. „War doch ein wirklich schöner Tag, nicht?"

Alle nickten, selbst Frank, doch schien keiner darüber sprechen zu wollen. Sie fühlten sich ganz einfach zu müde, und Reden war ja ohnehin nicht ihre Sache. Dennoch zeigten sie sich interessiert an dem, was Justine betraf, und erstaunlicherweise war es Frank, der die Frage stellte.

„Was ist 'n Desdemona?" sagte er.

In ihrem Enthusiasmus stürzte Justine sich in eine ausführliche Schilderung und genoß das Entsetzen der Onks, als diese hörten, daß sie sich jeden Abend auf der Bühne würde erdrosseln lassen müssen. Erst als Patsy nach einer halben Stunde verstohlen gähnte, wurde Justine sich bewußt, daß sie die armen, müden Onks wirklich weit über Gebühr strapazierte.

„Ich muß gehen", sagte sie und stellte ihr leeres Glas auf den Tisch. Ein zweites hatte man ihr nicht angeboten. Ein Glas Bier für eine Lady war offenbar das allerhöchste der Gefühle. „Vielen Dank, daß ihr euch so geduldig mein Geschwafel angehört habt."

Zu Bobs Überraschung – und völliger Verwirrung – gab sie ihm einen Gutenachtkuß. Jack versuchte ihr auszuweichen, wurde jedoch mühelos erjagt; Hughie akzeptierte mit großer Bereitwilligkeit; Jims lief hochrot an, Patsy desgleichen, doch für ihn hatte sie auch noch eine Umarmung übrig; war er nicht eine Insel ganz für sich, ähnlich wie sie selbst? Für Frank kein Kuß, denn er wandte hastig sein Gesicht ab. Doch als sie ihn umarmte – davon ließ sie sich nicht abhalten –, spürte sie so etwas wie das matte Echo eines Gefühls von ungeheurer Intensität.

Sie verließ den Raum. Draußen lehnte sie sich einen Augenblick gegen die Wand. Rain liebte sie. Aber als sie ihn dann, wenig später, telefonisch in seinem Zimmer zu erreichen versuchte, erfuhr sie von der Vermittlung, daß er ausgezogen und offenbar auf dem Rückweg nach Bonn war.

Nun gut. Vielleicht war es ohnehin besser, zu warten, bis sie sich wieder in London befand. Sie würde ihm schreiben, zerknirscht Abbitte leisten. Und wenn er wieder nach England kam, dann . . . nun, kommen würde er bestimmt, daran gab es für sie gar keinen Zweifel. Nachtragend hatte er sich noch nie gezeigt. Im übrigen war er jetzt viel mit auswärtigen Angelegenheiten befaßt und kam daher ohnehin recht häufig nach England.

„Warte nur, mein Lieber", sagte sie, während sie in den Spiegel starrte, „ich werde dafür sorgen, daß Justine O'Neill zu deiner wichtigsten auswärtigen Angelegenheit wird."

Ein Gedanke kam ihr sonderbarerweise überhaupt nicht: daß es vielleicht Rainers Absicht sein könne, diesen Namen abzuändern in Justine Hartheim. Das Grundschema ihres Lebens lag für sie ein für allemal fest, eine Ehe kam überhaupt nicht in Betracht. Im übrigen war sie viel zu sehr damit beschäftigt, sich wieder und wieder seinen Kuß ins Gedächtnis zurückzurufen.

Blieb noch die Aufgabe, Dane zu erklären, daß sie ihn nicht nach Griechenland begleiten könne. Aber darüber machte sie sich weiter keine Kopfschmerzen. Er verstand bestimmt, er verstand ja immer. Aber es mochte durchaus ratsam sein, ihm nicht alle Gründe zu nennen, die sie an der Reise hinderten. Auch wenn er jetzt so etwas wie ein beamteter Prediger war – die Predigt, die sie dann erwartete, wollte sie sich lieber ersparen. Denn in seinen Augen war es das Allerselbstverständlichste, das einzig Richtige, wenn sie und Rain heirateten. Was Danes Ohren nicht hörten, konnte seinem Herzen keinen Kummer bereiten.

„Lieber Rain", begann der kurze Brief. „Tut mir ehrlich leid, daß ich neulich abend wie eine richtige Zicke davongelaufen bin. Weiß selbst nicht, was da in mich gefahren war. Muß an dem hektischen

Tag und allem Drum und Dran gelegen haben. Entschuldige, daß ich mich so hirnverbrannt aufgeführt habe. Wegen nichts und wieder nichts so ein Aufruhr von mir, wirklich ganz unmöglich. Aber Dir hatte der Tag offenbar auch ganz schön zugesetzt, Liebesworte und all so was, meine ich. Also ist es wohl das beste, wenn wir uns gegenseitig vergeben, meinst Du nicht? Ich möchte jedenfalls, daß wir Freunde bleiben. Wär' mir schrecklich, mit Dir verzankt zu sein. Wenn Du das nächste Mal in London bist, komm doch zu mir zum Dinner, und wir setzen formell unseren Friedensvertrag auf."

Unterschrieben war der Brief, ihre Gewohnheit seit eh und je, mit einem einfachen, völlig schmucklosen „Justine". Daneben fand sich nichts, absolut nichts, kein „Gruß", geschweige denn ein „lieber Gruß" oder etwas Ähnliches. Eingehend studierte er die eher beiläufig hingeworfenen Sätze. Was verrieten sie? Daß ihr an seiner Freundschaft lag. Aber darüber hinaus? Unwillkürlich seufzte er. Unverkennbar hatte er sie sehr erschreckt, und wenn sie ihn dennoch um seine Freundschaft bat, so zeigte das, wieviel ihr an ihm lag – als Freund, als sehr platonischer Freund. Schließlich wußte sie jetzt, daß er sie liebte; und wenn sie zu dem Schluß gekommen wäre, daß sie seine Liebe erwiderte, so hätte sie das in ihrem Brief gewiß ohne lange Umschweife erklärt.

Blieb allerdings die Frage: Weshalb war sie, statt Dane nach Griechenland zu begleiten, nach London zurückgekehrt? Zweifellos war es Unsinn, sich etwa zu erhoffen, das habe sie vielleicht seinetwegen getan. Dennoch gewann da ein unbestimmbares Gefühl immer mehr die Oberhand, wollte sich einfach nicht unterdrücken lassen.

Nach Greenwicher Zeit war es jetzt zehn Uhr vormittags – sehr günstig, um Justine zu Hause zu erreichen. Er verständigte seine Sekretärin.

„Bitte eine Verbindung mit Miß O'Neills Londoner Wohnung", sagte er und zupfte dann, während er wartete, vor Ungeduld und Nervosität an seinen Augenbrauen.

„Rain!" Justines Stimme klang sehr erfreut. „Hast du meinen Brief bekommen?"

„In diesem Augenblick."

Sie ließ eine kaum merkliche Pause eintreten, fragte dann: „Und – wirst du bald zu mir zum Dinner kommen?"

„Nächsten Freitag und Samstag bin ich in England. Ist dir das zu kurzfristig?"

„Nicht, wenn's dir am Samstagabend paßt. Der Freitag scheidet aus, weil wir den ‚Othello' proben."

„Den ‚Othello?‘ Heißt das, daß du . . . ?"

„Ja, ich spiele die Desdemona. Ach richtig, das weißt du ja noch gar nicht! Clyde schrieb mir nach Rom und bot mir die Rolle an. Marc Simpson spielt den Othello, und Clyde führt selbst Regie. Ist das nicht wunderbar? Ich bin gleich mit dem nächsten Flugzeug nach London geflogen."

Einen Augenblick saß er ganz still. Dann atmete er tief durch, achtete jedoch sorgfältig darauf, daß durch den Hörer nichts zu vernehmen war.

„Justine, Herzchen", sagte er dann mit allem Enthusiasmus, den er in seine Stimme zu legen vermochte, „das ist ja eine großartige Neuigkeit. Ich habe mich schon gefragt, was dich so rasch nach London zurückgeführt hat."

„Oh, Dane zeigte Verständnis", erklärte sie beiläufig. „In gewisser Weise freute er sich wohl sogar, allein reisen zu können. Er hatte sich da so eine Geschichte zurechtgelegt – ich sollte ihm nur ordentlich die Leviten lesen, damit ihn das anstachle, nach Drogheda zu reisen. Aber in der Hauptsache wollte er wohl, daß ich mich nicht aus seinem Leben ausgeschlossen fühle, jetzt, wo er Priester ist."

„Wahrscheinlich", stimmte er höflich zu.

„Also dann am Samstagabend, gegen sechs, wenn's dir recht ist. Da können wir dann zunächst mal bei ein oder zwei Flaschen unseren Friedensvertrag aushandeln, und wenn wir einen allseits befriedigenden Kompromiß gefunden haben, gibt es Futter – einverstanden?"

„Ja, natürlich. Bis Samstagabend also."

Verdammte Justine! dachte er, nachdem er aufgelegt hatte. Wie würde sie wohl in ihrer burschikosen Art sagen? „Daß du dir ja keine Schwachheiten einbildest!" Nun, er bildete sich keine Schwachheiten ein, er bildete sich überhaupt nichts ein, nur hoffen wollte er doch wenigstens noch dürfen!

Es fiel ihm schwer, sich an diesem wie an den nächsten Tagen auf seine Arbeit zu konzentrieren, aber irgendwie gelang es ihm. Am Samstagabend war er dann kurz nach sechs bei Justine, gewohnheitsgemäß ohne Geschenk, denn in puncto Mitbringsel gab es wohl kaum einen Menschen, der schwieriger war als sie. Blumen bedeuteten ihr nichts, Konfekt aß sie nicht, und alles, was teurer gewesen wäre, hätte sie achtlos in die Ecke geworfen. Die einzigen Geschenke, die sie schätzte, waren offenbar jene, die Dane ihr gemacht hatte.

„Champagner vor dem Dinner?" fragte er und sah sie überrascht an.

„Warum nicht?" fragte sie zurück und erklärte plausibel: „Wir haben uns zum ersten Mal gekracht und feiern jetzt zum ersten Mal Versöhnung." Während er sich in einen Sessel setzte, ließ sie sich auf ein braunes Känguruhfell gleiten, wo sie dann in einer Art Schneidersitz saß. Sehr aufmerksam sah sie ihn an, und irgendwie hatte er das Gefühl, daß sie gleichsam gewappnet war für alles, was er sagen mochte.

Aber er sprach nicht, weil er nicht recht wußte, was er sagen sollte. Erst einmal mußte er ihre Stimmung erkunden. Nach dem Kuß war auf einmal alles viel schwieriger als früher. Früher, ja, da hatte er immer ein ganz klein wenig auf – ja, wie sollte man es nennen – auf intellektuelle oder ironische Distanz achten können. Damit schien es jetzt irgendwie ein für allemal vorbei zu sein.

Was fesselte ihn so an ihr? War sie das lange, zähe, verbissene Warten überhaupt wert? Er bezweifelte, ob sie es *objektiv* wert war, ob es in solchen Dingen einen neutralen, gleichsam philosophischen Standpunkt überhaupt gab und geben konnte. Aber das war auch völlig gleichgültig. Für ihn besaß sie eine Faszination, wie sie eine andere Frau wohl nie würde besitzen können: ein kühles, intelligentes Gehirn, zudem voller Egoismus, dabei jedoch in ihrem Wesen nie ganz erwachsen. Dieses Nichterwachsensein würde sich bei ihr zweifellos auch noch zeigen, wenn sie einmal eine alte Frau war.

„Du siehst heute abend reizend aus, Herzchen", sagte er schließlich und hob sein Glas, als hätte er einen Toast ausgebracht.

Im kleinen viktorianischen Kamin brannte ein Holzfeuer, doch Justine, ganz in der Nähe sitzend, schien die Wärme nicht zu spüren oder aber als angenehm zu empfinden. Ihr Blick blieb unverwandt auf Rainer gerichtet. Sie stellte ihr Glas auf den Fußboden, schlang die Arme um ihre Knie.

„Ich mag nicht um den heißen Brei herumschleichen", sagte sie. „Hast du's ernst gemeint, Rain?"

Plötzlich war er imstande, sich zu entspannen. Tief lehnte er sich in seinen Sessel zurück. „Ernst gemeint? Was denn?"

„Was du in Rom gesagt hast . . . daß du mich liebst."

„Ist das für dich so interessant, Herzchen?"

Sie wandte kurz ihren Blick ab, zuckte die Achseln. Dann sah sie ihn wieder an, nickte. „Ja, sicher."

„Aber weshalb bringst du das überhaupt noch einmal zur Sprache? Du hast mir doch gleich darauf geantwortet, und ich nahm eigentlich an, daß der heutige Abend eher dazu dienen sollte, in aller Eindeutigkeit einen Schlußstrich darunter zu ziehen."

„Oh, Rain! Du tust ja gerade so, als ob ich einen Haufen

Geschrei darum machte! Und selbst wenn ich das täte, könntest du ja sicher begreifen, weshalb."

„Nein, das kann ich nicht." Er stellte sein Glas aus der Hand und beugte sich ein Stück vor. „Du hast mir doch sehr nachdrücklich klargemacht, daß du von meiner Liebe nichts wissen willst, und ich hatte eigentlich gehofft, daß du genügend Taktgefühl hättest, die Sache nicht wieder aufzurühren."

Daß das Gespräch für sie einen so unbehaglichen Verlauf nehmen würde, damit hatte sie nie und nimmer gerechnet. War denn nicht eigentlich er derjenige, der sozusagen auf dem Armesünderbänkchen saß und bescheiden zu warten hatte, bis ihm eine Art Absolution erteilt wurde? Statt dessen hatte es ganz den Anschein, als ob es ihm unversehens gelungen war, den Spieß umzukehren. Plötzlich kam sie sich vor wie ein Schulmädchen, das sich wegen eines albernen Streichs rechtfertigen sollte.

„Hör mal, Sportsfreund", sagte sie in ihrer typischen Art, „wer von uns beiden hat denn am Status quo gerüttelt? Doch nicht ich! Und ich habe dich auch nicht für heute abend zu mir eingeladen, weil ich etwa die Absicht hätte, dich um Verzeihung zu bitten – wegen Kratzens am Selbstgefühl des großen Hartheim."

„So in der Defensive, Justine?"

Sie hob ärgerlich den Kopf. „Verdammt noch mal! Wie du das immer wieder schaffst, Rain, weiß ich wirklich nicht. Ich wünschte, du würdest mir wenigstens *einmal* die Oberhand lassen."

„Damit du mich wegwirfst wie einen stinkenden alten Lappen?" fragte er lächelnd.

„Das kann ich immer noch tun, Kumpel!"

„Blech! Wenn du's bis jetzt nicht getan hast, wirst du's nie tun. Das hat nämlich einen prickelnden Reiz für dich – wenn du nie weißt, was als nächstes aus meiner Ecke kommt."

„Hast du deshalb gesagt, daß du mich liebst?" fragte sie schmerzlich. „War's nur so ein Trick, um mir etwas Unerwartetes zu servieren?"

„Nun, was meinst du wohl?"

„Ich meine, daß du ein ganz gemeines Aas bist", sagte sie zwischen den Zähnen und marschierte dann gleichsam bis dicht vor seinen Sessel – auf ihren Knien, über das Fell rutschend. „Sag noch einmal, daß du mich liebst, du verdammter deutscher Klotz du, und ich spuck' dir ins Gesicht!"

Auch er war wütend. „Ich denke ja nicht daran! Deshalb hast du mich ja nur eingeladen, nicht wahr? Meine Gefühle scheren dich doch einen Dreck, Justine! Du hast mich eingeladen, damit du mit deinen eigenen Gefühlen experimentieren kannst, und ob das mir gegenüber fair ist, die Frage stellt sich ja überhaupt nicht für dich."

Bevor sie zurückweichen konnte, beugte er sich vor und zog sie dichter an sich, zwischen seine Knie. Ihr Zorn verflog sofort. Flach legte sie die Hände auf seine Schenkel und hob ihr Gesicht. Doch er küßte sie nicht. Er ließ sie los und lehnte sich zurück, vielleicht um die Lampe hinter seinem Sessel auszuknipsen. Aber dann beugte er sich nicht wieder zu ihr, sondern blieb zurückgelehnt sitzen. Was sollte sie tun, wie sich verhalten? Wenn er es ihr doch nur sagen wollte! Sie hatte Angst, von ihm zurückgewiesen zu werden. Wie gern hätte sie ihren Kopf auf seinen Schoß gelegt und zu ihm gesagt: Rain, liebe mich, ich brauche dich so sehr, und es tut mir leid.

Ja, wenn sie ihn nur dazu bringen könnte, sie zu lieben, dann würde sie endlich, endlich etwas in ihr einrenken, das bis jetzt noch nie so recht im Lot gewesen war.

Vorsichtig begann sie, ihm die Krawatte abzubinden. Er ließ es geschehen. Ähnlich passiv verhielt er sich, als sie ihm das Jackett auszog. Sie fing an, ihm das Hemd aufzuknöpfen – und wußte plötzlich, daß es nicht gutgehen konnte. Es fehlte ihr ganz einfach an jenem Geschick und Gespür, mit dem manche Frauen offenbar in der kleinsten Nebensächlichkeit erotische Funken knistern ließen. O Gott, sie verpfuschte es, verpfuschte es völlig. Ihre Lippen begannen zu zittern. Sie brach in Tränen aus.

„Nicht doch, Herzchen, Liebchen, nicht doch, nicht weinen!" Er zog sie zu sich auf seinen Schoß, lehnte ihren Kopf in die Beuge zwischen seinem Hals und seiner Schulter, hielt sie in seinen Armen. „Es tut mir leid, Herzchen, ich wollte dich nicht zum Weinen bringen!"

„Jetzt weißt du's", sagte sie schluchzend. „Jetzt weißt du, was für eine elende Versagerin ich bin. Ich habe dir ja gesagt, es würde nicht gutgehen! Rain, ich wollte dich so gern behalten, aber ich wußte, daß es nicht gutgehen würde, wenn du erst einmal siehst, wie furchtbar das mit mir ist."

„Aber natürlich konnte es nicht gutgehen, natürlich konnte es nicht klappen. Wie denn auch? Ich habe dir ja nicht geholfen, Herzchen." Er hob ihr Gesicht zu sich, küßte ihre Augenlider, ihre feuchten Wangen, ihre Mundwinkel. „Es ist meine Schuld, Herzchen, nicht deine. Ich habe es dir heimgezahlt. Ich wollte sehen, wie weit du von dir aus gehst. Aber in deinen Motiven, ja, in deinen Motiven habe ich mich wohl geirrt." Er schwieg einen kurzen Augenblick. „Wenn es wirklich dies ist, was du willst, dann werden wir es haben, aber gemeinsam."

„Bitte, Rain, bitte, lassen wir es lieber! Ich würde dich nur enttäuschen. Es fehlt mir einfach an . . ."

„Woran fehlt es dir, Herzchen? Dir fehlt es an nichts. Das weiß ich spätestens, seit ich dich auf der Bühne gesehen habe. Wie also kannst du an dir selbst zweifeln, wenn du mit mir zusammen bist?"

Hatte er nicht recht, hatte er nicht recht? Ja, natürlich, er hatte recht! Ihre Tränen versiegten.

„Küß mich so, wie du mich in Rom geküßt hast", flüsterte er.

Doch diesmal war es ganz anders. In Rom war es wie ein Reflex gewesen, ein überraschtes Reagieren voll Leidenschaft, das sich für den kurzen Augenblick jeder Kontrolle entzog. Diesmal war es ein Verweilen, Erforschen, ein behutsames In-sich-Aufnehmen. Wieder knöpften ihre Finger an seinem Hemd, knöpften es ganz auf, während seine Hand zum Reißverschluß an ihrem Kleid glitt. Der Druck seiner Lippen verstärkte sich plötzlich, deutlicher als zuvor fühlte sie die Konturen, und dann war sein Mund an ihrem Hals, was eine eigentümliche Empfindung der Hilflosigkeit und Schwäche in ihr auslöste. Sie hatte das Gefühl, tiefer zu fallen, immer tiefer, und entdeckte dann, daß sie in der Tat hinabgeglitten war auf den flauschigen Teppich: daß Rain sie wohl hatte behutsam hinabgleiten lassen. Jetzt sah sie ihn über sich, sah den Widerschein des Kaminfeuers auf seinen nackten Schultern, sah die dunklen Umrisse seines Kopfes, sah seinen Mund. Und schob ihre Finger in sein dichtes, mähnenartiges Haar und zog sein Gesicht zu sich und fühlte seine Küsse, ungeduldiger, fordernder jetzt, und erwiderte sie mit der gleichen sich steigernden Leidenschaftlichkeit.

Ihn zu spüren, ihn so zu spüren, seine Lippen, seinen ganzen Körper, wie unfaßbar schön war das doch! Längst vertraut schien alles, und doch erforschten ihre Lippen, ihre Hände, ihr Leib Unbekanntes: wie ein Land, das sich dem, der es zum ersten Mal betrat, erst nach und nach erschließen muß. Während die Welt ringsum zusammenschrumpfte, bis nichts mehr übrigblieb als jener Teil, der vom leise flackernden Kaminfeuer schwach erhellt wurde, versuchte Justine, sich innerlich mehr und mehr zu öffnen. Bereit sein wollte sie, um ganz zu geben, ganz zu empfangen. Ein bislang unbekannter, ungeahnter Instinkt schien in ihr wach zu werden. Irgendwie spürte sie, daß er, der sie jetzt hier liebte, dies bereits tausend und abertausend Mal in seiner Vorstellung getan haben mußte. Bei jedem anderen Mann hätte die ungescheute, schier hemmungslose Sinnlichkeit sie abgestoßen, doch er gab ihr das Gefühl und mehr noch: das Bewußtsein, daß einzig sie die

Herrin darüber war, die fordern und verlangen konnte. Und sie tat es. Mehr und mehr gelang es ihr, jene Scheu abzustreifen, von der sie sich noch nie hatte befreien können.

Sie fanden ganz zueinander. Im gleichen Rhythmus ging beider Atem, sacht zuerst noch, eher verhalten. Sein Kopf lag auf ihrer Schulter, ihre Beine umschlangen seinen Leib, und mit sanfter, kreisender Bewegung strichen ihre Hände über seinen Rücken. Er atmete tief, wie seufzend, und wälzte sich dann ganz behutsam herum, so daß sie sich jetzt über ihm befand und noch intensiver das Gefühl genoß, mit ihm zusammenzusein. Sie ließ eine Hand über seine Haut gleiten, tief hinab. Nie hatte einer ihrer früheren Liebhaber ihre sexuelle Neugier auch nur annähernd bis zu einem solchen Punkt gesteigert.

Beider Atem wurde rascher, heftiger. Und obwohl Justine spürte, daß sie sich dem Gipfelpunkt näherten, war sie dennoch völlig überrascht, als es geschah. Nicht daß es geschah, sondern wie es geschah. Sie sah seinen Mund, so weich jetzt, und sie sah das Glänzen in seinen Augen. Und in dieser Sekunde wurde in ihr eine Empfindung geboren, die so völlig neu und so völlig unerwartet war, Zärtlichkeit und Demut. Das Glänzen in seinen Augen gewann eine solche Kraft, daß es sie fast zu verzehren schien, und sie beugte sich vor und nahm seine Oberlippe zwischen ihre Lippen. Gedanken und Gefühle verschmolzen miteinander, und der Schrei, der in ihr war, der Erlösungsschrei, blieb lautlos, weil es gleichsam ein Schrei des ganzen Körpers war und nicht nur der Kehle.

Rainer hatte offenbar dafür gesorgt, daß das Feuer im Kamin nicht verlosch, denn als das frühe Morgenlicht durch die Fenster zu schimmern begann, war es im Raum noch immer warm. Jetzt bewegte er sich, und Justine, inzwischen halbwach, griff rasch nach seinem Arm.

„Bleib, bitte", sagte sie, und ihre Stimme klang sonderbar ängstlich.

„Aber natürlich bleibe ich, nur keine Sorge, Herzchen." Er streckte die Hand aus und zerrte vom Sofa noch ein Kissen herunter, das er sich hinter den Kopf schob. Dann legte er den Arm so um Justine, daß sie sich noch dichter an ihn kuscheln konnte. „Gut so?"

„Ja."

„Ist dir auch nicht kalt?"

„Nein, aber wenn dir kalt ist, können wir ja ins Bett gehen."

„Ins Bett? Na, das käme mir doch wie ein ganz schlimmer Stilbruch vor. Ich meine, in ein so zahmes Pfühl zu steigen, nachdem wir uns hier stundenlang wie in halber Wildnis geliebt haben auf diesem . . . Was genau ist das eigentlich?"

„Eigentlich sind's lauter Stückchen Drogheda."

„Lauter Stückchen Drogheda?"

„Lauter aneinandergenähte Känguruhfelle."

„Aha! Aber *eigentlich* längst noch nicht so exotisch oder erotisch wie es sein müßte. Ich werde ein Tigerfell aus Indien bestellen."

„Das erinnert mich an so ein Gereimsel, das ich mal irgendwo aufgeschnappt habe.

Sie taten's auf einem Tigerfell,
dort ging es prompt noch mal so schnell
und – völlig unverhofft –
auch doppelt so oft.
Drum ordre, Mensch, gleich auf der Stelle
für alle Fälle Tigerfelle."

Er lächelte. „Ich dachte schon, zwischen Eros und Morpheus sei die alte, rotzfreche Justine völlig verschütt gegangen. Es gibt sie also noch. Und den Schluß hast du wohl extra meinetwegen dazugereimt."

„Ich konnte im Augenblick nicht widerstehen", erklärte sie. „Aber nach meiner sonstigen Flapsigkeit ist mir, im Augenblick jedenfalls, eigentlich wenig zumute. Ich brauche sie ja nicht mehr, dir gegenüber, die Maske." Ohne seine Antwort oder seine Reaktion abzuwarten, sog sie rasch, wie schnüffelnd, die Luft ein und sagte dann. „Guter Gott, ich rieche den Fisch, der unter anderem gestern abend für dich gedacht war. Dinner hast du nicht gehabt, und jetzt wird's Zeit zum Frühstück! Schließlich kann ich nicht erwarten, daß du nur von Luft und Liebe lebst."

„Also sagen wir einmal", scherzte er, „wenn's außer Luft und Liebe nichts weiter gäbe, würde mir auf die Dauer bei der Liebe die Luft knapp."

„Aber es war auch für dich schön, nicht wahr, jede Minute."

„Jede Sekunde." Er seufzte, gähnte, streckte sich. „Wenn du nur wüßtest, wie glücklich ich bin."

„Ich glaube, ich weiß es", sagte sie ruhig.

Er stützte sich auf einen Ellbogen hoch. „War die Desdemona-Rolle für dich der einzige Grund, nach London zurückzureisen?"

Sie griff nach seinem Ohrläppchen, zupfte hart daran. „Nun will ich's dir mal heimzahlen mit deiner anmaßenden Fragerei. Was glaubst du denn wohl?"

Mühelos befreite er sein Ohr von ihrem Griff, lächelte breit. „Anmaßend? Herzchen, nur für den Fall, daß du mit dem Gedanken spielen solltest, die Antwort zu verweigern – dann erdrossele ich dich ein klein wenig nachhaltiger als dieser Marc allabendlich auf der Bühne."

„Nun ja, bei Mordandrohung ..." sagte sie und wurde dann sehr ernst. „Ich bin der Desdemona-Rolle wegen nach London zurückgekommen, aber im Grunde war auch das nur ein Vorwand – es geschah deinetwegen. Seit du mich in Rom geküßt hast, bin ich innerlich nicht mehr zur Ruhe gekommen, und das weißt du auch ganz genau. Du bist ein sehr intelligenter Mann, Rainer Moerling-Hartheim."

„Jedenfalls intelligent genug, um zu wissen, daß ich dich zur Frau haben wollte – vielleicht nicht auf den ersten Blick damals, aber bestimmt auf den zweiten."

Schroff setzte sie sich auf. „Zur Frau?"

„Ja, zur Frau. Hätte ich dich als Geliebte haben wollen, so hätte ich das schon vor Jahren versucht – und bestimmt mit Erfolg. Denn ich kenne deinen Verstand und deine Psyche ziemlich gut, es wäre relativ einfach gewesen. Aber ich wollte dich nicht als Geliebte, weil ich dich zur Frau haben wollte. Und ich wußte, daß du nicht bereit warst, den Gedanken an einen Mann, einen Ehemann zu akzeptieren."

„Hm", machte sie und schien dem Satz nachzuschmecken. „Ich wüßte nicht, daß ich's jetzt wäre."

Er stand auf, zog sie zu sich hoch. „Wie wär's, wenn du ein bißchen übst, indem du mir ein gutes Frühstück machst? Bei mir zu Hause würde ich das tun, aber in deiner Küche bist du die Köchin."

„Ich will dir heute morgen gern ein Frühstück machen, aber dann – so etwas wie ein Engagement bis zu meinem Todestag?" Sie schüttelte den Kopf. „Nein, ich glaube, der Gedanke schmeckt mir wirklich nicht."

Er zeigte sein römisches Kaisergesicht. Die Drohung einer Palastrevolution war nichts, das ihn schrecken konnte. „Justine", sagte er, „dies ist nichts, um damit zu spielen, und ich werde auch nicht damit spielen. Wir müssen wirklich nichts überstürzen. Du solltest inzwischen ja wissen, wie geduldig ich sein kann. Aber eines schlag dir von vornherein und ein für allemal aus dem Kopf – daß es zwischen uns eine andere Lösung geben kann als die Ehe. Ich denke nicht im Traum daran, bei dir die Rolle eines x-beliebigen Geliebten zu spielen. Entweder bin ich dein Mann – oder gar nichts."

„Ich werde die Schauspielerei nicht aufgeben!" sagte sie aggressiv.

„Ja, verdammt, wer hat das denn von dir verlangt? Werde endlich erwachsen, Justine! Wer dich so hörte, könnte glatt meinen, daß ich dich zu lebenslänglich als Heimchen am Herde verurteilen will. Du kannst soviel Personal, auch Kindermädchen haben, wie du brauchst."

„Allmächtiger!" sagte Justine, die an Kinder bisher überhaupt noch nicht gedacht hatte.

Er lachte. „Ach, Herzchen, dies nennt man ja wohl den Morgen danach, mit Katerstimmung oder so ähnlich. Ich bin ja auch, ganz schlicht gesagt, ein Idiot, die Realitäten so schnell zur Sprache zu bringen. Nun ja, nachdenken mußt du darüber so oder so, und ich möchte dich noch einmal daran erinnern, Liebchen – wenn ich dich nicht zur Frau haben kann, dann will ich dich überhaupt nicht."

Sie schlang die Arme um seinen Hals, klammerte sich an ihm fest. „Oh, Rain, mach's mir doch nicht so schwer!" rief sie.

Allein fuhr Dane in seinem Lagonda den italienischen Stiefel hinauf. Er nahm die Route Perugia–Firenze–Bologna–Ferrara–Padova. Die Nacht verbrachte er in Triest, wo er dann noch zwei Tage blieb. Er liebte diese Stadt ganz besonders. Dann ging es weiter nach Ljubljana und nach Zagreb, wo er als nächstes Zwischenstation machte. Jetzt folgte er der Save, erreichte schließlich Belgrad und fuhr von dort weiter nach Nisch. Hier übernachtete er und setzte dann seine Reise fort in Richtung Skopje, der Hauptstadt von Makedonien. Noch waren allenthalben die Trümmer zu sehen, welche das inzwischen zwei Jahre zurückliegende Erdbeben hinterlassen hatte. Er gelangte nach Titov-Veles, der Urlaubsstadt, die mit ihren Moscheen und Minaretten schon einen recht fremdländisch-türkischen Anstrich hatte. Überall in Jugoslawien hatte er sich auf recht frugale Mahlzeiten beschränkt, weil er sich genierte, mit einem großen Teller voll Fleisch dazusitzen, während sich die Einheimischen, jedenfalls die Landbevölkerung, mit Brot begnügten.

Bei Evzone überquerte er die Grenze nach Griechenland, und dann war er in Thessaloniki. Die italienischen Zeitungen waren voll gewesen von Nachrichten über den Umsturz, der sich in Griechenland abzeichnete. Und als er jetzt, von seinem Hotelzimmer aus, Tausende hin und her schwankende Fackeln sah, die das nächtliche Dunkel erhellten, war er froh, daß Justine nicht mitgekommen war.

„Pap-an-dre-ou! Pap-an-dre-ou! Pap-an-dre-ou!" skandierte die Menge, und die Rufe und das Flackern der Fackeln währten bis nach Mitternacht.

Doch Revolutionen, politischer Umsturz – solche Phänomene beschränkten sich in der Regel auf Städte, auf Orte, wo viele Menschen wohnten und wo vielfach große Armut herrschte. Aber draußen im eigentlichen Thessalien sah es wohl noch immer nicht viel anders aus als zu der Zeit, als Cäsars Truppen durch das Land gezogen waren und dann bei Pharsalos den Sieg über Pompeius' Streitmacht errungen hatten. Hirten schliefen im Schatten ihrer Fellzelte. In ihren Nestern auf alten, weißgetünchten Häusern sah man auf einem Bein Störche stehen, und überall schien eine furchtbare Trockenheit zu herrschen. Hoher, blauer Himmel, braune, baumlose Weiten – unwillkürlich fühlte Dane sich an Australien erinnert. Tief sog er die Luft in sich ein und lächelte. Und ganz von selbst stellte er sich ein, der Gedanke: Wie schön es doch sein könnte, nach Hause zurückzukehren und sich mit Mum über alles auszusprechen.

In der Nähe von Larissa kam er ans Meer. Er hielt an und stieg aus. Dort lag sie, Homers weindunkle See, in Strandnähe noch ein klares Aquamarin, doch dann, weiter zum Horizont hin, purpurfleckig wie vom Saft dunkler Trauben. Ein Stück unterhalb der Stelle, wo er stand, sah er auf einer grünen Grasfläche eine winzige runde Tempelstätte mit Säulen, ein weißes Blinken in blendendem Sonnenschein, und hinter ihm auf einer Anhöhe befand sich eine Kreuzfahrerfestung, ein eigentümlich finster wirkender Bau. Griechenland, dachte er, du bist schön, du bist wunderschön. Du bist schöner als Italien, sosehr ich Italien auch liebe. Doch hier stand die Wiege, daran kann nichts etwas ändern.

Er hielt sich nicht lange auf. Es drängte ihn, nach Athen zu kommen. Der rote Sportwagen folgte den Windungen der Straße durch den Domokos-Paß und war dann in Böotien. Durch Olivenhaine ging die Fahrt, vorbei an rostfarbenen Hügelhängen und an Bergen. Trotz seiner Eile nahm Dane sich die Zeit, bei den Thermopylen zu halten, wo 480 v. Chr. der spartanische König Leonidas mit seinen 1400 Soldaten dem weit überlegenen Heer des Perserkönigs Xerxes einen heldenmütigen Kampf geliefert hatte. Er betrachtete das sogenannte Leonidas-Grab, ein Monument, das ihm sonderbar hollywoodartig vorkam, mit dem berühmten Epigramm, das in freier Übersetzung lautete: „Wanderer, kommst du nach Sparta, verkünde dorten, du habest uns hier liegen gesehen, wie das Gesetz es befahl." Es ließ eine Saite in ihm anklingen, und fast wollte es ihm scheinen, daß er die Worte schon einmal gehört hatte, wenn auch in einem anderen Zusammenhang. Er schüttelte sich unwillkürlich und fuhr bald weiter.

Gegenüber von Khalkis legte er wieder eine Pause ein und benutzte die Gelegenheit, um im klaren Wasser zu schwimmen. Über die Enge blickte er hinweg nach Euböa. Von dort drüben, von Aulis, waren sie wohl ausgelaufen, jene tausend Schiffe der Griechen, auf ihrem Weg nach Troja. Die Strömung schien hier recht stark zu sein und zog den Schwimmer in Richtung Meer. Nun, dachte Dane, für die Ruderer in den griechischen Booten war das seinerzeit zweifellos eine Erleichterung gewesen.

Als er wieder im Badehaus war, konnte er gar nicht schnell genug davonkommen. Die alte, schwarzgekleidete Bedienerin wußte sich nicht zu lassen über seine Schönheit und kakelte, spektakelte, daß es ihm nur so in den Ohren klang. Er war es seit langem nicht mehr gewohnt, offene und ungescheute Bemerkungen über sein Aussehen zu hören. Nur zwei große Stücke Kuchen kaufte er sich noch rasch im Laden, als Wegzehrung, dann fuhr er weiter die attische Küste entlang und erreichte bei Sonnenuntergang Athen, ein wunderbarer Anblick, der goldübergossene Fels mit den gleichsam krönenden Säulen.

Doch die Stadt selbst erschien ihm zu hektisch, und die offene Bewunderung der Frauen setzte ihn in Verlegenheit. Römerinnen waren da doch viel zurückhaltender, viel reservierter. Außerdem brodelte es noch überall: politische Unruhe, genau wie in Saloniki, Rufe nach Papandreou. Nein, im Augenblick war Athen nicht das, was es wohl sonst war. Und so stellte er nach kurzem Überlegen seinen Lagonda in einer Garage unter und fuhr mit dem Schiff nach Kreta.

Und dort endlich, inmitten der Berge, der Olivenhaine und des wilden Thymians, fand er seinen Frieden. Nach einer längeren Busfahrt, die ihm in der Erinnerung als Gegacker der mitreisenden Hühner sowie als Geruch von Knoblauch haftenblieb, fand er ein kleines, weißgetünchtes Gasthaus mit einer Art gewölbtem Säulengang davor. Draußen standen, auf Steinplatten, drei Tische mit Sonnenschirmen. In der Nähe wuchsen Pfefferbäume und australischer Eukalyptus, eigens hier angepflanzt, weil das Klima für europäische Bäume zu trocken war. Grillen zirpten, rötlichbraune Staubwolken wirbelten. Wieder Drogheda.

Die Nacht verbrachte er in einem winzigen, zellenartigen Raum bei weitgeöffnetem Fenster. Am nächsten Morgen hielt er in aller

Frühe ganz für sich allein eine Messe, den Tag über wanderte er. Niemand belästigte ihn, er seinerseits sprach niemanden an. Doch wenn er an den Landleuten vorüberkam, folgten ihm ihre verwunderten Blicke, und alle Gesichter legten sich gleichsam in tiefere, lächelnde Falten. Es war heiß und still, das Land war schläfrig. Der vollkommene Friede. Tag folgte Tag wie die Perlen eines Rosenkranzes, der durch eine ledrige kretische Hand glitt.

Lautlos betete er, und so wie die Tage aneinandergereihten Perlen glichen, so jetzt auch seine Gedanken. Herr, ich gehöre wahrhaft dir. Für die vielen Gnaden, die du mir erwiesen hast, danke ich dir. Für den großen Kardinal, für seine Hilfe, für seine tiefe Freundschaft, für seine nie versagende Liebe. Und ich danke dir für Rom und dafür, daß ich in deiner Basilika zum Priester geweiht wurde und in mir den Fels deiner Kirche spürte. Die vielen Gnaden, die du mir erwiesen hast, ich bin ihrer nicht würdig, o Herr, wie nur kann ich dir meine Liebe beweisen? Ich habe nicht genug gelitten. Seit ich in deine Dienste trat, ist mein Leben eine einzige vollkommene Freude. Ich muß leiden, und du, der du gelitten hast, wirst es wissen. Denn nur durch Leiden kann ich mich über mich selbst erheben und dich besser verstehen, o Herr. Dies ist es, das Leben: der Weg zum Begreifen deines Geheimnisses. Stoße deinen Speer in meine Brust. Vergrabe ihn so tief darin, daß ich ihn nie wieder werde herausziehen können! Laß mich leiden. Für dich werde ich alle anderen verlassen, selbst meine Mutter und meine Schwester und den Kardinal. Du allein bist mein Schmerz, meine Freude. Erniedrige mich, und ich werde deinen geliebten Namen singen. Vernichte mich, und ich werde jubeln. Ich liebe dich. Nur dich . . .

Er hatte jetzt jenen kleinen Strand zwischen Felsblöcken erreicht, wo er gern lagerte, wenn er schwimmen wollte. Für einige Sekunden blickte er über das Mittelmeer hinweg in jene Richtung, wo Libyen liegen mußte. Dann hüpfte er leichtfüßig vom Stein hinab in den Sand. Rasch zog er sich seine Sandalen aus, nahm sie in die Hand und schritt dann auf die Stelle zu, wo er sich, wie auch jetzt, regelmäßig Hemd und Shorts auszog und nur die Badehose anbehielt. In der Nähe bereiteten zwei junge Engländer Hummer zu, zwei Frauen unterhielten sich untereinander auf deutsch.

Er sah, daß sie die Köpfe drehten und ihn neugierig anstarrten. Befangen zupfte er an seiner Badehose herum. Die Frauen lächelten ihn an. Ihr Gespräch hatten sie abrupt unterbrochen.

„Wie geht's?" fragte er die beiden Engländer, die er für sich immer so nannte, wie Australier Engländer zu nennen pflegen: Pommies.

„Ausgezeichnet, alter Junge", erwiderten sie mit unverkennbarem Oxford-Akzent. „Vorsicht wegen der Strömung – ist zu stark für uns. Sturm irgendwo da draußen."

„Danke." Er lächelte, lief auf das Wasser zu, das nur sanfte Wellen schlug, und tauchte mit einem geübten Hechtsprung hinein.

Unglaublich, wie sehr das täuschen konnte. Unter der so ruhig scheinenden Oberfläche war die Strömung sehr stark, und nur weil er ein ausgezeichneter und kraftvoller Schwimmer war, konnte er es sich erlauben, ihr hier standzuhalten. Er glitt durch das Wasser, genoß das Gefühl der Frische, der Freiheit. Als er den Kopf über die Oberfläche hob und zum Strand zurückblickte, sah er, daß die beiden deutschen Frauen sich ihre Badekappen aufsetzten und lachend auf die Wellen zugelaufen kamen.

Er wölbte seine Hände trichterförmig vor dem Mund und rief ihnen auf deutsch zu, sie sollten sich wegen der Strömung im flachen Wasser halten. Lachend winkten sie zurück, und er nahm an, daß sie ihm bedeuten wollten, sie hätten verstanden. Wieder tauchte er unter und schwamm, glaubte dann, einen Schrei zu hören. Er schwamm noch ein kleines Stück, bis er spürte, daß der Sog nicht mehr ganz so stark war. Dann tauchte er hoch und trat Wasser. Er hatte sich nicht geirrt. Da *waren* Schreie. Und jetzt sah er auch, wie die beiden Frauen mit verzweifelten, verzerrten Gesichtern dagegen ankämpften, in die Tiefe gezogen zu werden. Die Engländer, durch die Schreie genauso alarmiert wie Dane, waren aufgesprungen. Doch nur zögernd näherten sie sich dem Wasser.

Er kraulte auf die Frauen zu, erreichte sie schon bald. In panischer Angst streckten sich Hände nach ihm, packten ihn, zogen ihn unter Wasser. Er wußte, wie er sich in einer solchen Situation zu verhalten hatte, und es gelang ihm auch. Eine der Frauen konnte er gerade lange genug um die Taille festhalten, um ihr einen kurzen Hieb gegen das Kinn zu versetzen. Die andere packte er bei den Bändern ihres Badeanzuges. Dann schob, ja, stieß er ihr hart das Knie gegen die Wirbelsäule. Hustend, denn er hatte Wasser geschluckt, drehte er sich auf den Rücken und begann, seine erschlaffte Doppelfracht in Richtung Strand zu ziehen.

Die beiden Engländer standen schultertief im Wasser, weiter wagten sie sich nicht hinein, wofür Dane durchaus Verständnis hatte. Endlich spürte er unter seinen Zehen Sand. So erschöpft er im Augenblick auch war, mit dem Aufbieten aller körperlichen Reserven schob er die Frauen durch das Wasser, bis sie von den beiden Engländern in Empfang genommen werden konnten.

Gerade in diesem Augenblick schienen die Geretteten wieder munter zu werden. Sie kreischten los und schlugen um sich. Dane grinste schwach. Er hatte das Seine getan, mochten die Pommies jetzt das Ihre tun.

Während er sich von der Anstrengung ausgeruht hatte, war er von der Strömung wieder weiter hinausgeschleppt worden. Wenn er die Füße in die Tiefe streckte, konnte er keinen Grund mehr spüren. Das war eine knappe Sache gewesen, wirklich auf Messers Schneide. Wie gut hatte es sich doch gefügt, daß er zur Stelle war, denn die beiden Engländer hätten nicht die Kraft und nicht die Übung gehabt, um die Frauen zu retten.

Aber, sagte eine Stimme in ihm, sie wollten ja nur schwimmen, um in deiner Nähe zu sein, erst als sie dich sahen, kamen sie auf diese Idee. Es war deine Schuld, daß sie überhaupt in Gefahr gerieten, ja, deine Schuld allein.

Während er sich mühelos im Wasser treiben ließ, spürte er plötzlich einen furchtbaren Schmerz in der Brust, als stieße mit glühender Spitze ein Speer tief hinein. Er schrie auf, streckte die Arme über den Kopf, der ganze Körper war steif, die Muskeln fühlten sich wie im Krampf. Doch der Schmerz wurde noch schlimmer. Er zwang sich dazu, die Fäuste unter die Achselhöhlen zu stecken, und er zog die Knie an. Mein Herz! Ich habe einen Herzanfall, ich sterbe! Mein Herz! Ich will nicht sterben! Noch nicht! Nicht, ehe ich nicht mein Werk begonnen habe! Nicht, bevor ich nicht Gelegenheit gehabt habe, mich zu beweisen! O Herr, hilf! Ich möchte nicht sterben, ich möchte nicht sterben!

Der verkrampfte Körper entspannte sich. Langsam drehte Dane sich auf den Rücken, breitete die Arme aus und spürte den Schmerz. Er blickte hinauf zum Himmel, zur unendlich weiten Wölbung. Dies ist es, dies ist dein Speer, um den ich dich anflehte in meinem Hochmut vor kaum einer Stunde. Laß mich leiden, habe ich gesagt, bitte, laß mich leiden. Und jetzt, da es gekommen ist, widerstrebe ich, unfähig der vollkommenen Liebe. O Herr, mein Gott, mein allerliebster Herr, dein Schmerz! Ich darf mich nicht dagegen sträuben, nicht dagegen wehren, ich darf nicht ankämpfen gegen deinen Willen. Deine Hand ist mächtig, und dies ist dein Schmerz, so wie du ihn gefühlt haben mußt am Kreuz. O Herr, mein Gott, ich gehöre dir! Ist dies dein Wille, so soll es geschehen. Wie ein Kind schmiege ich mich in deine Hände. Du bist zu gut zu mir. Womit verdiene ich deine Liebe und die Liebe all jener Menschen, die mich mehr lieben als irgend jemanden sonst. Warum hast du mir soviel gegeben, da ich doch nicht würdig bin? Der Schmerz! Der Schmerz! Du bist so gut zu mir. Laß es bald geschehen, habe ich gesagt, und du hast es bald geschehen lassen. Mein Leiden wird kurz sein, bald vorüber. Ich werde dein Antlitz sehen können, doch jetzt, noch in diesem Leben, danke ich dir. Der Schmerz! O Herr, o mein allerliebster Herr, du bist zu gut zu mir. Ich liebe dich!

Ein Zittern ging durch den stillen, wartenden Körper. Seine Lippen bewegten sich, flüsterten einen Namen, versuchten ein Lächeln. Dann weiteten sich die Pupillen, und das Blau der Augen blich gleichsam dahin. Die beiden Engländer, mit den weinenden, geretteten Frauen jetzt am Strand, hielten Ausschau nach ihm, konnten ihn jedoch nirgends entdecken. Er war bereits untergegangen.

Irgend jemand dachte schließlich daran, daß es in der Nähe einen Stützpunkt der United States Air Force gab, und rannte los, um Hilfe zu holen. Keine halbe Stunde, nachdem Dane verschwunden war, stieg ein Hubschrauber auf und kreiste unablässig über jenem Bereich, der, wenn überhaupt, in Frage kam. Doch niemand erwartete, irgend etwas zu finden. Ertrunkene sanken auf den Grund des Meeres, und es vergingen Tage, ehe sie wieder hochkamen. Eine Stunde verging, und schließlich sichtete man Dane dann doch. Friedlich trieb er auf der Oberfläche, mit ausgebreiteten Armen, das Gesicht dem Himmel zugekehrt. Er schien also gar nicht untergegangen zu sein. Vielmehr sah es ganz so aus, als wäre er noch am Leben. Doch als der Hubschrauber tiefer ging, so tief, daß es unten wie Gischt hochstäubte, sah die Besatzung ganz deutlich: Er war tot. Per Funk wurde die Position durchgegeben, eine Motorbarkasse lief aus, und drei Stunden später kehrte sie mit der Leiche an Bord zurück.

Inzwischen hatte sich die Nachricht bereits verbreitet. Für eine ganze Anzahl ortsansässiger Kreter war Dane bereits zum vertrauten Anblick geworden, und so mancher hatte gern einige scheue Worte mit ihm gewechselt. Sie liebten ihn, obwohl sie gar nicht wußten, wer er war. Und jetzt kamen sie, kamen alle zum Meer, da er auf der Barkasse zurückkehrte: die Frauen sämtlich in Schwarz, die Männer in altmodischen beutligen Hosen, weiße Hemden am Kragen offen, die Ärmel hochgekrempelt. Und stumm standen sie, wartend.

Als die Barkasse ans Ufer kam, sprang ein bulliger Sergeant hinaus auf den Sand und drehte sich dann um. Man reichte ihm ein Bündel, das in eine Decke gewickelt war. Er nahm es und legte es dann mit Hilfe eines anderen Mannes auf den trockenen Sand. Die Decke glitt auseinander, und von den Kretern kam es wie ein Zischeln, ein Tuscheln. Sie traten näher, preßten Kruzifixe an ihre

Lippen, und die Frauen ließen ein eigentümlich leises Wehklagen hören, ein Oooooooo! das fast melodisch klang: voll Trauer und voll leidender Geduld, so überaus irdisch und so überaus weiblich.

Es war jetzt ungefähr fünf Uhr nachmittags. Langsam sank die Sonne den Klippen im Westen entgegen. Deutlich sah man inmitten der Gruppe die liegende Gestalt: die goldbraune Haut, die salzverkrusteten Wimpern, das Lächeln um die bläulichen Lippen. Man brachte eine Tragbahre, und gemeinsam trugen die Kreter und die amerikanischen Soldaten Dane fort.

Obwohl in Athen starke politische Unruhen herrschten, gelang es dem amerikanischen Colonel im Flugzeugstützpunkt, über eine besondere Wellenlänge mit seinen Vorgesetzten Verbindung zu bekommen. In der Hand hielt er Danes blauen australischen Paß. Wie es die Regel ist, ließ sich daraus kaum etwas über den Menschen erfahren. Unter Beruf war nur angegeben: „Student.“ Und ganz hinten fand sich als nächste Angehörige Justine vermerkt, mit ihrer Londoner Adresse. Ohne weiter auf die juristische Bedeutung zu achten, hatte Dane sie als nächste Angehörige genannt, weil, von Rom aus gerechnet, London viel näher war als Gillanbone oder Drogheda. In seinem kleinen Zimmer im Gasthaus stand, ungeöffnet, jener kleine, schwarze Koffer, der alles enthielt, was Dane als Priester gebraucht hatte. Dieser Koffer und der Kleiderkoffer würden in absehbarer Zeit an eine noch zu nennende Adresse geschickt werden.

Als um neun Uhr früh das Telefon klingelte, wälzte sich Justine herum, öffnete müde ein Auge, fluchte laut und schwor, das verflixte Ding endlich abmontieren zu lassen. Wenn die übrige Welt meinte, es sei nur normal, morgens um neun irgendwie aktiv zu sein, hatte sie dann das Recht, das auch bei ihr vorauszusetzen?

Doch das Telefon klingelte und klingelte und hörte nicht auf zu klingeln. War das womöglich Rain? Dieser Gedanke ließ sie endgültig wach werden. Sie stand auf und ging hinüber ins Wohnzimmer. Seit gut einer Woche hatte sie ihn nicht mehr gesehen. In Bonn gab es eine politische Krise, und er jagte von Sitzung zu Sitzung. Vorläufig werde er kaum kommen können, hatte er gesagt. Aber vielleicht war inzwischen wieder alles in Ordnung, und er rief sie an, um ihr seinen Besuch anzukündigen.

„Hallo?“

„Miß Justine O'Neill?“

„Ja, am Apparat.“

„Dies ist Australia House, in der Aldwych, wissen Sie?“ Die

Stimme sprach mit britischem Akzent und nannte einen Namen, aber Justine achtete nicht weiter darauf. Also doch nicht Rainer, dachte sie, wie schade.

„Also gut, Australia House." Sie gähnte, scheuerte die rechte Fußsohle gegen die linke Wade. „Worum handelt sich's denn?"

„Haben Sie einen Bruder namens Dane O'Neill?"

Plötzlich waren Justines Augen weit geöffnet. „Ja, ganz recht."

„Miß O'Neill, es tut mir sehr leid, daß ich eine traurige Nachricht für Sie habe."

„Traurige Nachricht? Ja, was für eine traurige Nachricht, um Gottes willen? Was ist passiert?"

„Ich bedaure, Ihnen mitteilen zu müssen, daß Ihr Bruder, Mr. Dane O'Neill, gestern bei Kreta ertrunken ist, und zwar, soweit wir wissen, bei einer mutigen Rettungsaktion. Allerdings sind, der gegenwärtigen Unruhen in Griechenland wegen, die Nachrichtenverbindungen schlecht und unsere Informationen entsprechend dürftig."

Justine lehnte sich gegen die Wand beim Telefon, und dann glitt sie, unfähig, sich auf den Beinen zu halten, langsam zu Boden, den Telefonhörer noch in der Hand. Sie weinte nicht, blieb völlig stumm; bis dann ein kaum hörbares Geräusch über ihre Lippen kam, ein Schluchzen, das tief in der Kehle saß und sich nicht befreien konnte. Dane ertrunken. Dane tot. Kreta. Dane ertrunken. Tot, tot.

„Miß O'Neill? Sind Sie am Apparat, Miß O'Neill?" fragte die Stimme beharrlich.

Tot. Ertrunken. Mein Bruder.

„Miß O'Neill, antworten Sie!"

„Ja, ja, ja, ja, *ja!* Ja, ich bin hier. O Gott!"

„Da Sie ja wohl seine nächste Angehörige sind, haben Sie darüber zu befinden, was mit der Leiche geschehen soll. – Miß O'Neill, hören Sie?"

„Ja, ja!"

„Was also soll mit der Leiche geschehen, Miß O'Neill?"

Leiche! Und die Stimme sagte so einfach *die* Leiche, sie sagte nicht einmal *seine* Leiche. Oh, Dane, mein Dane!

Ihr Schluchzen klang lauter. Mühsam sagte sie: „Nächste Angehörige . . . das ist wohl eigentlich . . . meine Mutter."

Eine kurze Pause trat ein. „Dies ist äußerst schwierig, Miß O'Neill. Wenn Sie nicht die nächste Angehörige sind, dann haben wir kostbare Zeit vergeudet." Die höfliche Anteilnahme wich unverkennbarer Ungeduld. „Sie scheinen nicht zu verstehen, daß in Griechenland ein Umsturz vor sich geht, und der Unfall hat sich bei Kreta ereignet, und da die Insel am weitesten entfernt liegt, sind die Nachrichtenverbindungen dorthin auch besonders schlecht. Wirklich! Bei den gegenwärtigen Zuständen in Athen hat man uns gebeten, möglichst umgehend mitzuteilen, was mit der Leiche geschehen soll, da sehr wohl der Fall eintreten könnte, daß schon bald überhaupt keine Nachrichtenverbindung mehr möglich ist. Befindet sich Ihre Mutter bei Ihnen? Darf ich sie bitte sprechen?"

„Meine Mutter ist nicht hier. Sie ist in Australien."

„In Australien? Guter Gott, das wird ja immer schlimmer! Jetzt werden wir erst nach Australien telegrafieren müssen; noch mehr Verzögerung. Wenn Sie nicht die nächste Angehörige des Ertrunkenen sind, Miß O'Neill, warum steht das dann im Paß Ihres Bruders?"

„Das weiß ich nicht", erwiderte sie.

„Geben Sie mir die Adresse Ihrer Mutter in Australien. Wir werden ihr sofort telegrafieren. Wir müssen wissen, was mit der Leiche geschehen soll! Bis wir das Antworttelegramm erhalten, vergehen rund zwölf Stunden. Ich hoffe, Sie sind sich darüber im klaren."

„Dann vergeuden Sie doch nicht die Zeit mit Telegrafieren. Rufen Sie sie an."

„Bedauerlicherweise ist es uns unmöglich, die Kosten für Telefonanrufe dieser Art zu tragen", sagte die steife Stimme. „Wenn Sie jetzt die Freundlichkeit hätten, mir den Namen und die Adresse Ihrer Mutter zu nennen . . ."

„Mrs. Meggie O'Neill, Drogheda, Gillanbone, Neusüdwales, Australien." Die unvertrauten Namen buchstabierte sie.

„Noch einmal, Miß O'Neill – mein aufrichtiges Beileid."

Es klickte in der Leitung, und Justine starrte auf den Hörer in ihrer Hand. Sie saß noch auf dem Fußboden, den Rücken gegen die Wand gestützt. Es war ein Irrtum, natürlich war es ein Irrtum, es konnte gar nicht anders sein. Dane ertrunken? Er, der ein so hervorragender Schwimmer war? Nein, nein, niemals. Alles würde sich aufklären. Nur ein Irrtum, nichts als ein Irrtum.

Aber du weißt, daß es kein Irrtum ist, Justine, nicht wahr? Du hättest ihn begleiten müssen und beschützen. Beschützt hast du ihn von klein auf. Er hatte dich gebeten, nach Griechenland mitzufahren. Du hättest also bei ihm sein müssen, dann wäre es vielleicht nicht geschehen. Du hättest verhindern müssen, daß er sich einer Gefahr aussetzt. Oder aber du wärst gemeinsam mit ihm umgekommen.

Statt ihn zu begleiten, bist du nach London zurückgekehrt. Weil du so sehr wolltest, daß Rain zu dir kommt. Weil du dich nach seiner Liebe gesehnt hast. O Gott!

Jeder Gedanke fiel schwer, so unendlich schwer. Sie versuchte aufzustehen und konnte es nicht, war noch immer wie gelähmt. Unaufhörlich wirbelte es ihr durch den Kopf. Dane. Ertrunken. Dane. Tot. Dane. Ertunken. Dane. Tot. Schließlich fiel ihr ihre Mutter ein und all die anderen auf Drogheda. Gott, wie würde sich das wohl abspielen? Wie würde man ihnen die Mitteilung machen, wie ihnen die furchtbare Nachricht überbringen.

Einen Augenblick schien ihr, als könnte sie die Szene vor sich sehen. Der alte Sergeant Ern von der Gillanbone-Polizei soll das Telegramm sofort nach Drogheda bringen. Er setzt sich ins Auto, fährt Kilometer um Kilometer. Ist so plump in seiner Art, versteht es halt nicht besser. Sagt: Mrs. O'Neill, mein herzliches Beileid auch, Ihr Sohn ist tot . . . Plumpe, leere Worte . . . Nein! Ich kann nicht zulassen, daß ihr das geschieht, sie ist auch meine Mutter! Ich will nicht, daß sie es auf ähnliche Weise erfährt wie ich.

Sie hob die Hand zum Telefonapparat und nahm ihn vom Tisch und stellte ihn sich auf den Schoß. Wenig später sprach sie mit der Telefonistin. „Eine Fernverbindung mit Australien. Ja, Australien. Gillanbone eins-zwei-eins-zwei. Und beeilen Sie sich, bitte – bitte."

Es war Meggie selbst, die den Anruf entgegennahm. Fee lag um diese späte Stunde längst im Bett. Meggie hingegen blieb in letzter Zeit gern noch länger auf. Ein Buch in der Hand, saß sie dann, ohne eigentlich zu lesen, lauschte gern den Grillen und den Fröschen, ließ sich Erinnerungen durch den Kopf gehen.

„Hallo?"

„Anruf aus London, Mrs. O'Neill", sagte Hazel in Gilly.

„Hallo, Justine." Meggie war nicht im geringsten beunruhigt. In größeren Zeitabständen rief Jussy in Drogheda an, um sich zu erkundigen, wie es allen ging.

„Mum? Bist du das, Mum?"

„Ja, ich bin's." Irgend etwas stimmte nicht. Selbst über die riesige Entfernung hinweg blieb Justines Erregung deutlich spürbar.

„Oh, Mum! Oh, Mum!" Es klang wie ein Keuchen oder ein Schluchzen. „Mum, Dane ist tot. Dane ist tot!"

Unter Meggies Füßen klaffte es auf. Eine Höhlung, in der sie hilflos versank. Die sich über ihr schloß und der sie nie wieder entrinnen würde. Was können mir die Götter denn noch antun? So hatte sie gefragt, so unendlich töricht. Als ob sie es nicht besser hätte wissen müssen. Versuche die Götter nicht, denn sie lieben es, herausgefordert zu werden.

Aber habe ich nicht verzichtet: darauf verzichtet, in seinem schönsten Augenblick bei ihm zu sein? Ich hatte geglaubt, dadurch sei es abgebüßt. Das Gesicht nicht sehen zu können, das mir das liebste ist von allen. Ist? Ist? War . . .

Einen kurzen Augenblick brauchte sie noch, um sich zu fassen. Als sie dann sprach, klang ihre Stimme völlig beherrscht und ohne das leiseste Zittern. „Versuche, ruhig zu bleiben, und erzähle. Bist du sicher?"

„Australia House hat mich angerufen – man glaubte, ich sei die nächste Angehörige. Irgendein entsetzlicher Mensch wollte von mir wissen, was mit der Leiche geschehen solle. Ja, genauso sagte er's: *die* Leiche, und nicht etwa: *seine* Leiche. Als ob es nur noch ein *Ding* wäre." Meggie hörte ihr Schluchzen. „Oh, Mum, Dane ist tot!"

„Wie, Justine? Wie ist es geschehen und wo? In Rom? Warum hat Ralph mich nicht angerufen?"

„Nein, nicht in Rom. Der Kardinal weiß wahrscheinlich nichts davon. Auf Kreta. Der Mann sagte, es sei bei einer Rettungsaktion passiert. Dane machte Urlaub, Mum. Und er hatte mich gebeten, ihn zu begleiten. Aber das tat ich dann nicht. Ich wollte die Desdemona spielen, ich wollte mit Rain zusammen sein. Wäre ich doch nur bei ihm gewesen! Vielleicht wäre es dann nicht passiert! O Gott, was kann ich tun?"

„Hör auf, Justine", sagte Meggie streng. „Solche Gedanken führen zu nichts! Du weißt, daß Dane so etwas nicht billigen würde. Dinge geschehen, und wir wissen nicht, weshalb. Wichtig ist jetzt, daß du gut auf dich selbst aufpaßt. Oh, Jussy, Jussy, ich möchte dich nicht auch noch verlieren. Du bist das einzige, was mir noch geblieben ist, und wir sind so weit voneinander entfernt! Die Welt ist so groß, zu groß! Komm heim! Ich kann den Gedanken nicht ertragen, daß du dort so ganz für dich allein bist!"

„Nein, ich muß arbeiten. Arbeit – das ist die einzige Lösung für mich. Wenn ich nicht arbeite, schnappe ich über. Ich will keine Menschen, ich will keinen Trost. Oh, Mum!" Sie schluchzte laut. „Wie sollen wir ohne ihn leben?"

Ja, wie? dachte Meggie. Und was war das, dieses Leben? Von Gott kamst du, zu Gott kehrst du zurück. Staub zu Staub, Asche zu Asche. Leben? Das ist für uns, die wir versagt haben. Gieriger Gott, der die Guten zu sich nimmt und uns, dem verrotteten Rest, diese Welt gibt, damit wir weiter vor uns hinfaulen.

611

Doch wieder klang ihre Stimme völlig ruhig. „Keiner von uns weiß, wie lange er leben wird, und das ist wohl auch gut und richtig so. Vielen Dank, Jussy, daß du mich angerufen hast, um es mir selbst zu sagen."

„Ich wollte nicht, daß es ein Fremder tut, Mum . . . Leere Worte, du weißt schon. Was wirst du tun? Was kannst du tun?"

Meggie nahm alle Kraft zusammen. Über die vielen tausend Kilometer hinweg versuchte sie, der einsamen Justine ein Gefühl der Wärme und des Trostes zu geben. Ihr Sohn war tot, ihre Tochter lebte noch. Sie galt es jetzt zu schützen, zu bewahren. Ihr Leben lang schien Justine nur einen Menschen wirklich geliebt zu haben, Dane. Niemanden sonst, nicht einmal sich selbst.

„Justine", sagte Meggie. „Liebes, weine nicht. Versuche, nicht in Trauer zu versinken. Er hätte das nicht haben wollen, das weißt du doch, nicht wahr? Komm nach Hause und vergiß. Wir werden auch dafür sorgen, daß Dane nach Drogheda kommt. Dem Gesetz nach gehört er wieder mir. Er gehört nicht der Kirche, und sie können mich nicht hindern. Ich werde sofort Australia House anrufen und auch die Botschaft in Athen, falls ich durchkomme. Er *muß* heimkehren! Auf Drogheda muß er bestattet werden, nirgends sonst. Hier gehört er her. Er muß heimkommen, und bitte, Justine, komm du auch."

Doch Justine, in ihrer Londoner Wohnung, saß zusammengeduckt und schüttelte wieder und wieder den Kopf. Heimkommen? Nie mehr. Hätte sie Dane begleitet, so wäre er jetzt nicht tot. Heimkommen und das Gesicht ihrer Mutter sehen, Tag für Tag, auf Monate, auf Jahre? Ein Gesicht, daß vielleicht ohne Vorwurf blieb . . . und dennoch . . . ja, dennoch . . .

„Nein, Mum", sagte sie, während ihr die Tränen heiß wie geschmolzenes Metall über die Wangen liefen. „Ich werde hierbleiben und arbeiten. Ich meine, natürlich begleite ich Dane heim. Aber auf Drogheda leben, nein, das kann ich nicht. Ich kehre dann wieder nach hier zurück."

Drei Tage lang warteten sie wie in einem Vakuum, Justine in London, Meggie und die Familie auf Drogheda. Keine offizielle Nachricht oder Bestätigung war zu erhalten, und so flackerte wieder Hoffnung auf. Oh, gewiß würde sich alles doch noch als Irrtum herausstellen, denn sonst wüßte man amtlich inzwischen doch bestimmt Genaues!

Ein Klopfen bei Justine an der Eingangstür, ja, ja, genauso würde es sein, und der dann da draußen stand, war natürlich Dane, ein Lachen auf den Lippen, ein Lachen in den Augen. Was für ein Unsinn aber auch, der bloße Gedanke, daß er ertrunken sein könnte, ein so guter und kräftiger Schwimmer. Nein, nein, wirklich nicht, aber bei dem Umsturz, der sich gerade in Griechenland ereignete, konnte es in der Nachrichtenübermittlung schon zu grotesken Irrtümern kommen.

Ein Irrtum, ja, gar kein Zweifel. Dane war nicht tot, war nicht ertrunken.

Doch am Morgen des vierten Tages erhielt Justine dann jene genaue Nachricht, vor der sie sich so gefürchtet hatte. Mit den langsamen Bewegungen einer alten Frau wählte sie eine Nummer, bat um eine Fernverbindung mit Australien, Gillanbone eins-zwei-eins-zwei, und wartete dann.

„Mum?" fragte sie schließlich.

„Justine?"

„Oh, Mum, er ist bereits begraben worden, wir können ihn nicht nach Hause bringen! Was sollen wir tun? Man konnte mir nur sagen, daß er irgendwo auf Kreta bestattet ist. Den Namen des Dorfes kennt man nicht. Bis das Telegramm eintraf, hatten ihn schon irgendwelche Leute fortgeschafft und beerdigt. Er liegt in irgendeinem nicht näher gekennzeichneten Grab! Ich kann für Griechenland kein Visum bekommen. Niemand ist bereit zu helfen. Es ist ein einziges Chaos. Was wollen wir tun, Mum?"

„Wir werden uns in Rom treffen, Justine", sagte Meggie. Bislang hatten sie gezögert, Rom zu verständigen, weil es noch Hoffnung zu geben schien, daß sich das Ganze als ein lächerlicher Irrtum erwies.

Auf Drogheda standen sie jetzt alle um das Telefon im Salon, nur Anne Müller fehlte. Die Männer schienen in den letzten drei Tagen um zwanzig Jahre gealtert zu sein, Fee glich einem völlig zusammengeschrumpften kleinen Vogel. Ruhlos hatte es sie durchs Haus getrieben, und unaufhörlich hatte sie vor sich hingemurmelt: „Warum konnte nicht ich das sein? Warum mußten sie ihn nehmen? Ich bin alt! Mir hätte es nichts ausgemacht zu sterben, warum also mußte er es sein? Hätten sie doch nur mich genommen! Ich bin alt!" Anne Müller hatte einen Nervenzusammenbruch erlitten, Mrs. Smith, Minnie und Cat sah man nur noch in Tränen.

Meggie legte den Hörer auf und blickte wortlos vom einen zum anderen. Dies also war alles, was von Drogheda übriggeblieben war. Ein kleiner Haufen alter Männer und alter Frauen.

„Dane ist unauffindbar", sagte sie. „Er liegt irgendwo auf Kreta begraben. Das ist so weit von uns weg! Wie kann er nur so weit von Drogheda ruhen? Ich werde nach Rom reisen, zu Ralph de Bricassart. Wenn uns irgend jemand helfen kann, dann er."

Der Sekretär trat zu Kardinal de Bricassart ins Zimmer.

„Euer Eminenz, ich bitte die Störung zu verzeihen, aber da ist eine Dame, die Sie unbedingt sprechen möchte. Ich habe versucht, ihr klarzumachen, daß Sie im Augenblick wirklich viel zu beschäftigt seien, um irgend jemanden zu empfangen, aber sie sagt, sie werde im Vorraum warten, bis Sie Zeit für sie gefunden hätten."

„Macht sie den Eindruck, daß sie in Not ist?"

„In großer innerer Not, Euer Eminenz, das ist leicht zu erkennen. Sie bat mich, Ihnen zu sagen, daß ihr Name Meggie O'Neill ist."

Hastig erhob sich der Kardinal. Aus seinem Gesicht war alles Blut entwichen. Es wirkte so weiß wie sein Haar.

„Euer Eminenz! Ist Ihnen unwohl?"

„Nein, nein, schon gut, keine Sorge. Sagen Sie meine nächsten Verpflichtungen ab. Führen Sie Mrs. O'Neill sofort herein und sorgen Sie dafür, daß wir ungestört bleiben, es sei denn, der Heilige Vater verlangt mich."

Der Sekretär verbeugte sich. O'Neill – dachte er im Hinausgehen. Natürlich! So hieß ja der junge Dane. Daran hätte er sich sofort erinnern müssen. Ah, da war ihm ein grober Schnitzer unterlaufen. Er hätte die Dame nicht warten lassen dürfen. Wenn Dane der innig geliebte Neffe Seiner Eminenz war, so war Mrs. O'Neill zweifellos seine innig geliebte Schwester.

Als Meggie eintrat, erkannte der Kardinal sie kaum wieder. Dreizehn Jahre war es her, seit er sie zum letzten Mal gesehen hatte. Sie war dreiundfünfzig, er war einundsiebzig. Nicht nur er alterte jetzt, sondern auch sie. Eigentlich hatte sich ihr Gesicht weniger verändert, als daß es etwas Gesetztes angenommen hatte, eine Ausprägung, die ganz und gar nicht mit jener übereinstimmte, die er in seiner Erinnerung gegeben hatte. An Stelle der Lieblichkeit, die er in seinem Gedächtnis bewahrte, fand sich eine unverkennbare Strenge, ja Schärfe, an Stelle der Sanftmut ein unübersehbarer Anflug von Härte. Sie glich mehr einer zwar alternden, aber doch tatkräftigen und eigensinnigen Märtyrerin als der resignierten, kontemplativen Heiligen seiner Träume. Ihre Schönheit war so bezaubernd wie eh und je, ihre Augen besaßen noch immer das klare, silbrige Grau, doch der Glanz in ihnen war härter, und das einst so kraftvoll wirkende rotblonde Haar zeigte jetzt einen Farbton wie gedecktes Beige, Danes Haar irgendwie ähnlich, allerdings ohne das Leben darin.

Enttäuschend, wenn nicht bestürzend für ihn war, daß sie ihn nur mit einem kurzen Blick streifte, ihm keine Gelegenheit gab, ihr in die Augen zu sehen.

Steif deutete er auf einen Sessel. „Bitte, nimm doch Platz."

„Danke", erwiderte sie genauso steif.

Als sie saß, konnte er sehen, daß ihre Beine und ihre Fußknöchel stark geschwollen waren.

„Meggie! Bist du von Australien hergeflogen, ohne irgendwo Zwischenstation zu machen? Was ist geschehen?"

„Ja", erwiderte sie. „Während der letzten neunundzwanzig Stunden habe ich, zwischen Gillanbone und Rom, praktisch immer in irgendeinem Flugzeug gesessen und nichts weiter zu tun gehabt, als durch das Fenster hinauszustarrren in die Wolken und zu denken." Ihre Stimme klang hart, kalt.

„Was ist geschehen?" fragte er begierig, besorgt und ungeduldig zugleich.

Sie hob ihren Blick und sah ihn an, sehr gerade, sehr direkt.

Da war irgend etwas Furchtbares in ihren Augen, etwas so Dunkles und Fröstelndes, daß er fühlte, wie es ihm eisig über den Nacken kroch. Unwillkürlich hob er die Hand, strich sich übers Genick.

„Dane ist tot", sagte Meggie.

Seine Hand sackte herab und lag dann, als er sich auf irgendeinen Sitz hatte gleiten lassen, wie eine schlaffe Stoffpuppe auf seinem roten Schoß. „Tot?" fragte er langsam. „Dane tot?"

„Ja. Er ist vor sechs Tagen bei Kreta ertrunken, als er ein paar Frauen aus dem Meer rettete."

Er beugte sich vor, verbarg das Gesicht in den Händen. „Er ist tot?" Seine Stimme klang undeutlich. „Dane ist tot? Mein Dane ist tot, mein schöner Dane? Aber das kann doch nicht sein! Er war der vollkommene Priester. Er war all das, was ich nicht sein konnte – er besaß es." Seine Stimme brach. „Er hat es stets gehabt, das erkannten wir alle, wir, die wir keine vollkommenen Priester sind. Tot? O mein Herr und Gott!"

„Bemühe deinen lieben Gott jetzt nicht, Ralph", sagte die Fremde, die ihm gegenübersaß. „Es gibt für dich Wichtigeres zu tun. Ich bin gekommen, um dich um Hilfe zu bitten – nicht, um deine Trauer mit anzusehen. Während der vielen Stunden in den Flugzeugen habe ich mir genau durch den Kopf gehen lassen können, was ich zu dir sagen will. Ich saß und starrte in die Wolken, wußte, daß Dane tot war. Und, glaube mir, deine Trauer kann mich jetzt nicht mehr bewegen."

Und doch: als er sein Gesicht aus den Händen hob, spürte sie in ihrem toten, kalten Herzen ein eigentümliches Zucken. Es war Danes Gesicht, das sie vor sich sah, nur trug es, tief eingeprägt, die Züge durchlittenen Lebens, und eben dies – ja, eben dies würde

615

Dane erspart bleiben. O Gott, ich danke dir! Gott, ich danke dir, daß er tot ist, daß er nie wird durchmachen müssen, was dieser Mann durchgemacht hat, was ich durchgemacht habe. Besser, tot zu sein, als so zu leiden.

„Wie kann ich helfen, Meggie?" fragte er ruhig, und es war deutlich zu sehen, wie er alle persönlichen Gefühle unterdrückte, um seiner Aufgabe gerecht werden zu können: als ihr geistlicher Ratgeber.

„In Griechenland herrscht im Augenblick das Chaos. Man hat Dane auf Kreta begraben, aber ich weiß nicht, wo er liegt und wann es geschehen ist. Ich begreife auch nicht ganz, wie es dazu kommen konnte. Allerdings könnte es sein, daß meine Anweisung, ihn nach Australien zu überführen, wegen der politischen Unruhen in Griechenland erst viel zu spät eingetroffen ist. Bei dem heißen Klima auf Kreta dürfte es mit einem Toten ähnlich sein wie in Australien, und als sich niemand meldete, glaubte man wohl, er habe keine Angehörigen, und begrub ihn." Sie beugte sich vor. Ihr Gesicht war hart, voll innerer Anspannung. „Ich will meinen Sohn widerhaben, Ralph. Ich will, daß er gefunden wird und dort seine letzte Ruhestätte hat, wo er hingehört – auf Drogheda. Ich habe Jims versprochen, ihn nach Drogheda zurückzubringen, und das werde ich auch tun – und wenn ich auf Händen und Füßen durch jeden Friedhof auf Kreta kriechen muß. Schlag dir also den Gedanken an eine römische Priestergruft für ihn aus dem Kopf, Ralph. Ich würde dagegen kämpfen, und wenn ich vor die höchsten Gerichte ziehen müßte. Er muß heimkehren."

„Niemand wird dir das verweigern, Meggie", sagte er sanft. „Es ist geweihter Boden, und mehr verlangt die Kirche nicht. Ich hätte von mir aus darauf gedrungen, daß er auf Drogheda bestattet wird."

Sie schien kaum richtig zugehört zu haben. „All die Formalitäten, die notwendig sind", sagte sie, „damit werde ich allein nicht fertig. Ich spreche nicht griechisch, und irgendwelchen Einfluß besitze ich auch nicht. Deshalb bin ich zu dir gekommen. Damit du deinen Einfluß geltend machst. Ich will meinen Sohn wiederhaben. Hilf mir dabei, Ralph!"

„Natürlich, Meggie. Mach dir da bitte keine Sorgen. Es wird gelingen, wenn auch vielleicht nicht so schnell, wie es uns lieb wäre. Die Linken sind jetzt an der Macht, und sie sind sehr antikatholisch. Aber ich bin in Griechenland nicht ohne Freunde, und so kann und wird es gelingen. Er ist ein Priester der Heiligen Katholischen Kirche, und wir werden ihn finden und zurückholen. Warte, ich will sofort alle Hebel in Bewegung setzen."

Seine Hand streckte sich nach der Klingelschnur. Doch er zog nicht daran. Meggies harter, kalter Blick ließ ihn innehalten.

„Du scheinst nicht zu verstehen, Ralph. Ich will nicht, daß irgendwelche Hebel in Bewegung gesetzt werden. Ich will meinen Sohn wiederhaben – nicht nächste Woche oder nächsten Monat, sondern jetzt! Du sprichst griechisch, du kannst für dich und mich Visa bekommen, und wenn du mich *sofort* nach Griechenland begleitest, dann bist du gewiß imstande, mir sehr bald meinen Sohn wiederzugeben."

In seinen Augen spiegelte sich viel: Zärtlichkeit, Anteilnahme, Schock, Schmerz. Gleichzeitig waren es jedoch auch die Augen des Priesters, ruhig, nüchtern, vernünftig. „Meggie, ich liebe deinen Sohn, als ob er mein eigener wäre, aber ich kann Rom zur Zeit nicht verlassen. Im übrigen weißt du vielleicht besser als jeder sonst, daß es keinesfalls in meiner Macht steht, frei über mich zu verfügen. Was immer ich auch für dich empfinde, wie sehr ich auch um Dane trauere, noch haben wir in Rom das Konzil, ein sehr wichtiges Konzil, und ich kann nicht fort, sondern muß mich dem Heiligen Vater unmittelbar zur Verfügung halten."

Sie zuckte zurück, als hätte sie einen harten Schlag erhalten. Wie benommen schüttelte sie den Kopf, lächelte dann eigentümlich verzerrt. Ein Zittern ging durch ihren Körper, sie fuhr sich mit der Zunge über die Lippen, schien dann zu einem Entschluß zu kommen. Plötzlich saß sie sehr steif und sehr gerade. „Liebst du meinen Sohn wirklich, als ob er dein eigener wäre, Ralph?" fragte sie. „Was würdest du denn für einen *eigenen* Sohn tun? Würdest du dich zurücklehnen und zu seiner Mutter sagen: ,Nein, tut mir ja sehr leid, aber ich kann mir keine Zeit dafür nehmen?' Könntest du das zu der Mutter deines Sohnes sagen?"

Danes Augen und doch nicht Danes Augen. Hilflos und verwirrt blickten sie Meggie an, voll Schmerz.

„Ich habe keinen Sohn", sagte er. „Doch zu den vielen, vielen Dingen, die ich von deinem Sohn gelernt habe, gehört dies: daß meine Treue und Ergebenheit einzig und allein Gott dem Allmächtigen gehört."

„Dane war auch dein Sohn", sagte sie.

Er starrte sie verständnislos an. „Was?"

„Ich habe gesagt: Dane war auch dein Sohn. Als ich Matlock Island verließ, war ich schwanger. Dane war von dir, nicht von Luke O'Neill."

„Das – ist – nicht – wahr!"

„Ich habe nie gewollt, daß du es erfährst, nicht einmal jetzt", sagte sie. „Glaubst du, ich würde dich belügen?"

„Vielleicht ja", erwiderte er mit schwankender Stimme. „Um dein Ziel zu erreichen. Damit ich dich sofort nach Griechenland begleite."

Sie stand auf, trat zu dem mit rotem Brokat bezogenen Sessel, in dem er saß, und nahm seine schmale, wie pergamentene Hand. Sie beugte sich darüber, küßte den Ring, und unter ihrem Atem schien sich der Rubin milchig zu beschlagen. „Bei allem, was dir heilig ist, Ralph, schwöre ich dir, daß Dane dein Sohn war. Er war nicht von Luke und konnte nicht von Luke sein. Bei seinem Tode schwöre ich's dir."

Ein eigentümliches Geräusch erklang. Ein Klagelaut, der aus tiefsten Tiefen zu schrillen schien und der dennoch wie ein ersticktes Röcheln war. Eine Seele trat ein durch die Sorten der Hölle. Ralph de Bricassart stürzte aus dem Sessel vornüber. Und kniete dann zusammengekauert auf dem roten Teppich, das Gesicht in den gewinkelten Armen verborgen, die Finger ins weiße Haar gekrallt.

„Ja, weine nur!" sagte Meggie. „Weine jetzt, da du es weißt! Einer von uns beiden muß doch Tränen um ihn vergießen können. Ja, weine, Ralph! Sechsundzwanzig Jahre lang habe ich deinen Sohn gehabt, aber du wußtest es nicht, du warst blind dafür. Du hast dein Ebenbild nicht erkannt! Als meine Mutter bei seiner Geburt den ersten Blick auf ihn warf, wußte sie's sofort. Du jedoch hast es nie gesehen. Deine Hände, deine Füße, dein Gesicht, deine Augen, dein Körper. Nur seine Haarfarbe war anders. Alles übrige war genau wie bei dir. Verstehst du jetzt? Als ich ihn zu dir schickte, schrieb ich dir: ‚Ich gebe zurück, was ich gestohlen habe.' Erinnerst du dich? Nur – wir haben beide gestohlen, Ralph. Wir stahlen, was du Gott geweiht hattest, und wir haben beide bezahlen müssen."

Sie setzte sich wieder. Mitleidlos und unversöhnlich betrachtete sie die zusammengekauerte rote Gestalt auf dem Fußboden. „Ich habe dich geliebt, Ralph, aber du hast mir nie gehört. Was ich von dir hatte, mußte ich mir stehlen. Dane gehörte mir, ihn habe ich von dir bekommen. Ich hatte mir geschworen, dich das nie wissen zu lassen. Ich hatte mir geschworen, dir nie eine Gelegenheit zu geben, ihn mir wegzunehmen. Und dann war er selbst es, der sich dir gab, ganz aus eigenem. Den Inbegriff eines vollkommenen Priesters nannte er dich. Wie habe ich doch darüber gelacht! Doch um nichts in der Welt hätte ich dir diese Waffe in die Hand gegeben – daß du wußtest, daß er von dir war. Nur jetzt, *jetzt* ist das anders; sonst hätte ich es dir bestimmt nicht gesagt. Aber welche Rolle spielt das noch? Er gehört uns nicht mehr, weder dir noch mir. Er gehört Gott."

Kardinal de Bricassart charterte ein Privatflugzeug nach Athen, und gemeinsam mit Meggie und Justine brachte er Dane heim nach Drogheda.

Und er bereitete sich vor.

Ich muß die Messe halten, die Totenmesse für meinen Sohn. Fleisch von meinem Fleische. Als ich wieder zur Besinnung kam, zweifelte ich nicht länger daran. Vittorio hat es sofort gewußt, als er den Jungen sah, und in meinem Herzen muß auch ich es gewußt haben. Doch meine Augen blieben blind. Fee hat es gewußt. Anne Müller hat es gewußt. Aber nicht wir Männer. Uns konnte man es nicht sagen. Wir taugten nicht dazu. Denn so denkt ihr Frauen und hütet eure Geheimnisse vor uns. Weil ihr es uns heimzahlen wollt, daß der Herr euch nicht nach seinem Ebenbild erschaffen hat. Vittorio erkannte. Doch was ihn erkennen und dann seine Zunge hüten ließ, war das Weibliche an ihm. Ein Racheakt, ein meisterhafter Racheakt . . .

Sprich, Ralph de Bricassart: öffne den Mund, breite segnend die Hände aus und sage, was zu sagen ist, für die Seele dessen, der dein Sohn war. Den du mehr geliebt hast, als du seine Mutter liebtest, ja, mehr. Denn er war ja du selbst, nur besser, vollkommener.

„In Nomine Patris, et Filii, et Spiritus Sancti . . ."

Die Kapelle war voll. Alle waren da, die da sein konnten. Die Kings, die O'Rourkes, die Davieses, die Pughs, die MacQueens, die Gordons, die Carmichaels, die Hopetons. Und die Clearys, die Leute von Drogheda. Alle Hoffnung erloschen, alles Licht erloschen. Und vorn, in einem mit Bleiplatten ausgekleideten Sarg, lag der Priester Dane O'Neill, und Rosen häuften sich über ihm. Wie fügte es sich nur, daß stets, wenn er nach Drogheda kam, die Rosen blühten? Es war Oktober, Hochfrühling sozusagen, und natürlich blühten sie. Die Zeit stimmte.

„Sanctus . . . Sanctus . . . Sanctus . . ."

Mein Dane, mein schöner Sohn. Es ist besser so, ja, so ist es besser. Ich hätte nicht gewollt, daß du zu dem wirst, der ich jetzt bin. Doch habe ich ein Recht, so zu sprechen? O nein, wohl nicht. Wer sagt denn, daß du je so geworden wärst? Du brauchst meine Worte nicht, du hast solche Worte nie gebraucht. Wonach ich unsicher, ja blind, tastete, du fandest es instinktiv. Und nicht du bist es, der unglücklich ist, sondern wir hier, wir Hinterbliebenen. Habe Mitleid mit uns, und wenn unsere Zeit kommt, dann hilf.

„Ite, Missa est . . . Requiescat in pace . . ."

Der Sarg. Hinaus aus der Kapelle, über den Rasen, vorbei am Geister-Eukalyptus, den Rosen, den Pfefferbäumen, zum Friedhof. Schlafe, Dane, schlafe. Nur die Guten nimmt Gott so früh zu sich. Warum trauern wir? Ist es nicht ein Glück, dieser Welt so bald schon zu entkommen? Vielleicht ist eben das die Hölle: bis in alle Ewigkeit so leiden zu müssen wie auf Erden. Vielleicht erleiden wir in unserem irdischen Leben schon die Hölle ...

Der Tag verging, die Trauergäste verließen Drogheda. Die Menschen im großen Haus bewegten sich eigentümlich langsam, und sie mieden einander. Justine fuhr zusammen mit Jean und Boy King nach Gillanbone. Von dort sollte es mit dem Flugzeug nach Sydney gehen, von Sydney dann in einer anderen Maschine nach London.

Warum verließ sie Drogheda nur so überstürzt wieder? überlegte der Kardinal. Es schien sie buchstäblich fortzutreiben. In Athen, wo sie sich mit Meggie und ihm getroffen hatte, war sie kaum wiederzuerkennen gewesen, nur noch ein Schatten ihrer selbst, oder eher eine schattenhafte Hülle, unter der sie sich verbarg, der Außenwelt entzog. Und das war auch nicht anders gewesen, als sie dann mit Jean und Boy King nach Drogheda kam. Noch tiefer schien sie sich in sich selbst verkrochen zu haben, und ihr Äußeres war von einer sonderbaren Wesenlosigkeit. Nicht einmal die sonst so unverkennbaren Merkmale fielen noch auf, die fahlen Augen, die rauchige Stimme. Weshalb hatte sie Rainer Hartheim nicht verständigt und sich von ihm begleiten lassen? Der Kardinal begriff das nicht. In Rom hatte er selbst verschiedentlich daran gedacht, Rainer anzurufen, aber da war so vieles gewesen ... und dann die Müdigkeit, er war einfach nicht dazu gekommen. Aber Justine? Sie mußte doch wissen, wie sehr Rainer sie liebte, und es wäre eigentlich nur normal gewesen, wenn sie versucht hätte, Rainer gerade jetzt an ihrer Seite zu haben. Doch sie waren sonderbar, die Menschen von Drogheda. Sie schienen ihren Schmerz mit niemanden teilen zu wollen, sie blieben damit lieber allein.

Nach dem Dinner, bei dem kaum jemand einen Bissen angerührt hatte, saß der Kardinal zusammen mit Meggie und Fee im Salon. Außer diesen drei Menschen war niemand hier. Keiner sprach, und das Ticken der Ormolu-Uhr auf dem Kaminsims klang dröhnend in die Stille. Mary Carsons Augen, auf dem Gemälde, starrten herausfordernd zu ihrem Widerpart auf der anderen Seite des Raums, zu dem Bild von Fees Großmutter. Fee und Meggie saßen auf einem cremefarbenen Sofa, und sie saßen so nahe beieinander, daß ihre Schultern sich leicht berührten. Der Kardinal konnte sich nicht erinnern, das früher bei ihnen je gesehen zu haben, diese unmittelbare körperliche Nähe. Doch sie blieben stumm, wechselten keinen Blick miteinander, sahen auch ihn nicht an.

Er versuchte, genauer zu erkennen, worin er gefehlt hatte. Das Maß seiner Schuld, wie groß war es? Zu groß, sagte eine Stimme in ihm. Viel zu groß, um es zu umgreifen. Hochmut, Ehrgeiz, auch eine gewisse Skrupellosigkeit. Aber auch Liebe, widersprach er, meine Liebe zu Meggie.

Doch von der Krönung dieser Liebe hatte er nichts gewußt. Ein grausamer Gedanke. Oder doch nicht? Denn welchen Unterschied hätte es gemacht, zu wissen, daß sein Sohn sein Sohn war? Konnte man Dane mehr lieben, als er ihn geliebt hatte? Wäre er einen anderen Weg gegangen, hätte er von seinem Sohn gewußt? Ja! schrie sein Herz. Nein! höhnte sein Hirn.

Voll Erbitterung kehrte er sich gegen sich selbst. Narr! Du hättest wissen müssen, daß Meggie niemals zu Luke O'Neill zurückkehren würde. Du hättest sofort wissen müssen, wessen Kind Dane war. Wie stolz war sie doch auf ihn! Bei unserem Gespräch in Rom, wie sagte sie da noch? Er war das einzige, was ich von dir bekommen konnte . . . Ja, Meggie, aber in ihm und mit ihm bekamst du das Beste . . .

O Gott, Ralph, wie konntest du nur so blind sein, nicht zu sehen, daß er dein Sohn war? Wieviel Torheit gehörte dazu, das nicht zu begreifen? Und wenn du es schon nicht früher erkanntest, so hättest du es doch spätestens erkennen müssen, als er zu dir nach Rom kam, kein Kind mehr, sondern ein erwachsener Mann. Sie hat darauf gewartet, daß du endlich sehend würdest, sie hat es sich so sehr herbeigewünscht. Und wärst du sehend geworden, so wäre sie vor dir niedergekniet. Du hast nicht gesehen. Du bist blind geblieben: bist es geblieben, weil du nicht sehen wolltest.

Ja, Ralph Raoul, Kardinal de Bricassart: Das war es, was du wolltest, mehr als alles andere, mehr als sie, mehr als deinen Sohn. *Mehr als deinen Sohn!*

Der Raum schien erfüllt von raschelnden Geräuschen, von Flüstern und Wispern, von leisen, spitzen Schreien. Die Uhr auf dem Kaminsims tickte genau im gleichen Takt mit dem Schlag seines Herzens. Doch dann geriet es plötzlich aus diesem ruhigen, steten Rhythmus. Es hielt nicht mehr Schritt, vermochte es nicht mehr.

Verschwommen gewahrte er, wie Meggie und Fee, drüben auf dem cremefarbenen Sofa, die Köpfe hoben, hastig auf die Beine kamen. Wie durch ein wäßriges, wesenloses Nebelgebilde sah er ihre erschrockenen Gesichter. Sie sagten etwas zu ihm, doch er vernahm nichts, keinen Laut, kein Wort.

„Aaaaaah!" schrie er plötzlich, und es war, als ob er doch verstand.

621

Der Schmerzen war er sich kaum bewußt. Das einzige, was er wirklich fühlte, waren Meggies Arme, die ihn hielten, war ihre Schulter, an der sein Kopf jetzt lag. Doch er hob ihn sacht, und es gelang ihm, sein Gesicht so weit herumzudrehen, daß er sie sehen, ihr in die Augen blicken konnte. Vergib mir, versuchte er zu sagen, und sah, daß sie ihm längst schon vergeben hatte.

Er wollte etwas sagen, das so vollkommen war, daß es sie für immer trösten würde. Doch er begriff, daß auch das nicht notwendig war. Was immer sie im tiefsten sein mochte, sie konnte alles ertragen. Alles! Und so schloß er die Augen und überließ sich zum letzten Mal diesem Gefühl, dem Vergessen in Meggie.

JUSTINE

19

Rainer Hartheim erfuhr von Kardinal de Bricassarts Tod aus der Zeitung, als er in seinem Büro in Bonn am frühen Vormittag eine Tasse Kaffee trank. Die politische Krise, die ihn während der letzten Wochen in Atem gehalten hatte, war praktisch überwunden, und endlich konnte er sich zwischendurch wieder mal eine kleine Kaffeepause leisten, wobei er ganz automatisch zur Zeitung griff. Daß Justine letzthin nichts von sich hatte hören lassen, beunruhigte ihn nicht weiter. Er fand es charakteristisch für sie: Irgendwie schien sie, ihr selbst vielleicht gar nicht recht bewußt, das Bedürfnis zu haben, ihre Unabhängigkeit zu demonstrieren.

Die Meldung vom Tod des Kardinals verdrängte abrupt jeden Gedanken an Justine. Zehn Minuten später saß er am Steuer eines Mercedes 280 SL und fuhr in Richtung Autobahn. Der arme alte Vittorio fühlte sich jetzt gewiß sehr einsam, und er trug sonst schon schwer genug an der großen Last, die ihm aufgebürdet war.

Natürlich hätte er fliegen können. Aber in diesem Augenblick scheute er unwillkürlich das Menschengewimmel auf dem Flugplatz, die vielen Leute in der Maschine; und solches wäre wohl in Kauf zu nehmen gewesen. Eine Sondermaschine hätte er so schnell kaum bekommen und unter diesen Umständen auch gar nicht haben wollen. Es tat ihm gut, das Lenkrad eines schnellen Wagens in den Händen zu spüren. Das war etwas, das er unter Kontrolle halten konnte.

Von Kardinal di Contini-Verchese erfuhr er die ganze Geschichte, und er war zunächst viel zu bestürzt, als daß er sich gefragt hätte, weshalb er von Justine nicht verständigt worden war.

„Er kam zu mir und fragte mich, ob ich wisse, daß Dane sein

Sohn gewesen sei", sagte die sanfte Stimme, während die alten Hände Natascha zart über das blaugraue Fell strichen.

„Und was haben Sie erwidert?"

„Ich sagte, ich hätte es vermutet. Ich konnte ihm nicht mehr sagen. Aber, oh, sein Gesicht! Sein Gesicht! Ich weinte."

„Das ist es natürlich, was ihn getötet hat. Als ich ihn das letzte Mal sah, kam er mir alles andere als gesund vor. Doch über meinen Rat, sich ärztlich untersuchen zu lassen, lachte er nur."

„Gottes Wille geschehe. Ich glaube, daß mir kaum je ein anderer Mensch begegnet ist, der solche innere Qualen durchlitt wie Ralph de Bricassart. Im Tod wird er den Frieden finden, der ihm in diesem Leben nicht vergönnt war."

„Aber der Junge, Vittorio! Eine Tragödie."

„Dane? Glauben Sie das wirklich? Ich glaube das nicht. Vielmehr meine ich, es ist schön. Ich kann mir einfach nicht vorstellen, daß er den Tod nicht willkommen hieß. Und es überrascht mich nicht im geringsten, daß unser lieber Herrgott keinen Augenblick länger warten wollte, bis er Dane zu sich rief. Ich trauere, ja. Aber nicht um den Jungen, sondern für seine Mutter, die soviel leiden muß! Und für seine Schwester, seine Onkel, seine Großmutter. Aber ich trauere nicht um ihn und nicht für ihn. Dane O'Neill lebte in fast völliger Reinheit des Geistes und der Seele. Was könnte der Tod für ihn anderes bedeuten, als daß er eingeht in das ewige Leben? Wahrlich, für uns übrige ist der Übergang nicht so leicht."

Von seinem Hotel aus schickte Rainer ein Telegramm nach London, und dem knappen Text war nichts von seiner Verärgerung und Enttäuschung anzumerken. Er lautete: MUSS NACH BONN ZURÜCK STOP BIN AM WOCHENENDE IN LONDON STOP WARUM HAST DU MIR NICHTS GESAGT STOP MIT ALLER LIEBE RAINER.

In Bonn wartete Post auf ihn: ein Brief von Justine und ein zweites, recht gewichtiges Schreiben, das von Kardinal de Bricassarts römischen Anwälten stammte. Dieses öffnete er zuerst. Laut letztwilligem Wunsch des Kardinals, so hieß es dort in typischer Juristensprache, sollte ihm die entscheidende Verantwortung für Michar Limited übertragen werden. Und auch für Drogheda. Angetan war er davon keineswegs, aber er begriff, was der Kardinal damit hatte zum Ausdruck bringen wollen: Daß er ihn, Rainer Moerling-Hartheim, den er seit jenem Zusammentreffen in der Basilika von Sankt Peter in sein Gebet eingeschlossen hatte, sorgfältig wog, ohne ihn, am Ende, für zu leicht zu befinden. In seine Hände hatte er, soweit es das Materielle betraf, das Wohlergehen von Meggie O'Neill und all den anderen von Drogheda gelegt. So jedenfalls interpretierte Rainer es für sich. Der juristische Text selbst war natürlich völlig unpersönlich.

Er griff nach dem Brief von Justine. Wie es ihrer Art entsprach, sprang sie gleichsam mit beiden Beinen mitten hinein. Sogar die Anrede sparte sie sich.

„Vielen Dank für Dein Telegramm. Du kannst Dir bestimmt nicht vorstellen, wie froh ich bin, daß wir in den letzten Wochen nicht miteinander in Verbindung waren. Es wäre für mich entsetzlich gewesen, Dich in meiner Nähe zu haben. Immer, wenn ich an Dich dachte, ging es mir durch den Kopf: Gott sei Dank, daß er nichts weiß. Du wirst es vielleicht nicht verstehen, aber ich will Dich nicht bei mir haben. An Trauer ist nichts, aber auch gar nichts Schönes, Rain, und wenn ich Dich bei mir wüßte, so wäre dadurch nichts für mich gebessert. Ja, man kann sogar sagen, daß mir dies vor Augen geführt hat, wie wenig ich Dich liebe. Liebte ich Dich wirklich, so würde ich mich Dir doch wohl gerade jetzt zuwenden, ganz instinktiv. Statt dessen zeigt sich, daß ich mich von Dir abwende.

Und deshalb möchte ich, daß wir unter alles einen Schlußstrich ziehen, Rain. Ich kann Dir nichts geben, und ich will nichts von Dir. Was ich jetzt durchgemacht habe, hat mir gezeigt, was es bedeutet, einen Menschen lange – sechsundzwanzig Jahre lang – zu kennen, ihm nahe zu sein. Ich könnte es nie wieder durchmachen. Und Du selbst, nicht wahr, hast ja gesagt: Ehe oder nichts. Nun, ich entscheide mich für nichts.

Von meiner Mutter habe ich gehört, daß der alte Kardinal starb, kaum daß ich ein paar Stunden von Drogheda fort war. Merkwürdig. Ich meine, Mum schien über seinen Tod ziemlich verstört zu sein. Nicht, daß sie da irgendwas gesagt hätte, aber ich kenne sie ja. Möchte nur wissen, warum sie und Dane so sehr an ihm hingen. Mir war er, wie soll ich sagen, immer irgendwie zu glatt und zu gefühlig. Und ich bin auch nicht bereit, meine Meinung zu ändern, bloß weil er jetzt tot ist.

Und das ist alles, was ich Dir zu sagen habe, Rain. Das ist alles, was es zu sagen gibt. Das sage ich in allem Ernst. Ich habe mich bei Dir für nichts entschieden. Paß gut auf Dich auf."

Ihre Unterschrift lautete wie stets: Justine – ohne irgend etwas sonst. Und den Brief hatte sie mit einem der noch neuartigen Filzstiften geschrieben, für sie offenbar das richtige Schreibgerät, um sich gleichsam in ehernen Lettern zu verewigen.

Er hob den Brief nicht auf, und er verbrannte ihn auch nicht. Er tat, was er mit aller Post tat, die keine Antwort erforderte. Das

Papier kam in den Papierkorb, nachdem es zuvor durch eine Art Brief-Reißwolf gewandert war. Danes Tod, so schien es, hatte Justines emotionellem Erwachen ein Ende gesetzt. Er fühlte sich tief unglücklich, und die Verbitterung wollte nicht weichen. Es war einfach nicht fair. Er hatte so lange gewartet.

Am Wochenende flog er dennoch nach London, aber nicht um sie zu sehen, obschon er sie dann sah. Auf der Bühne. Als das geliebte Weib des Mohren, Desdemona. Und sie war gut, unglaublich gut. Vorläufig gab es nichts, was er für sie hätte tun können, das die Bühne nicht besser konnte. Vorläufig. Gut, dachte er, ja, gut, werde es dort los, dort oben auf der Bühne.

Vieles konnte sie dort loswerden, alles nicht. Für so manche Rolle war sie ganz einfach noch zu jung, und das hieß, nicht all ihre Erfahrungen gestalten zu können in irgend einer Form der Verkörperung und der Darstellung. Die Bühne war für sie nur ein Ort, wo sie Frieden und Vergessen fand. Sie konnte sich vorsagen: Die Zeit heilt alle Wunden – ohne es indes zu glauben. Warum nur hörte es nicht auf, so tief zu schmerzen? Als Dane noch am Leben gewesen war, hatte sie das als selbstverständlich genommen, hatte gar nicht so viel über ihn nachgedacht. Doch jetzt, da er tot war, klaffte eine Lücke auf: so riesig, daß sie daran verzweifelte, sie jemals füllen zu können.

Eigentümlich, wie sich der Schmerz äußerte – und verewigte. Da flackerte irgendein Gedanke auf: das muß ich Dane unbedingt sagen oder schreiben; Herrgott, was wird er sich freuen. Und dann das Stutzen, das Gewahrwerden, das Begreifen. Ich kann es ihm nicht mehr sagen, er kann sich nicht mehr darüber freuen.

Wären die Umstände seines Todes nicht so schrecklich gewesen, hätte nicht immer und immer wieder dieser furchtbare Alptraum sie heimgesucht, vielleicht wäre sie dann besser damit fertiggeworden. Aber so? Die Lücke, die er hinterlassen hatte, schloß sich nicht, und noch immer konnte es ihr Verstand nicht fassen: Er war tot – Dane war tot und würde nie mehr zurückkehren.

Das Gefühl, ihn im Stich gelassen zu haben, verlor sich nicht. Außer ihr schienen alle zu glauben, Dane sei vollkommen gewesen und verschont geblieben von den inneren Nöten, die andere Menschen quälten. Sie jedoch wußte, daß er von Zweifeln geplagt worden war, und mehr: gemartert vom Gefühl, unwürdig zu sein. Was nur, hatte er sich gefragt, sahen die Menschen bei ihm außer seinem Gesicht und seinem Körper? Armer Dane. Nie schien er zu begreifen, daß die Menschen ihn liebten als das verkörperte Gute.

Oft dachte sie an ihre Mutter. Wie sehr mochte Mum wohl leiden, wenn sie so litt? Und die Onkel, die doch so stolz auf ihn gewesen waren in Rom. Und die anderen auf Drogheda. Die Vorstellung ihrer Trauer war das Schlimmste.

War es wirklich so schlimm? Gab es nicht etwas, das viel tiefer verstörte? Denn den Gedanken an Rain oder an das, was sie als ihren Verrat an Dane ansah, sie konnte es nicht verdrängen. Aus purem Egoismus hatte sie ihren Bruder allein nach Griechenland reisen lassen und nicht bei ihm sein können, als sie hätte bei ihm sein müssen, weil es sein Leben galt. Anders konnte und durfte sie es nicht sehen. Ihr Bruder war gestorben, weil sie voller Selbstsucht nur an Rain gedacht hatte. All ihre Reue brachte Dane nicht mehr zurück. Doch wenn sie Rain nie wiedersah, so büßte sie ihre Schuld vielleicht ab, wenigstens zum Teil.

So vergingen die Wochen, die Monate. Schließlich war es ein Jahr, waren es zwei. Desdemona, Ophelia, Portia, Cleopatra. Sie gab sich völlig normal, sie lachte, sie scherzte. Äußerlich schien sie ganz die alte Justine zu sein, spontan und burschikos, oft auch distanziert und von beißender Ironie. Dennoch war da eine merkliche Veränderung in ihr. Im Gegensatz zu früher nahm sie den Kummer anderer so ernst, als ob es ihr eigener wäre.

Zweimal setzte sie zu dem Versuch an, nach Drogheda zu reisen. Beim zweiten Mal kaufte sie sich sogar ein Flugticket. Doch jeweils tauchten, quasi in letzter Minute, triftige Gründe auf, die sie an der Abreise hinderten. Der wirkliche Grund war ihr durchaus bewußt: eine Mischung aus Schuldgefühl und Feigheit.

Der Gedanke an eine Begegnung mit ihrer Mutter ängstigte und verschreckte sie. Gewiß würde dann alles zur Sprache kommen, die ganze furchtbare Geschichte. Und mußte das nicht erst richtig aufwühlen, was sie bislang leidlich unter Kontrolle gehalten hatte: Kummer, Schmerz, Gram? Schon der Gedanke an diese Möglichkeit war unerträglich.

Die Menschen von Drogheda, vor allem ihre Mutter, sollten sich nicht weiter beunruhigen. Sie sollten glauben, daß in Justines Leben soweit alles in Ordnung sei: daß es ihr gelungen sei, sich wenigstens leidlich abzufinden mit dem Verlust. Und deshalb war es besser, sich von Drogheda fernzuhalten. Viel besser.

Meggie unterdrückte ein Seufzen. Am liebsten hätte sie ein Pferd gesattelt und wäre ausgeritten. Doch heute taten ihr schon beim bloßen Gedanken daran die Gelenke weh. Ein andermal, ja, ein andermal – wenn ihr die Arthritis nicht so grausam zusetzte.

Sie hörte die Geräusche eines Autos, dann Klopfen an der Vordertür. Stimmen, deutlich erkennbar die Stimme ihrer Mutter, gleich darauf Schritte.

„Meggie", sagte Fee vom Verandaeingang her, „wir haben einen Gast. Würdest du bitte hereinkommen?"

Es war ein Fremder, ein recht distinguiert wirkender Mann Mitte oder Ende vierzig, vielleicht auch jünger, das ließ sich schwer sagen. Sie konnte sich nicht erinnern, je einen Menschen wie ihn gesehen zu haben. Aber er besaß die gleiche Ausstrahlung von Kraft und Selbstbewußtsein, wie Ralph sie besessen hatte.

„Meggie, dies ist Mr. Rainer Hartheim", sagte Fee.

„Oh!" Überrascht starrte Meggie den Mann an, den sie aus Justines früheren Briefen so gut als „Rain" kannte. Sie besann sich. „Nehmen Sie doch Platz, Mr. Hartheim."

Auch er schien überrascht. „Zwischen Ihnen und Justine besteht überhaupt keine Ähnlichkeit", sagte er verwirrt.

„Nein, wohl nicht." Sie nahm ihm gegenüber Platz.

„Ich lasse dich mit Mr. Hartheim allein, Meggie", erklärte Fee. „Er möchte dich nämlich unter vier Augen sprechen. Wenn du Tee haben möchtest, klingle bitte." Sie ging hinaus.

„Sie sind natürlich Justines deutscher Freund", sagte Meggie, die nicht recht wußte, wie sie beginnen sollte.

Er zog sein Zigarettenetui hervor. „Darf ich?"

„Bitte, ja."

„Und darf ich Ihnen eine anbieten, Mrs. O'Neill?"

„Danke, nein, ich rauche nicht." Sie strich ihr Kleid glatt. „Sie sind hier weit weg von Ihrer Heimat, Mr. Hartheim. Haben Sie in Australien geschäftlich zu tun?"

Er lächelte. Was wohl würde sie sagen, wenn sie wüßte, daß er praktisch Herr über Drogheda war? Nun, er zog es vor, die Menschen hier in dem Glauben zu lassen, für Droghedas Angelegenheiten sei ganz und gar jener Gentleman zuständig, der für ihn als eine Art Mittelsmann fungierte.

„Bitte, Mrs. O'Neill, ich heiße Rainer", sagte er und sprach seinen Vornamen so aus, wie Justine das immer getan hatte. Würde sie ihn so anreden? Vorläufig gewiß nicht. Meggie O'Neill war kaum die Frau, sich mit einem Fremden so rasch auf vertrauten Fuß zu stellen. „Nein, mich führen keine offiziellen Geschäfte nach Australien. Doch für mein Kommen gibt es einen guten Grund. Ich wollte zu Ihnen."

„Zu mir?" fragte sie überrascht. Wie um ihre plötzliche Verwirrung zu tarnen, wechselte sie das Thema. „Meine Brüder sprechen oft von Ihnen. Sie haben sich liebenswürdigerweise sehr um sie gekümmert, als sie damals zu Danes Priesterweihe in Rom waren." Sie nannte Danes Namen ohne jede Erregung. Offenbar sprach sie häufiger von ihm. „Hoffentlich können Sie ein paar Tage bleiben, damit Sie Gelegenheit haben, sie wiederzusehen."

Seine Antwort klang ruhig und selbstverständlich. „Ja, das kann ich, Mrs. O'Neill", sagte er.

Unversehens nahm das Gespräch für Meggie eine Wendung, die sie in eine mißliche Lage brachte. Er, der Fremde, hatte erklärt, die so überaus weite Reise gemacht zu haben, um sie aufzusuchen. Aber er schien keineswegs in Eile, sie über den Grund aufzuklären. Eigentlich hätte er ihr jetzt in seiner Art zuwider sein müssen. Doch einem Mann wie ihm war sie sicher noch nie begegnet, und sie fühlte sich nur zunehmend verwirrt und auch leicht eingeschüchtert. Flüchtig ging ihr ein Gedanke durch den Kopf: daß Justine sich in Gesellschaft von Männern wie Rainer Moerling-Hartheim offenbar völlig frei und ungezwungen fühlte. Plötzlich gewann ihre Tochter in ihren Augen ein ganz anderes Format als zuvor – eine Frau, eine richtige Frau, kein Kind mehr.

Ihr Gast betrachtete sie aufmerksam. Trotz ihres Alters – ihr Haar war inzwischen weiß – wirkte sie noch immer sehr schön. Und er war noch immer überrascht, daß sie mit Justine so gar keine Ähnlichkeit hatte, während Dane dem Kardinal doch wie aus dem Gesicht geschnitten gewesen war. Wie furchtbar einsam mußte sie sein. Dennoch tat sie ihm nicht in der gleichen Weise leid, in der ihm Justine leid tat. Meggie O'Neill schien mit sich selbst ins reine gekommen zu sein.

„Wie geht es Justine?" fragte sie.

Er hob die Schultern. „Ich fürchte, das weiß ich nicht. Es ist lange her, seit ich sie das letzte Mal gesehen habe. Das war vor Danes Tod."

Von Überraschung war ihr nichts anzumerken. „Auch ich habe sie schon lange nicht mehr gesehen, seit Danes Beerdigung nicht." Sie seufzte. „Ich hatte immer gehofft, sie würde heimkehren nach Drogheda, aber es sieht eher so aus, als ob sie niemals kommen wird."

Er machte eine beschwichtigende Geste, die sie jedoch nicht wahrzunehmen schien. Mit veränderter Stimme sprach sie weiter, mehr zu sich selbst als zu ihm.

„Drogheda gleicht inzwischen sehr einem Altersheim", sagte sie. „Wir brauchen junges Blut, und Justine ist das einzige junge Blut, das geblieben ist."

Abrupt beugte er sich vor. In seinen Augen war ein Funkeln. „Sie sprechen von ihr, als gehörte sie zum lebenden Inventar von

Drogheda, Mrs. O'Neill", sagte er schroff. „Nehmen Sie bitte zur Kenntnis, daß Sie sich da irren!"

Sie musterte ihn in plötzlichem Zorn. „Woher wollen Sie wissen, wo Justine hingehört und wo nicht? Sie haben gesagt, daß Sie sie das letzte Mal gesehen haben, bevor Dane starb, und das ist zwei Jahre her!"

„Ja, zwei Jahre ist es inzwischen her." Seine Stimme wurde weicher. „Sie tragen es sehr gut, Mrs. O'Neill."

„Finden Sie?" fragte sie und versuchte ein Lächeln. Ihr Blick war unverwandt auf sein Gesicht gerichtet.

„Ja, Sie tragen es sehr gut", wiederholte er.

Sie stutzte – und begriff. „Woher wissen Sie über Dane und Ralph?" fragte sie mit unsicherer Stimme.

„Ich habe es vermutet. Keine Sorge, Mrs. O'Neill, niemand sonst ahnte etwas. Ich kannte den Kardinal lange, bevor ich Dane zum ersten Mal sah, und so kam mir der Gedanke. In Rom hat jeder geglaubt, der Kardinal sei Ihr Bruder, Danes Onkel. Als ich Justine kennenlernte, räumte sie bei mir alle Zweifel aus."

„Justine?" rief Meggie. „Um Gottes willen, doch nicht Justine!"

Er beugte sich rasch vor, nahm ihre zitternde Hand. „Nein, nein, nein, Mrs. O'Neill! Justine hat nicht die leiseste Ahnung und wird hoffentlich auch nie etwas erfahren! Es war eine beiläufige Bemerkung von ihr, die mir sozusagen die Augen öffnete, während sie selbst die tiefere Bedeutung – die Zusammenhänge – nicht erkannte."

„Sind Sie sicher?"

„Ja, ich schwöre es Ihnen."

„Warum, in Gottes Namen, kommt sie dann nicht heim? Warum kommt sie mich nicht besuchen? Warum scheut sie sich, mir vor die Augen zu treten?"

Plötzlich begriff er, wie sehr diese Frau darunter litt, daß ihre Tochter sie offenbar mied und daß sie einfach keine Erklärung dafür finden konnte.

„Das ist meine Schuld", sagte er mit fester Stimme.

„Ihre?" fragte Meggie verwirrt.

„Ja, denn meinetwegen flog sie nach London zurück, statt Dane nach Griechenland zu begleiten, wie sie es ursprünglich vorhatte. Und sie ist fest davon überzeugt, daß er noch leben würde, wenn sie mit ihm gereist wäre."

„Aber das ist doch Unsinn!" sagte Meggie.

„Gewiß. Aber auch wenn uns das klar ist, ihr ist es nicht klar. Und es wird an Ihnen sein, Justine zur Einsicht zu bringen."

„An mir? Mr. Hartheim, ich fürchte, das sehen Sie falsch, sehr falsch sogar. Justine hat in ihrem ganzen Leben noch nicht auf mich gehört, und das ist mit den Jahren – und gerade jetzt – nur noch schlimmer geworden. Offenbar kann sie ja nicht einmal mehr mein Gesicht ertragen." Sie schwieg einen Augenblick. „Es ist bei mir genauso gekommen wie bei meiner Mutter", fuhr sie mit nüchterner, sachlicher Stimme fort. „Drogheda ist mein Leben . . . das Haus, die Bücher . . . Hier werde ich gebraucht, hier hat mein Leben noch einen Sinn. Die Menschen hier sind auf mich angewiesen. Meine Kinder hingegen haben mich nie wirklich gebraucht. Nein, nie. Und Justine, gerade Justine . . ."

„Augenblick, Mrs. O'Neill", unterbrach er sie. „Ich glaube, Sie verkennen das völlig. Sie meinen, die Tatsache, daß Justine nicht einmal zu Besuch kommt, sei ein Beweis für ihre Gleichgültigkeit Ihnen gegenüber. Das Gegenteil ist der Fall. Gerade *weil* sie Sie liebt, scheut sie vor einem Besuch zurück. Das Gefühl der Schuld bedrückt sie tief, und diese Schuld empfindet sie nicht zuletzt Ihnen gegenüber."

„Aber . . ." begann sie.

„Ja", sagte er, „und *Sie* müssen es ihr klarmachen. Deswegen bin ich hergekommen. Weil Justine Ihre Hilfe braucht, Sie jedoch nicht darum bitten kann. Sie müssen sie davon überzeugen, daß sie wieder ein normales Leben führen muß – nicht ein Leben auf Drogheda, sondern ihr eigenes Leben, das mit Drogheda nichts zu tun hat."

Er lehnte sich zurück, schlug die Beine übereinander, zündete sich eine neue Zigarette an. „Justine trägt gleichsam ein härenes Hemd, doch aus völlig falschen Gründen. Wenn es irgend jemanden gibt, der ihr da die Augen öffnen kann, so sind Sie das. Allerdings muß ich Ihnen auch sagen – wenn Sie das tun, so wird sie wohl nie heimkehren. Zumindest muß man mit dieser Möglichkeit rechnen. Während es sie, wenn man sie jetzt ihrer Hilflosigkeit überläßt, irgendwann nach Drogheda ziehen mag."

Wieder legte er eine Pause ein, machte einen tiefen Zug. „Auf die Dauer ist die Bühne für eine Frau wie Justine nicht genug", fuhr er fort. „Eines Tages wird sie das erkennen. Und wichtiger als die Bretter, die die Welt bedeuten, werden ihr dann Menschen sein – entweder ihre Familie hier auf Drogheda oder aber ich." Er lächelte sie an, und aus seinem Lächeln sprach ein tiefes Verstehen. „Aber auch Menschen sind für Justine nicht genug, Mrs. O'Neill. Wenn sie sich für mich entscheidet, so kann sie auch die Bühne haben, und das ist etwas, was Drogheda ihr nicht zu bieten hat." In seinen Augen zeigte sich plötzlich eine unverkennbare Härte, fast so etwas wie Feindseligkeit. „Dies ist meine Bitte an Sie, Mrs. O'Neill. Tun Sie, was in Ihren Kräften steht, damit sie sich für mich entscheidet. Denn ich brauche sie mehr, als Sie sie je brauchen könnten, auch wenn das in Ihren Ohren grausam klingen mag."

Unwillkürlich richtete Meggie sich ein Stück höher. Einen Augenblick wirkte sie sehr steif. „Sie sprechen von Drogheda, als ob Justines Leben hier zu Ende wäre. Aber Sie irren sich. Auch wenn sie zu uns zurückkommt, braucht sie die Bühne nicht aufzugeben. Nicht einmal, falls sie Boy King heiratet, wie sein Großvater und ich seit Jahren hoffen. Und für die Zeit, in der sie fort ist, werden ihre Kinder hier immer gut behütet sein, ebenso gut, als wenn sie mit Ihnen verheiratet wäre. Nur, dies hier ist ihr Zuhause! Dieses Leben kennt und versteht sie. Sie wüßte genau, was sie erwartet. Können Sie das auch von dem Leben behaupten, das Sie ihr zu bieten haben?"

„Nein", erwiderte er unbeeindruckt. „Aber Justine braucht das Überraschende, das Unerwartete. Sie braucht immer wieder neue, belebende Reize. Hier auf Drogheda würde sie stagnieren."

„Wollen Sie damit sagen, daß sie hier unglücklich wäre?"

„Nein, nicht unbedingt. Wenn sie zurückkäme und diesen Boy King heiratete – wer ist das eigentlich, dieser Boy King?"

„Der Erbe von Bugela, einer benachbarten Station, und ein alter Jugendfreund, der gern mehr wäre als nur ein Freund. Sein Großvater ist aus dynastischen Gründen für die Heirat, und ich bin dafür, weil ich meine, diese Ehe wäre für Justine genau das Richtige."

„Verstehe. Nun, wenn sie zurückkäme und diesen Boy King heiratete, so würde sie womöglich durchaus glücklich werden. Wahrscheinlich sogar. Nur ist so etwas ja sehr relativ, Mrs. O'Neill, und damit meine ich, daß sie nicht die Erfüllung finden würde wie bei mir. Denn Justine liebt ja mich und nicht Boy King."

„Dann hat sie aber eine höchst merkwürdige Art, das zu zeigen", sagte Meggie, während sie nach dem Tee läutete. „Außerdem, Mr. Hartheim, kann ich nur wiederholen, daß Sie meinen Einfluß auf Justine überschätzen. Sie hat sich noch nie nach meinen Ratschlägen – oder gar Wünschen – gerichtet."

„Mrs. O'Neill", versicherte er, „wenn Sie es wirklich wollen, tut Sie es, ich glaube, das wissen Sie selbst. Ich meinerseits bin jedenfalls fest davon überzeugt, und ich möchte Sie bitten, sich alles, was ich gesagt habe, durch den Kopf gehen zu lassen. Nehmen Sie sich dafür Zeit. Ich bin ein geduldiger Mann."

Meggie lächelte. „Dann sind Sie eine Ausnahme."

Er kam nicht mehr auf das Thema zurück, und auch Meggie sprach nicht mehr davon. Eine Woche blieb er auf Drogheda, ein vor allem von ihren Brüdern gern gesehener Gast. Als die Cleary-Männer von seiner Ankunft erfuhren, kamen sie von den fernen Koppeln zur Homestead und ritten erst wieder weit hinaus, nachdem er nach Deutschland abgereist war.

Auch Fee mochte ihn. Wegen ihrer schwachen Augen konnte sie die Bücher nicht mehr führen, doch von Senilität zeigte sich bei ihr noch nicht die geringste Spur. Im vergangen Winter war Mrs. Smith gestorben, und statt eine neue Haushälterin zu engagieren, was sie Minnie und Cat, beide alt, doch rüstig, nicht zumuten mochte, übernahm sie diese Funktion praktisch selbst, nachdem sie Meggie die Bücher anvertraut hatte.

Fee war es auch, die Rainer bat, von Dane zu erzählen, von dem Leben, das er im fernen Rom geführt hatte und von dem man hier auf Drogheda so wenig wußte. Gern kam er ihrer Bitte nach, denn unverkennbar waren alle begierig, über ihren Dane zu erfahren, was sie von ihm irgend erfahren konnten.

Meggie verbarg ihre Gedanken hinter einer Maske aus Höflichkeit. Immer wieder grübelte sie über das nach, was Rain zu ihr gesagt hatte. Nach seinen Worten konnte sie zwischen zwei Möglichkeiten wählen. Wie aber sollte sie sich entscheiden?

Sonderbar, wie sehr das Gespräch mit ihm die Lage veränderte. Sie hatte schon lange keine Hoffnung mehr gehegt, daß Justine je zurückkehren werde. Rainer Hartheim jedoch versicherte ihr, das sei durchaus möglich, vielleicht sogar wahrscheinlich. Auch könne Justine hier durchaus glücklich werden.

Sie war ihm dankbar dafür. Und dankbar war sie auch, weil er ihr diese würgende Furcht genommen hatte: daß Justine womöglich im Bilde gewesen sei über die wahre Beziehung zwischen Ralph und Dane.

Blieb die andere Seite, seine Bitte an sie, alles zu tun, damit Justine sich für ihn entschied. Sie mochte ihn zwar von Tag zu Tag mehr, in seiner ganzen Art, aber wichtiger als sein Glück war für sie natürlich das Glück ihrer Tochter und der Menschen auf Drogheda. Er hatte ihr zwar versichert, daß Justine ihn liebe, aber wann hatte sich je gezeigt, daß er für sie die gleiche Bedeutung besaß, wie Ralph sie einmal für Meggie besessen hatte?

„Ich nehme an, daß Sie Justine früher oder später sehen werden", sagte Meggie zu ihm, als sie ihn zum Flugplatz fuhr. „Es wäre mir lieber, wenn Sie Ihren Besuch auf Drogheda dann nicht erwähnen würden."

„Wie Sie meinen", erwiderte er. „Aber vergessen Sie bitte nicht, über das nachzudenken, was ich zu Ihnen gesagt habe." Doch noch während er sprach, hatte er das Gefühl, daß sein Besuch Meggie weit mehr genützt hatte als ihm selbst.

Mitte April, zweieinhalb Jahre nach Danes Tod, fuhr Justine mit der Untergrundbahn hinaus nach Kew Gardens. Sie mußte ganz einfach einmal fort aus dem Häusermeer und dem Menschengewimmel. Da es ein Dienstag war, würde sie in Kew Gardens kaum jemandem begegnen. Außerdem hatte sie einen freien Abend, konnte sich ihre Zeit und ihre Kräfte also so einteilen, wie sie wollte.

Sie kannte den botanischen Garten natürlich gut. London besaß viele Parks, viele schöne Anlagen, doch Kew Gardens stellte etwas Besonderes dar, und früher war Justine sehr häufig dort gewesen: vom April bis zum Oktober, denn von Monat zu Monat wechselte die Pracht der Bäume und Blumen.

Die Aprilmitte war die schönste Zeit, die Zeit der Narzissen, der Azaleen und blühender Bäume, und sie kannte eine ganz bestimmte Stelle, von der sie meinte, daß sie auf der Welt kaum ihresgleichen hatte. Endlich war sie dort, setzte sich auf den Boden und genoß das Bild, trank es tief in sich ein. Nichts schien es jetzt zu geben als das Gelb der Narzissen mit einem Mandelbaum in der Mitte, dessen Äste und Zweige, von weißen Blüten schwer, tief herabhingen. Wie eine wunderschöne japanische Tuschzeichnung sah das Ganze aus, so voller Frieden.

Während sie noch dabei war, jede Einzelheit mit aller Intensität in sich aufzunehmen, drang plötzlich etwas Fremdes ein in dieses friedvolle Bild. Ein Mann. Und zu ihrer Überraschung erkannte sie, daß es nicht irgendein Mann war.

Langsam trat er auf sie zu. „Du wirst dir die Nieren verkühlen", sagte er.

Er zog seinen Ledermantel aus und legte ihn auf den Boden, so daß sie sich beide darauf setzen konnten.

„Wie hast du mich hier gefunden?" fragte sie.

„Mrs. Kelly sagte mir, daß du nach Kew gefahren warst. Alles Weitere ergab sich dann mehr oder minder von selbst."

„Und jetzt meinst du wohl, daß ich vor Freude reinweg aus dem Häuschen bin, ja?"

„Bist du's?"

„Immer noch der alte Rain, der Frage mit Frage beantwortet, wie? Nein, ich freue mich nicht, dich zu sehen. Ich hatte gedacht, es wäre mir gelungen, dich endgültig aufs Abstellgleis zu schieben."

„Ein Mann, der was taugt, läßt sich nicht so leicht endgültig aufs Abstellgleis schieben. Wie geht es dir?"

„Gut soweit."

„Bist du damit fertig, dir die Wunden zu lecken?"

„Nein."

„Nun, das war wohl zu erwarten. Was mich betrifft, so begann ich zu begreifen, daß du zu stolz bist, die Hand zur Versöhnung auszustrecken, nachdem du mir den Laufpaß gegeben hattest. Ich hingegen, Herzchen, bin klug genug, um zu wissen, daß der Stolz ein sehr einsamer Bettgenosse ist."

„Rain", sagte sie, „bilde dir nicht ein, wieder deinen alten Platz bei mir einnehmen zu können. Ich will das nicht mehr."

„Ich will das auch nicht mehr."

Seine prompte Antwort irritierte sie, doch sie gab sich sehr erleichtert. „Wirklich?"

„Glaubst du, ich hätte es sonst so lange ohne dich ausgehalten? Nein, diese Beziehung war zwischen uns etwas Flüchtiges, Vorübergehendes. Aber ich denke an dich noch immer als liebe Freundin, und als liebe Freundin vermisse ich dich sehr."

„Oh, Rain, ich dich auch!"

„Das ist gut. Als Freund darf ich dann also bleiben, ja?"

„Natürlich."

Er streckte sich auf dem Mantel aus, verschränkte die Arme hinter dem Kopf, musterte sie mit einem Lächeln. „Wie alt bist du jetzt, dreißig? Nun, in diesen – wie soll ich sagen – Klamotten siehst du eher aus wie ein schlampiges Schulmädchen. Falls du sonst schon keine Verwendung für mich hast – als persönlicher Aufpasser für ein Minimum an Eleganz wäre ich noch zu gebrauchen."

Sie lachte. „Zugegeben – als ich damals jederzeit mit dir rechnen mußte, habe ich mehr auf mein Äußeres geachtet. Im übrigen – ich mag ja dreißig sein, aber so taufrisch bist du ja auch nicht mehr mit deinen zweiundvierzig Jahren. Kommt einem gar nicht mehr so groß vor, der Altersunterschied zwischen uns. Und abgenommen hast du. Fehlt dir auch nichts, Rain?"

„Ich war nie dick, sondern nur ziemlich kräftig gebaut. Nun, bei der dauernden Schreibtischhockerei scheint buchstäblich die Muskulatur zu schrumpfen."

Sie ließ sich tiefer gleiten, schob ihr Gesicht dicht an seines. „Oh, Rain, es tut ja so gut, dich wiederzusehen! Außer dir ist ja keiner das Geld wert."

„Danke für das Kompliment. Nun ja. Arme Justine! An Geld sollte es dir jetzt wirklich nicht fehlen, nicht wahr?"

„An Geld? Nein. Sonderbar, daß mir der Kardinal sein ganzes Vermögen hinterlassen hat." Sie schüttelte den Kopf. „Genaugenommen natürlich nur die Hälfte, die andere war Dane zugedacht. Aber das ist mir ja nun auch zugefallen." In ihrem Gesicht zuckte es. Rasch drehte sie den Kopf. Als sie sich wieder unter Kontrolle hatte, sprach sie weiter. „Weißt du, Rain, ich würde etwas darum geben, zu erfahren, was genau der Kardinal meiner Familie eigentlich war. Ein Freund, nichts weiter? Da muß mehr gewesen sein. Aber was nur? Das ist für mich ein Geheimnis, und ich wünschte, ich könnte es lüften."

„Was wird's da schon zu lüften geben?" sagte er beiläufig, doch eine Spur zu hastig. Er stand auf, reichte ihr die Hand. „Komm, Herzchen, ich lade dich zum Dinner ein. Wir werden schon ein Restaurant finden, wo die Presse ihre Augen hat, damit sie nachher schreiben kann, zwischen der karottenköpfigen australischen Schauspielerin und dem gewissen deutschen Kabinettsmitglied sei der Bruch wieder gekittet. Mein Ruf als Playboy hat doch sehr gelitten, seit du mir den Laufpaß gegeben hast."

„Lieber Freund", sagte sie, „mir scheint, du bist nicht ganz auf dem laufenden. Eine karottenköpfige australische Schauspielerin nennt man mich nicht mehr. Ich bin jetzt eine hinreißende britische Schauspielerin mit tizianrotem Haar und – seit meiner Darstellung der Cleopatra – unwiderstehlich. Willst du etwa behaupten, du wüßtest nicht, daß mich die Kritiker die exotischste Cleo seit Jahren nennen?" Mit gewinkelten Armen und Händen bildete sie eine Art ägyptische Hieroglyphe.

Er hob die Augenbrauen. „Exotisch?" fragte er zweifelnd.

„Ja, exotisch", erwiderte sie mit fester Stimme.

Kardinal di Contini-Verchese war tot, und Rain reiste jetzt nur noch selten nach Rom. Dafür kam er um so häufiger nach London. Zuerst war Justine ganz einfach glücklich, überglücklich. Endlich hatte sie seine Freundschaft wieder. Doch nach und nach stellte sich immer stärker ein eigentümlich bohrendes Gefühl ein, ein quälendes Unbehagen. Nie spielte Rain auch nur mit einem Wort oder einer Geste auf das Verhältnis an, das früher zwischen ihnen bestanden hatte. Zwar wollte sie es auf gar keinen Fall wieder, dieses frühere Verhältnis, das sagte sie sich oft und oft, aber es enttäuschte sie doch tief, daß ihm das offenbar so wenig bedeutet hatte.

In den ersten Monaten nach Danes Tod war es für sie grauenvoll gewesen, dieser unablässige Kampf gegen die Sehnsucht nach Rain, gegen das fast ununterdrückbare Verlangen, ihn bei sich, in sich zu spüren, im Körper und in der Seele. Doch sie durfte dem nicht nachgeben, nein, sie durfte nicht. Denn es war, als ob sich immer und immer wieder über das Gesicht des lebenden Rain das Gesicht des toten Bruders schöbe. Und dann, endlich, schien sie sich damit abgefunden zu haben, daß es nicht mehr so werden konnte wie früher. Sie sah Rain nach dem Abschiedsbrief nicht wieder, zwang ihre Gedanken zu strenger Disziplin und überließ ihren Körper gleichsam der Lethargie.

Jetzt war alles viel schwerer. Jetzt sah sie ihn wieder, sah ihn ziemlich häufig. Und so drängte sich die Frage ganz von selbst auf: Ob Rain denn jene andere Beziehung zwischen ihnen vergessen habe. Es war doch nicht irgend etwas gewesen. Es mußte ihm doch etwas bedeutet haben. Gewiß wollte sie die alte Beziehung auf gar keinen Fall wieder herstellen. Das war endgültig vorbei. Aber es wäre für sie schon eine Genugtuung gewesen, aus seinem Mund zu erfahren, daß er wenigstens noch gelegentlich daran dachte.

An das, was mit ihr gewesen war, gottverdammt, und nicht mit irgendeiner anderen!

Ihr Groll steigerte sich so sehr, daß sie eines Abends die Lady Macbeth mit einem Zug zügelloser Wildheit verkörperte, der ihrer Darstellungsweise sonst fremd war. Danach schlief sie nicht sehr gut, und am nächsten Morgen traf ein Brief ihrer Mutter ein, der sie mit eigentümlicher Beklemmung erfüllte.

Mum schrieb nicht mehr oft, ein Symptom der langen Trennung, die bei beiden ihre Wirkung hinterließ. Die Briefe waren steif und blutleer. Allerdings – dieser hier klang irgendwie anders. Aber *wie* klang er eigentlich? Eine Art Gemurmel war es, fast wie ein Raunen, das von Müdigkeit zu sprechen schien und von Alter. Justine gefiel das nicht. Nein, es gefiel ihr ganz und gar nicht. Alt. *Mum* alt!

Was ging auf Drogheda vor sich? Versuchte Mum, ernste Probleme zu verschweigen? War Nanna vielleicht krank? Oder einer von den Onks? Vielleicht sogar, Gott behüte, Mum selbst? Drei Jahre war es inzwischen her, seit sie sie gesehen hatte, und, Herrgott, was konnte in drei Jahren nicht alles geschehen?

An diesem Abend brauchte sie nicht aufzutreten. Es blieb nur noch eine einzige Vorstellung von „Macbeth". Doch an diesem Tag schleppten sich die Stunden mit einer qualvollen Trägheit dahin, und nicht einmal die gewohnte Vorfreude auf das Dinner mit Rain wollte sich einstellen.

Aber was sollte das Ganze auch? Die Freundschaft zwischen Rain und ihr war schal, abgestanden, konventionelles Pi-Pa-Po, ein Ersticken in den üblichen Klischees. Sie schlüpfte in das orangefarbene Kleid, das Rainer so gar nicht an ihr mochte, und natürlich tat sie's ihm zum Tort. Nur gut, daß sie die Lady Macbeth nur noch einmal zu spielen brauchte. Sie hatte eine Ruhepause dringend nötig. Aber, Herrgott, was war mit Mum los?

In letzter Zeit kam Rain so häufig nach England, daß sie sich immer mehr wunderte, wie er das mit seinen Pflichten vereinbaren konnte. Sicher war es sehr nützlich, ein Privatflugzeug zu besitzen, aber das allein tat's ja auch nicht. Und im übrigen mußte es ziemlich strapaziös sein.

„Warum kommst du mich eigentlich so oft besuchen?" fragte sie unvermittelt. „Die Klatschreporter in ganz Europa mögen daran ja ihr gefundenes Fressen haben, aber ich muß gestehen, daß es mir manchmal so vorkommt, als ob ich dir nur als Vorwand diente, damit du London besuchen kannst."

„Ab und zu ist das schon der Fall", räumte er in aller Ruhe ein. „Man kann sogar sagen, daß du mir manchen Leuten gegenüber als willkommene Tarnung gedient hast – als Sand, den ich ihnen in die Augen streuen konnte. Im übrigen bin ich ja recht gern mit dir zusammen, und . . ." Er betrachtete sie aufmerksam. „Du wirkst heute abend so still, irgendwie bedrückt. Hast du Sorgen?"

„Nein. Ich meine, nicht direkt." Sie schob ihren Dessertteller zurück. „Jedenfalls scheint es eher eine Kleinigkeit zu sein. Mum und ich, wir schreiben uns ja nicht mehr sehr häufig. Da wir uns so lange nicht gesehen haben, gibt es zwischen uns auch nicht mehr viel zu sagen. Aber heute – heute bekam ich einen sonderbaren Brief von ihr. Ganz und gar nicht typisch."

Er spürte, wie es ihm einen Stich gab. Meggie hatte sich viel Zeit gelassen. Doch offenbar hatte sie ihre Entscheidung jetzt getroffen. Wenn ihn sein Instinkt nicht völlig täuschte, so war sie entschlossen, ihre Tochter nach Drogheda zurückzuholen.

Er streckte den Arm vor, nahm Justines Hand. Ihr Gesicht wirkte reifer als früher, was ihr ausgezeichnet stand. Sie hatte ja immer etwas von einem Gassenjungen an sich gehabt, und das schien sich nun allmählich zu verwischen. Sie konnte es brauchen, soviel charakteristische Eigenprägung sie ansonsten auch besaß.

„Herzchen", begann er und fuhr dann voll Rücksichtslosigkeit gegen sich selbst fort: „Deine Mutter ist einsam."

Wenn Meggie es so wollte, nun, gut. Wie hätte er sich gegen sie stellen können? Gegen sie und Justine?

„Ja, vielleicht", sagte sie mit einem Stirnrunzeln. „Aber ich habe irgendwie das Gefühl, daß es tiefere Gründe gibt. Ich meine, einsam muß sie sich doch schon seit Jahren fühlen. Weshalb also dieses plötzliche – ich weiß nicht, wie ich's nennen soll? Ich werde einfach nicht schlau daraus, Rain, und das beunruhigt mich wohl am meisten."

„Sie wird älter, Justine. Ich weiß nicht, ob du dir das so richtig klarmachst. Vieles, womit sie früher leichter fertig wurde, wird ihr jetzt zusetzen." Seine Augen blickten plötzlich wie aus großer Ferne. Es war, als ob sein Mund Worte sagte, die zu denken er sein Gehirn erst zwingen mußte. „Justine, vor drei Jahren hat sie ihren einzigen Sohn verloren. Glaubst du, daß sich ihr Schmerz um ihn inzwischen gemildert hat? Ich glaube es nicht. Es dürfte damit eher schlimmer geworden sein. Schließlich muß sie inzwischen ja annehmen, auch dich für immer verloren zu haben. Du hast sie in all den Jahren nicht einmal besucht."

Sie schloß die Augen. „Ich werde sie besuchen, Rain, ja, das werde ich – schon bald! Du hast natürlich recht, und du hast auch sonst recht behalten. Nie hätte ich geglaubt, daß mir Drogheda einmal fehlen würde, aber in letzter Zeit denke ich oft daran. Es ist fast, als ob ich mich irgendwie doch Drogheda zugehörig fühle."

Er warf plötzlich einen Blick auf seine Armbanduhr. „Ich fürchte, Herzchen, daß ich dich heute abend auch als eine Art Alibi benutzt habe. In einer knappen Stunde treffe ich mich mit einigen hochwichtigen Herren an einem höchst geheimen Ort, und dorthin muß ich natürlich allein fahren, im eigenen Wagen, am Steuer den absolut vertrauenswürdigen Fritz, der von den Sicherheitsbehörden auf Herz und Nieren überprüft worden ist."

„Die große Verschwörung oder so ähnlich?" sagte sie und gab sich vergnügt, um sich nicht anmerken zu lassen, wie tief sie sich verletzt fühlte. „Ich muß also mit einem Taxi vorlieb nehmen, während ihr euch worüber rauft? Den Gemeinsamen Markt? Bin ich eine Art EWG-Geschädigte? Aber weißt du, was? Ich werde mit der U-Bahn fahren. Ist ja noch früh genug, und gegen Taxis habe ich irgendwie was, jedenfalls heute." Sie nahm seine Hand, preßte sie gegen ihre Wange, küßte sie dann und sagte, sehr ernst jetzt: „Oh, Rain, ich wüßte nicht, was ich ohne dich tun würde!"

Er zog seine Hand sacht zurück, stand dann auf und kam um den Tisch herum. Während er ihren Stuhl zurückzog, sagte er: „Ich bin dein Freund. Und dafür sind Freunde ja da – daß man sie hat, wenn man sie braucht."

Grübelnd fuhr Justine nach Hause, und bald geriet sie in ein dumpfes, bedrücktes Brüten. Heute abend war Rain im Gespräch zum ersten Mal auf persönlichere Dinge eingegangen. Und was hatte er gesagt? Daß ihre Mutter sich gewiß einsam fühle und das Älterwerden spüre und daß sie, Justine, sie besuchen solle. Hatte er „besuchen" gesagt, vielleicht jedoch „heimkehren" gemeint? Es schien so. Und damit stand wohl fest, daß er unter das, was er einmal für sie empfunden haben mochte, endgültig einen Schlußstrich gezogen hatte.

Zum ersten Mal kam ihr dieser Gedanke: daß sie für ihn vielleicht ein Stück Vergangenheit war, das er am liebsten lossein wollte. Weshalb sonst drängte er ihr den Gedanken an Drogheda auf? Andererseits: Weshalb war er vor neun Monaten wieder in ihr Leben getreten? Weil sie ihm leid tat? Weil er meinte, er sei ihr irgend etwas schuldig?

Tatsache war jedenfalls, daß er sie nicht mehr liebte, daß jedes derartige Gefühl für sie in ihm erstorben war. Kein Wunder, nachdem sie ihn so niederträchtig behandelt hatte. Schuld an allem war nur sie selbst.

Ruhelos hatte sie sich im Bett gewälzt. Jetzt brach sie in Tränen aus, nahm sich dann zusammen und knipste die Nachttischlampe an. Das Manuskript eines Theaterstücks lag griffbereit. Es war eine alte, erprobte Methode, um Gespenster zu verscheuchen, bedrükkende Gedanken zu verdrängen. Doch diesmal schien das nichts zu nützen. Schon nach wenigen Zeilen begannen die Worte vor ihren Augen zu verschwimmen, und nach einigen Seiten konnte sie endgültig nicht mehr weiterlesen. Und so lag sie, wie durchpulst von Gedanken, von Ängsten, von Verzweiflung.

Als das erste trübe Morgenlicht durch die Fenster fiel, als die Verkehrsgeräusche allmählich anwuchsen, als die Frühe etwas Schales, Mattes, Säuerliches zu haben schien, tauchte der Gedanke an Drogheda plötzlich auf wie eine Verlockung. Die süße, reine Luft, die Stille, die nur von natürlichen Lauten und Geräuschen durchbrochen wurde, der Friede.

Sie stand auf, setzte sich an ihren Schreibtisch und schrieb einen Brief an ihre Mutter.

„Ich hoffe, daß Du verstehst, warum ich seit Danes Tod nicht nach Hause gekommen bin", schrieb sie. „Aber wie immer Du darüber auch denken magst, ich weiß, daß Du Dich freuen wirst, wenn ich Dir sage, daß ich nun doch kommen werde, und zwar für immer.

Ja, Mum, ich kehre endgültig heim. Du hast recht behalten – es ist die Zeit gekommen, wo ich mich nach Drogheda sehne. Hier hält mich nichts mehr. Alle Erfolge sind für mich bedeutungslos geworden. Soll ich für den Rest meines Lebens auf der Bühne stehen? Und was außer dem Theater gibt es für mich? Ich möchte etwas, das wirklich von Dauer ist, wo ich mich sicher und geborgen fühle. Deshalb komme ich nach Drogheda, denn Drogheda ist ja all das. Keine leeren Träume mehr. Wer weiß, vielleicht heirate ich Boy King, falls er mich noch will, und fange dann endlich etwas Vernünftiges mit meinem Leben an, setze zum Beispiel eine Schar kleiner Neusüdwaliser in die Welt. Ich bin müde, Mum, so müde, daß ich gar nicht richtig weiß, was ich schreibe, und ich wünschte so sehr, ich könnte meine Gefühle ausdrücken.

Nun, ich werde es ein andermal versuchen. Mit „Macbeth" sind wir praktisch fertig, und da ich mich für die nächste Spielzeit noch für nichts entschieden habe, werde ich auch niemandem Ungelegenheiten bereiten, wenn ich dem Theater adieu sage. In London wimmelt es von Schauspielerinnen. Clyde kann für mich in zwei Sekunden ausreichenden Ersatz finden, nicht aber Du, Mum, nicht wahr? Es tut mir leid, daß ich einunddreißig Jahre gebraucht habe, um das zu erkennen.

Hätte Rain mir nicht auf die Sprünge geholfen, so hätte es vielleicht noch länger gedauert, aber er ist nun einmal sehr scharfsichtig. Ihr seid euch nie begegnet, und dennoch scheint er Dich besser zu verstehen als ich. Nun ja, man sagt ja, der Zuschauer sieht mehr als der unmittelbar Beteiligte, und für ihn gilt das jedenfalls. Im übrigen bin ich's leid, daß er mein Leben von seinen olympischen Höhen überwacht. Offenbar fühlt er sich an ein Versprechen gebunden, das er Dane einmal gegeben hat. Denn es ist schon wirklich lästig, wie oft er herüberkommt, um mich zu besuchen. Nur habe ich inzwischen einsehen müssen, daß ich es bin, die lästig ist. Wenn ich endlich auf Drogheda und also in Sicherheit bin, braucht er sich ja an sein Wort nicht mehr gebunden zu fühlen. Ich meine, dann erübrigt sich das doch. Er kann mir also dankbar sein, daß ich ihm die weiten Flüge erspare.

Sobald hier alles geregelt ist, werde ich Dir schreiben, wann Du mich erwarten kannst. Inzwischen vergiß bitte nicht, daß ich Dich auf meine sonderbare Weise liebe."

Ohne die üblichen Schnörkel setzte sie ihren Namen darunter, und ihre Unterschrift sah ähnlich aus wie vor langen Jahren, als sie unter wachsamen Nonnenaugen pflichtgemäß ihre Briefe geschrieben hatte. Dann faltete sie die Blätter zusammen, steckte sie in ein Luftpostkuvert. Als letztes kam die Anschrift ihrer Mutter. Später, auf dem Weg zum Theater, zur letzten Vorstellung von „Macbeth", steckte sie den Brief in einen Briefkasten.

Und dann ging sie methodisch daran, in England ihre Zelte abzubrechen. Als Clyde hörte, daß sie Schluß machen wolle, bekam er eine Art Tobsuchtsanfall. Einen Tag später schickte er sich dann darein, noch immer grollend, doch nicht mehr völlig ohne Verständnis. Was Justines Wohnung betraf, so würde sie gewiß keine Schwierigkeit haben, dafür einen Mieter zu finden. Sie gehörte zu einer Kategorie, um die man sich riß. Und tatsächlich: kaum erfuhren die Leute, daß Justine ausziehen wollte, so klingelte fast ununterbrochen das Telefon. Das wurde zu einer solchen Plage, daß sie schließlich den Hörer von der Gabel nahm und neben den Apparat legte. Allerdings hatte sie die Rechnung ohne Mrs. Kelly gemacht, die bei ihr seit langem „nach dem rechten" sah. Daß Miß O'Neill im Ernst die Absicht hatte, von hier fortzugehen, wollte ihr einfach nicht in den Kopf, und während sie zwischen Kisten, Kästen und Koffern umherwerkelte, legte sie heimlich wieder den Hörer auf die Gabel, in der abergläubischen Hoffnung, es werde jemand anrufen, der die Macht und die Absicht besaß, Justine umzustimmen.

Tatsächlich rief dann jemand an, der die Macht besaß, jedoch keineswegs die Absicht. Denn er wußte nichts davon, daß Justine im Begriff stand, England zu verlassen. Er rief an, um sie zu bitten, bei der Dinner-Party, die er in seinem Haus in der Park Lane gab, die Rolle der Gastgeberin zu übernehmen.

„Was soll das heißen: dein Haus in der Park Lane?" fragte Justine verblüfft.

„Nun, da die britischen Bindungen an die Europäische Wirtschaftsgemeinschaft immer mehr zunehmen, verbringe ich inzwischen so viel Zeit in England, daß es praktikabel erschien, hier eine Art *pied-à-terre* einzurichten, und deshalb habe ich ein Haus in der Park Lane gemietet", erklärte er.

„Himmelherrgott, Rain, du alter Heimlichtuer! Seit wann hast du's?"

„Seit ungefähr einem Monat."

„Dann hast du mich neulich abend also praktisch an der Nase herumgeführt. Du verdammter Kerl!" Sie war so wütend, daß sie nicht weitersprechen konnte.

Er lachte leise. „Ich wollte es dir eigentlich sagen. Aber dann hat es mich so amüsiert, daß du dachtest, ich sei zwischen Bonn und London praktisch unentwegt in der Luft, daß ich das noch ein klein wenig genießen wollte."

„Ich könnte dich umbringen!" sagte sie mit Tränen der Wut in den Augen.

„Herzchen, bitte! Sei nicht böse! Komm und spiel bei mir die Gastgeberin. Bei der Gelegenheit kannst du dich dann auch gleich nach Herzenslust im Haus umsehen."

„Was heißt, bei der Gelegenheit? Fühlst du dich ohne einen Haufen Gäste drumherum, also mit mir allein, nicht sicher? Traust du dir nicht, oder traust du mir nicht?"

„Du wirst ja kein Gast sein", erwiderte er ausweichend. „Du wirst die Gastgeberin sein, und das ist etwas ganz anderes. Willst du's tun?"

Mit dem Handrücken wischte sie sich die Tränen vom Gesicht, sagte dann mürrisch: „Ja."

Wie sich zeigte, wurde es viel angenehmer, ja vergnüglicher, als sie zu hoffen gewagt hatte. Das Haus in der Park Lane war ein wahres Prachthaus, und Rain sprühte so vor guter Laune, daß Justine davon sofort angesteckt wurde. Sie hatte für die Gelegenheit ein recht konventionelles Kleid gewählt, allerdings in Schockfarbe, was bei ihm unwillkürlich eine Grimasse auslöste. Aber dann hakte er sich bei ihr ein, und gemeinsam gingen sie durch das schöne Haus. Bis zum Eintreffen der Gäste war noch genügend Zeit.

Im Verlauf des Abends behandelte er sie vor den anderen mit einer solch eigentümlichen Mischung aus Ungezwungenheit und Vertrautheit, daß sie das Gefühl hatte, die Gastgeberin nicht nur zu spielen, sondern wirklich zu sein. Seine Gäste waren politisch hochwichtige Leute, und Justine mochte gar nicht daran denken, wieviel von den Entscheidungen solcher Menschen abhing. Es zeigte sich nämlich eine eigentümliche Diskrepanz. Die Leute wirkten recht durchschnittlich, wenn nicht gar gewöhnlich.

„Weißt du", sagte sie zu ihm, nachdem die Gäste gegangen waren, „ich hätte nicht einmal etwas dagegen gehabt, wenn einer von ihnen Symptome des Auserwähltseins gezeigt hätte. So in der Art von Napoleon oder Churchill. Wenn ein Staatsmann davon überzeugt ist, vom Schicksal auserwählt worden zu sein, so hat das durchaus eine Menge für sich. Wie ist das bei dir? Hältst du dich für auserwählt?"

Er zuckte unwillkürlich zusammen. „Eine solche Frage solltest du einem Deutschen nicht stellen, Justine. Nein, ich halte mich nicht für auserwählt, und ich würde keinem Politiker über den Weg trauen, der sich für auserwählt hält. Mag sein, daß einige von einem solchen Selbstverständnis profitieren, aber daß sie anderen damit nützen, bezweifle ich, und die meisten schaden ihrem Land unendlich, und oft genug nicht nur ihrem eigenen Land."

Sie hatte nicht die Absicht, mit ihm darüber zu debattieren. Es hatte seinen Zweck erfüllt, das Gespräch war in Gang gebracht. Und so wechselte sie das Thema. „Die Ehefrauen waren ein merkwürdiges Gemisch, nicht?" sagte sie. „Auch wenn dir mein heißes Pink nicht behagt – du wirst doch zugeben müssen, daß ich weit präsentabler war als die meisten. Bei Mrs. X ging's ja. Aber was Mrs. Y trug, war zum Schreien, und was Mrs. Z anhatte, schlicht zum Davonlaufen. Ich frage mich, wie halten das bloß deren Männer aus?"

„Justine! Was soll das mit diesem X, Y, Z? Kannst du dir die Namen nicht merken? Na, ganz gut, daß du mir seinerzeit einen Korb gegeben hast. Du wärst mir vielleicht eine Frau für einen Politiker! ,Guten Abend, Mr. Sowieso! Wie schön, Sie wiederzusehen, Mrs. Wie-heißen-Sie-doch-noch.' Es ist mir heute abend nicht entgangen, daß du dich immer gerade räuspern mußtest, wenn eine Anrede fällig war." Er schwieg einen Augenblick. „Im übrigen, was die Ehefrauen betrifft – viele Männer mit abscheulichen Frauen haben Erfolg gehabt, ebenso viele andere, deren Frauen schön und charmant waren, hingegen nicht. Im Grunde spielt das keine Rolle, weil es entscheidend darauf ankommt, ob der betreffende Mann Format hat. Es gibt wenige Männer, die ausschließlich aus Gründen des erstrebten Erfolges heiraten."

Noch immer besaß er die Fähigkeit, ihr gehörig den Kopf zurechtzusetzen. Sie fühlte, wie ihr die Röte in die Wangen stieg, und um ihr Gesicht zu verbergen, machte sie rasch einen spöttischen Kotau und setzte sich dann auf den Teppich.

„Ach, steh doch auf, Justine!"

Natürlich mußte sie ihm trotzen. Und so blieb sie im Schneidersitz hocken und streckte die Hand zur Seite, um Natascha zu streicheln, die neben dem Kamin lag. Nach dem Tod von Kardinal di Contini-Verchese hatte Rain die schon recht altersschwache Katze zu sich genommen und schien sehr an ihr zu hängen.

„Habe ich dir schon gesagt, daß ich endgültig nach Drogheda zurückkehre?" fragte sie unvermittelt.

Er nahm eine Zigarette aus dem Zigarettenetui. Seine großen Hände zitterten nicht. Jede Bewegung wirkte genauso ruhig und bestimmt wie sonst. „Du weißt sehr gut, daß du mir das nicht gesagt hast, Justine."

„Dann sag' ich's dir jetzt."

„Wann bist du zu diesem Entschluß gelangt?"

„Vor fünf Tagen. Ende dieser Woche hoffe ich abzureisen. Es kann mir gar nicht schnell genug gehen."

„Verstehe."

„Ist das alles, was du dazu zu sagen hast?"

„Was bleibt mir zu sagen außer: Ich wünsche dir für die Zukunft alles Glück, Justine?" Er wirkte so gelassen, daß es ihr unwillkürlich einen Stich gab.

„Oh, danke!" sagte sie hochmütig. „Bist du nicht froh, daß ich dir nicht mehr lästig sein werde?"

„Du bist mir nicht lästig, Justine", erwiderte er.

Sie ließ Natascha los, griff zum Schürhaken und begann mit eigentümlicher, wie stoßweiser Energie im Kamin herumzustochern. In den außen völlig verkohlt wirkenden Holzscheiten war noch Feuer, und Funken begannen zu sprühen. Plötzlich jedoch war es damit zu Ende. Das Feuer erlosch. „Es muß ein Zerstörungstrieb sein, der uns so etwas tun läßt", sagte sie. „Wenn wir meinen, ein Feuer zu schüren, so führen wir dadurch nur um so schneller sein Ende herbei. Aber was für ein schönes Ende, Rain, nicht wahr?"

Ihre Feuer-Philosophie schien ihn nicht weiter zu interessieren, denn er sagte nur. „Ende dieser Woche? Du hast es ja wirklich sehr eilig."

„Warum soll ich es hinausschieben?"

„Und deine Karriere?"

„Ich habe meine Karriere satt. Außerdem – was würde nach Lady Macbeth noch lohnen?"

„Oh, werde doch endlich erwachsen, Justine! Für dieses Schulmädchen-Pathos könnte ich dich wahrhaftig übers Knie legen! Warum sagst du nicht einfach, das Theater reizt dich nicht mehr und du hast Heimweh?"

„Schon gut, schon gut, schon *gut!* Ich verstehe eben nicht, mich so auszudrücken, wie sich das gehört – nach *deiner* Meinung jedenfalls! Bitte vielmals um Verzeihung!" Sie war aufgesprungen. „Wo sind meine Schuhe? Und, verdammt, ich will meinen Mantel!"

Fritz brachte beides und fuhr sie dann nach Hause. Rainer entschuldigte sich: Er habe noch zu tun, könne sie daher nicht begleiten. Aber nachdem sie das Haus verlassen hatte, saß er wieder beim Kamin, in dem neue Holzscheite prasselten. Auf dem Schoß hielt er Natascha, und sehr beschäftigt wirkte er kaum.

„Hoffentlich", sagte Meggie zu ihrer Mutter, „haben wir das Richtige getan."

Fee musterte sie. Mit ihren schwachen Augen nahm sie vieles nur noch sehr undeutlich wahr. Sie nickte nachdrücklich. „Das haben wir, davon bin ich überzeugt. Justine ist nun einmal unfähig, eine solche Entscheidung zu treffen. Also blieb uns gar keine Wahl. Wir mußten es an ihrer Stelle tun."

„Nun, jedenfalls gefällt es mir nicht sehr, den lieben Gott zu spielen. Ich glaube zu wissen, was sie eigentlich will, aber wenn sie hier wäre und ich könnte sie direkt fragen, würde sie mit Sicherheit partout das Gegenteil behaupten."

„Ja, ja, der Cleary-Stolz", sagte Fee mit einem leisen Lächeln. „So ein Erbteil wird wohl keiner los."

„Na, es ist wohl nicht nur Cleary-Stolz. Ich habe das Gefühl gehabt, daß auch ein Schuß Armstrong dabei ist."

Doch Fee schüttelte den Kopf. „Nein. Was immer ich auch getan habe, mit Stolz hatte das nur wenig zu tun. Das ist wohl der Sinn des Alters – daß man Gelegenheit hat, sein Leben in Ruhe zu überdenken, zu erkennen, warum man dies und warum man jenes getan hat."

„Vorausgesetzt, man ist inzwischen nicht so senil, daß man kaum noch einen klaren Gedanken fassen kann", meinte Meggie trocken. „Bei dir besteht diese Gefahr allerdings nicht. Und bei mir offenbar auch nicht."

„Vielleicht ist Senilität ein Segen für jene, die es nicht ertragen könnten zurückzuschauen. Was dich betrifft, so stellt sich die Frage einer möglichen Senilität ja noch lange nicht. Damit hat's mindestens noch zwanzig Jahre Zeit."

„Noch zwanzig Jahre!" wiederholte Meggie erschrocken. „Das hört sich ja schrecklich lange an!"

„Nun, die vergangenen zwanzig Jahre hättest du ja weniger einsam verbringen können, nicht wahr?" fragte Fee, während sie eifrig strickte.

„Ja, gewiß. Aber hätte sich's gelohnt, Mum? Kaum." Mit einer ihrer Stricknadeln deutete sie auf Justines Brief, der vor ihr auf dem Tisch lag. „Ich habe lange genug geschwankt – seit Rainers Besuch. Ich hatte immer gehofft, die Entscheidung würde mir erspart bleiben. Aber er hat recht behalten. Am Ende muß ich sie doch treffen."

„Du hast dabei aber auch noch mich zur Seite gehabt", betonte Fee und wirkte leicht gekränkt. „Das heißt, nachdem du deinen Stolz weit genug überwunden hattest, um mir davon zu erzählen."

„Ja, gewiß, du hast geholfen", sagte Meggie sacht. Sekundenlang war nichts zu hören als das Ticken der alten Uhr und das Klappern von Fees und Meggies Stricknadeln.

„Sag mal, Mum", fragte Meggie plötzlich, „warum hat dich gerade Danes Tod so gebrochen. Selbst bei Daddy und bei Stu hast du's irgendwie besser tragen können."

„Gebrochen?" Fee legte ihre Nadeln aus der Hand. Trotz ihrer schwachen Augen konnte sie noch immer genauso gut stricken wie früher. „Wie meinst du das, gebrochen?"

„Ich dachte, es würde dich umbringen."

„Da hast du recht, das hat es auch fast getan. Aber das war auch bei den anderen nicht anders. Nur war ich damals jünger und hatte die Kraft, mir weniger anmerken zu lassen. Aber Ralph wußte, was ich empfand, als Daddy und Stu starben. Du warst noch zu jung, um das zu sehen." Sie lächelte. „Ich habe Ralph sehr gemocht, weißt du. Er war . . . etwas Besonderes. Ganz wie auch Dane."

„Ja, das war er. Ich wußte nicht, daß du das erkannt hattest, Mum – ich meine, die Ähnlichkeit in ihrem Wesen. Du bist für mich wie das dunkelste Afrika. Es gibt bei dir so vieles, wovon ich nichts weiß."

„Das will ich auch hoffen!" sagte Fee mit einem eigentümlichen Lachen. Noch immer ruhten ihre Hände still auf ihrem Schoß. „Um auf unser ursprüngliches Thema zurückzukommen – wenn du dies jetzt für Justine tun kannst, so scheint mir, daß du aus deinen Nöten mehr gelernt hast als ich aus meinen. Als Ralph damals mit mir über dich sprach, war ich gar nicht erst bereit, irgendeine Alternative zu sehen. Ich wollte nicht die Sorge um dich, ich wollte meine Erinnerungen. Dir bleibt nach deiner Entscheidung jetzt keine Wahl mehr. Du hast nur noch deine Erinnerungen, ob du sie nun willst oder nicht."

„Ja. Aber sie sind ja ein Trost, wenn der Schmerz erst einmal abgeklungen ist, meinst du nicht auch? Ich habe Dane ja viele Jahre gehabt, und ich sage mir immer wieder, daß das, was geschehen ist, zu seinem Besten gewesen sein muß, damit ihm womöglich Schlimmeres erspart blieb, das er vielleicht nicht heil überstanden hätte – so wie Frank etwa, wenn auch auf andere Weise. Denn der Tod ist nicht das Schlimmste, das wissen wir beide."

„Bist du überhaupt nicht verbittert?" fragte Fee.

„Oh, zuerst war ich's. Aber um ihretwillen. Ich habe mich sozusagen dazu erzogen, es nicht um meinetwillen zu sein."

Fee nahm wieder ihre Stricknadeln. „Wenn wir einmal nicht mehr hier sind, wird also niemand mehr hier sein", sagte sie leise. „Dann gibt es Drogheda, das wirkliche Drogheda, nicht mehr. Oh, in den Annalen wird's sicher einen Vermerk geben, und vielleicht kommt sogar ein sehr ernster junger Mann nach Gilly und versucht, alle zu interviewen, die sich noch erinnern, weil er über Drogheda ein Buch schreiben möchte: über die letzte mächtige Station in Neusüdwales. Aber wie es wirklich war, werden seine Leser nie wissen. Da hätten sie schon dazugehören müssen."

„Ja", sagte Meggie, ganz auf ihre Strickarbeit konzentriert, „da hätten sie schon dazugehören müssen."

Der Abschiedsbrief an Rainer war ihr nicht sehr schwergefallen, ja es hatte ihr sogar eine gewisse Genugtuung bereitet, es ihm auf diese Weise ein wenig heimzahlen zu können. Wenn sie Schmerz empfand, so sollte ruhig auch er welchen fühlen. Aber irgendwie verstand er es dann, sie und sich in eine Position zu manövrieren, wo es mit einem Abschiedsbrief nicht getan war. Es mußte auch noch ein Dinner sein. Allerdings nicht in seinem Haus in der Park Lane, sondern in beider Lieblingsrestaurant.

Sonderbarerweise machte sie sich ausgerechnet diesmal die Mühe, sich so zu kleiden, wie es seinem Geschmack entsprach. Das Teufelchen, das sie bisher immer dazu angestachelt hatte, in irgend etwas zu schlüpfen, das ihn provozieren mußte, schien fluchend das Weite gesucht zu haben. Da Rainer es gern schlicht hatte, trug sie ein langes, hochgeschlossenes Abendkleid in gedecktem Burgunderrot. Dazu dezenten Schmuck: Perlen. Bloß dieses schreckliche, schreckliche Haar – das würde sie nie so zurechttrimmen können, daß es ihm gefiel. Nun gut. Das Make-up hatte sie dicker aufgelegt als sonst. Wenn er nicht genauer hinblickte, würde er hoffentlich nicht merken, wie bedrückt und niedergeschlagen sie sich fühlte.

Nun, offenbar blickte er nicht genauer hin. Zumindest ließ er kein einziges Wort darüber fallen, daß sie müde oder gar krank aussah. Überhaupt wirkte er so eigenartig. Als erschiene ihm dieses Dinner nun doch überflüssig. Ein Ritual, das keinen Zweck mehr erfüllte. Weil der Schlußstrich ja längst schon gezogen war.

„Hast du schon einen Brief von deiner Mutter bekommen?" fragte er höflich.

„Nein. Aber ich erwarte auch keinen. Ich glaube, es fällt ihr schwer, ihre Gefühle in Worte zu kleiden."

„Möchtest du, daß Fritz dich morgen zum Flughafen fährt?"

„Danke, aber ich kann mir ein Taxi nehmen", erwiderte sie fast schroff. „Ich möchte dich nicht seiner Dienste berauben."

„Ich habe morgen den ganzen Tag Besprechungen. Es würde für mich weiter keinen Unterschied machen."

„Ich habe doch gesagt, ich nehme ein Taxi!"

Er hob die Augenbrauen. „Deswegen brauchst du doch nicht gleich zu schreien, Justine. Wenn du's so willst, soll's mir recht sein."

Er nannte sie nicht mehr „Herzchen". In letzter Zeit hatte er die altvertraute, liebevolle Anrede immer weniger gebraucht, an diesem Abend noch kein einziges Mal. Oh, was für ein trauriges, deprimierendes Dinner war dies doch! Unwillkürlich blickte sie auf seine Hände, versuchte sich zu erinnern, wie es gewesen war,

DIE GROSSE HEYNE-JAHRESAKTION '90

Geborgenheit und die Unschuld einer Welt, die unwiederbringlich dahin ist.

Auch bei Meggie sind es die Anforderungen der Umwelt, die sie gegen ihren Willen verhärten; erst an ihrer Tochter geht ihr auf, wie unmenschlich sie geworden ist. Während Scarlett aus lauter Behauptungswillen blind für Rhett Butlers Liebe war, wird Meggie im Stande der größten denkbaren Sünde das höchste Glück zuteil: die Liebe Ralph Raoul de Bricassarts. Mit seinem tragischen Tod büßt Dane, die Frucht dieser Liebe, für die verbotene Vereinigung.

Colleen McCullough aber glaubt an die Liebe. Mit der Liebe allein ist das geballte Böse aufzuwiegen, das in der Gestalt von Mary Carson auf die Welt losgelassen wird. Hier liegt auch das geheime Zentrum der DORNENVÖGEL. »Ich glaube, daß der Roman so erfolgreich geworden ist, weil er sich von der heutigen Romanliteratur in einem wesentlichen Punkt unterscheidet«, erklärt die Autorin. »Meine Personen sind nicht häßlich. Auch wenn ihr Schicksal voller Tragik ist, so sind sie doch nicht häßlich. Man ist nicht deprimiert und ohne alle Hoffnung, wenn man das Buch zu Ende hat.«

Mit großem Budget und großer Besetzung wurde der Stoff 1983 in den USA als große vierteilige Fernsehserie verfilmt. Nicht nur die Film- und Fernsehkritik reagierte begeistert (je vier Hauptpreise der beiden bekannten amerikanischen Auszeichnungen »Emmy« und »Golden Globe« wurden der Verfilmung zugesprochen), sondern vor allem das Publikum: Wo immer die Serie ausgestrahlt wurde, lockte sie die Menschen vor den Fernsehschirm. Allein in den USA sahen achtzig Millionen die vier Folgen, und in Österreich waren fast zwei Drittel aller Geräte eingeschaltet, als der ORF die Serie ausstrahlte. In Deutschland lag die Sehbeteiligung im Durchschnitt bei 18 Millionen Zuschauern; die Einschaltquoten betrugen 39% am 20., 54% am 23., 34% am 26. und wieder 55% am 27.10.85. Der Jahrhundertroman DORNENVÖGEL erreichte durch die Verfilmung ein noch größeres Publikum.

Im Herbst 1987 ist Colleen McCulloughs neuester Roman erschienen: DIE LADIES VON MISSALONGHI ist ein kluger, anrührender, sehr weiblicher Roman vor der grandiosen Kulisse der wilden Landschaft Australiens. Die »New York Post« schrieb darüber: »Ohne Zweifel Colleen McCulloughs bewegendstes Buch seit DORNENVÖGEL.«

DIE DORNENVÖGEL
Ein Jahrhundertroman
Die Geschichte eines Welterfolges

Es war wie im Märchen: Das häßliche Entlein entpuppte sich als Schwan. Über Nacht war die unbekannte Autorin in aller Munde, wurde von Pressegespräch zu Talkshow weitergereicht, die Verlage rissen sich um ihr Buch, für dessen Taschenbuchrechte der bis dahin höchste Preis, nämlich 1,9 Millionen Dollar, bezahlt wurde, und Hollywood fraß ihr aus der Hand.

Colleen McCullough hatte bereits den Roman TIM herausgebracht, aber um den hatte sich niemand gerissen. Die Autorin arbeitete an der amerikanischen Nobeluniversität Yale als Neurophysiologin und wollte sich mit dem Schreiben etwas Geld nebenher verdienen. Fast von einem Augenblick zum anderen wurde aus der Frau ein millionenschweres Medienereignis.

Man hat die DORNENVÖGEL wegen ihrer Heldin immer wieder mit Margaret Mitchells Klassiker VOM WINDE VERWEHT verglichen. Meggie ist nicht Scarlett O'Hara, doch allein schon der Erfolg der DORNENVÖGEL deutet darauf hin, daß ihre Autorin eine ähnliche Saite berührt hat wie vierzig Jahre vor ihr die Hausfrau Margaret Mitchell. Die Leser und vor allem die Leserinnen fühlen sich angesprochen von einer Figur wie Meggie, die sich in einer Welt der Männer behaupten lernt.

Wahrscheinlich bringt jede Epoche einige wenige Werke hervor, die das Lebensgefühl, die Stimmung, die Sehnsüchte der jeweiligen Zeit so überzeugend und gleichzeitig so bewegend einfangen, daß sie fast kultische Bedeutung gewinnen, daß sich Generationen in ihren Helden wiedererkennen, ihre Träume mitträumen, ihre Schicksale nacherleben...

Für die Generation unserer Großmütter war Scarlett O'Hara eine Heroine, die man liebte, obwohl man sie für ihre Skrupellosigkeit im Umgang mit den Männern eigentlich hätte hassen sollen. Sie verkörperte in sich die Gegensätzlichkeit einer Frau, die zur Konfrontation mit der Welt gezwungen und dabei erwachsen wird, während sie sich doch nichts sehnlicher wünscht als die kindliche haben wollen, als du bist. Nicht eine Sommersprosse, nicht eine einzige von deinen grauen Zellen."

Sie schlang die Arme um seinen Hals, vergrub ihre Finger in seinem dichten Haar – ein wunderbares Gefühl. „Oh, wenn du wüßtest, wie sehr ich mich danach gesehnt habe!" sagte sie. „Ich habe es nie vergessen können."

Der Text des Telegramms lautete:

BIN SOEBEN FRAU MOERLING HARTHEIM GEWOR-
DEN STOP PRIVATZEREMONIE IM VATIKAN STOP
PÄPSTLICHER SEGEN RUNDUM STOP ALSO WIRKLICH
VERHEIRATET AUSRUFUNGSZEICHEN KOMMEN
SOBALD WIE MÖGLICH ZU VERSPÄTETEN FLITTER-
WOCHEN NACH DROGHEDA STOP ABER EUROPA IST
HEIMAT STOP LIEBE GRÜSSE AN ALLE AUCH VON
RAINER STOP JUSTINE.

Meggie legte das Telegramm auf den Tisch und blickte mit großen Augen durch das Fenster auf die üppige Pracht der Herbstrosen im Garten. Und da war mehr, so viel mehr: Hibiskus, Lampenputzerbaum, Geister-Eukalyptus, Bougainvillaea und, nicht zuletzt, die Pfefferbäume. Wie schön war der Garten doch, wie lebendig! Und immer wieder saß man und beobachtete, wie Winziges wuchs und groß wurde und sich wandelte und wieder verging, in endlosem, immer wieder in sich selbst mündendem Kreis.

Und so wurde es auf Drogheda auch Zeit, daß sich ein anderer Kreis erneuerte: mit frischem Blut, mit Unbekannten, mit Fremden, *noch* Fremden. Es würde sich finden, ja, irgendwie würde es sich finden.

Was mir geschehen ist, dachte sie, habe ich mir selbst angetan. Niemand sonst trägt daran Schuld. Und ich – ich kann keinen einzigen Augenblick bedauern.

Der Vogel mit dem Dorn in der Brust, er folgt einem unwandelbaren Gesetz. Was ihn dazu treibt, sich selbst zu durchbohren und singend zu sterben, er weiß es nicht. Im selben Augenblick, da der Dorn in ihn eindringt, ist er sich des kommenden Todes nicht bewußt. Er singt nur und singt, bis kein Leben mehr in ihm ist. Aber wir, die wir unsere Brust mit Dornen durchbohren, wir wissen. Wir verstehen. Und wir tun es dennoch. Wir tun es dennoch.

Warum hast du nicht einfach gesagt, daß du mich liebst. Ich hätt's so gern von dir gehört."

„Nein. Du konntest es selbst sehen, und du mußtest es selbst sehen."

„Ich fürchte, daß ich permanent von Blindheit geschlagen bin. Ich habe es nämlich nicht wirklich selbst gesehen. Ich brauchte dazu etwas Hilfe. Meine Mutter hat mich schließlich dazu gebracht, die Augen aufzumachen. Heute abend war ein Brief von ihr da, und darin stand, ich solle nicht nach Hause kommen."

„Sie ist ein wunderbarer Mensch, deine Mutter."

„Du hast sie kennengelernt, Rain, nicht wahr? – Wann?"

„Vor einem Jahr war ich bei ihr. Drogheda ist großartig, aber es ist nichts für dich, Herzchen. Ich habe damals versucht, deiner Mutter das klarzumachen. Du kannst dir gar nicht vorstellen, wie sehr ich mich freue, daß sie es eingesehen hat. Dabei habe ich bestimmt nicht übermäßig gescheit argumentiert."

Sie legte ihren Zeigefinger auf seine Lippen. „Ich habe selbst gezweifelt, Rain. Ich habe immer gezweifelt. Vielleicht werde ich auch in Zukunft immer zweifeln."

„Oh, Herzchen, hoffentlich nicht! Für mich kann es nie eine andere geben. Nur dich. Das wissen alle seit Jahren. Aber Liebesworte bedeuten nichts. Tausendmal am Tag hätte ich dir versichern können, daß ich dich liebe – deine Zweifel hätte das nicht beseitigt. Und so habe ich meine Liebe nicht gesprochen, Justine, ich habe sie gelebt. Wie konntest du deinen Treuesten der Getreuen nur so anzweifeln?" Er seufzte. „Nur gut, daß mir am Ende deine Mutter geholfen hat, wo ich mir selbst nicht mehr helfen konnte, nicht unmittelbar."

„Armer Rain, ich muß deine Geduld wirklich bis zum letzten, bis zum allerletzten strapaziert haben. Sei bitte nicht traurig, daß es Mums Eingreifen bedurfte, um mir die Augen zu öffnen. Das ist jetzt ganz gleichgültig. Hauptsache, sie sind offen. Und bin ich nicht vor dir niedergekniet, wirklich ganz in Sack und Asche!?"

„Na, gottlob", sagte er, und seine Stimme klang plötzlich recht vergnügt. „Sack und Asche werden die heutige Nacht kaum überstehen. Morgen bist du bestimmt wieder springlebendig."

Ihre innere Anspannung begann abzuklingen. „Was ich an dir so besonders mag – nein, *liebe* –, das ist, daß du es so verstehst, mich in Atem zu halten. Wie machst du das nur?"

Er lächelte. „Nun, Herzchen. In Zukunft wirst du nun ja mehr Gelegenheit haben, mich unter Beobachtung zu halten. Vielleicht kommst du mir dann auf die Sprünge." Er küßte ihre Stirn, ihre Augen, ihre Wangen. „Ich würde dich jedenfalls nicht anders

Fritz öffnete ihr. Wie stets, wenn er nicht chauffierte, trug er eine Art Butler-Uniform. „Herr Hartheim befindet sich in seinem Arbeitszimmer, Miß O'Neill."

Rain saß am Kamin. Als sie eintrat, drehte er den Kopf, doch er sagte kein Wort, und sein Gesicht blieb ohne jeden Ausdruck.

Sie trat auf ihn zu, und dann kniete sie plötzlich vor ihm nieder und legte den Kopf auf seinen Schoß.

„Rain", flüsterte sie, „es tut mir so leid wegen all der Jahre – so leid."

Er hob ihr Gesicht zu sich auf, glitt dann vom Stuhl, kniete neben ihr.

„Ein Wunder", sagte er.

Sie lächelte ihn an. „Du hast nie aufgehört, mich zu lieben, nicht wahr?"

„Nein, Herzchen, nie."

„Ich muß dir sehr, sehr weh getan haben."

„Nicht so, wie du denkst. Ich wußte, daß du mich liebtest, und ich konnte warten. Ich habe immer geglaubt, daß der Geduldige am Ende gewinnen muß."

„Und so hast du also darauf gebaut, daß ich von selbst zur Einsicht komme. Aber als ich sagte, ich würde nach Drogheda zurückkehren, warst du da gar nicht besorgt?"

„O doch. Wäre es ein anderer Mann gewesen, hätte ich mich gewiß nicht weiter beunruhigt, aber Drogheda? Ein Widersacher von Format. Ja, ich war besorgt."

„Daß ich nach Drogheda wollte, wußtest du schon, bevor ich es dir sagte, ja?"

„Clyde ließ die Katze aus dem Sack. Er rief mich in Bonn an und fragte, ob es nicht irgendeine Möglichkeit gäbe, dich von deinem Entschluß abzubringen. Nun, ich erklärte ihm, er solle für die nächsten ein oder zwei Wochen stillhalten, ich würde sehen, was sich tun ließe. Nicht um seinetwillen, Herzchen. Um meinetwillen. Ich bin kein Altruist."

„Das meint Mum auch. Aber dieses Haus! Hattest du es wirklich schon vor einem Monat?"

„Nein. Und ich habe auch noch gar kein richtiges Verfügungsrecht darüber. Aber wenn du deine Bühnenlaufbahn fortsetzen willst, dann werden wir wohl ein Haus in London brauchen. Gefällt es dir wirklich? Nun, dann werde ich versuchen es für uns zu bekommen. Sogar die Renovierung würde ich dir anvertrauen – vorausgesetzt allerdings, wir einigen uns darauf, Orange und Shocking-Pink in Acht und Bann zu tun."

„So etwas von Hinterlist – das hätte ich nie von dir gedacht.

das weise ich jetzt zurück. Du gehörst nicht nach Drogheda und hast nie nach Drogheda gehört. Solltest Du immer noch nicht wissen, wo Du hingehörst, so kann ich Dir nur raten, auf der Stelle sehr eingehend darüber nachzudenken. Manchmal bist Du doch furchtbar begriffsstutzig. Rainer ist ein sehr netter Mann, aber mir ist in meinem ganzen Leben noch kein Mensch begegnet, der so altruistisch gewesen wäre, wie Du das von ihm anzunehmen scheinst. Dane zum ehrenden Andenken kümmert er sich so um Dich? Justine, es ist *wirklich* an der Zeit, daß Du erwachsen wirst!

Liebstes, ein Licht ist erloschen. Für uns alle ist es erloschen. Und es gibt nichts, absolut nichts, was Du da tun kannst, verstehst Du nicht? Natürlich wäre es eine Lüge, wenn ich behaupten wollte, ich wäre völlig glücklich. Das gibt es wohl in keinem Menschenleben. Aber wenn Du meinst, daß wir hier auf Drogheda unsere Tage mit Weinen und Wehklagen verbringen, so irrst Du Dich sehr. Wir haben Freude am Leben, eben weil unsere Lichter noch brennen, nicht zuletzt auch für Dich. Danes Licht ist verloschen. Bitte, liebe Justine, versuche das zu akzeptieren.

Komm nur heim nach Drogheda, wir möchten Dich so gern wiedersehen. Doch für immer? Nein. Denn Du würdest hier nicht glücklich werden, und es wäre ein völlig nutzloses Opfer von Dir. Mach Dir also klar, wo Du hingehörst, und werde in Deiner Welt richtig heimisch."

Der Schmerz. Es war genau wie in den ersten Tagen nach Danes Tod. Das gleiche Gefühl der Ohnmacht, der völligen Hilflosigkeit. Mum hat recht. Ich kann nichts tun! Ich kann gar nichts tun!

Irgend etwas schrie. Irgend etwas gellte. War das *in* ihr? Nein, nur der Wasserkessel. Rasch nahm sie ihn vom Herd herunter.

Aber so sollte ich schreien. Sollte mich freischreien. Doch kann man das überhaupt? Wie soll man sich freischreien, wenn man so zurückgestoßen wird?

Oh, Mum! Mum! Ich bin das einzige Kind, das du noch hast, doch mich willst du nicht! Glaubst du nicht, ich wäre an Danes Stelle gestorben, wenn ich das hätte tun können? Es war nicht richtig, daß er sterben mußte.

. . . doch sie hat recht. Erst jetzt beginne ich langsam zu begreifen. Jetzt, wo der Schmerz nachläßt über das, was ich für eine Zurückweisung hielt. Ja, sie hat recht. Wenn ich nach Drogheda zurückkehre, so ändert das nichts daran, daß er nie mehr zurückkehren kann. Nein, er kann es nicht, obwohl er dort liegt, für immer. Ein Licht ist erloschen, und ich kann es nicht wieder anzünden. Aber jetzt verstehe ich, was sie meint. Mein Licht brennt noch in ihr. Nur nicht auf Drogheda.

Augen schien mit eindringlichem Ticken darauf aufmerksam machen zu wollen, daß hier die Zeit wahrhaftig im *Unmaß* verschwendet werde. Auf der Merktafel stand in Blockschrift: HAARBÜRSTE EINPACKEN. Sie blickte zum Tisch. Ein Blatt Papier. Richtig, die Bleistiftskizze, die sie vor einigen Wochen von Rain gemacht hatte. Auch ein Zigarettenpäckchen lag dort. Sie nahm eine heraus, steckte sie an. In der einen Hand hielt sie noch immer den Brief von ihrer Mutter.

Sie setzte sich an den Küchentisch, fegte mit der freien Hand die Skizze von Rain von der Platte auf den Fußboden, stellte ihre Füße darauf. Du verdammter Teutone! dachte sie.

Sie öffnete den Brief, begann zu lesen.

,,Meine liebe Justine,

zweifellos bist Du im Begriff, Deinen Entschluß mit gewohnter impulsiver Schnelligkeit in die Tat umzusetzen. Deshalb hoffe ich sehr, daß dieser Brief Dich noch rechtzeitig erreicht. Was Deinen Entschluß herbeigeführt hat, weiß ich zwar nicht, aber sollte es irgend etwas in meinen letzten Briefen gewesen sein, so verzeih mir bitte. Auf gar keinen Fall wollte ich eine so tief einschneidende Reaktion bei Dir auslösen. Ich glaube, ich sehnte mich ganz einfach nach ein wenig Mitgefühl, aber ich vergesse immer, daß unter Deiner scheinbar so rauhen Schale ein recht weicher Kern verborgen ist.

Ja, ich bin einsam, schrecklich einsam. Aber das ist nichts, woran Deine Heimkehr irgend etwas ändern könnte. Du wirst gleich verstehen, was ich meine. Sieh einmal, niemand – auch Du nicht – kann mir wiedergeben, was ich verloren habe. Aber es ist ja nicht nur mein Verlust. Es ist ja auch Dein Verlust und Nannas Verlust – es ist ein Verlust, den wir alle erlitten haben. Mir scheint, daß Dich die Vorstellung verfolgt, und es ist eine irrige Vorstellung, daß Du in irgendeiner Weise daran schuldig bist. Dein plötzlicher impulsiver Entschluß sieht mir sehr nach einer Art Sühneakt aus. Aber das, Justine, ist Überheblichkeit, ist Anmaßung. Dane war ein erwachsener Mann und kein hilfloses Baby. Ich habe ihn doch fortgelassen, nicht wahr? Wenn ich da Deine Maßstäbe anlegen wollte, so müßten mich meine Schuldgefühle ja irgendwann ins Irrenhaus bringen. Soll ich mir Vorwürfe machen, weil ich Dane sein eigenes Leben habe leben lassen? Nein, da mache ich mir wirklich keine Vorwürfe. Justine, keiner von uns ist Gott, aber es mag sein, daß mir das durch meine längere Lebenserfahrung klarer ist als Dir.

Würdest Du heimkehren, so wäre das, als ob Du mir Dein Leben opfertest. Das will ich nicht. Das habe ich nie gewollt. Und als sie noch ihre Zärtlichkeit gespürt hatte, und schien es sich kaum mehr bewußt machen zu können.

Warum war das Leben nur ein einziges Verwirrspiel? Warum ging kaum etwas je seinen vernünftigen Gang? Warum geschahen so furchtbare Dinge wie mit Dane –

Der Gedanke an Dane ließ sie zusammenzucken. Plötzlich schien sie nicht mehr stillsitzen zu können. Sie beugte sich ein Stück vor.

„Ist es dir recht, wenn wir gehen?" fragte sie. „Ich habe solche Kopfschmerzen, und sie werden immer schlimmer."

Sie verließen das Restaurant. Später ließ Rain den Mercedes an jener Stelle halten, wo die kleine Straße, in der Justines Mews-Wohnung lag, von der High Road abzweigte. Leichter Nieselregen fiel, und Seite an Seite gingen sie über das Pflaster.

„Dann also adieu, Justine", sagte er.

„Nun ja, vorläufig." Sie versuchte, ihrer Stimme einen beschwingteren Klang zu geben. „Wir können ruhig Auf Wiedersehen zueinander sagen, denn ich werde ab und zu nach Europa kommen, und ich hoffe, daß du Zeit findest, mich manchmal auf Drogheda zu besuchen."

Er schüttelte den Kopf. „Nein. Dies ist unser Adieu, Justine. Ich glaube nicht, daß wir noch Verwendung für einander haben."

„Du meinst, du hast für mich keine Verwendung mehr." Sie brachte etwas zustande, das wie ein Lachen klang. „Schon gut, Rain! Du brauchst mich nicht zu schonen, ich kann die Wahrheit vertragen!"

Er beugte sich über ihre Hand, küßte sie. Dann richtete er sich wieder auf, lächelte ihr in die Augen und ging davon.

Auf der Matte lag ein Brief von ihrer Mutter. Nachdem sie ihn aufgehoben hatte, entledigte sie sich erst einmal ihrer Handtasche, ihres Mantels und ihrer Schuhe. Dann ging sie ins Wohnzimmer und setzte sich schwerfällig auf eine der noch herumstehenden Kisten. Minutenlang saß sie, grübelnd, an ihrer Unterlippe nagend. Ihr Blick streifte über die Fotografie, die Dane zeigte: Andenken an den Tag seiner Priesterweihe. Und dann bemerkte sie plötzlich, daß sie mit den Zehen den zusammengerollten Teppich aus Känguruh-Fellen streichelte. Abrupt hielt sie inne, stand hastig auf.

Sie ging in die Küche. Dort setzte sie Kaffeewasser auf. Dann sah sie sich in dem Raum um, als wäre sie zum ersten Mal hier. Kleine Risse und Sprünge, Unebenheiten an den Wänden, jetzt entging ihr nichts. Von der Decke hing ein Korb mit Philodendron, und die Uhr in Form eines Katzenkopfes mit rollenden